W B Yeats

Collected Poems

叶芝 of 诗集

W.B. Yeats

〔爱尔兰〕威廉·巴特勒·叶芝 著
傅浩 译

上海译文出版社

目 录

十字路（1889）

玫瑰（1893）

苇间风（1899）

在那七片树林里（1904）

绿盔及其它（1910）

责任（1914）

库勒的野天鹅（1919）

麦克尔·罗巴蒂斯与舞者（1921）

碉楼（1928）

旋梯及其它（1933）

帕内尔的葬礼及其它（1935）

新诗（1938）

选自《在锅炉上》(1939)

最后的诗(1938—1939)

附　录

前言

一

我翻译叶芝的缘起在别处已有所交代，兹不赘言。迄今为止，不算散见于各种书刊和网络的零星发表和转载乃至盗版外，计出版《叶芝抒情诗全集》（中国工人出版社，1994；1996 年。译诗 374 首）、《叶慈诗选》（英汉对照，台北：书林出版有限公司，2000；2001 年。自选译诗 169 首）、《叶芝诗集》（河北教育出版社，2003 年。修订译诗 374 首）、《叶芝诗精选》（英汉对照，华文出版社，2005 年。他人代选译诗 43 首）、《叶芝精选集》（北京燕山出版社，2008 年。自选译诗 321 首；剧本 1 部；短篇小说 2 篇；散文 1 篇）、《叶芝抒情诗选》（云南人民出版社，2011 年。自选译诗 199 首，包括新增译诗 4 首）、《叶芝诗选》（时代文艺出版社，2012 年，自选译诗 146 首）、《叶芝诗选》（英汉对照，上海外语教育出版社，2015 年。自选译诗 157 首）等八种译著。其中，华文版《叶芝诗精选》是由书商策划并选编的，内容未经我过目，所选篇什既不代表叶芝创作，也不代表拙译作的精华；时代文艺版《叶芝诗选》的责任编辑极不负责，我仔细校改过的校样返回后，竟完全未用，而是用错误百出的第一次排版直接付印了，听说同系列（外国经典诗歌珍藏丛书）其它诗选也是同样遭遇。

凡我经手的，每次再版，我都要对照原文逐首逐字修改译文。越是流行的篇什修改的次数就越多，远多于再版的次数。

我曾半开玩笑地对学生说：叶芝人称“自我批评家”，对诗艺精益求精，几乎每首诗都是改了又改，直至一字不易的完美。能给别人改稿的是编辑，能给自己改稿的才是大师。我只是努力向大师看齐，译（艺）无止境，我的译文迄今为止还没有完全令我自己满意。你们要学文学翻译，只需把拙译的新旧各版拿来对照着原文来比对研读，肯定会有所得。不传之秘即在其中矣，唯有心者得之。不过，在研读之前，如果自己也先试译一遍，效果会更好。我不怕献丑，只当是现身说法，为翻译事业做牺牲吧。

此次增订，除《叶芝抒情诗全集》原有的 374 首译诗又修改一过外，还新译了叶芝生前未发表过的早期诗作 38 首，加上选自评论小册子《在锅炉上》中的 3 首诗，共得译诗 415 首。本书虽仍未囊括叶芝所有诗作，但仍是现有收录篇什最多的汉译叶芝诗集了。

二

学界一般认为，叶芝早期诗艺主要受英国诗人埃德蒙·斯宾塞和珀西·比舍·雪莱的影响，但在他正式发表的作品中却难觅例证。他的第一本诗集《乌辛漫游记及其它》（1889）主要是写爱尔兰题材的，只有部分涉及古印度和古希腊题材。诚如他在 1925 年所说：“许多诗，当然是那些关于印度或牧人和牧神题材的诗，肯定作于我二十岁以前，因为从我在那个年纪开始写《乌辛漫游记》那一刻起，我相信，我的题材就变成爱尔兰的了。”

1995 年，斯克里布纳图书出版了乔治·伯恩斯坦整理编辑的《月下：威廉·巴特勒·叶芝未发表的早期诗》一书，收录叶芝作于十九世纪八十至九十年代的诗作三十八首。这些叶芝生前因种种原因秘不发表的诗稿印证了学界的看法，其中有不少作品的确有模仿斯宾塞和雪莱等前人的明显痕迹，大多抒写遥想神仙英雄骑士淑女之类的思古幽情，但也有不少作品已开始表现爱尔兰和诗人私生活题材了。

少年学艺阶段不免模仿借鉴。叶芝还喜欢改写来自盖尔语或其他语种的作品译文，有时甚至难免剿袭之嫌而为人诟病。《静静的在达吉斯坦河谷》一诗即据俄国诗人米哈伊尔·莱蒙托夫的《梦》改写而成，较诸原诗，内容和措辞几无二致。《泉水中一个灵魂》显示了斯宾塞的影响，叙事诗《罗兰爵士》则从题材到形式都亦步亦趋追摹斯宾塞。《乌辛漫游记及其它》出版后，叶芝曾寄给前辈英国诗人威廉·莫里斯一本。莫里斯以写欧洲古典神话和中古英雄题材的叙事诗见长，见了他说："你写我这一类的诗。"于是乎对他大加奖勉，并答应为他写书评。《流寇的婚礼》也是这类叙事诗之一，只不过场景设在了十七世纪的爱尔兰，反映了叶芝在1885年结识爱尔兰民族主义运动领袖约翰·欧李尔利之后的题材转向；写法则采用主人公对女友说话的戏剧独白形式，较以第三人称视点叙事的《罗兰爵士》更具抒情性。《你懂的我的歌》、《灰发老人》、《谷地》、《狂风吹打的碉楼》也都是以爱尔兰为场景的富有幻想色彩的小品。《居普良》、《日出》、《潘》则仍有古希腊的典故或意象或题材残留。叶芝一贯反对在诗中采用现代工业意象，也许因此之故而获评"无须是现代主义者而最现代"。《遮面的话音与黑暗的发问》中的有轨电车可以说是叶芝诗中绝无仅有的现代写实形象，诗人生前未公开发表此诗也许就是因为其风格异乎寻常吧。《路径》和《有关前世的梦》无疑是写给叶芝的单恋对象茉德·冈的。《路径》的结尾两行与收入诗集《苇间风》（1899）的《他冀求天锦》一诗的最后两行不无相似之处，甚至二诗的整体构思亦属雷同，后者应该是基于前者的改作或重作。《有关前世的梦》含有纪实成分，颇涉隐私，不免令人联想到叶芝在晚期诗作《他的记忆》（1926）中类似地珍藏的私房话。此诗的末行则可以为其另一首差不多作于同时的名诗《在你年老时》（1891）的末尾两行半作注脚，比较而言更清晰地勾画了“头戴繁星冠”的爱神丘比特形象，并点明无缘之人不受爱神眷顾的寓义。

叶芝晚年自称：“我们是最后的浪漫主义者——曾选用/传统的圣洁和美好、诗人名之为/人民之书中所写的一切内容、/最能祝福人类心灵或升级/诗作的一切作为主题正宗”（《库勒和巴利里，1931》），这些早期诗作就是最好的证据。

三

浏览网页时，偶然看到读者评论另一种拙译说：原作者的语言是海，译者的语言只是池塘，不禁哑然失笑。这是说，译者比原作者的词汇量差远了吗？诚然，这可能是事实，但量化就是决定优劣的惟一标准吗？在实际语篇中，两种不同语言的词汇量是不好相比的。从理论上讲，除非译者大量省略、合并，把近似的表达都译成同样，逐字对译的译文和原文的词汇量应该是大致相当的。我猜想，他（她）的意思更可能是说，原文的文体华丽繁复，而译文的文体朴拙单纯吧？实际上，我在翻译的时候，心中总是为读者着想的，生怕用词太生僻，太文雅，不合时宜，读者看不懂。可现在有一种不正之风，推崇绮靡、生僻甚至怪异词藻。例如今年高考，据说又有一位考生用文言文写作文得了高分，其用词之艰涩生僻令阅卷老师都汗颜拜服。实际上，在韩愈提倡“惟陈言之务去”的古文运动之后，古人也不会写那样佶屈聱牙的伪汉赋风或尚书体了；即便有，也不能算是好文章。我大学三年级初译叶芝，杨周翰先生评曰：“太文雅”；赵萝蕤先生指点曰：“要直译”。可见，掉书袋、弄词藻、尚文雅、喜意译是初学者易犯的毛病，而初学者还自以为是优点呢。

最近，诗歌翻译杂志《光年》编辑提问：作为译者，有何经验和体悟可以分享？我简答如下：

学国画，除书法基础外，先学工笔，后学写意是正途，否则易失之狂野粗陋。学译亦然，应先求精确，以直译为主，熟练后自会变通。以意译为主，不是初学，就是外语不够好，否则就是狂妄。

我常说，翻译没什么诀窍，只要两种语言都好，都达到熟悉各种文体，能自由创作的水平即可，那么翻译只是换一种说法而已；

不能全程使用纯原文词典（科技术语除外）做翻译，说明翻译水平还不够高；用纯原文词典翻译才是真正的翻译；借助源语-译语词典的翻译一半功劳应归于词典编纂者；

喜用华丽词藻、成语、熟语、生僻语、陈腔滥调的文学用语，甚至生造词语，都是初学者的表现；

译后最好放一段时间再看，不要急于拿出去发表。人说翻译是遗憾的艺术。我早年发表太快，后来译著一有机会再版就修改，改无止境。自己能修改自己的译作，是翻译水平提高的标志，创作也是同样；

我对译诗的要求是：不增一字，不减一字，不错一字，字字有着落；

译者如演员，好的译者应该是性格演员，千人千面；坏的译者是本色演员，千人一面。译者应隐身在译作后面，而不应突出到译作前面。曾见有译者把莎士比亚也译成现代自由诗模样，这就近于埃兹拉·庞德所为了；

译者凭借译作说话，犹如创作者凭借原作说话。然而，文学评论者可以不懂创作，翻译评论者却不可不会翻译，否则难以令人信服。然而，既当运动员又当裁判员，弄不好会得罪人，甚至引火烧身。也许最好的评论是提供自己的译文。

以上体悟，自己也并非时时处处都做得到，做得好，只因自己是过来人，愿与从译（艺）同道共勉而已。总之一句话：宁拙勿巧。

我已故的武术老师常说：听过不如见过，见过不如做过，做过不如错过。就翻译而言，我更多是个实践者，而不是研究者。我做过，错过，改过。

傅　浩

2017 年 6 月 30 日

《叶芝抒情诗全集》译者序

一

踏上爱尔兰绿色的国土，漫步首都都柏林街头，就好像重读叶芝的华章，以往觉得陌生的地名和朦胧的意象都变得真切而清晰起来。1916 年复活节起义所在地邮政总局、遭火灾后重建的艾贝剧院、利费河上的海鸥、欧康奈尔大街上的纪念雕像、市立美术馆里的绘画作品等等历历在目，无不令人想起叶芝的那些著名诗句。

从都柏林乘长途公共汽车横穿国境，四个多小时后便到达西海岸的斯来沟镇。那里古风犹存，镇中心矗立着一尊青年时代的叶芝全身铜塑立像，颀长的身体上铸满他的诗句，被风鼓起的衣襟仿佛梦想的翅膀。不远处一幢古旧的红砖建筑是叶芝纪念楼，内设叶芝博物馆，里面陈设有不少关于叶芝的文献和实物资料，包括诺贝尔奖证书和金质奖章。镇东有风景幽美绝伦的吉尔湖，湖中有叶芝向往的人间仙境——因尼斯弗里岛。湖水流经镇中泻入斯来沟海湾，那里有另一处著名的“仙境”罗西斯岬角。镇北数英里处写有“叶芝之乡”字样的路标指向一座参天大树荫覆的教堂：旁边是那古老的石十字架；对面有诺曼时期的圆塔；近临来自格伦卡瀑布的湍急溪流；远望势如奔马又似卧剑的布尔本山。这就是叶芝的曾祖父曾住持的竺姆克利夫教堂，大门右侧的墓园就是叶芝长眠处。遵照诗人在《布尔本山下》一诗中的遗嘱，他的遗体于 1948 年从法国运回爱尔兰，归葬于给他的童年以欢乐、给他的诗歌以灵感的这块形胜之地。这似乎是他完满的人生之旅的象征，而他的灵魂仍驾着飞马珀伽索斯，超越生死，驰向永恒。

二

威廉·巴特勒·叶芝（William Butler Yeats，1865－1939）生于爱尔兰都柏林，是一位画家的长子。虽然他的家庭传统上说英语，奉新教，甚至祖先还是英国移民，他本人所受的也是正规的英国教育，但他自小就有很强的民族意识。这也许与他在伦敦上小学时受英国同学歧视和欺负的经历不无关系。作为英裔爱尔兰人，他对宗主国英国的感情是爱恨参半的（后来的西穆斯·希内及加勒比海的德瑞克·沃尔考特亦有同感）；他恨英国人造成了他不能用爱尔兰的民族语言盖尔语写作的事实，同时又爱使他得以直接学习莎士比亚等大师并且使他自己的作品得以更广泛流传的英语。正是处于这样一种尴尬地位，才使他在从事文学创作伊始就感到确定身分的迫切需要。

作为使用英语创作的作家，叶芝面临的首要问题是题材。这与十九世纪中叶以来研究和翻译盖尔语文学的学者和翻译家们所面临的问题不尽相同。他既必须背离英国文学的传统，退回到爱尔兰的本土风景中去寻找灵感，又必须把所获纳入英语的包装。1886年，叶芝结识了芬尼亚运动领导人、爱国志士约翰·欧李尔瑞。在他的影响下，叶芝开始接触爱尔兰本土诗人的具有民族意识的作品，他自己的创作也开始从古希腊和印度题材转向爱尔兰民俗和神话题材。1889年出版的第一本诗集《乌辛漫游记及其它》就反映了叶芝早期创作方向的转变和确定。

同年，叶芝结识了狂热的民族主义者茉德·冈。由于她的美貌的吸引，年轻的叶芝多少有些身不由己地进一步卷入了争取爱尔兰民族自治的政治运动旋涡之中（甚至一度与激进的爱尔兰共和兄弟会发生联系），就好像他笔下的诗人乌辛被仙女尼娅芙诱引到魔岛上一样。但他毕竟不是政客，而是诗人。他不可能采取任何激烈的实际行动，而只是尽诗人的本分：

知道吧，我愿被视为
一个群体的真兄弟，
为减轻爱尔兰的创痛，
把谣曲和民歌唱诵；

《致未来的爱尔兰》

叶芝的第二本诗集《女伯爵凯瑟琳及各种传说和抒情诗》（1892）继续且更集中地以爱尔兰为题材，以象征的手法表现诗人的民族感情，爱尔兰被“想象成与人类一同受难”的“玫瑰”。他幻想通过创造一种建立在凯尔特文化传统之上的英语文学来达到统一两半——天主教和新教徒的——爱尔兰的目的。他相信，如果现代诗人把他的故事置于自己的乡土背景中，他的诗就会像古代的诗一样更细密地渗入人们的思想之中。早在1888年叶芝就曾说过，比较伟大的诗人视一切都与民族生活相关联，并通过民族生活与宇宙和神圣生活相关联：诗人只能用戴着“他的民族手套”的手伸向宇宙。他还认为，没有民族就没有较伟大的诗，犹如没有象征就没有宗教。[①] 在他眼里，爱尔兰是一个贮存着比英格兰历史更为悠久的历史的“大记忆”，一个充满了诗的象征的仓库。

世纪之交的爱尔兰虽民族情绪高涨，但社会形势复杂。在目睹了政客的背信弃义、党派的勾心斗角、不同宗教信仰的民众的互相仇恨和愚昧无知等现象后，叶芝意识到自己所崇尚的以十八世纪爱尔兰社会为代表的新教贵族政治理想与现实的发

① Louis MacNeice, *The Poetry of W. B. Yeats*, London/NY: Oxford University Press, 1941, p. 72.

展是背道而驰的。而茉德·冈等共和党人所热衷的暴力行动也令他反感。因此他不久便对政治产生了幻灭感，而又回到了他的艺术王国：

> 凡事都能诱使我抛开这诗艺：
> 从前是一张女人的脸，或更次——
> 傻瓜治理的故土貌似的需要；
>
> 《凡事都能诱使我》

1891年，叶芝与伦敦的一些年轻诗人组成了“诗人俱乐部”，并加入了当地一些爱尔兰作家和学者组织的“爱尔兰文学会”，开始从事整理和宣传爱尔兰文学的活动。但他自己的笔一刻也没有停歇，除以上提到的诗集外，还接连出版了写爱尔兰题材的散文作品《凯尔特的曙光》（1893）、《隐秘的玫瑰》（1894）和戏剧作品《心愿之乡》等。

叶芝始终对戏剧有着浓厚兴趣。十八岁时，他就为初恋的情人劳拉·阿姆斯特朗写过一部诗剧《费雯与时光》。诗剧《女伯爵凯瑟琳》（1892）则是他特意为茉德·冈写的。1896年结识格雷戈里夫人和约翰·辛格后，叶芝开始与他们共同筹建爱尔兰民族剧院。这标志着爱尔兰文学复兴运动的开端。叶芝本想借戏剧的形式教育群众，在现代人中间恢复一种高尚的民族精神，但他以爱尔兰神话为题材的风格崇高的象征主义诗剧不像格雷戈里夫人和辛格的现实主义剧作那样受欢迎。而且，小市民的庸俗反应常常令他失望和愤怒。

1899年，诗集《苇间风》问世，获当年最佳诗集“学院”奖，确立了叶芝作为第一流爱尔兰诗人的地位。有论者认为这部诗集标志着现代主义诗歌的开端，犹如一百年前华兹华斯和柯尔律治合著的《抒情歌谣集》标志着英国浪漫主义诗歌的开端。其实叶芝深受浪漫主义诗人布雷克、雪莱等的影响，是主张“向后看”的：

我们是最后的浪漫主义者——曾选用
传统的圣洁和美好、诗人名之为
人民之书中所写的一切内容、
最能祝福人类心灵或升级
诗作的一切作为主题正宗，
但如今都变了，那高大骏马无人骑，
虽说荷马曾坐在那鞍上驰驱
在渐暗洪水上天鹅浮游之处。

《库勒和巴利里，1931》

在这首诗里，叶芝把格雷戈里夫人之子（也包括他自己）看作是贵族文化传统的“末代继承人”，她（他）们所居住的库勒庄园和巴利里碉楼成了古老文明的象征。在另一首诗《纪念罗伯特·格雷戈里少校》里，格雷戈里夫人的儿子罗伯特则被视为文艺复兴式“完人”的一个现代样板。在叶芝眼里，贵族是人类文化精华的保存者和传承者。与此相对的是保存和传播口头的民间文化的乞丐、浪人、农夫、修道者，甚至疯人们。叶芝有许多诗作就是以这些人物为角色，或者干脆是他们所说所唱的转述。这些构成了叶芝的智慧来源的两个极端。然而，在现代风云的冲击之下，这一切都在渐渐消亡。巴利里碉楼前的古桥在内战期间被毁；库勒庄园也在格雷戈里夫人逝世后被迫出卖，后来被夷平；罗伯特则在第一次世界大战中阵亡。社会和人们的生活方式都发生了剧变。叶芝不禁哀叹：

浪漫爱尔兰已死且已逝，
与欧李尔瑞同在墓穴里。

《一九一三年九月》

但是，1916年复活节抗英起义震惊了对政治和现实失望的诗人。叶芝想不到从他平素看不起的城市平民中产生了他理想中古爱尔兰的库胡林式的悲剧英雄，他看到了一种崇高精神的爆发：

一切都变了，彻底变了：
一个可怕的美诞生了。

《一九一六年复活节》

感奋之余，他及时做出了一位诗人所能做的最好的反应："我们的事/是低唤一个又一个名姓，/像母亲呼唤她的孩子，/当昏沉的睡意终于降临/在野跑的肢体之上时。"他还在《十六个死者》、《玫瑰树》以及晚期的《欧拉希利族长》等诗篇中以他特有的语调讴歌了死难的起义者。

此后，他似乎又恢复了对现象世界冷眼旁观的态度，不辍地在变化中寻求永恒。然而他对社会现实的敏感不但没有减弱，反而更加深刻了。中晚期的组诗《内战期间的沉思》和长诗《一九一九年》反映了他在内战的背景前对人类文明和心理的沉思。他更关心的是人类文明的创造，因而谴责任何形式的破坏。

总之，是"在上帝创造天使前/她早已开始有历史"的"这盲目苦难的土地"——爱尔兰——造就了叶芝和他的诗。在他去世前一年所作的《布尔本山下》一诗中，他总结了他毕生的信念，并告诫后来的同志：

爱尔兰诗人，把艺业学好，
要歌唱一切优美的创造；
……………………
要歌唱田间劳作的农民，
要歌唱四野奔波的乡绅，
要歌唱僧侣的虔诚清高，
要歌唱酒徒的放荡欢笑；
要歌唱快乐的侯伯命妇，
……………………

把你们的心思抛向往昔，
我们在未来岁月里可能
仍是不可征服的爱尔人。

三

叶芝又是个自传性很强的诗人。他主张写自己主观的切身体验，而非对外界的客观观察。他在《拙作总序》（1937）一文中开宗明义地说："一个诗人总是写他的私生活，在他的最精致的作品中写生活的悲剧，无论那是什么，悔恨也好，失恋也好，或者仅仅是孤独；他从不直话直说，不像与人共进早餐时那样，而总是有一种幻觉效果。"① 这决定了他的诗是象征主义的，而非写实主义的。他认为，他的一生是一种生活实验，后来人有权利知道。抒情诗人的生活应当被人了解，这样他的诗就不至于被当做无根之花，而是被当做一个人的话语来理解。② 他的诗以大量的篇幅和坦诚的笔触记录了他个人的经验和情感，尤其是他对友谊和爱情的珍重。女性在他的生活和艺术中都占据了显要地位。在《朋友》一诗中，他写到了三位对他一生影响重大的女友："我必须赞扬这三位——/三位在我生活里/曾制造欢乐的女士："

一位是因她的手
坚强有力，能解释
无人能理解、拥有
和培育的东西——青年人

---

① W. B. Yeats, *Essays and Introductins*, Macmillan, 1961, p. 509.

② Jeffares, A. Norman, *W. B. Yeats: A New Biography*, Hutchinson, 1988, p. 208.

梦想的负担，直到
她改变了我，使我能
生活在忘我中辛劳。

这说的是奥古斯塔·格雷戈里夫人（1852—1932）。叶芝认为她使他得以专注于文学。她不仅在精神上给他以理解和支持，而且在物质上为他提供理想的写作条件，照顾他的起居。他在她的库勒庄园度过许多夏天，“在凯尔纳诺那古老屋顶下找到/一个更严厉的良心和友善的家”（《责任·跋诗》），在那里写出了《在那七片树林里》、《库勒的野天鹅》、《库勒庄园，1929》等大量诗作。她还与他一起搜集民间传说，从事戏剧活动，在爱尔兰文学复兴运动中起到了骨干作用。她翻译的盖尔语神话传说被认为是上乘之作，为叶芝的诗创作提供了不少素材。她的剧作也深受爱尔兰观众的欢迎。叶芝关于她的诗作还有《一位朋友的疾病》、《致一位徒劳无功的朋友》、《新面孔》、《重访市立美术馆》等。

一位因没有思虑，
也没有萦绕的烦忧——
在这多灾多难
十五年之中都没有——
能够离间心智
与充满快乐的心智；

这说的是奥莉维娅·莎士比亚（1867—1938）。她是叶芝诗友莱奥内尔·约翰逊的表妹，是一位小说家。1894年当叶芝正陷于对茉德·冈的无望恋情的旋涡里无法自拔时，约翰逊把奥莉维娅介绍给了他。她聪慧而善解人意，与叶芝相处得很融洽。他们曾考虑结婚，只因她丈夫不同意离婚而未果。他们同居了近一年，直到叶芝再遇茉德·冈时，奥莉维娅发现他对她仍不能忘情，遂离开了他。“额白、发浓、手安详，/我有个美丽的女友，/遂梦想旧日的绝望/终将在爱情中结束：/一天她窥入我心底/见那里有你的影像；/她哭泣着从此离去。”（《恋人伤悼失恋》）但他们始终保持着友谊；叶芝与她通信比与任何男女朋友都多而详细。他在诗艺、政治、个人等各种问题上征求她的意见，而她的评论非常富于才智。叶芝在她去世后曾对人说：“四十多年来她一直是我在伦敦的生活中心，在所有那些时间里我们从未争吵过，偶尔有些伤心事，但从未有过分歧。”叶芝关于她的诗作还有《他教爱人平静下来》、《受难之苦》、《深沉的誓言》、《美人鱼》、《长久沉默之后》等。

那位呢？她拿走一切，
直到我青春消逝，
却少有怜悯的神色。
我怎能赞扬那一位？
天光开始破晓时，
我因她故而无眠，
把我的好坏算计，
忆想她所有，那鹰般
眼神流露的一切，
同时我心底涌起
一股甜蜜真强烈，
令我浑身直颤栗。

这说的是茉德·冈（1866—1953）。“颀长而高贵，可是胸房和面颊/却好像苹果花一样色泽淡雅。”（《箭》）这是叶芝初见她时的印象。当时他们都二十三岁。他立即被她的美貌征服了，“我一生的烦恼开始了”。① 她是一个坚定不移的民族主义者，为了争取爱尔兰独立不惜代价不择手段。叶芝追随她参加了一系列革命活动，千方百计追求她。而她一直保持着距离，

① W. B. Yeats, *Memoirs*, ed. Denis Donohue, Macmillan, 1972, p. 40.

终于1898年向他透露了她与一位法国政客的同居关系。他们的关系一度降温，但给叶芝以毁灭性打击的是1903年茉德·冈与约翰·麦克布莱德结婚的消息。此后，加之剧院事务的烦扰，叶芝的心情很坏，诗风也随之大变。从诗集《在那七片树林里》（1904）到《责任》（1914），诗人逐渐抛弃了早期朦胧华美"上下缀满了来自/古老神话的刺绣"的"大衣"而"赤身行走"了（《一件大衣》）。

叶芝多次向茉德·冈求婚，都遭到了拒绝。不得回报的爱升华成了一篇篇感情复杂、思想深邃、风格高尚的诗，它们贯穿于叶芝的第二本到最后一本诗集中。在这些诗里，茉德·冈成了玫瑰、特洛伊的海伦、霍拉汉的凯瑟琳、帕拉斯·雅典娜、黛尔德等。有论者称这些诗作是现代英语诗歌中最美丽的爱情诗，认为还不曾有过哪位诗人像叶芝这样把一个女人赞美到如此程度。叶芝意识到是茉德·冈对他的不理解成就了他的诗，否则"我也许把破文字抛却，/心满意足地去生活"（《文字》）。茉德·冈曾写信给叶芝说：诗人永远不该结婚；他可以从他所谓的不幸中作出美丽的诗来；世人会因为她不嫁给他而感谢她。①

叶芝对爱情的看法一如他对宇宙的看法，是二元的。在早期的《阿娜殊雅与维迦耶》一诗中他就表达了"一个男人为两个女人所爱"的主题。到了晚期的组诗《或许可谱曲的歌词》和《三丛灌木》及伴随的几首歌等，这种灵魂与肉体之爱一而二、二而一的信念更被表现得淋漓尽致。他对茉德·冈的爱应该说是灵肉兼有的，很可能最初还是出于对其肉体美的爱悦，但青年人耽于理想的气质使他的爱在诗创作中向灵魂的境界升华："用古老的崇高方式把你热爱"（《亚当所受的诅咒》）；"爱你灵魂的至诚"（《在你年老时》）。中年以后，他似乎在较平和的心境里超然把爱情抽象化，当做哲学观照的对象了。而到了

---

① A. Norman Jeffares, *A New Commentary on the Poems of W. B. Yeats*, Macmillan, 1984, p. 78.

晚年，他就好像是做够了梦的佛格斯，洞知了一切，肉体却衰朽了，于是爆发出对生命的强烈欲望：“可是啊，但愿我再度年轻，/把她搂在怀抱。”（《政治》）

叶芝曾说，他年轻的时候，他的缪斯是年老的，而他变老的时候，他的缪斯却变年轻了。意思是说，年轻时他追求智慧，年老时却又羡慕青春。“肉体衰老即智慧；年轻之时/我们彼此相爱却懵懂无知。”智慧与青春的不可兼得，亦即灵与肉的对立斗争成了叶芝“艺术与诗歌那个至高主题”（《长久沉默之后》）。

四

有一回，一位学者问晚年的叶芝，他的诗歌的最大特点是什么。叶芝不假思索地回答说：“智慧”。“哲学是个危险的主题”，叶芝还这样认为。但他的中晚期诗越来越向哲学靠近了。对于叶芝来说，诗的内容比外形的价值大。他认为诗若不表现高于它自身的东西便毫无价值可言，它首先至少应该是“人可以进入其中漫游而借以摆脱生活之烦扰的境地”。① 这或许可以解释为什么叶芝一生执着追求建立超乎诗之上的“信仰”体系，而不像一般现代派诗人那样热衷于诗艺技巧的实验。

1917年，叶芝与乔吉·海德-李斯结婚。妻子为改善他当时的忧郁心境（婚前叶芝曾向茉德·冈之女伊秀尔特求婚而遭拒），在蜜月里投合他对神秘事物的爱好，尝试起扶乩降神活动来。据她说，这是“为你的诗提供隐喻”。这果然引起了叶芝的兴趣。他运用所阅读的新柏拉图主义及东方神秘主义等哲学对妻子“自动书写”的那些下意识的玄秘“作品”的“散碎

① W. B. Yeats, quoted by Richard Ellmann in *Yeats: The Man and the Masks*, NY: Macmillan, 1948, p. 39.

句子”加以整理、分析、诠释，终于1925年完成了一部奇书《异象》。这标志着叶芝信仰体系的完成。书的内容涉及用几何图形解释历史变化的历史循环说、用东方月相学解释人类个性的个性类型说以及灵魂转世说。通过想象和逻辑，来自各种文化的神秘象征被秩序化了，形成了一个自圆其说的骨架。但由于该书近乎荒诞不经又驳杂晦涩，遂赢得了“庞杂而古怪的伪哲学”或“粗劣而无价值的自制品”之讥。叶芝本人则希望该书能够被看作是一部神话而非历史或玄学，称它是一个“集体无意识”，一个神话学的意象库。

诗集《库勒的野天鹅》（1919）就已显示了叶芝开始从日常生活主题转向哲理冥想主题。在随后的一本诗集《麦克尔·罗巴蒂斯与舞者》（1921）的前言中，叶芝解释说：“歌德说过，诗人需要哲学，但他必须使之保持在他的作品之外。”而叶芝自己却禁不住要把哲学揉进诗作中去。他也承认这本诗集中的某些作品很难懂。例如著名的《再度降临》一诗就利用历史循环说和基督教神秘主义等概念，预言自耶稣降生以来近两千年的基督教文明即将告一段落，世界正临近一场大破坏。因此，要读懂这些诗，必须对叶芝的信仰和哲学有所了解。

叶芝曾经说，没有宗教他就无法生存下去。然而在他父亲的影响下，达尔文及其他一些英国思想家的怀疑主义阻碍了他接受正统基督教，而为了反抗他们“对生命的机械简化”,① 他必需新的精神支柱。大约在1884年，叶芝读到了一本英国人A. P. 辛内特撰著的名为《密宗佛教》的书，深受影响。稍后他在都柏林听了印度婆罗门摩希尼·莫罕·查特尔基对印度教义的阐释，从此树立了他对轮回转世学说的终生信仰（《摩希尼·查特尔基》）。1887—1891年在伦敦居住期间，他又参加了那里风靡一时的“异教运动”，钻研起东、西方各种秘术，冀图通过实验寻求永恒世界的证明，与未知世界建立直接联系。他认为，

---

① James Hall & Matin Steinmann (eds.), *The Permanence of Yeats*, NY: Macmillan, 1950, p. 217.

来自科学或其它世俗知识的“灰色真理”和基督教的“上帝之道”都无法令人满意地解释人类灵魂的奥秘，所以他鄙弃关于物的“客观真理”而追求关于人的“主观真理”：“没有真理，/除了在自己的心里”（《快乐的牧人之歌》）。这显然是来自佛教和印度教的观念。他的最早的诗作之一《印度人论上帝》更以生动的寓言形式表述了他对于主观真理的理解，是“叶芝最坚定的信念之一——真实在于观者的眼中——的早期陈述”。①

与此同时，叶芝还在与人合编《威廉·布雷克诗全集》。布雷克的基督教神秘主义影响融入了他的异端思想，使他进一步发展和坚定了宇宙二元论信念：

> 然而，我们能够以肉体感官接触和看到的那一部分创造受着撒旦的力量的影响，那魔鬼的名字之一是“暧昧”，而我们能够以精神感官触及和看到的另一部分创造——我们称之为“想象”——才是真正的“上帝之体”和惟一的真实。②

他还相信，在各种玄秘法术中，有三条自古相传的基本教义：一、人的精神可以相互交流，而造就一个大精神；二、人的记忆也同样是流动的，且是造化的大记忆的一部分；三、此大精神和大记忆可以用象征招致。③ 后来，他把这些概念与新柏拉图主义哲学的“世界灵魂”相认同，视之为“一个不再属于任何个人或鬼魂的形象仓库”。作为诗人，为“招致”或表达某种隐秘的东西，他不得不更注重作为象征的形象，“他照

---

① John Unterecker, *A Reader's Guide to W. B. Yeats*, London: Thames and Hudson, 1969, p. 70.

② W. B. Yeats, "Introduction to The Poems of William Blake", in *Critics on Blake*, ed. Judith O'Neill, Coral Gables, Fla.: University of Miami Press, 1970, p. 22.

③ W. B. Yeats, "Magic", in *Selected Criticism*, ed. A. Norman Jeffares, London: Pan Books, 1976, p. 80.

他那类人的方式，只找到了/形象”（《月相》）。《异象》一书可以说就是叶芝象征主义体系的集成，也是理解叶芝中晚期诗创作的一把钥匙。它为他的玄学诗提供了丰富的主题和意象，使作品寓义深刻而又免于抽象枯涩。同时他又在埃兹拉·庞德的建议下采用当代的“现实”素材和意象，从而使创作避免了走进概念化的死胡同的危险，在艺术上达到了他所谓的“浪漫主义与现实主义性质的结合”。

诗集《碉楼》（1928）和《旋梯及其它》（1933）即以叶芝实际居住的巴利里碉楼及其中盘旋而上的楼梯为象征，暗示历史运动的轨迹和灵魂轮回的历程。叶芝认为，人类文明一如个人，都是灵魂的体现，其中阴阳两极力量交互作用，运动形式犹如两个相对渗透的圆锥体的螺旋转动，往复循环，周而复始。这种思想和象征在稍前的《再度降临》和稍后的《螺旋》等许多诗作中都有所表现。而《丽达与天鹅》这首具有“可怕的美”的十四行诗则用细致、感性的描写再现神话传说的场景，暗示阳与阴、力与美的冲突和结合，把基督纪元前的古希腊文明的衰亡归因于性爱和战争这两种人类本能。叶芝这一时期所关心的根本问题还是灵魂如何超脱生死，得以不朽。他对赫拉克里特所谓的“此生彼死，此死彼生”的相对主义观点加以重新解释，同时袭用柏拉图的“精灵”说，认为灵魂不灭，它可以不断转世再生，逐渐达到完善境界，即成为介乎神人之间的一种存在——“精灵”，而后不朽。他还认为，人死后，灵魂可借艺术的力量通过“世界灵魂”互相沟通。《航往拜占庭》一诗即表达了诗人希冀借助于艺术而达到不朽的愿望。姊妹篇《拜占庭》则表现灵魂脱离轮回走向永恒之前被艺术净化的过程。

五

叶芝年轻时曾自称有三大兴趣，其一在于民族主义，其二在于诗，其三在于哲学。这些兴趣在他一生中从未减退，而是互相渗透、融合，最终被“锤炼统一”，形成体系。象征的系统性是叶芝诗歌创作的一大特点。而他的全部诗作就是他追求自我完善的一生的象征。

叶芝最初是通过研读传统英诗（斯宾塞、布雷克、雪莱等）和从事神秘主义活动而自发地发展出自己的象征主义的。但他也在批评家阿瑟·赛蒙斯的影响下接受了注重作品本身的法国象征主义的基本理论。在艺术实践中，他不断提出问题，对那些理论重新加以解释，批判地吸收过来，以改进自己的诗艺。他把诗视为一种由意象、节奏和声音构成的复杂的“音乐关系”；这些成分按一定方式结合，产生情感经验的象征，而这种象征非单纯用文字所能表现。他认为，正是建筑在主题之上的象征赋予诗以最终的形式。因此，艺术作品即各种构成因素的形式排列，而引起欣赏者个人感受的是排列的“顺序”。这种顺序并不提供任何意义，却又具有欣赏者根据自己的感受赋予它的一切可能的“意义”：这就是“象征”。假如人们承认他们是为诗的象征所感动的话，那就不再可能否认形式的重要性。① 为了追求更大的形式，叶芝在不同的诗里反复使用某些主导意象，这样就在诗与诗之间造成某种联系；在每一本诗集里，诗作的顺序不是按写作时间先后排列的，而是按照主题的相互关联重新组合的，这样，借用叶芝所相信的秘法教义作类比，诗篇与诗篇的象征融汇交流，从而造就一个大象征。因此，尽管叶芝多短小篇什，却有论者称他的作品具有“史诗的性质”。

然而，叶芝所注重的形式与先锋派所追求的形式不同。他几乎从不做技巧上的实验创新，不用自由体写诗（可能只尝试过一次，即《美丽崇高的事物》一诗），而是“强迫自己接受那些与英语语言同时发展起来的传统格律”。此外，他还采用

---

① W. B. Yeats, “The Symbolism of Poetry”, in *Selected Criticism*, pp. 43 - 52.

诗剧和民歌谣曲的体裁，以求某种复调或吟唱的戏剧或叙事效果。他对借自民谣的副歌叠句的运用则达到了类似魔咒的效果。这些做法是为了避免个人化，而只有非个人的东西才会不朽。“我必须选择一种传统的诗节，甚至我所做的改动也必须看起来像是传统诗节。……我是一群人，我是一个孤独的人，我什么也不是。”① 这就是叶芝，一个在传统与现代、个人与群体之间来回奔跑的诗人。诚如一位论者所说，他“在现代作家中最具现代感，而无须是现代主义者”。②

埃兹拉·庞德初遇叶芝时称他是惟一值得认真研究的当代诗人，视他为前期象征主义和后期象征主义之间的桥梁。托·斯·艾略特则称他是“二十世纪最伟大的英语诗人”。如果说1923年的诺贝尔文学奖含有偶然或非文学的因素的话，那么这两位同时代的大师的评语是否会少点儿恭维和溢美呢?

不管怎样，叶芝一生做了他想做的事情，“我丝毫未偏离，/使某种东西达到了完美”（《又怎样?》），以至于在临终时能够对自己的灵魂骄傲地喊出：“冷眼一瞥/看生，看死。/骑者，去也!”

六

作为爱尔兰最伟大的诗人和世界文学巨匠之一，叶芝对各种语言（也包括汉语）的现代诗歌产生了巨大的影响。在西方，叶芝研究已成了一门学问，有关他的各种学术著作多不胜数。他的创作丰富，思想驳杂，几乎每个方面都有文章可做。

---

① W. B. Yeats, “A General Introduction for my Work”, in *Selected Criticism*, p. 266.

② E. R. Higgins, “Yeats as Irish Poet”, in *Scattering Branches*, ed. Stephen Gwynn, NY: Macmillan, 1940, p. 555.

所以，在篇幅如此有限的序文里要对叶芝做全面而准确的勾画是不可能的。好在这里为汉语读者提供了全部叶芝抒情诗作品的汉译及详细注释。至于如何评判和接受，则任凭读者见仁见智。

本书正文主要是根据理查德·J·芬呐阮编《叶芝诗集新编》（*The Poems of W. B. Yeats*, ed. Richard J. Finneran, NY: Macmillan, 1983.）并参考彼得·奥尔特与拉塞尔·K·奥斯帕赫合编《校刊本叶芝诗集》（*The Variorum Edition of the Poems of W. B. Yeats*, eds. Peter Allt & Russell K. Alspach, NY: Macmillan, 1957; 5th printing, 1971.）译出的，包括正式结集出版的全部标准编定版本的叶芝抒情诗，但不包括叙事诗、戏剧诗和集外诗。译文以忠实为务，即尽量做到在内容和风格上贴近原文。注释除参考以上二书外还参考了其它有关文献资料，译者平素的研究心得也在具体注文中有所体现，但力求客观，不臆解。附录部分编译自其它书籍，意在为读者较完整地了解叶芝其人其诗提供一些必要的背景材料。由于译者能力所限，书中谬误必定不少，敬待读者指正。

傅　浩
1994 年 4 月初稿
2017 年 6 月重订

《叶芝抒情诗全集》译后记

1993年8月，借在英国剑桥大学英文系进修之机，我游览了爱尔兰的都柏林和新来沟两地，并专程拜谒了布尔本山麓的叶芝墓，还在墓园旁边的竺姆克利夫教堂的留言簿上签了名。此行使我对叶芝诗的印象具体化了，理解也加深了，从而激起了我修订旧译稿的愿望。说来也巧，在10月回国后去拜望赵萝蕤先生时，我听说中国工人出版社文艺室正计划出叶芝诗集，曾约请赵先生翻译，但她没有接受。听我谈了我的想法后，赵先生便向责任编辑周岩同志推荐了我。很快事情就决定下来了。我平时虽没有叶芝那样相信神秘感应，这次却也真希望是他的在天之灵因我的虔诚而选中我做他的一名译者的。

我是从1983年在北京大学英语系上三年级时起，开始动手翻译叶芝的。当时并不太懂，也不是很喜欢，只是不无野心地想把这位名家作为研究现代英诗的一个起点和做英诗翻译练习的一个对象。记得那时国内对叶芝的译介尚极少，好象只有袁可嘉先生等的几首译诗问世。

我选了部分译作请本系的老教授赵萝蕤、李赋宁等先生指教，得到了他们的良多教益和鼓励。在他们的热情推荐下，我于1985年初次发表了译作。截至1992年，我译的叶芝诗先后在《国外文学》（季刊，北京大学，1985；1991）、《外国诗》（集刊，外国文学出版社，1986；1987）、《孤独的玫瑰：当代外国抒情诗选》（上海译文出版社，1988）、《英国诗选》（王佐良主编，上海译文出版社，1988）、《世界名诗鉴赏词典》（北京大学出版社，1990）、《英国抒情诗》（花城出版社，1992）等书刊上发表了四十余首，此外还被其它书刊合法或非法转载多次。但是由于种种原因，一直没有机会出版单行本，誊抄好的稿子只好藏之陋室了。

1984年我在本系“五四”科学讨论会上宣读了论文《浅论叶芝》。在大学本科毕业前夕，我又在杨周翰教援的指导下用英文写出了题为《早期叶芝：梦想仙境的人》的学士论文（中译文发表于《国外文学》1991年第3期）。后来又断断续续做了一些研究，到1990年才完全搁了下来。

与我的初衷稍有不同的是，这次我原本只打算对旧译稿稍做修改补充，出一个选本的。但后来由于周岩的坚持和鼓励，我又硬着头皮继续在合同期限内赶译全集。乐事变成了苦事，因为原本可以回避的困难现在都不得不一一认真对待了。由于能力和时间所限，匆忙拿出的这个大部分是新译的本子自然大有不如人意之处，细心的读者可能会发现译笔的良莠不齐。译（艺）无止境，倘若天假我以时日，或有再版的机会，我必当有所改善，以求减少对先贤及读者的愧意。

王佐良先生还在《英国诗史》中引用了拙译；袁可嘉先生曾在《欧美现代十大流派诗选》中转载了拙译；美国朋友Tracy Seligmen女士多年前寄赠给我现在所用的《叶芝诗集新编》；大学时代的英国老师Anne Kelly女士也曾赠给我书籍资料并为我解释疑问；爱尔兰国家美术馆（the National Gallery of Ireland）和国家图书馆（the National Library of Ireland）提供了叶芝及其手稿的照片及复制许可；爱尔兰外交部文化司（the Culutral Section of the Department of Foreign Affairs of Ireland）和爱尔兰驻华大使Thelma M. Doran女士也给予了热心的帮助。谨在此对他们表示诚挚的谢意！我还要再次感谢赵、李二位先生，对他们在我事业之初对我的知遇之恩铭记不忘；以及中国工人出版社的编辑们，没有他们的慧识和合作，这部拙译的问世是不可能的。最后我要感谢我的妻子，她不仅在生活上给我以关心和照顾，而且还帮我翻译附录部分并校阅全稿；她的努力成了本书不可分割的一部分。

1995 年 6 月 13 日将是叶芝诞辰 130 周年纪念日，谨以此书作为一份绵薄的献礼。

傅　浩

1994 年 4 月

河北教育版《叶芝诗集》修订后记

触目惊心，汗颜无地，一则以忧，一则以喜，这是重新校读旧译，发现不少误译时的真切感觉。旧译有机会重版，得以修订一番，到底是一桩幸事。子曰："闻过则喜"；"有过，勿惮改"。这次改过，只能说在意义内容上尽量减少了误差，可谓庶几无过矣，但在韵律形式上仍有许多力不从心之处。

叶芝风格典雅，喜用古奥和含义模糊抽象的词语。译文的风格当然反映译者写作的措辞习惯，但我在风格上也有意识地向原文平行靠近。细心的读者也许会发现，我所译叶芝与所译其他诗人，例如阿米亥的作品，在风格上是有所不同的。叶芝的句法复杂，但又与韵律体式巧妙地重合一致；译文首先要把逻辑关系捋顺，然后依据汉语的韵律重新安排分行和押韵，的确很难讨巧。

有论者说：翻译水平的高低，归根结底决定于译者的能力大小。诚哉斯言。这能力应该是综合的，不仅包括两种语言的知识和训练，还包括各方面的素养和翻译实践经验。还要有自我批判的能力；能够自行发现和改正错误，就说明自己的综合能力提高了，用叶芝的话讲，起码是智慧"随年岁长进"了。此外，还有翻译方针的作用。译者是以忠实于原文为第一原则呢，还是不顾原文，而以译文的华美，甚至超越原文为目的呢？方针指向不同，结果就可能不同。故我在实在无法照顾韵律的时候，决不轻易以辞害义，只好暂时依义译出而已。

努力后仍达不到要求，只能怪自己功力不济，除了态度不够认真，偶有疏忽之外，再无别的借口。

拙译于 1994 年由中国工人出版社初版，题为《叶芝抒情诗全集》；1996 年重印过一次；2000 年由台湾书林出版公司出版英汉对照的繁体字选本《叶慈诗选》，内容不到前者的三分之一，但经过了一次选择和修润。此次全面修订，保留了“全集”的全部内容（除略去英文目录之外），对照原文逐首诗做了修改，原译序有所改动，增补了不少注释。限于学力和时间，目前质量只能及此，倘再有机会，当再做改进。

傅　浩

2002 年 2 月 9 日

中国社会科学院

外国文学研究所

时代文艺版《叶芝诗选》选译者序（节选）

三

叶芝在《假如我二十四岁》（1919）一文中自称年轻时有三大兴趣，其一在于民族主义，其二在于诗歌，其三在于哲学。似乎这些兴趣在他一生中从未减退，而是互相交织、融合，最终被“锤炼统一”，形成体系。而他的全部作品就是他追求自我完善的一生的象征，也是他创造的个人神话的结集。其实，他的这番话未必尽是由衷之言。他的真正兴趣只有一个，那就是诗歌。他曾明确地写道：“我一生的事业就是要当艺术家和诗人，不可能有别的事业能与之相提并论。”① 至于民族主义和所谓哲学（几乎等于神秘主义），其中都不免有游戏的性质在。他曾自承，他所从事的诸如组织政治、文学和神秘社团等一切活动都是为了茉德·冈的缘故，是为赢得美人芳心而下的功夫②。

如叶芝所自称和众所公认的，爱尔兰文学复兴运动创造了一种新（现代）的民族文学——用英语写作的爱尔兰文学（Anglo-Irish literature），而他是运动的发起者之一和其中翘楚。在当时以至今日的爱尔兰，都有大批的摹仿者，可见其影响之大。其影响甚至超越了文学本身，涉及国民心理和生活方式。

① 威·巴·叶芝：《自传》，第269页。

② 威·巴·叶芝：《回忆录》，第59页。

叶芝曾对茉德·冈说，他想做爱尔兰的维克多·雨果，用诗来赞美爱尔兰古代的英雄和相关的地方，以唤起当代人的自豪感。然而，从另一方面看，如果像唐纳德·戴维所说，美国在政治和其它方面摆脱殖民地束缚以后很长时间内，在文化方面仍旧是英国的殖民地，而这种殖民地的期限又被托·斯·艾略特等人人为地延长了，① 那么类似地，起码从语言上讲，叶芝的努力和成就在客观上则起到了延长英国对爱尔兰的文化殖民作用。

不过，若说叶芝的写作对爱尔兰乃至欧洲的政治（如法西斯主义的兴起）负有直接责任的话，那也有失公允。这与让尼采和浪漫主义运动为法西斯主义背黑锅类似。奥登在《纪念威·巴·叶芝》（1939）一诗中曾说："诗不会使什么事情发生"。叶芝本人也说过，好的文学只应有潜移默化的作用，而不会被政治即时利用。

其实，以上所论可以说都是叶芝的副作用。他真正的成就还在于他实现了自我价值。无疑，叶芝是个天才，而且是个成功的天才。他的成功之处就在于一生把多种兴趣与工作和生活"锤炼统一"，做了自己想做的事情，创造了一套自我完善的个人神话。圣阿奎那说："永恒即拥有自我，哪怕在一瞬间"。②叶芝找到且成就了自我，因而得以不朽。

按照叶芝的标准，一位天才诗人应当是读众趣味乃至生活方式的创造者，而非迎合者。他就是这样一位喜开风气，敢为天下先，而且颇有预知能力的人。仅就文学技巧方面而言，他可以说有意无意间几乎着着领先了。他得自卡巴拉冥想术的"自由联想"法，与弗洛伊德精神分析方法的发展几乎同步，而其在写作中的应用早于乔伊斯等的"意识流"。他的实验戏剧被认为影响了荒诞派戏剧。他对"自动书写"的利用亦早于英、

① 唐纳德·戴维：《托马斯·哈代与英国诗》，伦敦：儒特莱支与柯根·保罗出版公司，1973 年，第 185 页。

② 转引自叶芝：《探索集》（叶芝夫人编），麦克米伦出版公司，1962 年，第 37 页。

美的超现实主义诗派。他对后期象征主义诗人如庞德、艾略特的启发更是有案可稽的。若按照我们的习惯，要给诗人贴一个标签或送一个雅号的话（我们已有“诗仙”、“诗佛”、“诗圣”、“诗鬼”等），综观其一生行状，那就不妨称之为“诗巫”叶芝。

叶芝出生于都柏林一个画家家庭。祖上是信奉新教的英格兰移民。他在英国伦敦上过四五年小学；中学毕业后，不考大学，而是在都柏林上了两年艺术学校。在校期间开始痴迷诗歌和各种秘法。其后，他决定献身艺术，毕生写作，而不从事任何以谋生为目的的职业。1896 年，结识格雷戈里夫人等人，开始筹建爱尔兰民族剧院，发起现代戏剧运动。1922 年，爱尔兰自由邦成立，叶芝被提名为国会参议员。1923 年，“由于他那以一种高度艺术的形式表现了整个民族的精神、永远富有灵感的诗”，获诺贝尔文学奖。1939 年 1 月，度假期间逝世于法国小城开普马丁，葬于罗克布吕呐。1948 年 9 月，遗体由爱尔兰海军用巡洋舰运回爱尔兰，隆重安葬于斯来沟竺姆克利夫墓园。

作为爱尔兰最伟大的诗人和世界文学巨匠之一，叶芝对各种语言的现代诗歌（也包括我国的）产生了巨大的影响。自叶芝逝世以来，英、美等国学者对他的研究不断发展，不时有新成果问世。现在，叶芝研究已成了一门专门学科，有关他的各种学术著作多不胜数。在中国，叶芝研究可以说方兴未艾。尽管叶芝的名声早在二十世纪二十年代前后就已传到中国，而且其作品也开始有了零星的汉语译本。但具有规模的译介和研究则始于八十年代（台湾地区稍早些，大概始于七十年代），至今已有了叶芝作品的多种汉译本。虽然还不能说已有颇具分量的研究成果出现，但叶芝在中国知识界的影响必然会越来越大。

四

1981 年，我还是北京大学英语专业一年级学生的时候，在袁可嘉先生等编译的《外国现代派作品选》中第一次遇到了威廉·巴特勒·叶芝这个名字。那本书里收录的七首汉译叶芝诗引起了我的注意。于是我开始阅读更多的原文叶芝作品。起初，我发现许多诗作措词古奥、句法曲折，而那么多的凯尔特和神秘法术典故更是令人费解。为掌握诗人真意，我决定诉诸翻译。到了大学三年级的时候，我已经翻译了近百首叶芝诗作。在这一初步工作的基础上，我还撰写了一篇题为《浅论叶芝》的论文，并在一次学术会议上作为惟一的本科生代表宣读了。那年暑假期间，我去了故乡西安的一家出版社，给文学编辑看了我译的《叶芝诗选》手稿。他们好像从来没听说过这位诗人的大名，出版自然无望了。然而，我对叶芝的兴趣并未因此而稍减。一年之后，在杨周翰教授指导下，我用英文写成了题为《早期叶芝：梦想仙境的人》的学士论文，并得了高分。

1985年，在李赋宁教授的推荐下，我第一次在《国外文学》季刊上发表了五首汉译叶芝诗，另外五首则收入王佐良教授主编的《英语诗选》（上海译文，1988）中。1993年，我从英国剑桥访学归国不久，得知中国工人出版社打算出版一部叶芝诗全集。赵萝蕤教授出于对我的赏识，推荐我承担汉译工作。这项译事的特别困难之处在于，不论喜欢与否，我必须在限定的时间内把原本可以避而不译的诗作补充进我原先已有的选译本。作为勉强努力的结果，第一部也是迄今惟一的一部叶芝抒情诗全集汉译本终于1994年问世，不过，其中仅有不足三分之一译文的质量是译者觉得还过得去的。两年后这本书又重印了一次，并换了新的封面，印数累计达到了六千多册。

1997到1998年间，我得到国家留学基金资助，在都柏林大学三一学院为正在写作中的叶芝评传做研究。在斯来沟举办的第39届国际叶芝暑期学校让我有机会重访叶芝故乡。斯来沟美如仙境，无怪乎叶芝从中汲取了无穷灵感。一旦你身临其境，原先从叶芝早期诗歌里得来的那些如梦如幻的朦胧意象一下子都变成了清晰真实的景物，可以随处辨认出来。从某种意义上说，叶芝是一个现实主义者，正如他是一个浪漫主义者或象征主义者。

我还在爱尔兰的时候，台湾书林出版公司的老板到都柏林找到我，表达了想在台湾地区出版拙译叶芝诗的愿望。于是我从《叶芝抒情诗全集》中选取了约三分之一内容，对照原文仔细校订一过，然后寄往台湾。2000 年，我收到了台湾寄来的英汉对照本叶芝（台湾地区改名为叶慈）诗选的样书。就我所知，这本书后来在台湾地区至少重印了两次，尽管那里已经另有几种叶芝诗选汉译本在流行。此前一年间，我的叶芝评传同时由浙江和四川两家出版社出了两个略有差异的版本。这是中国人用汉语写的第一部叶芝研究专著，填补了我国爱尔兰文学研究的一项空白。2003 年，我的《叶芝抒情诗全集》修订本由河北教育出版社出版（改题《叶芝诗集》）。我再次尽力对译文做了修订。两年后，一个书商从那个版本中自行选取了一些译诗，印制了一本英汉对照本《叶芝诗精选》，其中选诗未经我认可，不代表我的最佳水准。

从一开始，我就抱着以叶芝为起点系统研究现代英语诗歌的野心，尝试把文学研究和翻译结合起来。我一边不断修改我的译文，一边从不同角度研究和评论叶芝。到目前为止，除了《叶芝评传》，我还发表了七八篇关于叶芝的论文，包括《叶芝诗中的东方因素》（1996）、《叶芝的戏剧实验》（1999）、《叶芝的象征主义》（1999）、《叶芝的神秘哲学及其与文学创作的关系》（2000）、《创造自我神话：叶芝作品的互文》（2005）和《叶芝作品中的基督教因素》（2008）等，以及若干篇发表在不同杂志、报纸和书籍中的叶芝诗歌解读文章。我还应邀为《20 世纪欧美文学史》（北京大学，1995）和新编《欧洲文学史》（商务，2001）等大学教材或参考书撰写有关叶芝的章节。有些文字被高中语文选修课“外国诗歌散文欣赏”教师用书和大学诗歌读本采用。我的研究逐渐加深着我对叶芝其人其作的理解，不时帮助我从翻译中减少着错误。最近出版的《叶芝精选集》（北京燕山，2008）包含诗歌、戏剧、短篇小说、散文、自传等叶芝作品的汉译，是五位译者合作的成果，由我负责选择原文，校订所有译文，并撰写编选者序。当然，我再次借机修订了我的叶芝诗译文。

这次时代文艺出版社筹划出版“外国经典诗人珍藏丛书”，主编柳鸣九先生邀我编选翻译其中的《叶芝诗选》。荣幸之余，我更觉高兴的是，又有了一次修改旧译的机会。较诸前几次较为仓促的小修小改，这次的修订应当有质的改进。首先，我按照丛书规格要求，从“全集”中甄选了相当数量的译诗，取舍标准是译文的质量，而非原作的重要性。其次，我对照原文逐首逐字逐句地修改所选译文，实在不能满意的就只好放弃。最后筛选出了146首。在近四个月的仔细修改过程中，我对叶芝的诗作有了更深入的理解。其语言略带爱尔兰英语特色；措词稍显古旧，但极精当；句法与音律配合得恰到好处，节奏却灵活多变，不拘一格。相形之下，拙译左支右绌，顾此失彼，尤其是句法与音律的配合，绝难做到像原作那样天衣无缝。尽管如此，我还是尽现有能力改正了旧译中以前失察的理解错误，删减了可有可无的冗词赘语，调整了不够严整的音韵形式，并且据研究所得添加了一些新的注释。但愿修订后的译文读起来少些乖舛，多些凝练与和谐。

《苇间风》，叶芝的第三本诗集这个有些古色古香的汉语译名，是我在八十年代初译叶芝时首创，最初公开发表可见于“叶芝早期诗五首”（《国外文学》1985年第1期）的“译后记”以及《诺贝尔文学奖辞典》（敦煌文艺，1993）“叶芝”词条中，后来一度弃而不用，是嫌它太文雅了，与“全集”风格不谐，不想近年来市面上至少有三种叶芝诗选新译本拿它去作书名，可见其受欢迎的程度，故在此书中重新起用，以博彩头。

傅　浩

2011年1月11日于北京

月　下[1]
(1882—1894)

① 此辑译自乔治·伯恩斯坦编《月下：威廉·巴特勒·叶芝未发表的早期诗作》(纽约：斯克里布纳，1995 年)，共三十八首诗。

一朵花开了[①]

一朵花开了，世界的心核，
瓣和叶是一簇月白火焰。
花儿被采了，无色的学科，
命运和名声的丰厚奉献。
许多人采集，很少人会用
那神圣精油和神圣油瓶。

① 此诗写在 1882 年致一位名叫玛丽·克洛宁的女士的信的背面。

两个月以前或以前更久

两个月以前或以前更久
　我写给你一封长信，淑女，
　它走丢或者恼了您，也许，
现在我想要知道是与否。

那时王座上垂死的夏季
　悄然寂然在歌声中枯萎；
　现在冬季的箭矢飞呀，飞，
秋季的黄叶已飘然落地。

风华正茂的可怜诗人啊，
　长夏里踏着荒凉的歌路，
　在某个新来者唇上醒寤：
“一个可怜人曾住此，死啦。”

假如红唇上仿佛花楸果
　在空闲时间令我们欣喜，
　不挂上一丝半点的笑意，
那我们怎会一里里跋涉？

所以当然我将会知道喽
　我的信落得的下场，淑女，
　它走丢或者恼了您，也许，
一个月以前或以前很久。

瞧瞧那个人

瞧瞧那个人——瞧瞧他忧愁的前额，
　他企图留住患病的月亮从天上
　浓云笼罩的病榻窥望的柳木床
上面像影子一般掠过的生者
与死者——他一把揪住他们的头发，
　令他们留下。他们竟一笑而过，
　依旧赶他们的老路——生者与死者——
犹如经由害相思的狄多[①]的阶下，
　很久前海上驶过浪子[②]的白帆船，
　船舷被海浪的嘴唇激吻得光鲜。
他终于叹口气起身走自己的路，
　忿怒到发狂——他，找遍了多于
　所有的国度，及各国著名的爱欲
艺术——孑然惨遭遗弃的队伍。

1884 年 3 月 8 日

---

① 狄多：传说中古迦太基城邦女王。据古罗马诗人维吉尔所著《埃涅阿斯纪》，特洛伊王子埃涅阿斯在城邦破灭之后逃亡海上，经过迦太基时与狄多相爱同居，后将其遗弃。

② 浪子：指埃涅阿斯。

罗兰爵士[1]

一

熟透的七月临近末尾的时节，
一个绚丽的黄昏降临我故事——
诗韵的激情不会从苦难岁月
或战乱大地获得——一首歌应是
一艘涂着彩画又如画的船只；
充当它漫游日子导航的船员
是哀婉爱情和变故这对姊妹；
她们总是凝视着彼此的双眼
她们总是窃窃私语在彼此的耳边。

二

在寂静大海边上的忘川[2]河谷，
一如苹果花轻柔地向下飘落，
一如被覆盖起来的悲惨小路，
藤蔓没有遭嫉妒的镰刀收割，
用花的薄雾笼罩着李树棵棵；
在似影之物不时从树林里面
冒出之时，在巨浪沿沙滩逃脱
之处，在点点浪沫的瞥视中间，

---

① 此英雄叙事诗是部分模仿斯宾塞《仙后》所作，通篇全用斯宾塞体：八个抑扬格五音步行加一个抑扬格六音步行，韵式 *ababbcbcc*。其中第五、（重复标记的）第六、第十二节因有诗人注明要删除的记号而未译；第二十四节后半部分以及第二十五、第二十六节原稿遗失。

② 古希腊神话传说中阴间的一条河流，据说鬼魂初到阴间，须饮该河之水，以忘却人间往事。

林妖的身影往来舞蹈了片刻时间。

三

在不毛不实的沙滩边缘上面，
有一个面容憔悴的老人走过；
时光给他的额头缀了许多线，
一枚圣殿红十字[1]在上面缝合。
他肩膀瘦削，眼光只微微闪烁，
时不时因想起这事忆起那事
而微笑，但过后就又恢复本色，
一副朝圣者面孔——道路孤寂兮
且独行。我知道他的同伴大都已死。

四

他走近一处地方，在朝南方向
覆盖着一片榛树和柠檬树林，
闹鬼谷口在妖怪果实间张望。
声音微弱他开口把古诗唱吟——
长波轰鸣是相和的合唱乐音——
凄凉的歌声唱一位淑女窈窕
在那久已被遗忘的野蛮年份
在黑铁挪威爱一个已死海盗，
愿眺望茫茫大海直到她玉殒香消。

六

此刻他来到谷口的范围之内，
耳畔的太阳被夜色涂成白色，

---

① 圣殿骑士团的标志。十二世纪初，欧洲基督教国家组织武装骑士保护去耶路撒冷圣殿遗址朝圣的平民教徒，号称圣殿骑士团，一度势力壮大，以至在亚柯建国，1312 年被教皇镇压。

裹挟着大片火焰向海中沉坠；
河谷中蜿蜒的火光沿着壮硕
果实逶迤；绝壁上古人加筑了
墙垣之处，雏枭们从那里呼叫
大群可怕地不断增多的同伙，
除了这些其他的一切将睡着——
绕着悬崖、残墙和朽木啼叫的鸱枭。

八

于是罗兰说："老骑士，来到此处，
我找您并非为寻求崇高名誉。
最近我骑马走上漫长的路途，
但为了让马歇歇我跳下马去，
正想要沿着棕色的海滩徒步
前行，因为马已经实在走不动，
可突然一阵巨浪巅峰上冲出
一条海蛇来，我的马受惊发疯
跑掉了，因此来到这灰色河谷之中，

九

我寻求您的帮助，圣母保佑者。"
梦中人闻言起身，低垂的一枝
苹果花轻如仙子的睡梦似的
顿时泼洒了梦中人满头胭脂；
这时候透过河谷的悄然静寂，
这两人继续谈下去。爵士罗兰
急于了解河谷的历史，我估计，
尚未及问——这故事却迅速抢先，
额头清明的梦中人在这空谷所言。

十

“从前我统治一方领土，城堡
无战事，与农田牛圈共处相依
——喜庆的领土——治下快乐的臣属
常常聚集在我的城堡寨墙里，
冬夜听某个皮肤黝黑的浪子
讲航海故事：他跟随长船队列
跨越大海去寻找商品或金子；
汪洋之上有香料之岛似鸟窠，
狂风与极地巨浪在黑暗之中肉搏。

十一

我最有福气，因为我拥有一切：
荒丘孵卵的羞怯野生云雀般
自由，迅捷无畏的鹰隼般快乐——
独自找寻难得僻静处以思念
高贵亲戚“忧伤”的爱情——亲见
我领土边界，知其宽广的森林
流水——但在白浪翻滚的洪水边，
这些我全都放弃，当时一群群
回家猎人把我独丢在沙滩上逡巡。

十三

从船上下来一人似传说中来，
他眼中满是绵绵无尽的倦意：
非人的愁郁和着非人的光采——
一只渡鸦，天空中最黑的东西，
在他前方飞，总是在他前方飞；
他朝我跟前走来，手中抱持着
一把竖琴，我听见响起了优美
乐曲，但我的灵魂燃起一团火，

直烧到世界的末日来临才会熄灭

十四

他唱茵姬菠[1]那美丽已故少女，
她足迹踏遍那片丰收的平原，
那永不凋谢的水仙盛开之土，
啊，那远在急雨激流外的田园。
他唱远在汪洋大海的那一边，
在葡萄满藤、夏季安居的山谷，
天色昏黄时她会不时地降临。[2]
然后停止了歌唱——我凝望，目睹
海浪起沫如烟雾，耳闻涛声似哀哭。

十五

可是没有黑船在拍岸惊涛中，
我眼前也没有伴随渡鸦之人
曾经在附近河谷——遍地似羊绒
铺满令羊群欢喜的厚厚绿茵，
或者在垂柳丛生的河边游吟。
边沉思我边大步踏上回家路；
城堡上无精打采悬挂着旗旌。
蜜蜂们辛劳忙碌了一天之后，
正在灰色的老墙下蜂巢之中暂休。

十六

突然间我召集他们到我身边，

---

① 茵姬菠是一位丹麦公主，1193 年嫁给法国国王。但此诗后文说她是“挪威女王”，可能叶芝把她与挪威史诗中的人物搞混了。

② 此行原文未压韵，译文亦从之。

大海养育的每个黝黑的人手，
挑选了一群意志坚定的壮汉，
装备了一艘船，万事俱备之后，
我们从海岸的阴影之中驶出，
离开哀戚的人群扬帆去航行，
直到陆地的嘈杂声丝毫不留，
直到丰收的谷物香无踪无影，
跳动的星星在头顶，海鸟欢叫啼鸣。

十七

从浪尖到浪尖，出没浪花之间，
我们航行过汪洋包围的陆地
和无尽长夏所居、葡萄藤蜿蜒
所在的海岸；大海翻腾不息，
巨浪似洪钟敲击敲击再敲击，
环绕飘摇的船只；一人接一人，
受大海折磨的水手死去，葬在
遥远海岛的口岸，在那里他们
周游世界的人生归于寂寞的终尽。

十八

现在我住在世界宽阔的表面，
永不再得到安慰者所居之地，
在此处欢乐和忧愁没有家园，
不像回声住在浪淘的螺壳里——
只是不会讲故事的翩翩梦呓；
我相信我的岁月将流到干涸，
直到我默默离开这寂寞谷地，
到那宁静的漫游之岛上生活，
陪伴那已故挪威女王秀发茵姬波。”

十九

他说完——空旷河谷的阵阵回音
把心爱之名那可爱读音爱抚，
回荡在整个幽谷中，渐渐退隐；
树枝间缭绕纠缠的繁花簇簇
在中魔的朦胧地面之上仿佛
用无数细小的甜美嗓音歌唱：
“你心爱之名降临与我们同住，
我们把深深快乐聚在花瓣上，
如蜜蜂在我们明艳花瓣之上临降。”

二十

犹如在一棵柳树的阴影里面，
倦于爱情与轻蔑，睡着小爱神①，
直到有盛名传扬自他的诗篇，
前来在磨损的熟睡耳边造梦，
于是他抄起弓矢把火炬高擎，
迅速前往无风的河谷那一带，
硕大的果实如在晨曲中觉醒，
全都在空气中摇摆摇摆摇摆，
每一颗里面都闪着鬼火又野又怪。

二十一

他们站起来——那些永远把耳朵
贴在地面上聆听的幽谷铃兰
在路旁围绕他们的脚边闪烁。
罗兰说：“您肯定就是那位好汉，
他的大名已经在全世界传遍，
丹麦英雄欧拉夫。”“不错，我正是，”

① 古罗马神话中的丘比特，爱神维纳斯之子。

另一位说道。此刻在深邃林间，
二人来到一处，罗兰在幽暗里
看见了一堵不可逾越的绝壁升起。

二十一〔甲〕[①]

这块土地上一切有声的群族
在无月无风的夜里归于寂寥，
都睡了，我想——除了无常的沙漏
仍自爱情中挤出不祥的征兆，
别的一切——不不，我希望每一道
山溪都不会不在意放声哭泣。
那绝壁看来似不可逾越，直到
他们走近那林木环绕的崖底，
眼前才现出直通绝壁高处的梯级。

二十二

沿着那通往绝壁之巅的梯级
他们爬到如鹞鹰翱翔的高处——
高处的鹞鹰凶猛的灵魂构思
梦想在胸中酝酿已久的猎捕，
驱使它越来越快地俯冲猛扑——
在接近崖顶处发现一个洞穴——
群星与他们为伴——大地已远去，
那洞穴向着倾听的群星倾泻
不满的隐蔽溪流的一曲沉闷音乐。

二十三

隐逸骑士欧拉夫就住在此处。
两边各有一尊黑石像，用厚实

① 手稿中此节重复标为第二十一节。

肩膀扛着沉重的巨石，支撑住
那悬在洞穴上方的宽阔顶盖；
通过洞顶上裂开的一道缝隙，
一股流泉汩汩地喷涌而下注；
一尊跪伏的雕像永远用手臂
指向须发灰白的水瀑，就仿佛
他在计数着飞流直下的颗颗水珠。

二十四

另一位目不转睛注视着天际，
不眠的愁苦眼眸黑暗如夜色。
他静观恒星和行星璀璨熠熠
漫游的光亮在眼中闪闪映射，
不断地升升降降如潮起潮落。
群星一千个世纪中升升降降……

二十七

哭泣的风儿仿佛永远在唱歌，
向着那总也听不厌足的河谷
低声讲述久已被遗忘的传说，
那曾经美丽如今不幸的命途。
最后如下这些话渐渐变清楚：
“我名叫无法[1]，我永远寻找快乐，
哦，她肯定在某个隐秘处等候，
海边山麓或树荫浓密的湖泊——
您可曾见过快乐？”然后风声渐衰弱

① 此处的无法以及下文的无信和无乐都是斯宾塞的讽喻史诗《仙后》中的人物。

二十八

而静止。快嘴快舌的接话茬者
那寂寞大海接着唱出这些话：
“我的浪涛常吻的河谷岸滩哟，
你认识我吗？每具浪淘的骨架
都熟知我的名字无信；我冲啊
冲啊，总是想到达尘世寻快乐。
告诉我，默默过着日子的你呀，
葱郁的谷地，你把她藏起来了？”
然后地上骤降下一片不祥的静默，

二十九

直到在充满精灵的幽谷深处
响起了朦胧歌唱的甜蜜声音，
越来越洪亮而急促，漫山遍谷
崖畔林间苇塘边都急切回应。
你啊，山谷的精灵，歌曲的魂灵，
把带泪啼鸣投向萎缩的地上，
夜莺啊，你用你的歌无疑确定
传达着如此回答：“翻卷的海浪、
翅膀收起的风哟、风的飞蛾般翅膀，

三十

海和风你们到底为何打听我？
沉思烦恼乃是我日常的工作。
不受约束而任意搜寻的二者，
你们不知道我其实名叫无乐，
名同那逝去已久的异教小伙，
但万事万物中我只懂得此理：
除了快乐没有什么是神圣者”——

歌曲灵魂的歌唱在下方沉寂，
从石刻雕像那里传来了回音低低。

终

无法——无信——无乐

话说滨海一处花园中，
　风和日丽美好的一天，
一度绿丛中吹来阵风，
　拂过雏菊点缀的草地
　上面那一朵破败、苍白、
　污点斑斑的百合之时，
耳闻目睹的一个幻景。

永远漫游的风儿高呼：
　“我叫无法——我寻找快乐，
锁链拦不住我的道路。”
　海浪高呼：“许多曾丰满，
　如今潮拍浪打的骨干
　都知道我名，无信；永远
寻找快乐，我不断起伏。”

百合叹息：“我弯弯的瓣
　从前就像雪那样洁白，
如今在茎上低垂高悬；
　我的名字正是叫无乐，
　与异教小伙一样一模——
　没什么神圣除了快乐：
我只懂得这么一点点。”

潘的祭司①

假如天体的忧郁音乐
总是困惑着他的耳朵，
他就逃到山间
坐在山泉旁边，
泉水闪着冷光，从生苔的岩石侧
跃入水潭，惊骇地泛着泡沫，
在那里，他在瀑布的声响中听见
嘴甜的山林女仙朝彼此呼喊
他的耳朵多年里
不曾听到的秘密。

---

① 潘：古希腊神话中神使赫尔墨斯之子，山林、畜牧及繁殖之神，统辖山林仙女、羊头怪等一切山精水怪，人身而羊腿，头上生角，善音乐，发明排箫。潘的祭司应指其崇拜者。

喜　鹊

在荒野上方喜鹊飞去，
　在榛林冠盖的上方，
啊，喜鹊为何要独居？
　它等待贵妇和情郎。
“你为何伤心欢颜不展？”
　她说：“我已无宁日，爱人。”
“我远行将是那么短暂。”
　她说：“我们别再会，爱人。”

他们在草地上四处漫步，
　驻足听割草人挥镰声；
他边唱歌儿边起伏，正午
　影子在身子下移动。
“红脸膛年轻割草人他唱，
　在世上作乐不是错，爱人。”
她说：“他在唱众生皆悲怆，
　他不懂别的法则，爱人。”

禾草、莎草和小小芦鹪鹩，
　一个社交圈在交谈；
溪水说着，来十只就够了，
　他们正走过溪流边。
“禾草、莎草和小小芦鹪鹩
　低一声高一声正说话，爱人，
林中有欢宴，泽中有嬉闹。”
　她说：“它们叹息啊，爱人。”

它飞过草地，飞过树丛，
　她见它飞越芦苇，
经沼泽往下，尾巴晃动，
　那喜鹊形单影只。
　“你为何伤心欢颜不展？”
　她说：“我已无宁日，爱人。”
啊，出于爱干傻事欺骗，
　她说：“我们别再会，爱人。”

在果香和牛群静思的草地间

在果香和牛群静思的草地间
游荡着我的小小溪流。我喜欢
她胜过那些路过的疯狂歌者，
沿着她荫蔽的岸边，我将歇息
在她在那樱桃园内蒲苇床上
永远对着她自己歌唱她自己——
可爱的自我中心论者——之处。

我听见一株玫瑰

我听见一株玫瑰在幽暗
林间道旁的苔藓边缘
　一块岩石畔——
乌鹊在那里叫喳喳相聚，
　松鼠的爪子在那里紧刨——
　伴着柔风的吹拂吟啸
一支愚蠢而甜美的歌曲。

“亲爱的风，我渴望歇息
在您载歌起伏的胸臆，
　西方的风气！”
我看见风的手指狎昵
　那横遭摧残的娇艳姿色；
　我看见花瓣被纷纷吹落。
玫瑰啊，可怜害相思的玫瑰！

静静的在达吉斯坦河谷[①]

一

静静的在达吉斯坦河谷，
我独自躺着，被铅弹射穿，
鲜血从冒烟的伤口流出
在我沉重的头颅下蜿蜒。

二

近旁是层叠的黄色悬岩，
阳光灼烤着嵯岈的陡壁，
也灼烤着我，在沙滩中间，
我陷入无知无觉的沉睡。

三

我躺在那儿做了一个梦，
梦见家乡河谷的野餐会，
年轻主妇在艳阳下围拢，
嗲声嗲气地讲我的故事。

四

有一人在那里面色凄惨，
她不在嗲声嗲气的圈中，
但在她用双手沐浴之前，

---

① 此诗是据俄国诗人米哈伊尔·莱蒙托夫（1814—1841）《梦》一诗改写的。达吉斯坦是位于北高加索东部里海西岸的地区，现为俄罗斯联邦共和国之一。

她的灵魂沉浸在幻觉中。

五

她看见一具熟悉的遗体
在遥远的达吉斯坦河谷，
乌黑的血液一滴接一滴
从撕烂绽开的肋下流出。

鼓　掌

勿求所有人喜爱而鼓掌，
诗人哟，平息渴望之火吧；
掌声消歇，你高高在上
享黄金自由之处就涌来
喋喋不休的愚蠢的智者。
你平静生活吧，尽管冷漠
群氓会抛掷短暂的笑声
在你宝座前，深沉的梦境
才孕育你的时日的成果，
天生有自身悠扬的赞歌。
你是个吹毛求疵的男人，
裁判的裁判，总是对自身
抱有满足感，就让你的心
命在你之下蹒跚的暴民——
若你已尝到满足感——嘲弄
你的辛劳，对，命他们摇动
圣坛，把圣坛挪走并隐匿
在曾经由祭司亲手主持
点燃过圣火之处，对对对，
神圣三足鼎站立处唾啐。

衰老而孤独者

他们说我傲慢又孤独，对，傲慢，
因为在不断变幻的人群中间
我的爱与恨永远都保持不变
直到长眠，高傲的灵魂永不变。

嘲笑我的人群，他们的爱与恨
在世上流浪，找不到固定家庭，
两个在许多门前乞讨的游魂，
啊，它们比风中的浪花还要轻。

从前的日子我往往爱到狂热，
可我爱的人总是变心，从热恋
有的到冷淡，有的到仇恨——而我
始终如一，高傲的灵魂永不变。

我在爱恋中往往也乐于憎恨，
憎恨中也为爱找到一个家庭，
虽然最近变老了却没有变更，
可是它们比风中浪花还要轻。

因此之故我永远傲慢而伤感，
直到长眠，高傲的灵魂永不变；
群众，他们的爱与恨永无家庭，
啊，它们比风中的浪花还要轻。

遮面的话音与黑暗的发问

我乘着有轨电车在路上疾跑
穿过黑夜时，如是我得出道理：
法利赛人[①]梦想世界运行之道
及偏误之故，他那寂寞的心里
隐藏着什么秘密？远处有一阵
微弱笑声落入我灵敏的耳底，
发问——那古老泪水的俗艳容器，
有什么故事？
　　　　　　无人议论的可怜人，
耻辱的收藏者，她已失去太阳，
她那可怜的悲剧也终于收场，
封存结束了无夏的日子之后，
什么流言（连她都肯定有一个）
一时间变得精神抖擞，会避躲
老伙伴，那些备受践踏的通途？

① 法利赛人：古希伯来人之一支，严守传统律法，后被目为自以为是和虚伪矫饰者。

泉水中一个灵魂

泉水中一个灵魂对我说句话：
“请给我讲一讲你的精神乐趣，
我在阿贝伊舍德①的昔日荣华
成了财富时尚的笑柄和尘土。”
我给那魂灵一句相应的回答：
“我曾听说一部古书②中有句话：

‘要大胆，’古代的圣贤曾经说道，
‘要大胆，要大胆，永远都要大胆，
但不要太大胆，’如是我曾读到，
从某部记载古史的著名经典。
这就是我的精神乐趣的讲述，
其内心深处藏有秘密的财富。”

我曾在充满了沉睡幽灵之地，
从阿佐拉尔③的航海大船之上
抛出钓线达到那极深的海底，
测量着鱼类所在国度的情况；
我听见有鳞生物大笑的声音，
看见鳞光闪闪一圈圈的波纹。

---

① 也许是指最古老的苏美尔城埃里都，现名阿布沙赫赖因，在伊拉克境内。

② 可能是指埃德蒙·斯宾塞的史诗《仙后》，其中第三卷第十一章第五十四节描写布希拉尼宅邸的门楣上镌刻有“要大胆，要大胆，处处都要大胆”和“不要太大胆”等字样。

③ 叶芝早期戏剧诗《摩萨达》（1886）中的一个虚构人物，“星星教导的摩尔人”。

我曾在一座岩石山中找矿石；
我常常把岩石劈开一探究竟，
看其中是否中空有汩汩泉水，
然后再敲打大理石皮壳表层；
近来在山中我到处不断敲打，
如当时大海对陆地所作回答：

“我的手或远或近地测量寻找，
从白银和黄金之中露出土地，
从尘土之中现出大量的财宝，
伊甸乐园诞生时透明的光彩。”
近来我伫立在山顶平地之上，
如当时大海对平地回答那样。

居普良[1]

居普良——
我在这湖水环绕的热带岛上住，
从来没有人看见过这座岛屿，
从来没有船接触过它魔幻的滩涂。
久远的世纪以前我怜悯人类，
给尘世派去一个不安的精神
和一场对抗沉睡神族的反叛，
但人们疯了，以为他们有福分，
苦难不过是为生活缴纳的税款，
奥林匹亚的宙斯[2]仁慈且酣眠，
强盗国家[3]的魔鬼心地善良，
尽管他们已经哭泣了千百年。
虽然我遭受诅咒求死不得，
但是我体内糅合着人类天性。
千百年过去，衰老降临我身上；
厌倦了逃避万国的忿怒暴行，
我很久以前就已越过群山，
寻求安宁，以躲避尘世的喧嚣，
找到了一处喋喋抱怨的泉眼，
它抱怨是因为无女仙装点山涧。

① 据理查德·埃尔曼说，叶芝写此诗时年十八岁（《叶芝：其人其面具》，麦克米伦，1948 年，页 31）。手稿上标明“第一场”，表明这是一部诗剧中的一段独白。发言者居普良可能是个虚构人物，因为历史和传说中诸多同名者的事迹都与此处的描写不符。

② 古希腊神话中的主神，居于奥林匹斯山上。

③ 也许暗指英国，其在爱尔兰殖民统治长达七百年之久。

于是我对它说了句有力的话，
它就听到了山林女仙的语言，
涌流汇聚成一片闪光的水洼。
然后我再度说出那种语言，
那里就升起一座庄严的岛屿，
岛上鲜花烂漫光景明媚；
我伫立在岛上干涸的泉流之上。

你懂的我的歌

你懂的我的歌，关于梦幻城堡——
阴郁的城墙好像编织的网罗，
上面雕饰着精巧的花篮石刻，
盛放着美丽的花环，扎着流苏——
它们遇见过古代侍从唱着歌。

世界不过是奇异的传奇[①]

世界不过是奇异的传奇，
结尾因不幸而偶然丢失。
我不过是一个游吟歌手，
研习那林地知识的学究，
研习着鸟雀鸣唱的歌声，
花朵儿窃窃私语的话音，
风铃草随微风把头摇晃
发出的丁丁东东的声响。

① 此诗是在一本笔记本的扉页上发现的，其中还另抄有八首诗。显然此诗有“序诗”的意味。

灰发老人

我正坐在树林中，忽然
一灰发老人站在我面前，
两眼燃烧着熔炉的烈火，
一手把银色的竖琴弹拨。
那就像流泉的声音，
他相和着如是唱吟：
　“许多人歌颂过美貌女子，
　许多人歌颂过金色发丝，
　许多人歌颂过蓝色眼眸，
　我也来歌颂高贵的少女。
　所有少女中她无与伦比，
　凡间哟无如此姣好容颜，
　男人颗颗心都缠上发丝，
　她闪亮的秀发长及脚面。
　她的嗓音是惑人的回响，
　她的眼神是黄色的焰光，
　夜间在沼泽的上面
　与飘忽的鬼火游玩。”
他唱毕。我手执一朵野蔷薇，
抬头看——灰发老人已不见，
可那长发歌者
他名叫什么？
难道他是蔷薇妖？
————谁知道？
我听见远处一只乌鸦叫，
更远处一条小溪咯咯笑。

谷　地

这乡野居住的所有蜂子
都飞到这里这可爱谷地
从蓝铃花上面争抢花蜜
或沦为此地某精灵
追逐猎捕的牺牲品，
他深藏在那紫色花冠内，
拉满了弓弦在把它等待。
在自己心爱的花丛中间，
他不会拥有其他的权限，
因为快活的仙子们乐于
从花朵的唇上啜饮甘露。

圣诞卡题词

在这冬青泛红时
我送这问候给您，
沿途满径的红花
尚未经蜜蜂尝品，
紧邻它孤寂的家。
愿古昔牵手唤您
到林妖翩翩嬉逐
飞过您面前之处。
尘世为黄金疯魔，
愿您知足常快乐：
财富不求任自然，
平和孤寂乃至善。
岂不闻潺潺流水
出鬼谷滚滚滔滔；
岂不闻山神女儿
在千条溪中大笑；
咆哮山泉岂不会
打湿燕子的羽翼？
这全是您的财富。

狂风吹打的碉楼

一

狂风吹打的碉楼，
　　常春藤蔓的暖意
　　已从你身边退避，
眼见你雉堞上头

二

悠悠千载的野鬼，
　　野鬼嘲讽的笑容，
　　它不禁瑟瑟震恐，
把绿色卷须缩回。

三

曾有学问枭落脚
　　啸叫在灰石墙头。
　　夜半钟响。碉楼抖。
它听见鬼魂欢闹。

四

那枭穿夜空远飞，
　　对自己伤悼不已，
　　终于像石头下坠，
它是因惊吓而死。

五

脑浆迸溅如常鸟，

学问枭如是身亡，
因为它只是听见
一阵反哲学叫嚣。

日　出

嫩叶茁长，牛群吼，
山谷中洪流奔走
渴望海洋的激流；
　听见海涛声，
　溪水大欢腾。
山峦的冠子正变红；
精灵或矮仙的喉咙
游荡在曲折峡谷中，
　轻柔地唱和
　那古老哀歌；
冥后①只轻轻触及
松林中间的织机，
抚过每一根金丝，
　歌声就飘扬，
　升到高崖上，
绕朵朵石楠花飘浮，
野蛮而温柔的旋律
令乌鸫和画眉侧目。
　远处山头上
　清晨的红光

① 古希腊神话传说，谷物女神得墨忒耳的女儿珀耳塞福涅被冥王哈得斯劫去，强娶为后。得墨忒耳悲痛不已，到处寻找，以致土地荒芜，饥馑发生。于是主神宙斯命令哈得斯准许珀耳塞福涅每年春季返回地上，秋季回到地下，从此才有了四季循环。此诗原文用的是珀耳塞福涅在古罗马神话中的名字普洛塞耳皮那。

顺山腰向下奔泻
从茂盛松林掠过，
向峡谷咽喉滑落，
　紧紧地追逐
　逃跑的露珠。
终于摆脱了云和雾
重重包围的裹尸布，
太阳冲出来，骄傲于
　不息的火焰，
　因欲望狂癫，
去啃食跳舞的月光——
月亮的镰刀明晃晃
收割了黑夜的歉荒——
　她流动的发
　钢似的光华。

潘[1]

我歌颂潘和他美妙的牧笛，
　阴凉和阳光里面的王者，
在麦子火苗中跳舞的形体；
　我也歌颂骏马的蹄子
践踏处迸溅而起的露水。
　我歌颂孤寂之处，
那神秘祭司一族曾庄严、
　奉献给潘的神殿；
他们见过那大神，面对面，
　他们听过潘，那音乐之王，
在树叶中间已沉寂的言谈，
　他们听过溪流把故事唱：
曾有天使族生活在大地，
　奉慷慨的潘为他们的王。
一位恨人类的新神崛起；
　他们死去，魂附于大地，
慷慨的潘就逃到森林里。

① 参见《潘的祭司》一诗注。据古罗马帝国时期希腊历史家普鲁塔克说，潘是古希腊神话中惟一真正死了的神。后世有人认为潘神之死象征着神话世界的消逝，取而代之的是基督教的“新神”。

儿 戏

我知道一处快活林，
从未遭人类烦扰败坏，
那是个疯狂快活林，
没有整修的坦途存在，
只有荆棘到处蜿蜒，
长满又大又甜的黑莓、
真会呼号的铺地石楠、
我脚边围绕的柔软青苔。

还有一些四脚的生物，
树桩下毛皮光滑的兔子，
还有一些长翅膀的生物，
它们巢居在榛树丛里。
茂密青草覆盖的岸堤
里面根本没有白顶鸡，
曾是栖身枞树林中客，
常蹲着眼睛直眨巴眨巴，
从来不为我动弹挪窝，
太勇敢我想是遭了枪打。
我常常躺在那里的苔藓上无所事事，
梦想并且假装
我是个猎户。我要告诉你远离俗世
感觉究竟怎样：
我一想就立时变成猎户，
寻常物看起来好异常：
树桩变成了一座棚屋，

红人[1]在森林里游荡；
现在我人称白熊，
因那里人人都有细鬃；
朝附近那树丛蠕动之物，
你说是蜥蜴我说是麋鹿；
那噪声是一块草地的飒飒声穿过林间，
不，我说是清风中滚动的一片草原；
远处是落基山脉[2]的蓝色，
还有——可是你大笑，我就不跟你多说了。

① 指北美洲的印第安人。
② 纵贯北美洲西部的一条大山脉。

我坐在高大虬结的树根上

我坐在高大虬结的树根上
数着树液与果实的歌唱，
忽然从生长在山谷中的
一棵又直又高的松树上，
一只小鸟把猎物掉落，
就仿佛它要回忆某支歌，
就像鹪鹩那样。
于是从松树永恒的脚下
我朝它喊出合律的这番话：
“愿你平安，兄弟，
愿你平安，金冠者，
祝你平安，黑脯者，
蓬茸松间的居士。
你那歌哪里去了，
你那支乡曲野调？
在精灵欢喜的林地，
在山中椤树洒下的
柔和紫色的阴影里，
别的鸟都已遗忘处，
你那歌才得以生出？”
然后那鹪鹩作答如是：
“不是在精灵欢喜的林地，
别的鸟都已遗忘处，
我这歌才得以生出，
而是当大太阳纵情恣意
畅饮炎热七月的热血时，

我寻觅林地的美妙领地：
在那里西风敛翅栖息；
溪水在神秘睡眠中奔流，
倦怠地打着甜美的节奏，
一路唱啊，唱；
平静的树叶边欣赏
边抚弄那一阵阵
甜美的夏季歌声。”

于是一个奇妙的小仙子
从一朵野玫瑰灵魂中升起，
手握一把金色的竖琴，
每个音都是颤动的火星。
我颤抖着凝视他冷冷的蓝眼睛，
那眼光是遥远天空的光明；
他为我唱元始事物之歌，
古代泉水精灵的传说；
我想许多隐蔽之处，
松树橡树的内心里
那些小小野生仙族
都珍爱这节奏拍子，
但我在此坐在阳光里
想到那也许什么都不是，
只不过是远处瀑布
有如号角的啸呼，
就不禁悲伤痛苦。

露水滴下来

露水滴下来
　落在榆柳上，
轻柔不停息
　如泪流枕上——
轻柔滴落哟，
音声如号角
回响山谷丘，
　或音韵如水
　出自菲洛美[1]
那紧张歌喉。
露滴纷飞急，
　一滴一思想
　从天上下降
到黄昏心里。

① 菲洛美：或称菲洛美拉，古希腊传说中雅典公主，被姐夫色雷斯王忒瑞俄斯强奸，并割掉舌头，关在一座塔里。她把自己的遭遇绣在手帕上，设法投给了姐姐普洛克涅。普洛克涅救出妹妹，杀死亲生儿子给丈夫吃。忒瑞俄斯发现后，欲杀两姐妹。她俩在逃跑途中分别被神使变成了燕子和夜莺。古希腊传说姐姐变成了夜莺，妹妹变成了燕子；古罗马传说则正相反。

流寇的婚礼

爱尔兰，16——

难道你不怕流寇的凄惋爱情？
永远跟着他，年轻的低地女儿，
他在西海边杀死了他的兄弟，
是一个依山傍水而居的游民。
　难道你不怕流寇的洞穴？
那里没有温顺的枕头供你躺，
只有流寇的胳膊和干草当床，
　最终是一个流寇的墓穴。

难道你不怕不倦的獒犬之仇
到每处沙漠泉源边追寻我们，
沿石楠丛生的山坡追寻我们，
把我戴铁的额和你柔弱的头
　惊醒去面对共同的运命？
难道你不怕不倦的獒犬之吼？
从爱走到无爱的天堂或地狱
　从欲乐之梦到亡魂之梦？

你每次接吻都会怕他，看见他
金色晨曦中佝偻而行的幽魂；
在水池旁边梳洗打扮你自身，
为了我修饰妆容的时候怕他。
　难道你不怕，难道你不怕
寒冷黎明时点缀蘑菇的草莽？

那里无海豚喷泉，无平滑草场
　和舒适宅邸令你心情佳。

女孩，难道你不怕爱如此孤独？
没有朋友的眼看你柔发飘然，
因为他们都死了，我的老伙伴——
风吹呀吹过每一块白色胸骨。
　在露湿树林或光秃山丘，
剑或箭追上了他们，他们完蛋。
乌鸦把他们的血肉当做盛宴，
　强悍的鹰隼也吃饱喝足。

你若是想要流寇的凄惋爱情，
那就跳上来坐在鞍上我前头。
驱驰已久，就让布赖恩在溪头
刨刨疲惫的蹄子。在铁盔头顶
　我永远佩戴着你的手套。
可是听，难道你不怕獒犬之吠
滚滚回响在遥远的空谷之内，
　滚滚回响在山间的小道？

驾！驾！他们要追上了。尽力跳跃，
布赖恩！从黑暗裂谷之上一跃
而过！抓紧，亲爱的，此刻将赢得
爱情的长久日子或永久安歇。
　吻我吧，恐怕你得到后者。
我们安全了。听巨石相撞坠下
裂谷的嵯岈崖壁，在我们脚下
　哐啷响——我们踏过时松落。

驾——驾——现在他们有许多里之遥。

在柔波拍岸之处，我们把马辔
放松，沿灰色沙滩漫游。在那里
我杀了我兄弟；我们刀剑相交
　仅仅为嬉戏，战斗的狂热
袭来，我下了杀手。他是我帮里
第一和最后一位。现在我午时、
　早晚都遭受上帝的谴责；

跟我一起走的人都总是迷路，
出外到满载悲哀的坟墓世界，
难道你不怕上帝的谴责，女孩？
你的眼回答，无论天堂或地狱，
　你在此同享我凄惨人生。
抓紧，亲爱的，让我感受你和平
靠近我灵魂，永无星光的无情
　黑旋风在那里与日俱增。

走过海滩，聚集的群山合拢来
紧围着我们。我们的路在那里，
天光渐放亮。我们扭曲的影子
随我们飞奔。云洗的山峦拔地
　而起，在平原上高耸千尺——
我若不曾称你为良马，以伟大
布赖恩[1]为你命名，现在就轻踏
　西洋白分时巨浪的拍子。

月光下面配置着森林的阴暗；
常常在雷霆的吼叫震响上边，
战神谈论着我国长久的争战；

---

① 指布赖恩·博如（941—1014），中世纪著名的爱尔兰最高国王。

此处有我们的石灰岩洞，悲惨
　厄运从离他切近的巨怪
云团降到人类的疲惫精神上；
我们将住在此，远离盾牌刀枪，
　远离一群群讨厌的武士

爱的衰减

一条河边。蒲草丛中一条小船。两个等待号角召唤而分手的恋人。

她： 疯傻的白昼赤脚在山丘上走，
她把她那猩红的拖鞋丢在了
天宫之中的什么地方。

他： 大笑着
用火球把可怜的夜从深林里逗引
出来。她藏起来睡觉，可怜的东西，
睡眠之母，她什么也不懂，除了在
百合的漏斗和玫瑰的心里层层
镶有阴影的紫红色褶皱里边，
在花头垂悬的毛地黄和静静河水
以及你旋转的纺轮的阴影中睡觉。

她： 你像个恋人凝视她的眼睛，
在那里你看见什么哟，夜的追求者？

他： 濒死之物的诱惑和神秘。

她： 那就别再看，我的夜的追求者。
别再凝视她，也别凝视大地，
宇宙中间最为孤独的露珠啊，
古老而苦涩的大地从未爱过；
也别沿山林凝视，林中精灵
年轻时爱到发疯，遭到欺骗，

现在都成了叹息。你凝视我吧！
我会大笑，你不会如此悲哀。
我一度爱过它们，但现在没快乐，
除了只有你：那边翠鸟的蓝色
令我伤心——无用之火。

他： 没快乐，
除了只有你：暗淡星光的蓝色
在我头脑中发烧悸动；在一片
没有歌声的忧郁荒野中，星星
举行着她那无休无止的节庆。
噢，亲爱的，用双手蒙住我双眼，
我就不再会看见我的流浪；
你年轻的脚前，一切不安都死去，
我就能永远编制雏菊花链，
就好像儿童运用全部智慧
眼神肃穆地注视那迂曲链条
在草丛生长。我就能近乎忘却
那遥远紫色星辰的孤寂歌喉
歌唱众天使如何从星辰到星辰
无尽地飞掠，对于他们，负担
来自永恒的孤寂。远远下方
海洋深处，星辰如是唱，上帝
扬眉睁眼永不休息沉思着：
在世界诞生前，祂从无始长眠
之中起身，眼看到祂的孤寂，
由于充满对阒无人声的广大
空间和担惊受怕的自身的恐惧，
祂从自己的圣灵上揪下一把
火花，大喊一声扔到黑暗中。
如是祂造就了天使和说话的世界，
命它们喋喋排遣祂的寂寞；

那遥远紫色星辰的歌喉哀吟。
它们是祂自己的寂寞的喉舌，
还有我、这些手、你那闪亮的眼睛、
嚅动的嘴、一切活动和恋爱者。
啊，用你轻颤的手指蒙住我的眼，
我的甜，我就会大喊那野星星撒谎了。

她：浪花的星星在我脚前飞溅，
啊，但愿我们之前无人爱过。
（号角声响。）

他：走吧，我的命运！

她：　　　　　　　　啊，让我把这
红玫瑰插上你头盔，你这么高大，
高大得我都够不着。有多少女孩
曾踮起脚跟给假意情郎头盔上
戴玫瑰花环？

他：　　　　一千个。

她：　　　　　　　　　比这要多，
啊，比这要多。
（号角声响。）

他：　　　　　我不能留下，再见。

她：（让玫瑰掉落）等等啊，等到我把玫瑰插上
你高耸的头盔。看那温柔的玫瑰
闪耀在阴凉处。我还要摘一朵——这样！
把它轻轻地放在第一朵旁边。
它们是少女的爱情有浓荫的双眼，

没有歌喉，在凝视中虚度一生，
所以在它们死后，怜悯的精灵
命玫瑰当它们沉思的眼睛，那些
羡妒的灵魂此刻正透过那深红
目光注视着你我——吻我，亲爱的。

（号角声响。）

啊，别在意，漫游去吧，到海浪，
到行走在群星中间的风里去吧。

（他步入船中。）

她：（慢慢地把玫瑰花插在他头盔上，失声痛哭）你很快
就会忘记我。
噢，亲爱的，恨我也别忘记吧！

（号角声响；他撑船离岸入河。远在彼岸，一队少女抬着圣母雕像走过，唱着一支歌。）

那里有青年走过，在愚昧战争
无知的杀声中，他们或许倒下，
未活已先死，马利亚，请您保证
百万双战斗之手像您的手爪
一样无害吧。
上帝给猎鹰酬劳，
它飞跃穿过天空无声的孔隙，
精神受无法测量的速度煎熬
而疲惫不堪。就让它坠地而死，
因为它活过。
上帝赐给吉卜赛
儿童异类笑声的狂喜，用密集
叫喊打破树林的慵懒，后来是
流浪的激情。让他们倒地而死，
他们已活过。
上帝给谨慎鲑鱼
吹奏着风笛缓缓流过的长溪，

给我们厌倦纺锤[1]——愿它们死去，
它们已活过。

（一个声音独唱）

请垂听，圣母马利亚哟，
请别让我的爱人与死者为伍，
我们的爱是天下最年轻之物，
洁白的马利亚哟！

① 古希腊神话中有司命运三女神，其一用纺锤纺出生命之线，其二决定线之长短，其三负责把线剪断。此处纺锤应即喻指人生。

在荒野中无论何处

火焰常炽的时光之扇所蚀损、
渴望人类言谈的起皱的沙漠
荒野中无论何处，我们一支起
帐篷，为在某个并非不毛的
人迹罕至之所冥想，放任
我们的梦想，那些忧伤的骆驼，
漫游和沉思，朝圣之主就大喊：
“不——大篷车继续不断前进，
目的地还在晨星之外的远方。”

火　炬

这首歌献给所有愿集合并团结起来者，
　兄弟同兄弟，
我们久泣的老母亲爱丽[1]的火炬照耀下，
　哨兵和卫士。

这首歌献给所有愿站在她希望之火旁，
　不眠也不懈，
而保持高昂且欢快骄傲的勇气以对抗
　无数邪恶者。

这首歌献给所有愿集合并再度帮我们
　老母亲爱丽，
决不做惹怒著名的伟大先贤之事的人，
　兄弟同兄弟。

---

① 爱丽或爱尔或爱琳是爱尔兰的盖尔语古称。爱尔兰通常被拟人化为女性。

致玫瑰十字会一姐妹[①]

不是铁器时代的女儿，
　神圣的未来召唤着你[②]；
　它的声音在滴落的露珠里，
在静默的星光，在这些诗句里，
在这慢慢消磨的忧心里——
　把一切平庸的好希望丢弃，
　因为我看见了奇幻的日子，
听见了清晨号角的劲吹。

1891 年 8 月

---

① 叶芝于 1890 年 3 月加入玫瑰十字宗秘术组织“金色黎明修会”，并于翌年秋劝说茉德·冈入会。此处“姐妹”应即指茉德·冈。与此诗出自同一抄本，共题为“玫瑰十字”的其他五首诗《致时光十字架上的玫瑰》、《他谈论绝色美人》、《路径》、《祂，命令极地的雪原》、《梦死》也都是写给或关于茉德·冈的。

② 据西方神话传说，人类世界现在正处于堕落的铁器时代。叶芝相信历史循环说，认为上古完美的黄金时代必将在未来回归，而他本人作为智慧的化身与美的化身茉德·冈共同肩负着召唤上古爱尔兰诸神，复兴爱尔兰民族的神圣使命。

路 径

我若是上帝，大天使就该去
　把星星都从天空中摘下来，
　忽然间又都急匆匆飞起来，
把它们散布成闪亮的一溜——
一条恰恰好闪亮的路径。
　我只有生命可以献给你；
　轻轻地踩啊，最轻柔地踩，
你悲伤的脚下是我的生命。

1891 年 8 月 5 日

祂，命令极地的雪原

祂，命令极地的雪原
　远离化育的温暖岁月者——
祂把我造成你灵魂的友人——
　却把你的心留给另一个。①

1891 年 10 月

① 叶芝于 1891 年 8 月向茉德·冈求婚而未成功。后来他才得知茉德·冈早已与法国政客吕西安·米洛瓦秘密私通了。

有关前世的梦[①]

麻鹬和田凫的叫声、月亮的蜜白色光晕、
山谷中带露的青草、那低吼的大海母亲、
林地里跳跃的绿叶、天空中星星的光焰
比细长的白指可亲，胜过你柔和的黑眼；

你前来靠近我一点，仪态又动人又温和，
脸上混合着倦意和秋天悲伤的玫瑰色；
在柔和的黑眼照耀下，我的世界毁灭了，
它已经等待了一千年，现在消逝终结了！

“你对我比往昔荒漠里的一位兄长更亲。”
你说得多温柔，多温柔——“我只拉手做友人：
在此生开始前，他们把我们一起卖为奴，
但爱神比日月更古老，不听任何人吩咐。”

九[②]个世纪前我与你相遇，彼此目光交织，
一瞬间又分离，沮丧就降临我们的日子；
我们走各自的旅程，竟羡慕草盖的死人，
因爱神头戴繁星冠，掠过了没注意我们。

---

① 1891年8月，茉德·冈写信给叶芝说，她梦见他俩前世是阿拉伯沙漠边缘的一对兄妹，一同被鬻卖为奴。叶芝错会了意，立即兴冲冲赶去向她求婚。她拒绝了他，说她不能结婚，但希望保持两人之间的友谊（参见叶芝《回忆录》，德尼斯·多诺休编，伦敦：麦克米伦，1972年，页46）。此诗原题《数世轮回之前：记七月某夜你的梦》，后改题《纪念》，拟收入第二本诗集《女伯爵凯瑟琳及各种传说和抒情诗》（1892）时又改为现题。也许过于直涉隐私，叶芝在审读诗集校样时从中删除了此诗。

② 九为神秘数字，非确指。

祂踏着幽魂和幽光之路

祂踏着幽魂和幽光之路。①
要讨祂欢喜，我的诗须是
一种有色又有形的神秘，
思藏在思里，梦藏在梦处。

① 此行较早稿为“上帝爱幽魂和幽光之路”。

关于一个孩子的死①

你们，死者的阴魂军队，
为什么长着星星般脑袋、
踉跄的脚步、小小手掌？
你们队伍中有绛袍君王，
诗人的心房在其中跳荡；
你们为什么要脚步踉跄？
她很需要用漂亮的东西
使爱神展开平静的翅翼
遮护她有生之日的动乱，②
闭拒愚蠢的责难和夸赞。
她虽有她的鸟雀和松鼠，③
但这些没有人类的蜜语，
不会喊她名字把她呼唤：
它们的爱只是林地火焰。
你们，死者的富裕军队，
为什么长着星星般脑袋？

1893 年 9 月 5 日

① 茉德·冈与法国政客吕西安·米洛瓦的私生子乔治于 1891 年 8 月 31 日死于脑膜炎。叶芝当时不明真相，以为孩子是茉德·冈领养的，甚至以为是个女孩。

② 暗示茉德·冈因热衷政治活动而远离平静的个人生活。

③ 茉德·冈喜欢小动物，常常带着各种宠物旅行或参与公开活动。

我不会在晦暗时刻

在光明时刻馈赠的礼品，
　我不会在晦暗时刻收还，
在诽谤气息把我的愚蠢
　拽紧了的线绳弄断之前；

那脆弱希望造就的细线
　捆绑住两颗孤寂的心灵，
但光明的爱必渐渐暗淡，
　直到人类的命运都缠尽。

馈赠的礼品我再度馈赠，
　因为你可能会来到冬季，
但你美貌的白花会永生
　在一册可怜愚蠢的诗里。

1894 年 3 月 10 日

尽管热闹岁月来

尽管热闹岁月来，热闹岁月去，
剩下最好的东西是一个朋友。
等热闹的岁月落到身后之时，
我们还可能找到更好的奇迹？

十字路[①]
(1889)

“星星被捽打着，从它们的谷壳里灵魂被捽打了出来。”

——威廉·布雷克

献给

艾·伊

---

① 标题和年代最初见于《诗集》(1895)。作品选辑自《乌辛漫游记及其它》(1889)和《女伯爵凯瑟琳及各种传说和抒情诗》(1892)，共十六首。题记出自英国诗人威廉·布雷克(1757—1827)的长诗《瓦拉》(后改题为《四天神》)第653行。艾·伊是叶芝好友、爱尔兰作家兼画家乔治·W·拉塞尔(1867—1935)的笔名。叶芝原注(1925)说：“《十字路》中的许多诗，当然是那些关于印度或牧人和牧神题材的诗，肯定作于我二十岁以前，因为从我在那个年纪开始写《乌辛漫游记》那一刻起，我相信，我的题材就变成爱尔兰的了。”

快乐的牧人之歌[①]

阿卡狄[②]的森林已经死了，
其中古朴的欢乐已结束；
往昔的世界靠梦想过活；
如今灰真理[③]是她的玩具，
她仍不安地把头掉过去。
可是啊，世界的病弱子民，
在克罗诺斯[④]嘶哑的歌曲
伴奏下郁郁旋舞过我们，
一切诸多变幻的事物里，
惟有言词才确实地美好。
好战的国王如今在哪里，
那嘲弄言词之辈？——天知道，
好战的国王如今在哪里？
他们的荣耀只是学生娃
阅读着头绪纷繁的故事，
结结巴巴说出的无聊话：
古代的国王如今都已死；

---

① 此诗作于 1885 年，发表于《都柏林大学评论》（1885 年 10 月），初题为《〈雕像之岛〉和〈寻求者〉的尾声——手执海螺的山林之神的独白》，后题为《最后的阿卡狄亚人之歌》。《雕像之岛》是叶芝的一部诗剧；《寻求者》是一首戏剧诗。

② 阿卡狄：即阿卡狄亚，是古希腊南部一山区。当地居民以牧、猎为生。传统上被视为黄金时代纯朴的田园乌托邦。

③ 灰真理：指世俗或科学真理。叶芝认为真理有两种，一为客观真理，一为主观真理。客观真理是关于物质的，是暂时和相对的，而主观真理是关于人的灵魂的，是永恒和绝对的。因此，只有主观真理才值得追求。

④ 克罗诺斯：希腊语，义为“时间”，被诗人品达人格化为“万物之父”。

漫游的大地自身就可能
只是个骤然闪耀的字眼，
一时回响在铿锵的空间，
惊扰着绵绵无尽的幻梦。

那就别崇拜尘世的功名，
也不要——因为这也是真理——
如饥似渴地去追求真理，
免得你千辛万苦仅产生
新的梦，新的梦；没有真理，
除了在自己的心里。那就
不要向天文学家求学术，
他们借助着望远镜追踪
掠过的星星的弧旋路径——
别寻求——因为这也是真理——
他们的言词——冰冷的星运
把他们的心已劈成两分，
他们人性的真理都已死。
去那嗡嗡哼唱的大海边
捡一个拢着回声的螺壳，
对螺唇把你的故事述说，
那螺唇就会给你以慰安，
用音律技巧把你的烦恼
言词再重复片刻，一直到
它们唱着在怜悯中消逝，
结成珍珠般兄弟情而死；
因确实美好的惟有言词：
那唱吧，因为这也是真理。

我必须走了：有一处墓穴，
那里摇曳着水仙和百合；

黎明前我要用欢快歌声
让葬在沉睡的地下深处
那不幸的牧神欢喜高兴。
他欢呼的日子早已逝去；
但我仍梦见他踏着草丛
幽灵一般在露水中行走，
被我那欢快的歌声穿透——
我歌唱古老大地梦往昔：
可是啊！她如今不梦；你梦！
山崖上罂粟花[①]开得正盛：
做梦吧，梦吧，这也是真理。

① 罂粟花：睡眠之象征。

悲哀的牧人①

有一人被“哀愁”点名当做了朋友，
他，梦想着“哀愁”，那高贵的伙伴，
沿着那光闪闪、潮声隆隆的沙滩
慢步行走，那里有风浪在巡游。
他朝着群星大声呼喊，求它们
从银色宝座上俯身来安慰他，可
它们自顾自不断地大笑和唱歌。
于是那被“哀愁”当朋友的人
哭喊：**沧海啊，请听我悲惨的故事！**
大海汹涌，喊着她古老的嘶喊，
睡梦中翻滚过一个又一个山峦。
他从她的壮美的折磨下逃离，
到一处遥远、温柔的山谷中驻停，
向晶莹的露珠把全部的故事哭诉。
可它们什么也没听见，因为露珠
永远在倾听自身滴落的声音。
于是那被“哀愁”当朋友的人
又回到海滩去，找到一只空螺，
思忖：**我要把沉痛的故事述说，**
直到我自己的话语，再度回音，
把悲哀送过空洞、珠润的心底；
我自己的故事重新为我讴歌；
我自己的低语令人感到慰藉；

---

① 此诗作于1885年，最初发表于《都柏林大学评论》（1886年10月），题为《最悲惨者》。

看哪！我古老的重负就可以脱离。
于是他对着珠润的螺唇轻唱；
可是那孤寂海边悲哀的居民
在她那迷人的螺旋中把他的歌声
都变成了模糊的呻吟，把他遗忘。

披风、小船和鞋子[①]

“你在做什么，这么光艳美丽？”

“我做一件‘忧愁’的披风：
呵，在人人眼里将显得可爱，
那件‘忧愁’的披风，
在人人眼里。”

“你用乘风的帆篷做什么东西？”

“我为‘忧愁’造一条小船：
呵，整日整夜里在海上疾驶，
‘忧愁’那个流浪汉，
整日整夜里。”

“你用雪白的羊毛织什么东西？”

“我织一双‘忧愁’的鞋子：
那轻快的脚步将无声无息
在所有人忧愁的耳朵里，
骤然而轻快。”

---

① 此诗原是诗剧《雕像之岛》中的一首无题歌，1885 年 3 月发表于《都柏林大学评论》时题为《人声》。

阿娜殊雅与维迦耶[1]

黄金时代的一座印度小庙。庙外花园环绕；园外森林环抱。年轻的女祭司阿娜殊雅跪在庙内。

阿娜殊雅：请降和平于遍地及摇曳的庄稼。——
呵，要是他没爱别的人，但愿
他在林中漫游时，宁静陪伴他。——
请垂听，但愿懒散的羊群繁衍。——
假如他爱上另一个，但愿群豹
将他结果。——请垂听，且时时赐予
我王以智慧的重负。——我们死后，
愿我俩站在万千落日之外，
稍稍远离别的幽魂，长发
交缠在一起，抚弄着同一只琵琶。

维迦耶（走进寺内，抛向她一朵百合）：万福！万福，我的阿娜殊雅。

---

① 此诗作于1887年，原题《嫉妒》。叶芝原注（1925）："那个小小的印度戏剧场景原是打算作为一出关于一个男人为两个女人所爱的剧本的第一幕的。他在她们之间有一个灵魂，一个女人醒着时另一个睡着，一个只知道白天另一个只知道黑夜。当我在罗西斯角看见一个男人拎着两条鲑鱼时，这念头来到我脑海中。'一个人有两个灵魂，'我说，然后又补充说，'哦不，两个人有一个灵魂。'现在我在《异象》中再次忙于这种思想：昼与夜、日与月的对立"（《叶芝诗集新编》，页589）。阿娜殊雅：梵语义为"无怨"，在印度神话里是一天女的名字，亦为印度古剧《沙恭达罗》中一人物；维迦耶：义为"得胜"。"黄金时代"传统指人类的最初时代。

阿娜殊雅： 别，请安静。
我，本庙的祭司，正在为国土
祈祷。

维迦耶： 我愿在此恭候，阿沐丽陀①。

阿娜殊雅： 以大梵天②永远飘拂的圣袍的名义，
阿沐丽陀是谁？无比的悲伤啊！
另一人占据了你的心。

维迦耶： 我母亲的名字。

阿娜殊雅（走出庙外，唱）：
一缕悲哀、悲哀的思绪缓缓掠过我的身边：
叹息吧，啊，小星星！叹息并抖动你们蓝色的衣裙！
那悲哀、悲哀的思绪此刻已全然离开我的身边：
歌唱吧，啊，小星星！歌唱且扬起你们欢快的赞颂！
赞美伟大的梵天，是他造就了你们，多如沙数，
且用平静的双手把你们安置在黄昏的门楣上头。
（在庙前台阶上坐下。）
维迦耶，我随身带了我的晚饭来；
太阳把下巴搁在灰暗的林梢上，
困倦了，他周围环绕着朵朵罂粟花。

维迦耶： 这正是欲天③起身的时辰：他带着
睡意大笑着，把芬芳的花箭射出；

---

① 阿沐丽陀：在印度神话里义为“不死甘露”。

② 梵天：印度神话中三大主神之一，是世界的创造者。

③ 欲天：又称“无形”，印度神话中的爱神，持五支花朵制成的弓箭，因引诱大神湿婆而被湿婆用三昧真火烧死。

低鸣的矢镞把苍茫的暮色穿透。

阿娜殊雅：看，那些神圣的老火烈鸟来了，
在所有石阶之上涂满了阴影：
它们年老睿智，在庙里寻找
它们惯常的栖处，供它们忧郁的
心绪徘徊漫游的迂曲的路径。
那高个儿盯上了我的饭；把它轰走，
轰得远远的。我用你的名叫它。
它是个捕鱼的好手；时不时地，
它的长嘴巴从水里叼起小鱼来。
啊！它偷吃我的饭。我跟你说过。
快赶它走。它走了！你救了我的饭，
赏你一个吻；你就不说声谢谢？

维迦耶（唱）：请你们歌颂她吧，呵，初现的疏星，
那受梵天摩顶赞美的人儿！你们
前导着漫游的寂静；趁着身心未衰老消沉，
歌唱吧，在你们的车厢中辗转翻腾！
歌唱吧，直到你们举手叹息，向车外窥视，
长发旋舞，洒下许多幽蓝的泪滴。

阿娜殊雅：这些泪星的前导知道些什么？

维迦耶：它们面容憔悴，它们眼中
闪烁着悲哀之火，它们目睹
遍野的冰柱使北国陷入饥馑，
那里的人们僵卧在耀眼的雪地；
在燃烧的森林里雄狮和雌狮在颤抖，
它们的幼崽呜呜哀嚎；还有，
那永远游荡在万物边缘的幽灵——

美，笼罩在一片眼泪的雾霭中；
惟独我们身处密织的林荫里，
此刻感受着彼此手掌的温软，
阿沐丽陀，而——

阿娜殊雅（从他身边跑开）：唉呀，你爱另一人！
（突然痛哭。）
但愿可怕的灾病降临在她身上！

维迦耶：我是曾爱过另一人；如今只爱你。
在这森林古木的枯枝败叶间
住着你；在那村子的边上住着她，
守着她年老的父亲，那盲目的伐木人。
刚才我还望见她站在家门里。

阿娜殊雅：维迦耶，发誓不要再爱她吧！

维迦耶：是，是。

阿娜殊雅：　　　凭着诸神父母①的名义，
发个重誓！在神圣的喜马拉雅山上，
那遥远的金顶②上，住着巨形的众神；
大海年轻时，他们久已苍老；
宽广的面庞带着神秘和梦幻；
滚滚的发浪奔泻在群山之间，
无畏的鸟雀年年在其中修筑
无数窠巢；他们凝立的脚畔

---

① 指印度神话中的生主迦叶波仙人和他的十三位妻妾，他们生育了众天神和阿修罗。

② 即迷卢山。参见《迷卢》一诗注。

环聚着一群群欢快的鹿和羊，
它们从未听见过无情的犬吠。
起誓吧！

维迦耶　　以诸神父母的名义，我发誓。

阿娜殊雅（唱）：我已经宽恕了，呵，新星！
你刚刚来临，也许还不曾听说过我们。
你这辽远旷野上的猎人！
啊，凭借他的箭，你会认出我爱人；
请把宁静的箭矢射向他，好让他永远保存
一声孤寂的大笑，且在睡梦里向我飞吻。

再见，维迦耶。不，别说话，别说话；
我，本庙的祭司，正在敬献
为国土的祈祷。

（维迦耶离去。）

梵天啊，请庇护
酣睡中的快乐羊群，惬意的牛群，
树叶底下的飞虫，树根深处
幼小的田鼠，所有神圣的群群
红色火烈鸟；还有我的爱，维迦耶；
不让好动的小精灵用活泼的手指
搅扰他的睡眠：让他梦见我。

印度人论上帝[1]

我在潮湿的树木下沿着湖岸漫步而行，
我的魂魄摇荡在暮霭里，双膝深陷在水草中，
我的魂魄摇荡在睡眠和叹息中；看见水鸡
成群湿淋淋在草坡上踱步，又见他们停止
彼此绕圈嬉逐，听那最年老的开口演说：
把世界衔在喙间，把我辈造就得或强或弱者，
是一只不死的水鸡；他居住在那九天之上；
月光洒自他的眼，雨水降自他的翅膀。
我继续向前走不远，听见一朵荷花在高谈：
创造并且统治世界者，他悬挂在一根茎端，
因为我就是依他的形象塑造，这叮咚的潮水
不过是他那广阔的花瓣间一颗滚动的雨滴。
不远之处的黑暗里，一只雄獐抬起他那
满含星光的眼睛，他说：**重重天穹的铸造者**
是一只高雅的獐鹿；否则的话，请问，他怎能
构想出多愁善感，像我这样的高雅生灵？
我又继续向前走不远，听见一只孔雀说：
创造百草创造千虫创造我悦目的羽毛者
是一只巨大的孔雀，他整夜在我们头顶上面
挥动疲倦的尾羽，上面闪亮着亿万个光斑。

---

① 此诗作于 1886 年，最初发表于《都柏林大学评论》（1886 年 10 月），原题《印度人怀哩之书第五章节选：论上帝的本质》；收入《乌辛漫游记及其它》时题为《印度人甘婆论上帝》。译按：甘婆是古印度仙人，《梨俱吠陀》中若干颂神歌的作者。

印度人致所爱[1]

海岛在晨光之下做梦，
粗大的树枝滴沥着静谧；
孔雀群舞在柔滑的草坪，
一只鹦鹉在树上摇摆，
朝如镜海面上自己的身影怒啼。

在此我们要泊孤寂之舟，
手挽着手漫游到永远，
唇对着唇细语柔柔，
沿着草丛，沿着沙滩，
诉说那不靖的国土多么遥远；

世俗中惟独我们两人
远远在宁静的树下躲藏，
我们的爱情长成星辰，
一颗燃烧之心的流光，
融入粼粼的海潮、疾闪的翅膀、

沉重的枝柯、叹息呜咽
长达百日的光闪闪的鸽子；

---

① 此诗作于1886年，最初发表于《都柏林大学评论》（1886年12月），原题为《一首印度歌》，在第一节后还有一节："那里做梦的'时光'丢下镰刀，/'生命'脱下疾行的鞋子，/光艳年轻的'快乐'不再风骚，/'爱情'既和善又不瞒欺，/人生已尽除了细语和甜蜜。"

我们死后，魂魄将漂泊，
当夜幕让飞鸟安静之时，
在海水困倦的磷光旁足迹依稀。

叶　落[1]

秋色染上了爱我们的细长树叶，
染上了大麦垛子里田鼠的毛皮；
枯黄了，我们头顶上的山梨树叶，
枯黄了，露水打湿的野草莓叶子。

爱情衰减的时辰已困住了我们，
我们忧伤的灵魂又厌倦又疲惫；
分手吧，趁情热季节没忘掉我们，
你低下额头带上一记吻一滴泪！

---

① 此诗是依照一首传统曲调填写的歌词。

蜉　蝣①

“从前你的眼从不厌看我的眼，
如今却忧愁地低垂在眼帘下面，
因为我们的爱情在枯萎。”
　　　　　　　　　　然后她：
“尽管我们的爱情在枯萎，让你我
再一次在那孤寂的湖畔伫立，
共同度过那段温柔的时刻——
那可怜的孩子，疲倦的情热，睡去时。
群星看上去多么遥远；多遥远呵，
我们的初吻；啊，我的心多么老！”

忧郁地他们踏过褪色的落叶；
他手握着她的手，缓缓地回答：
“情热常消损我们漂泊的心。”

树林环绕着他们；黄叶陨落，
就像夜空中暗淡的流星；从前，
一只老兔瘸着腿在这路上走，
身上披满秋色：如今他们俩
又一次在这孤寂的湖畔伫立：
蓦回头，他看见她泪眼晶莹，
把默默掇拾的死叶，狠狠地塞进
胸襟和头发里。
　　　　　　　　“啊，别伤心，”他说，

① 此诗作于1884年，原题《蜉蝣：一首秋日田园诗》。

“别说我们已倦怠，还有爱等我们；①
在无怨无艾的时刻里去恨去爱吧！
我们的面前是永恒；我们的灵魂
就是爱，是一声连绵无尽的道别。”

① 叶芝相信或宁愿相信生命是轮回的，所以来世还会有爱。

郭尔王之疯狂[①]

从前我坐在獭皮宝座上：
从伊斯到埃曼[②]言出令行；
在阿马金河口[③]声威远扬，
让混世的海盗丧胆惊心；
动乱和战祸都闻风远遁，
再不敢侵犯儿女和人畜；
田野一天天变肥美丰盛，
空中的野禽也增长无数；
俯下他们那衰老的头颈，
年迈的欧拉夫[④]个个称颂：

---

① 此诗作于1884年，最初发表于《闲暇时刻》（1887年9月），题为《郭尔王，一个爱尔兰传奇》。叶芝原注（1887）说："郭尔或高尔生活于约三世纪的爱尔兰。他在其中丧失了理智的那次战役为一部至今犹存的吟唱史诗提供了素材。欧卡瑞在其《爱尔兰历史的手抄材料》中如是讲述这故事：'极热切地进入战斗之后，他的兴奋很快增进成狂热；在表现了惊人的英勇之后，他在一种精神错乱的状态下逃离了残杀的场景，一直远远跑到国内一处荒山野岭之上跳入了峡谷。这个峡谷从此被叫做疯人谷，甚至至今在南方人们还相信，如果获得自由的话，全爱尔兰的疯人都会聚集到这个地方'"（《校刊本》，页857）。郭尔：盖尔语，义为"独眼"。

② 伊斯：即玛·伊莎（义为"谷物平原"），在多纳戈尔郡，据说是因爱尔兰的早期入侵者麦利斯人伊斯而得名。埃曼：即埃曼·玛莎。据爱尔兰传说，女马神玛莎在阿玛和纳万堡两山之间生下一对孪生子，并用胸针在平原上画出一座城镇的轮廓。该城镇即北爱尔兰王国的首都，名为"埃曼·玛莎"，义为"玛莎的孪生子"。

③ 阿马金河口：韦克娄郡的阿沃卡河的河口，因红枝传奇中康纳哈的祭司、神秘诗人阿马金而得名。

④ 欧拉夫：古爱尔兰知识界的最高学位或诗人。

"他赶走北方的严寒凛冽。"①
它们不肯沉寂，我周围的落叶，衰老的榉叶！

我静坐沉思，啜饮着甜酒；
一猪倌来自内地的河川，
哭诉，海盗赶走了他的猪，
填满他们空空的乌头船。
从潺潺河谷和滚滚山峡
我调集冲锋陷阵的兵将，
驾起轰鸣如雷的铜战车，
身披着点点闪烁的星光，
猛扑向海边集结的贼寇，
把他们抛进沉睡的海沟
这双手夺得了金饰许多。
它们不肯沉寂，我周围的落叶，衰老的榉叶！

可渐渐地，在我狂呼滥戮，
在冒泡泥潭中奔突之间，
我隐秘的灵魂深处生出
一团盘旋而飘荡的火焰。
我站定：头顶上星光耀熠，
四周闪烁着晶亮的眼睛。
我放声大笑，又继续追击，
跑过岩石岸，越过蒲苇丛；
我大笑，只因为群鸟惊起，

① 北方的严寒凛冽：据叶芝解释（1895）："佛魔罗，死亡、黑暗、寒冷、邪恶之力量，来自北方"（《校刊本》，页796）；"佛魔罗义为'来自海下'，是死亡、黑暗、寒冷之神的名字。佛魔罗是畸形怪状的，时而有牛羊之头，时而只有一条腿和一条从胸口正中伸出的胳膊。它们是邪恶精灵之祖，据某位盖尔语作家说，又是一切畸形人之祖。巨人和小妖精尤其被认为是属于佛魔罗之类"（《校刊本》，页795）。

因星光闪耀，因云朵高飞，
因海潮翻滚，因蒲苇摇曳。
它们不肯沉寂，我周围的落叶，衰老的榉叶！

如今我流浪在森林之中，
不论是夏季使金蜂餍饱，
还是在秋天的孤寂之中
斑驳的树木耸立得高高，
或岩石上鸬鹚瑟瑟颤抖
待在寒冬的河滩上之时；
我流浪不止，挥舞着双手，
且歌唱，抖动浓密的发丝。
灰狼认得我；牵一只耳朵
我领着野鹿从林地走过；
跑过的野兔也不再胆怯。
它们不肯沉寂，我周围的落叶，衰老的榉叶！

我曾经到过一座沉睡在
中秋月光之中的小城镇；
我踮着脚尖儿往来徘徊，
喃喃地伴着断续的曲韵，
吟唱我如何日夜里追赶
一双巨足的沉重的踏步；
我看见在一家门洞里边
台凳上丢弃着这只旧鼓，
就把它背起来回到森林；
我和它疯狂地轮番唱吟，
吟唱着一些非人的惨祸。
它们不肯沉寂，我周围的落叶，衰老的榉叶！

我吟唱：在辛劳一天之后，

沃琪儿①抖开她长长黑发
遮住那即将逝去的日头，
把淡淡幽香向风中抛洒。
我的手滑过根根琴弦时，
琴声叮咚像滴落的露珠
把盘旋飘荡的火焰浇熄；
如今却发出悲哀的唏嘘，
可亲的琴弦已扯断无声；
我只好流浪在荒山野林，
历经暑热和寒冬的凛冽。
它们不肯沉寂，我周围的落叶，衰老的榉叶！

---

① 沃琪儿：据叶芝说（1889），“一个佛魔罗兼女巫，如果我记得正确的话。我忘了原先知道的关于她的一切”（《校刊本》，页796）。据斯坦迪什·詹姆斯·欧格莱蒂的《库胡林的到来：一个英雄时代的传奇》，她被称作“阴间的王后”和“统治地下世界的女巫”。

拐走的孩子

斯利什森林①的陡峭
岩岸浸泡入湖水处，
有一个蓊郁的小岛，
那里有振翅的白鹭
把瞌睡的水鼠惊扰；
在那里我们已藏好
满盛着浆果的魔桶，
偷来的樱桃红通通。
人类的孩子啊，走！
跟一个精灵，手拉手，
到那水上和荒野里，
因为人世溢满你不懂的哭泣。

远在罗西斯岬角②边，
月光的浪潮冲洗着
朦胧而灰暗的沙滩；
我们彻夜地踏着脚，
把古老的舞步编织；
交缠着眼神和手臂，
一直到月亮已飞逃；
我们往返地跳跃着，

---

① 斯利什森林：在斯来沟郡吉尔湖南岸。

② 罗西斯岬角：斯来沟附近一海滨渔村。叶芝原注（1888）说：“这里有一块多岩石之地，如果有人在那里睡着了，就有醒来变痴呆的危险，因为精灵们拿走了他们的灵魂”（《校刊本》，页797）。

追逐着飞溅的水泡，
而人世却充满烦恼，
正在睡梦里焦灼着。
人类的孩子啊，走！
跟一个精灵，手拉手，
到那水上和荒野里，
因为人世溢满你不懂的哭泣。

格仑卡湖①上的山里
漫流的泉水四处涌；
杂草丛生的水池子
难得沐浴到一颗星；
从年轻的溪水之上
滴泪的蕨草丛深处
悄悄地把身子探出，
我们找沉睡的鳟鱼；
在它们的耳边低语，
给它们不宁的梦想。
人类的孩子啊，走！
跟一个精灵，手拉手，
到那水上和荒野里，
因为人世溢满你不懂的哭泣。

那眼神忧郁的孩子，
他就要跟我们离去：
将不再会听见牛崽
在温暖山坡上低吼；
以及火炉上的水壶
使他心静的唱歌声；

① 格仑卡：盖尔语，义为“纪念碑之谷”，斯来沟附近一湖泊名。

也不再会看见家鼠
在食柜的四周逡巡。
那人类的孩子，来喽，
跟一个精灵，手拉手，
到这水上和荒野里，
来自溢满他不懂的哭泣的人世。

去水中的一小岛

羞答答，羞答答，
羞答答的心上人，
炉火照，她忙活，
心事重啊躲着人。

端进碟，一摞摞，
一排排儿摆放好。
我愿她，一起走，
去水中的一小岛。

擎进烛，一枝枝，
挂帘子的屋照亮；
羞答答，门口躲，
羞答答哟暗处藏；

羞答答，像兔子，
羞答答呀又勤劳。
我愿她，一起逃，
去水中的一小岛。

经那些柳园往下去[①]

经那些柳园往下去，爱人和我曾会面；
用一双雪白的小脚，她走过那些柳园。
她教我把恋爱看轻易，一如枝头生叶，
可是我，年少又无知，不同意她的见解。

在河边一片野地里，爱人和我曾驻足；
在我斜倚的肩头上，她搭着雪白小手。
她教我把生活看轻易，一如堰上长草，
可是我年少又无知，如今满眼泪滔滔。

① 此诗原题《老歌重唱》，作于 1888 年。叶芝（1889）说“这是根据斯来沟郡巴里索代尔村的一个经常自哼自唱的老农妇记不完全的三行老歌词重写的尝试”（《校刊本》，页 90）。这首老歌可能是民间谣曲《寻欢作乐的浪子们》，其中有句云：“一天傍晚我从柳园旁边路过，/在那里看见这小美妞，她对我这样说：/她劝我把爱情看轻易，如枝头生绿叶，/可我年少又无知，不同意爱人的见解。”

老渔夫的幽思[①]

海浪哟，虽然你们像玩耍的孩子般在我脚边跳舞，
虽然你们脸放光，眼发亮，虽然你们叫声欢，脚步轻，
但是从前的六月比近来的更暖和，海浪也更欢娱，
那时候我还是个小伙子，心里面还没有一丝裂痕。

大群的鲱鱼再也不像往日那样在潮水里洄游；
真让人悲伤！当年大车上的藤筐咯吱吱响个不停，
满载着一网打来的鲜鱼到斯来沟县城里去出售，
那时候我还是个小伙子，心里面还没有一丝裂痕。

啊，骄傲的女孩儿，哪怕他的桨声在水面上荡响，
你也不比她们漂亮，那些骄傲又出众的美人，
她们曾经在黄昏时分漫步在卵石滩上的鱼网旁，
那时候我还是个小伙子，心里面还没有一丝裂痕。

① 此诗作于 1886 年 6 月，最初发表于《爱尔兰月刊》（1886 年 10 月）。叶芝（1895）称“此诗所根据的是一个从斯来沟湾捕鱼归来的渔夫对我说的一些话”（《校刊本》，页 797）。

欧哈特神父谣曲[①]

善良的神父约翰·欧哈特
在惩治日[②]骑马出门去
找一个暴发户，他田多地广，
还有鹬鸟和鳟鱼。

他受托接管了约翰的土地；
吝啬鬼都是他同类；
他把土地给女儿作嫁妆，
她们都攀上高门第。

可是约翰神父走到西，
约翰神父走到东；
他的鞋子磨出了小洞，
长袍磨出了大洞。

从主妇、猫儿和孩子到空中的
鸟儿，全都喜欢他，
惟有那个暴发户除外——
魔鬼揪住了他头发。

---

① 此诗最初发表于《爱尔兰吟唱诗集》(1888)。叶芝原注说："此谣曲是根据科隆尼现任牧师在其极有趣的《巴里索代尔和凯尔瓦奈特的历史》中所述关于上个世纪科隆尼的某位教士'欧哈特神父'的故事改写的"（《校刊本》，页98）。

② 1695—1727年间，英政府对爱尔兰实施"惩治法"，禁止天主教徒拥有地产。天主教徒纷纷将土地的名义所有权委托给诚实可靠的新教徒。

鸟儿喜欢他，因为他到处
打开它们的囚笼；
他笑笑说："现在太平啦"；
又皱着眉头上路程。

可要是谁家死了人，来哭丧的[①]
嗓门嘶哑赛乌鸦，
他是一个读书人，所以
总劝他们别哭啦。

这些都是约翰的善行；
忽一日，人们哭啼啼，
成群结队来到科隆尼[②]；
因他终年九十四。

并不曾有人来哭丧；只有
科垴克纳瑞[③]的群鸟
和科垴克纳希[④]周围的万物
在那一天前来哭吊。

飞行而来的幼鸟和老鸟
翅膀沉重心悲伤；

---

① 指职业哭丧者，他们受雇为死者唱颂歌。叶芝原注："约翰神父的一些言论传了下来。有一回他正为兄弟之死大放悲声，人们对他说：'你禁止我们哭丧，却为什么为你兄弟这么悲伤？''天性，'他回答说，'强迫我，而你们强迫天性。'他的名声和影响留传下来，事实上在科隆尼至今不再有人哭丧。"（《校刊本》，页797）

② 科隆尼：位于斯来沟镇南数英里的凯尔瓦奈特乡的一个村子。

③ 科垴克纳瑞：盖尔语，义为"王者之丘"，斯来沟郡一山名。

④ 科垴克纳希：斯来沟郡一圆形山丘。

从提拉拉赫[1]前来哭吊，
从巴里纳法[2]来哭丧；

从因尼士穆瑞[3]前来哭祭，
并不停留吃又喝；
所有发掘旧风俗的人
就这样受到了谴责。

① 提拉拉赫：斯来沟郡一男爵领地。
② 巴里纳法：斯来沟郡一乡村。
③ 因尼士穆瑞：斯来沟郡沿海一岛屿。

茉儿·梅吉谣曲①

围到跟前来，小孩子；
别因我边走边自语
就朝我扔来石头子；
要可怜我茉儿·梅吉。

我男人是个穷渔夫，
往海里下钓把鱼捉；
腌鲱鱼是我的活儿，
一天到晚地不停做。

整天都呆在腌鱼棚，
我几乎寸步也难挪，
有时去有福的月下
沿卵石街道踱一踱。

我一向体弱又多病，
我的宝宝又刚出生；
白天里邻居照看她，
夜里我守她到天明。

我压在宝宝的身上；
乖乖的孩儿，你们想，

① 叶芝（1907）说此诗所本的是“在厚斯听的一篇布道文，如果我没记错的话”（《校刊本》，页843）。厚斯是都柏林附近一渔村，叶芝于1881—1883年间在那里居住。

到清晨结霜且明亮，
看我的宝宝已冰凉。

困乏的女人睡得死！
男人脸变红又变白，
他给我些钱，教我滚，
回我的娘家金塞尔[1]。

他撵我出来关上门，
背后还送我一顿骂；
我一声不响走开去，
看不见一个邻人家。

家家户户的门窗闭，
只一颗孤星闪绿光，
细碎的干草翻滚着
掠过那荒凉的小巷。

我一声不响走开去：
在老马丁牛栏那边
看见个好心的邻居
正在吹柴火做早饭。

她问出了我的故事——
我的钱已不剩一个，
她眼含怜悯和轻贱，
还是给了我吃和喝。

她说我男人肯定会

① 金塞尔：柯克郡一海港。

来把我重新接回家；
可是，我到处忙活着，
在人家门里或檐下，

在堆垛木柴或泥炭，
或是去井边打水时，
总是在想念我宝宝，
自个儿伤心得哭泣。

有时我肯定她知道
啥时候上帝开天门，
点亮那星星，他的灯，
照看天下的受苦人。

那么现在呢，小孩子，
就不会朝我扔石子；
脸蛋儿放光围拢来，
而可怜我茉儿·梅吉。

猎狐人谣曲[①]

“把我放在铺垫的椅子上；
你们四个，抬起我，
这儿铺靠垫，那儿铺靠垫，
再去看一眼这世界。

“去到马棚，去到狗圈；
把该带的东西都带齐；
牵着我的罗拉[②]来回遛，
或者慢慢兜圈子。

“把椅子放在草地上面，
找来罗弟[③]和猎狗，
好让我心满意足地走，
撇开尘世的拘束。”

他眼皮垂下，他头低下，
老眼昏花梦朦胧；
那普照一切生物的太阳
落进沉睡的溪水中。

---

① 叶芝（1892）说“此谣曲所本是基坎姆的‘科塧克纳沟’——很可能是提珀勒瑞传说的转述——中的一个事件”（《校刊本》，页 798）。他指的是查尔斯·J·基坎姆（1828—1882）的《科塧克纳沟或提珀勒瑞之家》（1879）第 55 章。

② 罗拉：马的名字。

③ 罗弟：《科塧克纳沟》中的猎人名。

棕色的罗拉在草地上踏步，
朝着那椅子走过去；
此刻老人的梦境已消逝，
他抚摸那棕色长鼻子。

这时许多可爱的舌头
舔着他枯干的双手，
因为那猎人站在他旁边，
牵着大小猎狗。

“猎户罗弟，吹起号角，
让群山发出回声。”
那猎人一声欢快的呼啸
回荡在清晨的空中。

老人眼里闪烁着火花，
他手指击打着节拍；
回荡的乐声消失之后，
人们听见他轻声说：

“猎户罗弟，吹起号角，
让群山发出回声。”
“我无法吹响我的号角，
我只有叹息和哭声。”

铺垫座椅周围的仆人们
心头增添了新悲伤；
岁数大大小小的猎狗们
眼睛齐盯在他脸上。

一只瞎眼的猎狗只远远

躺在日晒的草地上；
它与他的心深切地相通：
时光在点滴流淌。

瞎眼的猎狗一声哀号，
缓抬起苍老的头；
仆人们把遗体抬进屋里；
群狗为死者号哭。

玫　瑰[1]
(1893)

"太晚了我才爱上你，呵，古老而常新的美！太晚了我才爱上你！"

——圣·奥古斯丁

献给
莱奥内尔·约翰逊

---

① 标题和年代最初见于《诗集》（1895）。作品选辑自《女伯爵凯瑟琳及各种传说和抒情诗》（1892），共二十三首，其中《谁跟佛格斯同去》一诗为《诗集》1912年再版时所增补。题记为1925年增补，原文为拉丁文，出自古罗马著名基督教神父圣·奥古斯丁（354—430）所著《忏悔录》第10卷第27章。莱奥内尔·约翰逊（1867—1902）是英国诗人、学者、批评家，叶芝的朋友。叶芝原注（1925）说："《玫瑰》是我的第二本书《女伯爵凯瑟琳及各种传说和抒情诗》（1892）的一部分。几年后我第一次读这些诗的时候注意到，那被象征为玫瑰的品质与雪莱和斯宾塞的理性美的不同之处在于，我把它想象成与人类一同受难，而不是从远处追求和望见的某种东西。这一定曾经是我这一代人的一种思想……"

致时光十字架上的玫瑰[①]

红玫瑰，骄玫瑰，我毕生悲哀的玫瑰！
请到我近前来，听我唱古代的故事：
库胡林[②]向凶恶的大海浪潮开战；
那祭司，鬓灰白，目光平静，栖林间，
在佛格斯周围撒下无数梦和祸根；[③]
那脚趿银屐在海面上舞蹈、已经
衰老的群星用高远而寂寞的曲子
所歌唱述说的属于你自己的悲戚。
近前来，好让我不再被人类的命运
蒙蔽，而在爱与恨的枝柯下找寻，
在朝生暮死可怜而愚昧的万物里，
找到在路上漫游的永恒之美。

近前来，近前来，近前来——啊，留一点
空间给我，让玫瑰的香气来充填！

---

① 这是诗集《玫瑰》的序诗。叶芝自注说："玫瑰是爱尔兰诗人们最喜欢的一个象征。以它为题的诗作不止一首，既有盖尔语的又有英语的；它不仅被用于情诗里，而且被用于称呼爱尔兰……当然，我不在后者的意义上使用它。"（《校刊本》，页 798—799）十字架上的玫瑰又是创始于十五世纪德国的秘术修道团体"玫瑰十字兄弟会"的标志，象征一种神秘的结合。一般来说，玫瑰在叶芝早期诗中代表精神和永恒的美，它盛开在时间和受难的十字架上。此处或亦象征茉德·冈。

② 古爱尔兰红枝英雄传奇中最伟大的武士，因误杀亲生儿子而发疯与大海战斗。参见《库胡林与大海之战》一诗。

③ 祭司（Druid）音译为"竺伊德"，特指古凯尔特人的祭司、巫师，他们精通占卜、魔法、医术等，在古爱尔兰等地享有崇高地位。红枝英雄首领、北爱尔兰王佛格斯曾向他的祭司寻求梦的智慧。

免得我不再听寻常事物的恳求声：
在小小洞穴里深藏的弱小蠕虫，
草丛中从我脚边跑过的野耗子，
和辛劳后逝去的沉重的凡俗希冀；
而独自寻求去倾听上帝对久已
逝去者明亮的心[①]所宣说的奇事，
并习诵一种人们所不懂的语言。[②]
近前来；在逝去的时刻到来前，我愿
歌唱古老的爱尔[③]和古代的故事：
红玫瑰，骄玫瑰，我毕生悲哀的玫瑰。

---

① 叶芝后来写道："我不记得我用'明亮的心'表示什么意思了，但是稍后我写到'心里有镜子'的精灵。"（《自传》，页 255）

② 可能指叶芝在"金色黎明"修会中学习的秘密咒语或术语。

③ 爱尔：爱尔兰的盖尔语名称。原为古神话中"妲奴部族"一女神名，后被用于指爱尔兰早期居民中的一种族。

佛格斯与祭司①

佛格斯： 这一整日我都在山岩间追寻，
你却频频流动，变化着身形，
先是一只渡鸦，苍老的双翅
几乎片羽不留，然后你好似
一只黄鼬穿行在块块乱石间，
如今你终于披上了人的外形，
骨瘦鬓斑半隐在渐浓夜色中。②

祭　司： 你有何心愿，骄傲的红枝王中王？

佛格斯： 生灵中的最智者，我想说的是：
在我断事决疑时，年轻机灵的

---

① 叶芝原注（1889）："我是根据罗埃之子佛格斯的事迹塑造的'那骄傲的好做梦的国王'的，但是在我写作这首诗和我早年的书《现在谁愿跟佛格斯同驱》中的歌时，我仅从斯丹迪士·欧格莱蒂先生的作品中得知他，我的想象力当时自由地处理我所知的，今天我则不大会赞同"。叶芝还解释说，佛格斯是"红枝系列中的诗人……他曾经是全爱尔兰的王，据佛格森所整理的传说，他放弃了王位，以便能在森林里过平静的狩猎生活"（《校刊本》，页795）。这里所指是塞缪尔·佛格森爵士（1810—1886）所作《罗埃之子佛格斯的退位》。但是这篇作品在很大程度上是佛格森想象的产物。在北爱尔兰或红枝英雄传说故事中，佛格斯不是诗人，也从未做过全爱尔兰的王，而是北爱尔兰王、红枝英雄的首领，被他的寡嫂兼王后耐丝用计哄骗，而让位给她的儿子康纳哈。耐丝原是北爱尔兰王"巨人"法赫纳之妻，生子康纳哈。法赫纳死后，其异母弟佛格斯继位，因为康纳哈尚年幼。佛格斯甚爱耐丝，欲娶之。她乘机提出条件说："让吾子享位一年，好让他的后裔为王者种"。佛格斯同意了。但是，一年期满，由于康纳哈统治圣明，人民要求他继续在位；而佛格斯又耽于宴饮射猎，于是他就到林中去隐居，以静修和梦术等方法获取诗人和哲人的痛苦智慧。

② 祭司施展变化之术。

康纳哈[1]坐在近旁，他谈吐智慧，
对于我好像是无尽负担的事务
对他却似容易，因此我将王冠
戴在他头上，以抛却我的忧愁。

祭　司： 你有何心愿，骄傲的红枝王中王？

佛格斯： 称王且骄傲！就是这令我绝望。
我如今与我的臣民欢宴在山巅，
漫步在林中，驾驭着战车奔驰
在喃喃低语的大海白色的边缘；
可是我依然觉得王冠在头顶上。

祭　司： 你有何心愿，佛格斯？

佛格斯： 不再为王，
而学习属于你的那做梦的智慧。

祭　司： 看我灰发稀疏，双颊凹陷，
看这双手爪也许拿不动刀剑，
这身体瑟瑟抖颤似风中芦苇。
没有女人爱过我，没男人求我。

佛格斯： 国王不过是个愚蠢的苦力，
他浪费他的血以成为别人的梦。

祭　司： 你一定要，就拿去这小袋梦；
解开那绳索，梦幻就把你围裹。

---

① 康纳哈是佛格斯的继子和继承者，红枝英雄传说中的北爱尔兰王。

佛格斯：我看见我的生命漂流像条河，
变化不辍；我曾是许多东西——
波浪中一滴碧沫，一柄剑上
寒光一抹，山丘上冷杉一棵，
一个推着沉重石磨的老奴隶，
一位坐在黄金宝座上的国王——[1]
所有这些都曾经美妙而伟大；
如今我心知一切，身成无物。[2]
啊！祭司，巨大的忧愁之网[3]
怎藏匿在这小小灰色物件[4]里！

---

① 灵魂的轮回转世。

② 生命销蚀，而智慧增长。祭司的梦使佛格斯洞知一切，但觉自身空无。

③ 指梦。

④ 指盛梦的魔袋。

库胡林与大海之战[1]

一个男人缓缓地从落日走来，
见到埃玛[2]正在堡垒中染裙衣，
说："我是那猪倌，你曾吩咐
我去守望森林与海潮间的道路，
可是现在我已不需要再守望。"

于是埃玛把衣物都扔在地上，
举起被染料全都染红的双臂，
张开唇突然爆发出一声哭啼。

那猪倌注视着她的脸庞述说：
"活着的人，死了的人谁也
未赢得他的战车满载的金子。"

"可如果你的主人得胜回家来，
你何必脸色苍白，从头抖到脚?"

于是他抖得更厉害，颓然跌倒
在堆满衣物的地面，哭着说完：

① 叶芝解释（1892）说："库胡林是康诺传奇〔译按："康诺"是"康纳哈"的现代英语化发音；康诺传奇即红枝英雄传奇〕中的伟大武士。我的诗是根据柯廷〔译按：杰热迈厄·柯廷（1838—1906），美国民俗学家〕的《爱尔兰神话和民俗》中所述爱尔兰西部一传说改写的。游吟传统则非常不同"（《校刊本》，页799）。

② 埃玛：系埃法之误，为一部落女王，曾被库胡林征服，被其逼奸，因而生子康莱赫。

“和他在一起的人儿[1]莺声婉转。”

“你竟然敢当面把我冒犯，”于是
她挥起染红的拳头猛揍，随即
跟跄着来到儿子放牛的地方，
用愤怒的声音呼喊：“一般放牛郎
不应该无所事事，虚度了年华。”

“我等待已久，母亲，等待这句话：
可现在为了什么？”

“有一人得死；
你拥有天下分量最重的武器。”

“无论在日光还是在星光下面，
我父亲都站在他的战车中间。”

“可是你已经长得更加地高大。”

“但在某个地方，星光或日光下
站立着我的父亲。”

“长年征战
在步下、马上或车中，已老朽不堪。”

“我只是问我该走上哪条路程，
因为神让你受苦也使你聪明。”

“红枝英雄大队人马的营盘

---

① 指艾瑟娜·因古巴，库胡林的年轻情人。

在森林边缘与大海的奔马[①]之间。
去那里，在林边燃起一堆篝火；
把你的名字和血统只告诉那个
能用剑逼住你的人，等到他们
找到有同样誓约的宴饮之人。”

那些欢宴的人中坐着库胡林，
身旁跪着他那年轻的心上人，
凝视他眼中悲伤的诧异神情，
好像春神凝视着古老的天穹，
沉思着他那鼎盛之年的光荣；
周围的琴弦颂赞着他的武功，
康纳哈，众王之中的红枝之王，
亲自用手指把黄铜琴弦拨响。

终于库胡林开口说话：“有个人
在林荫中间生起篝火来露营。
我常听见他来来往往地歌唱，
我常听见他弓弦的美妙声响。
去弄清他是谁。”

　　　　　　　　一人去而复返。
“他让我告知所有人，只有在剑尖
索命时才说出姓名，且等到我们
找到有同样誓约的宴饮之人。”

库胡林大喊：“我是这全军之中
惟一的从小就受此约束之人。”

---

① 指大海的浪潮。

在那林荫里短暂的交战之后，
他对那年轻人说道：“难道没有
姑娘爱恋你，没有玉臂环抱你，
要么是向往昏暗的长眠之地，
以致你当面来向我挑战比武？”

“对人的判决藏在神的隐秘处。”

“你的相貌有点像我从前所爱
一个女人的相貌。”

　　　　　　　　　战斗更加快，
但此时库胡林心中战火重燃，
老剑攻破了那柄新剑的防线，
把他刺穿。
　　　　　“在你咽气前说出来。”

“库胡林，我，强大的库胡林之子。”

“我让你免受痛苦。无法做更多。”

白昼把重负驮往黄昏的时刻，
库胡林凝然不动，头垂在膝上；
康纳哈派来那莺声婉转的姑娘；
为赢得他欢心，她把他灰发抚弄；
徒劳，那玉臂，徒劳，那雪白酥胸！
于是康纳哈，人中最足智多谋者，
命巫师十人一组围绕他排列，
如是说道：“库胡林将待在那里，
在可怕的寂静里再多沉思三日，
然后起身，狂叫着把我们全杀死。

去把魔法的幻觉诵到他耳朵里，
好让他去跟大海的奔马战斗。”
巫师们开始施行他们的秘术，
诵诗念咒整三日。
　　　　　　　　库胡林动了，
凝视着大海的奔马，耳中听得
战车隆隆和唤他名字的呐喊，
于是向不可损伤的浪潮开战。

尘世的玫瑰[1]

谁曾梦见美像梦一般飘逝？
为了这红唇——满含哀怨的骄傲，
哀怨没有新的奇迹会来到——
特洛伊在一场冲天的葬火中消逝，[2]
乌什纳的孩子死掉。[3]

我们同辛劳的尘世一道流逝：
在飞逝的群星，天空的浪沫下头，
在仿佛冬季里奔腾的苍白河流
那样蜿蜒迂回的人们的灵魂里，
这孤独的容颜不朽。[4]

鞠躬，大天使，在你们昏暗的住处：
在你们存在，或任何心脏跳动前，

---

① 此诗作于 1891 年，赠给茉德·冈，原题为拉丁文。对于叶芝，玫瑰仍是理性美或爱的象征，但不同于雪莱或斯宾塞的理性美。后者是被追求的遥远的东西，而前者是与人类一同受难的美。

② 据希腊神话，因特洛伊王子帕里斯拐走斯巴达王后海伦而引起十年特洛伊战争。特洛伊城最终被希腊人焚毁。

③ 叶芝解释说，乌什纳是“黛尔德的恋人奈希及朋友阿尔丹和安利的父亲”（《校刊本》，页 779）。据爱尔兰传说，北爱尔兰武士奈希在兄弟阿尔丹和安利的陪伴下，与美女黛尔德私奔到苏格兰，而黛尔德已被北爱尔兰王康纳哈选中作王后。后来他们被康纳哈诱回爱尔兰，三兄弟遂被康纳哈的军队所杀。

④“孤独的容颜”指海伦或茉德·冈的面容。

疲惫而和善者[1]已在神座前盘桓；
神把这尘世造成一条青草路，
在她漫游的双脚前。

① “疲惫而和善者”指海伦，亦影射茉德·冈。据说，原诗只有前两节。恰逢茉德·冈登山归来，疲极而和善异常。叶芝受宠若惊，遂增添了第三节。

和平的玫瑰[①]

假如天堂和地狱相遇时，
天兵之帅米迦勒[②]
从天国的门口俯看到你，
会忘却他的功业。

不再在他神圣的住宅里
为上帝谋划战争，
他会跑出去用群星为你
编织成珠冠一顶。

所有人看见他俯首鞠躬，
听见群星赞美你，
终会被温和的道路引领，
来到上帝的城市；

而上帝会下令停止战争，
说，一切都不错，[③]
并轻轻造出玫瑰的和平，
天堂地狱的媾和。

① 此诗最初发表于《国民观察家报》（1892 年 2 月 13 日），原题《玫瑰的和平》。

② 米迦勒是天使长，曾率众天使与恶龙战斗，并征服魔鬼撒旦。

③ 上帝创世时所说。见《旧约·创世记》第一章。

战斗的玫瑰[①]

玫瑰之冠，举世共仰的玫瑰！
思绪编织的高帆，舒展鼓荡在
时间的浪潮之上，搅动着空气；
上帝的钟声浮起，令海水忧思；
同时，因恐惧而沉寂，或希望而喧哗，
队伍将集合，长发任风吹浪打。
可以的话，就逃避前所未有的大战，
他们一个个走过我身边时，我叫喊，
对听见爱情在她那扫净的壁炉、
安静的阴影旁歌唱不止的人物，
危险无庇护可言，战争无和平：
只集合起那所有人马——没有爱情
为他们编织过沉默，或只来把一支歌
抛掷在空中，然后歌唱着走过，
朝苍白的黎明微笑；你们也集合起——
你们曾寻求，多于雨水或露水里，
或太阳和月亮里，或大地上的所有东西，
或在那漫游的、星光下的欢乐中叹息，
或大笑着来自大海忧伤的唇边——
在那灰色的长舰中为上帝作战。
悲哀者、寂寞者、不满者，对这些人士，
古老的黑夜将告知她全部神秘；
他们那不会生不会死的忧心喊声
微弱，上帝的钟声把他们认领。

① 此诗原题《他们出发去战斗但总是倒下》。

玫瑰之冠，举世共仰的玫瑰！
你，也来到这里，看浊浪摔打在
忧愁的码头上，听海潮鸣响那招呼
我们的钟声；那美妙遥远的事物。
因自身的不朽而变得悲哀的美
用我们，用苍茫的海洋造就了你。
我们的长舰落下思绪之帆篷
待命，上帝令它们分担同等
命运；最终，在他的战争中被击败，
它们在同一群莹白的星星下沉没时，
我们将不再听见我们那不会生
不会死的忧心发出的微弱喊声。

仙　谣[1]

在一石栅栏[2]下面，狄阿米德和格拉妮娅新婚同眠时，环绕他俩的群仙所唱。

我们，老而又老又快活，
啊，这么老！
成千上万岁，成千上万岁，
如果全算到：

给这俩从尘世新来的孩子
宁静和爱情；
还有滴露的长夜良辰
和头上的星星：

给这俩从尘世新来的孩子
出世的安歇。
可有更好的，更好的礼物？
就跟我们说：

---

① 叶芝解释（1895）说，格拉妮娅是“一个美女，为逃避年迈的芬的爱情而与狄阿米德私奔。她从一个地方逃到另一个地方，跑遍了爱尔兰，但是最终狄阿米德被杀于斯来沟布尔本山朝海的一角。芬赢得了她的爱情，把倚靠在他颈上的她带回到芬尼亚勇士集会之处，大伙儿爆发出经久不息的欢笑声”（《校刊本》，页 795）。老英雄芬·迈库阿尔是芬尼亚系列传奇中的主角，他手下的勇士统称芬尼亚勇士；狄阿米德是他的侄儿，是其中的美男子，被野猪触死。

② 石栅栏：系爱尔兰史前墓葬标志。

我们，老而又老又快活，
啊，这么老！
成千上万岁，成千上万岁，
如果全算到。

湖岛因尼斯弗里[1]

我要起身前去，[2] 前去因尼斯弗里，
用树枝和着泥土，在那里筑起小屋：
我要种九垄菜豆，养一箱蜜蜂在那里，
在蜂鸣的林间空地独居。

我将享有些平和，平和缓缓滴落，
从清晨的面纱滴落到蟋蟀鸣唱的地方；
那里夜半幽幽，正午紫光灼灼，
黄昏织满了红雀的翅膀。

我要起身前去，因为每夜每日
我总是听见湖水轻舐湖岸的低音；
站在马路上，或站在灰色人行道上时，
我都在心底听见那声音。

---

① 此诗作于 1888 年 12 月。因尼斯弗里：盖尔语，义为“石楠岛”，是斯来沟郡吉尔湖中一小岛名。

② 仿《新约·路加福音》第十五章第十八节句：“我要起身，前去我父亲那里。”

摇篮曲①

天使正低俯
在你的床前；
与死者为伍，
祂们已厌倦。

上帝在天笑
看你这般美；
巡行的七曜②
因之而欣慰。

吻你我叹息，
不得不承认
我将失去你，
等你长成人。③

---

① 此诗作于 1890 年 1 月。

② 七曜：指日、月、金、木、水、火、土星；或说指昴宿星团的七星；或说指可见的七颗行星。

③ 最后两行借自一首爱尔兰盖尔语古歌。

爱的怜悯[①]

一种说不出的怜悯
埋藏在爱的心窝处：
做买做卖的普通人，
天上飘流的云和雾，
劲吹不止的湿冷风，
奔流不息的灰溪流，
荫影重重的榛树丛，
都威胁我爱的人头。

① 叶芝在早年致奥莉维娅·莎士比亚信中写道："半带怜悯的爱是永恒的"（《书信集》卷一，页468）。

爱的忧伤[1]

屋檐下面一只麻雀的聒噪，
皎洁的明月以及乳色夜空，
还有树叶精彩和谐的歌调，
遮掩了人的影像及其哭声。

一个红唇凄然的女孩[2]起身，
广大的世界仿佛泪水泛滥，
像奥德修斯[3]船队必遭厄运，
像普里阿摩[4]率众傲然死难；

起身，在这喧闹正酣的檐角，
空旷天穹爬上的一轮月亮，
还有树叶的所有悲伤哀悼，
只能构成人的哭声和影像。

---

① 此诗作于 1891 年 10 月。

② 指古希腊美女海伦。

③ 奥德修斯：古希腊传说英雄，献木马计破特洛伊城，凯旋回国途中历尽艰险，历时十年之久才到家。

④ 普里阿摩：特洛伊老王，城破后被希腊人杀死。

在你年老时[1]

在你年老，头灰白，睡意沉沉，
挨着火炉打盹时，取下这书，
慢慢诵读，梦忆从前你双眸
神色柔和，眼波中倒影深深；

众人爱你欢快迷人的时光，
爱你美貌出自假意或真情，
惟有一人爱你灵魂的至诚，
爱你渐衰的脸上缕缕忧伤；

然后弓身凑在熊熊炉火边，
喃喃，有些凄然，说爱神[2]溜走
到头顶之上群山之巅漫游，
把他的脸庞藏在繁星中间。

---

① 此诗作于1891年10月21日。仿法国诗人彼埃尔·德·龙沙（1524—1585）的同名十四行诗。赠给茉德·冈。

② 指罗马神话中的男性小爱神丘比特（希腊神话中叫厄洛斯），女爱神维纳斯（希腊神话中叫阿佛洛狄特）之子，可凭附在恋人体内，一旦爱情不再，即离体而去。古罗马诗人奥维德在长诗《岁时记》卷六第五行云："我们体内住着一个神；他一动，我们就被点燃。"另参见《有关前世的梦》一诗末行。

白　鸟[①]

我情愿我们是，亲爱的，浪花之上一双白鸟！
流星暗淡陨逝之前，我们已厌倦了那闪耀；
低悬在天空边缘，暮色里那颗蓝星的幽光[②]
唤醒了我们心中，亲爱的，一缕不死的忧伤。

倦意来自那些露湿的梦想者：玫瑰和百合；[③]
啊，别梦，亲爱的，飞逝而去的流星的闪烁，
或那低悬在露滴中滞留不去的蓝星的光辉：
因为我情愿我们化作浪花上的白鸟：我和你！

我心头萦绕无数的岛屿，妲娜居住的海滨，
在那里，时光会遗忘我们，悲伤也不再来临；
很快我们会远离玫瑰、百合和星象的不祥，
只要我们是双白鸟，亲爱的，出没在浪花上！

① 叶芝解释（1892）说："仙境的鸟像雪一样白。'妲娜居住的海滨'当然是'青春永驻之邦'，或仙境"（《校刊本》，页 799）。妲娜：或妲奴，是古爱尔兰传说中的诸神之母。后来有学问的基督徒即用"妲娜之民"称呼爱尔兰早期居民。

② 蓝星：指金星，西方以爱神维纳斯之名称之。蓝色则是悲伤之色。

③ 玫瑰：女性的象征；百合：男性的象征。

梦死[1]

我梦见一人死在一个陌生地方，
身边无故又无亲；
他们钉起木板遮盖了她的面庞，
那些当地的农民
好奇地把她安葬在那荒郊野地，
又在她的坟头上
把那两根木头做的十字架竖起，
四周种柏树[2]成行；
从此把她留给天上冷漠的星辉，
直到我刻下此话：
她从前比你初恋爱人还要美丽，
如今却睡在地下。

① 此诗最初发表于《国民观察家报》（1891年12月12日），原题《墓志铭》。

② 柏树是哀悼和复活之象征。

女伯爵凯瑟琳在天堂[①]

所有沉重的日子已过完；
留下那遗体的斑斓装饰
在杂芜丛生的蒿草下面，
还有那双脚并放在一起。

浸在炽燃的责任之泉里，
她并不要求高贵的服装；
搬走那一切悼亡的美丽
塞进那馥郁的橡木衣箱。

圣母马利亚的亲吻曾否
使她的脸上荡漾起音乐？
她依然小心地款款移步，
优雅中透着尘世的羞怯。

在七大天使的脚步中间，
有一位献舞者神采奕奕！
诸天的神使朝上帝礼赞，
光环罩光环，羽翼连羽翼。

---

① 此诗原为叶芝剧作《女伯爵凯瑟琳》1892 年版第五幕中的一首歌。

谁跟佛格斯同去①

谁愿跟佛格斯乘车同走，
穿破那深林密织的荫网，
去那平坦的海岸上跳舞？
小子，扬起你棕红的眉头，
抬起你柔和的眼皮，姑娘，
不要再沉思希望和恐惧。

不要再转向一边去思寻，
思寻爱情那苦涩的神秘；
佛格斯驾驭着黄铜战车，
统治着森林的密密浓荫、
那茫茫大海的雪白胸臆，
和乱发纷披的流浪星火。

① 见《佛格斯与祭司》一诗注。此诗是叶芝剧作《女伯爵凯瑟琳》第二幕中的一首歌。

梦想仙境的人

他站在竺玛海尔[①]的一群人中；
他全心系挂着一件丝绸裙衫，
在大地给他石硬的关怀之前，
他终于懂得了些许蜜意柔情；
可是当一人把鱼倒成一堆时，
仿佛鱼儿抬起银色的小脑袋，
歌唱金色清晨或黄昏洒落在
蓊郁的世外海岛上面的东西，
那里人们相爱在嵯岈的海边；
在那繁枝编结的不朽屋顶下，
时光永不会毁坏恋人的誓约：
歌声把他从安宁中重新摇醒。

他漫游在利萨代尔庄园[②]湖滨；
他一心患得患失地想着金钱，
他们在山脚给他堆造坟墓前，
他终于懂得了些许节俭光景；
可当他走过一处湿地的时候，
一只沙蜴张着灰色的泥巴嘴
歌唱北方或西方或南方某地
有一个快乐狂放温和的民族
住在金色或银色的天空之下；
若有一舞者停下饥饿的步子，

---

① 竺玛海尔：利陲姆郡一乡村。

② 利萨代尔庄园：叶芝的朋友郭尔-布斯姐妹康斯坦丝（1868—1927）和伊娃（1870—1926）在斯来沟郡的家宅。利萨代尔，盖尔语，义为“盲人的庭院”。

太阳和月亮仿佛都结了果实：
听了那歌声他变得又呆又傻。

他在斯卡纳文[①]的水井旁沉思，
思想笑他的人们；毫无疑问
他突然的报复成了乡间传闻，
当尘世之夜把他的身体吞噬；
可是塘边生长的一株两耳草
用过分的残忍声音歌唱那里——
古老的静寂教它的选民欢喜，
无论涨起和落下多大的浪潮，
风暴的白银侵蚀白昼的黄金；
深夜就好像羊毛把他们围裹，
恋人依偎着恋人将共享安乐。
这传说驱散了他稀薄的怨忿。

他长眠在卢纳郭尔[②]山丘之下；
既然大地接受了万物和人类，
他或许终于懂得了无扰沉睡，
在那寒冷雾气笼罩的山坡下：
难道他尸骨周围蠕动的蛆虫
不曾以不倦的尖厉嘶喊宣称：
上帝已经把手指按在了天穹，
流光溢彩的夏季溢出那指缝
把无梦的海浪边的舞者淹没？
那些无恋人思念的恋人为何
要梦，到上帝一吻焚毁世界？
那人在墓中找不到一丝慰藉。

---

① 斯卡纳文是斯来沟郡一小镇。

② 卢纳郭尔：斯来沟郡格仑卡谷地中一小镇，盖尔语义为“异乡人谷地”。

一部爱尔兰小说家作品选集献辞[1]

在自己人统治这悲剧的爱尔的岁月，
有一根绿树枝悬挂着许多风铃；
从它那低语的绿荫里，仙女的幽静、
巫者的仁慈，向所有聆听者降落。

商贾听得入了迷，不再耍滑奸；
农夫听得发了呆，忘记了牛羊；
咆哮的战士听了，静静入梦乡：
一时间大家都变得友好和善。

啊，在陆地和海上漂泊，总是
计划、密谋着，终会给祖传的悲愤
压上一块石头的流亡者们！
我也有一根满蕴安宁的风铃枝。

我把它从被风吹断的绿枝上折来，
直到那夏天的汁液全都变干涸！
我把它从爱尔光秃的树干上断折，
在那个国度，一个人可以被迫害，

被打击、骚扰和毁灭，以致他变成

---

① 叶芝在 1924 年评论说："我刚刚重写过的这首诗最初是于 1890 年以原先的形式作为一部爱尔兰小说家选集的献辞发表的。即使经过修改，它也还是一束野燕麦"（《校刊本》，页 129）。这本小说集是《爱尔兰小说代表作》（纽约和伦敦：G. P. 普特南之子公司，1891）。

没有爱的人：欢快的风铃逗引起
大笑声，震撼屋椽下残破的蜘蛛丝；
可最受欢迎的却是最悲哀的鸣声。

风铃欢快或悲哀，给你们带来
已淡忘的纯朴而古老地方的回想：
在康纳玛拉的天空和曼斯特的草场，
我们和我们的苦难未留下痕迹。

老雇佣兵的哀歌[①]

虽说如今我躲避雨淋，
在一棵断树下面，
但在时间把我变老前，
我座位紧挨炉边，
在每群谈论爱情或者
政治的伙伴中间。

虽说少壮又在造枪矛，
准备要举行反叛；
疯狂流氓向人间暴政
发泄满腔的怒焰，
但我却把沉思专注于
改变了我的时间。

没有一个女人转过脸
回顾一棵断树干，
可我曾经爱过的美人
在我记忆里依然；
我往时间的脸上啐唾——
它已经把我改变。

---

① 叶芝自注（1895）说："这首小诗基本上是韦克娄的一位老农的原话的翻译"（《校刊本》，页 799）。1908 年他又解释说此诗是源自"在双岩山上一个人对我的一位朋友所说的话"（《校刊本》，页 844）。双岩山在都柏林郡附近；那位朋友是作家乔治·W·拉塞尔（1867—1935）。

吉里根神父谣曲①

年老的教士彼得·吉里根
日夜里精神恹恹；
他的教民不是卧病在床，
就是在绿地下长眠。

有一回，他坐在椅上打盹儿，
在傍晚飞蛾的时辰，
又一个穷人前来请他去，
他不禁黯然伤神。

“我都没休息，没快乐，没安宁，
人死了一个又一个”；
说完他又喊，“请上帝饶恕！
是肉体说的，不是我！”

他跪倒在地，伏靠在椅子上，
祈祷间沉沉睡去；
飞蛾的时辰从田野上退去，
群星开始偷觑。

星星渐渐繁衍上千万，
树叶在风中摇撼；
上帝给尘世笼盖上阴影，

① 叶芝解释（1892）说：“这首谣曲是根据凯瑞郡的一个古老的民间故事改写的”（《校刊本》，页800）。

对人类低语喃喃。

在飞蛾再次出现，麻雀
啾啾鸣叫的时光，
年老的教士彼得·吉里根
直挺挺站在地上。

“糟啦，糟啦！我在椅上
睡着时，那人已死去”；
他把他的马从酣睡中拍醒，
慌慌忙忙骑上去。

他从未像现在这样狂奔，
驰过石径和沼泽；
那病人的老婆打开屋门：
“神父！您又来了！”

“那可怜之人死了吗？”他大喊。
“他去了有一个时辰。”
年老的教士彼得·吉里根
伤心得站立不稳。

“您走后，他翻过身子就死了，
快活得像个小鸟。”
年老的教士彼得·吉里根
闻此言双膝跪倒。

“为疲倦和流血的灵魂造就
星辉之夜的救主，
他遣下一位伟大的天使
给我急需的援助。

“那照看天上运行的群星，
身披绛袍的救主，
也曾怜悯在椅上熟睡的
微不足道的生物。”

两棵树

亲爱的，凝视你自己的心里，
那神圣的树在那里正生长；
欢乐中生发出神圣的繁枝，
颤巍巍的花朵缀满枝头上。
那果实变幻的斑斓的色彩
用悦目的光给群星作嫁资；
它隐蔽着的根须实实在在
已经把寂静栽种在黑夜里；
它满头的繁叶频频的摇曳
赋予了海浪以澎湃的旋律，
也使得我的唇与音乐结合，
为了你低声唱迷幻的歌曲。
在那里众爱神绕着圈起舞，
把我们的青春火一样缭绕，
旋转着，缠绕着，反反复复，
沿着那树荫下无知的大道；
忆想起那长发簌簌地抖开，
那带翅的凉鞋如何地飞驰，
你的眼就充满温柔的关怀：
亲爱的，凝视你自己的心里。

不要再凝视那苦涩的镜面：
众魔鬼心怀着狡诈的诡计，
高举着它走过我们的面前，
要不然只凝视它片刻一时；
那里面长着个致命的影像，

它享受着风暴之夜的款待，
根须在雪下半显露半埋藏，
枝干都断折，叶子已焦黑。
因万物都变得不育而贫瘠，
在群魔高擎的昏暗的镜中；
那外部世界的烦恼的镜子
是远古上帝在沉睡时造成。
那里面，在断残的枝桠中间
穿行着不安的思绪的乌鸦；
飞翔着，啼叫着，往往返返，
饥饿的喉咙，凶残的脚爪，
要不然就抖动破烂的翅羽，
兀立着猛吸那狂风；老天，
你温柔的眼神都变得冷酷！
不要再凝视那苦涩的镜面。

致曾与我拥火而谈的人[1]

作出这些断续的咏妲娜[2]的诗句时，
我的心就会洋溢着对往昔的梦忆：
我们曾俯身围拥着那将熄的炭火，
谈论着好像枯树中的蝙蝠，生活
在热情的人们灵魂里的蒙昧之民；
谈论着桀骜不驯的、远古的族群，
他们的叹息中混合着满足和悲哀，
因为他们那繁花般盛开的梦从来
不曾在知善恶的果子下折腰屈躬；
谈论着列着战阵、放着光的大众，[3]
齐飞举，羽翼叠羽翼，光焰万道，
声如雷鸣，高呼那不可道的名号，[4]
用他们刀剑的铿锵撞击声合奏出
极乐的颂赞曲，一直到晨光绽露，
白色的寂静终止了一切，惟有那
长翼的轰鸣，那素足的耀眼光华。

---

[1] 此诗原有副标题“新诗集的献辞”。“新诗集”指叶芝于 1895 年出版的《诗集》。

[2] 妲娜：见《白鸟》一诗注。

[3] “大众”：指众天使。

[4] “不可道的名号”：指上帝的名号。

致未来的爱尔兰[1]

知道吧，我愿被视为
一个群体的真兄弟，
为减轻爱尔兰的创痛，
把谣曲和民歌唱诵；
而不愿比他们差毫分，
因那镶红玫瑰的长裙
拖过那文字每一篇：
在上帝创造天使前，
她早已开始有历史。
在时光开始怒吼时，
她如飞舞步的律动
使爱尔兰的心跳动；
时光教所有的蜡烛
处处照耀着那舞步；
愿关于爱尔兰的思想
孕育在律动的宁静上。

愿我不逊于这些人：
戴维斯、曼根、佛格森，[2]
因为，对善于深思者，
我的诗比他们的更多

① 这是诗集《玫瑰》的跋诗。

② 托马斯·戴维斯（1814—1845）：爱尔兰政治领袖兼作家；詹姆斯·克莱伦斯·曼根（1803—1849）：爱尔兰诗人；塞缪尔·佛格森爵士（1810—1886）：爱尔兰诗人。

道出深海中的发现，
那里仅尸体在长眠。
四大元素的创造物
往来于我桌子四周，
从混乱的脑海冲出
去洪水和大风中怒吼；
而踏着韵律者跳舞，
必会以注目换注目。
人永远与她们同前进，
追随那镶红玫瑰的长裙。
在月下舞蹈的仙女，
啊，巫之国，巫之曲！

只要能，我就写给你
我熟知历经的梦和爱。
从我们出生，到死亡，
不过是一眨眼的时光；
而我们、歌唱和爱情、
“时光”在天上点的灯
和往来于我桌子四周，
在黑夜里来临的灵物，
都不断地流逝到那里：
在真理渐衰的狂喜里，
全无爱和梦的容身地；
神走过，留白色足迹。
我把心铸入我的诗，
好让你，在渺茫的未来，
知我心曾如何同它们
追随那镶红玫瑰的长裙。

苇间风[1]
（1899）

---

① 1899年以单行本形式问世，共收诗三十七首。叶芝原注（1908）说："在写这些诗的时候，我凝神沉思那些写《谣曲和抒情诗》〔译按：即《十字路》〕、《玫瑰》和《乌辛漫游记》时光临我的意象和其他来自爱尔兰民俗的意象，以至于它们变成了真正的象征。有时在醒着的时候，但更经常是在睡着的时候，我有片刻的幻视，一种与做梦非常不同的状态，其时这些意象自己获得一种类似独立生命的东西，变成一种神秘语言的一部分；这种语言似乎永远会给我带来某种奇异的启示。因可能被认为是轻率的晦涩而不安，我遂试图以冗长的注释自我解释，在其中我放入了我所有的一点点学问，以及我现在认为不太合适的任意幻想，虽然在我看来最神秘的事物仍然是最真实的"（《校刊本》，页800）。古希腊神话传说，阿卡狄亚的山林女神绪任克斯被畜牧神潘追逐，情急之下祈求父亲河神拉冬把她变成芦苇。潘于是用芦苇做成排箫，以纪念所爱（见奥维德《变形记》）。故苇间风亦有吹箫之气息的意思。

希神的集结[1]

大众从科塪克纳瑞驰来，
从科露什纳芭尔的坟冢跨越；
奎尔塔扬起他燃烧的头发，
尼娅芙呼喊着：**来呀，一起来；**
倒空你心中的凡尘之梦。
长风已觉醒，树叶在飞旋，
我们面颊白皙，发披散，
我们胸膛起伏，眼晶莹，
我们臂膀挥舞，嘴张开；
如果谁凝视这疾驰的队列，

① 此诗作于 1893 年 8 月 29 日，最初发表于《国民观察家报》（1893 年 10 月 7 日）时题为《仙军》。叶芝自注（1899）说："富贵人过去把古爱尔兰诸神称为图阿莎·德·妲南，即妲奴女神的部族，而贫苦人过去，有时现在也仍然，把它们称为希，源于诶·希或斯路阿·希，意即仙山之人。'希'也是盖尔语中的风，当然希与风有许多关联。它们乘旋风而行，那旋风在中世纪被称为海若迪亚斯的女儿之舞——海若迪亚斯无疑取代了某个古代女神的地位。当乡民们看见树叶在路上旋转时，他们就祝福自己，因为他们认为希正在经过。它们据说总是不戴头巾，而任头发飘泻如瀑；它们有尊卑之分，尊者多半骑马。如果有人对它们过于感兴趣，过多地看见它们，他就会对普通事物失去一切兴趣。……古代的伟大人物都出自妲奴的部族，是它们中间的王和后。奎尔塔是费安的战友；……尼娅芙是妲奴部族中的美女，她曾把乌辛诱引到她们的国度'青春之乡'；我在《乌辛漫游记》中写到了她；最终，他又回到苦难和厌倦之中。科塪克纳瑞山在斯来沟，乡民说，西部的希的伟大女王梅娃就葬在山上的石冢中。我在《凯尔特的曙光》中写到过科露什纳芭尔。她'走遍全世界，寻找一个足够深的湖，以溺毙她的仙躯，她已厌倦了神仙生活；她从一个山丘跃到另一个山丘，在所到之处建立一个个石冢；终于，她在斯来沟，鸟山之巅的小伊阿湖找到了世界上最深的水。'……科露什纳芭尔义为'芭尔的老妇人'……她出现在许多地方的传说中"（《校刊本》，页 800—802）。

我们就搅扰他手中的事业，
我们就搅扰他心中的希冀。
大众在日夜间穿梭往来，
哪里有这么美的希望和事业？
奎尔塔扬起他燃烧的头发，
尼娅芙呼喊着：**来呀，一起来**。

不绝的喊声[①]

啊，甜美而不绝的喊声，静一静；
请去找守护着天国羊栏的看守，
叫他们遵从你们的意愿去巡行，
光焰叠光焰，直到时间不存在；
难道没听说你们在颤摇的枝头，
在群鸟之中，拍岸的潮水之中，
山风中召唤的我们的心已老迈？
啊，甜美而不绝的喊声，静一静。

---

① 此诗作于 1895 年 8 月 29 日。“喊声”：仙人的喊声。

情　绪[1]

时光渐滴淌，
似蜡炬成灰，
群山和林木
盛时也不常；
这么大一堆
火生的情绪，
哪个曾消亡？

① 叶芝所谓“情绪”是指一种外在于人体的神秘力量，永恒不朽，能被魔法师和艺术家召致而作用于世间。

恋人讲述他心中的玫瑰[1]

丑陋残缺的事物，破损陈旧的事物，
路边孩童的啼哭，笨重大车的咯吱，
那抛撒冬季肥土，耕夫沉重的脚步，
都伤害着你的影像：我心底绽放的玫瑰。

丑恶的事物犯下的过错太难以述说；
我渴望重造它们，然后远坐在绿地，
守着新铸的天地海洋，像一只金盒
盛我梦中你的影像：我心底绽放的玫瑰。

① 此诗最初发表于《国民观察家报》（1892 年 11 月 12 日）时题为《我心中的玫瑰》。

空中的魔众[①]

欧椎斯寇一曲高歌
响彻沉闷的鹿鸣湖[②]，
自那高高的芦花丛中
惊起水鸭野鹜。

他眼看苇丛渐渐变暗，
随着夜潮的升涨，
遂把他的新娘卜丽洁
朦胧的长发梦想。

在歌与梦之间他听见
一笛手吹笛远去，
从未有笛声如此凄惨，
也未有如此欢娱。

他看见许多少男和少女
在一片平地上起舞，

---

① 此诗作于1893年10月1日，原题《被偷走的新娘》。叶芝原注（1899）说："此诗是根据斯来沟郡巴里索代尔乡一妇人所唱并为我翻译的一首古盖尔语谣曲改写的；但在谣曲中，丈夫回到家时，发现哭丧者在哭吊他的妻子。有些作家对斯路阿·高伊什，即空中之军和斯路阿·希，即希神之军有所区别，而把空中之军描写为具有特殊的邪恶。乔伊斯博士说：'在各类妖魔中……人们最怕的是空中的魔鬼。它们住在云里、雾里、岩石里，以极端的恶毒仇恨人类。'……据说它们有时兴一阵狂风，偷取刚刚成婚的新娘"（《校刊本》，页803—804）。

② 鹿鸣湖：斯来沟郡一小湖。

其中有他的新娘卜丽洁
面带凄惨和欢娱。

跳舞的人们把他围绕，
甜言说了不少，
小伙子端来葡萄红酒，
姑娘拿来白面包。

可是卜丽洁牵着他衣袖
离开欢闹的伙伴，
来到玩牌的老人跟前，
他们手疾如闪电。

面包和酒里包藏有厄运，
这些是空中的魔众；
他坐下玩起来，心中梦想着
她那长发朦胧。

他与快乐的老人们玩着，
想不到有厄运临头，
直到有一人把新娘卜丽洁
从快乐的舞蹈中劫走。

他把她抱在怀里劫走——
那里最英俊的小伙子，
他的脖子、胸脯和双臂
淹没在她朦胧的长发里。

欧椎斯寇把纸牌抛下，
从他的梦中惊醒：
那些老人和少男少女

逝如轻烟无踪影；

但是他听见高高的空中
一笛手吹笛远去，
从未有笛声如此凄惨，
也未有如此欢娱。

鱼[1]

尽管晓月西沉后你隐匿
在那灰白的落潮深处，
来日里的人们也将知悉
我是怎样把鱼网抛出，
而你又是怎样无数次地
跃过那些细细的银索，
他们会认为你薄情寡义，
并且狠狠地把你斥责。

---

① 此诗赠茉德·冈。最初发表于《康瓦尔杂志》（1898 年 12 月）时题为《渔夫布莱塞尔》。

无法安抚的大众[①]

姮娜[②]的儿女大笑，在纯金打造的摇篮里，
他们一起鼓着掌，半闭着他们的眼睛，
因为他们将奔驰去北方，当秃鹰[③]煽动
沉重的白翅膀，怀着冷却的心飞起时：
我亲吻啼哭的孩子，把他贴在我前胸，
听见狭窄的墓穴呼唤我的孩子和我。
那在漫流的海上呼啸的凄凉的风哟；
那在燃烧的西天边翱翔的凄凉的风；
那敲击天堂的大门，敲击地狱的大门，
在那里抽打呜咽的群鬼的凄凉的风；
被风吹动的心啊，那无法安抚的大众[④]
比圣母马利亚脚前的烛光更为可亲。

---

① 此诗最初发表于《萨沃伊》（1896 年 4 月）时与《黑猪谷》一诗合题为《两首有关农民的灵视的诗》；收入《苇间风》时题为《摇篮曲》。叶芝在为此诗和《恋人因心绪无常而请求宽恕》一诗所作的注释（1899）中说："我把风用作一种模糊的欲望和希望的象征，不仅因为希神在风中，或者因为风任意吹拂，而且因为风与魂灵和模糊的欲望一直处处相联系着。一位高地学者告诉我，他的乡亲们在他们的谈话和谚语中，一如我在我的诗里，使用风"（《校刊本》，页 806）。

② 姮娜：即妲奴。见《希神的集结》一诗注。

③ 秃鹰：在《旧约·利未记》和《旧约·申命记》中被描写为一种不洁净的鸟。

④ 大众：指御风而行的众希神。见《希神的集结》一诗注。

到曙光里来[1]

衰残的心，在一个衰残的时代，
来呀，摆脱那是是非非的罗网；
大笑吧，心，又见灰白的曙光，
叹息吧，心，又见清晨的露滴。

你的母亲爱尔，她永远也不老，
露滴永远晶莹，曙光总是灰白；
虽然希望离弃你，爱情又衰败，
在一条毁谤之舌的毒焰中焚烧。

来吧，心，到这层峦叠嶂之地：
因为太阳和月亮，山谷和森林，
大川和小溪那神秘的兄弟之情
在这里将努力实现它们的意志；

上帝伫立着吹响祂孤独的号角，
时光和世界永远在匆匆地飞逝；
爱情并不比灰白的曙光更和蔼，
希望并不比清晨的露滴更亲切。

---

① 此诗最初发表于《国民观察家报》（1893 年 7 月 29 日）时题为《凯尔特的曙光》；收入《凯尔特的曙光》一书中时改为现题。

漫游的安格斯之歌[①]

我出门来到榛树[②]林里，
因为头中燃着一团火，
砍下一段榛枝削成杆，
在一根线端钩挂浆果；
在粉白蛾子展翅飞舞，
粉蛾似的星星闪现时，
我把浆果投到溪水里，
钓起一条小小的银鱼。

我把它放在地面之上，
然后去把火苗儿吹起，
可是地面上沙沙作响，
有谁在呼唤我的名字；
它变成一个晶莹少女，
鬓边簪插着苹果花枝；
她喊我名字然后跑开，
穿过渐亮的空气消失。

---

① 此诗最初发表于《速写》（1897 年 8 月 4 日），题为《疯歌》。叶芝解释（1895）说："妲奴女神的部族能够随意变化，那些居住在水里的常常化身为鱼。……在别的时候它们则是美丽的女人；……此诗是受一首希腊民歌所启发的；但是希腊的民间信仰与爱尔兰的非常相似；在写作此诗时，我当然想到的是爱尔兰以及爱尔兰的那些精灵。……"（1899；《校刊本》，页 806）。关于安格斯，叶芝说他是"青春、美和诗歌之神。他统治着青春之邦"（《校刊本》，页 794）。

② 榛树：在爱尔兰被视为神圣的生命之树。

虽然走遍了深谷高山，
我已经变得衰弱老朽，
但是我定要把她找到，
吻她的嘴唇牵她的手；
走在斑驳的深草丛中，
采撷太阳的金色苹果，
采撷月亮的银色苹果，[①]
直到时光都不再流过。

① 指日光、月光透过树荫洒在地面上的圆形光斑，采撷它们喻不可能的事情。

老母亲之歌

我黎明即起，跪地吹火，
直到炉中火熠熠闪烁；
然后做饭擦地扫房间，
直到天上星眨眼偷看；
年轻人卧床久睡梦想：
胸饰头饰是否正相当，
她们的日子逍遥安逸，
风吹发梢她们也叹息。
我得劳作因为我老了，
火苗变得愈凉愈小了。

女人的心[①]

呵，何用那小小房间
洋溢着祈祷和安宁；
他叫我出门潜入夜暗，
我的胸紧贴他的胸。

呵，何用母亲的关怀
和安全温暖的家居；
我的浓发如花儿盛开，
会庇护我们躲风雨。

呵，头发浓密眼晶莹，
我从此不顾虑死生，
我和他热心贴着热心，
我和他呼与吸相通。

① 此诗作于1894年，用于短篇小说集《隐秘的玫瑰》（1897）中的一篇故事《生活在风暴中的人》（后改题《幻影玫瑰》）中时无题。

恋人伤悼失恋[1]

额白、发浓、手安详，
我有个美丽的女友，[2]
遂梦想旧日的绝望[3]
终将在爱情中结束。
一天她窥入我心底，
见那里有你[4]的影像，
就哭泣着从此离去。

---

① 此诗最初发表于《穹顶》（1898 年 5 月），与《他听见蒲苇的呼喊》和《他想起那些曾恶语中伤他爱人的人们》二诗合题为《伊夫致黛克托拉：三首歌》。

② 女友：指奥莉维娅·莎士比亚（1867—1938）。1894 年，正当叶芝陷于对茉德·冈的无望的爱情漩涡中之时，诗友莱奥内尔·约翰逊把表妹奥莉维娅介绍给了他。叶芝与她始终保持着密切关系，只因她丈夫不肯离婚而未能与她结合。

③ 旧日的绝望：叶芝自 1889 年结识茉德·冈后屡次向她求婚均遭拒绝。

④ 你：指茉德·冈。

他伤叹他和爱人所遭遇的变故并渴望世界末日来临[①]

难道你没有听见我呼唤，无角的白鹿？
我已被变成了猎犬，长着一只红耳朵；
我出没在那荆棘的丛林和石头的小路，
因为有人把仇恨、希冀、欲望和畏怯
藏在我脚下，诱使我日夜里把你跟踪。
一个人手持着榛木杖悄无声息地前来；
我正扭头看别处；他突然把我变了形；
如今我的呼唤声只不过是猎犬的狂吠；
而时光、诞生、变化正在匆匆地流逝。

---

① 此诗作于1897年6月，发表于《穹顶》时题为《男人和女人的欲望》；收入《苇间风》时题为《蒙根伤悼他和爱人所遭遇的变故并渴望世界末日的来临》。参见《他思想前世作为天上星宿之一的伟大》一诗注。叶芝原注（1899）说："我的鹿和猎犬恰当地与亚瑟王传奇的各种说法中闪入闪出、引导不同骑士历险的鹿和猎犬有关，也与所有关于乌辛的青春之乡之旅的说法开头部分中的猎犬和无角鹿有关。这猎犬当然与安温或哈得斯的猎犬有关——它们是白色的，长着红耳朵；威尔士农民过去，也许现在仍然听见它们在夜风中追赶某种飞行物；很可能也与爱尔兰乡民所认为的，如果你过于大声或过早地哀悼死者，就会叫醒并抓走其灵魂的那些猎犬有关。……我是从一首上个世纪的关于乌辛的青春之乡之旅的盖尔语诗中得到我的猎犬和鹿的。在对无角鹿的追猎把他引到那海滩上之后，在他与尼娅芙一同驰骋在海面上之时，他在波涛中看见——我手头没有那首盖尔语诗，仅凭记忆描述——一个少年追逐着一个手持金苹果的少女，后来又见一条有一只红耳朵的猎犬追逐着一头无角鹿。这条猎犬和这头鹿似乎是'为了女人的'欲望和'为了男人的欲望的女人的欲望'以及所有类似的欲望的单纯意象。……我诗中的持榛木杖的人原本是爱神安格斯；我使无鬃的野猪来自西方，因为在爱尔兰，一如在其他国家，日落之处过去是象征性的黑暗和死亡之地"（《叶芝诗集新编》，页590—591）。安温：威尔士传说中的地狱。关于男女欲望的引语出自塞缪尔·柯尔律治的《桌边谈话》。

我祈愿，那无鬃的野猪已从西方来到，
把太阳、月亮、星星都连根拱到天外，
然后躺在黑暗里，哼哼着，翻身睡觉。

他教爱人平静下来[①]

我听见那幻影群马，它们长鬣颤抖，
铁蹄杂沓而沉重，眼睛里白光闪烁；
北方在头顶上展开匍匐紧贴的夜色，
东方在晨光破晓前把隐秘欢乐展露，
西方在白露中饮泣，带着叹息飘逝，
南方倾撒着暗红色火焰的玫瑰花瓣。
睡眠、希冀、梦想、无尽欲望之幻，
灾害之群马都投进沉重的凡胎肉体。

---

① 此诗作于 1895 年 9 月 24 日，是赠给奥莉维娅·莎士比亚的；最初发表于《萨沃伊》（1896 年 1 月）时题为《麦克尔·罗巴蒂斯让爱人平静下来》。叶芝原注（1899）说："十一月，旧时的冬季之始，或佛魔罗，亦即死亡、阴郁、寒冷、黑暗之力量的得胜之始，爱尔兰人将其与马形的普卡——它们现在是顽皮的精灵，但曾经是佛魔罗神祇——相联系。我想它们也许与曼南南的群马有某种联系，曼南南统治着死者之国，而佛魔罗的特什拉也统治着那里。曼南南的群马常常与海浪相关联，虽然它们也能同样轻易地跑过陆地。某位新柏拉图主义者——我忘了是谁——把大海描写成生命的漂浮不定的苦难，而我相信，在许多爱尔兰关于航行去魔岛的传说中含有类似的象征，或者在形成这些故事的神话学中多少含有一些。我大体仿效爱尔兰和其他神话学以及巫术传统，把北方与夜晚和睡眠相联系，把日出之处东方与希望相联系，把日盛之处南方与热情和欲望相联系，把日落之处西方与衰亡和梦幻事物相联系"（《校刊本》，页 808）。有关于天气的盖尔语歌谣曰："北风凛冽，南风湿润，东风干燥，西风慷慨"云云。佛魔罗：据叶芝解释（1895），"佛魔罗，死亡、黑暗、寒冷、邪恶之力量，来自北方"（《校刊本》，页 796）；"佛魔罗义为来自海下，是死亡、黑暗、寒冷之神的名字。佛魔罗是畸形怪状的，时而有牛羊之头，时而只有一条腿和一条从胸口正中伸出的胳膊。它们是邪恶精灵之祖，据某位盖尔语作家说，又是一切畸形人之祖。巨人和小妖精尤其被认为是属于佛魔罗之类"（《校刊本》，页 795）。普卡：爱尔兰传说中的"孤独精灵"之一，形状多变，时而为马，时而为驴，时而为牛，时而为鹰。特什拉：佛魔罗之王。曼南南：属于"妲奴之部族"，为海神和财神。

亲爱的，让你的眼半闭，让你的心
在我心上跳荡，你的发落在我胸上，
把爱的孤寂时刻淹没于静深的暮光，
遮蔽那些飞扬的长鬣和杂沓的蹄音。

他怨责麻鹬[1]

麻鹬呵，别在空中叫啦，
要么朝西方的大海啼唤；
因你的叫声让我回忆起
朦胧秋波和沉重的长发
曾在我胸上抖颤着披散：
风声里已有足够的恶意。

---

① 此诗最初发表于《萨沃伊》杂志（1896 年 11 月），题为《欧萨利文·鲁阿致麻鹬》；收入《苇间风》时题为《罕拉汉怨责麻鹬》。

他记起遗忘了的美[①]

我双臂环抱你时，即
把心贴着那从这人世
消逝已久的可爱美丽：
王师溃逃后，君王丢弃
在荫蔽水塘的珠宝王冠；
耽于梦想的贵妇用丝线
在喂肥恶毒飞蛾的布帛
上面刺绣的爱情传说；
古老时代贵妇编织在
她们头发里边的玫瑰；
贵妇佩戴着穿行于许多
神圣长廊的带露的百合——
香烟的灰云在那里升起，
唯有上帝的眼睛不迷闭——
因为那酥胸和滞留的手
来自梦想更浓重的国度，
比此刻梦想更浓重的时辰；
当你在亲吻间叹息的时分，
我听见洁白的美神也叹息，
惋惜一切必逝如露水，
除了火上火，海上之海水，

① 此诗最初发表于《萨沃伊》（1896 年 7 月），题为《欧萨利文・鲁阿致玛丽・拉沃尔》；收入《苇间风》时题为《麦克尔・罗巴蒂斯记起遗忘了的美》。

王位上王位：那上面半睡
高踞着她高贵而孤寂的神秘，
长剑斜倚着裹铁甲的膝。

诗人致所爱[①]

如潮水销蚀鸽灰的沙滩，
被情热销蚀的白皙女人，
我用虔敬的双手带给你
我的无数个结集的梦幻，
怀着比时光苍白的火里
溢出的残月更苍老的心；
有无数个梦的白皙女人，
我给你带来热情的诗韵。

① 此诗作于 1895 年，最初发表于《参议院》（1896 年 3 月）时题为《红发欧萨利文致玛丽·拉沃尔之二》。

他赠给爱人一些诗句①

用金卡别紧你的头发，
束起每一绺松散发卷；
我命我心把拙诗制作：
日复一日，夜复一夜，
它从古代的战争里面
造就出一曲美丽哀歌。

你只需举起一只玉手，
拢起长发，叹息一声；
男人的心必燃烧狂跳；
朦胧沙滩上白浪似烛，
滴露天空中群星高升，
只为照亮你过路双脚。

① 此诗作于 1895 年，最初用于短篇小说《束发》中，无题；收入《苇间风》时题为《伊夫赠给爱人一些诗句》。

致他的心，教它不要怕[①]

安静，安静，颤抖的心弦；
记住那古老的至理名言：
谁要是面对大火、洪水
和吹过星空的劲风抖颤，
就让劲风、大火和洪水[②]
把他掩埋，因为他无缘
属于那孤独庄严的群体。

① 此诗最初发表于《萨沃伊》（1896 年 11 月），题为《出自古老的日子》。
② “金色黎明秘术修会”入会仪式用语。

饰铃帽①

弄臣②在花园里徘徊：
花园里暮色深寂；
他命令灵魂高飞起，
到她窗台上站立。

在鸱鸮初啼的时分，
它蓝衣笔挺飞起：
一想到那轻悄足音，
它口齿顿变伶俐；

年轻王后却不愿听，
披着白睡衣起身；
她关闭沉重的窗棂，
把道道窗闩插紧。

在鸱鸮不再啼之时，
他命心向她飞去；
它身穿抖颤的红衣，

① 此诗作于1893年。叶芝原注（1899）："我梦见这故事，完全如我所写，随后又做了另一个长梦，试图想出它的意思，以及我将用散文还是用诗写它。第一个梦与其说是梦，不如说是幻视，因为它美丽而一贯，给我以人们得自异象的启示和升华，而第二个梦则混乱而无意义。此诗对于我总有丰富的含义，虽然作为象征性的诗，它不是总是意味相同。布雷克会说：'作者在永恒之中，'我肯定他们只有在梦中才能被怀疑"（《叶芝诗集新编》，页591）。饰铃帽：马戏团丑角所戴的饰有铃铛的尖帽。

② 弄臣：宫廷中服务的伶人，通常扮演丑角以博国王一乐。

隔着门对她唱曲。

梦想着那如花发卷，
它歌喉顿变甜蜜；
但她从桌上拿起扇，
把它拂到半空里。

“我有饰铃帽，”他想，
“送给她我就去死”；
放在她经过的地方，
在晨光大白之时。

她把饰铃帽贴胸上，
用如云浓发遮盖，
红唇对它把情歌唱
直到群星飞天外。

她打开前门和后窗，
那心和灵魂飞进；
红的降在她右手上，
蓝的落入左手心。

它们似蟋蟀相鸣和，
聊得伶俐又甜蜜；
她头发拢起如花朵，
脚下是爱的静谧。

黑猪谷[1]

露水缓缓滴，梦景叠聚：莫名的标枪
猛然间在我梦醒的眼前砰然相磕碰，
接着就是落马骑士的铿锵声和莫名
渐亡的大军的呐喊声在我耳边震荡。
傍着海边的石栅，山丘上灰色的石冢，
我们依然劳作，当白昼溺沉于露水里，
由于厌倦了尘世的帝国，而躬身向你，
静寂群星和喷火天门的主宰者，[2] 致敬。

---

① 叶芝自注（1899—1906）说："在全爱尔兰流传有关于爱尔兰的敌人将在某个黑猪谷中溃败的预言，而这些预言现在，一如在芬尼亚时代，无疑是一种政治力量。……在我出世前几年，一位住在斯来沟利撒德尔的老人常常晕倒，在昏迷状态下叙说关于那场大战的景象；斯来沟还有一个人曾告诉我说，那将是一场极惨烈的大战，战马将蹚着没蹄的鲜血驰走；战斗结束后，马肚带将慢慢朽烂，从马腹上掉落，因为没有一只手去为它们解开。如果读一读莱斯受弗雷泽《金枝》的启发所写的《凯尔特异教国》，把其中关于杀死狄阿米德的野猪和其他古凯尔特有关公猪母猪的传说放在一起，就会看出那战役是神话性质的，而那以之命名的猪则一定是寒冷和冬季与夏季战斗，或死亡与生命战斗的象征"（《叶芝诗集新编》，页591—592）。

② "主宰者"：指上帝。

恋人因心绪无常而请求宽恕[1]

这纠缠的心若用轻于气的话语，
或忽闪忽灭、仅仅是
希望的希望，搅扰你的安居，
就揉皱你头发里的玫瑰，
用馥郁的暮色掩住你的唇，说：
“风中之焰的众心啊！
比昼夜的更替更为古老的风哟，
低语着渴望着来自那
鸽灰色仙境中响着古代手鼓声、
大理石筑成的城池；
来自王后们用光泽的双手制成，
褶皱层叠的红战旗；
看见过年轻的尼娅芙[2]面带相思苦，
翱翔在漫流的浪潮上；
曾盘桓在最后的不死鸟[3]就死之处，
那隐蔽而荒凉的地方，
把火焰裹在它神圣的头颅上面；
如今仍低语和渴望。
可怜的众心哟，变幻着，直到变幻
在喧闹的歌声中死亡”；

---

① 此诗作于 1895 年 8 月 23 日，最初发表于《星期六评论》（1895 年 11 月 2 日），题为《宽恕的曙光》，后改题《麦克尔·罗巴蒂斯因心绪无常而请求宽恕》。见《无法安抚的大众》一诗注。

② 见《希神的集结》一诗注。

③ 在古埃及神话中，不死鸟每活五百年自焚一次，然后从灰烬中再生。

用你那朦胧而沉重的长发盖起
你酥胸的洁白花朵，
用一声为渴望休息的万物的叹息
搅扰那馥郁的暮色。

他描述一个满是恋人的山谷[①]

我梦见我站在一个山谷中，四周一片叹息，
一对对幸福的恋人联翩走过我站立之处；
我梦见失去的爱人悄悄从那树林里溜出，
朦胧似梦的眼眸上垂着洁白如云的眼皮：
我在梦中高喊：**啊，女人，教小伙子把头**
枕在你们的膝上，用长发淹没他们的双眼——
否则忆起她的脸，他们会觉得别无好容颜——
直到这世上所有的山谷都渐渐不复存留。

---

① 此诗最初发表于《星期六评论》（1897 年 1 月 9 日），题为《恋人的山谷》；收入《苇间风》时改题为《伊夫描述一个满是恋人的山谷》。

他谈论绝色美人[①]

呵，云白的眼皮，梦幽的眼眸，
诗人们终日辛苦劳作，想要
用诗韵塑造一个绝色美人，
却被一个女人的凝睇击倒，
却被天国悠闲的居民推翻：
因此，在露水滴着睡意的时辰，
在悠闲的群星和你面前，我心
将磬折，直到上帝把时光燃尽。

---

① 此诗作于 1895 年 12 月，最初发表于《参议院》（1896 年 3 月）时题为《红发欧萨利文致玛丽·拉沃尔之一》；收入《苇间风》时改题为《伊夫谈论绝色美人》。

他听见蒲苇的呼喊

我漫无目的行走
在这荒凉的湖畔——
风在苇丛中大吼：
直到那天轴折断，
群星都不再转动；[1]
人手把东西两幅
旗帜投掷进大海；[2]
光的环带被放松，[3]
你才会与你的爱
同眠，胸脯贴胸脯。

---

① 叶芝解释说："……因为这些星座围绕着天轴——许多国家古时候的生命树，并常常与神话学中的生命之树相联系——旋转。……我在《伊夫听见蒲苇的呼喊》〔译按：此诗的旧题〕中使它成为一棵轴树，因为这是另一种再现它的古老方式"（《校刊本》，页 811）。

② "东西两幅旗帜"指日、月，与"金色黎明秘术修会"入会仪式有关。

③ "光的环带"指黄道带。

他想起那些曾恶语中伤他爱人的人们[①]

半闭你的眼帘，散开你的发，
想想那些大人物及其骄狂；
他们曾经到处说你的坏话，
拿这歌比比大人物及其骄狂；
我用一口空气就造出了它，
他们的子孙会说他们说了谎。

---

① 此诗原题《伊夫致黛克托拉》，作为“三首歌”之一，与《恋人伤悼失恋》和《他听见蒲苇的呼喊》同时发表。

有福者

库玛尔[①]高声呼唤，垂首恭候，
等达希[②]在洞口出现，
双目中清光一闪，站立在
山风和森林之间。

库玛尔双膝跪倒，说道：
“我经多风之道
前来求取您一半的福气，
在您祈祷时学祈祷。

“我能为您捕溪里的鲑鱼，
捉来空中的鹭鸶。”
可达希双手交叠微微笑，
眼含上帝的秘密。

库玛尔见种种有福的灵魂——
女人、儿童、读书郎，
还有持牧杖披祭衣的长者——
都好似轻烟飘荡。

“赞美上帝和圣母，”达希说，
“上帝和圣母派遣

① 此诗初版作“国王库玛尔”；显然与传说中的吟游诗人库玛尔无关。

② 此诗初版作“有福者达希”；显然与历史上的爱尔兰王达希（405—485）无关。

最有福的灵魂在世上行走，
以慰藉充填你心间。”

“在人人都美好之处，”库玛尔说，
“谁又是最有福之人呢？
是否那些手持金香炉
在林间吟唱之人呢？”

“我的眼睛忽闪着，”达希说，
“因上帝的秘密而半盲，
但我能看见风往何处去，
能遵循风的方向；

“风往何处去，福气往何处去，
福气一去人即死；
我看见那世上最有福的灵魂，
他昏昏欲睡醉如泥。

“福气在夜晚和白天都来临，
慧心知道它去哪里；
有人在美酒的红色中看见
那不可败坏的玫瑰，

“慵懒地朝他抛撒褪色的
花瓣和欲望的甜蜜，
当时光和世界正渐渐隐退
在露水和霞光中时。”

隐秘的玫瑰①

遥远、隐秘、不可侵犯的玫瑰，
把我裹在最好的时刻里；裹在

---

① 此诗最初发表于《萨沃伊》（1896 年 9 月），题为《欧萨利文·鲁阿致隐秘的玫瑰》。叶芝原注（1899）说："我觉得我无意识地改动了关于康纳哈之死的古老故事。他不是在幻觉中看见，而是听说基督受难的。他被投石器投出的一颗用死亡的敌人的晒干大脑做成的球击中；那球留在了他脑袋中，《莱因斯特之书》说，他的脑袋被用金线缝合，因为他的头发像金丝。伊丽莎白时代作家基汀说：'在那种状态下他又活了七年，直到据某些历史学家所说的基督受难的那个星期五，他看见造化的不寻常变化和日、月全蚀，遂问随侍在身边的一位莱因斯特祭司布克拉赫，是什么使天地的行星发生那不寻常变化。那祭司说："上帝之子耶稣基督此时正被犹太人钉上十字架。"康纳哈说："可惜，要是我在场，我就杀死那些迫害他的人。"于是拔出剑来，冲向就近的一丛灌木，开始砍斫；……由于不可遏制的愤怒，那颗球从他的脑袋中迸出，并带出一些脑浆，他就那样死了。……'

"我想象了库胡林遇见芳德'漫步在耀眼的露珠间'。他们的爱情故事是我们古老传说中最美丽者之一。两只被一根金链锁在一起的鸟儿飞到库胡林和尤拉大军宿营的湖边，婉转鸣唱，致使全军都中魔而沉睡。它们随即化作两个美女，施魔法使库胡林变得病弱，卧床一年。在一年将尽之时，安格斯——很可能是爱神安格斯，妲奴女神的最伟大的孩子之一——来坐到他的床前，吟唱说芳德——海洋和死者之岛之神曼南南之妻——多么爱他；如果他愿意来到富有美酒和金银的众神之国，芳德和她的妹妹拉班就会为他驱魔治病。库胡林去了众神之国，与芳德相爱了一个月，约定在一个叫'海岸尽头的紫杉'的地方与她相会，然后回到了地上。他的凡间的妻子埃玛重又赢得了他的爱，而曼南南来到'海岸尽头的紫杉'带走了芳德。当库胡林看见她被带走时，他对她的爱情复苏了，于是他疯狂了，不吃不喝，流浪在群山之间，直到最终被一个巫师的遗忘之饮治愈。

"我写'那把众神驱逐出他们的堡垒'的人的根据是所读过的关于奎尔塔在伽布拉战役之后的故事，那时几乎他所有的伙伴都战死了，他怒而把诸神都逐出他们在小山丘中的堡垒居所……

"我是根据罗埃之子佛格斯的事迹写'骄傲的多梦国王'的…… （转下页）

那些曾经在圣墓[1]或者酒桶里
寻找你的人们安居，远离
梦想溃败骚乱之处；深裹在
白皙的眼皮中间，带着所谓
美的沉重睡意。你硕大的花瓣
裹着戴王冠的三贤[2]那苍老的须髯，
和盛满头盔的宝石黄金；那目睹
钉穿的双手和接骨木十字架在巫术
烟雾中升起，使火把变得昏黄，
待徒然狂乱觉醒而死去的国王；
那在永无风吹的灰色海岸边
遇见芳德漫步在耀眼的露珠间，
为一吻而失去人世和埃玛的壮士；
那把众神驱逐出他们的堡垒[3]，
宴饮到一百个黎明盛开鲜红，
然后为死难战友哭坟的英雄；
那骄傲地抛却王冠和忧愁，招引
乐人和弄臣，居住在深林，与满身
酒污的流浪汉为伍的多梦国王；

（接上页）“我根据拉曼先生的《爱尔兰西部民间故事》中的一个故事‘红马驹’的一些情节写‘那卖掉收成、房子和杂物’的人。一个年轻人‘在大路上看见一束光。他走近前去，见路上有一个敞开的盒子，里面透出一束光亮。他捡起盒子，里面盛着一束卷发。此时他为生计正不得不去做国王的奴仆。共有十一个小伙子。他们在晚上十点外出去马厩的时候，除他之外每个人都拿着一盏灯。他们分别到各自的马厩去。他到了他的马厩里之后便打开那盒子，把它放在墙上的一个洞孔里。那光非常亮，比其他马厩里的光亮一倍。’国王听说了，命他拿出那盒子给他看。国王说：‘你必须去给我把这头发所属的女人找来。’最终，是那年轻人，而不是国王，娶了那女人”（《校刊本》，页 812—814）。

① 圣墓：在耶路撒冷的基督墓。

② 三贤：在基督教传统中，特指来自东方朝见新生基督的三位智者。

③ 堡垒：古爱尔兰人认为有些小山丘是超自然生灵居住的堡垒。

那把耕地、房子和动产都卖光，
年年岁岁在陆地和海岛寻找，
终于带着大笑和泪水，找到
一个女人之人——她如此明艳，
借一绺偷来的头发发出的光线，
人们在半夜打谷。我，也期待
你那爱与恨的大风吹起之时。
何时群星被吹得在天空四射，
像锻炉中迸出的火花，然后熄灭？
你的时刻已到来，你的风可吹起？
遥远、隐秘、不可侵犯的玫瑰！

宁静姑娘[1]

宁静姑娘何处去，
摇着她的黄头巾？
唤醒群星的晨风
吹得我热血沸腾。
当她起身离去时，
我怎能如此平静？
呼唤闪电的话语
此刻撞穿我的心。

---

① 此诗最初用于短篇小说《拧绳子》中，无题，发表于《国民观察家报》（1892 年 12 月 24 日）；后改题为《红发欧萨利文论他的流浪》、《罕拉汉因他的流浪而伤悼》、《恋人因他的流浪而伤悼》以及现题。宁静姑娘：爱尔兰传说中的和平女神。

受难之苦[①]

当光灿灿、琴声悠扬的天国之大门开敞；
当一股不朽的激情在必朽的泥胎里呼吸；
我们的内心忍受着鞭笞、荆冠、那满挤
愁苦面容的道路、手掌中和肋下的创伤、
浸满着醋液的海绵、汲沦溪[②]畔的野花时，
我们会俯下身，披散开长发来把你遮护，
让发丝滴沥着幽香，沉甸甸沾满了甘露、
死白的希望之百合、激情的梦想之玫瑰。

---

① 此诗是写给奥莉维娅·莎士比亚的，以耶稣受难故事为意象，是克丽斯蒂娜·罗塞蒂风格。

② 汲沦溪：《圣经》中经常提到的一条流经耶路撒冷和橄榄山之间的小溪。耶稣与众门徒常在那附近的一个花园中聚会，并在那里被犹大出卖而被捕。

恋人为旧友恳求女友[①]

虽然你正当闪光年华，
群众和新交的声音
都忙于啧啧把你赞夸，
但不要薄情或骄矜，
而应最多地想念旧友：
时光的洪水将泛起，
除在这些眼里，在所有
眼里，你的美将消失。

① 此诗最初发表于《星期六评论》（1897 年 7 月 24 日），题为《诗人为旧友恳求女友》。

恋人对他的歌的未来听众说[1]

呵，一直长跪于你们祭坛围栏前的女人们，
在我为我的爱人编的歌掩盖了祷告的声息，
从这颗死人心散发的浓烟飘过紫色的空气
遮盖了没药和乳香散发的馥郁轻烟的时分，
请俯身来为我编织在歌里的一切罪过祈愿，
直到迷失灵魂的代言者[2]发出她甜美的喊声，
远远地把我和我的爱人召唤："不要再飞行
在那盘旋的、可怜的、苦行赎罪的众生中间!"

① 此诗作于1895年11月，最初无题，用于短篇小说《红发欧萨利文的灵视》中，发表于《新评论》(1896年4月)；收入《苇间风》时题为《罕拉汉对他的歌的未来爱好者说》。

② "迷失灵魂的代言者"：指圣母马利亚。

诗人祈求四大之力[1]

没有生灵知道其名称和形状的威力
摧折了不朽的玫瑰；
尽管七星在舞蹈中曾鞠躬并且哭泣，
天轴之龙仍沉睡，[2]
它沉重的环节绵延在波光粼粼的海洋中：
何时它才会睡醒？

滔天巨浪、狂风和大火的伟大力量，
用你们和谐的合唱
环绕我所爱的她吧，把她哄入安宁，
我古老的忧虑就消停；
展开你们闪耀的翅膀，把昼夜的罗网
严实地覆盖遮挡。

昏沉思绪的微弱力量，让她别再
像大海的白色酒杯，
当八风汇聚，太阳和月亮暗淡地燃烧在

① 此诗最初发表于《书人》（1892 年 10 月），题为《致四大的主人米迦勒、加百列和拉斐尔的神秘祈祷》；收入《苇间风》时题为《伊夫祈求四大之力》。“四大”：古人所谓构成世界的四大元素，即地、水、火、风。

② 叶芝自注说：“我让大熊座的七星哀悼那玫瑰的失窃，我还让天龙座的巨龙充当玫瑰的守护者，因为这些星座围绕着天轴——许多国家古时候的生命树，常常与神话学中的生命树相联系——旋转。我就是把这生命树以其常见的作为榛树的爱尔兰形式放进了《蒙根之歌》〔译按：《他思想前世作为天上星宿之一的伟大》的旧题〕一诗；因为它有时以星星为果实，所以我给它挂上‘弯曲的犁铧’和‘导航者’星——操盖尔语的爱尔兰人对大熊星和北极星的称谓”（《校刊本》，页 811—812）。

它那云蒸的边沿时；
而让用音乐织成的柔和寂静流往
她脚步走去的方向。

他愿所爱已死[①]

假如你只是躺着，冰冷死透，
三光正朝着西天外暗淡消亡，
你就会来这里，低下你的头，
我也会把我的头枕在你胸上；
你就会喃喃低语温柔的话语，
把我宽恕，因为你已经死透。
纵然你有着野雀一般的心志，
你也就不会起身，匆匆离去，
而是会明白你的长发被缚系
缠绕在星星月亮和太阳上头。
呵，亲爱的人，但愿你躺在
那羊蹄草叶覆盖下的土地里，
当三光一一暗淡消亡的时候。

---

① 原题为《伊夫致黛克托拉》。在叶芝早期短篇小说《束发》中，伊夫被斩之头对爱人所唱。

他冀求天国的锦缎[1]

假如我有天国的锦缎，
那用金银的光线织就，
黑夜、白天、黎明和傍晚，
湛蓝、暗灰、漆黑的锦绣，
我愿铺展在你的脚下。
可我，一贫如洗，只有梦；
我已铺展在你的脚下；
轻点，因你踏着我的梦。

① 原题为《伊夫冀求天国的锦缎》。

他思想前世作为天上星宿之一的伟大[1]

我曾经在青春之乡把仙酿畅饮，
如今因洞知了一切而涕泪涟涟：
在无法追忆的遥远年代，我曾经
是一棵榛树，[2] 他们在我的枝叶间
悬挂导航者之星和弯曲的犁铧：[3]
我变成过马蹄践踏的小草一株：
我变成过一个人，一个厌憎风者，
知道有个人，在万物之中，只唯独
他的头不会枕上他爱人的酥胸，
嘴唇也不会贴上那秀发，直到死。
呵，荒野中的走兽，天空中的飞禽，
难道我得忍受你们多情的鸣啼？

---

① 此诗原题为《蒙根之歌》；《蒙根思想他前世的伟大》。叶芝原注：“在凯尔特古诗中，蒙根是著名的巫师兼国王。他记得他的前生”（《穹顶》1898年10月号）。

② 叶芝自注（1898）说：“‘青春之乡’是凯尔特诗歌中诸神及快乐的死者所居地名。榛树是爱尔兰的生命树或知识树，在爱尔兰一如在其他地方，无疑是天国之树”（《校刊本》，页177）。

③“导航者之星”即北极星；“弯曲的犁铧”指大熊座，即我国所谓北斗七星。参见《诗人祈求四大之力》一诗注。

都尼的提琴手[1]

在都尼我把琴弦一拉响，
乡亲们起舞像海浪；
表兄在基尔瓦内[2]当神甫，
在莫卡拉比[3]是兄长。

我顺路去拜访两位老兄：
他们都念诵祈祷书；
我从斯来沟[4]集市上买来
我的歌本儿用心读。

在寿命终结时我们来到
圣彼得[5]庄严的座前，
他会对三个老鬼微微笑，
却叫我头一个过关；

因为好人们总是快活的，
要不是碰上坏运道，
快活的人们爱听提琴声，
快活的人们爱舞蹈：

① 此诗作于1892年11月。都尼岩位于斯来沟郡吉尔湖畔。

② 基尔瓦内：斯来沟郡巴里那卡罗村附近的一个小镇。

③ 莫卡拉比：斯来沟镇西南郊马格拉波依乡镇。

④ 斯来沟郡斯来沟镇位于爱尔兰西北部，是叶芝外祖父母家所在地，叶芝在那里度过了童年的大部分时光。

⑤ 在基督教传统中，圣彼得被描绘为天堂的守门人。

那里的人们一旦看见我，
他们都会到我身旁，
欢呼“都尼的提琴手来啦!”
就一同起舞像海浪。

在那七片树林里[1]
(1904)

① 1903 年初版时还包括叙事诗《梅娃女王的暮年》和《波伊拉与艾琳》，以及诗剧《在波伊拉的海滩上》。1906 年增补三首诗（后又删去一首）；1908 年增补两首诗；现共收诗十四首。在爱尔兰戈尔韦郡郭特乡格雷戈里夫人的庄园背后库勒湖周围环绕有七片树林，分别名为珊瓦拉、凯尔多莎、凯尔纳诺、派尔克纳利亚、派尔克纳卡莱戈、派尔克纳塔拉夫、因奇伍德。叶芝原注（1903）说："在 1903 年的大风吹倒那么多树木，搅得野兽们不安，改变事物的面貌之前，我在那七片树林间散步的时候作出了其中一些诗；……"（《校刊本》，页 814）

在那七片树林里[①]

我已听见那七片树林中的野鸽
造出隐隐雷声，花园里的蜜蜂
在菩提树花丛中低吟；已经抛开
使心房变得空虚的徒劳的叫喊
和旧日的苦痛。我已暂时忘却了
被根绝了的塔拉[②]，以及王位上的
新凡庸，还有大街上处处的欢呼、
一根根柱子上为它悬挂的纸花[③]，
因为万物之中惟有它是快乐的。
我心满意足，因为我知道静女[④]
在鸽子和蜜蜂间漫游，大笑着吞食
她狂野的心，而那伟大的射手[⑤]
只等发射的时刻，把乌云似的
箭囊仍悬挂在派克纳利[⑥]上空。

---

① 叶芝好友、作家格雷戈里夫人（1852—1932）在戈尔韦郡的库勒庄园包括库勒湖及环湖的七片树林。叶芝常在那里小住写作。

② 塔拉：山名，在米阿斯郡境内，是古爱尔兰尤伊内尔王朝历代君王加冕之地和王国首都所在地。

③ 为庆祝英国国王爱德华七世加冕，都柏林大街上结彩装饰。

④ “静女”是爱尔兰神话中的和平女神的名字。

⑤ “伟大射手”指人马宫射手座。

⑥ “派克纳利”，盖尔语，义为“牛犊的田野”，是七片树林之一。

箭[1]

从前我想起你的美，这枚箭镞[2]——
由狂想铸就——就钉入我的髓骨。
如今已没有男人会看她，没有，
不像青春少女初长成的时候，
颀长而高贵，可是胸房和面颊
却好像苹果花一样色泽淡雅。
这位美人更和气，但有个缘故
让我痛哭：旧日的美人已迟暮。

① 此诗作于1901年，写叶芝对于1889年与茉德·冈初识的回忆。
② 箭镞：象征情欲。

感到安慰的愚蠢[1]

一个永远和善的人[2]昨天说：
“你的爱人头发有了灰色，
她眼睛周围几乎没了阴影；
时间只能使人更容易变聪明，
尽管现在似乎不可能，故
你所需只是耐心。”
　　　　　　　　　心叫道：“不，
我没有一丝安慰，没有一毫。
时间只能把她的美翻新重造：
由于她那杰出的高贵风范，
她稍有举动，周围跳动的火焰
就燃烧得更旺。呵，她尚无这风姿，
当整个狂野夏季都向她注目时。”

心啊！心啊！只要她愿转回身，
你就会知道感到安慰多愚蠢。

---

① 此诗最初发表于《发言者》(1902 年 1 月 11 日)。
② 可能指格雷戈里夫人。

旧 忆[①]

思绪啊，当日暮时分唤醒一个
旧时记忆时，飞到她那里去，说：
“你的力，是那么高尚、勇猛、仁爱——
也许能唤起新时代，令人想起
很久以前被想象出来的女神——
只有一半属于你：漫长的青春
岁月里，他努力掺和，谁会想到
那一切，还有更多，会化为影泡，
亲昵的话语也毫无意义?”够了，
我们一旦指责风，会把爱指责；
或者，若需说更多，什么也别说，
这对走歪路的孩子会很严苛。

① 此诗作于 1903 年 12 月。

切勿把心全交出[①]

切勿把心全交出，因为爱情
只要貌似确定，它对于热情
如火的女人来说似乎用不着
一想，她们永远也梦想不到
它从一次次亲吻间渐渐消逝；
因为美好可爱的一切不过是
一种短暂、虚幻如梦的愉快。
呵，切勿把心彻底地交出来，
因为所有滑腻的嘴唇都会说，
她们把心都已交给了那玩乐。
如果爱到聩聋、喑哑、盲目，
谁又能做到玩儿得恰到好处？
作此诗之人他知道全部代价，
因为他把心全交出又全输啦。

① 此诗作于 1903 年 12 月至 1904 年 3 月间。

树枝的枯萎[1]

月亮对群鸟喃喃低语的时候我高呼：
“让田凫任意啼唤，让麻鹬随处鸣唱，
我渴望你那欢快、柔和、悲悯的话语，
因为道路无穷尽，没有我心灵的地位。”
蜜般莹白的月亮低悬在瞌睡的山丘上，
我在寂寞多溪水的埃赫蒂山[2]上入梦。
没有枝条是由于严冬的寒风而枯萎；
枝条枯萎是因为我讲给了它们我的梦。

我知道女巫常走的树叶覆盖的小路，
她们带着珠冠和纺绩羊毛的纺线锤，
以及神秘的微笑，来自湖底的深处；
我知道朦胧月在何处漂浮，妲娜[3]之辈
在何处纠缠拆解她们的舞步，双脚在
白浪闪耀处，月光在岛中草地上变冷。
没有枝条是由于严冬的寒风而枯萎；
枝条枯萎是因为我讲给了它们我的梦。

我知道那沉睡的国度，那里天鹅盘旋，

---

① 此诗原题《多溪水的埃赫蒂》。

② 埃赫蒂：据传说是“妲娜部族”中的一员，亦即一女神。埃赫蒂山在戈尔韦和克莱尔郡境内。

③ 妲娜：见《白鸟》一诗注。

且飞且歌唱，被金色的链条拴系成双[1]。
一位国王和王后[2]在那里漫游，那歌声
使他们如此快乐而绝望，耳聋而目盲，
没了智慧，竟至于漫游到岁月全流逝；
我知道，埃赫蒂的麻鹬田凫也都知情。
没有枝条是由于严冬的寒风而枯萎；
枝条枯萎是因为我讲给了它们我的梦。

① 初版的《在那七片树林里》（1903）收有叙事诗《波伊拉与艾琳》，叶芝对该诗的原注说："……在安格斯头顶上飞翔的鸟儿是他用他的吻造出的四只天鹅；当波伊拉和艾琳变成被金链拴在一起的天鹅时，他们采取古老故事中中了魔法的恋人们所采取的形体。弥迪尔是仙境之民，即希神的一个国王；他的妻子艾阒被一个妒忌的女人所逐，一度与安格斯一起在一座玻璃房子里避难……"（《叶芝诗集新编》，页686）。

② 国王和王后：波伊拉和艾琳。

亚当所受的诅咒[1]

有一年夏末我们聚坐在一起，
你的密友，那美丽温柔的女子[2]，
还有你和我，共同把诗艺谈论。
我说："一行诗也许花几个时辰，
但假如看来不像瞬间的灵感，
我们缀缀拆拆也都属枉然。
那你还不如屈膝跪倒在地，
把厨房地板擦洗，或像个老丐
去敲砸石块，无论天气好与坏；
因为要连缀妙音绝响，就要比
这些都更费工夫，可是还要被
聒噪的钱商、教员和牧师之辈——
殉道之士所谓的尘俗世界——
认做是游手好闲。"

　　　　　　　　接着下来
答言的是那美丽温柔的女子；
一听见她的嗓音低沉甜美，
许多人都会感到心中作痛：
"虽说学校里没有这门课程，

---

① 此诗作于1902年11月20日，赠给茉德·冈。上帝因亚当偷吃禁果而把他逐出伊甸园并诅咒他说："你必终身劳苦，才能从地里得吃的。……你必汗流满面才得糊口，直到你归了土……"（《旧约·创世记》第3章第17—19节）。

② "你"：指茉德·冈；"密友"：指茉德·冈的异母妹妹凯瑟琳·皮尔彻太太。

但是生为女人就理应知晓：
为求美好我们必须辛劳。”

我说：“无疑，亚当堕落以来，
没有美好的东西不需费力气。
有不少恋人认为，爱情应该
配合有足够隆重高尚的礼仪——
他们叹息着摆出博学的面孔，
从美丽的古代典籍中博引旁征——
但如今就像是随随便便的交易。”

一提到爱情我们便沉默不语；
看夕阳最后一缕金辉燃尽；
在苍穹瑟瑟抖颤的碧色之中，
一瓣残月，日复一日年复年，
好似空贝壳浮沉在群星之间，
任时光的潮水冲刷磨损而破裂。

我有一个念头，只能对你说：
你美丽动人，我也尽心竭力
用古老的崇高方式把你热爱：
那似曾幸福，然而我们已经
像那空洞的残月般心灰意冷。

红发罕拉汉关于爱尔兰的歌[1]

由于从左边吹来的一阵酷烈黑风的肆虐，
褐色老荆棘树在凯门海滩[2]之上断为两截；
我们的勇气像棵老树在黑风中断折而亡，
但我们已在我们心底珍藏了那火样目光——
出自霍拉汉的女儿凯瑟琳[3]。

狂风在科塪克纳瑞之上的高空卷起云朵，
把霹雳摔在乱石上而不管梅娃会说什么。
喧闹的乌云似的愤怒使我们的心脏狂跳；
但我们都低低俯身去亲吻那双平静的脚——
属于霍拉汉的女儿凯瑟琳。

黄色的水塘泛滥在科露什纳芭尔的高处，
因为潮湿的风正透过黏乎乎的空气吹出；
我们的身体和我们的血液就像汹涌洪波；
但比神圣十字架前高高蜡烛更为纯洁者
乃是霍拉汉的女儿凯瑟琳。

---

① 红发罕拉汉是叶芝早期短篇小说《红发罕拉汉的故事》（载《隐秘的玫瑰》1897）里的主人公。至于科塪克纳瑞、梅娃、科露什纳芭尔（此处为山名），见《希神的集结》一诗叶芝自注。

② 凯门海滩：在斯来沟郡境内。

③ 叶芝剧作《凯瑟琳·尼·霍拉汉》中爱尔兰的拟人形象。

水中自我欣赏的老人[1]

我听很老的老人说：
“万物都变易，
我们也一个个凋落。”
他们手如爪，腿膝
虬曲似老荆棘树枝，
傍着这流水。
我听很老的老人语：
“美好的一切终逝去，
就像这流水。”

① 此诗作于1902年11月20日。

月　下

梦见布莱西林德，[1] 或碧草如茵的山谷
阿瓦垄，[2] 或有人发现朗斯洛在那里发疯
并把他暂时藏起的欢乐岛，[3] 或奈希[4]乘风
扬帆起航之时的尤拉德；[5] 或那些仿佛
太朦胧而无法成为心上之负担的国度：
那里有七个老姐妹用日月之光纺绩
长生者之线的“浪下国”，[6] 安格斯[7]在那里撞开
大门的“高塔国”[8] 和其中有人在黎明时杀戮
一头野牛，却在夜幕降临时发现
它置于一具金棺上的“奇迹林”，[9] 我不快乐。

---

① 布莱西林德：亚瑟王传奇中的森林，在布列塔尼，是亚瑟王的巫师墨林的家。

② 在亚瑟王传奇中，阿瓦垄是一海岛，亚瑟王曾在那里养伤。

③ 欢乐岛是佩雷斯王赠给其女爱莲娜与亚瑟王圆桌骑士之一朗斯洛的住处。

④ 奈希：见《尘世的玫瑰》一诗注③。

⑤ 尤拉德：即北爱尔兰王国厄尔斯特。

⑥ “浪下国”：盖尔语传说中一远古时因受魔咒而沉降到海底的美丽国家。

⑦ 安格斯：叶芝说他是“青春、美和诗歌之神。他统治着青春之邦”（1895；《校刊本》，页 794）。

⑧ “高塔国”：指托瑞岛，爱尔兰神话中佛魔罗王之一科南的玻璃塔的所在地。

⑨ 爱尔兰传说故事《挪威王子女历险记》中主人公考德在“奇迹林”中杀死了一头公牛。后来他看见一群美女向他走来，其中四人抬着一副金色棺架。领头的女子对他说，少时他转来，她们要送他一头公牛，就放在这棺架上。

那里有许多王后，像布兰雯[1]和桂内维若；[2]
能变成水獭或小鹿的尼娅芙、[3] 芳德、[4] 拉班；[5]
还有她爱人被变作蓝眼鹰的那林中女仙。[6]
在梦中，无论是走过林地，或堡垒，或海滨，
还是由众王操桨航行在无人的波涛中，
我听见弦歌赞她们，或她们悲伤的交谈。

由于在高悬在昼夜之间的那猎手的月亮[7]
饥饿的弯角之下所讲述的某些事情，
梦那些女人——她们的美裹在沮丧中，
甚至在故事里——是一种重负不堪承当。

---

① 布兰雯：威尔士传说中爱尔兰王玛索尔赫之妻、李尔之女、海神曼南南·麦克·李尔之妹。

② 桂内维若：亚瑟王之妻。

③ 尼娅芙：见《希神的集结》一诗注。

④ 芳德：见《隐秘的玫瑰》一诗注。

⑤ 拉班：芳德之妹，拉布雷德之妻，曾负责管理一口魔井，因心不在焉而被井水淹溺，变成一只水獭。

⑥ 考德进入“奇迹林”之前，遇见一女子。她告诉他说，她的爱人被希腊王的女儿变成了一只蓝眼鹰。

⑦ 古希腊传说，月亮女神阿耳忒弥斯也是狩猎女神。

蓬茸的树林[①]

呵，快到那林间的溪水边，那里，
步态优雅的牡鹿和情人在叹嗟——
当它们只不过看见自己的影子——
但愿没有谁曾爱过，除了你和我！

或者你可曾听见那穿银鞋滑翔、
白皙的、银妆灿烂的空中女神[②]说——
当太阳从金色风帽中向外张望——
呵，没有谁曾爱过，除了你和我！？

呵，快到那蓬茸的树林去，那里，
我要把那些恋人都逐出，大喝——
呵，我的一份世界，金黄的发丝！
没有谁曾经爱过，除了你和我。

① 此诗原题《空林》，曾用于1905年版短篇小说《拧绳子》中。
② 指月亮。

哦，别爱得太久

心肝哟，别爱得太久：
我久久地爱过，
可结果华年流逝，
像首过时的歌。

在整个青春岁月里，
我们都分不清
彼此纠缠的思绪；
二人像一条心。

可是哦，她一下变了——
别爱得太久哟，
不然你华年流逝，
像首过时的歌。

乐手们为八弦琴和他们自己祈福[①]

三个声音〔齐〕：赶快祝福弹琴的手、
说话的口、乐音和琴弦，
那闪亮城市的主宰们[②]请了！
呵，请放下那刺耳的小号，[③]
尽管你们迷醉于那颤抖
在城头和塔顶之上的旗帜，
迷醉于你们双翼的扑扇。

第一个声音：也许祂们在路边逗留。
一位拎起祂的绛红袍；
一位倚在墙上低声怨——
祂惧怕必死时刻的压力。

第二个声音：哦不！祂们匆匆跑掉，
就像鸲鸟听见了呼唤。

第三个声音：呵，三位一体者的眷属们，[④]
眷属们呵，请祝福弹琴的手。
这一切沉重的历史结束后，
它们唤醒的乐音将留存；

---

① 此诗作于 1902 年 6 月，原题为《向七大天使祈求祝福七音》。
② 指天国的七大天使，象征七音。
③ 大天使之一米迦勒吹小号。
④ 仍指七大天使，他们是上帝的眷属。

我们的双手，必将逝去。

三个声音〔齐〕：骄傲而无忧的乐音存留，
但祝福我们逝去的双手。

快乐的城镇①

有许多健壮农夫，
如果能看见我们
骑马前去的城镇，②
心就会裂成两分；
那里的一年四季
花果都挂满枝头；
河流之中充溢着
红色褐色的醇酒；
一老人演奏风笛
在金色银色林中；
女神们成群起舞，
她们的眼碧如冰。

那小狐狸③他低声说：
“世界的祸根④如何?”
太阳在甜蜜地大笑，
月亮拉着我的马索；

---

① 此诗最初发表于《评论周刊》（1903 年 6 月 4 日），题为《来自北方的骑者》，但早见于叶芝的短篇小说《罕拉汉的灵视》（1897），作为主人公罕拉汉所唱的一首歌。叶芝晚年在 BBC 广播谈话节目（1937 年 10 月 29 日）中说，此诗写前往仙境“青春之乡”之旅。

② 指隐藏在可见世界表象背后的乐园。

③ 小狐狸可能源自一首盖尔语歌曲《小红狐狸》，象征与物质世界为敌的同盟者。

④“我把仙境叫做‘世界的祸根’，因为我视之为理想的完美，是一切无望渴求和公众动乱的源头”（叶芝《再谈我自己的诗》，科尔顿·约翰逊编《晚期杂文》，斯克里布纳，1937，页 291—292）。

但那小红狐低声说：
“哦，别拉他缰绳，
他骑马要去那城镇，
那就是世界的祸根。”

当情绪如此高涨
竟至动手的时候，
他们就摘下重剑，
从金色银色枝头；
可是所有阵亡者
又重新复活苏醒。
幸亏他们的故事
不为人们所知情，
因为呵，健壮农夫
就会让铁锹赋闲，
他们的心像杯子，
会早已被人饮干。

那小狐狸他低声说：
“世界的祸根如何？”
太阳在甜蜜地大笑，
月亮拉着我的马索；
但那小红狐低声说：
“哦，别拉他缰绳，
他骑马要去那城镇，
那就是世界的祸根。”

晚餐摆好的时候，
从头顶之上的枝头

米迦勒①会摘下喇叭，
把一些噪音吹奏。
加百列②摆着鱼尾巴
从水里出来，谈起
人们所走的潮湿
路上发生的奇迹，
并举起一只古老的
镶银角觥，痛饮，
直到他酣然入睡
在星光灿烂的河滨。

那小狐狸他低声说：
“世界的祸根如何?”
太阳在甜蜜地大笑，
月亮拉着我的马索；
但那小红狐低声说：
“哦，别拉他缰绳，
他骑马要去那城镇，
那就是世界的祸根。”

---

① 米迦勒：犹太教和基督教传说中的大天使，天使军团的统帅。在西方绘画中通常是个手持喇叭的形象。

② 加百列：犹太教喀巴拉体系中的月亮天使，司水。

绿盔及其它[①]
(1910)

① 1910年夸拉出版社初版。1912年麦克米伦版增补六首诗（其中四首后来转入《责任》）。两个版本均包括诗剧《绿盔》。现共收抒情诗二十一首。

他的梦①

我在那华美的船尾
摇着一支橹的把柄，
看我从何处能避开
岸上的一群人。

尽管我本该使人群
安静，但无人不说，
“那华美床上的尸衾
裹着的是什么?”

沿着岸奔跑了一番，
又朝着下面那东西——
它肢体如此地庄严——
喊死神的名字。

虽然将手指唇上按，
我怎能不编这支歌?
奔跑的人群和花船
呼喊了一整夜，

---

① 此诗作于1908年7月3日。叶芝自注（1908）说：“几天前我梦见我驾驶着一条非常华丽精美的大船航行在某处狭窄的水道，两岸有许多人，船中央有一张床，上面躺着一个人形。人们指点着那形体，疑问着；在梦中我唱过一些歌，醒来时淡忘了，只剩下这片断的思想：‘它的肢体如此庄严，我们称之以死神的美名。’我据我的梦和梦中的情感写出我的诗，几乎可以像布雷克所说，‘作者在永恒之中’”（《校刊本》，页253）。

在粼粼的海上呼喊，
狂热地叫着它的名，
因为它如此地庄严，
美名儿叫死神。

荷马歌颂的女人①

若是在我年轻时，
有哪个男人靠近，
我想："他对她有意，"
又恨又怕直颤栗。
可是，若无动于衷，
他从她身边走过，
那更是十恶不赦。

于是我开始著述，
到如今，鬓发斑白，
我梦想已把思绪
提升到如此高度，
以至未来可以说：
"他在一面镜子里
描绘了她的身姿。"

因为在我年轻时，
她有如火的热情，
步态骄傲而优美，
就仿佛踩着云霓：
荷马歌颂的女人！
生活和文字变成
不过一场英雄梦。

① 此诗作于1910年4月5—15日。荷马是古希腊盲诗人；女人指特洛伊的海伦，象征茉德·冈。

文　字[1]

不久前我曾经这样想：
“我爱人怕不能理解
这盲目苦难的土地上
我做过或要做什么。”

对太阳我渐生厌倦心
到思绪重新变清晰，
忆想起最优良的行径
是曾经诚实地坦白；

我每年都大喊：“到头来
我爱人会理解一切，
因为我已攒足了力气，
文字也听从我驱策”；

假如她理解了谁能说
筛子中会漏下什么？
我也许把破文字抛却，
心满意足地去生活。

① 此诗作于1909年1月22日，原题为《安慰》。

没有第二个特洛伊[①]

我何必怪她，说她使我的日子
充满了不幸，或者说她近来会
教给无知群众极暴力的方式，
或煽动小民去与大人物作对[②]，
只要他们有大如欲望的勇气？
有什么能使她安静？既然生就
被高贵炼得单纯如火的心意，
长得有如满弓似的美貌，具有
高傲、孤独和极其严肃的品格，
在这样的时代显得极不谐调。
嗨，她就这样，又能做出什么？
难道还有一个特洛伊供她烧？

① 此诗作于 1908 年 12 月。据希腊神话，特洛伊王子帕里斯诱走斯巴达王后海伦，引起十年战争，最终特洛伊城被希腊人攻陷焚毁。叶芝此处以海伦比喻茉德·冈。

② 茉德·冈在爱尔兰政治活动中鼓吹暴力革命，叶芝对此持不赞同态度。

和　解①

有人也许会责怪你，说你夺走了
能够在那一天感动他们的诗歌，
当时，霹雳把双耳震聋，把两眼
耀盲，你离我而去②，我遂寻不见
可以作一首歌的素材，除了君主、
头盔和刀剑，以及半遗忘的事物——
就仿佛关于你的记忆——但此时
我们将出门，因世人生活如往昔；
我们将要在一阵阵大笑、大哭中，
把头盔、王冠和刀剑都扔进深坑。
可是，亲亲，抱紧我；自从你走后，
我贫瘠的思想已寒彻我的骨头。

---

① 此诗作于 1908 年 9 月。

② 1903 年，叶芝在都柏林正要做讲演时，听说了茉德·冈在法国结婚的消息。他做完了讲演，但不知道自己都说了些什么。

王与非王[①]

“但愿那绝不仅仅是人的声音！”
那非王大喊，然后他便成了王，
因为他不曾听见与话语相当
不仅是聒噪喧嚣的任何声音；
但古老的传奇好意，让他得胜，
我忘了是以何方式或在何处，
虽然他只有大炮——而拥有一如
传说般美妙思想可栖居的我们
被很久以前你在短暂的愤怒中
发下的那个誓言[②]击败打倒了；
我没有你的信仰[③]，怎么会知道
我们在坟墓之外的耀眼光亮中
会找到跟失去的一样好的东西？
一小时的温和，一天的闲谈议论，
哪个跟哪个的惯常谈话内容，
可是灵魂和肉体都不曾触及。

---

① 此诗作于 1909 年 12 月 7 日。第一行取自英国剧作家弗朗西斯·鲍蒙特（1584—1616）与约翰·弗莱彻（1579—1625）合作的剧本《王与非王》（1611 年上演；1619 年出版）。其中阿尔巴契斯王爱上了他的妹妹潘西娅，但后来发现他是前国王的养子，原本“非王”，故得以娶潘西娅而成王。

② 茉德·冈曾发誓不结婚。

③ 茉德·冈结婚前成为天主教徒。

和　平[①]

啊，愿时光能损毁那体形，
它显示荷马时代所孕育、
英雄的报酬是何等尤物。
“若非她一生都只是暴风，
画家就画不出一个线条
如此高雅的体形，”我说，
“如此精致高贵的头额，
妩媚中透出那十分冷峭，
刚强中透出那十分柔情？”
啊，待时光损毁了她体形，
那最终的和平才会来到。

① 此诗作于 1910 年 5 月，叶芝访茉德·冈于法国期间。

反对无价值的赞颂[1]

心啊，请放平静吧，因为
无赖和白痴都不能打断
不是让他们喝彩的东西，
由于一个女人[2]的因缘。
足够了，倘若作品看着像
在荒野发出大吼前夕
狮子一直在做的梦一场，
一个在你们两者之间，
骄傲者与骄傲者之间的秘密，
就这样她使你力气复元。

什么，你仍然要他们赞颂！
但这儿有一篇颂词更崇高：
她的日子简直是迷宫，
被自己的怪异弄得一团糟；
她在梦中所给予的东西
从同一群无赖和白痴那里
赢得了诽谤、忘恩负义；[3]
对，还有更厉害的恶行。
然而她，在路上唱着歌子，
半狮子，半童子，气和心平。

---

① 此诗作于1910年5月11日。

② 指茉德·冈。她曾主演过叶芝的几部剧作。她没有受过专业训练，总是按自己的理解表演。

③ 1905年茉德·冈与其夫分居的消息公开后，她在艾贝剧院曾遭到观众的嘘声。

对困难重重之事着迷上瘾[1]

对困难重重之事着迷上瘾
已经使我血脉中元气干枯，
把自发欢乐和自然满足揪出
我的心。我们的马[2]受惊有因，
它似乎不曾具有神圣的血统，
不曾在奥林匹斯山踏云奔腾，
而得在鞭打下发抖、流汗、卖劲，
好像拉着铺路的碎石。我诅咒
必须以五十种方式排演的戏剧、
与每个无赖和白痴的镇日战争，
以及剧院的业务、人事的管理。
我发誓在黎明再度回转的前夕，
我要找到那马厩，拉闩开门。

① 1899—1910 年间叶芝忙于艾贝剧院事务和写作剧本，很少写诗。

② 指希腊神话中的飞马珀伽索斯。它的蹄踏之处有泉水涌出，诗人饮之可得灵感。

祝酒歌[①]

美酒口中饮，
爱情眼角传；
我们所知惟此真，
在老死之前。
举杯至双唇，
眼望你，我轻叹。

① 此诗作于1910年2月17日，是为格雷戈里夫人根据意大利剧作家卡尔洛·哥尔多尼（1707—1793）的《女店主》改写的剧本《米兰朵丽娜》所作的女主人公的一段唱词。叶芝称此诗和《面具》一诗的灵感得自梅波尔·狄金生。

智慧与时俱来[①]

叶子虽繁多，根茎只一条；
在青年时代说谎的日子，
我把花叶在阳光里招摇；
如今，我可以凋萎成真理。

① 此诗作于 1909 年 3 月 21 日，原题《青年与老年》。

听说我们的新大学的学生参加了反对不道德文学的骚动[①]

哪里，除了这里，有“真理”和“骄傲”，
渴望着出卖自己以换取酬金，[②]
去冲着青年恶意地捧腹大笑，
笑他们限制肆无忌惮的中年人？

---

① 此诗作于1912年4月3日。都柏林大学学院建立于1854年，为爱尔兰的天主教大学，其新是相对于建立于1591年的都柏林三一学院而言的。

② 在《善恶之外》（1886）一书中，尼采把真理比做哲学家竞相追求的荡妇。

致一位诗人，他想让我赞扬某些摹仿他和我的蹩脚诗人[①]

你说，正如我曾经常出借舌头
赞扬别人所说或所唱的东西，
赞扬这些人的仿品也算明智；
但可有赞扬自身上跳蚤的狗？

① 此诗作于1909年4月23—26日间，原题《致Æ，他想让我赞扬他的圈子里某些摹仿我的诗人》。Æ是叶芝诗友乔治·拉塞尔的笔名。

面　具①

“摘下那眼窝镶嵌翡翠
闪耀的黄金面具。”
“哦不，亲爱的，你如此冒昧
想知道心是否狂野而睿智，
却又不冷不灰。”

“我只要知道所应该知道，
是爱还是欺骗。”
“正是这面具占据着你头脑，
后来又拨动了你的心弦，
而不是后面的真貌。”

“但以免你我成为仇敌，
我一定要你照办。”
“哦不，亲爱的，让一切如此；
只要有团火在你我心中燃，
这又有什么关系？”

---

① 此诗作于1910年8月至1911年5月间，是剧本《演员女王》中男女对白的一首抒情诗。

关于一幢被土改运动摇撼的房子[1]

假如这房子[2]——在这里很久以往，
激情与规矩曾是一体——已过于
颓败，而无法孕育那热爱太阳
而不眨的眼睛[3]，在翅膀记着翅膀处
成长的朗声大笑的鹰一般的意念，
和来自与最好的相连的最好的一切，
这世界又怎会更加幸运？尽管
中间的栋梁[4]较结实，支撑着大厦，
它们的运气又怎会高得够得着
那守土治人的天赋[5]，然后去够
渐逝时光的最后赠礼——用大笑、
和蔼和从容炼成的书面口语[6]？

---

① 此诗作于1910年8月7日，最初发表于《麦克吕尔杂志》（1910年12月），题为《致一座在变革时代的乡间大宅》，收入《绿盔及其它》中题为《关于一幢受威胁的房子》。叶芝在日记中解释说：“我听说法庭判决减租的结果时写了此诗。”

② 指库勒庄园。

③ 据说只有鹰能够直视太阳而不瞬。

④ 栋梁：喻指库勒庄园的佃户。

⑤ 庄园主奥古斯塔·格雷戈里夫人的丈夫威廉·格雷戈里曾任大英帝国驻锡兰总督。

⑥ 格雷戈里夫人善用爱尔兰方言口语写作。

在艾贝剧院[①]

（仿龙沙）

亲爱的克瑞文·伊文[②]，请看我们的情况。
我们高悬在空中时，成百上千人声称
如果我们继续飞翔，他们就离席退场，
而在另一天，只因我们用普通的事情
创造艺术，相同的成百上千人又那样
无情地嘲弄，会令你梦想他们终生
都渴望要仔细观察某种翅膀的滑翔。
你曾经娇惯他们，用书本知识喂他们，
对他们深知入骨；请传授给我们一种——
我们将保守这秘密——新鲜的讨好伎俩。
有没有一副笼头给这位普洛透斯神？[③]
他就像那透气的海洋一样变幻无常。
或者说，就没有一个，最受欢迎的人，
不是人家嘲弄我们时，我们也嘲弄？

---

① 此诗作于1911年5月。艾贝剧院是由叶芝等人于1905年在都柏林创建的。彼埃尔·德·龙沙（1524—1585）：法国诗人。叶芝此诗与龙沙《情诗二集·玛丽之爱》中第一首十四行诗很近似。

② 克瑞文·伊文：盖尔语，义为“令人愉悦的灌木丛”，爱尔兰盖尔语学者、作家、第一任总统道格拉斯·海德（1862—1949）的笔名。

③ 普洛透斯：希腊神话中的善于变化的海神，波塞冬和忒提斯之子。

这些是云翳[①]

这些是闭起燃烧之眼的王者，
坠落的太阳，周围浮动的云翳：
弱者夺取着强者创造的成果，
直到被高高举起者重重落地，
和谐之后继之而来是不和谐，
一切都处于同一个平庸层次。
所以，朋友，假如你大事已了结
而遇到这些家伙，你反而因此
更得以与伟大结成伴侣同伙，
尽管你叹息全都是为了孩子：
这些是闭起燃烧之眼的王者，
坠落的太阳，周围浮动的云翳。

① 此诗作于 1910 年 5 月，赠格雷戈里夫人。

在戈尔韦赛马会上[①]

赛马场所在之处，
欢乐使万众一心：
奔驰骏马上的骑手，
后面围拢来的人群。
我们也曾有好群众，
把作品聆听和赞赏；
对，有骑士在其中，
在商贾和店员来世上
呼吸怯懦的气息前。
唱下去：在某处某时，
听举世把曲调改变，
众生发狂，再次
像赛马一样喧腾，
我们将获悉睡眠
不是死，在骑者当中
找到知音的赏赞。

① 此诗作于1908年夏。戈尔韦赛马会每年夏季举行。

一位朋友的疾病[1]

疾病带给我这种
想法：他[2]那天平中，
虽然烈火已焚尽
世界，仿佛烧煤炭，
我又何须悲观？
既然我看到个灵魂
与它轻重一般。

① 1909 年格雷戈里夫人患重病，几乎死去。
② 疾病的拟人化代词。

凡事都能诱使我[1]

凡事都能诱使我抛开这诗艺：
从前是一张女人的脸[2]，或更次——
傻瓜治理的故土貌似的需要[3]；
如今没什么比这习惯的辛劳[4]
来得更得心应手。我年轻之时，
从来不曾花分文听一支曲子，
除非诗人以那样的神情歌唱，
能令人相信他有把剑在楼上；
可现在，要是我能够随心所欲，
我宁愿又冷又聋又哑胜过鱼。

① 此诗作于1908年夏，最初发表于《英格兰评论》（1909年2月）时题为《分心》。

② 暗示对茉德·冈的迷恋。

③ 暗示对政治运动的热衷。

④ 暗示剧院事务的经营管理。

铜分币[1]

我低语：“我还太年轻，”
又一想：“我已不算小”；
为此我抛起一分币
算一算恋爱是否早。
“去爱，去爱吧，小伙子，
若姑娘年轻又美好。”
分币啊，分币，铜分币，
我陷入她卷发圈套。
分币对着我唱起来：
“没有谁聪明到绝顶，
能窥透其中的奥秘；
陷入她卷发圈套中，
他得把爱情久思寻，
到时光线圈不再绕。”[2]
分币啊，分币，铜分币，
恋爱何时都不嫌早。

---

① 此诗最初发表于《绿盔及其它》时题为《青年人的歌》。

② 另一较早版本9—14行作：“爱情啊是个曲折物，/没有谁聪明到绝顶/能窥透其中的奥秘，/他得把爱情久思寻，/直到群星都飞逝，/阴影把明月吞噬掉。”

责　任①
(1914)

“责任始于梦中。”

——旧剧作

“甚矣吾衰也，久矣吾不复梦见周公。”

——孔夫子

---

① 1914年夸拉出版社初版，包括叙事诗《两个国王》和诗剧《沙漏》。1916年版删去诗剧。现共收诗三十一首。第一个题记出自何处尚不清楚。有论者认为可能是叶芝在埃兹拉·庞德帮助下所作的旧剧本。第二个题记出自《论语·述而篇》第五章。

序　诗

请原谅，先辈们，假如你们仍然
在听得见故事结尾的某处逗留，
“免交十和四分税”①　或从戈尔韦②
往西班牙出口贸易的都柏林老商贩③；
乡村老学究、罗伯特·埃梅特的朋友、
穷苦人心目当中的百岁记忆④；
把不曾流经贩夫腰胯的血脉
留传下来给我的商贩和学究，
无论命运如何都奉献的军人：
当那荷兰人渡海而来时，在波义尼⑤
半咸的河水边抗击詹姆士之流

---

① 叶芝原注（1914）：“‘免交十和四分税’是一个现在我无法改正的错误，如果不大加改写的话。维庸作品——我忘了附注——中的某个商人是‘免交十和四分税’的。被爱尔兰议会减免某些税务的爱尔兰商人是——除非我的记忆力再次欺骗我，我记不得我所据的权威了——‘免交八和六分税’的”（《叶芝诗集新编》593 页）。叶芝两次记忆均有误。其实，十八世纪爱尔兰批发商获准减免缴纳百分之十的烟酒税和百分之六的其他货物税。

② 爱尔兰西部一港口。

③ 本杰明·叶芝（1750—1795）：叶芝的高祖父、布匹批发商。

④ 约翰·叶芝（1774—1846）：叶芝的曾祖父、斯来沟郡竺姆克利夫教堂教区长、爱尔兰著名爱国者罗伯特·埃梅特（1778—1803）的朋友。

⑤ 在 1690 年 7 月 12 日的波义尼河战役中，信奉新教的荷兰裔英国国王威廉三世（1650—1702）打败了信奉罗马天主教的英国国王詹姆斯二世（1633—1701）。叶芝家族是信奉新教的英裔移民，理应支持威廉王，而叶芝原先误以为他们为詹姆斯王而战。相应地，第 9—12 行经过了改写。

爱尔兰徒众的巴特勒或阿姆斯特朗①；
在毕斯凯湾里随着一顶破帽子
从甲板上面跳下水去的老商船主②；
尤其是您，沉默而暴烈的老人③，
因为那日常景象，打动了我的
幻想，使得我少年的嘴唇说出，
“惟有无用的美德才挣得光阴”④；
请原谅，因一场不育的情欲之故⑤，
尽管我已经将近四十九周岁，
但我还没有孩子，我只有一本书⑥，
只有它可证明你们和我的血脉。

1914 年 1 月

---

① 1733 年，本杰明·叶芝与来自富有的巴特勒家族的玛丽·巴特勒（1751—1834）结婚。1835 年，叶芝的祖父威廉·巴特勒·叶芝（1806—1862）与威廉·柯贝特（1757—1824）和格瑞丝·阿姆斯特朗（1774—1864）的女儿珍妮·格瑞丝·阿姆斯特朗（1811—1876）结婚。柯贝特和阿姆斯特朗家族有长久的从军史。

② 威廉·米德尔顿（1770—1832）：叶芝的外曾祖父、商人、船主，可能还是走私者。毕斯凯湾在西班牙和法国之间。叶芝在《童年和青年的幻想》（1916；《自传》，伦敦：麦克米伦，1955）中描述过毕斯凯湾事件。

③ 威廉·波莱克斯芬（1811—1892）：叶芝的外祖父、船主兼商人。

④ 在叶芝剧作《王宫门槛》（1904）中，主人公诗人沙纳罕对国王的内侍总管说：“若不是我们轻率的技艺褒奖/无用的美德，就没有人会勇敢地/在箭雨中驰骋，或撒手陈尸疆场”（行 526—528）。叶芝视歌颂“无用的美德”为盖尔语诗歌的一个突出特征（《探索集》，麦克米伦，1962，页 27）。

⑤ 指对茉德·冈的不得回报的爱情。

⑥ 叶芝生于 1865 年 6 月 13 日；此诗最初发表于 1914 年 5 月 25 日夸拉出版社出版的诗集《责任》中。

灰　岩[1]

在柴郡干酪[2]聚餐的伙伴，
与我同学技艺的诗人们，
有一个老故事经我改编，
心想比时下流行的传闻
更可能取悦你们的耳朵，
尽管你们会认为我假装
其中可能有激情，生活
多于死亡，是费力白忙；
尽管忙于给你们打酒喝，
健壮的老戈班[3]不置一词；
教益给你们因为出自我。

日暮时酒杯传递起来时——
好故事不就是这样流传？——
众神祇正在餐桌前聚坐，

---

① 灰岩：山丘名，在克莱尔郡，是爱尔兰传说中女神埃法的居处。埃法通常被描写为“神仙情人”。在1014年爱尔兰人抗击丹麦人的科隆塔夫战役之前，她提出要陪她最喜爱的情郎杜佛林·欧哈特甘过二百年快乐生活，如果他不跟他的朋友、国王布赖恩·博如之子穆拉夫一起去参加战斗的话。他拒绝了，遂与穆拉夫、布赖恩·博如一起战死。叶芝在《爱尔兰农民神话传说故事》（1888）中把埃法描写为“盖尔人的缪斯，因为她给予她所迫害的那些人以灵感。盖尔诗人早夭，因为她无休无止，不愿让他们在人世上久留——这个恶毒的妖女”。

② 伦敦弗利特街附近的一家小饭馆，1890年代初“诗人俱乐部”同人的聚会处。

③ 锻工戈班：爱尔兰神话人物，属于“妲奴的部族”，以善造饮之可使人长生不死的仙酿著称，亦有厨神之称。

在斯里佛纳蒙[①]宫殿里面。
或打鼾，或唱困倦的歌，
因为他们都酒足又饭饱。
戈班打造的金属器皿上，
冒烟的火炬添一层光耀；
那边滚动的深厚老银缸，
或者还没有喝干的酒杯，
都是趁狂热鼓动起肌肉，
他在山顶上所打造出来，
用来盛他酿制的、惟有
诸神才可以沽取的琼浆。

从令他们睿智的浆液上，
此时诸神都抬起了眼光，
眼光中充满朦胧的想象，
因为有一个貌似女人者[②]
在他们瞌睡的眼前急奔，
并且因激动而颤抖着说：
“快出来掘地找一个死人，
他正潜藏在地下的某处，
当面嘲弄他一番，接着
再用马和猎狗把他驱逐，
因为他是死人中最坏者。”

只要是我们梦见那殿宇，
那些酒泡的眼睛，我们
就会茫然而惊恐，咒诅

---

① 斯里佛纳蒙：盖尔语，义为“女人山”，在提珀若瑞郡，“妲奴的部族”中一名为鲍勃·德戈的国王的都城所在地。

② 指女神埃法，又作埃法尔。

使未来生活空虚的厄运。
我认识一女[1]无人能取悦，
因为小时候她就曾梦想
造就得如此的男女人杰；
后来，她热血奔腾如狂，
才解开理清自己的故事，
说道："两年或三年以后，
我只好嫁给可怜的白痴，"
说完这句话，眼泪直流。

酒馆同人，自你们死后，
也许你们的形象一直站——
仅仅抛弃了骨头和肌肉——
在那差不多满屋人面前。
年轻时你们得面对结局——
那是醇酒妇人，或祸害——
但从不创作较差的歌曲，
那样就会有较重的钱袋，
也不为某事业呐喊助威，
那样就会有一大帮朋友。
你们遵守了诗神的严规，
无悔地面对你们的结局，
因此赢得了权利——不过
我最赞赏道生和约翰逊[2]——
而跻身世人遗忘者之列，
效仿其骄傲坚定的眼神。

---

① 指茉德·冈。

② 厄内斯特·道生（1867—1900）和莱奥内尔·约翰逊（1867—1902）：英国诗人、"诗人俱乐部"成员。

“黎明至黄昏之间，丹麦
军队被赶了出去，”她说；
“虽然那事件长久都存疑，
虽然爱尔兰国王和大多
诸侯战死，但未及日暮，
一切都已经结束。
　　　　　　　　“那一日
爱尔兰国王之子穆拉夫
正一步一步地向后撤退，
他及其精锐部队背靠背
困在那里，可是丹麦人
突遭一看不见之人攻击，
被杀声直吓得惊慌逃遁；
心怀感激，穆拉夫追赶
一只鲜血浸透、在地上
踏印出痕迹的鞋底发现
那人站在老荆棘树丛旁；
虽然他这里看了那里看，
其实只看见荆棘树，说：
‘不过像是空气，却劈斩
如此精妙的朋友是哪个？’
于是一青年现身他眼前，
说：‘因岩石养育的埃法
用深爱裹挟着我，不愿
让我死，她拿一枚发卡，
把它别在了我的衬衣上，
担保说就凭这一枚卡子，
没人能看见而把我损伤；
可是，瞧，它没了；看见你，
王子，伤成这样，我不愿
享有这幸运，这是耻辱。’

这话说得圆，但是夜晚
来临，他对我暴露了坟墓，
因为他和那王子都死了。
我曾应许他享寿二百岁，
即使他不顾我所做所说——
这不死的双眼潸然落泪——
声称国家的需要居首位，
我也会救他性命，可为了
一个新朋友他变成了鬼。
我的心碎了他在乎什么？
我要铁锹马匹还有猎犬，
我们好把他撵走。”于是
她纵身扑倒横躺在地面，
撕破了衣裳，放声悲泣：
“他们的力量得自漫游在
灰岩和风光之中的神祇，
那他们为什么还不忠实？
为什么最忠实的心最爱
虚伪面孔的苦涩之甜蜜？
为什么长生要爱必死者？
为什么神仙被凡人背弃？”

可是，众神个个站起来，
从容微笑着，一声不响，
伸出手臂，高举着酒杯，
走到她躺着悲泣的地方，
突然间浇得她浑身透湿；
她浑身滴淌戈班的醇醪，
不再记得发生过什么事，
眼瞪着众神咧开嘴大笑。

我信过——信仰虽经考验——
岩间生、岩间漫游的脚；
你们死后，世界已改变；
对于在大海的面前咆哮、
认为剑击比恋人的曲子
更加悦耳动听的那群体，
我不再看好——暂且如此，
好让那漫游的双脚满意。

致一位富人，他答应给都柏林市立美术馆再次捐款，如果证明人民想要画的话[1]

你曾给过，但不愿再捐，
直到足够多白丁[2]的一便士
躺在了鄙弟的半便士旁边
作为“某种证据，”[3] 在你
投下你的金币前，证实
可以骄傲地献出的东西
是这盲目而无知的城市
想象中最能使之繁荣的。

---

① 叶芝原注：“在我阅读爱尔兰报纸的约三十年间，三次公开争议打动了我的想象力。第一次是帕内尔风波。……第二次是有关《西部浪子》的争论。……第三次则为市政府拒绝为休·雷恩爵士的著名绘画收藏兴建美术馆做了铺垫。……”（《叶芝诗集新编》，页 593）。1903 年，格雷戈里夫人的外甥休·雷恩爵士决定把他收藏的一批近代法国绘画作品捐赠给都柏林市，条件是须建永久性美术馆专门收藏。由于新馆设计者爱德华·路廷斯爵士是英国人以及建馆资金不足，该计划遭到以《先驱晚报》和《独立爱尔兰人报》总裁威廉·马丁·莫菲为首的都柏林民族主义者的反对，从而引起长达十余年的争议。此诗最初发表于《爱尔兰时报》（1913 年 1 月 11 日），题为《赠礼——致一位朋友，他答应给都柏林市立美术馆多于第一次的捐款，如果所募集的款额证明对于那些油画有相当大的“大众需求”》。

② 白丁以及下一行的鄙弟都是对爱尔兰人，尤其是穷苦百姓的带有歧视性的俗称。

③ 此处引语出处不详。在将此诗寄给休·雷恩爵士时，叶芝解释说：“我尝试反驳阿狄朗夫人致某人信中的观点”，但又补充说，“此诗所致的‘通信者’当然是个想象的人物”（阿伦·韦德编《书信集》，伦敦：鲁珀特·哈特-戴维斯，1954 年，页 573）。他在 1912 年 12 月 15 日致格雷戈里夫人的信中则说：“我头脑中有一首关于雷恩的美术馆和阿狄朗勋爵的诗，但也许写不出来。我将试试。它是不圆滑的，不提阿狄朗勋爵的名字，或许有助于募捐”（《英国研究季刊》1963 年 7 月第 3 卷第 4 期）。

厄科尔公爵[1]曾吩咐演员
去市场，让他的普劳图斯[2]
为意大利喜剧定下规范。
他在乎什么？难道说是
葱头贩子们所想或所做？
还有基多巴尔多[3]，当他
在乌尔比诺多风的山坡
创建了教授礼仪的语法
学校供才子佳人学艺时，
就不再派遣信使来回跑，
以便获知牧人们的意志。
而当他们把科西莫[4]赶跑，
并不顾酿成何等怨恨时，
他把他们所释放的时日
献给了米舍罗佐[5]新近为
圣马可图书馆所做的设计；
从那里动乱的意大利将借助
吮吸希腊的乳头汲取
以和平作为目的的艺术、
逻辑和自然法则里的乐趣。

你空手只说明我们的损失，

---

① 厄科尔·戴斯特一世（1431—1505）：意大利费拉拉公爵、艺术赞助人。

② 提图斯·马丘斯·普劳图斯（前254—前184）：古罗马剧作家、最受费拉拉公爵欣赏者。

③ 基多巴尔多·迪·蒙特费尔绰（1472—1508）：意大利乌尔比诺公爵。

④ 科西莫·德·美第奇（1389—1464）：美第奇家族中第一位佛罗伦萨的统治者、艺术赞助人；1433年被放逐威尼斯，但一年后凯旋而归。

⑤ 米舍罗佐·德·巴托罗米欧（1396—1472）：意大利建筑学家，随科西莫·德·美第奇流亡，为他设计佛罗伦萨圣马可教堂图书馆。

他[1]以前更懂得生活的乐趣。
让白丁去玩掷钱的游戏，
请仰望太阳的眼睛，给出
令狂喜的心称善的东西，
好让新日子孕育出精英，
因为你给过，非他们要的，
而是适合筑鹰巢的枝梗！

1912 年 12 月

① 指休·雷恩。

一九一三年九月[1]

清醒过来后，你们[2]只需要
在油腻钱柜里摸索鼓捣，
给一毫钱上头再加半毫，
给颤声祷告上再加祷告，
直到从骨头里吸干精髓；
因为人生来为祷告蓄积：
浪漫爱尔兰已死且已逝，
与欧李尔瑞[3]同在墓穴里。

然而他们是不同的一类，
令你们儿戏静止的名号；
他们如风般跑遍了世界，
却几乎没有时间做祷告；
刽子手为他们备好绳子，
老天爷，他们能有何蓄积？
浪漫爱尔兰已死且已逝，
与欧李尔瑞同在墓穴里。

---

① 此诗作于1913年9月7日，最初发表在《爱尔兰时报》（1913年9月8日），题为《爱尔兰的浪漫史/（读大量反对美术馆的通信有感）》。收入《九首诗》（1914）时题为《浪漫的爱尔兰（1913年9月）》。

② 指爱尔兰人，尤指新兴的天主教徒中产阶级。

③ 约翰·欧李尔瑞（1830—1907）：爱尔兰爱国者，1874年被逐出爱尔兰，1885年归国。对年轻的叶芝影响很大。

是否就为此那成群大雁[1]
乘每次浪潮展开灰翅膀；
为此所有的鲜血都流干，
罗伯特·埃梅特、沃尔夫·唐[2]，
爱德华·菲茨杰拉德[3]赴死，
勇敢者所有的疯狂行为？
浪漫爱尔兰已死且已逝，
与欧李尔瑞同在墓穴里。

我们若能够让岁月倒转，
把那些处于当时境况下
寂寞痛苦的流亡者召还，
你们会高喊：“女人的金发
让每个母亲之子都发痴”：
他们把奉献看得真轻易。
但随便，他们已死且已逝，
与欧李尔瑞同在墓穴里。

① 指在英王威廉三世与詹姆斯二世之间于1691年签订利默里克条约后以及惩治法施行期间（1695—1727）离开爱尔兰，在詹姆斯王军中服役，赴欧洲大陆作战的爱尔兰天主教徒。

② 罗伯特·埃梅特（1778—1803）：爱尔兰爱国者，因领导一次流产的抗英起义而被处决。沃尔夫·唐（1763—1798）：因参加1798年抗英起义而被判死刑，旋即自杀。

③ 爱德华·菲茨杰拉德勋爵（1763—1798）：1798年抗英起义领导人。

致一位徒劳无功的朋友①

如今真理全沦丧，
对任何如簧之舌②
最好是缄默投降；
你出身高贵③，岂可
与那等人物竞争？
纵然谎言被揭露，
他也会旁若无人，
自己也不觉愧羞。
生来惯做比凯旋
更难之事④，扬长去，
好像大笑的琴弦
在乱石成堆之处
任疯狂手指拨弄，
默默地心中狂欢，
因为已知万事中
这一件最是困难。

---

① 此诗作于1913年9月16日。叶芝1922年自注："格雷戈里夫人在她的《休·雷恩爵士传》中认为那首以'如今真理全沦丧'开头的诗是写给他的。其实不是；那是写给她本人的"。1903年，格雷戈里夫人的外甥休·雷恩爵士决定把他收藏的一批近代法国绘画捐赠给都柏林市，条件是须建永久性美术馆专门收藏。由于新馆设计者爱德华·路廷斯爵士是英国人以及建馆资金不足，该计划遭到以《先驱晚报》和《独立爱尔兰人报》总裁威廉·马丁·莫菲为首的都柏林民族主义者的反对，从而引起长达十余年的争议。其间格雷戈里夫人积极支持雷恩爵士并为该计划奔忙，但收效不大，反而遭到反对派的攻击。

② 指以莫菲为代表的反对派舆论。

③ 格雷戈里夫人出身于贵族。

④ 指格雷戈里夫人和雷恩爵士等为之奋斗的寂寞的艺术事业。

白　丁[1]

愤激于店铺里我们的老白丁他那
摸索的智力，昏暗的怨恨，我盲目地
踉跄在乱石和荆棘之间，在晨光下；
直到有一只麻鹬叫，在爽朗的风里，
又一只麻鹬应；于是突然间我想起：
在寂寞的高处，一切在上帝的眼中，
我们的声音之嘈杂被忘却，绝不会
有灵魂缺乏那水晶般美妙的叫声。

① 此诗作于1913年9月16日。“白丁”：爱尔兰人最常见的名字帕垂克的昵称形式，常用以指一般爱尔兰人的谑称，泛指大众百姓；此处指三次公开争议中与叶芝等意见相左的多数公众。

致一个幽魂[①]

如果你曾经重游故城，瘦鬼，
不论是为了瞻仰你的纪念碑[②]
（不知工匠是否拿到了薪水）
还是在日暮时带着更快乐的思忆
来啜饮那来自海上的咸腥气息，
当人声阒然惟见灰鸥飞舞，
荒凉的屋脊披上晚霞的庄严时：
就让这些满足你再重新逝去；
因他们仍在玩弄故伎。
　　　　　　　　　一男子[③]
一如你热心为公，曾双手奉献——
但愿他们知道，他那些东西
已赋予他们的子孙更美好的情感，
更高尚的思想，有如温和的血液
作用于他们的血脉里——被逐出此地；
他的辛苦换来了成堆的侮蔑；
他的慷慨换来了成堆的辱耻；

---

① “幽魂”：指查尔斯·斯图亚特·帕内尔（1846—1891），爱尔兰民族党和议会党领导人，曾任大不列颠地方自治联盟主席，号称“爱尔兰的无冕之王”，在爱尔兰民族自治运动中起过重要作用。由于与基蒂·欧什阿太太的私通关系，他遭到众议，被开除出党，免去职务。

② 帕内尔死后，在都柏林欧康纳尔大街为他建有一座纪念碑；现该处为帕内尔广场。

③ 指休·雷恩爵士。见《致一位徒劳无功的朋友》一诗注。

你的敌人，老臭嘴[①]，唆使了群狗
去把他撕咬。
　　　　　　去吧，不安的游魂，
用格拉斯内文的被单[②]裹住你的头，
直到尘土封住你的耳轮；
你品尝那咸腥海风，在街头巷尾
静静倾听的时刻还没有来到；
你生前已有足够的忧苦伤悲——
去吧，去吧！你在墓中更安好。

1913 年 9 月 29 日

---

① 指威廉·马丁·莫菲，他曾组织攻击帕内尔。亦见《致一位徒劳无功的朋友》一诗注。

② 帕内尔葬于都柏林格拉斯内文公墓。“被单”当指裹尸布。

海伦在世时[①]

绝望中我们曾号泣：
为一点琐事
或喧闹、野蛮的竞技，
人们竟放弃
我们历尽了辛苦
赢得的美女；
然而，假如漫步
在那些高塔里，
遇见海伦和她儿子，
我们也只不过
像别的特洛伊男女，
问声好，逗个乐。

---

① 此诗作于 1913 年 9 月 20—29 日间。叶芝在 1909 年 7 月 8 日的日记中写道："两天前我梦到这样一个想法：'如果人们虐待我们的缪斯，我们有什么理由抱怨，既然海伦在世的时候，他们所给她的不过是一支歌和一句玩笑？'"（《自传》，伦敦：麦克米伦，1955 年，页 521）

论那些仇视《西部浪子》（1907）的人[①]

从前，当午夜污染天空时，
阉人们跑过地狱，聚攒
在条条拥挤的街道上凝视
骑马经过的伟大的胡安[②]：
就像这些人又咒骂又淌汗，
一边盯着他健美的大腿看。

① 此诗作于1909年4月5日。约翰·米灵顿·辛格（1871—1909）的剧作《西部浪子》于1907年1月26日开始在艾贝剧院公演，引起骚乱；有些观众认为该剧是对爱尔兰人的毁谤，叶芝则公开为之辩护。

② 堂·胡安（一译唐璜）：西方许多文学艺术作品中的传奇人物，因行为放荡而被罚下地狱。叶芝的朋友、画家查尔斯·理基茨（1866—1931）绘有阉人观看堂·胡安骑马走过地狱的作品。

三个乞丐

“尽管在深及羽毛的水里，
我自破晓起就伫立在此，
但我没找到一点东西吃，
因为只有垃圾来这里。
我难道要以小杂鱼为生？”
郭特[①]的老鹭鸶哼哼唧唧。
“费尽力却以小杂鱼为生？”

癸尔王[②]漫步在他的宫廷里，
宫殿庭院和御水河边，
在那里对三个老年乞丐说：
“你们曾流浪得又广又远，
定能解开我头脑中的疑惑。
人们是欲求少所得却多，
还是欲求多所得也多？”
一个乞丐说：“人或恶魔
都无法使之疲倦者得最多；
是什么让他们肌肉鼓包，
若非欲望使之如此？”
可癸尔心思诡秘地大笑：
“这要像看起来一样真实，
你们仨就有一个是富翁，

① 郭特：戈尔韦郡一小镇。叶芝短篇小说《暮色中的老人》叙述有圣帕垂克把竺伊德教抄书人变成鹭鸶的传说故事。

② 癸尔·艾德呐（卒于663）：古爱尔兰康纳赫特国王，以慷慨好施著称。

因为第一个睡着者将会
得到一千镑，只要他能
在第三天正午钟响前入睡。”
于是，像雀儿一样喜欢，
癸尔王心怀深算老谋，
离开御水河和宫殿庭院，
撇下他们争论个不休。
“如果我赢了，”一个乞丐说，
“尽管我老了，我仍要说服
一个漂亮妞与我共卧”；
第二个：“我要学一门技术”；
第三个：“我要赶到赛马场，
挤在别的绅士们中间，
把钱全押在一匹马身上”；
第二个：“我又想了一遍：
当个农场主才更体面。”
彼此相对又叹息又叫嚷。
妄自尊大与游手好闲
生出的乞丐式非分幻想
透过他们的唇齿从午时
唱到午时；第二个黄昏
给乞丐们带来月亮的狂乱时，
谁也没合上充血的眼睛，
只设法让同伴不能入睡；
都吼叫着直到怒不可遏，
相互撕打扭作一堆。

他们又捶又咬一整夜；
他们又捶又咬天光亮；
他们又捶又咬过一整日，
直到又过了一个晚上；

假如说需要稍事休息，
他们就蹲下来咒骂呵斥；
当年迈的癸尔前来站立
在三人面前结束这故事时，
他们浑身是血和虱子。
“时间到了，”他喊，三人
全都瞪着他，血充满眼。
“时间到了，”他喊，三人
跌倒在尘埃，打起了鼾。

“也许我还会碰到好运气，
既然他们安静了，”鹭鸶说。
“尽管在深及羽毛的水里，
我一直伫立像石头做的，
看着垃圾跑来跑去，
但是肯定有鳟鱼在某处；
我也许会捉到一条鳟鱼，
只要我显得满不在乎。”

三个隐士[1]

三个隐士透气散步
在一片寒冷荒凉的海滨，
第一位口中喃喃祷祝，
第二位在把跳蚤搜寻；
第三位在当风的石头之上，
年已百岁眼花头昏，
旁若无人像鸟儿歌唱：
“尽管死亡之门临近，
以及等在门后的东西，
可我，虽说在岸上立着，
却一天之中就有三回
在应该祈祷的时候睡着。”
于是第一位，第二位论说：
“所有思想和行为论定后，
我们不过被给予所挣得，
所以这可以看得很清楚：
那些圣洁之人的鬼魂，
曾因意志薄弱而失败，
将再度穿过诞生之门，
遭受众生的磨难，直至
他们有激情冲动要逃离。”
另一位叹吁：“他们被投入
某种极为可怕的形体。”

① 此诗作于 1913 年 3 月 5 日。人死后会不会转生为畜生这一问题曾在通灵学会引起激烈辩论。

但第二位嘲笑他的叹吁：
“由于曾经爱上帝，他们
不会被变成别的，也许
只会变成诗人或国君
或者聪明美丽的淑女。”
在遍搜破衣和蓬头，生擒
并捏碎跳蚤的同时，第三位，
年已百岁眼花头昏，
唱着歌旁若无人像鸟儿。

乞丐对着乞丐喊[1]

“现在该脱离人世去某个地方
在海风里重新寻找我的健康，”
疯狂发作，乞丐对着乞丐喊，
“整理好灵魂[2]趁脑袋尚未秃光。”

“得到一个称心的老婆和房子，
以便赶跑我鞋子里面的魔鬼，”
疯狂发作，乞丐对着乞丐喊，
“和我两腿之间的更恶的魔鬼。”

“虽然我想娶一个漂亮的女孩，
但也不必太漂亮——这没关系，”
疯狂发作，乞丐对着乞丐喊，
“可是镜子里却现出一个魔鬼。”

“她也不应太富有，因为富人
为财产所累犹如乞丐痒难忍，”
疯狂发作，乞丐对着乞丐喊，
“不可能有风趣谈吐令人欢欣。”

“在那里我将变得悠闲且可敬，

---

① 此诗作于 1913 年 3 月 5 日。有人认为其情调可能与于 1910 年结束的与梅波尔·狄金生的关系有关。

② “整理灵魂”：爱尔兰惯常说法，意思是准备后事。

在花园之夜的宁静中间倾听”
疯狂发作，乞丐对着乞丐喊，
“北极黑雁御风飞行的击翅声。”

奔向乐园[①]

我越过风口裂谷而来，
他们给我帽子里丢半便士，
因为我正在奔向乐园；
我所需做的只是希冀，
有人把手伸进碟子，
给我扔来一块腌鱼：
在那里国王不过像乞丐。

我兄弟穆尔廷已疲惫不堪，
责打着他那吵闹的大笨蛋，
而我正在奔向乐园；
可怜的生活，他随心所欲，
尽管他有一支枪和一条狗，
一个女佣和一个男仆：
在那里国王不过像乞丐。

贫穷之人变成了富人，
富裕之人又变成穷人，
而我正在奔向乐园；
上学时还晃荡光脚丫子，[②]
许多受宠的才子已变呆，
如今用金钱填满了旧袜子：

---

① 此诗作于 1913 年 9 月 20 日。

② 叶芝在伦敦上小学时，曾把脚后跟用墨水涂黑，以使袜子上的破洞不易被人注意。

在那里国王不过像乞丐。

风已衰老但仍在嬉逐，
而我必须兼程赶路，
因为我正在奔向乐园；
可是我从未遇见一个伴
把我的幻想当做风一般，
没有人能够购买或捆卷：
在那里国王不过像乞丐。

黎明前的时刻[①]

一长相喜幸骂咧咧的无赖，
一拐杖撑一捆褴褛破衣，
在名叫克洛坎[②]的多风之地
蹒跚，那条健壮的独腿
所能够尽量做到的就是——
在他咒骂时把他撑直。
他数过，在梅娃女王[③]往昔
生养九子梅尼[④]的所在地，
有一对田凫，一只老绵羊，
直到平原边都没有人家；
忽然在他的右手近旁，
一堆灰石头和一块岩架
提醒他，只要挪动几颗
石头，他就能够搭起
一个可栖身到天亮的小窝。

可是在他摸索石头时，
石头却坍塌；“要不是我
有一条幸运的木头腿肚，
我就被砸伤了”；石头滚过，
他眼前，刚才石头所在处，

---

① 此诗作于1913年10月19日。

② 克洛坎：古康纳赫特王国的首都，在爱尔兰罗斯康门郡境内。

③ 梅娃：爱尔兰神话中康纳赫特女王。

④ 梅尼：梅娃与诗人艾里尔所生九子（传统数目为七或八）的总称。

现出一个幽深的岩洞。
他喘了一口气，想要逃躲，
相信那不是真正的岩洞——
因为据一部古代史书说，
地狱口[1]就开在此处不远——
却站着没动，因为在洞中，
一醉脸酡红的高大少年
蜷起了身子倒在一桶
啤酒和一柄舀子近旁，
打着鼾，看样子不像鬼物。
于是笑一笑自己的惊惶，
他爬进那令人愉快的洞窟。

“近黎明夜气变得不安定，
竟使我睡不踏实；可是谁
厌倦了同自己做伴搭伙？
梅娃吵闹的九子中哪位
厌烦了墓穴而吵醒了我？
但愿他待在墓穴里一回，
好让我找回丢失的瞌睡。”

“你是睡是醒关我什么事？
只是我不许人把我叫做鬼。”

“随你怎么说，但从天亮起
我还要再睡一个世纪。”

“可是我睡觉前要说闲话，
说闲话之前要喝酒。”

---

① 克洛坎附近一岩洞，传说为地狱的入口。

要不是
那酣睡者惊跳起来的话，
他早已把那木舀子深深
浸入酣睡者的酒桶里边。

“从戈班[1]的山头我拽来这酒，
在你把舀子伸进去之前，
我要确认你有能力品味
啤酒；没哪个一条腿的蠢货
能把鼻子伸进我的舀子，
只因在黎明前这个坏时刻
绊倒在这个洞口跟前。”

“嗨，啤酒不过是啤酒。”
“可先说
‘我要一直睡过了冬天，
或者也许直到仲夏节[2]，’
再喝，你就会睡到那么久。”

“我想要睡到冬天过去了
或者等到太阳元气恢复。
这寒风都刺到我骨头里了。”

“我最初并没有更好的计划。
我原先以为要等那或等这，
也许这天气可恶又可怕，
或者我没有女人可亲热，
所以就睡他个一年半载，

① 见《灰岩》一诗注。
② 6 月 24 日，施洗者约翰的诞辰纪念日，夏至日前后。

可逐年我发现这越来越少
给我以乐趣，我宁愿放弃
哪怕半点钟的空虚无聊；
而在某一年末尾我发觉
我连一分钟都不曾醒过，
就选了这个地下的洞穴。
我要在这里把时间都睡过：
我至今已睡了九个世纪，
除了有时在早晨，我发现
田凫在忙于愚蠢的鸣啼，
绵羊迎着风在咩咩叫唤，
同时我也在扮演着丑角。”

那个乞丐蹲在洞穴里
开始大发脾气而暴跳：
“显然你没有资格，不配
嘲笑我喜爱的一切事情，
好像它们不值得去做。
如果复活节①吹起好风，
我就会过得足够快活；
尽管冬天的风很讨厌，
我不会因你所说所为
而觉得过于心灰意懒，
只要这风自南方吹来。”

“你大喊，啊，愿春天到来
或者风向偏转一点，
却不知这样你会招致——
假如时间的关节更柔软——

① 基督复活纪念日，在 3 月 22 日至 4 月 25 日之间。

既不是春天又不是南风，
而是你将消逝，身后
不留冒烟烛芯的时辰，
因为众生渴盼那末日，
没有人不把耳朵竖起
打听米迦勒的喇叭①何时响，
宣布骨和肉可以消失，
灵魂像是叹息般灭亡，
全归乌有唯上帝存留；
而只有我全凭有这福气，
像一只老兔子守着洞口，
在醉卧之中把祂等待。”
他把酒舀子伸进桶里头，
喝完打哈欠又四仰八叉；
另一位大叫：“你想夺走
我生活中各种愉快想法
和各种给人安慰的事物，
就尝尝这个这个。”随后
他给了他一顿老拳狠揍，
可是还不如揍一块石头，
因为酣睡者不觉或不在乎；
然后一块块把石头堆起，
累了，祷告，咒骂，然后，
又一块一块把石头堆起，
再祷告，咒骂，咒骂，顾不上
谢上帝，就逃离梅娃和那块
捉弄人的平原，直到头上
云朵随黎明渐渐亮起。

① 见《快乐的城镇》一诗注。

《演员女王》中的一首歌①

我母亲摇着我唱：
“她多小呵，多小！”
造出一只金摇篮
挂在柳树上摇。

“他跑了，”我母亲唱，
“我被领到床前时，”
她的针不停地牵动
那股金线和银丝。

她扯紧咬断那丝线，
做成一件金长衫，
落泪只因梦想我
生来就该戴王冠。

“怀她时，”我母亲唱，
“我听见海鸥啼唤，
并看见黄色的浪沫
落在我大腿上面。”

她怎能禁得住把黄金

① 叶芝的剧作《演员女王》1919年首演，1922年出版。此歌则最初发表于1914年5月号的芝加哥《诗刊》。这是一个妓女的疯女儿所唱的惟一一首歌。她父亲是个常醉不醒的水手。她认为她母亲曾预言她将嫁给一位王子而成为王后。

编进我的鬓发间，
并梦想我应该戴上
那金色的关怀之冕？

现实主义者

希望你们可以懂得！
叙述英雄好汉在恶龙
守卫之地娶妻的书册，
描绘海仙乘坐着海豚
驾的珍珠蚌车的图像
能做什么，除了唤醒
随恶龙俱遁的
生活的希望？

一、女巫[1]

辛劳而致富，
那算啥？不过
与一丑女巫[2]
同床，榨干了，
才被引领进
那带着绝望
久觅的美人
所在的卧房。

---

① 此诗作于 1912 年 5 月 24 日。

② “女巫”：手稿上原作“婊子”。

二、孔雀①

用他的瞳仁制作
绝妙孔雀的人士，
财富对他算几许？
风吹雨打、青灰色、
荒无人迹的三石②
会滋养他的奇作。
他是活还是死于
潮湿岩石杂草间，
他的鬼都会快活，
给他的瞳仁增添
一片又一片毛羽。

---

① 此诗作于1913—1914年间。美国画家詹姆斯·惠斯勒（1834—1903）曾提议要为波士顿图书馆设计一个十英尺高的孔雀，但未实施。

② 三石：在都柏林郡边界附近的一座山丘。

山　墓[1]

斟酒起舞，如果男子汉仍旺健，
采来玫瑰，如果玫瑰花还盛开；
那奔流的瀑布袅袅生烟在山边，
我们的罗西克劳斯神父[2]在墓里。

拉下百叶窗，取来提琴和黑管，
好让没有一双脚沉默在房间里，
也没有嘴唇不接吻，酒也不沾；
我们的罗西克劳斯神父在墓里。

徒劳，徒劳；那瀑布依然在喊；
那照亮这幽暗的烛光长明不熄；
一切智慧都关进了他石化的眼，
我们的罗西克劳斯神父在墓里。

---

① 此诗作于 1912 年 8 月。

② 罗西克劳斯神父即克里斯蒂安·罗森克劳茨（1378—?），日耳曼术士，秘术社团玫瑰十字兄弟会创始人。据说在他去世多年以后，他的尸体被发现在墓里毫无朽坏。叶芝于 1890 年加入麦克格莱戈·梅瑟斯领导的在伦敦的玫瑰十字秘术社团“金色黎明秘术修会”。

一、致一个在风中起舞的女孩[1]

在海滩那里舞蹈；
你何必需要在乎
风或海浪的咆哮？
把你被咸涩水珠
打湿的头发甩动；
你年纪还小，不知
愚夫之得志[2]，不懂
爱情到手即丢失[3]；
最棒劳力[4]已死去，
所有收成待捆好。
你何必需要畏惧
风似魔鬼般呼啸？

---

① 此诗及下一首诗是写给伊秀尔特·冈（1895—1954）的，分别作于1912和1913年12月。

② 指叶芝自己的成就。

③ 可能指茉德·冈的失败的婚姻。

④ 可能指约翰·辛格（1871—1909），爱尔兰现代戏剧运动的主将之一。

二、两年以后

难道没有人说过，那双
大胆和蔼的眼睛更博学？
或者警告过你，飞蛾
遭焚之时是多么绝望？
我本可警告你；但你是少年，
所以我们说不同的语言。

呵，你会接受一切主动，
梦想全世界都是友辈，
像你母亲[①]那样忍痛，
到最后像她一样心碎。
可是我年老而你是少年，
我说一口没文化的语言[②]。

① 指茉德·冈。
② 叶芝说英语，而伊秀尔特说法语。

青春的记忆[①]

那些时刻如剧情流过；
我拥有爱情产生的智慧；
我拥有一份天生常识，
可无论我能够说些什么，
尽管也因之得到她赏识，
从刺骨北方吹来的云翳
仍突然把爱神之月蔽遮。

自信所说的每一个字，
我赞美她的肉体和灵魂；
骄傲使她两眼放光明，
愉快使她双颊起红绯，
虚荣使她脚步变轻盈，
可尽管赞美不已，我们
找到的却只有头上的暗黑。

我们默坐着像石头一样，
她一言不发，我们也知道
即使最好的爱情也必死，
早就被残暴地摧毁绝望，
要不是爱神听见了一只
可笑之至的小鸟的鸣叫，
从云翳中拽出他美妙的月亮。

---

① 此诗写给茉德·冈，原题作《爱神与小鸟》。

亡国之君①

虽说从前，只要她一露面，群众就聚集，
连老头的眼也变朦胧，但惟有这只手，
就像个前朝遗老在一个吉卜赛营地
絮絮说亡国之君，把逝去的一切记录。

那容貌，一颗被笑声熏甜美的心，这些，
都还在，但是我记录逝去的一切。人群
还会聚拢，却不知他们走过的那条街，
从前一尤物曾在那儿走，像朵火烧云。

① 此诗写茉德·冈，作于1912年，在当年12月号芝加哥《诗刊》上发表时曾经埃兹拉·庞德修改。

朋　友[1]

我必须赞扬这三位——
三位在我生活里
曾制造欢乐的女士[2]：
一位因没有思虑，
也没有萦绕的烦忧——
在这多灾多难
十五年之中都没有——
能够离间心智
与充满快乐的心智[3]；
一位是因她的手
坚强有力，能解释
无人能理解、拥有
和培育的东西——青年人
梦想的负担，直到
她改变了我，使我能
生活在忘我中辛劳[4]。
那位呢？她拿走一切，

---

① 此诗作于1911年1月。最初发表于《绿盔及其它》（1910）集中。

② 三位女士分别是奥莉维娅·莎士比亚（1867—1938），诗人莱奥内尔·约翰逊的表妹、小说家、叶芝的情妇；格雷戈里夫人（1852—1932），作家、叶芝的好友和赞助人；茉德·冈（1866—1953），业余演员、革命家、叶芝苦恋的对象。

③ 莎士比亚太太文艺素养很高，善解人意。叶芝在自传中称，是她使他初尝性爱之欢；他们之间从未发生过争吵。

④ 在格雷戈里夫人的影响下，叶芝对爱尔兰民间文化和戏剧发生兴趣，终于与她及约翰·辛格（1871—1909）等在1905年共同创建艾贝剧院，发起爱尔兰戏剧运动。

直到我青春消逝，
却少有怜悯的神色[1]。
我怎能赞扬那一位？
天光开始破晓时，
我因她故而无眠，
把我的好坏算计，
忆想她所有，那鹰般
眼神流露的一切，
同时我心底涌起
一股甜蜜真强烈，
令我浑身直颤栗。

① 叶芝与茉德·冈政见不同，二人时有争执。他屡次向她求婚均遭拒绝。

寒　天[1]

突然我看见令乌鸦欢喜的寒冷天空，
好像被焚化的冰，却不过是更多的冰，
于是想象和心被激动得简直要发疯，
以至于关于这和那的缕缕偶思闲情
全都消失，只剩些应当随青春的热血
一起过时的、许久前恋爱受挫的记忆；
我完全糊里糊涂地承担了全部罪责，
直到我又哭喊又颤抖，来来回回摇摆，
被日光所洞穿。啊哈！当鬼魂开始再生，
死床的混乱结束时，是否它被赤裸裸
驱赶到大路之上，如书中所说，并遭逢
诸天的有失公正的打击，以作为惩戒？

① 此诗最初发表于《绿盔及其它》（1910）中，可能是写茉德·冈结婚的消息给诗人的打击。

好让夜晚来到

她[1]活在风暴和斗争中；
她的灵魂渴求
骄傲的死神所赐赠，
以至无法忍受
生活的寻常好处，
而是活得像国王——
他用各式旌旗，
各样号角和军鼓，
还有愤怒的礼炮，
挤满他的大婚日，
把时间挤到一旁，
好让夜晚来到。

① 她：茉德·冈。

聘　用[①]

对政府感到心灰气沮，
我捡起一块断树根撇向那
骄傲、任性的松鼠的去处，
看它跳起来聊以取乐；
它，发出像笑声也似
低低的响鼻，再次起跳，
一跃而上了另一树枝。
驯顺的意志、羞怯的大脑、
紧锁的眉头都孕育不了
那强悍的牙齿和利落的手爪，
让它蹿上高枝去大笑；
没有什么政府聘用它。

① 1907或1908年，因爱尔兰政府不聘任休·雷恩爵士为都柏林国立博物馆馆长愤而作此。

东方三贤[1]

此刻，正如时时我能在心目中所见，
那些苍白的不满者身穿僵硬的彩衣
在那湛蓝而幽深的天穹里时隐时现：
他们苍老的容颜都好似雨打的岩石，
他们银制的头盔在空中联翩地飞舞；
卡尔佛里丘[2]的暴行并不使他们满意，
他们的双眼仍然在凝望，希望再度
在兽性的地面找到那个莫测的神秘。

---

① 此诗作于1913年9月，是《玩偶》一诗的补充。基督教传说，耶稣降生后，有三位贤哲自东方前来朝觐。叶芝认为基督的降生和受难并非预示一个新的不变的文明；在世界末日之前还会有更莫测的神秘，因为历史是循环的。《玩偶》一诗叶芝原注（1914）："此诗的寓意是在我在都柏林讲演的时候来到我头脑中的。我再次注意到我们中间的一切思想是怎样被凝固成'非人类生活的某种东西'的。写完此诗后，有一天我仰望蓝天，忽然好像迷失于蓝天之中，想象出一列僵直的人形排着队伍。我记得它们是蓝天惯常浮现的形象，于是寻找第二个寓意，并把它们叫做'东方三贤'——那些怒气冲冲的玩偶的补充形式"（《叶芝诗集新编》，页594）。

② 卡尔佛里丘：前半为拉丁语音译，意译为髑髅地，耶稣受难处，在耶路撒冷。

玩　偶[1]

玩偶匠屋里一玩偶
看着那摇篮直吆喝：
“那是对我们的侮辱。”
但是玩偶中最年长者——
被保存起来作展览，
目睹过一代代同胞——
尖叫声盖过了全搁板：
“尽管没有人能举报
这个地方的邪恶，
但这对男女给此处
弄来个脏闹的家伙，
使我们蒙受了耻辱。”
听见他又呻吟又欠伸，
玩偶匠的妻子心想
丈夫听见了那恶棍，
便蹲在他座椅扶手旁，
头靠着他的肩头，
对着他耳朵嘀咕：
“亲爱的，亲爱的，哎呦，
那是个意外事故。”

① 参见《东方三贤》一诗注。

一件大衣[1]

我为我的歌缝就
一件长长的大衣，
上下缀满了来自
古老神话的刺绣；
但傻瓜把它抢走，
穿上在人前炫示，
俨然是他们造就。
歌，让他们拿走，
因为有更大魄力
才敢于赤身行走。

① 此诗作于1912年。

跋　诗①

当我从那笛嗓的低语之人——
她应需而来，如今虽不像从前，
一串清音在空中历历可闻——
只是在内心里，推及那些伙伴
超然远离笨驴蹄子的踢跳——
本·琼生的语句②——在六月到来时，
在凯尔纳诺③那古老屋顶下找到
一个更严厉的良心和友善的家时，
我甚至能宽恕那百般侮辱的侮辱，
那些做梦都想不到的意外，它们
弄得我——眼看名誉久已消逝，
不过成了古老仪式的一部分——
臭名昭著，直到我所有的无价物
不过成了被过路狗弄脏的柱子。

---

① 此诗作于1914年，最初发表于《新政治家》（1914年2月7日），题为《臭名（得自最近一篇杂志文章）》。是针对乔治·穆尔撰文对叶芝恶意攻击而作。

② 上一行出自英国剧作家本·琼生（1572—1637）的剧本《歪诗人》（1602）的跋诗，该诗亦以《献给他自己的颂歌》为题重印在诗集《矮树丛》（1640）里："别管我。有什么东西来到我思想中/必定且将要被歌颂为高尚而孤寂，/远离恶狼的黑吻和笨驴的蹄子。"

③ 凯尔纳诺：盖尔语，义为"坚果之林"，库勒庄园的七片树林之一。

库勒的野天鹅[①]
(1919)

① 1917 年夸拉出版社初版，包括诗剧《在鹰之井畔》。1919 年麦克米伦版删去诗剧，另增补十四首诗。现共收诗四十六首。在后者中，叶芝解释说："这本书部分是一年前我妹妹在都柏林郡丹卓姆的手工印刷厂所印的《库勒的野天鹅》的重印。然而我没有重印那一出诗剧，它也许会成为一本受日本舞剧启发的剧作集的一部分；但我增加了一些新诗。在这些诗里时时出现的名字麦克尔·罗巴蒂斯和约翰·阿赫恩是我多年前所作的一些短篇小说中的人物，他们又一次成了我表达关于这世界的信念所借助的惟一幻景的一部分。……"（《校刊本》，页 852）译者按：麦克尔·罗巴蒂斯是以麦克格莱戈·梅瑟斯和乔治·拉塞尔为原型的；约翰·阿赫恩可能是以莱奥内尔·约翰逊为原型的；但实际上二者都是叶芝的"他我"，代表他的人格的不同方面。

库勒的野天鹅[①]

树木披上了美丽的秋装，
林间小径已变干，
在十月暮霭笼罩下，湖水
反映着一片静天；
涨水的湖上，乱石错落，
中间有五十九只天鹅。

自从我最初计数那时起，
十九度秋天已到来；
快要数完之前，我看见
突然全都飞起，
绕着破碎的大圈盘旋，
翅膀轰响着四散。

曾观赏那些漂亮的生灵，
我现在中心悲戚。
一切都变了，自从我初次
在这湖滨，暮色里
听见头顶上翅声如钟鸣，
而把脚步放轻。[②]

---

① 此诗作于1916年10月。库勒（盖尔语，义为“角落”）：格雷戈里夫人在戈尔韦郡郭特乡的庄园，包括库勒湖及沿湖的七片树林。

② 叶芝结识格雷戈里夫人后，自1897年开始在库勒庄园度夏，从而改变了他的生活。

尚未厌倦，情侣双双，
在冰冷可亲的溪流
划水，或向空中飞升；
它们的心未老朽；
依旧满怀激情或征服欲，
无论漫游到何处。

可现在浮在平静的水上，
它们神秘，美丽；
有一天我醒来发现它们
已飞走时，它们会在
何处草丛筑巢，在何处
湖滨或池畔悦人目？

纪念罗伯特·格雷戈里少校①

一

既然在新居②我们差不多已住下，
我就要提起那些无法在这古塔
烧泥炭的壁炉边与我们共进晚餐，
畅谈到深夜间，然后登攀
狭窄的螺旋楼梯去睡觉的友朋：
遗忘已久的真理的发现者
或只是我青年时代的同伙，
都已故，今夜都在我的思绪中。

二

我们总愿让新朋与老友相见，
若一方显得冷淡我们就伤情面，
而且还有带刺的话语会延续
我们内心情感中的痛楚，
于是争吵就爆发在那人头上；
但今夜我要召请的朋友
没一位能挑起我们争斗，
因来到我头脑之中的都已死亡。

① 格雷戈里夫人的独生子罗伯特·格雷戈里（1881—1918）在英国皇家空军服役，于1918年1月23日第一次世界大战期间在意大利前线阵亡。此诗作于1918年6月14日。

② 见《碉楼》一诗叶芝原注。

三

莱奥内尔·约翰逊[1]最先来到头脑里：
他虽然对最坏的人也彬彬有礼，
但爱学问胜过爱人类；身体
大坏，他沉思起圣哲道理，
直到他所有希腊语和拉丁语之学
似号角的一声悠长劲吹，
把他所梦想的无限终极
朝他的思想稍稍拉近了一些。

四

那好问的约翰·辛格[2]其次到来：
他濒死却选择活生生人世做题材，
在坟墓里也永远不会休息安稳，
而是，长久旅行，近黄昏，
来到一个极荒凉的多石之处，
遇见了一群不寻常的人，
近黄昏遇见了像他的心
一样热情而单纯的一个种族。

五

然后我想起老乔治·波莱克斯芬[3]——
在肌肉强健的青年，闻名于梅约[4]人，
因为在围猎或赛马中骑术精纯，
那能够显示纯种马和壮士们，

① 见《灰岩》一诗注。

② 约翰·米灵顿·辛格（1871—1909）：爱尔兰剧作家、叶芝好友，曾到爱尔兰西部阿兰群岛土著人中间采风。

③ 乔治·波莱克斯芬（1839—1910）：叶芝的舅父、占星学爱好者。

④ 梅约：爱尔兰西部一郡名。

不论多么有激情，也不过活得
像狂放的星星纷纷衰落，
形成冲、矩象和三分一对座[1]——
已变得迟钝懒散，深思沉默了。

六

他们是我多年的亲密友人，
可说是我心灵和生命的一部分，
如今他们无生气的面孔好像
从一本旧画册里向外张望；
我已经习惯了他们缺乏生气，
但还不习惯我挚友的爱子，
我们的完人和我们的锡德尼[2]，
竟会同当死亡的那粗暴无礼。

七

欣悦的目光现在所见的万物
都曾为他所热爱：把荫影散布
在道路桥梁上的风暴吹折的老树；
筑建在溪流岸边的碉堡；
那里有前来饮水的牛群在深夜
哗哗搅动，惊扰得雌鸐
不得不搬迁挪窝的浅滩；
他本来可以是你最热诚的接待者。

八

从前他常常带着戈尔韦猎狐犬

① 冲、矩象和三分一对座：占星学术语，分别指天体以 180°、90°和 120°组合。

② 菲利普·锡德尼（1554—86）：英国作家、政治家、军人。

纵马从泰勒堡[1]奔驰到罗克斯镇[2]边缘
或埃色凯利平原[3]，少有人跟得上；
在穆宁[4]，他跃过一个地方，
险象惊人，竟使得半数围猎者
闭起了眼睛；那又是在何处，
他跑完赛程竟不用马具？
然而他的心思比马蹄更敏捷。

九

我们曾梦想一位大画家已诞生
来描绘克莱尔[5]和戈尔韦的岩石棘荆，
描绘那严酷的色彩和那精致的线条——
那些是我们的秘密律条，
凝视的心在其中倍增力量。
军人、学者、骑手，他，
而且他还有激情，足以把
一切都公开，供给世人欣赏。

十

就住宅所有美好的室内装饰，
谁能给我们提那么好的建议？
谁能像他那样操作过或通晓
金属或木头，模塑的石膏
或雕刻的石头为材料的所有工艺？
军人、学者、骑手，他，

① 泰勒堡：在戈尔韦郡，泰勒家族的住处。
② 罗克斯镇：在戈尔韦郡，格雷戈里夫人童年的家居所在地。
③ 埃色凯利平原：在戈尔韦郡境内。
④ 穆宁：与埃色凯利毗邻的地区。
⑤ 克莱尔：爱尔兰西南部一郡名。

他所做一切都完美无瑕，
好像他只是专攻那一门手艺。

十一

有人烧湿柴，别的人可能会在
小房间里消耗整个可燃的世界，
就好像烧干草；我们若把头转过，
那光秃的烟囱就会熄火，
因为工作已在那火焰中完成。
军人、学者、骑手，他，
可谓人生浓缩的精华。
我们怎会梦他梳理白发的情景？

十二

眼看那摇撼窗扇的风多酷烈，
我原先以为都已回忆过那些
成年曾考验，或童年曾欢喜
或少年的智力赞赏过的人士，
而且对每位都有恰当的品鉴；
直到想象力送来一份
更合适的欢迎辞；但最近的死讯
占据了我全部心思，我无法言传。

一位爱尔兰飞行员预见死亡[①]

我知道我将要遭逢厄运
在天上浓云密布的某处；
对所抗击者[②]我并不仇恨，
对所保卫者[③]我也不爱慕；
我的故乡是齐勒塔尔坦[④]，
那里的穷人是我的同胞，
结局既不会使他们损减，
也不会使他们过得更好。
不是闻人或欢呼的群众，
或法律或义务使我参战，
是一股寂寞的喜悦冲动
长驱直入这云中的骚乱；
我回想一切，权衡一切，
未来的岁月似毫无意义，
毫无意义的是以往岁月，
二者平衡在这生死之际。

---

① 指罗伯特·格雷戈里的阵亡。
② 指德国人。
③ 指英国人。
④ 齐勒塔尔坦：在库勒庄园附近。

人随年岁长进[①]

我因多梦而衰残：
风雨剥蚀的石雕海神
在流水中间；
一整天我都在痴看
这位女士的美，
就好像在书里发现
一个画中美人儿，
因眼睛或灵敏的耳朵
得到充实而欢欣，
因不过变聪明而愉悦，
因为人随年岁长进；
可是，可是，
这是我的梦，还是真实？
呵，但愿我们相识
在我青春如火时！
可我在梦中间已衰残：
风雨剥蚀的石雕海神
在流水中间。

---

① 此诗作于 1916 年 7 月 19 日，写伊秀尔特·冈的青春美貌对诗人的触动。

野兔的锁骨[①]

但愿我能够扬帆远航，
去众多国王和国王
之女前去的海上，
抵达秀美的树林和草场，
风笛的乐音和舞蹈中间，
得知最好的事情
是在跳舞时把爱人更换，
只以一吻报一吻。

我愿在那大海边缘捡到
一只野兔的锁骨——
被拍岸的浪涛磨薄——
用钻子把它洞穿，然后
透过那白而薄的兔骨凝望
苦难的旧世界——在那里他们
在教堂结婚——在宁静的海上
嘲笑在教堂结婚的所有人。[②]

① 此诗作于1916年7月5日。

② 然而叶芝自己竟接受格雷戈里夫人的建议，于1917年10月20日在伦敦一教堂成婚。

在圆塔下[1]

“虽说宁可躺在裹尸布里，
我情愿流大汗而赚小钱，
若能像邻居那样生活，”
乞丐比利·伯恩[2]大声喊；
“在曾祖父坍塌的墓地上
抻骨头，直到天光放亮。”

在格伦达涝[3]那溪流旁边，
欧伯恩和伯恩家族[4]的墓地，
一块古老的灰色断碑上，
他抻抻骨头，坠入梦里，
梦见太阳和月亮，良辰
在那圆塔中狂叫乱蹦；

金色国王和银色贵妇
上下狂叫，绕圈狂叫，
直到脚尖熟练了舞步，
嘴巴熟练了美妙音调，
绕圈乱蹦，上下乱蹦，

---

① 此诗作于1918年3月。

② 巴利马奴斯的比利·伯恩：1798年起义中的韦克娄郡的英雄，1799年被绞死。此处同名者当为其后人。

③ 格伦达涝：盖尔语，义为“双湖之谷”，位于韦克娄郡拉腊镇附近。该处有为抗击北欧海盗而建造的圆柱形古塔。

④ 韦克娄郡欧伯恩家族中最著名者是麦克休·欧伯恩（1544—1597），他因抗击英军而被捕牺牲。

直到他们蹦到了塔顶。

那金色国王和那狂野贵妇
一直欢唱到群星渐逝，
手握着手，脚挨着脚，
头发飘舞在搅起的风里；
那贵妇和那金色的国王
能像一对画眉般歌唱。

“肯定我的运气已破坏，”
到处流浪的囚犯比利说；
“黄昏前我要偷一只钱袋，
在一张羽绒床里去藏掖。
在曾祖父坍塌的墓地上，
我找不到安宁像家一样。”

所罗门对着示巴[1]

所罗门对着示巴唱，
吻着她微黑的脸颊：
“从日中算起一整天，
我们在同一处谈话，
从无影正午起，整日
都在爱这狭窄话题
里面一直地转啊转，
像一匹老马在圈里。”

稳坐在他的膝头上，
示巴对着所罗门唱：
“如果你提出一话题
可以让博学者欢畅，
太阳把我们的身影
投到地上前，你发现
不是它，是我的思想，
才是个狭窄的马圈。”

吻着她阿拉伯眼睛，
所罗门对着示巴说：
“在这天底下出生的

---

① 此诗作于 1918 年。所罗门（前 972—前 932）：希伯来人之王，象征叶芝；示巴：阿拉伯南部（今也门地区）一古国，此处特指示巴女王玛格达，象征叶芝之妻乔芝。《旧约·列王纪上》第 10 章第 1—13 节记叙有示巴女王访问所罗门王一事。

男人或女人没一个
敢跟我们俩比学识，
而整天来我们发现
唯有爱才能把世界
变成个狭窄的马圈。”

血肉之美①

因为灯芯和灯油都已耗尽，
血液的各条渠道都已冻冰，
所以我命令我那不满的心
满足于用青铜从模具之中铸造，
或从炫目的石料之中现身，
现身，但在我们逝去后又消逝，
对于我们的孤寂漠不关心
甚于鬼影的美。心呵，我们已老；
血肉之美适合更年轻之人：
我们缴不起它征收的滔滔泪水。

① 此诗作于1917年，其时叶芝住在茉德·冈在法国的家里，再度向茉德·冈的私生女伊秀尔特求婚。

一首歌

我以为无需许多，
若要延长青春；
只需哑铃和钝剑[1]
即可保身体年轻。
呵，谁又能预告
心会渐渐变老？

尽管我能说会道，
何等女人又自信
只因在她身边，
我就不再眩晕？
呵，谁又能预告
心会渐渐变老？

除了曾拥有的心，
我并未丧失情欲；
我以为它会焚毁
卧床等死的身躯，
因为谁又能预告
心会渐渐变老？

---

① 埃兹拉·庞德曾于1912—1913年间教叶芝击剑术。

致一位妙龄美人[1]

艺术家同行[2]，为何恁开放，
竟然与三教九流相交往，
与每个阿猫阿狗作伙伴？
要选择最好的来做友朋！
若与剩下的一同拖水桶，
很快就摇摇晃晃跌下山。[3]

你不妨，把那镜子当学校，
学会热情奔放，但不要
像平庸美人般大大咧咧；
她们天生不配老以西结[4]
描述的天使，而只配做
鲍瓦雷[5]笔下天使的模特。

我知道美发给何等薪水，
她的仆人过何等苦日子，
但仍然赞美已逝的冬天：
没有傻瓜堪称我为朋友，

① 此诗作于1918年，赠给伊秀尔特·冈。

② 艺术家同行：指伊秀尔特。叶芝不赞成她滥交放浪形骸的艺术家。

③ 英国有童谣云："阿猫和阿狗/爬上小山丘，/抬着水桶去打水。/阿猫跌一跤，/头破起大包；/阿狗跟着滚下来。"

④ 以西结（公元前592年在世）：希伯来著名先知，《旧约》中四大先知中的第三位，所著《以西结书》第10章第1—22节中有关于天使的描述。

⑤ 雅克·费尔曼·鲍瓦雷（1731—1797）：平庸的法国画家兼雕刻家。

我或许会在旅途的尽头
与兰多和但恩[1]一同用餐。

① 瓦尔特·萨维支·兰多（1775—1864）、约翰·但恩（1571—1631）：英国诗人。

致一位少女[1]

亲爱的，亲爱的，我要
比别的人更清楚
是什么让你心狂跳；
就连你亲生之母[2]
也不会比我明了；
我曾经为她心碎，
在那狂野的思想——
如今她矢口否认
而且已经遗忘——
使她热血腾沸，
两眼放光的时辰。

① 此诗作于1915年5月，是写给伊秀尔特·冈的。
② “亲生之母”：指茉德·冈。

学　究[1]

秃头们忘记了自己的过错，
年迈、博学、可敬的秃头们，
他们编辑注释的那些诗歌
不过是爱情失意的年轻人
为奉承美人儿无知的耳朵
在床上辗转反侧时的杰作。

都在蹒跚；在墨水里咳嗽；
都在用鞋底子把地毯磨损；
都琢磨着别人琢磨的念头；
都认识邻居认识的那个人。
他们会说些什么，我的主，
假如卡图鲁斯[2]也那样走路？

① 此诗作于 1914 年至 1915 年 4 月间。

② 盖尤斯·瓦勒琉斯·卡图鲁斯（前 84？—前 54?）：古罗马著名诗人，以善写艳情诗著称，死时年仅三十岁。

汤姆·欧拉夫雷[①]

"虽说诡辩家统治这城市,
每一个男人、姑娘、小伙
都定有一个遥远的目的,
但无目的之乐乃纯粹之乐,"
望着那拍岸的海浪奔腾,
汤姆·欧拉夫雷曾如是说,
"智慧是一只翩翩的蝴蝶,
而不是阴鸷的食肉猛禽。

"假如说计划少过失就少,
认真者就几乎无需心痛。
死亡不就是再度上发条?
若非在弯弯曲曲的放浪中,
小号手米迦勒怎能这么棒?"
他说了诸如此类的话语,
"假如最亲爱的朋友死去,
我会在他墓上舞蹈一场。"

① 此诗作于1918年2月16日。汤姆·欧拉夫雷是个虚构的人物,叶芝所谓的"傻子"典型。

绵羊牧人与山羊牧人①

绵羊牧人：那叫声来自今年第一只布谷鸟。
它停歇之前我祈了愿。

山羊牧人：　　　　　　　现在年老了，
什么鸟兽都不能使我祈求什么了，
除了愿唯有年老者才会死去，
但这又违背上帝的意旨。让年轻人
祈愿吧。可你怎么来这儿了？此前
我们从未见过面，这里只有
我的山羊啃稀疏的草，从石头
跳到石头上。

绵羊牧人：　　　　我在找走失的绵羊；
有些事让我烦恼，我烦恼的时候，
它们走失了。我独自在思索韵脚，
韵脚能从烦恼中打出节拍来，
使白昼变得重新可爱；可当我
把每个韵脚都赶进适当的位置时，
绵羊却离开了它们的位置。

山羊牧人：　　　　　　　　我深知

① 此诗写于1918年2—3月间，是为纪念罗伯特·格雷戈里而作。叶芝于1918年3月19日致信格雷戈里夫人："今天我写完了关于罗伯特的诗，一首田园诗，模仿维吉尔为某位朋友所作和斯宾塞为锡德尼所作"（《书信集》，页647）。

是什么使那么好的牧人背离了职守。

绵羊牧人：他，最擅长各种乡间运动
和各种乡间手艺，在我们之中
对迟钝的老人和浮躁的后生最和蔼，
已经死了。

山羊牧人：　　　给我送烤饼的男孩
带来了确切的消息。

绵羊牧人：　　　　　　　　他扔掉了牧羊杖，
死在了大海那边的大战之中。

山羊牧人：他以前常在我这山间吹风笛，
他吹奏的时候，那是群山的寂寞，
山中岩石的狂喜，在他的手指
下面呼喊。

绵羊牧人：　　　我听他母亲[①]说的；
他自己的羊群正在门前吃草。

山羊牧人：她怎生承受悲伤？提起她的名，
想起她做过的好事，没有一个
牧人不变得温柔，而我，既没有
山羊也没有牧场时，在她的炉火边
曾得到新鲜的款待和古老的智慧，
直到寒风逝去，怎能不说起她？
即使在他的孩子和妻子面前。

① 他母亲：指格雷戈里夫人。

绵羊牧人：她身板挺直神色平静，在宅内
餐具室和织物柜之间到处走动，
要么在草坪或在牧场上督导
干活的伙计，好像爱子还活着，
可现在是为了孙子；没什么变化，
除了在收获季节牧人运动会上
她观看儿子表演后，我在她脸上
看到的那种表情。

山羊牧人：　　　　唱你的歌吧。
我也把梦想编成了歌，但年轻人
总是急于展示他们的发现，
不展示就无法干活也不能等待。
老牧人和老山羊——如果说年轻人在别的
一切方面都胜过他们的话——
则善于等待。

绵羊牧人：　　　你不可能没有看见过，
唯有他不曾像别人会做的那样，
在接管财产之初，就集合起工具，
指使木匠制作宽大的桌子、
长凳子或高大的牛奶加工棚，而是
让宅子保持他父亲时代的样子，
仿佛他知道自己就好似布谷鸟，
是漂泊无定之人。如今他去了，
什么也没有留下，除了十来支
忧伤、朴素、甜美、高尚的笛曲。

山羊牧人：你把这想法编了歌。

绵羊牧人：　　　　　　　我编了一整天，

完成后，我所加工的却如此之少，
也许用朴素的散文说“我很难过”
在你那山地的想象力听起来会更好。

〔**他唱**〕

“好像那斑鸟在海面
飞越千万里，又迈动
黄腿奔跑或半飞着
穿过我们的草坪，
他待了一会儿；我们
刚刚让耳朵听惯了
他在破晓时的讲演，
刚刚让眼睛看熟了
他在黄昏的阴影中
在漂洗池边的身影，
他就从眼耳中消失了。
我原可在他来那天
祈愿的，可是人真蠢。”

山羊牧人：你一如平时总歌唱自然生命；
我在年轻时做过类似的曲子，
现在听到它就不免为那年轻人
和自己失去的一些伙伴伤叹了。

绵羊牧人：他们说在你这光秃不毛的山梁上，
你曾经标记出灵魂从我们肉眼中
消失之后所要踏经的道路；
还说你跟鬼魂交谈过。

山羊牧人：　　　　　　　　的确，
自青年最初的迷糊以来，我日日
思索，已找到山羊蹄找不到的路径。

绵羊牧人：唱吧，也许你的思想已采到
某种药草，可以缓解我们的
悲伤。

山羊牧人：他们从山梁上给我采来了
不全是野生罂粟的荚果和花朵。

〔**唱**〕

“他每秒都变得更年少；
若所有生日都算到，
就显得太老气横秋；
由于他梦想的事物，
或者他从事的事业，
而显得太严肃和缄默。
短程兼长途旅行，
到达他自己的黎明，
他卸下那重负的线轴，
一切苦与乐的觉受，
以及所造作的一切。
暴虐的战争将消灭；
在虬屈的老山楂树底
他将练习吹牧笛，
或在啃短的草地上
追求牧羊姑娘，
或全心玩某种游戏
直到废寝忘食；
通过对心智的征服
他将把知识解悟，
直到，趴在摇篮边，
他梦想是母亲的心肝，
一切知识都丢失

在更甜的无知昏睡里。”[1]

绵羊牧人：我把这些母羊和这头公羊
关进圈里后，我们就去树林里，
把我们的歌词刻在新剥的树皮上，
但不署名字，然后放在她门口。
得知高山和低谷曾经悲伤
也许对于妻子和母亲，以及
猛长到齐肩高的孩子是一种安慰。

---

① 叶芝相信人死后灵魂倒梦其生前经历，从而得以净化。

沮丧中写下的诗句①

何时我最后一次静观
月亮②那群黑豹的圆睁
碧眼和摇摆的修长躯干？
所有狂野女巫，最高贵的女人——
不管有过多少扫帚柄和眼泪，
愤怒的眼泪——都已不见。
山中神圣的人头马③已消逝；
我一无所有，除了苦闷的太阳④；
英雄母亲月亮遭放逐而消逝；
既然如今我已年届半百，
就必须忍受那怯懦的太阳。

① 此诗作于1915年。

② 月亮：象征想象力之光。

③ 叶芝曾在自传中写道："一切艺术都应当是一匹人头马，在民间传说中可找到它的脊背和强壮的腿。"

④ 太阳：象征日常生活平庸之光。

黎　明[1]

我愿像黎明那样无知：
它曾经俯视
那老女神[2]用一枚
胸针度量一座城池，
或那些老朽之人
从迂腐的巴比伦[3]看到
无心的行星运行在轨道上，
恒星在月亮出现之处暗淡，
然后拿起他们的书板运算；
我愿像黎明那样无知：
只是挺立，摇晃着闪光的车子，
在驷马如云的肩头之上；
我愿——因为知识不值一根草——
像黎明那样无知而不羁。

---

① 此诗作于1914年6月20日。
② 老女神：即女马神玛莎。见《郭尔王之疯狂》一诗注。
③ 巴比伦：美索不达米亚平原上一文明高度发达的古城邦。

论女人[1]

愿上帝得赞美，因创造
全放弃心智的女人；
男人在男人中找不到
她给予的那种友情：
就好像用她的骨肉
把他的一切都裹包，
不会因思想不属于
她自己就与之争吵。

尽管书呆子不承认，
但显然“圣经”示意：
所罗门在与后妃们
交谈的过程中变睿智；
据说他数得清草叶，
可是他却从来数不清
有示巴做情妇的时节[2]
所得到的所有赞颂；
她曾把那生铁锻炼，
它刚从炉火中抽出，
正在那冷水里打战：[3]
他们那旺盛的情欲
使他们欠伸不止；

① 此诗作于 1914 年 5 月 25 日。
② 所罗门和示巴：见《所罗门对着示巴》一诗注。
③ 性行为的象征。

快乐随睡眠而来；
震颤使他们合一。
愿上帝赐给我其余——
不，不在此时，
既然我渐已迟暮，
我不敢那么冒昧，
竟冀求如此尤物，
而如果传说属实，
待到月亮的杵头①
重新舂捣起来，
使我再生的时候——
以获知我从前所知，
找到我从前所有，
直到我变成疯子——
睡眠被温存呵护、
牙关紧咬、绝望
怜悯、头脑痛楚
逐出我的卧床；
全都是由于某个
偶然的乖僻生物——
像所罗门那样生活：
有示巴女王领舞。

① 杵：传统的生殖之象征，例如与古罗马的庇卢姆努斯神和印度的月神苏摩有关。

钓者[1]

虽然我还能看见他，
那有雀斑的男人，
穿灰暗的康呐玛拉[2]
衣装，在黎明时分
去山上灰暗处下钓，
但距今已久，自从
我开始用心目观照
这睿智单纯之人。
我整天凝视那脸庞，
那也许是我一直
所希望描写的形象——
为我民族和现实：
我所恨的苟活之众；
所爱的已死之人[3]；
在其位的怯懦孬种，
未受责罚的妄人；
赢得了醉醺醺喝彩，
从不读书的坏蛋[4]；
巧舌者和他那说给
平庸耳朵的笑谈；

---

① 此诗作于1914年6月4日。

② 康呐玛拉：爱尔兰西部戈尔韦郡一地区，贫瘠多石，民风淳朴。

③ 可能指约翰·米灵顿·辛格（1871—1909），叶芝所欣赏和提携的后辈剧作家。

④ 可能指莱德·冈的丈夫约翰·麦克布莱德（1878—1916），其人常常酗酒，酒后屡次骚扰莱德·冈的妹妹和女儿。

像小丑一样喊口号，
自作聪明的人物；
睿智的哲人被打倒，
打倒的伟大艺术。

也许已历经十二月，
自从我突然开始，
心怀对读众的轻蔑，
想象一个人，及其
被太阳晒出斑的脸、
灰色康呐玛拉装，
攀爬上一水花四溅
岩石灰暗的地方；
当钓饵落入溪流时
他手腕向下低沉；
一个不存在的男子，
一个只是梦的人；
并大喊："我衰老之前，
将为他写出一段
寒冷而热情的诗篇，
也许像黎明一般。"

鹰

“叫鹰从空中下降，
让它戴头罩或进鸟笼，
直到那黄眼光变柔和；
肉窖和肉叉已光光，
老厨子怒气冲冲，
小伙计也发狂变野。”

“我不愿关在头罩中，
鸟笼里，或栖在手腕上，
既然我已经学会
骄傲地在树林上空，
破碎的薄雾里翱翔
或滚滚浓云中间飞。”

“内心的黄眼鹰，昨晚
你劈开了怎样的滚滚
浓云？当时我，坐在
一无赖面前哑然，
竟还给朋友装成
一副机智的样子。”

记　忆[1]

一位[2]脸蛋姣好，
两或三位有魅力，
可魅力脸蛋都没用，
因为山上青草
只能保持山兔子[3]
睡过压出的凹痕。

---

① 此诗作于 1915 至 1916 年间，其时叶芝正追求伊秀尔特·冈。
② 一位：指奥莉维娅·莎士比亚。
③ 山兔子：指伊秀尔特·冈。

对她的赞美①

她是我情愿听人赞美的头一位。
我一直在房屋周围，上下徘徊，
像一个男人出版了一本新书，
或一个少女试穿上她的新衣；
尽管我千方百计转换着话头，
直到对她的赞美成最高主题，
一个女人却说起刚读的新故事，
一个男人糊涂得似半在梦里，
头脑中好像跑着另一个名字。
她是我情愿听人赞美的头一位。
我不愿再谈书籍或长久的战事，
而愿在枯干的荆棘旁漫步，直到
找到某个避风的乞丐，在那里
设法交谈到她的名字被提到。
倘若有足够破衣，他就会听说
她的名字，且乐意记取，因为在往昔，
尽管她受青年赞美和老人谴责②，
但在穷人中，老人和青年都把她赞美③。

① 此诗作于1915年1月27日，初题为《荆棘树》。

② 在荷马史诗《伊利昂记》中，海伦被特洛伊的老人谴责。诗人在此处以海伦比茉德·冈。

③ 茉德·冈由于从事慈善活动而在都柏林穷人中间闻名。

人　民[1]

“我因自费所做的一切，”我说，
“因那所有工作而挣得了什么？
这粗鄙不文的城市每日的怨恨！
在这里谁服务得多受毁谤就多，
他一生的名誉都会在一夕之间
丧失净尽。我本来可以生活——
你也深知那渴望曾多么强烈——
在那里，每天我的脚步本当
落在费拉拉[2]大墙的绿阴之中；
或在黄昏和清晨，在往昔的形象——
不被搅扰且高贵优雅的雕像——
中间，攀登乌尔比诺[3]的陡街
到公爵夫人[4]接待她的人民
之处：彻夜的高雅交谈后，他们
伫立在硕大的窗前眺望黎明；
我本可没有那样的朋友：他们
不像看烛芯在黎明变黄的这些人
能够把礼节与激情糅合为一；
我本可利用我的技艺所允许的
惟一实质的权利：选择友伴，

① 此诗作于 1915 年 1 月 10 日，初题为《不死鸟》。

② 费拉拉：意大利费拉拉公爵厄科尔·戴斯特一世（1431—1505），艺术赞助人。

③ 乌尔比诺：意大利乌尔比诺公爵基多巴尔多·迪·蒙特费尔绰（1472—1508）。

④ 公爵夫人指伊丽莎白塔·贡扎伽（1471—1526），乌尔比诺公爵夫人。

选择我感觉最赏心悦目的风景。”
我的不死鸟[1]以责备的口吻回答：
“那些醉鬼、公共基金的扒窃者、
所有不诚实的群众，我都赶走了，
在时运转变，他们才敢于面对我，
从暗中爬出来，挑唆那些我服务
甚至养育过的人来攻击我之时；
可现在或任何时候，我都不会
埋怨人民。”
　　　　　我能够回答的只是：
“你，不在思想而在行动中活着，
能够拥有一种自然力的纯粹性，
而我，优点即善于分析的头脑的
定义，既不能闭合心灵的眼睛，
也不能使我的舌头缄默不语。”
然而，因为我的心欢迎她的话，
所以我感到羞愧；九年之后，
现在又想起，我仍羞愧地低下头。

---

① 我的不死鸟：指茉德·冈。

他的不死鸟[①]

在中国有一位王后，或者也许是在西班牙，
每逢寿诞和节庆日都能听见对她的洁白
无瑕，那无可挑剔的如玉容颜的如此赞夸：
她也许是那被一只鸟儿踩踏的活泼女孩[②]；
还有一大群公爵夫人，风头出众的女人们，
或者说她们曾找来一位画师，为了酬金
而使她们如此，以灵巧的心思把瑕疵弄平：
我年轻时认识一只不死鸟，那就让她们走运。

小伙子们每夜都为他们的嘉碧[③]的笑眼喝彩；
露丝·圣德尼斯[④]更有魅力尽管时乖命苦；
从一九〇九或一〇起，帕夫洛娃[⑤]获得青睐；
当朱丽叶即将带着一个女人的全部情欲，
带着一个孩子的蛮横举止，成为新嫁娘时，
在美国有个演员[⑥]拢起斗篷，飞出了房门，
还有——但此外是否还有一大群也没关系：
我年轻时认识一只不死鸟，那就让她们走运。

---

① 此诗作于1915年1月，初题为《在中国有一位王后》。不死鸟：指茉德·冈。

② 指丽达。据希腊神话，斯巴达王廷达瑞俄斯之后丽达被变化成天鹅的主神宙斯强奸而生海伦、克吕泰涅斯特拉和狄俄斯库里兄弟。

③ 嘉碧·戴斯利斯（1844—1920）：法国女演员、舞蹈家。

④ 露丝·圣德尼斯（1879—1968）：美国舞蹈演员。

⑤ 安娜·玛特维耶夫娜·帕夫洛娃（1885—1931）：俄国芭蕾舞演员。

⑥ 可能指朱丽娅·马娄（1866—1950）：生于英国，长于美国，以演莎剧著称的演员。

还有玛格瑞特、玛荠蕊、朵若茜、楠①等等，
过着隐居生活的一位黛芙妮和一位玛瑞；
这位有过尽量多的，那位只有过一个情人，
另一位自吹："我挑来拣去也只选中两三位。"
假如头脸和四肢长得美，脚面又高又轻盈，
她们会不顾我说的一切，任意张开帆篷，
一味去做男人之心的伤害者或快乐的引擎：
我年轻时认识一只不死鸟，那就让她们走运。

世世代代都会有那样一群，那野蛮的人群，
谁能说只有某个年轻妞会惹得男人发昏，
堪与我的美人相比——尽管我的心不承认——
却不完全相似，没有一种童稚般的单纯，
和仿佛凝神注视过燃烧的太阳的骄傲目光，
以及那没有一丝一毫走样的体形和风韵。
我为那最孤寂的尤物伤心；但天意难以违抗：
我年轻时认识一只不死鸟，那就让她们走运。

① 这些都是埃兹拉·庞德的女友。庞德于1914年娶朵若茜——叶芝的朋友奥莉维娅·莎士比亚的女儿——为妻。

得自普罗佩提乌斯的一个想法[1]

她，从头到绝美
双膝，流动的长线条
如此高贵，本可
穿过帕拉斯·雅典娜[2]
身旁诸神的石雕
走到祭坛的主位，
或成为醉酒的人头马[3]
称心如意的猎获。

---

① 塞克斯图斯·普罗佩提乌斯（前 50—前 16）：古罗马诗人。此诗是其作品第二卷（前 26）第二首诗的自由改写。

② 希腊神话中的智慧女神。

③ 希腊神话中的人头马怪贪酒好色，常强抢人间美女。

残破的梦①

你头发里有灰毛。
你走过的时候，
年轻人不再突然把呼吸屏住；
但也许某个老头子会咕哝一句祝福，
因为是你的祈祷
使他在垂死的床上康复。
惟独为了你——自从细瘦少女负起沉重
累赘的美的时候起，
你就了解所有的心痛，
并给予别人所有的心痛——惟独为了你，
天国收起了她那厄运的钟声，
享受着她那一大份宁静，而你只是
在屋里走动就制造了那宁静。

你的美只能在我们中间留下
模糊的记忆，仅仅是记忆。
老人们讲完后，一个后生
会对一个老人说："给我讲讲那女士；
那诗人虽然气血冰凉，年纪老大，
却还硬逞激情为我们歌唱她呢。"

模糊的记忆，仅仅是记忆，
但在坟墓里，一切，一切都必将重新来过。
确定无疑，我必将看见那女士

① 此诗作于1915年10月24日，赠给茉德·冈。

或倚，或立，或行，
带着女人初长成的婀娜，
以及我年轻双眼中的痴迷：
这想法使我开始嘀嘀咕咕像个傻子。

现在你比任何人都美好，
但你的身体曾有瑕疵：
你的小手以前并不美丽，
我怕你会跑到
那神秘、永远充盈的湖里头
去玩水，让湖水浸及手腕；
那些依从了神圣律法者在那里
嬉水且臻于完美。为了旧缘由的缘由，
让那双我吻过的手
保持不变。

午夜的最后一声钟鸣沉寂。
整天都在同一张椅子上坐着，
我从梦想到梦想，从诗韵到诗韵漫游，
与一个虚幻的影像闲扯着：
模糊的记忆，仅仅是记忆。

深沉的誓言[①]

因为你不守那深沉的誓言[②]，
别的人就成了我的朋友；
但每当我面对面审视死亡，
每当我攀上睡眠的峰巅，
或每当我纵酒发狂的时候，
突然我就遇见你的脸庞。

① 此诗作于1915年10月17日，赠给茉德·冈。
② 茉德·冈曾发誓不结婚。

幽　灵[1]

今夜一直很诡异，以至于
我头发都仿佛直竖起来。
从日落时起我一直在梦忆
女人们大笑着，或羞怯或狂野，
在花边或丝织品的窸窣声里，
登上我嘎吱响的楼梯。她们读过
我描写那鬼怪似的东西——
被退还却无回报的爱情——的诗篇。
她们伫立在门口，伫立在
我的大木台和炉火之间
直到我听得见她们的心跳声：
一个是娼妓[2]，一个是从未
含情打量过男人的孩子[3]，
还有一个，也许是，女神[4]。

---

① 此诗作于 1915 年 11 月。

② 可能指一度与叶芝有性关系的梅波尔·狄金生。

③ 指伊秀尔特·冈。

④ 指茉德·冈。

思绪气球[1]

手，听我的指示：
把那在风中鼓肚
拉扯的思绪气球
塞回它那小屋里。

① 叶芝回忆，在学生时代，“我的思绪非常兴奋，可是当我试图整理它们时，就好像在大风中试图把一簇气球塞进小屋里去”（《自传：童年和少年时代的梦想》，页 6）。

致凯尔纳诺的一只松鼠[1]

过来跟我玩；
你为何逃往
颤动树枝间，
好像我有枪
要把你打死？
我不过想要
搔搔你脑袋，
就放你走掉。

① 此诗作于 1912 年 9 月。凯尔纳诺：见《跛诗》一诗注。

有人求作战争诗感赋[①]

我想在这样的时代最好
让诗人缄默，因为事实上
我们没天赋可纠正政客；
他管够了闲事，只会讨好
一个青春慵懒的小姑娘，
或一个寒冬夜里的老爹。

① 此诗作于1915年2月6日，原题《致一位朋友，他请求我在他的致中立国的宣言上签名》，1916年最初发表在伊蒂丝·沃顿所编《无家可归者之书》中时题为《保持缄默的理由》。

纪念阿尔弗雷德·波莱克斯芬[①]

二十五年已逝去无踪，
自从老威廉·波莱克斯芬[②]
把强壮的骨头放入死亡，
在妻子伊莉莎白[③]身旁，
他造的灰石墓里以来。
二十年以后他们又在
那墓里他和她旁边放置
他儿子乔治，那占星术士；
共济会员驱车远道而来，
把金合欢树枝抛撒在
一个在呼吸开始的地方
命终的忧郁男人身上。[④]
好多个儿子和女儿远离
熟悉的天空、髦尔街和伊兹
语法学校[⑤]所在之处，
长眠在伦敦或是利物浦；
可水手约翰在何处安息？[⑥]

---

① 此诗作于1916年8月，最初发表时题为《纪念》。阿尔弗雷德·波莱克斯芬（1854—1916）：叶芝的最小的舅父。

② 参见《序诗》一诗注。

③ 伊莉莎白·米德尔顿·波莱克斯芬（1819—1892）：叶芝的外祖母，先于其夫威廉六星期去世。

④ 乔治·波莱克斯芬（1839—1910）曾是秘密会社自由共济会的成员。抛撒金合欢枝叶是共济会葬礼的一项仪式。

⑤ 爱尔兰斯来沟镇的一条街道和一所学校。

⑥ 约翰·波莱克斯芬（1845—1900）死于并葬于英国利物浦。

他曾为那么多国土所知——
平静的陆地或不平静的海洋，
印度人或日本人在那里经商。
他从未在岸上找到休息，
总是闷想着再一次出海。
他们把水手约翰葬哪里？
而昨天，那个最小的儿子，
一个幽默、无野心的男子，
葬在了占星术士的旁边，
昨天，已经过了十年，
自从他决定要登程回家[1]，
早已心满意足的他，
芸芸众生中的无名之辈，
既然已经年届半百，
“阿尔弗雷德先生”得重新
挂上普通人们的嘴唇——
他们的记忆之中载有
他的童年和他的家族。
这些人临死前女人们都听到
幻觉中有一只白色海鸟
哀鸣说一个人即将去世[2]；
随着那鸣啼我发出哭啼。

---

① 阿尔弗雷德·波莱克斯芬于 1910 年从利物浦回到斯来沟接任其兄乔治在家族的 W. & G. T. 波莱克斯芬公司中的职位。

② 爱尔兰民间有关于报丧精灵的传说。

关于一位濒死的女士[①]

一、她的温文尔雅

带着那旧有的和气，旧有的高雅魅力，
她躺着，可爱又可怜的头倚靠在枕上，
暗红的头发中间，脸苍白搽涂着胭脂。
她不愿因为她躺卧在那里让我们悲伤，
与我们目光相遇时她两眼被大笑点亮，
她善讲顽皮的故事，我们会与她竞赛，
拿我们心碎的才智与她的才智相较量，
想起圣人和佩特罗纽斯·阿尔比特尔[②]。

二、某些艺术家给她带来玩偶和线描画[③]

给我们卧床的美人带来
一个新式玩偶，或线描画，
以朋友或敌人的形象作为
原型，或者也许是表现她，
一绺暗红色的头发流淌
在裁剪缝制成土耳其风格
式样的某件丝绸衣裳上，
或者，也许是，乔装扮作

① 这组诗作于1912年1月至1914年7月间。梅波尔·比尔兹利（1871—1916）：演员，叶芝诗友、画家奥勃雷·比尔兹利（1872—1898）的姐姐，叶芝的情人之一，1912年夏被发现患有癌症。她的朋友们尽心竭力使她最后的日子充实，她则表现出非凡的勇气。

② 佩特罗纽斯·阿尔比特尔（公元一世纪）：古罗马讽刺作家。

③ 艺术家查尔斯·里基茨和埃德蒙·杜拉克制作了一些玩偶，服饰装扮仿照奥勃雷·比尔兹利的线描画中人物。

一个男孩模样的形象。
我们把热情已献给这世界，
除玩具已经没什么给死亡。

三、她把玩偶的脸转向墙壁

因为今天是某个宗教庆典节日，
所以他们请教士做弥撒①，连那日本人也
必须面壁，脚跟踮起脚尖点地——
拘泥于情热，博学于旧的规矩礼节，
她一直显得热烈而机智；那威尼斯女士，
她似乎已经滑入了她的红鞋、多米诺
骨牌、摹仿隆吉②的骨撑裙子的阴谋里；
那沉思默想的评论家③；全都踮起了脚，
我们的美人都穿上了她的土耳其裤子。
因为教士得像狗一样有得意之日，
或吠月以保持我们都清醒，所以
只是俗人的我们和玩偶都最好离开。

四、日暮

她像孩子般在游戏，
那游戏就是悔过，
疯野而幻怪奇异，
因为日暮时刻
昭示她，不久会有人
从屋里出来，叫道——
尽管游戏没完成——
“进来，别再玩了。”

---

① 比尔兹利家族信奉罗马天主教。
② 佩特罗·隆吉（1702—1762）：意大利画家。
③ 日本人、威尼斯女士、评论家都是玩偶角色。

五、她的家族

她不曾变野蛮粗鄙
像天性狭隘者那样，
称那些快乐的时日
赞许的乐趣为不祥；
她知道自己是女人，
不是脸色的红与白①，
或无足轻重的普通
家族中提升的阶级；
她的心怎将她辜负，
疾病怎击溃她意志——
以已故弟弟②的勇武
作一个无声的范例？

六、她的勇气

当她的灵魂飞往那注定的舞场③的时候
（我没有言语只有象征，在青春梦想中
造就的异教言语），让她来，在那最初
惊骇中，与格拉妮娅④的幽魂对面相逢——
一切都忘了，除了那林中逃亡的恐怖，
使她的狄阿米德可贵——还有位老红衣主教
眼帘半阖，在阳光明亮的地方踱着步——

---

① 梅波尔·比尔兹利脸色白里透红，长相像洋娃娃。

② 奥勃雷·比尔兹利生活放纵，英年早逝。叶芝认为，“在比尔兹利身上，我发现有高贵的勇气，在我看来，……那是人类最伟大的品质”（《回忆录》，麦克米伦，德尼斯·多诺休编，1972 年，页 92）。

③ 指天堂。

④ 见《仙谣》一诗注。

他奄奄一息时还低声谈论吉奥尔吉奥[1]，
对，还有阿喀琉斯[2]、帖木尔[3]、巴卑尔[4]、巴拉姆[5]——
都曾生活在欢乐中，且当面把死神嘲笑。

七、她的朋友们给她带来一棵圣诞树

请原谅，伟大的敌人[6]，
不带愤怒的思绪，
我们把树抬进；
这里那里买礼物，
直到树枝都美好；
她可以从床上凝视
会让好幻想的头脑
愉悦的漂亮玩意。
请赐她一点恩泽，
假如说大笑的目光
直视你面目又如何？
它就要熄灭消亡。

① 吉奥尔吉奥（1478—1510）：又译乔尔乔纳，威尼斯画家。叶芝在库勒庄园寄住的房间里挂有其画作的复制品。他如是评论说：“这里处处是欲望的表现……都展示着令多情女人或伟大国王悦目的肉体。连殉道者和圣徒都必须显示对他们所弃绝的一切具有能力”（《自传》，麦克米伦，1955 年，页 502）。

② 阿喀琉斯：希腊传说英雄，在特洛伊战争中杀特洛伊第一勇士赫克托尔，后被其弟帕里斯射中脚后跟而死。

③ 帖木尔（1336—1405）：蒙古可汗，帖木尔帝国创立者，曾征服土耳其、俄罗斯、印度等地区。

④ 巴卑尔（1480—1530）：突厥语意为“狮子”，萨哈尔·乌德-丁·穆罕默德的称谓，帖木尔的后裔，1526 年侵入印度，建立莫卧尔伊斯兰帝国。

⑤ 巴拉姆（420—430 年在位）：波斯国王。

⑥ 指死神。

吾乃尔主[1]

希克：在你那风吹雨打的古塔下，浅溪
岸边的灰色沙滩上，一盏灯依然
燃亮在麦克尔·罗巴蒂斯留下的
摊开的书本旁边；你漫步在月下，
你虽然最好的年华已逝，却依然
被不可征服的幻想迷住，描摹着
秘法的图符。

伊勒：　　　　　借助于一个形象，
我召唤自己的对立面，召集一切
我一向最少接触者，最少正视者。

希克：我宁愿找到我自己，而不是形象。

伊勒：那是我们现代的希望，借那光
我们照亮了高雅、敏感的头脑
却丧失了手旧有的淡然冷静；
无论我们选凿子、鹅毛笔还是画笔，
我们都只是评论者，或只会半创造，
只有羞怯、困惑、空虚和惭愧，

---

① 此诗作于1915年10月至12月间。标题原文为拉丁文，出自意大利作家但丁·阿利盖里（1265—1321）的诗集《新生》（1292—93）。但丁描述了一个幻景："一个君主，在竟敢凝视他的人看来面目可畏，但同时又仿佛内心欢喜，可谓奇观。他说着话，说了许多事情，其中我只能听懂很少；我所听懂的那些话里面有这么一句：吾乃尔主。"说话者的名字是拉丁文代词，"希克"义为"此、这"；"伊勒"义为"彼、那"。前者为客观，后者为主观辩护。

而缺乏朋友的鼓励支持。

希克： 可是
基督教世界的头号想象力，
但丁·阿利盖里，完全找到了他自己，
使他那凹陷的脸面比任何面孔——
除基督的尊容外——都更清晰地显现
在人的心目中。

伊勒： 是他找到了自己，
还是使他脸颊凹陷的饥饿
乃是对那最不可及的枝头上
苹果的渴望？那鬼怪似的形象
可就是拉波和基多[1]认识的那个人？
我想，他把他的对立面塑造成
一个形象，那或许曾经是一张
石刻的人面，自凿有门窗的峭壁
凝望贝都因人[2]的马毛帐顶，或在
粗糙的草莽和驼粪间半仰朝天。
他把凿子使在了最硬的石头上。
虽生活淫荡而受到基多嘲笑，
被人嘲弄也嘲弄别人，被逐出
去爬那楼梯，吃那苦涩面包，
他却找到了不可动摇的正义，找到了
为一个男人所爱、备受赞美的女人[3]。

---

① 拉波·盖因尼（1270—1330）和基多·卡瓦尔坎提（1230—1300）：均为但丁的诗人朋友。

② 贝都因：阿拉伯语，义为“帐篷居民”，指阿拉伯地区的游牧部民。

③ 指贝娅特丽采·波尔提那里（1266—1290），但丁的爱人。

希克：但确实还有人不用悲惨的战争
造就了他们的艺术：他们热爱
生活，感情冲动，寻找欢乐
且在找到时歌唱。

伊勒：　　　　　　　　不，不歌唱，
因为热爱尘世者用行动效力，
变得有钱、有名且有势，即使
他们绘画或写作，那仍然是行动：
掉进橘皮酱里的苍蝇的挣扎。
巧言善辩者会欺骗他的邻人，
多愁善感者则欺骗他自己；而艺术
不过是现实的一个幻景而已。
从平庸的梦想之中醒来的艺术家
除了放浪和绝望之外，还能拥有
这个世界的哪一部分？

希克：　　　　　　　　　可是，
没有谁否认济慈[①]热爱这人世；
想想他那故意做作的欢乐吧。

伊勒：他的艺术是欢乐的，但谁知他的心？
我想起他时，就看见一个学童，
脸蛋和鼻子贴在糖果店橱窗上，
因为无疑，他沉入墓穴之中，
感官和心灵都没有得到满足，
却作出了——贫穷、病弱、无知，身为
车马看守的教养粗鄙的儿子，
被排斥在人间一切奢华之外——

① 约翰·济慈（1795—1821）：英国诗人。

奢华的歌。

希克：　　　　　　　你何必把灯火留在
一本摊开的书旁独自燃烧，
却在沙滩上描摹这些人物？
一种风格通过伏案辛劳
以及摹仿大师就可以找到。

伊勒： 因为我寻找一形象，而非一本书。
那些在其著作中最聪明的人
除盲目、呆滞的心外什么也没有。
我召唤那神秘的一位——他必将
漫步在那溪流边潮湿的沙滩上，
与我极相像，确是我的副本；
却原来在所有可以想见的事物中
与我最不相同，是我的反自我；
并站在这些人物旁边揭示出
我所寻求的一切；低声地说着，
好像他害怕那些鸟儿——破晓前
它们大声啼叫着暂时的啼叫——
会把它衔去送给渎神的人们。

入宅祈祷[①]

上帝，请赐福给这碉楼和农舍，
给我的后嗣，若一切都保留完好，
桌子、椅子或凳子无不简单得
足以招待加利利[②]的牧童；请恩准
我自己在一年之中若干时间
可以什么也不做，什么也不看，
除了诸多变幻的世纪以来，伟大
而热情的人物一直沿用，被我们
奉为典范的东西；可是，假如我
梦见水手辛巴达[③]从磁山外带来
一个彩柜或雕像，那梦就是个
典范；而假如魔鬼的爪牙砍倒
一棵荫覆道路的梣树，或建起
一座在政府机关里设计的别墅，
破坏了风景，就请缩短他寿命，
把他的灵魂镇锁在红海底下。

① 此诗作于1918年。

② 加利利：巴勒斯坦一地区，与耶稣的生平有关。

③ “水手辛巴达”是阿拉伯传说故事集《一千零一夜》中的一个故事里的人物。

月　相[①]

一个老人在桥上竖起耳朵；
他和朋友，他们脸朝南方，
走过不平的道路。靴子很脏，
康呐玛拉[②]布袍破得不成形状；
他们不停步，不顾渐亏的月亮
已升起，仿佛他们的卧榻仍在
远方。一个老人竖起耳朵。

阿赫恩：什么声响？

罗巴蒂斯：　　　　　　一只老鼠或水鸡
跳水，或一只水獭滑进了溪水里。
我们在桥上；那黑影就是那碉楼，
那点灯光证明他[③]还在读书。
他照他那类人的方式，只找到了
形象；选择了这个地方居住，
也许，是由于来自弥尔顿笔下的

① 此诗作于1918年。叶芝《麦克尔·罗巴蒂斯的双重灵视》一诗原注（1922）云："几年前我写了三个短篇小说，其中出现有麦克尔·罗巴蒂斯和欧文·阿赫恩这两个名字。现在我认为我用了两个朋友的真名，其中之一，麦克尔·罗巴蒂斯，最近刚从美索不达米亚回来，他在那里部分地找到，部分地悟出了许多哲学。我认为阿赫恩和罗巴蒂斯——我曾经给他们的同名者赋予了一种动荡的生活或死亡——一直在与我争吵。他们就位于一个幻景中，在其中我努力解释我的有关生死的哲学。在某种程度上我写作这些诗是作为一种阐释文本的"（《叶芝诗集新编》，页595）。

② 康呐玛拉：见《钓者》一诗注。

③ 他：指叶芝。

柏拉图主义者[1]或雪莱幻想的王子[2]
在其中熬夜的那遥远碉楼里的烛火：
塞缪尔·帕尔默刻画的寂寞灯光[3]，
靠辛劳赢得的神秘智慧的形象；
而现在，他在书籍或手稿中寻找
他永远找不到的东西。

阿赫恩： 你尽知一切，
何不去摇响他的门铃，说出
适量的真理，就足以显示他毕生
都难以为自己找到所有充当
你日常食粮的那些真理的一块
碎屑；说完后你再重新上路？

罗巴蒂斯： 他用那种学自佩特[4]的浮华
风格写我，且为了把故事编圆
而说我死了[5]；我倒宁愿是死了。

阿赫恩： 给我再唱一遍月相的变化吧；
真的歌，虽说："原作者歌此授吾"。

罗巴蒂斯： 二十又八，月之不同变相，
月望月晦及种种盈亏之相，

---

① 英国诗人约翰·弥尔顿（1608—1674）的长诗《沉思的人》（1632）中的主人公。

② 英国诗人珀西·比舍·雪莱（1792—1822）的长诗《阿他那斯王子》（1817）中的主人公。

③ 英国画家塞缪尔·帕尔默（1805—1881）为弥尔顿的《沉思的人》所作题为"孤独的塔"的铜版画插图。

④ 沃尔特·佩特（1839—1894）：英国作家、批评家。

⑤ 叶芝在短篇小说《东方三贤的礼拜》（1896）中写到了罗巴蒂斯的死。

共计二十八，但只有二十六种
乃人必定育于其中的摇篮；
因为月望月晦时无人类生命。
从初一新月到上弦月之间，梦
只是召唤个中人去历险，其人
就像鸟兽一样永远快乐；
但是随着月亮渐臻圆满，
他遵从并非不可能的异想之中
任何最困难的异想；虽有疤痕，
但是犹如心意的九尾猫一般，
他从他身体内部翻铸的身体
益发俊美。十一相过去，然后
雅典娜揪住阿喀琉斯的头发①；
赫克托尔在尘埃里；尼采降生②，
因为英雄的月相乃是第十二相。
但是，满月之前，他两度出生，
两度入葬，必像蠕虫般无助。
第十三相只是使灵魂在其自身
存在之中开战，那场战争
开始之后，手臂却无肌肉；
其后，在第十四相的狂乱之下，
灵魂开始颤巍巍步入宁静，
终于死在其自身的迷宫之中！

阿赫恩：把那歌全唱出来；唱到末尾，
唱那全部戒行的奇异果报。

---

① 雅典娜：希腊神话中的智慧女神；阿喀琉斯：见《关于一位濒死的女士》一诗注。

② 赫克托尔：特洛伊国王普里阿摩与王后赫卡柏之子，在特洛伊战争中被阿喀琉斯所杀。弗里德里希·尼采（1844—1900）：德国哲学家。

罗巴蒂斯：全部思想变成一个形象，
灵魂变成肉体：那肉体和那灵魂
月圆时太完美而无法躺在摇篮里，
太寂寞而不适人世的熙来攘往：
被驱逐抛弃到现实世界之外的
肉体和灵魂。

阿赫恩：　　　　　　灵魂的所有梦想
都终结于俊男或美女的肉体之中。

罗巴蒂斯：你不总是知道这吗？

阿赫恩：　　　　　　　　　　　　　歌里会唱到
我们爱过的那些人从死亡和创伤，
或西奈的山顶[①]上，或从自己手中
血淋淋的鞭子，得到纤长的手指。
她们从摇篮跑到摇篮，直到最后
她们的美由于肉体和灵魂的
寂寞而陨落。

罗巴蒂斯：　　　　　恋人的心知道这。

阿赫恩：确定无疑，她们眼中的恐怖
是对一切都沐浴着光、天空
裸露无遮的时刻的回忆或预知。

罗巴蒂斯：月圆之时，在荒山野岭之上，
瑟瑟发抖跑过的乡下人会遇见

---

① 西奈山：位于地中海与红海之间的西奈半岛上；在“圣经”中，是摩西接受十诫之地。

那些圆月的产物：肉体和灵魂
在其自身的陌生之中疏离，
陷入沉思观照之中，心目
凝注于从前曾是思想的形象，
因为尽善尽美且不可动摇的
形象能够打破美丽、满足、
超然的眼睛透出的那份孤寂。

此时，阿赫恩想到楼内那人、
他那不眠的烛火和辛劳的笔，
于是发出苍老、尖锐的大笑声。

罗巴蒂斯：自那以后月亮逐渐破碎：
依然记得自身寂寞的灵魂
在许多摇篮里发抖；一切都变了。
它愿做尘世的奴仆，在它选择
并非不可能的差使之中任何
最困难的差使服役之时，它给
肉体以及灵魂之上都披上了
苦役的粗鄙。

阿赫恩：　　　　　在月相圆满之前
它寻求自己，之后则追求尘世。

罗巴蒂斯：因为你被人遗忘，半出离生活，
又从不著书，所以你思想清晰。
改良者、商贾、政治家、博学之人、
负责任的丈夫、忠实的妻子等等轮流
出入一个个摇篮，都在逃亡，
都被毁了容，因为丑陋的畸形
无不把我们从梦中惊醒。

阿赫恩：　　　　　　　　　最后那
　　奴性的月相释放的那些又怎样？

罗巴蒂斯：因为全晦暗者，犹如那些全光明者，
　　他们被抛到边缘外，在一团云雾中
　　像蝙蝠一样朝着彼此叫唤；
　　但由于无欲望，他们无法分辨
　　孰善孰恶，也不知道在自己的
　　臣服臻于极致时有什么可得意；
　　而他们道听途说，人云亦云；
　　形容损无可损，无形可言，
　　似面团烤熟前一样淡而无味，
　　他们说话间就会变形。

阿赫恩：　　　　　　　　然后呢？

罗巴蒂斯：当整个面团都如此揉好，能塑成
　　造化厨娘喜欢的任何形状时，
　　初一的细芽新月又再度轮转。

阿赫恩：但有所遗漏；这歌还没有唱完。

罗巴蒂斯：驼背、圣徒、傻子是最后残月。
　　从前能够把箭射到盛衰
　　盈亏之外的锃光闪亮的弓、
　　美之残酷和智慧之饶舌的车轮——
　　出自那咆哮不已的浪潮——被拖入
　　肉体与心灵的丑陋畸形之间。

阿赫恩：要不是卧榻遥远，我会摇门铃，

站在楼堡门旁大厅的粗糙
屋椽下面，那里一切都十分
简朴，是个为他永远找不到的
智慧布置的地方；我要演出戏；
过了这么多年，他不会认出我，
只会把我当做喝醉了的乡下人；
我会站那儿咕哝，等他听到
“驼背、圣徒、傻子”，以及他们
在最后三种月相下出世后，我就
踉跄而出。他将日复一日
伤脑筋，却永远想不出其中含义。

于是他大笑，想到，看似困难的
竟如此简单——一只蝙蝠从榛树丛
飞起，尖锐地叫着，绕着他盘旋；
那碉楼窗户里面的灯光熄灭了。

猫与月[1]

猫儿到这儿，去那儿；
月亮像陀螺团团转；
匍匐的猫儿，抬头望，
是月亮最近的亲眷。
黑敏纳娄什[2]瞪月亮：
尽管它跑和叫都任意，
但天上那纯冷的光
搅扰着它动物的血气。
敏纳娄什在草中跑，
高抬着它纤巧的爪子。
敏纳娄什，跳舞吗？
当两个近亲相逢时，
有什么比邀舞更好？
也许月亮厌倦了
那宫廷时尚，会学习
一种新转法舞蹈。
敏纳娄什在草中钻，
经处处月照的地方；
头顶上圣洁的月亮
已变换了新的形象。
敏纳娄什可知道，
它的瞳仁会变幻，
会从圆渐渐到缺，

① 此诗作于 1917 年，时叶芝小住于法国诺曼底茉德·冈家。
② 敏纳娄什是茉德·冈养的一只猫。

又从缺渐渐到圆？
敏纳娄什在草中钻，
独自、自负而聪明，
朝变幻着的月亮抬起
它那变幻着的眼睛。

圣人与驼子[1]

驼子： 请您站起来举手祝福
一个回想失去的荣誉
而觉得极度痛苦的人。
一个罗马皇帝被压镇
在这驼峰下。

圣人： 上帝依循
不同计划考验每个人。
我将会不断祝福，因为
我手边放着皮鞭，可以
昼夜从我肉体中抽打
出来希腊的亚历山大[2]、
奥古斯都·恺撒[3]，然后是
那大流氓阿尔希比亚底斯[4]。

驼子： 对曾站在你的肉体里
祝福的诸位，我表示谢意，
他们各自受众人崇拜，
但最感谢阿尔希比亚底斯。

---

① 此诗作于 1918 年。

② 亚历山大大帝（前 356—前 323）：马其顿国王。

③ 盖尤斯·尤利乌斯·恺撒·屋大维（前 63—14）：第一位罗马皇帝。

④ 阿尔希比亚底斯（前 450—前 404）：雅典将军，以英俊、勇敢、聪明、果断著称。

一个傻子的两支歌[①]

一

一只花猫和一只驯兔[②]
在我炉边吃喝，
在那里歇宿；
二者都只仰仗我
得到学问和保护，
一如我仰仗天意的佑助。

我从睡眠中惊醒，心想
有一天我也许会忘记
她们的水和粮；
或者，房门未关闭，
兔子会跑出去，寻找
猎狗的牙齿和猎号的美妙音调。

我背着个负担，可用以考验
按规矩办事的人们；
我一个蠢汉，
心思不定，除求神
减轻重大责任外，
还能有什么实际的作为？

---

① 这组诗作于 1918 年 7 至 9 月间。
② 花猫：指乔芝·叶芝。驯兔：指伊秀尔特·冈。

二

我睡在炉边三腿凳上面，
花猫睡在我的膝上；
我们从来想不到去查看
褐色的兔子在什么地方，
房门是否关得严实。
谁又知道她如何喝风，
从席子上面抬起两条腿，
在她在心里做出决定
要用脚敲鼓和蹿跳之前？
如果说我只是醒来不眠，
呼唤她的名字，她听见，
也许，可是却没有动弹，
那现在，也许，她已找到
猎狗的牙齿和猎号的美妙音调。

傻子的另一支歌[1]

在我双手的囚禁中，
这硕大的紫色蝴蝶
眼神中有一门学问，
可怜的傻子不理解。

从前它生为一先生，
神色刻板，凛凛然；
一串串学生战兢兢，
怕他的大书和大板。

就好像钟声丁当敲，
悦耳的同时又震耳，
就这样他才学得好，
竟至把玫瑰当食饵。

---

① 此诗作于1918年夏，是叶芝剧作《沙漏》（1914）结尾主题的发展。剧中智者死后，口中飞出一只白蝴蝶；傻子捉住它，置于金匣中；天使将金匣携往乐园。蝴蝶是灵魂的传统象征；叶芝则特别赋予它摆脱刻板学问的快乐含义，参见："智慧是一只翩翩的蝴蝶，/而不是阴鸷的食肉猛禽"（《汤姆·欧拉夫雷》）。在叶芝的月相体系中，学问之人的灵魂经过第二十八相和第一相之间，而变得平庸无知；傻子则是智者的高级进化形式。

麦克尔·罗巴蒂斯的双重灵视①

一

在卡舍尔②的灰色岩石上，心灵之眼
召来了那些在残月已从天空
消逝而新月还隐藏着角尖的时间
诞生的冰冷精灵。

在茫然的眼睛和不歇的手指下面
个体被重重击打直到成人。
何时我有过己愿？
哦，有生以来都不曾。

被铁丝连接的下颚和木头肢体
所强制、责骂、刁难、抻直和折弯，
它们自己也受制，
不知分辨恶与善；

---

① 此诗作于1918年3—4月间。叶芝原注（1922）：“几年前我写了三个短篇小说，其中出现有麦克尔·罗巴蒂斯和欧文·阿赫恩这两个名字。现在我认为我用了两个朋友的真名，其中之一，麦克尔·罗巴蒂斯，最近刚从美索不达米亚回来，他在那里部分地找到，部分地悟出了许多哲学。我认为阿赫恩和罗巴蒂斯——我曾经给他们的同名者赋予了一种动荡的生活或死亡——一直在与我争吵。他们就位于一个幻景中，在其中我努力解释我的有关生死的哲学。在某种程度上我写作这些诗是作为一种阐释文本的”（《叶芝诗集新编》，页595）。

② 卡舍尔岩：位于爱尔兰提珀勒瑞郡，曼斯特国历代君王的宫殿遗址，以其宗教建筑废墟著名，尤其是由廓尔玛克·迈克·卡尔塞格（卒于1138）建于1127—1134年间的教堂。

受制于某种隐藏的魔法气息。
它们甚至没感觉，如此抽象，
超乎死亡地僵死，
因我们屈服而张狂。

二

在卡舍尔的灰色岩石上我突然看到
斯芬克司，生着女人胸和狮爪[①]，
佛陀，一手安住，
一手举起祝福；

这二者正中间一个女子在嬉戏，
或许，她曾把一生在舞蹈中虚掷，
现在她虽已亡故
似乎仍梦想跳舞。

虽然我是在心目中看见的这一切，
但直至我死去都不会有什么更真确；
我借月光观看，
正值十五月圆。

一个摆着尾，被月光照亮的眼眸
注视着已知的万物，未知的万物，
恃才智得意洋洋，
凝然的头颅高昂。

另一个被月光照亮的眼眸永凝固，
凝注于被爱的万物，不被爱的万物，

---

① 在古希腊神话中，斯芬克司是生着狮身、女人头和胸、双翼的怪物，常在路上出谜让行人猜，猜不出则被她吃掉。

可是他极少安宁，
因为施爱者伤心。

哦，他们不关心谁在他们间舞蹈，
她也不在乎她的舞被谁看到，
她跳舞胜过了思维。
肉体带来了完美，

因为除视听，什么能凭借人类
细小的零件使心意沉静下来？
心意动而似静默，
仿佛旋转的陀螺。

在静观之中那三位如此作用于
一刹那，如此把它拉长，以至于
在时间颠覆的时候，
死去的只是骨和肉。

三

我知道我已经目睹，终于目睹
我无法记忆的夜晚紧抱的少女，
要么是我的梦幻，
揉一下眼睛就飞散，

可是却飞身跌入我的饮食——
一种令脉搏狂跳的古怪果汁，
我好像被荷马的典型①
已经败坏勾引——

① 指特洛伊的海伦。

她从不把那燃烧的城池放心里；
我被引至如此愚蠢的境地，
困陷于月黑与月圆
之相的引力之间，

思想的平庸与具有我们西边
海洋的狂乱性格的形象之间。
于是我放声哀吼，
随后吻一块石头，

然后把悲声编进一支歌曲，
了悟：我，愚昧了如此之久，
在廓尔玛克①的废墟上
就这样得到了报偿。

① 见页375注②。

麦克尔·罗巴蒂斯与舞者①
(1921)

① 1921年夸拉出版社初版，共收诗十五首。叶芝在该版前言中解释说："这些诗有些可能难懂，也许比我所知的更难懂。歌德说过，诗人需要哲学，但他必须使之保持在他的作品之外。在最初几首诗之后，我渐渐着迷于麦克尔·罗巴蒂斯对杰拉尔都斯的《天使和人类之鉴》的阐释，在整理和编辑的兴奋之中，正如歌德本人在他一生中某些时期一样，不再能够把哲学排除在外了。我试图用一些注释帮助理解，……但我可能不成功。一个作家在风格上花了如此多工夫，要让他记住那对他来说就像那风格一样自然而合乎逻辑的思想对于别人来说就可能不清楚是很难的。我想，在最初的兴奋结束，思想变成了确定的信念之后，他对于简单的，也就是说正常的情感的兴趣总是有所增加了；他不再寻找烛台和火柴，而是在观看房间里的物件"(《校刊本》，页853)。麦克尔·罗巴蒂斯：见《库勒的野天鹅》集叶芝原注及《麦克尔·罗巴蒂斯的双重灵视》一诗叶芝原注；舞者：指伊秀尔特·冈。

麦克尔·罗巴蒂斯与舞者[1]

他：意见不值一根灯芯草；
在这祭坛画上，那骑士[2]——
他那样紧紧握着长矛
透过暮色向那龙猛刺——
爱着那位贵妇；显然
半死的龙是她的思想，
每天早晨它重新醒转，
张牙舞爪、咆哮抵抗。
假如不可能之事会发生，
她的爱人想，她就有时间
把她的目光转向梳妆镜，
刹那间变得聪慧淑贤。

她：你是说他们吵架。

他：　　　　　　　　可以说；
但是要记住，你爱人的酬金
就是你梳妆镜所显示的一切；
而他会变得脸色铁青，
对那里映不出的一切发怒。

---

① 此诗作于1919年，最初发表于《日晷》（1920年11月）。他：代表叶芝的意见；她：代表伊秀尔特·冈的意见。

② 基督教传说，公元三世纪信奉基督教的罗马骑士圣乔治曾屠龙。意大利画家乔万尼·贝里尼（1430—1516）作有油画《圣乔治与龙》。

她：难道我不可以去上学堂？

他：去把雅典娜的头发揪住；
什么样的书本能传授一样
知识，既热情而又庄重，
恰好适合那跳动的胸部、
那健壮的大腿、那迷离的眼睛？
但愿魔鬼把其余的都拿去。

她：难道一定就不许有美女
像男人般博学？

他：　　　　　　　保罗·维罗奈塞[①]
和他所有虔诚的伴侣
毕其一生都在你热爱的
咸水湖边构思种种肉体，
它们须变得摸得着看得清，
是骄傲、温柔、堂皇的证据；
而米开朗琪罗的西斯廷穹顶、
他的《晨》和《夜》[②] 昭然揭露
那被拉紧，或在休息时
可能放松的筋肉怎能够
凭借超自然的权力统治，
却又不过是筋肉。

她：　　　　　　　我听说

---

① 保罗·维罗奈塞（1528—1588）：意大利画家，以感性的人物画著称。

② 意大利艺术家米开朗琪罗·博那罗蒂（1475—1564）于 1508—1512 年在罗马西斯廷教堂穹顶绘成壁画《创世记》。《晨》和《夜》则是其在佛罗伦萨美第奇教堂的雕塑作品。

肉体中存有极大的危机。

他：上帝在分酒和面包的时刻[①]
给人的是思想还是肉体？

她：我可怜的龙已被弄糊涂。

他：我有原理可证明我正确。
从这拉丁文本中可得出：
有福的灵魂不是混合的；
她们若摒弃各种思想，
所有美女就都可能会
生活在单纯的幸福之乡，
且引领我们前往，除非
当长长的梳妆镜映满之时，
令她们得意的曲线体形
甚至从脚底也认为如此。

她：学校里讲的是那么不同。

① 指基督在最后的晚餐上分配饮食以象自己的血肉（见《新约·路加福音》第22章第14—20节）。

所罗门与女巫[①]

那阿拉伯贵妇如是宣布：
“昨夜，在狂野的月亮下面
那绿茵之上我倒卧之处——
伟大的所罗门在我怀里面——
我突然大喊，用奇异的语言，
不是他的、我的。”
　　　　　　　　那懂得
叙述、感叹、歌哭、叫喊、
猫叫、狗吠、鹿鸣、鸡啼者
于是回答：“一只小公鸡
在人类堕落[②]以前三百年
在开花的苹果树枝头鸣啼，
至今从未叫过第二遍，
现在也不会，除非他认为，
毕竟与选择合一的机遇、
那盗匪苹果带来的一切罪
和这肮脏的世界终死去。
他一声啼鸣唤出了永恒，
想再度啼鸣早把它唤入。
爱情虽长着蜘蛛的眼睛[③]

---

① 此诗作于 1918 年，以所罗门和示巴况叶芝和其妻乔芝。参见《所罗门对着示巴》一诗注。

② 据基督教神学，人类堕落自亚当和夏娃偷吃知善恶树禁果（传统形象为苹果）始。

③ 据说此行化自英国诗人约翰·但恩（1572—1631）《退可南园》一诗中的句子：“我背叛了自己，/带来蜘蛛之爱，它使一切变质，/能把甘露化作毒汁；”。

可以找出适当的痛苦——
尽管激情都在一瞥中——
给每根神经，并以机遇
和选择的残酷考验恋人；
最终那场凶杀结束后，
也许婚床会带来绝望，
给每人一个想象的形象
并找到一个真实的形象；
但世界终结于这两个形象——
尽管不同——成为一团光，
当灯油灯芯合一体烧焚；
因此昨夜有福的月亮
把示巴给了她的所罗门。”

“可世界依然存在。”
“倘如此，
小公鸡就发现我们搞错啦，
尽管他认为值得一啼。
也许一个形象过于强大
或者也许还不够强盛。”

“夜色已降临；无一丝声息
在那神圣的禁林之中，
除非有一片花瓣砸地；
其中也没有任何人迹，
只有我们卧处的伏草；
月亮越来越狂野不羁。
所罗门哟！咱们再来搞一搞。”

来自前世的一个形象①

他：直到今夜我才被打动。
细巧的星光投下映像
在黑暗的溪水里，
直到涡流都熠熠；
于是有尖叫的声音来自
受惊的、看不见的野兽或飞禽：
深刻记忆的形象。

她：我心中的一个形象，出于
所有可能或原因，在青春
之苦终已逝，

---

① 此诗作于1919年9月。叶芝原注："罗巴蒂斯于1917年5月12日写信给阿赫恩说：'我在扎瓦利斯人中间发现了许多关于库斯塔-本-卢卡的传记细节，很可能是传说。他偶然在睡梦中看见一个女人的面影，后来又在一幅波斯绘画中发现了一张相似，虽然并不完全相同于梦中所见的面影，而他认为梦中所见是他在另一世所爱的一个女人。他旋即遇见并爱上了一个美女，其相貌亦近似但不完全相同于他梦中所见的面影。后来他长途跋涉去购置那幅画，因为他说那幅画更像一些，而他返回时则发现他的情人已因嫉妒而离去。'……在写作《来自前世的一个形象》的时候，我刚刚开始研究有关这一题目的各种文献，但是我想我并没有因让那女人而不让那男人看见那投影者或理想形式（不论是哪个）而曲解罗巴蒂斯思想。没有什么心灵的内涵是必须对另一个关闭的；在兴奋的时刻形象尤其容易从一个心灵转到另一个心灵，也许最容易从暂时游离于意识之外的那一部分心灵转移。我使用'转移'一词是因为它为人所熟悉，并不是因为我相信空间中的任何运动都是必然的。第二个心灵看见第一个看见过的东西，仅此而已"（《校刊本》，页821—823）。有论者认为此诗是受了泰戈尔《在一场梦的黄昏小路上》一诗的启发。泰戈尔诗中有句云："在一场梦的黄昏小路上，我去寻找前世曾属于我的爱。"他：代表叶芝；她：代表叶芝之妻乔芝。乔芝曾充当灵媒接神，为叶芝提供诗歌与哲学的形象。

我以为所有的日子
都撒在最美好的地方之时，
已被击穿；击穿了，似乎
它不曾吸取教训。

他：你为何用双手捂住我的眼？
什么能突然把你惊吓，
而又最好
我眼睛永远见不到？
除了渐暗的西天、映照
星空的河流，让你迷恋
到此刻的一切，有什么？

她：一个前世的心上人在飘荡，
仿佛她被迫在那里盘桓，
远离烦恼
或者傲慢的美好，
仅仅为散开一绺发毛
在一根手指的白皙之上，
在她披星的发浪间。

他：可你为什么要突然惊惧
担心——我在你的肩旁——
想象猜疑
哪一夜都能召至
一个形象，或任何东西
给被美逼疯的眼睛，除去
使我更爱你的形象？

她：此刻她双臂扬起在头顶；
她扬起手臂是对我轻侮

还是因发现——
既然没有扎辫——
她的头发在风中飘散，
我不知道，只知道我担心
夜给我带来的飞行物。

土星高照[1]

不要因为这一天我变得阴郁呆滞
就想象那失恋——与我的思想不可分离，
因为我没有别的青春——会使我憔悴；
因为我怎会竟然忘记你带来的智慧[2]，
你营造的安逸[3]？虽然我的才智已经
去驰骋奇思异想，但我的马儿是被
有关一个老杂种波莱克斯芬[4]、一名
你从未闻名的米德尔顿[5]和一位红头发叶芝[6]——
虽然他死于我出生之前，但他的形容
就像生动的记忆——的儿时记忆所驱策。
你听见那曾经为我亲族干活的劳工，
他在斯来沟码头附近，那大路上说——
不，不，不是说，而是大喊——“您回来了，
真是的，二十年以后是该回来的时候。”
我心里在想着一个孩子曾徒然发誓说
决不离开那先人称之为家园的山谷。

1919 年 11 月

---

① 据西方占星学，土星主阴郁，大凶。

② 你：指叶芝之妻乔芝。她的“乱写”给叶芝的《异象》一书提供了素材。

③ 1919 年 10 月叶芝夫妇在英国牛津宽街租下一幢房子作为新居。

④ 指威廉·波莱克斯芬。参见《序诗》一诗注。

⑤ 威廉·米德尔顿（1820—1882）：叶芝的外曾祖父。参见《序诗》诗注。

⑥ 威廉·巴特勒·叶芝牧师（1802—1862）：叶芝的祖父、砀郡莫埃拉教区牧师。

一九一六年复活节①

日暮时分我遇见他们，
一张张生动活泼的脸
来自十八世纪灰房中
柜台或者书桌的后面。
擦肩而过时，我点点头
或说些无意义的闲话，
或者稍事盘桓说几句
礼貌而无意义的闲话，
话未说完我就想出了
一个讽刺故事或趣闻，
好去俱乐部拥火而坐
讲给一个伙伴来开心，
因为，我确信他们和我
不过像丑角一样生活：
一切都变了，彻底变了：
一个可怕的美诞生了。

那个女人②的白天耗费
在无知的良好意愿里，
夜晚则与人辩论争执

---

① 1916年4月24日，即复活节翌日，爱尔兰共和兄弟会在都柏林发动起义，宣告爱尔兰共和国成立，约七百人的爱尔兰志愿者军队占领了部分市区。至29日，起义被英军镇压，十五位领导人遇害。

② 指康斯坦丝·郭尔-布斯（1868—1927），她出身名门，1900年嫁给波兰伯爵卡西米尔·约瑟夫·杜宁-马尔凯维奇（1874—1932），起义期间任爱尔兰共和兄弟会志愿军军官。叶芝认为她的热衷政治是美的丧失。

直到她嗓音变得尖厉。
当年她曾年轻又美丽，
在她骑马打猎的时光，
那甜美嗓音谁能相比？
这个男人[①]曾开办学堂，
而且也骑我们的飞马[②]；
这另一位[③]是他的友人，
将与他联合帮他谋划；
他的天性如此地锐敏，
他的思想大胆又清新，
最终他也许赢得名气。
我所想到的这另一人[④]
是个虚荣粗鄙的醉鬼。
他曾经对我贴心人儿[⑤]
做过极端刻薄的事情，
我在歌里仍把他提起；
他也辞去了在那即兴
喜剧中所扮演的角色；
在轮到他时也改变了，
已经彻底地改弦易辙：
一个可怕的美诞生了。

众多心只有一个目的，

---

① 指帕垂克·皮尔斯（1879—1916），律师兼诗人，都柏林郡圣恩达学校创建者，曾任共和兄弟会主席，起义失败后遇害。

② 希腊神话中的飞马珀伽索斯蹄踏之处有泉水涌出，诗人从中获取灵感。

③ 指托马斯·麦克唐纳（1878—1916），诗人兼评论家，都柏林大学学院教授，起义失败后遇害。

④ 指约翰·麦克布莱德（1878—1916），起义军军官，茉德·冈的与之分居了的丈夫，起义失败后遇害。

⑤ 指茉德·冈。

经过盛夏和严冬似乎
中了魔法被变成顽石，
要把活泼的溪流拦阻。
路上奔驰而来的马匹、
骑马的人儿、翻飞盘旋
在滚滚层云间的鸟儿，
一分钟一分钟地变幻；
溪水上倒映云影一片
变幻，一分钟又一分钟；
一只马蹄滑在溪水边，
一匹马溅水在溪流中；
长腿水鸡向水里跳跃，
雌鸡把雄鸡声声呼唤；
一分一分钟它们生活：
那顽石在这一切中间。

一场牺牲已太长太久
能够把心灵变成顽石。
呵，什么时候才算个够？
那是天命；我们的能事
是低唤一个一个名姓，
像母亲呼唤她的孩子，
当昏沉睡意终于降临
在野跑的肢体之上时。
不是夜色那又是什么？
不不，不是黑夜而是死；
毕竟那死亡是否值得？
因为英国可能守信义，

对于所做所说的一切[1]。
我们知道他们的梦寐；
知道他们梦过且死了，
足矣；而如果过度的爱
把他们迷惑至死如何？
我把一切用诗写出来——
麦克唐纳、麦克布莱德、
康诺利[2]和皮尔斯之辈，
无论是现在还是将来，
只要有地方佩戴绿色[3]，
他们都会变，变得彻底：
一个可怕的美诞生了。

1916 年 9 月 25 日

① 英国国会于 1914 年 9 月通过了爱尔兰自治法案，由于第一次世界大战爆发而延缓实施。又由于这次起义，遂有人谣传英国政府打算取消该法案。

② 詹姆斯·康诺利（1870—1916）：爱尔兰工会领袖，国民军创建者和总司令，起义失败后遇害。

③ 绿色是爱尔兰的国色。歌颂 1798 年起义的歌曲有《佩戴绿色》、《我的披风上的绿色》等。

十六个死者[1]

哦，在那十六人被枪毙之前，
我们却言不及义，
可是谁又能谈论予与夺，
什么该什么不该，
当那些死者在那里活动，
把沸锅搅动之时？

你说我们应绥靖国土，
待到德意志来镇压；
可是谁又在那里争辩说
如今皮尔斯[2]已聋哑？
他们的逻辑是否要把
麦克唐纳[3]的瘦拇指压垮？

你怎能梦见他们会倾听，
他们一只耳只朝着
他们找到的那些新同志，
爱德华勋爵和沃尔夫·透呐[4]，
或者会理睬我们的予与夺，
那些骨对骨交谈者？

---

① 复活节起义的十五位领导人在 1916 年 5 月 3—12 日间被英国人处决。叶芝显然还加上了因企图从德国往爱尔兰偷运武器而被英国人于 1916 年 8 月 3 日处决的罗杰·凯斯门特爵士（1864—1916）。

② 见《一九一六年复活节》一诗注。

③ 见《一九一六年复活节》一诗注。

④ 爱德华·菲茨杰拉德勋爵（1763—1798）和沃尔夫·透呐（1763—1798）：1798 年起义的两位领导人。

玫瑰树[1]

“哦，说话毫不费力，”
皮尔斯[2]对康诺利[3]述说，
“也许一句轻言巧语，
我们的玫瑰[4]已凋落；
或也许只是一阵风儿
从苦涩的海上吹过。”

“只需要用水把它浇灌，”
詹姆斯·康诺利回答，
“就可使绿色重新出现，
向四面蔓延而开发，
并从花蕾中摇出花瓣，
成为花园中的奇葩。”

“可是水井都已干涸，”
皮尔斯对康诺利述说，
“我们在那儿能打到水？
哦，再明显也不过，

① 此诗作于 1917 年 4 月 7 日。
② 见《一九一六年复活节》一诗注。
③ 见《一九一六年复活节》一诗注。
④ 玫瑰象征爱尔兰。

要想造就真正的玫瑰树，
只能用自己的鲜血。”①

① 叶芝后来回忆：“有一年我从伦敦到戈尔韦度夏，途经都柏林时，有人说：‘即将发生动乱——皮尔斯正在全爱尔兰巡回宣讲血祭——他说每一代人都必须抛洒鲜血’”（叶芝：《现代爱尔兰：对美国听众的讲演，1932—1933》，载柯提斯·布莱德佛编《爱尔兰文艺复兴：马萨诸塞评论散文、回忆录和书信集》，都柏林，1965 年）。

关于一名政治犯[1]

她从小不大有耐心，
如今，竟使一灰鸥
丢掉了恐惧，飞进
她那间囚室内栖止，
在那里接受她爱抚，
从她的指尖上啄食。

抚摸着那孤独翅膀，
她可忆往昔的岁月，
在心灵变苦涩抽象，
思想变成了公敌前：
群盲和群盲引路者
躺在臭水沟喝得欢？

多年前我见她骑马，
布尔本山下去会猎，
乡野的美人引得那
青年寂寞的心狂跳，
她已出落得颇皎洁
像栖岩凌波的鸥鸟：

第一次从那高岩上

① 此诗作于1919年1月10至29日。“政治犯”指康斯坦丝·郭尔-布斯·马尔凯维奇伯爵夫人（1868—1927）。1916年复活节起义失败后，她被英军逮捕，关押在伦敦霍洛威女监。

某处的窠巢中出发，
把云遮的天幕凝望，
凌波，或悬停半空；
风暴击打的胸脯下，
大海的波谷吼汹汹。

群众领袖[1]

为保持他们的确定，他们必出于
卑鄙意图而谴责相异的一切人；
必把已建立的荣耀拉倒；必猎取
他们松弛的幻想所杜撰的新闻，
并压低声气悄悄地传说，就好似
拥挤不堪的贫民窟曾是赫利孔[2]，
或诽谤曾经是歌曲。他们岂能知
真理在学者的灯光闪烁处昌明，
而且只有在那里，它才不会孤寂？
只要群众来，他们不在乎来什么。
他们有嘹亮的音乐、日新的希冀、
更热诚的爱戴；那灯光出自墓穴。

① 此诗作于 1918 年。
② 赫利孔：山名，希腊神话中文艺九女神缪斯所居处。

将近破晓[①]

那可是我的梦的翻版：
睡在身边的女人所梦；
或在初现的清晖下面
我们分做过同一场梦？

我想："那里有一条瀑布[②]
挂在布尔本山崖边上，
小时我一直把它爱慕；
纵使我云游又远又广，
找不到那样可爱之物。"
我的记忆已经成倍地
放大童年时代的快乐。

孩童似的我本想触摸，
但心知手指只会触及
寒石冷水。我发起疯魔，
竟至对老天发出谴责，
因为它定下如此律戒：
我们过于喜爱的东西
都是可望而又不可即。

---

① 此诗记叶芝与其妻在1919年1月的同一天夜里所做的梦。叶芝认为如果两人或多人存想同一意念，其所见幻景或梦境就会彼此互补。

② 指落自布尔本山流入格仑卡湖中的名为"倚山之溪"的瀑布；象征女性。

我一直梦到将近破晓，
鼻息中喷出冰冷气雾。
而她在我身边睡着觉，
曾在更为痛苦的梦中
观看亚瑟[1]神奇的牡鹿，
高大洁白的牡鹿，奔腾，
在山崖峭壁之间纵横。

---

① 亚瑟是传说中五六世纪间英国的一位国王。在关于他的传奇中有猎鹿、射鹿和白鹿引导骑士冒险的情节。白鹿在此处象征男性。

魔鬼与野兽[1]

那狡猾的魔鬼和喧闹的野兽
日夜把我折磨得难受，
至少有几分钟间隙，
跑出了我视野之外；
虽然我久久旋转在那螺旋，
在我的仇恨与欲望之间，
但我见自由得胜，
阳光里全都是笑声。

老路克·瓦丁[2]的肖像里一个
骷髅头中闪烁的眼睛说
欢迎，沃尔蒙德[3]家族
全都在墙上点头，
连斯特拉佛德[4]也微笑，仿佛
得知我懂得他的计谋
使他感到更快乐。
既然那喧闹的野兽跑掉了，

① 此诗作于1918年11月23日。魔鬼是仇恨的象征；野兽是欲望的象征。

② 路克·瓦丁（1588—1657）是一位爱尔兰方济会修士。西班牙画家何塞·李贝拉（1588—1652）曾为他造像，该作品藏于都柏林爱尔兰国立美术馆。

③ 沃尔蒙德：十二世纪定居爱尔兰的富有权势的巴特勒家族，即叶芝的高祖母的家族；此处指该家族的画像。

④ 托玛斯·温沃斯爵士：第一任斯特拉佛德伯爵（1593—1641）及爱尔兰事务大臣（1632—1640）。

美术馆[①]中就没有一幅肖像画
不被招呼来欢聚共话，
所有人思想都变清晰，
像我的一样宝贵。

但不久一滴泪蓦然涌出，
无目的的欢乐使我驻足
在那小湖的一侧，
看一只白鸥扑啄
高高抛在空中的面包片；
此刻它转而向下盘旋，
溅落在水中；可笑
有只肥胖的绿头鸟
把溅到背上的湖水抖落；
一旦心中不再有恶魔，
愚蠢快乐的生灵
就振起我全部天性。

然而我尽量确认肯定：
每一次自然之道的战胜
都属于魔鬼或野兽；
自由人还从未曾有
真正掌握自然的秘奥；
只有令气血虚寒的衰老
才带来这份安详；
却没有更可贵的思想
胜过我可以设法图谋
使之逗留半天之久。

① 指都柏林的爱尔兰国立美术馆，上述肖像画的收藏处。

啊，何等的安详游荡
在忒拜①荒凉的疆土上，
或在马瑞奥提斯②海际，
当那位欣喜若狂的安东尼③，
还有群众两千多
在那岸滩上挨饿，
消瘦成皮包骨头的时节！
恺撒④们除宝座还有什么？

① 忒拜：上埃及领土，属底比斯管辖。

② 马瑞奥提斯：位于埃及亚历山大港南一湖泊，叶芝此处称之为海。

③ 埃及的圣安东尼（251—350）：基督教修道院制度的创建者之一，一生大半在底比斯附近沙漠中度过。

④ 恺撒：古罗马皇帝的称号，始于借用共和国末期独裁者盖尤斯·尤利乌斯·恺撒（前 100—前 44）的姓氏。

再度降临[1]

盘旋盘旋在渐宽的螺旋中[2]，
猎鹰听不见驯鹰人的呼声[3]；
万物崩散；中心难维系；
世界上散布着一派狼籍，
血污的潮水到处泛滥[4]，
把纯真礼仪淹没吞噬；
优秀的人们缺乏信念，
卑劣之徒却狂嚣一时。

确乎有某种启示近在眼前；
确乎再度降临近在眼前。
“再度降临”！这几字尚未出口，

---

①《新约·马太福音》第 24 章第 31—46 节载耶稣预言他将再度降临人间，主持末日审判，开创新纪元。《新约·约翰一书》第 2 章第 18 节载约翰预见到昭示天启之兽或“敌基督”将在世界末日之前到来，毁灭旧世纪。叶芝把二者糅合起来，结合新柏拉图主义的历史循环说，预言已历近两千年的基督教文明将在剧烈的暴力冲击下终结，随之将开始一种新的文明，因为他认为人类文明两千年一循环。此诗写于 1919 年 1 月，也反映了叶芝对第一次世界大战和爱尔兰的“黑褐战争”的态度。诗中的“再度降临”是虚写，实写的是基督再度降临前的破坏之神的降临。

② 螺旋：叶芝用两个交相渗透的旋转的锥体图形来说明造成人类历史循环的主客观因素的相互作用。一个文明从其中一个锥体的尖端开始，呈螺旋形旋转到底部而“崩散”结束，然后又从另一锥体的尖端开始反向旋转，开始另一文明的循环。

③ 猎鹰象征人性；驯鹰人象征人类。或说猎鹰象征人类和现在文明；驯鹰人象征耶稣基督。

④ 暴力之象。有感于俄国革命和爱尔兰内战或第一次世界大战。

一巨大形象出自“世界灵魂”，①
闯入我的眼界：在大漠尘沙里，
一个长着狮身人面的形体，
目光好似太阳般茫然而冷酷，
挪动着迟钝的大腿；它周围处处
旋舞着愤怒的沙漠野禽的阴影。
黑暗重新降临②；但如今我知道
那两千年之久僵卧如石的沉睡
已被一只摇篮③搅扰成恶梦；
何等恶兽——其时辰终于来到——
正懒懒走向伯利恒④去投胎降生？

① “世界灵魂”：叶芝解释为“一个不再属于任何个人或鬼魂的形象仓库”；亦称“大记忆”；亦即柏拉图所谓生命之源，或类似于荣格所谓“集体无意识”。

② 又一次文明的循环即将结束。

③ 耶稣之摇篮。暗示基督教自诞生伊始就为自己准备了敌对者。

④ 伯利恒：耶稣降生之地。“敌基督”亦来此投生，更添恐怖气氛和讽刺意味。

为女儿的祈祷[1]

风暴再一次咆哮；半掩
在这摇篮罩和被子下面，
我的孩子还在睡。除去
格雷戈里的树林[2]和荒丘，
再没有任何屏障可阻挡
起自大西洋的掀屋大风；
我踱步祈祷已一个时辰，
因为我心中那巨大忧伤。

为幼女我踱步祈祷一时辰，
耳听海风呼啸在碉楼顶，
桥拱之下，泛滥的溪水上，
在溪边的榆树林中回荡；
在兴奋的幻想之中想见：
未来的岁月已经来到，
正踩着狂乱的鼓点舞蹈——
大海那杀人的天真鼓点。

祝愿她天生美丽，但不至
美得使陌生人眼光痴迷，
或自己在镜前得意，因为
这种人由于过分地艳丽，
就把美看作完满的结局，

① 安·巴特勒·叶芝生于1919年2月26日。
② 此诗作于巴利里碉楼，格雷戈里夫人的库勒庄园附近。

而丧失天性的善良，不能
推心置腹，择善而从，
永远也找不到一个伴侣。

海伦注定觉生活平淡，
后来因蠢汉惹来麻烦，①
而那从浪花中升起的女神，
因没有生父可自主婚姻，
却选中瘸腿铁匠做男人。②
无疑，娇贵的女人喜欢
吃肉时狂吃生菜冷盘，
丰饶角③因此被糟蹋罄尽。

我要让她首先学礼节；
心不是天赐，而是由那些
并不十分美丽者所挣得；
而许多曾为美而充当傻瓜者
已经将魅力变成了智慧；
还有不少曾流浪的穷汉，
爱过并自以为曾被爱恋，
如今却痴迷和蔼的仪态。④

祝愿她长成茂密的树荫，

---

① 希腊斯巴达王后海伦因与特洛伊王子帕里斯私奔而引起十年特洛伊战争。

② 希腊神话中的爱与美及繁殖女神阿佛洛狄特诞生于海浪之中，嫁给瘸腿的火和锻冶之神赫淮斯托斯为妻。

③ 据希腊神话，母山羊阿玛尔忒亚曾哺育主神宙斯，其双角充溢着琼浆仙酿。后一角脱落，充满果实，宙斯将之送给女神们，即为丰饶角。为富饶之象征。

④ 指叶芝自己及其恋爱和婚姻。

她全部思绪可以像鸣禽，
没有劳形的事务，只是
四处播送着洪亮的鸣啼，
只是在欢乐中相互嘻逐，
只是在欢乐中你吵我争。
愿她啊像月桂那样长青，
植根在可爱的永恒之处。

由于我爱过的那些心地，
以及我赞赏的那种美丽
如昙花一现，我心已枯竭，
但知道若为仇恨所噎塞，
那才是最为可怕的祸灾。
如果心胸中毫无仇恨，
厉风的袭击再烈再猛，
也不能将鸣禽从树荫扯开。

理智的仇恨为害最甚，
就教她把意见视为可憎。
难道我不曾目睹那生自
丰饶角之口的绝色女子，①
只因她固执己见的心肠，
而用那只角和种种美德——
为生性安静的人们所了解——
换了只充满怒气的旧风箱？

想到此，一切仇恨被驱尽，
灵魂恢复了根本的天真，
终于得知它自娱自乐，

① 指阿佛洛狄特，亦影射海伦和茉德·冈。她们都选错了男人。

自慰自安，自惊自吓，
它自己的美好愿望即天意；
尽管每张面孔都会恼，
每处风源都会啸，或每套
风箱都会爆，她都会欢喜。

还愿她新郎引她入洞房，
一切寻常，庄重堂皇；
因为傲慢和仇恨都不过
是大路两旁零售的杂货。
若非在风俗和礼仪之中，
纯真和美丽又如何诞生？
礼仪是丰饶角的一个名称，
风俗是繁茂的月桂树之名。

1919 年 6 月

战时冥想[1]

在被风吹折的老树荫中
静坐在那古老的青石上之时，
由于脉搏的猛一下跳动，
我悟知太一[2]是活生生的存在，
人类则是无生命的幻影。

---

① 此诗作于 1914 年 11 月 9 日。

② 太一：古罗马哲学家、新柏拉图主义鼻祖普罗提诺（204—270）所谓的最高理念。他认为从“太一”流出“理性”，从“理性”流出“灵魂”，从“灵魂”流出“物质”。

拟刻于巴利里碉楼一块石头上的铭文[①]

我，诗人威廉·叶芝，
用旧磨房板材、海青色条石
和郭特[②]铁厂的铸铁材料，
为我妻乔芝[③]修葺了这碉堡；
一切再度毁灭之后，
但愿这些文字存留。

---

① 此诗作于1918年。1917年初，叶芝买下了一座十三或十四世纪诺曼人建造的碉楼以及毗连的两个农舍。他对碉楼做了整修，从1919年起在那里避暑。叶芝名之为巴利里碉楼。

② 郭特是戈尔韦郡内一乡村，在巴利里碉楼附近。

③ 叶芝于1917年10月20日娶伯莎·乔吉娜（乔芝）·海德-利斯（1894—1968）为妻。

碉　楼[1]
（1928）

① 1928 年初版包括《哈伦·艾尔-拉希德的礼物》而没有《断章》；后者于 1933 年增入《诗汇集》。叶芝还于 1933 年改变了诗作的排列顺序，并以《路边的傻子》替代了《英雄、少女和傻子》。现共收诗三十六首。

航往拜占庭[1]

一

那不是适宜老人的国度[2]。互相
拥抱的少年、林间种种鸟类——
那些必死的生物——各自在歌唱；
鲑鱼的瀑布、鲭鱼麇集的海水[3]、
水族、走兽、飞禽，长夏里都颂扬
受胎、出生、死亡的任何存在。
一切全都沉湎于那感性音乐，
而忽视不朽智力的丰碑杰作。

二

年老之人不过是无用之物，
一根竿子撑着的破烂衣裳，
除非穿着凡胎的灵魂为全部
破衣裳拍手歌唱，愈唱愈响；
而所有歌咏学校无不研读
独具自家辉煌的丰碑乐章；
因此我扬帆出海驾舟航行，
来到这神圣的都城拜占庭。

---

① 拜占庭是小亚细亚古城，经罗马皇帝君士坦丁一世（287？—337）重建，名为君士坦丁堡；公元六世纪时为东罗马帝国首都，东西方文化在此交汇，繁荣一时；叶芝视之为理想的文化圣地，艺术永恒之象征；即现今土耳其之伊斯坦布尔。

② 指爱尔兰及自然物质世界。

③ 繁殖之象征。

三

呵，伫立在上帝的圣火之中
如立在嵌金壁画之中的圣人①，
请走出圣火，在螺旋之中转动，
来教导我的灵魂学习歌吟。
请耗尽我的心；它思欲成病，
紧附于一具垂死的动物肉身②，
已经迷失了本性；请把我收集
到那永恒不朽的艺术作品里。

四

一旦超脱凡尘，我不再采用
任何天然物做我的身体躯壳，
而要那形体，一如古希腊匠工
运用鎏金和镀金的方法制作，
为了使瞌睡的皇帝保持清醒；
或置于一根金色的枝上唱歌③，
把过去、现在或未来发生的事情
唱给拜占庭的诸侯和贵妇听。

1927 年

---

① 据叶芝记忆，意大利拉文那的圣阿波里奈教堂墙壁上有描绘圣徒受火煎烤的拜占庭风格镶嵌画。

② 指人的肉体，灵魂暂时受难的牢狱。

③ 叶芝原注："我曾在某处读到，在拜占庭的皇宫里，有一棵用金银制作的树和人造的会唱歌的鸟"（《叶芝诗集新编》，页 595）。叶芝认为物质转瞬即逝，只有精神和艺术才永恒不朽。

碉　楼[1]

一

我将怎样对付这可笑荒唐？——
心呵，不安的心呵——这幅漫画，
衰弱的老年，它已拴在了我身上
就像拴在狗尾上。

---

① 叶芝原注（1928）："所提及的人物是通过传说、故事和传统与巴利里碉楼邻近地区相联系的；此诗即作于巴利里碉楼。弗兰赤太太于十八世纪生活在彼得斯威尔，与约拿·巴灵顿爵士有亲戚关系；他曾记述了耳朵事件及其引起的麻烦。农家美人和盲诗人是玛丽·海呐斯和拉夫特瑞；科隆尼沼泽中的溺死者事件记录在我的《凯尔特曙光》一书中。罕拉汉之追赶幻影野兔和猎犬出自我的《红发罕拉汉的故事》。在现在是我的卧室的地方曾有人看见过群鬼玩色子；那破产的老人大约生活在一百年前。根据一种传说，他只能在一个星期天离开碉楼，因为有众多债主逼债；根据另一种传说，他藏身在秘密地道里。

"在第三节关于天鹅的段落中，我无意识地仿效了我们时代的最优美的抒情诗之一——斯特支·穆尔先生的《濒死的天鹅》。我在美国的一次巡回演讲期间经常朗诵它，这说明了剽窃的理由。……

"在写作关于柏拉图和普罗提诺的诗行时，我忘记了是我们自己眼里的某种东西使得我们把他们看作完全的超然存在。难道普罗提诺不曾写道：'那么，就让每个灵魂回忆最初的真实，即灵魂是一切生物的作者，它把生命呼入它们全体，地上和海里的任何生物，空中的一切生物，天上的神圣星宿等；它是太阳的创造者；它本身塑造和整理了这广袤的天宇并且指导那一切律动——它是一个本原，与它赋予规律、运动、生命的所有这一切不同，它必需比它们更荣耀，因为它们随着灵魂带给它们生命或抛弃而聚合或解体，而灵魂属于永恒的存在，既然它绝不可能抛弃它自身'?"（《叶芝诗集新编》，页595—596）弗兰赤太太的故事见于约拿·巴灵顿爵士（1760—1834）所著《他自己时代的个人随记》中的"爱尔兰乡绅和他们的庄客"一章。玛丽·海呐斯是有名的美女，死于1840年初；盲诗人安东尼·拉夫特瑞（1784—1835）在《玛丽·海呐斯或鲜艳的花束》一歌中描写了她。罕拉汉是个虚构的人物。T·斯特支·穆尔（1870—1944）是爱尔兰诗人，叶芝的朋友。普罗提诺（205—270）的文字引自《九章集·神圣心灵》。

我从未有更加
兴奋、激情澎湃、异想天开的
想象力，也从未有更加憧憬不可能
之事的眼和耳——不，少年时代
不曾有，当时带着鱼竿和苍蝇，
或更低等蠕虫，我爬上布尔本山[1]脊，
有似一生般漫长的夏日可虚度。
似乎我必须命诗神去收拾行李，
选择柏拉图和普罗提诺作朋友，
直到想象力，以及眼睛和耳朵，
能够满足于辨析论证，经营
抽象的事物；或者被一种拽拖
在脚根后头的破烂水壶所嘲弄。

二

我漫步在那些雉堞之上，凝视
一座房子的基础，或者那里：
一棵树，像熏黑的手指，从地里迸发；
在白昼渐渐暗淡的光线下
把想象力派遣出去，把记忆
和形象统统都从废墟
或古老树林之中唤出，
因为我要向它们提一个问题。

山脊那边曾住着弗兰赤太太，
有一回，当盏盏银制烛台或灯台
照亮红木餐桌和葡萄酒的时候，
一个仆人——他能够猜透
那极受尊敬的夫人的每一个愿望——

① 布尔本山：斯来沟镇以北的一座山。

跑去用园艺剪刀把一个
无礼农夫的双耳铰掉了，
用一只带盖的小碟端来奉上。

少数几人还记得我小的时候，
有一首歌儿唱颂一个农家女，
她住在那多石之地的某个处所；
他们赞美她脸颊的颜色，
回想起，只要她在那里走动，
赶集的农夫们就你拥我挤，
对她的赞美就越发有乐趣；
那支歌竟给人以那么大的光荣。

某些人，不是被那歌词就是被
为她连干的数十杯弄得狂悖，
从桌边站起身来，宣称应当
以眼见来检验他们的幻想；
可是他们竟把月光的炯炯
错当成白昼单调的光线——
音乐使他们心智迷乱——
有一人溺死在科隆尼大沼泽[①]之中。

奇怪，作这歌的人却是个瞎子；
然而，现在我考虑过后，认为
并没有什么奇怪的；悲剧始自
荷马，他本人就是个瞎子，
而海伦背叛了所有活着的心。
呵，愿月光和日光仿佛
是一道纠缠不分的光束，

① 科隆尼沼泽：位于戈尔韦郡郭特乡附近。

因我若成功，我必令众人发疯。

我自己曾经创造出了罕拉汉，
把他从邻近农舍的某处驱赶
出来，酒醉或清醒着穿过曙色。
被一个老者的魔法所迷惑，
他来来回回踉跄，翻滚，摸索，
为了欲望的可怕耀闪
和佣金只落得双膝折断；
我在二十年以前想出了这一切：

好伙伴在一个旧场院里边玩纸牌；
当轮到那个老朽的恶棍之时，
他给拇指下的纸牌施了魔法，
除一张之外所有牌都变化
成了一群猎犬而不是一把牌；
那张牌他变成一只野兔。
罕拉汉从那里狂跳而出，
跟上那些狂吠的生物跑起来——

哦，跑向哪里我已忘记——够了！
我必须回忆一个人，他如此苦恼，
爱情、音乐或仇敌被剪下的耳朵
都不能使他兴奋快乐；
一个已经变成了神奇的传闻，
竟不剩一个邻居来讲述
他何时走完了好运的人物：
这所房子老朽的破产主人。

在那毁圮来临前，数百年以来，
打着齐膝绑腿或穿着铁鞋，

粗鲁士兵都攀登这狭窄楼梯；
从前那里有一些兵士，
他们储存在“大记忆”① 里面的形象
突然大喊猛喘着涌现，
来搅扰一个眠者的安眠，
他们的大木头色子在桌上也敲响。

既然我想问所有人，能来的都来吧；
老人、穷人、登楼至半者，来吧；
带来美人的盲目流浪的歌颂者；
那受魔法师驱使跑过
上帝遗弃的草地的红发男子；受赠
精美耳朵的弗兰赤太太；
嘲弄的缪斯选中那村姑时，
溺死在沼泽淤泥里的那个男人。

在这些岩石上踱步或走过这扇门，
所有老男人和老女人，富人和穷人，
无论是公开还是私下里，是否都
曾像我现在冲老年怒吼？
但是我已经从那些迫不及待
要离去的眼睛里找到了答案；
那么走吧；只留下罕拉汉，
因为我需要他所有的强大记忆。

四面八方都有情人的老色鬼，
快从那深思的头脑中倾倒出来

---

① 叶芝在论文《借着宁静友好的月色》中的“世界灵魂”一节中论述了“代代相传的大记忆”，一个储存原型意象的仓库。类似于卡尔·荣格所谓的“集体无意识”。

你在墓穴之中发现的一切，
因为你肯定已经计算过
每一次无法预知、看不清的投入——
被一瞥销魂蚀骨的眼波
或触摸或叹息所引诱迷惑——
跌入另一个存在物的迷宫的投入；

想象力更注重一个赢得的女人
还是更钟情一个失去的女人？
如果是失去者，就承认你由于骄傲、
怯懦、某种过于微妙
而愚蠢的念头或从前叫良心的东西
而躲开了一个巨大迷宫；
如果记忆重现，太阳中
就会有蚀影，白昼就会被遮蔽。

三

到了写遗嘱的时候；
我挑选挺拔的人们：
他们逆溪流上溯
到泉源，黎明时分
在滴水岩边垂钓
抛钩；我宣布他们
将继承我的骄傲，
不缚于“事业”或“国家”，
不缚于受唾辱的奴隶
或者施唾辱的暴君，
那样的人民的骄傲；

柏克和格拉坦①的人民，
他们给予，虽率性拒绝——
骄傲，像清晨的霞光
把无畏的光芒放射，
或像传说的号角响，
或像骤雨的雄豪，
当所有河流干涸时，
或像那时刻的骄傲，
当天鹅必须凝视
一道正消逝的余晖，
沿晶亮溪流的悠长
末段漂浮出海，
在那里临终唱歌时。
我宣布我的信仰：
我嘲笑柏罗丁②的哲思，
公然对柏拉图叫嚷：
在人类组合起整体，
用苦难的灵魂造作
各种各样的零件，
对，日、月、星，一切，
给这再加上一款，
即死后，我们站起，
做梦，如此造出来
超月乐园③之时，
死生才开始存在。
与博学的意大利文物

① 埃德蒙·柏克（1729—1797）：爱尔兰政治作家。亨利·格拉坦（1746—1820）：爱尔兰政治领袖。

② 即普罗提诺。参见《战时冥想》一诗注。

③ 假定的在月球以外的一个永恒的乐园。

和骄傲的古希腊刻石，
与诗人的想象产物
及其对爱情的记忆，
对女人话语的记忆：
人类用来制造
镜子似的超人类
梦境的所有材料，
我已经准备讲和。

犹如那边瞭望孔里，
寒鸦喳喳又聒聒，
衔去一层层细枝。
在它们入巢之后，
母鸟儿将会歇卧
在空虚的巢顶上头，
就那样暖她的陋窝。

我把信仰和骄傲
都留给攀登山崖
挺拔的年轻同胞，
以便在喷薄的曙光下
他们好投下钓钩；
直到用金属锻炼
制造的渔具钓钩
被这坐功耗断。

我现在要整理灵魂——
强迫它去一所博学
学校研习学问，
直到肉体的坏灭，
血液的逐渐枯干，

狂躁的精神失常
或迟钝的老朽衰年，
或什么更坏的情况——
朋友之死，或是
每一个令人气短的
明媚眼神之死——
看起来不过像地平线
隐没后天上的云霓；
或渐渐深浓的荫影间
一只鸟困倦的鸣啼。

1926

内战期间的沉思[①]

一、祖传的宅第

在一位富人开花的草地中间，
在他植树的山丘的飒飒声里，
必生意盎然，没有野心的痛感；
生命的雨水降落，到盆地满溢；
山越是高峻，雨水就下得越欢，
好像要随心所欲地选择形体，
而决不听从别人的摆布，降级
俯就一个机械或奴性的形体。

只不过是梦，只不过是梦！但假如
荷马未发现超乎梦幻的真确——
生命的自娱之中迸发出丰足

---

① 英-爱条约于1921年12月6日在伦敦签订，1922年1月7日在爱尔兰议会通过，但爱尔兰共和派拒不接受该条约，于是爆发了1922—1923年共和派与爱尔兰自由邦政府之间的内战。叶芝原注（1928）："这些诗作于巴利里碉楼，1922年内战期间。在写完之前，共和派在一天半夜炸毁了我们的'古桥'。他们禁止我们离开屋子，除此之外却颇有礼貌，甚至最后还说'晚安，谢谢'，好像是我们把桥送给了他们。

"第六首诗题为《我窗边的燕雀巢》。在爱尔兰西部我们把欧椋鸟叫做燕雀；内战期间有一只在我卧室的窗户旁的石洞中筑巢。

"在第七首诗的第二节有'向杀害雅克·莫雷的凶手讨还血债'句。由于圣殿骑士团团长被害而要求复仇的呼声在我看来似乎是那些出于仇恨而辛劳者乃至各种各样的无功徒劳的恰当象征。据说这曾被用于十八世纪某些共济会社团的仪式中，以培养阶级仇恨。

"我想我必须把鹰放入第四节，因为我有一枚戒指，上面有一只鹰和一只蝴蝶，象征逻辑乃至机械论的直路和直觉的曲路：'因为智慧是一只蝴蝶而不是一只阴鸷的猛禽'"（《叶芝诗集新编》，页596—597）。

晶莹的喷泉——他就不会唱；虽说
现在从那些富有的溪流暗处
而非一股清泉中甩出的一个
美妙的空贝壳俨然成了荫覆
富有者世袭荣耀的象征之物。

某个暴烈而痛苦、有权势之人
召来建筑师、艺术家，他们可以，
痛苦而暴烈之人，用石头筑成
人人都日思夜想渴求的甜蜜，
那里谁也不曾体味过的温文；
可主人入葬后，老鼠便可嬉戏；
也许那宅中曾孙——虽拥有全部
青铜和大理石——不过是只老鼠。

假如有孔雀以纤巧脚爪漫步
在其中古老台地的座座花园，
或是一尊陶瓮上的朱诺①展露
在冷漠园林众神面前的风范；
假如平坦的草坪和铺石甬路——
在其中穿着拖鞋的“沉思”发现
安逸，“童年”为感官找到了快乐——
以我们的暴烈夺去伟大如何？

假如饰有纹章的门扉的光荣，
更加高贵的时代设计的厅堂，
在宽敞内室和排排陈列我们
祖先的著名肖像的长长走廊
磨光的地板之上的往来走动；

① 朱诺：罗马神话中的天后兼妇女保护神。

假如人类的精英认为最应当
夸赞或祝福的那些事物不过
以我们的痛苦夺去伟大如何？

二、我的住宅

一座古桥，一座更古的塔，
一座还有院墙围护的农屋，
一亩多石的平地——
在那里象征的玫瑰可以开花，
无数的老荆棘，芜杂的老榆树，
落雨的声音或是
八面吹来的风声；
踩着高跷的水鸡
再次渡过溪流时
被一群母牛泼喇喇溅水声所惊。

一架旋梯，一间有石拱顶的卧室，
一个炉膛开敞的玄武石壁炉，
一支蜡烛和稿纸，
《沉思者》① 中的柏拉图主义者曾在
某个类似房间里辛劳，勾画出
魔鬼般狂热竟是
如何想象一切。
来自市场和集镇
连夜赶路的人们
看见过他那夜半的烛光闪烁。

两个人找到了这里。一个军曹

---

①《沉思者》：又译《沉思的人》，英国诗人约翰·弥尔顿（1608—1674）的一首长诗。

捡了二十四马，在这动乱的地方
过起了他的生活；
久历战事和突然的夜间警报，
他的渐少的马匹和他自己好像
失忆和被遗忘的海难者；
而我，愿在我身后，
我肉体的继嗣会找出
合适的对立象征物，
可以使一个孤独的心灵欢愉。

三、我的桌子

两个沉重支架，一张板，
佐藤的礼物，不变的剑①，
躺在纸笔一侧，
以便可以儆戒
我的日子免于虚抛。
一幅织锦和服衣料
包裹着木制剑鞘。
乔叟②尚未呱呱叫，
剑已铸就。在佐藤之家，
像一弯新月，月样光华，
一躺就是五百年。
可假如无变化出现，
就没有月亮；惟有痛的心
才会构想出不变的艺术品。
我们的博学者提议：
在剑铸就的时和地，

① 日本外交官佐藤纯造（1897—?）于1920年3月赠给叶芝一柄家传的宝剑。

② 杰奥弗瑞·乔叟（1340—1400）：英国诗人，有“英国文学之父”之称。

一种奇妙的技艺成就，
在绘画或制陶行业里头，
父子代代相传，
历经好几百年，
像这剑一样不曾变更。
因灵魂的美最受爱敬，
人们及事业都采用
灵魂那不变的形容；
因为最为富有的继承者
知道喜爱低级艺术者
无法通过天国门；
他拥有一颗痛的心，
具有令人醒悟的才智，
尽管举国都在谈论丝衣
和高贵步态；似乎
朱诺的孔雀啼叫了①。

四、我的后裔

既从我古老的祖先继承
健旺的精神，我须抱梦想，
在身后留下精神也同等
健旺的一女一男②，但好像
生命极少在风中洒芳馨，
极少能给晨曦增添荣光，
而只有残瓣在园地散落，
然后只剩下寻常的绿色。

若我的后裔因灵魂堕落，

---

① 朱诺的孔雀象征长生不老。叶芝以其啼叫象征一个文明的终结。
② 指女儿安·叶芝（1919—2001）和儿子麦克尔·叶芝（1921—2007）。

因无聊消遣把光阴虚耗，
因沉湎于嬉戏，或与蠢货
结婚而丧失花朵，怎么好？
愿这费力而粗陋的楼阁
变成无顶的废墟，让夜枭
在破裂的石缝之中造窝，
朝寂寞天空啼她的寂寞。

塑造我们成形的原动天①
使夜枭已开始盘旋遨游；
而我呢，自以为功德圆满，
眼看爱情和友谊已足够，
为老友善邻②选择这房产，
为少女③之爱而加以装修，
知道无论是兴盛或衰败，
石头留作她们和我的碑。

五、我门前的道路

一个乐呵呵的民兵战士④，
一个福斯塔夫⑤式的壮汉，
来大讲关于内战的趣事，
就好像死在枪口下乃是
天下最好看的戏剧表演。

---

① 原动天：古埃及天文学家托勒密天动说中的最外层即第十层天，带动所有天体转动。

② 指格雷戈里夫人。

③ 指叶芝之妻乔芝·叶芝。

④ 指爱尔兰共和军士兵。

⑤ 福斯塔夫：威廉·莎士比亚笔下的喜剧人物。

一位黝黑的中尉和部下①，
一半儿穿着国军的制服，
站在我的门前；我咒骂
恶劣的天气，雹雨交加，
一棵被暴风吹断的梨树。

我数那些羽绒的煤烟球②
在溪水之上跟着母水鸡，
以平息思绪之中的羡妒；
然后转向我的屋，陷入
一场梦境的冰天雪地里。

六、我窗边的燕雀巢

蜜蜂在松动的石壁缝中
筑居营巢，而就在那里，
母鸟常衔去蠕虫和飞虫。
我的墙壁松动了；蜜蜂，
来，筑居在燕雀的空房里。

我们被关起来，不能肯定
门锁何时会打开；在某地，
一个人被杀，一所房遭焚，
但没有事实可以说得清：
来，筑居在燕雀的空房里。

石头或木头垒起的障碍；
内战已经过大约十四日；
昨夜里他们用推车运载

① 指爱尔兰自由邦政府军士兵。
② 指黑水鸡的幼雏。

血泊中年轻士兵的遗骸：
来，筑居在燕雀的空房里。

我们用幻想曾喂养心灵，
心灵变野蛮，皆因这伙食；
我们的敌意比爱意之中
有更多的实质；呵，蜜蜂，
来，筑居在燕雀的空房里。

七、我看见仇恨、内心充实及未来空虚的幻影

我登上碉楼之顶，凭倚破裂的石头；
一团风吹雪似的薄雾正掠过一切，
一片月光之下，山谷、河流、榆树；
月亮不像自己，倒像是不可改变者，
一柄来自东方的铮亮宝剑。一阵风
挟着那些朦胧的白雾的残片扫过。
阵阵狂热迷惑着，梦想搅乱着心境；
熟悉的魔怪形象游向心灵的眼窝。

“向杀人凶手讨还血债，”呐喊声高耸，
“为雅克·莫雷[①]报仇。”身裹白布或白纱，
为愤怒所驱使、折磨、吃不饱愤怒的群众——
群众攻击群众，咬啮着手臂或脸颊——
扑向虚无，手臂和手指大大地伸展，
为了拥抱虚无；而我，心智因那些
无理性的骚乱而迷失，几乎也要高喊
为雅克·莫雷报仇，让凶手以血还血。

她们的腿脚修长而纤巧，眼睛碧蓝，

① 雅克·德·莫雷（生于1244年）于1307年被捕，1314年3月被烧死。

一匹匹神奇的独角兽背上驮着贵妇。①
贵妇闭着沉思的双眼。没什么预言——
即便被回想记起，出自巴比伦历书——
曾使贵妇合眼，她们的头脑不过是
一个水潭，其中渴望也溺死于过度；
当内心充满它们自身的甜蜜，肉体
充满自身的美丽时，只有平静能长驻。

云般素白的独角兽、海样碧蓝的眼波、
颤动的半阖眼帘、白云或白纱的破碎，
或因愤怒而发亮的眼睛、变瘦的臂膊，
请让位给一个冷漠超然的群体，让位给
铜铸的鹰隼。没有自我娱乐的幻想，
没有对来者的仇恨，没有对逝者的惋惜，
只有利爪的紧攫、目光的得意扬扬、
无数铿锵作响扑灭了月光的羽翼。

我转身返回关上屋门，在楼梯上诧异：
多少回我本来可以在别人全都能懂
或共有的某种事物中证明我的价值；
可是啊！奢望的心，假如如此证明
招致了一群朋友、一个安逸的良知，
那只会令我们更加憔悴。抽象的乐趣，
半懂不懂的魔幻形象所蕴涵的智慧，
令渐老之人满足，如从前令少年满足。

1922

① 此处描写是根据法国画家居斯塔夫·莫罗（1826—1893）的油画《贵妇与独角兽》所绘景象。巴利里碉楼中挂有一幅该画复制品。

一九一九年[1]

一

许多精巧可爱的东西已逝去——
以往在大众看来简直是奇迹——
避开了那把平庸的事物到处
抛掷的月亮轨迹。就在那里，
一个古老形象[2]用橄榄木造出，
曾在青铜和石头饰物间站立——
如今菲狄亚斯[3]的著名牙雕品
及所有金蝗和蜜蜂[4]都已无存。

小时我们也有许多漂亮玩具；
一种漠然不屑于责备或夸赞，
贿赂或威胁的律法；使往日冤屈
像阳光下的蜡一般融化的习惯；
酝酿那么久，我们以为比所有
未来日子都长寿的公众意见。
我们有过多美好的想法啊，因为

---

① 1919年间，在英国控制下的爱尔兰傀儡政府与爱尔兰共和军之间的武装冲突空前频繁。此诗乃诗人有感于在戈尔韦郡郭特乡发生的英军屠杀平民的“一些恐怖事件”而作，初题为《对世界现状的思考》。

② 可能指雅典卫城上的雅典守护神殿（建于前421—前407）中的帕拉斯·雅典娜的橄榄木雕像。

③ 菲狄亚斯（前490—前432?）：古希腊雅典著名雕刻家。

④ 在《伯罗奔尼撒战争史》中，古希腊历史学家修昔底德提到当时雅典的一种时尚：“用一枚蝗虫形的发卡别住她们挽起的发髻。”蜜蜂则可能源自瓦尔特·佩特的《古希腊研究》（麦克米伦，1895），其中提到“代达路斯的金色蜂巢”。

我们以为最坏的恶棍流氓已绝迹。

所有牙都拔掉，所有老技巧都忘掉，
一支大军不过是供炫耀的东西；
那又怎么样？即使不曾有大炮
被铸成犁铧。国王和议会一致
认为，如果不燃放一点儿火药，
号手们也许就会吹炸了肚皮，
可是那会大煞风景；也可能
卫士们瞌睡的坐骑不愿跃腾。

如今的日子恶龙横行，梦魇
骑在睡眠上：一伙喝醉的军爷
能够撇下那母亲——被杀在门边，
在自己鲜血中爬行——而不受惩戒；
黑夜可能因惊恐而出汗，像从前
我们把我们的思想拼成哲学，
设想把世界置于一条规则下——
我们不过是黄鼠狼在洞里打架。

能识读那符号又不会沉溺于来自
浅薄才子的某种麻醉品的半欺惑
而成为废人者；明知无论是耗费
健康、财富还是心力于智能或
手工杰作，都没有作品能久立，
没有什么荣誉能留下丰碑者，
只剩有一份慰藉：一切胜利
都只会忽然光临鬼域般孤寂。

但是有什么可以找到的慰藉？
人深陷爱欲，喜爱易逝的东西，

还有什么可说的？举国上下
无人敢承认，假如他有这心思，
就能够找到煽动者或盲信者
去焚毁雅典卫城上那截残肢，
或把著名的牙雕砸成碎块，
或拿蝗虫或蜜蜂做非法买卖。

二

当洛伊·富勒[①]的中国舞者缠绕出
一张闪光网，一条飘扬的绸带时，
就好像一条飞龙自云间
落入舞者间，把她们卷起旋舞
或者驱赶上它自己狂暴的路子；
就这样柏拉图之年[②]
卷出新的是与非，
转而把旧的卷入；
人人都是舞者，他们的舞步
踏着铜锣的野蛮铿锵的节拍。

三

某个道德学家或神话学诗人
把孤独的灵魂比做一只天鹅[③]；

---

① 洛伊·富勒（1862—1928）：美国舞蹈家，以擅长蛇舞著称。她的舞蹈团其实是由日本人而非中国人组成的。

② “柏拉图之年”：叶芝在 1934 年的《复活》序言里解释说：“托勒密认为分点岁差每百年移动一度，在大约基督或恺撒时代分点太阳回到了其在星座中的初始位置，结束并重新开始那三万六千年，或柏拉图所谓的‘原人’的百年一度的三百六十次轮回再生。迄今为止几乎每个哲学家都有某种不同的对‘大年’的测量尺度，但是这被称为‘柏拉图之年’的很快取代了其他尺度……”

③ 珀西·比舍·雪莱在《解放了的普罗米修斯》（1820）中有句云：“我的灵魂像一艘中了魔的小舟，/像一只睡着的天鹅，漂浮/在你甜美歌唱的银波之上。……”（第 2 幕第 5 场第 72—74 行）。

我对此满意，欣赏，
假如趁生命的短暂闪光未泯，
一面浑浊的镜子会为它映射
状态的一个影像；
双翅半展欲飞升，
胸脯骄傲地挺出，
不论是要去嬉戏，还是去乘御
那欢呼夜晚临近的阵阵长风。

沉溺在自己秘密冥想中的人
迷失于他在艺术或政治之中
制造的迷宫中间；
某位柏拉图主义者[①]断言，在我们
应抛弃肉体和技艺的地位之中，
粘着古老的习惯；
只要我们的作品
能与呼吸俱消亡，
那就是幸运的死亡，
因成就只会把我们的孤寂毁损。

那天鹅已经跃入荒凉的天国：
那影像能带来狂野，带来狂暴
以终结万物，以终结
我辛劳一生所想象的东西，甚或
想象了一半，写作了一半的文稿；
呵，可我们曾梦想除却
似乎折磨人类的

① 新柏拉图主义哲学家泼尔菲瑞（232/233—305）在《关于山林女仙的洞府》一文中解释说：去世的灵魂渡过冥河之后，“它们完全不知它们早先在地上的生活……然而，借助血，离世的鬼魂便能认出物质形体，回忆起它们先前在地上的状况”。

任何不幸，但现在
既然寒风吹起来，
才得知我们做梦时是精神崩溃的。

四

我们——曾经在七年以前
谈论荣誉以及真理——
欢叫，假如我们展现
黄鼠狼的扭动，黄鼠狼的牙齿。

五

咱们来嘲笑伟人：
他们有如此负担在心中，
劳作到晚且艰辛，
在身后要留下什么碑铭，
却不顾那扫荡的风。

咱们来嘲笑智士：
他们酸痛的老眼曾端详
所有那些万年历，
却从未见四季循环实况，
如今只呆呆看太阳。

咱们来嘲笑善人：
他们曾幻想积善会愉快，
由于孤寂的难忍，
也许会宣布过一个节日：
风呼啸——他们今何在？

然后嘲笑嘲笑者：
他们也许不愿意举起手
帮善人、伟人或智者

把恶劣风暴关在门外头，
因我们互换着嘲笑。

六

道路之上的狂暴：马匹的狂暴；
少数几匹有英俊的骑手，精致
敏感的耳朵或飞扬鬃毛上挂花环，
但是厌倦了一圈又一圈地赛跑，
全衰败消亡，而邪恶聚集起势力：
海若迪亚斯的女儿们①又重新回返，
一阵骤来的扬尘大风，随后是
响若雷鸣的脚步声，形影憧憧，
她们在风的迷宫之中的目的；
疯狂的手若胆敢摸一个女儿，
全都会发出含情或愤怒的喊声，
循风向转身，因为全都是瞎子。
可是现在风住了，尘落了；于是
那蛮横魔鬼阿提子罗伯特从那里
踉跄走过，愚蠢的干草色头发
遮掩之下，大眼睛茫然若失；
害着相思病的凯特勒夫人给他
带来镶铜的孔雀翎、公鸡的红冠子②。

1919 年

---

① 见《希神的集结》一诗叶芝自注。

② 叶芝原注："乡下人有时看见某些幽灵，他们时而名之为'堕落的天使'，时而称之为'乡间远古的居民'，把它们描述为时常骑着'头上挂着花的马'。我在第六首诗里假定，既然时代变坏了，这些骑士便让位给更坏的。我的最后一个象征，阿提之子罗伯特，是一个十四世纪初在基尔肯尼经常有人遇到的邪恶精灵。难道那些乘涡旋的尘土而行者不也在柏拉图年之中吗？"（《叶芝诗集新编》，页 597）艾丽丝·凯特勒夫人是十四世纪基尔肯尼的大户人家之女，1324 年 6 月 2 日被判定是女巫。据说她用巫术先后残害了四个丈夫。阿提之子罗伯特是与她交通的魔鬼。她向魔鬼献祭的牺牲包括九只红公鸡和九只孔雀的眼睛。

轮[1]

在整个冬季里我们盼春季，
在整个春天里又盼望夏天，
当繁茂的树篱摇响风铃时
又宣称其中最好的是冬天；
那以后不再有什么好季节，
因为那春之季还没有来临——
却不知那搅扰我们血气者
不过是血气对墓地的憧憬。

① 此诗作于1921年9月13日。

青年与老年[①]

年轻时被尘世压抑，
我曾经怒气冲天，
可如今它满口谄媚，
祝过客一路平安。

① 此诗作于 1924 年。

新面孔[①]

假如你，年已老迈，率先死去，
那么梓树和芳香的菩提树将不会
听见我有生的脚步声，我不会步入
我们曾工作处，那将令时光折齿。
让那些新面孔在老屋里恣意纵情
玩弄把戏；黑夜会重于白日，
我们的鬼魂徘徊于宁静的园径，
活人显得比它们更像是鬼魅。

① 此诗作于 1912 年 12 月，是写给格雷戈里夫人的。

为儿子的祈祷[①]

教一个壮鬼站头边，
让我的麦克尔睡安稳，
不哭，也不辗转，
直到早餐又来临；
愿将逝的暮色驱远
恐惧，待晨光重到，
好让他母亲不缺少
充足的睡眠。

教那鬼把利剑紧握：
因为我承认，此类
妖魔存在，有些
已图谋害他，明知
最高尚的行为或思想
将随侍他未来的日子，
遂出于对荣誉的恨嫉，
想让它灭亡。

您[②]尽管每天从乌有
能造出一切，并教导
清晨的群星歌讴，

---

① 麦克尔·巴特勒·叶芝（一说名威廉·麦克尔·叶芝）于 1921 年 8 月 22 日出生。此诗作于当年 12 月。

② “您”：指耶稣基督。据基督教传说，耶稣被圣母马利亚和她的丈夫约瑟携往埃及，以逃避希律王的屠杀。见《新约·马太福音》第 2 章第 1—18 节。

但缺乏清晰的语调
表达您最简单的需求，
在女人的膝上啼哭着，
已悉知肉身所有的
最难堪的耻辱；

在您的敌人①的仆臣
遍跑全城的时光，
一个女人和男人②——
除非“圣经”撒谎——
蹚行于坦途和山路，
蹚行于荒原和沃野，
用凡人的爱保护着，
到危险过去。

① “您的敌人”：指希律王。
② 指圣母马利亚和她的丈夫约瑟。

一出剧里的两支歌[1]

一

我看见一处女凝眸站立
在狄俄尼索斯死去之处，
把心脏从他的肋下掏出，
把心脏放置在她的手里，
把那颗跳动的心脏拿去；[2]
于是乎所有的缪斯女神
在泉水旁边把“大年”[3] 唱吟，
仿佛神的死只是个游戏。

另一个特洛伊必兴起又衰落，
另一个世系必喂乌鸦口，
另一个阿尔戈彩画船艏
必驶向一个更俗艳的蠢货。
罗马帝国当场被惊呆：
掉落了和平与战争的缰绳，
当那烈性的处女和她的星

---

① 叶芝原注：“这些歌是我的剧作《复活》中的乐师们所唱”（《新编叶芝诗集》，页 597）。第一首和第二首诗的第一节作于 1925 年；第二首诗的第二节可能补作于 1930 至 1931 年间。

② 重述希腊神话中的酒和繁殖之神狄俄尼索斯的死亡和再生。狄俄尼索斯为主神宙斯与塞墨勒所生，因天后赫拉妒忌，遂被巨人泰坦撕碎吞食；其心脏被智慧女神雅典娜抢出，拿给了宙斯；宙斯吞之而使酒神得以再生。

③“大年”：见《一九一九年》一诗关于“柏拉图之年”的注解。

从那荒诞的黑暗中呼唤时。[1]

二

为人类思想变暗而悲悯，
他在那屋[2]里踱步，从中
引发了加利利地区[3]骚动；
巴比伦时代的星光[4]引进
一片荒诞、无形的黑暗[5]；
基督被杀害之时的血腥
使一切柏拉图式宽容成空，
使一切陶立克规范徒然。[6]

人类看重的一切事情
维持一时或一日之久。
爱的快乐把爱人赶走，
画家的笔消耗他的梦；
信使的喊声，士兵的行进
耗尽他的光荣和力气：
夜空闪耀的任何东西
滋养了人的树脂做的心。

---

① 此节借用古罗马诗人维吉尔（前70—前19）《第四牧歌》（前40）内容重述基督降生故事。据希腊传说，在黄金时代末，宙斯与正义女神忒弥斯所生之女阿斯忒瑞亚升离大地变成了室女星座。维吉尔在《第四牧歌》里预言阿斯忒瑞亚的回归之时即为新的黄金时代之始。自325年尼色阿宗教会议始，阿斯忒瑞亚即被基督教附会为圣处女马利亚，室女座中最亮的角宿一（阿尔法星）则为伯利恒的报喜之星。维吉尔还预言了另一次特洛伊战争和另一次阿尔戈英雄寻找金羊毛的远征。

② 在《复活》中，“那屋”是耶稣基督进最后晚餐之地。

③ 加利利：巴勒斯坦一地区，为基督传道的主要地区。

④ 叶芝认为古巴比伦占星学的兴起是精密科学的滥觞，也是天人关系中人的地位相应降低之始。

⑤ 公元四、五世纪的希腊哲学家预言基督教会是“主宰世上美好事物的一片荒诞而无形的黑暗”（见E. R. 多兹：《新柏拉图主义解说选编》，麦克米伦，1923，页8）。

⑥ 柏拉图哲学和陶立克建筑风格是基督教前古典世界文明的集中体现。

断　章

一

洛克①晕倒了过去；
伊甸园已死；
神从他肋下取出
珍妮纺纱机②。

二

我何处获得那真理？
从一个灵媒的口里，
它来自飘渺的虚无，
来自森林中的沃土，
来自尼尼微③的王冠
沉睡于其中的夜晚。

---

① 约翰·洛克（1632—1704）：英国哲学家，英国实证主义创始人。叶芝不喜欢他的思想。他在日记中写道："笛卡尔、洛克和牛顿拿走了世界，而把它的粪便给了我们"（《探索集》，页 325）。

② 戏仿上帝在伊甸乐园用亚当的肋骨创造夏娃的故事（《旧约·创世记》第 2 章第 18—23 节）。珍妮纺纱机是一种早期多轴纺纱机，于 1765 年由英国人詹姆斯·哈格里夫斯发明。

③ 尼尼微：古亚述帝国的首都，公元前 612 年毁灭。

丽达与天鹅[1]

突然一下猛击：那巨翼仍拍动
在踉跄的少女头顶，黝黑蹼掌
摸着她大腿，硬喙衔着她背颈，
他把她无助的胸脯贴在他胸上。

她惊恐不定的柔指如何能推开
渐渐松弛的大腿上荣幸的羽绒？
被置于那雪白灯心草丛的弱体
怎能不感触那陌生心房的悸动？

腰股间一阵摇动就造成在那里
城墙被破坏，屋顶和碉楼烧燃，
阿伽门农惨死[2]。
　　　　　　　就如此遭劫持，
如此任空中那野蛮的生灵宰制，
趁那冷漠的巨喙能把她丢下前，
她可借他的力吸取了他的知识？

1923

① 据希腊神话，斯巴达王廷达瑞俄斯之后丽达被变化成天鹅的主神宙斯强奸而生海伦（性爱的象征）、克吕泰涅斯特拉（阿伽门农之妻）和狄俄斯库里兄弟（战争的象征）。叶芝认为这预示旧的文明（上古时代）行将终结，新的文明（荷马时代）即将到来，而变化的根源即在于性爱和战争。

② 海伦与帕里斯的私奔导致特洛伊战争和特洛伊城邦的毁灭；希腊联军统帅阿伽门农（权力和尊严的象征）在凯旋归国后被其妻克吕泰涅斯特拉伙同奸夫谋杀。

题埃德蒙·杜拉克作黑色人头马怪图①

你的蹄子曾踩踏在黑暗的树林边缘，
甚至可怕的绿鹦鹉啼叫摇晃的地方。
拙作全都被踩踏入湿热的污泥里面。
我早知那恶作剧，认为那是恶事一桩。
保健的太阳催熟的东西是保健食品，
仅此而已；可我，由于某绿色的羽翮，
被逼得半疯，曾在疯狂的茫茫夜暗中
收取古老的木乃伊小麦②，一粒粒研磨，
然后在一个炉灶里慢慢烘烤；而如今
我从在七个以弗所醉汉酣睡的地方
发现的酒桶中取出醇香的美酒：他们
睡得真沉，不知亚历山大帝国何时亡③。
伸展开你的四肢，睡一个畅快的长觉；
不管怎么说，我爱你曾胜过我的灵魂，
而且没有谁如此适合于去守望，放哨，
不倦地监视着那些可怕的绿色鸣禽。

---

① 此诗作于1920年9月，原题《观黑色人头马怪图有感》。埃德蒙·杜拉克（1882—1953）：英国画家，叶芝之友。

② 据说是一种用在埃及底比斯古墓中木乃伊棺里发现的麦种培育出来的小麦，在英国有种植。见《关于古埃及人的传说》（伦敦，1854）。叶芝以此暗示隐秘的智慧在播种以后数百千年方能成熟。

③ 基督教传说，在罗马皇帝狄修斯（？—215）迫害基督徒时期，七个殉道者被封闭在小亚细亚古城以弗所附近的一个山洞里。两百年后他们醒来，被带到提奥多修斯二世（401—450）面前，他们的故事坚定了他动摇的信仰。马其顿国王亚历山大大帝（前356—前323）于公元前334年攻占以弗所；他的帝国在他死后不久即解体。

在学童中间[①]

一

我边问边从长长的教室走过；
戴白帽的和蔼老修女作答解释；
孩子们学习算术，学习唱歌，
学读语文课本和历史故事，
学习剪裁和缝纫，一切都整洁，
按最佳现代方式——孩子们一时
带着好奇的神情，凝眸注目
一个六十岁含笑的公众人物。

二

我梦想一个丽达[②]似的身体，低俯于
渐熄的炉火上，她讲的一个故事，
说的是一次严厉的责备，或区区
琐事把童年的某一天变成了悲剧——
讲过后，我们俩天性仿佛出于
青年的同情而混合成一个球体，
或者说——把柏拉图的比喻[③]略加修改——
成了同一蛋壳里的蛋黄和蛋白。

---

① 叶芝于 1926 年 2 月以国会参议员身份参观沃特佛镇的圣奥特兰小学后作。

② 见《他的不死鸟》一诗注。

③ 柏拉图在《会饮篇》中记，希腊剧作家阿里斯托芬（前 450—前 385）论辩说，原始人是双性的，类似一球体，后被宙斯一分为二，就像以头发切开煮熟的鸡蛋。性爱则被视为企求重新合一。

三

心想着那时的一阵悲伤或怒气，
我在此把这孩子瞅瞅，那孩子看看，
不知她这么大是否也这样站立——
因为天鹅的女儿也可能遗传
所有的涉禽共有的某种东西——
也有这样颜色的脸蛋或发辫，
想到此，我的心简直像发了疯癫：
她仿佛活生生的孩子站在我面前。

四

她现在的形象浮现在我的脑海中——
是十五世纪大师①的手指所造作？
双颊凹陷，就好像它靠喝风
吃大堆杂乱的影子当饮食过活。
而我，尽管绝非丽达的遗种，
却也有过漂亮的羽毛——够了，
不如对所有微笑者微笑，显示
有一种老稻草人日子过得还舒适。

五

年轻的母亲——她膝上一个形体
被那“生殖之蜜”② 所出卖捉弄，
必将睡眠、哭闹、挣扎着要逃离，
一如回忆或那药物所决定——

---

① 此诗初版指列奥纳多·达·芬奇（1452—1519）。

② 叶芝原注：“我从波尔菲瑞关于‘山林女仙的洞府’的文章中取用了‘生殖之蜜’，但是在波尔菲瑞那里没有找到视之为破坏对出生前自由之‘回忆’的‘药物’的根据。……”（《叶芝诗集新编》，页 597）。波尔菲瑞（232/233—305）：新柏拉图主义哲学家。他在《关于山林女仙的洞府》一文中解释说蜂蜜“恰当地象征了降入迷人的生殖领域的快乐和愉悦”。

会怎样看她儿子？若她把那形体——
它头上已有六十或更多个寒冬——
只当做生他时剧痛的一份补偿，
或为他前程担忧的一份补偿。

六

柏拉图[1]认为自然界不过是嬉戏
在精神万物变化图上的泡沫；
更壮的亚里士多德[2]舞弄着鞭子
在一位王中王屁股上薄施惩戒；
举世闻名的金股毕达哥拉斯[3]
在琴弓或琴弦之上运指弹拨
星星所唱、无心的缪斯听过的乐章：
用以吓鸟的旧竿子上的旧衣裳。

七

修女和母亲们全都崇拜偶像，
但那些被烛光照亮的尊容不似
那些撩惹母亲幻想的形象，
只会让大理石或青铜保持静止。
可它们也令人心碎——种种造像，
呵，为热情、虔诚或爱慕所熟知，
并且象征一切天国荣耀者——
呵，自生的人类事业的嘲笑者；

---

① 柏拉图（前427—前347）：古希腊哲学家。

② 亚里士多德（前384—前322）：古希腊哲学家，曾任亚历山大大帝的私人教师。

③ 毕达哥拉斯（前582—前507）：希腊哲学家、数学家，音程的数理基础的发现者。

八

肉体不为取悦灵魂而损伤，
美不是生于自身的绝望断念，
花眼的智慧不出自夜半灯光，
劳动就会开花或起舞蹁跹。
呵，栗树，根壮而繁花兴旺，
你究竟是叶子、花朵还是枝干？
呵，身随乐摆，眼光照人，
我们怎能将舞者和舞蹈区分？

科洛努斯的颂赞[1]

（出自《俄底浦斯在科洛努斯》）

合唱队：来赞颂科洛努斯的骏马，来颂赞
树林纷乱缠结酒一般浓的黑暗，
在那里聒噪得令白昼耳聋的夜莺啊，
假如白昼的天光曾经造访那
风雨或阳光都不曾造访的地方，
不死的仙女就会翩翩起舞，
被和谐的乐音醉得迷迷糊糊，
塞墨勒的儿郎[2]是个快活的伴当。

那边健身者的花园[3]里茁壮长成
自我播种、自我萌生的体形，
使得雅典人的智力无与伦比，
甚至还有由奇迹从活的石头里
培育出来的叶子灰白的橄榄树；
和平或战争的偶然意外都不会
使那古老的奇树枯萎，因为

① 这是叶芝根据多种法文和英文散文译本改写的古希腊剧作家索福克勒斯（前496—前406）的悲剧《俄底浦斯在科洛努斯》中的一首合唱歌词，完成于1927年3月24日。科洛努斯是雅典城北一地区；此地名与马有关，因为该地崇拜把马作为礼物赠给人类的海神波塞冬。

② 指希腊神话中的酒神狄俄尼索斯。见《一出剧里的两支歌》一诗注。

③ 健身者的花园：指柏拉图创建的学园，包括一花园和健身房，位于雅典城郊，与科洛努斯毗邻。橄榄树是智慧女神送给人类的礼物；据说学园中的橄榄树是地上长出的第二棵；第一棵在雅典卫城上的雅典守护神庙西附近。

伟大的灰眼雅典娜在凝眸守护。

谁来到这个国家，并且已光顾
金色藏红花和水仙花盛开之处——
那位哭悼亡女的伟大母亲，①
被叶子灰白的橄榄树中间粼粼
闪光的流水美景所陶醉，在那里
采下一朵花，歌咏她的所失；
谁找到了富饶多产的塞菲索斯，②
就找到了那里所有的最美景致。

因为这国家有一个虔诚的心灵，
记得当整个人类都还仅仅
在路上步行，或在水边扑腾时，
波塞冬就已赐与它船桨和马嚼子，③
所以科洛努斯的男孩或女娃
无不谈论那马嚼子和那船桨；
无论夏季和冬季，白天和晚上，
都谈马和大海的奔马，白色的骏马。④

---

① 指希腊神话中的谷物女神得墨忒耳；见《日出》一诗注。
② 塞菲索斯：流经雅典城西的一条河。
③ 传说波塞冬教人骑马行船。
④ 大海的奔马：指白色的海浪。

智 慧

当彩绘壁板、雕塑、
玻璃镶嵌画、窗玻璃
纠正了某个农夫
传道者讲错的教义，
扫除了地板之上
那木匠[1]留下的锯末时，
才发现真正的信仰。
当庄严的圣母身披
锦缎，坐在嵌象牙
镶黄金的香柏木座位，
缝制绛袍，以备他[2]
在诺亚的洪水[3]从未
漫过的巴比伦高塔里
可以高贵地穿着时，
神迹尚在儿戏。
丰裕之王[4]称他是
“无罪”；他自称“智慧”。
这名号听起来最妙，
想想多野的婴儿会
把恐惧逐出母亲怀抱。

① 木匠：指圣母马利亚的丈夫约瑟。

② 他：指耶稣基督。

③ 上帝曾降洪水毁灭人类，惟有诺亚一家幸免（见《旧约·创世记》第 6 章第 5 节—第 7 章第 19 节）。

④ 丰裕之王：指天父上帝。

英雄、少女和傻子[①]

少女： 我对镜子里自己的映像发怒，
那太不像我自己，你赞美它的时候，
就好像你在赞美别的人，或甚至
在借赞美我的对立面嘲弄我；
早晨醒来的时候我害怕自己，
因为心在叫喊：欺骗所赢得，
残酷必保存；那就听警告走吧，
如果你看见的是映像而不是女人。

英雄： 我对我勇力发怒，因为你爱它。

少女： 如果我不美，你也没有勇力，
我不如找一间修道院去当修女；
修女至少还受所有人尊敬
而无需残酷。

英雄： 我曾听人说过，
人们尊敬是因为她们的圣职
而非因她们本人。

少女： 说下去，说，
只有上帝因我们本人爱我们，
但渴望男人爱的我又在乎什么？

① 此诗最初发表于1922年，题为《库胡林、少女和傻子》；1928年收入《碉楼》；后来只保留了第18—29行，改题为《路边的傻子》。

路边的傻子：当一切有生之物
从摇篮跑向了坟墓，
又从坟墓跑向摇篮；
当一个傻子
缠在轴上的心思
不过是松散的线，不过是松散的线；

当摇篮和线轴已过去，
我终于变成区区
鬼影，聚气成形，
透明如风，那时候，
我想，我才会邂逅
一个忠诚的爱人，一个忠诚的爱人。

欧文·阿赫恩及其舞者①

一

的确是件怪事：我的心当爱情不求
自来到诺曼高地②上或那白杨树荫中，
除自身之外不觉有负担，却憔悴消瘦。
它无法承受那负担，因此发了疯。

南风带给它渴望，东风带给它绝望，
西风使它可怜，北风使它惊恐。
它怕以所有的风暴给爱人造成损伤；
它也怕她会带来损伤，因此发了疯。

我能与任何邻近的头脑沟通交流，
我有任何诗人有过的健康肉身，
可是啊！高地起风时我的心无法再承受；
我跑开，从爱人身边，因为我的心发了疯。

二

肋骨后面的心大笑。“你说我发了疯，”它说。
“因为我使你从那小女孩③身边跑开啦；

① 第一部分作于1917年10月24日，叶芝婚后第四天，初题为《恋人说》；第二部分作于10月27日，初题为《心回答》。欧文·阿赫恩：叶芝短篇小说《律法书板》中的人物，叶芝此处用以自况，作为“他我”或“反自我”。舞者：指茉德·冈的女儿伊秀尔特·冈和叶芝的妻子乔芝。

② 指诺曼底的卡尔瓦多，法国一地区，茉德·冈有住宅在那里。伊秀尔特·冈十五岁时曾在那里向叶芝求婚，但因命相里火星太旺而被拒绝。

③ 指伊秀尔特·冈（1895—1954）。叶芝屡次向她求婚而未成。

她怎能与如此野生的半百之人匹配呢？
让笼鸟与笼鸟交配，野鸟在野地里交配吧。”[1]

“你整天只是编谎话，哦，害人精，”我回答。
“谎话都只有一个目的，即把可怜人出卖；
我不曾在任何笼中发现我身边的女娃。[2]
一旦获悉我所思在远方呵，她的心会破碎。”

“说出你全部心意，”[3] 我的心高唱，“谁在意？
既然你的舌无法说服那女孩，除非她
把幼稚的感激当爱情而与你半百人配对。
现在让她选一个小伙子吧，只要他狂野。”

① 笼鸟象征伊秀尔特·冈；野鸟象征乔芝。
② 指乔芝。
③ 可能指乔芝的“乱笔”对叶芝的作用。

一个男人的青年和老年[①]

一、初恋[②]

虽然在美的残酷孕育中
出落得像滑翔的月亮，
她时而漫步，时而脸红，
伫立在我的小径上，
直到我以为她体内藏有
一颗有血肉的心脏。

但是自从我伸手在那里
发现了一颗石心起，
我已经尝试过许多事情，
却没有一件顺利，
因为摸索月亮的手
都是神经有问题。

她微微一笑就改变了我，
又撇下我像个小丑
这里走走，那里逛逛，
头脑空空没念头，
还不如天上群星的轨道，
在月亮滑出天外后。

① 这组诗作于 1926 至 1927 年间。前四首原题《四首年轻乡下人的歌》；第六、七、八、九首原题《老年乡下人的更多的歌》。

② 此诗写诗人青年时代对茉德·冈的恋爱。

二、人类的尊严①

她的温情像月亮，
假如我可以把其中
没有理解，对人人
都一样的东西叫温情，
仿佛我的忧伤是
画在墙上的风景。

于是像石头我躺倒
在一棵断树下边。
假如把内心痛苦
冲掠过的飞鸟嘶喊，
就可能复元，但我哑然，
由于人类的尊严。

三、美人鱼②

美人鱼发现一游水少年，
把他捉来做情郎，
把身体紧贴着他的身体，
大笑；然后潜藏，
忘记了在残酷的欢乐中
有情人也会溺亡。

四、野兔之死③

我指出狂吠的群犬，

---

① 此诗写对茉德·冈的苦恋。

② 此诗写与奥莉维娅·莎士比亚的私情。

③ 此诗作于 1926 年 1 月 3 日，写对伊秀尔特·冈的单恋。叶芝于 1935 年 9 月 23 日致信毛瑞斯·沃尔曼说："你可以说此诗意思是说，恋人在恋爱时，会对所爱之人对被囚禁的恐惧感到同情"（《书信集》，页 840—841）。

让野兔跳进树林，
当我叫好致意时，
它犹如恋人面临
眼皮的低垂一般，
因鲜血凝固而欢欣。

突然我的心为她的
失神绞痛起来，
遂想起野性已失，
后来，从那里被推开，
站在树林里，我因
野兔之死①受责怪。

五、空杯②

一疯子找到一杯子，
在快要渴死的时刻，
却几乎不敢润润嘴，
精神错乱，想象着
倘若是再多喝一口，
他狂跳的心会爆裂。
去年十月我也找到③，
但发现杯干如枯骨，
为此原故，我疯了，
睡眠也随之而逝去。

---

① 可能暗指伊秀尔特·冈与弗朗西斯·斯图亚特的不幸婚姻。

② 此诗写与奥莉维娅·莎士比亚的关系。叶芝在1926年12月6日致信莎士比亚太太：“回顾青年时代就好像看渴死的疯子留下的半尝未尝的杯子。”

③ 叶芝于1926年10月与奥莉维娅·莎士比亚会过面。

六、他的记忆①

我们应被藏起，不让人见，
因为不过是展出的圣器
和残损的尸骸，犹如
被凄厉的北风吹折的荆棘，
想想已入土的赫克托尔，
和活人谁也不知的无名氏。

女人们一点儿也不注意
我的所做或是所说，
她们宁可丢下宠物
去听一头公驴放歌；
我的手臂像扭曲的荆棘，
但从前也有美人枕过；

全部落的头一号枕在上面
曾经享受过如此的快乐——
她②曾让赫克托尔威风扫地
并使整个特洛伊毁灭——
她冲着我这耳朵大声喊，
“要是我叫唤就猛撞我。”

七、他青年时代的朋友③

是笑声而不是时光毁了我嗓音，
给其中掺入那嘶哑声；
月亮的肚子鼓得像水壶时，
我得了大笑阵发症，

① 此诗写1907或1908年与茉德·冈发生性关系事。
② 她：特洛伊的海伦，象征茉德·冈。
③ 此诗作于1926年7月2日。

因为那老梅芝沿小巷走来，
胸前抱了块石头，
石头上裹着一件斗篷，
她嘴里无止无休
唱着宝宝乖，宝宝睡觉觉；
她好像拍岸的浪花
曾经疯野过但不会生育，
就把那石头当娃娃。

彼得，有过了不起的艳遇，
是个能干的汉子，
尖声高叫：“我是孔雀王，”
在一块石头上栖息；
于是我大笑，泪水直流，
心脏在胸腔里乱跳，
想起她尖叫从前是出于爱，
他尖叫是出于骄傲。

八、夏天与春天

我们坐在老荆棘树下
彻夜地谈论，叙说
自从初见天光以来
所说或做过的一切；
我们谈到长大成人时，
知道劈开了灵魂，
如果倒在彼此的怀里，
或许能使它变完整；
于是彼得露出凶相，
因为好像他和她
曾经谈论童年时光，
就在同一棵树下。
呵，有过怎样的萌芽，

怎样的繁花开绽，
当我们享有整个夏季，
她享有整个春天！

九、老人的秘密

现在我拥有老妇人的秘密，
她们有过年轻时；
梅芝告诉我血气方刚时
想都不敢想的事，
使一位恋人溺死的一切
听起来像支旧歌子。

虽然玛格丽哑口无言，
要是碰上了梅芝，
我们仨却凑成一团孤独，
因为如今没有谁
会知道我们知道的故事
或说我们说的事：

在所有已逝者当中，哪一个
男人最招女人爱；
哪一对男女相爱多年，
就那么惟一一对；
一个个稻草床铺的故事
或鸭绒床铺的故事。

十、他的狂放①

快教我上马，高高飞翔
到那层云中间去，

① 佩格和麦格是虚拟的女子名；帕里斯是特洛伊王子，他的情侣当指海伦，亦影射茉德·冈。

因为佩格、麦格和帕里斯
那腰背笔直的情侣
如今已逝去，剩下的一些人
用她们的丝绸换粗布。

只要我在那里，且没人听见，
我会让孔雀啼鸣，
因为这自然而然，对于
活在回忆中的男人；
孤独中，我宁愿养一块石头，
给它唱催眠曲听。

十一、出自《俄底浦斯在科洛努斯》①

忍受神赐的任何生命，勿祈求更长的寿命；
别再回想青年的欢乐，厌倦了旅行的老人；
欢乐会变成对死亡的渴望，若别的渴望都成空。

甚至从那为记忆所如此珍惜的欢乐里也会
生出死亡、绝望、分家，人类的一切烦恼事，
一如那流浪的老乞丐和这些神厌弃的孩子②所知。

回音的长街上挤满开怀大笑的跳舞之人，
新娘被抱进洞房，穿过火炬和喧闹的歌声；
我赞美那结束短暂或长久生命的无声亲吻。

---

① 这是叶芝根据保罗·马斯科瑞的法文和理查德·杰布的英文散文译本改写的古希腊剧作家索福克勒斯（前 496—前 406）的悲剧《俄底浦斯在科洛努斯》中的一首合唱歌词，完成于 1927 年 3 月 13 日。科洛努斯是雅典城北一地区。

② 指俄底浦斯和他的女儿安提戈涅、伊斯墨涅。

最好是从未生活过，古时的作者异口同声，
从未吸取过生命的气息，窥望过白昼的眼睛；
其次是道一声欢快的晚安，然后迅速转过身。

三座纪念雕像[①]

他们公开集会，在我们
最有名的爱国者伫立的地方，
一个高耸在飞鸟当中，
两个较矮些矗立在两旁；
所有知名的政治家都说
廉洁建立起国家政权，
然后防止它腐败堕落；
都告诫我们要坚持这点，
勿理睬一切卑鄙的野心，
因才智会使我们骄傲，
骄傲则把不廉洁引进：
那三个老流氓哈哈大笑。

---

① 此诗作于1925年6月11日爱尔兰参议院就离婚法案辩论之前。都柏林市欧康奈尔大街上有英国海军大将霍瑞修·耐尔森（1758—1805）、爱尔兰政治领袖丹尼尔·欧康奈尔（1775—1847）和查尔斯·斯图亚特·帕内尔（1846—1891）雕像纪念碑。三者私生活均欠检点。

万灵节之夜[①]

《异象》跋

午夜来临了，基督教堂[②]的大钟
和许多较小的钟响彻这屋子；
这是万灵节之夜。
满溢麝香葡萄酒，两只长玻璃盅
在桌上冒泡。一个鬼也许会来；
因那是鬼的正业，
他的元素被死亡
磨砺得如此精微，
可饮用酒的气味，
而我们粗糙的味觉饮用醇酒浆。

我需要某个心灵，即使大炮声
从世界各个角落响起，也能像
裹着尸布的木乃伊
那样裹在内心的沉思中不动；
因为我有一件绝妙的事要讲，
确实绝妙的事，
只有活人会讥讪，
清醒的耳朵听不得；

① 万灵节：通常为11月2日，是天主教节日，在这天，地上的教会为所有已去世但仍在炼狱里受苦的虔诚的灵魂祈祷。此诗被收入叶芝所著《异象》（1925；1937）一书末尾。

② 基督教堂：英国牛津大学的一所学院名。

也许所有听到者
都会大笑并痛哭一个钟点。

首先我召请霍顿①的。他好奇想，
深知那种甜美的骄傲之极度，
所谓柏拉图式恋爱，
精炼到情欲的如此一种高度上，
在女友死后，只有止痛药当情妇，
什么也给他带不来。
言语不过是耗气；
他只有一个切盼：
那年或者下一年
冬季的极端天气将会是死期。

两种思想如此混合，我分不清
他想得最多的是她还是上帝，
只是想他的心目
向上仰视时，只看见一个象形；
又想一个可以为伴的瘦鬼②，
痴狂于神学秘术，
如此照亮那整栋
广大神奇的屋宇——
“圣经”给我们的应许：
那就像一条金鱼游动在碗中。

---

① 威廉·托马斯·霍顿（1864—1919）：神秘主义画家，叶芝就读都柏林首府艺术学校时的同学。

② 指霍顿的女友艾米·奥德瑞·洛克（1881—1916）。

其次我召请弗洛伦丝·埃默瑞[1]，
她发现脸上最初出现的皱纹
美丽且令人羡慕，
预知未来美貌必将衰退，
平庸必将倍增而苦恼烦闷，
宁愿远离邻或友，
去到黑皮肤中间
教书，在那里听任
丑恶的岁月蚀侵，
躲开注目到不被注意的终点。

在那终点之前，她从某位
博学的印度人[2]用取譬设喻的方式
论灵魂旅程的讲话中
获得了解脱。它如何被卷得到处飞，
遍及月亮轨道能达到的位置，
直到投入太阳中；
在那里，自由而恒定，
兼为“选择”和“机遇”，
忘却它的破玩具，
终于沉入自身的喜乐之境。

我把麦克格莱戈[3]从墓里唤起，
在我艰难的初期我们是朋友，

---

① 弗洛伦丝·法尔·埃默瑞（1869—1917）：英国女演员；叶芝早年情人之一。于1912年离开英国到锡兰一所佛学院教书，1917年4月29日在那里去世。

② 可能指蓬南钵蓝·罗摩那昙大师（1851—1930），埃默瑞所在任教的学院的创建人。

③ 麦克格莱戈·梅瑟斯（1854—1918）：神秘主义者，“金色黎明秘术修会”创始人之一；1900年与叶芝就会务问题发生争吵后，二人关系遂疏远。

尽管后来有疏离。
我认为他半是疯子，半是无赖，
并如是告诉他，但友谊从未结束；
当思绪不请自起，
落在他有过的义举上，
而我半满足于盲目时，
即使心意似变易，
而且似随那心灵变易了又怎样！

他曾经勤勤恳恳致力于开创，
富有狂暴的勇气，在孤独寂寥
逼得他发了疯之前；
因为静坐沉思未知的思想
使人际交往逐渐越来越少，
得不到酬报或夸赞。
但因我举杯相邀，
他也会向主人举杯；
他生前曾经好鬼，
如今为鬼也许已变得更倨傲。

但名字不算什么。那是谁不要紧，
只要他元素已变得如此精细，
麝香葡萄酒的气味
能给他敏锐的味觉以任何活人
都无法从酒浆喝到的销魂狂喜。
我有木乃伊真理
要讲，活人会讥讪，
清醒的耳朵听不得，
也许所有听到者
都会大笑并痛哭一个钟点。

这种思想——有这种思想我紧抱，
直到沉思掌握了它各个部分，
我的眼光不可挡，
直到那眼光冒天下之不韪而跑到
那里，遭天谴者哄走了他们的心，
有福者跳舞的地方；
这种思想，绑其中，
我无需别的东西，
裹在心灵的漫游里，
好像木乃伊裹在尸布之中。

1920 年秋于牛津

旋梯及其它[①]
（1933）

献给
埃德蒙·杜拉克

① 1933年初版，共收诗六十四首。

纪念伊娃·郭尔-布斯和康·马尔凯维奇[1]

一

利萨代尔[2]，傍晚的灯光，
朝向南方的硕大窗户，
两个穿丝袍的少女，都
很美，一个好像羚羊。
可是一个肃杀的秋天
把鲜花从夏日的花环上剪除；
年长者遭了死刑的判处，
遇赦后，挨过寂寞的长年，
在愚氓中间从事着阴谋。
我不知年幼者梦想什么——
某种模糊的乌托邦——她仿佛，
到老得瘦骨嶙峋的时候，
这类政治的一个鬼影。
有好多次我打算去访寻
这位或者那位，谈论
那乔治时代的老宅[3]，混同
心中的种种景象，回想
那桌子和青年时代的谈吐，

① 伊娃·郭尔-布斯（1870—1926）：诗人、社会主义者；康斯坦丝·郭尔-布斯·马尔凯维奇（1868—1927）：革命家。后者因参与1916年复活节起义而被判处死刑，后改判无期徒刑，1917年6月遇大赦出狱，仍旧活跃于爱尔兰政坛。叶芝自1894年起与姊妹俩相识。

② 利萨代尔：见《梦想仙境的人》一诗注。

③ 乔治时代为1714—1820年。而利萨代尔建于1832年。叶芝要么搞错了，要么是指其建筑风格。

两个穿丝袍的少女，都
很美，一个好像羚羊。

二

亲爱的幽灵，现在你们
洞知一切与普遍的是非
作战争斗的愚蠢行为。
天真之人和美丽之人
除了时光没有仇敌；
起身来教我划一根火柴，
再划一根，到时光燃起来；
假如大火升腾而起，
就跑，到所有智者都知道。
我们建筑了伟大的楼台，
他们却宣告我们有罪；
教我划火柴把火吹着。

1927 年 10 月

死[1]

垂死的野兽不知
恐惧也不知希望；
临终的人却满怀
所有的希冀恐慌；
一遍一遍他死去，
一遍一遍又复活。
一个伟大的人物
壮年面对杀人者，
把轻蔑冷冷投向
呼吸的更迭交替；
他透彻深知死亡——
是人类创造了死。

① 此诗作于 1927 年 9 月，是为爱尔兰自由邦司法部兼外交部长凯文·欧希金斯（1892—1927）被恐怖分子刺杀而作。

自性与灵魂的对话[①]

一

我的灵魂：我号召去那盘旋的古老楼梯；
把你的全部心意都置于那陡阶，
置于那破裂、崩坍欲坠的雉堞，
置于那无息的星光耀映的空际，
置于那标志着隐蔽极轴的星辰；
把缕缕漫游的思绪全都集中在
一切思想在那里完成的方位：
谁又能把黑暗与灵魂分辨区分？

我的自性：横在我膝上这柄神圣的剑
是佐藤的古剑[②]，依然像从前一样，
依然快如剃刀，像明镜一样，
不曾被数百年岁月染上锈斑；
那绣花、丝织、古老的锦缎扯自
某位宫廷贵妇的衣袍，包裹
缠绕在那木制剑鞘上，残破了，
仍能保护，褪色了，仍能装饰。

我的灵魂：一个人鼎盛之年久已度过，
为什么还要在想象之中回顾
那些象征爱情和战争的事物？
想一想祖先留传下来的黑夜：

① 此诗作于 1927 年 7—12 月间。
② 见“内战期间的沉思”之三《我的桌子》一诗注。

只要想象蔑视凡尘世界，
理智蔑视它那从此到彼
又到其他事物的不定游移，
黑夜就能脱离生死的罪恶。

我的自性：元茂[①]，家族的第三世，五百年前
造就了它，它周围躺着我所
不知的某种刺绣的花朵图案——
像心一样猩红——我把这些
都当做白昼的象征，与那象征
黑夜的碉楼形成相互对立，
并且犹如以一个士兵的权利
要求一份再度犯罪的许可证。

我的灵魂：如此的充盈在那方位流溢，
继而泻入心意的盆地之中，
使人震惊得又盲又哑又聋，
因为理智不再能够辨识
“在”与“应在”，或者“能知”与“所知”——
那也就是说，不再能够升天；
惟有死者能够得到赦免；
但我想到此，舌头便僵硬如石。

二

我的自性：活着的人是盲目的，且嗜饮无度。
有什么要紧？即使水沟不干净。
有什么要紧？即使我再活一生，
忍受长大成人的艰难辛苦；
少年时代的蒙羞受辱；那从

① 元茂长舟备守（译音）：日本铸剑师，生活于弘和年间（1394—1428）。

少年转变到成人的痛苦坎坷；
那未得成就的成人和他那被迫
与自己的愚笨面对面的伤感苦痛；

那四面受敌的获得成就之人——
天哪，他究竟如何才能够逃避
那些充满恶意的眼睛的镜子
反射到他的眼睛之中的那毁损
而又污秽的形象，直至终于
他认定那形象就是他的形象？
而假如在寒风之中荣誉临降
一味逃避又有什么好处？

我满足于把一切从头再活过一遍
又一遍，即便那生活是这般如此：
把一个痛打一群瞎子的瞎子
扔进瞎子之沟的蛙卵中间；
或把男人所做或者不得不
忍受的蠢事——假如他追求一个
与他灵魂无缘的骄傲女人——
扔进那最有繁殖力的水沟里去。

我满足于在行动或在思想中追溯
每一事件，直至其源头根柢；
衡量一切；彻底原谅我自己！
像我这样的人把悔恨抛出，
一股巨大的甜蜜流入胸中时，
我们必大笑，而且我们必歌呼，
我们备受一切事物的祝福，
我们目视的一切都有了福气。

血和月[1]

一

愿这个地方有福气，
这塔楼更加有福气；
血腥、傲慢的权力
曾自这家族崛起，
启用、主宰它，好比
这些墙从这些风吹
雨打的农舍间崛起——
意在嘲弄，我建起
一个强有力的标志，
用诗歌一遍遍颂赞，
嘲弄着一个顶端
已经半死的时代。

二

亚历山大的塔[2]是一座灯塔，巴比伦的塔[3]是
运动的天穹的形象，太阳和月亮的一本航行日志；
雪莱有自己的塔，他曾称之为思想的王子[4]。

---

① 此诗作于 1927 年 8 月。叶芝原注（1933）：“‘血和月’的部分象征得自以下事实的启发，即巴利里碉楼顶部有一废弃的房间，蝴蝶从瞭望孔飞进来，然后在窗户玻璃上死去”（《叶芝诗集新编》，页 597）。

② 埃及亚历山大港法罗斯岛上的灯塔曾经是世界七大奇迹之一，毁于十四世纪一场地震。

③ 古巴比伦人以擅长占星术闻名于世。巴比伦通天塔层层相叠，仿佛托勒密地心说之九重天的形象。

④ 英国诗人珀西·比舍·雪莱（1792—1822）在诗剧《解放了的普罗米修斯》（1820）第四幕第 102—104 行中写道：“从那些摩天高塔，/思想的王子在其中/坐观你们跳舞，快乐的时光啊！”

我宣示这座塔楼是我的象征；我宣示
这盘绕、转圈、螺旋的踏车般的楼梯是我祖传的楼梯；
哥尔斯密[①]和那主教[②]，贝克莱[③]和柏克[④]曾旅行到这里。

在卜者般盲目狂乱中捶打胸膛的斯威夫特——
因为他浸透鲜血的胸腔里的心把他坠下到人间来；
从容地从他那头脑的贮蜜囊啜饮的哥尔斯密；

头昂得更高的柏克，他证明国家是一棵树，
这不可征服的禽鸟迷宫，一个世纪又一个世纪，
只给数学等式抛下些枯死的叶子；

上帝任命的贝克莱，他证明万物都是梦，
尘世这务实而愚蠢的猪，及其显得很壮实的幼崽，
头脑一变换主题就必定即刻消失；

“狂暴的义愤”[⑤] 以及劳动者所得的报偿，
那赋予我们的血脉和国家以自身渴求之伟大的力量；
理智火焰焚毁的那不是上帝的一切。

三

无云遮蔽的月亮洁净清纯，
把它箭似的辉光投向地面。
七个世纪过去，月亮仍皎然；

---

① 奥立佛·哥尔斯密（1728—1774）：爱尔兰英裔作家。

② 乔纳森·斯威夫特（1667—1745）：爱尔兰英裔作家、都柏林圣帕垂克教堂住持主教。

③ 乔治·贝克莱（1685—1753）：爱尔兰英裔哲学家、科隆尼主教。

④ 埃德蒙·柏克（1729—1797）：爱尔兰英裔政治作家兼演说家。

⑤ 此引语出自斯威夫特的墓志铭，原文为拉丁文，参见《斯威夫特的墓志铭》一诗。

无辜的鲜血没有留下污痕。
那里，浸透鲜血的地面之上，
曾经站过士兵、刺客、刽子手，
无论因盲目恐惧，为每日薪酬，
或出于抽象仇恨，都令血流淌，
却不能溅洒一滴在月亮之上。
那祖传楼梯上面的血腥气味！
我们没流过血的人必聚在那里，
在酒醉狂乱中为月亮呐喊喧嚷。

四

紧贴那些尘封、微明的窗户，
那些龟背纹蝶、孔雀斑蝶
仿佛在明月辉映的天上紧贴；
一两只夜蛾在振翅翩翩飞舞。
每个现代国家都像这塔楼，
顶端半死？无论我说过什么，
因为智慧是死者拥有的财货，
一种与生命互不相容的事物；
而权力，像一切沾有血污的东西，
是生者的财货；但是没有污痕
能够蓦然染上月亮的面容，
当它从云背后得意地窥望时。

膏与血[①]

在黄金和宝石装潢的墓穴里边，
圣洁的男人和女人的尸体渗出
奇异膏脂，紫罗兰的芳香气味[②]。

而在被夯实的泥土的重压下面，
躺卧着吸血鬼充满鲜血的身躯；
它们的裹尸布血污，嘴唇尚湿[③]。

---

① 此诗作于1927年12月，1928年和1929年有所修改。

② 据说西班牙卡米尔派修女圣忒瑞莎（1515—1582）死后数百年，棺木已朽，而其遗体宛如生时，且渗出奇异的油脂，散发出紫罗兰似的香气。叶芝于1928年2月2日致信友人T. 斯特支·穆尔："顺便说一句，请勿再引用他〔译按：斯特支的哥哥、哲学家G. E. 穆尔〕，直到你问过他以下问题：'你怎么解释这一事实：当圣女忒瑞莎的墓被打开时，她的遗体渗出奇异的油膏，发出紫罗兰香味？'如果他解释不了这基本事实的话，那他就什么也不懂"（《W. B. 叶芝与T. 斯特支·穆尔通信集》，页121—122）。

③ 叶芝读过一些关于吸血鬼的小说。

维罗尼卡之帕[①]

天国的环路；贝瑞尼丝的长发[②]；
伊甸园的帐篷支柱[③]；那帐篷的幕布；
地上和空中标志性的荣耀光华！
在那里创造这伟大和荣耀的天父
以及祂手下各级天使的人马
都站在一个针眼的环路里头。

有人发现了不同的柱子[④]，它旁边，
一方浸染过鲜血的手帕上的图案。

---

① 此诗作于1929年。据基督教传说，维罗尼卡之帕是耶稣前往受难地途中一个名叫维罗尼卡的女人给他擦脸用的手帕或面纱。当耶稣把它归还给那女人时，他的面影印在了上面。

② "天国的环路"是古罗马新柏拉图主义哲学家普罗提诺（205—270）所著《九章集》第2章第2节的标题；在其中上帝被置于宇宙的中央，万物围绕着他。据传说，古埃及王托勒密三世（前284—前221）之后贝瑞尼丝二世（前273—前221）在他凯旋归来时献给他的一束头发化成了贝瑞尼丝彗星。

③ "伊甸园的帐篷支柱"也许即所谓"天轴"。叶芝解释说："……因为这些星座围绕着天轴——许多国家古时候的生命树，并常常与神话学中的生命之树相联系——旋转。……我在《伊夫听见蒲苇的呼喊》中使它成为一棵轴树，因为这是另一种再现它的古老方式"（《校刊本》，页811）。

④ "不同的柱子"指耶稣受难十字架。

象　征[1]

风吹雨打一座古谯楼，
一位盲隐士敲钟报漏。

无坚不摧的长剑仍旧
背在流浪的傻子肩头。

剑刃包裹金缕的锦衣[2]，
美人和傻子睡在一起。

---

① 此诗作于 1927 年 10 月。
② 参见《自性与灵魂的对话》一诗。

洒掉的奶①

我们做过和想过，
想过和做过之辈，
必将漫流，变稀薄，
像洒在石上的奶。

① 此诗作于1930年11月8日。英谚云：“牛奶洒掉了，哭也没有用”，意谓不必为已发生而无可挽回的事情感到悔恨。

十九世纪及以后[①]

伟大的歌虽不复返，
我们仍有强烈所乐：
海滩上白石如卵
落潮下哗哗鸣和。

① 叶芝于1929年3月2日致信奥莉维娅·莎士比亚太太："我渐渐担心世界的最后的伟大诗歌时代已经结束。"

统计表[1]

“那些柏拉图主义者是祸根，”他说道，
“上帝的火日趋衰落，
取而代之的是那里悬挂的一张表，
出生的女人比男人多。”

① 此诗作于1931年。

三次运动[1]

莎士比亚之鱼漫游在大海里，远离陆地；
浪漫主义之鱼回游在收向手中的网底；
那些躺在沙滩上喘息的鱼是什么东西？[2]

---

① 此诗作于 1932 年 1 月 26 日。
② 指现代主义的拙劣实验作品。

七　贤[1]

第一位：我的曾祖父曾经在格拉坦[2]家里
　　跟埃德蒙·柏克[3]说过话。

第二位：　　　　　　　　　我曾祖父从前
　　同奥立佛·哥尔斯密[4]在酒馆共一条板凳。

第三位：我曾祖父的父亲曾经与科隆尼主教[5]
　　一起谈论过音乐，喝过焦油水[6]。

第四位：可我曾祖父见过斯黛拉[7]。

第五位：　　　　　　　　　　　我们的思想从哪儿来？

第六位：来自痛恨辉格党[8]的四位伟人。

第五位：柏克即辉格党人。

---

① 此诗作于 1931 年 1 月 30 日。

② 亨利·格拉坦（1746—1820）：爱尔兰爱国者、演说家。

③ 见《血和月》一诗注。

④ 见《血和月》一诗注。

⑤ 指乔治·贝克莱，见《血和月》一诗注。

⑥ 贝克莱相信美洲印第安人所谓焦油水具有药性疗效、包治百病的说法。

⑦ 斯威夫特所著《致斯黛拉日记》（1766—1768）中收信人以斯帖·约翰逊（卒于 1728）的化名。她与斯威夫特精神相恋终生。

⑧ 英国政治中的辉格党发源于支持信奉新教的威廉三世反对信奉天主教的詹姆斯二世的自由派贵族，与由保守的乡绅和商人组成的托利党相对立。

第六位：　　　　　　　　　无论他们知否，
哥尔斯密和柏克，斯威夫特[①]和科隆尼主教
都痛恨辉格党；可是辉格党是什么？
主张平均、心怀仇恨、理性，
从来不通过圣徒或醉汉的眼睛
看世界的人。

第七位：　　　　　　现在都是辉格党，
但我们老年人团结对抗这世界。

第一位：美洲殖民地、爱尔兰、法兰西和印度
骚扰，柏克的伟大旋律对抗它。

第二位：奥立佛·哥尔斯密歌唱他亲眼所见：
充满乞丐的道路，遍野的牛群[②]，
却从未见过沾染血迹的三叶草，
田野举起来对抗它的复仇之叶。

第四位：斯威夫特的坟墓磨灭它。

第三位：　　　　　　　　　　　一个声音
来自科隆尼，轻柔得像芦苇的飒飒声，
增大着音量；如今像一声霹雳。

第六位：这四位受什么教育？

---

① 见《血和月》一诗注。

② 奥立佛·哥尔斯密在《荒村》一诗中描写十八世纪中叶大饥荒使爱尔兰乡村人口锐减的情况。

第七位：他们在路上

像儿童那样，摹仿所听见的声音；

他们懂得智慧出自乞丐中。

疯狂的月亮[①]

由于生子众多而发狂，
月亮在天空之中蹒跚；
被她游移之眼那绝望
目光照射得神经错乱，
我们寻觅，徒劳地寻觅
生自她的痛苦的孩子。

茫然或已死去的孩子！
她满带她那处女傲慢
初次在山头踏舞之时，
何等的骚动传遍乡间：
双脚都服从她的眼神！
领舞的那是何等男人！

好像捉月的捕蝇草丛，
我们双手变苍白，手指
不过像是细细的骨针；
被那恶意的梦魇漂白，
伸展开来，每根都会
划破可以够着的东西。

① 此诗作于1923年4月。

库勒庄园，1929[①]

我沉思默想一只燕子的飞行，
想一位年迈的女人和她的房屋；
尽管那西天的云彩依然光明，
却已消失在夜色里的枫树椴树；
在那里为我们之后的学者和诗人
挑战自然而构思的不朽巨著；
久已编织成一贯思想的思绪；
那些墙创生的舞蹈似的荣誉。

在那里，把缪斯女神佩带的那庄严
利剑打造成散文之前的海德[②]，
在那里，内心羞怯却摆出男子汉
姿态发怒者[③]，在那里，那迟钝之人，
那沉思之人，约翰·辛格[④]，和那班
好冲动之人，萧-泰勒[⑤]和休·雷恩[⑥]，
曾找到建立在谦恭之上的自尊、
布局甚佳的风景和绝妙的友人。

---

① 此诗完成于1928年9月7日。库勒庄园，见《库勒的野天鹅》一诗注。

② 道格拉斯·海德（1860—1949）：爱尔兰学者、作家兼翻译家、爱尔兰第一任总统。

③ 指叶芝自己。

④ 约翰·米灵顿·辛格（1871—1909）：见《纪念罗伯特·格雷戈里少校》一诗注。

⑤ 约翰·萧-泰勒（1866—1911）：土地改革运动积极分子，格雷戈里夫人的外甥。

⑥ 休·雷恩（1875—1915）：艺术收藏家兼评论家，格雷戈里夫人的外甥。

他们似燕子飞来似燕子飞去，
但一个女人坚强有力的性格
能使一只燕保持最初的志趣；
在那里还有五六只排成队列
仿佛围绕着圆规的中点旋舞，
在梦想的空中找到了实在真切——
那些横向切入或逆向超迈
时间的诗句具有的理性之美。

在这里，旅人、学人、诗人，请肃立，
当那些房间和过道都消逝以后，
当荨麻在不成形状的土丘上摇摆，
树苗在破裂的石缝里扎根的时候，
请敬献——眼睛朝向地面低垂，
脊背转向太阳的明亮光束
以及阴影的一切动人之处——
片刻的纪念给那戴桂冠的头颅。

库勒和巴利里，1931[①]

在我的窗台下，河水竞相奔流——
水獭在水下游，水鸡在水面上跑——
在上天俯瞰下清亮亮流过一里路，
再渐暗，坠入“黑暗的”拉夫特瑞的“地窖”[②]，
流经地下，在库勒庄园内多石处
冒出，在那里舒展到一个湖沼，
坠落到一个洞穴里才算终结[③]。
水不是孳生的灵魂又是什么？

在那湖沼的岸上有一片树林子，
此时在冬阳下全是干枯的棍棒，
我曾站在那里的小榉树林里，
因为大自然穿上了悲剧戏装，
那所有怒吼都是我心境的镜子：
听见天鹅起飞的骤然雷响，
我转身去看树枝在何处击破
那泛滥湖沼粼粼闪耀的水波。

那里还有个标志！那风暴的白色
就好像只是天空的凝聚浓缩，

---

① 此诗作于1931年2月。巴利里：见《拟刻于巴利里碉楼一块石头上的铭文》一诗注。

② 爱尔兰诗人拉夫特瑞（1784—1835）是盲人，故说他是“黑暗的”；他有诗句云：“巴利里碉楼里的地窖坚固结实”，据说是指碉楼附近河流中的巨大深穴。

③ 叶芝错误地暗示那条流经巴利里碉楼的小河最终汇入库勒湖。

像灵魂一样，飘入人们的视野，
在清晨消逝了，没人知道为什么；
而且那么美好：它矫正改过了
知识或知识的匮乏所犯的过错，
那么傲然纯净，孩童会心想
它可以用一点墨迹毁坏弄脏。

手杖戳在地板上的声音，从椅子
到椅子辛劳的某人发出的声音；
到处是名手装订的可爱书籍，
古老的石雕头像，古老的画本；
旅人和孩童在其中觉得满意
快活的大房间；一位末代继承人①，
在那个统治者无一缺乏名望
或者不断出入于蠢事的地方。

一个创建者生于斯死于斯的地点
曾经显得比生命更贵重；有丰富
记忆的祖传林木或者花园
给婚礼、姻亲和家人增光添福，
每一位新娘都感到意足心满。
在时尚或只是幻想做主之处，
人到处迁徙——那伟大荣耀都耗空——
像贫穷的阿拉伯游牧人和他的帐篷。

我们是最后的浪漫主义者——曾选用
传统的圣洁和美好、诗人名之为
人民之书中所写的一切内容、

① 指格雷戈里夫人的独生子罗伯特。参见《纪念罗伯特·格雷戈里少校》一诗注。

最能祝福人类心灵或升级
诗作的一切作为主题正宗，
但如今都变了，那高大骏马[①]无人骑，
虽说荷马曾坐在那鞍上驰驱
在渐暗洪水上天鹅浮游之处。

① 指珀伽索斯，古希腊神话中的飞马，诗人灵感的象征。

给安·格雷戈里[①]

“绝不会有一个小伙子
被你耳边那浓密
美妙的蜂蜜色壁垒
抛入了绝望境地，
爱你只是为你本人
而不为你金黄的发丝。”

“但我可以用染发剂
给那里染上色彩，
棕色、黑色或红色，
那么绝望的小伙子
爱我就只为我本人
而不为我金黄的发丝。”

“我听一位老信徒
昨晚才宣布说是，
他发现一经文证明，
亲爱的，惟有上帝
爱你才只为你本人
而不为你金黄的发丝。”

---

① 此诗作于 1930 年 9 月。安·格雷戈里（1911—?）：格雷戈里夫人的孙女。

斯威夫特的墓志铭[1]

斯威夫特已驶入安息；
在那里狂暴的义愤
无法撕裂他胸臆。
沉迷于尘世的旅人，
有种就学他；他曾经
为人类解放效命。

① 此诗初稿于 1929 年，完成于 1930 年 9 月。除第一行及“沉迷于尘世”外，此诗是爱尔兰作家乔纳森·斯威夫特（1667—1745）在都柏林圣帕垂克大教堂中的拉丁文墓志铭的忠实英语译文。

在阿耳黑西拉斯——沉思死亡①

喙似苍鹭的白色牛背鹭
以摩洛哥②牛羊身上某类
肮脏的寄生虫子为食物，
飞过狭窄的海峡，栖止
在园林浓厚的夜色之中，
待曙光在汇流的海面绽迸。

少年时代，在傍晚时分，
我常给一个朋友带去——
希望一个年长的慧心
推荐更具实质的乐趣——
并非牛顿的比喻③中所说，
而是罗西斯④平滩的真贝壳。

阳光里面有更大的荣耀，
空气中浮动着一股夜寒，
命令想象力多多关照

---

① 此诗原题《在阿耳黑西拉斯度夏期间所写下的沉思》。阿耳黑西拉斯：西班牙南部一城市，位于直布罗陀海峡北岸。

② 摩洛哥位于直布罗陀海峡南岸。

③ 英国科学家艾萨克·牛顿爵士（1642—1727）曾经说："我不知世人会怎样看我；但我自己觉得我不过像一个孩子，在海滩上玩耍，不时地逸出常规，捡到比一般漂亮的卵石或贝壳罢了，而伟大的真理之海洋在我面前尚全然未被发现"（大卫·布鲁斯特：《艾萨克·牛顿爵士的生平、著作和发现》，爱丁堡，1855年，卷二，页407）。

④ 罗西斯角：斯来沟附近一海滨渔村。

那位伟大的出题考官[1]；
他会问什么，倘被问，我
又能以适当的自信答什么。

1928 年 11 月

① 指上帝。

选　择

人的智力被迫要选择
生活或者工作的完美，
若取后者它就得弃绝
天堂般豪宅，在黑暗中愤激。
故事结束后，消息如何？
运气内外，辛苦留印记：
那古老困惑是个空钱袋，
或白天的虚荣，黑夜的痛悔。

摩希尼·查特尔吉[①]

我问是否应祈祷，
可那婆罗门却说：
“什么也不要祈祷，
每夜在床上就说：
‘我曾经是个国王，
我曾经是个奴隶，
傻子、无赖、小流氓，
诸如此类的东西
我无不曾经当过，
而在我胸脯上面，
无数美人头枕过。’”

为了使一个少年
狂乱的日子平和，
摩希尼·查特尔吉
如此这般地说过。
我加以疏解阐释：
“昔日恋人还会有
时光褫夺的一切——
坟头堆叠上坟头，
让他们得到慰藉——
黑暗的大地之上，
行进着古代军队；

① 叶芝于 1885 年在都柏林拜会孟加拉婆罗门摩希尼·莫罕·查特尔吉（1858—1936），从此树立了他对轮回转世学说的终生信仰。

诞生堆在诞生上，
如此猛烈的炮击
可能把时光轰退；
生死的时刻相续，
或者，如圣哲所谓，
人跳着不死之舞。”

1928

拜占庭[1]

白天不洁的形象[2]隐退；
皇帝的醉兵丁上床入睡；
夜籁沉寂：夜行者的歌声[3]
接着大教堂[4]的锣鸣；
星辉或月光下的圆顶蔑视
人类的一切，
区区的聚合，
人类血脉的怒气和淤泥。

一个影像[5]，人或鬼，在我眼前飘荡，
说是人更像鬼，说是鬼更像影像；
因为尸布里裹的哈得斯线轴[6]
也许会解开那缠绕的道路；
一张无水分也无气息的嘴，
会把众多无气息的嘴召集[7]；

---

① 此诗作于1930年9月。拜占庭象征艺术和灵魂的圣地。叶芝认为灵魂须不断轮回再生，逐渐达到不朽境地；而每次再生前，须经净化。此诗即写灵魂超脱轮回，走向永恒乐土之前的最后一次净化。

② 物质世界的现象。

③ 妓女拉客声。

④ 指东罗马皇帝查士丁尼于公元532—537年间在拜占庭修建的圣索菲亚大教堂。

⑤ 影像：指超脱了轮回之劫，无死无生的“精灵”。它引导灵魂走向永恒。

⑥ 哈得斯是希腊神话中之冥王。哈得斯的线轴喻灵魂，它降生人世而缠绕上“经验”（尸布），因为生对于灵魂意味着自由的丧失，监禁或死亡。解开缠绕的“道路”（生命）则意味着脱离尘世，回到永恒。

⑦ 无生无死的精灵召集灵魂回归永恒。

我向那超人者致意：
我叫它死中生、生中死①。

奇迹、鸟或金制的玩艺②，
说是鸟或玩艺不如说是奇迹，
栖止在星光照耀的金枝上，
能像哈得斯的晨鸡③般啼唱，
或者被月亮所激怒，身披
不朽金属的光华，大声轻贱
平凡的飞鸟或花瓣
和一切淤泥或血液的聚合体④。

夜半，皇帝的甬道⑤上飘闪
不假柴薪和钢镰燃点、
狂风不扰、生自火焰的火焰⑥，
血生的鬼魂来到其间，
一切怒气的聚合体撤离，
消逝在一个舞，
一阵失神的痛苦，
烧不焦衣袖的火焰的痛苦里⑦。

---

① 在活在世上的人看来，精灵的影像是死的，但从永恒的观点看来，却正是它活着，而世上之人是死的。

② 艺术品为不朽之象征，故它藐视自然物和人类。

③ 古罗马人墓碑上刻有雄鸡，为再生之先导。

④ 苏维托尼乌斯《罗马十二帝王传·提比略传》载："提比略的老师骂他曰：'掺和着血的污泥。'"

⑤ 君士坦丁堡广场上有镶嵌图案的甬道，为艺术之象征。

⑥ 传说拜占庭街角有磷火，可涤除死魂灵身上的不洁。

⑦ 日本能乐剧中有少女在想象的罪恶之火中挥袖而舞的场景。叶芝借以指尘世之火。

骑着海豚的泥血之躯[1]，
鬼魂鱼贯而来！工匠们截断那洪流[2]，
皇帝御用的金匠们！
舞场铺地的大理石[3]
截断聚合的强烈怒气，
那些仍在生养
新影像的影像[4]，
那被海豚划破、锣声折磨的大海[5]。

1930年

① 西方传说，人死后灵魂由海豚驮往极乐之岛。
② 艺术的创造者抵御人欲的进攻。
③ 艺术之象征。
④ 尚未脱离轮回之劫的灵魂。
⑤ 人类情感之海。

圣　母[①]

对爱的三重恐惧；一颗
穿过耳窝陨落的流火[②]；
屋里到处扇响的翅音；
恐惧中的恐惧——我在我
子宫中怀孕着诸神。

在普通女人熟悉的表演，
壁炉旁边，花园小路间，
或者在我们边踩衣物、
边说闲话的岩石水池边，
难道我不曾得满足？

我用痛苦生育的这肉身，
用乳汁喂养的这颗陨星，
这使我心房的血液停伫
或如骤寒刺骨，令发根
直竖的爱是何物？

---

① 此诗作于1931年9月3—12日。

② 叶芝原注（1933）："有人告诉我，'圣母'中的'一颗穿过耳窝陨落的流火'句晦涩难解。我记忆中的是拜占庭风格的镶嵌画'报喜图'，画上有一条线连接着一颗星和圣处女的一只耳朵。她通过那耳朵接受天使报喜的话音，一颗星陨落，一颗星诞生"（《叶芝诗集新编》，页598）。

踌　躇[1]

一

在种种极端之间
人往来奔跑；
一把火，或喷火之气，
来摧毁消灭
所有那些白天
与黑夜的对立；
肉体称之为死，
心则称懊恼。
但假如这些都对，
什么是欢乐？

二

有树一株，从最高枝起分别，
一半全是耀眼的火焰，一半
全都是露水润湿的繁茂绿叶[2]；
一半是一半，而又一体浑然；
一半和一半消耗彼此新生者；
在那凝眸愤怒与盲目繁叶间

① 此诗作于1931—1932年间。最初题为“智慧”。第一部分题为“什么是欢乐”；第二、三部分题为“燃烧的树”；第四部分题为“幸福”；第五部分题为“良心”；第六部分题为“征服者”；第七部分题为“对话”；第八部分题为“冯·许戈尔”。

② 威尔士传奇集《玛比诺纪》描写有一棵“高高的树在河岸边，从根到梢一半是火焰，另一半是绿叶”。

悬挂阿提斯[①]形象者也许不知
他所知，但确不知愁苦滋味。

三

获取你可能得到的所有金银，
满足野心，或让琐碎的每天
生动起来，用阳光充满它们，
但是，仔细想一想这些格言：
所有女人都宠爱懒散的男人，
尽管她们的孩子需要田地产；
世上从未有一个男人曾享足
孩子的感激或者女人的爱慕。

别再困陷于有如忘川[②]的枝叶，
开始为你的死亡预备好日程；
自第四十个冬天起以那见解
检验理智或信仰的每件作品
和你自己的双手制造的一切；
把那些作品叫做气息的耗损，
它们不适合那一类眼睛大睁、
骄傲、大笑着来到墓地的人。

四

我的五十岁来了又逃遁，
我坐着，一个孤独的男人，

---

① 阿提斯：古希腊神话中的植物神；土地女神库柏勒为阻止他与别人结婚，使他阉割了自己；死后化为一棵松树。詹姆斯·G. 弗雷泽在《金枝》（麦克米伦，1890）中说，在阿提斯节期间（3月22—27日），一个年轻男子的模拟像被悬挂在一棵仪式性的松树中央，作为“他托形于树而再生的象征”。库柏勒的大祭司传统上即阉人，称阿提斯。

② 忘川：见《罗兰爵士》一诗注。

在伦敦一家拥挤的店内，
大理石桌面上摆着一册
摊开的书本和一只空杯。

凝视着店铺和街道之时，
我身体突然间燃烧生辉；
持续了有二十分钟左右，
仿佛，我幸福如此充足，
我有福了而且能够祝福。

五

虽然夏日的阳光给天上
云彩的繁叶镶上金边，
或冬日的月光使原野沉降
在风暴播撒的纷乱中间，
但我无法观赏它，
责任如此把我压垮。

多年前说过或干过的事，
或我不曾说或不曾干
但以为我会说或会干的事，
把我压垮，没有一天
不想起什么事情来，
良心或虚荣心不受到惊骇。

六

有河的原野展开在下面，
一股新刈的麦草的气味
飘入他鼻孔，伟大的周公旦①

① 周公（卒于前 1105）：即中国西周时期的周公姬旦。

抖落高山的积雪，高喊：
“让万事万物全消逝。”

车轮由乳白色驴子拖往
巴比伦[①]或尼尼微[②]崛起之地；
某个征服者手拽着马缰
对手下厌战的士兵叫嚷：
“让万事万物全消逝。”

从人类浸透鲜血的心里
萌生出那些夜与昼的繁枝，
俗艳的月亮悬挂在那里。
什么是整首歌的意义？
“让万事万物全消逝。”

七

灵魂：找出真实，撇下似是的东西。
心：什么，天生当歌者却缺乏主题？
灵魂：以赛亚的炭[③]，人还能有什么企求？
心：在火的单纯中震惊得无言哑口！
灵魂：请看那火，拯救就行走在那里。
心：除了原罪，荷马还有什么主题？

八

我们必须分手吗？冯·许戈尔[④]，尽管很相似，

---

① 巴比伦：见《黎明》一诗注。

② 尼尼微：见《断章》一诗注。

③《旧约·以赛亚书》第 6 章第 6—7 节云，天使用烧红的炭沾先知以赛亚的嘴唇，从而为他净除罪恶。

④ 弗里德里希·冯·许戈尔男爵（1852—1925）：奥地利罗马天主教神学家、自学成才的宗教作家，其著作涉及圣徒和超自然现象。

我们都承认圣徒的神迹，尊崇神圣的品质。
圣女忒瑞莎[1]的遗体不朽，躺在坟墓里，
浸泡在神奇的油膏里，散发出芳香气味，
刻字的棺板能祛病疗疾。那从前曾掏制
法老木乃伊的同一双手也可能使一位现代
圣徒的遗体不朽。我——虽说心也许会得解放，
假如我变成基督徒，选择坟墓里好像
最受欢迎的东西来信仰——扮演一前定的角色。
荷马及其未受洗礼的心是我的楷模。
那狮子和那蜂窝[2]，“圣经”上曾经怎么说？
那就去你的吧，冯·许戈尔，尽管你头戴福泽。

① 阿维拉的圣女忒瑞莎（1515—1582）：西班牙卡米尔派修女、罗马天主教会主要圣徒之一。据艾莉丝·拉维特夫人著《圣女忒瑞莎生平》（伦敦，1911），“棺木充满土和水，但圣女的遗体完好无损，她的肌肤洁白柔软，就像刚下葬时一样富有弹性，仍然散发着同样的芳香浓郁的气味。而且，她的肢体渗出一种具有类似香味的神奇的油脂，使空气及与其接触的一切充满芳香。”

②《旧约·士师记》第16章第5—18节记载，以色列士师参孙从他所杀的狮子的尸体中提取蜂蜜，并以之作谜语。谜底是“甜蜜出自强者”。

老年的争吵①

她的可爱哪儿去了？
这盲目苦闷的城②里，
狂热者发明的一切，
根本不值得考虑的
幻想抑或事变，
使她陷入狂怒。
既已宽恕了老年
我已足够宽恕。

古人都活在今天③；
只有这确定无疑；
往昔的贤哲没受骗：
在歪曲事实的日子
那帘幕之外的某处，
生活着那寂寞之人：
她曾经光彩夺目，
携盾，迈步似春神④。

---

① 此诗作于1931年11月，记与茉德·冈的一次争吵，可能有关绝食女囚事。

② 指都柏林。

③ 轮回转世观念给老之将至的叶芝以希望。

④ 叶芝在《自传》中写初见茉德·冈的印象："那时，她就像春天女神的古典式化身，维吉尔的赞美'她走起路来像女神'只是为她一人而写的。"携带盾牌则是雅典娜的形象特征。

思想的结果

熟人[1]、伴侣[2]、一位
亲爱的聪慧女人[3]、
最有天赋、特选者，
都被青春所败坏，
全都，都被那非人
苦涩的光荣毁灭。

但是我已经清除
废墟、破烂和残骸；
我辛苦多年，思想
终于达到了深度，
以至于能够召回
她们健全的力量。

这些形象都是谁：
目光呆滞扭过头，
或暂歇时光重担，
伸直衰老的膝腿，
犹豫不前或停留？
谁的头或摇或点？

1931 年 8 月

---

① 熟人：不知指何人。
② 伴侣：指莎士比亚太太。
③ 指格雷戈里夫人。

对不相识的导师们的谢忱

应承要做的事
他们[1]都实现；
一切就像露滴
悬在草叶尖。

① 指叶芝太太尝试“乱笔”写作时下降附体的“神灵”们。

悔于言语失当

我对无赖和傻瓜乱语，
却超然不与他们为伍，
找到了合适的听众①，有心
把角色变更，却无法驾驭
我那狂热的心。

我寻求更强的对手：每回
宽容的言语，借优雅的姿态
都把仇恨化作打诨②，
但任何言行都无法触及
我那狂热的心。

我们已从爱尔兰逃出来。
仇恨巨大，空间狭窄，
自一开始就伤害了我们。
我从母亲的肚里带出来
一颗狂热的心。

1931年8月28日

---

① 叶芝在致友人的信中写道："对于无知的大众，无论是英国人还是美国人，惠特曼没有吸引力；对他感兴趣的只是那'虽少却合适的'听众，他们比任何国民都伟大"（《叶芝书信集》第一卷，牛津出版社1986年版，页416）。弥尔顿《失乐园》第七卷30—31行："请你统治我的歌，/尤拉尼亚，为我找到虽少却合适的听众。"

② 叶芝1927年9月7日致莎士比亚太太信云："仇恨……在这里是司空见惯的——我认为它更容易抓住的是我们这一阶级，而不是大众。它总爱捕食更复杂更坚定的良心"（A. 诺曼·杰法瑞斯《叶芝诗新注》，页306）。

格伦达涝的溪水和太阳[1]

经复杂的变动，溪水
和滑翔的太阳奔驰；
我心中似充满欢欣：
我做过的一件蠢事
却使我心神不定。

悔恨使我心杂乱；
可我算什么，竟敢
妄想我能够比起
一般人有更好的表现
或者更多的见识？

太阳或溪水或眼睑的什么
变动放射出那闪烁，
把我的身体穿透？
什么使我活得像这些
仿佛自生、再生的事物？

1932年6月

① 格伦达涝：见《在圆塔下》一诗注。

或许可谱曲的歌词

一、疯珍妮[①]与主教

带我去雷劈的橡树那里，
让我，在夜半钟声敲响时，
(人人在墓里找到安全。)
可以唤灾祸往他头上落，
为了我死去的亲亲杰克[②]。
驴粪蛋最不值钱，他说：
那自负之人和那驴粪蛋。

他下禁令驱逐了行脚
雇工杰克时，还不是主教，
(人人在墓里找到安全。)
甚至连教区牧师都不如，
可他，手里攥一本旧书，
大喊我们活得像牲畜：
那自负之人和那驴粪蛋。

主教生就一张皮，天知道，
皱巴巴就好像鹅的蹼脚，
(人人在墓里找到安全。)

---

① 此诗作于1929年3月2日。疯珍妮是个虚构人物，原型是戈尔韦郡郭特乡一位以言语放肆善于讽刺著称的老妇人，人称“疯玛丽”。叶芝也一定熟悉马修·格雷戈里·刘易斯（1775—1818）的谣曲《疯珍妮》。

② 叶芝在剧本《那锅肉汤》（1903）里的一首歌词中首次使用“雇工杰克”这个名字；可能是得自格雷戈里夫人的剧本《将输的游戏》（1902）。

他无法用神圣的黑袍遮住
他那驼背，就好似苍鹭，
可我的杰克挺拔像桦树：
那自负之人和那驴粪蛋。

杰克占有了我的女儿身，
叫我去橡树那里，只因
（人人在墓里找到安全。）
他流浪在外直到深夜，
惟有栖身在那棵树下，
可要是别人来，我就唾骂：
那自负之人和那驴粪蛋。

二、受责的疯珍妮①

我不在乎水手们说什么：
所有那些可怕的雷电，
所有那些遮天的风波
都不过表明老天打呵欠；
伟大的欧罗巴②当了冤大头，
她用情郎换了头公牛。
缶儿得喽儿，缶儿得喽儿。

为磨圆那贝壳的精致螺纹，
用优美细巧的珍珠母壳
装饰每一条秘密的路径，
曾使天堂的接缝处开裂：
所以决不要把心挂在

---

① 此诗作于1929年3月27日，原题《受责的疯玛丽》。

② 欧罗巴：古希腊神话中的腓尼基公主，被宙斯化白牛劫持到克里特，生弥诺斯和拉达曼堤斯。后嫁给克里特王阿斯忒里俄斯。

咋咋呼呼的雇工身上。
缶儿得喽儿，缶儿得喽儿。

三、疯珍妮在最后审判日①

“那样的爱情
不令人满足，
若不得完整
肉体和灵魂”；
这就是珍妮所述。

“接受这乖僻，
若你接受我，
我能一小时
嘲笑骂不止。”
“当然是这样，”他说。

“赤裸我躺卧，
草地我床铺；
赤裸且藏躲，
那日子暗黑”；
这就是珍妮所述。

“什么能展示？
真爱是什么？
只要时光逝，
一切全都知。”
“当然是这样，”他说。

---

① 此诗作于1930年10月。据基督教传说，在世界末日，基督将重现人世，审判所有活着和已死之人，善者得升天国，恶者必下地狱。

四、疯珍妮与雇工杰克[1]

我知道，尽管目光相遇时
我发抖直到骨髓里，
但我越是不把门闩起
爱就越是去得快，
因为爱情不过是一团线
在夜暗和黎明间解开。

那将走向上帝的魂灵
是一个孤独的魂灵；
我——爱的线团在地上，
我的身体在墓中——
将跃入那片光明，消失
在我母亲的子宫中。

可假如我被撇下，独自
睡着一张空床铺，
那线团把我们魂灵捆一起，
那夜他经过这条路，
回头看时，我死后的魂灵，
就会朝他走过去。

五、疯珍妮谈上帝[2]

那一夜的情郎
想来时他就来，
他走时天刚亮，
不管我愿与否；
男人来，男人走：

---

① 此诗作于 1931 年 11 月。
② 此诗作于 1931 年 7 月 18 日。

一切留给上帝。

旌与旗蔽天空；
众兵士相践踏；
铁甲马竞嘶鸣；
大战役爆发在
那狭窄的关隘：
一切留给上帝。

从孩提时代起
无人住的一座
破房子蓦然在
众眼前亮起灯，
从屋门到屋顶：
一切留给上帝。

有情郎野杰克，
尽管我像条路
任男人从上过，
我身子不呻吟，
却不断在歌吟：
一切留给上帝。

六、疯珍妮与主教交谈[①]

我在路上遇见了主教，
他和我滔滔地交谈。
“这对乳房已干瘪下垂，
那血脉不久必枯干；
要住一座豪华的宅院，

① 此诗作于 1931 年 11 月。

别呆在丑恶的猪圈。”

“美好和丑恶乃是近亲，
美需要丑，”我呵斥。
“我的朋友都走了，但这是
真理，坟墓和床笫
都不否认，在肉体的低贱
和心灵的高傲中得知。

“女人热衷于恋爱之时，
可能骄傲而矜持；
但爱神已把他的宅院
抛进了沤粪的土池；
因为未经劈分的东西
都不会完整或惟一。”

七、年老的疯珍妮观看舞者①

我发现那象牙色形象在那里
同她选中的青年舞起，
可当他缠绕起她煤黑的发丝
仿佛要把她勒死时，我不敢
惊叫，身子也不敢挪移，
眼眸却在眼皮下忽闪：
爱情就像狮子的牙齿。

当她——虽然有人说她做戏，
但我说她舞出了心中真情意——
拔出一把刀要把他捅死时，
我只能让他听命运的裁决；

① 此诗作于1929年3月6日。

因为，无论怎么说起，
他们有含有仇恨的一切：
爱情就像狮子的牙齿。

是他死了还是她死了？
他们俩是装死还是真死？
愿上帝永远同在，当我
毫不顾忌什么意外，
好让腿脚可以试学
他们跳过的那种舞蹈时——
爱情就像狮子的牙齿。

八、少女的歌[①]

我独自出门
去唱一两支歌，
心里想男人，
你知道是哪个。

另一个到眼前，
拄着根棍子
硬撑着那腰杆：
我坐地哭泣。

这就是我的歌——
究竟全说到，
我看见老小伙
还是小伙老？

① 此诗作于1929年3月29日。

九、少年的歌

“她将会变成，”我喊，
“一个枯槁的老太婆。”
一直在我的胸里面
静静地躺着的心儿
猛敲着那骨头，充满
高尚的义愤回答说：

“抬起你那双眼睛哟，
投出些无畏的视线：
即使说织品都褪色，
她同样会美丽呈现；
我未见枯槁老太婆，
在世界被造就之前。”

这报告令我颇羞愧，
因心儿不可能说谎，
我便跪倒在尘埃里。
所有的一切都得向
我被冒犯的心下跪，
直到它肯把我原谅。

十、她的忧虑

妆饰美丽的大地
期待回归的春季。
一切真爱必死亡，
顶多也将会变为
某种较次的东西。
请证明我说谎。

恋人有如此身体，

如此费力的呼吸，
以便触摸或叹伤。
他们每触摸一次，
爱情就更接近死。
请证明我说谎。

十一、他的信心

为购买不死爱，
我在这眼角
记录了下来
犯过的一切错。
多少钱才够买
不死的爱？

我用力猛击，
把心劈两半。
怕什么？我已知
爱出自山岩，
荒凉的源头，
喷涌成流。

十二、爱的寂寞①

老父亲们，曾祖父们，
像亲人应做的，起来。
如果恋人的寂寞曾经
到你们站立的所在，
请祈祷上天护佑我们
像护佑你们的血脉。

---

① 此诗作于 1929 年 4 月 17 日。

山峦投下了一片阴影，
细细的是月亮的角；
在那蓬乱的荆棘下面
我们又想起了什么？
恐惧已随着渴望而来，
我们的心已被撕裂。

十三、她的梦

我躺在床上的时候梦见
夜深不可测的智慧临降，
我剪下我的一绺绺发卷
供放在爱神的墓碑之上：
可什么东西把它们载去
高入浓云中不见了踪迹，
后来在夜空之上钉挂起
贝瑞尼丝的燃烧的发丝[①]。

十四、他的约定

谁谈论柏拉图的纺锤[②]；
是什么使它开始转？
永恒会萎缩衰退，
时光被放松解散，

---

① 见《维罗尼卡之帕》一诗注。

② 在柏拉图《理想国》第十卷中，格罗康讲述了厄尔在阴间的经历，以及他看见“必然性的纺锤”的幻视：“现在，在草地上逗留了七天之后，鬼魂们在第八天被迫继续赶路；四天以后，他说他们来到一个地方，在那里他们能够看见一道光线，像一根柱子从上面垂下来，贯穿整个天和地，颜色近似虹霓，不过更亮更纯；又赶了一天的路，他们来到一处，在那里，在光明中间，他们看见那光固定的一端从天上延伸下来：因为这光是天的束带，像船的底箍，把宇宙束成一体。从这些端点延伸出必然性的纺锤，万物都在其上旋转”。

丹和杰瑞[1]那粗汉
到处把爱人更换。

不管他们信不信，
在那线开头之前，
我就与那头发约定，
包括所有的曲卷，
直至最后一缕线
纺尽，也不会食言。

十五、三样事

“残酷的死神哟，请还我三样事，”
一根骨头在海滩上歌唱；
“孩子曾找到所必需的东西，
无论是快乐还是休养，
在我丰满的胸房之上”：
被海浪洗白海风吹干的骨头。

“女人所知的三样好事，”
一根骨头在海滩上歌唱；
“当我的肉体活着之时，
只要我这样抱一个男人，
他就找到了生活的欢欣”：
被海浪洗白被海风吹干的骨头。

“我还在思念的第三样事，”
一根骨头在海滩上歌唱，
“是在那个早晨，我当时
面对面遇见我中意的男人，

① 虚构的男子名。

到后来打哈欠又把懒腰伸”：
被海浪洗白被海风吹干的骨头。

十六、催眠曲①

亲爱的，在从前吮乳之处
入睡吧，愿你睡得安稳。
当强壮的帕里斯在一张金色
床榻上，在海伦怀抱中沉入
酣眠的第一个黎明时分，
全世界的警报对他算什么？②

睡吧，亲爱的，睡个好觉，
就像那狂野的崔斯坦③所体验：
当时，春药的作用见了效，
雄鹿可奔跑，或雌鹿可蹿跳
在橡树和榉树的枝桠下面，
雄鹿可蹿跳，或雌鹿可奔跑；

睡个好觉，安稳得犹如
欧罗塔斯河岸上的木材：
当时那神圣的鸟儿在那里
完成了他注定的意愿之后，
从丽达的肢体上降落下来，
却没有离开她的关爱。④

---

① 此诗作于1929年3月20或27日。

② 据古希腊神话，特洛伊王子帕里斯诱拐斯巴达王后海伦，从而引发十年特洛伊战争。

③ 据中古传奇《崔斯坦与伊索德》，骑士崔斯坦奉命赴爱尔兰护送美女伊索德回康沃尔与马克王成婚，途中二人误服巫药而相爱。

④ 丽达的传说见《他的不死鸟》一诗注。“神圣的鸟儿”即宙斯。欧罗塔斯河在斯巴达之东。

十七、长久沉默之后[①]

长久沉默之后又说话；对了——
别的恋人彼此疏远或亡故，
冷漠的灯光躲入灯罩深处，
层层窗帘挡住冷漠的夜色——
我们谈论了却又再次谈起
艺术与诗歌那个至高主题：
肉体衰老即智慧；年轻之时
我们彼此相爱却懵懂无知。

十八、像雾和雪一般狂[②]

关好闩牢窗和门，
因为恶风吹得强：
今夜头脑最灵敏，
而我仿佛悉知详
身外一切全都是
像雾和雪一般狂。

荷马贺拉斯[③]并肩；
柏拉图立在下方；
图里[④]的书已翻开。

---

① 此诗作于 1929 年 11 月，赠给奥莉维娅·莎士比亚。

② 此诗作于 1929 年 2 月 12 日。叶芝原注（1933）说：“1929 年春，生命复归，犹如伟人的创造者们不可遏制的精力和勇气的影响一般；仿佛除了新闻和评论，那所有的遁词和解释之外，这世界要被撕成碎片。我写了《像雾和雪一般狂》，一首机械的小歌，随后在那狂热的几周里，几乎‘或许可谱曲的歌词’那组诗全都涌入了脑海。然后又病了，我写了《拜占庭》和《维罗尼卡之帕》，寻找适合我年龄的主题，从而得以把自己暖回生命。自那以后，我又给‘或许可谱曲的歌词’增加了几首诗，但总是保持最初诗作的情绪和设计”（《校刊本》，页 831）。

③ 贺拉斯（前 65—前 8）：古罗马作家。

④ 图里：即马尔库斯·图里尤斯·西塞罗（前 106—前 43），古罗马演说家。

多少年前少年郎，
你我曾经不识字，
像雾和雪一般狂？

老友问我何叹息，
问我颤栗何惶惶？
颤栗叹息是想起
多才荷马也同样
和西塞罗都曾经
像雾和雪一般狂。

十九、那些跳舞的日子已逝去①

来，让我对你耳朵唱；
跳舞的日子已逝去，
所有那绫罗绸缎衣裳；
在一块石头上蹲踞，
把那污秽身体用同样
污秽的破布围裹：
我用一只金杯盛太阳，
一只银袋装明月。

你尽管骂，我要唱完它；
即便那最能让你
快活的无赖，正和他那
亲生儿女在某地，
酣睡在一块石板下方，
那又算得了什么？

---

① 此诗作于1929年3月8日。叶芝原注（1933）说：“‘金杯中的太阳’，虽不包括‘银袋里的月亮’，是引自埃兹拉·庞德先生的《诗章》最后一首的语句”（《校刊本》，页830—831）。

我用一只金杯盛太阳，
一只银袋装明月。

在时钟指示的正午时分，
我今天才想通这些，
一个拄着拐杖的男人
会抛去虚假的做作，
无论对老太婆还是小姑娘，
会唱呀，唱到他倒下：
我用一只金杯盛太阳，
一只银袋装明月。

二十、“我来自爱尔兰”①

“我来自爱尔兰，
那神圣国土爱尔兰，
时间飞跑，”她喊。
“来，出于慈善，
来与我共舞在爱尔兰。”

一个人，孑然一人，
身穿那奇异的衣着，
在那里漫步的所有人
当中的一个孤独者
把他庄严的头转过。
“那是段遥远的路，
时间飞跑，”他说，
“而夜晚变得粗鲁。”

① 此诗作于1929年8月。叶芝原注（1933）说：“‘我来自爱尔兰’是从几年前某人给我重复唱的一首十四世纪爱尔兰舞歌的三四行发挥而来的”（《校刊本》，页830）。

“我来自爱尔兰，
那神圣国土爱尔兰，
时间飞跑，”她喊，
“来，出于慈善，
来与我共舞在爱尔兰。”

“琴手个个是笨手，
要么是琴弦该杀，
那些个皮鼓、铜鼓
和小号全都爆炸，
还有长号，”他嚷，
“小号还有长号，”
翻起恶毒的眼光，
“可时间飞跑，飞跑。”

“我来自爱尔兰，
那神圣国土爱尔兰，
时间飞跑，”她喊，
“来，出于慈善，
来与我共舞在爱尔兰。”

廿一、舞者在克洛坎和科罗-帕垂克[①]

我，[②] 在克洛坎多风的平原上
舞蹈，在科罗-帕垂克山巅
大声歌唱，昭示宣扬：

---

① 此诗作于1931年8月。克洛坎：古康纳赫特王国的首都，在罗斯康门郡境内。科罗-帕垂克：义为“帕垂克的土堆”，梅约郡境内一山名，是基督教朝圣中心，与圣帕垂克的生平事迹有关。

② 叶芝在《一位印度僧人》一文中写道：“某个爱尔兰圣徒，名字我忘了，曾唱过‘鸟类中间有一个真完美；鱼类中间有一个真完美；人类中间有一个真完美。’”此圣徒是十二世纪的圣策拉。

在飞鸟或走兽或人类中间，[1]
有一位完美或安详平和者；
无论在林间、云中或水下
会跑、会跳或会游的一切
都在欢呼、赞颂、攻击祂。

廿二、疯子汤姆[2]

那在树荫遮盖下面
睡觉的疯子老汤姆歌唱；
“什么变化使我思绪迷惘？
还有那目光犀利的眼睛？
什么把大自然纯粹不变
之光变成了冒烟的烛芯？

“哈顿、达顿、丹尼尔·欧李瑞、
那个叫化子，虔诚的玖，[3]
仍然照旧嫖娼，酗酒
或在大路上歌唱忏悔词；
这双眼有点儿困倦欲睡，
曾忽闪，看见他们在尸布里。

“立于原野或洪水之中的一切，
飞禽、走兽、水族或人类，
母马或公马，公鸡或母鸡，
都血气旺盛精神十足地

---

① 指上帝。

② 此诗作于 1931 年 7 月 27 日。疯子汤姆是一个虚构人物。叶芝可能是利用了一个特指伦敦疯人院病人的说法：“疯人院的汤姆”。该院定期放出病人讨钱，以支付他们的住院费。

③ 都是凯尔特传说故事中的人物。

立于上帝不变的眼光下；
我坚持这信仰，无论生死。”

廿三、汤姆在克洛坎[①]

睡在克洛坎平原上，他
定要用一首诗来歌唱
最能震撼他的灵魂者：
“‘永恒’那匹种马
骑上那母马‘时光’，
生下这马驹‘世界’。”

廿四、又见老汤姆[②]

事物从完美中航行出来，
都披着它们鼓涨的风帆，
自我化生者将不会失败，
虽然异想天开者设想好
船坞和风暴肆虐的海岸，
尸布和包裹婴儿的襁褓。

廿五、关于普罗提诺的德尔斐神谕[③]

看那伟大的普罗提诺游泳，
在这一片汪洋之中簸颠；

---

① 此诗作于1931年7月29日。

② 此诗作于1931年10月。

③ 普罗提诺（204—270）：古罗马希腊裔哲学家，生于埃及，是新柏拉图主义创始人。德尔斐是古希腊城市，其中的阿波罗神殿以神谕灵验著称。普罗提诺的学生玻尔菲利（223—304）在《普罗提诺传》中叙述了他请阿弥琉斯求问神谕，以获知普罗提诺的灵魂在死后的命运之事。神谕说他将象征性地回归，经过生命之海，受到冥界乐土判官们的欢迎，并受到柏拉图、毕达哥拉斯和不朽的唱诗班的众神的喜爱。

温和的拉达曼堤斯①把他欢迎，
但那金色的种族②显得朦胧，
咸腥的血水淤塞了他的双眼。

有的疏散闲坐于平坦的草地
有的蜿蜒穿行于小树林中间，
柏拉图在那边，走过的是弥诺斯③，
那边则是尊贵的毕达哥拉斯④
以及爱神所有的合唱队员。

1931 年 8 月 19 日

① 拉达曼堤斯：古希腊神话中的英雄，宙斯与欧罗巴之子，后来成为冥界三判官之一。

② “金色的种族”指诸神。

③ 弥诺斯，希腊神话中的克里特王，宙斯与欧罗巴之子，死后成为冥界三判官之一。

④ 毕达哥拉斯（前 582—前 507）：见《在学童中间》一诗注。

一个女人的青年和老年

一、父与女[1]

她听见我在拍案诉说
所有的善男好女
都把她诅咒谴责，
一并提到的还有
一个骂名昭著的男人；[2]
于是随口回应：
他的头发美丽，
眼波清冷像三月风。

二、创世之前

我如果把睫毛描黛
把眼睛衬得更明，
把嘴唇涂得更红，
或对镜子频频问，
一切是否都停当，
那也不是为虚荣：
我是在寻找创世
之前曾有的颜容。

如果我凝视男人
好像凝视我情郎，
同时我血液冰冷，

---

① 叶芝与女儿安的一次对话实录，写小女孩对男性美的最初印象；约作于 1928 年，其时安应为九岁。

② 指叶芝。另说指一位名叫佛戈斯·菲茨杰拉德的朋友。

心不动，那又怎样？
他何必认为我冷酷，
或认为他遭到背弃？
我想让他爱上那
创世之前的存在。

三、最初的表白[1]

我承认那纠缠在
我头发里的棘刺
并不曾把我伤到；
我脸变色身抖颤
不过是乔装遮掩
不过是撒娇卖俏。

我渴求真理，却也
无法摆脱更强的
自我拒斥的东西，
因为男人的注目
带来如此的满足
给我透骨的希冀。

我从黄道带之上
拉扯回来的光亮，
为何疑问的眼睛
牢牢盯在我身上？
若不躲我能怎样，
假若夜空有回应？

---

① 在为此诗及以下的《选取》和《离别》二诗所作注中，叶芝解释（1928）说：“我把一个女人的爱情象征化为黑暗试图阻止太阳从它的大地床铺上升起的努力。在《选择》〔后改为《选取》〕的最后一节，我把这象征改为男人和女人的灵魂穿过黄道带上升”（《校刊本》，页830）。

四、她的胜利[1]

我顺从龙的意愿直到你来临，
因为我原本以为爱是接下来
一个随意的即兴节目，或固定
游戏，如果我让头巾落下来：
给它小翅膀和天国音乐的种种
功绩如果也给它智慧就最佳；
于是你站到了龙的环绕之中。
我，疯狂而嘲笑，但你征服了它，
砸断了锁链，把我的脚踝解放，
圣乔治，否则是异教的珀尔修斯；[2]
现在我们惊讶地凝望着海洋，
一只奇异的鸟儿朝我们鸣啼。

五、慰藉

但愿呵贤哲所说，
其中包含有智慧；
且舒展身体片刻，
并把那头颅低垂，
直到我告知贤哲
人在何处得安慰。

假如我从未想到，
生而为人的罪孽
抹黑我们的命运，
情欲怎如此深切？
但罪在何处犯下，
就能在何处忘却。

---

① 此诗作于 1926 年 11 月 29 日。

② 圣乔治（卒于 303）：古罗马殉道者，英格兰的主保圣人；珀尔修斯：古希腊神话中的英雄，宙斯与达娜厄之子。二者都有屠龙的事迹。

六、选取

爱的命运是选取的。在争取
涡旋的黄道带轨道上的一个
形象的过程中我学到了这些。
他刚刚碰到我的身躯，
他刚刚自从西方沉落
或在我胸房的母性午夜
找到一份地下的安歇，
我就注意到他已北去，
虽躺在床上我却似站立。

我与破晓的恐怖争斗，
我选此为我的命运！如果
某个新婚的姑娘问起我
与男人共享的极乐，我就
拿那份宁静当作主题——
当时他和我心心如一，
在那奇迹的溪流上漂移；
一位博学的占星家述记：
在那里黄道带变成一球体。①

---

① 叶芝原注（1933）说：“《选取》中的‘博学的占星家’是马克罗比乌斯，那特定的一段是斯特姆博士——那位太不知名的诗人和神秘主义者——为我找到的。那是出自马克罗比乌斯对《希皮厄之梦》所作的注解：‘……当太阳位于宝瓶宫时，我们向冥府献祭，’因为它处于不利于人类生命的宫位；从那里，黄道带与银河交会处，上升的灵魂由于其偏差而被拖出球体，那惟一的神圣形态，进入锥体’”（《校刊本》，页831）。阿姆布罗修斯·西奥多修斯·马克罗比乌斯是十五世纪的新柏拉图主义哲学家，以注释马尔库斯·图里尤斯·西塞罗（前106—前43）的《希皮厄之梦》著称。据说天上的星星都是由一个球体和一个坐镇其中的神灵构成的，而凡人的灵魂则在两个顶尖相对渗透旋转的锥体中轮回。

七、离别[1]

他： 亲爱的，我必须辞行，
此刻夜空已闭合
窥人户牖的眼窝，
那歌声预报着黎明。

她： 不，夜和爱的鸟雀[2]
教天下有情人歇息，
它宏亮的歌声谴责
残忍白昼的潜入。

他： 日光已经飞过
一道又一道山脊。

她： 那是月亮的光。

他： 那鸟雀……

她： 　　　　　让它继续唱，
我给爱情的戏剧
献上我黑暗的陡坡。

八、她在林中的灵视[3]

好像那繁叶下面的干燥木材，
在那圣林中浓黑如酒的子夜，
太老了没有男人爱，我愤怒地伫立，

---

① 此诗作于 1926 年 8 月，基于莎士比亚剧作《罗密欧与朱丽叶》第三幕第五场第 5—11 行。叶芝曾考虑以《破晓》为题。

② 据莎士比亚剧作《罗密欧与朱丽叶》，夜莺是“早晨的前导”。

③ 此诗作于 1926 年 8 月。

想象着男人。想象着我能够凭藉
较小的痛苦使较大的缓和，或只为
查看枯萎的血管是否流血，
我就撕破身体，让其中的酒汁
浇灭有关情郎嘴唇的回忆。

然后，我举起我的根根手指，
凝视那浓黑如酒的指甲，或那从
每个枯萎的指尖淌下的浓黑；
可浓黑变红，只见火把通明，
震耳的音乐撼动树叶；一长队
用担架抬着一个受伤的男人，①
或猛击琴弦，和着琴声的伴奏
歌唱那造成这致命创伤的野兽。

高雅的女人都伴着歌曲舞动，
长发松散，或眉头紧锁忧伤，
似十五世纪画家笔下的群众，
曼特纳②思想中没有思想的形象——
为什么要思想，既然永远年轻？
我凝视着他那鲜血染污的胸膛，
与其他人一起唱着我的诅咒，
直到突然被传染上忧伤悲愁。

那血污的皮囊，那野兽撕裂的破烂，
半转过脸来，盯着我的眼睛；
虽然爱情的甘苦都已经回还，

---

① 希腊神话中的美少年阿多尼斯和爱尔兰传说中的狄阿米德都是被野猪所伤而死。

② 安德瑞亚·曼特纳（1431—1506）：意大利画家。

但那些来自画上或硬币上的人形
醉酒般沉醉于歌唱，没有看见
我倒地，没有听见我尖叫，不知情
他们抬去的不是神话中的象征，
而是我心的迫害者和受害的牺牲。

九、最后的表白①

与我共眠的活泼少年中
哪个最令我欢快？
我回答，我曾献出灵魂，
却在不幸中恋爱，
但曾与一少年共享大乐，
他是我肉体所爱。

挣脱他的怀抱，我大笑，
心想他激动如此：
他幻想我献出了灵魂，
只要接触到肉体；
我在他胸上大笑着心想，
禽兽对禽兽即如此。

我给出跨出衣裙的别的
女人所给出的东西，
可当这灵魂脱离了肉体，
赤裸走向赤裸时，
它找到的他在其中必找到
别人所不知的东西；

他给出他的，并得到他的，

---

① 此诗作于1926年6—8月间。

必将有自主的权利；
尽管它曾在不幸中恋爱，
他抱得仍那么紧密，
没有一只报晓的鸟儿
胆敢扑灭那欢喜。

十、相遇

暂时被老年掩藏在
假面人的斗篷和风帽①里，
彼此恨对方所爱，
面对面我们伫立：
“我遇见了这种人，”他说，
“不会有什么好事。”

“让别人尽情吹，”我说，
“但是决不敢自矜
我这种女人曾经有
那种男人作情人，
说世上的男人当中
我最恨那种男人。”

“疯子才吹嘘那种爱，”
他怒气冲冲地表示；
他那种替我这种人——
但愿我们俩都抛弃
这一身乞丐服装——
找到了更美妙的字词。

① 指肉体。

十一、出自《安提戈涅》[①]

征服[②]——呵，苦涩的甜蜜，[③]
少女嫩颊上的居民——
那富人和他的事业、
肥美的羊群和田野的肥美、
水手，粗野的收割者；
征服帕纳色斯[④]的神祇；

征服最高天；尽情
掀翻天国和大地，
在这同一场灾难中
让兄弟和兄弟，[⑤] 朋友和朋友，
家庭和家庭，
城市和城市都满足，
被那伟大荣耀逼疯。

我要祈祷，我须歌吟，
我却痛哭——俄底浦斯[⑥]的孩子
沦落到无爱的尘埃中。[⑦]

---

① 这是叶芝根据保罗·马斯科瑞的法文和理查德·杰布等的英文散文译本改写的古希腊剧作家索福克勒斯（前496？—前406）的悲剧《安提戈涅》中的一段合唱词。

② 征服：死亡之征服。

③ 苦涩的甜蜜：爱情或生命。

④ 帕纳色斯：太阳神阿波罗和文艺女神缪斯所住之灵地。

⑤ 安提戈涅的兄弟厄忒俄克勒斯和波吕尼克斯彼此为敌，互伤致死。

⑥ 俄底浦斯：底比斯国王，安提戈涅的父亲。

⑦ 安提戈涅因违抗新王克瑞翁的禁令，埋葬阵亡的哥哥波吕尼克斯而被关闭在墓穴里之后旋即自杀。

帕内尔的葬礼及其它[1]
(1935)

① 此辑包括《三月的满月》(伦敦：麦克米伦，1935)中除《三首进行曲》(移入《最后的诗》)之外的全部诗作，共十七首。

帕内尔的葬礼[1]

一

在那伟大小丑[2]的坟墓下，群众。
一簇风暴的乌云被吹得在天涯
飘来荡去；在无云之处的天空
仍有光亮；一颗更亮的星射下；
沸腾的血液中流过怎样的颤动？
这牺牲是什么？那里可有谁能够
想起那洞穿一颗星的克里特箭头？

星光闪烁透过的繁茂叶丛、
狂热的群众、在枝柯丛生的地方
坐着的美少年；一张神圣的弓；
一个女人、一支箭搭在弦上；
被洞穿的少年，一颗被射落的星。
那女人，一副伟大母亲的形象，
剜出了他的心。某个设计大师

① 此诗作于 1933 年 4 月；最初发表于《观察者》（1934 年 10 月）；第一部分题为《一个帕内尔派分子在帕内尔的葬礼上》，第二部分题为《四十年后》。叶芝在剧作《大钟楼之王》（1934）的前言中写道：“在《在帕内尔的葬礼上》中，我把我在美国所作的一篇讲演稿中的段落写成了韵文。”查尔斯·斯图亚特·帕内尔（1846—1891）：爱尔兰民族党和议会党领导人，曾任大不列颠地方自治联盟主席，号称“爱尔兰的无冕之王”，在爱尔兰民族自治运动中起过重要作用。由于与姬蒂·欧什阿太太的私通关系，他遭到众议，被开除出党，免去职务。

② 指丹尼尔·欧康内尔（1775—1847），爱尔兰政治活动家，其墓地在都柏林格拉斯内文公墓园。叶芝不喜欢他，称之为小丑。

把少年和树木铸上西西里钱币。[①]

一个时代是一个时代的反拨：
陌生人杀害埃梅特、菲茨杰拉德、透呐[②]时，
我们像看戏的人们一样生活。
布景有什么重要，一旦消逝：
它没触及我们的生活。但流行的狂热，
歇斯底里症把这猎物拖下来。
无人分担我们的罪疚；吞食
他的心时，我们也并非在舞台上演戏。

来吧，用那指控的目光盯着我。
我渴望受到指控谴责。在爱尔兰，

---

① 叶芝原注（1935）："在四十年前的一个十月的风暴之晨，我听见了第四次钟鸣的第一响。我去金斯顿码头迎接早晨六点钟到达的邮船。我在等一个朋友，却碰见当时大出我意料的东西——帕内尔的遗体。我没有去参加葬礼，因为在我敏感且羞怯的青年时代，我厌憎人群以及人群所暗示的事情，但我的朋友去了。她那天傍晚告诉我，当帕内尔的遗体被下放入墓穴的时候，在大白天里坠落了一颗星——那是个集体幻觉呢还是真实事件？若干年后斯坦迪什·欧格莱蒂写道：'我陈述一个事实——成千上万的人目击过。当追随者们把帕内尔的遗骸放入土里之时，天空被奇异的光焰照得大亮。只可能是巧合，然而不迷信的人们也坚持认为在人的灵魂与自然力之间确有某种神秘的感应，以及风暴和别的自然骚动太经常地后继或伴随大战役而让人难以视之为仅仅偶然。……'我想到在我的《自传》附录中所描写的被一支箭射中的星的象征。我问一颗星的陨落是否有时象征一个被接受了的牺牲"（《校刊本》，页 834）。叶芝在其《自传》（伦敦，1926）中附录了为"骨骸的动弹"一节第四部分重写的开头，其中描写了叶芝所看见过的一个异象："一匹奔驰的人头马怪，稍后是一个美得令人难以置信的裸女站在一个基座上弯弓射一颗星"（页 458）。在"注释"中（页 473—477），叶芝讨论了这一异象的原型意义，把它解释为类似"那母亲女神，代表她的女祭司把箭射向一个孩子，其牺牲象征树的精灵或阿波罗的死亡和复活。……她被描绘为一个身披少许丝缕坐在枝叶纷披的树中心的美女，印在公元前五世纪的某些克里特硬币上"（页 475）。

② 罗伯特·埃梅特（1778—1803）、爱德华·菲茨杰拉德勋爵（1763—1798）、沃尔夫·透呐（1763—1798）：爱尔兰爱国者。

唱过的一切，说过的一切，都不过
是人群中传染病菌孳生的谎言，
除了老鼠死前所听到的诗歌。①
别留下什么，除了属于这裸袒
灵魂的空无，让所有人都来评判，
它究竟是个禽兽还是个好汉。

二

其余的我通过，有一句话我收回。
假如德维列拉②吃了帕内尔的心，
松嘴皮的造谣者就不会赢得那一日，
国民间的仇恨就不会把国土撕分。

假如考斯格瑞夫③吃了帕内尔的心，
这国土的想象力就会感到满意，
或缺乏那个，政府在这样的手中，
它惟一的政治家欧希金斯也不会死。④

甚至欧达菲⑤——但我不更多提名——
假如学校有群众，教师有孤寂，
他就会穿过斯威夫特⑥的幽暗树林，
在那里摘改良他血液的苦涩智慧。

---

① 据说古爱尔兰吟游诗人具有以吟诗杀鼠或驱鼠的异能，见欧文·康内兰编译《莪相学会学报第5期》（1860）所载文《关于伟大的吟游诗人制度的记录》。

② 伊蒙·德维列拉（1882—1975）：1932年起任爱尔兰自由邦执行委员会主席。

③ 威廉·考斯格瑞夫（1880—1965）：爱尔兰自由邦第一任执行委员会主席（1922—1932）。

④ 爱尔兰自由邦司法部兼外交部长凯文·欧希金斯（1892—1927）被恐怖分子刺杀身亡。

⑤ 艾因·欧达菲（1892—1944）：国民卫队第一任司令；1933年被德维列拉解职后，组织“蓝衫”运动，成为纯粹盖尔人党主席，1934年退出政坛。

⑥ 见《七贤》一诗注。

《大钟楼之王》中被砍掉的头颅选唱曲[①]

备鞍上马，我听见一个
布尔本[②]和科堖克纳瑞[③]来人说，
大钟楼里头的钟表说什么？
那些悲剧人物齐奔驰，
却避开罗西斯[④]涌动的潮水；
山坡上正开狩猎大会。
一声低缓的钟鸣和铁钟。

什么使他们远离家庭，
彻夜与海浪搏斗的库胡林，[⑤]
大钟楼里头的钟表说什么？
驰骋在海上的尼娅芙；[⑥] 默默
端坐下棋的姑娘和小伙？[⑦]
除了英雄的豪放有什么？
一声低缓的钟鸣和铁钟。

艾立尔、他的女伯爵；[⑧] 那个

---

① 叶芝剧作《大钟楼之王》于1934年初版，同年7月30日在都柏林艾贝剧院首演。

② 布尔本：斯来沟镇以北的一座山。

③ 科堖克纳瑞：见《欧哈特神父谣曲》一诗注。

④ 罗西斯：斯来沟附近一海滨岬角。

⑤ 参见《致时光十字架上的玫瑰》一诗注。

⑥ 见《希神的集结》一诗注。

⑦ 在叶芝的剧作《黛尔德》（1907）中，黛尔德与奈希弈棋，等待着康纳哈给他们带来的厄运。黛尔德与奈希的传说见《尘世的玫瑰》一诗注。

⑧ 在叶芝的剧作《女伯爵凯瑟琳》（1892）中，诗人艾立尔爱着女伯爵。

罕拉汉，[①] 不过像放荡的嫖客；
大钟楼里头的钟表说什么？
独自骑着马来到那里，
国王[②]能使其臣民注视
因为他没有头发有羽饰。
一声低缓的钟鸣和铁钟。

---

① 见《红发罕拉汉关于爱尔兰的歌》一诗注。

② 叶芝的短篇小说《国王的智慧》（载《隐秘的玫瑰》1897）中的主人公。

照谱重填的两首歌

一①

派丝汀·芬是我惟一所欲，
我已憔悴消损至皮包骨头，
因为我心所有可卖的全部
只是我孤苦伶仃所能吹奏。
哦嘞，哦嘞！
明晚我要去把那屋门砸了。

一个男人孤苦伶仃，腿上
还有斑痕，他有什么本领？
我但愿爱人坐在我的膝上，
在酒馆两个酒桶之间痛饮。
哦嘞，哦嘞！
明晚我要去把那屋门砸了。

孤苦伶仃我躺了九个晚上，
在雨打之下两丛灌木之间；
我想用口哨引她到那路上，
我吹呀吹呀吹，吹也枉然。
哦嘞，哦嘞！
明晚我要去把那屋门砸了。

---

① 叶芝剧作《那锅肉汤》（1903 年初版）1922 年版所增补的一首歌。“派丝汀·芬”（盖尔语，义为“秀发少女”或“芬的小女孩”）是一首流行的爱尔兰民歌的标题。

二①

但愿我是一个老乞丐
转着珍珠般瞽目，
因他看不见我的所爱
跟别人招摇过路；

一个阴沉、阴郁的乞丐，
除了贼似的野狗——
呵，生来就盲目的乞丐——
在世上没有朋友；

或别的什么，除了诗人——
头脑空空无所思，
只会为美貌女郎押韵，
独自在床上作诗。

① 第1及2—6行最初发表于叶芝剧作《演员女王》（1922）中；第2—5行增入《三月的满月》（1935）中。

为老年祈祷[①]

上帝让我远离人们
只用脑思索的思想；[②]
那唱不朽歌曲的人，
他用骨髓思想；

远离众口赞誉的智叟
所应具备的一切；
呵，为了歌，不装疯卖傻，
我又能做些什么？

我祈祷——因为时髦话已过时，
祷告辞又转回一轮——
尽管老不死，但愿我像个
愚蠢、有激情之人。

① 此诗作于1934年，最初发表于《旁观者》（1934年11月2日）。

② 叶芝在《玛瑙的切割》一文中写道：“我们只相信那些不是在头脑中而是在全身里形成的思想”（《随笔与序文集》，页125）。

教会与国家[①]

这儿有新题材，诗人，
适合老年的题材；
教会与国家的力量
把暴民置于脚下踩。
可是呵，心的酒将清纯，
智的面包变甜美。[②]

那要是怯懦的歌，
就别再在梦中流连；
假如教会和国家是
门外吼的暴民怎么办！
酒浆始终将浑浊，
面包味道将变酸。

1934 年 8 月

---

① 此诗最初发表于《旁观者》（1934 年 11 月 23 日），题为《徒然的希望》。

② 天主教圣餐礼以葡萄酒和面包象征基督的血和肉。

超自然的歌

一、瑞夫在波伊拉和艾琳之墓畔①

因为发现了我在黢黑的夜里
翻开书本，你问我在做什么。
点校整理传说，带它到远方
给从未见过这削发的头颅也从未
听过这哑了九十年的嗓音的人们。
关于波伊拉和艾琳你无须说什么，
都知道他们的传说，都知道苹果
和紫杉的枝叶如何纠结②，覆盖
他们的遗骨；只说些没人听过的。

---

① 此诗作于1934年7月24日。叶芝原注（1935）说："'超自然的歌'中的隐修士瑞夫是一个虚构的圣帕垂克的批评者。他的基督教信仰像许多早期爱尔兰基督教信仰一样，可能来自埃及，与基督教前思想相仿"（《校刊本》，页857）。圣帕垂克（385—461）是最早去爱尔兰传播基督教的罗马传教士，爱尔兰的主保圣人。波伊拉：爱尔兰传说中莱因斯特国王梅斯格德拉与北爱尔兰女神布安之子；据格雷戈里夫人所著《缪阿瑟姆呐的库胡林》，波伊拉"属于茹德瑞格〔译按：北爱尔兰英雄群体之一〕一族，虽然他仅占有极少土地，但他是北爱尔兰王国的继承者，无论男女老少，谁见了他都喜爱，因为他非常会说话，他们都叫他'蜜嘴波伊拉'。"艾琳是他的爱人。据叶芝叙事诗《波伊拉与艾琳》，"波伊拉与艾琳是一对恋人，但是爱神安格斯希望他们在他的国度，在死者中间幸福，便给每人讲了一个关于对方之死的故事，于是他们心碎而死。"叶芝于1934年7月24日致信莎士比亚太太："我脑子里还有一首诗，说的是一个修士半夜在去世很久的一对恋人的墓上读祈祷书，那天正是他们的周年忌日；当夜他们〔的灵魂〕在墓地上空交合，他们的拥抱不是部分的，而是全身起火发光；他就借着那光亮读书。"

② 波伊拉与艾琳死后，一棵紫杉树和一棵苹果树分别从他们的葬身之处生长起来；他们相恋的故事则写在用紫杉和苹果木做的板子上。

赐给他们以如此死法的奇迹
把从前是筋骨的东西转变成了
纯粹的物质；这样的身体交合时，
无所谓此处，也无所谓彼处的接触，
非紧张的欢乐，而是全体融合；
因为天使的交媾就是一团光①，
二者仿佛迷失、消融于其中。

在此，苹果和紫杉树枝的颤抖
之上黢黑的半空之中，在此，
在他们去世的周年忌日，他们
初次拥抱的周年纪念日，那对
恋人，已被悲剧净化，急急
扑入彼此的怀抱；我这双被清水、
药草和孤独的祈祷锻炼得鹰眼般
犀利的眼睛都不堪那亮光的炫耀。
虽然有些被树叶割破，那亮光
落在草地上形成一个圆圈，
在其中我一页页翻动我的圣书。

二、瑞夫驳斥帕垂克②

一个抽象的古希腊谬论使这人③发了疯癔——
想想那完全男性的三位一体。男人、女人、孩子（女儿或儿子），
这就是所有自然或超自然故事流传的方式。

自然者与超自然者用同一个指环结合成婚。

---

① 此说出自瑞典神秘主义者伊玛纽埃尔·斯韦登堡（1688—1772）。

② 叶芝1934年7月24日致信莎士比亚太太，说此诗的主旨是“我们生育是由于我们的爱不完美”。

③ 指圣帕垂克。

一如人类，一如野兽，一如蜉蝣生育，神也生育神，
因为那“伟大的绿宝石书板”① 说，形而下者是副本。

但一切都必须复制副本，一切都繁衍同类；
在它们的情热之火消沉，被肉体或心灵浇熄时，
那变戏法的大自然登场，她蜿蜒缠绕在它们的怀抱里。

那生有镜片鳞甲的蛇就是多重性，
而在地上、水里或空中成双作对的一切共有那只有三位的神，
只要能像祂一样爱，它们就能生育自身。

三、瑞夫在出神状态

即使你一字也不懂又有什么关系②！
无疑我所说或所唱是我断断续续
听来的句子。我的灵魂已经找到了
有其自身原因或依据的一切快乐。
神灵与神灵在性交痉挛之中生殖
神灵。有阴影落下。我的灵魂已忘记
那些来自寂静中阵阵动情的叫声③；
日子的正常循环必定要重新运行。

四、那里④

那里，所有的桶箍都紧紧衔接，

---

① “伟大的绿宝石书板”：1541 年出版的关于炼金术的中古拉丁文著作，伪托是古埃及著作神海尔梅斯·垂斯梅基斯图斯（埃及名“托斯”）所作。

② 叶芝曾在家里给一些朋友朗读《瑞夫驳斥帕垂克》一诗。读毕，他问他们懂不懂，其中一位（可能是茉德·冈）回答：“不，我一个字也不懂”。

③ 此诗描写诗人自己的交欢之感。叶芝于 1934 年接受回春手术，性能力大大恢复。

④ “那里”：叶芝《异象》体系中之第十三圆锥体，实为球形，为完美自足之境界。普罗提诺用以指神圣球体：“那里，太阳是所有星星；每颗星又是所有星星和太阳。”柏梅说，那里，“生命向内缠绕趋向太阳。”

那里，所有的蛇尾都遭到咬啮[①]，
那里，所有的旋锥都交汇合一，
那里，所有行星都坠入太阳里。

五、瑞夫认为基督教之爱不足

为什么我该寻求或者研究爱？
它属于上帝，超出人类的智力；
我以极大的勤奋把仇恨研究，
因那是我自己控制的一种激情，
是一种能把灵魂中不是心境
或感觉的一切清除干净的扫帚。

为什么我憎恨男人、女人或事件？
那是我妒忌的灵魂射出的光线。
摆脱了恐惧和欺骗，它就能够
发现不纯的杂质，能显示最终
这类东西都逝去后灵魂会走动，
在这类东西诞生前灵魂能行走。

我获得解脱的灵魂将自己学习
一种更阴暗的知识，在仇恨中背离
人类有过的各种对上帝的思议。
思议是一件衣服而灵魂是新娘，
她无法在那破烂和花饰中隐藏：
对上帝的仇恨把灵魂会引向上帝。

在午夜钟响时，灵魂无法忍受
一套肉体或精神的内部装修。
在她的主人赐予前她能得什么！

① 蛇头衔蛇尾是神秘主义的完美之象征。

在他展示前她能看到哪里！
在他教她知道前她有何知识！
在他活在她血里前她怎能生活！

六、他和她[①]

随月亮悄然升起
她必悄然升起，
随惊惶月亮逃逸
她也必然逃逸：
“他的光早把我刺瞎，
若我胆敢停止”。

月亮唱歌她也唱：
“我就是我，是我；
我的光变得愈亮，
我就愈远地逃躲”。
听到那甜美的喊声，
万物都抖颤瑟瑟。

七、何等神异的鼓翼声？[②]

他抑制自己的欲望，几乎停止呼吸，以免导致
原始的母性遗弃他的肢体，那女孩不再偎依
在他的胸脯之上畅饮欢乐，仿佛吮吸着乳汁。

蔽日遮光的花园树荫里传出何等神异的鼓翼声？
他的嘴和韧舌沿四肢和胸脯或那光泽的小腹移动。
什么从森林来过？什么禽兽把幼崽已舔舐成形？

---

① 叶芝于1934年8月25日致信莎士比亚太太，说此诗是写灵魂的：“当然，这是我的中心神话”。“她”指灵魂或人性，随着“他”——月相的变化而演化。

② 此诗写神人之交合。

八、它们何处来?①

永恒即激情，少女或少男
在交媾合欢之始叫喊
“永远永远”；然后醒来，
不解剧中人所说的台词；
受激情驱使的狂喜者唱出
他从来不曾想到的词句；
那鞭打者②鞭打臣服的腰股，
却不知剧作者有何吩咐，
鞭子是谁造。它们何处来，
那打倒僵冷罗马的手和鞭子?
改变世界的查理曼③投胎时，
什么神圣剧通过她身体出世?

九、人的四个时期④

他曾与肉体战斗过一场，
但肉体赢了，趾高气扬。

然后，他又与心相抗拒；
纯真与和平都弃他而去。

然后，他与头脑相争斗，
把骄傲的心抛在了身后。

现在，他对神之战开始；

---

① 此诗问个人情爱和一般历史事件背后有什么神秘的决定力量。

② 人称“上帝之鞭”的匈奴王阿提拉于公元451年重创西罗马帝国。

③ 查理曼（742—814）：初为法兰克国王（768—814），后由教皇列奥三世加冕为西罗马帝国皇帝（800—814）。

④ 此诗作于1934年8月6日。在叶芝的哲学体系中，个人人格和人类文明可划分成四个阶段：一、地、本能、早期文明；二、水、情欲、中古骑士时代；三、风、理智、文艺复兴至十九世纪末；四、火、灵魂、文明被仇恨毁灭的时代。

夜半钟鸣时，神将胜利。

十、会合[①]

假如朱庇特与萨图恩相逢，
木乃伊小麦[②]有何等的收成！

剑是十字架；他[③]死于其上：
女神[④]叹息，在马尔斯胸上。

十一、针眼

咆哮而过的流泉
全出自一个针眼；
未生、已逝的事物
从针眼驱它涌出。

十二、迷卢[⑤]

文明被箍在一起，由多重幻想

---

① 叶芝把星相学上的木星（朱庇特，亦为古罗马神话中的主神）和土星（萨图恩，亦为古罗马神话中的农神）的会合与一种“相对立的或主观的”天命相联系，把火星（马尔斯，亦为古罗马神话中的战神）和金星（维纳斯，亦为古罗马神话中的爱神）的会合与一种“基督教的或客观的”天命相联系。见阿兰·韦德编《叶芝书信集》（伦敦，1954）页828。

② 见《题埃德蒙·杜拉克作黑色人头马怪图》一诗注。

③ “他”：指耶稣基督。

④ “女神”：指维纳斯。

⑤ 1933年，叶芝为印度僧人师利·普罗希大师所著《圣山》一书作序。此诗可能作于那期间。在剧作《大钟楼之王》的前言（1934—1935）中，叶芝写道：“一首关于迷卢山的诗自发地来临，但是哲学是个危险的主题……”（《校刊本》，页855）。此诗写人类是其自己的创造物的毁灭者，此即文明更替的规律。迷卢：梵语音译“须弥楼”或“须迷卢”（简称“须弥”或“弥楼”或“迷卢”），意译“妙高”。印度教神话中的神山，亦为佛教等宗教所采用，据说是位于宇宙中心的金山，是世界之轴。大神湿婆和财神俱比罗等诸神在此山或附近都有各自的乐园，信徒死后在那里与他们一起等待转世再生。现实中即我国西藏境内冈底斯山脉主峰冈仁波齐峰，藏语义为“宝贝雪山”；印度称之为盖拉瑟神山。

置于一条规则，置于和平的
幌子之下；但是人生即思想；
他，尽管恐惧，却无法停止
劫掠，经过一个又一个世纪，
劫掠，肆虐，灭绝，以便最终他
可以进入现实世界的荒凉里：
埃及和希腊，别了，别了，罗马！
在迷卢山或者埃菲尔士山①中，
在积雪之下的洞穴之中过夜，
或在那大雪和严冬的可怕厉风
抽打其裸体之处的隐士们了解
白昼渐渐引来黑夜，黎明前
他的荣耀和碑铭都消逝不见。

① 埃菲尔士山：即喜马拉雅山之珠穆朗玛峰。1885 年英人主持的印度测量局以其前局长埃菲尔士（S. G. Everest）的姓氏命名该峰；1952 年中国政府将其更名为珠穆朗玛峰；尼泊尔则称之为萨迦-玛塔。

新　诗[①]
（1938）

① 1938 年 5 月夸拉出版社初版，共收诗三十五首。

螺　旋[1]

螺旋！螺旋！古老的石人脸[2]前视；
被思索太久的事物不再被思索，
因为美因美，价值因价值而死，
古老的轮廓线已被消蚀而漫灭。
非理性的鲜血溪流污染着大地；
恩皮多克勒斯[3]把万物四处抛撇；
赫克托尔已死，特洛伊有灯光照耀；
我们旁观者在悲剧的欢乐中大笑。

尽管麻木的恶梦骑头顶，血和泥
污染敏感的身体，又有什么要紧？
有什么要紧？不要叹息，别掉泪，
一个更伟大、更高雅的时代已逝尽；
为古墓里彩画的偶像和梳妆匣子
我曾经叹息过，但如今不再伤心；
有什么要紧？岩洞[4]中传出一声音，
它所知一切就是那个词：“欢欣。”

---

① 此诗可能作于1936年7月至1937年1月间。螺旋：见《再度降临》一诗注。

② 古老的石人脸：一说指“穴居的老苦行者”，可能其来源与雪莱描写的隐修士阿哈修如斯或叶芝读过的印度苦行僧传记有关。另据叶芝夫人说，是指德尔斐神谕。

③ 恩皮多克勒斯（前493—前433）：希腊哲学家。他提出万物由土、水、火、气四大元素和合而成。

④ 德尔斐神谕藏于岩洞之中。

行为和工作变粗犷，灵魂也粗犷，
有什么要紧！那石人脸所珍视的那些
爱好骏马和女人的人们，必将
从一座坍塌的陵墓的断石残碣
或野鸡与猫头鹰之间的黑暗地方
或任何富有、黑暗的虚无中发掘
工匠、贵族和圣徒；万物重新
在那不时新的螺旋之上运行。

天青石雕①

（为哈利·克里夫顿作）

我曾听歇斯底里的女人
说她们厌恶调色板和提琴弓②，
厌恶总是快活的诗人，
因人人皆知，否则也该懂：
假如不采取激烈手段，
飞机和飞艇就会出动，
像比利王那样扔下炸弹③
直到这城市被摧毁夷平。

都在扮演各自的悲剧，

---

① 1935 年 7 月 4 日，70 岁的叶芝收到友人哈利·克里夫顿赠送的一件生日礼物——一块中国乾隆年间的天青石雕。翌日他写信给女诗人多萝茜·韦尔斯利说："有人送给我一大块天青石雕作礼物，上面有中国雕刻家雕刻的山峦、庙宇、树木、小径和正要登山的隐士和弟子。隐士、弟子、顽石等是重感觉的东方的永恒主题。绝望中英雄的呼喊。不，我错了，东方永远有自己的解决办法，因此对悲剧一无所知。是我们，而不是东方，必须发出英雄的呼喊。"叶芝最初的构思侧重于东、西方对待悲剧的不同态度，但 1936 年 7 月 25 日诗成之后，它的主题更加丰富了。叶芝在写给韦尔斯利的信中说此诗"几乎是我近年来所作的最好的作品"（《威·巴·叶芝致多萝茜·韦尔斯利论诗书信集》，牛津大学出版社，1964 年，页 19）。

② 调色板、提琴弓和诗人分别代表视觉艺术、音乐和文学，它们为热衷于政治的人们所鄙弃，面临毁灭的危险。叶芝作此诗时，欧洲正笼罩着对可能爆发的战争的恐慌。

③ 在 1690 年的波义尼战役中，英王威廉三世击败詹姆斯二世。有民谣描述他使用炸弹的情景。在第一次世界大战中，德皇威廉二世曾使用齐卜林飞艇空袭伦敦。比利是威廉的昵称，故此处一语双关。

那儿有哈姆雷，那儿有李尔王，
那是奥菲莉，那是考娣莉[①]；
可是，若演到最后一场，
巨大的幕布即将落地，
若剧中的显要角色还值得，
他们就不会中断而哭泣。
他们懂哈姆雷和李尔快乐[②]；
快乐改变着恐惧的众生。
都曾追求、寻获和丧失；
灯暗；天堂光照进头顶：
悲剧被搬演达到了极致。
哈姆雷彷徨，李尔怒狂，
所有的布景都同时降落
在成千上万座舞台之上，
悲剧也不能再发展分毫。

他们来了：徒步，或乘船，
骑马，骑骡，骑驴，骑驼[③]，
古老的文明遂面临刀剑。
他们同智慧[④]就走向毁灭：
伽里玛科斯刻石如雕铜[⑤]；
他刻的衣纹，当海风吹袭
这角落，仿佛飘飘飞动；
其作品如今无一站立；

---

① 均为英国戏剧家威廉·莎士比亚（1564—1616）笔下的悲剧人物。

② 格雷戈里夫人说："悲剧对于死者来说必定是一种快乐"，因为他们寻获又丧失了人们所追求的一切。

③ 指埃及人、阿拉伯人、基督教徒和伊斯兰教徒。

④ 指古希腊人及其文明。

⑤ 伽里玛科斯：前五世纪希腊雕刻家，发明以旋凿雕刻衣纹，曾为雅典守护神庙制作过一盏金灯及一个棕榈树形的青铜长灯罩。

他那棕榈树形的长灯罩
站立的时间不过一夜；
一切都倾倒又被重造，
重造一切者都很快乐。

天青石上刻着俩中国佬，
身后还跟着第三个人；
他们头上飞着只长腿鸟①，
那是长生不老的象征；
第三位无疑是个仆人，
随身携带着一件乐器。

石上每一片褪色的斑痕，
每一处偶然的凹窝或裂隙
都像是一道河流或雪崩，
或依然积雪的高坡峻岭，
虽然杏花或樱枝很可能
薰香了半山腰那小凉亭——
中国佬正朝它攀登；我乐于
想象他们在那里坐定；
在那里，凝望山峦和天宇，
注视一切悲剧的场景。
有一位要听悲悼的曲风；
娴熟的手指就开始弹拨。
他们皱纹环绕的眼睛，
苍老、炯炯的眼睛，明澈。

① 指仙鹤。

仿日本诗[1]

稀奇至极一件事：
我已活了七十年；

（欢呼春天百花开，
因为春天又来临。）

我已活了七十年，
没做褴褛讨饭人；
我已活了七十年，
七十年来少与老，
今始欢乐而舞蹈。

① 叶芝在1936年12月下旬将此诗寄给女诗人多萝茜·韦尔斯利时附信解释说："我是根据一首咏春的日本俳句的散文翻译作出此诗的"（《威·巴·叶芝致多萝茜·韦尔斯利论诗书信集》，牛津大学出版社，1964年，页116）。

曼妙的舞女[①]

那女孩去那里跳舞，
在花园中落叶缤纷，
新剪的柔滑草坪上；
逃离她苦涩的青春，
逃离她周围的人群，
或笼罩她的乌云。
舞女啊，曼妙的舞女！

假如生人从院里来
要把她带走，可别说
发了疯她觉得快乐；
悄悄拉他们到一侧；
且让她跳完她的舞，
让她跳完她的舞。
舞女啊，曼妙的舞女！

---

① 此诗作于 1937 年 1 月。玛格特·儒多克（1907—1951）：本名玛格特·柯利斯，英国演员、诗人，著有诗集《柠檬树》（1937）；叶芝为之作序。叶芝曾说她的诗艺越来越糟，劝她停止写诗。她因此想自杀，那样一来她的诗就有可能传世。一天她冒雨跳进海里，又想到她热爱生活，遂开始在海滩上跳舞。翌日，她去了巴塞罗那，在那里发了疯。

三株灌木[1]

米歇尔·德·布尔代叶神父《我的时代的历史》中记载的一件事。

贵妇曾对情郎说，
“没人能够依赖
缺乏资粮的爱情；
假如爱人已离开，
你怎能唱那些情歌？
小伙子，我应受责怪。”
　　哦乖乖，哦乖乖。

“在你屋里别点灯，”
那娇美贵妇叮嘱，
“我好在夜半时分
偷偷爬上你床铺；
若看见自己偷情，
我怕会倒地死去。”
　　哦乖乖，哦乖乖。

“我秘密爱着一个人，
亲爱的丫头，”她说，
“我知道必倒地而死，
假如说他不再爱我；

---

① 此诗作于1936年7月，是根据多萝茜·韦尔斯利的一首谣曲所做的改写，其本事来源系虚构。

可假如我失去贞洁，
除倒地而死能如何？”
　　哦乖乖，哦乖乖。

“你就得躺在他身旁，
让他以为我在床，
也许我们都一样，
在没有灯烛的地方；
也许我们都一样，
一旦把身上都脱光。”
　　哦乖乖，哦乖乖。

半夜钟鸣狗不咬；
听着钟声，她会说：
“我这个主意真不错，
情郎看上去很快活；”
看侍女整天打瞌睡，
她又不禁长叹嗟。
　　哦乖乖，哦乖乖。

“不是别的歌，”他说，
“因为在一年以前，
我的情妇第一次
半夜来到我房间；
钟声开始鸣响时，
我得躺在被单间。”
　　哦乖乖，哦乖乖。

“又笑、又叫的圣歌，
一首色情歌，”他们说。
有谁曾听过这种歌？

只那天他们听过。
有谁曾跑过这种马？
没有，直到他跑过。
　　哦乖乖，哦乖乖。

可他的马把蹄子
陷进了兔子洞里，
他一头栽地而死。
他的情妇全看见，
也倒地而死，因为她
用她的灵魂把他爱。
　　哦乖乖，哦乖乖。

那侍女活了很久，
照看着他们的坟墓，
在那里种两株灌木，
好让它们长大后
仿佛生自一条根，
玫瑰花也混在一处。
　　哦乖乖，哦乖乖。

在她衰老临死前，
教士来到她身旁；
她做了彻底的告解。
他久久盯着她脸庞，
哦，他是个善心人，
理解她的情况。
　　哦乖乖，哦乖乖。

他教人把她葬在
女主人的男人一侧，

在墓上种一株玫瑰。
如今世人在那里
摘玫瑰，谁也不知
那根茎始于哪里。
　　哦乖乖，哦乖乖。

贵妇的第一支歌[①]

我转身四顾，
像哑兽演出，
不知我何物，
不知我去处；
语言被锤炼
成一个名字；
我在恋爱中，
这令我羞耻。
伤害灵魂者
我灵魂爱慕，
还不如一个
四条腿走兽。

① 此诗作于1936年11月20日。叶芝称“它本身并不很好，但会强化〔《三株灌木》的〕戏剧性”（《威·巴·叶芝致多萝茜·韦尔斯利论诗书信集》，牛津大学出版社，1964年，页105）。

贵妇的第二支歌[①]

什么样男人将前来
躺在你双脚之间？
我们不过是女人。
沐浴；使身体香甜；
我有一柜柜干香料
可用来点缀床单。
　　　　主会怜悯我们。

他爱我灵魂，仿佛
肉体全然不存在；
他会爱你的肉体，
不受灵魂的干扰；
爱填充爱的两部分，
却保持实质完好。
　　　　主会怜悯我们。

灵魂须学习一种
适合我心胸的爱；
肢体则学习高等
动物共同的爱。
假若灵魂看，肉体触，
哪一个更有福气？
　　　　主会怜悯我们。

---

① 此诗作于 1936 年 7 月。

贵妇的第三支歌①

假若你和我的情郎相遇，
他在你双脚间弹奏乐曲，
可不要妄说灵魂的坏处，
也不要以为肉体是全部，
因为我是他白天的女人，
了解肉体有更坏的弊病；
为名誉把他的爱情分割，
以至都没有足够的份额，
好让我听见——若我们吻成
对位的毒蛇似的嗞嗞声——
有你在；若手竟摸索大腿，
辛劳的诸天就都会叹息。

① 此诗作于 1936 年 7 月。

情郎的歌[①]

鸟雀把天空向往；
思绪不知欲何往；
精子把子宫向往。
此刻安息同降落
在心灵，在巢窠，
在绷紧的大腿上。

① 此诗作于1936年11月9日。

侍女的第一支歌[1]

怎么搞的，这浪子
此刻沉陷于休养——
生人与生人一起——
在我冰凉的胸上。
还剩什么可期冀，
陌生的夜已到来；
上帝的爱掩护他
免受了一切伤害，
快乐已经使得他
虚弱得像条虫子。

① 此诗作于1936年11月。

侍女的第二支歌[1]

由于床笫的快乐，
迟钝得像条虫；
他那顶人的家伙
疲软得像条虫；
他那逃走的魂魄
盲目得像条虫。

① 此诗作于 1936 年 11 月。

一亩草地[1]

图画和书籍仍在；
如今体力衰耗，
用以养气和运动
还有一亩青草；
夜半，一幢老屋，
无动静，除了一只鼠。

我不为外物所动。
在这生命尽头，
无论松弛的想象
还是消耗骨头
和破布的心灵之磨
都不能把真理传播。

请赐我老人的狂热。
我须为自己重铸
米开朗琪罗所熟知，
能够穿云破雾，
或受狂热的激动，
把僵尸撼醒的心灵——

老人的雄鹰心灵，
直到我成为泰门

① 此诗作于1936年11月叶芝晚年在都柏林居住的河谷别墅。

和李尔[1]或敲打墙壁，
直到真理听从
召唤的威廉·布雷克[2]，
否则被人类忘却。

① 泰门和李尔：分别是莎士比亚悲剧《雅典的泰门》和《李尔王》中的人物。

② 威廉·布雷克（1757—1827）：英国诗人、画家。

又怎样？

他上学时选择的伙伴认为
他将来必定会获得名望；
他也有同感，生活循规，
苦功排满了二十多岁；
“又怎样?”柏拉图的鬼魂唱，“又怎样?”

他写的一切都被人读到，
若干年以后他赢得相当
足够的金钱满足他需要，
足够的朋友真诚相交；
“又怎样?”柏拉图的鬼魂唱，“又怎样?”

他更快乐的梦想都成真实——
妻子、儿女、一座小旧房，
种植着李树和甘蓝的田地，
诗人和才子围着他聚集；
“又怎样?”柏拉图的鬼魂唱，“又怎样?”

“工作完成了，”年老时他自思，
“按照我少年时的计划设想；
让蠢人发怒吧，我丝毫未偏离，
使某种东西达到了完美；”
可是那鬼魂更大声唱“又怎样?”

美丽崇高的事物

美丽崇高的事物；欧李尔瑞①的高贵头颅；
艾贝舞台上的先父②，他面前是狂热的群众。
“这国度辈出圣徒，”掌声停息后又说，
“石膏圣徒；”他美丽而顽皮的头向后一甩。
身体支撑在两桌间的斯坦迪士·欧格莱蒂③
向一群醉醺醺的听众说着无意义的大话；
坐在她那描金大桌前的奥古斯塔·格雷戈里，
她的八十春秋正临近；“昨天他威胁要我的命，
我告诉他每晚六点至七点我都坐在这桌前，
百叶窗拉起着”④；在厚斯车站等火车的茉德·冈⑤，
那笔直腰背和高傲头颅体现的女神雅典娜：
所有奥林匹斯山神⑥；一件永不再为人知的事。

---

① 约翰·欧李尔瑞（1830—1907）：见《一九一三年九月》一诗注。

② 叶芝的父亲约翰·叶芝（1839—1922）于 1907 年 2 月 4 日在艾贝剧院公开辩论会上为约翰·米灵顿·辛格的剧作《西部浪子》辩护。

③ 斯坦迪士·詹姆斯·欧格莱蒂（1846—1928）：爱尔兰历史学家兼小说家。著有《爱尔兰的历史：英雄的时代》（1878），对爱尔兰文学的复兴起了重要的影响作用。

④ 格雷戈里夫人在 1922 年 4 月 11 日的日记中记述了她的一个佃户威胁说要用暴力获取库勒庄园的部分土地的事件（《格雷戈里夫人日记》，柯林·史麦斯公司，1978 年，页 337）。

⑤ 此处写的可能是她在 1891 年 8 月 4 日，即拒绝叶芝第一次求婚的翌日二人同游厚斯时给诗人的印象。

⑥ 奥林匹斯山神：希腊神话中以宙斯为首的居住在奥林匹斯山上的十二大神。

发疯的少女①

那发疯的少女在海滩上面舞蹈，
即兴创作着她的音乐、诗歌；
她的灵魂与它的自身分裂，
爬高，坠落到她所不知的何处；
躲藏在一艘汽船的货物中间，
她的膝盖跌破；那少女，我宣布
是个美丽高尚之物，或一个
英勇地失去，又英勇地找回之物。

无论什么样的灾难发生，她都
立于不顾死活的音乐中缠裹，
缠裹，缠裹；她怀着胜利的欢欣，
在放置水斗和货筐的地方，无法
发出清晰可懂的普通声音，
只是唱："渴望大海的饥饿大海啊。"②

---

① 此诗作于1936年5月，原题《在巴塞罗那》。参见《曼妙的舞女》一诗注。

② 此引语出自玛格特·儒多克的《我几乎品尝出神极乐》一文。她在巴塞罗那患精神分裂，从窗口跌落，摔折了膝盖骨，于是爬进一艘船的货舱，开始唱"渴望大海的，饥饿的大海……"（见《柠檬树》，伦敦，1937年，页8—9）。

致多萝茜·韦尔斯利[1]

伸向那树林里没有月光的中夜，
仿佛那只手能够到树木站立处；
而它们不过是名牌老家具陈设，
摸起来令人愉悦；握紧那只手，
仿佛想要把它们拉近些。
内心
充满了夜的那种最感性的静寂
(购得地平线，陌生的狗已安静)，[2]
上楼去到你满是书的卧室等待，
没有书跪倒，空无一人在那里，
只有一只大丹狗[3]，它无月可吠，
此刻正躺倒沉睡。
什么在登梯？
绝不是平庸的女人沉思的东西，
若你不负我期望！既不是“满足”
也不是满足的“良心”，而是往昔
某些名作家讹传的那伟大家族——
骄傲的复仇三女神[4]高举着火炬。

---

① 此诗作于 1936 年 8 月，原题《致一位朋友》。多萝茜·韦尔斯利(1889—1956)：英国诗人、韦灵顿公爵夫人、叶芝晚年的朋友。

② 多萝茜·韦尔斯利曾购置了数英亩土地，把该地区原住居民连同他们的狗一起逐出。

③ 多萝茜·韦尔斯利的爱犬布鲁图斯。

④ 希腊神话中专司惩罚犯罪之人的女神，为克洛诺斯和夜女神的女儿。

对克伦威尔的诅咒①

你问我找到了什么，我所到之处又广又远，
除克伦威尔的宅邸和凶残的人马一无所见，
恋爱的人们和跳舞的人们都被打入了泥土，
魁梧的汉子、剑客和骑士，他们现在何处？
而有一个趾高气扬到处流浪的老乞丐，
基督受难前他的先辈服侍过他们的先辈。②
哦，那又怎样，哦，那又怎样，
还有什么剩下可说的？

一切邻居的满足和随和的交谈都已成过去，
可是抱怨也没用，因为金钱的吵闹在继续。
向上爬的家伙必定要踩在他的邻居身上，
而我们和所有的缪斯什么东西也算不上。
他们上学受教育而我对他们的教育不理睬，
他们能知道我们自知死期者知道的什么事？
哦，那又怎样，哦，那又怎样，
还有什么剩下可说的？

但是还有另外一种知识毁了我的心，

---

① 此诗作于1936年11月至1937年1月间。1649—1650年，英国护国主奥利佛·克伦威尔（1599—1658）曾率兵征伐爱尔兰。

② 在波义尼战役（1690）之后，占了上风的新教权势被强加给天主教的爱尔兰。叶芝在《帕内尔的葬礼》一诗的“注解”中写道：“在社会的底层，但几乎都不在其中，农民们继续做着他们的中世纪的梦；盖尔语诗人们则歌唱被放逐的天主教贵族；其中最著名的一位唱：‘在基督受难前我的先辈服侍过他们的先辈’”（《校刊本》，页833）。

就像古寓言里的狐狸毁了斯巴达少年的心，①
因为它证明事物既可能存在又不可能存在，
那些剑客和贵妇依然能够交好往来，
能够付给诗人一首诗的酬金，听琴弦的音韵，
虽然他们都长眠地下，我依然是他们的仆人。
哦，那又怎样，哦，那又怎样，
还有什么剩下可说的？

我在夜半偶然发现一所高大的宅院，
门廊通明开敞，所有的窗户都灯光灿灿，
我所有的朋友都在那里，也对我表示欢迎；
但我在一处古老的废墟里醒来，风声凄冷；
在我定神四顾之后，我不得不走出去，
去到那些听得懂我说话的狗儿马儿中间去。
哦，那又怎样，哦，那又怎样，
还有什么剩下可说的？

---

① 伪托为古希腊哲学家兼传记作家普鲁塔克（46—120）所著《十演说家生平》中关于雅典政治家吕库尔古斯（前390—前325/324）的生平一章里所述的一个故事：一个斯巴达少年偷了一只狐狸藏在衣下，宁肯让狐狸咬死也不让人搜身定罪。

罗杰·凯斯门特[①]

（马罗尼博士著《伪造的凯斯门特日记》读后）

我说罗杰·凯斯门特
做了他必须做的事，
他死在绞刑架上面，
这不是什么新鲜事。

生怕他们会在时光
法官的面前被击败，
他们用作伪的伎俩，
给他的好名声抹黑。

伪证者站起来准备
要证明伪造是真实；
他们把赝品公开给
世人，这才是新鲜事；

斯普灵-赖斯是大使，
不得不小声地传说，

---

① 此诗作于1936年11月。罗杰·凯斯门特爵士（1864—1916）因企图从德国往爱尔兰偷运武器而被英国人于1916年8月3日处决。在他受审和上诉期间，有谣言纷传他有描写他的同性恋活动的日记。在《伪造的凯斯门特日记》（都柏林和廓克，1936）一书中，美籍爱尔兰医生兼作家威廉·J. 马罗尼（1881—1952）声称那些日记是由英国人伪造的，而英国驻美国大使塞西尔·阿瑟·斯普灵-莱斯爵士（1859—1918）和当时在美国讲学的英国诗人阿尔弗雷德·诺伊斯（1880—1958）曾帮助传播谣言，致使美国公众舆论反对凯斯门特。

于是演说家得知了，
还有一大批写作者。

汤姆和狄克快来呀，
大肆传播者都快来，
离开伪造者的书桌，
抛弃伪证者那一派；

快来在广众中发言，
以便给这位被置于
石灰之中的最勇敢
绅士，做一些弥补。

罗杰·凯斯门特的鬼魂[1]

哦，什么弄出那骤然噪音？
什么站立在门口？
它从未渡过海洋，只因
约翰牛[2]与海洋是朋友；
但这并不是那往昔的海洋，
也不是那往昔的海岸。
是什么发出那嘲笑的喧嚷，
海洋的喧嚣中的嚣喧？

罗杰·凯斯门特的鬼魂
正在砰砰砰敲门。

约翰牛一直代表议会，
一只狗必有走运时，
举国以为他没有终极，
因为他懂得在酒席
或宴会场合如何演说，
所有人都必须把信赖
寄托给大不列颠帝国，
寄托给基督的教会。

---

① 此诗作于 1936 年 10 月。参见《十六个死者》和《罗杰·凯斯门特》二诗注。

② 约翰牛：英国的拟人化绰号，出自约翰·阿布斯诺特的《约翰牛传》（1712）。

罗杰·凯斯门特的鬼魂
正在砰砰砰敲门。

约翰牛已经去了印度，
所有人得对他尊重，
因为有历史记载证明
没一个别的品种
曾经有过类似的遗传，
或像他咂过好多奶，
一家子周遭不会有好运，
如果它缺乏诚实。

罗杰·凯斯门特的鬼魂
正在砰砰砰敲门。

我在一乡村教堂旁闲逛，
发现了他家族的墓地①，
抄录出在那宗教的幽暗中
我能够辨识的文字；
在那里发现了许多名人；
但名望和美德都已朽。
围过来，亲爱而苦命的人们，
围过来发出一声吼；

罗杰·凯斯门特的鬼魂
正在砰砰砰敲门。

---

① 凯斯门特家族于十八世纪定居于爱尔兰安陲姆郡。

欧拉希利族长[①]

请歌唱欧拉希利族长，
别否认他的权利；
在他名后加“族长”；
承认他从此建立
名号，不管博学的
历史学家怎么说；
他自己写出那个词，
给自己命名以鲜血。
　　　　天气怎么样？

请歌唱欧拉希利族长，
他那么没有头脑，
竟告诉皮尔斯和康诺利[②]
他愿出一大笔钞票
使所有柯瑞人[③]免于
那场疯狂的战斗；
他自己会到现场，
只要赶半夜的路。
　　　　天气怎么样？

---

① 此诗作于1937年1月，每节末尾的叠句原作“赞颂那骄傲者”。欧拉希利族长（1875—1916）：即欧拉希利氏族的首领，在1916年复活节起义中遇难。

② 见《一九一六年复活节》一诗注。

③ 欧拉希利部族世居柯瑞郡。

“要不是有路人听说了
我没有听说的事，
我就不配这名号，
难道我是个胆小鬼？”
于是他严厉地瞪着
皮尔斯以及康诺利，
“因为我帮忙上紧钟，
所以我来听报时。”
　　　　天气怎么样？

剩下的可以歌唱的
只有他遇到的死亡——
在亨利大街边某处
一个门洞下横躺[①]；
发现他的人发现
在他头上的门扇上
“欧拉希利族长死于此，
安息吧”的鲜血字样。
　　　　天气怎么样？

① 欧拉希利族长在邮政总局所在的亨利大街中弹，那里是当时战斗最激烈的地方。

帕内尔派，来聚集在我身旁[①]

帕内尔派，来聚集在我身旁，
赞颂我们选中的人，
双腿挺立站直片刻，
站直了只要你能，
因不久我们就躺在他卧处，
而他长眠在地底；
来斟满所有那些酒杯，
把酒瓶轮流传递。

有一个无可辩驳的理由，
我还有更多的原因，
他与英格兰的强权战斗，
拯救了爱尔兰的穷人，
无论一个农夫得什么好处，
他都使好事变成真；
这里还有另一个缘由，
帕内尔爱一个女人。

还有最后一个缘故，
他是那么一种人，
每一个会唱一首歌的人
都把帕内尔记在心，
因为帕内尔是骄傲的人，
世间没有谁更厉害，

① 此诗作于 1936 年 9 月 8 日。帕内尔：见《帕内尔的葬礼》一诗注。

骄傲的人是可爱的人，
那就把酒瓶传起来。

制造悲剧故事的是
政党和主教神父，
还有个出卖了妻子后来
又背叛了诺言的丈夫；①
但是活得最长的故事
却传唱在酒杯之上，
帕内尔热爱他的祖国，
帕内尔爱他的女郎。

① 指威廉·亨利·欧什阿上尉（1840—1905）。叶芝在《帕内尔》（载《随笔 1931—1936》，都柏林，1937）一文中称爱尔兰民族主义者、作家亨利·哈瑞森（1867—1954）所著《为帕内尔辩护：揭开面纱》（伦敦，1931）一书“无可辩驳地证实……欧什阿上尉从一开始就知道他们的私通；他为了金钱和其他实际利益出卖他的妻子；为了两万英镑，假如帕内尔能筹集到那笔钱，他就准备让离婚诉讼不利于他自己，而不是帕内尔……”

放荡的老坏蛋

“因为我痴迷女人，
所以我痴迷山岗，”
遍游上帝的辖区，
那放荡的老坏蛋讲，
“不死在家里的草荐上，
别的手把我眼闭合，
这就是我，亲爱的，
向天上那老头要求的。”
破晓和一节蜡烛头。

“你的话很亲切，亲爱的，
别吝啬其余的一切，
谁知道啥年月，亲爱的，
老人的气血变冷却。
我有年轻人没有的，
因为他爱得太多。
我有能穿心的话语，
可他除了摸会什么？”
破晓和一节蜡烛头。

于是她对拄拐杖的
那放荡的老坏蛋讲：
“爱情是给还是留
不是由我做主张。
我给了一个更老的，
那在天上的老者。

忙于掐念珠的手
永不能把那眼闭合。”
　　　　破晓和一节蜡烛头。

“走你路吧，哦，走你路，
我另选一个对象，
那些熟谙夜幕的
下到海滩上的姑娘；
跟渔夫说些下流话，
跟渔家少年跳个舞；
夜幕垂挂在海面时，
她们掀翻了床铺。”
　　　　破晓和一节蜡烛头。

“黑夜里我是个青年人，
但白天是放荡的老者，
能让猫发笑，或者
能够凭常识探测
从久已逝去的时代起
就深藏在她们骨髓里，
不为睡在身边的
长瘰子[①]的后生所知的。”
　　　　破晓和一节蜡烛头。

“我知道，很少人会知道，
所有人都活在苦难中，
不论走上流的道路
或者是甘居于下层，

① 叶芝曾写道：“爱尔兰农民认为，瘰子是性能力强的标志”（《威·巴·叶芝致多萝西·韦尔斯利论诗书信集》，牛津大学出版社，1964年，页63）。

水手弓身于划艇中，
或织工弯腰在织机上，
骑士在马背上端坐，
或孩子在子宫里躲藏。”
　　　　破晓和一节蜡烛头。

“一些闪电的溪流
来自天上那老人，
会把那苦难焚尽，
有教养的都不否认。
可我是粗鄙的老汉，
我退而选择其次，
在一个女人的胸上
把一切暂时忘记。”
　　　　破晓和一节蜡烛头。

伟大的日子

革命的欢呼，更多礼炮响起来；
马背上的乞丐①鞭打徒步的乞丐；
革命的欢呼和礼炮再一次响起，
乞丐们换了位置，鞭打仍继续。

---

① 爱尔兰有谚语云：“把乞丐放到马背上，他就会驰往地狱。”

帕内尔[1]

帕内尔一路走来，他对一欢呼的人讲：
“爱尔兰将获得自由，你将仍旧采石方。”[2]

① 帕内尔：见《帕内尔的葬礼》一诗注。叶芝称此诗“包含帕内尔真实说过的一句话”（《威·巴·叶芝致多萝茜·韦尔斯利论诗书信集》，页123）。

② 在采石场做苦力的通常是赤贫之人，如乞丐之类。

失去之物

我歌唱失去之物，惧怕赢得之物，
我走在一场重新打过一遍的战役里，
我的王是失败之王，人是失败之士；
尽管双脚会向那升起和降落驰突，
它们也永远踏着同一块小小石头。

刺　激①

你认为可怕的是情欲和愤懑
竟然向我的暮年献殷勤；
我年轻时它们算不得大祸殃；
还有什么能刺激我歌唱？

---

① 此诗作于1936年10月7日，最初发表于1938年3月的《伦敦信使报》。叶芝1936年12月4日致信多萝茜·韦尔斯利称“我的诗全都出自愤怒或情欲”；12月9日的信附以此诗，称之为他的“最后辩解”。12月11日，叶芝又将此诗寄给艾瑟尔·曼宁，冠以“某些事情逼得我发疯；我的舌头失去了控制”句。

一个醉汉对清醒的赞美

来转圈儿，漂亮的婊子，
让我不停地舞蹈，
好让我仍旧保持清醒，
尽管我已经喝饱。
清醒的确是一件珍宝，
我真地非常敬慕；
所以请让我不停舞蹈，
醉鬼虽躺倒呼噜。
注意脚步哟，注意脚步，
不停舞蹈像浪滚；
每一个跳舞的人脚下
都有个墓里死人。
不要起伏，我的漂亮妞，
美人鱼，不是婊子；
一个醉鬼就是个死人，
死人全都是醉鬼。

朝圣者

我只吃面包喝淡奶，斋戒了大约四十天，
因为与穿破布或丝绸，身披乡土披肩
或巴黎大氅的女孩轮饮，曾令我智迷；
女人有什么用处，她们会说的只是
呋儿得喽儿得咯哩噢。

我脚踏砾石走遍德戈湖[①]的圣岛周遭；
我五体投地在所有的苦路站[②]前祈祷；
在那里我遇到一老人；尽管我整天祷告，
但我旁边那老人，什么也不说，除了
呋儿得喽儿得咯哩噢。

都知道世上的死者都滞留在那附近，
假如母亲要寻找儿子，她不会有好运；
因为炼狱[③]的烈火把他们形骸已吞噬；
我对神发誓我问过他们，他们说的是
呋儿得喽儿得咯哩噢。

---

① 德戈湖：多呐戈尔郡和费尔玛纳郡交界处一小湖，是爱尔兰最重要的朝圣地，人称“圣帕垂克的炼狱”，据传圣帕垂克曾在那里禁食斋戒，看见过另一个世界的异象。

② 指模拟耶稣身背十字架走向受难处所经路程，沿路歇息处为一站，有图画或雕塑表现相应故事场景，通常十四幅或座组成一系列，天主教会称之为“苦路十四处”。

③ 在天主教神学中，炼狱是注定要升入天国的灵魂死后经烧炼而涤除污秽的处所。

我在船上时一只毛蓬蓬的大黑鸟出现；
从翅尖到翅尖伸展开来有二十尺宽，
噼噼啪啪扇动着翅膀，它大肆炫耀，
可我不停问，船工能说什么，除了
呋儿得喽儿得咯哩噢。

如今我呆在酒吧里，身子靠在墙壁上，
那就来吧，穿破布或丝绸，身披大氅
或乡土披肩，跟文雅的情郎或随便谁一起，
因为我可以把一切都放下，要说的不过是
呋儿得喽儿得咯哩噢。

马丁上校[1]

一

上校从前外出去航海，
他跟土耳其和犹太人，
跟基督徒和不信教者说话，
因为什么话他都懂[2]。
“哦，没老婆男人算什么?”他说，
于是他航海回家来。
他拉开门闩走上楼去，
却发现一间空屋子。
上校从前外出去航海。

二

“我长年把她留在乡下，
她独自相当孤寂，
虽然她也许在那里，”他说，
“但她也许在城里，
在那里她也许十分孤寂，
谁说得准呢，”他讲，
“我想我会把她找到，
在一个年轻人的床上。”

---

① 此诗作于1937年8月10日。理查德·马丁（1754—1834）：爱尔兰议会成员（1776—1800），戈尔韦郡志愿军上校。此诗是根据他的一段轶事而写的。叶芝早在1910年就知道这故事，他在当时的一次演讲中引述了它，声称“是由一个戈尔韦牧羊人讲给他听的”（都柏林《电讯晚报》1910年3月4日）。

② 据格雷戈里夫人收入《基尔塔坦历史书》（伦敦，1926）中的版本，上校“去遍游英国、法国、西班牙和葡萄牙”。

上校从前外出去航海。

三

上校碰见一个小贩，
彼此把衣服对调，
又在戈尔韦一家店里
买了最豪华的珠宝，
不用针线把珠宝穿成串，
却统统装进行囊，
在他手上缠一条皮带，
把行囊搭在背上。
上校从前外出去航海。

四

上校敲响那富人①的家门，
“我很遗憾，”女佣说，
“女主人看不到这些东西，
她还在床上高卧；
我从来没有亲眼见过
这么豪华的首饰。”
“全都拿去给你的女主人，”
他统统放到她手里。
上校从前外出去航海。

五

他走进门去，她走在前头，
两人都登上楼梯来；
啊，他真是一个聪明人，
因为他穿的是拖鞋；

① “那富人”是索荷的约翰·佩垂。

等他们来到楼梯最上层，
他率先跑在了前头；
他发现他的妻子和那富人
舒服地躺在床里头。
上校从前外出去航海。

六

阿西兹法庭①坐堂的法官
听他讲完这故事，
判决给他三桶金币②
作为损害赔偿费。
上校对他的仆人汤姆说：
“套上一辆驴车，
拉上金币走遍全城，
抛撒到各个角落。”
上校从前外出去航海。

七

在所有街道拐角都站着
一个带枪的汉子；
那富人已付出丰厚报酬，
让他们把上校射死；
可他们扔下了他们的枪；
都听见他们发誓说
他们决不能刺杀一个人，
为穷人做过这一切。
上校从前外出去航海。

---

① 可能是戈尔韦郡的一个巡回法庭。事实上该案是于 1797 年在伦敦市政厅由肯扬勋爵裁决的。

② 马丁被判获得一万英镑赔偿。

八

“你一个金币也没留，汤姆？
你可有三桶哟，”他说。
“我从来没想到这个，老爷；”
“那你老死前会穷迫。”
他确实穷迫；因为我爷爷
看到了故事的结尾，
看见过汤姆靠滩涂上海藻
勉强维持着生计。
上校从前外出去航海。

桂冠诗人的楷模①

从中国到秘鲁宝座之上
曾坐过各式的王与帝，
被各式各样的男人女人
赞颂为既伟大又仁慈；
那又有什么要紧，假如
这样的大人物为国事
竟然让他们的爱人久等，
　　让他们的爱人久等。

有人自称乞丐王和黑白
恶棍王，他们之称霸
是因为有条强壮的右臂
让所有人都感到害怕，
无论醉醒都悠闲地度日——
没有人跟他们争高下——
并且让他们的爱人久等，
　　让他们的爱人久等。

---

① 桂冠诗人是享受英国皇室薪俸而为其庆典场合提供颂诗的诗人的称号。当时的桂冠诗人约翰·梅斯菲尔德（1878—1967）为庆祝英王乔治六世（1895—1952）登基写了一首《为国王的在位祈祷》（《泰晤士报》1937年4月28日）。乔治之继位是因其兄爱德华八世（1894—1972）为娶瓦丽斯·辛普森太太而逊位的结果。叶芝此诗作于1937年7月，原题《结婚颂》，是为爱德华八世逊位而作的。叶芝称："假如我被聘为桂冠诗人，这就是我愿意写的东西，这也许说明为什么我没有被聘为桂冠诗人"（《威·巴·叶芝致多萝茜·韦尔斯利论诗书信集》，牛津大学出版社，1964年，页141）。

诗神默然，当社会名流
为现代的王权鼓掌时：
那些可以被买卖的欢呼，
那傻瓜管理的办公室，
那火漆封印，花押签名。
为这些玩艺，好人士
谁愿意让他的爱人久等？
　　　让他的爱人久等？

古石十字架[1]

政治家是个随和之人，
说谎靠硬背死记；
记者则编造他的谎言，
扼住喉咙威胁你；
那就呆在家里喝啤酒，
让邻居投票选举，
　　那古石十字架下面
　　身披金甲的人说。[2]

因这时代和下个时代
都生于阴沟之内；
没人能分辨过路的人
是幸福还是倒霉；
如果愚蠢与优雅相连，
就没人知道是非，
　　那古石十字架下面
　　身披金甲的人说。

---

① 此诗作于1937年4—6月间。

② 叶芝在《凯尔特的曙光》一书中题为《竺姆克利夫和罗西斯》的故事中写道："在竺姆克利夫有一个很古老的墓园。《四大师编年史》中有以下关于一个死于871年的名叫德纳哈赫的士兵的诗句：'一个康族的虔诚士兵躺在竺姆克利夫的榛木十字架下。'不很久以前，一个老妇人在夜间转身要进入墓园去祈祷，看见面前站着一个身披铠甲的男人，问她要到哪儿去。当地贤达说，那是'康族的虔诚士兵'以他古老的虔诚仍然在守卫着墓园"（《神话集》，伦敦：麦克米伦，1959年版，页92—93）。

缺乏音乐感觉的演员
最令我怒气激动，
他们竟说拖脚步、咕哝、
呻吟更符合人性，
却不知何等非凡武士
环绕着壮观场景。
　　那古石十字架下面
　　身披金甲的人说。

灵 媒

诗歌、音乐，我爱过，然而
由于来到我灵魂里
逃避床笫混乱的那些
新近的死亡者，或在
一条环带中轮回的那些
投生或无法投生者，
我把身体俯向铁锹
或者用脏手摸索。①

那些投生或无法投生者。
因为我不愿再琢磨
某些由于无法投生
而不成其为个体者，②
而宁愿复制某一动作，
用土或沙来铸模，
我把身体俯向铁锹
或者用脏手摸索。

一个老鬼的思想是闪电，

---

① 多萝茜·韦尔斯利和叶芝夫人都爱好通灵术和园艺。叶芝同样爱好神秘，却对园艺毫无兴趣甚至反感。他常说："你为什么要浪费时间，把手弄脏，就只是为了一个花园？"（《威·巴·叶芝致多萝茜·韦尔斯利论诗书信集》，牛津大学出版社，1964年，页74）。

② 根据叶芝《异象》一书中的象征体系，第一月相和第十五月相属于超自然化身，因为它们分别是完全客观（纯阴）和完全主观（纯阳）的，不可能产生人类生命。

去追随就是去死；[①]
诗歌和音乐我已经放逐，
但是根须、嫩枝、
花朵或泥土的愚昧无知
却不做任何取索。[②]
我把身体俯向铁锹
或者用脏手摸索。

① 叶芝认为，鬼魂的思维比活人的要灵敏快捷得多，灵媒的手在其影响下可以画出完美的圆，而试图跟随鬼魂的思路对于活人来说是致命的（《异象》1925 年版，页 247—248）。

② 叶芝认为，物质的愚昧无知虽不能像非物质的幽灵那样洞明彻知，却能体现真理（《书信集》，1954 年版，页 922）。

那些形象[①]

假如我叫你离开
心灵的洞穴如何？
在阳光清风之中
运动锻炼更适合。

我从来不曾教你
去莫斯科或罗马；
放弃那乏味劳作[②]，
把缪斯召唤回家。

去寻觅那些形象：
它们把狂人构成，
构成雄狮和处女，
构成娼妓和孩童。

去在半空中找到
一只展翅的鹰隼，
认清那五种类型，
它们使缪斯歌吟。

① 此诗作于 1937 年 8 月。

② “乏味劳作” 指参加政治活动。当时德、意法西斯主义的崛起令欧洲知识分子担忧，而苏俄的社会主义成就令他们兴奋和幻想。

重访市立美术馆[1]

一

我周围环绕三十年的图画形象；
一场伏击战[2]；水边逗留的朝圣者[3]；
受审的凯斯门特，被围栏半挡，
看守着[4]；格瑞菲斯狂傲凝视着[5]；
凯文·欧希金斯那无法掩藏
一个不会后悔或休息的灵魂的、
带一副温和的疑问表情的面容[6]；
一个跪受祝福的革命军人。

二

举手祝福三色旗的修道院住持
或者紫衣主教[7]。“这不是，”我说
“我青年时代僵死的爱尔兰，而是
诗人想象的爱尔兰，可怕而欢乐。”
在一个女人的肖像前我突然伫立：

---

① 此诗作于 1937 年 8—9 月间。所写的是都柏林市立现代艺术美术馆。

② 可能是指爱尔兰画家肖恩·基廷（1889—1977）所作的油画《西部的人们》。

③ 指爱尔兰画家约翰·拉佛瑞爵士（1856—1941）所作的《圣帕垂克的炼狱》。

④ 拉佛瑞所作《犯人上诉法庭》。

⑤ 拉佛瑞所作《阿瑟·格瑞菲斯》。格瑞菲斯（1871—1922）：爱尔兰政治领袖。

⑥ 拉佛瑞所作《凯文·希金斯》。

⑦ 拉佛瑞所作《军旗的祝福》。

妆饰成威尼斯风格，美丽而温和①。
我在差不多五十年前与她相逢，
在一间画室里待过二十分钟。

三

心遭到感情的打击，我晕了过去；
我的心恢复了，眼睛却仍然紧闭；
无论我看到哪里，我都目睹
我种种不朽抑或速朽的形象；
奥古斯塔·格雷戈里之子②；她姐姐之子
休·雷恩③，这些画的“惟一生父”④；
活的和将死的黑泽尔·拉佛瑞⑤，那故事
似乎某个民歌手已全部唱毕。

四

曼奇尼的奥古斯塔·格雷戈里像⑥，
“伦勃朗⑦以来最伟大者，”据约翰·辛格说；
确实是一幅伟大恣肆的画像；
可是能多少展现那所有骄傲和
谦卑的那杆画笔现在何方？
我感到绝望，时光会再度造作

---

① 可能是英国画家约翰·辛格·萨镇特（1856—1925）所作《查尔斯·贝瑞斯佛夫人》。贝瑞斯佛夫人（1853—1922）是贝瑞斯佛男爵查尔斯·威廉·德拉·波尔之妻。

② 英国画家查尔斯·鄱农（1863—1937）所作《罗伯特·格雷戈里》。

③ 可能是指萨镇特所作《休·雷恩》。

④ 此引语出自威廉·莎士比亚《十四行诗集》第一版的献辞。

⑤ 黑泽尔·拉佛瑞夫人（1880—1935）是拉佛瑞爵士的第二任妻子。“活的”黑泽尔·拉佛瑞可能指拉佛瑞爵士画的《拉佛瑞夫人肖像》；“将死的”黑泽尔·拉佛瑞可能是指拉佛瑞爵士画的夫人肖像《未完成的和谐》。

⑥ 意大利画家安东尼奥·曼奇尼（1852—1930）所作《格雷戈里夫人》。

⑦ 伦勃朗·哈门兹·凡·瑞因（1606—1669）：荷兰画家。

令人称赞的女人或男人的样板，
却无法带来那完全相同的优点。

五

我中古的双膝弯曲前缺乏健康，
但在那女人那里，在荣誉居住了
那么久的家里，一切匮乏都得偿。
没孩子时我想“我孩子会在此找到
根深的东西，”却从未预见其下场，
现在那下场来了，我没有恸哭；
没狐狸能弄脏獾子清扫的洞窟[①]

六

(一个出自斯宾塞和常言的意象)。
约翰·辛格、奥古斯塔·格雷戈里和我
认为我们所做、所说或所唱
都必须来自与土壤的接触，由于那
接触，安泰似的一切都茁壮成长[②]。
在现代唯有我们仨曾经把一切
重新降下来接受那惟一的检验
——贵族世家和乞丐游民的梦幻。

七

这是约翰·辛格[③]，那“忘了人言”[④]、
扎下根的人，严肃深沉的脸色。
评判我的人，你们别仅仅评判
这本或者那本书，请到这福地，

---

① 典出英国诗人埃德蒙·斯宾塞（1552？—1599）的长诗《时光的废墟》216—217行：“他如今去了，正当狐狸钻进/獾子清扫干净的洞穴时。”

② 在古希腊神话中，海神波塞冬与大地女神之子、巨人安泰与大地接触时才强壮有力。

③ 叶芝的父亲约翰·巴特勒·叶芝所作《约翰·米·辛格》。

④ 引语依据辛格的诗作《序曲》第7行：“只半记得人类的语言”。

悬挂着我友人肖像之处来看看，
循他们的轮廓追寻爱尔兰历史，
思索人类的光荣最多始终之处，
说我的光荣即有过这样的朋友。

你满足吗

我召请那些把我叫儿子、
孙子，或曾孙的人们，
请叔舅、姑姨、叔祖父或舅祖母
来评判我做过的事情。
我把老前辈所赐写进了
文字，可把它污辱?
死后精魂的眼睛能判断，
我不能，但我不满足。

他[1]在斯来沟的竺姆克利夫
树起古老的石十字；
砀郡的那位红发教区长[2]，
一个骑马的善男子；
桑迪蒙特的柯贝特氏[3]；那有名的
老威廉·波莱克斯芬[4]；
走私者米德尔顿[5]；更早的巴特勒氏[6]，
半在传说中的人们。

---

① 指约翰·叶芝，诗人叶芝的曾祖父。参见《序诗》一诗注。

② 威廉·叶芝，诗人叶芝的祖父。参见《土星高照》一诗注。

③ 罗伯特·柯贝特（？—1872），叶芝的舅祖父，与其母格瑞丝·阿姆斯特朗·柯贝特（1774—1861）及其姨母珍妮·阿姆斯特朗·克伦德宁居住在都柏林郊区桑迪蒙特堡。叶芝即出生于该城堡中。

④ 参见《序诗》一诗注。

⑤ 指威廉·米德尔顿，叶芝的外曾祖父。参见《序诗》一诗注。

⑥ 叶芝的母系祖先巴特勒氏曾是沃蒙德伯爵和公爵。

年老体衰时我可以呆在
一些好伙伴中间，
我，一直不喜欢工作，
微笑着面朝海边，
或在自己的生活中证明
罗伯特·布朗宁借助
与诸神交谈的老猎人所示意；①
但是我不满足。

---

① 英国诗人罗伯特·布朗宁（1812—1889）在长诗《宝琳》（1833）中有“……一个与诸神交谈的/老猎人……”句（第323—324行）。

选自《在锅炉上》[①]
(1939)

①《在锅炉上》(1939)是一本激烈抨击现代文明的社会文化评论小册子，其中包括三首原创诗作，曾被收入叶芝死后由他人编辑问世的《最后的诗作与剧作》(1940)，但未见于他死前亲订的最后诗集的目录中。

老年人为什么不该发狂[1]

老年人为什么不该发狂？
有人说有少年前途无量
曾是个手腕健壮的钓者，
却变成醉酒的新闻记者；
有个少女把但丁都背熟，
却毕生给白痴生儿育女；[2]
一海伦梦想着社会福利，
爬到马车上尖声地呼吁。[3]
人道是这理所当然：机遇
让好人挨饿，让坏人得志，
假如说邻人清晰地显像，
如在灯光通明的屏幕上，
他们就觉得没有哪一个
完整快乐的心灵的小说
有个配得上开头的结尾。
年轻人对这事一无所知，
旁观的老年人了如指掌；
等他们知道了古书所讲，
知道了没什么比这更强，
就知道老年人为何发狂。

---

① 此诗作于1936年1月，1939年作为卷首诗发表于评论小册子《在锅炉上》时无题。

② 伊秀尔特·冈能背诵但丁的所有作品。她的丈夫弗朗西斯·斯图亚特被叶芝蔑称为“白痴”。

③ 在庆祝爱国者沃尔夫·透呐雕像奠基的游行队伍中，叶芝和茉德·冈曾同乘一四轮马车。

疯珍妮在山上[①]

我骂主教骂累了
（疯珍妮讲）
九顶帽子九本书
难让他阳刚。
我发现更糟的事
要沉思默想。
国王有美丽表妹，
如今在何方？
在地牢被打至死；
他钉在宝座上。[②]
昨夜我躺在山上
（疯珍妮讲）
两匹马拉车跑来，
两轮车之上
坐着大尿泡埃玛[③]，
她的猛情郎
库胡林坐在身旁，
看到这景象，
我双膝跪倒在地，

① 此诗作于1938年7月，属于《或许可谱曲的歌词》组诗中“疯珍妮”系列（1929—1931）的续作。

② 俄国沙皇尼古拉二世及其家属于1918年俄国革命期间被杀。

③ 在爱尔兰传说中，女王埃玛曾被库胡林征服，成为其情妇。她力大而生殖力强，号称“大尿泡”。她因能在雪地上尿出更大的坑而遭其他女人嫉妒，终被她们群起而攻杀。

把石头亲尝；
我在尘土中横躺，
哭得泪直淌。

一位政治家的假日

我住在大宅中间，
财富驱逐出高贵，
贱种驱逐出贵胄，
心灵肉体俱缩萎。
没有奥斯卡[①]霸席，
但我有一帮知己
心知雅谈风已逝，
净扯些鸡毛蒜皮。
明知人间灾祸源，
有人从不发一声，
我遂捡起好营生，
日以继夜地歌颂：
高大的贵妇行走在草绿的阿瓦奎[②]。

我可是睡在袋子
上面的上院议长[③]？
扯掉卡其布军装
光着脊梁的官长？
或者是德维列拉[④]，
或是希腊的国王，

---

① 据叶芝说，爱尔兰作家奥斯卡·王尔德（1854—1900）是当时餐桌上最健谈的人。

② 阿瓦奎：见《月下》一诗注。

③ 英国上院议长的特权之一是可以有一个充满羊毛的四方袋子当坐垫。

④ 德维列拉：见《帕内尔的葬礼》一诗注。

或是造汽车之人[1]？
啊哈，随你叫哪样！
这有把黑山琵琶，
它那老弦独一根
为我奏美妙音乐，
我欣喜若狂歌颂：
高大的贵妇行走在草绿的阿瓦垄。

有男孩女孩围绕，
有各种各样外衣，
有样式过时帽子，
有补丁老旧鞋子，
有破烂土匪披风，
有似鹰犀利眼光，
有脊背僵硬笔直，
有如鸡趾高气扬，
有袋子盛满小钱，
有猴子拴在链中，
有根鸡毛长又大，
有支老调臭烘烘。
高大的贵妇行走在草绿的阿瓦垄。

---

① 叶芝在别处曾提及拥有莫里斯汽车厂的纳菲尔德勋爵，称其给牛津大学的慈善捐款有助于“应用科学替代古老智慧”。

最后的诗[1]
(1938—1939)

① 此辑的内容和顺序均依照一份未标题手稿的目录（其中还包括诗剧《炼狱》和《库胡林之死》），共收诗十九首。其中八首在叶芝生前发表于期刊，六首发表于死后，其余五首初见于《最后的诗和两个剧本》（都柏林：夸拉出版社，1939）。

布尔本山下[1]

一

以那些圣贤[2]所言起誓——
阿特拉斯那女巫[3]熟知，
在那马莱奥提克湖[4]滨，
圣贤开言，令晨鸡啼鸣。

以那些骑士、女人[5]起誓——
他们的形容超凡绝世；
面孔白皙瘦长的群体
显出一种不朽的神气，
曾使其情热得以完成；
如今踏着寒冬的黎明
他们驰过布尔本山[6]下。

---

① 布尔本山位于爱尔兰西部斯来沟郡，斯来沟镇北。此诗被一般编辑者排在叶芝诗集的最后，是叶芝一生思想的总结，表达他对今生和来世的信念，带有预言性质。

② 指埃及底比斯附近沙漠中早期基督教的传道使徒。或说亦指佛教和印度教的苦行者。

③ 用雪莱《阿特拉斯的女巫》典故。女巫能在马莱奥提克湖水中洞察事物的真实性，乃灵魂之象征。

④ 今名厄尔马亚湖，在埃及亚历山大港南。

⑤ 传说布尔本山上有超自然存在的幻影，爱尔兰神话中许多事件也发生在此山上。此节与前一节代表叶芝信仰体系的两个重要来源：一是东方的神秘宗教，一是爱尔兰民间迷信。

⑥ 叶芝曾提到布尔本山高处有一人不能至的岩洞，传说是“仙境之门”，半夜时分会有“仙军”从中冲出（《神话集》，页 70 和 90）。

以下是他们示意的精华。

二

许多回人死而复生，
在种族和灵魂永恒
不朽的两极间轮回；
古老的爱尔兰悉知。
无论是寿终于床榻，
还是遭残暴死枪下，
人最为惧怕的却是
与亲爱者短暂别离。

铁锹锋利，肌肉强健，
尽管掘墓人苦作不断，
他们不过将下葬的人
重新抛回人类的精神。

三

“主啊，给当今降下战争！”
听过米切尔[①]祈祷之人，
你们深知话都说尽时，
一个人战斗至狂之时，
久瞎的眼中有物滴零，
完善了他那残缺心灵，
悠然地伫立一时片刻，
放声大笑，心气平和。
就连最睿智之人亦因
某种暴力而紧张万分，

① 约翰·米切尔（1815—1875）：爱尔兰民族主义者，因从事反英斗争而被捕。引语来自他的《狱中日志》。

在他完成定数，熟练
艺业或选定伴侣之前。

四

诗人兼雕塑家，努力工作，
不要让时髦的画家避躲
他那些伟大祖先的业绩；
把人类的灵魂引向上帝，
让他把摇篮填充得恰当。

我们的力量肇始于度量：
一古板的埃及人[①]构思的形式，
温文的菲狄亚斯[②]造就的形式。

在那西斯廷教堂的穹顶，
米开朗琪罗留下了证明；
那上面惟有半醒的亚当[③]
能撩拨周游世界的女郎，
直到她禁不住欲火中烧；
证明那秘密运作的头脑
早就有一个意图定在先：
宁冒渎神圣把人类完善。

在神或圣徒的背景里面，

① 希腊哲学家普罗提诺（205—269/270）据说生于埃及的吕科波利斯。他反对柏拉图的艺术是摹仿之摹仿说，认为艺术能直接回到万物之源理念；艺术作品具有独立性，能补自然美之不足。

② 参见《一九一九年》一诗注。

③ 意大利画家米开朗琪罗·博那罗蒂（1457—1564）在梵蒂冈西斯廷教堂穹顶绘制著名的壁画《创世记》，其中有裸体的亚当。

十五世纪[1]用油彩曾增添
供灵魂自在栖息的花园；
在那里一切寓目的东西，
鲜花、绿草和无云的天际，
肖似实在或仿佛的形式；
那时候眠者已醒却仍在
做着梦，梦境已消失，只剩
床架和床垫时，依然宣称：
天国曾敞开。

螺旋转不休；
在那更伟大的梦逝去之后，
卡尔佛、威尔逊、布雷克和克劳德[2]
为上帝的子民准备了安歇——
帕尔默的名句[3]；但自那以往，
混乱降临我们的思想上。

五

爱尔兰诗人，把艺业学好，
要歌唱一切优美的创造；
要鄙弃时兴的从头至足

① 十五世纪文艺复兴初期画家（尤指达·芬奇）崇尚宗教美，这与前一节崇尚人体美的艺术风格形成对照，二者各代表传统的一面。

② 爱德华·卡尔佛（1799—1883）：英国画家。理查德·威尔逊（1714—1782）：英国画家。威廉·布雷克（1757—1827）：英国诗人兼版画家。克劳德·洛兰（1600—1682）：法国画家。他们代表传统艺术的继承者。

③ 塞缪尔·帕尔默（1805—1881）：英国画家。他曾评论布雷克为维吉尔作品的英译本所作的插图说："它们像那位卓越的艺术家的所有作品一样，拉开了肉体的帷幕，窥见了所有虔诚勤勉的圣徒享受过的、那存留给上帝的选民的安息"（《塞缪尔·帕尔默传及书信》，伦敦 1892 年，页 15—16）。他实际上是间接引用《新约·希伯来书》第 4 章第 9 节："这样看来，必另有一安息日的安息，为神的子民存留。"

全然都不成形状的怪物，
他们不善记忆的头和心
是卑贱床上卑贱的私生。
要歌唱田间劳作的农民，
要歌唱四野奔波的乡绅，
要歌唱僧侣的虔诚清高，
要歌唱酒徒的放荡欢笑；
要歌唱快乐的侯伯命妇——
经过峥嵘的春秋七百度[①]，
他们的尸骨已化作尘泥；
把你们的心思抛向往昔，
我们在未来岁月里可能
仍是不可征服的爱尔人。

六

不毛的布尔本山头下面，
叶芝葬在竺姆克利夫墓园；
古老的十字架立在道旁，
邻近坐落的是一幢教堂，
多年前曾祖曾在此讲经。[②]
不用大理石和传统碑铭，
只就近采一方石灰岩石，
遵他的遗嘱刻如下文字：

冷眼一瞥[③]

---

① 自十二世纪爱尔兰被诺曼人征服至二十世纪。

② 叶芝的曾祖父约翰·叶芝（1776—1846）在 1811—1846 年间任斯来沟郡竺姆克利夫（盖尔语，义为“柳焰之山脊”）教堂教区长。叶芝遗骸于 1948 年 9 月 17 日迁葬于竺姆克利夫，墓碑上镌刻着此诗末尾的三行墓志铭。

③ 在叶芝 1938 年 8 月 15 日致多萝茜·韦尔斯利的信中，此行之上原来还有一行“提缰，提气”。

看生，看死。
骑者，去也！

1938年9月4日

给同一叠句配的三首歌

一

你可以叫我“咆哮浪子”，
但曼年是我的名字；
我常把平庸之辈狠揍，
且认为这并不可耻。
平庸者只会养育平庸者，
贱人只会生贱人，
所以我一次对付十来个，
把他们脑袋都打晕。

翻山越岭驰骋着凶猛的骑士。

所有曼年都出自曼南南[①]；
虽然在各地财富多，
他从不睡在四壁之内，
他就是有如此性格，
也不曾锻打烧红的铁，
也不曾焊补鏊或锅；
他的咆哮和他的喧闹
最令流浪者快乐。

翻山越岭驰骋着凶猛的骑士。

假如疯珍妮能推迟衰老，

① 曼南南：见《他教爱人平静下来》一诗注。

让欢闹的时光重来，
假如那老神能再度雄起，
我们就畅饮一两杯，
出门去把我们的领导权
强加给乡村和城镇，
把班配的佳偶扔到床上①，
而把其余的全打晕。

翻山越岭驰骋着凶猛的骑士。

二

我名叫亨利·米德尔顿②；
我拥有一小块领地，
建在风吹雨打的绿地上
一幢被遗忘的小房子；
我擦洗地板，整理床铺，
我下厨房，换碟子，
只有邮差和园丁小伙儿
有我老大门的钥匙。

翻山越岭驰骋着凶猛的骑士。

我虽然把他们锁在大门外，
但怜悯所有的小孩子；
我知道他们从周围人那里
都学到何等的恶习：

---

① 叶芝相信优生学，认为“种姓制度挽救了印度的智力”，而欧洲政府“把数量置于质量之前，……加速了人种的退化”（《探索集》，页424）。

② 亨利·米德尔顿：叶芝的一个表亲，曾独居在斯来沟郡罗西斯岬角的一所据说闹鬼的房子里。

他们酗酒，白天里赌博，
他们在夜晚偷盗；
人们的智慧早已消亡，
小孩子怎能走正道？

翻山越岭驰骋着凶猛的骑士。

在每个礼拜天正午过后
我身穿时髦的大衣
在绿地上面散步的时候，
回想起长舌的妇女
和古怪的老年男子的谈话，
便自觉振作和健壮；
没有一个居高的领航者
知道我活了这么长。

翻山越岭驰骋着凶猛的骑士。

三

所有演员，来聚在我周围：
来赞颂一九一六[1]，
那些曾在邮政总局里
或市政厅周围战斗，
那些来自乐池和楼座
或彩绘布景前的人们，
赞颂再次前来的每个人，
赞颂倒下的每个人。

---

[1] 见《一九一六年复活节》一诗注。

翻山越岭驰骋着凶猛的骑士。

谁是那天第一个中弹者？
那位演员康诺利[1]，
他在市政厅附近死去；
他有风度和嗓子；
他缺乏技巧训练的岁月，
但以后也许会成为
彩绘布景前面的一位
著名、卓越的人材。

翻山越岭驰骋着凶猛的骑士。

有些人根本想不到胜利，
却出去奔赴死亡，
为让爱尔兰的精神更伟大，
让她的热情更高涨；
没有人知道会发生什么。
帕垂克·皮尔斯[2]说过，
在人们生活的每个时代，
爱尔兰都必洒鲜血。[3]

翻山越岭驰骋着凶猛的骑士。

---

① 指艾贝剧院演员肖恩·康诺利。
② 见《一九一六年复活节》一诗注。
③ 血祭是皮尔斯著作中常见的观念。参见《玫瑰树》一诗注。

黑碉楼[1]

假如说古老黑碉楼的好汉——
他们虽不过像羊倌般吃喝，
钱也花光，酒也变酸——
不缺乏战士所需的一切；
全都是立过誓的人物，
那些旗[2]就不会进入。

那墓中死者笔直挺立[3]，
可是大风起自海岸边；
大风咆哮时死者栗颤，
古老尸骨在山上颤栗。

那些旗前来行贿或恫吓，
或悄声说，傻瓜才关心
何等样君王登极建国，
既然自家君主被忘尽。
如果他早已无存，
你们为什么怕我们？

那墓中淡淡月光滴沥，
可是大风起自海岸边；

---

① 此诗完成于 1939 年 1 月 21 日，是叶芝所作的最后一首诗。

② 指现代国家的政治宣传标语。

③ P. W. 乔伊斯在《古爱尔兰社会史》（伦敦，1903）中解释说："有时国王和诸侯的尸体以直立姿势入葬，全副武装，面朝敌人的疆土。"

大风咆哮时死者栗颤，
古老尸骨在山上颤栗。

我们都横七竖八沉睡时，
碉楼中那在晨露中必定
攀上爬下捉小鸟的老厨子
发誓说他听见大王的号角声①。
可他是爱撒谎的家伙；
我们仍站岗守誓约！

那墓中黑暗变得更黑，
可是大风起自海岸边。
大风咆哮时死者栗颤，
古老尸骨在山上颤栗。

① 新的历史循环到来的预兆。

得到安慰的库胡林[①]

一个有六处致命伤的汉子，一个
威名赫赫的汉子，阔步在死人堆；
一双双眼睛自树枝间凝望又隐没。

于是一些交头接耳的尸衣
来而复去。他倾身靠着一棵树，
仿佛对创伤和鲜血凝神沉思。

在那些似鸟的东西中间似乎
有权威的一尸衣前来，丢下一捆
亚麻布。三三两两的尸衣匍匐

而来，因为那汉子凝然不动。
这时那携来亚麻布者开口说起：
“你的生活可变得更美好，若你肯

“依我们古老的尺度，做一件尸衣；
主要是由于我们所知的一切，
那些武器的铿锵声令我们恐惧。

“我们引线穿针，都必须一起做
我们要做的一切。”那汉子纫好针，
捡起最近的一块布开始缝合。

① 库胡林，见《致时光十字架上的玫瑰》一诗注。

“现在我们得唱歌，尽量唱好听，
但先得告诉你我们是何等人物：
全都是被亲属屠杀或逐出家庭，

任其在恐惧中死去的有罪懦夫。”
它们唱起来，却无人类的曲和词，
虽然全都一起做，一切如故；

它们改变了嗓子，有了鸟嗓子。

1939 年 1 月 13 日

三支进行曲[①]

一

记住那些著名的世代，
他们舍身喂肥豺狼，
他们抛家喂肥狐狸，
逃往遥远国度，或躲藏
在地穴、山谷或岩洞，
捍卫着爱尔兰的灵魂。

安静，安静，能够说什么？
我父亲唱过那支歌，
但时光改正旧错，
那一切已结束，就让它淡漠。

记住那些著名的世代，
记住淹没在鲜血中者，
记住死在断头台上者，
记住逃亡者、挺立者，
挺立，把死亡当做
老手鼓奏出的音乐。

安静，安静，能够说什么？
我父亲唱过那支歌，
但时光改正旧错，

---

① 此诗作于 1933 年 11 月 3 日至 1934 年 2 月 27 日间；于 1938 年 12 月改写。

那一切已结束，就让它淡漠。

失败，那历史变成垃圾，
那伟业全变成傻瓜的胡闹；
后来人将把欧丹内尔①嘲笑，
把两个欧尼尔②的事迹嘲笑，
嘲笑埃梅特③、帕内尔④，
所有倒下的名士。

安静，安静，能够说什么？
我父亲唱过那支歌，
但时光改正旧错，
那一切已结束，就让它淡漠。

二

士兵以敬礼长官为荣，
信徒向主奉献屈膝，
有人赌一匹纯种母马，
特洛伊赌海伦，崇拜而死；
大国在天上繁荣，
奴隶向奴隶鞠躬。

是什么越过山关在行进？

---

① 可能指红毛休·欧丹内尔（1571—1602），他曾在以金塞尔战役（1601—1602）告终的起义中抗击英国人。

② 可能指休·欧尼尔（1550—1616）及其侄欧文·柔·欧尼尔（1590—1649）。前者曾率领爱尔兰起义军抗英，后逃离爱尔兰；后者曾指挥基尔肯尼联盟，在1646年6月的本布伯战役中击败苏格兰人。

③ 罗伯特·埃梅特（1778—1803）：爱尔兰爱国者，曾于1803年策动一次未遂起义。

④ 帕内尔：见《帕内尔的葬礼》一诗注。

不，我儿，尚未；
那是个虚渺所在，
无人知有什么踏过草丛。

我们知道恶棍会玷污
它所屠杀的高尚纯朴，
我们不生于农家小屋，
只要吃饱肚就会宽恕。
我们的生活更可怖，
内心里又怎能宽恕？

是什么越过山关在行进？
不，我儿，尚未；
那是个虚渺所在，
无人知有什么踏过草丛。

至高处一无所有怎么办？
哪里有统治人类的首领？
什么摧折了中空的树木？
一股大风呵，行进的风，
风和古老的曲牌，
行进，它跑得多快！

是什么越过山关在行进？
不，我儿，尚未；
那是个虚渺所在，
无人知是什么踏过草丛。

三

祖父在绞刑架下面歌唱：
“请听，先生、女士、全人类：

金钱好，女孩也许更好，
但有力的痛击使心灵快慰。”
在那里，站在大车上，
他发自内心地歌唱。

强盗们抢走了他的老手鼓，
他却摘下月亮
奏出一曲咚咚响；
强盗们抢走了他的老手鼓。

“我有过女友，她跟人跑了，
我有过金钱，但一夜丧尽，
我有过畅饮，可醉后更愁，
唯有好事业和痛击才开心。”
人们齐和着拍子：
“唱下去，唱下去，伙计。”

强盗们抢走了他的老手鼓，
他却摘下月亮
奏出一曲咚咚响；
强盗们抢走了他的老手鼓。

“金钱好，女孩也许更好，
无论发生什么，谁跌倒，
唯有好事业”——绳索猛一抽，
他不再唱了，因喉咙太小；
可死前他蹬了蹬脚，
那样做是出于骄傲。

强盗们抢走了他的老手鼓，

他却摘下月亮
奏出一曲咚咚响；
强盗们抢走了他的老手鼓。

在塔拉宫中①

我赞颂的一男人那次在塔拉宫中
对横陈在膝上的女人说："躺着别动，
我的百岁就要过了。我想，
有什么事情即将发生；我想，
老年的冒险历程已经开始了。
我曾对许多女人说'躺着别动'，
并给予她们女人所需要的一切：
房子、华服、情欲、也许爱情，
但从未要求过爱情；如果我要求，
我就真是老了。"
　　　　　　　　于是，那男人
走到那圣殿中，站在金犁耙之间，
为了让所有侍从和偶聚的民众
都能听得清楚，大声地说道：
"我曾经爱过上帝，但如果我要求
上帝或女人的回报，死期就到了。"

他命令——他的一百零一岁将至——
掘墓人和木匠修造陵墓和棺椁，
眼见陵墓深邃，棺椁牢固，
把宫中的男女老幼召集起来，
然后躺进棺椁中，断气而逝。

① 此诗作于 1938 年 6 月。塔拉：见《在那七片树林里》一诗注。

雕　像[1]

毕达哥拉斯设计[2]。人们凝视为何？
他的数虽然活动或仿佛活动在
大理石或青铜里，但是缺乏性格。
但由于对孤单床铺的想象之爱
而苍白的少男少女懂它们是什么，
懂情欲能够把足够的性格带来，
半夜把活人的嘴唇在某个广场
贴在一张用锤规测量的面孔上。

不，比毕达哥拉斯更伟大，因为是
那些用锤子或凿子把这些算数
塑造得像天然肌肤一样的匠师，
摧毁了亚细亚模糊的庞然大物，
而不是那些游动在撒拉米斯
万头涌动的浪涛上的战船樯橹[3]。
欧洲逐退了那浪涛，当菲狄亚斯[4]
给女人以梦想，给梦想以镜子之时。

一形象渡过那万头涌动者，端坐
在热带凉荫下，渐变得浑圆迟滞[5]，

---

① 此诗作于1938年4月9日。

② 古希腊哲学家毕达哥拉斯（前582—前507）是黄金分割律的发现者。

③ 希腊人于公元前480年在撒拉米斯战役中击败了波斯人。

④ 菲狄亚斯：见《一九一九年》一诗注。

⑤ 公元前326年马其顿国王亚历山大大帝征服印度西北部，给传统的佛像雕塑艺术带去了希腊影响。

不是吃苍蝇而羸瘦的哈姆雷特，
是中古肥胖的梦想者①。空虚的眸子
懂得知识徒增虚幻，懂得
镜中之镜像即是全部展示。
当铜锣和螺号宣告祝福的时刻时，
革里毛金②就爬向佛陀的空寂。

当时皮尔斯③召唤库胡林④来加盟，
什么曾大步出邮局⑤？什么智力，
什么计算、数字、测量，曾响应？
我们爱尔兰人，生入那古老宗派，
却被抛到这污浊的现代潮流中，
被它那丑陋、猛增的忿怒摧毁，
爬上我们合适的暗处吧，好摸索
一张用锤规测量的面孔的轮廓。

---

① 在《帏幕的颤动》（1922）中，叶芝曾提到“一个无需理智以保持清醒的头脑，尽管它沉湎于各种幻想：中世纪的梦想者。它是‘仙女的傻子……山一样宽广狂野’，是坚定的欧洲形象，还半记得佛陀的寂然不动的禅定，与那摇摇晃晃、憔悴的忍饥挨饿的沉思形象毫无共同之处，后者由于我们舞台上的某些哈姆雷特形象而只能充填心目”（《自传》伦敦，1955 年，页 141—142）。

② 革里毛金：猫的名字，常带有恶毒的含义，如见于莎士比亚的悲剧《麦克白》中者。

③ 皮尔斯：见《一九一六年复活节》一诗注。

④ 库胡林：见《库胡林与大海之战》一诗注。

⑤ 叶芝曾告诉一友人说：“库胡林之所以在最后一节里是因为皮尔斯及其部分追随者崇拜他。政府在重建的邮政总局里安置了一尊库胡林的雕像以纪念此事”（《书信集》，页 911）。都柏林邮政总局是 1916 年复活节起义的发生地。

给德尔斐神谕的消息[1]

一

那里，全躺着金肤的老家伙[2]，
那里，银色露滴
和浩淼的海水为爱情叹息，
就连风也叹息。
勾引男人的尼娅芙[3]在草地上
倚着乌辛叹息；
那里，高大的毕达哥拉斯
在爱情合唱队中叹息。
普罗提诺到来，四下张望，
胸上沾着盐渍，[4]
欠伸了片刻，然后躺下来
像别人一样，叹息。

二

各自骑跨在海豚的背上，[5]
抓一片背鳍稳坐，

---

① 见“或许可谱曲的歌词”之廿五《关于普罗提诺的德尔斐神谕》一诗注。

② 指乐土的居民。此节写老年人。

③ 古爱尔兰诸神称为图阿莎·德·妲南，即妲奴女神的部族。尼娅芙是妲奴部族中的美女。她曾把武士兼诗人乌辛诱引到她们的国度“青春之乡”。

④ 在《关于普罗提诺的德尔斐神谕》一诗中，叶芝写道：“那伟大的普罗提诺游泳”到乐土，可见其胸上盐渍是海水干后所留。有论者认为是指其所患麻风病症，恐不然。

⑤ 据新柏拉图主义神话，人死后灵魂由海豚驮往极乐之岛。

那些无辜者重历死亡，[1]
创伤再度绽破。
狂喜的海水因他们的喊声
美妙且陌生而大笑，
依它们祖传的样式跳舞；
野性的海豚蹿跳，
直到在峭壁掩蔽的海湾
抛下背上的负担；
爱情合唱队涉水相迎，
献上神圣的桂冠。

三

被仙女剥光的细瘦少年，
珀琉斯对忒提斯[2]凝眸，
她肢体像眼皮一样娇嫩，
爱使他泪眼模糊。
可是忒提斯用肚子倾听。[3]
从潘[4]的洞穴所在处
沿山岩峭壁往下泻落
绝妙的音乐之瀑。
丑陋的羊头、兽类的手臂、
肚皮、肩膀、屁股，
闪现似鱼；众仙女与半羊怪
在那水花里交媾。

---

①“无辜者”指希律王为除掉耶稣基督而下令枉杀的婴儿，事见《新约·马太福音》第2章第16节。此节写婴儿。叶芝相信，死者会反向重历生前往事，然后再生。此诗结构即老年而婴儿而胎儿的倒序。

② 在希腊神话中，阿耳戈英雄之一珀琉斯捉住山林仙女忒提斯并与之成婚。爱尔兰国家美术馆藏有浦森的油画《珀琉斯与忒提斯结婚》。

③ 忒提斯与珀琉斯生英雄阿喀琉斯。此节写胎儿。

④ 参见《潘神的祭司》一诗注。据说潘之死标志着异教世界的终结和耶稣基督的诞生。此处潘的音乐则象征基督教文明之后对立文明的复兴。

长足虻[1]

为使大战不失败，
文明不沦丧，
请让狗安静，拴住马
在远处柱子上。
主公恺撒[2]在营帐里，
地图摊开，
双眼茫然无睹，
一手托腮。

像溪水之上一只长足虻，
他心思游动在静寂上。

为使高塔遭焚毁，
人怀念那容颜，
若必需，请极轻走过
这寂寞的地面。
似妇人，更像孩儿，她[3]以为
没人看；双脚
练习着街头学来的
流浪者的舞蹈。

---

① 此诗作于 1937 年 11 月至 1938 年 4 月间。长足虻：双翅目长足虻科昆虫。形小，蓝或绿色，有金属光泽。捕食较小的昆虫，见于阴湿的沼泽周围。（《简明不列颠百科全书》，中国大百科全书出版社，1985）。

② 盖尤斯·尤利乌斯·恺撒（前 100—前 44）：古罗马独裁官，著有《高卢战记》。

③ 指年轻时的特洛伊的海伦。

像溪水之上一只长足虻，
她心思游动在静寂上。

为使怀春女初见
心目中亚当，
请关紧教皇圣堂门，
把孩子们阻挡。
那里，脚手架上仰躺着
米开朗琪罗
他动静轻如鼠爪，
手来回动作。

像溪水之上一只长足虻
他心思游动在静寂上。

一尊青铜头像[1]

这里，入口的右侧，这尊青铜头像，
凡人，超人，好似鸟儿那样的圆眼[2]，
其余一切都枯萎，木乃伊一般死僵。
何等伟大的墓畔游魂掠过天边
（其余皆死，有物会在那里盘桓），
在那里找不到什么可使它对自身
空虚的恐惧稍减歇斯底里的激情？

从前绝非墓畔游魂；她体形丰满，
好像遍体充盈着无穷无尽的光明，
却又是个极温柔的女人；谁能分辨
哪个形体正确地显示了她的本性？
抑或也许本性可以是混合而成——
渊博的麦克塔伽特这样认为[3]——且瞬间
满满一口咬住生命与死亡的极端。

可即便在那崭新光洁的起点标杆处，
我也看得出她体内蕴含的野性，我想，
一个必须经历的异象充满恐怖，

---

① 在都柏林市立美术馆陈列的劳伦斯·坎贝尔所作茉德·冈镀铜石膏头像。

② 在《朋友》一诗中，叶芝写到茉德·冈：“忆想她所有，那鹰般/眼神流露的一切”。

③ 在《存在的本质》（剑桥，1921）一书中，哲学家J. M. E. 麦克塔伽特（1866—1925）讨论了“复合物质”的本质，试图论证“一切物质都是复合的”。

吓破了她的灵魂。近似性已把想象
带到了那样的高度，它在那里弃扬
不是它自身的一切。我变得狂放不羁，
到处流浪，喃喃低唤："我的乖，我的乖。"

否则我就认为她是入圣超凡者；
仿佛一种更冷峻的眼光透过她的眼
旁观这污秽的世界正在衰败堕落，
稀落的牲畜成群，成群的牲畜消散，①
祖辈相传的珍珠都被扔进了猪圈，②
英雄的梦想遭到小丑和无赖的嘲弄，
诧异有什么剩下可让大屠杀救拯。

---

① 叶芝认为，"欧洲文明像那些更古老的文明——它们稀落的畜群曾征服大地——一样，将接受衰败"（《探索集》，页 425）。

②《新约·马太福音》第 7 章第 6 节云："也不要把你们的珍珠丢在猪前。"

一炷香[1]

那所有的骚动都来自何处，
是来自空墓或圣处女[2]之腹？
圣约瑟[3]心想这世界将消亡，
却喜欢他手指散发的馨香。

① 香料被认为是耶稣诞生不久，东方三贤敬献的礼物之一。
② 圣处女即耶稣之母马利亚。
③ 圣约瑟是马利亚的丈夫。

猎犬的吠声

只因我们喜爱荒山秃岭和矮树林，
最不愿意选择一成不变的平原，
及其办公桌或者铁锹的乏味，只因
这么多年以来有一条猎犬作伴，
所以我们的叫声传得远；尽管酣眠，
少数人还是半醒半把选择更新，
喊叫，宣告隐秘的名字——“猎犬的吠声。”

我挑的女人说话声音甜美低调，
但也喊叫。她们都是“猎犬的吠声”。
我们从远处挑选了彼此，而且知道
何等的恐怖时刻会来考验灵魂，
并且以那恐怖的名义把召唤服从，
并且理解——还不曾有谁理解的情况——
那些在血泊之中苏醒过来的形象。

有朝一日我们将在黎明前起身，
发现我们苍老的猎犬聚集在门前，
完全清醒后知道狩猎已在进行；
再一次跌跌撞撞追踪那暗黑血斑，
跌跌撞撞直到猎物倒毙的海边；
然后清洗干净，把伤口包扎停当，
在猎犬环绕中间把胜利凯歌高唱。

约翰·金塞拉对玛丽·穆尔太太的哀悼①

一

血腥而又突然的结局，
　由于枪击或绞索，
死亡夺去人想守护者，
　留下人愿失去者。
他本来可以拥有我妹妹，
　我的表姐妹几十个，
可什么也满足不了那傻瓜，
　除了我亲爱的玛丽·穆尔；
别人都不知如何使男人
　在桌前或床上快活。
既然我的鸨儿已死掉，
　我能为漂亮妞做什么？

二

虽说在讨价还价之时
　比老犹太人还要难缠，
可她一讲定，我们就言欢，
　把坛坛罐罐喝干；
哦！惟有她有许多故事——
　尽管不适合神甫听——
可保持人的灵魂活跃
　驱除衰老和忧心；

① 此诗作于1938年7月，原题为《一个健壮的农夫对死亡的抱怨》。约翰·金塞拉和玛丽·穆尔太太均为虚构的人物。

由于年老，她讲的一切
　都披上一层皮膜。[1]
既然我的鸨儿已死掉，
　我能为漂亮妞做什么？

三

我曾经在教堂里面听说
　要不是亚当的罪愆[2]，
伊甸园应当依然存在，
　而我也会在里边。
那里没有期望会落空，
　没有良俗会结束，
没男人变老，没少女变冷，
　只有朋友相伴走；
那里人们从树上摘食吃
　没人为半分钱口角。
既然我的鸨儿已死掉，
　我能为漂亮妞做什么？

---

① 爱尔兰有成语“给故事披上一层皮”，意谓润饰，使之可信。

② 上帝因亚当偷吃禁果而把他逐出伊甸园，事见《旧约·创世记》第3章第17—19节。

高　谈[1]

缺少高跷[2]的游行队伍没什么可引人注目。
假如我的曾祖父有过高达二十尺的一副，
我的不过才十五尺，现在没有人踩得更高，
世俗无赖偷了去修篱笆或烧了又如何是好。

因为花斑马、链牵熊、笼中狮只会拙劣表演，
因为孩子们要求长腿爹踮起木头脚尖，
因为楼上的女人们要求有张脸在窗外嬉闹，
好让在补旧袜子的她们惊叫，我操起凿和刨。

我乃玛拉基·高跷杰克[3]，我所学都不拘形式，
从衣领到衣领，从高跷到高跷，从父亲到孩子。

全是比喻，玛拉基、高跷及一切。北极黑雁
高飞在辽阔夜空；夜幕撕裂，曙光迸溅；

---

① 此诗作于 1938 年 7—8 月间，最初发表于当年 12 月的《伦敦信使报》和《国民》上。

② 叶芝在《牛津现代诗选》序言中写道，十九世纪九十年代结束后，“人人都从高跷上下来了；从此再没人就着清咖啡喝苦艾酒了；没人发疯了；没人自杀了；没人加入天主教会了。”他在致多萝茜·韦尔斯利的信中写道：“我现在开始踩偷来的马戏团高跷了。”

③ 玛拉基（“我的使者”）是《旧约·玛拉基书》的假定作者；圣玛拉基（1095—1148）是爱尔兰著名圣徒；玛拉基·穆里根是詹姆斯·乔伊斯（1882—1941）在小说《尤力西斯》（1922）中给叶芝的朋友奥利佛·圣约翰·郭伽蒂（1878—1957）取的化名。但此处很可能是叶芝虚构的一个人物。

我，穿过极新鲜的昼色，阔步前行，前行；
那些庞大的海马露出牙齿[①]，嘲笑黎明。

① 海浪被认为是海神曼南南的群马，其牙齿应指白色的浪花。叶芝在给《他教爱人平静下来》一诗所作的注（1899）中写道："曼南南的群马常常与海浪相关联"（《校刊本》，页808）。

鬼　影①

因为受嘲弄安全无害
所以我谈起一个鬼怪；
我不屑费力让人信服，
或对理智之人讲依据，
我不信那种寻常眼光，
无论它狡黠还是狂妄。
我曾见过十五个鬼影；
最糟的是衣架撑着衣裳。

我没发觉有什么好过
长期经营的半隐居所，
在此我可与某个朋友
半夜不眠，而他具有
每当我玄而又玄之时，
他却不动声色的本事。
我曾见过十五个鬼影；
最糟的是衣架撑着衣裳。

人变老了，他的欢乐
一天比一天更加深刻，
他空虚的心终于充实，
但他需要那全部力气，
因为渐渐浓厚的夜幕

---

① 此诗作于 1938 年 3—4 月间，最初发表于 1938 年 12 月的《伦敦信使报》。鬼影：叶芝于 1938 年 1 月在马略卡岛病后做的一系列梦中所见死神。

敞开她那神秘和恐怖。
我曾见过十五个鬼影；
最糟的是衣架撑着衣裳。

圣　诞

什么女人在那里抱婴儿？
又一颗流星射中一只耳①。

什么使那些衣纹放光华？
不是凡人，是德拉克洛瓦②。

什么使那天花板不漏水？
兰多③的油毛毡房顶上盖。

什么把苍蝇蛾子赶开去？
欧文④和他那荣耀的饰羽。

什么把无赖傻瓜轰出去？
塔尔玛⑤和他的雷霆霹雳。

为什么那女人惊恐万分？
那眼神难道会含有悲悯？

---

① 叶芝在为另一首有关圣母的诗作（《圣母》）所作的解释中说：“我记得有关天使报喜的拜占庭风格镶嵌组画，上面有一条线连着一颗星和圣处女的耳朵。她通过耳朵接受上帝的话，一颗星坠落，一颗星诞生。”

② 费尔迪南·维克多·欧仁·德拉克洛瓦（1798—1863）：法国画家，浪漫派领袖。

③ 瓦尔特·萨维支·兰多（1775—1864）：英国作家。

④ 亨利·欧文爵士（1838—1905）：英国著名莎剧演员。

⑤ 弗朗索瓦·若瑟·塔尔玛（1763—1826）：法国悲剧演员。

人与回声[1]

人：在一个名叫奥特的峡谷[2]，
在崩裂的岩石之下我驻足
在正午的阳光从来不曾
照到底部的洞穴之中，
向岩石喊出一个秘密。
既然我已是年老多疾，
我曾说过和做过的一切
就都成了问题，令我
夜复一夜不能成眠，
永远得不到正确答案。
我的那部剧是否曾驱使
某些人出去让英国人枪毙？[3]
我的话语可给那女子
晕眩的头脑太大压力？[4]
我的发言本可以阻止
毁掉一幢房子的动议？[5]
一切都像是罪恶，直到

---

① 此诗作于1938年7—10月。在较早的手稿中，发言者标作“诗人”，而非“人”。

② 斯来沟郡境内科堍克纳瑞山腰上的一个峡谷。

③ 指叶芝剧作《凯瑟琳·尼·霍拉汉》（1902）。在《爱尔兰英语文学和戏剧简史》（伦敦，1936）中，爱尔兰作家斯蒂芬·桂因（1864—1950）写道：“《凯瑟琳·尼·霍拉汉》对我的作用是，我在回家的路上自问，这样的剧本是否该上演，除非是准备让人们走出去开枪或被枪杀的。”

④ 可能指玛格特·儒多克，见《曼妙的舞女》一诗注。

⑤ 可能指库勒庄园。格雷戈里夫人1932年死后，房子失修，后被卖给一承包人，1942年被拆毁。

睡不着我宁愿躺下死掉。

回声：躺下死掉。

人： 那是逃避
精神理智的伟大劳役，
而逃避也属徒劳。短剑[1]或
疾病都无法带来解脱，
也不可能有功德伟大如此，
能清除人的污行秽迹。
当人还能保有肉体时，
醇酒或爱欲使他迷醉；
醒来之时他感谢上帝：
他拥有肉体及其愚昧，
但肉体消亡后，他不再沉睡，
直到理智渐渐确知
一切都安排成清晰景象，
才探求我所探求的思想，
然后其灵魂等待判决；
诸事完毕之后，把一切
遣散出理智和眼界之外，
最后沉入黑夜之内。

回声：黑夜之内。

人： 呵，岩石之声，
在那伟大的黑夜里我们
将欢欣？除了在此地彼此

① 自杀的象征。参见莎士比亚《哈姆雷特》第三幕第一场：“他可能用一把出鞘的短剑/结果自己时”。

面对，我们还知道何事？
但噤声，因为我丢失了那主题，
其乐趣或黑夜不过像梦忆；
那高处，一只鹰或枭自天际
或崖顶俯冲而下，搏击；
一只受伤的兔子惨叫；
那叫声把我的思绪搅扰。

驯兽的逃逸[1]

一

我寻求一个主题但徒劳无功，
六个星期来我天天寻它不断。
或许最终，成为衰颓之人，
我才必须心满意足，虽然
冬去夏来直到垂暮之龄，
我的驯兽都在人前表演：
那些踩高跷的男孩，那锃亮的马车，
狮子、女人、上帝知道的一切。

二

除了列举旧主题我更有何能？
首先那海骑士乌辛被牵着鼻子
穿越三座魔岛[2]，寓言的幻梦，
虚幻的快乐，虚幻的战斗和休憩，
伤心的主题，或仿佛如此的类型，
倒可以装点古歌谣或宫廷献艺；
我让他驰骋，可什么令我挂心？
我，渴望他仙女新娘的酥胸！

其次一个反真理充斥在戏剧中，

---

① 这是一首关于诗思枯竭的诗。驯兽喻指叶芝早期作品中的形象。

② 叶芝早期叙事诗《乌辛漫游记》（1889）中有英雄乌辛被仙女尼娅芙诱往青春之岛、黑塔之岛和遗忘之岛的情节。

"女伯爵凯瑟琳"是我给它取的名①；
她，醉心于怜悯，放弃了灵魂，
可专横的上天却插手把它救拯。
我想我爱人②必毁掉自己的灵魂，
狂热和仇恨也同样把它操纵；
这就生出了一个梦想，很快
这梦想占据了我全部思想和爱。

还有，当傻子和瞎子窃取面包时，
库胡林却在与无羁的大海拼博③；
种种心灵的神秘，但归根结蒂，
还是那梦想本身使我着魔：
性格被一种事业与世隔离，
专注于目前且把记忆掌握。
占据我全部爱的是演员和舞台④
而不是它们象征的那些东西。

三

因为在纯净的心境中成长完善，
那些形象绝妙，自何处起始？
街上清扫的垃圾或大堆破烂，
旧水壶、旧酒瓶，还有一只破罐子，
废铁、残骨、破布、那掌柜管钱

① 叶芝早期剧作《女伯爵凯瑟琳》（1892）叙述女伯爵凯瑟琳为拯救爱尔兰饥民而把自己的灵魂出卖给魔鬼，最终被上帝拯救的故事。

② 指茉德·冈。

③ 叶芝早期剧作《波伊拉海滩》（1903）叙述英雄库胡林因误杀亲生儿子而发疯的故事。当库胡林与海浪搏斗之时，剧中的傻子和瞎子却溜到烤炉边偷面包吃。

④ 叶芝在1906—1914年间任艾贝剧院经理，忙于日常事务，而忽视了精神生活。

长舌妇。既然我的梯子已丢失，
我只得躺倒在所有梯子起始处，
在这污秽的心灵废旧物品铺[1]。

① 叶芝述及的形象都存在于精神世界，始于内心（情感），因此无法接近。他于是被撇在经验（理智）的垃圾中，不再有梦来救赎。

政　治①

“在我们的时代，人的命运以政治形态呈现其意义。”

——托马斯·曼

那女孩站在那儿，我怎能
集中思想
在罗马或俄罗斯
或西班牙的政治上？
这儿倒有位多识之士
清楚他谈论的是什么；
那儿还有位既博学
又有思想的政客；
也许他们说的是真的——
关于战争和战争警报；
可是啊，但愿我再度年轻，
把她搂在怀抱。

① 1938 年 3 月，《耶鲁评论》刊登了美国诗人阿奇波尔德·麦克利什的《诗歌中的公共话语与私人话语》一文。文中赞扬了叶芝诗里的“公共话语”，但暗示他应当把这种话语用于写政治题材。叶芝即于 5 月 23 日作此诗作答。他说此诗所据并非“一个真实事件，而是片刻的冥想”。原题作《主题》。作为题记的德国小说家托马斯·曼的（1875—1955）那句话也转引自麦克利什的文章。

附　录

颁奖词[①]

瑞典文学院诺贝尔奖委员会主席佩尔·哈尔斯绰姆

早在他刚刚步入青春年华之时，威廉·巴特勒·叶芝就作为当之无愧的诗人脱颖而出。他的自传向人们表明，甚至当他还只是个孩子的时候，诗人的内在驱动就决定了他与世界的关系。从一开始，他就朝着由他的情感和理智生活所指示的方向有机地成长起来。

他出生于都柏林一个艺术家家庭，如此，美自然成了他的一种不可或缺的需求。他显现出了艺术的才华，他的教育也专注于满足这方面的倾向，而几乎不为获得传统的学校教育费心尽力。他基本上是在英国——他的第二祖国——接受教育的，然而他的决定性发展是与爱尔兰相关的，主要是与康瑙特的相对保护完好的凯尔特地区有关，他的家庭在那儿拥有度夏别墅。在那里他吸取了民间信仰和民间故事中富于想象的神秘主义，那正是他的人民的最显著的特征。在高山和大海的原始自然环境中，他热情忘我地致力于捕捉它的精神实质。

自然的精神本质对他来说决不是一个空洞的词语，因为凯尔特民族的自然崇拜，即对现象界背后生气勃勃的个性力量的存在的信仰，仍然为大多数爱尔兰人所保留，它抓住了叶芝的想象并且满足了他与生俱来的强烈的宗教需求。当他最接近他那个时代的科学精神时，在对自然界生命的热心观察中，他独特地专注于拂晓各种鸟儿的和唱和黄昏里星光闪烁时蛾子的飞

① 此文是1923年瑞典文学院诺贝尔奖委员会主席佩尔·哈尔斯绰姆在诺贝尔文学奖颁奖典礼上发表的讲话。

舞。这个孩子对白昼的节奏极为熟悉，他能准确地根据这些自然特征来判断时间。由于与晨间和夜晚的各种音响有过如此密切的交流，日后他的诗就包含了其中许多最具魅力的特征。

成年后不久，他就放弃了在艺术方面的训练以便献身诗歌，他对诗歌的爱好最为强烈。但是在艺术方面的训练显著地贯穿着他整个的写作生涯，表现在他崇尚形式和个人风格的强烈之中，甚至更多地表现在对问题的有悖常理的大胆的解决。在此过程中，他那敏锐但却零碎的哲学思考探求着能满足他自己独特天性的需要。

八十年代末叶芝移居伦敦，当时他所进入的文学界并没有给他提供多少有益的东西，但它至少为他提供了在野的伙伴，这对好斗的年轻人来说似乎格外珍贵。伦敦文学界充满了对不久前盛行的时代精神的厌倦和反叛，这种时代精神即教条的自然科学和自然主义艺术的精神。叶芝对此所抱的敌意几乎比任何人都根深蒂固，他是一个全然注重直观和梦幻的人，一个不屈不挠的唯灵论者。他不仅仅为自然科学的狂妄自信和处处模仿现实的艺术的偏狭所烦扰，他更对人格的崩溃和源自怀疑主义的冷漠产生了恐惧，对一个世界中想象力和情感生活的枯竭感到惊骇，这个世界充其量只信仰朝向那神圣乐土的集体而自动的进展。事实表明他对极了：人类借助这样的教育所能达到的“天堂”，我们有怎样的优势来享用，这是相当令人怀疑的。

甚至更为美好的各式乌托邦社会思想，以倍受世人推崇的诗人威廉·莫里斯为代表，也没能吸引像青年叶芝这样的个人主义者。后来，他找到了与他的人民交流的途径，他的人民不是一个抽象的概念，而是爱尔兰人民，早在孩提时代他就与他们有过密切的接触。他在爱尔兰民族中所寻求的不是被现代需求刺激起来的民众，而是从历史中发展而来的精神本质。他希望唤醒它，使之变成更为自觉的生命。

身处伦敦知识界的骚乱之中，一切爱尔兰民族所特有的东西对叶芝来说都依旧是珍贵的。他每年夏天回家乡小住，对爱尔兰民谣和民俗作全面的研究，于是就更培养了这种感情。他较早期的抒情诗几乎无一不是建立在对这些事物的印象上的。他的早期诗歌立即在英国赢得了高度的评价，因为新的素材对想象力具有强烈的吸引力，它接受了一种形式；尽管不乏独到之处，这种形式与英诗的某些高尚的传统仍有着紧密的联系。凯尔特语和英语的融合，在政治领域内从未得到过有效的实施，而在这诗歌的想象世界中它却变成了现实——这是一个具有伟大的精神意义的表征。

不论叶芝曾读过多少英国文学大师的作品，他的诗歌自有其新的特点。韵律和格调都改变了，似乎它们已被迁移到另一片天空里——黄昏中凯尔特海滨的那片天空。与现代英诗相比，叶芝的诗具有更多歌的成分，曲调更为忧郁，且节奏和缓。尽管有一定的自由，这种节奏却像梦游者一般步履平稳。我们得到暗示，在这和缓的节奏下面还存在着另一种节奏，和风吹拂和自然力永恒的脉动。当这种艺术达到最高峰时，它便具备了绝对的魔力，但是却不易把握。它的确常常是相当晦涩的，要理解它还需费一番心思。这种晦涩部分在于实际内容的神秘主义，但也许同样在于凯尔特人的气质。凯尔特人的气质的显著特点似乎是热情、细腻和渗透力，而不是清晰明了。然而那个时代的倾向可能也起了相当的作用：象征主义和为艺术而艺术的主张，主要被吸收来完成寻找大胆适用的词语的工作。

叶芝与一个民族生活的联系使他避免了他那个时代风行的追求美的努力中常见的贫乏空泛。在他周围，以他为中心和领袖，在伦敦文学界他的爱尔兰同胞团体中兴起了一个被称为“凯尔特复兴”的强大运动，它创造了一个新的民族文学，爱尔兰英语文学。

这个团体里最出色、最多才多艺的诗人当数叶芝。他的鼓舞人心和振奋精神的个性使这个运动得以兴旺发展，他为当时分散的各方力量提出一个共同的目标，鼓励那些先前没有意识到自身存在的新生力量。

接着，爱尔兰剧院也诞生了。叶芝的积极宣传同时创造了一个舞台和一批观众。首场演出上演的是他的剧作《女伯爵凯瑟琳》。这部剧作具有浓郁的诗意，紧接其后的是一系列诗剧，全部题材都取自爱尔兰古代英雄传奇。其中最精彩的有《黛尔德》（1907）——爱尔兰的海伦的命运悲剧，有《绿盔》（1910）——奇特的原始荒野中一个轻快的英雄神话；首屈一指的是《国王的门槛》，在这部剧中，简单的素材里弥漫着具有罕见的崇高和深刻的思想。那场关于国王宫中的吟游诗人地位和身分的争吵在此提出了一个容易引起争论的问题：在我们的世界里有多少精神的东西仍然适用，它们将以真正的还是虚假的信仰而被接受呢？为了这些主张，剧中的主人公甘以生命为代价，捍卫一切使人生美好有价值的诗歌的至尊地位。并非所有的诗人都能发表这样的宣言，但是叶芝能够：他的理想从未暗淡过，他的艺术的严肃性也是如此。在这些剧作中，他的诗歌确定了稳健的风格并达到了一种罕见的美。

然而，更令人心醉的是他在《心愿之乡》（1894）中的艺术，它具有游仙诗的一切魔力和春天的全部清新，曲调清晰又好似梦幻。从戏剧角度上讲，这部作品也实属他的上乘之作。如果他没有创作那部散文短剧《凯瑟琳·尼·霍拉汉》的话，那么《心愿之乡》就堪称他的诗歌之花。《凯瑟琳·尼·霍拉汉》既是他的最为纯朴的民俗戏剧，也是他的最符合古典主义标准的完美之作。

在此，叶芝比在任何作品中都更有力地触动了爱国主义的心弦。该剧的主题是爱尔兰世世代代为自由而做的斗争；主要角色是爱尔兰本身，被拟人化为一个四处流浪乞讨的妇人。但是我们听到的绝不是简单的仇恨的声音，剧中深深的悲怆比其他任何一首类似的诗都要克制。我们听到的只是这个民族感情中最单纯最高尚的部分；对白极少，动作也尽可能地简单。整部作品是不含任何虚假的杰作。这个主题是从叶芝的梦境中得来的，保留着来自上苍的馈赠的虚幻表征——这在叶芝的审美哲学中不是一个陌生的概念。

关于叶芝的创作还有许多可谈的，但是提到他近年来所走过的戏剧道路也就足够了。由于它们奇特非凡的素材，他的剧作常常是浪漫的，然而它们通常都努力追求形式的简洁。这种古典主义已渐渐发展成为大胆的拟古主义；诗人寻求获得存在于一切戏剧艺术之初的那种原始可塑性。他做了大量精深敏锐的思考，以使自己摆脱现代舞台的束缚。现代舞台的布景干扰了想象力所唤起的情景，现代舞台上的脚灯必然会夸张戏剧的特征，现代观众也要求看到现实的幻影。叶芝希望把诗人的想象原原本本地写进诗歌里，他模仿希腊和日本的模式赋予这种想象以某种形式。于是他重新使用了面具，并为演员们配合简单音乐的动作提供了极大的伸缩余地。

这些如此简单化了的剧作达到了严格的风格统一，题材仍旧取自叶芝所偏爱的爱尔兰英雄传说。在这些剧中，叶芝往往能达到某种迷人的效果，不仅仅表现在高度浓缩的对白上，也表现在具有浓厚抒情格调的合唱里。然而，这一切还处于发展阶段，还无法断定所得到的成就是否足以补偿所做的牺牲。尽管这些剧作本身是值得高度重视的，但它们可能比早期的作品更难得到观众的认可。

在他的最清晰、最优美的抒情诗以及这些剧作中，叶芝取得了其他诗人难以取得的成就：他成功地保持了与本族人民的联系，同时又坚持最具贵族气派的艺术技巧。他的诗歌作品产生于危险重重的孤高的艺术环境中，但他绝不放弃自己的美学信条。他那热情如火、孜孜以求的个性始终追随这种理想，成功地使自己摆脱了美的空虚。他始终遵循着早年促使他成为祖国的诠释者的那种精神，他的祖国长期以来一直期待着有人为它代言。用“伟大”一词来概括如此一生的工作，是一点也不过分的。

（柯彦玢　译）

受奖词[①]

威廉·巴特勒·叶芝

在我全部的创作生涯中，我总是对这个斯堪的纳维亚民族怀着深深的感激之情。在我非常年轻的时候，我花费了数年时间与一位朋友合作，写了第一部阐释英国诗人布莱克的哲学的著作。布莱克最初是贵国伟大的斯韦登伯格的信徒，接着他进行了激烈的反叛，而后是半反叛半信奉。为了解释某些晦涩难懂的段落，我和我的朋友不得不屡屡求助于斯韦登伯格的著作，因为在他神秘的作品中，布莱克总是倾向于夸张、晦涩、似非而是。然而后来，他影响了英国想象思维的最后四十年，正如在此之前四十年里柯尔律治的影响一样。在他的诗歌中，他始终是斯韦登伯格的解释者和反对者，在他的绘画理论中也常常如此。近年来，我出于对斯韦登伯格本人的兴趣，开始研究他的著作，当我应邀访问斯德哥尔摩时，我正是从他的传记中查找到有关资料的。同时，如果没有易卜生和边尔生的戏剧，就不会有我们爱尔兰的戏剧。而今天你们把这巨大的荣誉授予了我。三十年前，一些爱尔兰作家聚集在各类团体里，开始无情地批判他们本国的文学。他们的梦想是：把爱尔兰文学从地方主义的偏狭中解放出来，他们或许就能得到欧洲的承认。这些作家对我助益匪浅，几年后加入到我们运动中来的那些作家对我助益更大。这些男女作家现在和我一样衰老年迈，当我回到爱尔兰时，他们将从这一巨大的荣誉中看到那个梦想

① 此文是1923年叶芝在诺贝尔文学奖颁奖典礼上发表的答谢词。

的实现。我内心深知，假如他们不曾存在的话，我根本没有资格领受这份荣誉。

（柯彦玢　译）

拙作总序[①]

威廉·巴特勒·叶芝

一、首要原则

诗人在其最佳作品中，总是写他私人的生活；素材则取自其私人生活的悲剧，无论那是悔恨、失恋还是区区孤独。他从不像在早餐桌前与人交谈那样坦率直言，而总是有些如梦如幻。但丁和弥尔顿借助于神话传说，莎士比亚则利用英国历史和古代传奇中的人物。即使在诗人最显本来面目的时候，在他是罗利并对君主撒谎[②]，或是雪莱——“一根上面爬行着否则感觉不到的人类压迫的神经”，[③] 或是拜伦——正当“心儿磨穿胸膛，犹如利剑磨破剑鞘”[④] ——的时候，他也绝不是坐下用早餐的那一束偶然、混沌之物。他已再生为一种思想，某种有意造就的完美之物。小说家或许可以描写其偶然的经历、混沌的事件，但诗人却不可以。他与其说是人不如说是类型，与其说是类型不如说是激情。他是李尔王、罗密欧、俄底浦斯、蒂利希阿斯[⑤]；他是出自戏剧中的人物，甚至他所热恋的女人也

---

① 此文是叶芝为查尔斯·施赖伯之子出版社计划出版但从未问世的叶芝文集所作的序。

② 沃尔特·罗利爵士所作《谎言》(1593—96?) 一诗中第 18 行云“对君主撒谎”。

③ 珀西·比舍·雪莱所作《朱利安与马达罗》一诗第 449—450 行句。

④ 乔治·戈登·拜伦所作《那么，我们将不再流浪》一诗第 5—7 行句。

⑤ 蒂利希阿斯：希腊神话中受智慧女神雅典娜神示的懂鸟语的底比斯盲卜者。

是罗莎琳[1]、克娄巴特拉[2]，而绝不是黑夫人[3]。他是自己的梦幻的一部分。我们敬重他，是因为大自然变得明白易解了，而且如此一来也变成了我们创造力的一部分。《六问奥义书》[4]说："当心灵迷失于自性的光辉中时，它不再梦想；它仍然存在于肉体之中，迷失于快乐之中。"《唱赞奥义书》说："智者在自性中寻觅那些活着或死去的人，从而获得这个世界所不能给予的东西。"这世界无所知，因为它无所创造，我们无所不知，因为我们创造了一切。

二、题材

通过芬尼亚运动老领导人约翰·欧李尔瑞[5]，我才找到了我的创作主题。他长期的铁窗生涯，他的为期更长的流放生涯，他的出众的相貌，他的学识，他的高傲，他的坚毅，具备小店铺和小农场中间孕育的贵族梦的所有素质，吸引了一群年轻人在他周围。我当时年仅十八九岁，在《仙后》和《悲伤的牧羊人》的影响下，已经创作了一部田园剧[6]，在雪莱的《解放了的普罗米修斯》的影响下，写了两个剧本，一个场景设置在高加索山区某地，另一个设置在月球的火山口中。[7] 我自知

---

① 罗莎琳：莎士比亚戏剧《皆大欢喜》中的女主人公。

② 克娄巴特拉（前69—前30）：埃及女王，前47—前30年在位。曾与罗马元首恺撒及将军马克·安东尼发生关系。

③ 黑夫人：传说是莎士比亚十四行诗的奉献对象。

④《奥义书》：印度教古代吠陀教义的思辨作品，用散文或韵文写成。自公元前六百年起次第成书，共108部，是后代各派印度哲学的依据。《六问奥义书》和《唱赞奥义书》是其中的两部。

⑤ 约翰·欧李尔瑞（1830—1907）：见《一九一三年九月》一诗注。

⑥ 叶芝在埃德蒙·斯宾塞的长诗《仙后》（1590—1596）和本·琼森的田园剧《悲伤的牧羊人》（1641）的影响下所写的田园剧可能是《雕像之岛》（1885）或《寻求者》（1885）。

⑦ 可能指未完成的一部剧本的两种不同本子，分别题为《盲目》和《森林史诗》。

既不明确又缺乏条理。他给我看托马斯·戴维斯[①]的诗，说它们写得并不好，但在他年轻的时候却改变了他的一生。他还谈到了与戴维斯有关的其他诗人和《民族报》，可能还借给我了一些他们的诗集。它们不是什么好诗，这一点我甚至比欧李尔瑞看得更清楚。我只读浪漫主义的文学作品，厌恶十八世纪那种干巴巴的修辞。但是，这些诗人具有一种我过去赞赏现在仍然赞赏的品质：他们并非互不相干的个人，他们代表一个民族或试图代表一个民族对另一个民族讲话，他们的身后绵延着世世代代。尽管只是像年轻人那样对事物一知半解，但我当时知道，我必须背离那种被乔纳森·斯威夫特比作蜘蛛搜肠刮肚所结之网的现代文学。[②] 我过去憎恨，现在仍以与日俱增的厌恶憎恨观点文学。假如我的无知允许的话，我想回到荷马那里，回到那些与他同桌宴饮的人们那里。我要像所有的人那样大声哭泣，像所有的人那样开怀大笑，“青年爱尔兰”诗人们在不光写政治的时候也有同样的愿望。但是他们没有意识到，探索公众和适合他们的语言需要耗费毕生的精力，而即使找到了也可能得不到普遍的认可。后来，有人，不是欧李尔瑞，向我谈起斯坦迪士·欧格莱蒂[③]和他对爱尔兰神话传说的诠释。欧李尔瑞还把我介绍给欧卡瑞，可是我少年的惰性使我无法消受他那未经整理和解释的历史学著作。[④]

早在《民族报》创刊前的一代，爱尔兰王家学术院就开始了对爱尔兰古代文学的研究。此项研究是创建了议会的新教贵

---

① 托马斯·戴维斯（1814—1845）：诗人，毕业于都柏林的三一学院；1838年曾被传唤到爱尔兰法庭，是《民族报》和爱尔兰青年党的创始人之一。

② 乔纳森·斯威夫特在讽刺论文《书籍之战》（1704）中把当代人比作“完全从自身吐丝结网”的蜘蛛，而把古代人比作采集大自然精华的蜜蜂。

③ 斯坦迪士·欧格莱蒂（1846—1928）：见《美丽崇高的事物》一诗注。

④ 尤金·欧卡瑞（1796—1862）：盖尔语学者，著有《爱尔兰人的礼仪和习俗》。

族的赠礼，犹如《民族报》及其学派——尽管戴维斯和米切尔①是新教徒——是将来创建爱尔兰自由邦的天主教中产阶级的赠礼一般。学术院说服英国政府出资赞助一项大规模的调查，以便绘制一份英国和爱尔兰的正式地图。学者们，包括那位大学者欧多诺凡②，被派去逐个走访所有村庄，记录下地名及相关的传说。也许这是此类工作能够圆满完成的最后机会了，人们的记忆还完好无损，采集者们也许还亲身耳闻目睹过报丧女妖③呢；爱尔兰王家学术院及其读者大众以同样的热情欢迎异教徒和基督徒，认为圆形碉楼是波斯拜火教的纪念物。④极少有正统派感到吃惊；天主教徒被打垮吓倒了。我的一位受人尊敬的叔祖——某位被遗忘的大师为他绘制的肖像画现在还挂在我卧室的墙上——一位爱尔兰教会⑤的教区长，一有机会就会夸口说他能完全正当地用渎神的或下流的言语来回答你的任何问题。好些个郡县在被调查之后还未及出版什么结果，英国政府唯恐激起危险的爱国主义情绪，就已撤回了赞助。大量的手稿卷宗还留待出版，其中包括学者间许多生动有趣的来往信件。

在爱尔兰现代文学的发展初期，欧格莱蒂的影响占主导地位。他能以令我们不敢苟同的狂言让我们高兴起来；他说，总有一天，斯利夫那蒙山⑥会比奥林匹斯山更著名。然而他绝不

---

① 约翰·米切尔（1815—1875）：爱尔兰革命者，“联合爱尔兰人”的创始人。曾被驱逐出境，逃亡到美国，1872 年返回爱尔兰，任国会议员；著有《狱中日记》。

② 约翰·欧多诺凡（1809—1861）：盖尔语学者，是《四位大师的编年史》的编者。

③ 报丧女妖：爱尔兰及其他地方凯尔特民间故事中的女妖，在夜间哀号或尖声叫嚷，预告她所到的家庭中即将有一个人去世。她只造访具有纯爱尔兰血统的家庭。

④ 爱尔兰有一些古代圆柱形碉楼遗迹。有些学者认为它们与波斯拜火教有关，有些则不同意。

⑤ 属于新教，为英国殖民者所建立。

⑥ 位于爱尔兰中南部蒂珀雷里郡，传说其上有爱尔兰众神之殿遗址。

是一位我们根据字义所理解的那种民族自治论者，就像他喜欢解释的那样，他反对的是众议院而不是国王。他的堂兄，那位大学者海伊斯·欧格莱蒂[①]，不愿加入我们的非政治性团体——爱尔兰文学社，因为他认为该社是个芬尼亚运动组织。可是他却自夸说，尽管在英国生活了四十年，他从未与英国人交过朋友。他在大英博物馆工作，负责编辑他们的盖尔语文献目录，并且以十八世纪的狂热风格翻译我们的英雄传奇故事；他的女主人公"肝肠寸断"，他的男主人公"登上崇山峻岭"，在那儿"挥舞标枪"，随后乘船航行在"浩瀚无垠的海面"上。欧格莱蒂兄弟自视为旧爱尔兰地主贵族的代表；他俩很可能，斯坦迪什·欧格莱蒂肯定，认为英国由于颓废和民主，已经背叛了他们的秩序。正是那个秩序里的另一个成员，格雷戈里夫人[②]，将要为《诸神和战斗的人们》和《缪尔辛姆呐的库胡林》中的英雄传说做夏洛特·盖斯特夫人[③]的《玛比诺吉昂》为威尔士英雄传说所做过的事情，而后者在美感和风格上都较为逊色。斯坦迪什·欧格莱蒂具有很强的现代观念，他的风格，如四十年前约翰·米切尔的风格一样，是受卡莱尔[④]的影响而形成的。格雷戈里夫人则在她住处周围的爱尔兰英语方言的基础上形成了自己的风格；那是一种古老而生动的方言，含有部分英国都铎王朝时代的词语，部分句式则是由仍用盖尔语思维的人们定型的。

在斯来沟的农舍里或从罗西斯岬角[⑤]的水手那里，我曾听到过无数鬼魂显灵的故事，无论是新近过世者还是历史或神话

---

① 海伊斯·欧格莱蒂（1832—1915）：爱尔兰学者，《大英博物馆中的爱尔兰手稿目录》的编者。

② 格雷戈里夫人在认识叶芝之后，她开始对爱尔兰文艺复兴感兴趣，是艾贝剧院的共同创始人之一。

③ 夏洛特·盖斯特夫人（1812—1895）：威尔士凯尔特史诗《玛比诺吉昂》的译者。

④ 托马斯·卡莱尔（1795—1881）：苏格兰历史学家兼政治哲学家。

⑤ 罗西斯岬角：在爱尔兰斯来沟郡，是叶芝童年时度假的地方。

传说中人物的魂灵，还有那位梅娃女王[1]，她的著名的石冢就立在海湾对面的山上。后来我在大英博物馆读到了四十和五十年代爱尔兰作家写的这类灵怪故事，但他们不但没让我感到愉快，反而激怒了我，因为他们把乡民的灵视变成了笑话。但是，在我随格雷戈里夫人挨家挨户走访农舍，看着她亲手记录那本题为《幻景与信仰》的杰出集子时，我却避免有损幽默。

整个爱尔兰历史的背后悬挂着一幅巨大的壁毯，连基督教也不得不接受它，其自身也被图画于其中。看着它模糊的皱褶，没人能说出哪儿是基督教的开端，哪儿是巫术祭仪的终结；“在飞禽中有一完美者，在鱼类中有一完美者，在人类中也有一完美者。”[2] 我只能以最近的学者的那种观点来解释——剑桥的柏基特教授[3]的推荐使我注意到了它——圣帕垂克[4]来到爱尔兰的时间不是在五世纪间，而是接近二世纪末。大论战还没有开始；复活节仍然是春分后的第一个望日。在混沌已开的那一日，方舟停在亚拉腊山上，摩西带领古以色列人逃出了埃及；连系着基督教和古代世界的脐带尚未剪断，基督还是酒神狄俄尼索斯的异母兄弟。刚刚被督伊德祭司们剃度的人会从最近的基督徒邻居那儿学会在自己身上画十字，却丝毫没有感到不协调。他的孩子们也不会有那种感觉。有组织的氏族削弱了教会组织，他们能够接受修士但不接受主教。

一个现代人，脑子里装着《金枝》[5] 和《人的个性》，[6] 在圣帕垂克的“信条”和他的《忏悔录》中找到了许多共同一贯

---

① 梅娃女王：传说中康诺特的女王，传说她被埋葬在斯来沟的科垴克纳瑞。

② 叶芝的长篇小说《斑鸟》（1900）中一人物梦见耶稣指着自己的王冠说：“在飞禽中有一完美者，在鱼类中有一完美者，在人类中也有一完美者。若是我不来人间，就无人认识完美者。”

③ 弗朗西斯·克劳福特·柏基特（1864—1935）：英国神学家。

④ 圣帕垂克：见《超自然的歌》一诗注。

⑤《金枝》：英国詹姆斯·乔治·弗雷泽爵士著。

⑥《人的个性》：杰洛姆·L. 辛格著。

的东西。除了宣称基督不久将审判生者和死者的这句话中“不久”一词以外，没有什么内容是不可以接受的。他可以重复它，甚至相信它，而丝毫不考虑历史上的基督，或古代的犹太国，或任何依照历史猜测和不可靠证据考证出来的事情。我重复它，却想到《奥义书》中的“自性”。在后来的岁月里，这种传统，口头的或文字记载的，又增加了新柏拉图主义的残篇，犹太神秘哲学的词语——我在多纳瑞尔[①]曾听到过“Tetragrammaton Agla”[②] 这样的词语——中世纪思想的浮游碎片，但绝不是令孤独的心灵反感的东西。甚至与巴洛克艺术和洛可可艺术相对等的宗教学说都不能作为思想而为我们所接受，这可能是由于盖尔语不具备抽象思维能力之故吧——它以残酷的面目出现。在现代爱尔兰文学诞生之际，那块壁毯就充满了这种景象，它存在于《万圣之井》的作者辛格[③]的作品中，在詹姆斯·史蒂芬斯[④]的作品中，在格雷戈里夫人的全部作品中，在乔治·拉塞尔[⑤]的所有与《奥义书》无关的作品中，存在于我的除晚近诗歌之外所有的作品中。

有时我听说，我所领导的运动是在 1916 年行刑队的镇压下走向衰亡的；如果说这话的报纸属于爱尔兰，那就是赞扬，如果属于英国，则是谴责；有时人们又说，那些行刑队使我们的现实主义运动成为可能。如果这种说法正确，而且由于传奇故事在各地都在衰落，只是对了一部分，那也是因为在皮

---

① 多纳瑞尔：爱尔兰柯克郡的一个镇。

② “Tetragrammaton”：由四个辅音字母组成的词，乃希伯来人对上帝的称呼（即 JHWH，一般译为雅赫维或耶和华），是不允许读出来的。“Agla”：四个希伯来词的字头的组合，意思是“您是强大而永恒的”。犹太教神秘法术和仪式中常用为咒语，借以行神迹。

③ 约翰·米灵顿·辛格（1871—1909）：参见《纪念罗伯特·格雷戈里少校》一诗注。

④ 詹姆斯·史蒂芬斯（1882—1950）：爱尔兰诗人、小说家和播音员，著有《金壶》。

⑤ 乔治·拉塞尔（1867—1935）：诗人、散文作家和神秘主义者，是爱尔兰文学复兴运动和爱尔兰自治运动的活跃分子，艾贝剧院的创始人之一。

尔斯[①]和他的战友们的想象中，“大众的牺牲”在那块壁毯中找到了红枝英雄[②]。他们召唤着库胡林[③]，走出去赴死：

> 赫克勒斯，在暴风雨中从天国降临，
> 来清扫人世这个肮脏的牛棚吧。[④]

从某一种意义上讲，1916 年的诗人并不属于报界所谓的我的流派。源自蜘蛛抱蛋，而非耶西[⑤]子孙的天主教教义的现代普及使盖尔语同盟羞怯退缩。他们畏惧大胆的理性思维，一味拘泥于字典和语法。在被枪决的人之中，皮尔斯和麦克唐纳[⑥]以及其他人本来可以用盖尔语做或者尝试我们用英语做或尝试的事情。

我们的神话，我们的传说，和其他欧洲国家的不同，因为直到十七世纪末它们一直都同样受到农民和贵族的关注，或许是毫无疑问的信仰。荷马属于伏案久坐的人们，而甚至在今天，我们古代的王后、我们中世纪的士兵和情侣们都能使一个小贩不寒而栗。我能将我自己的思想，或许是用古代哲学研究现代环境时所感到的绝望，借十七世纪漫游诗人，或想象中的某位当今民谣歌手之口表达出来。我的思想越深刻，民谣歌手和漫游诗人就越真实可信，越像农民。有些现代诗人主张爵士乐和音乐厅歌曲是我们这个时代的民间艺术，我们应该以它们为模范来塑造我们的艺术；我们爱尔兰诗人，同样是现代人，却并不接受任何不回归到奥林匹斯山的民间艺术。给我时间和

---

① 帕垂克·亨利·皮尔斯（1879—1916）：爱尔兰诗人和演说家，因参与 1916 年起义而被英军枪决，是当时临时政府的总统。

② 红枝英雄：盖尔语传奇故事中的一个英雄群体。

③ 库胡林：见《致时光十字架上的玫瑰》一诗注。

④ 乔治·查普曼所作《夜之阴影》（1594）中句。

⑤ 耶西：犹太国王大卫的父亲，亦即耶稣基督的祖先。

⑥ 托马斯·麦克唐纳（1878—1916）：爱尔诗人和评论家，因参与 1916 年反英起义而遭枪决。

一点青春，我会证明甚至像“约翰尼，我几乎不认识你”[1] 这样的词句也照样回归。

在《历史研究》一书第二卷的一则附录中，阿诺德·汤因比[2]先生描述了他所谓的泰西基督教文化的诞生和衰亡；它在惠特比宗教会议[3]上失去了主宰欧洲的机会；在十二世纪，由于“爱尔兰基督教界彻底并入罗马教会”，它“在教会组织方面遭到了最终的失败；在政治和文学领域，它却一直完好无损地保存到十七世纪”。他还坚持认为，假如“犹太复国主义和爱尔兰民族主义都成功地实现了它们的目标的话，那么犹太人和爱尔兰人各自都会在六七十个民族共同体中间……找到一个小小的适当位置”；他们会感到生活多少容易一些，而不再是“一个独立社会中的遗物……古爱尔兰的骑士传奇最终完结了……现代爱尔兰已经下定决心，要在我们这一代，为她自己在我们这个平凡的西方世界里找到一个作为自愿居民的适当位置”。

如果爱尔兰文学如我这一代人所构想的那样发展的话，它可能会设法保持“爱尔兰人”存活，就不会有现实主义作家的作品，也会有他们所想象的人物，也不会有革命回忆录里所描写的那些人物从中作梗。尤其是最后这类人物，如某些伟大的前辈政治家，帕内尔[4]、斯威夫特、爱德华勋爵[5]等，都已经后退到壁毯中去了。“爱尔兰人”的某些特点必须变得更为重要，这也许是真的。当格雷戈里夫人请我注释她的《幻景与信

---

① 十九世纪初期无名氏的爱尔兰街头谣曲。

② 阿诺德·汤因比（1889—1975）：英国历史学家。

③ 惠特比是英格兰东北部北约克郡沿海城镇。公元 664 年在该地举行宗教会议，主要是为了解决英格兰基督教崇拜中的凯尔特与罗马形式之间的分歧，尤其是计算复活节日期的方法问题。由于诺森布里亚国王奥斯维决定支持罗马，英格兰遂与凯尔特教会分裂。

④ 查尔斯·斯图尔特·帕内尔（1846—1891）：参见《帕内尔的葬礼》一诗注。

⑤ 爱德华·菲茨杰拉德勋爵（1763—1798）：见《一九一三年九月》一诗注。

仰》时，为了能理解她在戈尔韦记下的那些东西，我开始研究当代招魂术。有好几年，我常与一些灵媒交往；为了挣几个便士，那些灵媒在伦敦的各个贫民区为工匠或他们的妻子指点他们与死去的亲人、与雇主以及与孩子的关系；然后我把我们在戈尔韦或我在伦敦的所闻与斯韦登伯格①的灵视幻景相比较，而且在我那不甚充分的注释出版之后，又将这些所闻与印度的信仰做了比较。当我们在林间路过一位老人时，假如格雷戈里夫人不说："那人可能知道历代相传的秘密"，那我也许永远不会和师利·普罗希大师②交谈，不会请他翻译他师父的西藏游记，也不会帮助他翻译《奥义书》了。我想我现在明白了，为什么库勒庄园的猎场看守在百年不见鹿迹的湖边听见了鹿蹄声，为什么一个疯癫的老牧师说在他的一生中没有人下过地狱或上过天堂，意谓爱尔兰的山寨围墙把他们都圈住了；死者呆在他们生前生活过的地方，或在那附近，不追求抽象的乐土或地狱，而是，可以说，引退到邻里周围成为隐形之物了。我深信，在两三代人之内，人们将会普遍地认识到机械的理论绝不会变成现实；自然界与超自然界是交织在一起的；为避免某种危险的狂热，我们必须研究一门新的科学。到那时，欧洲人也许会在基督身上看到某种魅力，这个基督身后的背景是巫祭而不是犹太教，不是被隔绝在僵死的历史之中，而是流动的、具体的、可感知的。

我生来就带着这样的信仰，带着它生活，也将带着它死去；我的基督，我想是从圣帕垂克的信条里得出的合理推断，是但丁比作比例完美的人体的那"存在统一体"，是布莱克的"想象"，是《奥义书》所谓的"自性"：这个统一体并不遥远，因而凭智力才能理解，而是切近的，因人而异，因时代而异，

---

① 伊曼纽尔·斯韦登伯格（1688—1772）：瑞典哲学家、科学家和神秘主义者。

② 师利·普罗希大师：印度教僧人。1935—1936年间，叶芝与之合作翻译《奥义书》并为译本作序。

承担着痛苦和丑陋，“蝾螈的眼睛，青蛙的脚趾”。[①]

潜意识里对这个主题的专注使我写出了《幻景》，其中粗糙的几何图形是一个未完成的诠释。“爱尔兰人”通过战争保存了他们古代的“积淀”；在十六和十七世纪期间那些战争变成了灭绝种族的战争。在其《十八世纪的爱尔兰》一书的开篇，勒基[②]说，没有哪一个民族经历过更为惨重的迫害；直到我们自己这个时代，那种迫害仍未完全停止。没有哪一个民族像我们这样仇恨，过去的历史总是活在我们的心中。有时候仇恨在毒害着我的生命，我责怪自己柔弱无能，因为我还没有把这种仇恨充分地表达出来。仅仅把它置于一个漫游的农民诗人之口是不够的。然后我又提醒自己，虽然我的婚姻是我所知的直系亲属中的第一桩与英国人的联姻，但我所有的姓氏都是英国的，我的心灵属于莎士比亚、斯宾塞和布莱克，或许还包括威廉·莫里斯，属于我用于思维、说话和写作的英语，我所热爱的一切都是通过英语获知的。我的恨以爱来折磨我，我的爱以恨来折磨我。我好似一个西藏僧人，在初受灌顶之时，他幻觉自己被一头野兽所吞食，而当清醒过来时，他认识到自己既是吞食者又被吞食。这就是爱尔兰的仇恨和孤独，这种对人生的仇恨促使斯威夫特写作了《格利佛游记》和刻在他墓碑上的墓志铭。它仍然能使我们在两个极端之间摇摆不定，并且怀疑我们的理智是否清醒。

一次又一次，人们问我为什么不用盖尔语写作。大约在四五年前，我应伦敦某个社团的邀请去赴一次晚宴。我发现自己身处伦敦新闻记者、印度学生和外国政治难民之间。一家印度报纸说这是特地为向我表示敬意而举办的晚宴；我希望这不是真的。我现在忘记了，尽管我还清楚地记得自己当时愤怒的感觉。我本应说人们在公共宴会上理应说的话；我本应依例恭维

---

① 莎士比亚剧作《麦克白》中女巫的釜中煎熬的巫蛊成分。

② 威廉·爱德华·哈波特·勒基（1838—1903）：爱尔兰历史学家，著有《唯理主义的历史》、《英国史》等。

并接受恭维；然后他们会谈起难民；从那时起，所有人都会变得活跃起来，滔滔不绝；外国的专制暴政会遭到谴责；甚至对那些糊涂的印度人来说，英国似乎是自由的庇护者。我越来越愤怒。在埃梅特密谋起义和身亡的那一年，华兹华斯，那个典型的英国人，发表了他致弗朗索瓦·多米尼克·图桑①，一个圣多明哥黑人的著名十四行诗：

没有一丝平凡的风
会把你遗忘

埃梅特对那次起义的记忆微乎其微，只记得起义前六年中的半绞刑和沥青帽②。为了避免有关时事的演讲，我谴责了压迫印度人民的行径。作为文人而不是政治家，我讲述了他们是如何被迫以英语为工具学习一切的，甚至他们自己的梵文，直到最早的智慧发现者们由于模糊抽象的简化而成为笑柄为止。我恳求在座的印度作家记住，除了用母语，任何人都无法带着乐感和活力进行思考或写作。我使一群友好的听众变得对我充满了敌意，可是每当我想起那个情景，我仍然无悔且气愤。

我不可能用盖尔语写作，正如那些印度人无法用英语写作一样；盖尔语是我的民族语言，但不是我的母语。

三、风格与态度

风格几乎是无意识的。我知道我曾尝试要做什么，却不大知道我究竟做了什么事。当代的抒情诗，甚至那些感动了我的

---

① 弗朗索瓦·多米尼克·图桑·卢瓦杜尔（约1746—1803）：1796年作为圣多明哥岛武装力量总司令解放该岛，当上圣多明哥国总统。后被法国人俘虏，死在法国监狱中。

② 罗伯特·埃梅特（1778—1803）：1798年爱尔兰抗英起义领导人，起义失败后被绞死。威廉·爱德华·哈波特·勒基在《十八世纪爱尔兰史》中描述了起义前政府军对共和党人的残酷迫害，其手段包括把人绞得半死和用烧化的沥青浇在头上等。

诗作——《溪流的秘密》、《哀痛》等[①]——似乎过于冗长，而爱尔兰人对急流的偏爱可能仅仅是出于懒惰，然而彭斯阅读汤姆森[②]和考珀[③]的诗作时，大概也会有同样的感觉。英国人的头脑是善于沉思的、丰富的、审慎的；它也许能记住泰晤士河流域。我打算写短小的抒情诗或诗剧，其中的每一段话都力求简短凝炼，靠戏剧张力结合在一起。我这样做起来更有信心，因为年轻的英国诗人当时正出于危机时刻的情感而写作，虽然他们古老的、行动迟缓的沉思也同时回来了。然后，在这一点上，英语诗歌追随了我所领导的风气：我努力使诗的语言与热情洋溢、正常说话的语言相一致。我想要用我们在自言自语时最自然地脱口而出的任何语言来写作；我一天到晚都这样，自言自语评论着我们自己生活中的事件，或者任何我们能在其中暂时看见自我真面目的生活中的事件。我有时拿自己与贫民窟里那些疯癫的老妇人相比较。我听见她们在谴责、在回忆；“你好大的胆子，”我听见其中一个说起某个假想中的求婚者，“瞧你这副病歪歪的样子，连个窝都没有！”如果我大声说出我的想法，它们可能也会像这样愤怒而狂放。我花了很长时间才创造出一种我自己喜爱的语言；大约是在二十年前，我发现我必须寻求的不是华兹华斯所认为的那种普通人的用语，而是一种强有力的、热情奔放的句法，是句点与诗节的完全重合；于是我开始创造它。由于我需要一种热情奔放的句法来表现热情洋溢的题材，所以我强迫自己接受那些与英语同时发展起来的传统格律。埃兹拉·庞德、特纳[④]、劳伦斯[⑤]都能写出令人赞叹的自由体诗，我却写不了。我会失去自我，变得郁郁寡欢，

---

①《溪流的秘密》（1870）是英国诗人但丁·加布里埃尔·罗塞蒂的长诗；《哀痛》（1866）是英国诗人阿尔格农·查尔斯·斯温本的长诗。

② 詹姆斯·汤姆森（1700—1748）：英国诗人，以长诗《四季》著称。

③ 威廉·考珀（1731—1800）：英国诗人，以长诗《任务》著称。

④ 瓦尔特·詹姆斯·瑞德芬·特纳（1889—1946）：出生于澳大利亚的诗人、小说家和音乐评论家，叶芝的朋友。

⑤ D. H. 劳伦斯（1885—1930）：英国小说家、诗人。

像那些疯癫的老妇人一样。当翻译者仍然在为韵律而烦恼的时候，“圣经”的译者、托马斯·布朗爵士①、某些从希腊语翻译的人创造了一种介于散文和诗歌之间的体式。这种体式对于非个人的冥想显得颇自然。而所有个人的东西很快就会腐朽，必须把它包裹在寒冰或咸盐当中。有一次我染上肺炎，处于谵妄状态中，我口授了一封致乔治·穆尔②的信，告诉他要吃盐，因为盐是不朽的象征。清醒之后，我对那封信已毫无印象，但我当时说那话的意思必定与现在的意思完全一样。如果我写个人的爱情或悲伤时采用自由诗体式，或采用任何其他节奏，从而使感情在所有遭遇中都保持不变的话，我会由于犯了自大和轻率的毛病而在内心充满了自我轻蔑，而且我也预料到读者会感到索然无趣。我必须选用一种传统的诗节形式，甚至我所做的改动也必须看起来像是合乎传统的。我把我的感情献给了牧羊人、牧猪人、赶骆驼者、学者、弥尔顿或雪莱笔下的柏拉图主义者③、帕尔默画的那座碉楼④。假如你跟我谈什么独创性，我会对你大发雷霆。我是一群人，我是一个孤独的人，我什么也不是。古代的盐是最好的保鲜材料。莎士比亚的主人公们通过他们的表情，或通过他们言语的比喻方式，向我们传达着他们眼界大开的顿悟，传达着他们在死亡临近时的狂喜：“她此后就本该离开人世了”；“千万个热吻，这是可怜的最后一个”；“让你暂时离别幸福”；他们变成了神或神母——那塘鹅：“我怀抱里的婴儿”，但一切都必须是冷冷的；没有哪个女演员在扮演克娄巴特拉时哭泣过，就连舞台监督浅薄的大脑都从未想到过这种事情。超自然的事物出场了，冷风吹过我们的手，吹拂在我们的脸上，温度下降，而由于这阴冷气氛，我们招致了新闻

① 托马斯·布朗爵士（1605—1682）：英国医生兼作家。

② 乔治·穆尔（1852—1933）：爱尔兰小说家、剧作家。

③ 分别指弥尔顿的长诗《沉思的人》和雪莱的长诗《莱昂与希丝娜》中的主人公。

④ 指英国画家塞缪尔·帕尔默（1805—1881）为弥尔顿诗集所作的一幅题为《孤独的塔》的插图。

记者和鉴赏力低下的观众的怨恨。也许在这个或那个细节里存在着令人痛苦的悲剧因素，但在整个作品里却不存在丝毫。我曾听见格雷戈里夫人在拒绝某个寄到艾贝剧院的以现代风格写作的剧本时说："悲剧对死者来说必须是一件快乐的事情。"这对抒情诗、歌曲、叙事诗来说也没有什么不同；无论是学者还是大众，谁都不曾因为某一作品令人痛苦而世世代代诵读或传唱它。必须用永恒的形式把他们为其悲剧歌唱的那位侍女从历史中提升出来；她是四位玛丽[①]中的一个；韵律是古老而熟悉的，想象却必须翩翩起舞，必须超越感情而被携入原始的寒冰中去。寒冰这个词准确吗？摹仿我父亲一封来信中的句子，我曾夸口说，我要写一首"似黎明般寒冷而热情的"诗。

当我用无韵体写诗时，我感到很不满意；我的《女伯爵凯瑟琳》略带中古色彩，适合这样的节拍，但是用《绿盔》中的谣曲韵律来表现我们的英雄时代却更为恰当，这也许只是我的臆想。在我对黛尔德[②]和库胡林的想法中，有某些东西排斥文艺复兴风格及其特有的韵律；我在舞剧中创造了一种使无韵诗随着抒情诗节奏变化的形式，主要就是出于这个原因。当我用无韵诗来表达并分析自己的感情时，我站在这样一个历史时刻：此时本能，及其传统的歌舞和总体的和谐，都属于过去。我已被抛出了鲸鱼腹，虽然我仍然记得从它的肋骨之外传来的声响和摆动；就像保罗·福特[③]的谣曲中的女王一样，我浑身散发着海鱼的腥味。借用罗伯特·布里季斯[④]所用的一个术语，诗句的对位结构，把过去和现在合并为一体。如果我为了强调其五音步而如是复诵《失乐园》的第一行，我就置身于民间歌手之中——"谈到人的最初的违命和那禁果"，但是如果用平常说话的语调朗读它时，我就用另一种强调法，热情奔放的散

① 苏格兰女王玛丽（1542—1587）有四位宫廷女侍，名字都叫玛丽。
② 见《尘世的玫瑰》一诗注。
③ 保罗·福特（1872—?）：法国民谣和散文诗作家。
④ 罗伯特·布里季斯（1844—1930）：英国桂冠诗人、评论家。

文式重读，来读下去——“谈到人的最初的违命和那禁果”，或者是“谈到人的最初的违命和那禁果”；民歌的调子还在那里，但是变成了一种幽灵的声音，一种不可变的可能性，一种无意识的标准。令我和我的听众为之感动的是一种生动活泼的话语：它没有任何规则，只是不得驱除那幽灵的声音。在得到天启的那一刻，我既清醒又昏睡，在自动服从中镇定自若；没有什么韵脚，没有击鼓的回声，没有什么舞步会破坏我内心的平衡。当我还是个孩子的时候，我写了一首关于舞蹈的诗，其中有这样一个妙句：“他们举起双手要攫取天空的睡眠”。如果我坐下来思考一年，我就会发现，若不是某些音节的限制，以及对某些省略的接受或拒绝，我就必须得醒着或者睡着。

女伯爵凯瑟琳可用一种无韵体来说话；这种诗体根据她的需要被我放松了，几乎都不成其为一体了，因为我认为她是中世纪的人物，并由此把她与总体的欧洲运动联系了起来。黛尔德和库胡林，以及爱尔兰传说中的所有其他人物则仍然遗留在鲸鱼的腹中。

四、往何处去？

年轻的英国诗人们摈弃梦想和个人情感；他们想出了种种意见，使他们与这个或那个政党相联合；他们采用一种复杂的心理学，描写的不是像谣曲中的那种行动中的人物，而是人物内心的活动；他们都认为他们有权得到人们给予数学家和玄学家那样的密切关注。其中较杰出的一位[①]刚才解释说，人类迄今为止一直在沉睡，但现在必须清醒了。他们决心表现工厂、大都会，那样一来他们就可能是现代的了。执教于某个风景如画的大教堂城镇，或终身定居在卡普里岛或西西里岛的年轻人们[②]，为他们所用的那种比喻辩护，说，一个乘地铁上班的人

① 可能指威·休·奥登（1907—1973），或塞·戴·刘易斯（1904—1972）。

② 可能指塞·戴·刘易斯和 D. H. 劳伦斯。

自然而然地就会想到它。我非常感激这个流派中的一个人①，他应我的请求通读了我的作品，划掉了所有传统的比喻，可是在对我看来，他们似乎也抛弃了作为马拉美②的全部艺术的那些梦幻联想。马拉美曾经是前一股浪潮的高峰。既然他们要表现的不是《奥义书》中所谓的“那古老的自性”，而是个人的才智，那他们就有权选择地铁里的那个人，因为他具有客观重要性。他们企图杀死那条鲸鱼，把文艺复兴推向更高的层次，比列奥纳多③思考得更深刻；他们的诗扼杀了那民间的幽灵，却仍旧会是诗。我则与“爱尔兰人”融为一体；我期待着一次反文艺复兴。无疑推进文艺复兴运动是游戏一部分；我无可抱怨；我习惯于《幻景》中对历史所做的那种几何排列，但是我超越“习俗”，去更深入地寻求信念。当我在半明半暗的天色中伫立在欧康奈尔桥④上，注意到那杂乱的建筑，所有那些电灯招牌，现代的多样性以物质的形式展现在那里时，一股模糊的仇恨从我内心的黑暗中油然升起；我确信，在欧洲，哪里有可以领导他人的强有力的人物，哪里就会产生同样的模糊的仇恨；在今后四五代或更少的几代人中，这种仇恨将会以暴力形式迸发出来，并强施以某种近似的统治。我无法了解那种统治的本质，因为它的对立面还存在。为使它更加迫近，我所能做的一切就是加剧我的仇恨。除了由于偶然的原因身在爱尔兰之外，我并不是一个民族主义者；国家和民族是理智的产物；只要你细想一下它们存在的前因后果，那它们，正如维克多·雨果在谈论某件事时所说的，还不值上帝赐给红雀筑巢的一片草叶。

1937 年

（柯彦玢　译）

---

① 指埃兹拉·庞德。

② 斯蒂芳·马拉美（1842—1898）：法国象征主义诗人。

③ 列奥纳多·达·芬奇（1452—1519）：意大利艺术家、科学家、文艺理论家。

④ 都柏林的利菲河上的一座桥。

叶芝年表

1862 年　W. B. 叶芝牧师（祖父）于都柏林桑迪蒙特堡逝世。

1863 年　约翰·巴特勒·叶芝（父亲）与苏珊·玛丽·波莱克斯芬在斯来沟结婚。

1865 年　6 月 13 日，威廉·巴特勒·叶芝出生于都柏林市桑迪蒙特大道乔治大宅一号。

1866 年　8 月 25 日，苏珊·玛丽·叶芝（丽丽）出生于斯来沟附近。

1867 年　父亲弃法学而从绘画，全家迁居伦敦市瑞金公园菲茨罗伊路 23 号。经常去斯来沟外祖父母家。芬尼亚党人起义。“曼彻斯特烈士”殉难。

1868 年　3 月 11 日，伊丽莎白·柯贝特·叶芝（萝丽）出生于伦敦。全家在斯来沟度夏。

1871 年　8 月 29 日，约翰·巴特勒·叶芝（杰克）出生于伦敦。

1871—1875 年　父亲借助于司各特和莎士比亚的作品对叶芝进行“人格”教育。

1874 年　全家移居伦敦西肯星顿区伊蒂斯住宅区 14 号。

1875—1880 年　就读于伦敦汉默史密斯区的郭德尔芬小学，在校常受欺负；回斯来沟外祖父母家度假。

1876 年　全家迁居伦敦契斯威克区贝德福公园伍德斯多克路 8 号。

1877 年　查尔斯·斯图亚特·帕内尔任地方自治同盟主席。

1879 年　帕内尔领导的爱尔兰民族党建立爱尔兰土地同盟。

1880 年　因土地战争，全家迁回爱尔兰都柏林市厚斯区，以照管基尔达尔的地产；家庭经济陷入拮据状况。入都柏林的埃拉斯姆斯·史密斯中学。

1882 年　自认为爱上了远房表姐劳拉·阿姆斯特朗。开始写诗。弗·卡文迪什勋爵和柏克遇刺于凤凰公园。爱尔兰土地联盟被镇压。

1884 年　入都柏林首府艺术学校。与乔治·拉塞尔（AE）同学。父亲因叶芝拒绝上三一学院而失望。

1885 年　两首抒情诗（其一是《雕像之岛》）发表在《都柏林大学评论》3 月号上。创立都柏林秘术学会，任主席。结识凯瑟琳·泰南。

1886 年　弃画从文。初遇约翰·欧李尔瑞。开始阅读爱尔兰诗人的作品。初次体验降神会。发表戏剧诗《摩萨达》。开始写《乌辛漫游记》。格拉兹通与帕内尔为争取地方自治而联合。第一个地方自治议案失败。贝尔法斯特发生暴动。

1887 年　全家迁回伦敦。加入布拉瓦茨基夫人通灵学会理事会。初次在英国杂志上发表诗作。成为两家美国报纸（《神意星期日报》和《波士顿导航报》）的文学撰稿人。会见前拉斐尔派艺术家。母亲两度发病。

1888 年　会见威廉·莫瑞斯、乔治·伯纳·萧、威廉·亨利和奥斯卡·王尔德。编辑《爱尔兰农村民间传说故事集》。在斯来沟外祖父母家度夏。家里卖掉地产。

1889 年　轻度虚脱。第一本诗集《乌辛漫游记及其它》出版。在牛津大学出版社做编辑、抄写工作。与埃德温·艾利斯合编威廉·布雷克诗集。经欧李尔瑞之妹介绍结识茉德·冈。

1890 年　《湖岛因尼斯弗里》发表于《国民观察家报》。被通灵学会劝退。加入“金色黎明”秘术修会。结识弗洛伦丝·法尔。帕内尔卷入一离婚案。

1891 年　在伦敦创立诗作者俱乐部和爱尔兰文学会。在都柏林创立民族文学社，由欧李尔瑞任社长。小说《约翰·

舍曼》和《多亚》发表。向茱德·冈求婚。

1892年 《女伯爵凯瑟琳及各种传说和抒情诗》和《爱尔兰精灵故事》出版。《女伯爵凯瑟琳》上演。两篇关于“罕拉汉”的短篇小说发表。外祖父母逝世。

1893年 《凯尔特的曙光》和三卷本《布雷克作品集》出版。三篇短篇小说发表。在“金色黎明”升级。格拉兹通的第二次地方自治议案在英国下院通过，在上院被否决。道格拉斯·海德创立盖尔联盟。

1894年 2月，游巴黎，住在麦克格莱戈·梅瑟斯家；同阿瑟·赛蒙斯会见魏尔伦；与茱德·冈同观奥古斯特·维耶尔·德·利勒-亚当的剧《阿克塞尔》。奥斯卡·王尔德被捕。3月，短篇小说集《隐秘的玫瑰》出版。诗剧《心愿之乡》在伦敦上演。经莱奥内尔·约翰逊介绍结识其表妹奥莉维娅·莎士比亚太太。秋，与舅父乔治·波莱克斯芬在斯来沟做法术实验。二访利萨代尔庄园，考虑向伊娃·郭尔-布斯求婚。冬，带慰问信访王尔德。

1895年 《诗集》出版。编辑《爱尔兰诗选》。移居“圣殿”（伦敦法学学会会所），与阿瑟·赛蒙斯合住。

1896年 移居沃本住宅楼。与奥莉维娅·莎士比亚私通，初尝性爱之欢。为《卷心菜》杂志撰稿。开始写长篇自传小说《斑鸟》。与阿瑟·赛蒙斯游爱尔兰西部。结识格雷戈里夫人。游阿兰群岛。在巴黎遇见约翰·辛格。加入爱尔兰共和兄弟会。

1897年 《隐秘的玫瑰》再版。盘桓于库勒庄园两个月；与格雷戈里夫人一同采集民间传说。筹建爱尔兰民族剧院。与茱德·冈在英国巡回讲演，为纪念沃尔夫·透呐募捐。都柏林发生抗议维多利亚女王在位六十周年庆典骚乱。

1898年 游巴黎、伦敦、都柏林、库勒、斯来沟。在都柏林茱德·冈家遇詹姆斯·康诺利。与茱德·冈订结“灵婚”。

1899年 爱尔兰文学剧院首次演出彩排。上演《女伯爵凯瑟琳》。诗集《苇间风》出版并获当年最佳诗集“学院”奖。访茉德·冈于巴黎，再度求婚。布尔战争爆发。阿瑟·格瑞菲斯创立联合爱尔兰人（新芬）党。

1900 年　母亲逝世。与梅瑟斯发生龃龉，另组“金色黎明”伦敦分会。向茉德·冈求婚。退出爱尔兰共和兄弟会。维多利亚女王巡幸爱尔兰。致信给报纸抗议女王来访。

1901 年　与乔治·穆尔合写的《狄阿米德与格拉妮娅》在都柏林快乐剧院上演。在库勒庄园会见休·雷恩。向茉德·冈求婚。教弗洛伦丝·法尔用八弦琴伴奏朗诵他自己的诗。

1902 年　爱尔兰民族戏剧社成立，叶芝任社长，茉德·冈、道格拉斯·海德、乔治·拉塞尔（AE）任副社长。茉德·冈主演《霍拉汉之女凯瑟琳》。在伦敦会见乔伊斯。开始研读尼采。

1903 年　诗集《在那七片树林里》、文论集《善恶观》出版。诗剧《王宫门口》写成。开始在美国麦克米兰公司出书。率民族戏剧剧团访伦敦，演出《沙漏》、《那锅肉汤》和《女伯爵凯瑟琳》。到美国讲演（40 讲），赚到不少酬金。伊丽莎白·叶芝创办丹·埃默出版社（后改名为夸拉出版社）。茉德·冈与约翰·麦克布莱德结婚。与奥莉维娅·莎士比亚重温鸳梦。与弗洛伦丝·法尔发生性关系。

1904 年　艾贝剧院开张，任经理兼舞台监督。《在波伊拉海滨》和《王宫门口》上演。在库勒庄园写成诗剧《黛尔德》。

1905 年　《荫翳的水域》在伦敦上演，旋即被改写。茉德·冈与丈夫分居。

1906 年　爱尔兰民族戏剧社改为有限公司，与格雷戈里夫人和辛格一起被提名为董事。《诗集 1899—1905》出版。《黛尔德》在艾贝剧院首演。

1907 年　在《西部浪子》风波中为辛格辩护。与格雷戈里夫人及其子罗伯特同游意大利北部，在拉文纳看到拜占庭风格镶嵌壁画。父亲去了纽约。

1908年 八卷本《诗与散文汇集》出版，早期作品皆经修改。与按摩师兼健身教练梅波尔·狄金生发生性关系。12月，访已分居的茉德·冈于巴黎，终于得亲芳泽。学习法语。

1909年 约翰·辛格逝世。编辑辛格的《诗和译作》。遇识埃兹拉·庞德。

1910年 接受英国王室年金津贴（每年150英镑）及自由参加任何爱尔兰政治活动的免罪权。辞去剧院经理职务。在伦敦讲演，为艾贝剧院筹资。5月，访茉德·冈于诺曼底。《绿盔及其它》出版。与梅波尔·狄金生的关系出现危机。乔治·波莱克斯芬逝世。

1911年 《为一爱尔兰剧院所作剧》出版。经莎士比亚太太介绍结识乔吉·海德-李斯。同格雷戈里夫人访巴黎。

1912年 率艾贝剧院演出团访美；因上演辛格的《西部浪子》，演员在费城被捕。在哈佛大学作题为“美的戏剧”的讲演。散文集《玛瑙的切割》在美国出版。在都柏林成立第二个艾贝剧团。与泰戈尔合作翻译孟加拉文《吉檀迦利》。庞德追随叶芝，教他击剑术，并一起朗诵作品。冬，休·雷恩赠画风波。

1913年 8月，庞德作为叶芝的秘书同住于苏塞克斯的斯通别墅。关于休·雷恩赠画风波《沮丧中所作诗》发表。

1914年 1—3月，在美国和加拿大旅行讲演。同茉德·冈一起调查米尔波奇迹，写出未发表的调查报告。庞德与莎士比亚太太之女朵若茜结婚。诗集《责任》出版。开始对家族史发生兴趣。写作《自传》第一部。第三次地方自治议案得到英国王室批准。8月4日，第一次世界大战爆发。

1915年 受庞德影响对日本能乐剧发生兴趣。《在鹰之井畔》写成并上演，由日本舞蹈家伊藤道男主演。拒绝英国骑士称号。休·雷恩在“露西塔尼亚”号事件中遇难。

1916年　4月，都柏林爆发爱尔兰共和兄弟会领导的复活节起义。5月，十五位领导人遇难（包括茉德·冈的丈夫约翰·麦克布莱德）。写成《一九一六年复活节》。访茉德·冈于法国。购置巴利里碉楼。向茉德·冈求婚。在茉德·冈之女伊秀尔特帮助下读法国诗。自传第一部《有关童年和少年时代的遐想》出版。

1917年　向伊秀尔特求婚，遭拒绝。10月20日，与乔吉·海德-李斯在伦敦结婚。叶芝太太在苏塞克斯度蜜月期间开始扶乩活动。诗集《库勒的野天鹅》出版。

1918年　1—2月，偕妻在牛津。诗剧《埃玛的惟一嫉妒》写成。《借着宁静友好的月色》出版。同妻子监修巴利里碉楼。罗伯特·格雷戈里殉难。11月11日，一战停战协定签署。新芬党在大选中获胜。

1918—1921年：“黑褐之乱”。

1919年　2月，安·巴特勒·叶芝出生。《演员女王》在伦敦首演。夏，迁入巴利里碉楼。拒绝去日本讲学的邀请。

1920年　偕妻子去美国旅行讲演。最后一次见父亲于纽约。阅读历史和哲学，为写作《异象》作准备。诗集《麦克尔·罗巴蒂斯与舞者》出版。

1921年　麦克尔·叶芝出生。《四舞剧》、《晚近诗集》出版。12月，英—爱条约签订。内战爆发。

1922年　爱尔兰自由邦宪法使内战加剧。第一任总统阿瑟·格瑞菲斯逝世。2月，购置都柏林梅里昂广场82号。巴利里碉楼前桥梁被共和军炸毁。父亲在纽约逝世。自传第二部《帷幕的颤动》出版。与托·斯·艾略特共进晚餐。9月，应邀出任自由邦参议员。接受都柏林大学名誉文学博士学位。

1923年　《丽达与天鹅》写成。11月，获诺贝尔文学奖，赴斯德哥尔摩领奖。写作《瑞典的大奖》。德维列拉下令共和军停火。自由邦加入国联。

1924 年　组诗《内战期间的沉思》发表。《随笔集》出版。阅读历史和哲学。患高血压。偕妻子游西西里、卡波里和罗马，参观拜占庭艺术。

1925 年　访问米兰。在瑞士讲学。在参议院发表关于离婚问题的演说。《异象》初版。

1926 年　自传第四部《疏远》出版。写成《航往拜占庭》和《在学童中间》。为艾贝剧院改编《俄底浦斯王》。艾贝剧院演出欧凯西的《犁与星》风波。6 月，出任新爱尔兰货币委员会主席。

1927 年　完成《俄底浦斯在科洛努斯》。在西班牙和法国南部患肺充血。健康状况恶化。7 月，爱尔兰司法部部长凯文·欧希金斯遇刺。

1928 年　2 月，移居意大利拉巴罗。参议员任期既满，由于健康原因，拒绝连任。7 月，诗集《碉楼》出版。写作组诗《或许可谱曲的歌词》。

1929 年　夏，在巴利里碉楼最后一次逗留。冬，修改毕《异象》。写成《拜占庭》。《旋梯》出版。《战海浪》（《埃玛的惟一嫉妒》修改版）在艾贝剧院首演。访罗马。12 月，染上马耳他热病于拉巴罗。

1930 年　春，在热那亚休养。11 月，《窗玻璃上的字》写成并上演。

1931 年　获牛津大学名誉文学博士学位。最后一次与格雷戈里夫人在库勒庄园度夏。在英国广播公司（BBC）贝尔法斯特台做广播讲演。

1932 年　5 月，格雷戈里夫人逝世。创建爱尔兰文学院。10 月，最后一次旅美讲演，为文学院筹集资金。《或许可谱曲的歌词》出版。在都柏林河谷购置别墅。

1933 年　获剑桥大学名誉文学博士学位。写成诗剧《大钟楼之王》。《旋梯及其它》、《诗汇集》出版。对欧达菲的法西斯主义蓝衫运动发生兴趣。

1934 年　接受回春手术。与年轻女诗人玛格特·儒多克和小说家伊瑟尔·曼宁建立亲密关系。6 月，在拉巴罗。初遇惠灵顿公爵夫人多萝茜·韦尔斯利。《轮与蝴蝶》、《剧作汇集》出版。

1935 年　乔治·拉塞尔（AE）逝世。肺出血复发。编辑《牛津现代诗选》。剧与诗集《三月里的满月》、自传第三部《出场人物》出版。七十诞辰庆祝宴会。11 月，同师利·普罗希大师去马略卡岛过冬，协助他翻译《奥义书》。

1936 年　哮喘。6 月，在都柏林拉斯凡汉“河谷”别墅。在 BBC 作关于现代诗歌的广播讲演。《牛津现代诗选》出版。共和军被宣布为非法。

1937 年　当选为文艺协会会员。四次在 BBC 播讲。《异象》修订本出版。《散文 1931—1936》出版。德维列拉的新宪法通过。

1938 年　《鹭鸶蛋》出版。移居法国南部。随笔与诗集《在锅炉上》写成。1 月，《新诗》出版。8 月，出席艾贝剧院《炼狱》首演并讲话（最后一次公开露面）。奥莉维娅·莎士比亚逝世。茉德·冈来访。完成诗剧《库胡林之死》。写作最后一首诗《黑碉楼》。

1939 年　骤病。1 月 26 日，逝世于法国开普马丁。28 日，葬于罗克布吕呐。6 月，《最后的诗和两个剧本》和诗文集《在锅炉上》出版。9 月，第二次世界大战爆发。

1941 年　库勒庄园被夷平。

1948 年　遗体由爱尔兰海军巡洋舰运回爱尔兰，受到隆重礼遇，遵照《布尔本山下》一诗所嘱，葬于斯来沟竺姆克利夫墓园。新的联合政府组成，宣布爱尔兰退出英联邦，成为共和国。

（傅　浩　编译）

英文目录

CONTENTS

13. The Veiled Voices and the Questions of the Dark
14. A soul of the fountain
15. Cyprian
16. My song thou knowest
17. The world is but a strange romance
18. The Old Grey Man
19. The Dell
20. Inscription for a Christmas Card
21. Tower wind-beaten grim
22. Sunrise
23. Pan
24. Child's Play
25. I sat upon a high gnarled root
26. The dew comes dropping
27. The Outlaw's Bridal
28. Love's Decay
29. Wherever in the wastes
30. The Watch-Fire
31. To a Sister of the Cross and the Rose
32. The Pathway
33. He who bids
34. A Dream of a Life Before This One
35. He treads a road
36. On a Child's Death
37. I will not in grey hours
38. Though loud years come

Crossways (1889)

39. The Song of the Happy Shepherd
40. The Sad Shepherd
41. The Cloak, the Boat, and the Shoes

42. Anashuya and Vijaya
43. The Indian upon God
44. The Indian to his Love
45. The Falling of the Leaves
46. Ephemera
47. The Madness of King Goll
48. The Stolen Child
49. To an Isle in the Water
50. Down by the Salley Gardens
51. The Meditation of the Old Fisherman
52. The Ballad of Father O'Hart
53. The Ballad of Moll Magee
54. The Ballad of the Foxhunter

The Rose (1893)

55. To the Rose upon the Rood of Time
56. Fergus and the Druid
57. Cuchulain's Fight with the Sea
58. The Rose of the World
59. The Rose of peace
60. The Rose of Battle
61. A Faery Song
62. The Lake Isle of Innisfree
63. A Cradle Song
64. The Pity of Love
65. The Sorrow of Love
66. When You are Old
67. The White Birds
68. A Dream of Death
69. The Countess Cathleen in Paradise
70. Who goes with Fergus?

71. The Man who dreamed of Faeryland
72. The Dedication to a Book of Stories selected from the Irish Novelists
73. The Lamentation of the Old Pensioner
74. The Ballad of Father Gilligan
75. The Two Trees
76. To Some I have Talked with by the Fire
77. To Ireland in the Coming Times

The Wind Among the Reeds (1899)

78. The Hosting of the Sidhe
79. The Everlasting Voices
80. The Moods
81. The Lover tells of the Rose in his Heart
82. The Host of the Air
83. The Fish
84. The Unappeasable Host
85. Into the Twilight
86. The Song of Wandering Aengus
87. The Song of the Old Mother
88. The Heart of the Woman
89. The Lover mourns for the Loss of Love
90. He mourns for the Change that has come upon Him and his beloved, and longs for the End of the World
91. He bids his Beloved be at Peace
92. He reproves the Curlew
93. He remembers forgotten Beauty
94. A Poet to his Beloved
95. He gives his Beloved certain Rhymes
96. To his Heart, bidding it have no Fear
97. The Cap and Bells

98. The Valley of the Black Pig
99. The Lover asks Forgiveness because of his Many Moods
100. He tells of a Valley full of Lovers
101. He tells of the Perfect Beauty
102. He hears the City of the Sedge
103. He thinks of Those who have spoken Evil of his beloved
104. The Blessed
105. The Secret Rose
106. Maid Quiet
107. The Travail of Passion
108. The Lover pleads with his friend for Old Friends
109. The Lover speaks to the Hearers of his Songs in Coming Days
110. The Poet pleads with the Elemental Powers
111. He Wishes his Beloved were Dead
112. He Wishes for the Cloths of Heaven
113. He thinks of his Past Greatness when a Part Of the Constellations of Heaven
114. The Fiddler of Dooney

In the Seven Woods (1904)

115. In the Seven Woods
116. The Arrow
117. The Folly of being Comforted
118. Old Memory
119. Never give all the Heart
120. The Withering of the Boughs
121. Adam's Curse
122. Red Hanrahan's Song about Ireland
123. The Old Men admiring Themselves in the Water
124. Under the Moon
125. The Ragged Wood

126. O do not Love Too Long
127. The Players ask for a Blessing on The Psalteries and on Themselves
128. The Happy Townland

The Green Helmet and Other Poems (1910)

129. His Dream
130. A Woman Homer Sung
131. Words
132. No Second Troy
133. Reconciliation
134. King and no King
135. Peace
136. Against Unworthy Praise
137. The Fascination of What's Diffficult
138. A Drinking Song
139. The Coming of Wisdom with Time
140. On Hearing That The Students of our New University have joined the Agitation against Immoral Literature
141. To a Poet, who would have me Praise certain Bad Poets, Imitators of His and Mine
142. The Mask
143. Upon a House shaken by the Land Agitation
144. At the Abbey Theatre
145. These are the Clouds
146. At Galeay Races
147. A Friend's Illness
148. All Things can tempt Me
149. Brown Penny

Responsibilities (1914)

150. Introductory Rhymes
151. The Grey Rock
152. To a Wealthy Man who promised a second Subscription to the Dublin Municipal Gallery if it were proved the People wanted Pictures
153. September 1913
154. To a Friend whose Work has come to Nothing
155. Paudeen
156. To a Shade
157. When Helen lived
158. On Those that hated 'The Playboy of the Western World', 1907
159. The There Beggars
160. The Three Hermits
161. Beggar to Beggar cried
162. Running to Paradise
163. The Hour before Dawn
164. A Song from 'The Player Queen'
165. The Realists
166. Ⅰ. The Witch
167. Ⅱ. The Peacock
168. The Mountain Tomb
169. Ⅰ. To Child dancing in the Wind
170. Ⅱ. Two Years Later
171. A Memory of Youth
172. Fallen Majesty
173. Friends
174. The Cold Heaven
175. That the Night come
176. An Appointment

The WindingStair and Other Poems (1933)

319. XIV. His Bargain
320. XV. Three Things
321. XVI. Lullaby
322. XVII. After Long Silence
323. XVIII. Mad as the Mist and Snow
324. XIX. Those Dancing Days are Gone
325. XXI. 'I am of Ireland'
326. XX. The Dancer at Cruachan and Cro Patrick
327. XXI. Ton the Lunatic
328. XXII. Ton at Cruachan
329. XXIII. Old Tom again
330. XXIV. The Delphic Oracle upon Plotinus

A Woman Young and Old

331. I. Father and Child
332. II. Before the World was Made
333. III. A first Confession
334. IV. Her Triumph
335. V. Consolation
336. VI. Chosen
337. VII. Parting
338. VIII. Her Vision in the Wood
339. IX. A Last Confession
340. X. Meeting
341. XI. From the 'Antigone'

Parnell's funeral and Other Poems (1935)

342. Parnell's Funeral
343. Alternative Song for the Severed Head in 'The King of the Great Clock Tower'
344. Two Songs Rewritten for the Tune's Sake
345. A Prayer for Old Age

图书在版编目（CIP）数据

叶芝诗集/（爱尔兰）威廉·巴特勒·叶芝著；傅浩译.
—增订本. —上海：上海译文出版社，2018. 12
书名原文：Collected Poems of W. B. Yeats
ISBN 978-7-5327-7794-5

Ⅰ. ①叶…　Ⅱ. ①威…②傅…　Ⅲ. ①诗集—爱尔兰—现代
Ⅳ. ①I562. 25

中国版本图书馆 CIP 数据核字（2018）第 072741 号

W. B. Yeats
Collected Poems of W. B. Yeats

叶芝诗集（增订本）
［爱尔兰］威廉·巴特勒·叶芝　著　傅　浩　译
策划/冯　涛　责任编辑/宋　佥　装帧设计/张志全工作室

上海译文出版社有限公司出版、发行
网址：www. yiwen. com. cn
200001　上海福建中路 193 号　www. ewen. co
杭州恒力通印务有限公司印刷

开本 889×1194　1/32　印张 24. 75　插页 6　字数 238,000
2018 年 12 月第 1 版　2018 年 12 月第 1 次印刷
印数：0,001—5,000 册

ISBN 978-7-5327-7794-5/I·4778
定价：128. 00 元

合浦年鉴

HEPU NIANJIAN

2019

合浦县志编纂委员会　编

方志出版社
Publishing House of Local Records

图书在版编目（CIP）数据

合浦年鉴．2019 / 合浦县志编纂委员会编．-- 北京 ：
方志出版社，2019.12

ISBN 978-7-5144-4043-0

Ⅰ．①合… Ⅱ．①合… Ⅲ．①合浦县— 2019 —年鉴
Ⅳ．① Z526.74

中国版本图书馆 CIP 数据核字(2019)第 285635 号

合浦年鉴（2019）

编　　者：合浦县志编纂委员会
责任编辑：顾　洁

出 版 者：方志出版社
　　地址　北京市朝阳区潘家园东里 9 号（国家方志馆 4 层）
　　邮编　100021
　　网址　http://www.fzph.org
发　　行：方志出版社图书经销中心
　　电话（010）67110500
经　　销：各地新华书店
装帧设计：南宁市佳彩广告设计有限公司
印　　刷：深圳市精一瑞兰印刷有限公司

开　　本：889 ×1194　　1/16
印　　张：27.75
字　　数：830 千字
版　　次：2019 年 12 月第 1 版　　2019 年 12 月第 1 次印刷
印　　数：001 ～ 550 册

ISBN　978-7-5144-4043-0　　　　**定价**：180.00 元

编辑说明

一、《合浦年鉴》是合浦县人民政府主管、合浦县志编纂委员会组织编纂的年度资料文献。

二、《合浦年鉴(2019)》编纂以马克思列宁主义、毛泽东思想、邓小平理论、“三个代表”重要思想、科学发展观和习近平新时代中国特色社会主义思想为指导,坚持辩证唯物主义和历史唯物主义的立场、观点和方法。按照“实事求是,求实存真,严谨办鉴”的要求,系统记录合浦县 2018 年自然、政治、经济、文化、社会等方面的发展情况,旨在为领导机关决策提供翔实的信息,为社会各界及全国各地投资商和海内外人士了解和研究合浦提供资料。

三、《合浦年鉴(2019)》着重记述 2018 年合浦县发生的事件,特载所记述的内容不受年度限制。

四、《合浦年鉴(2019)》采用分类编辑法,栏目设类目、分目和条目三级,以条目为主要载体,部分条目设子目。条目标题统一用黑体字加【 】表示,条目下的子目标题用楷体字。全书分为 29 个类目,依次是特载、大事记、县情概览、中国共产党合浦县委员会、合浦县人民代表大会、合浦县人民政府、中国人民政治协商会议合浦县委员会、中国共产党合浦县纪律检查委员会、民主党派·工商联、群众团体、法治、军事、工业、农林·渔牧·水利、交通运输业、城市建设与管理、环境保护、商贸业、邮政·信息传输、财政·税务、金融业、经济管理和监督、科学技术、教育、文化·体育、卫生·计生、社会事务、镇乡概况、附录。

五、《合浦年鉴(2019)》刊登的文稿,均由县直各部门及有关单位编写组撰写和提供,并经撰稿单位负责人审核。

六、《合浦年鉴(2019)》涉及合浦县国民经济和社会发展的全局性数据,均经合浦县统计局、合浦县发展和改革局审核;部门、行业或企业性数据由主管部门提供;少数数据由于部门之间统计口径不尽一致,数值也不尽相同。

七、《合浦年鉴(2019)》计量单位用法按国家法定规定书写,但在货物运输中计量单位仍使用“吨公里”。

《合浦年鉴（2019）》编辑部

总　　　编	李安洪
副　总　编	罗　鹏　韩德金　何立云　梁建维　劳小兰 郭长椿
主　　　编	卢繁初
副　主　编	陈　东　黄卫红
总　　　纂	卢繁初　陈家宽
彩图总纂	卢繁初
编　　　辑	卢繁初　陈家宽　陈　东　黄卫红 黄建忠　陈文明　刘仁培
封面及版式设计	刘仁培

《合浦年鉴（2019）》编写小组

中共合浦县委办:周承锋　朱燕红
县人大:杨　斌　黄　国
县政府:郭长椿　周利强　庞业强　郭世锋
县政协:徐远柯　沈　磊　高书杰
县纪委:姚　玲　招权广　吴彦萍
县政法委:潘彪远　陈锦楣　李国曼
县委组织部:张小莉　陈　革　廖文杰　罗小玲　张　冰　邹智慧　庞传敏
县委宣传部:唐艺嘉　甘卫华　陈坤文　陈先美　易巧德　周伟谋　郭东文　李志凤　韩云生　劳燕承　苏坤坤　陈家顺
县委统战部:许光斌　郭华辉　许良本
县人力资源和社会保障局:庞雄胜　林新琨　周　康
县编委办:吴世斌　李博兴
县直机关工委:刘凤莲　赖家旺　张伯健
县委老干局:李维娉　冼健子　耿齐成
县委党史办:梁爱满　钟于珍
县委党校:黄冰心　陈海青
县绩效办:刘斌远　邹　易
县法制办:黄炳羽　易春燕
县信访办:林荣春　劳太云　张尘燕
县外事侨务办:黄刘健　陈晓萍　庞金能
县民政局:王运彬　李永明　王晶强
合浦国土资源管理局:吴震起　邹绍东
县海洋局:廖　波
县档案局:庞传松　黄　菡　宁子毅　陈辉萍　裴菊华　彭秋萍
县志办:卢繁初　陈文明
县机关事务局:陈家杰　廖小玉
县政务服务中心:叶振松　黄　革　刘小华　陈　刚　陈洪龙　梁曾夏
县土地房屋征收管理办公室:伍冠明　罗礼昭
县人民武装部:郑成富　刘金鹏　张祖建
武警合浦县中队:牛新业
县总工会:叶长天　吴　弘　张　艳
团县委:何秉霖　庞晓莹
县妇联:黄秀娟　莫小河　潘能伟
县科协:蔡永辉　林兴东　朱倩莹
县残联:卢香初　包远霞　刘宗梅　蔡艳丽　方贵东　包熊辉
县文联:吴宗宏
县侨联:秦　东　黄敏宗
县社科联:刘　良
县工商联:杨升霞　郑如皎　陈　斌
县发展和改革局:邓远怀　潘承林　周继全　伍常云
县招商促进局:曾智元　詹宗昶
县物价局:李树伟　黄胜强
县统计局:张治俏
县财政局:卢广平　范剑东　李秀萍
县审计局:黄家辉　张焯樑
合浦县食品药品监管局:伍国永　冯维涓　叶杨军
合浦县工商行政和质量技术监督管理:
伍国永　于　茵　龙远兰
县税务局:陈荣胜　蔡卓儒　符家昌
县粮食局:刘　刚
合浦供销联社:关国平　何　亮
县市场中心:冯心庆　谢述洋　吴彩欢　孙传进　欧朝东
县工信局:李金莲　梁均燕　吕炳兴　欧文斌
县科技局:陈庆锋　庞庆功
县安监局:廖作海　王兴辉　陈润娟
县烟草局:陈　阳　曾丽元
县盐务管理局:蔡世波　庞丽雅
县住建局:朱　军
县市政局:吴海滨　陈家培
县房产局:林　光　徐少华　关强生　徐维华
县人防办:李　俊　彭　帅　苏家章
县环保局:李腾龙　陈祖全　陈俊海　王　艳　何德祚
县地震局:陈海波　宁广全

县农业局:杨真荣　陈宗琼　陶伟东　蔡大防
县扶贫办:谢宏宝　陈锡海
县林业局:黄裕宽　许盛芳　刘智声
县水利局:何本忠　郭　敏　叶展莹
县水文水资源局:刘惠雯
县水库移民局:卢世平　陈日超
县水产畜牧兽医局:欧阳斌　庞继忠　秦渭清
县农机局:陈　琥　李小三　吴志谦
县气象局:高镇春　冼懿端
县公安局:高海强　陈晓松　徐　艳
县人民检察院:苏远军　冯祖宏　廖均婷
县人民法院:顾能凤　叶晓玲
县司法局:郑剑锋　张远智　卢　萍　张日丽
县交通运输局:叶发森　叶发安　林贤春　韩惠惠
合浦县公路管理局:苏帅钦　沈川华
合浦海事处:龙光俊
合浦工业园区管委会:李　文　赖旭新
县二轻工业联社:石　憬　朱波波　徐　芳　林　和　陈雨霏　彭　诚
合浦县供电局:张李强　徐博贤　庞伟玲　林　璇　陈　华
县邮政局:林绍海　钟显红
中国电信合浦分公司:陈桢贵　莫云峰
中国移动合浦分公司:许惠宗　周　旻
中国联通合浦分公司:李保华
县教育局:陈相君　莫永平
县文化体育新闻出版局:苏亮洁
县文物管理局:庞华强　莫　燕
县申遗中心:叶吉旺　莫雪涛
县广电中心:朱汝强　王寒洁　许承珑　李　洁
广电网络合浦分公司:陈　伟
县卫计局:余致桦　毛贻全　彭　云　顾能娟　苏旺元　苏家梅　欧盛熹　江　娜　赖愿辉　邓春华　何义萍　符洪峰
民革合浦县总支部:苏远军
民盟合浦县总支部:黄艳燕
民建合浦县总支部:岑　磊
民进合浦县总支部:莫雪涛
农公党合浦县总支部:黄　江　劳建新
致公党合浦县总支部:王鹏远　洪善彬
合浦县工商业联合会:杨升霞　郑如皎　陈　斌
中国人民银行合浦县支行:粟宁生　卢顺娟　许承莉
中国银行股份有限公司合浦支行:吴延莉　马遥恒　莫燕子
中国工商银行股份有限公司合浦县支行:黄际强　蔡永雄　姚　艺　郑　健
中国建设银行合浦支行:陈伟锋
中国农业银行股份有限公司合浦县支行:姚　艺　郑　健
中国农业发展银行合浦县支行:郭李宏　颜素娥　梁　帆
合浦国民村镇银行:付丽洁
合浦县农村信用合作联社:关　振　陈宗恺
中国邮政储蓄银行合浦县支行:覃仪馨　郑燕燕
中国人民财产保险股份有限公司合浦支公司:陈宗雯
中国人寿保险股份有限公司合浦支公司:卢道华　罗世仙
中国太平洋财产保险股份有限公司合浦支公司:孙传艳
中国太平洋人寿保险股份有限公司合浦支公司:苏　倩
廉州镇:岑仁德
沙田镇:何　健　杨博文
山口镇:傅仁静　严　婷　黄冰冰
白沙镇:苏家平　范徽泰
公馆镇:张发祯　陈家玖　黄丽元
闸口镇:欧盛秋　罗　林
常乐镇:孙耀轩　李　胜
曲樟乡:郭松武　陈青春
石康镇:陈昌艺　张晓东　梁玉凤
石湾镇:廖玛璠
党江镇:莫肇能
星岛湖镇:李　斌　陈坤赐
沙岗镇:肖大龙
西场镇:裴家亮　熊诗林
乌家镇:劳德耀　冯保权　苏文祥

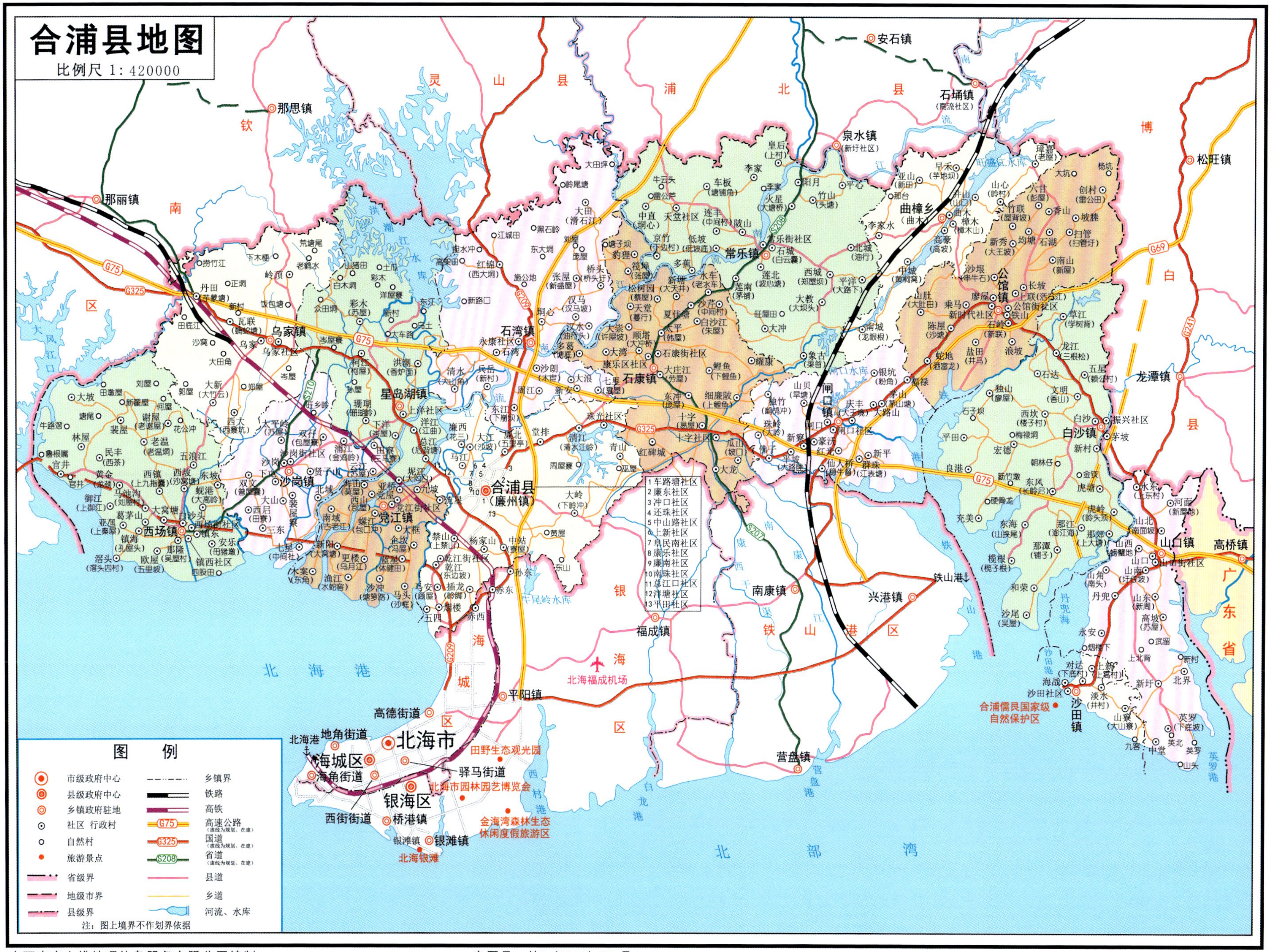

广西南宁六维地理信息服务有限公司编制

审图号：桂S（2019）22 号

考察调研

2018 年 7 月 15 日，海峡两岸关系协会会长张志军（左四）一行到合浦县调研考察台商台企情况
林启波　摄

2018 年 7 月 19 日，自治区主席陈武（前排右二）到合浦果香园食品有限公司调研　林启波　摄

2018 年 1 月 28 日，中央党校调研组到合浦县开展调研　林启波　摄

2018 年 7 月 5 日，自治区人大常委会副主任王跃飞（前排右三）到龙港新区督查调研

林启波　摄

2018 年 4 月 24 日，国务院参事室副主任赵冰（左一）到合浦县人民医院调研

林启波　摄

2018 年 6 月 26 日，国家信访局正局级信访督查专员、研究室主任牟海松（左五）到合浦县开展信访与基层社会治理工作调研　林启波　摄

2018年9月10日，自治区党委常委、自治区副主席严植婵（前排右三）带领由自治区海洋和渔业厅、自治区环保厅负责人组成的督查组到合浦县就中央环境保护督察和国家海洋督察发现问题的整改情况开展督查

县委宣传部　供

2018年2月24日，北海市委书记、市人大常委会主任王乃学（前排左三）到合浦东园循环农业产业（核心）示范区调研

林启波　摄

2018年8月3日，北海市人民政府市长蔡锦军（右三）到合浦县山口镇山东村海之源生猪养殖基地调研　县委宣传部　供

2018 年 3 月 23 日，自治区农业厅厅长刘俊（前排左五）一行到合浦东园循环农业产业（核心）示范区调研　　林启波　摄

2018 年 1 月 25 日，北海市委副书记蔡中平（左四）到合浦县白沙镇调研发展村级集体经济工作　　林启波　摄

2018 年 5 月 15 日，北海市委常委、常务副市长陈维（前排左二）考察月饼小镇　　林启波　摄

2018年2月23日，合浦县委书记杨斌（中）到闸口镇大路山双创园养殖基地调研

林启波 摄

2018年12月17日，县长李安洪（右四）带领县公安、食药监、工商和质监、教育等部门单位负责人到白沙调研，实地检查校园周边食品安全现状和食品安全监管工作 王 健 摄

2018年11月29日，县人大大常委会主任沈德棠（前排右二）带领驻县北海市人大代表和县人大代表到白沙镇博海肉牛养殖农民专业合作社视察 王 健 摄

2018年6月4日，县政协主席韩传福（右二）到星岛屿湖镇采木垌口村了解新农村建设情况 莫 琼 摄

招商引资和项目建设

2018 年 8 月 10 日，合浦县人民政府与信义集团（玻璃）有限公司在合浦举行签约仪式

林启波　摄

2018 年 9 月 11 日，合浦县参加北海市在南宁举行的招商推介会暨重大合作项目签约仪式

林启波　摄

2018 年 9 月 11 日，合浦县木材加工产业发展恳商会现场

林启波　摄

2018 年 9 月 11 日，七星岛现代农业休闲旅游综合开发项目投资签约仪式

林启波　摄

2018 年 1 月 3 日，自治区专家第一考核组一行对合浦月饼小镇申报首批广西特色小镇开展现场考核
林启波　摄

2018 年 3 月 26 日，北海市委常委、副市长黄江（左五）到合浦调研海丝申遗项目建设工作　林启波　摄

2018 年 3 月 7 日，合浦县委书记杨斌（中）带领县住建、市政、国土等相关部门负责人，实地检查城建重点项目建设情况　林启波　摄

2018 年 8 月 17 日，北海市委常委、统战部部长毛艳琼（右三）到合浦县闸口镇调研“渔业小镇”建设情况　林启波　摄

2018 年 9 月 27 日，北海市委书记、市人大常委会主任王乃学（右二）到合浦县豹狸村督查调研田园综合体项目建设情况　林启波　摄

扶贫攻坚

2018年9月3日上午，合浦县在廉州广场举行2018年建档立卡贫困家庭“两后生”入学欢送仪式 林启波 摄

2018年2月4日，中国人口福利基金会到合浦开展健康扶贫活动 林启波 摄

2018 年 3 月 30 日，合浦县委书记杨斌（左二）到和润鸽业农民专业合作社调研产业扶贫情况 林启波 摄

2018 年 5 月 30 日，北海市委副书记、组织部部长李伦兵（左二）到白沙镇胜意生态有限公司养猪基地调研产业扶贫工作 林启波 摄

2018 年 7 月 12 日，北海市委书记、市人大常委会主任王乃学（右二）深到合浦县石湾镇大田村调研扶贫产业发展情况 林启波 摄

2018 年 8 月 15 日，北海市委书记、市人大常委会主任王乃学（左二）到合浦县白沙镇调研督查脱贫攻坚和产业发展工作 林启波 摄

交流学习

2018年3月15日，来宾市乡村办考察组到合浦利添水果产业示范区考察
林启波　摄

2018年3月27日，钦州市党政考察团到合浦师范学校考察
林启波　摄

2018年4月2日，四川省委政策研究室调研组到合浦县汉代文化博物馆参观考察
林启波　摄

2018年6月25日，全国各地烘焙专家和饮食企业界代表到合浦县月饼小镇参观考察
林启波　摄

2018年11月2日，全国拖拉机行业的领导专家到合浦县惠来宝机械制造有限公司参观指导
林启波　摄

文化卫生

2018 年 4 月 24 日晚，“中华文化八桂行——走进合浦”联谊晚会在合浦举行　　林启波　摄

2018 年 9 月 28 日，地方志服务“一带一路”——《灵渠—合浦：海上丝绸之路历史溯源》专题研讨会在合浦县召开。图为会议现场

林启波　摄

2018 年 10 月 27 日上午，2018 年首届“梦唤滨海”杯乒乓球团体精英赛在合浦工业园区梦唤滨海创意园招商中心举行开幕仪式

林启波　摄

2018 年 6 月 3 日，广西医科大学第一附属医院中医科在合浦县城还珠广场举行义诊活动。图为专家为群众进行健康检查，接受咨询

林启波　摄

2018 年 5 月 16 日，清华大学信息学院博士、清华大学继续教育学院领导力实验室核心教师贺林教授到合浦县妇幼保健院开展培训　林启波　摄

关注民生

2018年2月6日，北海市委书记王乃学（左四）到石康镇了解贫困户卢伯山一家使用光伏太阳能发电板情况　　林启波　摄

2018年6月7日，北海市委书记王乃学（前排右一）、市长蔡锦军（前排右二）到牛尾岭水库检查饮用水水源地环境保护工作　　林启波　摄

2018年10月12日，北海市委书记、市人大常委会主任王乃学（左五）到合浦县走访看望贫困户　　林启波　摄

2018年10月11日，北海市人民政府市长蔡锦军（左二）到石湾镇大浪村周仕海家走访　　县委宣传部　供

2018 年 9 月 16 日，北海市委常委、秘书长彭鸣达（前排右二）到西场镇检查督导台风防御工作落实情况　　林启波　摄

2018 年 2 月 13 日，合浦县委书记杨斌（前排左三）检查超市商品供应、食品安全、消防安全等情况　　林启波　摄

2018 年 6 月 21 日上午，桂林银行在合浦县廉州镇中站村设立的首家金融服务站开业　　林启波　摄

2018 年 7 月 1 日，县长李安洪（左三）到白沙镇走访慰问老党员钟富魁（右二）　　林启波　摄

美丽乡村

2018 年 8 月 30 日至 31 日，自治区“美丽广西”乡村建设活动互查工作组到合浦东园循环农业产业（核心）示范区检查　林启波 摄

2018 年 3 月 15 日，来宾市乡村办考察组到乌家镇西大村考察美丽乡村建设工作　林启波 摄

2018 年 10 月 25 日，自治区乡村振兴战略宣讲报告会（合浦专场）在合浦县还珠戏院举行　林启波 摄

2018 年 5 月 24 日，自治区人民政府办公厅调研组一行，到合浦县调研农事网通建设等乡村治理工作　林启波 摄

目　录

特　载

大 事 记

县情概览

中国共产党合浦县委员会

合浦县人民代表大会

合浦县人民政府

中国人民政治协商会议合浦县委员会

中共合浦县纪律检查委员会（合浦县监察委）

民主党派 · 工商联

群众团体

法　治

军　事

工　业

农林·渔牧·水利

交通运输业

城乡建设与管理

环境保护

商 贸 业

邮政·信息传输

财政·税务

金 融 业

经济管理和监督

科学技术

教　育

文化·体育

卫生·计生

社会事务

镇乡概况

附　录

索　引

特　载

抢抓机遇　担当实干
奋力推进新时代合浦高质量发展

——中共合浦县第十二届委员会第十一次全体会议报告

杨　斌

2019年2月2日

同志们：

这次县委全会的主要任务是：深入学习贯彻习近平新时代中国特色社会主义思想和党的十九大精神，全面贯彻落实中央、自治区经济工作会议、自治区党委十一届五次全会和市委十一届七次全会的决策部署，总结2018年的工作，分析当前形势，部署今年工作，动员全县党员和干部群众，进一步坚定信心、乘势而上，凝心聚力，担当实干，奋力谱写新时代合浦发展新篇章，为建设壮美广西、共圆复兴梦想做出新贡献。

下面，受县委常委会委托，我向大家报告县委十二届九次全会以来的工作，请予审议。

一、十二届九次全会以来常委会工作

2018年是全面贯彻党的十九大精神的开局之年，是改革开放40周年、自治区成立60周年。一年来，县委坚持以习近平新时代中国特色社会主义思想统揽经济社会发展全局，全面贯彻落实中央、自治区党委和市委的决策部署，坚持稳中求进工作总基调，牢固树立新发展理念，落实高质量发展要求，千方百计稳增长、促改革、调结构、惠民生、防风险，各项工作取得新进展新成效。

（一）突出政治引领，发展共识有了新提升。县委坚持把党的政治建设摆在首位，把深入学习宣传和贯彻落实习近平新时代中国特色社会主义思想、党的十九大精神和习近平总书记视察广西及北海重要讲话精神作为贯穿全年工作的主线和首要政治任务，通过中心组学习、常委会会议、深改组会议、专题培训等方式，带头在学懂弄通做实上下功夫，教育引导广大党员干部牢固树立“四个意识”，切实增强“四个自信”，坚决做到“两个维护”，在思想上政治上行动上始终与党中央保持高度一致。召开县委十二届十次全会，全面落实自治区党委十一届四次全会、市委十一届六次全会部署。以习近平总书记视察广西及北海一周年为契机，结合合浦实际谋划高质量发展举措，对项目建设和招商引资、乡村振兴和脱贫攻坚、文旅产业发展、优化营商环境、生态环境保护等进行具体部署，制定出台一批切合实际、针对性强的政策措施，有效推动中央大政方针和自治区党委、市委重大决策部署在合浦落地生根。县四家班子率先垂范，旗帜鲜明讲政治，自觉站在全县发展大局上想问题、办事情。全县上下凝心聚力，一心一意谋发展，担当作为、干事创业的氛围日益浓厚。

（二）强化项目支撑，县域经济实现新增长。县委着力加强对经济工作的领导，综合施策推动经济稳中有进、进中向好。据初步统计，2018年全县完成地区生产总值262.28亿元，增长8.3%；规模以上工业总产值147.77亿元，增长19.6%；固定资产投资46.89亿元，增长18.5%；社会消费品零售总额94.12

亿元，增长 10.3%；财政收入 14.61 亿元，增长 17.7%，在全区 71 个县(市)中增速排名第 7、总量排第 14 位，均比 2017 年提升 5 位。坚持抓工业、强产业，工业发展提速增效，把食品饮料、木业家居、硅材料加工以及临海装备制造、特色海洋经济作为主攻方向，大力推进工业转型升级，重点扶持龙头企业发展，加快推进新旧动能转换，全县工业投资增长 69.32%，规模以上工业增加值增长 19.1%。坚持抓招商、上项目，发展后劲不断夯实，按照"强龙头、补链条、聚集群"的要求，绘制食品加工和木业家居"产业树"，按图索骥，精准招商。外出招商 40 批次，对接企业 120 多家，接待来访客商 120 批次，新签约新福兴玻璃制造、万华农作物秸秆综合利用、信义物流与供应链管理中心、香港大地食品等 26 个项目，合同投资总额 228 亿元，到位资金 98.8 亿元，同比分别增长 6.1%、29%。深化区域经济合作，签约共建川港产业合作园、合浦—嘉善现代产业园。重点项目开竣工 52 个，完成投资 36.78 亿元，有效拉动了投资增长。坚持抓平台、强支撑，园区承载能力得到增强，铁山东港产业园"一港一路一航道"建设加快推进，新签约项目 6 个，总投资 800 亿元；月饼小镇首批 10 家入园企业已陆续投产，被列为广西首批特色小镇重点培育名录，培育工作在全区特色小镇建设典型案例中排名第一；产业转移园 8 栋标准厂房已有 7 栋封顶，其中 2 栋已交付使用；林产循环经济产业园引进 12 个产业项目，其中理昂热电联产等 3 个项目竣工投产或试产。

（三）发挥底蕴优势，文旅产业取得新发展。大力实施"旅游旺县"战略，积极推动文化与旅游融合发展。深入挖掘历史文化内涵，不断增强城市发展软实力，完成合浦汉墓综合研究 8 个课题研究，举办首届海丝文化节、海丝文化大讲坛和"中华文化八桂行·走进合浦"、"灵渠—合浦"海上丝绸之路历史溯源研讨会、2018 年中国月饼文化节等大型节庆活动和文化研讨交流活动。积极推进海丝申遗工作，不断提升海丝文化影响力，加大合浦汉墓群、大浪古城遗址和草鞋村遗址 3 处海上丝绸之路遗址保护力度，积极申报创建国家考古遗址公园城市，联合浙江良渚成功获得国家考古遗址公园十周年庆典和首届国家考古遗址公园文化艺术节承办资格。大力推动文旅融合发展，不断激发县域经济新活力，建成总面积超过 1 万平方米、规模位居广西前列的旅游集散中心，建成全市唯一的四星级汽车营地梦幻滨海，星岛湖成功创建自治区级生态旅游示范区，海丝首港、国家考古遗址公园等旅游核心项目建设加快推进，成功签约了广西地矿集团古海水温泉小镇、阳光城集团廉州湾文旅小镇、北京军科新源集团更螺国际康养度假岛、清华启迪控股仙人桥大健康特色小镇等一批文旅康养项目。2018 年接待游客 815.3 万人次，增长 58.87%；实现旅游总收入 79.94 亿元，增长 18.22%。

（四）发力乡村振兴，农村农业呈现新气象。坚持把乡村振兴战略作为"三农"工作的总抓手，加快推进农业农村现代化。出台《关于推进乡村振兴战略的实施意见》，抓好"人、规、地、产、城"五方面工作。积极推进现代农业示范区建设和现代特色农业（核心）示范区建设，创建自治区四星级核心示范区 1 个，县、乡、村级示范区（园、点）101 个，构建了万亩豇豆产业基地、万亩水果产业基地、万亩对虾养殖基地和超亿元现代渔业休闲观光基地"3+1"主导产业体系，打造了东园奶水牛养殖加工、利添（果香园）水果种植与加工、烟楼净化蚝养殖加工等七个循环产业链。基本完成农村土地确权登记颁证工作，积极推进农村土地承包经营权流转，推动现代农业与休闲观光、文化旅游、生态康养等产业融合发展。桂台现代农渔业合作双创园建设进展顺利，引进中房金石集团、台湾丽锦集团等公司建设田园综合体。西场镇老温村获评"美丽广西"乡村建设示范村，年内创建四星级农家乐 2 家。2018 年实现农林牧渔业增加值 97.81 亿元，增长 5.5%；农林牧渔业总产值 156.78 亿元，增长 5.5%。

（五）践行为民宗旨，民生福祉增添新成效。县委牢固树立"以人民为中心"的发展思想，着力保障和改善民生，加快完善公共服务体系，不断提高人民群众的生活水平和质量。民生领域支出 44.63 亿元，占财政总支出的 84.83%。全力打好脱贫攻坚战，贯彻精准脱贫方略，落实"三员九有"要求，突出产业扶贫，强化帮扶举措，注重脱贫质量，21 个贫困村 4685 名贫困群众实现脱贫摘帽，圆满完成年度脱贫攻坚工作目标。稳步实施教育重点建设项目，全县办学条件焕然一新，教育教学水平不断提升，高考一本上线人数刷新历史纪录，义务教育均衡发展工作提前一年高分通过国家评估验收。扎实推进医药卫生综合改革，投入 5.32 亿元建设县人民医院住院综合楼等 9 个卫生基础设施项目。加快推进城乡基础设施建设，龙门江公园、县城外东环路（北段）等重点城建项目推进顺利，县体育馆、游泳馆"两馆"完成封顶，一批小街小巷得到改造提升，对一批城市道路实施了绿化、美化、亮化工程，建成了一批农村道路、桥梁、饮水、农田水利等民生工程。加强环境突出问题治理,抓好中央环保督察“回头看”和国家海洋专项督察反馈意见整改工作,严厉打击遏制非法采砂破坏生态环境乱象,“两江两区两库”环境突出问题整治取得阶段性成效,完成星岛湖镇污水处理厂和县城污水处理厂提标改造工程,南流江沿岸5个乡镇污水处理厂新增配套管网项目建成使用,垃圾处理设施实现了乡镇全覆盖。

（六）注重法治保障,社会治理再上新台阶。全面加强和创新社会治理,强化社会治安防控体系建设,以“神剑”系列专项行动为引领,深入开展“扫黑除恶”、禁毒专项整治和涉枪违法犯罪“三大战役”攻坚行动,刑事案件、“两抢一盗”发案率下降34.1%,全年有317天“两抢”案件零发案,58天刑事警情零发案。率先在全区实现县级禁毒办实体化运作,成功摘掉全国禁毒重点整治关注地区和广西涉枪重点整治地区的“帽子”。2018年我县群众安全感和政法队伍满意度持续提升,群众安全感单项得分95.96分,比上年提升3.37个百分点;社会稳定八项动态指标全区排第26位,比上年晋升22位。积极推动信访工作改革创新,建立了县乡村三级群众信访工作平台,推行“两级分流,三级调处”机制,及时有效化解矛盾纠纷和敏感群体事件苗头,全年信访案件化解率达89.1%,在全区社会治安综合治理基层基础建设工作会上作经验介绍并予以推广。强化安全生产监管,持续开展消防、交通、危险化学品等专项整治,有效遏制了重特大事故的发生,安全生产形势持续好转。扎实推进“七五”普法,多渠道推动“法律六进”,依法治县进程加快推进。

（七）落实从严要求,党的建设得到新加强。牢固树立“抓好党建就是最大的政绩”观念,全面落实管党治党政治责任,努力营造风清气正的政治生态。一是坚持把政治建设摆在首位。部署落实党的政治建设9项重点任务,扎实推进“两学一做”学习教育常态化制度化,多措并举抓好习近平新时代中国特色社会主义思想学习教育,引导党员干部始终在政治立场、政治方向、政治原则、政治道路上同以习近平同志为核心的党中央保持高度一致。二是着力打造担当作为的干部队伍。大力倡导“重担当、戒推诿,重服务、戒官气,重效率、戒慵懒,重操守、戒私欲”的工作理念,深入开展“扫除慵懒散　打通中梗阻”作风建设专项整治活动。坚持新时代好干部标准,树立正确用人导向,注重在项目建设、脱贫攻坚(乡村振兴)等“五个一线”选拔使用干部,大力引进高层次急需紧缺人才,出台《激活乡镇发展活力,调动乡镇干部积极性九条措施(试行)》,激励干部改革创新、攻坚克难。三是着力建强基层战斗堡垒。采用“党建＋大数据”模式,建成“合浦县党建大数据中心”和党建“E网通”平台,推进党务工作全领域、标准化管理。去年9月中组部第47期《组工通讯》刊登了我县经验做法。全面完成行政村(社区)“农事网通”“阳光红页”平台建设,推行农村基层党组织“星级化”管理。深入开展两新组织“百日攻坚”大行动和“强基固本、助推发展”活动,非公企业党组织覆盖率达95.01%,单独组建率居全市首位。四是严格落实意识形态责任制。把意识形态工作纳入党的政治建设政治任务,大力培育和践行社会主义核心价值观,切实做好新形势下宣传思想工作。组建了县乡村三级新闻信息工作网络,推动形成党委统一领导、各部门密切配合、社会各界共同参与的“大宣传”工作格局,营造讲好合浦故事的浓厚氛围。2018年,自治区级以上媒体正面报道合浦500多篇次,配合中央电视台拍摄大型历史剧《沧海丝路》和《乡土》《致富经》《国宝档案》等专题片。五是深入推进党风廉政建设和反腐败斗争。严格落实中央八项规定及其实施细则精神,集中整治形式主义、官僚主义突出问题,推进扶贫领域腐败和作风问题专项治理,在全区率先部署开展村级巡察,实现对贫困村巡察全覆盖。先行先试探索在乡镇设立纪检监察专员,率先落实监察向村(社区)延伸覆盖的要求。全县纪检监察机关共立案361件361人,立案总数和县本级立案数均位居全区县级纪委前列。

一年来,县委认真贯彻落实民主集中制,坚持统揽全局、协调各方,大力支持人大、政府、政协、法院、检察院、各人民团体依法依章程履行职能。各乡镇各部门、各群团组织、各民主党派、各驻县单位围绕中心服务大局、主动作为,勇担发展重任,积极支持县委工作,汇聚了推进富民强县、加快发展的强劲力量。2018年,我县获评广西特色旅游名县称号,并成功列入首批自治区级全域旅游示范区创建县;被评为全国基层中医药工作先进单位;被中国饭店协会命名为“中国大月饼美食之乡”;再次获评自治区双拥模范县;星岛湖镇获评全国“扫黄打非”先进示范点;白沙镇被列入自治区首批经济发达镇行政管理体制改革;县本级、廉州镇和石康镇水车村分别荣获自治区“2016—2017年度脱贫攻坚先进集体”;县人武部被广西军区评为“全面建设先进团级单位”,县检察院被评为“全区先进基层检察院”,县法制办被自治区记集体二等功。成功承办了2018“奔跑吧—广西”生态马拉松系列赛、2018年环广西公路自行车世界巡回赛合浦赛段等大型文体活动。

合浦能有今天这样心齐气顺、政通人和的发展局面，是习近平新时代中国特色社会主义思想科学指引的结果，是上级党委、政府坚强领导的结果，是全县党员干部和广大群众团结奋斗的结果，是社会各界鼎力支持的结果。在此，我谨代表县委常委会，向全县党员干部、人民群众以及所有关心支持合浦发展的各界人士，表示衷心感谢并致以崇高敬意！

县委常委会清醒地认识到，我们的工作还存在许多不足，需要加强改进。合浦目前还处在爬坡过坎、负重奋进的阶段，经济总量偏小，工业基础薄弱，历史欠账较多，城乡基础设施还不完善，城市建设、医疗教育、精准扶贫、环境保护等民生事业离群众的期盼还有不小差距，激励干部担当作为还需新的举措，党风廉政建设和反腐败斗争任重道远，等等。我们将强化问题导向，采取有力措施，认真加以解决。

二、全面贯彻落实习近平新时代中国特色社会主义思想，全力推动合浦高质量发展

2019年，是中华人民共和国成立70周年，是决胜全面建成小康社会、实现第一个百年奋斗目标的关键之年。站在改革开放再出发的历史关口，我们必须以习近平新时代中国特色社会主义思想为指引，深入贯彻习近平总书记在庆祝改革开放40周年大会和中央经济工作会议上的重要讲话精神，对标自治区党委十一届五次全会、市委十一届七次全会精神，奋力推动各项事业迈上新台阶、开启高质量发展的新征程。

结合合浦发展的阶段性特征，当前和今后一个时期，县委的总体工作思路，可以概括为“一二三四五”：“一个目标”，就是推动高质量发展，打好合浦经济翻身仗；“两篇文章”，就是做好“向海经济、向东融合”两篇文章；“三大产业”，就是培育打造食品饮料、木业家居、硅材料和海洋经济、文化旅游“3+2”主导产业；“四园联动”，就是积极推进铁山东港产业园、合浦工业园、北部湾（合浦）林产循环经济产业园、湛江—北海粤桂北部湾经济合作区产业转移园联动发展；“五个建设”，就是着力建设海丝文化名城、滨海生态康养基地、现代农渔业示范基地、西南硅产业重要基地和东部产业转移重要基地。

2019年全县工作总的要求是：以习近平新时代中国特色社会主义思想为指导，深入学习贯彻党的十九大和十九届二中、三中全会以及中央、全区经济工作会议精神，全面落实自治区党委十一届五次全会和市委十一届七次全会决策部署，深入落实“三大定位”新使命、“五个扎实”新要求和打造向海经济新任务，坚持稳中求进总基调，坚持新发展理念，坚持高质量发展要求，持续实施“四大战略”，全力打好“四大攻坚战”，以项目落实年、优化营商环境攻坚突破年为抓手，统筹推进稳增长、促改革、调结构、惠民生、防风险工作，保持经济持续较快健康发展和社会大局稳定，推进全面从严治党向纵深发展，迈出高质量发展坚实步伐，为全面建成小康社会打下决定性基础，以优异成绩庆祝新中国成立70周年。

2019年经济社会发展的预期目标是：地区生产总值增长10%，财政收入增长8%，固定资产投资增长10%，规模以上工业增加值增长13%。

实现今年经济社会发展预期目标，为全面建成小康社会打下决定性基础，我们要牢牢把握以下几方面的要求：

一要以更大力度推进思想解放。习近平总书记在庆祝改革开放40周年大会上指出，“40年来，我们解放思想、实事求是，大胆地试、勇敢地改，干出了一片新天地”。回望过去，我们的前辈通过解放思想、敢闯敢试，奠定了合浦今天的发展格局；展望未来，合浦要再现辉煌重振雄风，必须推进思想再解放、改革再深入。我们应当清醒地看到，当前一些干部中还存在着“小富即安、小成即满”的守成意识，“不求有功、但求无过”的懒政心态，“只要不出错、宁可少干事”的消极情绪，还有一些看热闹、说闲话，热衷于评头论足的“吃瓜群众”，这些错误倾向不除，合浦的发展将无从谈起。面对百舸争流的竞争态势，我们必须增强时不我待、不进则退的危机感和紧迫感，开启解放思想的天窗，激活改革创新的动力，对标先进地区，打破思想禁锢，跳出框框限制，敢于换道超车，使赶超跨越成为全县党员干部最大的思想共识。

二要以更实举措抓好项目落地。未来的发展，谁抓住了招商，谁做强了项目，谁就能占领发展的制高点，谁就会赢得未来的主动权。过去一年，我们坚持“走出去、引进来”，大力开展精准招商、产业链招商，引进了一批大项目、好项目。但是再大、再好的项目，只有落地才能成为高质量发展的支撑和动力。如果项目只签约不落地，就是一纸空文。项目落地难，原因是多方面的，既有政策限制、环境条件、市场因素、企业自身等方面原因，但也与我们干部的思想认识、工作作风、服务质量以及发展环境有着密切关系。我们要进一步树立项目为王、产业为本的思想，人人都要为项目、为产业出力气、想办法，最大限度地用足、用活、用好政策，千方百计破解征拆、审批、资金等"瓶颈"问题，以最快速度、最优服务、最佳环境确保项目落地生根。对事关发展大局的重点项目、重大工程，要只为落地找方法，不能简单说不行，影响全县发展大局。

三要以更高质量增进民生福祉。在推进合浦高质量发展进程中，我们必须坚持以人民为中心的发展理念，始终把人民对美好生活的向往作为奋斗目标，以最广大人民的根本利益作为一切工作的出发点和落脚点，从群众的立场、民生的角度去想问题、作决策、办事情，切实做到在发展中保障和改善民生。要聚焦珠乡人民最关心最现实最直接的利益问题，尽力而为，量力而行，久久为功，加快补齐民生短板，促进社会公平正义，不断提升人民群众的获得感、幸福感、安全感。民生问题在哪里？在贫困户的家里、农村的田间地头、城市的背街小巷、黑臭水体的河渠边。我们的党员干部一定要眼睛下看、身子下沉，深入基层、贴近群众，深访民情、多问民计，着力解决人民群众的所需所急所盼。

四要以更严标准优化营商环境。良好的营商环境是高质量发展的重要保障，最优发展环境才能赢得最大发展生机。近年来，我们通过查问题、补短板、抓整改，发展环境正发生积极变化。在去年全区优化营商环境大会上，合浦是全区唯一作经验介绍的县。但是对标先进发达地区、对照企业和群众期盼，我县营商环境仍有较大差距。如一些行政审批事项流程不优，"多次跑""往返跑"的情况依然存在；少数干部执行力不强，办事拖拉，效率低下，特别是一些股长、办事人员的"中梗阻"现象比较突出。全县上下都要深刻认识优化营商环境的极端重要性和现实紧迫性，以更大决心、更严的标准、更实的举措，努力营造审批事项更少、办事效率更高、服务水平更优、透明可预期度更高的营商环境。要推进合浦高质量发展，尤其需要培育市场主体，支持企业发展，着力营造尊重企业、服务企业的浓厚氛围，让更多外地企业来合浦投资兴业、安心发展，让更多本土企业留在合浦、扎根合浦。

三、扎实做好今年的各项工作，夯实合浦高质量发展的基础

根据自治区党委和市委的部署要求，结合我县实际，今年要重点抓好以下几方面工作：

（一）全力以赴推进项目建设，着力夯实高质量发展基础。认真落实市委"项目落实年"的工作部署，牢牢扭住项目建设这个"牛鼻子"，按照"前期项目抓开工、在建项目抓进度、竣工项目抓投产、问题项目抓整改"的要求，举全县之力攻坚克难，全面落实和推动项目建设。一要创新机制促落地。按照一个项目、一个方案、一名领导、一支队伍、一抓到底的工作要求，进一步优化征地搬迁推进工作机制。择优抽调一批懂政策、熟基层、敢担当、善攻坚的优秀干部，配强配齐征地搬迁队伍，把征地搬迁一线作为检验、发现、使用干部的重要阵地。二要强抓机遇求突破。积极抢抓国家"一带一路"建设、乡村振兴战略实施、广西北部湾经济区进一步开放开发的有利契机，发挥合浦区位优势、资源优势和产业优势，积极争取国家、自治区和北海市对我县产业布局的大力支持，重点聚焦工业经济、文化旅游、现代农业等领域，加大项目谋划和储备力度，力求引进和落地一批"政策有支持、行业有优势、市场有前景"的优质项目。三要突出精准抓招商。坚持"强龙头、补链条、聚集群"的工作思路，继续实施"走出去、请进来"战略，抓住京津冀和东部沿海发达地区产业转移的机遇，按照"产业树"进行精准招商，重点引进一批建链、强链、延链、补链的产业项目，尽快把"产业树"培育成"产业林"。要打好乡情牌、亲情牌，使更多的合浦籍外地企业家像"珠还合浦"一样，回到家乡投资兴业。四要转变作风优环境。按照"一年重点突破、两年全面提升、三年争创一流"目标要求，扎实开展"优化营商环境攻坚突破年活动"，聚焦企业和群众反映强烈的痛点、堵点、难点，全面深化"放管服"改革，推动政务服务提效增速，尽快实现"最多跑一次"甚至"一次都不用跑"；全力抓好惠企惠民政策落地执行，切实降低企业成本负担，决不能让好的政策措施在实施层面"卡壳"。要大力践行"三坚持两改变"，倡导"四重四戒"理念，坚决整饬不良作风，对损害营商环境的各类行为要零容忍、一查到底，以作风大转变推动营商环境大提升。

（二）坚定不移发展工业经济，着力推进产业转型升级。工业是左右地方经济发展的命脉，也是制约合浦赶超跨越的最大短板。要把工业作为推动高质量发展的"第一引擎"，始终坚持"工业强县"发展战略，在全县上下掀起支持服务企业、推动工业发展的新热潮。一要加快培育壮大主导产业。突出抓好食品饮料、木业家居、硅材料加工三大产业的发展，提高产业集聚能力，形成新的竞争优势。加快推进新福兴硅科技产业园、万华农作物秸秆综合利用生态产业园、香港大地食品、新兴纺织等新引进项目的落地和建设，重点扶持中粮、金盟、精一、惠来宝等企业实施技改扩产，着力培育一批骨干龙头企业。二要强化企业发展要素保障。集中土地、能耗指标、环保排放指标等要素，优先扶持重点工业项目实施。建立完善协调帮扶机制，对规模以上工业企业建档立卡，实行台账管理，分类施策。继续加大企业上规扶持力度，促使更多中小企业上规入统。全力优化民营经济发展环境，建立领导干部联系民营企业机制，构建"亲""清"新型政商关系，帮助民营企业解决用地难、招工难、融资难以及物流成本贵等问题。三要着力提升园区承载能力。以铁山东港产业园、合浦工业园、北部湾(合浦)林产循环经济产业园、湛江—北海粤桂北部湾经济合作区产业转移园联动发展为切入点，统筹推进月饼小镇、嘉善现代产业园、玉港合作园、川港合作园等"园中园"建设，强化基础设施配套，不断优化园区形象、提升集聚效应，推动入园产业项目早开工、早建设、早投产、早见效。

(三)不遗余力传承历史文脉，着力推动文旅产业融合发展。以创建全域旅游示范区为抓手，挖掘合浦厚重历史文化底蕴，借力北海旅游市场辐射效应，倾力打造海丝文化旅游名城、滨海生态康养基地。一要提升旅游发展格局。高水平编制海丝文化旅游带规划，以海丝首港为首、汉代文化博物馆为核、大浪古城为尾，整合开发分布在西门江流域的众多名胜古迹、遗址资源，打造一幅以海丝文化为主题的精美画卷，凸显合浦厚重的历史文化底蕴，展现合浦旅游产业发展的独特魅力。二要加快重点项目建设。抓紧推进海丝首港、古海水温泉小镇、龙窑古镇、仙人桥大健康特色小镇、更螺国际康养度假岛、七星岛现代农业休闲旅游项目、汉郡之光旅游项目、汉郡西子体育文化园等一批已签约项目落地建设，加大国家考古遗址公园、廉州古城、星岛湖旅游度假区等一批项目的招商引资力度，力争东园家酒产业园、星岛湖旅游度假区、梦幻滨海体育文化园通过国家4A级旅游景区验收评估。利用合浦丰富的海、岛、山、湖、林、泉等资源优势，提升吸引民间资本投资办旅兴旅意愿，打造一批风格迥异、富有韵味、特色鲜明的乡村景区景点和精品旅游线路。三要继续补齐配套设施服务短板。加快完善旅游交通网络，加强县城与景区之间交通设施建设和运输组织，实现从机场、车站到主要景区公路交通的无缝对接。完善旅游标识标牌系统建设，完善旅游集散中心功能，建设更多星级宾馆、饭店，引进一批旅行社、旅游车船企业，提高游客接待能力和服务水平。四要加快各产业与旅游业的融合发展。大力实施"旅游+康养、旅游+体育、旅游+扶贫"等融合发展模式，力争打造一批地质公园、森林公园、湿地公园、健康旅游基地，丰富旅游产品体系，发挥旅游业综合拉动作用，推动文化旅游产业提档升级。

(四)始终坚持农业农村优先发展，着力推动乡村全面振兴。紧扣建设现代农渔业示范基地目标，把乡村振兴作为"三农"工作的总抓手，切实抓好"人、规、地、产、城"五方面工作。要科学编制乡村振兴总体规划，统筹沿海、沿江、沿线"三沿"发展布局，深入推进生态农场、林场、渔场、牧场"四场"建设，积极开展优质果园、菜园、花园、茶园、鱼园"五园"创建，着力打造水果、粮经、海养、经济林、糖料蔗、休闲农业六大特色产业带，推动特色农业产业提质升级。加快创建现代农业示范区，涵盖种植、养殖和休闲农业、富硒农业、循环农业等各产业，力争每个乡镇建设1个以上田园综合体或特色农业示范区、1个以上重点农业项目和2个乡村振兴战略示范村。坚持把台湾农渔业合作系列项目作为龙头，加快建设桂台农渔业合作双创园，引进更多的水产养殖和精深加工项目，带动传统渔业全面升级改造、现代化发展。深化以农村产权制度改革为核心的农村综合改革，运用好农村土地确权登记颁证成果，促进土地承包经营权流转，发展多种形式的适度规模经营。要加强村镇规划建设，大力实施"厕所革命"推进行动、污水治理推进行动、乡村风貌提升行动，加快推进以村屯道路硬化、农村危房改造、人饮安全等为重点的基础设施建设，补齐乡村公共服务短板，着力改善乡村人居环境。

(五)全面提升城市发展内涵，着力塑造城市品质形象。按照"东扩、南联、控中、优水"的城建思路，大力实施城市建设提质三年行动，塑造城市新风貌，展现城市好形象，不断提升居民的生活质量和幸福指数。一要"以规领城"优化城市发展布局。市委十一届七次全会明确提出，推动城市向合浦、铁山港两个方向扩展。我们要抓住廉州湾新区、广西滨海大道规划建设的契机，启动新一轮城市总体规划修编，加强重点片区风貌设计，拉大城市发展框架，对接北海市区发展方向，加快推进市县一体化建设。二要"以水兴城"增添城市活力灵性。着眼于解决县城水系淤塞不畅、水质污染严重、滨水景观单调等问题，加快推进廉州镇水环境二期综合整治工程，构建"一江两湖八道水"的水系格局，着力打造绿草如茵、树木成行、小桥流水，集观光、休闲、健身于一体的滨水游憩廊道，实现城市建设与自然生态的和谐共生，切实提高和改善群众的生活环境。三要“以文塑城”提升城市形象品味。谋划启动城南片区“海丝文化小镇”建设，充分利用海丝文化、汉代元素、南珠符号等，积极推进道路改造提升和特色街区建设，继续实施绿化美化亮化净化工程，培育城市特色，传承文化记忆，打造城市文化品牌。保持房地产市场平稳健康发展，增强城市对各项发展要素的聚集能力。四要“以法治城”打造城市整洁面貌。坚持用法治思维和法治方式治理城市，以治乱治堵治脏为突破口，持续开展县城环境综合整治，着力解决乱摆乱放、乱停乱靠、乱搭乱建、交通乱象等突出问题，提升城市管理精细化、规范化、法治化水平。结合“创城”工作，提升市民文明素质，调动市民管理城市的积极性，建立完善城市管理的长效机制。

（六）尽心竭力保障和改善民生，着力推动社会事业全面进步。坚持以人民为中心的发展思想，多谋民生之利，多解民生之忧，不断满足人民群众日益增长的美好生活需要。一是坚决打好脱贫攻坚战。聚焦“两不愁三保障”，以中央第二巡视组向广西反馈脱贫攻坚专项巡视意见整改工作为抓手，加大扶贫资金投入力度，持续抓好产业扶贫、就业扶贫、健康扶贫、教育扶贫、生态扶贫等重点工作，下足“绣花”功夫，层层压实责任，激发贫困群众内生动力，全面完成年度贫困村摘帽和贫困户脱贫目标任务。二是深入实施民生保障工程。进一步抓好教育、医疗、就业、住房、社会保障等民生工作，启动迁建合浦一中和合浦县实验学校，动工建设廉州镇第五小学，廉州镇中心小学新校区投入使用，继续巩固义务教育均衡发展的成果，推动教育优质均衡发展。建成县人民医院、县红十字会医院住院综合楼和山口镇、石康镇中心卫生院公共卫生服务楼等项目，继续深化医改工作，实施名医工程，加强医疗卫生人才队伍建设。落实更加积极的就业政策，统筹解决好高校毕业生、农村转移劳动力等就业问题。加快推进交通和水利等农村基础设施建设，全面改善农村群众生产生活条件。三是着力整治环境突出问题。以中央环保督察回头看反馈问题整改为契机，以解决人民群众反映强烈的环境突出问题为重点，持续实施“两江、两区、两库”环境综合整治工程，确保我县重点江河、水源地的水质如期达标。着力加强重点区域的环保整治工作，全力推进县城污水处理厂二期扩建工程、合浦工业园区污水管网和泵站工程等项目进程。加强农村生态环境保护，大力推进创建生态文明示范村和农村环境整治工作，进一步改善农村环境质量。

（七）深入推进社会治理创新，着力提升群众安全感和满意度。社会和谐稳定是高质量发展的前提保障。要大力加强和创新社会管理，构筑共建共治共享的社会治理新格局。一要强化社会治安综合治理。加快创建广西人口大县平安建设示范县，完善综治信息平台、视频监控、视联网“三网合一”建设，持续开展扫黑除恶、禁毒整治、缉枪治爆等专项行动，依法打击和严惩各类违法犯罪行为，确保社会治安持续好转，全面提升群众安全感和满意度。二要抓好信访维稳工作。继续坚持县领导定期轮值接访制度，完善信访接访工作责任制和社会矛盾纠纷排查调处机制。继续组织力量深入社区、农村走访群众，对各类矛盾纠纷展开拉网式、滚动式排查，从源头上做好疏导化解工作。三要深入推进法治合浦建设。大力开展以学习宪法、尊崇宪法、遵守宪法为重点的普法宣传，积极推进严格执法、公正司法、全民守法，努力形成尚法守制、公平公正、诚信文明、安定有序的良好氛围。四要保持安全生产严管高压态势。强化“打非治违”力度，建立健全联合执法机制，加强对烟花爆竹、非煤矿山、危险化学品等行业领域的安全监管工作，加大对非法采砂、非法采石等违法违规行为的打击力度，坚决遏制重特大安全事故，推动安全生产形势持续向好。

四、坚定不移推动全面从严治党向纵深发展，为合浦高质量发展提供坚强的组织保证

开创新时代合浦发展新局面，必须毫不动摇坚持和加强党的全面领导，毫不动摇把各级党组织锻造得更加坚强有力。我们要认真贯彻新时代党的建设总要求，深入开展党建质量提升行动计划，为推进合浦高质量发展提供坚强组织保证。

（一）突出抓好党的政治建设，自觉践行“两个维护”。把旗帜鲜明讲政治贯穿到党的建设全过程，教育引导广大党员干部牢固树立“四个意识”，坚定“四个自信”，坚决做到“两个维护”，在思想上政治上行动上同以习近平同志为核心的党中央保持高度一致。要严肃党内政治生活，严明政治纪律，进一步营造良好政治生态。坚持用习近平新时代中国特色社会主义思想武装广大党员干部头脑，精心组织开展“不忘初心　牢记使命”主题教育，深入推进“两学一做”学习教育常态化制度化，经常对表对标，及时校准偏差，推动中央大政方针和上级党委决策部署在合浦不折不扣落地生根。

（二）扎实推进组织体系建设，着力夯实基层基础。突出标准化建设，依托党建“E网通”平台，持续深入推进党组织硬件建设、发展党员、“三会一课”、党组织和党员管理、村级后备干部培养选拔等五个方面工作的标准化。实施“源头活水”工程，着眼2020年村级“两委”换届选举，提前谋划布局，拓宽选人用人视野，加强村级后备干部选拔培养力度，持续完善激励保障措施，选优配强村级“两委”领导班子。加强农村年轻党员发展力度。抓党建促乡村振兴，实施《合浦县党建引领乡村振兴实施方案》，发展壮大村级集体经济实力，打造一批“三员九有”和乡村振兴示范点。抓党建促环境优化，实施“党建+营商环境”行动，开展“党旗引领发展先锋行”活动，引导党员到企业、农村一线开展服务群众、服务企业、服务投资者活动，推进我县营商环境持续优化。

（三）牢固树立正确用人导向，激励干部担当作为。落实“担当为要、实干为本、发展为重、奋斗为荣”的为政理念，促进干部思想再解放、方法再创新、能力再提高，着力打造一支堪当引领发展重任的高素质干部队伍。用考察“三问”识别担当，深入“五个一线”考察干部，重点了解干部担当了什么风险、破解了什么难题、干成了什么事情，切实把“三敢”干部识别出来。用提拔重用和评优评先兑现担当，树立正确的选人用人导向，突破学历、资历、惯例，提拔重用一批担当实干的优秀干部，注重将评先评优向担当实干的优秀干部倾斜，把推动改革发展的猛将、闯将选拔出来。用培训锻炼提升担当，实施县管“一把手”素质能力提升工程，提高“一把手”政治能力、统筹谋划能力、干事创业能力和抓班子带队伍四个能力。大力选派年轻干部到项目建设、征地拆迁工作中锻炼提升。用容错纠错保护担当，出台激励干部新时代新担当新作为实施办法，落实落细对干部的容错纠错和关爱激励措施，旗帜鲜明地为干事者撑腰鼓劲，让敢担当、善作为的干部干事有底气、工作有激情。用组织措施惩治不担当，全面践行“三坚持两改变”，深入推进机关作风建设“治庸提效”专项活动和“扫除慵懒散、打通中梗阻”专项行动，坚决调整处理慵懒散拖、推诿扯皮、麻木冷漠的干部，使慢作为、不作为、乱作为的干部受到警醒和惩戒。

（四）牢牢把握意识形态主导权，充分凝聚发展正能量。强化党管意识形态工作，把意识形态工作纳入县委巡察的内容，推动意识形态工作责任落细落实。要坚持正确舆论导向，加快推进县级融媒体中心建设，着力提升基层媒体的传播力、引导力和公信力。要全方位加强阵地管理，特别是加强网络安全管理，不断提升网络舆情应急处置能力。要把培育和践行社会主义核心价值观作为精神文明建设的基础工程和战略任务来抓，以习近平总书记视察广西及北海两周年为契机，全力办好国家考古遗址公园十周年庆典和首届国家考古遗址公园文化艺术节，大力传承弘扬合浦历史文化，全方位加强对外宣传，传播合浦声音，讲好合浦故事，凝聚推进高质量发展的强大合力。

（五）持续强化党风廉政建设，构建反腐倡廉新常态。严格落实党风廉政建设“两个责任”和领导干部“一岗双责”，强化责任制考核结果运用。深化运用监督执纪“四种形态”，抓早抓小、防微杜渐。持续深入推进巡察工作，紧盯重点人、重点事、重点问题，不断提高巡察实效。在巩固“四风”问题整治成果的基础上，推动专项整治与综合治理相结合，临时检查与日常监督相结合，问题整改和制度建设相结合，实现集中、专项治理向常态化、全面治理转变，进一步巩固不敢腐，促进不能腐，强化不想腐。

同志们，新时代要有新气象，新征程要有新作为。让我们更加紧密地团结在以习近平同志为核心的党中央周围，以善谋新篇的格局、敢为人先的魄力、担当实干的作风，不忘初心、牢记使命、砥砺奋进，为实现合浦高质量发展、谱写新时代合浦发展新篇章而努力奋斗，为建设壮美广西、共圆复兴梦想做出新贡献，以优异成绩庆祝中华人民共和国成立70周年！

合浦县人民代表大会常务委员会工作报告

——在县第十六届人民代表大会第四次会议上

县人大常委会主任　沈德棠

2019年2月27日

各位代表：

我受县人大常委会委托，向大会报告工作，请予审议。

2018年主要工作回顾

2018年，在县委的坚强领导下，县人大常委会坚持以习近平新时代中国特色社会主义思想为指导，深入学习贯彻习近平总书记关于坚持和完善人民代表大会制度的重要思想，认真贯彻落实党的十九大和十九届二中、三中全会精神，紧紧围绕县委十二届九次全会确定的目标任务，聚焦中心，围绕大局，严格按照宪法法律赋予的职责和使命，依法履职，主动作为，锐意进取，人大工作有了新担当、新作为，开创了新局面，取得了新成效。

一、突出监督主题，助推发展有新成效

坚持人大监督与党委同向、与人民同心、与“一府一委两院”同力、与民主法治建设同步的监督理念，不断改进和创新监督方式，加大监督力度，进一步增强了人大监督工作实效。一年来，听取和审议了“一府两院”专项工作报告12个，开展执法检查5次、专题调研9次，组织代表视察4次，有力地推动了全县各项重点工作目标任务的完成。

（一）突出法治建设主题，监督和支持法律实施。加强普法宣传教育，组织起草了《合浦县关于深入学习宣传贯彻〈中华人民共和国宪法〉的实施意见》，开展宪法宣传、法律咨询和知识竞赛活动，听取“七五”普法规划实施情况汇报，督促“七五”普法规划实施并顺利通过了北海市和自治区的中期考核验收，进一步提升了全县干部群众的法律意识。加强对法律法规实施情况的监督，对《村民委员会组织法》《执业医师法》《统计法》《城市供水条例》《森林防火条例》等法律法规在我县贯彻落实情况开展执法检查，推动了一些突出问题的解决。修改并通过了《合浦县人大常委会规范性文件备案审查办法》，首次对县政府《关于合浦县工程项目取土暂行决定》作备案登记。开展公安派出所基础建设、法院执行工作、检察院公益诉讼等专题调研，视察了法院基层法庭等，深入了解司法体制改革工作进展情况，有针对性地化解司法改革的阻力，确保我县司法体制改革工作的顺利进行，确保法律法规在我县得到全面有效实施。

（二）突出经济运行主题，监督和支持经济发展。加强经济运行监督，听取和审议了县人民政府2018年上半年国民经济和社会发展计划执行情况的报告、财政预算执行情况的报告，听取和审议了县本级财政预算执行情况及其他财政收支情况的审计工作报告，审查和批准了2017年县财政决算与预算调整方案。加强对全口径预决算和预算支出等方面的监督，实施人大预算审查监督重点向支出预算和政策拓展的监督，对政府性债务管理、新增债券资金支出进度、上级专项转移支付资金支付执行情况、财政扶贫资金预算执行情况等进行了调研，加强跟踪监督。组织部分市、县人大代表依法开展集中视察活动，分别对乌家镇西大村的乡村振兴、白沙镇建丰制衣及肉牛养殖等扶贫产业、山口镇永安大士阁等旅游产业、林产循环经济产业园建设、工业园区标准厂房建设及招商引资等情况进行了视察，推进了重大项目建设。同时，组织人大代表参与重要会议、重要活动，特别是在招聘考试、环境整治、执法检查、专题调研、绩效考评等日常监督活动中，充分发挥了人大代表的作用。

（三）突出民生主题，监督和支持社会事业发展。把县委重大决策和政府着力推进的民生事业作为监督重点，综合运用多种监督方式，不断推动解决人民群众普遍关心的教育卫生、社会保障、交通环保和食品安全等热点难点问题，着力促进合浦民生事业持续改善。听取“为民办实事”工作报告，了解年初确定的主要目标任务推进、完成情况。听取代表建议办理、常委会审议意见落实情况报告，推动解决制约工作落实、损害群众利益的突出问题，有效地推动了全县重点工作目标的实现。把民生工作专题调研和代表日常履职监督有机结合起来，先后对创建广西特色旅游名县和旅游扶贫、义务教育均衡发展、农民专业合作社、河砂开采综合整治、执业医师执业状况、林产循环经济产业园建设情况等重点工作进行专题调研，对存在问题的整改和推进工作提出了改进的意见建议，有力地促进了我县民生事业的发展。

二、严格法定程序，落实决策有新规范

自觉把坚持党的领导、人民当家作主、依法治国有机统一的要求贯穿于人大及其常委会依法履职全过程。

（一）重大事项决定依法规范。认真贯彻中央《关于健全人大讨论决定重大事项制度、各级政府重大决策出台前向人大报告制度的实施意见》（中办发〔2017〕10号），规范决定重大事项的程序，依法行使重大事项决定权。认真贯彻落实县委的决策部署，对事关全县经济社会发展，涉及全县改革、发展、稳定的重大事项，在审议前认真开展调查研究，通过人大常委会党组（主任）会、常委会会议进行充分讨论，依法作出决议、决定。一年来，先后依法作出了包括县人民政府关于旅游扶贫工作和义务教育均衡发展工作等重大决议决定和审议意见18项，确保了县委的决策通过法定程序成为全县人民的共同意愿。

（二）人事选举任免依法规范。坚持党管干部与人大依法任免干部有机统一的原则，完善工作机制，规范工作程序，严格按照法定程序选举和任免干部。加强任前资格审查，坚持任前法律知识考试制度，实现拟任人员法律知识考试全覆盖。严格执行拟任人员表态发言制度，保障常委会组成人员的知情权、审议权和表决权。坚持颁发任命书制度和宪法宣誓制度，认真落实任后工作监督，强化被任命人员的公仆意识、宪法意识、责任意识、廉洁意识和依法履职意识。年内依法任免人大、政府、监委、法院、检察院工作人员21人次，确保了县委人事意图的顺利实现，为我县改革发展稳定提供了有力的组织保障。

（三）县委中心工作顺利推进。坚持在县委领导下开展工作，自觉围绕全县工作大局履行职责。在县委的统一领导下，积极参与推动县委部署安排的一系列工作，做到与“一府一委两院”互相补台、相互促进。常委会领导及机关工作人员经常深入一线协调、督促、指导，与乡镇和部门的同志一道，合力推动脱贫攻坚、乡村振兴等一系列中心工作并取得了良好成效。协调推进市政民生项目广东北路一巷等40多条市政民生路网先后建成，西门江一号路等“断头路”得到了顺利打通，北河水系整治工程顺利进行。协助推进铁山东港产业园、政务中心等项目的征地拆迁，推进公馆经曲樟至常乐公路项目顺利开工建设。协调推动月饼小镇建设取得了明显成效，整治营商环境工作走上了正轨，助推创建特色旅游名县和义务教育均衡发展工作分别顺利通过自治区和国家验收，脱贫攻坚工作通过自治区核验。

三、强化服务保障，代表履职有新作为

深化和拓展代表工作，切实做好代表履职服务和保障，充分发挥代表在推动合浦经济社会发展中的重要作用。

（一）依法履职培训有突破。进一步拓宽代表业务学习培训内容，不断提高代表依法履职水平。协调组织人大代表培训2期，邀请领导、专家、教授向人大代表宣讲十九大精神和《新宪法修正案解读》《基层人大代表工作理论与实践》《塑人性强党性》等专题辅导。组织部分县人大代表赴深圳通过专题培训、现场教学、互动教学等方式，学习借鉴深圳改革与创新发展的成功经验。同时，组织乡镇人大主席、副主席、人大秘书开展业务培训，提升乡镇人大工作人员的整体素质和履职能力。协助市人大做好市人大代表的学习培训工作。定期向代表通报常委会重要工作和活动情况，保障和拓宽了代表知情权、参与权。

（二）“双联”制度落实有成效。坚持常委会组成人员联系人大代表、人大代表联系群众制度。邀请代表列席常委会会议和参加调研、视察、执法检查、绩效考评等活动，为代表依法履职提供服务与支持。加强履职考核，抓好常委会组成人员联系代表、代表联系群众制度落实，激发代表履职活力。常委会组成人员联系人大代表73名，人大代表联系群众552名，一年来，走访群众2045人次，为基层单位和群众办实事496件，有效密切了与人民群众的联系。

（三）代表依法履职有平台。建成乡镇人大代表履职活动中心15个、代表之家26个。各乡镇和相关村委会充分发挥代表履职平台的作用，组织各级人大代表开展联系选民、联系群众、为民代言、为民服务等活动，均取得了良好的效果。我县的代表履职平台建设工作在2018年全市乡镇（街道）人大工作座谈暨经验交流会上得到了北海市人大常委会的充分肯定和与会人员的一致好评。

（四）代表建议办理有进步。对县人代会三次会议期间代表提出的建议、批评和意见进行归纳、整理、分类,支持县人民政府及时召开代表建议交办会,明确办理任务,落实承办责任。加强代表建议督办工作,坚持重点建议督办制度,将社会关注度较高的代表建议进行再梳理、再交办,由县人大常委会领导领衔重点督办,推动解决了一批事关经济社会发展和人民群众切身利益的突出问题。开展代表建议办理征询意见工作,对代表建议办理实行绩效考评。听取审议代表建议办理工作情况报告,推动“一府两院”改进办理方法措施、提高办理质量与效率。县十六届人大三次会议以来,代表提出的75件建议已全部办理答复,反馈满意率达100%。

四、加强自身建设,履职能力有新提升

坚持“内强素质,外树形象”,持续抓好自身建设各项工作,为全面完成各项目标任务奠定了坚实的组织保障和能力基础。

(一)思想政治建设切实加强。把坚持党的领导贯穿到人大工作的各方面、各环节,自觉在思想上政治上行动上同以习近平同志为核心的党中央保持高度一致,不断强化政治责任,保持政治定力,把准政治方向,提高政治能力。牢固树立“四个意识”、坚定“四个自信”、践行“两个维护”,始终把思想政治建设摆在人大党组工作首位,认真落实全面从严治党主体责任。把意识形态工作纳入党建工作,强化意识形态责任落实。加强对常委会组成人员和机关干部的思想政治教育,把常委会组成人员和机关干部在学习教育中激发出来的热情干劲转化为干事创业的动力。

(二)业务能力建设不断提升。强化政治理论学习,巩固和深化“两学一做”学习教育成果,切实提高工作责任感、使命感。加强业务知识学习,通过“请进来、走出去”的方式,对常委会组成人员和机关干部进行业务培训。组织部分常委会组成人员、县人大代表赴区内上林、德保、大新、龙州、上思、靖西等县学习人大监督工作经验,切实增强业务能力和水平。认真贯彻民主集中制原则,严格常委会组成人员守则,规范履职行为,严肃会风会纪,改进审议工作,提高审议质量,有效地提高了常委会工作质量。加强人大机关作风建设,充分发挥人大各专门委员会和常委会工作机构、办事机构的作用,严格执行制度,改善办公环境,不断改进和创新办文、办会、办事方式方法,全面提升人大机关工作效率。

(三)党风廉政建设扎实有效。贯彻全面从严治党要求,强化党风廉政建设,严格贯彻执行中央八项规定精神和党风廉政建设各项制度,落实县委整顿工作作风、优化营商环境的部署,按照“三坚持两改变”要求,做到有令必行、有禁必止。坚持深入基层、深入群众调查研究,广泛倾听民声、了解民情、集中民智,使人大工作更加贴近民心、顺应民意、惠及民生,始终保持同人民群众的紧密联系。

(四)各项工作任务全面完成。实行县人大常委会领导联系指导乡镇人大工作制度,将挂点乡镇的重点工作与人大工作同谋划、同部署、同落实,确保了各项工作同步推进。坚持把信访工作作为密切联系群众的一个重要途径,充实人大信访工作力量,做到信访事项件件有着落,事事有回音。年内共受理群众来信23件次,接待来访50批次190人次,为化解社会矛盾发挥了积极作用。自觉接受上级人大的指导,积极配合自治区人大和北海市人大到我县开展工作调研和立法调研,对有关法律法规的贯彻实施进行执法检查,全面完成了上级人大交办的工作任务。积极支持和指导乡镇人大抓好各项工作的落实,推动乡镇人大工作人员配备,促进乡镇人大工作走上正常轨道。积极配合做好区内外各地人大到我县调研、检查、考察、视察、学习等服务工作。

各位代表,过去一年县人大常委会工作取得的成绩,是县委坚强领导的结果,是全体人大代表、各专门委员会、常委会办事机构和工作机构工作人员辛勤工作的结果,是县人民政府、监察委员会、人民法院、人民检察院密切配合的结果,是全县人民和社会各界大力支持的结果。在此,我谨代表县人大常委会向关心和支持人大工作的同志们、朋友们表示崇高的敬意和衷心的感谢!

在肯定成绩的同时,我们也清醒地看到工作中还存在一些不足和薄弱环节:一是财经、法律等专业人才缺乏,制约了监督工作效率及质量的提升;二是督促决议决定、审议意见和建议办理的落实力度还需进一步加大;三是代表履职平台建设和代表主体作用的发挥还有待进一步加强;四是机关参谋助手作用、服务保障水平有待进一步提高。对此,我们要认真研究,切实加以改进。

2019年主要工作安排

2019年,是新中国成立70周年,做好今年各项工作意义重大。县人大常委会将继续深入贯彻习近平总书记关于坚持和完善人民代表大会制度的重要思想,认真落实县委十二届十一次全会决策部署,求真务实、开拓创新,把人大机关建设成为全面担负起宪法法律赋予的各项职责的工作机关、同人民群众保持密切联系的代表机关，奋力开创新时代人大工作新局面。

一、坚持党的领导，更加有效地履职尽责

继续深入学习贯彻习近平新时代中国特色社会主义思想和党的十九大精神，进一步加强理论武装，把握好人大的角色，以高度的政治自觉和行动自觉贯彻落实习近平总书记关于坚持和完善人民代表大会制度的重要思想，把坚持中国共产党的领导，坚持走中国特色社会主义发展道路，坚持和完善人民代表大会制度，坚持人民当家作主，坚持全面依法治国，坚持民主集中制，坚持全面贯彻实施宪法，坚持以良法促进发展、保障善治，坚持正确监督、有效监督，坚持民有所呼、我有所应（简称“十个坚持”）贯彻落实到人大工作的各方面，落实到履职尽责的全过程，着力提升常委会履职质量，提高人大工作效率，全面推进监督、决定、任免代表等工作向更高的层面提升。

二、坚持依法履职，更加有效地服务发展

创新监督方式，更加有效地推进监督工作。突出监督重点，拓展监督内容，改进监督方式，促进人大监督工作创新发展。加强法律实施监督，开展《中华人民共和国动物防疫法》《中华人民共和国城乡规划法》《中华人民共和国体育法》等法律落实情况的执法检查，确保法律法规正确实施。发挥各种监督形式特点，加强专项工作监督，对城乡居民医疗保险基金管理、科技成果转化、国有资产管理、城乡生活污水处理等工作进行调研。深化财政预算、国民经济和社会发展计划、债券资金管理使用及日常经济运行的审查监督，支持政府贯彻新发展理念，提高发展质量和效益。健全督办工作机制，加强对常委会审议意见、视察调研意见建议等办理情况的跟踪检查。加强政府规范性文件备案审查工作，推动出台政府向人大常委会报告国有资产管理情况制度。开展监察委员会对人大负责并接受监督的实践探索。

严格法定程序，更加有效地加强重大事项决定和人事任免工作。贯彻落实中央、自治区、市委和县委的要求，抓住经济社会发展中带有全局性、根本性、长远性的问题，人民群众普遍关注的重大事项、重大项目，依法作出决议决定，把县委的决策部署通过法定程序变成全县人民的共同意愿。坚持党管干部与人大依法任免有机统一，严格按照法律规定和法定程序，认真做好人事选举任免工作，确保县委人事安排意图顺利实现。

三、坚持主体地位，更加有效地发挥作用

坚持代表主体地位，深化和拓展代表工作，支持和保障代表依法履职，充分发挥代表在全县经济社会发展和民主法治建设中的重要作用。加强代表思想作风建设，抓好代表学习培训，提高代表政治站位、法治素养、履职能力。坚持常委会组成人员联系代表制度，推进常委会向代表通报重要情况、征求意见等工作，扩大代表参与常委会工作的广度和深度，拓宽代表知情知政渠道，更好发挥代表在履职监督工作中的作用。推动“一府一委两院”定期召开代表座谈会，就重大决策和工作征求代表意见，畅通社情民意表达和反映渠道，更好发挥代表依法履职、监督推动作用。坚持建管并进、注重使用、发挥作用，继续推进代表履职平台建设。改进代表建议督办考评工作，促进工作落实到位、问题得到真正解决。督促代表依法履行代表义务，自觉接受人民监督。

四、坚持自身建设，更加有效地与时俱进

始终把政治建设摆在首位，树立“四个意识”、坚定“四个自信”、坚决做到“两个维护”。坚持用习近平新时代中国特色社会主义思想武装头脑、指导实践、推动工作。优化常委会会议组织方式和会议议题安排，完善审议监督机制，切实提高常委会审议效果。探索建立履职档案管理制度，促进常委会组成人员勤勉尽责。加强作风廉政建设，严格落实中央八项规定精神和区、市、县实施办法，深入整治“四风”，优化营商环境。严格工作制度，抓好作风建设，规范机关运行。加强沟通协调，发挥各专门委员会、办事机构、工作机构作用，激发工作活力。抓好机关党建工作，强化宣传和意识形态工作。继续做好常委会领导、机关基层联系点工作。全力完成县委部署安排的脱贫攻坚等工作任务。主动配合、自觉接受上级人大的指导。加强对乡镇人大的指导，共同推进全县人大工作提升水平、与时俱进，更加有效地适应新时代人大工作的需要。

各位代表，新时代需要新担当，新征程要有新作为。让我们更加紧密地团结在以习近平同志为核心的党中央周围，在县委的坚强领导下，以高度的政治责任感和历史使命感，忠诚履职，锐意进取，永不懈怠，以勤政廉政、干净干事、奋发有为的精神状态，为适应新时代人大工作需要、努力推动合浦高质量发展、奋力谱写合浦发展新篇章而努力奋斗，以优异的成绩庆祝中华人民共和国成立70周年！

政府工作报告

——在县十六届人大第四次会议上

李安洪
2019年2月26日

各位代表：

现在，我代表县人民政府向大会报告工作，请予审议，并请县政协委员和列席会议的其他同志提出意见。

一、2018年工作回顾

过去的一年，在市委、市政府和县委的正确领导下，在县人大及其常委会、县政协的监督支持下，全县上下以习近平新时代中国特色社会主义思想为指导，深入贯彻党的十九大精神，坚持稳中求进工作总基调，全力推动经济社会高质量发展。据统计，2018年全县完成地区生产总值增长8.3%；规模以上工业总产值增长19.6%；规模以上工业增加值增长19.1%；固定资产投资增长18.5%；社会消费品零售总额增长10.3%；城镇居民人均可支配收入增长6.5%；农村居民人均可支配收入增长9.6%。财政收入14.61亿元，增长17.7%，总量和增速在全区71个县(市)中分别位列第14位和第7位，均比2017年提升5位。各项主要指标完成情况好于预期，较好地完成了县十六届人大三次会议确定的目标任务。

(一)重点工作亮点纷呈。义务教育均衡发展工作提前一年高分通过国家评估验收；以全区第二名优异成绩获评“广西特色旅游名县”，入选首批自治区级全域旅游示范区创建县；合浦大月饼获批“国家地理标志保护产品”，合浦县获得“中国大月饼美食之乡”称号，月饼小镇成功入选第一批广西特色小镇培育名单；再次获评为自治区双拥模范县。成功举办协办了环广西公路自行车世界巡回赛、“奔跑吧·广西”生态马拉松系列赛、2018中国月饼文化节、“中华文化八桂行——走进合浦”活动、首届合浦海上丝绸之路(始发港)文化节、汉代海上丝绸之路学术研讨会、“灵渠—合浦”海上丝绸之路历史溯源研讨会等国际、国内文化体育盛会。年内省级以上媒体正面报道500多篇次，央视国际频道连续播出4集《国宝档案》向世界介绍“大汉合浦郡”，以合浦始发港为背景的历史大剧《沧海丝路》在央视八套播出。合浦的城市软实力和文化影响力进一步增强。

(二)招商引资成果丰硕。外出招商推介达40多次，成功举办30多场重大项目集中签约活动，全年新签约项目26个，合同投资总额228亿元，到位资金98.8亿元。新签约项目合同投资总额和到位资金均为历年之最，其中超亿元项目18个，超10亿元项目5个。相继引进了总投资62亿元的广西新福兴硅科技、总投资32亿元的万华农作物秸秆综合利用等一大批投资规模较大的重大项目。加强区域合作招商，川桂合作3个产业园项目已签约落户，合浦—嘉善现代产业园已有杭州分数科技等3个项目陆续开工。

重招商，强落地。全县重大项目建设强力推进，全年征收土地4234.7亩，土地出让收入80032万元，首次突破8亿元大关。推进重点项目开竣工52个，全县5000万元以上投资项目达54个，增长14.9%，拉动固定资产投资增速18.5%，有效带动了投资增长，发展动能显著增强。

(三)工业基础不断夯实。培育“工业树”“产业林”取得新成效。编制完成食品加工、木材加工两个“产业树”全景图，并按图招商，重点培育打造“3+2”主导产业，初步形成集群效应，加快营造“产业林”。食品饮料、木业家居、海洋经济三大产业年产值分别达到33.4亿元、48.7亿元、101.34亿元。硅材料产业发展规划编制完成，沙岗硅材料产业园建设加快推进，晶谷矿业等一批硅产业项目前期工作有序开展。构建产业平台取得新突破。合浦工业园区“一镇两园”建设初见成效，月饼小镇核心区完成投资8.58亿元，基础设施基本完工，首批入驻的10家企业陆续竣工投产；北部湾(合浦)林产循环经济产业园引进了12个林产加工及配套项目，3个建成投产，5个在建；产业转移园8栋标准厂房均全部开工建设，其中2栋已交付使用，6栋基本完成主体建设。铁山东港产业园码头、主干路网建设初显雏形，配套项目建设全面铺开，新福兴、蜀港等产业项目纷纷入驻。工业企业提质升级步伐加快。工业投资完成17.5亿元，增长69.32%；其中工业技改投资完成11.36亿元，增长170.24%。工业用电量5.98亿千瓦时，增长59.9%。中粮、果香园等一批传统重点企业不断发展壮大，华润水泥、理昂热电等新投产企业逐渐发挥贡献。全年新增规上企业16家，规上工业产值、规上工业增加值分别增长19.6%、19.1%。惠来宝、黄记食品等企业5个产品上榜“广西名牌产品”，精一公司获“市长质量奖”。

（四）文旅产业强劲增长。文旅融合加快发展。海丝申遗工作扎实推进，合浦汉墓群、大浪古城遗址和草鞋村遗址3处海上丝绸之路遗址保护力度增强。合浦汉墓群与汉城考古遗址公园总体规划初稿完成，积极申报创建国家考古遗址公园城市，成功获得国家考古遗址公园十周年庆典和首届国家考古遗址公园文化艺术节联合承办资格。旅游发展基础显著改善。总投资98.11亿元的70个涉旅项目加快推进。海丝首港、台湾渔业风情小镇、廉州古城等一批特色旅游景区扎实推进。广西最大的县级旅游集散中心——合浦旅游集散中心建成投入使用，星岛湖旅游区入选全区首批广西生态旅游示范区，建成全市唯一的四星级汽车旅游营地1家、三星级汽车营地2家，新增旅游厕所20座，新增自治区五星级乡村旅游区1家、广西五星级农家乐2家、四星级农家乐2家。文旅产业带动成效突显。全年接待游客达815.3万人次，增长58.87%；国内旅游消费79.94亿元，增长18.22%，游客人数和旅游收入创历史新高。文旅产业带动服务业增长8.3%，拉动经济增长4.52个百分点，逐渐成为合浦经济社会发展增长的新引擎。

（五）农业农村加快发展。农业经济稳步提升。大力实施“乡村振兴”战略，实现农林牧渔业总产值156.78亿元，增长5.5%。构建了万亩豇豆产业基地、万亩水果产业基地、万亩对虾养殖基地和超亿元现代渔业休闲观光基地“3+1”主导产业体系，打造东园奶水牛、利添（果香园）水果、烟楼净化蚝等7个农业循环产业链。县级“5+2”村级“3+1”特色产业覆盖率达100%。全县主要农作物良种覆盖率超过96%，主要农作物耕种收机械化率达到53.8%，机耕面积175万亩。“三品一标”农产品达25个，认证面积超过19.7万亩。建成农村电商村级服务站575个，电子商务平台覆盖全县222个行政村，覆盖率达90%以上。现代农业示范园区建设持续推进。成功创建自治区级凤翔肉鸡产业核心示范区等各级示范区（园、点）102个，累计建成示范区120个，共实现产值20亿元，增长15%。新增农民合作社115家，家庭农场61家，建成畜禽、对虾、豇豆、辣椒、香蕉、沃柑等村级示范基地253个。石康豹狸龙窑古镇等一批田园综合体项目加快推进。乡村治理力度加大。着力落实“人规地产城”五个方面工作，完成40个乡村规划。投入2770万元做好农村生活垃圾清运工作。行政村（社区）100%建成“农事网通”“阳光红页”平台。抓好乡风文明建设，创建县级文明村镇41个，建立乡风文明行政村示范点15个。西场镇老温村荣获自治区“美丽广西”乡村建设示范村，山口镇永安村古城村等7个自然村荣获“绿色村屯”称号。

（六）生态治理扎实推进。生态环境明显提升。全力推进“两江两区两库”治理攻坚，南流江、西门江实现沿岸200米禁养区范围规模化畜禽养殖场“清零”，水质达到自治区考核标准；红树林、儒艮保护区非法养殖得到全面清理；有效解决了洪潮江、牛尾岭水库多年饮用水水源地环境不达标的问题。农业面源污染、土壤污染防治取得成效，全年累计清理田园废弃物13万吨，清捡田园面积20万亩。完成6个入海排污口整治，近岸海域水质保持稳定提升。实施秋冬大气污染综合治理攻坚行动，空气质量优良天数为330天，优良率为94.8%，比全区平均水平高3.2个百分点。环境监管水平逐步提高。抓好中央环保督察“回头看”反馈问题整改工作，43个问题依时办结。全面推行县、乡镇、村三级河长制，开展河流联合整治。依法立案查处环境违法案件29宗，排查整治“小散乱污”企业12家。开展国土资源动态巡查1000多次，发现并有效制止违法行为100多起。立案查处非法采矿点（矿坑）55个、非法堆场（洗砂点）63个。深入开展打击非法采砂、“治超”等工作，依法查处非法采砂案件26起，拆除清理砂场堆场68个，恢复沙滩1800亩，促进生态环境持续优化。生态环保项目有序推进。县城污水处理厂提标改造工程和星岛湖镇污水处理厂竣工投入使用，完成南流江沿岸5个乡镇污水处理厂配套管网建设，新增污水管网18.4公里。基本完成工业园区雨污管道分流。南流江西门江环境综合整治PPP项目完成公开招标。牛尾岭水库综合环境整治8套村级污水处理设施、总江口饮用水源地保护工程全面竣工。

（七）脱贫攻坚纵深推进。全年整合投入财政专项扶贫资金2.33亿元，对标对表落实政策，圆满实现21个贫困村和贫困户1040户4685人脱贫摘帽。产业扶贫在原来三种模式的基础上，创新探索了“扶贫车间”模式，已创建扶贫车间12个。全县273个行政村(社区)集体经济收入均达到3万元以上,其中5万元以上的有119个、占43.59%。建设农村硬化道路194公里、新建和危改主要桥梁4座;在41个贫困村实施了一批民生水利工程,改善2.5万人的饮水条件,新增或恢复农田灌溉排涝面积5.4万亩。需要危改的贫困户全部落实指标,2018年脱贫户150户全面建成入住。

(八)民生福祉不断改善。在资金、土地方面对民生事业重点倾斜,全年投入民生领域资金达44.64亿元,增长9.7%,占财政总支出的84.83%;划拨土地995.95亩用于民生事业发展,占全年总供地面积的24.61%。教育卫生加快发展。投入4.37亿元建设教育项目311个,招聘380名教师充实乡村学校,义务教育均衡发展工作顺利通过国家级评估验收。投入5.32亿元推进县人民医院住院综合楼等9个项目建设,建成县妇幼保健院保健综合楼等3个项目。我县被评为全国基层中医药工作先进单位。城市环境稳步提升。投入1.92亿元推进龙门江公园、县城外东环路(北段)、北河水系整治等重点城建项目,县体育馆、游泳馆实现封顶。投资0.87亿元实施其他市政基础设施建设项目,改造提升了一批小街小巷,绿化、美化、亮化了一批城市道路。社会保障更加健全。城乡低保、特困人员供养、医疗救助等累计补助超过1.2亿元。全县城乡居民基本养老保险、基本医疗保险参保人数分别达27.72万、87.98万,覆盖率分别达93.65%、94.03%。办成一批民生实事。新增城镇就业人数5537人、农村劳动力转移就业6625人;城镇登记失业率控制在4%以内。新开工建设城市棚户区改造777户(套)。新增公共租赁住房180套,发放城镇住房保障家庭租赁补贴803户。完成农村危房改造1386户、改厨改厕各20000户。升级改建市政公厕15座,建成市政民生道路43条,西门江一号路、科园路南段、文体中心二号路等"断头路"彻底打通。常乐大桥顺利建成,常乐绕城路、公馆经曲樟至常乐公路进展顺利。农村道路硬化、城乡农贸市场改造、"平安合浦"五期工程、县城机动车位增设、村级公共服务中心建设等实事按计划完成。

(九)社会大局和谐稳定。安全感满意度持续提升。2018年我县群众安全感单项得分95.96分,比上年提升3.37个百分点;社会稳定八项动态指标全区排第26位,比上年晋升22位。信访工作"三化"建设不断推进。群众信访服务中心标准化规范化建设顺利通过自治区信访局评估验收。各类矛盾纠纷调结率达到97%。群众信访事项同比下降19.64%,集体访批次、人次分别下降27.45%、41.85%。平安合浦建设扎实有效。强化社会治安防控体系建设,以"神剑"系列专项行动为引领,深入开展"扫黑除恶"、禁毒专项整治和涉枪违法犯罪"三大战役"攻坚行动,刑事案件、"两抢一盗"发案率下降34.1%,全年有317天"两抢"案件零发案,58天刑事警情零发案。率先在全区实现县级禁毒办实体化运作,成功摘掉全国禁毒重点整治关注地区和广西涉枪重点整治地区的"帽子"。星岛湖镇入选全国"扫黄打非"进基层示范点。安全生产形势平稳。加强对消防、交通、烟花爆竹、危化品等行业领域安全隐患排查、打击、查处力度,有效地遏制重特大事故的发生,安全生产形势稳定好转。全区食品药品安全示范县创建工作深入推进。

(十)深化改革释放活力。农村土地制度和集体产权制度改革、群团改革等7项上级下达的年度重点改革任务顺利完成。"放管服"改革力度加大,保留县本级行政许可项目265项,下放乡镇6项。继续深入清理规范各类证明事项,推进"多证合一、一照一码"、先照后证等商事制度改革,新登记市场主体7186户,增长6.24%,各类市场主体突破3.38万户。农村土地承包经营权确权登记颁证工作基本完成,颁发土地承包经营权证书15.33万本,颁证率达95.87%。配合推进国家监察体制改革,城乡义务教育一体化改革、医药卫生体制改革、事业单位法人治理结构建设试点等扎实推进,消防、边防转隶地方的改革任务如期完成。

(十一)营商环境持续改善。开展优化营商环境大行动,出台了一批创新优化营商环境的制度措施,逐步营造快捷、高效、规范、透明的营商投资环境和政务服务体系。进一步提升审批服务效能,梳理公布786个政务服务一次性告知清单,725个"最多跑一次"事项清单,5个"一次不用跑"事项清单,取消证明事项20项,容缺办理事项213个,网上申报开通事项开通率达95.7%。健全完善县、乡镇两级政务中心,在政务大厅设立帮办中心,企业证照办结时间从原20个工作日缩减到1个工作日,六大类133项涉税事项只需要往返一次即可办结,不动产登记流程办结时限由原来的20个工作日压缩为13个工作日,政务中心窗口办理满意率达99.94%。

(十二)政府建设不断提升。坚定不移加强政府自身建设,切实强化"四个意识",落实全面从严治党主体责任,严格落实中央八项规定精神,深入开展政府系统机关作风建设"治庸提效"专项活动和"扫除慵懒散、打通中梗阻”作风建设专项整治活动，政府机关作风持续改善。坚决贯彻执行县委的决策部署，认真落实县人大及其常委会各项决定，主动接受人大和政协监督，人大建议和政协提案办复率和满意率均达到100%。严格执行民主集中制，县政府重大行政决策集中研究，召开22次政府常务会议审议各类重大事项165项。突出抓好依法行政，落实行政首长出庭应诉制度，行政机关负责人出庭应诉率达100%。全面实施“七五”普法工作，干部群众法治意识不断提升。推动审计监督全覆盖。大力推动政务公开，通过县政府门户网站主动公开各类政府信息7100多条。

此外，国防动员、民兵预备役、“双拥”、统计、科技、粮食、物价、人防、海防海权、防震减灾、气象、老龄、妇女儿童、残联、地方志、档案、水库移民、民族宗教、外事侨务等各项工作取得了新进步。

各位代表，过去一年取得的成绩来之不易。这是上级和县委正确领导科学决策的结果，是县人大、县政协矢志支持合力推进的结果，是全县人民和社会各界凝心聚力团结奋斗的结果。在此，我代表县人民政府，向全县人民，向各位人大代表和政协委员，向各民主党派、各人民团体、社会各界人士，致以崇高的敬意和衷心的感谢！

成绩固然可喜，问题依然堪忧。我们清醒地看到，经济社会发展中还存在不少困难和问题：发展质量不高，经济总量、人均水平与沿海开放县地位不匹配；县域城镇化、工业化水平偏低，现代服务业发展不充分；基础设施欠账较大，城市综合管理水平不高；财政收支矛盾突出，公共服务供给能力不足；干部担当创新能力有待进一步增强，行政效能有待进一步提升。这些问题不解决，将会让合浦错失千载难逢的机遇，必须以敢于碰硬的担当，滚石上山的勇气，扎实有力的措施去破解，去完成！

二、2019年工作安排

今年是新中国成立70周年，也是决胜全面建成小康社会、实施“十三五”规划承上启下的关键一年。做好今年的工作意义重大。

今年政府工作的总体要求是：坚持以习近平新时代中国特色社会主义思想为统领，全面贯彻党的十九大和十九届二中、三中全会精神，全面贯彻县委十二届十一次全会精神，深入落实“三大定位”新使命、“五个扎实”新要求和打造向海经济新任务，坚持稳中求进总基调，坚持新发展理念，坚持高质量发展要求，持续实施“四大战略”，全力打好“四大攻坚战”，按照县委“一二三四五”总体工作思路，以项目落实年、优化营商环境突破年为抓手，统筹推进稳增长、促改革、调结构、惠民生、防风险工作，保持经济持续较快健康发展和社会大局稳定，迈出高质量发展坚实步伐，为全面建成小康社会打下决定性基础，为建设壮美广西、共圆复兴梦想作出更大的贡献，以优异成绩庆祝新中国成立70周年。

今年全县经济社会发展的主要目标是：地区生产总值增长10%，财政收入增长8%，固定资产投资增长10%，规模以上工业增加值增长13%，社会消费品零售总额增长10%，城镇居民人均可支配收入增长8%，农村居民人均可支配收入增长10%，金融、财政风险得到有序有效防控，生态环境持续改善，各项社会事业与经济建设协调发展、同步提高。

为实现上述目标，我们重点抓好以下工作：

（一）以招商和项目建设为抓手，全力培育发展新动能。认真落实市委“项目落实年”的部署，组织开展“重大项目建设攻坚突破年”活动，坚定不移扩投资上项目。

坚定不移狠抓招商引资不松劲。理顺铁山东港产业园、合浦工业园经费保障机制，加强园区专业招商队伍建设，强化精准招商。完善招商奖励措施，发挥考核激励导向作用，提升乡镇招商引资发展经济的积极性。大力发展“飞地经济”，突出企业招商、以商招商，形成引来一个、带来一批的聚集效应。强化产业项目招商，重点面向东部沿海发达地区、京津冀等地，围绕食品饮料、木业家居、硅材料和海洋经济等开展产业链招商。力争2019年招商引资合同投资额超200亿元，项目到位资金突破100亿元。

坚定不移抓好招商项目落地。实施营商环境优化和重点项目攻坚行动，集中土地、能耗指标、环保排放指标等要素，优先扶持重点工业项目实施。组成21个工作组推进征地搬迁工作，简化征迁领导决策过程，加快经费拨付，解决好被征地农民的就业用地、社保等历史遗留问题，力争全年完成项目用地征迁5000亩以上。重点抓好新福兴硅科技、万华生态板、海拓华擎生物芯片等重大优质工业项目落地建设。

坚定不移推进重大项目建设。继续完善项目推进“1+9”工作机制，落实好“五个一”工作要求，及时协调解决项目用地、资金等困难问题，形成项目谋划、开工、建设、服务等闭环推进链条，强化目标、过程、进度管理，推动重点项目早谋划、早开工、早落地、早见效。集中精力服务好合湛高铁、松旺至铁山东港高速公路、兰海高速（合浦段）改扩建、滨海公路大风江至高德一级公路等区域互联重大项目建设；加快推进一批工业经济、文化旅游、现代农业等项目。发挥重大项目支撑引领作用，切实保障投资增长后劲。

（二）以转型升级为抓手，全力推动工业高质量发展。按照强龙头、补链条、聚集群的要求，大力补好“短板”，发展壮大工业经济。

加快营造“产业林”。优化完善全县产业布局，着力培育打造“3+2”主导产业。食品饮料产业，加快推进福建食品园、香港大地烘焙食品等项目开工建设，月饼小镇入驻企业投产见效；木业家居产业，推进万华生态板等5个项目开工建设，艺美创意木质工艺品等3个项目建成投产；硅材料产业，做好资源优势转化为产业优势的文章，沙岗硅原料产业园要实现2家工业企业建成投产，服务好信义玻璃集团硅原料供应项目，有序复产新福兴东科项目，加快打造硅材料产业链。

加快打造产业平台。铁山东港产业园完成榄根作业区2个十万吨级、3个5000吨级泊位工程主体，开工建设“四个一工程”、龙腾路北段、进港大道，海发路实现通车，通过PPP加快建设污水处理厂等重点项目，尽快打通出海通道。合浦工业园7月前完成月饼小镇核心区的路网、月饼博物馆、月影湖项目建设，12月前完成科技研发楼外立面装修、商业步行街主体建设。力争全部完成标准厂房一期建设。处置一批低效用地和厂房，提升园区节约集约用地水平。林产循环经济产业园争取完成水厂供水，开工建设污水处理厂等一批基础设施。湛江—北海粤桂北部湾经济合作区要推进红树林、儒艮保护区确界工作，加快推动合作区规划建设步伐，启动合作区产业转移园建设，为区域开放合作奠定坚实基础。

加快推进工业转型升级。着力帮助企业解决用地难、招工难、融资难以及物流成本贵等问题。加强金融对实体经济的支持，深化政银企合作，保障优势产业、重点项目融资需求。出台创业扶持政策，鼓励全民创业，培育壮大市场主体，积极推动企业“个转企”“小升规”，力促中小微企业遍地开花，完善培育企业“上规上限”激励政策，全力新增16家规上企业。实施商标品牌带动战略，扩大名牌产品集群。提升烟花爆竹行业规模化、机械化、规范化水平，引导制糖、建材、高岭土等产业提质升级，让传统产业焕发活力。抓好华润水泥新增垃圾焚烧发电、中粮新增果脯糖浆生产线等项目，服务惠来宝模式化多用途农业装备新生产线、建丰制衣扩能项目年内投产，形成工业高质量发展的良好态势。

（三）以创建全域旅游示范区为抓手，全力提升文化旅游发展水平。深入挖掘汉代文化和海丝文化底蕴，全面启动全国全域旅游示范区创建工作，配合北海市创建国家级全域旅游示范市，力争全年实现接待旅游人数增长30%，旅游消费增长20%。

努力打造海丝文化。加快推进国家考古遗址公园城市建设，承办好国家考古遗址公园十周年庆典和首届国家考古遗址公园文化艺术节。加强与东盟国家文化遗产保护交流与合作，继续组织召开海丝文化国际学术研讨会。扎实开展“海丝”申遗工作，完成草鞋村遗址和大浪古城遗址的征迁工作。进一步提升海上丝绸之路始发港的文化影响力。加强重点文化遗产保护利用，启动大成殿、孔庙等一批名胜古迹的修缮工作。

努力抓好旅游景区景点建设。编制海丝文化旅游带规划，以海丝首港、汉代文化博物馆、大浪古城等为重点，整合开发西门江流域的众多名胜古迹、遗址资源。抓好更螺国际康养度假岛等项目的落地建设，加大国家考古遗址公园、廉州古城等一批项目的招商引资力度，鼓励引导社会资本进入旅游领域，力争东园家酒产业园、星岛湖旅游度假区等景区创建成为国家4A级旅游景区。以廉州、党江、曲樟等乡镇为主，继续打造一批乡村景区景点。

努力提升旅游服务水平。推进现有3A级以上重点景区和自治区四星级以上乡村旅游区提质升级。以旅游集散中心为枢纽，进一步完善旅游交通网络，实现从机场、车站到主要景区公路交通的无缝对接。继续培育一批旅游餐厅和高星级旅游酒店，修缮改建一批公共停车场、旅游厕所、游客服务中心，形成完善的旅游配套。规范行业管理，加强旅游从业人员的培训。

努力加强旅游宣传。充分发挥广西特色旅游名县品牌效应，加大旅游营销力度，坚持走出去，继续举办合浦旅游推介会和促销活动。加强与知名旅行社、知名网站的合作，开展“重走总书记视察线路”、汉文化及海丝路体验线路、两广人游合浦等旅游宣介活动，扩大合浦旅游影响力和吸引力。

努力实施“旅游+”融合发展。实施“旅游+文化”，加快国家考古遗址公园项目建设，与合浦汉代文化博物馆、汉闾文化公园形成汉文化特色旅游区。实施“旅游+工业”，加快月饼小镇等工业旅游项目建设，促进特色工业旅游。实施“旅游+农业”，加快龙窑古镇、台湾渔业风情小镇等项目建设，促进乡村旅游发展。实施“旅游＋康养”，加快闸口仙人桥大健康特色小镇、昌和长者疗养服务中心项目建设，不断丰富旅游产品供给，推动实现文化旅游产业融合新突破。

（四）以深化“放管服”改革为抓手，全力优化营商环境。扎实开展“优化营商环境攻坚突破年”活动，以更大决心、更严标准、更实举措，营造审批事项更少、办事效率更高、服务水平更优的营商环境。

提升行政审批效能。加大清理行政审批等事项和简政放权力度，继续取消调整一批行政许可事项、公共服务事项和行政审批中介服务事项。比照北海市标准，精简项目建设审批程序，对投资项目实行并联审批。推进互联网＋政务建设，努力打造数字政务一体化平台，建好“一张网”，只进“一扇门”，实现“最多跑一次”。减少企业开办环节、压缩开办时限，营造宽松便捷的准入环境，进一步激发市场活力。

提升项目服务保障。落实县领导联系重大项目机制，充实县乡政务服务帮办中心人员，为企业和项目提供代办服务，努力实现项目服务“一条龙”。建立“企业服务联席会议制度”，将全县各乡镇、各职能部门、各产业园区纳入“联席会议”成员单位，统筹解决企业的难点、痛点和堵点问题，打通服务企业的“最后一公里”。

提升政务服务水平。出台政务服务工作激励机制，加强服务窗口人员的管理与培训。大力践行“三坚持两改变”，倡导“四重四戒”理念，严肃整治“中梗阻”等不良作风，解决庸懒散拖推问题，形成“处处都是营商环境，人人都是形象使者”的良好氛围。

（五）以落实“3456”工作任务为抓手，全力推动乡村振兴。制定实施乡村振兴战略行动计划，推动农村加快实现产业兴旺、生态宜居、乡风文明、治理有效、生活富裕。

努力加快农业农村基础建设。继续推进百曲围和南域围海堤标准化建设、南流江主要支流及中小河流治理、农村饮水、高标准农田建设和土地整治等基础设施建设。建成总江水闸除险加固工程，启动2019年村屯道路硬化项目，建设农村公路60公里。

全力巩固提升现代农业发展。继续依托豇豆、水果、对虾养殖三大主导产业，围绕七大农业循环产业链，打造农业特色优势产业体系。全面完成60万亩粮食生产功能区和糖料蔗生产保护区划定工作。稳定粮食生产，狠抓“菜篮子”工程建设，创建各级现代农业示范区105个。引入豇豆深加工企业，延伸豇豆产业链，做大合浦豇豆产业文章。加快推进桂台现代农渔业合作双创园项目建设，带动合浦农渔业提质升级。继续服务好凤翔企业上市，加快正邦饲料生产、规模化养殖及深加工项目落地建设。

发力推进农业供给侧结构性改革。在基本完成土地确权的基础上，抓好全县农村土地流转交易中心建设，加快推动土地流转，扶持壮大一批农业龙头企业、农民专业合作社，做好规模化农业文章。加快金石田园综合体等项目落地实施，着力打造乡村振兴示范点。积极推动农业品牌创建，重点培育打造合浦南珠、生蚝、豇豆、金花茶、花生油等多个农业特色品牌。积极构建农产品追溯体系，加快建设甲骨文农产品追溯体系项目。加快发展“互联网＋农业”，力争实现全县行政村电商服务点覆盖率达95%，全力助推合浦农产品走出去。

着力改善乡村人居环境。围绕“人规地产城”五个方面，实施合浦县农村人居环境整治三年行动、乡村风貌提升三年行动和幸福乡村活动。科学安排资金项目，重点实施“清洁乡村”巩固、“厕所革命”、污水治理、乡村特色提升、规划管控提升、长效机制提升“六大”行动。实施农村环境“六个一工程”，充分发挥村民主体作用，广泛动员村民投身美丽家园建设，推动农村人居环境持续改善。

（六）以实施城市建设提质三年行动为抓手，全力推动城乡区域协调发展。坚持协调发展理念，着眼解决城乡发展不平衡不充分的问题，加快构建城乡一体化协调发展新格局。

全面加强规划引领。按照“东扩、南联、控中、优水”的城建思路，加强规划管理和城市设计。加强城市向东，抓好城东片区城市设计的落实，打造外东环片区；加强城市向南，结合廉州湾新区规划，启动建设廉州湾新城，加快市区和县城一体化进程。抓紧修编完善合浦县城总体规划、廉州古城保护规划等一批规划，启动西场、石康、白沙、山口、党江等重点镇控制性详规和专项规划编制，全面启动1288个实用性村庄规划编制，以高水平规划引领城乡全面协调可持续发展。

全面推进城市提质发展。完成廉州镇水环境一期综合整治工程，启动二期综合整治工程，着力构建“一江两湖八道水”的水系格局。启动城南片区海丝文化小镇前期工作，实施廉阳大道风貌改造提升、209国道平阳塘至博物馆段改扩建工程，加快推进龙门江公园建设，年内开工建设政务服务中心、残疾人康复中心。继续完成一批城市“绿化、美化、亮化”

工程，改造一批小街小巷，打通一批城市断头路，不断提升城市宜居水平。

全面加强城市治理。着力抓好自治区文明城市创建，开展县城环境综合整治，逐街整治乱搭乱建等违建行为，打击乱摆乱放、乱停乱靠等城市乱象，坚决整治“四车”，年内引进一批新能源公交车投入运营，更加方便居民出行。加强城管队伍管理，加快建设城管数字化信息平台，提升城市精细化管理水平。

全面提升小城镇综合承载力。实施乡镇提升三年行动，推动城乡区域协调发展。支持乡镇实施小街小巷、排水、路灯等基础设施建设，打造乡镇特色街道，加强镇区道路风貌提升。实施乡镇路网攻坚工程，强力推进公馆经曲樟至常乐二级公路、年内完成常乐镇绕城公路。加快沙岗新区建设，推动石湾镇政府搬迁，启动乌家林产小镇前期工作。

（七）以增进民生福祉为抓手，全力补齐民生领域短板。努力办好民生实事，不断提高人民群众的获得感、安全感、幸福感。

持续抓好城乡教育均衡发展。进一步完善中小学教育教学设施，力争8月完成廉州中心小学新校区建设并投入使用，加快推进合浦一中高中部搬迁和廉州五小、五幼、公馆五幼续建项目。补充教师280名，引进高端教育人才60名。开展学区制改革，合理配置教育资源，着力解决县城“大班额”“择校热”等突出问题，加快“互联网＋教育”，通过信息化建设，让名校名师课堂走向农村，乡村学生同步享受城镇优质学校的教学资源。推动职业教育做优做强，促进教育城乡一体化发展。

持续推进健康合浦建设。全面深化医药卫生体制改革，继续推进“医共体”建设，做实分级诊疗，提升远程医疗服务水平，努力实现“大病不出县”。出台引进和激励医疗卫生人才政策措施，与高校合作，培养全科医生和乡村医生85名。全面完成县人民医院、红十字会医院住院综合楼及12个乡镇卫生院能力提升建设项目，8月前完成合浦中医医院搬迁工作。开展健康促进县试点工作，巩固提高国家免疫规划工作水平，实现接种率大于90%以上。加强重大疾病防控以及艾滋病、结核病、慢性病、地方病、职业病防治工作，保障妇幼健康，完善精神卫生综合管理试点工作。

持续提高就业和社会保障水平。出台措施促进合浦籍人士返乡创业就业，力争新增城镇就业4700人以上，创业带动就业1100人，转移农村富余劳动力6500人以上，城镇登记失业率控制在4.0%以内。实施全民参保计划，全面建成多层次社会保障体系。进一步健全和完善城乡社会救助体系，严格执行低保政策，着力解决困难家庭的生活保障。

持续抓好文化体育工作。深入实施《全民健身条例》，广泛开展文化、体育活动，全年文化下乡演出25场以上，广场文艺演出12场以上。力争上半年建成县体育馆、游泳馆、综合档案馆，开工建设妇女儿童活动中心。继续承办好2019年环广西公路自行车赛，举办合浦县综合运动会。继续实施广播电视“户户通”工程，抓好农村公益性电影放映工作，全年完成2940场放映任务。

（八）以全面加强生态文明建设为抓手，全力提升生态环境建设水平。严守生态保护红线，全面加强环境保护和治理，厚植绿色发展优势。

加大生态环境保护和建设力度。全民动员，坚决打好大气、水、土壤污染防治攻坚战。继续抓好烟花爆竹禁燃限放工作。推进南流江西门江环境综合整治PPP项目一期建设工作，力争建成闸口镇海塘海堤新平堤段整治工程，加快推进县城污水处理厂二期扩建工程、合浦工业园区污水管网和泵站工程等项目建设。

加大生态环境综合治理力度。全力抓好中央环保督察“回头看”交办问题整改销号工作。持续深入实施“两江、两区、两库”环境提升攻坚工程，确保南流江、洪潮江水库等重点江河、水源地的水质稳定达标。积极配合抓好廉州湾海域综合整治。加快整县推进畜禽粪污资源化利用项目。巩固农村生活垃圾收集、转运、处理工作，完成镇级污水处理厂市场化运营，进一步提升城乡污水处理率。

加大自然资源保护利用力度。全面落实耕地保护制度，确保违法占用耕地面积占新增建设用地占用耕地总面积的比例低于8%。深入推进节约用地制度，盘活存量建设用地，优化土地要素供给，确保供地率超过70%。持续深入打击非法采矿行为，在严守生态红线的前提下，科学合理对砂石等资源进行开发利用，创建全区矿产资源开发与生态环境保护的先进县。

（九）以持续稳定增收为抓手，全力打赢精准脱贫攻坚战。精准实施“五个一批”和“九大行动”脱贫攻坚工程，着力构建大扶贫工作机制，确保完成年度8个村、7908人脱贫摘帽任务。

着力推进产业扶贫。落实县级产业精准扶贫规划和“一村一品”产业扶贫行动。通过“扶贫龙头企业＋合作社＋贫困户”“扶贫车间”等模式，加强农业龙头企业、农民专业合作社与建档立卡贫困户的利益联结,建立贫困户长效稳定增收渠道。积极盘活贫困村土地、房产等资源,使资源变资产、资金变股金、农民变股东,增加贫困村、贫困户资产性收入。年内所有贫困村集体经济收入达到4万元以上,已脱贫和计划脱贫的贫困户年人均纯收入达到4000元以上。

着力抓好保障政策落地见效。实现最低生活保障制度和扶贫开发政策有效衔接,对符合农村低保条件的建档立卡贫困户,按规定程序纳入低保范围。试点建设贫困残疾人集中供养点。落实好贫困人口教育、医疗、住房"三保障"政策,确保扶贫政策全覆盖。加强技能培训,继续实施转移就业交通补助政策,促进贫困劳动力转移就业,增加劳务收入。

着力构建大扶贫工作机制。加强行业部门抓扶贫机制落实,整合行业部门资源,继续补好基础设施及公共服务的"短板",切实改善贫困村、贫困户的生产生活条件。落实驻村帮扶、定点扶贫、社会帮扶、金融扶贫等机制。加强第一书记、驻村工作队员管理,严格执行"一挂二包"和"4321"帮扶机制,深入开展"百企扶贫"活动,广泛动员民营企业和各界人士参与社会扶贫。

(十)以创新社会治理为抓手,全力促进社会和谐稳定。突出抓好平安建设,构筑共建共治共享的社会治理新格局,全面提升群众安全感和满意度。

全力解决群众合理诉求。继续强化县领导定期轮值接访等信访工作制度,深入实施县乡两级"群众信访服务中心"标准化规范化建设。强化信访法治化建设,规范依法逐级走访和诉访分离机制,抓好矛盾纠纷化解工作,确保上访人数、批次在去年的基础上再下降。

全力推进"平安合浦"建设。完善综治信息平台、视频监控、视联网"三网合一"建设,着力提升科技强警水平。深入开展扫黑除恶斗争,加强黑恶案件深挖彻查,严惩"保护伞"。大力开展禁毒、缉枪治爆等专项行动,全力开展打击涉枪犯罪破案攻坚,进一步巩固禁毒整治成果,坚决防止"枪、毒"问题反弹。强化重点地区的治安整治,确保社会治安持续好转,全力提升全县群众安全感满意度。

全力保持安全生产严管高压态势。抓住城市禁放烟花爆竹契机,主动抓好烟花爆竹产业调整升级,提高行业安全水平。建立健全"打非治违"联合执法机制,全面开展风险点、危险源普查,铁腕整治各类风险隐患,深入打击"私炮""私油",继续保持安全生产形势稳定好转。完成全区食品安全示范县创建工作。

各位代表!习近平总书记指出:检验我们一切工作的成效,最终都要看人民是否真正得到了实惠,人民生活是否真正得到了改善。今年,我们将把80%以上的财力投入民生领域,尽最大努力把人民群众最关切最烦心的事一件一件解决好,以实实在在的成效造福珠乡人民!

三、加强政府自身建设

坚持以人民为中心,切实做到对人民负责、受人民监督,努力建设人民满意的服务型政府。

(一)坚持依法行政,打造法治政府。坚持严格依法办事,落实政府法律顾问制度,切实做到法定职责必须为、法无授权不可为,推动政府工作全面纳入法治轨道。坚持党的领导,"三重一大"事项按程序集中研究并报告;自觉接受人大和政协监督,定期向人大及其常委会报告工作和向政协通报情况,主动加强与各民主党派、工商联、无党派人士和各人民团体的沟通协商。

(二)坚持以人为本,打造服务政府。落实领导挂点联系企业制度,积极推动惠企优企政策落地,大力解决企业用电、用气、用水、用地等问题,切实降低企业成本负担。推动数字政府建设,创新政府网站管理,继续抓好新一代广西一体化政务服务平台建设,深入推进"一事通办"改革,让企业和群众办事更加方便快捷。

(三)坚持改革创新,打造效率政府。抓好机构改革,确保2019年3月底前基本完成新一轮机构改革任务。继续稳妥推进事业单位改革工作。切实增强政府系统各部门对重大决策的落实力、执行力。建立健全正向激励和容错纠错机制,加大对懒政怠政行为的追责问责力度,严厉整肃行政不作为、慢作为、乱作为,切实提高政府行政效率。

(四)坚持从严治政,打造勤廉政府。严格落实全面从严治党主体责任和"一岗双责",强化意识形态责任制,扎实推进政府系统党风廉政建设。树立过紧日子思想,严格压缩"三公"支出和一般性支出。深入贯彻习近平总书记在民营企业座谈会上的重要讲话精神,规范政商交往行为,构建"亲""清"新型政商关系,营造风清气正的良好政治生态。加强行政监督和审计监督,持之以恒正风肃纪反腐,树立清正廉明的政府形象。

各位代表,新时代新合浦,新气象新作为!让我们在市委、市政府和县委的坚强领导下,在县人大、县政协的支持和监督下，团结一心，锐意创新，苦干实干，砥砺奋进，全力以赴完成今年的各项目标任务，为实现合浦高质量发展，谱写合浦发展新篇章而努力奋斗，以优异成绩庆祝中华人民共和国成立70周年！

名词解释：

1.“五个扎实”：习总书记视察广西时要求，扎实推动经济持续健康发展，扎实推进现代特色农业建设，扎实推进民生建设和脱贫攻坚，扎实推进生态环境保护建设，扎实建设坚强有力的领导班子。

2.“三大定位”：自治区党委提出的发展定位，即“构建面向东盟的国际大通道、打造西南中南地区开放发展新的战略支点、形成21世纪海上丝绸之路和丝绸之路经济带有机衔接的重要门户”。

3.“三坚持两改变”：市委书记王乃学提出的“坚持让亲力亲为实干成事成为北海的工作文化，坚持让时时刻刻紧锣密鼓成为北海的工作精神，坚持让不断线不拖延不推诿问不倒成为北海的工作作风，改变官腔习惯，改变辩解习惯”。

4.“四重四戒”理念：大力倡导“重担当、戒推诿，重服务、戒官气，重效率、戒慵懒，重操守、戒私欲”的工作理念。

5.“四大战略”：县十二次党代会提出的“工业强县、旅游旺县、农业稳县、民生惠县”。

6.“四大攻坚战”：县十二次党代会提出的“工业产业转型升级攻坚战、文化旅游产业发展攻坚战、民生基础建设攻坚战、脱贫攻坚战”。

7.“一二三四五”总体工作思路：“一个目标”，就是推动高质量发展，打好合浦经济翻身仗；“两篇文章”，就是做好“向海经济、向东融合”两篇文章；“三大产业”，就是培育打造食品饮料、木业家居、硅材料和海洋经济、文化旅游“3+2”主导产业；“四园联动”，就是积极推进铁山东港产业园、合浦工业园、北部湾（合浦）林产循环经济产业园、湛江—北海粤桂北部湾经济合作区产业转移园联动发展；“五个建设”，就是着力建设海丝文化名城、滨海生态康养基地、现代农渔业示范基地、西南硅产业重要基地和东部产业转移重要基地。

8.县级“5+2”：“5”即5个主导产业：豆类蔬菜、茄果类蔬菜、鸡、猪、虾蚝；“2”即2个自选产业：叶菜类蔬菜、鸭。

9.村级“3+1”：“3”即3个特色产业，“1”即1个自选特色产业。

10.“三品一标”：无公害农产品、绿色食品、有机农产品和农产品地理标志。

11.“人规地产城”：即紧扣“人”做好人才支撑，遵循“规”做好规划引领，盘活“地”做好土地改革，依托“产”做好产业发展，对标“城”做好城乡融合。

12.“两江两区两库”：“两江”：西门江、南流江；“两区”：山口红树林自然保护区、合浦儒艮国家级自然保护区；“两库”：洪潮江水库、牛尾岭水库。

13.信访工作“三化”建设：信访基层基础标准化、信访基础业务规范化、信访人才队伍专业化。

14.“放管服”：“放”即简政放权，降低准入门槛；“管”即公正监管，促进公平竞争；“服”即高效服务，营造便利环境。

15.“多证合一、一照一码”：“多证合一”指将涉及企业登记、备案等有关事项和各类证照整合到营业执照上，实现一证管多证；“一照一码”指通过“一口受理、并联审批、信息共享、结果互认”，由一个部门核发加载统一社会信用代码的营业执照。

16.“最多跑一次”：是指群众或企业在申请材料齐全、符合法定受理条件的情况下办理政府部门业务，从群众申请到政府部门作出办理决定、形成办理结果的全过程中群众只需到政府部门来一次或一次不用来。

17.“一次不用跑”：是指群众或企业在申请材料齐全、符合法定受理条件的情况下办理政府部门业务，从群众申请到政府部门作出办理决定、形成办理结果的全过程中群众一次都不用到政府部门来办理。

18.“飞地经济”：飞地经济是指两个互相独立、经济发展存在落差的行政地区打破原有行政区划限制，通过跨空间的行政管理和经济开发，实现两地资源互补、经济协调发展的一种区域经济合作模式。

19.项目建设“1+9”工作机制：“1+9”即全县重大项目策划与推进领导小组和九个推进工作组。

20.项目建设“五个一”工作要求：一个项目、一个方案、一名领导、一支队伍、一抓到底。

21.PPP：广义的PPP也称3P模式，即政府部门与社会资本合作模式，是公共基础设施的一种项目融资模式。

22.全域旅游：在一定区域内，以旅游业为优势产业，通过对区域内经济社会资源尤其是旅游资源、相关产业、生态环境、公共服务、体制机制、政策法规、文明素质等进行全方位、系统化的优化提升，实现区域资源有机整合、产业融合发展、社会共建共享，以旅游业带动和促进经济社会协调发展的一种新的区域协调发展理念和模式。

23."旅游+":将旅游产业与其他业有机地结合，不仅为旅游业的发展提供内容和文化元素，同时也促进各行各业产业发展。

24."一张网":即构建网上办事大厅、实体办事大厅、移动客户端、自助终端机相结合的便民服务"一张网",实现线上线下良性互动、有机融合。

25."一扇门":完善政务服务中心建设,将与群众生产生活密切相关的行政审批事项、公共服务事项集中办理,让老百姓"只进一扇门、能办所有事"。

26."3456":即三沿、四场、五园、六带。"三沿":沿海、沿江、沿线;"四场":生态农场、林场、渔场、牧场;"五园":优质果园、菜园、花园、茶园、鱼园;"六带":水果、粮经、海养、经济林、糖料蔗、休闲农业六大特色产业带。

27."六个一工程":在每个行政村培育一支骨干力量、组建一支管理队伍、搭建一个参与平台、完善一套村规民约、组织一批建筑工匠、配备一个服务团队。

28."东扩、南联、控中、优水":东扩是优化城市发展布局,向合浦城东片区扩展;南联是合浦以南廉州湾新区、广西滨海大道规划建设,拉大城市发展框架,对接北海市区发展方向,加快推进市县一体化建设;控中是加强城中片区建设,坚持用法治思维和法治方式治理城市,持续开展县城环境综合整治,提升城市管理精细化、规范化、法治化水平。优水是加快推进廉州镇水环境二期综合整治工程,构建"一江两湖八道水"的水系格局,实现城市建设与自然生态和谐共生,切实提高和改善群众的生活环境。

29."一江两湖八道水":"一江"是指西门江,"两湖"是指龙门江水库和丰门岭水库,"八道水"是指县城北河水道、城东水道、北插江、廉南大水沟、南京水道、大戏院水沟、岭脚村水沟、爱卫街水沟。

30."四车":正三轮摩托车、电动三轮车、残疾人机动轮椅车、非法加装动力装置的非机动车。

31."五个一批":是发展生产脱贫一批、易地搬迁脱贫一批、生态补偿脱贫一批、发展教育脱贫一批、社会保障兜底一批。

32."九大行动":特色产业富民行动、农村电商扶贫行动、农民工培训创业行动、贫困户产权收益行动、基础设施建设行动、科技文化扶贫行动、金融扶贫行动、社会扶贫行动、农村"三留守"人员和残疾人关爱服务行动。

33."一村一品":是指在一定区域范围内,以村为基本单位,按照国内外市场需求,充分发挥本地资源优势,通过大力推进规模化、标准化、品牌化和市场化建设,使一个村(或几个村)拥有一个(或几个)市场潜力大、区域特色明显、附加值高的主导产品和产业。

34."一挂二包":县四家班子领导挂乡镇,单位包村、干部包户。

35."4321"帮扶机制:处级干部帮扶4户、科级干部帮扶3户、股级干部帮扶2户、一般干部帮扶1户。

36."百企扶贫":百家民营企业和商会参与的社会扶贫活动。参与帮扶的民营企业和商会在产业发展、就业安置、捐资助学、培育新风等方面实施帮扶,帮助贫困村早日脱贫致富。

中国人民政治协商会议
合浦县委员会常务委员会工作报告

——在政协第十三届合浦县委员会第四次会议上

韩传福

2019年2月26日

各位委员:

我代表中国人民政治协商会议第十三届合浦县委员会常务委员会,向大会报告工作,请予审议。

一、2018年工作回顾

2018年是贯彻落实中共十九大精神的开局之年,是改革开放40周年,也是自治区成立60周年。一年来,在中共合浦县委的正确领导和县政府的大力支持下,县政协及其常委会团结带领全体政协委员和社会各界人士,立足新时代、践行新思想、顺应新形势、把握新机遇,紧扣县委县政府重大决策部署、重点工作安排,认真履行三大职能,在助推发展中展现担当作为,在服务民生中践行为民宗旨,在增进共识中凝聚智慧力量，在锤炼自身中提升能力水平，有效地发挥了人民政协协商民主重要渠道和专门协商机构作用，为推动全县经济社会高质量发展作出了积极贡献。

（一）以新时代对政协工作的政治要求为指引，强信念把方向

一年来，县政协始终坚持把习近平新时代中国特色社会主义思想作为统揽各项工作的总纲，坚定不移地做到接受党的领导的政治立场毫不动摇，始终与党同心同德的政治态度毫不动摇，坚定贯彻执行党的路线方针政策的政治信念毫不动摇。

切实提高政治站位。坚持把学习习近平新时代中国特色社会主义思想作为一项重大政治任务。通过召开主席会议、常委会议、委员培训会议、机关干部会议等多种形式，引导各党派、各界别委员和政协工作者凝聚思想共识，树牢“四个意识”、坚定“四个自信”，坚决做到“两个维护”，始终在思想上政治上行动上同以习近平同志为核心的党中央保持高度一致。自觉接受中共合浦县委的领导，坚持重大问题、重大事项及时向县委请示汇报，听取县委对政协工作的意见；凡是政协开展的重大活动和重要会议，我们都邀请县委、县政府班子领导亲临指导，始终与县委思想上同心、目标上同向、行动上同步。

着力加强理论学习。坚持把学习摆在突出位置。专题学习研讨习近平总书记关于加强和改进人民政协工作重要思想，认真组织全体委员撰写心得体会文章和理论文章，其中，《浅谈人民政协在增强党政决策科学性、施策有效性中的作用》一文被市政协理论研究会收录，并在市政协深入学习贯彻习近平总书记关于加强和改进人民政协工作的重要思想委员培训班暨理论研讨会上进行了交流发言。深入学习贯彻《中共中央关于加强社会主义协商民主建设的意见》《中共中央办公厅关于加强人民政协协商民主建设的实施意见》等一系列文件精神，深刻认识和把握人民政协的性质定位和重要作用。一年来，举办了2期常委、委员培训班，邀请自治区政协、北海市政协和高等院校的专家学者作专题讲座，全面提升委员履职能力与水平，引领委员积极主动适应新要求、运用新理念、服务新战略、实现新作为。

全面提升党建质量。坚持围绕中心抓党建、抓好党建促发展的工作思路，以高水平党建引领政协工作高质量发展。按照《中共中央办公厅关于加强新时代人民政协党的建设工作若干意见》，认真落实新时代政协党建工作的总部署，全面推进党的政治、思想、组织、作风和纪律建设，高标准健全完善了党的组织体系和制度机制，为提高政协工作水平筑牢根基。建立健全党员委员联系制度，注重发挥党员委员在政治引领、履职建言、岗位示范、社会形象等方面的先锋模范作用，引领带动广大委员积极履职尽责，自觉把对党忠诚、为党分忧、为党尽职、为民造福作为根本政治担当。积极探索推进党的组织对党员委员的全覆盖和党的工作对政协委员的全覆盖，党建引领作用得到进一步发挥，确保党的主张和县委的意图在政协得到不折不扣贯彻执行。

（二）以新时代对政协工作的履职要求为己任，谋良策助发展

一年来，县政协自觉服从服务全县改革发展大局，始终做到县委、县政府中心工作推进到哪里，政协工作就紧跟到哪里，建言助力就体现到哪里，正能量就汇聚到哪里。

聚力全县经济社会高质量发展迈出稳健步伐。为助推全县经济社会走上高质量发展的快车道，县政协精心组织全会协商，在县政协十三届三次全会召开期间，组织委员对“一府两院”工作报告、国民经济发展计划以及事关合浦经济社会发展的重大事项进行了认真协商议政，135名委员在分组讨论中发言，31名委员在经济界别联组讨论中积极发言，提出了许多有价值的意见和建议。引导各民主党派及部分委员在充分调研的基础上，就实施乡村振兴战略、加强自然海岸线保护、发展农村电子商务、提升城市品位、推动向海经济发展、补齐社会事业短板、壮大旅游产业等议题提交大会发言27份、调研视察报告21篇、提案立案106件，内容聚焦县委、县政府中心任务，紧扣建设美丽宜居富裕和谐新合浦和努力实现高质量发展等重大决策部署，提出了许多真知灼见。年内，持续聚焦“四大战略”和“四大攻坚战”，围绕经济发展重点和社会民生难点开展系列协商咨政活动，形成了《关于调整规划设立新的产业园区的建议》《加大推进全域旅游提速合浦旅游经济发展》《关于加快合浦县林产加工业发展的调研报告》等多篇协商成果，着重针对全县经济社会发展的薄弱环节，聚焦高质量发展要求，提出要顺应发展趋势、完善要素配置、出台相关配套政策措施等意见建议。

聚力促进县域经济发展。围绕推进工业产业转型升级攻坚战，助推民营企业高质量发展，深入走访委员企业和部分民营企业，开展深度调研，形成了《关于发展壮大合浦民营经济的调研报告》《规划预留发展空间鼓励回乡发展经济》等调研报告，积极为民营企业解难纾困，为全县民营经济发展把脉问诊、

献计献策。组织驻县市政协委员和县政协委员多次到合浦工业园区和铁山东港产业园进行联合视察调研，撰写了《当前园区企业发展存在的困难和问题调研报告》，并就园区面临的困难及全县工业发展存在的短板，形成《壮大县域经济，支持合浦补齐短板加快发展》的大会发言材料，由驻县市政协委员提交市政协全会进行协商，积极呼吁市级打破行政区划界限，建立全市一盘棋的产业布局协调机制，统筹推进市县工业发展，大力支持合浦县域经济发展，引起了与会领导的高度重视。持续关注“一镇两园”和粤桂北部湾经济合作区、铁山东港产业园建设，在加强园区发展规划、合理引导产业转移、推动重点产业做大做强、提高承接产业转移综合承载能力上务实建言。

聚力促进向海经济发展。围绕落实《关于打造合浦县向海经济的行动方案》，县政协积极组织开展了“加快海养产业发展，助力向海经济”专题议政性调研活动，在政协常委会专题协商会议上，县政府分管领导和相关部门负责同志，与委员面对面协商，点对点交流，协商形成的《发挥合浦海养产业优势，助力向海经济发展的调研报告》，从创建现代渔业示范区、实施品牌培育计划、科学规划和布局海洋水产加工产业链、建设合浦外向型海洋水产品出口加工基地、加快海洋服务业提质增效等方面提出意见建议，为谋划建设向海经济创新示范县，争取上级更加重视支持我县向海经济发展发挥了积极作用。为振兴南珠产业，县政协组织了“加快合浦南珠产业发展”的专题调研，通过走访过去的一些南珠养殖专业户，并到现今南珠养殖基地——山口镇东园生态农业科技有限公司实地察看，详细了解我县南珠产业发展的现状及主要存在问题，形成《关于加快合浦县南珠产业发展的调研报告》，为扩大南珠养殖，重振南珠雄风，再次擦亮合浦南珠品牌提供了有益参考。

聚力促进“创特”工作。围绕创建广西特色旅游名县和全域旅游示范区工作，在充分调研的基础上，向北海市政协提出《关于加快合浦南国星岛湖旅游度假区规划建设的建议》的提案，市政协将之列为2018年重点提案，市政府及市政协领导领衔进行了多次现场督办，助推星岛湖旅游区建设加快步伐，打造合浦旅游品牌。去年6月份，县政协组织相关政协委员赴杭州淳安县、无锡滨湖区等地考察学习旅游区先进经验和做法，围绕推进我县全域旅游、打造旅游文化品牌、加快旅游产业发展等专题进行协商调研，结合实际撰写了《加快星岛湖旅游区建设，打造合浦旅游品牌的调研报告》《夯实创特基础 加快合浦旅游产业发展》《打造地方文化品牌，发展我县旅游产业的建议》等调研报告，为进一步夯实创特基础、增强旅游氛围、提升旅游形象和影响力提出了许多针对性强、极具可操作性的意见建议。另外，通过广泛开展界别协商、对口协商和提案办理协商，助推“创特”工作深入人心，如通过对《传承和弘扬历史文化，宜从娃娃抓起》的督办，引起了教育系统的高度重视，扎实开展小手牵大手等宣传推介活动，不但让全体师生行动起来，学生家长也积极参与到宣传合浦汉文化活动中来；县旅游局在《关于发展合浦旅游业的几点思考和建议》的办理中，重点推进汉闾文化园等八个景区景点的创建工作，分别通过了评级验收，为成功“创特”奠定了坚实基础。

聚力服务中心工作。积极融入全县改革发展大局，坚持既围绕大局建言献策，又积极投身发展一线建功立业，在推进全县中心工作的生动实践中，展现政协作为，体现政协担当。县政协主席会议成员经常深入乡镇、企业、园区、工地，现场开展调查研究，竭尽所能协调推进脱贫攻坚、乡村振兴、园区产业发展、群众安全感满意度、维护社会稳定、“创特”“创城”等工作全面落实。县政协班子成员及相关委室负责人主动参与到廉州镇水环境整治二期项目、铁山东港产业园、北河水系、月饼小镇、广西滨海公路山口支线等重大项目建设当中，自觉强化责任担当，及时协商解决影响和制约推进项目建设的难点问题，全力助推重点项目加快建设。深入开展走访联系委员企业和非公经济实体活动，对企业生产发展方向、技术研发、用工困难、企业用地等问题进行多方了解，力所能及地协调反映企业一些急需解决的难题。引导广大委员自觉投身项目招引和建设主战场，主动牵线搭桥、协调服务，为项目建设作出实际贡献。

（三）以新时代对政协工作的现实要求为引领，惠民生助脱贫

一年来，县政协坚持以人民为中心，把人民日益增长的美好生活需要作为履职尽责的出发点和落脚点，紧紧抓住民生领域重要问题资政建言，在增进民生福祉中体现政协担当。

聚焦提案办理惠民生。将提案办理作为推动民生改善的有力抓手，进一步创新提案转办和协商机制，认真落实党政领导领衔督办政协重点提案制度。县委、县政府高度重视委员提案办理工作，县委杨斌书记、县政府李安洪县长等党政领导分别就相关重

点提案作出批示，并亲自带队调研督办，召开提案办理专题协商会。县政协主席会议成员亲力亲为，包干提案的协商督办和成果转化。县政协各专委会联合县委督查室、县政府督查室进行重点督办，形成办理提案的整体合力，确保办理工作落实见效。截至2018年11月底，106件提案全部办结，提案所提建议已经解决或采纳的占89.7%，列入计划拟解决或采纳的占8.5%，特别是民生领域提案办理满意率大幅提高。做到了让政协委员满意、让人民群众受益。

助力解决民生热点难点问题。无论是涉及改革大局还是群众身边事，只要事关群众利益，我们都不遗余力地推动解决。比如，围绕群众比较关心的医保支付方式改革问题，委员提出了《关于加大对县直医疗机构医保扶持力度的建议》，被县政府采纳后，计划在总结2018年按病种付费支付方式的基础上，于今年推广按诊断相关分组(DRGS)付费；又如，针对县城停车难问题，提出了《关于要求在县城中心范围内规划建设小型停车场的建议》，被有关部门采纳后，拟在县城中心地带规划建设4个停车场，增加车位443个；为积极应对人口老龄化问题，县政协对"如何加快发展全县健康养老产业"进行了综合调研，形成专题报告报县委县政府，提出建设一批条件好普惠型的公办养老机构、积极推进医疗卫生和养老服务相结合的模式、大力引进民间资本兴办运营养老机构等措施办法，为正确引导和发展我县的养老产业，构建与我县人口老龄化进程相适应，与经济社会发展水平相协调的养老服务体系提供了有益参考。

助力打赢脱贫攻坚战。始终坚持把脱贫攻坚作为最大的政治任务和民生工程。着力围绕解困脱贫领域的相关课题，开展相关的调研视察活动。委员们在广泛调研、深入思考的基础上，因地制宜、实事求是地撰写了《关于加强贫困村教育、医疗、产业等扶贫措施的建议》《关于加强产业扶贫推进精准扶贫工作的思考》《关于进一步完善和落实健康扶贫措施的建议》等协商建言材料，为助推脱贫攻坚精准施策提供智力支持。县政协主席会议成员每人联系一个乡镇，指导脱贫攻坚工作，经常性开展扶贫领域腐败和作风问题专项治理巡查调研活动。组织机关干部深入挂点镇、村扎实开展结对帮扶，督促政策落实兑现，支持扶贫项目实施。发动和组织广大委员积极投身脱贫攻坚主战场，组织经企界委员安排贫困人员就业、带动贫困家庭脱贫，组织医卫界委员进村入户送医送药。鼓励和支持委员积极参与社会公益事业活动，服务回报社会。据统计，去年以来，委员企业及委员捐款捐物达30多万元，为扶贫帮困、关爱弱势群体共献爱心。去年11月15日，在全区政协"乡村振兴委员行　助推脱贫攻坚"工作经验交流会上，我县政协委员裴德雪以"一个身份，一份责任"为题，代表委员们介绍了合浦政协委员积极投身脱贫攻坚战的切身体会，得到了与会领导的一致好评。

专题监督紧扣民生实事。年内选派40多名政协委员参加扶贫攻坚领域监督、法院旁听、招生招考等活动，通过收集反馈有关意见建议，促进相关单位及其工作人员改进作风、提高效率、廉洁从政。持续就安全生产、食品安全、义务教育均衡发展、整治改善生态环境、饮用水安全、城市管理、水利执法管理等工作开展监督性视察调研活动，针对工作中存在的薄弱环节，委员们站在推进全县经济社会发展的高度，讲真话，谏真言，促进了有关单位工作落实和民生难题的有效解决。支持政协委员积极参与"纳税人开放日"、行风政风评议、座谈听证、环保督查和执纪执法检查等工作，认真梳理委员们提出的意见建议，及时通报相关部门参阅，为促进党风政风持续向好发挥了积极作用。

（四）以新时代对政协工作的统战要求为纽带，广交流聚合力

县政协始终坚持团结和民主两大主题，积极发挥桥梁纽带作用，营造和谐共处、团结共进的氛围，努力画出最大同心圆，为全县改革发展、和谐稳定减阻力、添助力、增合力。

积极搭建合作共事平台。密切与各民主党派、工商联和无党派人士的经常性联系，为他们参政议政创造条件、提供便利，注重安排党派团体成员参加政协的学习培训交流，注重与党派团体开展联合调研、视察等参政议政活动，注重在政协各类重大活动和重要会议上安排党派团体发言。年内，各党派团体参加专题协商110余人次，参与调研视察180余人次，安排20多名界别委员在县政协常委会议政平台上作会议发言，40多个相关部门参与协商、积极回应，县委、县政府领导10余人次到政协通报有关情况、参加协商会议，弘扬了民主精神，丰富了协商实践。在改革开放40周年和自治区成立60周年之际，组织各界别委员开展改革开放发展成果专题视察学习活动，先后深入到铁山东港产业园、华润水泥(合浦)有限公司、月饼小镇、惠来宝机械制造有限公司

等园区、企业及重大项目建设现场进行实地察看，近距离了解项目建设进展及企业生产运营等情况，引导广大政协委员在感受改革开放带来令人瞩目成果的同时，鼓励委员们结合自身优势，继续在助力改革发展特别是招商引资方面建功立业，收到了增进团结、扩大共识、凝聚正能量的良好效果。

广泛联谊交流凝智聚力。充分利用各种机会、各级平台，通过各种形式、各种渠道，大力宣传合浦，推介合浦，努力讲好“合浦故事”，扩大合浦的知名度、美誉度和影响力。年内，热情接待了全国政协、广西区政协、安徽省政协、西藏自治区政协、上海市政协、河南省南阳市政协、甘肃省舟曲县政协等60多家区内外政协到我县考察文物保护、实施乡村振兴战略、小城镇建设、工业园区建设、生态环境保护等情况，通过交流互动达到了共同提高的目的。切实加强对外联谊交流，结合调研课题需要，县政协先后组织委员到浙江省淳安县、江苏省无锡滨湖区、河南省浚县、四川省什邡市等地考察乡村振兴战略、发展养老产业、城市建设管理、旅游产业发展等经验做法，从民主协商角度学到了经验、开阔了思路、拓宽了视野。

注重发挥文史宣传实效。开展大协作是人民政协文史工作的优良传统，也是文史资料工作优势互补、形成合力、精选集萃、多出精品的有效途径。去年，我们编辑出版了一辑《合浦南流江玉》，将我县玉石文化进行深度挖掘，图文并茂地呈现在读者面前，有力地宣传了我县悠久的南珠文化和玉石文化。继续完善县政协文史馆建设，全面收集整理补充文史资料，通过图片展览、实物陈列、多媒体展示等多种形式，充分展示了人民政协事业发展的光辉历程，突出介绍了合浦海丝文化和廉政文化特色，还特别制作了《合浦骄傲》《合浦风情》等形象宣传片和《费贻和廉州》《孟尝珠还合浦》《张岳不持一珠》等九个具有地方人文历史特色的口述历史视频。该馆不仅为广大群众了解合浦历史、感受城市变迁、体悟协商民主提供了一个很好的场所，而且收到了“存史资政，团结育人”的良好效果。作为北海市首家县级政协文史馆，自去年2月3日建成开馆以来，已接待区内外来访参观考察团50多批次，成为兄弟县市及全区政协系统参观学习取经的重要平台。

（五）以新时代对政协工作的队伍要求为保障，转作风提素质

一年来，县政协坚持以自身建设为基础，自觉适应新时代新形势对人民政协工作提出的新要求，着力抓好政协委员和机关干部两支队伍建设，切实加强和改进专委会建设，从严要求、从严教育、从严管理，为政协工作提质增效提供有力保障。

注重发挥委员主体作用。按照“懂政协、会协商、善议政”和“守纪律、讲规矩、重品行”的要求，全面加强委员学习培训。去年5月份，在四川成都村政学院举办了常务委员培训班，11月初在北海市委党校举办了深入学习习近平总书记关于加强和改进人民政协工作的重要思想暨加强新时代委员履职能力建设培训班，累计参训人员260余人次，着力提升委员履职的“四个能力”。深入开展“提交一件提案、参加一次视察调研、撰写一份调研报告、反映一条社情民意信息、为群众办一件实事”的“五个一”活动，为委员参政议政拓展了空间、搭建了平台。严格执行委员履职管理办法，委员管理做到了遵循有章、考核有据、管理有效、执行有力。

注重加强机关效能和专委会建设。坚持向自身建设要动力、挖潜力，以打造“四型”机关为目标，以“提质增效”为主攻方向，以增强履职本领为重点，注重思想理论武装，通过认真落实“三抓一推”，即抓学习、抓作风、抓党建，推动工作落实，着力增强政治把握能力、调查研究能力、联系群众能力、合作共事能力，推动机关服务更加高效，保障更加有力，努力把机关建设成为团结之家、民主之家、和谐之家、文明之家、委员之家。切实加强和改进专委会建设，进一步细化专委会工作职责，积极探索专委会服务参加人民政协的各党派团体和各界人士的有效途径和措施，努力把专委会作为“重要方式、重要纽带、重要载体”的作用发挥好、落实好。全力把具有政协特色的应用型智库、参政议政人才库建设好、运用好。去年10月在全区政协秘书长会议上，我县政协作了“‘三抓一推提升政协机关履职效能”的经验介绍，得到了自治区政协领导的高度肯定。强化宣传树形象，年内在《广西政协报》《北海日报》等各类媒体刊发宣传稿件50余篇，积极总结和宣传人民政协事业蓬勃发展的生动实践和宝贵经验，县政协再次荣获自治区政协宣传思想工作一等奖。

各位委员，过去的一年，在全县拼搏赶超大局中，广大政协委员主动作为、辛勤付出、奉献智慧；在脱贫攻坚的前线、在维护稳定的现场、在重点项目建设一线，都有政协的身影；在全区政协、全市政协重大会议活动中，合浦县政协有声音、有形象、有影响，展现了新时代合浦政协人牢记嘱托、勇担使命、奋勇争先的担当作为！这些成绩的取得，是北海市政协

加强指导、中共合浦县委坚强领导的结果，是县政府大力支持的结果，是历届政协老领导关心帮助的结果，是政协各参加单位和广大委员团结奋斗的结果。在此，我代表常委会向所有参与和关心支持政协工作的领导和同志们、朋友们表示衷心的感谢，并致以崇高的敬意！

在看到成绩的同时，我们也清醒地认识到，对照新时代赋予人民政协的新使命新要求，我们的工作还有许多差距与不足，如开展调查研究的深度与质效还不够，充分运用信息技术开展政协工作的探索与创新还不够；政协党的建设工作还有待加强，政协一些经常性工作与先进县区相比还有差距，这些都需要在今后的工作中进一步加强和改进。

二、2019 年主要任务

2019 年，是新中国成立 70 周年、人民政协成立 70 周年，也是全面贯彻落实中共十九大精神、决胜全面建成小康社会第一个百年奋斗目标的关键之年，做好 2019 年政协工作意义重大。县政协常委会要高举中国特色社会主义伟大旗帜，以习近平新时代中国特色社会主义思想为指导，全面贯彻落实中共十九大精神，深入学习贯彻习近平总书记关于加强和改进人民政协工作的重要思想，把加强思想政治引领、广泛凝聚共识作为履职工作的中心环节，在中共合浦县委的坚强领导下，按照政协工作高质量发展要求，立足职能定位，发挥优势作用，努力做到协商有方、监督有力、议政有效，全力助推县委县政府决策部署落地落实，为合浦高质量发展、建设美丽宜居富裕和谐新合浦凝聚最广泛的思想共识、汇聚最强大的智慧力量，以优异成绩迎接新中国和人民政协成立 70 周年。

（一）进一步坚定信念，更加扎实地增进思想共识

坚持加强党的领导，强化政治担当。以《关于加强新时代人民政协党的建设工作的若干意见》统领政协党建工作，切实担负起管党治党政治责任，全面推进人民政协党的政治建设、思想建设、组织建设、作风建设、纪律建设，充分发挥政协党组把方向、管大局、保落实重要作用，不断提高全县政协系统党的建设质量，实现政协党建工作与政协履职深度融合、双促进双提高。坚持加强思想引领，增强政治定力。坚持把思想政治建设摆在首位，深入学习贯彻习近平新时代中国特色社会主义思想和中共十九大精神，准确把握习近平新时代中国特色社会主义思想的核心要义和丰富内涵，及时传达学习党的重要文件、会议和指示精神，牢固树立“四个意识”、更加坚定“四个自信”，坚决做到“两个维护”；持续系统地学习研讨贯彻习近平总书记关于加强和改进人民政协工作的重要思想，引导政协各参加单位、广大政协委员和政协工作者进一步在学懂弄通做实上下功夫，做到学思用贯通、知信行统一，夯实共同思想政治基础。

（二）进一步聚集众智，更加务实地服务发展大局

坚持把围绕中心、服从和服务大局作为政协工作原则，准确把握政协工作四个“一线”的定位，自觉接受县委的领导，以合浦发展大局为重，做到干事业一条心，抓工作一盘棋，谋发展一股劲。根据县委十二届十一次全会作出的决策部署，紧紧围绕实施“四大战略”和打好“四大攻坚战”，按照“12345”的工作思路，深入调查研究，为全县经济社会发展谋良策、出实招。围绕“大力优化营商环境，开创高质量发展新局面”和“加强县城黑臭水体综合整治，提高城市环境质量”两个专题，召开专题议政性常委会议协商，为助推全县经济社会高质量发展提供良好的营商环境和人居环境。围绕“搞好农产品电子商务信息和流通服务，继续加快农村电子商务发展”开展专题协商，促进实体经济与互联网产生叠加效应，推动农业升级、农村发展、农民增收。围绕“加强城市管理，提高城市品位”、“加强农村文化建设”等议题开展对口协商。围绕“大力发展文化产业，打造合浦文化品牌的对策研究”开展界别协商。全面关注决策要点、改革痛点、发展难点，沉到基层下到一线，充分运用专题协商、界别协商、提案协商等形式建言献策，努力做到“说得早、说得对、说得准”。结合乡村振兴、生态环保、城市管理、农村文化建设等 18 个方面扎实开展系列专题调研视察活动，积极探索协商、调研协作联动等有效形式和机制，注重实效、彰显特色，打造精品、力促转化，为推动合浦经济社会高质量发展建有用之言、献务实之策。

（三）进一步拓展渠道，更加科学地深化民主监督

认真贯彻落实《关于加强和改进人民政协民主监督工作的实施意见》，丰富监督内容、完善监督程序、拓展监督形式、提高监督实效。坚持把民主监督贯穿政协日常履职全过程，注重发挥协商会议、提案、视察、反映社情民意的民主监督作用。坚持联合督办、党政领导、政协主席会议成员领衔督办重点提案等行之有效的方式，提高提案办理实效。健全监督员派驻制度，支持县政协委员担任营商环境监督员工作，助力营商环境快速改善。择优推荐政协委员担任特邀民主监督员，参与有关部门组织的监督

活动，拓展民主监督渠道。着力对县委的重大决策部署的贯彻落实情况开展监督，紧扣关键内容，强化问题导向，精准着眼、精准入手、精准发力，突出监督实效。围绕县城黑臭水体综合整治、扶贫资金使用管理以及重点提案办理、重大项目建设、重要民生问题开展视察，促进建议落实、问题解决。持续在精准扶贫、教育卫生、社会保障、民生工程建设等方面开展监督性调研，助推实事办实、好事办好。围绕民生焦点、社会热点、发展难点，认真做好反映社情民意信息工作，充分反映各界群众的愿望和合理诉求。

（四）进一步发挥优势，更加广泛地凝聚发展合力

充分发挥政协智力密集、联系广泛的优势，结合我县发展短板，与外地政协联谊交流，见世面学经验，为推动经济振兴、社会和谐、民生改善贡献政协智慧。进一步发挥委员联系群众的纽带作用，鼓励委员心系民生深入民众，以提案、信息为载体反映民意民情，持续唱响政协履职为民好声音。年内委员人均提交信息和提案数量要在2件以上。充分发挥政协委员行业广、领域宽、联系面大的优势，引导委员结合岗位特点，立足本职多做贡献，释放潜能服务大局。加强与党派团体的合作共事，为民主党派、工商联和无党派人士在政协更好发挥作用创造条件。加强与民族宗教界的联系，促进民族团结、宗教和睦、社会和谐。协助党委、政府做好协调关系、理顺情绪、化解矛盾工作，维护社会稳定。加强文史资料征编出版工作，充分挖掘合浦的历史文化亮点，弘扬优秀传统文化；持续抓好县政协文史馆建设管理，更好发挥“存史资政、团结育人”的作用。

（五）进一步提质增效，更加有力地强化自身建设

坚持把自身建设作为推动政协工作高质量发展的重要保证，加强政协常委会建设，提高履职成效，发挥表率作用，引导干部把心思集中在想干事上，目标定位在会干事、干成事、不出事、能共事上，努力促进政协对外形象焕然一新。落实新修订政协章程要求，探索加强和改进委员管理的有效途径，进一步提升委员履职能力，通过学习培训、专题辅导，提高委员“懂政协、会协商、善议政，守纪律、讲规矩、重品行”的综合素质和履职能力，不断增强委员履职的积极性、主动性和实效性。全面加强政协党的建设工作，着力加强政协党组和党支部建设，积极探索政协党建工作有效形式和机制，努力实现全县政协系统党建工作全覆盖，以党建工作引领政协工作高质量发展。全面加强党风廉政建设，强化自身建设，清廉履职、勤奋工作。进一步修订完善机关工作制度，加强机关内部管理和规范化建设，不断提高机关工作科学化水平。进一步转变作风、提高效能，不断增强执行力、落实力，以一流的精神状态和一流的工作标准，确保机关工作更加规范有序、务实高效。

各位委员，新时代共筑中国梦，政协人扬帆正当时！让我们更加紧密地团结在以习近平同志为核心的中共中央周围，高举中国特色社会主义伟大旗帜，坚持以习近平新时代中国特色社会主义思想为指引，在中共合浦县委坚强领导下，同心同德、求真务实、开拓创新，为实现全县经济社会高质量发展，奋力谱写新时代合浦发展新篇章而团结奋斗！

大事记

1月

4日 合浦县禁毒委员会办公室揭牌仪式在县公安局举行。县委书记王方红，县委副书记、县长李安洪，北海市禁毒办主任戴宏强，县人大常委会副主任梁世安，副县长、县公安局局长黎寿强，县四家班子分管禁毒工作领导，县禁毒委员会成员单位主要领导参加揭牌仪式。

23日 县委宣传部、县文联组织书法家到石湾镇开展学习贯彻中共十九大精神暨送春联下乡活动，现场为群众义务书赠春联500多幅。

24日 自治区党委农办专职副主任、自治区乡村办常务副主任冯俊英率领调研组到合浦县调研乡村振兴工作，北海市委副秘书长赵京峰和合浦县副县长劳小兰及市、县相关部门负责人陪同调研。

30日 自治区安委办烟花爆竹“打非”第二督查组到合浦县就开展整治非法生产经营烟花爆竹行为进行专项督查，合浦县副县长郑仕桂和北海市安监局、县公安局相关领导陪同督查。

2月

1日 中共合浦县第十二届委员会第九次全体会议在县还珠宾馆综合会议室召开。会议总结2017年工作，部署2018年全县各项工作。

2日—4日 政协合浦县第十三届委员会第三次全会在县还珠宾馆综合会议室召开。县四家班子领导出席会议。

3日—5日 合浦县第十六届人民代表大会第三次会议在县还珠宾馆综合会议室召开。出席会议代表307人，列席、邀请列席人员131人。

22日 县委副书记、县长李安洪率县相关部门负责人到县项目攻坚指挥部调研并现场办公，了解掌握项目进展情况，研究解决工程规划和项目建设中遇到的困难和问题。谭奇志、彭在清等县领导一同调研。

3月

1日上午 自治区人民政府参事室主任、自治区文史馆馆长刘剑红率“中华文化八桂行——走进合浦”大型系列文化活动专家组到合浦县对有关筹备工作进行商议座谈，县委书记杨斌，县委常委、宣传部部长、副县长韩德金及相关部门负责人一同座谈。

6日 中共合浦县第十二届纪律检查委员会第四次全体会议在县还珠宾馆综合会议室召开。

16日 北海市推进禁毒办实体化建设暨合浦县社区戒毒康复工作经验交流会在合浦县政府四楼综合会议室召开。

24日 北海市委常委、宣传部部长、副市长黄江到合浦县调研考察“海上丝绸之路”申遗项目进展工作，要求加大推进力度，把基础工作做扎实，多措并举争取资金，全力以赴做好“海上丝绸之路”申遗各项工作，合浦县委书记杨斌，市政府副秘书长李才能，市文化新闻出版广电局党组书记、局长郑定雄，县委常委、宣传部部长、副县长韩德金一同调研。

4月

4日 县委书记杨斌率县相关部门负责人到闸口镇调研乡村旅游产业发展情况，强调要充分利用好合浦县自然丰富的生态资源，坚持“环保+生态”的发展思路，推动乡村旅游项目和农渔产业可持续发展。

18日 合浦县举行“壮族三月三”广场舞比赛，来自全县10支队伍的广场舞节目轮番上演，3000多名干部群众到场观看比赛。

24日下午 国务院参事室副

主任赵冰到合浦县开展医联体建设情况调研。自治区政府参事室副主任、文史馆副馆长卢岱，北海市委常委、宣传部部长、副市长黄江，县委常委、宣传部部长、副县长韩德金陪同调研。

25日晚 “中华文化八桂行——走进合浦”资政建言座谈会在合浦红林大酒店举行，国务院参事忽培元，自治区人民政府参事室主任、自治区文史馆馆长刘剑红，各省、市文史馆负责人，广西政府参事、文史馆员和合浦县长李安洪及罗鹏、谭奇志、韩德金、李钢、余新能、何来等县领导参加座谈会。

26日 北海市纪委副书记、市监委副主任金佩铭率队到合浦县主持召开督导学习会议，传达自治区党委常委、纪委书记、监委主任房灵敏在百色市深化扶贫领域腐败和作风问题专项治理工作例会上的讲话精神，提出学习贯彻要求，督促合浦县迅速在全县范围内将讲话精神进行传达学习、贯彻落实。

5月

3日 由县委、县政府主办，县委组织部、县委宣传部、团县委承办，县文化体育和广播电视局、县教育局协办的“不忘初心跟党走，青春建功新时代”合浦县纪念五四运动99周年青年人才专场文艺晚会在县城还珠戏院举行。800多名干部群众观看晚会。

22日 自治区党委宣传部副部长宋震寰到合浦汉代文化博物馆考察调研，市委宣传部副部长、市文明办主任李培政，县委常委、组织部部长何来和市、县宣传部领导一同调研。

6月

15日 自治区副主席李彬一行深入到合浦县沙田镇，就中央环境保护督察“回头看”发现问题整改情况进行现场督查。

24日—25日 由中国食品工业协会面包糕饼专业委员会和中共合浦县委、合浦县人民政府联合举办的2018中国月饼文化节在合浦县成功举办。25日，来自全国各地烘焙专家和饮食企业界代表先后到合浦县果香园食品有限公司、月饼小镇、汉代文化博物馆和北海市金海湾红树林景区参观考察。中国食品工业协会面包糕饼专委会秘书长张辉和县委副书记罗鹏，县政协副主席、县工业园管委会主任庞书群等领导一同参观考察。代表们就烘焙食品、月饼小镇建设、景区建设等方面进行了深入广泛的交流与探讨。

27日 北海市委书记、市人大常委会主任王乃学到合浦县石康镇细廉陂村扶贫产业基地及石康镇水车村，看望慰问特困党员和贫困户，就加快精准脱贫攻坚、产业扶贫基地落实“新三员九有”进行检查调研。市委常委、市委秘书长彭鸣达，县委书记杨斌，县委常委、县委办主任庞富国一同调研。

28日 自治区党委副书记孙大伟到合浦县考察调研，实地考察廉州镇烟楼村农事网通和“阳光红页”上线运行情况，到廉州镇烟楼村远程教育站点听取工作汇报，观看远程教育视频。

7月

5日 自治区人大常委会副主任王跃飞率领北海、玉林两市领导到龙港新区铁山东港产业园区调研，实地考察龙腾路一期项目、玉港合作园选址现场、码头建设进度和规划征地进展情况。

同日 自治区督查组到合浦县开展志鉴编修“两全目标”专项督查，县委副书记、县长李安洪，县委常委、副县长何立云和市县相关部门领导参加督查汇报会。

14日 合浦县人民政府出台《合浦大月饼地理标志产品保护

2018年6月24日，由中国食品工业协会面包糕饼专业委员会和中共合浦县委、县人民政府联合举办的2018中国月饼文化节在合浦隆重开幕，图为表彰现场
（王　健　摄）

管理办法》。

15日上午 庆祝自治区成立60周年·2018"奔跑吧广西"生态马拉松系列赛暨智慧马拉松（广西北海合浦站）的比赛在北海市合浦县廉州广场激情开跑。

同日 海峡两岸关系协会会长张志军一行到合浦县调研考察台商台企情况。自治区台办主任李东兴，北海市市长蔡锦军，市委常委、统战部部长毛艳琼，合浦县委书记杨斌，县长李安洪一同考察。张志军一行到合浦县闸口镇大路山村的桂台（北海）农渔业合作双创园调研。广西北海市鲔丰水产有限公司理事长黄一成向调研组介绍了园区建设进程，以及园区未来建设水产品集散市场、饲料厂、种苗繁育场，并进一步打造检疫检测中心、鱼病管理防护中心、药物控管中心、台湾渔业文化科普馆、生态旅游体验区的规划情况。

19日 自治区主席陈武到合浦县调研。自治区党委常委、自治区常务副主席秦如培，北海市委书记、市人大常委会主任王乃学，市长蔡锦军一同调研。陈武到合浦果香园食品有限公司，考察果香园农业精加工项目建设情况。

20日 中共合浦县第十二届委员会第十次全体会议在县还珠宾馆综合会议室召开。审议通过了《中共合浦县委员会关于推进乡村振兴战略的实施意见》。

27日 合浦县人民政府出台《合浦县人民政府关于进一步加强文物工作的实施意见》，意见提出到2020年，具有合浦文化特色的、科学合理有效的文物保护利用体系基本形成，文物资源促进经济社会发展的作用进一步增强，保护成果更多惠及人民群众。

8月

3日 北海市市长蔡锦军到合浦县山口镇开展扶贫领域腐败和作风问题专项治理巡查调研及慰问活动。市政府秘书长郑定雄，合浦县长李安洪一同调研。

7日 北海市委副书记、组织部部长李伦兵到合浦县常乐镇就扶贫领域腐败和作风问题专项治理及扶贫攻坚工作开展巡查调研。县委副书记罗鹏，县委常委、纪委书记李钢一同调研。

8日 第十届广西体育节合浦分会场开幕式及全民健身展示活动在县城还珠广场举行，来自县老体协、体育协会等单位500多人参加活动。

10日 县政府与信义集团（玻璃）有限公司在合浦县举行"信义玻璃集团物流供应链项目"签约仪式，杨斌、李安洪、沈德棠、谭奇志、陈世谊等县四家班子领导和信义集团（玻璃）有限公司副总裁郭建林、张明等企业代表出席签约仪式。

15日 合浦县人民政府出台《合浦县扶持外贸进出口企业奖励办法》。

同日 合浦县人民政府制定《合浦县推进"一事通办"改革的若干措施》。以企业和群众办好"一件事"为标准，按照"最多跑一次"要求，优化再造行政权力运行流程，精简申请材料，简化办事程序，减少办事环节，压缩办理时限。

25日 合浦县政府与中英国际建工集团有限公司签约汉代文化小镇项目、中国北海川商观光农业生态项目、川港产业合作园项目。全国工商联副主席、四川省政协副主席陈放率代表团到合浦县出席项目合作框架协议签约仪式并开展相关考察活动，四川省、广西壮族自治区、北海市有关领导出席签约仪式。

9月

6日上午 自治区副主席黄俊华到合浦县检查指导环广西公路自行车世界巡回赛合浦赛段筹备工作情况，要求加快推进做好各项筹备工作，确保赛事如期顺利举行。北海市市长蔡锦军，市委常委、宣传部部长、副市长黄江，合浦县委书记杨斌，县长李安洪，县委常委、宣传部部长、副县长韩德金一同检查。

11日 合浦县招商引资项目签约活动在南宁举行。在第15届中国——东盟博览会召开期间，合浦县参加北海市在南宁举行的招商推介会暨重大合作项目签约仪式，共签约项目15个，涉及食品加工、木材深加工、玻璃生产、家居物流、文化旅游、生态农业和田园综合体等领域，总投资462.34亿元。

16日 北海市委书记、市人大常委会主任王乃学到合浦县就全面做好2018年第22号台风"山竹"防御工作进行检查部署，强调全市各级各部门务必高度重视、克服麻痹思想，毫不松懈，未雨绸缪做好超强台风"山竹"的各项防汛和防灾减灾工作，切实担起保障人民群众生命和财产安全的重大职责。

19日 中国饭店协会专家组到合浦县对合浦县申报"中国大月饼之乡"称号进行评审验收。22日，合浦县向中国饭店协会申报的"中国大月饼之乡"称号获专家组评审通过。

20日 以自治区督学、自治

区教育厅原副巡视员刘谋桂为组长的自治区第二督查组到合浦县开展义务教育均衡发展工作进行专项督查。县委副书记、县长李安洪，县委常委、宣传部部长、副县长韩德金，县政协副主席参加汇报会或陪同督查。

21日 北海市人大常委会副主任伍国辉到合浦县乌家镇北部湾(合浦)林产循环经济产业园调研推进重大项目建设，强调政府部门要与企业加强沟通，要提高服务意识和水平，为企业提供更好的服务，市人大常委会秘书长曹文一同调研。

28日 由广西壮族自治区地方志编纂委员会办公室举办的地方志服务“一带一路”——《灵渠—合浦：海上丝绸之路历史溯源》专题研讨会在北海市合浦县召开。自治区人民政府副秘书长唐宁；自治区地方志办公室党组书记、主任梁金荣；自治区地方志办公室党组成员、副主任唐中克、邓敏杰；北海市委常委、副市长辛红梅；合浦县委书记杨斌；县委常委、副县长何立云；副县长梁建维；复旦大学、中山大学、广西师范大学、中国社会科学院、中国考古学会理事、国家图书馆出版社以及自治区地方志办公室、广西14个市地方志机构等专家学者；合浦县志办、县文物局、县博物馆、县申遗办等部门负责人及业务人员共100多人参加会议。会上，来自自治区内外的6名业内专家分别发表主旨演讲，专家学者对《灵渠—合浦：海上丝绸之路历史溯源》史料汇编的内容收集框架和项目的后续开发工作进行研讨。

10月

11日 合浦县妇女第十三次代表大会在县还珠宾馆综合会议室召开。大会听取并审议领导讲话和工作报告，选举产生合浦县妇联第十三届执委委员、常委、主席、副主席，黄秀娟当选为县妇联第十三届执委会主席。

同日 来自广西民俗摄影协会和北海市摄影协会、合浦县摄影协会的50多位摄影名家与人民网、中新社《广西日报》、广西新闻网、腾讯、国际在线、新浪微博、今日头条、搜狐、百度、时空网等媒体记者走进合浦县开展“2018发现合浦之旅采风踩线活动”。

同日 内蒙古自治区政协副主席王中和、甘肃省政协副主席郝远率考察组一行到合浦县，就“南向通道”建设情况进行考察调研。北海市政协主席李蔚、县政协主席韩传福陪同调研。

12日 由县卫计局主办、县人民医院承办的“合浦县突发事件紧急医学救援、空中救援演练暨院前急救培训班”在县人民医院举行。县人民医院“直升机航空医疗救援定点医院”揭牌。随后依次举行突发事件直升机空中救援演练、院前急救培训及突发事件紧急医学救援演练等相关活动。

同日 北海市委书记、市人大常委会主任王乃学到合浦县调研脱贫攻坚、乡村振兴工作。

17日 2018格力——环广西公路自行车世界巡回赛北海(合浦)至钦州赛段正式发车，18支世界顶级自行车队、124名顶级世巡赛车手参加角逐。北海市市长蔡锦军，自治区工业和信息化委员会副主任陈兴忠，自治区气象局副局长覃武，北海市委常委、宣传部部长、副市长黄江，北海市政府秘书长郑定雄，合浦县委书记杨斌，万达体育中国公司市场营销中心总经理刘春，万达体育中国公司销售部总经理吕洋，北海市体育局党组书记、局长张实参加发车仪式。蔡锦军宣布2018年环广西公路自行车世界巡回赛北海(合浦)至钦州赛段开赛。

同日 广西9个特色小镇率先通过规划审查，合浦县月饼小镇名列其中。

18日 中国乡村建设践行专家组到合浦县调研乡村规划和建设工作。

19日 2018年廉州镇首笔农村土地流转成功签约。

24日 北海市委书记、市人大常委会主任王乃学到合浦县调研强调：要激发群众内生动力，高质量完成脱贫攻坚任务。

同日 自治区督查组到合浦县督查基层中医药服务能力提升工程“十三五”行动计划落实情况，自治区中医药管理局副局长陈赤率领督查组对合浦县中医药工作进行督查，副县长梁建维和县卫计局负责人陪同督查。

同日 北海市市长蔡锦军深入山口镇调研脱贫攻坚工作并进村入户走访看望贫困户，与当地干部群众一起盘家底，出主意，解难题，谋发展。

27日 合浦县获2018年产粮大县中央财政奖励资金。

29日 汉郡合浦海丝明珠：合浦海丝路文化之旅(南宁站)新闻发布会暨旅游宣传推介会在南宁举行。

30日上午 合浦县在廉州镇中心小学新址举行15个重大项目集中开(竣)工仪式。集中开竣工的15个项目，计划总投资6.7亿元，涉及园区基础设施、教育事业、民生工程等多个领域。

县委书记杨斌，县委副书记、县长李安洪，县政协主席韩传福，县委常委、县委统战部部长余新能，县委常委、县委办主任庞富国，县委常委、组织部部长何来，县委常委、副县长何立云等在家县领导和相关乡镇主要领导，县直（驻县）和相关部门主要领导，开工项目业主单位、项目设计单位和项目施工单位代表参加了开竣工仪式。

31日 2018年全国拖拉机标准化技术委员会年会暨标准审查和征求意见会议在北海市开幕，合浦县委副书记、县长李安洪向大会介绍了合浦县的基本情况，并就全县农业和农村工作及农业机械化、县内农业机械化企业发展等情况做重点说明。会议由合浦县惠来宝机械制造有限公司协办。

11月

1日 北海市委副书记、组织部长李伦兵到合浦县就精准扶贫工作开展调研。

2日 北海市委书记、市人大常委会主任王乃学深入合浦县调研脱贫攻坚工作，强调要共同打好打赢精准脱贫攻坚战。

同日下午 县实验小学10名学生食用校外摊点食物后出现头昏、呕吐、抽搐等中毒现象，入院治疗。事件发生后，自治区政府、北海市委市政府、合浦县委县政府相关领导分别作了批示，市相关职能部门领导赴合浦县指导做好处置工作，合浦县启动应急预案，开展处置工作。

6日 中央广播电视总台“心连心”艺术团到合浦汉代文化博物馆进行庆祝改革开放40周年和自治区成立60周年广西慰问演出外景拍摄。

13日 第二届中国考古学大会在成都举行，合浦县的《合浦汉墓群保护总体规划》项目获殊荣。

15日 北海市委副书记、组织部部长李伦兵到合浦县开展河长巡河调研活动。

同日 北海市脱贫攻坚产业扶贫村企对接活动在合浦县廉州广场举行。

17日 “一带一路兰州走进北部湾”城市媒体成员走进合浦汉代文化博物馆，探访故郡合浦作为古代海上丝绸之路始发港发挥连接中外的重要作用。

25日 以自治区生态环境厅副厅长欧波为组长的广西“双创”第六验收评定组一行来到合浦县，对创建广西特色旅游名县工作进行验收评定。验收评定组召开验收评定汇报会，北海市市长蔡锦军出席会议并讲话。汇报会结束后，验收评定组分成现场A组、现场B组和资料组3个小组，分别深入合浦县各大旅游景点和重大旅游项目建设点进行现场查看，对合浦县创建广西特色旅游名县工作的主体材料和佐证材料进行审核。晚上，专家们观看了《珠还合浦》等非物质文化遗产展演节目。

26日 北海市市长蔡锦军到合浦县四方岭考古遗址调研文物保护与利用工作。

29—30日 合浦县组织驻县市人大代表和县人大代表围绕全县经济社会发展情况和人民群众普遍关注的突出问题开展集中视察。县人大常委会主任沈德棠，副主任梁世安、吴景美、张荣、花伟隆等领导参加视察，县委常委、副县长何立云参加反馈会，副县长陈冬生、劳小兰做县政府相关工作汇报。

12月

3日 合浦县消防救援大队举行授衔和换装仪式。

4日 自治区妇联副主席、党组成员岑宛玙，发展部部长杨海林，广西妇女儿童活动中心主任谭智莉一行先后到广西巾帼科技示范基地——合浦县公馆镇香山村马拉坡鸡嘴荔枝农民专业合作社、合浦县新福楼农家乐等地实地参观考察。调研巾帼助力、扶贫攻坚、妇女发展、妇女儿童活动中心建设等工作。

6日—7日 合浦县工会第十四次代表大会在县还珠宾馆综合会议楼召开。北海市总工会党组书记、常务副主席梁壮应邀到会指导，县委副书记、县长李安洪，县人大常委会主任沈德棠，县政协主席韩传福和罗鹏、韩德金、吴景美等县领导出席大会。

7日 合浦县《孟尝审珠》等6部优秀文艺作品喜获“珠城群星奖”。

12日 原第十二届全国政协常委、中国作协副主席陈建功，中国文联党组成员、副主席、书记处书记郭运德率领2018年北海第六届文学艺术周采风团一行25人到合浦县采风。北海市文联党组书记、主席韦晓红，县委常委、宣传部部长、副县长韩德金陪同采风。

14日上午 合浦县政府与山东莱州福利泡花碱有限公司关于合浦县化工产业园项目签约仪式在县政府三楼常务会议室举行。县长李安洪，县委常委、宣传部部长、副县长韩德金，副县长陈冬生、劳小兰、梁建维等县领导和铁山东港产业园副主任庞开龙及山东莱州福利泡花

2018 年 12 月 14 日,合浦县人民政府与山东莱州福利泡花碱有限公司关于合浦县化工产业园项目签约仪式在县政府三楼常务会议室举行　（周伟谋　摄）

碱有限公司总经理于浩然等出席签约仪式。

20 日—21 日　国家督学涂文涛率国家督导评估专家组一行到合浦县督导评估义务教育均衡发展工作。北海市副市长李克纯、市政府副秘书长李才能、市教育局局长叶宗沛、合浦县委副书记、县长李安洪、县人大常委会主任沈德棠、县委副书记罗鹏和郑成富、韩德金、庞富国等县四家班子在家领导;义务教育均衡发展成员单位负责人,各乡镇人民政府镇长以及县教育局领导班子成员、教育局股室负责人,义务教育学校校长参加认定见面会。涂文涛介绍到合浦县督导检查的目的、任务及程序,并提出相关要求。县长李安洪就合浦县义务教育均衡发展情况进行汇报。国家督导评估组专家针对合浦县具体情况进行现场提问,李安洪进行现场答辩,国家督导评估组各位领导和专家肯定合浦县义务教育均衡发展所做的工作。

25—26 日　广西大学林学院副院长、教授和太平为组长的自治区住建厅专家考评组一行到合浦县考评创建“广西园林城市”工作,并于 26 日在县政府会议室召开合浦县考评创建广西园林城市实地考察座谈反馈会。县委常委、常务副县长谭奇志和县人大常委会副主任花伟隆、县政协副主席陈世谊及北海市园林局、县相关部门负责人参加座谈反馈会。

26 日　2018 年广西全域旅游发展工作现场推进会在崇左市召开,合浦县以全自治区第二名的成绩拿下广西特色旅游名县称号。

27 日　北海市农村精神文明建设暨“美丽北海·宜居乡村”活动现场推进会在合浦县召开。会议学习贯彻落实中共十九大精神、习近平新时代中国特色社会主义思想、贯彻落实自治区农村精神文明建设现场交流会精神,以推动乡村振兴为主题深入推进新时代全市农村精神文明建设。北海市委常委、宣传部部长、副市长黄江,市委宣传部副部长、市文明办主任李培政,市乡村办常务副主任韦克天,合浦县委常委、常务副县长谭奇志,县委常委、宣传部部长、副县长韩德金及一县三区党委政府、涠洲旅游区管委会分管精神文明、乡村建设领导,各县区文明办主任、乡村办常务副主任,各乡镇(街道)主要领导,全国文明村、乡风文明示范村负责人参加会议。

29 日　第八次合浦县归侨侨眷代表大会胜利召开。

30 日　合浦“上刀梯过火海”上榜第七批自治区级非物质文化遗产代表性项目名录。

31 日　合浦县荣获中国饭店协会授予的“中国大月饼美食之乡”荣誉称号。

2018 年 12 月 31 日,中国饭店协会授予合浦县“中国大月饼美食之乡”荣誉称号,图为合浦县委书记杨斌(左)代表合浦县受牌　（王　健　摄）

县情概览

自然地理

【地理位置】 合浦县位于广西壮族自治区南端,北部湾东北岸。北纬21°—21° 55′,东经108° 51′—109° 46′。2018年全县区域面积2762平方千米。东至山口镇马鞍岭东英罗港主航道,西至西场镇鲁根嘴西大风江口主航道,北至常乐镇双角岭,县境东西最大纵距96千米。东北与博白县、东南与广东省廉江市相邻,西与钦州市交界。北与浦北县、灵山县接壤,南界东西两段临海,中段毗邻北海市海城区、银海区、铁山港区交界。县境北枕丘陵,南滨大海,东、南、西遍布红壤台地,中部斜贯冲积平原,海岸线长308千米。

县城廉州镇距自治区首府南宁市176千米,距北海市区28千米。县城东至山口圩77千米,西至丹竹江33千米,北到常乐江口大桥40千米,南至中站8千米。

【自然资源】

土地资源 2018年末,全县共有耕地82072公顷,其中水田36181公顷,水浇地221公顷,旱

表1 **2018年合浦县乡镇区域、耕地面积情况表**

计量单位:公顷

	区域面积(平方公里)	年末耕地面积	水田	旱地	有效灌溉面积	机耕面积	人均耕地面积(亩)
合浦县	2762	81698	40263	41435	36299	119680	1.37
廉州镇	206	7573	3800	3773	3556	12318	1.82
党江镇	84	1129	921	208	992	3625	0.33
西场镇	182	8938	1526	7412	2558	11197	1.45
沙岗镇	108	4707	1651	3056	2863	7554	1.79
乌家镇	160	6835	982	5852	862	4669	7.21
闸口镇	114	2647	1742	905	1621	5014	0.95
公馆镇	178	4795	4041	754	2843	8717	0.57
曲樟乡	127	1626	1268	357	584	2585	0.95
白沙镇	233	7791	3820	3970	3872	12567	1.02
山口镇	130	4211	2092	2119	1986	7966	0.79
沙田镇	28	639	160	479	150	1491	0.51
石湾镇	227	7190	5174	2016	3767	10031	2.23
石康镇	191	9382	6015	3368	4568	11743	2.01
常乐镇	258	8277	4887	3389	4295	13171	1.55
星岛湖镇	188	5960	2184	3777	1782	7032	3.41
其他合计	348						

说明:人均耕地面积按乡镇户籍平均人口计算

地45670公顷。

矿产资源 县内矿产资源主要有高岭土、耐火黏土、水泥用石灰岩、石膏、钛铁矿、石英砂等。其中高岭土矿区总面积80多平方千米,矿产总储量约4亿吨,矿床储量达到大型规模,为全国第一,矿区主要分布在廉州镇、石康镇、常乐镇、曲樟乡境内。

海洋生物资源 县境海洋生物种类繁多,主要经济鱼类有170多种,贝类40多种,虾类200多种,头足类50多种。其中著名的有合浦珍珠、牡蛎、文昌鱼、青蟹、毛蚶、文蛤、枪乌贼(鱿鱼)、方格星虫(沙虫)、海蜇等。还有国家二级保护动物——被称为活化石的中国鲎,以及大米草、茜草等众多藻类,珍稀海洋动物儒艮和中华白海豚等,其中儒艮是国家一级保护动物。

森林资源 2018年,全县森林面积87879.81公顷,其中乔木林面积79953.61公顷,灌木林3621.51公顷,红树林3196.45公顷,苗圃地面积319.45公顷,未成林造林地面积487.91公顷,疏林地面积173.46公顷,竹林面积127.42公顷。

亚热带农作物资源 合浦县土地肥沃,阳光充足,雨量充沛,种植亚热带农作物源远流长,盛产水稻、花生、甘蔗、黄红麻、蚕桑等,是广西油料、黄红麻、糖业及蚕桑的主要基地。县境亚热带水果种类繁多,主要品种有龙眼、荔枝、柑橘、香蕉、杧果等,其中香山鸡嘴荔枝多次荣获农业部金奖。

【水系】

合浦县境内河流属桂南沿海诸河水系,境内共有河流93条,均注入北部湾。全县河流总长558.1千米,集水面积大于25平方千米的主要河流有23条。其中南流江是合浦县的最大河流,境内集水面积1157平方千米。南流江自常乐镇以下,沿江右岸有车板江、武利江、洪潮江、白沙江、大沟江汇入,左岸有鸭马江、二步水、七里江、清水江汇入,武利江是南流江在合浦县境内最大的支流。县境内还有独流入海的白沙河、公馆河、丹竹江等。县内主要水库有特大型水库合浦水库和洪潮江水库,中型水库有清水江水库、石康水库、闸口水库3座,还有小(1)、小(2)型水库24座,山塘陂坝和小型水利工程829座,总库容20.73亿立方米,有效库容10.64亿立方米。

【水文】

合浦县雨量充沛,多年平均降水量为1688毫米,多年平均地表径流量为21.42亿立方米,地下淡水年天然资源总量9.3748亿立方米。全县河川年平均径流总量为90.87亿立方米,通常年份可用水量24.6亿立方米。县境内南流江设有常乐、总江口、党江3个水文站,武利江设有中直水文站,周江设有合浦水文站,洪潮江设有白鹤歧水文站。此外还有北海市水利局建设的西沙水闸、旺盛江水库、清水江水库、渠首、白沙等共5个遥测水位站。合浦县境内有26个遥测雨量站。常乐水文站是南流江中下游重要控制站,集水面积6645平方千米,主要测验项目有水位、流量、含水量、降水量、蒸发量、水质监测等。

【水文地质】

地表水 全县河川年平均径流总量90.87亿立方米。其中县境内径流量18.3亿立方米,通常年份可利用水量24.6亿立方米。地表水位于合浦县南流江下游和沿海地区。全县共有大小河流55条,总长558.1千米。其中集雨面积大于25平方千米的河流23条。县内河流流域面积2323.6平方千米。多年平均流量每秒287.75立方米,水能蕴藏量75854千瓦。主要河流有:

南流江故称"合浦水"或廉江,中游部分河段称晏江或罗城江,入海口称白须口、三汊港。干流全长287千米,流域面积9704平方千米,其中县境内干流长约100千米,流域面积1381.2平方千米。南流江一般年份平均流量每秒166立方米,最大流量是1967年8月6日达每秒4860立方米,多年平均最小流量每秒19.4立方米;平均最大含沙量每立方米水0.31千克,年均最小含沙量每立方米水0.125千克。1965—1982年年平均径流量56.84亿立方米,年均输沙量128万吨,1991—2005年常乐水文站年均径流量52.2亿立方米,年均输沙量363×104吨。

武利江发源于浦北县福旺镇蛇龟岭,沿浦北、灵山边界南流,在石湾镇大田村入县境,南流至石康镇筏埠村入南流江。干流长120千米,县内河段长13.3千米。流域面积1222平方千米,县内流域面积61.8平方千米,多年平均流量每秒30.8立方米。

洪潮江发源于灵山县鹤龟山,汇合数条二级支流后,南流至石湾镇与乌家镇交界处入境。洪潮江干流全长106千米,流域面积458平方千米。县境河段长23.3千米,流域面积90.5平方千米,可开发水力资源0.36万千瓦。年平均流量每秒11.5立方米。

白沙江(沙岗)发源于乌家镇王老山村北,南流至沙岗镇白沙江村东入洪潮江故道,再沿故道向西南经北域控制闸汇入南流江干流。流域面积52.3平方千米,干流长18.6千米，年均流量每秒1.31立方米。

鸭马江发源于曲樟乡沙公岭村，向西汇县东北丘陵地多条小溪，经常乐镇东部，在常乐镇莲南三江口村附近分为三台汊道，分别在常乐镇莲南、石康镇水车及松树园村汇入南流江。干流长22.4千米，流域面积76.5平方千米，年均流量每秒1.93立方米。

清水江发源于石康镇东冲村西丘陵，汇合青山岭西北多条小河，向西流经廉州镇东部丘陵及平原，在清水江村高桥头附近汇入南流江周江汊道。干流长13.2千米，流域面积110.4平方千米，多年平均流量每秒2.77立方米。

大沟江发源于乌家镇岭顶村委会侧岭村东，汇合西北丘陵地数条小河南流，经乌家镇南部、西场镇东部，在西场镇东南船埠南流江干流河口入海。干流长35千米，流域面积148平方千米，年均流量每秒3.74立方米。

白沙河又名水东河，发源于博白县马子嶂，南流至白沙圩北2千米处，成为合浦、博白两县界河，再下行7千米进入县境，在白沙镇那郊村与山口镇山西、山角村之间分汊流入丹兜海。干流长50千米，流域面积644.2平方千米，县境及界河河段长16.8千米，流域面积122平方千米，年均流量每秒16.22立方米。

公馆河发源于公馆镇北部刨村梅嶂山，南流至石岭村委会麻老角村北流入铁山港，干流长26.3千米，流域面积92.8平方千米，年均流量每秒2.34立方米。

丹竹江发源于钦州市那丽镇，干流长35千米，流域面积258平方千米，县域流域面积48.7平方千米，年平均流量每秒6.49立方米。

地下水　根据1991年国家一类地质勘查项目《中国主要地区和重点城市地下水资源开发利用现状调查和保证程度分析(北海地下水资源保证程度论证)》，全县地下水淡水天然资源量为9.3748亿立方米每年。按贮存条件分为松散岩类孔隙水、碎屑岩类裂隙孔隙水、碳酸盐岩类隙溶洞水和基岩裂隙水。

松散岩类孔隙水年天然资源量约为7.0839亿立方米，年可开采量约5.9608亿立方米，广泛分布于合浦盆地及南康盆地，包括南流江沿岸、西场镇及十字至闸口镇一线以南地区和山口镇、沙田镇大部分地区。

合浦盆地孔隙潜水水位埋深一般0.5—5米，矿化度一般每升0.02—0.3克，含水层包括第四系和部分地区上第三系洪冲积粗砂——砾石，偶夹薄层黏土。南流江河谷及西场含水地区含水层厚7—15米，西场老温垌、沙岗镇及乾江和常乐镇台地区水量中等，钻孔涌水量每日857立方米以下，盆地边缘西场镇官井，星岛湖上洋以北地区水量贫乏，钻孔涌水量每日30—50立方米。

党江镇以下南流江三角洲地区孔隙潜水主要为咸水，矿化度每升4.05—21.28克。

合浦盆地孔隙承压水比潜水分布范围略小，在盆地北西及南侧没有承压水分布。含水层岩性主要为第二系砂、砾石，夹有薄层黏土。厚度25—196米，钻孔揭露后水头埋深2—7米，矿化度每升0.02—0.36克。南流江谷地及西场镇、沙岗镇一带含水层顶板埋深大于50米，地下水量丰富，钻孔涌水量每日939—2378立方米，其余地段顶板埋深20—50米，水量中等，钻孔涌水量每日241—941立方米。

在县城与党江之间及沙岗、西场一带，深度124米以下的孔隙承压水为咸水，矿化度每升16.91克。

碎屑岩类裂隙水零星分布于白沙盆地、常乐镇北部及乌家镇南部，年天然资源量约3842万立方米。主要含水岩层为上白垩统泥质胶结砾石、砂岩、火山角砾岩、凝灰岩等。钻孔涌水量每日100立方米，矿化度每升0.02—0.24克。

碳酸盐岩类裂隙溶洞水主要分布于公馆镇南部，白沙镇、山口镇有小面积分布。天然资源量4497万立方米。含水层为泥盆系——石炭系灰岩，局部夹碎屑岩，岩溶发育不均。钻孔涌水量每日1267立方米，矿化度每升0.01—1.225克。

基岩裂隙水年天然资源量为17064万立方米，分3种类型。其中构造裂隙水分布县境东北、西北丘陵地带的志留系、泥盆系碎屑岩种，年天然资源量13983万立方米；风化带网状裂隙水零星分布于乌家北部、曲樟西北——石康东部花岗岩侵入体风化带中，天然资源量2519万立方米；孔洞裂隙水分布于山口镇新圩一带玄武岩体，天然资源量462万立方米。（曾秀华）

【气候】2018年，合浦县平均气温23.8℃，比历年气候标准值(23.0℃)偏高0.8℃，年极端最高气温为36.8℃，出现在6月9日，年极端最低气温为4.3℃，出现在1月29日；年总降水量1440毫米，比气候标准值(1843.5毫米)偏少403.5毫米，年总日照总时数2050.8小时，比气候标准值(1940.5小时)偏多110.3小时。

与1981—2010年同期值相比，3月平均气温为(22.0℃)列第一高值,5月平均气温为(29.0℃)列第一高值,6月平均气温为(29.3℃)并列第一高值,11月平均气温为(22.6℃)列第二高值,3月日照时数为(172.3小时)列第一多值,4月日照时数为(172.0小时)列第三多值,5月日照时数为(298.2小时)列第一多值。

2018年,合浦县主要气候特征是:年平均气温偏高,年总降雨量偏少,年总日照时数偏多。

【重大天气气候事件】

热带气旋天气过程 2018年,合浦县受第22号台风“山竹”的影响,9月16日—17日,全县普降暴雨,局部出现大暴雨,沿海出现了阵风8级的天气过程。据县防汛抗旱办公室的统计,全县15个乡镇受灾,受灾人口5614人,紧急转移人口5339人,直接经济总损失达3610万元,其中农林牧渔业直接经济损失2310万元,水利设施直接经济损失620万元,工业交通运输业直接经济损失650万元。农作物受灾面积400公顷,其中粮食作物受灾面积133.3公顷。损坏堤防7处145米;损坏护岸5处、水闸2座、灌溉设施6处。供电中断19条次。

强降雨天气过程 2018年,合浦县受季风槽北抬影响,7月31日出现大到暴雨局部大暴雨的天气过程。8月受南海热带低压影响,14—16日出现中到大雨,局部暴雨的天气过程;受季风低涡影响,8月28日—30日,合浦县出现大雨到暴雨,局部大暴雨的天气过程。

人文地理

【建置沿革】 秦始皇三十三年(前214),统一岭南,置南海、桂林、象郡。今合浦县境属象郡辖地。

汉初,今合浦县境属南越国辖地。元鼎六年(前111),汉武帝平南越,划出南海、象郡交界地方置合浦郡,同时设合浦县,郡治,县治均在合浦。合浦县辖地为今合浦、北海、浦北、灵山、钦州、博白、廉江、容县、北流以及邕宁、横县的一部分。

汉献帝建安十五年(210年),孙权派步骘任交州刺史,合浦属孙吴辖地。吴黄武五年(226),分合浦以北归广州管辖。黄武七年(228),合浦郡改称珠官郡,同年划出合浦县南境置珠官县,与合浦县同属珠官郡。

太元二年到太平三年(252—258年)复称合浦郡。吴永安三年(260),划出合浦县西北部设置昌平县(今横县),隶属合浦郡。

太康元年(280年),撤珠崖郡并入合浦郡,同年划出合浦县东北部设荡昌县(今容县)。建武元年(317)以后,又析合浦县地置新安县。合浦郡隶属交州,郡址在合浦县城(今浦北县旧州)。

宋永初元年(420年),合浦郡属交州。元嘉九年至大明八年(432—464年),划出合浦县东北部置临漳郡,属广州。泰始七年(471年),划出广州临漳郡和交州的合浦、宋寿二郡,同时增设百梁、龙苏、安昌、南流、永宁、富昌6个郡,统称越州。越州和临漳郡驻地在今浦北县泉水境内。合浦郡管辖合浦、徐闻、荡昌、朱官、朱卢、晋始、新安7个县。郡治在合浦县城。

齐建元元年(479年),合浦郡辖徐闻、合浦、朱卢、新安、晋始、荡昌、朱丰、宋丰、宋广等9个县。永明六年(488年),划出合浦县东北部置北流郡,属越州。此时,越州管辖的郡增至20个。梁、陈,梁天监元年(502年)后,撤销临漳郡及其属县,并归合浦县。越州治所迁合浦县城。

隋开皇九年(589年),将合浦郡并入越州。大业元年(605年),越州改称禄州。大业三年(607年)禄州与合州(今雷州半岛)合并,称合州。同年合州改称合浦郡,隶属扬州,辖11个县。其中,合浦、龙苏、封山3个县在今合浦、浦北境内,郡址在合浦县。

唐武德五年(622年),合浦郡改称越州。同年析合浦县部分辖地置安昌、高城、大廉、大都4个县,与合浦县同属越州。贞观六年(632年),在今营盘镇内设珠池县。划出大都县隶属白州(今博白县)。贞观八年(634年),越州改称廉州。贞观十二年(638年),撤销安昌、珠池2个县并归合浦县。天宝元年(742年),廉州改称合浦郡。乾元元年(758年)复称廉州,辖合浦、封山、蔡龙、大廉4个县,驻地在合浦县城。

南汉乾亨元年(917年),在今常乐圩附近置常乐州,并划出合浦县部分辖地,新设博电、零绿、盐场3个县为其辖地。同时,廉州辖合浦、封山、蔡龙、大廉4个县,廉州驻地在合浦县城。南汉大宝五年(962年),后主刘振在海门镇(今廉州镇)设置媚川都。专管采珠。

开宝四年(971年),撤销媚川都。开宝五年(972年)将封山、蔡龙、大廉3个县并入合浦县。同年撤销常乐州,将其所属博电、零绿、盐场3个县合并置石康县,(县城在今石康镇境内),隶属廉州。同年廉州驻地迁长沙场(今石康镇顺塔村)。太平兴国八年(983年),撤销廉州,改设太平军,驻地海门镇。同年撤销合浦县,并入石康县。太平军仅辖石康县。咸平元年(998年),撤销太平军,复设廉州,称廉州合浦郡,同时复设合浦县。廉州合浦郡和合浦县驻地均在海门镇,廉州合浦郡辖合浦、石康2县。

至元十四年(1277年),廉州合浦郡改为廉州路安抚司。至元十七年,改为廉州总管府。至元二十八年,廉州路辖合浦、石康2个县,驻地在合浦县城。

明洪武元年(1368年),改廉州路为廉州府,辖合浦、石康2个县,属广东布政司。洪武七年,廉州府降为州,撤销合浦县,廉州辖石康县。洪武十四年,廉州升为府,复置合浦县,钦县复为州。合浦县城为廉州府驻地。廉州府辖钦州和合浦、灵山、石康3个县。成化七年(1471年),将石康县并入合浦县,廉州府辖钦州和合浦、灵山2县。

清顺治元年(1644年),廉州府辖钦州和合浦、灵山2个县,驻地合浦县城,隶属广东行省。光绪十四年(1888年),钦州升为直隶州。廉州府辖合浦、灵山2个县。光绪二十年(1894年)以后,划出遂溪县的涠洲岛隶属合浦县。光绪三十二年,廉州府隶属廉钦道。宣统三年(1911年)八月,将廉钦道改称钦廉军政府。廉州府属钦廉军政府,仍辖合浦、灵山2个县,驻地合浦县城。

民国元年(1912年),撤销廉州府。合浦县直属钦廉军政府辖。同年,钦廉军政府改称钦廉绥靖处。合浦县隶属钦廉绥靖处。民国3年,撤销钦廉绥靖处,改设钦廉道,合浦县隶属钦廉道。民国9年,撤销钦廉道,合浦县直属广东省。民国19年,合浦县隶属广东省南区绥靖公署(驻地今茂名市)。民国25年,合浦县隶属广东省第八区行政督察专员公署,驻地在合浦县城。

1949年,合浦县隶属广东省南路专区。1950年,合浦县改属广东省钦廉专区。1951年,合浦县隶属广东省钦州专区,同年5月10日将合浦县辖的东镇、西镇、高德乡、涠洲乡设北海市。1952年,合浦县隶属广西省钦州专区。同年5月31日,将合浦县北部析置浦北县。1953年,钦州专署迁合浦县廉州镇。1955年,钦州专区划归广东省,改称合浦专区,合浦县属合浦专区。1958年,撤销合浦专区,将所属县市并入广东省湛江专区。合浦县属湛江专区,同时将北海市和浦北县并归合浦县。1959年6月,设北海镇(县级),1965年,复设浦北县,同属广西壮族自治区钦州专区。1970年,钦州专区改称钦州地区,合浦县属钦州地区。1987年7月,合浦县划归北海市管辖。1994年12月,划出南康镇、营盘镇设立北海市铁山港区,划出福成镇归北海市银海区管辖。1995年1月,环城镇并入廉州镇,同时增设星岛湖乡和十字路乡。2005年,撤十字路乡。

【行政区划】 2018年,沙田镇沙田村民委员会改为沙田镇沙田社区居民委员会,星岛湖镇上洋村民委员会改为星岛湖镇上洋社区居民委员会,西场镇镇西村民委员会改为西场镇镇西社区居民委员会,公馆镇公馆村民委员会改为公馆镇新时代社区居民委员会;新设立廉州镇珠光社区居民委员会。全县置14个镇、1个乡、33个社区居委会、241个村委会、5381个村(居)民小组。

【人口】 2018年,合浦县总户数257331户,户籍总人口1095434人,其中男586853人,女508581人;全县人口自然增长率为10.20‰。

表2　　2018年合浦县行政区划情况表

单位:个

乡镇	村(社区)委员会	辖行政村数	辖社区数
廉州镇	中山路社区、康乐社区、阜民南社区、上新社区、南珠社区、还珠社区、廉南社区、车路塘社区、平田社区、廉东社区、冲口社区、泮塘社区、总江口社区、乾江街社区、珠光社区、大岭村、青山村、清江村、廉北村、堂排村、大江村、马江村、廉西村、乾江村、禁山村、杨家山村、中站村、插龙村、马安村、烟楼村、五四村	16	14
党江镇	党江街社区、流星村、九坡村、亚桥村、大垌村、党屋村、西山村、海山村、南域村、木案村、新阳村、螺江村、更楼村、渔江村、沙冲村、蓝星村、企坎村、马头村	17	1
西场镇	西场街社区、镇西社区、镇东村、安乐村、那隆村、欧屋村、镇海村、葛茅山村、马池沟村、大窝塘村、白沙头村、西坡村、西镇村、五浪江村、东坡村、蚬港村、老温村、谢屋村、裴屋村、大坡村、官井村、林屋村、民丰村、黄金村、卸江村、亚囊村、滘头村	25	2
沙岗镇	沙岗街社区、田寮村、云江村、北域村、浦江村、双孖村、太平岭村、沙岗村、贤子山村、下屯村、双文村、西启村、三东村、裴屋寮村、大山村、七星村	15	1

续表

乡镇	村(社区)委员会	辖行政村数	辖社区数
乌家镇	乌家圩社区、乌家村、丹田村、瓦联村、大新村、西大村、岭顶村	6	1
星岛湖镇	上洋社区、总江村、坭江村、洋江村、下洋村、珊瑚村、柯江村、彩木村、洪潮村	8	1
石湾镇	永康社区、大田村、张屋村、桥头村、汉水村、汉马村、垌心村、红锦村、石湾村、清水村、兵岳村、东江村、周江村、沙朗村、大浪村、新安村、七里村	16	1
石康镇	石康街社区、康乐区社区、十字社区、水车村、沙芹村、白沙江村、夏佳塘村、太平村、新塘村、松树园村、豹狸村、筏埠村、天堂村、大崇村、多葛村、大湾村、顺塔村、大庄江村、鲤鱼村、耀康村、十字村、东冲村、红碑城村、大龙村、瓜山村、细廉陂村	23	3
常乐镇	常乐街社区、天堂社区、多蕉村、京竹村、中直村、低坡村、连丰村、陂山村、车板村、皇后村、李家村、阳月村、火星村、竹山村、平心村、石城村、莲北村、莲南村、西城村、大教村、北城村、平洋村、大冲村、象古村	22	2
曲樟乡	璋嘉村、山心村、井山村、樟木村、高豪村、曲木村、早禾村、亚山村、李家水村、中城村、南城村	11	0
闸口镇	闸口社区、福禄村、茅山村、大路山村、银坑村、庆丰村、山贝村、闸口村、红光村、新平村、群珠村、新寮村、仙人桥村、豪沃村、平坡村、佛子村、珠岭村、独竹村	17	1
公馆镇	公馆街社区、新时代社区、廖屋村、沙垠村、上联村、盐田村、长坡村、铁山村、石岭村、浪坡村、创村、陂膝村、扫管村、南山村、石湖村、新秀村、竹联村、均塘村、六甘村、香山村、蛇地村、陈屋村、山肚村、乘马村	22	2
白沙镇	振兴社区、草江村、龙江村、五星村、文明村、石达村、西坎村、白沙村、新村、虎塘村、虎岭村、那郊村、那江村、那潭村、和荣村、沙尾村、榄根村、东海村、东风村、宏德村、充美村、良港村、平田村、独山村	23	1
山口镇	山口街社区、山口村、山北村、河面村、水东村、山西村、山南村、山角村、丹兜村、永安村、新圩村、中堂村、英罗村、北界村、高坡村、山东村	15	1
沙田镇	沙田社区、上新村、对达村、淡水村、山寮村、海战村	5	1

表 3

2018 年合浦县人口情况表

计量单位:户、人

单位名称	辖区内户籍总户数	辖区内户籍总人口			年均户籍人口	出生人数	出生率‰	死亡人数	死亡率‰	人口自然增长率‰
		合计	男	女						
合浦县	257333	1095434	586853	508581	1090638	14999	13.75	3872	3.55	10.20
廉州镇	51764	185104	94664	90440	184259	1851	10.05	721	3.91	6.13
党江镇	14679	53321	28513	24808	53591	826	15.41	157	2.93	12.48
西场镇	20750	101002	55353	45649	100537	1539	15.31	302	3.00	12.30
沙岗镇	10295	41762	22487	19275	41607	531	12.76	180	4.33	8.44
乌家镇	4024	16267	8748	7519	16224	233	14.36	71	4.38	9.99
闸口镇	11242	46493	24869	21624	46299	789	17.04	190	4.10	12.94
公馆镇	30356	142493	79662	62831	141833	1649	11.63	641	4.52	7.11
曲樟乡	6673	28630	15452	13178	28455	415	14.58	27	0.95	13.64
白沙镇	24951	121747	64875	56872	121127	1510	12.47	406	3.35	9.11
山口镇	16388	86245	45635	40610	85703	1706	19.91	235	2.74	17.16
沙田镇	4455	20524	10854	9670	20495	332	16.20	84	4.10	12.10
石湾镇	12895	52888	28789	24099	52534	642	12.22	167	3.18	9.04
石康镇	18397	81012	43548	37464	80655	1104	13.69	406	5.03	8.65
常乐镇	23027	89078	47951	41127	88616	1401	15.81	189	2.13	13.68
星岛湖镇	7435	28868	15453	13415	28703	471	16.41	96	3.34	13.06

【民族】 合浦县民族人口主要是汉族。少数民族以壮族为主,主要分布在公馆和廉州两镇。合浦县少数民族群众主要以婚嫁形式落户到合浦县15个乡镇,占全县少数民族的92.3%;其次,1997—2005年,从河池地区大化、都安两县陆续迁入合浦县的少数民族移民576户、637人,分别安置在公馆镇山肚村委、山口镇河面村委、乌家镇岭顶村委和丹田村委。

2010年第六次全国人口普查显示,全县户籍总人口1020576人,其中汉族人口1016258人,少数民族人口4318人,汉族人口占全县总人口数的99.58%,少数民族人口占全县总人口数的0.42%。少数民族人口中,壮族3611人,瑶族415人,苗族89人,侗族41人,哈萨克族27人,布依族21人,回族20人,京族14人,黎族14人,彝族10人,蒙古族9人,水族8人,满族6人,怒族5人,仫佬族、毛南族、傣族各4人,土族、土家族各3人,哈尼族、白族、仡佬族各2人,佤族、门巴族各1人。2018年,全县户籍总人口中少数民族主要有壮族、瑶族、苗族、侗族等25个民族,主要分布在廉州、乌家、公馆、山口等乡镇。

【宗教】 2018年,合浦县有佛教、基督教、天主教三种教派,经各级宗教部门批准开放的宗教活动场所有20个。其中:佛教17处、基督教2处、天主教1处。佛教有教职人员17人,住寺比丘4人,比丘尼3人,信教群众约8万多人;基督教有教职人员5人,教徒561人。

佛教　在合浦县分布比较广,约有1000多年的历史,1987年成立佛教教会组织“合浦县佛教协会”,教会的职责是协助县宗教部门依法管理好佛教活动。2005年合浦县有佛教开放场所17处,分别是廉州东山寺、保子庵、北山庵、清惠宫,公馆列圣庙、武圣宫、慈云寺、鳌鱼寺、觉灵寺,白沙复庆寺、莲池寺、天后宫,曲樟灵隐寺,石康东岳庙,闸口普云庵、三帝庙,党江三婆庙。有民间庙宇108个,比1997年的83个增加了25个。分布在全县15个乡镇,其中廉州14个,白沙11个,山口12个,曲樟乡6个,公馆36个,闸口4个,十字路乡3个,常乐11个,石康4个,石湾2个、党江5个,星岛湖乡1个,西场5个,乌家1个、沙岗3个。县境佛教节日主要有浴佛节、盂兰节和观音诞。

天主教　有教堂2处,其中一处在石湾镇红锦村委红岭村,已经批准登记,于2003年10月9日正式开堂(易地重建)。另一处在西场镇民丰村天主坑村。

基督教　1903年传入合浦县,1986年恢复活动,1987年成立合浦县基督教协会,1993年4月,合浦县基督教新堂在廉州镇上街动工兴建,年底竣工,1995年8月23日举行献堂典礼;1999年5月,县政府将被常乐卫生院代管多年的常乐福音祠房屋退还给县基督教会,2000年10月县基督教会拆除旧址另建一幢二层200多平方米的礼拜堂。1999年7月3日,举行合浦县基督教协会、合浦县基督教三自爱国运动会第一次代表大会,张华新牧师当选为合浦县基督教三自爱国运动会主席、合浦县基督教协会会长,陈考思当选为总干事,2005年5月陈考思长老任合浦县基督教三自爱国运动会主席、合浦县基督教协会会长。

2018年合浦县组织机构和负责人

中共合浦县委员会

县委书记:王方红(2018年2月免)
　　　　杨　斌(2018年2月任)
副书记:李安洪
　　　　罗　鹏
　　　　刘忠广(2018年11月免)
常　委:刘情香(2018年11月免)
　　　　郑成富(2018年11月任)
　　　　谭奇志
　　　　韩德金(女)
　　　　李　钢(2018年12月免)
　　　　余新能
　　　　庞学强
　　　　庞富国
　　　　何　来
　　　　何立云(2018年4月挂任)

合浦县人大常务委员会

主任、党组书记:沈德棠
副主任、党组副书记:梁世安
副主任:吴景美(女)
　　　　张　荣
　　　　花伟隆

合浦县人民政府

县长、党组书记:李安洪
副县长、党组副书记:谭奇志
副县长:韩德金
　　　　何立云(2018年5月挂职)
　　　　黎寿强
　　　　陈冬生
　　　　赵　东(2018年5月挂任期满)
　　　　劳小兰
　　　　张乃星(2018年5月挂任期满)
　　　　梁建维(挂任)
　　　　彭在清

政协合浦县委员会

主席、党组书记:韩传福
副主席、党组副书记:庞书群(女)
副主席:陈世谊

林德海
叶　春

县纪委

书　记：李　钢（2018 年 12 月免）
副书记：黄德光
　　　　吴　华（2018 年 7 月任）
常　委：黄　洪（2018 年 5 月免）
　　　　冯基文
　　　　邓李萍
　　　　姚　玲

县监察局（机构改革）

局　长：黄德光（2018 年 2 月免）
副局长：秦　东（2018 年 2 月免）

县监察委（机构改革）

主　任：李　钢（2018 年 2 月任）
副主任：黄德光（2018 年 2 月任）
　　　　吴　华（2018 年 9 月任）
委　员：邓李萍（女，2018 年 2 月任）
　　　　姚　玲（女，2018 年 2 月任）
　　　　陈叔滦（2018 年 2 月任）

县绩效办

主　任：伍端华
副主任：刘斌远

县委办

主　任：庞富国
副主任：林盛荣（县深改办主任，正科长级）
　　　　陈　鑫
　　　　郑光华
　　　　林荣春（兼）
副主任（兼）、县保密办（局）主任（局长）：
　　　　孙家朗（正科级）
副主任（兼）、机要局（国家密码管理局）局长：
　　　　苏相群（女，正科长级）
副局长：李保钊

县接待办

主　任：傅子艳（女）
副主任：李　文（2018 年 11 月免）

县信访局（办）

局　长（主任）：林荣春
副局长（副主任）：傅志胜
　　　　　　　　劳太云（女）

县委组织部

部　长：何　来
副部长：庞雄胜（兼，正科长级）
　　　　李维娉（女，兼，正科长级）
　　　　陈凯华（正科长级）
　　　　张小莉（女，正科级）

县非公经济组织和社会组织党工委

书　记：陈凯华（正科长级）
副书记：杨　苑（女，兼）
　　　　黄胜明（兼）
　　　　廖东明（兼）
　　　　陈　革（正科级）

县委老干局

局　长：李维娉（女）
副局长：冼健子（女）

县委宣传部

部　长：韩德金（女）
副部长：甘卫华（女，兼，正科长级）
　　　　陈坤文（正科级）
　　　　莫谦新（兼）
　　　　陈先美（女）

县委统战部

部　长：余新能
副部长：许光斌
副部长、工商联党组书记：
　　　　杨　苑（女）
副部长（兼）、台办主任：周　建
副部长（兼）、民族宗教事务局局长：
　　　　何怀建

县政法委

书　记：庞学强
副书记：彭克斌
　　　　陈　德
　　　　潘彪远

县编办

主　任：李光平
副主任：李　萍（女，正科级）
副主任（兼）、县事业单位登记局局长：吴世斌

县直属机关工委

书　记：杨　斌
副书记：刘凤莲（女，正科级）
　　　　赖家旺
工委委员、县直属机关纪律检查工作委员会书记：
　　　　骆建燕（女）

县后勤服务中心、县机关事务管理局

副主任、副局长：陈家杰
　　　　　　　　谭世兴

县党史办

主　任：梁爱满（女）
副主任：沈立鸿（女）

县委党校

校　长：罗　鹏（兼）
常务副校长：叶振松（正科长级）
副校长：陈海青（女）

县总工会

主　席：吴景美（女）
副主席、党组书记：叶长天
副主席：刘剑波（女，2018 年 6 月免）
　　　　傅三妹（女）

团县委

书　记：何秉霖
副书记：苏志腾
　　　　王添慧（2018 年 7 月任）

县妇联

主席、党组书记：黄秀娟（女）
副主席：卢香初（女，正科长级，2018 年 1 月免）
　　　　朱小英（女，2018 年 10 月任）
　　　　张　霞（女）

县科协

主　席：蔡永辉（2018 年 12 月任）
副主席：朱天佑（2018 年 12 月任）

县文联

主　席：方　华

县侨联

主　席：王鹏远（2018 年 12 月免）
　　　　秦　东（2018 年 12 月任）

县残联

理事长：庞兴业（2018 年 1 月免）
　　　　卢香初（2018 年 1 月任）
副理事长：包远霞（女）

县工商联

主　席：杨升霞（女）
党组书记、县委统战部副部长：
　　　　杨　苑（女）

副主席：许坤本
　　　　郑如皎

县社科联

主　席：刘　良

县人大办公室

主　任：韩仁贻
副主任：陈耀彬
　　　　黄　国

人大法工委

主　任：庞海燕
副主任：徐益雪

人大财经工委

主　任：陈世梅（女）
副主任：陈丽艳（女）

人大教科文卫与民族工委

主　任：沈扬文
副主任：霍洁玲（女）

人大选举联络工委

主　任：钟以胜
副主任：莫素珍（女）

农业与环资城建委

副主任：周国钰

县政协办公室

秘书长：徐远轲
副主任：黄云祥

政协提案法制委

主　任：林和国
副主任：陈德娟（女）

政协经济科技委

主　任：赵　梅（女）
副主任：欧毓健

政协文教卫体委

主　任：潘冬梅（女）
副主任：陈广堂

文史委

主　任：裴德雪
副主任：苏远军（2018年3月免）

县政府办公室

主任、县政府党组成员：郭长椿
副主任：劳启炽
　　　　花华隆
　　　　周利强
　　　　李景超
　　　　吴桂荣（兼，正科级）
　　　　黄炳羽（兼，正科长级）

县外侨办

主　任：黄刘健（女，正科长级）

县法制办

主　任：黄炳羽（正科长级）

县调处办

主　任：吴桂荣

县民宗局

局　长：何怀建

县政府督查室

主　任：庞荣华

县应急办

主　任：裴学铭

县电子政务办

主　任：庞业强

县民政局

局长、党组书记：王运彬
副局长：黄胜明
　　　　徐锡燕（女）
　　　　林明红（女）

县志办

主　任：卢繁初
副主任：黄卫红（女）
　　　　陈　东（壮族）

档案局

局　长：庞传松
副局长：黄　菡（女）
　　　　宁子毅

县工信局

局长、党组书记：庞兴云
副局长：李金连（女）
　　　　骆远栋（正科级）
　　　　陈庆锋（兼，正科长级）
　　　　黄训乔（挂职，2018年11月任，挂任期1年）

县科技局

局　长：陈庆锋

县安监局

党组书记、局长：廖作海
副局长：朱　毅（正科长级）
　　　　陈伟武（正科级）
　　　　赖华权

县国土局

党组书记、局长：吴震起
副局长：安鸿亮
　　　　何德东
副局长、海洋局局长：吴景安

县交通运输局

党组书记、局长：
　　林文辉（2018年7月免，2018年7月免）
副局长：叶发森（正科长级）
　　　　陈　玲（女）
　　　　刘军辉
党组成员、县纪委派驻县交通局纪检组组长：廖端庆

县二轻联社

主任、党组书记：石　憬
副主任：朱波波
　　　　徐　芳（女）

县农业局

党组书记、局长：杨真荣
副局长：苏修荣
　　　　陈宗琼（女）
　　　　吴香莲（女）
县农业局党组成员、县纪委派驻县农业局纪检组组长：
　　温　海

县扶贫办

县农业局副局长（兼）、主任：
　　谢宏宝
副主任：
　　裴德雪（挂职，2018年9月挂任期满）
　　林新琨（挂职，2018年9月挂任期满）
　　罗世勇（挂职，2018年12月挂任期满）
　　祝远云（挂职，2018年6月任，挂职任期1年）
　　吴香莲（挂职，2018年6月任，挂职任期1年）
　　杨爱军（挂职，2018年6月任，挂职任期1年）
　　钟其锋（挂职，2018年7月任，挂职任期1年）

徐少华(挂职,2018年7月任,挂职任期1年)

县林业局

党组书记、局长:黄裕宽
副局长:许盛芳(正科长级)
符汛涛
梁海明(正科长级)

县森林公安局

局　长:陈钦鹏
政治教导员:吴文成

县水利局

局长、党组书记:马自承
副局长:花培松
何本忠
姚太申

县移民局

局　长:朱　云
副局长:林新琨
卢世平

县水产畜牧兽医局

局长、党组书记:黄冰心
副局长:莫兴荣(正科长级)
张舜锦(正科级)
欧阳斌

县渔政管理站

站　长:骆文宗
副站长:杨善尧
罗仁志

县渔港监督站

站　长:梁鸿斌
副站长:包日烽

县农机管理中心、县农机管理局

主任(局长)、党组书记:陈　琥
副主任(副局长):杨卫远

县粮食局

局　长:李小林

县供销社

党组书记、理事会主任:石　浩
监事会主任:周汝添
理事会副主任:彭海英(女)
陈丹毅
监事会副主任:林　顺(正科长级)

县财政局

党组书记、局长:苏远辉
副局长:冯小雄
张义昌
卢广平
县财政局党组成员、县纪委派驻县财政局纪检组组长:
劳庭业

县审计局

局长、党组书记:黄家辉
党组副书记、副局长:
陈荣民(正科长级)
副局长:陈路融
彭前平

县发改局

党组书记、局长:邓远怀
副局长:潘承林(正科长级)
高世煜(正科长级)
叶永利
李树伟(兼,正科长级)

物价局

局　长:李树伟(正科长级)

县人社局

党组书记、局长:庞雄胜
副局长:符　强(正科级)
朱小英(女,2018年12月免)
邓娟达(女)
刘良茂

县统计局

局长、党组书记:张鑑财
副局长:陈春生
龙先红(女)

县住建局

局　长:杨朝杰
党组书记:何本业
副局长:王风华(女)
梁　笛
李　俊(兼)
蔡　艺(兼)
县住建局党组成员、县纪委派驻县住建局纪检组组长:
周克良

县房产局

局　长:朱定海
副局长:徐少华
林　光

县人防办

主　任:李　俊

县市政局

局　长:蔡　艺
苏志腾(挂职,2018年7月任,挂任期1年)

土地房屋征管办

主　任:伍冠明
副主任:庞　毅
伍胜军

县环保局

局长、党组书记:李腾龙
副局长:吴子乐
何丹梅(女)

合浦县工商行政和质量技术监督管理局

党组书记、局长:伍国永
党组副书记、副局长:廖东明
副局长:肖远胜
刘志清

县文化体育和广播电视局

党组书记、局长:陈　辉
副局长:谢玉芳(女)
陈　洁(女,2018年6月免)

县旅游局

局　长:张焯绍
副局长:李小玲

县广电发展中心

主　任:朱汝强
副主任:王寒洁(女)

县文物管理局

局　长:庞华强(正科级)
副局长:叶吉旺

县博物馆

馆　长:廉世明

县食药监局

局长、党组书记:冯协臣
副局长:杨振宇
冯维涓
钟如凯

县卫计局

党组书记、局长:王　兵
副局长:陈　彪
邓李东

徐维菊(女,正科级,2018年11月免)
杨振宇(兼)
县卫计局党组成员、县纪委派驻县卫计局纪检组组长:
苏汪楷

红十字会

常务副会长:张　聪(正科级)

县卫生计生监督所

所　长:吴宇华(2018年11月免)
副所长:詹　强
周家健

县疾病控制中心

主　任:吴　伟
副主任:苏福康
张钦宇
陈芬业(女)

县人民医院

院　长:黄　江
书　记:吴宇华(2018年11月任)
党委副书记:陈强松
副院长:罗远惠(女,2018年11月免)
李继志
廖集海(挂职,2018年11月任,挂任期1年)

县中医院、县中医骨伤医院

院　长:吴世东
副院长:许小清(女)
曾启全
孙智锋

县妇幼保健院

院长、党支部书记:吴世彬
副院长:詹　云(女)
陈永卫
陈援越(女)

县红十字会医院
(骨科医院、第二人民医院)

院　长:徐光海

县皮防院

院长、党支部书记:
吴　桥(2018年11月免)
院　长:罗远惠(2018年11月任)

县精神病院

院　长:陈升旭

县教育局

局长、党组书记:张均作
党组副书记、副局长:
冯祖琳(2018年11月免,2018年11月免)
副局长:范俊国
陈相君
县教育局党组成员、县纪委派驻县教育局纪检组组长:
罗　延

县招商局

党组书记:陈小强
副局长:曾智元
蔡　华(女)

县地震局

局　长:陈波海

县市场服务中心

主　任:冯心庆
副主任:谢述洋
吴彩欢

县政务中心

主　任:曹　强
副主任:黄训乔

县工业园

主任、党工委书记:庞书群(女)
党工委副书记:李　文(2018年11月任)
副主任:陈　平
庞辉庆
张剑鸣

县山口林场

党委书记、场长:徐　雷
副场长:周君元
黄　波

县公馆林场

场　长:叶长青

县人民法院

院长、党组书记:董新永
副院长:叶维永(正科级)
黄振才
顾能凤(女,2018年2月任)
李　贵(挂职,2018年7月任,挂任期1年)
党组成员、县纪委派驻县法院纪检组组长:
陈祖英(女)

县人民检察院

检察长、党组书记:许　齐
副检察长:
洪坚善(正科级,2018年3月免)
吴启德(正科级,2018年3月免)
苏远军(2018年3月任)
陈桂文(正科级)
党组成员、县纪委派驻县检察院纪检组组长:
廖荣南

县司法局

党组书记、局长:郑剑锋
副局长:刘明基
张远智(正科长级)
凌国际
党组成员、县纪委派驻司法局纪检组组长:
钟婷婷

县公安局

局　长、党委书记、督察长(兼):
黎寿强
政委、党委副书记:李　纯
党委委员、县纪委派驻公安局纪检组组长:
莫逢光(正科级)
副局长:胡首军(挂任)
庞芝焯(正科级)
高海强(正科级)
陈劲松(正科级)
方良涛(正科级)

沙田镇

党委书记:周正洪
党委副书记、镇长:朱梦灵
党委副书记、人大主席:苏少钦
党委副书记:
汪国高(挂职,2018年5月免)
覃海裕(挂职)
廖春霞(女,挂职,2018年5月任,挂任期2年)
人大副主席:李元庭
副镇长:沈善亿
何　健

韦　敏
纪委书记:叶夏林

山口镇

党委书记:廖锡武
党委副书记、镇长:莫维东
党委副书记、人大主席:
马思承(女)
党委副书记:
封玉贤(挂职,2018年8月挂任满)
徐华福(挂职)
人大副主席:付锦萍(女)
副镇长:刘良彬
彭　忠
邓田广
付湛明
纪委书记:林　军

白沙镇

党委书记:庞开龙
党委副书记、镇长:吴福荣
党委副书记、人大主席:林利武
党委副书记:
李润根(挂职)
熊凌志(挂职,2018年9月任,挂任期一年半)
人大副主席:朱春燕(女)
副镇长:庄礼宽
刘　伟
王宗宇
何妹妹(女)
陈　瑶(挂职)
纪委书记:吴　剑

公馆镇

党委书记:徐海东
党委副书记、镇长:肖子旺
党委副书记、人大主席:陈澍奎
党委副书记:罗远锋(挂职)
蒋爱平(挂职)
人大副主席:伍志勇
副镇长:吴洵德
杨启郎
邱俊淇
莫仕华(2018年3月免)
陈　奎(2018年3月任)
纪委书记:叶发林(2018年12月免)

曲樟乡

党委书记:陈海祥
党委副书记、乡长:周水祥
党委副书记、人大主席:李小雷
党委副书记:
张晓宁(挂职,2018年4月挂任期满)
庞善予(挂职)
人大副主席:陈洪致
副乡长:林志远
顾传武
林胜成
纪委书记:劳宪富

闸口镇

党委书记:朱　琳
党委副书记、镇长:廖文华
党委副书记、人大主席:罗　林
党委副书记:沈立鸿(女,挂职)
钟朝锦(挂职)
人大副主席:欧春强
副镇长:张均锋
吴承彪
张铁瀛
莫芳玲
纪委书记:陈海冰

廉州镇

党委书记:陈国俊
党委副书记、镇长:庞大锋
党委副书记、人大主席:庞相毅
党委副书记:
孙益驹(挂职,2018年5月挂任期满)
蔡星媛(女,挂职)
石　云(挂职)
人大副主席:陈立华
副镇长:陈芳丽(女)
叶　蔚
王伟全
王少其
纪委书记:裴俊松

星岛湖镇

党委书记:吴　蓓
党委副书记、镇长:李佳振
党委副书记、人大主席:陈坤赐
党委副书记:
郑远青(挂职,2018年8月挂任期满)
刘振华(挂职)
人大副主席:罗永明
副镇长:伍贤军
何二辉
莫仕华(2018年3月任)
纪委书记:何道芳

党江镇

党委书记:张　曦
党委副书记、镇长:廖丽莉
党委副书记、人大主席:郑　庆
副书记:
吴锦新(挂职,2018年8月挂任期满)
袁　媛(女,挂职)
李建龙(挂职,2018年9月任,挂任期2年)
人大副主席:陈　扬
副镇长:罗远波
陈　梅(女)
黄宏芸
潘小文(女)
纪委书记:裴德喜

沙岗镇

党委书记:陈坤盛
党委副书记、镇长:莫彬昌
党委副书记、人大主席:洪芝云
党委副书记:郭一舟(挂职)
周光耀(挂职)
人大副主席:李国湖
副镇长:曾德禄
包华晗
莫吉勇
蔡大樑
纪委书记:林小琪

西场镇

党委书记:陈振权
党委副书记、镇长:陈卫相
党委副书记、人大主席:
陆霞森(女,2018年11月任,2018年12月任)

党委副书记：
黄毕宬（挂职，2018 年 8 月挂任期满）
于　坤（挂职）
人大副主席：周家富
副镇长：陆霞森（女，2018年12月免）
叶小明
张　玮
唐伟德
纪委书记：曾学先

乌家镇

党委书记：刘　锋
党委副书记、镇长：孔祥云（女）
党委副书记、人大主席：苏建元
党委副书记：林其凯（挂职）
人大副主席：谭华明
副镇长：杨作春
陈崇尚
叶　波
纪委书记：张琼芳（女）

石湾镇

党委书记：庞　伟
党委副书记、镇长：谢　鑫
党委副书记、人大主席：邓李青
党委副书记：
韦　祯（挂职，2018 年 4 月挂任期满）
王晓峰（挂职，2018 年5 月任，挂任期 2 年）
人大副主席：张小玲
副镇长：易琼远（女）
张发祯
付伟清
陈　刚
符　荣（挂职）
纪委书记：陈世松

石康镇

党委书记：潘　强
党委副书记、镇长：李光艺
党委副书记、人大主席：陈世旺
党委副书记：罗仁海（挂职）
谈正昭（挂职）
人大副主席：李卫声
副镇长：林火安
陈丽娜（女）
张其辉
刘承权（2018 年 2 月任）
纪委书记：刘稳忠

常乐镇

党委书记：钟焱辉
党委副书记、镇长：莫　狄
党委副书记、人大主席：陈道华
党委副书记：
杨　有（挂职，2018 年 4 月挂任期满）
罗春强（挂职）
赵宝振（挂职，2018 年5 月任，挂任期 2 年）
人大副主席：陈文弘
副镇长：陈升喜
徐善军

国民经济和社会发展

【概况】 2018 年，全县各级各部门深入学习贯彻中共十九大精神、习近平新时代中国特色社会主义思想和习近平视察广西及北海合浦重要讲话精神，全面落实中央、自治区和北海市各项决策部署，主动适应经济发展新常态，坚持稳中求进工作总基调，坚定不移实施“四大战略”，发展向海经济，优化营商环境，打造产业支撑，推进稳增长、促改革、调结构、惠民生、防风险，推动经济持续健康发展和社会和谐稳定，全县经济建设和各项社会事业保持平稳协调发展的良好态势，经济运行稳中有进，综合实力显著增强。全年全县实现地区生产总值 262.28 亿元，同比增长 8.3%，其中第一产业增加值 97.81 亿元，同比增长 5.5%；第二产业增加值 64.44 亿元，同比增长 12.9%；第三产业增加值 100.03 亿元，同比增长 8.3%；实现财政收入 14.61 亿元，同比增长 17.7%，其中税收收入完成 11.85 亿元，同比增长 21.8%，税收收入占财政收入比重为 81.1%；固定资产投资 46.89 亿元，同比增长 18.5%；社会消费品零售总额 94.12 亿元，同比增长 10.3%。城镇居民人均可支配收入 33246 元，同比增长 6.5%；农村居民人均可支配收入 13713 元，同比增长 9.6%。

【发展向海经济】 2018 年，合浦县积极发展向海经济，向海之路扎实迈进。编制完成《广西合浦县向海经济发展规划》，重点构建“一带两港三湾四镇五组团”空间布局，深入挖掘海上丝绸之路始发港的文化底蕴，瞄准海洋、海岸、海滩、入海口等资源保护开发利用，构建现代海洋产业体系。榄根作业区 1—2 号及南 1—3 号泊位工程，以及进港道路、进港支航道等港口基础设施建设顺利推进。发展新材料产业，完成硅产业发展规划编制，新福兴硅科技产业园和精品钢材新材料产业园落户铁山东港产业园。创新发展海洋捕捞养殖和海产品加工业，加快建设闸口桂台现代渔业示范区，成功签约年产 15000 吨现代化海鲜健康食品精深加工项目。推动海丝文化和滨海休闲养生旅游发展，推进海山半岛、海丝首港、七星岛综合开发等项目。

【改善营商环境】 2018 年，合浦县根据“一年重点突破、两年全面提升、三年争创一流”的目标要求，着力打造营商环境新优势。梳理公布 786 个政务服务一次性告知清单，725 个最多跑一次事项清单，5 个一次不用跑事项清单。开展“减证便民”行动，取消证明事项 20 项。行政审批容缺办理事项达213项。依托全区网上政务服务平台，推进实体政务大厅与网上办事大厅融合，政务服务网上申报事项开通率达95.7%。健全完善县、乡镇两级政务中心，在政务大厅设立帮办中心，政务中心窗口政务服务办理满意率达99.94%。企业营业执照办结时间从原来20个工作日缩减到1个工作日，开办企业提速95%。开展“服务群众、服务企业、服务投资者”的三服务活动，解决群众、企业、投资者实际问题。加快形成政商之间亲不逾矩、清不远疏的健康生态环境，建立坦荡真诚、清白纯洁、交往有道、良性互动的“亲”“清”新型政商关系，激发民营经济发展活力。

2018年10月30日，合浦县2018年10月重大项目集中开(竣)工仪式在廉州镇中心小学新址举行 （林启波 摄）

【招商引资】 2018年，合浦县全年召开招商推介会40余场次，接待企业考察团120多批次，新签约总投资62亿元的广西新福兴硅科技产业园等26个项目，其中超亿元项目18个，超10亿元项目5个。新签约共建广西合浦—浙江嘉善现代产业园内的杭州分数科技等3个项目陆续开工。万达集团、阳光城集团、香港新兴工业集团等一批行业龙头企业纷纷进驻合浦县。积极参与川桂合作，引进合浦川港产业合作园、川商生态农业观光城、汉代文化旅游城等3个重点项目。新签约项目合同投资总额和到位资金均为历年之最，实现合同投资总额228亿元，到位资金总额98.8亿元。完成全口径利用外资3663万美元、增长10%。

【项目建设】 2018年，全县5000万元以上投资项目达到54个、增长14.9%，完成投资23.77亿元，增长143.27%。民间投资占投资总量的40.17%，投资结构更加合理。项目建设有效带动投资增长，项目支撑力度不断增强，发展活力逐渐提高，全年全县固定资产投资46.89亿元，增长18.5%。健全重大项目策划和推进“1+9”领导小组，统筹推进重大项目共230个，总投资725.32亿元，实现52个重点项目开竣工。6万立方米胶合板生产线、马子岭风电项目二期、月饼小镇景观道路工程、廉州古城停车场、廉州镇中心小学1号、2号教学楼、山口镇中心卫生院公共卫生服务楼等一批项目顺利开工。月饼及其他食品生产项目、广西泰盛一品木业有限公司细木工集成板生产项目、合浦县污水处理厂一期提标改造工程、内东环照明工程、西门江一号路续建、2017年教育全面改薄工程、县中医医院门诊综合楼整体搬迁、县社会福利院2号养护楼等项目顺利竣工。

【工业经济】 2018年，合浦县狠抓工业经济提质增效。传统产业、现有企业提质升级加快，全年完成工业技改投资11.36亿元，增长170.24%。广西中粮生物质能源有限公司、合浦果香园食品有限公司、广西合浦县惠来宝机械制造有限公司等一批传统重点企业发展壮大，华润水泥(合浦)有限公司、合浦理昂农林废气物热电有限公司等新投产企业逐渐发挥效益。广西合浦县惠来宝机械制造有限公司、合浦果香园食品有限公司、合浦公馆黄记食品有限公司等企业5个产品上榜“广西名牌产品”，广西北海精一电力机材有限责任公司获“市长质量奖”。全年新上规工业企业16家，总量累计达91家，企业上规入统成效明显，实现规模以上工业产值129.41亿元，增长4.73%，规模以上工业增加值33.97亿元，增长19.1%，上升趋势明显，规模以上工业产值增速和规模以上工业增加值增速均排全市第1位。全县实现工业投资17.5亿元，增长69.32%；工业用电量5.98亿千瓦时，增长59.9%。产业园区集聚效应初显，园区经济成为工业经济的主力军。合浦工业园区“一区多园”模式加快形成，园区完成规模以上工业总产值76.12亿元，增长11.4%，占全县规模以上工业总产值的51.5%。

【产业平台建设】 2018年，合浦县全面推进产业平台建设。铁山东港产业园“一港一路一航道”建设加快推进，码头二期、海发路、土地平整等配套项目正稳步推进。合浦工业园基础设施逐步完善，月饼小镇基础设施建设加紧推进，污水提升泵站、月影湖建成投入使用，“五通一平”等基础设施部分完工，科技研发楼、标准厂房等基础设施和公共设施配套项目加快建设，休闲商业街、广场景观工程等项目完成前期工作。产业转移园8栋标准厂房开工，其中2栋已交付使用，6栋基本完成主体建设。林产循环经济产业园道路、供水等基础设施正在大力推进。

产业发展后劲不断增强。年内，合浦县组织编制食品加工、木材加工两个“产业树”全景图，加快培育“产业林”。重点培育打造的“3+2”主导产业集聚效应初显，食品饮料、木业家居、海洋经济三大产业年产值分别达到33.4亿元、48.7亿元、101.34亿元。成功申报“中国大月饼美食之乡称号”，合浦大月饼获批“国家地理标志保护产品”。月饼小镇首批10家入园企业加快建设，黄家月、廉州府、麦香皇等项目陆续竣工投产。东港产业园引进了新福兴、新纺织等一批大项目，川港合作园、玉港合作园等“飞地”园区项目纷纷入驻。林产循环经济产业园已引进12个林产加工及配套项目，里昂热电、中电光伏、细木工等3个项目已投产，广林木业已试产。北海—山口成品油管道工程、马子岭风电项目二期等产业项目顺利开工。

【农村基础设施建设】 2018年，合浦县扎实推进纳入自治区乡村振兴三年行动计划2018年实施计划的24个项目建设，进一步优化农村产业结构、提升基础支撑、改善公共服务水平。洪潮江水闸除险加固工程竣工投入使用，总江水闸除险加固工程基本完成水下部分主体工程。南流江防洪治理工程、白沙河山口镇新朱塘堤段防洪治理工程顺利实施。建成“五小”水利项目、农村危桥改造、农村公路、绿化照明等一批工程。

【创建特色旅游名县】 2018年，合浦县以创建“特色旅游名县”为抓手，全面实施“旅游旺县”战略，成功打造一批特色旅游产品，旅游基础设施、公共服务设施得到显著改善，以全区第二名的成绩成功创建广西特色旅游名县，并列入首批自治区级全域旅游示范区创建县。安排5000万元以上的旅游发展专项资金，出台了合浦县有史以来奖励额度最大、奖励种类最多的旅游奖励政策，有效拉动民间资金投入旅游业。实施涉旅项目70个，总投资98.11亿元，海丝首港、大型渔业综合体闸口渔业小镇等一大批旅游特色项目加快推进。创A评星工作取得新成效，星岛湖旅游区创建成首批省级生态旅游示范区，小村故事获评广西五星级乡村旅游区，新福楼农家乐、闲云生态园获评广西五星级农家乐。此外，在创国家AAAA级旅游景区2个，创成广西四星级乡村旅游区4家、四星级农家乐2家、特色旅游村镇2个、特色街区1条。投入运营广西最大的县级旅游集散中心；推动文和大酒店创建四星级酒店；新增旅游厕所20座；建成四星级汽车旅游营地1家、三星级2家，旅游公共服务、接待服务得到完善。成功举办首届合浦海上丝绸之路（始发港）文化节、“汉郡合浦·海丝明珠”采风踩线活动，一系列乡村旅游文化节“特色节庆”活动，以及“壮族三月三·相约游广西”山西太原、首府南宁等系列推介活动，合浦旅游知名度、美誉度不断提升。合浦旅游进入赶超发展的“快车

2018年12月26日，合浦县荣获“广西特色旅游名县”，图为县委常委、宣传部部长、副县长韩德金代表合浦县领取“广西特色旅游名县”这一“金字招牌”

（林启波　摄）

道”,年内全县共接待国内外游客815.3万人次,增长58.87%;年度旅游总消费79.94亿元,增长18.22%。旅游业拉动经济增长4.52个百分点,成为合浦经济增长的新引擎。

【现代农业发展】 2018年,合浦县推进国家现代农业示范区建设和现代特色农业(核心)示范区建设,发展壮大水稻、糖蔗、蔬菜、水果等特色优势农业产业,通过抓好示范基地建设,以点带面推进现代特色农业发展,实现农林牧渔业总产值136.41亿元。全面实施粮食高产攻关行动,以闸口平坡、党江西山海山粮食生产基地为窗口,全力推进粮食供给侧改革,全年粮食作物播种面积549333.33公顷,产量26.20万吨,促进粮食生产稳定发展。巩固完善示范区建设,2018年创建自治区级核心示范区1个、市县级示范区2个、乡级示范园10个、村级示范点89个,全县各级示范区(园、点)达到120个,示范区实现产值超20亿元,增长15%。石康豹狸田园综合体项目加快建设,清华启迪、广西地矿田园综合体项目有序推进。建立具有规模和特色优势的家禽、家畜、对虾养殖,豇豆、辣椒、香蕉、沃柑种植等村级现代农业示范基地253个,县级“5+2”村级“3+1”特色产业覆盖率达100%。以石湾镇东江村万亩特色蔬菜产业为核心,以常乐镇、石康镇、石湾镇、廉州镇等南流江沿岸为主的13333.33公顷无公害蔬菜生产基地加快建设,打造合浦县蔬菜优质品牌。推进以山口镇、石康镇、闸口镇等为主的无公害花生标准化生产基地建设。巩固和发展以合浦县两大糖厂为核心的18000公顷糖料蔗基地建设,完成“双高”糖料蔗基地建设633.33公顷,验收面积713.33公顷(包括2014—2016年任务),完成任务的107%。新发展农民专业合作社115家,累计652家,其中自治区示范社10家,市级示范社29家。新增家庭农场61家,累计235家。大力发展农村电商,建成电商村级服务站575个。

【城乡建设治理】 2018年,合浦县城乡治理不断深化,宜居环境明显改善。启动对合浦县城总体规划修编,合浦县城总体规划(2010—2025)实施评估报告和修编论证报告按程序完成草案、评审、公示等,并报自治区政府审批。完成《廉州古城阜民路和中山路历史文化街区保护规划》《合浦廉州古城总体策划及概念规划方案》《合浦县城城中村修建性详细规划》《合浦县西门江景观设计及修建性详细规划》,及沙岗镇、乌家镇、星岛湖镇3个乡镇总体规划编制工作。组织编制完成一批村庄规划。城乡建设治理加快实施。龙门江公园、北河水系整治工程、廉州镇水环境整治一期工程、廉州镇改善农村人居环境建设工程等城建项目顺利推进。新建改建北河街、湖边路等处共15座市政公共厕所。西门江一号路、科园路南段、文体中心二号路等“断头路”顺利打通,43条市政民生道路相继建成。公馆镇、西场镇“百镇建设”示范工程加快推进。常乐大桥顺利建成,公馆经曲樟至常乐公路、常乐镇绕城公路、石康至豹狸公路改造等交通项目顺利推进。配合做好松旺至铁山港东岸高速公路、广西滨海公路大风江至高德一级公路及山口经沙田至红树林支线公路、大风江跨海大桥、柳北高速常乐互通立交出入口及连接线工程、石康镇豹狸村田园综合体交通基础设施等项目前期工作,城乡交通基础设施不断完善。夯实城市绿化基础,积极创建“广西园林城市”并顺利通过验收,城市品位进一步提升。完成数字化城市管理平台建设初步设计方案。扎实开展城乡环境提升年活动,集中开展“五乱”整治、“四车”整治等活动,市容市貌有所改善。完成自治区下达合浦县农村改厨改厕任务4万户,农村人居环境明显改善。

【生态建设】 2018年,合浦县生态治理扎实有效,生态环境得到改善。年内整改完成中央环保督察“回头看”交办问题43个,有效整改涉及合浦县有关群众投诉反映的采砂场、噪声、粉尘污染等各类生态环境问题。强化环境监管,严把新上项目环境准入关,严打环境违法行为,依法立案查处环境违法案件29宗,排查整治“小散乱污”企业12家。开展土地矿产卫片执法动态巡查1000多次,发现并有效制止违法行为100多起。立案查处非法采矿点(矿坑)55个、非法堆场(洗砂点)63个。扎实推进重点流域水污染、大气污染防治、农业面源污染、土壤污染等治污减排工作。加快开展“两江、两区、两库”治理。全面推行河长制,开展河流联合整治,实现南流江沿岸200米禁养区范围规模化畜禽养殖场“清零”目标。南流江西门江环境综合整治PPP项目完成公开招标。总江口饮用水源地保护工程全面竣工。实施大气污染综合防治攻坚行动,空气质量优良天数330天,优良率94.8%。建成星岛湖镇污水处理厂，完成县城污水处理厂提标改造，完善常乐、石湾、石康、党江、沙岗5个南流江沿岸乡镇污水处理厂新增配套管网18.4千米，污水处理设施更加完善。基本完成工业园区雨污管道分流。强化农村生活垃圾集中处理工作的监督考核，巩固“村收、镇运、县处理”和“社会化、市场化保洁”城乡环卫新机制成果，实现农村垃圾标准化规范化清运处理体系覆盖面达到100%。

【精准脱贫】 2018年，合浦县持续加强对贫困村、贫困户的扶持力度，全县统筹安排扶贫资金2.33亿元用于建设贫困地区基础设施、产业扶贫、发展村集体经济等。建成农村饮水、节水灌溉等一批民生水利工程，惠及41个贫困村，其中建成农村饮水项目11宗，改善了2.5万人的饮水条件，新增或恢复农田灌溉排涝面积5.4万亩。建设农村硬化道路194公里、新建和危改主要桥梁4座。创新扶贫产业发展模式，探索“扶贫车间”模式，创建扶贫车间12个，开拓产业扶贫新路子，形成5个以上具有规模的特色优势产业，打造豇豆、水果、水产“3个万亩产业基地”，100%覆盖有劳动能力的贫困户。发展村集体经济，围绕“抓点、扩面、提质、强能”下功夫，全县274个行政村（社区）集体经济收入达3万元以上，其中5万元以上的达119个。凝聚社会各界力量助推脱贫，大力实施“百企扶百村”活动，着力构建社会各界推进大扶贫工作格局。2016年至2018年累计有70家企业直接参与帮扶项目566个，投入帮扶资金1.69亿元，帮扶村208个、贫困人口11217人。脱贫攻坚成效明显，认定21个贫困村和1040户贫困户、4685人脱贫摘帽。

【社会事业】 2018年，合浦县加快推进教育现代化建设，改善薄弱学校办学条件，义务教育均衡发展顺利通过国家级的评估验收。开工新建廉州五小，加快推进廉州镇中心小学迁建、合浦一中高中部搬迁项目，进一步扩大城区办学规模，缓解县城大班额问题。新建廉州镇第五幼儿园、公馆镇第五幼儿园，增加学前教育供给。推进教育教学改革，教育教学质量大幅度提升，2018年高考一本上线人数592人，比增12.16%，2人考取清华北大。文化体育事业加快发展，城乡文体服务不断加强，建成57个村（屯）篮球场，县体育馆、游泳馆基本建成；开工建设村级公共文化服务中心21个。成功举办2018年“奔跑吧广西”生态马拉松系列赛暨智慧马拉松（广西北海合浦站）及“环广西”自行车赛（合浦赛段）等重大赛事。合浦汉代文化博物馆获“广西特色博物馆”称号和广西唯一一家全国文物系统先进集体。2018年“5·18”国际博物馆日广西主会场城市活动暨博物馆宣传月活动在合浦汉代文化博物馆启动。积极推进申遗工作，加强非物质文化遗产发掘和保护传承工作，海丝文化国际学术研讨会、“中华文化八桂行——走进合浦”、合浦海上丝绸之路（始发港）文化节等大型系列活动成功举办。《北海市合浦汉墓群保护条例》正式实施，文物保护管理工作扎实开展，合浦汉墓群、草鞋村汉窑、大浪古城遗址等海上丝绸之路申遗点和重点文物保护单位得到更好保护。健康合浦建设加快推进，投入5.32亿元推进医疗卫生基础设施建设，建成中医医院门诊综合楼异地迁建、第五人民医院门诊住院综合大楼、县妇幼保健院保健综合楼3个项目；开工建设2018年乡镇卫生院能力建设项目；加快建设县人民医院住院综合楼、红十字会医院住院综合楼、乡镇卫生院基础设施建设等5个项目；基本建成昌和长者疗养服务中心。

【社会保障】 2018年，合浦县积极推进保障性安居工程建设，基本建成公租房180套，开工建设棚户区改造项目6个、777套；发放住房保障家庭租赁补贴803户、149.79万元。农村危房改造1776户全面开工，其中1386户竣工。搭建企业和求职者供求平台，促进城镇新增就业人数5537人，城镇登记失业率控制在4%以内；农村劳动力转移就业新增6625人，完成上级下达的就业工作目标任务。积极推进创业孵化基地建设，促进创业带动就业，建成合浦县创业孵化基地和合浦县展鹏创业孵化基地，入驻小微企业27家。基本公共卫生服务均等化、公立医院改革、医药卫生体制改革扎实推进。4家县级公立医院基本药物配备率达67.5%，基本药物使用率达78.5%，有效降低药品成本，减轻病人负担。城乡低保制度不断完善，实现动态管理下的“应保尽保、应退尽退”，城市低保发放4.18万人次1500.99万元，农村低保发放34.26万人次6768.82万元。城乡居民基本养老保险、基本医疗保险参保人数分别为27.72万人、87.98万人，参保率分别为93.65%、94.03%。教育惠民政策全面落实，资助学生4.59万人次，资助金额3158.59万元，其中资助建档立卡贫困户学生9252人次，资助金额864.89万元，不漏一户一人。控辍保学工作成效明显，实现建档立卡贫困户学生一个都不辍学的目标。

【社会治理】 2018年，全县食品药品稽查执法力度加大，完成日常监管食品药品生产经营主体3596家次，抽检602批次，有效遏制食品药品安全事故的发生。强化劳动保障维权和执法，劳动者的合法权益得到保障。群众信访服务中心标准化规范化建设顺利通过自治区信访局评估验收。各类矛盾纠纷调结率达到97%。群众信访事项同比下降19.64%，集体访批次、人次分别下降27.45%、41.85%。加强烟花爆竹、危化品、道路交通、消防等重点行业领域的安全检查和隐患排查治理，继续保持对“私炮”严打态势，有效遏制重特大事故发生。重拳惩治涉黑涉恶、涉枪涉爆、盗抢骗、黄赌毒、传销等违法犯罪活动，刑事类警情下降23.78%，治安类警情下降29.67%。成功摘掉全国禁毒重点整治关注地区和自治区涉枪重点整治地区的“帽子”，保持无传销县称号。同年合浦县群众安全感单项得分95.96分，社会稳定8项动态指标在全自治区排第26位，比2017年提升22位。

【改革工作】 2018年，合浦县围绕“放管服”改革，不断推进行政审批制度改革，县本级保留的行政许可项目调整为265大项、405小项，下放乡镇6项。开展“一事通办”、并联审批、行政审批容缺办理等改革工作。“多证合一、一照一码”、先照后证等商事制度改革不断深化，新登记市场主体7186户，增长6.24%，各类市场主体突破3.38万户。积极解决群众办事堵点问题，行政审批效率和服务质量大幅提升，持续推进人民满意的服务型政府建设。推进山口林场、公馆林场等国有林场改革工作。完成农村土地承包经营权确权颁证15.33万户，颁证率达95.87%，推动土地合理流转。深化国家监察体制改革，扎实推进城乡义务教育一体化改革、群团改革、事业单位改革、公车改革、医药卫生体制改革、乡镇“四所合一”等各项重点改革工作。

招商引资

【概况】 2018年，合浦县招商促进局（简称县招商局）全面贯彻落实中共十九大精神，落实中共中央总书记习近平考察广西北海的重要讲话精神，牢固树立新发展理念，全面落实“三大定位”新使命和“五个扎实”的新要求，按照北海市投资促进年活动的工作部署，围绕“强龙头，补链条，聚集群”思路，以产业链招商为主要途径，创新工作机制，整合招商资源，建立招商引资工作推进机制，开展精准招商，专业招商，驻点招商，以商招商和产业链招商，结合合浦县的实际情况，做好“工业制造”“文化旅游”“食品饮料生产”“林产加工”四大块的招商引资，利用“铁山东港产业园、合浦工业园、合浦月饼小镇、合浦林产业园”四大产业平台优势开展招商引资。年内，全县新签约项目26个，合同投资总额228亿元，完成全年任务的142%（全年任务为160亿元）。招商引资到位资金总额为98.8亿元，完成全年任务的120.49%（全年任务82亿元），2017年同期到位资金为76.63亿元，同比增长28.93%；其中完成全口径利用外资3925.61万美元（全年任务3000万美元），完成年度任务的130.85%，2017年同期利用外资为3330万美元，同比增长17.88%。

【优化营商环境】 2018年，合浦县按照党中央、国务院和自治区党委、政府以及北海市委、市政府的部署要求，在全县开展优化营商环境大行动，县委、县政府下发《合浦县优化营商环境大行动工作方案》等一系列优化营商环境的政策文件，全面部署开展优化营商环境工作。6月11日，合浦县委书记杨斌主持召开全县重大项目策划与推进工作会议，研究部署重点项目建设推进工作，动员全县各级各部门齐心协力抓落实，迅速掀起项目建设新高潮。在项目推进过程中，采取定点“三对一”（每个项目有一位县领导、一个职能部门、一个工作人员贴身跟踪服务）方式、“定期巡查”（成立督查组，对重点项目的服务情况每周巡查一次）方式、“定期召开项目推进会”（即由县委、县政府主要领导组成的项目推进工作领导小组每10天深入到产业园召开项目推进会）方式、“定时走访企业”（项目负责领导和部门每周要到企业一次现场办公）方式等工作方式，为企业提供“保姆式”服务，在县招商局设立“优化营商环境投资投诉平台”，负责受理企业和群众对营商环境和投资方面的举报，同时设立“招商引资项目代办服务工作组”为落户合浦县的招商引资项目实施全程免费代办服务，优质的营商环境，吸引大批项目落户，同年全县接触洽谈项目82个，已有31个签约落户。

【新签约招商项目分类】 在2018年新签约43个（含框架协议项目）项目中，工业类项目14个，占比32%；食品生产加工5个，占比11%；能源类项目2个，占比4%；旅游类项目12个，占比30%，其他项目10个，占比23%。

工业类 主要项目有年产2万立方米细木工集成板生产项目总投资5500万元；球墨铸造项目总投资3000万元；惠来宝新增年产1500台专用汽车生产线项目总投资2300万元；定制家居生产项目总投资4000万元；鞋撑、相框等家居用品生产项目总投资2亿元；广西新福兴硅科技产业园项目总投资62亿元；年产12万立方米木材加工生产线项目总投资5000万元；年产180万套智能床胶合板框架项目总投资10亿元；年产100万件家具生产项目生产项目总投资6000万元；手机FPC天线及配套产品生产项目总投资10亿元；新型环保弹性运动场地及配套新材料生产项目总投资1亿元；建丰制衣生产基地项目总投资1.3亿元。

旅游类 主要项目有海丝首港项目总投资20.81亿元；汉代文化小镇项目总投资36亿元；中国北海·川商生态观光农业项目总投资100亿元；合浦海角港湾度假区项目总投资6060万元；合浦汉郡康养城项目总投资200亿元；金石田园综合体+城市综合体项目总投资20亿元；合浦阳光文旅小镇项目总投资50亿元；地矿田园综合体项目总投资55亿元；碧桂园廉州湾项目总投资200亿元；七星岛现代农业休闲旅游综合开发项目总投资16.9亿元；中国红树林养生汉代新村特色小镇项目总投资50亿元；蓝田艺海农旅项目总投资30亿元。

新能源光伏风电类 主要项目有合浦曲樟风电场项目总投资8亿元；闸口群珠40MWP渔光互补电站项目总投资3亿元。

食品饮料类 主要项目有香港烘焙食品生产项目总投资1亿元；年产15000吨现代化海洋健康食品精深加工基地项目总投资1.5亿元；20000吨啤酒生产项目总投资1亿元；合浦月饼小镇—福建食品产业园项目总投资5亿元，即食海产品和高端海产品精加工项目总投资4000万元。

【创新招商引资方式】 2018年，县招商局坚持创新招商引资方式，拓宽招商渠道。通过在珠三角和长三角定点招商，广泛联系商会，加强服务企业达到以商招商、召开项目推介会、积极运用“互联网+招商”模式进行招商，充分利用微信、微博、微网站等平台，定期发布招商动态、招商政策以及载体信息，补齐传统招商短板。县委、县政府积极组织招商小分队开展“走出去”工作，赴津京冀、浙江嘉善、上海等地洽谈项目，县委、县政府主要领导带队外地招商推介达40多次。县招商局还主动开展“请进来”工作，先后举办“合浦籍企业家恳商会”和“合浦县外籍企业家恳商会”，听取企业家为合浦经济发展提出的意见建议。年内，全县共接待120多批次的企业考察团。其中，万达集团、万华集团、信义集团、浙江商会、四川商会等知名企业和商会到合浦县进行项目考察。合浦县积极参与第十五届中国东盟博览会。9月11日，县委县政府在首府南宁市举办食品产业、木材加工产业发展恳商会，县主要领导亲自组织推介招商，在第十五届中国东盟博览会上合浦县签约项目15个，涉及食品加工、木材深加工、玻璃生产、家居物流、文化旅游、生态农业和田园综合体等领域，总投资462.34亿元。

【产业招商】 2018年，按照“培龙头、补链条、育集群”发展战略，县招商局继续招大引强，瞄准“500强”和行业龙头开展招商，一批行业龙头企业进入合浦县。其中万达商业管理集团股份有限公司投资8亿元的万达广场是集购物、休闲、文化娱乐、居住于一体大型城市综合体的项目；阳光城集团投资50亿元的合浦阳光文旅小镇是集旅游、酒店、康养医疗、教育、运动、商业、居住的项目；万华集团万华生态板业股份有限公司投资32亿元的农作物秸秆综合利用生态产业园是引进目前世界最先进的德国工业4.0秸秆板生产线，建设年产25万立方米无甲醛秸秆生态板、引进目前世界最先进的德国贴面板生产线，建设年产800万平方米贴面板，同时县政府预留土地，由万华负责引进项目下游智能定制家居制造企业，打造绿色环保家具产业聚集区项目；香港新兴工业集团投资80亿的新兴纺织工业园打造内衣生产、布料、化纤等原材料生产基地，年工业产值可达311亿元的项目等。

【签约共建合浦—浙江嘉善现代产业园】 2018年，合浦县发挥区位、资源和政策优势，以经济发达地区和经济相对欠发达地区互补的“飞地经济”模式,积极参与区域经济合作共建。自治区、北海市领导多次到浙江嘉善县进行考察洽谈。4月8日,合浦县与浙江嘉善县政府签订《广西合浦—浙江嘉善现代产业园投资合作框架协议》。力争用5年左右时间把合浦—浙江嘉善现代产业园打造成为具有一定影响力的区域协同发展特色产业小镇。年末,县委成立“广西合浦—浙江嘉善现代产业园”项目推进工作领导小组,规划、征地、基础设施建设、招商项目入园等工作同步推进。同时派出人员常驻嘉善县实施驻点招商。合浦县与嘉善在谈18个转移入园项目,嘉善绿能塑胶制品公司投资1亿元的新型环保弹性运动场地及配套新材料生产项目、杭州分数科技有限公司投资2亿元的鞋撑、相框等家居用品生产项目、嘉兴市鑫翰森家具配件有限公司投资1亿元的年产180万智能床胶合板框架项目已签约进入“合浦—浙江嘉善现代产业园”。

（曾智元　詹宗昶）

精神文明建设

【概况】 2018年,合浦县以习近平新时代中国特色社会主义思想为指导,全面贯彻落实中共十九大精神,积极培育和践行社会主义核心价值观,不断巩固和提升文明城市创建成果,全面促进群众性精神文明创建活动上水平增实效,着力推进文明乡风建设和美丽乡村行动,为建设富裕文明和谐新合浦,全面建成小康社会提供强大精神动力和坚实道德支撑。深入推进社会主义核心价值观建设,大力培育和践行社会主义核心价值。持续开展社会主义核心价值观和“讲文明、树新风”公益广告宣传活动。全县设立“培育和践行社会主义核心价值观”为主题的专栏988个。公益宣传活动形成常态化工作,营造浓厚的社会氛围。切实抓好公民道德建设。深入实施公民道德建设工程,推进社会公德、职业道德、家庭美德、个人品德建设。运用基层宣讲、公益广告、文艺作品等形式,深入开展道德模范学习宣传活动。继续深入开展“我推荐、我评议身边好人”活动。通过走访慰问、关爱帮扶等多种方式慰问生活困难的道德模范、“身边好人”。春节慰问各级道德模范活动,发放慰问金和慰问品共3万多元,慰问道德模范39名。组织文明村镇、文明单位开展“道德讲堂”活动,举办总堂活动12期,参与活动1500人。以庆祝改革开放40周年和自治区成立60周年为契机,组织开展2018年“我们的节日·重阳”孝老爱亲扬美德主题活动和庆自治区60大庆慰问道德模范活动。同时县文明办与县旅发局联合在中秋节、国庆节、春节等节日期间,组织号召县区内各涉旅单位、企业开展形式多样的文明旅游宣传活动。

【群众性精神文明创建活动】

文明城市创建　2018年是创建第八轮自治区文明城市周期的第一年,合浦县调整充实县创城工作指挥部成员,县委书记、县长担任总指挥。将文明城市创建指标层层分解、层层量化,构建“谁的指标谁负责、谁的任务谁完成、谁不达标问责谁”的目标体系,确保各项测评指标达标,完善文明城市创建工作机制化、常态化。

文明镇村(社区)创建　2018年,合浦县把农村精神文明建设融入乡村振兴计划,坚持以“美丽乡村”建设为主题,深化农村社会风气专项治理,突出民风建设和环境整治两个重点,突出“一村一特色”创建模式;持续抓好星级文明户创建活动,挖掘乡贤文化,开展文明单位结对帮扶活动。

文明单位(行业)创建　年内,合浦县抓好文明单位管理和指导工作;培树一批文明单位创建标兵,深化文明行业创建竞赛活动。

文明家庭创建　年内,合浦县围绕“扬家风家训、促民风政风”主题,开展文明家庭评选活动,县文明办指导各乡镇、各单位参加合浦县文明创建评选活动。

【实施培育行动】

实施文明素养培育行动　2018年,合浦县以党政机关为重点,发挥机关单位示范带动作用,促使干部争做文明形象展示的带头人、示范者。组织干部开展文明行为劝导活动,向市民普及文明知识,让干部群众在实践中接受教育。

实施家庭美德培育行动　年内,合浦县以家庭为重点,通过张贴宣传海报、组织入户宣传、发放家庭倡议书、利用网络宣传、发送手机短信、举办主题讲座、开展巾帼志愿服务等多种形式实施家庭美德宣传教育。

实施思想品德培育行动　年内,合浦县以学校为重点,开展“文明校园”创建活动,全力打造各具特色的文明校园。深化“小手拉大手”系列主题教育活动,强化中小学生文明素质教育,促进学生文明习惯养成。

实施诚信文化培育行动　年内,合浦县以企业为重点,加强信用监管,强化企业诚信文化建设。邀请企业代表、群众代表、单位代表等开展以"弘扬诚信文化　建设诚信合浦"为主题的活动,宣传企业诚信文化。

实施乡风文明培育行动　年内,合浦县以农村为重点,结合"美丽合浦　宜居乡村"建设,倡导道德引领、文化宣传、榜样示范,弘扬文明乡风。

实施公共道德培育行动　年内,合浦县以社区为重点,发动机关干部、市民、志愿者积极投身社区清洁卫生行动,合力共建美好家园。开展"告别陋习　言行文明"活动,宣传合浦市民文明公约,引导广大市民争做文明市民。在合浦电视台、合浦新闻网等网站,文明合浦等微信公众平台开设"曝光台",加大对市民不文明行为曝光和处罚力度。

【未成年人思想道德建设】

督查协调促推进　2018年,合浦县注重调动行业部门、学校、社区、社会各界参与未成年人思想道德建设的主动性和积极性。重点围绕社会主义核心价值观主题教育、学校少年宫建设、校园周边环境整治、网吧管理、社区未成年人思想道德建设工作、心理健康辅导站、爱国主义教育基地建设等项目开展督促检查。

突出主题筑梦想　2018年,合浦县以"社会主义核心价值观""中国梦""三爱"(爱党、爱国、爱合浦)教育为活动主题,将爱国主义教育、传统美德教育、文明礼仪教育等融入未成年人教育实践中,推进党史、国史和形势政策教育。开好团队活动课和主题班会。在青少年中广泛开展"争做新时代好少年""做一个有道德的人""我是光荣的少先队员"等主题教育活动。在清明期间,组织开展"网上祭英烈"活动;在"六一"期间,组织开展"学习和争做美德少年"活动;在"七一"期间,组织开展"童心向党"歌咏活动和优秀童谣评选表彰活动;在国庆期间,组织开展"向国旗敬礼"网上签名寄语活动。评选表彰县"美德少年"25名,3人获北海市"新时代好少年"称号。引导未成年人参与道德实践活动,争当"小小志愿者"。开展"相伴快乐成长"主题社会实践、"爱祖国爱家乡"庆祝自治区成立60周年青少年主题系列活动。开展感恩教育系列演讲活动。5000多名学生及家长聆听了精彩的演讲报告。演讲以中国进入新时代,感动孩子的心灵故事,触动青少年的思想,用爱拨动学生和家长的心弦。开展"拒绝网吧　拒绝网游"系列活动。12月17日,县文明办组织全县344所中小学校16万学生开展"拒绝网吧　拒绝网游"宣誓活动。

联手共建育新人　2018年,合浦县凝聚部门合力,构建学校、家庭、社会"三结合"的教育网络,实现对未成年人思想道德教育的"无缝对接"。发挥学校教育主体作用,发挥文明校园示范引领作用,推动师德师风建设与青少年思想道德建设相互促进。石康镇康乐小学获自治区文明校园称号,合浦一中等4所学校获北海市文明校园称号。同时加强合浦县未成年人心理健康辅导中心建设,协调调动各方力量共同关注农村未成年人尤其是留守儿童的健康成长。开展心育乡村行活动,促进学生心理健康成长。发挥家庭教育基础作用,结合"传家训、立家规、扬家风"活动,深化"争做合格家长,培养合格人才"活动,引导家长注重培养儿童优良品质、健康人格和良好习惯。发挥乡村学校少年宫作用,进一步提升乡村学校少年宫建设水平。自建市级乡村学校少年宫5个,实现15个乡镇乡村学校少年宫建设全覆盖。公馆镇中心小学代

2018年10月24日,公馆镇中心小学代表北海市参加"第六届全区乡村学校少年宫素质教育技能竞赛"获一等奖。　(县文明办　供)

表北海市参加“第六届全区乡村学校少年宫素质教育技能竞赛”获一等奖。

优化环境促健康　2018年，合浦县营造未成年人健康快乐成长的育人环境。全县各级各有关部门投入和募集1000多万元，实施爱心助学、助孤，开展关爱春蕾女童、留守儿童、流浪和残疾等困境青少年活动。持续加强校园及周边环境建设。组织开展学校及周边环境的专项检查、整治、抽检工作60多次，全县出动执法人员8600人次，检查学校及周边餐饮、文具、交通设施等7600家次，食品安全立案13起，发处罚决定书10份；对未成年人进行法制、安全、禁毒、网络安全等教育2000多场次，受益师生36万余人次。对全县农村留守儿童进行摸底排查，建立起“层层挂包”“爱心结对”“社工服务”“机构参与”“个案化解”等五种关爱帮扶保护模式，纳入重点管理对象2950名，重点帮护120名，建立留守儿童之家175个。

2018年12月27日，北海市农村精神文明建设暨“美丽北海　宜居乡村”活动现场推进会在合浦县召开　（县文明办　供）

【农村精神文明建设】2018年，全县创建县级文明村镇41个，建立移风易俗示范点41个，乡风文明行政村示范点15个。

推进“一约四会”制度建设　年内，全县245个行政村组织修订村规民约，把社会主义核心价值观融入村规民约，成立红白理事会、村民议事会、道德评议会、禁赌禁毒会等“一约四会”组织，引导农民自觉抵制封建迷信和各种旧风俗、旧习惯，建立科学文明健康的生活方式，弘扬时代文明新风。

农村精神文明建设暨美丽乡村活动示范点　2018年，石康镇水车村、“小村故事”旅游示范区、石康镇大庄江发财树示范基地、廉州镇烟楼村作为北海市农村精神文明建设暨“美丽北海　宜居乡村”活动现场推进会观摩点，成为全市能参考、可复制的“美丽乡村和农村精神文明建设”标杆。同年12月27日，北海市农村精神文明建设暨“美丽北海　宜居乡村”活动现场推进会在合浦县召开。

【学雷锋志愿服务活动】2018年，县文明办完善全县志愿服务体系建设，指导全县各单位成立注册志愿服务团队。以校园为基础，开展文明餐桌、文明交通等志愿服务活动；以社区为依托，开展党员志愿服务，开展关爱空巢老人、留守儿童、困难职工、残疾人志愿服务活动；以景区景点为延伸，开展文明出行、文明排队、文明用餐、文明观演、文明旅游等志愿服务活动；以其他公共场所为补充，设立学雷锋志愿服务岗，开展公厕文明志愿服务活动等。组织开展文明交通引导、文明行为劝导等各种志愿服务活动300多次，参与人数18000多人次。深化“三关爱”志愿服务活动，深入开展“邻里守望·情暖合浦”“美丽合浦·美丽心灵”环保志愿服务主题活动。

【网络文明建设】2018年，县文明办重视网络媒体的发展和影响，加强社会主义核心价值观的宣传教育，拓展网络文明阵地建设。加大道德模范、身边好人、最美人物、美德少年、优秀志愿者的宣传展示，创新开展网络公益活动，把文明礼仪和文明培育活动的宣传融入网民日常生活中，分类建立文明网络志愿者队伍。

（李志凤　关君强　周敏凤）

中国共产党合浦县委员会

综　述

【概况】 2018年，县委坚持以习近平新时代中国特色社会主义思想统揽经济社会发展全局，全面贯彻落实中央、自治区党委和市委的决策部署，坚持稳中求进工作总基调，牢固树立新发展理念，落实高质量发展要求，千方百计稳增长、促改革、调结构、惠民生、防风险，各项工作取得新进展新成效。全年实现地区生产总值262.28亿元，增长8.3%；规模以上工业总产值129.41亿元，增长4.73%；规模以上工业实现增加值33.97亿元，增长19.1%；固定资产投资46.89亿元，增长18.5%；社会消费品零售总额94.12亿元，增长10.3%；财政收入14.61亿元，增长17.7%；城镇居民人均可支配收入33246元，增长6.5%；农村居民人均可支配收入13713元，增长9.6%。其中规模以上工业总产值、增加值增速排名全市第一，固定资产投资增速排名全市第二，财政收入在全区71个县(市)中增速排名第7、总量排第14，均比2017年提升5位。

年内，合浦县获评广西特色旅游名县称号，并成功列入首批自治区级全域旅游示范区创建县；被评为全国基层中医药工作先进单位；被中国饭店协会命名为“中国大月饼美食之乡”；再次获评自治区双拥模范县；星岛湖镇获评全国“扫黄打非”先进示范点；白沙镇被列入自治区首批经济发达镇行政管理体制改革；县本级、廉州镇和石康镇水车村分别荣获自治区“2016—2017年度脱贫攻坚先进集体”；县人武部被广西军区评为“全面建设先进团级单位”，县检察院被评为“全区先进基层检察院”，县法制办被自治区记集体二等功。

【项目建设】 2018年，全县新签约项目26个，合同投资总额228亿元，到位资金98.8亿元，同比分别增长6.1%、29%。签约共建川港产业合作园、合浦—嘉善现代产业园。全县重点项目开竣工52个，完成投资36.78亿元，其中中央、自治区、市级层面统筹推进项目19个，累计完成年度投资23.93亿元。全县5000万元以上投资项目增长23.1%。

【工业产业】 2018年，铁山东港产业园“一港一路一航道”建设加快推进，园区新签约项目6个，总投资800亿元。合浦工业园基础设施逐步完善，其中月饼小镇首批10家入园企业陆续投产，被列为广西首批特色小镇重点培育名录，培育工作在自治区特色小镇建设典型案例中排名第一；产业转移园8栋标准厂房有7栋封顶，其中2栋交付使用；林产循环经济产业园引进12个产业项目，其中理昂热电联产等3个项目竣工投产或试产。湛江—北海粤桂北部湾经济合作区规划已上报广东广西两省区人民政府审批。全年新入统规模以上工业企业15家，总量达到90家。

【文化旅游产业】 2018年，合浦县大力实施“旅游旺县”战略，以创建广西特色旅游名县和全域旅游示范区为主抓手，推动文化与旅游融合发展，重点加强海丝首港、合浦国家考古遗址公园、月饼小镇等旅游核心项目建设；加快推进旅游景区景点建设，在建国家AAAA级旅游景区2个，创成省级生态旅游示范区1家，广西五星级乡村旅游区1家，五星级农家乐2家，四星级农家乐2家，特色旅游村镇2个，特色街区1条；完善旅游基础设施建设，建成总面积超过1万平方米、规模位居广西前列的旅游集散中心。成功举办首届海丝文化节、海丝文化大讲坛和“中华文化八桂行·走进合浦”“灵渠—合浦”海上丝绸之路历史溯源研讨会、2018中国月饼文化节等大型节庆活动和文化研讨交流活动；联合浙江良渚成功获得国家考古遗址公园十周年庆典和首届国家考古遗址公园文化艺术节承办资格。全年接待游客815.3万人次，增长58.87%；实现旅游总收入79.94亿元，增长18.22%。

【现代特色农业】 2018年，合浦县大力实施“乡村振兴”战略，加快推进农业农村现代化，全年实现农林牧渔业总产值156.78亿元，增长5.5%；增加值98.72亿元，增长5.5%。新创建自治区四星级核心示范区1个，县、乡、村级示范区（园、点）101个，构建万亩豇豆产业基地、万亩水果产业基地、万亩对虾养殖基地和超亿元现代渔业休闲观光基地“3+1”主导产业体系，打造东园奶水牛养殖加工、利添（果香园）水果种植与加工、烟楼净化蚝养殖加工等7个循环产业链。加快推进桂台现代农渔业合作双创园、豹狸村田园综合体等项目建设。

【民生和社会事业】 2018年，合浦县圆满完成年度脱贫攻坚工作目标，实现21个贫困村、4685名贫困群众脱贫摘帽。稳步实施教育重点建设项目，义务教育均衡发展工作提前一年高分通过国家评估验收。扎实推进医药卫生综合改革，投入5.32亿元建设县人民医院住院综合楼等9个卫生基础设施项目。加快推进城乡基础设施建设，龙门江公园、县城外东环路（北段）等重点城建项目推进顺利，县体育馆、游泳馆“两馆”完成封顶，改造提升一批小街小巷，建成一批农村道路、桥梁、饮水、农田水利等民生工程。

【生态环境保护】 2018年，合浦县全力推进“两江两区两库”（“两江”即西门江、南流江；“两区”即山口红树林自然保护区、合浦儒艮国家级自然保护区；“两库”即洪潮江水库、牛尾岭水库）尤其是南流江流域治理，实现南流江沿岸200米禁养区范围内无规模化畜禽养殖场。完成星岛湖镇污水处理厂和县城污水处理厂提标改造工程，南流江沿岸5个乡镇污水处理厂新增配套管网项目建成使用，垃圾处理设施实现乡镇全覆盖。严厉惩治河道非法采砂行为，依法立案查处非法采砂案件26起、结案16起，全部取缔非法采砂点。

【平安合浦建设】 2018年，合浦县深入开展“扫黑除恶”、禁毒专项整治和涉枪违法犯罪“三大战役”攻坚行动，率先在全区实现县级禁毒办实体化运作，成功摘掉“全国禁毒重点整治关注地区”和“全区‘神剑·扫黑除恶’挂牌重点整治地区”两顶帽子。2018年度，群众安全感和政法队伍满意度持续提升，群众安全感单项得分95.96分，比上年提升3.37个百分点；社会稳定八项动态指标全区排第26位，比上年晋升22位。积极推动信访工作改革创新，建立县乡村三级群众信访工作平台，在全区社会治安综合治理基层基础建设工作会上作经验介绍并予以推广。强化安全生产监管，安全生产形势持续好转。

【全面深化改革】 2018年，合浦县完成农村土地制度和集体产权制度改革、群团改革等7项上级下达的年度重点改革任务，农村土地承包经营权确权登记颁证、国家监察体制改革、公立医院薪酬人事制度改革等各项重点改革任务稳步推进。行政审批制度改革持续深化，全面推进实行“多证合一”（指将涉及企业登记、备案等有关事项和各类证照整合到营业执照上，实现一证管多证）、企业简易注销登记、先照后证等多项登记制度改革，企业证照办结时间从原来20个工作日缩减到3个工作日，进一步优化营商环境。

【全面从严治党】 2018年，县委坚持把政治建设摆在首位，贯彻落实党的政治建设9项重点任务，引导党员干部坚定“四个自信”（道路自信、理论自信、制度自信、文化自信），践行“两个维护”，做合格党员，凝聚发展合力。深入开展“扫除慵懒散　打通中梗阻”作风建设专项整治活动。注重“五个一线”选拔使用干部，出台《激活乡镇发展活力，调动乡镇干部积极性九条措施（试行）》，激励干部干事创业。采用“党建＋大数据”模式，建成“合浦县党建大数据中心”和党建“E网通”平台，推进党务工作全领域、标准化管理。全面完成行政村（社区）“农事网通”（由行政审批制度改革延伸到村的政务服务平台，依托网络技术和设备，将政务服务接件办理的窗口前移至村，实现一网打通群众服务需求）“阳光红页”（是政府、群众、市场三方需求互联互通的信息公开平台。平台集惠民信息、权力监督、农村电商、党员教育等多功能于一体，向广大群提供方便快捷的信息服务，实现一网打通群众的信息需求）平台建设，推行农村基层党组织“星级化”管理。严格落实意识形态责任制，切实做好新形势下宣传思想工作。深入推进党风廉政建设和反腐败斗争，推进扶贫领域腐败和作风问题专项治理，在全自治区率先部署开展村级巡察，实现对贫困村巡察全覆盖。先行先试探索在乡镇设立纪检监察专员，率先落实监察向村(社区)延伸覆盖的要求。

重要会议

【党(工)委、党组书记落实主体责任述职评议会议】 2018年1月23日，合浦县委召开2017年度各党(工)委、党组书记落实主体责任述职评议会议。通报2016年度合浦县乡镇党委、直属机关工委、“两新”党工委书记落实主体责任述职评议结果，听取乡镇党委书记和县直属机关工委书记、教育局党组书记、卫计局党组书记、“两新”组织党工委书记关于落实主体责任述职报告，进行民主测评，并对全县党的基层建设、党风廉政建设和意识形态工作提出具体要求和工作部署。

【县委十二届九次全体(扩大)会议】 2018年2月1日，中共合浦县第十二届委员会第九次全体(扩大)会议召开。会议认为，过去的一年，县委团结带领全县党员和干部群众，以喜迎十九大、学习十九大、贯彻十九大为主线，以学习贯彻中共中央总书记习近平视察广西重要讲话精神为动力，统筹推进“五位一体”(中国特色社会主义的经济建设、政治建设、文化建设、社会建设和生态文明建设)总体布局、协调推进“四个全面”(全面建成小康社会、全面深化改革、全面依法治国、全面从严治党)战略布局，按照自治区党委、市委的工作部署，围绕县十二次党代会和县委十二届五次全会确定的目标任务，统筹做好改革发展稳定各项工作，县域经济实现新发展，社会事业实现新进步，合浦形象实现新转变，为在新起点谋求新发展奠定了坚实基础。会议明确，2018年全县工作的总体要求是：高举习近平新时代中国特色社会主义思想伟大旗帜，紧密团结在以习近平为核心的党中央周围，深入学习贯彻中共十九大和中共中央总书记习近平系列重要讲话尤其是视察广西重要讲话精神，统筹推进“五位一体”总体布局、协调推进“四个全面”战略布局，坚持稳中求进工作总基调，坚持新发展理念，围绕县十二次党代会确定的“四大战略”(即工业强县、旅游旺县、农业稳县、民生惠县)，坚决打赢“四大攻坚战”(即工业产业转型升级攻坚战、文化旅游产业发展攻坚战、民生基础建设攻坚战、脱贫攻坚战)，围绕文化合浦、开放合浦、生态合浦建设，大力开展“投资促进年”活动，统筹推进经济建设、政治建设、文化建设、社会建设、生态文明建设和党的建设，统筹推进稳增长、促改革、调结构、惠民生、防风险各项工作，努力实现高质量发展，持续推进美丽宜居富裕和谐新合浦的建设，确保与全市同步在广西率先全面建成小康社会。会议确定2018年全县经济社会发展预期目标是：确保地区生产总值增长7.0%，力争7.5%；财政收入增长6%；固定资产投资增长8%；规模以上工业增加值增长9%；社会消费品零售总额增长11%；农村居民人均可支配收入和城镇居民人均可支配收入分别增长12%和10%。

【县委十二届十次全会】 2018年7月20日，中共合浦县第十二届委员会第十次全体会议召开。会议深入学习贯彻中共十九大精神和中共中央总书记习近平“三农”思想，中央、全区农村工作会议和自治区党委十一届四次全会、市委十一届六次全会精神，审议通过《中共合浦县委员会关于推进乡村振兴战略的实施意见》。

【县委常委会】 2018年全年召开县委常委会会议35次。其中，2月14日召开的会议，专题学习中共中央总书记习近平关于精准扶贫工作的理论思想以及有关文

2018年2月1日上午，中国共产党合浦县第十二届委员会第九次全体(扩大)会议在县还珠宾馆综合会议楼开幕

(林启波 摄)

件精神,研究部署脱贫攻坚工作。2月26日召开的县委常委(扩大)会议,专题学习市委书记王乃学到合浦县调研时重要讲话精神,研究部署贯彻落实有关工作。3月13日召开的会议,传达学习自治区、北海市政法工作暨扫黑除恶专项斗争动员会等会议精神,并研究部署合浦县扫黑除恶专项斗争工作。5月30日召开的会议,传达学习全区深化改革优化营商环境大会、自治区党委十一届四次全会、全区工业高质量发展大会等文件精神并研究部署贯彻落实措施。6月6日召开的会议,深入学习习近平生态文明思想及相关文件精神,研究部署合浦县落实中央环保督察反馈意见整改工作。10月31日召开的会议,专题传达学习北海市委关于党的政治建设重要决策部署,并研究部署有关工作。11月7日召开的会议,传达学习全国、全区、全市宣传思想工作会议精神,并研究部署贯彻落实措施。12月14日召开的会议,传达学习汪洋在北海调研时重要讲话精神以及全市整顿工作作风优化营商环境工作会议精神。

【中共合浦县第十二届纪律检查委员会第四次全体会议】 2018年3月6日,中共合浦县第十二届纪律检查委员会第四次全体会议召开。会议深入学习贯彻中共十九大精神和习近平新时代中国特色社会主义思想,全面贯彻落实中共十九届中央纪委二次全会、自治区纪委十一届四次全会和市纪委十一届四次全会精神,总结2017年合浦县纪检监察工作,研究部署全面从严治党、党风廉政建设和反腐败工作。会议充分肯定合浦县全面从严治党取得的成效,深刻分析当前管党治党面临的新形势新任务。会议要求,要坚持以更高标准更严要求推进全面从严治党,切实加强政治建设、作风建设、纪律建设,坚定不移惩治腐败、推进监察体制改革,推进全面从严治党向纵深发展,大力营造风清气正的政治生态。

【合浦县政法工作暨扫黑除恶专项斗争动员会】 2018年3月22日,合浦县召开全县政法工作暨扫黑除恶专项斗争动员会。会议学习贯彻中央、自治区和北海市政法工作会议和扫黑除恶专项斗争部署会精神,总结2017年全县政法工作和平安建设"双提升"工作,研究部署2018年全县政法工作和扫黑除恶专项斗争工作,进一步动员各级各部门特别是政法部门不忘初心、牢记使命,勇于担当、真抓实干,奋力推进政法工作迈上新台阶,为合浦县经济社会持续健康发展营造一个安全稳定的社会环境。

【合浦县组织系统工作会议】 2018年3月22日,合浦县召开全县组织系统工作会议。会议学习贯彻全国、全区组织部长会议、全市组织系统工作会议精神,总结2017年组织工作,研究部署2018年组织工作。会议认为,过去一年,全县组织系统在县委的正确领导下,深入学习贯彻中共中央总书记习近平系列重要讲话精神和中共十九大精神,认真履行全面从严治党责任,聚焦主责主业、服务中心大局、积极担当作为,党的建设和组织工作取得了显著成绩。会议要求,全县各级党组织要按照上级部署要求,牢牢把握党要管党、全面从严治党方针,全面落实新时代党的建设总要求,紧紧围绕合浦发展大局来谋划和推进党的建设以及组织工作,不断提高合浦县党的建设质量和水平。

【合浦县2018年重大项目推进及招商引资工作动员部署大会】 2018年5月4日,合浦县召开2018年重大项目推进及招商引资工作动员部署大会。会议总结2017年重大项目和招商引资工作,对2018年工作进行研究部署。

【合浦县统战工作会议】 2018年5月7日,合浦县召开全县统战工作会议。会议传达学习中央、自治区和全市统战工作会议精神,总结了2017年统战工作,部署2018年统战工作。

【合浦县年中工作暨生态环境保护会议】 2018年7月31日,合浦县年中工作暨生态环境保护会议召开。会议认为,2018年以来,在北海市委、市政府的正确领导下,全县上下认真贯彻落实中共中央总书记习近平视察广西及北海、合浦的重要讲话精神,坚持稳中求进工作总基调,践行新发展理念,全力以赴稳增长、促改革、调结构、惠民生、防风险,克服了种种困难和不利因素,各方面工作扎实有效,呈现出"好、快、稳、优"的良好发展态势。会议指出,下半年要按照自治区党委、政府和市委、市政府的总体部署,集中精力抓重点、破难题,补短板、强弱项,全力以赴抓好各项工作,确保全面完成全年目标任务,奋力谱写新时代合浦发展新篇章,以优异成绩迎接改革开放40周年和自治区成立60周年。

【合浦县扶贫领域作风问题专项治理推进会暨脱贫攻坚现场会】 2018年8月28日,合浦县召开全县扶贫领域作风问题专项治理推进会暨脱贫攻坚现场会。会议通过扶贫产业现场观摩、实地调研等方式交流经验,对脱贫攻坚重点难点、扶贫问题整改、扶贫领域作风建设等工作进行总结和部署,加快推进脱贫攻坚各项工作任务,确保圆满完成年度脱贫目标任务,坚决打赢精准脱贫这场攻坚战。

重大决策和工作部署

【"一二三四五"工作思路】 2018年,为推动合浦经济高质量发展,县委提出"一二三四五"工作思路,着力挖掘新潜力,大力培育新的增长点。"一个目标",就是推动高质量发展,打好合浦经济翻身仗;"两篇文章",就是做好"向海经济、向东融合"两篇文章;"三大产业",就是培育打造食品饮料、木业家居、硅材料和海洋经济、文化旅游"3+2"主导产业;"四园联动",就是积极推进铁山东港产业园、合浦工业园、北部湾(合浦)林产循环经济产业园、湛江—北海粤桂北部湾经济合作区产业转移园联动发展;"五个建设",就是着力建设海上丝绸之路文化名城、滨海生态康养基地、现代农渔业示范基地、西南硅产业重要基地和东部产业转移重要基地。

【出台《中共合浦县委员会关于推进乡村振兴战略的实施意见》】 2018年,为贯彻落实中央、自治区党委和北海市委关于实施乡村振兴战略的意见、决定,合浦县委出台《中共合浦县委员会关于推进乡村振兴战略的实施意见》,明确实施乡村振兴战略的指导思想、目标任务、基本原则,对乡村振兴的各项重点工作出了具体要求,提出"123456"工作思路("1"就是围绕乡村振兴这个主题,推动乡村产业振兴、人才振兴、文化振兴、生态振兴、组织振兴;"2"就是做好"海""陆"两篇文章,着力挖掘海的潜力、释放土地的活力,推动水产养殖业和特色种植业规模化、标准化;"3"就是贯彻落实乡村振兴战略的总体要求,实现农业更强、农村更美、农民更富三大目标;"4"就是大力推进现代化农场、林场、渔场和牧场"四场"建设;"5"就是大力推进果、菜、茶、花、鱼标准园"五园"创建;"6"就是着力打造水果、粮经、海养、休闲农业、林产、糖料蔗六大特色产业带),着力推动农业全面升级、农村全面进步、农民全面发展,使合浦的农业更强、农村更美、农民更富,实现乡村全面振兴。

【推进文化旅游产业发展】 2018年,合浦县以创建全域旅游示范区为抓手,打好"汉韵古城、海丝首港、客家水乡、滨海养生"四张特色品牌,重点加快推进国家考古遗址公园、月饼小镇等旅游核心项目建设,构建"一海一湖一城一园一镇"旅游发展格局,加快旅游交通基础设施和公共服务配套设施建设,加快推进全域旅游和广西特色旅游名县创建工作,推动合浦旅游发展再上新台阶,把文化旅游产业打造成为支柱产业。

【推进农业农村现代化】 2018年,合浦县大力实施乡村振兴战略,按照产业兴旺、生态宜居、乡风文明、治理有效的总要求,谋划推进乡村振兴工作,加快推进农业农村现代化。加快建设现代特色农业产业集群,推动一、二、三产业融合发展,带动农渔业升级改造、脱胎换骨。加快推进合浦现代特色农业示范区建设,全面提升合浦特色产业发展水平,转变农业增长方式,促进农民增收、农村发展。

【推进平安合浦建设】 2018年,合浦县强化社会治安防控体系建设,以"神剑"系列专项行动为引领,深入开展"扫黑除恶"、禁毒专项整治和涉枪违法犯罪"三大战役"攻坚行动;积极推动信访工作改革创新,开展信访基础设施标准化、业务工作规范化、队伍建设专业化建设,着力为合浦经济社会持续健康发展营造和谐稳定的社会环境,提升群众安全感和政法队伍满意度。

【落实全面从严治党】 2018年,县委以开展党建质量建设年为抓手,推动全面从严治党纵深发展,提高党的建设质量,营造风清气正的政治生态。把党的政治建设摆在首位,深化政治巡察,坚决维护中共中央总书记习近平在党中央和全党的核心地位,坚决维护党中央权威和集中统一领导。加强思想建设,开展"不忘初心、牢记使命"主题教育,引导党员干部坚定理想信念宗旨,树牢"四个意识"(政治意识、大局意识、核心意识看齐意识),增强"四个自信"。深化拓展"农事网通""阳光红页""党建E网通"三大平台建设,强化基层党组织标准化建设,推动基层党组织全面进步、全面过硬。大力培育选拔"三敢"干部,加大人才引进储备使用力度。大力推行"三坚持两改变",深入开展提效能争先锋"十一个一"活动和"治庸提效"专项治理,推动干部作风持续好转。深入推进党风廉政建设和反腐败工作，加强扶贫领域巡视反馈问题整改和“反腐正风、扫黑除恶”专项工作，营造风清气正的政治生态。

【作风建设专项整治】 2018年，合浦县围绕党政机关干部队伍中存在的执行不力、作风不实、效能不高、纪律不严、态度不端等突出问题，以转变思想观念、强化服务意识、提高办事效率，营造良好发展环境为目标，在全县干部队伍中开展扫除“慵懒散”打通“中梗阻”作风建设专项整治活动，大力倡导和形成“重担当、戒推诿，重服务、戒官气，重效率、戒慵懒，重操守、戒私欲”的工作理念，营造风清气正的干事创业氛围和构建“亲”“清”的新型政商关系。

组织工作

【概况】 2018年，合浦县下辖15个乡镇，行政村241个，社区33个。全县共有21个党(工)委，其中乡镇党委15个，县直机关事业单位党(工)委3个，产业园党(工)委1个，企业党(工)委2个，二层党委25个。共有党组37个，党(总)支部1895个(党总支193个，党支部1702个)。全县共有党员35258人。其中，女党员9431人，占26.75%;党政机关党员2237人，占6.3%;农牧渔民党员14435人，占40.94%;公有制单位党员8090人，占22.95%;离退休党员7869人，占22.32%。成立440个非公有制经济组织党组织，党员2343人，新社会组织党组织65个，党员413人。

年内，县委组织部深入学习贯彻中共十九大和十九届二中、三中全会精神，落实中共中央总书记习近平系列重要讲话精神，按照全国、自治区组织部长会议和全市组织工作会议的部署要求，以全面从严治党为主线，聚焦主责主业，扎实推进领导班子和干部队伍建设、人才队伍建设、基层党组织和党员队伍建设以及组织部门自身建设，为推动合浦县高质量发展提供坚强组织保证。

【基层党建工作】

创新党建工作新模式　2018年4月17日，正式启用“合浦县党建大数据中心”和开通党建“E网通”平台，举行合浦县党建大数据中心揭牌和党建“E网通”启动仪式，通过人民网、新华网、广西频道等媒体大力宣传，“党建+大数据”这一做法被《中组通讯》刊登，提高了合浦县党建大数据中心和党建“E网通”的影响力；平台将全县党员和党组织信息纳入系统，形成信息数据库，搭建业务逻辑框架，指导党组织录入党内活动信息，收集分析形成行为数据库，信息数据库与行为数据库结合成为系统大数据基础；强化培训推广，分批举办党建“E网通”后台管理培训班，共培训2000多人次，印发操作手册2000册，提高党务工作者的实际操作能力和业务水平；督促指导完善党建“E网通”党组织信息，充实完善党组织信息，记录党组织生活痕迹，为党员学习提供记录。通过“专项考核”“三会一课”等模块督促指导党组织开展组织生活，通过“积分管理”激励党员使用APP学习党内各项业务知识，提高党员素质和党组织战斗力。

“两学一做”学习教育　开展深化“两学一做”(学党章党规、学系列讲话、做合格党员)提效能争先锋“十一个一”活动，全县正科级以上干部开展“一周一服务”3992次，“半月一沟通”1612次。继续开展“三访、三服务、三解决”活动，督促全县各级领导干部定期到基层、群众、企业中开展服务活动。开展“做合格党员、当模范先锋”活动，评选出项目推进先锋、扶贫攻坚先锋、为民办事先锋、乡村建设先锋、忠诚担当先锋、余热助力先锋等“九大先锋”63名，充分发挥示范带动作用。开展“党建促脱贫，党员添风采”系列活动。通过开展一次重温入党誓词、一次环境整治活动、一次专题党课活动、一次与驻村工作队员交心谈心活动、一次驻村体验活动等“五个一”系列主题活动，教育和引导广大基层党组织和党员更好地发挥党组织的政治核心作用和先锋模范作用。认真组织召开民主生活会、组织生活会及民主评议党员工作，党员领导干部参加一个以上专题民主生活会，并到现场进行会议指导点评，对存在的走形式、应付式等可能存在的情况进行批评纠正，所有党支部均已严格按照文件要求召开专题组织生活会，实现100%完成，党支部平均查找问题数量6个，党支部书记平均查摆问题数量8个，党支部书记收到批评意见数量10个；在民主评议党员方面，参加民主评议党员35720人，按照评议文件的要求，经评议，优秀等次党员5358人，合格等次党员28724人，基本合格等次党员1615人，不合格等次党员23人，给予组织处置党员23人。

党组织标准化建设　依托党建“E网通”平台，在全县各领域基层党组织大力推进“党建质量建设年”活动，重点推进“四大标准化”建设，不断提升基层党组织的组织力，全面推动全县基层党建工作高质量发展。推进硬件建设标准化，认真抓好村级活动场所建设，分类制定不同领域的党组织阵地建设标准，打造示范点，以点带面全面强化各领域阵地建设，做到有人管事、有钱办事、有制度理事、有场所议事。推进发展党员工作标准化，推行发展党员全程纪实制，利用党建"E网通"平台开发发展党员全称纪实系统，由党支部按照"一事一记、一步一审、一人一录"的规范要求，及时将有关情况分阶段分步骤录入，各党（工）委对各党支部录入的信息进行全程审核把关，全程纪实的数据由后台自动汇总成《发展党员全程记实表》。推进"三会一课"标准化，严格落实北海市"四有三报一公开"制度，在党建"E网通"平台设立"三会一课"专项版块，党支部根据开会类型的统一模板随时随地记录和上传"三会一课"主题、内容、现场照片，上级党组织可清楚地掌握下辖党支部"三会一课"的开展情况，有针对性地进行指导，解决"三会一课"不规范问题。推进党组织和党员管理标准化，将全县各级党组织基层党建工作质量评价融入党建"E网通"平台，统一制定工作标准，统一考核评价，通过平台上传党建工作完成情况照片，线上自动评分、自动排名，强化党组织季度积分管理。

党员发展和管理 制定科学的党员培养和发展计划，落实领导包干责任，分解任务，年内共发展党员254名。以"两学一做"学习教育常态化制度化为契机，开展农村党员积分管理，加强党员经常性教育，创新党员培训方式方法，实施党员多样性教育，强化党内监督，抓实纯洁性教育。做好预备党员逾期未转正专项调研整改工作，于2018年7月—8月期间组织人员对中共十八大以来发展党员工作情况进行全面回顾、深入排查，同时对预备党员逾期未转正问题进行专项调研整改，排查出68名逾期未转正党员，已处置64名，其中办理转正手续的38名、取消预备党员资格的26名，有4人因档案材料缺失严重尚未处置。继续做好党代表工作室建设工作，协助北海市委组织部开展市党代表调研考察工作；管好用好全国党员信息管理系统，加强流动党员管理，抓好失联党员规范管理和组织处置工作；建立党员涉嫌违纪违法信息通报和及时处理工作机制；认真做好退役军人党员组织关系转接、日常管理及对近5年合浦县安置的退役军人党组织关系排查工作，2013年至2018年全县共安置退役军人1326人，其中安置军转干部22人，安置退役士兵1304人，年内对其中755人进行了排查。

村党组织"星级化"和党费使用管理 开展农村基层党组织"星级化"管理。2018年，全县共有4个村级党组织被自治区党委组织部评为"五星"级农村基层党组织；7个村级党组织被评为"四星"级农村基层党组织；12个村级党组织被评为"三星"级农村基层党组织。做好党费收缴及管理工作，严格执行收缴标准，按规定合理使用每一笔党费。强化对清理收缴党费的使用和管理的监管，特别是对困难支部活动经费的补助，督促按要求加快使用进度。上级从清理收缴党费中下拨给合浦县党组织活动经费共336.25万多元，除县级使用的50.98万多元外，均已按使用方案下拨到各党（工）委；县级留存的补交党费161.19万多元中，除县级使用的46.65万元外，均全部根据使用方案下拨到各党（工）委，重点用在"支持脱贫攻坚、帮扶生活困难党员、群众、开展党员教育和党支部书记培训以及向党支部拨付一定数额的活动经费"等4个方面。

非公经济组织和社会组织党建 紧盯"一个重点"全力推进"百日攻坚"任务，抓住"两个夯实"巩固党组织基础保障，规范两新党组织建设。深化拓展"三有三送""党旗领航"系列活动，持续扩大两新组织党的组织和党的工作有效覆盖。引领示范带动，推动全面进步，全县重点打造特色月饼小镇党建示范点品牌，培育升级自治区级示范点1个，新打造市级党建示范点8个，选派第一书记9名。全县非公企业中，已有496家建立党组织，党组织覆盖率达到了95.01%，比2017年提升0.1个百分点；2018年非公企业新建单独党支部253个，单独组建党支部共有368个，单独组建率70.49%，比2017年提升36个百分点。全县注册社会组织中，已有64个建立党组织，党组织覆盖率达到了98.46%，比2017年提升1个百分点；社会组织新建单独党支部17个，单独组建党支部共有42个，单独组建率64.62%，比2017年提升25个百分点。非公企业及社会组织的单独组建率均位列全市第一，在"两新"组织党建工作上实现质量倍增，党建阵地建设上实现拓面提质，切实为非公企业提供坚强有力的政治保障和组织保证。

基层组织建设 2018年，县委组织部大力实施乡村振兴战略，深化新农村建设，推进"三员新九有"示范点创建。按照有"特色产品"加工厂、种养基地、小市

场、电商、农(渔)家乐、合作社、小花园、村庄规划等“九有”要求,累计投入600万元建设沙田山寮村等12个“三员新九有”示范点,着力发展乡村经济,助推脱贫攻坚工作。加强村级干部队伍建设。抓好村(社区)“两委”班子建设,选准配强村(社区)“一把手”;抓好村(社区)“两委”干部的培训,选派村(社区)“两委”干部参加县级及以上组织培训共5期2281人次;抓好村级后备干部队伍建设,制定《合浦县村级后备干部选拔培养标准化实施方案》,全县共选拔配备983名村级后备干部,确保每村有后备干部3—5名。此外,积极探索实施村干部养老保障机制,较好地解决了村干部的后顾之忧。年内全县共有离任村干部6272人,已对年满60周岁的正常离任村干部按每任满一年每月给予养老补贴20元的标准发放。

全县273个村(社区)全面建成“农事网通”“阳光红页”服务平台,共投入资金420多万,为全县所有村(社区)购买专用电脑、高拍仪、电子触摸屏等仪器设备,为村里开通政务内网和外网,确保县、乡、村三级信息畅通,满足政务服务需要。2018年,通过“农事网通”政务平台共为群众办结事项累计13496件,极大方便了群众办事,有效提升了农村基层党组织的政治功能和服务功能。此外,合浦县还投入250万元建设沙田镇海战村、廉州镇烟楼村、党江镇企坎村和西场镇大坡村等4个海上党旗红示范点,着力打造合浦县海上党建示范带,创新党建品牌,大力提升基层党组织服务能力。

驻村工作队及大学生村干部队伍建设　按照自治区、市、县、乡镇四级联动选派的方式,精准按需、因人、因才选派驻村工作队员647名,覆盖全县15个乡镇、273个行政村驻村开展帮扶工作,其中自治区级选派1名,市级选派175名,县级选派270名,乡镇选派201名,确保每个贫困村都有3名(含3名)以上工作队员,非贫困村有2名(含2名)以上。年内各后盾单位领导到村指导工作8500多次,支持资金760多万元,支持物资折价200多万元。加强大学生村干部队伍规范管理,把大学生村干部这支基层“新鲜血液”队伍融入基层一线,发挥聪明才智、履职奉献,让大学生村干部在农村这块沃土上,生根、发芽、结果。2018年年底,全县共有在岗大学生村干部35名,年内大学生村干部考取公务员5人,事业单位2人。

发展壮大村集体经济　围绕“抓点、扩面、提质、强能”四个方面下功夫,坚持以党建引领,以村集体经济项目选择规范、项目评估规范、资金管理规范、经营管理规范来引导村集体经济发展壮大。全年共落实资金8010万元,扶持183个非贫困村和29个贫困村发展壮大村级集体经济项目共80个。全县273个行政村100%实现村集体经济收入达3万元以上,其中5万元以上的119个,10万以上的20个,全县村集体经济总收入1515.51万元,比2017年增加收入833.44万元,比增122.20%。

【干部选拔与培养】

干部队伍建设　以选优配强领导班子和加强干部队伍建设为目标,认真落实好干部标准,面向基层、面向实践、面向群众培养选拔好干部,突出“五个一线”选人用人,加强干部实践锻炼,坚持标准更严格,好中选优、优中选强,加大选调生培养选拔力度,有计划、按步骤地培养使用优秀年轻干部。2018年共提拔使用5人,转任领导职务6人,试用期满转正18人,退休28人。

公务员职务与职级晋升　常规化开展职级并行工作,按干部管理权限进行审批。2018年,晋升副科职级1人,晋升正科职级14人,晋升副处职级10人。

干部教育培训　加强干部队伍思想政治建设,推动干部专业化能力素质提升,精准开展各级各类干部培训。制定《2018年合浦县干部教育培训工作要点》,举办合浦县领导干部学习贯彻习近平新时代中国特色社会主义思想和中共十九大精神培训班、基层党建助推乡村振兴赴贵州学习培训班、合浦县专家人才赴深圳学习培训班、乡村振兴招商引资业务培训班、法治教育和作风建设培训班、合浦县组工干部学习贯彻中共十九大精神培训班、基层党组织书记培训班等11期主体班,参训人数达3760人次,支持办班26期,培训人数3728人。组织科级领导干部参加北海干部在线教育学院合浦分院在线学习。严格执行领导干部上讲台制度,11名县党政班子成员授课。配合上级做好干部调训工作,2018年共完成30期共519人次的学员选派任务。

【干部监督】

任期经济责任审计和自然资源环境保护审计　坚持对领导干部特别是一把手的任期经济责任审计和自然资源环境保护审计,通过审计进一步加强对领导干部的监督,促进党风廉政建设不断加强。2018年,县委组织部共委托合浦县审计局对16名领导干部进行经济责任审计，对6名干部进行自然资源环境保护审计，合浦县审计局完成并反馈其中12名领导干部经济责任审计结果和4名领导干部自然资源环境保护审计结果。

制度落实　坚持和执行领导干部报告个人有关事项制度和提醒、函询和诫勉谈话等规章制度。2018年，县委组织部共组织989名领导干部集中填报个人有关事项，核查64名领导干部的个人有关事项，函询17人次，批评教育27人，诫勉谈话21人（其中移交纪委进行诫勉谈话20人）。

监督举报平台　完善"12380"举报系统、信访、网络和短信"四位一体"的综合举报受理平台，建成合浦县委组织部群众信访服务室，拓宽领导干部违规违纪问题的举报渠道，对反映领导干部违纪违法的问题及时调查处理，对没有事实依据的做信访了结。

领导干部承包经营农村土地问题专项清理　深入开展合浦县党政领导干部和国有企业领导人员承包经营农村土地问题专项清理工作。经核查，全县共有30名领导干部承包经营农村土地，已全部按要求完成土地清退任务。

【人才工作】

六类人才队伍建设　坚持党管人才原则，加强顶层设计，多次召开县委人才工作领导小组会议，出台《合浦县党政机关和事业单位引进高层次、急需紧缺人才"绿色通道"实施办法》和实施"珠乡英才"计划"1+6"系列遴选实施细则等一系列人才引进培养和本土人才激励政策，确保人才工作有章可循，创建聚才用才新模式。

培养"珠乡英才"品牌　2018年，县委组织部立足合浦实际，创新引才方式，采取编内、编外两种方式引进高层次急需紧缺人才103名，为乡村振兴、扶贫攻坚、教育卫生等一线领域注入新鲜血液，充实壮大人才队伍。注重激励本土人才，支持遴选"珠乡教育系统优秀人才""珠乡医疗系统优秀人才""珠乡乡土专家""珠乡文化领域优秀人才""珠乡优秀企业家人才""珠乡名家"等六类本土人才70多名，激发本土人才新活力。在评选过程中强化导向，注重向乡镇倾斜，鼓励引导各类干部、人才扎根基层。注重发挥合浦籍在外人才优势。积极联系在外高层次人才，赴广东与"广州合浦学会"开展高端人才交流，推动招商引资与招才引智同步实施，吸引一批在外人才回乡投资兴业。拓宽育才渠道，选派12名教师人才赴南宁中小学挂职学习，专家人才赴深圳培训，组织农村实用人才、致富带头人到贵州学习等，不断提升人才综合素质。

优化人才发展环境　完善资金投入机制，强化服务保障，进一步改善人才工作生活条件。县财政每年安排不少于800万元的人才发展专项资金，及时兑现人才政策，不断提升服务管理水平。落实县领导干部直接联系关怀爱护优秀人才制度，开展"结对子"活动，广泛听取各类人才的意见、建议和要求。开展县领导走访慰问人才活动，春节前四家班子领导慰问25名专家人才。组织专家人才进行体检，积极搭建人才作用发挥平台。举办"五四"青年人才专场文艺晚会，创办《珠乡英才》刊物和举办"珠乡英才讲坛"人才交流活动，为各类人才创造学习交流、展示自我、出谋献策的平台。

【党员干部现代远程教育】

党建工作亮点和先进党员典型宣传　2016年至2018年，县委组织部共摄制《我为总书记做讲解》《海丝路上的不倦耕者》等一批精品党课教材。其中，2017年摄制的《我为总书记做讲解》专题片获自治区一等奖，2018年摄制的《心和农户在同一个频道》获自治区党委组织部全区党员教育电视片优秀作品典型人物类三等奖。

党员干部现代远程教育　2018年，县委组织部结合年度学用主题，充分发挥教育培训工作主阵地作用，打造学理论、强信念，学知识、强素质，学先进、增能力的课堂。年内，县委组织部利用"八桂先锋"、合浦党建"E网通""合浦先锋"微信公众号等网络平台，抓好党员干部在线学习，推动党章党规、习近平新时代中国特色社会主义思想、"三会一课"制度的经常性学习教育。

终端站点建设和维护　2018年，县委组织部在确保已建292个站点正常使用的基础上，积极配合自治区和北海市打造远程教育学用示范基地5个，推行"远程教育+基地"的教学模式，进一步提升远程教育平台的实用性和学用效果，助力脱贫攻坚和产业发展。

（张小莉　陈　革　廖文杰　罗小玲　张　冰　邹智慧　庞传敏）

宣传工作

【概况】 2018年，县委宣传部紧紧围绕全县工作大局，深入学习贯彻习近平新时代中国特色社会主义思想和中共十九大精神以及全国全区宣传思想工作会议精神，自觉肩负起新形势下宣传思想工作的使命任务，锐意改革创新，勇于担当作为，奋力开创宣传思想工作新局面，为全县各项事业发展提供坚强思想保证和强大精神力量。

【推动意识形态工作责任制落实】 2018年，县委宣传部协助和配合县委落实意识形态工作主体责任，抓好意识形态各项工作的具体落实。全年协助和配合县委召开4次常委会议，召开2次意识形态工作联席会议，传达学习上级决策和部署，部署全县的意识形态工作。配合县委签订落实意识形态工作责任书，要求全县各部门各乡镇的党委(党组)一把手，与县委主要领导签订落实意识形态工作责任书，进一步明确了各部门各乡镇的职责和责任。加强意识形态工作督查，平时工作跟踪督导、集中督查相结合，推动乡镇、部门党委(党组)及时完成意识形态各项工作任务。不断加强宣传队伍建设。举办意识形态工作“百场讲座”宣讲活动暨县教育系统和县卫计系统舆情应对培训班，700多人参加培训。争取县财政加大基层宣传工作经费的支持力度，每个乡镇支持20000元，每个村委支持2000元。加强网络舆情监控，积极引导。实行24小时不间断监测网络舆情，掌握舆情动向，正确引导网络舆情方向，及时处置网络所反映的问题。年内，全县共监控到各类信息20000余条，经过分析研判，各类负面舆情有600余条，均及时处置。约谈辖区商业网站、自媒体平台共7次，有效地维护了全县网络空间的清朗环境。在公馆、白沙、西场等乡镇举办网络安全宣传晚会巡演，把网络安全知识普及到基层。

【加强理论武装】 2018年，县委宣传部在学懂弄通做实上下功夫，通过多种形式、多种载体，突出抓好习近平新时代中国特色社会主义思想和中共十九大、十九届二中、三中全会精神以及中共中央总书记习近平视察广西北海合浦重要讲话精神的学习宣传，推动党的创新理论进机关、进社区、进农村、进广场、进学校、进企业，推动新时代中国特色社会主义思想深入人心、落地生根。以党委(党组)中心组学习为龙头，配合县委领导带头学习调研，以上率下带动全县深入学习、结合实际运用中共十九大精神及《习近平谈治国理政》(一、二卷)、《习近平新时代中国特色社会主义思想三十讲》。建立完善党员干部学习培训制度，全县党员干部通过“三会一课”、在线学院、党建E网通等平台，系统深入学习习近平新时代中国特色社会主义思想和中共十九大精神。结合“十一个一”活动，开展“精读一本理论书籍、主讲一次理论讲座、撰写一篇调研报告、解决一个实际问题”的“四个一”学习实践活动，全县各级党员领导，深入各自的“三有三送”联系点、扶贫联系点和所在的党支部进行宣讲，促进学习成果转化。在全县村(社区)建立新时代讲习所、“珠乡大讲堂”等，开展宣讲390多场、4万多人次。“珠乡大讲堂”荣获自治区理论宣讲先进集体。

【凝心聚力塑形象】 2018年，县委宣传部凝心聚力，内塑素质、外树形象，为全县社会经济发展营造良好氛围。着力打造“两微一端”平台。积极打造合浦新闻网、“爱上合浦”“合浦发布”微信微博等新媒体平台，“两微一端”粉丝关注量10余万。围绕县委、县政府中心工作开展宣传报道，唱响主旋律。同年，合浦新闻网刊登转载新闻报道1330余篇，微信平台发布新闻1400多篇。加强与上级主流媒体联系，宣传报道全县学习贯彻落实中共十九大精神的情况。全年接待省级以上主流媒体100余家、400多人次到合浦县进行采风采访，在《人民日报》《广西日报》《香港商报》《南国早报》等媒体刊登多个专版推介合浦。年内，在自治区级以上媒体上稿500余篇，其中，在《人民日报》、中央电视台等中央媒体及《亚洲时报》等海外媒体刊发稿件110多篇，在《广西日报》、广西电视台等自治区级媒体刊发稿件390多篇，在《北海日报》刊发稿件2100多篇。助力优化营商环境。发挥媒体监督作用，召开宫颈癌疫苗接种等4次新闻发布会，使党的政策能够及时宣传，推动营商环境进一步优化。

【强化教育树新人】 2018年，县委宣传部坚持立德树人、以文化人，建设社会主义精神文明、培育和践行社会主义核心价值观，提高人民思想觉悟、道德水准、文明素养，培养能够担当民族复兴大任的时代新人。大力培育和践行社会主义核心价值观。持续开展“讲文明、树新风”的公益广告宣传活动，在县电视台、公共场所电子屏循环播放《可可与小爱》公益广告；加强各乡镇各单位核心价值观宣传，设置宣传栏988个。深入推进群众性精神文明创建活动。开展合浦县“文明家庭”评选活动，宣传教育典型良好家风先进典型，强化教化功能。进一步加强未成年人思想道德建设。开展“扣好人生第一粒扣子”教育实践和“新时代好少年”推荐评选和学习宣传活动，引导未成年人自觉培育和践行社会主义核心价值观。建好用好管好乡村学校少年宫，努力实现乡村学校少年宫项目建设全覆盖。开展“相伴快乐成长”主题社会实践、“爱祖国爱家乡”庆祝自治区成立60周年青少年主题系列活动。以开展优秀童谣征集推广活动为载体，弘扬向上向善、孝老爱亲，爱国、爱党、爱社会主义的思想。开展“不要让爱你的人失望”为主题的感恩教育系列演讲活动，5000多名学生及家长聆听了精彩的演讲报告。开展“清明祭英烈”红色教育主题活动，通过网上签名寄语、就近到革命战争纪念地瞻仰宣誓、开展主题班会等形式，引导未成年人铭记革命历史、崇尚革命英雄。组织小学生参加“童画新时代 手绘价值观”—社会主义核心价值观主题儿童画网上征集展示活动，增强对社会主义核心价值观的理解和认同。加强爱国主义教育，利用合浦汉文化博物馆、陈铭枢故居、南山革命老区纪念馆等爱国主义教育基地开展了80多场次的爱国主义教育活动，参加人员达10000多人次。

2018年10月15日，香港新闻界“一带一路”采访团到合浦汉代文化博物馆参观

（县委宣传部 供）

【传承地方特色文化】 2018年，县委宣传部重视地方文化传承，打造特色文化家园，着力打造合浦文化精品，做强“珠乡百姓大舞台”“情暖珠乡同欢乐”等特色品牌，丰富群众的精神生活，广泛开展戏曲进校园活动。

打造合浦文化精品 围绕“海上丝绸之路始发港”和“汉文化”这两张独特的历史文化品牌，从多角度、多层面深度挖掘合浦南珠文化底蕴，进一步推动合浦县文化事业蓬勃发展。挖掘合浦特色历史文化，编纂出版《古郡印迹》；作品《舟水谣》《北部湾的风》在庆祝自治区成立60周年暨第六届全区基层群众文艺会演中获三等奖，《疍家美酒斟满杯》《大藤峡放歌》《丝路情缘》获优秀奖。北海市第三届“珠城群星奖”群众文艺评奖活动，合浦县作品《合浦我的家》《孟尝审珠》获金奖，《舟水谣》《丝路明珠》《丝路情缘》获银奖，《中国梦珠乡情》获铜奖。

丰富群众精神生活 用群众喜闻乐见的文艺形式来宣传党委政府的惠民政策及县委、县政府的中心工作，讴歌合浦县经济社会发展成就，不断丰富全县群众的精神文化生活。年内举办了“唱

2018年10月9日，合浦县喜迎改革开放40周年和自治区成立60周年文艺演出在还珠广场举行

（县委宣传部 供）

响价值观　共筑中国梦”为主题的系列春节文体活动、“壮族三月三　八桂嘉年华”文艺晚会、“中华文化八桂行——走进合浦”联谊晚会、“唱响新时代·共筑中国梦”庆祝自治区成立60周年暨国庆文艺晚会、中国改革开放40周年、自治区成立60周年文艺晚会等大型晚会8场及“唱响北海”合唱比赛等一系列文化活动。全年开展文化惠民下乡演出80多场，观众达10万多人次。开展“书画进乡村进学校”“新时代新北海我邀明月诵中华”爱国诗词诵读大赛等活动8场，受益学生达3万多人次。广泛开展戏曲进校园活动，全县319所学校开展了戏曲教学，覆盖率达到100%。组织全县中小学生参加中学生演讲、小学生讲故事、征文比赛、春苗网竞赛等系列活动。举办男子篮球公开赛、传统南狮争霸赛、广西象棋棋王争霸赛等多项体育赛事。

统战工作

【概况】 2018年，全县统一战线深入学习贯彻习近平新时代中国特色社会主义思想和中共十九大精神，坚决落实中央、自治区党委、北海市委和合浦县委关于统一战线各项决策部署，坚持以落实具体经济项目、服务社会发展作为全年统战工作的新抓手，打造了“项目统战”特色，为合浦县经济社会高质量发展提供了广泛力量支持。

【巩固共同思想政治基础】 2018年，中国共产党合浦县委员会统一战线工作部（简称县委统战部）加强思想引导，支持民主党派、工商联、无党派人士围绕县委、县政府中心工作开展重点考察调研，各党派、工商联、无党派代表人士完成了县域经济发展、文化体育产业、医养结合健康产业、现代农业发展8个方面重大课题的调研报告。引导民主党派、工商联、无党派人士提高议政建言质量和水平，县委县政府召开2次政党专题会议，听取党外人士对党风廉政建设和社会发展的意见和建议。把好政治关、质量关、程序关和纪律关，指导县知联会和民进合浦总支顺利完成换届工作。发挥民主党派、工商联、无党派人士资源优势，组织开展送医送药、慰问等同心活动6次，服务群众约500人，服务企业员工约400人，培训村医80人，慰问孤寡老人、贫困学生100多人。挂牌成立合浦县首个以新媒体从业人员和网络意见人士为主体的新的社会阶层人士组织“合浦e家沙龙”，已经吸纳会员25名，并逐步扩大到其他新领域，引导发挥新的社会阶层人士正能量作用。

【非公经济人士理想信念教育】 2018年，县委统战部积极组织非公经济人士传达学习中共中央总书记习近平在民营企业家座谈会上的重要讲话精神，学习中共中央、国务院优化营商环境的政策措施和要求。先后组织2批次共21名非公经济人士赴浙江大学和西安交通大学参加非公企业高级人才培训班学习。对接联系湄潭县委党校，精心组织培训方案，完成组织30名非公经济人士到贵州省遵义市湄潭县开展2018年合浦县非公经济人士培训班专题培训学习的任务。教育引导企业家支持参与社会公益事业、光彩事业。年内，成立南宁北海商会等7家商会（企业）爱心助学基金会，其中南宁北海商会企业资助80万元。同时动员引导青年企业家支持参与合浦县乡村振兴青年行动，开展“送课进村小”支教项目，设立乡村振兴创业资金池，选聘青年企业家担任创业导师，种植青年林、建设“青企书屋”等，引领带动贫困农村青年大胆创新创业。

【协调服务县域经济发展】

夯实非公经济基础　2018年，县委统战部注重务实创新，牵头落实县四家班子领导联系非公有制经济代表人士和非公有制企业工作制度，30位县四家班子领导和62家非公企业进行挂点联系，走访联系挂点企业60人次。县委统战部领导深入指导抓好乡镇商会换届工作。先后完成了乌家等4个乡镇的商会换届工作，充实乡镇商会组织力量，提高凝聚力和向心力。深入开展非公经济服务平台建设和合浦县农民专业合作社发展与乡村振兴战略实施专题调研，完成了2份调研报告。

营造良好营商环境　2018年，县委统战部制作并发放1000份合浦县服务非公经济发展宣传手册，建立合浦籍企业家交流微信群，构建县领导与各地商会的合浦籍企业家面对面交流平台，定期推送合浦经济建设信息和营商环境建设情况。配合完善非公企业服务网络平台的建设，通过“转办”和“批办”工作制度，线上线下相融合，迅速解决了57件平台反映的事件。其中协调解决了永鑫糖业有限公司变压器切换供电和并网的问题。同时建立了营商环境监督员工作制度以及监督员选聘办法、考核办法，选聘了包括党代表、人大代表、政协委员、新闻媒体记者、离退休老干部代表在内的32名营商环境监督员，加大对全县营商环境监督力度，加快项目落地，改进和提升全县营商环境。

协调服务招商项目　2018年，县委统战部积极开展以商招商活动，做实做细招商项目协调服务工作。多次分别到北京、深圳、杭州、南宁等各地商会进行招商引资，年内推动引进了川港产业合作园、川商生态观光农业城等7个重点项目并全部签订了投资合同，投资金额达653.10亿元。牵头组织召开"2018年合浦籍企业家回乡发展座谈会"和"优化营商环境、加快合浦发展"企业家座谈会。各企业家代表反响热烈，积极为合浦县经济发展建言献策，回乡投资发展热情高涨。两次座谈会先后达成投资意向19个，完成合浦海角港湾休闲旅游度假区等6个项目签约。协调做好重点项目跟踪服务工作，制定项目汇总表和四定方案表，专门组织召开项目跟踪服务推进会，主动收集反馈各部门的项目推进情况，全力促进项目落地。

【民族宗教工作】

筑牢民族团结思想感情基础　2018年，县委统战部强化宣传教育，积极开展民族团结进步创建活动进机关、进乡镇、进社区、进学校、进企业、进宗教场所，不断促进各民族共同团结奋斗、共同繁荣发展。积极营造民族团结进步良好氛围，牵头举办"民族团结和谐合浦"摄影展等各类"壮族三月三·八桂嘉年华"活动，参与群众达1000多人次，发放民族政策相关知识宣传资料7万多份，宗教条例宣传资料3万多份。同年新成立乌家镇丹田村"少数民族之家"，赠送80余册涉及民族团结法律法规等内容的书籍，以及电视机、桌子等物品，拓展了民族团结进步宣传。

宗教工作科学化法治化建设　2018年，县委统战部强化依法管理，协助召开县委常委会议和县委中心组学习会议3次，组织召开民族宗教联席会议2次，深入学习中共中央总书记习近平关于宗教工作重要批示和重要讲话精神，研究部署宗教工作，解决宗教工作经费不足等问题。深入学习宣传贯彻新修订的《宗教事务条例》，举办了两期宗教政策法规知识培训班，参加人数300多人次，发放了1万多份《宗教法规知识问答》宣传资料。通过这些培训及活动，积极引导宗教界人士参与公益事业活动2次，捐款捐物累计1.3万元。积极引导宗教场所开展爱国主义教育活动，年内，升国旗活动已在全县主要宗教活动场所开展。依照新修订《宗教事务条例》等有关宗教方面的法规，完成了22处宗教场所的换证工作。同时完善县、镇、村三级宗教工作网络和乡（镇）、村两级责任制，对全县宗教场所开展全面排查，制定全县宗教领域存在的问题"四定"表，明确了整改措施、责任单位、责任人、完成时限，推动宗教与社会主义社会相适应。

【港澳台及海外联谊】

加强联系聚共识　2018年，县委统战部以面谈、电话联系、微信、QQ等多种方式加强联系，做到暖人心、聚人心、争人心、服人心。举办海外华裔青少年"中国寻根之旅"夏令营——古丝扬帆合浦营活动，组织柬埔寨华文学校60名在校青少年学习汉语、中华优秀传统文化和地方特色文化等内容丰富的活动，弘扬中华优秀文化，扩大合浦县对外交流合作与对外宣传。

关注台资企业　2018年，县委统战部把"亲""清"新型政商关系拓展到台商台企中，深入闸口鲔丰水产有限公司、东红制革有限公司等7家台资企业，宣传国台办31条惠台政策和自治区80条优惠措施，与台商、企业管理人员和职工面谈，了解企业经营情况、存在困难和问题，听取意见建议，并主动协调有关部门予以解决，增强台商们的民族认同感，认同"一国两制"和"九二共识"，增强台商们在大陆投资创业的信心。

妥善处理台胞台属问题　2018年，县委统战部关心台胞、台属诉求，积极协调有关部门妥善处理台胞台属提出的问题，年内共收到台胞台属来信来访3次，件件有落实、有答复，台胞很满意。其中协调解决台胞何英治所诉房产证被改的问题。此外积极配合公安部门开展港澳台居民居住证申办工作。

服务台商投资项目　2018年，县委统战部制订《桂台产业合作示范区（合浦园）2018年工作方案》，在2017年成功引进桂台农渔业合作双创园的基础上，继续扩大桂台产业经济合作。桂台农渔业合作双创园继续增加投资500万美元，全面改造66.67公顷鱼塘，计划年内改造完成并投养鱼苗，初显效益。此外，一批新的桂台合作项目正在推动形成中：其中沙岗七星岛综合开发项目计划投资16.9亿元，正在编制规划；信洲实业年产100万件家具项目计划投资6000万元，已签订投资合同，桂台产业合作示范区（合浦园）的初步格局正在形成。

【脱贫攻坚】

定点帮扶　2018年,县委统战部以真情为抓手,全力支持定点帮扶村常乐镇莲北村、莲南村的帮扶工作,单位10名干部职工结对帮扶22户贫困户,派出2名年轻干部驻村开展脱贫帮扶工作。协助贫困户领取了扶贫物资12头猪苗、1285羽鸡苗、5900千克肥料。通过指导帮扶,贫困户养殖的阉鸡已出栏上市,肉猪长势快速,豆角、花生等农作物收成良好。开展了贫困户、脱贫户及帮扶联系人"三方"见面活动,大力宣传落实扶贫政策,不断破除贫困群众等靠要思想,激发贫困群众脱贫致富内生动力,切实做到扶真贫、真扶贫、真脱贫。年内圆满完成2户贫困户的脱贫任务。

贫困村基础设施建设　2018年,县委统战部严格管理、规范使用140多万元少数民族扶贫项目专项资金,建成2500多米混凝土道路,修建两座桥,建成130多米三面光水利设施,共有400多户农户2000多人受惠。同时建立了2019年扶贫项目库,为继续加强帮扶力度奠定了基础。

凝聚社会力量参与扶贫攻坚　2018年,县委统战部牵头制定印发了《加大社会帮扶力度,增强扶贫攻坚工作合力》工作方案。通过方案,一批乡镇商会会员、经济能人利用产业优势,采取"党支部+合作社+基地+贫困户"等模式,吸纳贫困户加入合作社,受益贫困人口1804人,一些企业如建丰制衣厂等则以就业帮扶为主,安置建档立卡贫困户就业48人。继续深化开展"百企扶贫"活动,至11月13日,直接参与各村脱贫帮扶的企业71家,与70个贫困村开展结对帮扶,实施帮扶项目587个,帮扶资金投入约17010.41万元,受帮扶村227个,受帮扶贫困人口13398人。此外,积极响应"广西统一战线同心水柜"捐赠活动,动员凤翔集团等12家企业捐资9.7万元,为解决大石山区贫困家庭的饮水困难问题发挥积极作用。

【自身建设】

2018年,县委统战部扎实开展"不忘初心,牢记使命"主题教育,加强党风廉政建设,落实"三会一课"制度,组织生活正常有序开展。党支部每月召开支委会一次;每季度召开两次以上支部会,领导班子成员每年上一次党课。年内,县委统战部在纪念中共建党97周年时开展上党课、重温入党誓词、与党旗合影一系列活动。同时创新开启学与问相结合的学习新模式,通过支部提问、党员抢答、领导穿插讲解重点难点,既提高了党员的学习兴趣和效率,又加深对文件精神和学习资料的领悟。积极开展"干一事成一事"主题活动,每月汇报一次干事成效,成立统一战线新时代讲习所,每月集中学习交流一次统战工作,不断提升统战干部的思想政治素质和统战工作能力。继续加强统战宣传信息工作,抓好统战方针政策学习和重大统战活动宣传,重要统战活动做到电视有声、网站报纸有文,合浦县统战信息工作在全自治区排名前列。县委统战部全年共上报信息45条,其中有6篇信息被采用。

(许光斌　郭华辉　许良本)

县直属机关工委工作

【概况】　2018年,县直属机关工委共有干部职工8人。核定公务员编制7名,工勤编1名。县直属机关工委设人秘股、直属机关人民武装部、直属机关团工委、组织室等股室。

【党建工作】

理论学习　开展学习培训,提高理论武装水平。2018年,县直属机关工委组织学习中共十九大精神和《科学发展观重要论述摘编》。年内,县直属机关工委理论学习中心组集中学习6次,单位党员干部集中培训8次。抓好党建目标管理责任制的实施,深入所辖党总支、支部调查研究,检查指导党建工作,其中深入县国家税务局机关党委、县检察院总支等单位,指导他们做好党建工作,努力创建全市全自治区先进党支部。

机关党组织建设　2018年,县直属机关工委与时俱进,开拓创新,努力夯实基础,在丰富活动内容、改进活动方式、增强活动效果上下功夫,充分发挥党支部的战斗堡垒作用,提高基层党组织战斗力。按照《中国共产党章程》和《中国共产党党和国家机关基层组织工作条例(试行)》规定完成换届选举工作,完善基层党组织建设。对个别不再适应工作开展的支部进行改组整顿:新组建党支部1个;完成了18个支部的换届、补选工作,因工作变动任免配备总支、支部领导15人。各机关党组织按照规范化机关党支部创建要求,使支部建设建立的各项工作机制,形成规范、系统的党建工作制度。其中县人社局、县纪委、县工商质监局等支部,在党员教育管理、党员先进性发挥、党组织工作等方面逐步形成了较为完整、系统、实效的工作制度,有力地推动了机关总支、支部工作的规范化、制度化。

党员发展　2018年，县直属机关工委按照县委组织部《关于进一步健全规范发展党员工作制度的通知》精神，做好发展党员工作。年初就把发展党员工作摆上重要议事日程，列入年度党建工作考核目标；结合工委实际，制定发展党员工作规划及年度工作计划；健全和落实发展党员工作责任制，强化各基层党组织书记发展党员工作"第一责任人"的职责，加强对各基层党组织发展党员工作的检查指导。慎重发展党员。坚持把政治标准放在首位，严格发展党员工作程序，不断扩大发展党员工作中的民主，实行发展党员公示制等"三公一票"做法，全面做好新形势下的发展党员工作，年内共发展党员40名，转正25名预备党员。做好党员日常管理和流动党员管理工作。其中做好党员组织关系接转工作，接转党员200人，做到不错、不漏、及时，并不断推进电子党务工作，提高办事效率。6月26日，举办县直机关基层党组织书记或党务工作者开展"传承红色基因推动合浦发展"主题教育培训班，就党章、党史、党的廉政建设、如何提高党的执政能力和先进性进行了专题辅导，80名党组织书记或党务工作者参加了培训。11月15日，就抓好意识形态工作举办2018年合浦县直属机关党务工作者培训班，220名党组织书记或党务工作者参加了培训。

党费收缴　2018年，县直属机关工委严格按照中组部《关于中国共产党党费收缴、管理和使用的规定》按时、足额收缴党费，并设专人管理，在规定的银行，设立党费专用账号。通过银行专户和转账方式按时按量上缴党费。将全年党费收缴、使用、结余情况及累计结余情况向县委组织部报告，并公布，接受各级党组织和广大党员的检查和监督。

开展创先争优活动　2018年，县直属机关工委把创先争优活动与进农家办实事相结合。继续深入开展"结对共建、创先争优"工作，推动机关党组织进一步落实党员关爱帮扶机制。工委深入挂点村——石湾镇垌心村实施帮扶活动。县直属机关工委党员干部还深入白沙镇东风村，对各自的帮扶对象开展帮扶活动，加强领导，认真做好脱贫攻坚（乡村振兴）等新农村建设工作。

【共青团工作】 2018年，县直属机关团工委认真做好工委所辖团组织建设工作；协助团县委做好共青团基层组织建设和基层工作经验交流等志愿服务活动；根据团县委下发的文件精神，广泛引导和激发青年的创业精神。

【武装工作】 2018年，县直属机关人民武装部圆满完成年度民兵整组、兵役登记、应征对象登记、退伍军人登记等工作；加强民兵军事训练。响应县委号召，积极参加县的各种抢险救灾和社会维稳工作。

【落实党风廉政建设责任制】 2018年，县直属机关工委组织各支部党员认真学习贯彻中共中央颁布的《建立健全教育、制度、监督并重的惩治和预防腐败体系实施纲要》，积极组织和参加各种警示教育，落实领导干部廉洁自律的各项规定，努力提高广大党员的党性修养；加大违纪案件的查处力度，搞好党风廉政建设，年内为评优评先、提拔任用和参加公推公选的党员干部出具廉政鉴定5份。

机构编制工作

【深化机构和行政体制改革】 根据《自治区党委自治区人民政府关于印发〈广西壮族自治区机构改革方案〉的通知》和《自治区党委办公厅　自治区人民政府办公厅关于印发〈广西壮族自治区机构改革实施意见〉的通知》等文件精神，县编办切实做好合浦县新一轮深化机构和行政体制改革前的各种准备工作，重点抓好全县机构改革方案的拟定工作。

监察体制改革　根据中共中央办公厅《关于在全国各地推开国家监察体制改革试点方案》的要求，按照自治区深化国家监察体制改革工作的部署和《北海市机构编制委员会关于设立北海市监察委员会机关等事项的通知》《中共合浦县委办公室关于印发〈合浦县深化国家监察体制改革试点工作实施方案〉的通知》等文件精神，经县委、县人民政府同意，设立合浦县监察委员会机关，与合浦县纪律检查委员会机关合署办公，实行一套工作机构、两个机关名称，履行纪检、监察两项职能，撤销合浦县监察局，将其职能整合至县监察委员会。县编办以县机构编制委员会的名义印发《合浦县纪委监委内设机构和人员编制方案》，明确县纪律监委机关的内设机构、人员编制和领导职数。对县人民检察院相关的内设机构和人员编制进行调整，撤销县人民检察院内设机构反贪污贿赂局、反渎职侵权局、职务犯罪预防局，将相关职能整合至县监察委员会。按照“编随事走、人随编走”的原则,对相关人员编制进行划转。

党委巡察机构建设　根据中央办公厅《关于市县党委建立巡察制度的意见》和自治区纪委、自治区党委组织部、自治区编办、自治区巡视办《关于规范市县党委巡察机构建设的指导意见》等文件精神,经县编委研究并报县委同意,设立中共合浦县委员会巡察工作办公室,为县委巡察工作领导小组的日常办事机构,列入县委工作机构序列,设在县纪委;设立中共合浦县委员会第一巡察组、中共合浦县委员会第二巡察组、中共合浦县委员会第三巡察组,向巡察工作领导小组负责并报告工作;根据合浦县的实际,配备配好巡察机构的人员编制和领导职数,明确其职责,确保巡察机构正常开展工作。

乡镇行政体制改革　按照实施乡村振兴战略要求,进一步理顺县乡权责关系,赋予乡镇完善的管理和服务功能。认真贯彻自治区深化乡镇“四所合一”改革的实施意见,下发《合浦县人民政府办公室关于印发〈合浦县深化乡镇“四所合一”改革实施方案〉的通知》,明确改革的总体要求、工作目标、主要任务和工作要求,落实乡镇“四所合一”改革的任务清单。印发《合浦县人民政府办公室关于公布合浦县各乡镇国土规建环保安监站权责清单和服务清单的通知》,公布各乡镇国土规建环保安监站权责清单和服务清单;制定各乡镇“四所合一”机构编制方案并下发执行;依法依规做好职权的委托工作;建立深化乡镇“四所合一”改革部门联席会议制度;健全完善下放事项及委托事项的监管办法,做好“四所合一”改革衔接工作制度等。

群团改革　2018年7月,印发县总工会、团县委、县妇联、县科协、县侨联等5个群团部门的“三定”规定,至此,县总工会、团县委、县妇联、县科协、县侨联等5个群团组织的改革工作全面完成。

事业单位改革　根据《自治区党委办公厅　自治区人民政府办公厅印发〈关于从事生产经营活动事业单位改革的实施意见〉的通知》和《中共北海市委办公室　北海市人民政府办公室关于印发〈北海市生产经营类事业单位改革实施方案〉的通知》精神,结合合浦县实际,出台《中共合浦县委办公室　合浦县人民政府办公室关于印发〈合浦县生产经营类事业单位改革实施方案〉的通知》,明确了改革的任务、改革的措施办法、改革的相关政策和改革的时间安排等,坚持条件成熟一个改制一个,直到2020年完成生产经营类事业单位的撤销或转企工作。继续做好县级公立医院综合改革工作,县编办配合相关部门,积极开展医疗联合体建设,大力推进合浦县“县域医疗共同体”工作。

事业单位法人治理结构试点　2018年,县编办进一步深化合浦县石康职业技术学校法人治理结构建设试点工作,根据中央和自治区事业单位法人治理结构建设试点工作的有关文件精神,严格按有关程序出台《合浦县石康职业技术学校理事会章程》,成立了合浦县石康职业技术学校第一届理事会,推选出合浦县石康职业技术学校第一届理事会理事长,初步构建新的事业单位法人治理结构。为加快推进合浦县事业单位法人治理结构建设试点工作,根据自治区事业单位登记管理局《关于加快推进事业单位法人治理结构建设试点工作进度的通知》精神,经县机构编制委员会领导并报请北海市事业单位登记管理局同意,将合浦县文化馆作为合浦县公共文化机构法人治理结构建设的试点单位。

经济发达镇行政管理体制改革　2018年,根据《自治区党委办公厅　自治区人民政府办公厅印发〈关于深入推进经济发达镇行政管理体制改革的实施意见〉的通知》等文件精神,县编办积极推进经济发达镇行政管理体制改革的相关工作,《白沙镇行政管理体制改革工作实施方案》正在按程序报批。

【服务型政府建设】

行政审批制度改革　根据《广西壮族自治区人民政府关于调整一批行政许可事项的决定》和《自治区审改办关于印发部分行政许可事项清理规范结果的通知》精神,对合浦县行政许可项目相应进行取消和调整。2018年,县本级保留的行政许可项目为265项,下放乡镇6项。经县人民政府审定后,于2018年3月27日印发《合浦县人民政府关于取消和调整一批行政许可事项的通知》。根据《广西壮族自治区人民政府关于印发广西保留为行政审批必要条件的中介服务事项目录的通知》精神,县编办整理出《合浦县保留为行政审批必要条件的中介服务事项》共51项,经县人民政府审定后,于2018年2月26日印发《合浦县人民政府关于印发合浦县保留为行政审批必要条件的中介服务事项目录的通知》。

行政许可事项清理　2018年,县编办重点围绕企业投资、生产经营、市场准入、创新创业等领域行政许可事项，继续加大清理规范力度。抓好行政许可事项目录清单、行政审批中介服务事项目录清单的管理和动态调整工作。推动部门以取消行政许可事项后的事中事后监管为重点，研究制定具体的监管措施，将工作重心由“重审批、轻监管”转变为“宽进严管”。

2018年5月24日，自治区人民政府办公厅调研组一行到合浦县调研农事网通建设等乡村治理工作（林启波　摄）

清理规范各类“奇葩”证明　同年，县编办在全面总结清理规范证明事项试点工作的基础上，继续深入开展建立各类证明事项清单，坚决取消各类“奇葩”证明、无谓证明，切实解决企业和群众办事创业过程中存在的“办事难、办证多、办事繁”问题。

优化营商环境　年内，县编办按照上级的统一部署，积极开展优化营商环境的各项工作。县编办与县政务办的相关人员共同学习优化营商环境的有关文件精神；抽调相关部门的人员对全县优化营商环境的情况进行调研；梳理公布群众和企业到政府办事“最多跑一次”事项，坚持成熟一批，公布一批；坚决贯彻落实放管服改革优化营商环境的工作措施和优化政务服务的各项政策，积极参与营商环境指标评价体系建设，确保改革各项政策措施落地见效，助推经济社会实现高质量发展；按照《合浦县人民政府办公室关于印发合浦县推行“354560”改革提升服务企业效能若干措施的通知》要求，加快推进“354560”改革，进一步压缩办结时限。2018年，合浦县顺利通过国务院对“放管服”专项内容的督查。

推行“农事网通”　2018年，“农事网通”系统已经在全县15个乡镇273个行政村（社区）推广运行，县编办总结“农事网通”运行经验，逐步探索将更多涉及基层群众个人办理的便民服务事项和行政许可事项下放到村一级政务服务平台办理，拟在2017年已经公布的村级权力清单基础上进行扩容，已经先后两次征求县各相关部门、15个乡镇的意见，并对在运行中不适用、运行困难的事项以及因法律法规颁布、修订、废止，上级政府依法取消行政权力事项，行政权力事项合并及分设的等情形需要对村级权力清单、委托村级受理行政许可事项进行调整的，及时做出动态调整。

【发挥机构编制资源使用效益】

巩固控编减编成果　2018年，县编办坚持严控机构编制总量，严格审批机构编制，进一步规范机构编制实名制管理。盘活编制资源，加强重点民生领域和重点部位工作力量。年内重点解决了新设立的县河长制办公室、廉州镇第六幼儿园、廉州镇第七幼儿园等单位共70名用编需求；适量增加编制，着力解决县博物馆、廉东小学、廉州镇第八幼儿园、县青少年宫、乡镇统计工作人员等共84名的用编；设立合浦县高层次急需紧缺人才专项编制20名；做好人才引进、公务员招录、事业单位招聘、特岗教师转岗入编、转业士官和城镇退役士兵安置等编制调配使用工作。

事业单位登记管理　2018年，县编办重点抓好事业单位登记管理规范化建设，推行简易注销，不断优化服务质量。加快事业单位登记管理系统数据交换共享平台建设，全面提升登记信息“信用化”程度，大幅度减少“僵尸”事业单位。继续完善事业单位法人年度报告公示制度，抓好事业单位法人公示信息抽查工作，加快构建以信用体系建设为核心的事业单位法人监管机制。全县应提交年度报告公示的事业单位法人668个，已提交668个（其中公示660个，不公示8个），提交率100%；通过网上审批办理设立事业单位法人登记1个，变更登记39个。扎实推进机关、事业单位、群众团体统一社会信用代码赋码及后续管理工作。

机构编制监督检查　2018年，县编办做好“12310”举报受理工作及完善举报受理系统；做好涉及机构编制有关问题的信访工作和机构编制违规违纪行为预防教育工作，梳理问题建立台账，并通过专项督查，推动机构编制问题整改落到实处。年内，县编办共收到14份信访件，为妥善处理好这些信访件，县编办安排专人深入调查了解情况，并依法依规一一进行答复，完成率达100%。推进机构编制违纪违规行为预防教育工作，加强与审计机关合作，规范机构编制纳入审计工作，加强对领导干部任期机构编制管理责任监督检查。1月，由县编办牵头，县人社、财政等部门配合，对合浦县人力资源市场等7个取消收费的事业单位的情况进行调查，并形成调查报告，2018年已上报县政府常务会审定。根据中央编办和自治区编办的有关文件精神，为加强机构编制问题整改推进审批联动机制的落实，县编办在全县范围内组织开展自查自纠活动，要求各单位各部门认真查找存在的问题，查明问题原因，明确整改措施，形成基本机构编制问题自查自纠整改资料，负责收集整理整改资料，并向市编办作书面汇报说明。全县共有25个机构编制问题整改单位，完成整改的单位18个，尚未完成整改的有7个单位，完成整改率达72%。

机构编制信息化建设　2018年，县编办利用新的信息技术创新管理手段，提升机构编制管理水平。完善机构编制实名制管理和应用。探索综合应用机构编制云平台和实名制管理系统大数据，逐步形成科学合理的机构编制资源配置机制。继续做好全县党政机关事业单位网上名称管理工作。　　　（吴世斌　李博兴）

老干部工作

【概况】　2018年，合浦县委老干部局（简称县委老干部局）在县委、县政府的正确领导下，紧紧围绕全县中心工作，坚持以习近平新时代中国特色社会主义思想和中共十九大精神为指导，以深入学习贯彻中共中央办公厅、国务院办公厅印发的《关于进一步加强和改进离退休干部工作的意见》、自治区党委办公厅、自治区人民政府办公厅下发的《关于进一步加强和改进离退休干部工作的实施意见》和自治区党委老干部局《关于提高生活长期完全不能自理的离休干部护理费标准的通知》等文件为重点，在市委老干部局的指导下，全面落实新时代党的建设总要求，坚持稳中求进工作总基调，坚持精准服务工作理念，坚持求真务实工作作风，进一步加强离退休干部政治建设、思想建设和党组织建设，用心用情、敬爱致恭做好服务工作，全面落实老干部政治、生活待遇，积极引导广大老干部为党和人民事业增添正能量，积极推进合浦县老干部工作向前发展。

【落实离退休干部政治待遇】　2018年，合浦县充分发挥离退休党支部战斗堡垒和老党员的先锋模范作用，创建新品牌，展现新风采，积极推进离退休干部党建工作向前发展。

离退休党支部建设　县委把离退休干部党的建设列入全县党建工作的重要议事日程和党建工作的总体规划，2018年已建立离退休党支部50个，共有离退休党员1650人。夯实组织建设，选好党支部班子，开展正常活动，加强培训教育。落实了离退休党支部书记工作补贴。积极筹备建立老年大学党支部，老年大学党支部成立申请已通过县直属机关工委审批。

开展主题活动　2018年，县

2018年7月2日，举办“传承红色基因，不忘初心跟党走”离退休干部“七一”晚会。图为县委书记杨斌在晚会上讲话　　　（县委老干部局　供）

委老干部局充分利用老干部党校、活动中心、老年大学3个阵地，在离退休干部中开展“两学一做”学习教育活动。同年6月，县委老干部局和市委老干部局联合举办党支部“主题党日”活动，在公馆南山革命老区纪念馆进行党性教育；6月25日，又邀请县委常委、组织部部长何来讲授“发挥三个优势、展现新的作为”主题党课。7月2日，举办“传承红色基因，不忘初心跟党走”离退休干部“七一”晚会。7月3日，邀请北海市行政学院原常务副院长、市关工委执行副主任何裕洲向离退休干部作“坚定四个自信”主题报告会。10月27日，县关工委和老年大学学员、离退休干部300多人到星岛湖闲云生态园开展党建活动。县关工委执行副主任陈武石作专题党课辅导，学习中共中央总书记习近平近期视察广东的重要指示，要求全体老干部“以改革开放的眼光看待改革开放”，讲好红色故事，讲好改革开放故事，以实际行动纪念改革开放40周年。11月26日晚，“迎大庆 颂党恩 赞北海”合唱比赛合浦赛区比赛在廉州广场举行，由离退休干部、县关工委五老、老年大学学员150多人组成的合唱团高唱《红军不怕远征难》，唱响主旋律，唱出合浦县离退休老干部的精气神，获得初赛一等奖。12月16日晚，由中共合浦县委员会、合浦县人民政府主办，县委老干部局和县关工委等单位承办的“海丝秋韵·颂党恩”为主题的合浦县离退休干部庆“改革开放40周年暨自治区成立60周年”文艺晚会在县城还珠戏院举行。12月18日上午，县委老干部局、县关工委组织离退休干部、五老骨干在老干部局二楼会议室，收看了中共中央总书记习近平在庆祝改革开放40周年大会上的讲话。老干部作为改革开放的亲历者、见证者和推动者，决心牢记改革开放的初心，继续在新时代的舞台上发光发热，老有所为。通过一系列活动，激励广大老干部、老党员不忘初心，牢记使命，砥砺前进。

发挥老党员先锋模范作用 2018年，县委老干部局在全县离退休党员中开展评选“余热助力先锋”活动，鼓励老干部在新时代老有所为，发光发热。离休干部、白沙镇离退休党支部书记吴盛昌，“红心不老向阳开，老骥奋蹄献余热”，30多年来坚持每年清明节组织青少年祭奠革命先烈，进行革命传统教育，教育青少年听党话、跟党走。石湾镇离退休干部党支部21位党员积极参加镇关工委工作，党建带关建，活动有声有色，使该镇关工委成为全县的先进典型。

抓党建促脱贫攻坚 2018年，县委老干部局党支部将脱贫攻坚工作列为局的重点工作，坚持一把手亲自抓，把脱贫攻坚工作与业务工作同安排、同部署，从人、财、物各方面扎实开展脱贫攻坚工作。派出2名党员驻帮扶村廉州镇乾江村、马江村协调扶贫工作，全体党员干部进行结对帮扶。年内利用雨露计划帮扶1户、1人，利用小额信贷帮扶14户，利用交通补贴帮扶6户、8人。

【落实离退休干部生活待遇】 2018年，县委老干部局以深入学习贯彻中共中央办公厅、国务院办公厅印发的《关于进一步加强和改进离退休干部工作的意见》，自治区党委办公厅、自治区人民政府办公厅下发的《关于进一步加强和改进离退休干部工作的实施意见和干部工作的实施意见》和自治区党委老干部局《关于提高生活长期完全不能自理的离休干部护理费标准的通知》等文件为重点，全面落实老干部生活待遇。坚持把落实现有政策与解决实际问题有机结合起来，完善从优从快的保障措施，努力让广大老干部共享改革发展成果。坚决贯彻执行中央、自治区、北海市及

2018年11月26日晚，“迎大庆 颂党恩 赞北海”合唱比赛合浦赛区比赛在廉州广场举行，由合浦县离退休干部、县关工委五老、老年大学学员150多人组成的合唱团参加演出

（县委老干部局 供）

合浦县有关老干部工作的政策和规定，落实老干部“两项”待遇和“两项”经费，及时做好老干部离休费、医药费和各项政策性补贴的审核上报工作。继续巩固和完善离休干部“三个机制”，确保离休费保障、医疗费保障和财政支持保障到位。全县离休干部的离休费、生活性补贴全部按时足额发放。全县离休干部特需经费每人每年1000元、健康疗养费每人每年350元，由财政拨付解决；按有关文件要求及时发放离退休干部生活补贴。年内，合浦县落实了离退休党支部书记每月300元的工作补贴。按照自治区党委老干部局《关于提高生活长期完全不能自理的离休干部护理费标准的通知》和北海市有关文件精神，将生活长期完全不能自理的离休干部护理费标准由原来每人每月1000元提高到每人每月2500元。年末，全县离休干部94名，已办理生活完全不能自理护理费提高的离休干部72名。

【离休干部服务工作】 2018年，合浦县委、县政府高度重视老干部工作，每年都召开专题会议研究部署老干部工作，就如何做好全县老干部工作提出明确要求。县委老干局积极主动贯彻落实县委、县政府老干部工作要求，变被动为主动，主动服务好老干部。针对离休干部“空巢”、独居、失能等现象日益增多的情况，服务离休干部工作由过去重“面”轻“点”向“点”“面”结合转变，格外关注、突出抓好有特殊困难离退休干部的帮扶工作，努力做到老干部急时有人助、难时有人帮、病时有人管。通过召开老干部座谈会等方式，通报老干部工作情况并倾听老干部的心声。对生活有特殊困难的老干部，做到有求必应、特事特办，体现组织的关怀，使他们真正感受到党的温暖。春节等重大节日，县委县政府、县委老干部局领导及时探望慰问，送去组织的温暖。此外，县委县政府、县委老干部局领导还深入医院和老干部住处慰问患病住院、长期生活不能自理和困难的离休干部，帮助联系老干部就医。2018年，发放慰问金及各种慰问品共20多万元。对去世的老干部做好家属的安抚慰问工作，周到细致地协助家人料理好后事，坚持县委老干部局领导班子成员参加遗体告别会的制度，送去组织的关怀；认真对待老干部来访，对其反映的问题及时汇报，积极办理、做到件件有回音，件件有落实。老干部思想稳定，没有出现群体性上访事件。认真做好老干部生活待遇及丧事、抚恤等相关政策的解答、咨询等服务工作。继续开展“深入基层，优化服务”活动，加强离退休工作部门之间的联系，加强与老干部的联系，把县委老干部局管辖的离退休干部分片包干到干部职工身上，当老干部的知心人、贴心人、暖心人，积极为老干部多办好事、多做实事、多解难事。深入老干部了解情况，特别是居住在乡镇和县外的老干部、宣传政策，保证老干部各项待遇落实到位。

【推进“三个阵地”建设】 2018年，县老干部党校按照县委的部署要求，组织老党员干部深入学习党章、党纪党规、中共十九大精神和习近平新时代中国特色社会主义思想以及重温入党誓言。年内邀请市关工委执行副主任何裕州，县委常委、组织部部长何来，给老党员和老年大学学员们上党课，对老干部理解党中央治国理政新理念新思想新战略进行指导，增强老干部工作者的政治意识、宗旨意识、责任意识、大局意识，激励老干部发挥政治优势、经验优势、威望优势，不忘初心，老有所为。县离退休党总支也在支部书记刘振健组织下召开会议，及时传达学习党课精神和有关老干部工作政策。

老年大学和老干部活动中心在县委县政府的支持下，老年大学经费由原来的每年6万元增加到8万元；老干部党校每年3万元；同时，合浦县以创建示范性老年大学、老干部活动中心为目标，建立健全了各项管理制度，并规范开展各项活动。老干部活动中心坚持按时开放，星期六、日也正常开放，以满足老干部的学习活动需求。县老年大学的教学得到进一步改进，除开设书法、绘画、舞蹈、音乐、粤曲、电脑等课程外，还开拓性地开展了演讲与口才、时事政治、安全知识、保健养生、手机应用、摄影等课程，很受老干部的欢迎，学员人数由原来100多人增加到400多人，办学规模不断扩大。为了促进老年大学更好发展，县委老干部局坚持“走出去”方针，加强与其他市县老年大学交流合作。年内，崇左市、凭祥市的老干部局到合浦县参观考察，县委老干部局也在5月、7月组织党员和老年大学学员到钦州、贺州等市老年大学参观学习。通过交流学习，认识到自身不足，学习借鉴别人的办学经验，提高合浦县老年大学的办学水平。

在发挥老干部党校、县老年大学、老干部活动中心的阵地作用和辐射功能的同时，积极协调县关工委、县老体协等组织，优化重组各老年文艺团队，进一步提高了“两个阵地”的管理服务水平。充分发挥合浦海上丝绸之路始发港厚重的历史文化底蕴，引导老体协等涉老组织创作和编排了一批具有浓郁合浦特色、突显珠乡文化、展示老年人精神风貌的好作品。广泛开展各种丰富多彩、健康向上的文娱活动，宣传党的路线、方针、政策，激发了老干部和广大群众合力唱兴合浦的热情。其中春节和“三月三”民歌节期间，县老体协分别在县还珠广场组织了大型文体演出表演活动，人员达200人，观众近2000人，活跃了节日气氛，丰富了群众的文体生活。3月，县委老干部局先后组织县城和9个乡镇的老年团体，按照自治区老体协的部署，参加了桂林的健身旅游；老年气排球队参加了在玉林市举办的广西“全国老年人气排球之乡”的交流活动。6月，县老年男子气排球队到福建省参加交流活动。

【关心下一代工作】 2018年，县关工委以自治区两办印发的《关于进一步加强和改进关心下一代工作的意见》和上级会议精神为指导，紧紧围绕“传承红色基因争做时代新人”主题教育活动，在全县青少年中开展了“十九大精神进校园”“缅怀革命先烈　传承红色基因”“爱心助学”“送教帮扶”“关爱贫困儿童　助力扶贫攻坚”“家风家教”等一系列活动。3月7日，合浦县关工委邀请北海市关工委宣讲团成员麦剑峰到合浦县石湾镇垌心小学、石湾镇中心校开展以“不忘初心、牢记使命、做新时代的接班人”为主题的宣讲活动。4月3日，县委老干部局和县关工委组织离休干部和五老代表前往白沙龙江祭扫革命烈士纪念碑和张进煊墓，当地中小学校400多名师生参加了祭扫活动。5月11日，北海市“传承红色基因　争做时代新人”主题教育活动启动仪式在北海市爱国主义教育基地——公馆镇南山革命老区纪念馆隆重举行。自治区关工委、自治区教育厅、自治区妇联等联合举办了第一届创新杯“我的家风、家教”主题征文活动，面向全区中小学生征文。活动开展以来，各学校积极开展家风家教教育，精心组织少年儿童积极参加征文活动，取得了优异成绩。全县共有16所学校1550名学生参赛，其中合浦外国语实验学校、县实验小学、廉州中心小学等3所学校获得优秀组织奖，学生获奖作品共333份（特等奖18份、一等奖33份、二等奖107份、三等奖175份），有4篇作品入选《我的家风、家教》优秀作品集，128位教师获优秀指导奖。

信访工作

【概况】 2018年，合浦县认真学习贯彻落实中共十九大精神和中共中央总书记习近平系列重要讲话精神，贯彻落实中共中央办公厅、国务院办公厅颁布的《信访工作责任制实施办法》和上级关于做好新形势下信访工作的一系列决策部署，紧紧围绕县委、县政府的中心工作，抓重点、补短板、防风险、深入推进新时代信访工作制度改革，切实履行信访工作责任，积极开展矛盾纠纷排查化解，全面推进信访矛盾化解攻坚战，全力化解信访萌芽和突出问题。有效维护群众合法权益，有效地促进了合浦县社会和谐稳定和发展。

【领导干部接访下访】 2018年，全县开展县处级领导接待日接访活动64次，陪同接访的单位、部门、乡镇领导232人次，接待来访群众163批386人次，查办信访事项165件，办结146件，办结率88.48%。县领导轮值接访，直面群众，满足了群众有事渴望见县领导，向县领导反映和提出要求解决问题的愿望。

【信访基础业务标准化规范化建设】

信访接访　2018年，县信访

2018年6月26日，国家信访局信访督查专员、研究室主任牟海松（前排左一）到合浦县开展信访工作调研　（县信访局　供）

局认真热情接待群众来访，认真处理群众来信，规范信访事项受理办理程序，引导来访人员依法逐级走访。建立首问责任制，充分发挥信访部门的“窗口”“桥梁”“纽带”作用，密切党和政府与人民群众的鱼水关系。

规范网上信访事项办理　同年，县信访局建立了领导阅批网上信访事项制度、网上信访答复制度、网上信访督查督办制度、网上信访绩效考核和目标管理制度，逐步实现了网上信访的规范化和制度化。责任单位在规定时限内办理完结后将处理情况报告县信访局，并及时反馈信访人，做到案结事了。加强领导，落实一名副局长分管；加强人力保障，继续聘请3名工作人员专职从事信访网上录入工作；加强财力保障，投入19万元建成视频终端，用于视频会议和视频接访；加大督查督办工作力度，对不按期办结信访件的单位和乡镇进行追踪督办、催办，实行“一月二催办”工作制度，对涉及多个乡镇、单位的信访问题及群众集体访问题进行指导、协调处理等。

【信访积案化解】 2018年，县信访局实行“五个一”工作机制，切实化解各类信访积案。坚持以“事要解决”为要求，扎实推进信访积案的排查化解，集中时间、人力、财力，对重大、复杂、疑难的信访积案，因案施策，分类化解，逐案攻坚，完成攻坚任务。年内，自治区交办合浦县信访积案8件，合浦县制订相关工作方案，在全县组织开展“信访积案化解集中攻坚”活动，由县主要领导亲自挂帅包案。至年末已办结积案8件，其中5件为实体性办结，1件为程序性办结，2件为协助上级部门办结的“三跨三分离”积案，办结率达100%。

【信访法治化建设】 2018年，县信访局加快推进信访工作法治化建设，制订了《关于进一步规范信访事项受理办理程序引导来访人依法逐级走访的实施细则》，引导信访人逐级走访、依法信访。凡是涉法涉诉信访件，严格实行诉访分离，把涉法涉诉信访纳入法治轨道，法律解决到位，解释疏导教育到位，司法救助到位，依法依规走法律途径，努力实现涉法涉诉信访终结制，合法维权。

【群众信访服务中心标准化规范化建设】 2018年，合浦县着力推进群众信访服务中心标准化规范化建设，全县完成达标以上乡镇占全县乡镇的66.67%；评定等级为优秀村（社区）的有6个，评定等级为达标的村（社区）有123个，已完成达标以上的村（社区）占全县村（社区）的47.25%；全县乡镇级、村（社区）级群众信访服务站（室）标准化规范化建设超额完成了自治区和北海市下达的任务。其中，2018年乡镇级完成50%、村（社区）级完成30%的指标任务。合浦县群众服务中心标准化规划建设被自治区信访局评为“优秀”等级。

党史征编和研究工作

【概况】 2018年，中共合浦县委党史资料征集小组办公室（简称县委党史办），内设人事秘书股，有编制7个，在职人员6人。年内，县委党史办坚持以马列主义、毛泽东思想、邓小平理论、“三个代表”重要思想和科学发展观、习近平新时代中国特色社会主义思想为指导，深入学习贯彻中共十九大精神，加强落实全面从严治党“两个责任”（中共第十八届中央委员会第三次全体会议提出，落实党风廉政建设责任制，党委负主体责任，纪委负监督责任。党委的主体责任指的是各级党委特别是主要负责人必须牢固树立不抓党风廉政建设就是严重失职的意识，解决好不想抓、不会抓、不敢抓的问题切实担负起党风廉政建设的主体责任。纪委的监督责任指的是各级纪检监察机关要进一步转职能、转方式、转作风，从大量的具体事务中解脱出来。既协助党委加强党风廉政建设和组织协调反腐败工作，又督促检查相关部门落实党风廉政建设各项工作任务，经常进行检查监督，严肃查处腐败问题，集中精力抓好执纪监督主业），全面增强“四个意识”（政治意识、大局意识、核心意识、看齐意识），正确运用习近平新时代中国特色社会主义思想指导党史工作，不断推动以史鉴今、资政育人业务等工作的顺利开展，取得较好的成绩。

【党史资料征集】 2018年，县委党史办积极推进社会主义革命和建设时期党史资料征编工作。年内，按计划继续安排编写人员到县档案等部门征集社会主义革命和建设时期相关党史资料约30万字和翻拍原不清楚的资料。在资料征集的基础上，对已征集到的社会主义革命和建设时期党史资料进行整理，在电脑上打印录入，整理编写《合浦党史大事记》（社会主义时期）一书的部分内容，并做好核对工作。

【党史研究编写】

社会主义革命和建设时期党史专题征编工作　地方党史正本

《中国共产党合浦历史》第一卷编纂出版后,县委党史办已把工作重点转移到第二、三卷征编工作。为了加快党史正本第二、三卷的征编进程,县委党史办认真按照上级党委、县委的部署和要求,结合合浦县实际,组织各乡镇和有关单位开展社会主义时期党史专题征编工作。深入乡镇、机关单位和老干部家中开展党史工作调研。结合合浦县实际,拟订开展合浦县社会主义时期党史专题征编工作计划,把专题任务分工到有关单位编写,由县委办转发工作计划到有关单位贯彻执行。县委党史办对有关单位专题编写工作加以指导,组织党史专家和征编人员审核专题资料,确保按时按质完成社会主义时期专题征编工作任务,不断推动《中国共产党合浦历史》第二、三卷编纂工作的顺利开展。按照"开门办史"的要求,加强与各乡镇、县直有关单位的联系与协作,调动热爱党史工作的社会各界人士和离退休老干部等各方面力量,形成共同做好党史的工作氛围。

《中国共产党北海历史》(第三卷)合浦专题编写工作 2018年,县委党史办认真按照中共北海市委办公室转发《市委党史研究室关于编纂《中国共产党北海历史》第三卷的工作计划》的通知要求和县委的批示意见,组织编写人员到有关部门征集1987年归北海市管辖以来合浦县改革开放时期党史资料,整理编写《合浦县经济、社会事业的改革与发展历程及党建工作》专题,大力支持和配合市委党史研究室编写《中国共产党北海历史》第三卷工作,年内已完成初稿的编写工作。

其他党史专题研究任务 2018年,县委党史办树立高度的责任意识,按时按质完成上级党委和党史部门下达的其他党史专题研究任务。按要求进一步研究核准抗日战争口述相关资料上报。配合北海市党史研究室做好有关老干部信访事项相关史料核查工作。按照自治区党委党史研究室《关于〈广西解放珍闻录〉资料征集工作的通知》和《关于粤桂边革命斗争史料征集工作的通知》两份重要文件要求,积极组织编写人员搜集、查阅和整理相关资料、文献及图片,不断推进党史的专题研究。根据自治区党史部门和北海市委办公室和县委的要求,组织完成征集合浦县改革开放新时期相关研究成果上报工作。

【党史宣传教育】 2018年,县委党史办认真结合实际,大力开展形式多样的党史学习宣传活动,党史学习和宣传教育得到进一步推进。年内,在清明节前夕组织干部职工前往革命遗址瞻仰革命先烈,重温入党宣誓,进行革命传统和爱国主义教育。深入学习宣传《习近平论中国共产党历史》《中国共产党北海历史(第二卷)》《中国共产党合浦历史(第一卷)》,促进党员干部学习党史国史制度真正落到实处。通过政务网发函到全县各单位组织党员干部和团员青年参加知识竞赛和开展主题讨论活动,了解中国改革开放40周年和自治区成立60周年以来所取得的辉煌成就。加强党史革命遗址遗迹的保护、开发和利用,搞好纪念设施建设。利用广西中共党史教育基地——白沙宏德中共合浦中心县委机关旧址这个重要载体组织开展了一系列传承红色基因党史宣传教育活动。七一建党日前后,县直属机关工委组织县直机关基层党组织书记或党务工作者约80人到党史教育基地举办为期一天的"传承红色基因 推动合浦发展"主题教育培训班,县委组织部组织县城廉州镇和白沙镇部分党员和预备党员40多人前往党史教育基地开展"不忘初心 牢记使命"主题教育活动,县教育局等机关单位也纷纷组织广大党员干部到党史教育基开展七一党建日活动,县委党史办积极组织工作人员到场协调参观和进行讲解,发放基地简介和有关史料。加强革命场馆建设和开发利用。协助合浦公馆南山革命老区纪念馆成功申获广西第一批"全区关心下一代党史国史教育基地"和自治区爱国主义教育基地的殊荣,并举办了揭牌仪式。同时接待自治区内外有关单位党组织、团体和学校等40批次,2000多人次参观学习广西关心下一代党史国史教育示范基地和自治区、市、县级爱国主义教育基地,充分发挥基地对广大干部群众和青少年进行爱国主义和革命传统教育的作用。

(钟于珍)

中共合浦县委党校

【概况】 中共合浦县委党校(简称县委党校)校园面积1.66公顷,校舍建筑面积1.14万平方米,拥有学员宿舍楼2幢共57间,大小教室8间,图书电子阅览室1间,藏书11500册,学员电脑室2间,教学电脑120台,多媒体教室和学术报告厅各1间,可同时容纳300人;篮球场3个,气排球场1个。

县委党校领导班子成员4人,内设机构4个(办公室、科研室、教务股、培训股)。在职在编教职工28人,从事教学工作12人(专职教师8人),其中高级职称1人,中级职称5人,初级职称6人。离退休教职工42人(自收自支10人)。

【教师和管理者队伍建设】 2018年,县委党校继续强化教师和管理者队伍建设,提高教职工的政治思想水平。通过自学、集中学习、专题讨论、党课等多种形式学习党规党章和系列讲话精神,筑牢根基强能力;组织全体教师做好中共十九大及十九届二中、三中全会精神和中共中央总书记习近平视察广西重要讲话精神等重大理论精神专题的备课,通过集体研讨、座谈交流,提高思想认识;通过小组备课、集体说课,明晰宣讲内容;通过个人讲、大家评,集体改,提升宣讲质量。鼓励教师积极参加上级部门举办的各种业务培训及开展社会实践活动,通过参加培训、跟班学习、挂职锻炼、社会调研、外出考察学习等多种途径提升教师的业务素质和教学水平。年内,2名教师参加自治区党校导师制活动;1名教师参加百色干部学院业务培训班。通过这些活动的开展,让教师走出校门接地气,了解不同部门的业务,积累教学素材,拓宽教师视野,打通教师理论联系实际的"最后一公里"。

积极调研、研讨,鼓励教师发表论文,不断提高科研质量。全年共提交科研论文26篇,市级课题1个。其中有1篇论文入选《全区理论宣讲经验交流会优秀理论宣讲报告汇编》,2篇文章在省级刊物上发表,2篇文章在《珠乡英才》上发表。其中校务委员陈森汉撰写的《合浦向海经济建设现状及对策研究》被评为"北海市庆祝改革开放40周年理论研讨会论文征集"优秀论文,高级讲师韦志平撰写的宣讲报告《学习贯彻六中全会精神 开创全面从严治党新局面》,被评为"全区优秀理论宣讲报告",以及撰写的《以习近平总书记关于"一带一路"重要论述引领合浦大发展》获得广西党校(行政院校)系统"习近平新时代中国特色社会主义思想"理论研讨会征文优秀论文奖。

【干部培训】 2018年,县委党校认真落实县委关于干部培训工作的决策部署和要求,不断强化教学、狠抓管理、努力创新,充分发挥县级党校教育培训基层党员干部的主阵地作用。抓好各类班次的培训和管理,全年共举办各类培训班共28期,培训人数4193多人次。其中主体班6期,参训人数1418人;联合办班22期,参训人数2775人。坚持走出去办学,主要围绕中共中央总书记习近平视察广西重要讲话精神、"7·26"重要讲话精神、中共十九大精神、自治区、市、县党代会精神等重大理论精神进行宣讲,在全县各部门、乡镇作宣讲30多场。与此同时,积极参与现场教学基地建设及教学,县委党校常务副校长叶振松在汉文化博物馆等现场教学基地多次授课。积极配合自治区党校、北海市委党校在合浦县举办的各类培训班,做好协调沟通工作。

【落实全面从严治党"两个责任"】 2018年初,县委党校及时召开领导班子专题工作会议,研究安排全年的全面从严治党"两个责任"工作计划,并根据党校实际,制定全年的有关活动开展工作计划。落实专人,加强监督管理,保持廉洁。认真建立健全相关规章制度,以制度管人管事,以此促使全体党员干部职工的思想政治觉悟、道德素质、法律意识不断增强和提高,在源头上消除腐败现象的滋生。注重抓好学习教育促提高。

(黄冰心 陈海青)

2018年9月6日,合浦县委党校组织全体教职工学习习近平总书记7月26日在省部级主要领导干部专题研讨班上的重要讲话精神 (苫湘芸 摄)

合浦县人民代表大会

综　述

【概况】 2018年，合浦县人大常委会（简称县人大常委会）深入学习贯彻中共中央总书记习近平关于坚持和完善人民代表大会制度的重要思想，围绕县委十二届九次全会确定的目标任务，聚焦中心，围绕大局，严格按照宪法法律赋予的职责和使命，依法履职，主动作为，锐意进取，为推进美丽宜居富裕和谐新合浦，谱写新时代合浦发展新篇章做出了积极贡献。全年共召开县人大常委会会议8次；听取和审议了"一府两院"专项工作报告12个，开展执法检查5次、专题调研9次，组织代表视察4次，有力地推动了全县各项重点工作目标任务的完成；年内，受理群众来信23件次，接待来访50批次190人次，为化解社会矛盾发挥了积极作用。同年，县人大常委会多项工作得到了自治区、北海市人大常委会的充分肯定，获得2018年自治区人大宣传工作先进单位一等奖；代表履职平台建设在全市乡镇（街道）人大工作座谈暨经验交流会上作交流发言。

【县人大常委会工作】

决定重大事项　2018年，县人大常委会认真贯彻落实县委的决策部署，充分发扬民主，严格依法办事，行使决定重大事项的法定职权。对事关全县经济社会发展，涉及全县改革、发展、稳定的重大事项，通过开展调查研究、县人大常委会会议进行充分讨论，先后审议和批准了人民政府《关于提请审议调整2017年新增债券资金支出项目的议案》《关于提请审议2018年合浦县新增债券资金安排使用方案的议案》，审查和批准了《合浦县2018年财政收支预算调整方案》，听取和审议县人民政府《关于旅游扶贫工作开展情况的报告》，并作出决议等。听取和审议了县人民政府《关于县2018年上半年国民经济和社会发展计划执行情况的报告》《关于县2018年上半年财政预算执行情况的报告》，听取和审议了《关于2017年县本级财政预算执行情况及其他财政收支情况的审计工作报告》，审查和批准了《2017年县本级财政收支决算的报告》。对全县公安派出所基层基础建设、义务教育均衡发展工作、贯彻实施《中华人民共和国城市供水条例》的情况、贯彻实施《中华人民共和国村民委员会组织法》情况、南流江河砂开采综合整治工作、北部湾（合浦）林产循环经济产业园建设情况、贯彻实施《广西壮族自治区森林防火条例》情况、县人民法院关于执行工作情况、贯彻实施《中华人民共和国统计法》情况、贯彻实施《中华人民共和国执业医师法》情况、农民合作社发展情况、县人民检察院关于开展公益诉讼工作情况等工作进行调查研究，开展工作满意度测评，并将审议意见反馈县人民政府、县人民法院、县人民检察院整改落实。

依法任免干部　2018年，县人大常委会坚持党管干部与人大依法任免干部有机统一的原则，完善工作机制，规范工作程序，严格按照法定程序选举和任免干部。加强任前资格审查，坚持任前法律知识考试制度，实现拟任人员法律知识考试全覆盖。严格执行拟任人员表态发言制度，保障常委会组成人员的知情权、审议权和表决权。坚持颁发任命书制度和宪法宣誓制度，认真落实任后工作监督，强化被任命人员的公仆意识、宪法意识、责任意识、廉洁意识和依法履职意识。年内依法任免县人大、县政府、县监委、县人民法院、县人民检察院工作人员21人次，并依法组织进行宪法宣誓，确保了县委人事意图的顺利实现，为合浦县改革发展稳定提供了有力的组织保障。

【自身建设】 2018年,县人大常委会加强自身建设,强化政治理论学习。通过“请进来、走出去”的方式,对县人大常委会组成人员和机关干部进行业务培训。组织部分县人大常委会组成人员、县人大代表赴自治区内上林、德保、大新、龙州、上思、靖西等县学习人大监督工作经验,切实增强业务能力和水平。认真贯彻民主集中制原则,严格县人大常委会组成人员守则,规范履职行为,严肃会风会纪,改进审议工作,提高审议质量,有效地提高了县人大常委会工作质量。积极支持和指导乡镇人大抓好各项工作的落实,推动乡镇人大工作人员配备,促进乡镇人大工作走上正常轨道。积极配合做好自治区内外各地人大到合浦县调研、检查、考察、视察、学习等服务工作。

重要会议

【人民代表大会】 2018年2月3日—5日,合浦县第十六届人民代表大会第三次会议在县还珠宾馆综合会议楼召开。会议出席代表307人,列席、邀请列席人员131人。会议听取和审议县长李安洪作《政府工作报告》,县发展和改革局《关于县2017年国民经济和社会发展计划执行情况与2018年国民经济和社会发展计划草案报告》(书面),县财政局《关于县2017年财政预算执行情况和2018年财政预算草案报告》(书面),县人大常委会主任沈德棠作《人大常委会工作报告》,县人民法院院长董新永作《法院工作报告》,县人民检察院检察长许齐作《检察院工作报告》。会议通过了关于《政府工作报告》《关于县2017年国民经济和社会发展计划执行情况与2018年国民经济和社会发展计划》《关于县2017年财政预算执行情况和2018年财政预算》关于《县人大常委会工作报告》关于《县人民法院工作报告》关于《县人民检察院工作报告》的决议。会议依法补选庞相毅为合浦县第十六届人大常委会委员。

【县人大常委会会议】

第十六届人大常委会第十三次会议　合浦县第十六届人大常委会第十三次会议于2018年1月29日在县人大常委会会议室召开。会议听取和审议了县人大常委会代表资格审查委员会《关于个别代表的代表资格审查情况的报告》,县人大常委会办公室《关于县十六届人大三次会议筹备工作情况的报告》;审议和通过了《关于召开县十六届人大三次会议的决定》、关于县十六届人大三次会议列席人员的决定和县十六届人大三次会议有关文件。

第十六届人大常委会第十四次会议　合浦县第十六届人大常委会第十四次会议于2018年2月6日在县人大常委会会议室召开。会议通过了人事任免事项。

第十六届人大常委会第十五次会议　合浦县第十六届人大常委会第十五次会议于2018年3月28日在县人大常委会会议室召开。会议传达学习了《中共中央办公厅〈关于人大预算审查监督重点向支出预算和政策拓展的指导意见〉的通知》文件精神,审议和原则通过了《合浦县人大常委会2018年工作要点(草案)》;听取和审议了县人民政府《关于合浦县公安派出所基层基础建设工作情况的报告》;通过了人事任免事项。

第十六届人大常委会第十六次会议　合浦县第十六届人大常委会第十六次会议于2018年5月30日在县人大常委会会议室召开。会议听取和审议了县人民政府《关于推进义务教育均衡发展工作情况的报告》《关于贯彻实施〈中华人民共和国城市供水条例〉的情况报告》《关于提请审议调整2017年新增债券资金支出项目的议案》;通过了人事任免事

2018年2月6日,合浦县第十六届人大常委会第十四次会议县人大常委会会议室召开

(刘振娟　摄)

项，并举行宪法宣誓仪式，受任命人员进行宪法宣誓。

第十六届人大常委会第十七次会议　合浦县第十六届人大常委会第十七次会议于2018年7月20日在县人大常委会会议室召开。会议听取和审议了县人民政府《关于贯彻实施〈中华人民共和国村民委员会组织法〉情况的报告》《关于南流江河砂开采综合整治工作情况的报告》《关于2017年县本级财政预算执行和其他财政收支情况的审计报告》《关于2017年合浦县本级财政决算的报告》《关于2018年上半年国民经济和社会发展计划执行情况的报告》《关于2018年上半年财政预算执行情况的报告》《关于提请审议2018年合浦县新增债券资金安排使用方案的议案》；通过了人事任免事项，并举行宪法宣誓仪式，受任命人员进行宪法宣誓。

第十六届人大常委会第十八次会议　合浦县第十六届人大常委会第十八次会议于2018年9月28日在县人大常委会会议室召开。会议审议和通过县人大常委会《规范性文件备案审查办法（修订稿）》；听取和审议了县人民政府《关于合浦县旅游扶贫工作情况的报告》，并作出决议；听取和审议县人民政府《关于北部湾（合浦）林产循环经济产业园建设情况的报告》《关于贯彻实施〈广西壮族自治区森林防火条例〉情况的报告》；听取和审议县人民法院《关于执行工作情况的报告》；通过了人事任职事项。

第十六届人大常委会第十九次会议　合浦县第十六届人大常委会第十九次会议于2018年10月26日在县人大常委会会议室召开。会议听取和审议了县人民政府《关于提请审议2018年预算调整方案的议案》，并作出决议。

第十六届人大常委会第二十次会议　合浦县第十六届人大常委会第二十次会议于2018年12月26日在县人大常委会会议室召开。会议听取和审议了县人民政府《关于贯彻实施〈中华人民共和国统计法〉情况的报告》《关于贯彻实施〈中华人民共和国执业医师法〉情况的报告》《关于农民专业合作社发展情况的报告》《关于县十六届人大三次会议代表建议、批评和意见办理工作情况的报告》；听取和审议了县人民检察院《关于公益诉讼工作情况的报告》。

【其他会议】

集中视察专题汇报会　2018年10月30日至31日，部分驻县北海市人大代表和县人大代表进行集中视察专题汇报会在县人大常委会会议室召开。会议听取了县人民政府关于合浦县经济社会发展情况和人民群众普遍关注的突出问题等相关情况汇报，县人大常委会主任沈德棠主持会议。

合浦县第十六届人大常委会组成人员和部分县人大代表培训会　2018年6月19日—23日，合浦县第十六届人大常委会组成人员和部分县人大代表培训会在深圳市经理进修学院举办。培训会上，县人大常委会主任沈德棠进行了动员讲话。县人大常委会副主任、县总工会主席吴景美，县人大常委会副主任张荣、县十六届人大常委会委员、部分县人大代表50多人参加培训。

合浦县第十六届人大代表第三期培训会　2018年10月30日至31日，合浦县第十六届人大代表第三期培训会在北海市委党校举办。会上，原自治区人大法制委主任委员刘耀龙应邀作《中华人民共和国宪法》辅导讲座，深圳市罗湖区人大常委会办公室副主任、兼任罗湖区人大机关内刊《罗湖人大代表活动季刊》主编、全国人大培训中心深圳基地（深圳人大干部培训中心）客座教授葛微作《基层人大代表履职工作的思考与实践》专题讲座并受邀作了关于人大代表履职专题辅导，县

2018年10月30日，合浦县第十六届人大常委会第三期县人大代表培训班在北海市委党校开班
（王　健　摄）

委常委、县纪委书记、县监察委员会主任李钢作了专题讲座。县人大常委会主任沈德棠作开班动员讲话，县人大常委会副主任梁世安主持会议。

2018年9月10日，县人大常委会主任沈德棠（中）慰问优秀教师
（县人大办　供）

监督工作

【人大监督】 2018年，县人大常委会坚持人大监督与党委同向、与人民同心、与“一府一委两院”同力、与民主法治建设同步的监督理念，不断改进和创新监督方式，加大监督力度，进一步增强了人大监督工作实效。

【法律监督】 2018年，县人大常委会突出法治建设主题，监督和支持法律实施。组织起草了《合浦县关于深入学习宣传贯彻〈中华人民共和国宪法〉的实施意见》，开展宪法宣传、法律咨询和知识竞赛活动，听取“七五”普法规划实施情况汇报，督促“七五”普法规划实施并顺利通过了北海市和自治区的中期考核验收。对《中华人民共和国村民委员会组织法》《中华人民共和国执业医师法》《中华人民共和国统计法》《中华人民共和国城市供水条例》《广西壮族自治区森林防火条例》等法律法规在合浦县贯彻落实情况开展执法检查，推动了一些突出问题的解决。修改并通过了《合浦县人大常委会规范性文件备案审查办法》，首次对县政府《关于合浦县工程项目取土暂行决定》作备案登记。开展公安派出所基础建设、法院执行工作、检察院公益诉讼等专题调研，视察了法院基层法庭等，深入了解司法体制改革工作进展情况，有针对性地化解司法改革的阻力，确保司法体制改革工作的顺利进行。

【经济运行监督】 2018年，县人大常委会突出经济运行主题，监督和支持经济发展。加强经济运行监督，听取和审议了《合浦县人民政府2018年上半年国民经济和社会发展计划执行情况的报告》《合浦县财政预算执行情况的报告》，听取和审议了《合浦县县本级财政预算执行情况及其他财政收支情况的审计工作报告》，审查和批准了《2017年合浦县财政决算与预算调整方案》。加强对全口径预决算和预算支出等方面的监督，实施人大预算审查监督重点向支出预算和政策拓展的监督，对政府性债务管理、新增债券资金支出进度、上级专项转移支付资金支付执行情况、财政扶贫资金预算执行情况等进行了调研，加强跟踪监督。

【社会事业发展监督】 2018年，县人大常委会突出民生主题，监督和支持社会事业发展。把县委重大决策和政府着力推进的民生事业作为监督重点，综合运用多种监督方式，不断推动解决人民群众普遍关心的教育卫生、社会保障、交通环保和食品安全等热点难点问题，着力促进合浦县民生事业持续改善。听取“为民办实事”工作报告，了解年初确定的主要目标任务推进、完成情况。听取人大代表建议办理、县人大常委会审议意见落实情况报告，推动解决制约工作落实、损害群众利益的突出问题。把民生工作专题调研和县人大代表日常履职监督有机结合起来，先后对创建广西特色旅游名县和旅游扶贫、义务教育均衡发展、农民专业合作社、河砂开采综合整治、执业医师执业状况、林产循环经济产业园建设情况等重点工作进行专题调研，对存在问题的整改和推进工作提出了改进意见建议。

代表和信访工作

【代表工作】 2018年，县人大常委会始终坚持以人大代表为中心，深化和拓展代表工作，切实做好代表履职服务和保障，充分发挥代表在推动合浦经济社会发展中的重要作用。

代表业务学习培训　2018年，县人大常委会进一步拓宽人大代表业务学习培训内容，不断提高人大代表依法履职水平。协调组织人大代表培训2期，邀请领导、专家、教授向人大代表宣讲中共十九大精神和《新宪法修正案解读》《基层人大代表工作理论与实践》《塑人性强党性》等专题辅导。组织部分县人大代表赴深圳通过专题培训、现场教学、互动教学等方式，学习借鉴深圳改革与创新发展的成功经验。同时，组织乡镇人大主席、副主席、人大秘书开展业务培训，提升乡镇人大工作人员的整体素质和履职能力。协助市人大做好市人大代表的学习培训工作。定期向人大代表通报县人大常委会重要工作和活动情况，保障和拓宽了人大代表知情权、参与权。

人大代表联系制度　2018年，县人大常委会坚持县人大常委会组成人员联系人大代表、人大代表联系群众制度。邀请人大代表列席县人大常委会会议和参加调研、视察、执法检查、绩效考评等活动，为人大代表依法履职提供服务与支持。加强履职考核，抓好县人大常委会组成人员联系代表、代表联系群众制度落实，激发人大代表履职活力。年内，县人大常委会组成人员联系人大代表73名，人大代表联系群众552名，全年走访群众2045人次，为基层单位和群众办实事496件，密切了与人民群众的联系。

代表履职平台建设　2018年，县人大常委会建成乡镇人大代表履职活动中心15个、人大代表之家26个。人大代表履职平台建设工作在2018年全市乡镇（街道）人大工作座谈暨经验交流会上得到了北海市人大常委会的肯定和与会人员的好评。

代表建议督办　2018年，县人大常委会对县人代会三次会议期间人大代表提出的建议、批评和意见进行归纳、整理、分类，支持县人民政府及时召开人大代表建议交办会，明确办理任务，落实承办责任。加强人大代表建议督办工作，坚持重点建议督办制度，将社会关注度较高的人大代表建议进行再梳理、再交办，由县人大常委会领导领衔重点督办，推动解决了一批事关经济社会发展和人民群众切身利益的突出问题。开展人大代表建议办理征询意见工作，对人大代表建议办理实行绩效考评。听取审议人大代表建议办理工作情况报告，推动"一府两院"改进办理方法措施、提高办理质量与效率。县十六届人大三次会议以来，人大代表提出的75件建议已全部办理答复，反馈满意率达100%。

视察活动　2018年，县人大常委会组织部分市、县人大代表依法开展集中视察活动，分别对乌家镇西大村的乡村振兴、白沙镇建丰制衣及肉牛养殖等扶贫产业、山口镇永安大士阁等旅游产业、林产循环经济产业园建设、工业园区标准厂房建设及招商引资等情况进行了视察，推进了重大项目建设。同时，组织人大代表参与重要会议、重要活动，特别是在招聘考试、环境整治、执法检查、专题调研、绩效考评等日常监督活动中，充分发挥了人大代表的作用。

【信访工作】 2018年，县人大常委会坚持把信访工作作为密切联系群众的一个重要途径，聘请信访工作经验丰富的干部充实人大信访工作力量，做到信访事项件件有着落，事事有回音。年内，共受理群众来信23件次，接待来访50批次、190人次，为化解社会矛盾发挥了积极作用。

（杨　斌　黄　国）

2018年11月29日，县人大常委会组织部分市、县人大代表到白沙镇建丰制衣厂开展视察活动

（王　健　摄）

合浦县人民政府

综　述

【概况】　2018年，全县上下以习近平新时代中国特色社会主义思想为指导，深入贯彻中共十九大精神，较好地完成了县十六届人大三次会议确定的目标任务。全年全县完成地区生产总值增长8.3%；其中规模以上工业总产值增长4.73%；规模以上工业增加值增长19.1%；固定资产投资增长18.5%；社会消费品零售总额增长10.3%；城镇居民人均可支配收入增长6.5%；农村居民人均可支配收入增长9.6%。财政收入14.61亿元，增长17.7%，总量和增速在全自治区71个县（市）中分别位列第14位和第7位，均比2017年提升5位。

【项目推进】　2018年，合浦县新签约项目26个，合同投资总额228亿元，到位资金98.8亿元，分别同比增长6.1%、29%。外贸完成4000万美元，增长20%。新签约项目合同投资总额和到位资金均为历年之最，其中超亿元项目18个，超10亿元项目5个。全年外出招商推介达40多次，成功举办30多场重大项目集中签约活动，相继引进了总投资62亿元的广西新福兴硅科技等一大批投资规模较大的重大项目。加强区域合作招商，川桂合作3个产业园项目已签约落户，合浦—嘉善现代产业园已有杭州分数科技等3个项目陆续开工。全县重大项目建设强力推进，全年征收土地282.31公顷（4234.7亩），土地出让收入80032万元，首次突破8亿元大关。推进重点项目开竣工52个，全县5000万元以上投资项目达54个，增长14.9%，拉动固定资产投资增速18.5%，有效带动了投资增长，发展动能显著增强。

【夯实工业基础】　2018年，全县工业投资完成17.5亿元，增长69.32%；其中工业技改投资完成11.36亿元，增长170.24%。全年新增规模以上企业16家，规模以上工业总产值、规模以上工业增加值分别增长4.73%、19.1%。重点培育打造“3+2”主导产业，初步形成集群效应，加快营造“产业林”。食品饮料、木业家居、海洋经济3大产业年产值分别达到33.4亿元、48.7亿元、101.34亿元。硅材料产业发展规划编制完成，沙岗硅材料产业园建设加快推进，晶谷矿业等一批硅产业项目前期工作有序开展。合浦工业园区“一镇两园”建设初见成效，月饼小镇核心区完成投资8.58亿元，基础设施基本完工，首批入驻的10家企业陆续竣工投产；北部湾（合浦）林产循环经济产业园引进了12个林产加工及配套项目，已有3个建成投产，5个在建；产业转移园8栋标准厂房均全部开工建设，其中2栋已交付使用，6栋基本完成主体建设。铁山东港产业园码头、主干路网建设初显雏形，配套项目建设全面铺开，新福兴、蜀港等产业项目纷纷入驻。广西中粮生物质能源有限公司、合浦果香园食品有限公司等一批传统重点企业不断发展壮大，华润水泥、理昂热电等新投产企业逐渐发挥贡献。广西合浦惠来宝机械制造有限公司、广西合浦黄记食品有限公司等企业5个产品上榜“广西名牌产品”，广西北海精一电力器材有限责任公司获“市长质量奖”。

【文化旅游产业】　2018年，合浦县成功创建广西特色旅游名县，积极申报创建国家考古遗址公园城市，成功获得国家考古遗址公园10周年庆典和首届国家考古遗址公园文化艺术节联合承办资格。总投资98.11亿元的70个涉旅项目加快推进。海丝首港、台湾渔业风情小镇、廉州古城等一批特色旅游景区扎实推进。广西最大的县级旅游集散中心——合浦旅游集散中心建成投入使用，星岛湖旅游区入选全自治区首批广西生态旅游示范区，建成全市唯一的四星级梦唤滨海汽车旅游营地1家，三星级汽车营地2家，新增旅游厕所20座，新增自治区五星级乡村旅游区1家、广西五星级农家乐2家、四星级农家乐2家。全年接待游客达815.3万人次，增长58.87%；国内旅游消费79.94亿元，增长18.22%，游客人数和旅游收入创历史新高。文旅产业带动服务业增长8.3%，拉动经济增长4.52个百分点，逐渐成为合浦县经济社会发展增长的新引擎。

【农业农村工作】 2018年，合浦县大力实施“乡村振兴”战略，构建了万亩豇豆产业基地、万亩水果产业基地、万亩对虾养殖基地和超亿元现代渔业休闲观光基地“3+1”主导产业体系，打造东园奶水牛、利添（果香园）水果、烟楼净化蚝等7个农业循环产业链，实现农林牧渔业总产值156.78亿元，增长5.5%。县级“5+2”村级“3+1”特色产业覆盖率达100%。全县主要农作物良种覆盖率超过96%，主要农作物耕种收机械化率达到53.8%，机耕面积116666.67公顷（175万亩）。“三品一标”农产品达25个，认证面积超过13133.33公顷（19.7万亩）。建成农村电商村级服务站575个，电子商务平台覆盖全县222个行政村，覆盖率达90%以上。成功创建自治区级凤翔肉鸡产业核心示范区等各级示范区（园、点）102个，累计建成示范区120个，共实现产值20亿元，比2017年增长15%。新增农民合作社115家，家庭农场61家，建成畜禽、对虾、豇豆、辣椒、香蕉、沃柑等村级示范基地253个。石康豹狸龙窑古镇等一批田园综合体项目加快推进。着力落实“人规地产城”5个方面工作，完成40个乡村规划。投入2770万元做好农村生活垃圾清运工作。行政村（社区）100%建成“农事网通”“阳光红页”平台。抓好乡风文明建设，创建县级文明村镇41个，建立乡风文明行政村示范点15个。西场镇老温村荣获自治区“美丽广西”乡村建设示范村，山口镇永安村委古城村等7个自然村获“绿色村屯”称号。

【生态环境治理】 2018年，合浦县全力推进“两江两区两库”治理攻坚，南流江、西门江实现沿岸200米禁养区范围规模化畜禽养殖场“清零”，水质达到自治区考核标准；山口红树林生态自然保护区、儒艮生态自然保护区非法养殖得到全面清理；有效解决了洪潮江、牛尾岭水库多年饮用水水源地环境不达标的问题。农业面源污染、土壤污染防治取得成效，全年累计清理田园废弃物13万吨，清捡田园面积13333.33公顷（20万亩）。完成6个入海排污口整治，近岸海域水质保持稳定提升。实施秋冬大气污染综合治理攻坚行动，空气质量优良天数为330天，优良率为94.8%，比全自治区平均水平高3.2个百分点。抓好中央环保督察“回头看”反馈问题整改工作，43个问题依时办结。全面推行县、乡镇、村三级河长制，开展河流联合整治。依法立案查处环境违法案件29宗，排查整治“小散乱污”企业12家。开展国土资源动态巡查1000多次，发现并有效制止违法行为100多起。立案查处非法采矿点（矿坑）55个、非法堆场（洗砂点）63个。深入开展惩治非法采砂、“治超”等工作，依法查处非法采砂案件26起，拆除清理砂场堆场68个，恢复沙滩120公顷（1800亩）。环保项目建设有序推进，县城污水处理厂提标改造工程和星岛湖镇污水处理厂竣工投入使用，完成南流江沿岸5个乡镇污水处理厂配套管网建设，新增污水管网18.4千米。基本完成县工业园区雨污管道分流。南流江西门江环境综合整治PPP项目完成公开招标。牛尾岭水库综合环境整治8套村级污水处理设施、总江口饮用水源地保护工程全面竣工。生态环境持续优化。

重要会议

【合浦县第十六届人民政府常务会议】

合浦县第十六届人民政府第34次常务会议 2018年1月22日上午，县长李安洪主持召开了合浦县第十六届政府第34次常务会议。县政府在家领导出席了会议，县政府办和有关单位的领导列席了会议。会议研究并原则同意《合浦县人民政府2018年政府工作报告（审议稿）》《关于合浦县2017年国民经济和社会发展计划执行情况与2018年国民经济和社会发展计划草案的报告》《关于合浦县2017年财政预算执行情况和2018年财政预算草案的报告》等事项。

合浦县第十六届人民政府第35次常务会议 2月2日下午，县长李安洪主持召开了合浦县第十六届政府第35次常务会议。县政府在家领导出席了会议，县人大常委会、县政府办和有关单位的领导列席了会议。会议研究广西国有钦廉林场与石湾镇永康社区居委会第二村小组、第五村小组林地权属纠纷处理决定事宜，审议并原则同意实施北部湾（合浦）林产循环经济产业园污水处理厂（一期）及配套管网工程、北部湾（合浦）林产循环经济产业园供水工程配水管网（一期）工程、《〈年产2万立方米细木工集成板生产项目投资建设合同〉补充合同》《球墨铸造项目投资建设合同》、G209合浦绕城公路（石湾至合浦）项目建设用地征地补偿标准方案的调整、合浦工业园区污水管网和泵站建设项目、《龙门江大桥PPP项目实施方案》《合浦工业园扩园区基础设施一期工程PPP项目实施方案》《合浦工业园扩园区基础实施二期工程PPP项目实施方案》《合浦县南流江西门江环境综合整治PPP项目实施方案》《合浦县图书馆及乡镇基础设施建设工程PPP项目实施方案》等事项。

合浦县第十六届人民政府第36次常务会议　3月26日下午，县长李安洪主持召开了合浦县第十六届政府第36次常务会议。县政府在家领导出席了会议，县政府办和有关单位的领导列席了会议。会议审议并原则同意县食品药品监管局起草的《合浦县创建广西食品安全示范县具体工作方案（送审稿）》《合浦县2018年财政专项扶贫资金（第一批）项目计划》《合浦县2018年市、县级财政专项扶贫资金使用计划》《合浦县保留为行政审批必要条件的中介服务事项目录》等事项。

合浦县第十六届人民政府第37次常务会议　4月3日下午，县长李安洪主持召开了合浦县第十六届政府第37次常务会议。县政府在家领导出席了会议，县人大常委会、县政府办和有关单位的领导列席了会议。会议审议并原则同意《广西合浦—浙江嘉善现代产业园投资合作框架协议》《2018年北海市本级补助下级发展壮大村级集体经济专项经费（非贫困村）分配方案》等事宜。

合浦县第十六届人民政府第38次常务会议　5月12日上午，县长李安洪主持召开了合浦县第十六届政府第38次常务会议。县政府在家领导出席了会议，县政府办和有关单位的领导列席了会议。会议审议并原则同意《合浦县开展“城乡环境提升年”活动2018年的活动方案》《北海市合浦县矿产资源保护条例（草案）》《合浦县工程项目取土暂行规定》《合浦县鼓励农村建档立卡贫困人口自主创业实施细则》《合浦县财政专项扶贫资金管理办法》《合浦县矿产审批委员会会议工作规则》，新建公馆镇第五幼儿园事宜，研究公布志德书院等22处文物点为县级文物保护单位等事项，会议还对有关工作进行了部署。

合浦县第十六届人民政府第39次常务会议　6月25日上午，受县长李安洪委托，县委常委、常务副县长谭奇志主持召开了合浦县第十六届人民政府第39次常务会议。县政府在家领导出席了会议，县人大常委会、县政府办和有关单位的领导列席了会议。会议审议并原则同意《2017年度合浦县第二次预发绩效奖励金方案》《2018年度合浦县事业单位（财政全额）第二次预发绩效工资增量方案》《我县机关单位和全额事业单位离退休人员（原离退休费属财政发放的离退休人员）生活补助发放方案》等8项议题。

合浦县第十六届人民政府第40次常务会议　6月30日上午，县长李安洪长主持召开了合浦县第十六届人民政府第40次常务会议。县政府在家领导出席了会议，县政府办、有关部门、单位的领导列席了会议。会议研究了环保整改工作、维稳工作和安全生产工作，会议审议并原则同意与远景能源（江苏）有限公司签订《远景合浦风电投资开发项目框架协议书》《合浦曲樟风电场项目投资建设合同》、与北海市家常乐家居有限公司签订《定制家居政策项目投资建设合同》、公馆镇竹联村委大田下村民小组、企田村民小组与新秀村委勒竹塘村民小组、廖屋村民小组林地权属纠纷处理决定、《广西农垦国有珠光农场、广西农垦热作机械厂社会职能改革实施方案》《合浦县防治慢性病中长期规划（2017—2025年）》《合浦大月饼地理标志产品保护管理办法》等事项。

合浦县第十六届人民政府第41次常务会议　7月16日上午，县长李安洪主持召开了合浦县第十六届人民政府第41次常务会议。县政府在家领导出席了会议，县人大常委会、县政府办和有关单位的领导列席了会议。会议审议并原则同意《合浦县2018年上半年国民经济和社会发展执行情况与下半年国民经济和社会发展计划草案的报告》《2017年合浦县财政决算的报告》《合浦县2018年上半年预算执行情况的报告》《2018年新增政府债券资金安排方案》，偿还2018年政府债券本金事宜，发放2017年村委（社区）维稳工作绩效奖励，拨付污水处理费事宜，拨付机关事业单位工作人员抚恤金及丧葬费，拨付县地税局征收经费事宜等9项议题。

合浦县第十六届人民政府第42次常务会议　7月27日上午，

县长李安洪主持召开了合浦县第十六届人民政府第42次常务会议。县政府在家领导出席了会议，县政府办、有关部门、单位以及各乡镇的领导列席了会议。会议传达学习了全区年中工作会议暨县域经济发展、乡村振兴推进大会和全区生态环境保护大会精神，市委书记王乃学在全市生态环境保护暨工业高质量发展大会上的讲话精神，会议审议并原则同意《合浦县国民营养计划(2017—2030年)实施方案》，与广西农垦珠光农场、农垦热作机械厂签订办社会职能分离移交协议书，实施廉州镇水环境整治二期项目等11项议题。

合浦县第十六届人民政府第43次常务会议　8月9日上午，县长李安洪主持召开了合浦县第十六届人民政府第43次常务会议。县政府在家领导出席了会议，县人大常委会和县政府办、有关部门、单位的领导列席了会议。会议审议并原则同意与信义集团(玻璃)有限公司签订《信义玻璃集团物流与供应链管理中心项目投资合同》《合浦县盐业监管体制改革实施方案》，拨付村(社区)干部2017年度综合考评奖金等事项。

合浦县第十六届人民政府第44次常务会议　8月24日下午，县长李安洪主持召开了合浦县第十六届人民政府第44次常务会议。县政府在家领导出席了会议，县政府办、有关部门、单位以及各乡镇的领导列席了会议。会议审议并原则同意与香港鑫勋有限公司签订《年产12000吨各类烘焙食品生产项目投资建设合同》，与杭州分数科技有限公司签订《鞋撑、相框等家居用品生产项目投资建设合同》，与亿港国际有限公司、广西百里农业有限责任公司签订解除《合浦县自来水公司及合浦县廉州镇南宝塔北侧之廉州水厂权益、资产及权益转让协议》和《合浦县自来水公司和廉州十万吨水厂股权并购补充协议》的框架协议，合浦廉兴市政建设投资有限公司承担广西合浦华泽水务经营有限公司偿还银行抵押(质押)贷款主体事宜，《关于进一步规范国有土地使用权价格评估工作的通知》等事项。

合浦县第十六届人民政府第45次常务会议　9月7日下午，县长李安洪主持召开了合浦县第十六届人民政府第45次常务会议，县政府在家领导出席了会议，县有关部门、单位的领导列席了会议。会议审议并原则同意与龙港新区北海铁山东港产业园管委会和福建新福兴玻璃有限公司签订《广西新福兴硅科技产业园项目投资合同》，与合浦永利置业有限公司签订《福建食品园项目投资建设合同》，与信义超薄玻璃(东莞)有限公司签订《年产12万立方米木材加工生产线项目投资建设合同》等3项议题。

合浦县第十六届人民政府第46次常务会议　9月30日下午，县长李安洪主持召开了合浦县第十六届人民政府第46次常务会议。县政府在家领导出席了会议，县人武部、县政府办、有关部门、单位以及各乡镇的领导列席了会议。会议研究了维稳工作、脱贫攻坚工作，审议并原则同意《松旺至铁山港东岸公路项目合浦段房屋征收补偿安置方案》《2018年合浦县预算调整方案》《安排2018年“环广西”公路自行车世界巡回赛(合浦段)筹备工作经费》《合浦县图书馆建筑设计方案》《对廉州镇12条道路命名事宜》《合浦县2018年工业企业上规入统培育工作方案》《石湾镇人民政府办公场所搬迁至原合浦县石湾镇江南中学》《解决县城管大队缺口经费事宜》《合浦县社会保险费和非税收入征管职责划转实施方案》《合浦县公务用车综合服务保障中心建设运行方案》等事项。

合浦县第十六届人民政府第47次常务会议　10月15日下午，县长李安洪主持召开了合浦县第十六届人民政府第47次常务会议。县政府在家领导出席了会议，县纪委监委，县政府办、有关部门、单位的领导列席了会议。会议分别传达了中央、自治区、县委有关会议精神，研究配合中央脱贫攻坚专项巡视安排和自治区巡视发现扶贫领域存在问题整改、部署全县脱贫攻坚工作。

合浦县第十六届人民政府第48次常务会议　10月22日上午，县长李安洪主持召开了合浦县第十六届人民政府第48次常务会议。县政府在家领导出席了会议，县人大常委会，县人武部、县政府办、有关部门、单位以及乡镇的领导列席了会议。会议首先传达学习了《中共中央国务院关于防范化解地方政府隐性债务风险的意见》《中共中央办公厅国务院办公厅关于印发〈地方政府隐性债务问责办法〉的通知》精神，审议并原则同意《合浦县关于化解政府隐性债务风险实施方案》《关于进一步激励乡镇干部担当作为的实施意见(试行)》。

合浦县第十六届人民政府第49次常务会议　10月29日上午，受县长李安洪委托，县委常委、常务副县长谭奇志主持召开了合浦县第十六届人民政府第49次常务会议。县政府在家领导出席了会议，铁山东港产业园管委会，县政府办、有关部门、单位的领导列席了会议。会议首先传达学习了全区2018年度保障农民工工资支付工作专项整治攻坚行动动员部署电视电话会议及自治区党委政府主要领导批示精神，专题听取了县食药监局开展食品安全示范县工作汇报，审议并原则同意《合浦县落实食品安全党政同责的实施意见》《研究建设合浦工业园区农民创业园建设工程项目》《合浦县硅产业规划》《东港硅材料产业园发展规划》《合浦沙岗标准化硅质产业园发展规划》等6项议题。

合浦县第十六届人民政府第50次常务会议　11月9日上午，县长李安洪主持召开了合浦县第十六届人民政府第50次常务会议。县政府在家领导出席了会议，县人武部，县政府办、有关部门、单位的领导列席了会议。会议审议了2017年度合浦县绩效考评等相关事宜，并原则同意《2017年度合浦县机关绩效考评奖励方案》《2017年度事业单位(财政全额)绩效工资增量发放方案》《我县机关单位和全额事业单位离退休人员(原离退休费属财政发放的离退休人员)生活补贴发放方案》3个方案，报县委审定。

合浦县第十六届人民政府第51次常务会议　11月15日上午，县长李安洪主持召开了合浦县第十六届人民政府第51次常务会议。县政府在家领导出席了会议，县政府办、有关部门与乡镇的领导列席了会议。会议专题研究了脱贫攻坚和安全生产工作，会议审议并原则同意《合浦县项目迁坟补偿标准》、实施外东环路南段(公园路延长线)拆迁安置平整工程项目等2个议题。

合浦县第十六届人民政府第52次常务会议　12月3日上午，县长李安洪主持召开了合浦县第十六届人民政府第52次常务会议。县政府在家领导出席了会议，县政府办、有关部门、单位及乡镇领导列席了会议。会议传达学习《习近平扶贫论述摘编》，研究部署合浦县2018年党委和政府扶贫开发工作成效考核工作，县长李安洪就农业基础台账完善的问题，对县统计局、县农业局、县林业局、县水产畜牧兽医局和15个乡镇负责人进行了提醒谈话。

合浦县第十六届人民政府第53次常务会议　12月3日上午，县长李安洪主持召开了合浦县第十六届人民政府第53次常务会议。县政府在家领导出席了会议，县政府办及有关部门与乡镇的领导列席了会议。会议专题研究了安全生产工作，传达学习了自治区党委办公厅、自治区人民政府办公厅《关于印发〈广西壮族自治区党政领导干部安全生产责任制实施细则〉的通知》。

合浦县第十六届人民政府第54次常务会议　12月3日上午，县长李安洪主持召开了合浦县第十六届人民政府第54次常务会议。县政府在家领导出席了会议，县政府办及有关部门、单位与乡镇的领导列席了会议。会议研究部署2018年义务教育均衡发展国家评估认定迎检工作，会议审议并原则同意《合浦县中小学教师职称评聘工作中乡村学校名单》《实施合浦县农贸果蔬批发市场工程项目》《合浦县开展沿海岸线浅海滩涂海洋渔业环境综合整治实施方案》《合浦县公立医院薪酬制度改革实施办法(试行)》《合浦县县直机关单位及乡镇办公用房移交工作实施方案》《合浦县农村集体经济组织财物管理办法(试行)》等事项。

合浦县第十六届人民政府第55次常务会议　12月29日上午，县长李安洪主持召开了合浦县第十六届人民政府第55次常务会议。县政府在家领导出席了会议，县政府办及有关部门、单位与乡镇的领导列席了会议。会议传达学习全区经济工作会议精神，研究合浦县2018年第四季度维稳工作，会议审议并原则同意《合浦县乡村风貌提升三年行动实施方案(2018—2020年)》《合浦县扶持返乡创业人力资源社会保障方面的若干措施(试行)》《合浦县畜禽粪污资源化利用合作协议书》《合浦县集体土地及房屋征收补偿安置补充规定》《合浦县事业单位公务用车制度改革实施方案》和《合浦县本级国有企业公务用车制度改革实施方案》《合浦县推进烟花爆竹生产机械化加快企业转型升级工作方案》、与广西信义光伏产业有限公司签订《石英砂矿开采及深加工生产线项目建设合同》《关于进一步扶持农业产业化龙头企业发展的实施办法》，实施廉州镇水环境整治二期工程采取设计—采购—施工总承包(EPC)建设模式事宜，建设合浦县治理车辆超载“非现场执法系统”，新修订的《合浦县林果、苗圃、苗木搬迁移栽补偿标准(暂行)》等事项。

重大决策和活动

【重大决策】

出台《合浦大月饼地理标志产品保护管理办法》　为有效保护合浦大月饼地理标志产品，规范合浦大月饼地理标志产品专用标志(以下简称专用标志)的申请、使用和管理，保证合浦大月饼的质量和特色，保护合浦大月饼的声誉和经营者、消费者的合法权益，7 月 14 日，合浦县人民政府出台了《合浦大月饼地理标志产品保护管理办法》，对合浦大月饼的信息进行数据采集、汇总和综合分析，修订标准，为制定产业政策提供基础数据和有关建议；组织开展地理标志产品合浦大月饼专项整治，规范合浦大月饼生产经营行为；负责对地理标志产品合浦大月饼的产地范围，产品名称，原材料，生产技术工艺，质量特色，数量、包装、标识，产品专用标志的印刷、发放、数量、使用情况，产品生产环境、生产设备，产品的标准符合性等方面进行日常监督管理；对企业间委托生产加工行为进行监督管理；建立保护范围内合浦大月饼生产加工企业的动态档案，规范管理获得核准使用合浦大月饼地理标志产品专用标识的单位网络电商平台的销售、宣传等；监督以地标为主要内容的溯源防伪标识的印制和使用；受理保护范围内生产、加工企业提出的地理标志保护产品专用标志使用申请和初审，报请自治区质监局审核；为域内月饼生产、销售企业和其他组织提供法律咨询、技术支持等服务。

出台《合浦县人民政府关于进一步加强文物工作的实施意见》 为认真贯彻落实全国全区文化（文物）工作会议精神，以及中共中央总书记习近平视察合浦汉代文化博物馆重要讲话精神，进一步推动合浦县文物事业持续健康快速发展，7 月 27 日，合浦县人民政府出台了《合浦县人民政府关于进一步加强文物工作的实施意见》，意见提出到 2020 年，具有合浦文化特色的、科学合理有效的文物保护利用体系基本形成，文物资源促进经济社会发展的作用进一步增强，保护成果更多惠及人民群众。文物保护力度进一步加大，博物馆展陈管理得到加强，免费开放工作水平进一步提高，文博创意产业持续发展。基本建设中的考古和文物保护进一步规范和加强。文物安全执法督察体系基本建立，执法力量得到加强，安全形势明显好转。社会力量广泛参与文物保护利用的格局基本形成。文物行业人才队伍结构不断优化，专业水平明显提升。

出台《合浦县扶持外贸进出口企业奖励办法》 为进一步促进合浦县外贸进出口稳定发展，发挥外贸进出口拉动经济增长的重要作用，大力扶持发展本土进出口型企业，扩大经贸和人文交流，不断开拓海外市场，构建更广领域、更高层次、更具活力的开放型经济体系，结合合浦县发展实际，8 月 15 日，合浦人民政府出台《合浦县扶持外贸进出口企业奖励办法》，对年进出口额达 200 万美元以上（含 200 万美元），且同比增幅 10% 以上，按增速从高到低排名前 5 位的外贸企业，给予一次性奖励 5 万元人民币；对年进出口总额达 100 万（含 100 万美元）—500 万美元（含 500 万美元）的企业，每进出口 1 美元补贴 0.02 元人民币；对年进出口总额达 500 万—1000 万美元（含 1000 万美元）的企业，超出 500 万美元部分按 1 美元补贴 0.03 元人民币；对年进出口总额达 1000 万美元的企业，超出 1000 万美元部门按 1 美元补贴 0.04 元人民币。以上奖励分段计算；企业可同时享受以上两项奖励，单个企业获得最高奖励不超 30 万元人民币。任何单位和个人不得虚报、冒领、骗取商贸服务业发展奖励扶持资金。如发现上述违法行为，取消或收回其当年全部奖金，并计入该单位和个人的诚信档案。

制定《合浦县推进“一事通办”改革的若干措施》 根据《广西壮族自治区人民政府关于印发广西推进“一事通办”改革若干措施的通知》，结合合浦县工作实际，8 月 15 日，合浦县人民政府制定《合浦县推进“一事通办”改革的若干措施》，为优化行政权力运行流程，实行“一窗受理、集成服务”，统一编制发布“一事通办”事项清单，建立健全配套制度，推行“一次性告知、一张表受理”，推进同一事项无差别受理、同标准办理，加快推进网上办事互联互通，加快推进信息共享；创新行政审批监管模式，推动园区政务服务大提升，优化办事网点布局，创新基层政务服务模式，深化投资项目审批和商事登记改革；深化民生服务便利化改革，推行行政审批容缺办理承诺制，完善行政审批容缺办理机制，加快清除各类无谓证明，建立全县统一规范的证明事项清单，对中介服务事项实行清单管理和动态管理；加强中介服务市场管理，推进政务服务全过程公开，加强政策培训和解读，整合各类政务热线电话，建立健全工作运行机制，建立健全监管体制机制，全面实施“双随机、一公开”监管，健全“一事通办”信用联合奖惩机制。以企业和群众办好“一件事”为标准，按照“最多跑一次”要求，优化再造行政权力运行流程，进一步精简申请材料，简化办事程序，减少办事环节，压缩办理时限。

【年度重要活动】

2018“奔跑吧广西”生态马拉松系列赛暨智慧马拉松（广西北海合浦站）赛 7 月 15 日上午，

庆祝自治区成立60周年·2018“奔跑吧广西”生态马拉松系列赛暨智慧马拉松（广西北海合浦站）的比赛在北海市合浦县廉州广场激情开跑。

国家发改委城市和小城镇改革发展中心主任助理吴晓刚，自治区体育局党组书记、局长李泽，北海市委常委、宣传部部长，副市长黄江，自治区旅游发展委员会副巡视员温达勤，广西电视台副台长庞通，自治区体育局党组成员、副局长卢意文，自治区国土资源厅机关党委专职副书记杨健，合浦县委书记杨斌，县长李安洪，北海市政府副秘书长，市政府办公室调研员李才能，北海市体育局局长张实，智慧马拉松办公室副主任、智美体育集团南方分公司总经理程钢，田径亚洲冠军、国际运动健将劳义出席开幕式。

作为庆祝自治区成立60周年而筹划开展的系列体育赛事活动之一，2018“奔跑吧广西”生态马拉松系列赛暨智慧马拉松（广西北海合浦站）赛由国家发展和改革委员会城市和小城镇改革发展中心、自治区体育局、自治区民族宗教事务委员会、自治区文化厅、自治区旅游发展委员会、自治区扶贫开发办公室和广西电视台共同主办，合浦站的比赛也是本次马拉松系列赛14站比赛的首站比赛。比赛设置了半程马拉松、10公里跑和迷你欢乐跑3个项目，共有来自区内外的专业跑者、跑步爱好者及当地广大党员干部及群众近5000人参加比赛。发令枪响，在“亚洲飞人”劳义的领跑之下，所有的参赛选手从廉州广场出发，沿廉州大道往廉阳大道方向奔跑。

合浦县招商引资项目签约活动在南宁举行 2018年9月11日，在第15届中国—东盟博览会召开之际，合浦县参加北海市在南宁举行的招商推介会暨重大合作项目签约仪式，共签约项目15个，涉及食品加工、木材深加工、玻璃生产、家居物流、文化旅游、生态农业和田园综合体等领域，总投资462.34亿元。同时，合浦县招商引资项目签约活动和食品产业、木材加工产业发展恳商会也在南宁举行，北海市政协主席李蔚，北海市副市长卓英子，合浦县委书记杨斌，县委副书记、县长李安洪，县委副书记、铁山东港产业园管委会常务副主任刘忠广，县委常委、常务副县长谭奇志，县委常委、统战部部长余新能，副县长陈冬生，县政协副主席、合浦工业园区管委会主任庞书群以及县委办、县政府办、统战部、工信局、旅游局、招商局等相关部门负责人和企业代表参加了恳商会。

2018格力—环广西公路自行车世界巡回赛北海（合浦）至钦州赛段正式发车 10月17日，2018格力—环广西公路自行车世界巡回赛北海（合浦）至钦州赛段正式发车，18支世界顶级自行车队、124名顶级世巡赛车手参加角逐，经过合浦县，为珠乡添彩。

北海市市长蔡锦军，广西壮族自治区工业和信息化委员会副主任陈兴忠，广西壮族自治区气象局副局长覃武，北海市委常委、宣传部部长、副市长黄江，北海市政府秘书长郑定雄，合浦县委书记杨斌，万达体育中国公司市场营销中心总经理刘春，万达体育中国公司销售部总经理吕洋，北海市体育局党组书记、局长张实参加发车仪式。北海市市长蔡锦军宣布2018年环广西公路自行车世界巡回赛北海（合浦）至钦州赛段开赛。

2018格力—环广西公路自行车世界巡回赛合浦赛段全程41.1千米，合浦县高标准、高水平、高质量完成赛事任务，全方位展示“汉郡合浦·海丝明珠”的自然风貌、历史风土人情，经济社会发展成就，将“环广西赛段”打造成合浦一张靓丽的名片，向自治区成立60周年献礼。

举行15个重大项目集中开（竣）工仪式 2018年10月30日

2018年6月24日，由中国食品工业协会面包糕饼专业委员会和中共合浦县委、合浦县人民政府联合举办的2018中国月饼文化节在合浦县城开幕

（林启波 摄）

上午，合浦县在廉州镇中心小学新址举行2018年10月重大项目集中开(竣)工仪式。集中开竣工的15个项目，计划总投资6.7亿元，涉及了园区基础设施、教育事业、民生工程等多个领域。县委书记杨斌，县长李安洪，县政协主席韩传福，县委常委、县委统战部部长余新能，县委常委、县委办主任庞富国，县委常委、组织部部长何来，县委常委、副县长何立云等在家县领导和相关乡镇主要领导，县直(驻县)和相关部门主要领导，开工项目业主单位、项目设计单位和项目施工单位代表参加了开竣工仪式。

2018中国月饼文化节在合浦县举办　6月24日至25日，由中国食品工业协会面包糕饼专业委员会和中共合浦县委、合浦县人民政府联合举办的2018中国月饼文化节在合浦县成功举办。25日，来自全国各地烘焙专家和饮食企业界代表先后到合浦县果香园食品有限公司、月饼小镇、汉代文化博物馆和北海市金海湾红树林景区参观考察。中国食品工业协会面包糕饼专委会秘书长张辉和县委副书记罗鹏，县政协副主席、县工业园管委会主任庞书群等领导一同参观考察。代表们就烘焙食品、月饼小镇建设、景区建设等方面进行了深入广泛的交流与探讨。

【领导到访】

国务院参事室副主任赵冰调研合浦县开展医联体建设　4月24日下午，国务院参事室副主任赵冰调研合浦县开展医联体建设情况。自治区政府参事室副主任、文史馆副馆长卢岱，北海市委常委、宣传部部长、副市长黄江，县委常委、宣传部部长、副县长韩德金陪同调研。

赵冰先后到西场镇中心卫生院、窝塘卫生室、合浦县人民医院，实地了解基层医联体建设开展情况，并就如何有效推动医联体建设工作进行了交流探讨。调研中，黄江表示，下一步要加强相关政策研究和梳理，针对存在的困难和问题积极向有关部门提出建议，切实让医联体建设惠及于民，使群众享受到便捷、优质诊疗服务。

中国海峡两岸关系协会会长张志军一行到合浦县调研　2018年7月15日，中国海峡两岸关系协会会长张志军一行到合浦县调研考察台商台企情况。自治区台办主任李东兴，北海市市长蔡锦军，市委常委、统战部部长毛艳琼，合浦县委书记杨斌，县长李安洪一同考察。张志军一行到合浦县闸口镇大路山村的桂台(北海)农渔业合作双创园调研。广西北海市鮪丰水产有限公司理事长黄一成向调研组介绍了园区建设进程，以及园区未来建设水产品集散市场、饲料厂、种苗繁育场，并进一步打造检疫检测中心、鱼病管理防护中心、药物控管中心、台湾渔业文化科普馆、生态旅游体验区的规划情况。

自治区主席陈武到合浦县调研　7月19日，自治区主席陈武到合浦县调研。自治区党委常委、自治区常务副主席秦如培，北海市委书记、市人大常委会主任王乃学，市长蔡锦军一同调研。当天下午，陈武到合浦果香园食品有限公司，考察果香园农业精加工项目建设情况，听取工作情况汇报。陈武先后考察了水果加工生产线，了解原料供应、市场开拓等情况，勉励公司瞄准精深加工，加强与上下游企业深度合作，形成集群集聚效应，进一步提升品牌知名度。自治区政府秘书长黄洲，北海市委常委、常务副市长陈维，市委常委、市委秘书长彭鸣达，合浦县委书记杨斌，市政府秘书长郑定雄，县长李安洪，县政协副主席、县工业园区管委会主任庞书群一同调研。

自治区副主席李彬到合浦县检查环境保护督查问题整改落实情况　6月15日，自治区副主席

2018年6月15日，自治区副主席李彬(中)在北海市委书记、市人大常委会主任王乃学(右三)，市长蔡锦军(左一)，副市长陈勋(右一)，合浦县委书记杨斌(左二)，县长李安洪(左三)陪同下合浦县检查环境保护督查问题整改落实情况

(林启波　摄)

李彬一行到合浦县沙田镇，就中央环境保护督察“回头看”发现问题整改情况进行现场督查。北海市委书记、市人大常委会主任王乃学，市长蔡锦军，副市长陈勋陪同督查。当天下午，李彬一行来到位于沙田镇的沙田港码头，现场察看中央环境保护督察组“回头看”发现的一非法船舶拆解点整改情况。该拆解点已全部清理完毕。针对中央环境保护督察组“回头看”发现存在的问题，合浦县委、县政府迅速反应，立行立改，组织属地沙田镇和相关部门第一时间制定整改方案，落实整改措施，同时举一反三，对全县范围内环境突出问题进行排查整治。李彬对合浦县取得的初步整改成效给予肯定，对下一步整改工作提出明确要求，强调各级各部门要进一步提高政治站位，切实提高思想认识，逐级压实责任，层层传导压力，针对发现问题一项一项制定办法措施，一件一件抓好整改落实，坚决杜绝“虚假整改”“表面整改”“敷衍整改”等问题，确保整改工作取得实实在在的成效。

自治区副主席黄俊华到合浦县检查指导环广西公路自行车世界巡回赛合浦赛段筹备工作 9月6日上午，自治区副主席黄俊华到合浦检查指导环广西公路自行车世界巡回赛合浦赛段筹备工作情况，要求加快推进做好各项筹备工作，确保赛事如期顺利举行。北海市市长蔡锦军，市委常委、宣传部部长、副市长黄江，合浦县委书记杨斌，合浦县长李安洪，县委常委、宣传部部长、副县长韩德金一同检查。在北海工业园和合浦工业园道路交汇处，黄俊华认真听取合浦县赛道建设以及其他赛事筹备工作的情况汇报，对合浦县高度重视积极开展赛段筹备工作所取得的成绩表示肯定，并对如何做好下一步工作提出了具体要求：各部门要齐心协力、团结一致，抓住难得的好天气，抢施工，赶进度，保质保量完成赛道建设和风貌改造、修缮等工作，确保顺利完成各项赛事筹备工作。

国家督导评估专家组到合浦县评估检查义务教育均衡发展工作 12月20日至21日，国家督学涂文涛率国家督导评估专家组一行到合浦县督导评估义务教育均衡发展工作。北海市副市长李克纯、市政府副秘书长李才能、市教育局局长叶宗沛、县长李安洪、县人大常委会主任沈德棠、县委副书记罗鹏和郑成富、韩德金、庞富国等领导；义务教育均衡发展成员单位负责人，各乡镇人民政府镇长以及县教育局领导班子成员、教育局股室负责人，义务教育学校校长参加了认定见面会。汇报会上，涂文涛介绍此次到合浦县督导检查的目的、任务及程序，并提出了相关要求。涂文涛指出，此次督导的主要目的是为了广泛深入了解合浦县义务教育学校办学基本标准达标情况、义务教育校际间均衡状况、县政府推进义务教育均衡发展的工作情况；同时通过听、谈、阅、问的检查方式对合浦县义务教育均衡发展工作进行全面督导。汇报会上，县长李安洪就合浦县义务教育均衡发展情况进行了汇报。国家督导评估组专家针对合浦县具体情况进行了现场提问，李安洪进行了现场答辩，国家督导评估组的各位领导和专家充分肯定了合浦县义务教育均衡发展所做的工作。

督导组一行实地察看了廉东小学、合浦四中、平田小学、杨家山教学点、沙田中学等中小学校及教学点，对合浦县在学校办学条件改善、教师队伍建设、教育信息化发展等方面给予肯定，同时希望合浦县坚持不懈抓教育投入、坚持不懈抓队伍建设、坚持不懈抓质量提升，走教育均衡发展之路，促进教育公平，不断提升义务教育均衡发展水平，努力增进人民群众和广大师生的获得感、幸福感，全力办好人民满意的教育。

广西“双创”验收评定组对合浦县“创特”工作进行验收评定 11月25日，以自治区生态环境厅副厅长欧波为组长的广西“双创”第六验收评定组一行来到合浦县，对创建广西特色旅游名县工作进行验收评定。当天下午，验收评定组召开了验收评定汇报会。北海市市长蔡锦军出席会议并讲话。在验收评定汇报会上，蔡锦军代表北海市委、市政府，对领导、专家莅临北海市检查指导表示欢迎和感谢。他指出，自2013年7月开展创建广西特色旅游名县工作以来，市委、市政府高度重视，大力推进“创特”工作。合浦是古代海上丝绸之路始发港，中共中央总书记习近平在参观合浦汉代文化博物馆时，说这里有着深厚的文化底蕴。“海丝”文化是合浦一张闪亮的旅游名片，具有浓郁的历史文化特色。合浦与银滩、涠洲岛是北海市三大旅游板块，合浦县创建广西特色旅游名县对北海市发展壮大旅游产业具有十分重要的意义，衷心希望验收评定组对合浦县的特色旅游名县创建工作多指导，多提宝贵意见，助推合浦县早日成为广西特色旅游名县大家庭的新成员。

汇报会结束后，验收评定组分成现场A组、现场B组和资料组3个小组，分别深入合浦县各大旅游景点和重大旅游项目建设点进行现场查看，对合浦县创建广西特色旅游名县工作的主体材料和佐证材料进行审核。晚上，专家们观看了《珠还合浦》等非遗展演节目。

改善民生

【民生福祉】 2018年，合浦县投入民生领域资金达44.63亿元，增长9.7%，占财政总支出的84.83%；划拨土地66.40公顷(995.95亩)用于民生事业发展，占全年总供地面积的24.61%。在资金、土地方面对民生事业重点倾斜，投入1.92亿元推进龙门江公园、县城外东环路(北段)、北河水系整治等重点城建项目，县体育馆、游泳馆实现封顶。投资0.87亿元实施其他市政基础设施建设项目，改造提升了一批小街小巷，绿化、美化、亮化了一批城市道路。城乡低保、特困人员供养、医疗救助等累计补助超过1.2亿元。全县城乡居民基本养老保险、基本医疗保险参保人数分别达27.72万、87.98万，覆盖率分别达93.65%、94.03%。新增城镇就业人数5537人、农村劳动力转移就业6625人；城镇登记失业率控制在4%以内。新开工建设城市棚户区改造777户(套)。新增公共租赁住房180套，发放城镇住房保障家庭租赁补贴803户。完成农村危房改造1386户、改厨改厕各2万户。升级改建市政公厕15座，建成市政民生道路43条，西门江一号路、科园路南段、文体中心二号路等“断头路”彻底打通。常乐大桥顺利建成，常乐绕城路、公馆经曲樟至常乐公路进展顺利。农村道路硬化、城乡农贸市场改造、“平安合浦”五期工程、县城机动车位增设、村级公共服务中心建设等实事按计划完成。

【扶贫攻坚】 2018年，合浦县紧紧围绕中央及自治区的脱贫摘帽具体标准要求，贯彻精准脱贫方略，落实“三员九有”要求，突出产业扶贫，强化帮扶举措，注重脱贫质量。把产业、交通、水利、危旧房改造等政策，精准落实到村到户，圆满完成年度脱贫攻坚工作目标。年内，全县落实到位各级财政专项扶贫资金2.33亿元，用于产业扶贫、基础设施建设、集体经济发展、小额信贷贴息、“雨露计划”、落实各项扶贫政策等方面。实现21个贫困村和贫困户1040户、4685人脱贫摘帽。

产业扶贫 突出精准施策，创新扶贫产业发展模式，形成5个以上具有规模的特色优势产业，打造豇豆、水果、水产“3个万亩产业基地”，100%覆盖全部有劳动能力的贫困户。全面推广“龙头企业+合作社+贫困户”“党支部+合作社+基地+贫困户”“合作社+贫困户”三种模式，确保产业扶贫全覆盖。全县70个贫困村全部成立农民专业合作社，成立镇级合作社13个，发展产业项目70多个，覆盖所有贫困户。创新探索“扶贫车间”模式，创建扶贫车间12个。

发展村级集体经济 通过自行经营种养、入股企业、企业与村共建等方式发展村级集体经济，全县273个行政村(社区)集体经济收入均达到3万元以上，其中5万元以上的有119个占43.59%。

扶贫基础设施建设 2018年，合浦县投入14443.6万元实施基础设施建设项目，建设农村硬化道路194千米、新建和危改主要桥梁4座，在41个贫困村建成农村饮水、农田水利等一批民生水利工程，其中农村饮水项目11宗，改善2.5万人的饮水条件；新增或恢复农田灌溉排涝面积3600公顷(5.4万亩)。扶持1126户建档立卡贫困户危房改造，需要危改的贫困户全部落实指标，其中2018年脱贫户150户，已全面建成入住。

【社会事业】 2018年，合浦县投入4.37亿元建设教育项目311个，招聘380名教师充实乡村学校，义务教育均衡发展工作顺利通过国家级评估验收。投入5.32亿元推进县人民医院住院综合楼等9个项目建设，建成县妇幼保健院保健综合楼等3个项目。合浦县被评为全国基层中医药工作先进单位。

【社会稳定】 2018年，合浦县强化社会治安防控体系建设，以“神剑”系列专项行动为引领，深入开展“扫黑除恶”、禁毒专项整治和涉枪违法犯罪“三大战役”攻坚行动，群众安全感单项得分95.96分，比2017年提升3.37个百分点。刑事案件、“两抢一盗”发案率下降34.1%，全年有317天“两抢”案件零发案，58天刑事警情零发案。社会稳定八项动态指标全区排第26位，比2017年晋升22位。群众信访服务中心标准化规范化建设顺利通过自治区信访局评估验收。各类矛盾纠纷调结率达到97%。群众信访事项同比下降19.64%，集体访批次、人次分别下降27.45%、41.85%。率先在全自治区实现县级禁毒办实体化运作，成功摘掉全国禁毒重点整治关注地区和广西涉枪重点整治地区的“帽子”。星岛湖镇入选全国“扫黄打非”进基层示范点。加强对消防、交通、烟花爆竹、危化品等行业领域安全隐患排查、惩治、查处力度,有效地遏制重特大事故的发生,安全生产形势稳定好转。全区食品安全示范县创建工作深入推进。

(郭长椿　周利强　庞业强　郭世锋)

后勤服务

【概况】 2018年,县机关事务管理局紧扣县委县政府中心工作,全面落实新时代管理要求,依法管理后勤服务工作,全面提升机关事务管理工作水平,全力推进年度重点工作目标任务的完成,得到了上级的肯定。同年3月,合浦县机关事务管理局获全自治区机关事务系统记二等功集体、获评2017年度全区公共机构节能工作先进集体,1人因2017年度机关事务工作成绩突出获自治区机关事务管理局通报表扬。

【队伍建设】

“两学一做”专题学习教育活动　2018年,县机关事务管理局多次组织全体党员干部职工开展中共十九大精神专题学习,努力建设适应新时代中国特色社会主义法治要求的高素质机关事务管理队伍。结合机关事务管理工作实际,组织干部职工参加上级开展的各种理论和技能培训,学习《中华人民共和国节约能源法》《公共机构节能条例》《机关事务管理条例》等法律法规,提高干部职工的业务素质。

通过经常学习,统一了干部职工思想,促进了机关工作开展,机关作风得到明显加强和改善,确保了政治方向正确,为机关工作顺利开展打下坚实基础。

正风肃纪　2018年,县机关事务管理局把专项治理警示教育列入党风廉政建设主体责任清单的重要内容,形式多样地集中开展深化扶贫领域腐败和作风问题专项治理警示教育。落实全面从严治党“两个责任”,深化责任监督,严格遵守中央、自治区、市、县有关作风建设的纪律规定,确保风清气正。同时抓业务、出亮点,全面推进机关后勤各项工作,提高后勤保障能力。

【机关事务管理】

基础设施维护保养　2018年,县机关事务管理局认真做好各办公大院的水、电、发电机组等日常维护工作,保障水、电等设施设备的正常运行。及时对县人大、县政协、县侨联、县编办等办公用房进行维修,做好周转房管理服务、调剂装修、设备更新添置等工作。

安全保卫　2018年,县机关事务管理局配合县供电部门定期开展用电安全检查,及时整改隐患。加强办公区大院车辆出入及停放管理,提高大院管理水平。积极配合县相关部门维护信访秩序,大院上访秩序整体平稳,为维护社会稳定做出积极努力。

食堂管理　2018年,县机关事务管理局努力创建“满意食堂”,丰富菜品品种、提高菜肴质量、改善服务态度、严把食品安全关,为干部职工提供品种多样、营养搭配的菜品供灵活选择。

环境卫生保洁　2018年,县机关事务管理局抓好大院环境卫生及公共区域保洁等工作,认真开展以灭鼠、灭蚊为重点的春季爱国卫生运动,购买并在各大院投放除“四害”药品25千克。组织人员清理县人大县政协大院、原县委大院旧车棚堆放的杂物,清扫卫生死角、建筑垃圾。对花木定期进行修剪美化,对大院内坏死的树木、花卉、草坪及时清除和补种,为机关大院各单位和干部职工创造优美舒适的办公环境。

【节能降耗】

2018年,县机关事务管理局切实开展全国节能宣传周活动和全国低碳日活动。进一步扩大节能宣传周活动的影响,在全社会营造节能低碳的浓厚氛围,取得了良好的社会效果。年内,全县人均综合能耗为13.2492千克标煤,单位建筑面积能耗为每平方米1.5472千克标煤,人均用水量为6.0996立方米。与2017年同期相比,人均综合能耗下降13.84%,单位建筑面积能耗下降3.45%,人均用水量下降9.76%。人均综合能耗、单位建筑面积能耗、人均用水量3个指标下降的幅度均超过北海市公共机构节能办下达合浦县的节能指标任务。开展国家级节约型公共机构示范单位创建工作,廉州中学创建国家节约型示范单位取得成功,顺利通过了国家机关事务管理局会同国家发展改革委、财政部等单位组成的验收小组的验收,进一步带动全县公共机构节能工作开展。

【公务用车管理】 2018年,县机关事务管理局管理的12辆应急通讯用车全面按要求喷涂了“公务用车”标识,合理安排出车任务,保障机关公务出行的平稳有序。启动全县公务用车综合服务保障中心建设。草拟《合浦县公务用车综合服务保障中心建设运行方案》(初稿),经反复修改出台了《合浦县公务用车综合服务保障中心建设运行方案》,方案已于11月18日由县政府办下发。县机关事务管理局还协助县车改办推进全县公务用车改革工作,完成了公务用车管理平台的招标工作,采购、安装了100台北斗定位设备。

【公房管理】

改造(公租房)项目建设　为解决领导干部周转用房不足和干部职工住房困难问题,2018年1月,县机关事务管理局筹备拆除青云南路2号原县委宿舍区9幢、10幢公产房并在原址建设棚户区改造(公租房)项目,11月30日,项目开工建设。

办公用房集中统一管理　2018年,县机关事务管理局推进机关单位办公用房集中统一管理工作,开展规范副科以上领导干部办公用房使用督查工作,纠正虚假合用办公用房和超标准使用办公用房单位22个,副科以上领导干部56人,清理和腾退虚假合用办公用房和超标准使用办公用房面积690多平方米,进一步规范了全县副科级以上领导干部办公用房规范使用管理。5月,组织制订《合浦县县直机关单位及乡镇办公用房移交工作方案》。方案已经县政府第157次常务会议讨论通过,进一步规范全县办公用房的使用。

大成殿旁原县委大院临街商铺拆除　2018年,县机关事务管理局按照县委办部署和要求,于4月对原县委大院临街商铺启动拆除工作,对33间商户下达停止租赁拆除商铺的通知书,对一些企图阻止拆迁工作的商户做了思想动员工作和耐心的劝导。年末商铺租户已经全部搬离。

（陈家杰　廖小玉）

政务服务

【概况】　2018年,合浦县政务服务中心办公室(简称县政务办)在县委、县政府的正确领导下,全面深化行政审批制度改革,推进政府职能转变,改进机关作风,优化合浦县营商环境的工作重心,大力推进政务服务体系建设,深化政务公开,提升为民服务工作水平,较好完成了各项工作任务。年内,县政务服务中心共受理各类政务服务事项92572件,办结92749件,满意率99.95%,政务服务事项互联网网上申报开通事项862项,开通率达94.1%。

【优化政务服务】

行政审批制度改革　2018年,县政务服务中心实时调整行政审批事项并及时向社会公开,接受社会监督。年内,县本级保留的行政许可项目调整为265大项、405小项,下放乡镇6项,进驻行政征收21项、行政给付18项、行政确认100项、行政裁决4项、行政奖励26项、其他行政权力267项、公共服务事项63项。及时规范公开办事流程。督促各部门在县政府门户网站专栏面向社会公布政务服务事项流程,群众可登录合浦县人民政府门户网站专栏查询,为企业、群众提供方便。

“一事通办”改革　2018年,按照上级工作部署,县政务办积极开展政务服务“一事通办”改革。制定合浦县“一事通办”改革措施。落实责任、明确分工,为深化“一事通办”改革工作打好基础。组织进驻部门梳理“一事通办”事项。按要求录入自治区政务服务通用软件4.0系统。至年末,全县共有43个部门录入904项服务事项。制订合浦县“减证便民”工作方案。指导各乡镇、各部门开展减证便民工作,全县共有42个乡镇和单位完成减证便民工作,涉及证明事项358项,拟取消185项,拟保留173项。15个乡镇均完成“减证便民”工作,涉及证明事项42项,拟取消18项,拟保留24项。积极开通网上办事。年内合浦县在自治区政务服务一体化平台共开通网上办理事项752项,开通率超过90%。

行政审批容缺办理项目梳理　2018年,县政务办有序开展行政审批容缺办理项目梳理工作,办事群众、企业提出行政审批申请,申请人在具备基本条件、主要申报材料齐全且符合法定条件,但次要条件或手续有欠缺情况下,以书面形式承诺其符合办理条件,并能够按照要求在规定期限内提交允许容缺的材料,相关职能部门就作出审批决定,为群众、企业提供更加方便、高效、优质的行政审批服务。截止目前共有23个单位217个政务服务事项实行容缺办理,涉及材料513项,此项梳理工作正在持续推进中。

解决群众办事堵点问题　2018年,县政务办安排专人负责,督促全县28个涉及群众办事堵点问题的单位,按要求处理好群众办事过程中出现的堵点问题。已经有8个单位解决了8个群众办事堵点问题。

服务清单编制　2018年,县政务办组织开展一次性告知单、最多跑一次、一次不用跑等清单编制工作,年内,全县44个职能单位编制923项政务服务事项的一次性告知清单,全面梳理一次"最多跑一次"项目,共有865项办理事项实现"最多跑一次""一次不用跑"11项。

优化行政审批项目办理流程　2018年,县政务办把优化行政审批流程作为重点工作来抓,进一步精简行政审批事项,规范行政审批行为,在法定条件下开展减少办事环节、压缩办结时限、减少申报材料、降低或减免收费等优化办事流程工作,实现行政审批再提速。全年共开展行政许可优化流程工作两次,在第一次优化工作中,有98个事项共压缩451个工作日,6个项目减少8个材料。第二次优化,中心窗口单位共有16个单位60个事项进行了进一步优化,其中有58项压缩办结时间共338个工作日,1个事项成本降低了105元,7个事项减少材料共72个,达到了办事流程再优化。

【优化营商环境活动】 2018年,按上级工作部署,县政务办成立以领导班子为核心的优化营商环境行动小组,认真部署,积极组织各窗口开展优化营商环境活动,不断提升合浦县政务服务环境水平。

开展优化营商环境大调研活动　2018年,县政务办按照县委县政府的工作部署,组织了调研行动小组,深入机关单位和各乡镇开展优化营商环境调研活动。真实准确地了解涉企政府部门及相关管理、提供服务的单位的工作现状及改进方向,更真实、准确掌握企业在从事营商活动中遇到的困难、问题以及对改善和优化营商环境的诉求、期盼,为全县优化营商环境大行动打好基础。年内,县政务办共走访9个单位、7个乡镇。

开展征集优化营商环境意见建议活动　2018年,县政务办在县政务服务中心开设了专门的征集意见建议窗口,向办事群众和企业发放意见建议征集表,安排专人收集汇总。同时通过县政府门户网站设置"优化合浦营商环境意见建议专栏",面向全社会征集意见建议,并走访县、乡镇相关企业,现场收集意见建议。进一步掌握企业建设和生产经营中遇到的困难及问题,及时回应企业的诉求和期盼,营造优化营商环境的良好工作氛围。

开展"三服务"活动　2018年,县政务中心持续"服务群众、服务企业、服务投资者"活动,各窗口为群众提速办理业务1474件,为企业提速办理业务642件,为投资者提供政策咨询、办理引导、提速办理服务124件,提速超过7615个工作日。

【窗口作风建设】 2018年,县政务办完善效能投诉机制,在每个服务大厅设置意见箱和投诉电话,在一楼设立效能投诉窗口,专门负责受理群众咨询和投诉,及时协调解决有关问题。全年共查处违规人员15名,妥善处理了群众投诉5件,每件投诉都得到圆满处理,做到件件有调查、件件有答复,社会满意度得到不断提升。县政务办对政务中心各窗口的服务态度和办事效率进行电话回访,全年通过电话回访办事群众1150人,其中对中心窗口工作表示满意1100人,基本满意45人,不满意5人,满意率95.65%,基本满意率3.91%,不满意率0.04%,群众满意度不断提升。

【基层政务服务】 2018年,县政务办督促各乡镇将与群众生产生活密切相关的政务服务事项进驻政务中心办理。规范基层办件工作。安排专人督促各乡镇将办理的政务服务事项及时、全面录入自治区政务服务政府公开政府信息公开基层信息化平台。年内,各乡镇通过基层信息化平台录入办件222586件。

【政务公开】

行政过程公开　行政决策公开、执行公开、管理公开、服务公开和结果公开不断推进,建立健全政务公开的相关规章制度,完善政务公开的程序和机制。决策公开方面,及时向社会公开涉及公众切身利益的重要改革方案、重大政策措施、重点工程项目的决策依据、决策草案、决策结果等,主动公开公众意见收集采纳情况,增进行政决策的透明度和公众参与度。执行公开方面,政策解读、决策部署、重点改革任务、重大建设项目等工作的督查、审计及整改落实情况等及时公开,确保公众对重大政策内容、政策执行进度和流程、推进中的困难和问题的知情权,提高了政策的知晓度和执行力。管理公开方面,全面推进权责清单公开,做到清单动态调整实时公开,推行行政执法公示制度,保证执法公开公正,推进公共监管公开,安全生产、环境保护、卫生健康、食品药品、产品质量等领域监管信息不断得到加强。服务公开不断推进。政务服务事项集中公开办理,服务事项全面公开,办事指南、办事流程、服务收费等全面公开,行政审批前置服务项目公开制度逐步完善，公共企事业单位办事公开不断推进。结果公开方面，重大决策、重要政策落实结果全面客观公开，发展目标、改革任务、民生措施及时在政府门户网站公开。2018年，全县各相关单位通过县政府门户网站、政务微博、政务微信等方式主动公开政府信息数12706条，其中政府网站公开政府信息数10380条、政务微博政务微信及其他方式公开政府信息数1326条。

政务公开平台建设　2018年，合浦县围绕经济社会发展和人民群众关注关切，通过政务微信微博、入园区进企业、现场服务咨询等形式不断扩大政府与社会各界的合作交流，人民群众获得感不断提升。政策解读不断加强，通过在政府门户网站设立政策解读专栏，运用问答的形式以及图表等提高政策解读的针对性、有效性，让群众看得清、看得懂。在政府门户网站设立"我要写信"栏目，搭建政民互动平台，提高公众对政府工作的关注度和参与度。加强回应社会关切，健全政务公开相关工作机制，重大突发事件、重要社会关切等按程序及时发布权威信息，认真回应关切。同时县政务办不断完善政府信息公开相关配套制度。进一步规范公开主体、公开范围、公开内容、公开程序、公开方式，设立重点领域信息公开专栏，推进重点领域信息公开，着力推进财政预算、公共资源配置、重大建设项目批准和实施、社会公益事业建设等领域的信息公开。完善依申请公开工作机制，畅通依申请公开受理渠道。不断强化基层信息公开。推进基层办事公开，全县全部乡镇和行政村（社区）均建立了政务服务中心，乡（镇）、村（社区）政务服务中心全部部署应用自治区政务服务政务公开政府信息公开基层信息化应用平台，并通过该平台办理行政审批和便民服务事项。基层政务公开便民性得到提升，基层政务公开实效逐步提高。

【公共资源交易服务平台建设】 按照自治区政务服务和公共资源交易"一体化"管理模式，将合浦县公共资源交易平台整合为市级平台分支机构，成立了北海市公共资源交易中心合浦县分中心（以下简称"合浦分中心"）。整合相关人员、机构、场地，加强与市公共资源交易中心对接，整合全县本级公共资源集中交易项目目录，推动各类公共资源交易项目进入县级统一平台集中交易。2018年，合浦县公共资源交易总数为897次（个、宗），完成交易总额316325.5万元，节约总额13932.2万元，增值总额18015.1万元。其中，工程建设项目招标投标交易数91个，交易额97507.9万元；政府采购的采购项目为778个，采购额为158678万元；土地使用权出让交易数28宗，交易额为60139.6万元。

绩效考评

【概况】 2018年，在县委、县政府和上级绩效部门的正确领导下，合浦县绩效考评按照"党委政府统一领导，领导小组具体负责，绩效办组织协调，业务部门考核，社会公众参与，内考与外评相结合"的工作格局，突出抓住目标管理、指标考核、公众评议、领导评价和察访核验等关键环节工作，强化考评结果运用，充分发挥绩效考评导向、激励、约束和改进作用，推动了各项工作全面落实。

【上级考评】 2018年，北海市下达合浦县绩效考评指标体系有经济建设、社会建设、文化建设、生态建设等11项一级指标、32项二级指标，内容涉及到经济社会发展的各个方面。合浦县高度重视绩

2018年3月6日，合浦县2017年度北海市绩效考评年终核验工作对接会在县政府四楼会议室召开

（绩效办　供）

效管理工作，县党政主要领导亲自审阅绩效督查通报，多次召开绩效工作推进会和集体约谈会，并建立了每周约谈机制，对工作推进进度慢的单位主要领导进行约谈，由纪检监察部门作约谈纪录，制定绩效工作追责机制，突出对被上级绩效考评扣分的单位的处罚和领导干部“不作为”的问责。

为进一步推进工作的开展，发挥好绩效考评“指挥棒”作用，县绩效办在组织制定新的考评方案时，认真学习借鉴兄弟市县的经验，突出重点工作，突出公平公正，努力实现“谁加快发展谁就得高分、谁注重实干谁就排前列、谁多承担重点任务谁就多加分”的绩效考评新导向。增加了承接上级考评任务的单位按任务量加分、将市县两级考评结果相结合、对考评单位分类进行调整等内容，进一步调动各方面的积极性，全力做好上级绩效考评指标任务的完成。

根据2018年北海市公布的考核结果，2017年度合浦县在全市一县三区中排名第一，确定为一等等次。

【县本级考评】 为了进一步深入推进绩效管理与考评工作的开展，县绩效办结合合浦县实际，制定了《合浦县2018年度乡镇政府和县直(驻县)机关绩效考评工作方案》，对绩效考评工作的总体要求和基本原则、调整完善考评方案、健全激励机制、强化督查考核、细化跟踪服务等各项内容作了具体的规定和说明。同时，先后编制了15个乡镇和74个部门可报告、可量化、可考核的年度绩效目标，进一步明确各乡镇、各部门的职责。年度绩效目标中的每一项绩效考评指标对任务要求、考评标准、人员责任和完成时限等都细化明确，真正做到工作有目标、考核有标准、责任有落实。在各单位的有力配合下，有效地开展2018年绩效考评工作，为较好地完成上级下达的各项考评指标以及县委、县政府下达的各项任务打下坚实的基础。2018年，合浦县评定了各乡镇、各部门2017年度绩效考评结果，其中：15个乡镇，9个评为一等等次；75个部门，48个评为一等等次。 (刘斌远　邹　易)

土地房屋征收管理

【概况】 2018年，在县委、县政府的领导下，在相关乡镇政府及部门的积极配合与大力支持下，合浦县土地房屋征收管理办公室(简称县土地房屋征管办)认真贯彻落实县委、县政府征迁工作安排，认真按照各项目征迁目标任务，以征迁工作为中心，全力推进各项目建设用地征迁工作。年内，全县共实施征地项目39个，完成合浦工业园区扩园、北部湾(合浦)林产循环经济产业园、北海铁山东港产业园、松旺至铁山港东岸高速公路、广西滨海公路山口支线、公馆经曲樟至常乐二级公路、G209国道合浦绕城公路石湾至合浦、沙岗镇石英砂片区土地储备等项目征收土地面积282.32公顷(其中征地279.85公顷、临时用地2.47公顷)，青苗补偿面积53.55公顷。

房屋拆迁县城项目共签订协议97宗，征迁面积92893.81平方米，补偿金额2998.15万元。乡镇项目共签订协议599宗，征迁面积36576.81平方米，补偿金额3505.94万元。安置地办证完成包括内东环路、外东环路、金鸡西路(廉南大水沟)、西门江整治工程项目一期、北海铁山东港产业园在内的8个项目安置地证件共102本。其中办理了建设用地规划许可证51本，国有土地使用证(建设用地批准书)10本，建设工程规划许可证41本。

同年共收到群众信访、来信件共15宗，调查答复处理15宗。

【项目征地】 2018年，合浦县为了更好实施各项目征地工作，成立了专门机构或项目征地工作领导小组。各项目指挥长均由县四家班子主要领导担任，其他成员从县各部门抽调人员组成。县土地房屋征管办积极配合各乡镇党委政府工作，做好涉征群众思想工作，使征地过程中出现的土地纠纷、权属不清等问题得到解决，尽量杜绝上访事件，维护社会稳定。对一些多年的信访问题及影响市容市貌的“断头路”，县土地房屋征管办按照县委县政府的要求，想方设法处置好，既维护好政策法规的严肃性，又避免群众的利益受损。

年内，在北海铁山东港产业园、北部湾(合浦)林产循环经济产业园、松旺至铁山港东岸高速公路项目用地征收工作中，县土地房屋征管办组织大量人力、物力加强三大项目征地工作，有力地推动了土地征收工作向纵深开展，想方设法加班加点去开展征地补偿协议签订。完成合浦县禁养区畜禽规模养殖场设施关闭搬迁项目相关工作，县土地房屋征管办征迁工作人员加班工作，在短短几周的时间里完成了养殖设施丈量登记、征迁补偿协议签订、相关资料报送申请款项和补偿款拨付等工作，按时按量完成了上级交付的任务。

工业园区工作

【合浦月饼小镇入选广西第一批特色小镇培育名录】 合浦月饼小镇于2016年9月启动筹建，是合浦工业园区加快产业转型升级、促进经济发展的新平台，经过一年多的建设，合浦月饼小镇已初具规模。小镇核心区内的“五通一平”一期工程等基础设施已基本完工部分投入使用；污水提升泵站、月影湖公园、科技研发楼、标准厂房等基础设施和公共设施配套项目正按计划推进，2019年可投入使用；休闲商业街、广场景观工程等项目也已完成前期工作，准备动工建设；第一批入驻的10家企业已全部建筑主体封顶，2018年有3家投产，3家计划于2019年上半年投产，4家正在装修，2019年可投产；核心区已完成投资8.58亿元。2018年4月，合浦月饼小镇成功入选广西第一批特色小镇培育名录。

【产业转移园建设】 合浦工业园区在扩园区规划6.67公顷为产业转移园项目，建设8栋标准厂房（分两期建设：一期建设2栋；二期建设6栋），重点打造电子配套产业。2018年，产业转移园建设工作已基本完成，7栋厂房封顶。其中标准厂房一期工程累计完成建安投资3100万元，二期工程累计完成建安投资4900万元。北海市海拓华擎生物科技有限公司使用的3号厂房企业已于3月29日入场装修，已完成二次装修，正在筹备设备进场，计划在2019年投产；盛大触控公司使用2号厂房，厂房已于2019年1月6日交付企业装修。

【招商引资】 合浦工业园区按照“强龙头、补链条、聚集群”的发展思路，通过创新招商方式，实施精准招商，丰满产业链，推动产业聚集发展，促传统产业转型升级。2018年完成项目签约11个，完成合同投资总额20.54亿元。其中，月饼小镇引进项目3个，项目合同总投资10.4亿元，含福建食品园项目（已明确入驻项目为盼盼食品）、大地公司烘焙食品生产项目（香港）和即食类食品项目等。通过盘活土地资源引进4个项目，计划总投资9.3亿元，共盘活土地10.55公顷，分别是广西宏泰八方食品科技有限公司年产15000吨现代化海鲜健康食品精深加工项目、广西北海市旺海生物科技有限公司年产5万吨配合饲料加工项目、北海市鑫鹏橡胶塑料制品有限公司日用橡塑用品生产项目、北海中金投资有限公司房地产配套项目。广州检验检测认证集团、江南大学科研基地等项目已确定入驻。项目的入驻将使合浦大月饼的市场日趋规范，并逐步成为大月饼国家级标准示范中心。11月，合浦工业园区管委会主要领导受自治区工信委邀请，为全自治区工业高质量发展市县分管工业领导培训班授课，交流合浦工业园区招商工作经验做法。

2018年2月22日，合浦县委书记杨斌（左二）到月饼小镇调研

（林启波　摄）

【举办2018“中国梦—劳动美”五一劳动节文艺晚会】 为了热烈庆祝“五一”国际劳动节，讴歌工人力量，赞美劳动奉献。4月27日晚上，由合浦县总工会、合浦工业园区管委会、县文化体育和广播电视局主办的“中国梦·劳动美”2018年庆祝五一国际劳动节文艺晚会在合浦工业园区管委会大院内举行，县委副书记罗鹏，县委常委、常务副县长谭奇志，县政协副主席、合浦工业园区管委会主任庞书群等领导和800多名园区各企业员工到场观看了文艺晚会。

【举办2018中国月饼文化节】 2018年6月24日—25日，中国食品工业协会面包糕饼专业委员会和中共合浦县委、县人民政府联合举办2018中国月饼文化节。

2018年6月14日，市委书记、市人大常委会主任王乃学（前排左二）到合浦县果香园食品有限公司、合浦县工业园区产业转移园以及月饼小镇督查调研产业进展以及项目建设情况，合浦县书记杨斌（前排右一），县委副书记、县长李安洪（前排左一）陪同调研

（县工业园区　供）

这是首次将一年一度在省会城市举办的月饼文化节放到了合浦县举办，北海市副市长李克纯，合浦县委书记杨斌，合浦县县长李安洪，县人大常委会主任沈德棠，县政协主席韩传福，县政协副主席、县工业园区管委会主任庞书群等县四家班子领导以及来自全国各地烘焙专家和饮食企业界代表共200多人出席了活动，合浦县也组织了县内30多家烘焙企业参会。

【团工委换届】 11月13日，共青团广西合浦工业园区管理工作委员会第二次代表大会在合浦果香园食品有限公司一楼会议室召开。会议由第一届团工委书记李莉莉主持，合浦工业园区党工委副书记、管委会副主任张剑鸣，合浦工业园区管委会及园区企业共100名青年代表参加了会议，选举产生了新一届团工委委员5名。

【打造党支部示范点】 4月，广西合浦县惠来宝机械制造有限公司党支部与北海金盟制罐股份有限公司党支部被授予“北海市两新组织党建示范点”。8月，广西合浦县惠来宝机械制造有限公司党支部被授予“自治区两新组织党建工作示范点”。

【党建助推义务教育学校标准化建设捐赠仪式】 9月6日，合浦工业园区党建助推义务教育学校标准化建设捐赠仪式在廉州镇清江小学举行。此次活动向学校捐赠了书籍、电脑及资金，用于发展学校的教育事业，进一步增强党建助推义务教育学校标准化建设的创新力、影响力、辐射力。县政协副主席、合浦工业园区党工委书记、管委会主任庞书群，合浦工业园区党工委副书记、管委会副主任张剑鸣，县教育局副局长范俊国，廉州镇党委副书记蔡星媛，廉州镇中心校总部校长陈丽霞，廉州镇清江小学校长罗洪夫以及企业爱心人士代表出席捐赠仪式。

【成立北海市首个园区商标品牌服务指导站】 12月5日，合浦工业园区商标品牌服务指导站在园区工商和质监所办公楼成立，县工商和质监局、工业区管委会有关负责人以及部分园区企业代表参加成立活动。合浦县工业园商标品牌服务指导站是县工商和质监局为辖区企业及各经营主体提供商标注册指导、咨询、服务的机构。服务站主要职责是为园区企业及各经营主体免费提供一对一的商标注册指导、实施商标战略等咨询服务；指导商标品牌培育，引导企业开展商标品牌创建活动，增强商标品牌意识，发挥品牌效应核心竞争力、高附加值；开展商标品牌维权咨询服务，提供维权法律援助，维护园区企业合法商标权益，全面提升商标注册、运用、保护和管理水平，助力园区经济发展。

【“法润企业促发展”主题活动】 10月23日，合浦县人民法院和合浦县工业园区管委会在园区联合举办了以“法润企业促发展”主题的送法进企业活动。合浦县工业园区各企业代表、县人民法院领导及法官一行、合浦县工业园区管委会领导及业务骨干等40多人参加了活动。

人力资源和社会保障

【概况】 2018年，合浦县人力资源和社会保障局（简称县人社局）内设有人事秘书股、政策法规股、财务基金监督股、公务员管理股、事业单位人事管理股、专业技术人员管理股、工资福利股、就业促进和人力资源开发股、军转干部安置管理股、社会保险股、调解仲裁管理股、劳动关系与监察股。下属单位包括社会保险事业局(副科)、公共就业和人才服务局(副科)、人事考试管理办公室、劳动和社会保障监察大队、劳动人事争议仲裁院、城乡居民社会养老保险管理中心、人力资源市场共7个事业单位。全局有人员编制共200人(行政编制20名、后勤服务编制2名、参公编制78人、全额拨款事业单位编制93名、自收自支事业编制7名),实有人数184人,空编数16人,另有聘用人员95人。

【基层就业和社会保障服务体系建设】

新型乡镇劳动就业社会保障服务中心项目建设 2018年,县人社局负责的公馆镇、乌家镇、曲樟乡、星岛湖镇、白沙镇、沙岗镇、党江镇、沙田镇8个新型乡镇劳动就业社会保障服务中心项目完成建设并竣工验收,年内完成投资461万元。石康镇、常乐镇两个新型乡镇劳动就业社会保障服务中心项目已完成主体建设,部分装修工程未完成,未能按期组织竣工验收。

社区村级综合服务中心建设 2018年,县人社局作为服务惠民专项活动牵头部门,狠抓社区村级综合服务中心建设工作落实。全县已实现245个村和29个社区村级综合服务中心全覆盖,基本实现了就业、社保、教育、卫生、文体、法律六项服务(简称"六项服务")经办服务延伸到村的目标。

村级就业社保服务窗口建设和"农事网通"建设 2018年,县人社局继续推进村级就业社保服务窗口建设和"农事网通"建设。对乡镇经办人员和村级就业社保服务平台信息员进行业务培训,提高乡镇经办人员和村级就业社保服务平台信息员的业务能力。定时对乡镇通过农事网通上传的业务进行审核,较好地践行了"将方便送给群众"的服务理念。

【就业再就业工作】

2018年,全县城镇新增就业5537人,农村劳动力新增转移就业6625人,城镇登记失业率2.7%,就业形势基本稳定。全县城镇失业人员再就业人数1162人(其中就业困难人员再就业287人),职业技能培训1939人。

就业供求服务平台建设 2018年,县人社局积极搭建转移就业供求服务平台,促进就业。年内,在县城还珠广场举办"春风行动"现场招聘会、"金秋招聘月"暨"就业扶贫行动日"活动现场招聘会,还在白沙、西场、石康、乌家等乡镇,联合乡镇党委政府举办现场招聘会4场。联合合浦123招聘网、合浦招聘网、北海365招聘网举办网络招聘周活动,企业和求职者实现"线上线下、互通互动"。

贫困人员转移就业 2018年,县人社局积极推动转移就业扶贫工作。年内举办了6期建档立卡贫困人口创业培训班、6期贫困户就业技能培训班,培训贫困人员308人;全县贫困劳动力新增转移就业581人,其中到广东就业175人;拨付贫困人员转移就业交通补贴7584人次、116.987万元;开发公益性扶贫乡村岗位226个,投入资金21.93万元;给予吸纳20名贫困户的企业一次性带动就业补助1.3万元,社会保险补贴13万元。同年,县人社局联合县扶贫办、县财政局认定就业扶贫车间4间,吸纳就业355人,其中贫困户29人。

促进就业创业 2018年,县人社局大力促进就业创业。县人社局与钦州技工学校和广西邮电学校签约教育培训"两后生"33人,发放生活补助18.15万元;发放就业创业补助147人、44.4万元;入驻创业孵化基地的小微企业27家(其中农民工创业18家,高校毕业生创业2家,城镇失业人员创业7家),带动就业172人。

高校毕业生就业 2018年,全县高校毕业生报到登记4831人,实名登记就业率98.5%。成立2家高校毕业生见习基地,为毕业生提供就业见习岗位工作。县人社局积极落实高校毕业生培养计划,至年底全县共有"三支一扶"在岗人员53人。

【举办广西第五届农民工技能大赛合浦县选拔赛】 8月20日,县人社局在合浦县钦州技工学校和合浦县红林大酒店成功举办广西第五届农民工技能大赛合浦县选拔赛,比赛设有养老护理员、餐厅服务员、收银员、叉车司机、快递业务员、美发师、砌筑工、钢筋工、中式烹调师、茶艺师等10个职业项目,县人社局共组织了214人参加选拔赛。

【社会保险】

养老保险 2018年,全县企业职工养老保险参保人数34863人,征缴企业职工养老保险费31320万元,全年共支出企业职工养老保险待遇76900万元。全县机关事业养老保险参保人数15687人,征缴养老保险费34360万元,全年共支出机关事业单位养老保险待遇46190万元。全县城乡居民基本养老保险参保人数277199人,全年中央补助资金13457.93万元,自治区补助资金3281.54万元,县配套资金

969.537万元,征缴养老保险费3921.66万元,发放养老保险金17883.55万元。

失业保险　2018年,全县失业保险参保人数27522人,征缴失业保险费1088万元,全年共支出失业保险待遇1240万元。

医疗保险　2018年,全县城镇职工基本医疗保险参保人数65576人,征缴医疗保险费20280万元,全年共支出职工医疗保险待遇19470万元。年内,全县城乡居民基本医疗保险参保缴费人数879836人,征缴收入15659万元,财政补助收入44650.78万元,全年共支出居民医疗保险待遇51093.27万元。

工伤保险　2018年,全县工伤保险参保人数39198人,征缴工伤保险费1220万元,全年共支出工伤保险待遇630万元。

生育保险　2018年,全县生育保险参保人数18566人,征缴生育保险费488万元,全年共支出生育保险待遇849万元。

【社会保险管理服务】

社会保险主题宣传　2018年,县人社局根据人社政策宣传主题及12333全国统一咨询日主题,全年共发放《2018年北海市城乡居民医保宣传材料》《合浦县社会保险事业局社保宣传周政策解读》和《降低实体企业经济成本的具体措施》等宣传资料15万余份。

对定点医疗机构实行总额付费管理　2018年,县人社局对定点医疗机构实行总额付费管理,按照前三年度的人均住院率和费用合理制定各定点医疗机构付费总额指标。通过全县各定点零售药店、定点医疗机构工作召开会议,与全县29间定点医疗机构、94间定点零售药店签订服务协议。

社会保障卡发放　2018年,县人社局全面铺开社会保障卡发放工作,多次组织工作人员下乡入户做好社保卡发放、使用功能的宣传解释工作,并动员群众及时激活使用社保卡,累计发放社保卡45.5万张。

城乡居民养老保险待遇领取资格认证　2018年,县人社局在各乡镇全面取消城乡居民养老保险待遇领取资格集中认证,并大力推行通过电脑人脸识别认证、广西人社12333手机客户端认证两种电子化方式进行生存认证。

城乡居民基本养老保险基础养老金最低标准调整　2018年,城乡居民基本养老保险基础养老金最低标准从原来的每人每月90元提高至每人每月116元,65周岁及以上参保的城乡老年居民,在基础养老金最低标准上加发5元老年基础养老金。合浦县11月进行增资补发,补发增资122279人,补发金额2767.58万元。

建档立卡贫困人口医疗保险由县财政实行兜底补偿政策　2018年,合浦县建档立卡贫困人口医疗保险由县财政实行兜底补偿政策,确保患病贫困户报销比例达到90%以上,慢病门诊报销80%以上。

【劳动保障执法维权和劳动管理】

劳动保障监察执法维权　2018年,合浦县劳动保障监察执法检查实行"双随机"模式,全年检查用人单位101户,涉及劳动者人数10061人,签订劳动合同9850人,签订率98%;受理群众投诉举报案件6件,为171名劳动者追回拖欠的劳动工资175.59万元。年内,县人社局会同县发改局、县公安局等11个部门联合开展2017—2018年度农民工工资支付情况专项检查,在全县共检查各类用人单位113户,督促用人单位为130名农民工发放工资72.77万元,通过联合检查组和施工企业负责人约谈调解,为32名农民工追讨工资102.81万元。

劳动管理　2018年,县人社局依法依规审批了广西中粮生物质有限公司等6家企业实行不定时工作制和综合计算工时工作制的申请,对广西合浦鸿运劳务有限公司等3个单位申请劳务派遣经营做出行政许可。同年,县人社局督促2266个企业签订集体合同,覆盖职工46242人,集体合同签订率为91.1%,推动和谐劳动关系的构建。另外,县人社局立案受理劳动争议案件100件,结案99件(其中裁决结案57件,调解结案42件),劳动人事争议仲裁结案率为98%。

【机关事业单位干部队伍建设】

招聘录用工作　2018年,合浦县新招录公务员(参公人员)67人;新招聘事业单位工作人员63名;公开招聘教师355人;安排了29名定向全科生上岗工作,77名特岗教师安排了转岗;安排农村订单定向免费医学毕业生11名上岗就业。

人才引进工作　2018年,合浦县公开引进了88名高层次、急需紧缺人才到全县机关事业单位工作,公开引进了15名教育人才到合浦县工作。

初任培训　2018年,县人社局举办了2017年度新录用公务员初任培训班,组织全县113名2017年新录用公务员、选调生、委培生完成初任培训。

【干部人事管理】

职级晋升　2018年,县人社

局办理公务员(参公人员)职级晋升16人,其中晋升副科级10人,晋升正科级6人。

纪律处理　2018年,县人社局严肃纪律,对违法、违纪人员依据政策法规作出相应处理,行政开除公职3人,恢复工资待遇1人,行政降级5人,停发工资3人。

专业技术职称资格管理　2018年,县人社局为214名大中专毕业生办理转正定职(其中中小学教师系列144人、工程系列66人、新闻系列1人、农业系列1人、文博系列1人、中等职业学校教师系列1人);为219人办理职称资格证书(其中农业系列1人、文博系列1人、新闻系列1人、中等职业学校教师系列1人、工程系列69人、中小学教师系列146人);对2013年以来认定职称资格的证书进行注册审验,共注册审验资格证书365本(其中中级证书2本、初级证书363本)。

人事调动　2018年,全县共有903名事业单位工作人员的岗位聘任发生了变动(其中管理岗位21人,专技岗位819人,工勤岗位63人);全县有34名事业单位工作人员辞职;机关事业单位639名工作人员办理了调动手续(其中调入18人、调出67人,县内调动554人)。

机关事业单位人员退休审批　2018年,合浦县严格执行机关事业单位人员退休审批政策,认真审核办理退休人员手续481人,遗属困难抚恤手续236人。

机关单位和全额事业单位离退休人员生活补助审核　2018年,全县机关单位和全额事业单位离退休人员(原离退休费属财政发放的离退休人员)生活补助进行了3次发放的审核,共审核53373人次。

【企业军转干部解困维稳】

2018年,县人社局继续贯彻中央和自治区有关企业军转干部解困维稳文件精神。全县243名企业军转干部的再就业、养老保险、医疗保险和生活困难补贴等工作项项得到落实,并且不断缩小了与机关事业单位同等同类人员的差距。年内对身患重病,医治花费较大及生活特别困难的军转干部253人次给以临时救助,帮助解决了实际困难;救助军转干部12人次,发放救助金2.8万元;走访慰问5名自主择业军转干部,发放慰问金额1.6万元;春节、"八一"等节日慰问工作共投入资金85.3万元。企业军转干部群体整体保持稳定,没有发生非法上访行为。

(庞雄胜　林新琨　周　康)

民政工作

【概况】 2018年,合浦县民政局(简称县民政局)认真学习贯彻落实中共十九大精神和习近平新时代中国特色社会主义思想,严格执行贯彻"八项规定",认真开展"两学一做"学习教育,积极组织全体民政干部职工认真做好抗灾救灾、社会救济、社会救助、双拥、优抚、安置、城乡居民最低生活保障、五保供养、农村基层政权建设、村民自治、社区建设、民间组织管理、社会团体登记、婚姻登记管理、收养登记、老龄、行政区划、勘界、地名管理、殡葬改革、福利企业生产、收容遣送、有奖募捐、困难残疾人补贴和重度残疾人护理补贴核对发放等20多项工作,努力为困难群众办好事、办实事,促进社会和谐,为与全市同步在广西率先全面建成小康社会奠定了坚实的基础,取得了好的成绩。

【"两学一做"提效能争先锋"十一个一"活动】 2018年,县民政局按照"讲政治、有信念,讲规矩、有纪律,讲道德、有品行,讲奉献、有作为"的要求,推动党员干部深入学习党章党规,提高政治素养和政策水平;开展各式各样的活动深入学习中共中央总书记习近平系列讲话精神,领会以习近平为核心的党中央治国理政新理念新思想新战略;践行合格党员"四讲四有"标准,敢于担当、勇于负责,在推进改革发展稳定中当标兵做模范。县民政局利用各种例会组织干部职工学习《中国共产党廉洁自律准则》、党风廉政责任制和《全面从严治党"两个责任"学习资料汇编》,进一步转变了干部的思想作风,增强了拒腐防变的意识,并组织党员干部参加《全面从严治党党内法规在线知识测试》考试并全部通过网上测试,并要求中层以上领导对存在问题进行自查,切实解决了工作开展不力、责任意识不强、服务质量不高等突出问题,对存在的问题进行逐一剖析和全面整改,有效提高了广大党员干部职工发现问题、分析问题、解决问题的能力。认真贯彻落实规范化服务型政府建设工作要点,建立完善行政审批的管理办法和长效机制,对县民政局行政审批和转报事项的办理时限在承诺时限上提高了95%。对政务大厅民政窗口工作人员进行业务培训,大力推进服务便捷、程序量化、依法行政、行为规范的服务体系建设,使县民政局行政效能建设成果进一步深化和巩固。

【城乡最低生活保障】 2018年，合浦县以城乡低保制度为重点的社会救助体系不断健全，城乡低保实现了动态管理下的应保尽保、应退即退。年内，全县城市低保发放41847人次，累计发放资金1500.99万元，月人均补助358.69元；农村低保发放642612人次，累计发放资金6768.82万元，月人均补助197.51元。人均补助水平达到自治区目标要求。实现动态管理下的“应保尽保、应退尽退”。

【农村低保与扶贫开发政策衔接】 2018年，合浦县以精准扶贫脱贫、精准救助为目标要求，采取强力措施推进农村低保与扶贫开发政策有效衔接工作，加快实现低保对象与扶贫对象的双向衔接，对于符合农村低保条件的建档立卡贫困对象，按规定程序纳入低保范围。全县累计发放农村低保342612人次、6768.82万元，农村低保月人均补助水平197.57元，其中建档立卡贫困人口发放106234人次。12月，全县共有农村低保对象11981户、25448人，其中建档立卡贫困人口低保对象2559户、8012人，低保与扶贫对象重合率为31.5%。

【扶贫攻坚】 2018年，合浦县发挥救助政策的“组合拳”作用，形成制度合力。充分发挥医疗救助、临时救助等其他民政政策兜底作用，通过医疗救助、临时救助等多种措施，加大帮扶力度，提高救助水平，并落实困难残疾人生活补贴制度和重度残疾人护理补贴制度。年内，全县共实施城乡医疗救助27730人次、1038.7万元；发放重度残疾人护理补贴10847人、613.33万元(其中建档立卡贫困人口2524人、136.68万元)；发放困难残疾人生活补贴5444人、325.43万元(其中建档立卡贫困人口2460人、134.81万元)，两项补贴共发放983.76万元(其中建档立卡贫困人口271.49万元)。县民政局定点扶贫帮扶2个乡镇、4个村委：石康镇豹狸村委、大崇村委、夏佳塘村委和白沙镇那潭村委部分贫困户，驻村指导员3人，定点帮扶干部职工45人，帮扶贫困户68户。为帮扶贫困户脱贫致富，定点帮扶干部经常到贫困户家中帮助扶持脱贫工作，指导帮助他们发展种植业、养殖业、外出务工。为符合条件的贫困对象申请办理最低生活保障危房改造、小额贷款、教育资助等，为贫困户做好脱贫相关服务工作，使他们能早日脱贫。春节期间给每户帮扶对象送上大米、花生油、水果等慰问品，折款约3.5万元。

【社会救助】 2018年，县民政局积极开展脱贫攻坚工作，将农村低保与扶贫开发有效衔接的任务分解到15个乡镇，有力地推进了低保政策对农村脱贫兜底作用。12月，农村低保对象11981户25448人，其中建档立卡贫困人口低保对象2559户、8012人，低保与扶贫对象重合率为31.5%。

特困供养水平稳步提高，2018年，共发放城市特困人员生活补贴2420人次、215.02万元，共有41人享受城市特困人员护理补贴，其中全护理30人，半护理11人，共发放城市特困人员护理补贴33.98万元；发放农村特困人员生活补贴2835.04万元，共有196人享受农村特困人员护理补贴，其中全护理145人，半护理51人，共发放农村特困人员护理补贴184.04万元。不断完善城乡医疗救助制度，2018年，全县共实施城乡医疗救助15258人次(其中住院救助6546人次，门诊救助77人次，资助城乡特困人员、城乡低保对象参加居民医疗保险8635人)，共支付医疗救助金817.78万元。

【低收入居民家庭经济状况核对】 2018年，县民政局认真做好社会救助申请核对工作，对申请救助的对象17122户、39332人进行信息核对。其中核对低收入1172户、3914人，通过核对，查出有差异的130户、480人；核对城乡低保15355户、34046人，通过核对，查出有差异的3456户、9565人；核对特困救助323户、347人，通过核对，查出有差异的88户、105人；核对临时救助147户、492人，通过核对，查出有差异19户、58人；住房救助15户、45人；困难职工核对110户、388人。做到公平、公正、公开、准确救助，救助资金效益进一步提高。

【抗灾救灾】 2018年，县民政局积极开展防灾减灾救灾工作。切实做好社区减灾准备认证工作。年内，合浦县通过全国、自治区减灾示范性社区减灾准备认证，其中全国减灾示范性社区2个，自治区减灾示范性社区8个，减灾准备认证45个。县民政局及时将上级拨付的131.78万元冬春救助资金全部发放到5199个需救助对象手中，让灾民温暖过冬，顺利度过春荒时节。

【农村住房政策性保险】 2018年，县民政局大力实施为民办实事工程，按时将县负担的49.2万元保费拨付给了北部湾保险公司。年内，保险公司按时理赔了

199户、150.02万元，理赔率达到100%。

【困难残疾人生活补贴和重度残疾人护理补贴发放】 2018年，合浦县积极做好困难残疾人生活补贴和重度残疾人护理补贴发放工作。困难残疾人生活补贴按每人每月50元标准发放，重度残疾人护理补贴按每人每月50元标准发放。发放困难残疾人生活补贴5444人、325.43万元，发放重度残疾人护理补贴10847人、613.33万元。

【优抚双拥安置】

按时足额发放优抚对象等人员抚恤金（生活补助） 2018年，全县共发放优抚对象等人员抚恤金（生活补助金）5080人，金额为2109万元。办理新申报的优抚对象300多人，新增录入优抚信息系统300多人。

做好优抚对象医疗保险及救助工作 为优抚对象等人员购买2018年城乡居民基本医疗保险1975人，每人180元，金额35.55万元；为6级以上伤残军人购买2018年城镇职工医疗保险15人，金额52362元；给在北海复退军人医院治疗的合浦县伤残军人16人购买2018年城镇职工医疗保险金额53255元；优抚对象医疗补助57人次，发放资金28.4万元。

做好退役士兵接收安置工作 2018年，全县共接收登记2017年秋、冬季退役士兵216人，办理接收登记手续216人，开具介绍信、证明等相关接收手续216人。积极推行退役士兵职业教育和技能培训，鼓励退役士兵参加培训，习得一技之长，便于择业和就业，已有138名退役士兵报名参加汽车驾驶员培训。同年，合浦县接收符合政府安排工作服现役满12年以上的转业士官有11人、符合旧政策安排工作的城镇退役士兵2人，均已经安置完成，上岗就业。

退役军人和其他优抚对象信息采集工作 根据《国务院办公厅关于做好退役军人和其他优抚对象信息采集工作的通知》和《广西壮族自治区人民政府办公厅关于印发广西壮族自治区退役军人和其他优抚对象信息采集工作实施方案的通知》，印发宣传海报4000份，下发到各乡镇民政办，要求张贴到各社区、村委、自然村进行宣传，印发10万份信息采集样表下发到各乡镇，方便退役军人和其他优抚对象填报和乡镇信息录入，共采集录入18000多人。

重点优抚对象服务工作 2018年，县民政局为参战退役人员、参战民兵、烈士家属等人员前往广西凭祥、宁明、龙州、靖西等地烈士陵园祭拜烈士做好相关政策解释工作和开具相关证明共138人，并为他们出行提供了便利。

【基层群众性自治组织】 2017年10月1日起施行的《中华人民共和国民法总则》明确了村民委员会、居民委员会具有基层群众性自治组织特别法人资格，根据《民政部办公厅关于做好基层群众性自治组织特别法人统一社会信用代码赋码工作的通知》要求，全县完成赋予所有273个村（居）民委员会基层群众性自治组织特别法人统一社会信用代码证书发放工作。

【社区建设】

“村改居”工作 为加快推进合浦县新型城镇化建设，优化城乡资源配置，提高社会管理水平，实现城乡一体化发展，按照一个村民委员会改设一个社区居民委员会的原则，按照便于群众自治、有利于经济发展和社会管理的原则，2018年合浦县完成4个村民委员会的“村改居”工作。其中沙田镇沙田村民委员会改为沙田镇沙田社区居民委员会，星岛湖镇上洋村民委员会改为星岛湖镇上洋社区居民委员会，西场镇镇西村民委员会改为西场镇镇西社区居民委员会，公馆镇公馆村民委员会改为公馆镇新时代社区居民委员会。

社区设立工作 为进一步贯彻推进广西农垦改革发展实施意见，合浦县为加快广西农垦国有珠光农场、广西农垦热作机械厂办社会职能改革工作，确保珠光农场职工、群众与周边区域享有同等的社会管理和公共服务，本着便于管理、便于服务、便于自治、便于发展的原则，设立廉州镇珠光社区居民委员会。2018年12月27起，全县共有274个行政村（社区），其中行政村241个、社区33个。

【地名工作】 2018年，县民政局积极稳妥地推进第二次地名普查试点工作和试点地区地名补查工作，对区域内的地名及相关属性信息进行了全面的采集、调查、补充、更新和完善。全县共采集12大类454个子类的地名信息7281条，测量地名经纬度7281条，采集地名照片信息7281张，完成地名成果表7224份，打印装订第二次地名普查成果表33册，打印装订第二次地名普查地名目录一册，标绘、编辑完成（1∶50000）工作图、成果图32幅。用普通话、粤语、客家话等录音地名信息7281条，完成了县、乡镇矢量界线、地名属性信息、地名标志信息。新增地物修测及地名标注的入库工作，建立了地名信息数据库，进一步完善和提升了地名管理和服务水平。年末，合浦县第二次全国地名普查成果数据已通过自治区第二次全国地名普查领导小组办公室审核交接。

【婚姻登记和收养】 2018年，全县共办理结婚登记8178对，离婚1896对，补发结婚登记证1140对；补发结婚登记证72件，登记合格率达100%。办理收养登记55件。

【民间组织管理】 2018年，全县注册登记社会组织180个，其中社会团体75个，民办非企业单位105个；新成立社会组织6个，其中社会团体4个，民办非企业单位2个。

【殡葬改革】 2018年，县民政局为配合县委县政府做好项目建设征地迁坟工作，县民政局领导亲自带队，为东港白沙产业园、公馆经曲樟至常乐新公路、林产项目、汉墓保护等项目用地迁移坟墓610座，其中万人族坟9座，千人族坟36座，其他族坟153座。全县共火化尸体1050具，销售墓地855穴。处理群众抢尸事件4宗，强制送尸火化4具，查处偷埋土葬事件2宗。

【老年人优待】 2018年，县民政局认真做好老年人优待证发放工作，保障老年人合法权益。全年发放老人优待证4651本。为进一步完善合浦县老年人社会保障体系，提高高龄老年人优待水平，推动老年社会福利向适度普惠型发展，让高龄老年人共享经济社会发展成果，同年，合浦县发放80周岁以上高龄老年人生活津贴，凡持有合浦县户籍且年龄满80周岁及以上的老年人，享受高龄老年人生活津贴待遇。县辖区80岁至89周岁老年人，按每人每月25元标准发放，发放23140人685万元；90岁至99周岁老年人，按每人每月50元标准发放，发放4591人、264万元；100周岁及以上老年人，按每人每月300元标准发放，发放173人、60万元。

（王运彬　李永明　王晶强）

地方志工作

【概况】 2018年，县志办在县委县政府的领导下，在上级业务主管部门的指导下，深入学习贯彻中共十九大和中共中央总书记习近平系列讲话精神，特别是视察广西重要讲话精神，结合《地方志工作条例》《广西壮族自治区实施〈地方志工作条例〉办法》《全国地方志事业发展规划纲要(2015—2020年)》精神，认真贯彻落实县委县政府的重大决策部署，按照年度工作要求，突出重点，统筹兼顾，扎实推进各项工作，续志、编鉴工作取得显著成效。

【《合浦县志(1991—2005)》编纂出版】 2018年，县志办按照《全国地方志事业发展规划纲要(2015—2020年)》，强化进度意识、质量意识，抓好《合浦县志(1991—2005)》修改、补充、完善工作。年内，针对审查验收委员会专家学者提出的存在问题和修改意见再一次进行梳理归纳，根据修改意见对全志篇章结构进行了调整修改，并重新调整编纂分工，制订了《合浦县志(1991—2005)》修改完善进度表。为进一步加快志书补充完善进度，提高志书质量，于4月初将各承修单位需要补充完善的内容提纲通过政务网或邮箱下发到了有关单位。同时，根据县委办县政府办联合下发的《关于做好〈合浦县志(1991—2005)〉补充材料和修改完善工作的通知》精神，有针对性地对各承修单位开展业务指导。5月4日—8日，以小组形式对全县承修单位分批召开了小型培训会，对各单位志稿存在的问题及修改意见、建议逐一进行反馈，并就修志工作中遇到的困难和难点、收集补充材料的方式方法进行交流和沟通。经过上下共同努力，《合浦县志(1991—2005)》已经完成修改工作，于9月30日送出版社审查，并进行了5次校对，12月已安排出版。

【《合浦年鉴(2018)》编纂出版】 2018年，县志办按照“一年一鉴”的要求，及时制定《合浦年鉴(2018)》编纂大纲和工作流程报县委、县政府审定下发《关于做好〈合浦年鉴〉编纂工作的通知》，同年4月启动年鉴编纂工作。在年鉴编纂工作中统筹推进资料搜集、整理、修改和图片采集等各环节，细校细改。《合浦年鉴(2018)》编纂完成并于11月2日通过出版社审查，已进行了4次校对，12月出版发行。

【地情资料年报及自治区和市年鉴组稿工作】 2018年，县志办根据《北海市人民政府办公室关于做好地方志地情资料年报工作的通知》和市志办要求，根据年报资料编写提纲，对全县各机关部门、各乡镇督促，加强业务指导和进度推进，对进度缓慢和未开展的单位(部门)逐一联系，攻克难点。

2018年地情资料年报于10月完成并送政府办审核并按要求报送材料。在开展地情资料年报工作的同时，组织人员根据自治区方志办和北海市志办的工作要求，按质按量完成《广西年鉴(2018)》和《北海年鉴(2018)》合浦县部分内容的组稿工作。

【志鉴宣传及利用】 2018年，县志办设立县情咨询窗口，为领导决策提供县情咨询，为社会各界人士提供查阅相关资料，积极发挥志书效益，服务社会、服务经济。全年接待前来查阅相关资料的各级各类人员共38人次。

9月28日，由广西壮族自治区地方志编纂委员会办公室举办、合浦县委、县政府协办的地方志服务“一带一路”——《灵渠—合浦：海上丝绸之路历史溯源》专题研讨会在合浦县红林大酒店召开。自治区人民政府副秘书长唐宁，自治区地方志办公室党组书记、主任梁金荣，自治区地方志办公室党组成员、副主任唐中克、邓敏杰；北海市委常委、副市长辛红梅；合浦县委书记杨斌，合浦县委常委、副县长何立云，合浦县副县长梁建维；复旦大学、中山大学、广西师范大学、中国社会科学院、中国考古学会理事、国家图书馆出版社以及自治区地方志办公室、广西14个市地方志机构的专家学者；合浦县志办、县文物局、县博物馆、县申遗办等部门负责人及业务人员共100多人参加会议。会上，来自自治区内外的6名业内专家分别发表主旨演讲，专家学者对《灵渠—合浦：海上丝绸之路历史溯源》史料汇编的内容收集框架和项目的后续开发工作进行研讨。

【县委中心工作】

“美丽广西·清洁乡村”工作 2018年，县志办抓好片区清洁卫生；经常性组织干部职工开展责任区环境卫生大扫除活动，为责任区居民创造了一个健康、卫生的生活环境，为合浦县创建全国文明城市献力。帮助挂点村开展“美丽合浦·乡村建设”活动；定期不定期到驻挂点村与村干部研究工作，出谋献策，为“清洁乡村”工作出资出力。

2018年9月28日，地方志服务“一带一路”《灵渠—合浦：海上丝绸之路历史溯源》专题研讨会在合浦县红林大酒店召开 （县志办 供）

落实从严治党“两个责任” 2018年，县志办认真贯彻落实全面从严治党有关规定，积极履职担当，扎实推进党风廉政建设主体责任落到实处。深入学习贯彻中共十九大和十九届二中、三中全会精神，学习中共中央总书记习近平系列重要讲话精神和关于进一步纠正“四风”、加强作风建设重要批示，深入开展“两学一做”教育实践活动，坚决反对“四风”，进一步推动扶贫领域腐败和作风问题专项治理工作，全面加强党风廉政建设，推进扶贫领域腐败和作风问题专项治理工作，推行党风廉政建设和反腐败斗争，为脱贫攻坚工作保驾护航，严格落实从严治党主体责任。

扶贫攻坚 2018年，县志办严格按照县委县政府要求，月月组织干部职工进村入户，了解贫苦户的生产生活情况，认真核实贫困户的收支情况。年内投入资金4000元，发放每户帮扶户慰问金200元，并慰问村委干部及驻村干部。 （陈文明）

档案工作

【概况】 2018年，合浦县档案局(馆)内设人秘股、业务监督指导股、保管利用股，共有编制11名。同年，县档案局(馆)在县委、县政府的正确领导下，在上级业务部门的指导下，以习近平新时代中国特色社会主义思想为指导，认真学习中共十八届六中全会精神和中共十九大精神，进一步加强党建和党风廉政建设，深入开展“两学一做”活动，紧紧围绕县委、县政府的中心工作，服务大局、服务民生，加强档案业务建设，圆满完成了全年的各项工作任务。

【档案行政管理】

档案行政执法检查和机关档案工作年检　2018年，县档案局印发了《关于开展2018年档案行政执法检查和机关档案工作年检的通知》，各机关单位按照检查的内容和要求进行自检，在普遍自查的基础上，抽查了30个单位，在检查中，大多数单位积极配合检查，对检查中指出的存在问题，积极采取措施加以整改。通过开展档案行政执法检查和机关档案工作年检活动，促使各单位领导重视和支持档案工作，对加强机关档案工作取得了很好的效果。

"国际档案日"宣传　6月，县档案局开展了宣传主题为"档案见证改革开放"的"国际档案日"宣传活动，利用悬挂宣传横幅、县委、县政府和县政务中心的LED显示屏等宣传手段，大力宣传档案在服务中心工作、服务历史研究、服务社会民生、服务文化建设等方面的重要作用，提高社会公众对档案资源建设重要性的认识，在全社会形成珍惜档案资源、重视档案工作的良好氛围。

档案业务指导和检查　2018年，县档案局根据一些单位的需求进行上门指导与服务，县档案局监督指导股全年对县机关事务管理局等30多个单位的档案工作进行监督和指导。举办合浦县2018年第二期县、乡、村三级扶贫信息员（档案员）培训会，对参加培训的信息员（档案员）约200人进行档案收集整理培训，加强了档案的收集和整理工作。县档案局多次到县扶贫办指导精准扶贫档案整理工作，全年完成整理扶贫档案9896件，扫描110554页。为进一步加强土地承包经营权确权登记颁证推进工作，县档案局加强与市、县农业局等单位的联系和密切配合，并派出业务人员对各乡镇档案材料的收集和整理方法进行指导和培训，联合开展土地确权颁证档案工作督查。通过开展检查和指导工作，促进档案资料收集齐全、规范整理。

档案业务培训　5月11日，县档案局组织全县机关单位档案员参加北海市档案局举办的GD2016档案管理系统应用培训班，有109名档案员参加了培训，经过培训，档案员初步了解GD2016档案管理系统的使用方法。

规范权力事项运行流程　2018年，县档案局认真做好行政审批和政务服务中心事项办理。按照县审改办和县政务服务办公室的文件要求，及时完成了"一事通办"、限时办结事项清单、进驻政务服务中心办理行政权力事项数量统计、及时将权责事项清单上传到广西政务服务平台，做好"放管服"改革明察暗访督查工作自查和突出问题整改、开展清理规范证明事项等工作。

【档案馆业务工作】

档案整理与接收　2018年，县档案馆继续对县委、县政府、县委组织部的归档文件进行整理和目录录入，约整理了档案1万多件。抓好档案的接收工作，改善馆藏档案结构，提高馆藏档案质量，丰富档案服务资源。年内接收县民政局婚姻档案12918件（2004—2006年）又32777卷（2007—2009年）。

档案安全管理　严格落实安全责任制，确保档案安全。为加强档案安全管理，县档案局明确了分管档案安全工作的领导和专职人员，落实档案安全保管工作的有关制度，做好库房保洁和日常管理，定期对馆库进行安全检查，添置监控设备，确保档案得到安全妥善保管。

档案利用　2018年，县档案馆积极主动、热情提供档案利用服务。全年共接待利用者1332人次、查阅档案1193卷又1906件，复制档案5981页，为利用者办理社会养老保险、解决山林土地纠纷、确保婚姻当事人的合法权益、完善干部个人档案和工作查考等方面发挥很大的作用。

档案数字化　2018年，合浦县档案数字化项目共投入近20万元，完成档案全文数字化共252247页。全文数字化工作的开展，较好地保护了档案原件，有效地延长了档案的寿命。

档案开放鉴定　2018年，县档案馆根据《中华人民共和国档案法》和《各级国家档案馆开放档案办法》，对馆藏县人事局和县劳动局2个全宗期满30年的档案进行了鉴定、划控，对1486卷共106128件档案进行鉴定、划控，拟向社会开放档案5件，延期向社会开放档案106123件。

档案统计　2018年，县档案局认真做好2017年度档案统计年报工作。将大部分机关、企事业单位的统计年报的数据录入，并将汇总的电子综合年报上报北海市档案局。通过开展档案统计年报工作，使县档案局对全县各单位档案工作基本情况有了全面、翔实的了解，为合浦县档案工作走向规范化、法制化、科学化奠定了基础。

编史修志　2018年，县档案

局按照县志办的工作要求，县档案局组织工作人员编写了《合浦年鉴(2018)》合浦县档案工作部分。配合自治区档案局编纂《广西档案60年》，县档案局编写了合浦县60年来档案事业发展史，共1万多字。

【县综合档案馆建设】 2018年，经县档案局领导与上级有关部门密切联系和沟通，各部门的不懈努力，争取把合浦县综合档案馆建设项目列入2017年计划，并于当年10月30日顺利开工建设，建设合浦县综合档案馆一栋，项目总用地面积3760.7平方米，建筑占地面积为646.98平方米，项目总建筑面积为3757.52平方米。中央下达建馆专项资金492万元和自治区财政补助资金100万元已到位，县财政2018年配套建馆费100万元。县档案局安排专人负责项目建设工作，做到专款专用。12月，对该项目建设工程质量进行了验收。

【各项中心工作】 2018年，县档案局认真完成县委、县政府的中心工作。年内选派2名干部分别到乌家镇乌家村委和瓦联村委协助挂点的村“两委”抓好党建工作、精准脱贫和土地确权等工作，赞助2个村委共6000元，用于改善驻村干部的食宿条件，使工作队员能够全力投入工作中。开展精准扶贫工作，安排领导干部与乌家村的9户贫困户和白沙镇的6户贫困户进行结对帮扶。抽调1人到北海振兴南珠产业办公室工作；1人到县委巡察办配合县巡察工作；1人参加沙岗石英砂矿产加工产业园项目征地拆迁工作，较好地完成了县委、县政府的中心工作任务。

（陈辉萍）

2018年12月，合浦县综合档案馆通过竣工验收　　（县档案局　供）

旅游工作

【概况】 2018年，合浦县大力实施“旅游旺县”战略，坚持文化旅游融合发展，突出“汉郡合浦、海丝明珠”发展定位，举全县之力创建广西特色旅游名县，以全自治区第二名的成绩荣获广西特色旅游名县称号。年内，全县推进涉旅项目65个，计划总投资120.18亿元；完成涉旅项目投资31.81亿元，其中政府性投资14.73亿元，社会资本完成投资17.08亿元。引进了海丝首港、台湾渔业小镇、金石豹狸田园综合体、阳光城文旅小镇等一大批特色旅游项目。全县接待国内游客人数815.3万人次，比2017年增加58.87%；国内旅游消费79.94亿元，比2017年增加18.22%。

【旅游景区景点规划与建设】

旅游景区景点建设　2018年，合浦县确立“先易后难、增量提质”的总思路，整合、包装一批旅游景区、景点、乡村旅游区。年内，在创2个国家AAAA级旅游景区（星岛湖和东园家酒产业园）；创成省级生态旅游示范区1家（星岛湖）；广西五星级乡村旅游区1家（小村故事）；农家乐五星级2家（璋嘉新福楼、洪潮村闲云生态园），四星级农家乐2家（山口龙宫客栈、石康乡村乐园）；创成特色旅游村镇2个（曲樟璋嘉、黄泥秀）；创成特色街区1条（华兴步行街）。

新福楼农家乐位于爱国名将陈铭枢家乡、中国传统村落曲樟乡璋嘉村。璋嘉村濒临六湖水库（古称六湖水垌），空气清新，水质纯净，风景优美，气候宜人，湖光山色，竹林青翠，加上有淳朴的村民点缀，或放牧，或耕田，或打渔，整个璋嘉村如同一幅清新宁静的风景画，令人陶醉，每年吸引大批游客前来旅游度假。新福楼农家乐四周山环水绕，聚水藏风，地理位置十分优越。农家乐邻近陈铭枢故居，配有专用停车场，提供特色皮筏租赁服务，为旅客出行游玩提供便利。新福楼农家乐秉承“引领健康美食，倡导绿色生活”的经营理念，坚持“诚信为本，宾客至上”的服务宗旨，不断挖掘当地特色，以绿色、健康为主题，以木作为主调，结合当地的湖泊和现行流行元素，营造具有时尚气息和乡村风情的住宿和就餐环境。石康乡村乐园农家乐位于合浦县石康镇东冲村委白鹤村，距离县城20千米，距离十字路高速路口3千米，地理位置优越，配有专用停车场，四周绿树环绕，聚水藏风。乡村乐园农家乐占地面积约10.67公顷，划分有餐厅、客房、烧烤区、农副产品加工区等区域，设施齐全，已经开设了钓鱼、水果采摘、烧烤、农副产品加工、乒乓球、桌球等娱乐活动场所。住宿环境温馨、舒适、优雅，是一家集“吃喝玩乐行”为一体的综合性特色农家乐。

2018年，石康镇乡村乐园景点　　（县文化体育和旅游局　供）

狠抓招商引资　2018年，合浦县按照“强龙头、补链条、聚集群”的要求，大力开展文化旅游产业精准招商和产业链招商。年内，主要旅游招商项目有武当山旅游集团投资21亿元的海丝首港项目、台湾华伟渔业集团投资4.5亿元的台湾渔业风情小镇、北京中房金石集团投资20亿元的石康镇豹狸村田园综合体等一批旅游特色项目加快推进。台湾丽锦集团投资16.9亿元的七星岛现代农业休闲旅游项目、广西地矿集团投资55亿元的田园综合体项目、清华启迪集团投资100亿元的仙人桥大健康特色小镇、阳光城集团投资50亿元的廉州湾文旅小镇、北京华夏中青公司投资200亿元的更螺岛汉郡旅居康养项目等一大批旅游项目也陆续签约。

重点项目建设　2018年，合浦县认真做好旅游发展工作，推动了一批重点项目建设。其中，海丝首港项目发布征收土地预公告，申请开展用海预审工作，进行用海论证、用海环评等工作，申报自治区层面推进统筹重大项目、北海市“一带一路”重大项目和北海市全域旅游重大项目，召开征地动员会，成立征地拆迁工作组，签订国有土地使用权预申请三方协议书，支付用地预申请保证金。推进海山半岛生态旅游项目的建设，协调解决建设过程中遇到的困难，推进曲樟客家旅游小镇项目的前期工作。

2018年，新福楼农家乐　　（县文化体育和旅游局　供）

【旅游公共服务设施建设】 2018年，全县建成总投资5000万、总面积超过1万平方米，广西县级最大的旅游集散中心；新增旅游厕所10座；建成四星级汽车旅游营地1家（梦唤滨海汽车旅游营地）、三星级汽车营地2家（七里香汽车营地、小村故事汽车营地）。县旅游局积极指导开展创建星级

2018 年 10 月 25 日，合浦县到山西省太原市举行旅游推介会

（县文化体育和旅游局　供）

酒店活动。年内，文和大酒店已通过三星级酒店的验收，在创四星。同时，县旅游局指导石康镇乡村乐园农家乐、北海龙宫客栈、党江渔人部落、合浦县嘉乐农庄申报四星级农家乐，指导新福楼农家乐申报五星级农家乐，指导合浦闲云生态园、荔龙山庄等申报四星级乡村旅游区、指导山口镇石子岭乡村旅游区、高豪客家往事乡村旅游区申报五星级乡村旅游区。

【旅游宣传营销】 2018 年，合浦县进一步宣传推广合浦海丝始港的旅游文化，打响“汉郡合浦 · 海丝明珠”文化新品牌，推动合浦旅游、海丝文化、海港文化等资源的发掘与探索，4 月 26 日至 5 月 3 日成功举办了 2018 年中国合浦首届海丝始港旅游文化节。邀请专家、新闻媒体、旅游界同行来合浦县进行“汉郡合浦 · 海丝明珠”采风踩线活动。着力办好乡村旅游文化节一系列“特色节庆”活动。围绕春节、“三月三”“五一”等节日，县内国家 A 级旅游景区、乡村旅游区、农家乐景区举办了形式多样、丰富多彩的主题活动。参加自治区、北海市旅发委组织的“壮族三月三 · 相约游广西”南京推介系列活动。组织到旅游客源地南宁和山西太原进行旅游宣传促销，有力地宣传了合浦旅游，吸引了大批游客。

【旅游行业管理】

规范旅游市场　2018 年，县旅游局继续规范旅游市场，加大旅游执法力度，全力为游客提供优良服务。加大节假日期间旅游安全检查力度，完成元旦、春节、“三月三”、清明节、“五一”“十一”等时间节点联合安全生产检查任务。县旅游局不定期开展旅游安全检查和整治行动。日常加强县内国家 A 级旅游景区、星级乡村旅游区、星级农家乐、星级酒店等安全生产工作进行隐患排查和督促检查，督促旅游企业进一步落实安全生产主体责任，加大安全投入，有效防范和坚决遏制旅游重特大事故。县旅游局每个节假日都强化值班，主动深入各大景区景点，加强安全隐患排查，随时受理旅游投诉，维护游客的合法权益。积极参加县安委会各类安全生产活动。认真开展 2018 年“安全生产月”的宣传活动；根据县安委会开展全县安全生产工作的要求，积极开展旅游行业隐患排查、旅游水上安全专项治理、打非治违工作，及时报送检查结果和信息动态。加大对全县景点、酒店、车船企业的行业服务质量监管。“壮族三月三”、清明节、“五一”假

2018 年 11 月 16 日，柬埔寨王国环境部助理秘书宋叶（左四）一行到合浦汉代文化博物馆调研

（县外事侨务办　供）

期，县旅游局联合县海事、消防、食药监、质检、安监、交通等多部门开展对旅游经营场所、星级酒店、旅游密集场所进行了旅游安全及旅游市场秩序大检查。其中县旅游局联合县海事、工商、食药监、质检、安监等多部门开展对旅游经营场所、星级酒店、旅游密集场所的旅游市场食品安全专项行动1次。联合县物价、工商、食药监、质检、安监等多部门开展对旅游经营场所、星级酒店、旅游密集场所旅游商品交易市场监管专项行动1次。（陈海春）

2018年10月11日，合浦县副县长梁建维（右一）陪同老挝国家档案局代表团一行参观合浦汉代文化博物馆 （县外事侨务办 供）

外事工作

【外事接访】 2018年，县外事侨务办配合县政府和上级外事部门做好接访工作，积极促进合浦县对外交流与合作，全年共协助接待外事团体5个、80人次，接访团组均参观合浦汉代文化博物馆，了解汉文化的博大精深，加大对外宣传力度。3月，县外事侨务办协助接待第15届中国—东盟博览会高官代表团一行26人参观合浦汉代文化博物馆。

7月，县外事侨务办协助接待太平洋岛国政治家联合考察团一行18人；10月11日，老挝国家档案局代表团一行12人到合浦县参观合浦汉代文化博物馆，县外事侨务办协助接待。11月16日，柬埔寨王国环境部助理国务秘书一行5人到合浦县参观合浦汉代文化博物馆，县外事侨务办协助接待。

2018年11月29日，北海市外侨港澳办主任蓝伟作外事礼宾礼仪知识及外事管理专题讲座 （县外事侨务办 供）

【外事联谊】 为增进海外华裔青少年与祖（籍）国之间的文化情缘，进一步扩大合浦县对外交流和影响，涵养侨务资源，增强广西软实力，推动中华文化走向世界，根据自治区外侨办《自治区外侨办关于2018年"中国寻根之旅"夏（冬）令营广西地方合办营有关事宜的函》和《海外华裔青少年"中国寻根之旅"夏（冬）令营办营规范》的要求。结合此次夏令营工作实际情况，县外事侨务办于7月24日—8月7日举办海外华裔青少年"中国寻根之旅"夏令营——古丝扬帆合浦营的活动。组织柬埔寨华文学校60名在校青少年学习汉语、中华优秀传统文化和地方特色文化等内容丰富的活动，弘扬中华优秀文化，扩大合浦县对外交流合作与对外宣传，涵养侨务资源，促进外事侨务工作可持续发展。

【外国援教】 2018年，县外事侨务办根据广西壮族自治区侨务办公室《关于做好广西外派教师工作的通知》，为了进一步做好合浦县外派教师工作，结合合浦县外派教师的实际情况，推荐邓丽琴、马满、王凤荣、黄立琳、赵淑芬、何远萍6名教师为2018年合浦县外派教师的人选，完成2018年外派教师报名工作。由于合浦县外援教师表现出色，年内，庞辉、梁滨、陈晓萍、李彩霞4名教师获得续聘，为合浦县对外宣传、文化交流贡献力量。

【外事礼宾礼仪知识培训】 11月29日，合浦县举办外事礼宾礼仪知识及外事管理专题讲座，对全县外事礼宾接待工作人员作专题培训，副县长梁建维出席讲座并讲话，特邀北海市外侨港澳办主任蓝伟作专题授课。进一步提高合浦县干部队伍综合素质和外事接待能力，更好地服务国家总体外交大局和地方经济社会发展，深度融入国家“一带一路”建设，推进合浦县高层次、宽领域、全方位的对外交往与合作。

侨务工作

【概况】 合浦县是广西重点侨乡之一。合浦籍的华人华侨有83100多人，分布在全世界35个国家和地区，主要集中在东南亚和北美。华人华侨在国外从事政治、经济、科学、文化、教育等领域的职业。归侨、侨眷也是侨情的重要组成部分。归国华侨主要是从越南、印尼和马来西亚回来的难侨。全县共有归侨4356人，侨眷总人数26960人，主要分布在钦廉林场（合浦县辖区乌家分场、石湾分场、天堂分场）、公馆铁山水泥厂、公馆化肥厂、合浦县工贸公司等，部分散居于全县15个乡镇。县外事侨务办秉承严谨的工作态度，出色完成各项侨务工作，为广大“侨众”办好事办实事。

【关注归侨侨眷民生问题】

慰问及扶贫　2018年，县外事侨务办从为民做实事、关注民生、推进和谐发展、维护侨界稳定作为全面贯彻落实科学发展观的出发点和落脚点，想方设法筹集资金，为广大“侨众”办好事办实事。关注民生、关爱侨众，做好困难归侨慰问工作。认真做好困难归侨的节假日慰问工作，关注贫困、孤寡侨户。元旦、春节期间共慰问贫困侨户180户，发放慰问品40960元。六一儿童节与县侨联、县致公党合浦总支联合深入钦廉林场天堂分场辖区天堂小学开展“情系归侨　爱心助学”慰问活动，慰问困难归侨子女16人，送去价值3200元学习用品；中秋佳节期间共慰问贫困侨户60户，发放慰问品20000元。以节日问候、慰问活动为契机，真正做到进家入户，联系侨众，了解归侨侨眷生产生活的现状，为开展工作打下了基础。

协调解决归侨侨眷热点难点问题　2018年，县外事侨务办为加强对侨界特殊困难群体的关怀救助，积极配合北海市外侨港澳办解决合浦县工贸公司归侨侨眷职工饮用水安全问题，在县工贸公司归侨侨眷职工宿舍区打深水井，用于改善该公司归侨侨眷饮用水的质量。积极申请解决修建县工贸公司宿舍大门、住宅区公共设施等的经费问题，将于2019年完成修建项目。配合做好钦廉林场乌家分场“侨之家”创建工作，协助其争取归侨居住区生活基础设施项目，修建分场水泥路面，提高了合浦县归侨侨眷的生活水平。

侨务扶贫培训　2018年，县外事侨务办为了解全县归侨侨眷生产生活的情况，密切联系侨众，深入归侨安置点钦廉林场（乌家分场、石湾分场、天堂分场），县工贸公司开展侨务工作调研及归侨侨眷自主创业的情况。12月，县外事侨务办举办2018年合浦县归侨侨眷职业技能培训活动。培训

2018年5月30日，县外事侨务办会同县侨联、县致公党合浦总支开展2018年“六一”爱心助学活动。图为县外侨办主任黄刘健（前排右一）向天堂林场辖区内的天堂小学赠送学习用品

（县外事侨务办　供）

班分3期开展，参加培训活动的有合浦县工贸公司归侨侨眷50人次，钦廉林场（乌家分场片区）贫困归侨侨眷50余人，培训活动邀请合浦县水产畜牧兽医局高级兽医师黄吉辉、金花茶栽培技术人员冯丽华、电商技能培训高级讲师彭华康、家政服务讲师陈继平进行授课，授课内容包括家禽（鸡、猪等）养殖技术，金花茶种植技术管理、成品加工制作，家政服务的类型及发展趋势、电商创业等。课程通过详细的讲解，问答互动的形式，让归侨侨眷掌握相关方面的职业技能。同时，培训安排参观考察合浦振林金花茶示范基地、手工业皮具加工厂、石康镇水车村大棚种植示范基地、农村淘宝示范点等，了解电商扶贫的流程及市场供需的现状。结合实际操作（金花茶树苗嫁接技术及护理），让归侨侨眷们更直观地掌握技能，拓宽就业渠道，实现就业创业，依靠自身努力脱贫致富。

2018年12月，合浦县归侨侨眷职业技能培训班学员考察石康镇水车村大棚蔬菜种植示范基地，提高创业积极性　（县外事侨务办　供）

【侨法宣传】 2018年，县外事侨务办广泛宣传贯彻《中华人民共和国归侨侨眷权益保护法》及各项侨务政策。5月，县外事侨务办与县侨联联合在合浦县廉州镇平田社区举办2018年合浦县侨法宣传暨侨爱医疗义诊活动。活动通过发放资料、现场解答等方式，开展有关涉侨法律法规、困难归侨救助政策等的宣传工作，为当地归侨侨眷和民众提供义诊和健康咨询服务。12月，县外事侨务办利用宪法宣传日，在县城廉州广场举办侨法宣传活动。宣传活动共发放宣传资料800余份，提供涉侨法律政策咨询50余人次，开展医疗义诊100余人次。扩大侨法覆盖面和认知度，努力营造知《中华人民共和国归侨侨眷权益保护法》、懂《中华人民共和国归侨侨眷权益保护法》、用《中华人民共和国归侨侨眷权益保护法》的良好氛围。

【归侨侨眷身份证明出具】 2018年，县外事侨务办协助落实归侨子女升学、归侨侨眷就业，使他们按侨务法规和有关政策享受应有的照顾。县外事侨务办全年共办理“三侨考生”证明14份；归侨身份证明4份，侨眷身份证明1份。

【侨务信访】 2018年，县外事侨务办认真做好侨务信访工作，确保侨界一方平安。认真对待侨务信访工作，积极协调有关部门解决侨务信访问题，耐心细致做好解释工作，做到件件有落实、事事有回音，消除各种不稳定因素。全年共接到信访件3件，办结2件。

【侨务宣传】 2018年，合浦县外事侨务接待方面的报道被合浦新闻网采用5篇、中国侨友网采用2篇。充分做好夏令营对外宣传工作，高度重视夏令营的宣传，安排专人跟营摄像、拍照，并及时把整理好的活动图片和文章，积极向合浦新闻网、《北海日报》、《北海晚报》、中国侨友网、中国华教网和夏令营微信平台等投稿。在宣传报道方面，县外事侨务办共采写稿件8篇，被中国华教网采用1篇，被夏令营微信平台采用4篇，合浦电视台对开营仪式作了专门的新闻报道，此次活动还被合浦新闻网、中新网、《北海日报》、《北海晚报》、合浦网等报道。完善县外事侨务办政府信息公开工作，有效宣传合浦县外事侨务工作取得的新成效，做好合浦县作为海上丝绸之路始发港的对外宣传工作。

（黄刘建　陈晓萍　庞金能）

中国人民政治协商会议合浦县委员会

综　述

【概况】 2018年，中国人民政治协商会议合浦县第十三届委员会（简称县政协）下设1个办公室，4个专门委员会，在编干部职工23人。年内，县政协及其常委会团结带领全体政协委员和社会各界人士，立足新时代、践行新思想、顺应新形势、把握新机遇，紧扣县委县政府重大决策部署、重点工作安排，认真履行三大职能，在助推发展中展现担当作为，在服务民生中践行为民宗旨，在增进共识中凝聚智慧力量，在锤炼自身中提升质量水平。全年共召开县政协全体会议1次，县政协常委会议3次，收集大会发言27篇，开展考察、视察活动21次，撰写调研报告21篇，组织政协委员开展专题视察活动2次。全年共收集到县政协十三届三次会议以来的提案106件。办复率100%，满意率100%。

【夯实思想基础】 2018年，县政协自觉把习近平新时代中国特色社会主义思想作为统揽各项工作的总纲，坚定不移地做到接受党的领导的政治立场毫不动摇，始终与党同心同德的政治态度毫不动摇，坚定贯彻执行党的路线方针政策的政治信念毫不动摇。切实提高政治站位。坚持把学习习近平新时代中国特色社会主义思想作为一项重大政治任务。通过召开政协主席会议、政协常委会议、政协委员培训会议、机关干部会议等多种形式，引导各党派、各界别委员和政协工作者凝聚思想共识，牢固树立“四个意识”、坚定“四个自信”，坚决做到“两个维护”，始终在思想上政治上行动上同以习近平为核心的党中央保持高度一致。专题学习研讨中共中央总书记习近平关于加强和改进人民政协工作重要思想，组织全体委员撰写心得体会文章和理论文章，深入学习贯彻《中共中央关于加强社会主义协商民主建设的意见》《中共中央办公厅关于加强人民政协协商民主建设的实施意见》等一系列文件精神，深刻认识和把握人民政协的性质定位和重要作用。坚持围绕中心抓党建、抓好党建促发展的工作思路，以高水平党建引领政协工作高质量发展。按照《中共中央办公厅关于加强新时代人民政协党的建设工作若干意见》，认真落实新时代政协党建工作的总部署，全面推进党的政治、思想、组织、作风和纪律建设，高标准健全完善了党的组织体系和制度机制，为提高政协工

2018年8月21日，自治区政协副主席钱学明（前左二）到县政协文史馆调研（县政协办　供）

作水平筑牢根基。

【提案工作】 2018年，县政协委员、政协各参加单位、县政协各专门委员会通过提案履行职能，彰显提案在政协履职中的优势和作用。年内共提交提案113件，经审查立案106件，立案率为93.8%。在立案提案中，大会提案91件，平时提案15件。县委书记杨斌、县长李安洪等党政领导对24件重点提案作出批示，政府领导亲自带队调研并召开提案办理协商会，县政府分管领导通报提案办理情况。28个承办单位主动与提案者沟通协商，采纳提案建议。至11月底，立案提案全部办结，提案所提建议已经解决或采纳的占89.7%，列入计划拟解决或采纳的占8.5%，尚未采纳的占1.8%。其中关于推动农村电商发展的建议，县政府通过多种形式宣传农村电子商务，充分调动农村电商服务点人员的积极性，向农民普及互联网知识，并深入推进电子商务精准扶贫。合浦县乐村淘、村邮乐购、北部湾商城等电商平台积极探索电商扶贫模式。乐村淘平台积极与贫困户沟通，通过线上线下渠道帮助西场镇贫困户卖出几十万千克红薯等农产品；北部湾商城通过自建平台，线上线下销售荔枝、南瓜等农产品及当地企业加工产品。6月12日，由北部湾商城与曲樟乡亚山村农民专业合作社联合举办的亚山鸡嘴荔枝旅游文化节取得了很好的效果，帮助亚山贫困种植大户销售大量荔枝，增加了收入。

【民主监督】 2018年，县政协选派40余名政协委员参加扶贫攻坚领域监督、法院旁听、招生招考等活动，通过收集反馈有关意见建议，促进相关单位及其工作人员改进作风、提高效率、廉洁从政。持续就安全生产、食品安全、义务教育均衡发展、整治改善生态环境、饮用水安全、城市管理、水行政执法管理等工作开展监督性视察调研活动，针对工作中存在的薄弱环节，政协委员们从推进全县经济社会发展的高度出发，讲真话，谏真言，促进有关单位工作落实和民生难题的有效解决。支持政协委员积极参与“纳税人开放日”、行风政风评议、座谈听证、环保督查和执纪执法检查等工作，梳理政协委员们提出的意见建议，及时通报相关部门参阅。加强社情民意信息报送。年内共收集社情民意信息20多篇。7月，县政协的社情民意信息“关于推动合浦农村电子商务快速发展的建议”得到北海市政协来稿采用，并报北海市委信息科、改革办，助推一批民生问题解决。

【提案督办】 2018年，县政协常委会组织开展提案办理协商工作，把提案办理协商作为提案工作的重点，推动提案办理协商活跃、有序、灵活、经常地开展。县政协第3次主席会议确定《关于加强我县城市管理的建议》等24件重点提案，报送县委县政府，由县委办和县政府办联合下发有关通知到各个单位，按时答复和办理。进一步完善好政协委员提案督办工作跟踪反馈机制，将全部政协委员提案列出清单，相关部门承领，做到每件提案的办理工作有落实、有回复。主动和党委政府办公室有关部门沟通联系，共同建立健全政协提案和意见建议的跟踪办理、督查落实、情况反馈机制，提高政协提案办理的落实率和成果转化率。

【调研视察活动】 2018年，县政协共组织了7次调研和外出考察活动，并形成调研报告提交县委决策参考。5月，县政协主席韩传福、副主席叶春率队组织相关人员到县社会福利院、德芳福利院、公馆镇养老服务中心等公办和民营养老机构调研，并先后考察借鉴柳州市鱼峰区、柳江区，南宁市宾阳县、武鸣区等县市在发展养老产业方面好的经验和做法，全

2018年7月10日，县政协组织政协委员对加强石康顺塔保护的提案开展现场督办

（县政协办　供）

面总结合浦县健康养老产业发展的现状和存在问题，有针对性地提出意见建议，形成《关于加快发展我县健康养老产业的调研报告》。6月，县政协文教卫体委员会组织相关政协委员及县旅游局有关人员，赴浙江省淳安县和江苏无锡市，开展"加快星岛湖旅游区建设，打造合浦旅游品牌"专题调研活动。对千岛湖风景区、无锡影视基地的"水浒城"旅游开发经验、管理体制、旅游运营等进行考察调研。形成《关于"加快星岛湖旅游区建设，打造合浦旅游品牌"的调研报告》。9月，县政协就"发挥合浦海养产业优势，助力向海经济发展"的课题，组织部分政协委员和相关部门负责人到公馆、闸口、廉州、党江、西场等9个沿海乡镇和北海宽利、宏昌等水产品加工企业开展调研。形成《关于发挥合浦海养产业优势，助力向海经济发展的调研报告》。10月，县政协就如何加强合浦县城市建设管理这一课题组织部分委员开展调研工作，并到四川省什邡市、广汉市等地学习借鉴先进县的经验，形成《关于加强城市建设管理，提升城市品位的调研报告》；县政协经济科技委组织部分政协委员和县水产畜牧局等部门就该课题组织相关人员开展调研，形成《关于加快我县南珠产业发展的调研报告》；县政协文教卫体委员会和民进合浦总支联合组成调研组先后到县农业局和利添亚洲果业公司、东园生态农业科技有限公司等现代果业示范基地、特色种植基地，详细了解合浦县现代农业发展的基本情况，通过深入农村基层第一线，走访涉农企业和种养大户，召开有关专家、企业家和种养大户座谈会，以及到现代农业发展先进发达地区进行参观调研，通过纵深对比，找出差距与不足，针对合浦县的优势和短板，提出了发展合浦县现代农业的建议。形成《关于发展合浦县现代特色农业的调研报告》。11月，县政协文教卫体委员会组织教育线的政协委员对全县学前教育事业发展情况进行调研，并深入到党江镇中心幼儿园、九坡小学附属幼儿园、民办向阳幼儿园和廉州镇六幼、八幼、民办锦绣幼儿园、旭日幼儿园等单位实地察看、座谈，形成《合浦县学前教育事业发展情况的调研报告》。11月16日，为庆祝改革开放40周年和自治区成立60周年，结合合浦县实际，县政协组织全县政协委员、各专委副主任、所在地的北海市政协委员在合浦县内开展专题视察学习活动。先后视察了铁山东港产业园、华润水泥（合浦）有限公司、月饼小镇、惠来宝机械制造有限公司等地。县政协主席韩传福、副主席庞书群、林德海、陈世谊、叶春参加了视察学习活动。

2018年7月，县政协组织政协委员视察沿海乡镇海养产业（县政协办 供）

【开展走访活动】 2018年，县政协围绕推进工业产业转型升级攻坚战，助推民营企业高质量发展，深入走访政协委员企业和部分民营企业，开展深度调研，形成了《关于发展壮大合浦民营经济的调研报告》《规划预留发展空间鼓励回乡发展经济》等调研报告，积极为民营企业解难纾困，为全县民营经济发展把脉问诊、献计献策。深入开展走访联系政协委员企业和非公经济实体活动，对企业生产发展方向、技术研发、用工困难、企业用地等问题进行多方了解，力所能及地协调反映企业一些急需解决的难题。引导广大政协委员自觉投身项目招引和建设主战场，主动牵线搭桥、协调服务，为项目建设做出实际贡献。

【服务中心工作】 2018年，县政协积极融入全县改革发展大局，坚持既围绕大局建言献策，又积极投身发展一线建功立业，在推进全县中心工作的生动实践中，展现政协作为，体现政协担当。县政协主席会议成员经常深入乡镇、企业、园区、工地，现场开展调查研究，竭尽所能协调推进脱贫

2018年，县政协主席韩传福（右二）到白沙镇建丰制衣厂调研扶贫产业

（县政协办　供）

攻坚、乡村振兴、园区产业发展、群众安全感满意度、维护社会稳定、“创特”“创城”等工作全面落实。

【聚焦脱贫攻坚】 2018年，县政协始终坚持把脱贫攻坚作为最大的政治任务和民生工程。着力围绕贫困群众的增收增产、特色产业发展、产业扶贫和健康扶贫等课题，组织相关政协常委、政协委员分赴各乡镇、村组及农户，开展实地走访，通过与基层扶贫干部、帮扶对象等面对面交流，悉心听取各方意见建议。政协委员们在广泛调研、深入思考的基础上，因地制宜、实事求是地撰写了《关于加强贫困村教育、医疗、产业等扶贫措施的建议》《关于加强产业扶贫推进精准扶贫工作的思考》《关于进一步完善和落实健康扶贫措施的建议》等协商建言材料，为助推脱贫攻坚精准施策提供智力支持。县政协主席会议成员每人联系一个乡镇，指导脱贫攻坚工作，经常性开展扶贫领域腐败和作风问题专项治理巡查调研活动。组织机关干部深入挂点镇、村扎实开展结对帮扶，督促政策落实兑现，支持扶贫项目实施。发动和组织政协委员积极投身脱贫攻坚主战场，组织经济企业界政协委员安排贫困人员就业、带动贫困家庭脱贫，组织医疗卫生界政协委员进村入户送医送药。鼓励和支持政协委员积极参与社会公益事业活动，服务回报社会。年内，政协委员企业及政协委员捐款捐物达30余万元，为扶贫帮困、关爱弱势群体共献爱心。

【文史宣传】 2018年，合浦政协文史馆建成揭幕对外开放。2月3日，合浦政协文史馆举行建成开馆揭牌仪式，并对外开放。县长李安洪、县政协主席韩传福共同为合浦政协文史馆揭牌。罗鹏、刘忠广、刘情香、谭奇志、李钢、余新能、庞学强、庞富国、何来、庞书群、林德海、陈世谊等县领导参加揭牌仪式。县政协副主席叶春主持开馆仪式。

合浦县政协第一届委员会成立于1955年10月，已有60多年历史。为真实展示合浦县政协在各个历史时期的发展历程，由县政协文史委牵头于2017年4月开始挖掘、搜集、整理资料，2017年12月底初步建成了合浦政协文史馆。合浦县政协是广西第一批建设县级文史馆的试点单位。县政协文史馆工程共建设一个展厅和“三室一库”（即资料室、阅览室、采编室和文史资料库），共投入近60万元。“三室一库”设在县政协办公楼内，而文史馆展厅设在县文化馆的二楼。该展厅总面积190平方米，共分为13个部分，合

2018年2月3日，县政协文史馆建成揭牌　（县政协办　供）

浦政协文史馆和县文化馆两馆合一，共同对外开放。

编辑出版《合浦南流江玉》，县政协文史委组织相关人员将合浦县玉石文化进行深度挖掘，编辑出版一本《合浦南流江玉》，图文并茂地介绍了合浦县的南流江玉石文化，以及鉴赏、交易等方面的知识，有力地宣传了合浦县悠久的南珠文化和玉石文化。

【自身建设】 2018年，县政协按照"懂政协、会协商、善议政"和"守纪律、讲规矩、重品行"的要求，全面加强委员学习培训。5月，县政协在四川成都村政学院举办常委委员培训班。11月初，在北海市委党校举办了深入学习中共中央总书记习近平关于加强和改进人民政协工作的重要思想暨加强新时代委员履职能力建设培训班，累计参训人员260余人次，着力提升政协委员履职的"四个能力"。深入开展"提交一件提案、参加一次视察调研、撰写一份调研报告、反映一条社情民意信息、为群众办一件实事"的"五个一"活动，为政协委员参政议政拓展空间、搭建平台。坚持向自身建设要动力、挖潜力，以打造"四型"机关为目标，以增强履职本领为重点，努力建设"委员之家、服务之家"，通过认真落实"三抓一推"（抓学习、抓作风、抓党建，推动工作落实），着力增强政治把握能力和综合协调能力，在组织协调、联系交往、办文办会能力上求突破，细化县政协机关各委室工作职责，推动机关服务规范高效，为政协履职尽责、发挥作用提供了有力保障。

【联谊交流】 2018年，县政协先后接待全国政协、广西壮族自治区政协、安徽省政协、西藏自治区政协、上海市政协、河南省南阳市政协、甘肃省舟曲县政协等60多家区内外政协到合浦县考察文物保护、实施乡村振兴战略、小城镇建设、工业园区建设、生态环境保护等情况，通过交流互动达到了共同提高的目的。结合调研课题需要，县政协先后组织政协委员到浙江省淳安县、江苏省无锡滨湖区、河南省浚县、四川省什邡市等地考察乡村振兴战略、发展养老产业、城市建设管理、旅游产业发展等经验做法，从民主协商角度学到了经验、开阔了思路、拓宽了眼界。

重要会议

【政协全会】

政协合浦县第十三届委员会第三次全会　2月2日至4日在县还珠宾馆召开。县四家班子领导出席会议。会议听取和审议政协第十三届合浦县委员会常务委员会工作报告；听取和审议政协第十三届合浦县委员会常务委员会关于政协十三届一次、二次会议以来提案工作情况的报告；听取县政府关于政协提案办理工作的通报；列席合浦县第十六届人民代表大会第三次会议开幕会，听取并讨论政府工作报告及其他有关报告；审议通过政协第十三届合浦县委员会第三次会议各项决议。

【政协常委会议】 政协合浦县第十三届委员会第七次常务委员会会议　2月4日，政协合浦县第十三届委员会召开第七次常务委员会会议，听取各小组讨论情况综合汇报；通过政协第十三届合浦县委员会第三次会议关于常务委员会工作报告的决议（草案）；通过政协第十三届合浦县委员会第三次会议政治决议（草案）。

政协合浦县第十三届委员会第八次常务委员会会议　6月27日，政协合浦县第十三届委员会召开第八次常务委员会会议，审议通过县政协十三届八次常委会议议程；围绕《关于加快发展我县健康养老产业的调研报告》建言献策；审议通过有关人事事项。

2018年2月2日，政协合浦县第十三届委员会第三次全会在县还珠宾馆开幕

（县政协办　供）

政协合浦县第十三届委员会第九次常务委员会会议　9月26日，政协合浦县第十三届委员会召开第九次常务委员会会议，审议通过县政协十三届九次常委会议议程；围绕《关于发挥合浦海养产业优势，助力向海经济发展的调研报告》建言献策；审议通过有关人事事项。

2018年8月26日，政协合浦县第十三届委员会召开第九次常务委员会会议
（县政协办　供）

【其他会议】

2018年县人大代表建议和政协提案交办会　5月24日，合浦县召开2018年县人大代表建议和县政协委员提案交办会，总结2017年县人大代表建议和县政协委员提案办理工作；交办2018年县人大代表建议和县政协委员提案。县长李安洪，县人大常委会主任沈德棠和县委常委、副县长提名人选何立云，县政协副主席叶春等县领导出席会议。2017年，合浦县人民政府共收到县政协提案94件。从办理的结果情况看，2017年县政协交由县政府办理的94件提案均已全部按时办结，并已书面答复了提议人委员，办复率为100%。从委员们的反馈意见看，满意率为100%。2018年"两会"期间，县人民政府共收到建议和提案共296件，市政协十届三次会议提案67件，县政协十三届三次会议提案106件。内容涉及市政、交通、能源、环保、科教文卫等多个方面。

党组学习会　6月19日，县政协党组在二楼会议室召开党组会议，学习《中央纪委关于8起违反中央八项规定精神问题的通报》《自治区纪委关于3起违反中央八项规定精神问题的通报》；学习中央纪委副书记徐令义到广西开展扶贫领域腐败和作风问题专项治理工作调研讲话精神；学习自治区党委常委、自治区纪委书记、自治区监委主任房灵敏出席百色市扶贫领域腐败和作风问题专项治理工作例会讲话精神。审议通过有关人事事项。9月3日，县政协党组在二楼会议室召开党组会议，传达学习全区政协系统党建工作会议精神；学习《关于加强新时代人民政协党的建设工作的若干意见》；审议引进2018年高层次、急需紧缺人才的有关事项。11月12日，县政协党组在二楼会议室召开党组会议，学习党风廉政建设有关文件精神；学习《关于进一步落实党的政治建设重点任务的工作方案》；学习北海市委书记王乃学在全市进一步落实党的政治建设重点任务动员部署会上的讲话；传达学习中央第二轮巡视工作动员部署会议精神、十一届自治区党委第七轮巡视动员部署会议精神和自治区党委第六巡视组巡视北海市及所辖县（区）工作动员会精神。12月29日，县政协党组在二楼会议室召开党组会议，学习中共中央总书记习近平在庆祝改革开放40周年大会上的讲话、中共中央总书记习近平关于加强和改进人民政协工作的重要思想；传达学习政协第十三届全国委员会常务委员会第四次会议精神、自治区政协十二届四次常委会议精神。

政协委员重点提案督办工作和协商座谈会　9月13日，县政协召开"发挥海养产业优势，助力向海经济发展"专题协商座谈会。县政协副主席、合浦工业园管委会主任庞书群，部分政协委员、沿海乡镇统战委员、县水产畜牧兽医局、县海洋局、县环保局等相关职能部门领导以及水产加工企业的负责人参加了当天的会议。根据县政协年度协商工作计划安排，7月下旬，县政协组织了部分政协委员和相关部门负责人到廉州、公馆、闸口等9个沿海乡镇，就"发挥海养产业优势，助力向海经济发展"课题开展了调研，并初步形成了调研报告。为进一步做好征求意见工作，更好地修改完善调研报告，县政协组织召开了此次专题协商座谈会。在座谈会

2018 年 9 月 13 日，县政协“发挥合浦海养产业优势，助力向海经济发展”协商座谈会 （县政协办 供）

好“关于加强城市建设管理，提升城市品位的调研报告”的调研活动，组织部分委员到四川省什邡市、广汉市、彭州市、天府新区等地参观学习，学习这些城市的规划建设，规划管理的先进经验，为如何建设美丽合浦提供一些较好的建议，并形成了调研报告。

上，与会人员就调研报告中指出，合浦县在发展海养产业中存在的问题作了深入探讨和交流，并提出了相应的对策和建议。与会人员认为，合浦县发展海养产业条件得天独厚，今后要进一步加强规划引领作用，通过认真解决好海养产业发展与环保的矛盾，提升养殖技术和创新养殖模式，建立区域性水产品交易市场等举措，努力提升海水养殖业的规模化、集约化水平，把合浦县海养资源优势转换为产业优势，为推动合浦县海养产业发展再上新台阶、助力向海经济发展作出更大的贡献。

专门委员会工作

【提案法制委】 认真做好提案征集工作。十三届三次会议共收到委员提案 113 件，经审查立案 106 件。提案委在收到提案后，立即组织提案委员会成员进行严格审查，立案率 93.8%。其中从 106 件提案中精选 24 件提案作为重点提案供县委、县政府、县政协领导领衔督办。5 月 24 日县政府召开了提案交办会，所有提案交由县政府办理，县政府再交各部门、各单位承办。7 月中旬，开始督促相关承办单位及时抓好提案的办理工作，切实解决群众反映的热点、难点问题，采取电话催办，上门督办等形式加大督办力度，强调提案办理协商，促进工作落实。

积极开展调研、视察活动，做

【经济科技委】 组织开展专题调研视察，履行参政议政职能。按照县政协 2018 年工作安排，7—8 月，开展“发挥合浦海养产业优势，助力向海经济发展”的专题调研，组织部分政协委员、相关职能部门和水产品加工企业负责人到廉州、公馆、闸口、党江、西场等 9 个沿海乡镇和有关水产品加工企业开展调研，为合浦县的海养产业发展出谋划策，并召开了专题座谈会和专题协商会，广泛听取各方面意见，对收集的意见和建议加以梳理和提炼，形成《关于发挥合浦海养产业优势，助力向海经济发展的调研报告》提交县政协第九次常委会进行专题协商，听取政协委员和部门对调研报告的意见建议，进一步充实完

2018 年 6 月 13 日，合浦县政协主席韩传福（右三），副主席陈世宜（右二）带领调研组一行到公馆镇调研向海经济产业发展情况 （林启波 摄）

善调研报告呈报县委、县政府。11月，县政协经济科技委与县水产畜牧兽医局对“加快合浦南珠产业发展”进行调研，到山口、东园生态农业科技有限公司进行实地察看，详细了解合浦县南珠产业发展的基本情况，形成《关于加快合浦县南珠产业发展的调研报告》。

积极参加对口联系部门的工作活动，不定期地组织经济界别委员参加有关部门组织的监督视察活动，发挥政协委员的民主监督作用。其中组织经济界别委员积极参加县税务部门的“纳税人开放日”活动和各项视察活动，帮助小微企业了解落实各项税收优惠政策，为优化发展环境助力。同时，加强与工信、发改、农业、工商联、工业园区等对口联系部门的沟通和交流，了解工作情况，虚心听取对专委会工作的意见和建议，提高工作的协同性。

【文教卫体委】 抓好调研视察，助推经济社会事业发展。按照县政协2018年工作安排，文教卫体专委会发挥界别优势，积极开展专委会调研视察活动，切实履行专委会职能。为了进一步加快星岛湖旅游区建设，打造合浦旅游品牌，6月，组织相关政协委员赴杭州淳安县、无锡滨湖区等地考察学习旅游区先进经验和做法。9月，县政协文教卫体专委会和民进合浦总支联合对如何发展现代农业进行了调研，先后到县农业局、利添亚洲果业公司、东园生态农业科技有限公司、部分特色种植基地、现代果业示范基地等，详细了解合浦县现代农业发展的基本情况，并赴河南省浚县考察调研。11月，组织政协委员对学前教育事业发展情况进行视察，实地察看了7所公办和民办幼儿园。先后形成了《加快星岛湖旅游区建设，打造合浦旅游品牌的调研报告》《关于发展现代农业的建议的调研报告》和《全县学前教育事业发展情况视察报告》等等。提出了很多对旅游、现代农业和学前教育事业发展的建议。

撰写提案，推动调研视察成果转化。在县政协十三届三次会议期间，根据调研视察掌握的情况，县政协文教卫体委提交了“关于尽快解决城市交通拥堵问题的建议”提案和“大力支持民办教育，补齐合浦教育短板”提案。

加强社会各界联系，积极反映社情民意。平时，深入社会各界，加强对文教卫体线委员、企业委员、社会各界群众的联系工作。经常联系文教卫体线的委员。收集他们了解到的社会情况。走访企业委员，了解委员的工作、生活情况，听取委员的呼声与要求，增进交流，建立互信。深入社会各界联系群众，注意倾听群众的心声，了解社情民意。并将群众最关心的热点、难点问题通过提案方式反映给党委政府。年内还深入县卫计局、县教育局、县文化体育新闻出版局、县旅游局、县文物局等对口部门调研，了解工作情况，开展建言献策以及监督等工作。

【文史委】

加强文史资料的征集，向社会各界人士广泛征集合浦县政治、经济、文化、教育、科技、卫生、体育、宗教团体、社会生活、民情风俗、地方掌故、著名人物、名胜古迹等方面的历史资料。抓好文史资料和书籍的编辑出版，至2018年，县政协已出版文史资料10辑，其他文史资料2辑。年内，县政协文史委与南流江玉石协会合作，编辑出版了一辑《南流江玉在合浦》。

积极完善合浦政协文史馆建设工作。合浦县政协文史馆自2017年12月初建成以来，需要不断地完善和补充馆中资料的文字材料和图片等，年内，县政协文史委多方寻找县政协的离退休老领导，采访收集第一手的资料和图片，完善“政协历史沿革”版块的资料，将政协历届老领导的照片展示出来，使该版块更具美观性，更加形象化。

（徐远轲　岑　磊　高书杰）

中共合浦县纪律检查委员会（合浦县监察委）

综　述

【概况】 2018年，合浦县县乡两级纪检监察机构共29个，专职纪检监察干部108人。中共合浦县纪律检查委员会（简称县纪委）共设置派驻机构13个（其中12个派驻纪检组，1个派出纪工委）。县公安、县人民法院、县人民检察院、县司法局4个部门单独派驻，每个部门设立1个派驻纪检组；对业务相近、相关或者系统规模小、监督对象少的部门采取综合派驻，共设立8个综合派驻纪检组；恢复县直机关纪工委。对县一级党和国家机关本级内设纪检监察机关全部予以撤销。按照每个派驻机构行政编制不少于4名（县公安局7名）的规划，13个派驻纪检机构共核定行政编制55名，配备领导职数26名，其中纪检组长（含派出县直机关纪工委书记）共配13名，副组长配13名，县委统一发文任用，实现对县直机关派驻监督全覆盖。坚持审慎稳妥，全力推进监察体制改革，经过动员部署、摸底排查、机构设置、人员划转、办公场所筹备、人大选举等环节，2月7日，合浦县监察委员会（简称县监委）正式挂牌成立。县纪委（县监委）内设办公室、信访室、党风政风监督室、第一纪检监察室、第二纪检监察室、第三纪检监察室、第四纪检监察室、案件审理室、案件监督管理室、预防宣教室等10个室，编制数52名，在职干部40人，大专以上学历占100%。

【队伍建设】 2018年，县纪委（县监委）通过开展调研讨论、学习培训、拓展提升等系列活动，加速转隶人员的全面融合。通过集中学习中共十九大报告、十九届中央纪委二次全会及自治区纪委全会报告、《习近平谈治国理政》文章、观看电影《建党伟业》、重温入党誓词、缴党费等，激发纪检监察干部工作热情。强化对纪检干部的宪法法律知识培训，强化对县人民检察院转隶人员的党章党规党纪教育。同年2月初，在廉州中学田径场开展“重整行装·携手共进”迎新学习活动，全体纪检监察干部及家属欢聚一堂，玩游戏、谈感受、学党纪，在思想和情感的碰撞中促进融合。2月底，在北海市委党校开展为期3天的“重整行装再出发·强本领秣马厉兵”全市纪检监察系统全员大培训，邀请专家学者、业务骨干给纪检监察干部讲授法律和党内法规知识，促进工作能力的提升和融合。6月底，在喜迎中共建党97周年之际，组织全县纪检监察干部开展党日活动，通过知识竞赛、户外活动等方式，进一步促

2018年2月7日，合浦县监察委员会正式挂牌成立　（林启波　摄）

进人员融合。通过选调年轻公务员在县纪委跟班学习，解决人手不足问题。选派3人到自治区纪委和市纪委跟班学习。通过取消乡镇纪委书记“包村”任务，明确乡镇纪委副书记专职专责，健全基层党组织纪检委员和纪检联络监督员等，切实落实“三转”要求。强化对纪检监察干部的教育监督和管理，律人者必先自律，坚决防止“灯下黑”，坚持“刀刃向内”，对1名违纪纪检监察干部进行立案调查。

党风廉政建设

【思想建设】 2018年，县纪委（县监委）将学习贯彻习近平新时代中国特色社会主义思想和中共十九大精神贯穿始终，不断强化理论武装。通过县纪委常委会、理论中心组学习会、党支部会议等，定期组织纪检监察干部学习《习近平谈治国理政》（第一卷、第二卷）和《习近平新时代中国特色社会主义思想三十讲》。组织县纪委机关各支部党员80余人参加中共十九大精神和党内法规知识闭卷测试；通过“廉洁珠乡”微信公众号组织全县党员干部参加中共十九大精神和党内法规知识测试；选派5名纪检监察干部参加市纪委主办的“百名干部上讲台”活动。开展廉政文化“六进”活动，领导班子成员和业务骨干到农村、进学校、入社区开展宣讲，学习宣传中共十九大精神。

【从严问责】

卡紧压实“两个责任” 2018年，县纪委（县监委）开展落实全面从严治党工作考核检查，组织5个检查组对全县15个乡镇、46个县直部门、单位履行全面从严治党主体责任、落实党风廉政建设责任制等情况进行检查。完善各级党委（党组）和班子成员职责清单，建立健全报告、述责述廉、通报、约谈、定期检查考核等制度，为落实“两个责任”立规矩。年内，“两个责任”约谈全县各级党委（党组）“一把手”43人。

提醒约谈全覆盖 2018年，县纪委（县监委）开展“重整行装再出发 悬利剑执纪如山”监督提醒全覆盖活动，县纪委（县监委）主要领导对15个乡镇和23个扶贫领域职能部门党政“一把手”进行集体约谈，各乡镇各部门各单位将约谈工作层层落实到位。督促各乡镇、各扶贫责任部门认真对照《2018年至2020年合浦县深化扶贫领域腐败和作风问题专项治理实施方案》和《合浦县“反腐正风·扫黑除恶”专项工作方案》中明确的治理重点，围绕扶贫政策落实、贫困对象认定、产业项目审批、扶贫资金发放管理，以及对照自治区党委第七巡视组反馈意见中是否存在挤占挪用扶贫专项资金用于本部门行政基本支出等情况开展自查自纠，共排查风险点51个，整改49项。

【教育管理】

廉政教育 2018年，县纪委（县监委）配合县委县政府完成“廉洁丝路”廉政文化展厅筹建，并在展厅建成启用日组织专家学者召开廉政历史文化研讨会，听取和收集专家学者意见建议，为利用好、发扬好合浦廉政历史文化，打造廉洁合浦提供参考。在县城还珠广场和全县15个乡镇建成一批廉政文化宣传专栏，及时向社会和群众宣传合浦县反腐倡廉工作的新情况、新动态、新举措、新成效和新经验，营造加强作风建设、促进社会和谐的良好氛围。

警示教育 2018年，县纪委（县监委）实施典型案件通报剖析警示教育制度，由办案人员到案发单位剖析案件发生根源，查找和完善廉政风险点，以案施教、以案明纪、以案说法，用身边事教育身边人，警示警醒广大党员干部提高拒腐防变能力和廉洁自律意识。全年在县直单位、乡镇开展

2018年3月20日，举行合浦县“廉洁丝路”廉政文化展厅开馆仪式，县委书记杨斌（左二）出席仪式 （何畔 摄）

案件通报剖析14次,其中,县纪委召开8次,乡镇纪委召开6次,共有5个单位通过案件剖析建立体制机制,以案促改工作取得实效。年内,全县召开警示教育大会198场,参加人数9002人次;集中观看警示教育专题片194场,观看人数10294人次;组织党员干部参观廉政文化教育基地254批次、9507人次;印发致党员干部公开信2000份,发放警示教育读本3424册。在春节、清明节、"五一"等节假日期间,发送廉政提醒短信累计5600余条。对党员干部典型违纪违法行为,发现一起、查处一起,并将查处情况进行实名通报。不仅将通报文件张贴到村委、社区、村小组,还通过合浦县党建E网通、气象大喇叭等宣传载体,打造"指尖上的通报""耳朵旁的通报"。全年共通报典型违纪案件18批次49人。县纪委(县监委)联合县法院举办案件庭审旁听活动。9月,组织各乡镇及县国土、环保、林业、农业等相关单位对县某事业单位公职人员洪某非法占用农用地一案进行法院庭审旁听,让党员领导干部零距离接受党纪法规教育。

社会宣传　2018年,县纪委(县监委)开展勤廉榜样选树宣传活动,用榜样的力量激发、凝聚正能量,示范引领党员干部向善向上,清正廉洁。继续联合县委组织部、县委宣传部开展勤廉榜样选树宣传活动,从全县各乡镇、各单位推选出的75名勤廉榜样中评选出县级勤廉榜样13名,其中黄振才、罗延还获评为市级勤廉榜样。通过发文通报表扬、网络报刊公开公示等宣传勤廉榜样的先进事迹,弘扬正能量。打造党风廉政建设APP、搭建合浦县纪检监察网、开通"廉洁珠乡"微信公众号,融入全县党建宣传大平台,为推进政治、作风、纪律建设,发挥标本兼治综合效应夯实基础。建立合浦县党风廉政建设宣传教育微信群,并督促各派驻(出)机构和乡镇纪委建立对应级别的组级、镇级、村级微信群,年末已建县级群1个(106人),镇级群15个、村级群262个(共3389人),派驻机构群24个(共1224人),开通以案说纪说法专栏3个,开通监督曝光专区57个,通报典型案件573次、2222个(含各乡镇、村委传达通报数),展播廉洁公益广告和"勤廉榜样"专题片212部,展播总时长44429分钟。

【政治巡察】 2018年,县纪委聚焦党的领导弱化、党的建设缺失、全面从严治党不力"三大问题",开展常规巡察,以"四个意识"为标杆,查找政治偏差。在全区率先部署开展村级巡察,总结2017年在廉州镇、常乐镇试点开展村级巡察的经验,于3月启动了首轮村级巡察,共派出23个巡察组,采用"一拖三"的形式,对全县15个乡镇的69个村(社区)党组织开展"交叉式"巡察,共移送问题线索123条。第二轮村级巡察对全县15个乡镇的76个贫困村党组织开展"交叉式"巡察,共移送问题线索101条。开展扶贫专项巡察,将脱贫攻坚、扫黑除恶工作纳入巡察的重点内容,着力精准发现问题,实现全县贫困村的巡察全覆盖,查处1起涉黑"保护伞"案件。建立县委巡察办与县委办、纪委、组织、政法、信访、审计、人事、财政等相关部门的协调工作机制,在信息提供、人员支持、业务协助和成果运用等方面形成整体合力。同时,加强对巡察人员的业务培训,提升业务水平和发现问题的能力。

纪律审查和监察调查

【畅通信访举报渠道】 2018年,县纪委(县监委)制作335个信访举报箱,覆盖全部村(社区)、乡镇中小学、扶贫产业合作社、派驻(出)机构和驻在单位,基本实现群众出门即可举报。将乡镇纪委、派驻(出)机构、县教育局直管中小学等单位的举报方式链接接入合浦县纪检监察网,基本实现网络举报全覆盖。更新乡镇阳光信访举报公开栏305个,遍布农村人口密集地方。深入开展信访举报"双清零"活动,结合信访举报积案"百日攻坚"活动,有步骤有计划地清理信访举报积件,共清理信访举报积件466件。年内,全县纪检监察机关信访举报部门接收群众信访举报656件次,同比下降22.73%,其中,县纪委监委本级接收信访举报463件次,占比70.58%,初次举报372件次,重复件133件次。

【优化整合办案力量】 2018年,县纪委严格贯彻落实自治区纪委关于进一步加强执纪审查工作的通知要求。以"五项硬措施"为抓手,以"五项硬要求"为风向标,严格把控办案安全,提高案件质量。针对基层办案力量薄弱、人情因素困扰大、监督不到位、办案人员业务不熟练等问题,探索推行"分片协作"模式,按照地域相近、职能相近、优势互补、有利工作的原则,将县纪委机关、乡镇纪委、派驻(出)机构执纪审查和监督调查力量进行合理分片整合,把全县15个乡镇纪委、13个派驻机构划分成4个协作片区,每个协作片区办案人员达15人以上,形成了惩治腐败的有效合力。通过分片协作，县纪委本级立案171件、171人，县直单位立案39件、39人，乡镇纪委立案165件、165人。

【监察调查】 2018年，合浦县监察委员会组建后，按照自治区纪委、市纪委的统一部署，完善纪法、法法衔接的相关制度，规范调查取证、银行查询等一批手续。县监委成立后，政务立案36件，处分31人，其中，给予警告12人，记过12人，记大过1人，政务降级2人，开除公职4人，免予政务处分2人，移送检察院审查起诉3人。此外，先行先试探索在乡镇设立纪检监察专员，在不增加乡镇部门人员编制的情况下，每个乡镇从公务员、事业单位人员中选配1名纪检监察专员，协助乡镇纪委开展工作，率先落实监察向村（社区）延伸覆盖的要求。

2018年7月6日，合浦县纪委监委组织召开2018年第二季度深化扶贫领域腐败和作风问题专项治理工作联席会议，传达贯彻上级有关专项治理工作要求，通报第二季度工作情况；针对存在问题研究落实相关措施，部署开展第三季度工作 （县纪委 供）

纠正部门和行业不正之风

【扶贫领域监督】 2018年，县纪委（县监委）持续深入开展扶贫领域腐败和作风问题专项治理，成立专项办，开展一系列专项督查。执行六项工作制度（工作例会制度、工作月报制度、线索排查制度、直查直办制度、通报曝光制度和联动协同机制）。实施“提醒函”和扶贫领域信访举报件领导包干制度，解决各级各部门党组织负责人积极履行主体责任，班子其他成员履行“一岗双责”相对薄弱的问题，以加强县四家班子领导履行主体责任为切入口，以上率下，推动全县各级各部门领导班子及其成员主体责任落地生根，全年共发出12封《落实全面从严治党主体责任、履行“一岗双责”提醒函》。全县共立案审查扶贫领域腐败和作风问题115件115人，其中在脱贫攻坚工作中搞形式主义、官僚主义问题63件，贪污侵占14件，受贿挪用14件，优亲厚友12件，其他腐败问题9件，监管失职失责3件。查处违纪行为覆盖面得到扩展，主动发现问题线索和查处典型案件的能力得到提升，全县15个乡镇扶贫领域自办案件57件，执纪审查实现全覆盖。

【“四风”问题和落实中央八项规定精神监督】 2018年，县纪委（县监委）在节假日期间，加大明察暗访、专项检查、随机抽查力度，督促落实中央八项规定精神，严防“四风”问题回潮复燃。县纪委（县监委）牵头组织县食药监局、县工商和质监局等有关单位，深入超市、酒店及部分单位开展检查。强化日常工作作风和纪律情况检查，重点检查领导干部值班、公车使用、贯彻执行“十个严禁”等情况，对发现迟到、早退、串岗等问题及时监督提醒，狠刹上班纪律松软散等问题。年内共查处违反中央八项规定精神案件62件，其中，违规发放津补贴43件，违规收送礼品礼金8件，违规操办婚丧喜庆5件，违规私车公养4件，违规接受服务对象宴请1件，违规公款吃喝1件，违反中央八项规定精神行为得到了进一步遏制，成果得到了巩固和深化。

民主党派·工商联

中国国民党革命委员会合浦总支委员会

【概况】 2018年，中国国民党革命委员会合浦总支委员会(简称民革合浦总支)共设有支部4个(综合一、二、三支部和退休支部)，共有43名党员，其中博士生学历1人，研究生学历5人，本科学历33人，专科学历2人，具有中级职称22人。年内，民革合浦总支在中共合浦县委统战部的关心指导和协助下，坚持中国共产党领导的多党合作和政治协商制度，切实加强组织建设、党员的思想建设和作风建设。坚定立场，反对“台独”。组织民革党员学习中共对台方针政策，让党员了解最新的中国台湾动态，组织全体民革党员认真学习相关法律法规，谴责“台独”行为，反对“台独”，通过广大党员和所联系的台属开展对台宣传工作。积极与台胞开展联谊接待等活动，节庆期间与台胞开展座谈会，为台胞热情介绍合浦县的发展形势，鼓励台胞为家乡捐资修路、架桥、助学等公益事业。

【思想建设】 2018年，民革合浦总支始终把思想建设放在首位，通过抓思想建设来推动组织建设和机关建设。认真学习邓小平理论、“三个代表”重要思想、习近平系列讲话及执政党的大政方针和国家的法律、政策、统战理论、多党合作理论等内容，同时结合国内外形势，围绕国家民主政治生活中的大事，确定不同的学习内容。响应民革北海市委会的号召，把教育活动同合浦县创建文明城市结合起来，要求广大党员人人学习、时时学习、处处学习，提高文化修养。学习民革章程和统战理论，不定时安排党员骨干参加培训和讲座，提高对中国共产党的多党合作和政治协商制度的理解，提高参政议政能力，增强综合素质。

【组织建设】 2018年，民革合浦总支坚持标准，把好新党员发展关，处理好注重数量与质量、发展与巩固和重点与非重点的3个关系，把有与历史渊源关系、工作在教育界、卫生界、政府机关等社会各界骨干及时吸收到党内。积极向中共合浦县委、县政府相关部门拟推德才兼备的党员担任相应职务，其中正科级干部2人，副科级干部2人，股级干部7人，有7名党员当选为合浦县第十三届政协委员，2名党员当选为县第十三届政协常委，1名党员当选为北海市第十三届人大代表，1名党员当选为北海市第十届政协委员。

【参政议政】 2018年，民革合浦总支有7名合浦县政协委员、1名北海市人大代表、1名北海市政协委员，他们积极履行职责，不辱使命，积极参政议政，提出了很多很好的建议，受到县委、县政府的高度重视。按照县委统战部的要求，积极组织党员深入调研，积极提建议，共提交了5份提案，绝大部分得到了办理或有回音，得到了市、县两级政府的肯定，其中《关于加快合浦县林产加工发展的建议》和《关于解决合浦县全额拨款机关事业单位女职工生育保险费用的的建议》获得县优秀提案。苏远军、林海华、莫芳玲、曾东健、沈萍等多人获得民革北海市委会的优秀党员、先进个人称号。

中国民主同盟北海市委会合浦总支部

【概况】 2018年，中国民主同盟北海市委员会合浦总支部(简称合浦盟总支)设主委1人，副主委2人，组织委员1人，宣传委员1人。总支盟员担任合浦县政协委员7人。2018年底，合浦盟总支共有盟员45人，设支部5个（经济支部、廉中支部、一中支部、中学支部、退休支部），大部分盟员以教育界人士为主。年内，合浦盟总支在民盟北海市委的具体指导下、在合浦县委统战部的大力支持和帮助下，积极开展各项工作。

【思想建设】 2018年，合浦盟总支深入学习中共十九大精神、民盟十二大精神、全国“两会”精神，积极安排盟员参加县委统战部组织的专题学习会，组织总支盟员召开学习座谈会1次，组织和参加各类学习宣传活动5次。通过“民盟学习俱乐部”微信群、民盟支部主委工作QQ群获取学习资料，分享学习和工作心得，加强思想交流；组织总支盟员学习阅读各种盟内刊物，如《中央盟讯》《广西盟讯》《北海盟讯》《群言》以及统战刊物。在学习中认真分析，共同探讨，学以致用，进一步提高政治认同和履职参政的意识，不断提高总支盟员的政治素质和思想道德水平。

【组织建设】 2018年，合浦盟总支重视骨干盟员的锻炼培养。年内选派盟员骨干1人参加民盟北海市委2018年新盟员暨盟员骨干培训班，重走费孝通大瑶山社会调查足迹，接受民盟优良传统教育，选派1人参加北海市各民主党派骨干成员培训班，到遵义进行培训学习。重视组织发展工作。年内，合浦盟总支通过向盟市委推荐2人加入民盟，盟组织正在考察之中。同年，合浦盟总支被民盟广西区委评为2018年先进基层组织，1名盟员被评为民盟广西区先进盟员；总支被民盟北海市委评为2018年先进基层组织，10名盟员被评为民盟北海市先进盟员。

【参政议政】 2018年，合浦盟总支主委、副主委积极参加县委、县政府、县政协以及有关部门举行的民主协商会、情况通报会、征求意见会、专题座谈会，和调研考察、重点提案督办等活动10余次，围绕县委、县政府的中心工作，对关系合浦县改革发展、社会民生事业等热点难点问题进行协商和建言。年内，合浦盟总支向县政协提交集体提案2件，县政协委员提案10件。完成县委布置的《关于促进合浦县文化体育娱乐活动产业发展的调研报告》的撰写工作，得到了相关部门及单位的重视和采纳。合浦盟总支荣获县政协十三届三次会议优秀组织奖，《关于移除县城机动车道附近不合理停车位的建议》的提案被评为县政协十三届三次会议优秀提案。年内，向盟市委、县委统战部上报信息10多篇。组织总支盟员1人参加盟市委承担的北海市委布置的重大课题调研工作，积极组织总支盟员参加盟区委举办的纪念“五一口号”发布70周年征文活动，撰写征文1篇。

【社会服务】 2018年，合浦盟总支通过开展社会服务来提高总支盟员的凝聚力和总支的影响力。积极组织总支盟员参加盟市委组织的助学义诊活动，为白沙镇平田村文星小学捐赠了课桌椅、书包和文具，在该校举办法律知识专题讲座，百名师生聆听了讲座；参加“重阳节关爱老年人”义诊活动，前往铜鼓岭、旺盛家园和陈文村慰问贫困户，送上慰问品和慰问金；参加星岛湖镇珊瑚村委的“送医进村”义诊活动，为病患村民提供常规免费药品。此外，总支盟员3人还参加了“广西统一战线同心水柜”的捐建活动。

中国民主建国会合浦总支部

【概况】 2018年，中国民主建国会合浦总支部（简称民进合浦总支）共有会员77名，下设4个支部，分别为机关支部、科教支部、经济支部和离退休支部。年内，民建合浦总支全体会员在民建北海市委会的正确领导下，在县委统战部的大力支持下，创新工作思路，围绕中心工作，积极履行参政议政职能，广泛开展社会实践活动，取得了较好的成绩，树立了良好的形象，为社会经济发展和谐稳定做出了贡献。

【会员学习】 2018年，民建合浦总支结合时政及时组织会员传达学习中共十九大精神和中共中央总书记习近平系列重要讲话精神，引导会员切实把思想统一到中共十九大精神上来，推动中共十九大精神在民主党派各项工作中落地生根。组织会员学习《民讯》《广西民建》《北海民建》等内部出版刊物，提高会员的理论水平和履职能力水平，不断坚定广大会员走中国特色社会主义道路的信念，进一步凝聚共识、汇聚力量，提升作为民主党派成员的责任感和使命感。

【参政议政】 2018年，民建合浦总支十分重视组织政治参与能力的提升，并紧紧围绕县委、县政府工作中心，充分运用多个参政平台，认真参与政治协商，积极开展参政议政、民主监督活动，切实履行参政党职能。民建合浦总支认真参与地方大政方针的协商，民建合浦总支中的政协委员，人大代表积极参加县人大、县政协召开的全会，民主协商会、情况通报会、县政协常委会以及相关视察活动，参与全县重大决策协商，及时提出意见和建议。范娟，秦东，岑磊等总支班子成员先后在政协全会、常委会上，就合浦县的城市建设、健康养老产业等方面的议题发言，同时参加了县政协文物保护、旅游发展等方面的视察调研活动。在2018年初县委县政府召开的政党协商会上，民建合浦总支主委范娟就2017年的"关于加快我县农业产业化发展"课题形成的调研报告作了发言，得到县委主要领导的好评，充分肯定民建合浦总支参政议政的成果。

2018年11月，民建合浦总支到石康镇太平村委开展"亮化工程"下乡扶贫活动，为村委赠送太阳能灯 （民建合浦总支　供）

【民主监督】 2018年，民建合浦总支积极开展多形式、多层次的民主监督活动，会员中的政协委员和人大代表以党派或个人的名义提交提案议案、社情民意信息等方式参与民主监督工作。另外，范娟，秦东，岑磊，李玲、范启辉、谢石坚等班子成员以及总支委员先后担任政府及相关部门的行风监督员、党风特邀监督员、社会监督员、特邀纪检监察员等，参与党风廉政建设的检查和监督，开展对社会相关行业及机关的行风评议活动，参与县人民法院，县人民检察院的现场强制执行、县人社部门人事招考等全县相关部门的活动现场监督工作，以多种形式提出批评和建议，督促各项政策落实。

【社会服务】 坚持以特色活动为载体，拓展社会服务的领域，活跃履行职能的方式，并在积极服务社会的同时，展示民建形象，不断扩大民建组织的社会影响力。2018年，民建合浦总支先后组织了春节进企业为群众义务挥春活动，组织会员书法家到广西合浦惠来宝机械制造有限公司为职工义务写春联；"六一"期间，组织部分会员到公馆创村小学看望该校的困难学生，开展关爱留守儿童、慰问贫困学生六一儿童节走访慰问活动，为创村小学的学生送上学习用具、食品等慰问品，得到该校师生的好评。民建合浦总支在了解到石康镇贫困村——天堂村委的道路没有路灯、群众出行不便的情况后，于11月组织会员到该村委，筹款近2万元自购太阳能路灯捐赠该村，开展亮化工程扶贫活动，以实际行动履行民建合浦总支的社会责任。

【组织建设】 2018年，民建合浦总支坚持以为会员解决实际问题为切入点，用真心、真情凝聚会员，使会员感受到组织的温暖，增强组织的凝聚力和社会服务工作的活力。年初，民建合浦总支组织会员对困难会员莫桐开展慰问，看望老会员关则福，为他们送上组织的关怀和温暖。加强民建合浦总支代表性人士队伍建设。结合人大、政协和基层组织负责人等多方面、多层次的人才需要，加强对骨干会员的物色、考察、培养、选拔和动态管理，形成层次错落、配置合理、资源充裕的后备干部队伍并加强动态管理。年内，组织部分会员参加全市、全县统战系统的党外干部培训班，民建北海市委骨干会员培训班，全市、全县政协委员培训班。12月，建立健全民建合浦总支代表人士人才信息库，向县委统战部推荐32名党外代表人士。民建合浦总支按照组织发展工作"质量和数量"的关系、会员结构的调整趋势和参政议政的总体要求，年内，民建合浦总支先后发展3名新会员，为民建合浦总支发展注入新鲜血液。 （岑　磊）

中国民主促进会合浦县总支委员会

2018 年 11 月 18 日，民进合浦总支第五次全体会员大会在县申遗中心召开

（民进合浦总支　供）

【概况】 2018 年，中国民主促进会合浦县总支委员会（简称民进合浦总支）设合浦一中支部、廉州中学支部、合浦联合支部 3 个支部，有会员 47 人。民进合浦总支会员中有市政协委员 3 人、县政协常委 2 人、委员 7 人，镇人大代表 2 人。同年，民进合浦总支以中国特色社会主义理论体系为指导，以社会主义核心价值为引领，秉承“发扬民主精神，推进中国民主政治之实践”的立会宗旨，按照“继承传统、开拓创新、扎实工作、全面推进”的基本思路，带领全体会员深入开展政治交接教育实践活动，全面加强自身建设，切实履行参政党职能，积极开展社会服务活动。

【思想建设】 2018 年，民进合浦总支认真组织会员学习中共十八大、十九大会议精神，带领全体会员不忘初心，牢记使命，高举中国特色社会主义伟大旗帜，决胜全面建成小康社会，夺取新时代中国特色社会主义伟大胜利，为实现中华民族伟大复兴的中国梦不懈奋斗。积极开展支部组织生活，学习中共中央总书记习近平重要讲话精神，学习民进中央、区委、市委及中共北海市委、合浦县委有关会议的精神。通过形式多样的学习活动，不断提高会员的自身素质和政治理论水平。积极组织会员学习统战理论，加强对多党合作和政治协商制度的理解。

【组织建设】 2018 年 11 月 18 日，民进合浦总支第五次全体会员大会在合浦县申遗中心召开，会议通过了《民进合浦总支换届选举办法（草案）》，选举产生了新一届民进合浦总支委员会委员，听取并审议民进合浦总支第四届委员会工作报告。叶吉旺当选新一届民进合浦总支主任委员，刘年、刘成琼、黄敏当选为副主任委员，刘春、陈显、王珊珊当选为委员。

【参政议政】 2018 年，民进合浦总支注意发挥整体优势，紧密配合全县中心工作和关注社会热点难点问题，积极参政议政。会员中的市、县政协委员经常参加市、县举行的各级政协会议、政协组织的各种培训班、社会调研工作。民进合浦总支组织社会调研活动，深入基层开展调研工作，撰写了《关于发展现代特色农业的建议》《关于推进乡村卫生服务一体化管理的对策研究》等 6 篇调研报告；其中叶吉旺负责的 2018 年民进广西区委立项课题《关于加快推进北海海上丝绸之路申报世界文化遗产的对策研究》，受到自治区、市、县党委、政府的重视，调研成果推荐上报民进中央。

【社会服务】 2018 年，民进合浦总支充分发挥会员专业优势，积极开展社会服务活动。民进合浦总支响应民进市委会“同心水柜”捐款活动，共捐款 5050 元。民进合浦总支合浦一中支部组织关注贫困学生，教师下乡清洁活动，关注留守儿童，访问抗日老兵，关注贫困学生的心理健康发展，参加县禁毒宣传大会，组织会员参加庆祝自治区成立 60 周年生态马拉松合浦站活动，自行车赛志愿者服务活动等社会服务活动；民进合浦总支联合支部多次组织医疗下乡扶贫，先后到西场、公馆、白沙、常乐、山口等乡镇开展慈善救助义诊，多次参加县残联组织的助残日义诊活动及县委统战部组织的党外干部为民服务便民义诊活动。民进合浦总支廉中支部坚持重点扶贫，长期为定点乡镇和扶贫点送教捐资助学、扶贫济困，到合浦县敬老院慰问孤寡老人，参加廉中的植树、美化校园等活动。

（莫雪涛）

中国农工民主党合浦县总支委员会

【概况】 2018年，中国农工民主党合浦县总支委员会(简称农工党合浦县总支)共有党员58人，下设3个支部，党员主要分布于合浦县人民医院、合浦县红十字会医院、北海卫校附属医院等单位，党员大部分为高级职称技术人员，是所在单位的中层及以上管理人员，其中科级干部4人；市人大代表3人，市政协委员2名；县人大代表2名，其中县人大常委1名；县政协委员8名，其中县政协常委1名；县党风廉政建设特邀监察员1人。

【思想建设】 2018年，农工党合浦县总支坚持把思想理论建设放在首位，多层次、多渠道开展思想教育工作，提高党员特别是青年骨干的政治素质和统战理论水平。共有54人次参加了自治区内外各种培训和学习，深入学习中共中央总书记习近平重要思想、开展“不忘合作初心、继续携手前进”主题教育、党性修养提高教育、履职能力提升培训、“三学一讲”、新党员培训等，党员参与热情高，党员干部参加收听自治区党委统战部的统一战线工作讲习所的每一期讲课视频，有36名党员主动订阅党刊，加强了党性教育，收效显著。

【组织建设】 2018年，农工党合浦县总支按照组织发展工作要求，发展新党员5名。新党员两次参加农工党自治区委、市委会组织的新党员培训学习，加强对农工党的认识和从思想上领悟。农工党合浦县总支多次组织党员参加各种活动，提高农工党合浦县总支的凝聚力，党员不断进行继续教育学习，增强自身专业技术水平，更好服务社会；农工党南宁市江南区总支组织党员与农工党合浦县总支交流互动，有利于推动党建工作；建立总支党员微信群，方便交流并推送学习材料，既方便了党员，也提高了学习效率。

【社会服务】 2018年，农工党合浦县总支在主委黄江的组织带领下，积极响应上级号召，组织医疗服务小分队到县工业园区为多家企业员工体检并进行送医送药送温暖活动，同时向企业赠送了《党的十九大报告辅导读本》，医疗组到北海市宽利水产有限公司为200多名职工进行身体检查诊疗，发放了价值2000元的药品；参加农工党北海市委助力脱贫攻坚医疗培训班暨咨询服务活动走进合浦县西场镇活动，业务培训80多人次，接待群众100多人次，免费发放相关资料100多本，发放药品超3000多元；联合县工商联开展“送医送药进企业服务企业”活动。鼓励党员干部在工作之余参加各项社会活动。年内，农工党合浦县总支党员王大满、罗小兰、戴侠的书法作品参加了农工党广西区委会关于“不忘合作初心，继续携手前进”书画美术摄影作品征集活动，丰富了业余生活，1幅书法作品获选参加农工党广西区委会组织书画展。

【参政议政】 2018年，农工党合浦总支关注社情民意，深入开展专题调研。组织调研组成员到南宁武鸣区开展医养结合调研学习，撰写《关于发展合浦县医养结合健康产业的建议》的调研报告，为促进合浦县医养结合发展出谋献策。农工党合浦县总支中的市、县两级人大代表及政协委员，个人撰写政协提案8份，总支提交政协提案2份，其中县政协常委、农工党合浦总支党员杨升霞提交的《关于搞好农产品电子商务信息和流通服务，继续加快农村电商发展的建议》、县政协委员邓娟达提交《关于促进义务教育均衡发展的建议》、县政协常委罗远惠

2018年6月8日，农工党合浦县总支组织医疗服务小分队到县工业园区开展送医送药送温暖进企业活动
(农工党合浦县总支 供)

2018年1月10日,农工党合浦县总支党员到定点贫困村开展帮扶工作

(农工党合浦县总支　供)

提交的《关于拆除廉州镇淀海北路人民医院路段防护栏的建议》、劳建新、罗远惠合作撰写的《关于加大县直医疗机构扶持力度的建议》等提案获得政协第十三届合浦县委员会优秀提案奖。邓娟达在政协第十三届合浦县委员会上作了题为《关于大力实施人才引进创新工程》的大会发言;县人大代表刘小华提交《关于整合乡镇、村(社区)等基层政务服务资源的建议》《关于规范北海市午托市场管理的建议》建议2份。在“为所在单位建言献策”活动中,提出建议4项,“关于进一步简化预约检查流程的建议”“关于完善医保病人外伤认定流程的建议”得到所在单位的肯定和采用。农工党合浦县总支获政协第十三届合浦县委员会优秀组织奖。

【**精准扶贫**】 2018年,为深入贯彻落实习近平新时代中国特色社会主义思想和中共十九大和十九届二中、三中全会精神,落实脱贫攻坚战工作政策,农工党合浦县总支党员紧紧围绕县委县政府扶贫工作部署,严格按照工作要求开展帮扶工作。大部分党员担任单位中层及以上职务,担负着深入实施精准扶贫、精准脱贫的任务。作为帮扶人的各位党员,定期到贫困家中了解信息,积极为贫困户出谋划策,支持脱贫户、贫困户发展生产,为帮扶对象提供致富信息,指导生产技能,发展高效农业,介绍就业岗位,宣传脱贫政策等,给予帮扶对象更多的关爱和帮助。农工党合浦县总支党员在广西统一战线同心水柜捐款活动中踊跃捐款共3000元。

(黄　江　劳建新)

中国致公党合浦县总支委员会

【**概况**】 2018年,中国致公党北海市委会合浦县总支(简称致公党合浦县总支)在中共合浦县委和致公党北海市委会的正确领导下,在中共合浦县委统战部的关怀指导下,至年末,共有党员45名;总支设综合、文教两个支部;总支班子成员为:主委王鹏远,副主委蔡华、钟军,支委龙波、周开全、郑美华、黎明。党员多从事文教、卫生工作。

【**思想建设**】 2018年,致公党合浦县总支多次组织党员集中学习及召开民主生活会,学习贯彻中共十九大报告精神,要求全体党员要统一思想,深入学习,深刻领会中共十九大报告精神实质和内涵,把学习和贯彻“同心”思想与参政议政、做好本职工作、服务社会相结合,学以致用;并结合北海市、合浦县发展和自身队伍建设实际情况,开设了学习培训班。不断做好党员的思想工作,提高党员的政治素养。让全体党员把思想和行动统一到中共十九大精神上来,以中共十九大精神为指导做好本职工作,在工作中再创新业绩。

【**组织建设**】 2018年,致公党合浦县总支严格按照职能分工履行职责,提高组织生活的到会率,有事时要按程序请假。认真做好组织生活工作记录。每次活动都及时记录,内容详尽。加强党费收缴与管理。每年都按时收缴党费,年度党费收缴齐全,经费使用情况记录详尽并符合财会使用管理规定,时刻接受监督。巩固和发展组织,健全政党机制,充分发挥整体功能,组织建设的关键是领导班子建设,继续发挥老一辈领导人的影响和作用,同时把符合条件的干部选好加强培养。吸收新成员时要注意政治质量,德才并重,在组织发展中要坚持已协调确定的范围和对象,坚持以有一定代表性的人士为主。

【**参政议政**】 2018年,致公党合浦县总支认真组织骨干党员参加致公党北海市委会主办的参政议政培训活动，不断丰富提高党员参政议政的能力。在2018年合浦县“两会”期间，号召支部广大党员积极建言献策，要求他们多反映社情民意，积极撰写一人一议30份，提高他们的政治敏锐性和政治觉悟。积极组织党派的政协委员，围绕合浦县委、县政府的中心工作以及事关人民群众切身利益的实际问题，深入调查研究，认真撰写提案，运用提案形式积极建言献策，反映社情民意，助推经济社会和各项事业发展，全年共提交给县政协提案6篇。其中以致公党合浦县总支名义提交提案1份，对合浦县经济社会的发展积极献言建策，为推动合浦县的经济发展及城镇化建设做出了贡献。

2018年5月30日，致公党合浦县总支联合县侨联、县外侨办开展“情系归侨，爱心助学”活动　（致公党合浦县总支　供）

【社会公益事业】 积极开展联谊活动。2018年，致公党合浦县总支党员利用自身优势，积极与各自联系的港澳台和海外亲属、朋友联系，加深情谊，招商引资，为合浦县的发展牵线搭桥，促进共同发展。全年联络次数达20人次以上。其中党员周开全及妻子经常与台属表姐陈运莲联系，介绍家乡的变化，动员其回乡参与家乡的经济建设。致公党合浦县总支的政协委员积极参加县政协组织的各项活动，还参加了县委统战部等相关单位组织的培训等；部分党员还根据各自特长，参加各种文艺团体、医疗服务队等，从不同方面为群众服务，既扩大了影响又锻炼了自己。（王鹏远　洪善彬）

2018年12月12日，致公党合浦县总支组织党员政治学习　（致公党合浦县总支　供）

合浦县工商业联合会

【概况】 2018年，合浦县工商业联合会（简称县工商联）充分发挥桥梁、纽带和助手作用，围绕县委中心工作和非公经济发展需要，切实加强组织建设，积极参政议政，努力开展经济联络、招商引资、企业维权、企业融资等经济领域服务，正确引导会员和企业参与社会公益事业。县工商联共有机关行政编制6名，后勤服务编制1名，实有机关人员7人，其中专职主席1名、专职副主席2名、副主任科员1名、科员2名、工勤人员1名。县工商联机关内设人秘股和经济联络股2个股室。

【理想信念教育实践活动】 2018年，县工商联把学习宣传贯彻中共十九大精神作为一段时期重要的政治任务来抓紧抓实抓好，继续组织开展对中共十九大精神进行多层面的宣讲和学习。组织全体干部职工认真学习县委十二届九次全会和县第十六届人民代表大会第三次会议精神，把准工作方向，明确目标和任务。组织学习宣传中共中央总书记习近平给民营企业家回信重要精神和在民营企业座谈会上重要讲话精神，澄清社会上对民营经济的一些不实传言，为推动县工商联各项工作的开展注入动力。

【非公企业调研】 2018年，县工商联努力做好全国工商联第十三次私营企业调查工作和2018年民营企业调查点执常委企业入库工作，关注企业发展动态，及时了解企业存在的困难和问题，引导企业拓宽思路，增强信心，主动转型。12月3日，中华全国工商业联合会按照《全国工商联民营企业调查点管理办法(试行)》要求，对在民营企业调查点中工作热情高、组织协调好、特色亮点多的合浦县工商业联合会和参与积极、填报及时、数据准确的两家副主席企业(北海市宽利水产有限公司、广西北海精一电力器材有限责任公司)分别授予2018年度民营企业调查点工作先进基层单位和示范企业，并予以全国公开通报表扬。年内，县工商联协助北海市工商联深入到合浦县公馆、白沙、闸口、曲樟、常乐、石康、星岛湖7个乡镇的8个农民专业合作社进行专题调研，了解各农民专业合作社参与产业扶贫的经验做法和存在问题，探索企业参与合作、支持产业发展的思路和方式，为上级出台对农民专业合作社的相关扶持政策提供参考。县工商联还协助相关部门开展了新的社会阶层代表人士分级分类管理登记工作，共登记新的社会阶层代表人士13名。

【民营企业服务】

惠民活动 2018年，县工商联把增添非公经济企业员工2018年春节喜庆、欢乐、祥和的节日气氛与工商联服务非公有制经济的职能有机地结合起来，联合县文联、县书法家协会于1月25日、26日分别到广西凤翔集团畜禽食品有限公司、北海市宽利水产有限公司开展“学习贯彻十九大精神暨送春联下企业活动”，为2家企业的职工书写春联500多幅。年内，县工商联配合县妇幼保健院在广西合浦县绿珠科技投资有限公司等企业开展了妇女两癌免费筛查。联合农工民主党合浦县总支到北海市宽利水产有限公司组织开展了“送医送药进企业服务企业”活动，为200多名企业职工进行免费体检和诊疗。为深入贯彻落实国家、自治区、北海市以及合浦县有关互联网+、大众创业万众创新、实体新零售创新转型等工作部署，结合工商联主要工作职能，县工商联与阿里巴巴集团合浦县服务中心在县农村淘宝服务中心联合举办合浦县“天猫优品”新零售体验店招商推介会，组织了各直属企业会员、乡镇商会和行业商会协会员、乡镇农民专业合作社代表共85人参加推介会。年内，县工商联配合市工商联、北海365网对公馆镇香山村马拉坡的名特优农产品鸡嘴荔枝进行宣传报道，进一步扩大了该产品的知名度和美誉度；协助举办公馆镇香山村旅游荔枝节，推动香山村鸡嘴荔枝的销售。配合县委统战部、县非公办，按要求组织企业参加各类的学习培训和参观考察，协助提高企业的经营管理水平。

帮助企业解决招工难问题 2018年初，县工商联与县人社局、县就业局等部门共同承办了“2018年‘春风行动’现场招聘会”，组织30家会员企业参加招聘活动，达成就业意向1268人。10月15日，联合县人社局、县总工会、县扶贫办等单位组织15家会员企业参加了在县城还珠广场举办的“2018年‘金秋招聘月’暨‘就业扶贫行动日’活动现场招聘会”。

搭建平台，增进银企合作 为解决企业融资难等问题，县工商联积极联系组织相关企业参加了由北海市工商联牵头举办的“北海市向海经济政银企洽谈会”，增进银企之间的相互了解，加强合作。

开展法律进企业宣传教育活动 县工商联作为成员单位之一，参加了由县司法局、县法建办牵头组织的继续开展“深化‘法律六进’促进社会和谐稳定”法治宣传教育主题活动，于10月12日与县法建办、县司法局联合在北海市宽利水产有限公司联合举办了“送法进企业”法律知识讲座，60家企业共62名人员参加了讲座，除了对相关法律知识进行学习以外，还就企业生产经营活动中所涉及的不正当竞争、合同风险、产品质量、安全生产、消费者权益保护、公司法等相关法律法规进行解答，得到了企业的一致好评。

【履行参政议政职责】 2018年，县工商联密切关注和积极反映阻碍非公经济和社会发展的客观因素，认真撰写并向县政协十三届全会提交了《改善园区生活环境，留住员工安心工作》《关于推动农村电商发展的建议》《关于加强我县午托幼托机构行业管理的建议》等提案，推动引起对相关问题的重视和解决。

【会员发展工作】 2018年,县工商联在走访调研企业的过程中,按照新统战条例的要求,认真做好会员发展工作,努力发现和培养一批年青的非公经济代表人士。全年共发展个人会员78名,企业会员24家。

【组织协调非公企业投身脱贫攻坚战】 2018年,县工商联按照县委县政府工作部署,统筹协调全县非公企业,深入开展“百企扶贫”活动,努力实现村企合作共赢,积极引导民营企业支持参与新一轮农村脱贫的精准帮扶工作,得到了各民营企业的积极响应,各企业通过“一帮一、一帮多、多帮一”的形式对贫困村、贫困户开展帮扶,帮助贫困户早日脱贫致富。县工商联在引导企业参与扶贫工作时,着重从“精准”入手,重点引导企业家在支持参与各村农民专业合作社发展,参与产业合作、就业安置、助学、慰问病残等领域对贫困村、贫困户展开精准帮扶。年内,共有117家企业与70个贫困村开展结对帮扶。直接参与合浦县各村脱贫帮扶的企业达到115家,实施帮扶项目666个。其中本地企业81家,实施帮扶项目431个,本地企业投入帮扶资金达17850.27万元,受帮扶村227个,受帮扶贫困人数15323人。其中产业帮扶投入16994.202万元,受益贫困人口3525人;技能帮扶投入10.98万元,受益贫困人口952人;公益捐赠帮扶投入597.3445万元,受益贫困人口11701人;就业帮扶投入247.74万元,安置建档立卡贫困户就业90人。合浦县的非公经济企业家还积极响应自治区党委统战部的号召,向贫困石山地区捐赠“同心水柜”捐款101000元。

2018年12月20日,合浦县工商业联合会与合浦县绿珠科技投资有限公司一行到闸口镇银坑村开展走访慰问活动 (林启波 摄)

【服务招商引资】 2018年,县工商联积极发挥自身优势,陪同县委有关领导组队赴南宁北海商会会长的所属企业进行招商引资,年内已有勤德科技集团的年产8万吨鱼蛋白海产品加工和万泰隆集团海角港湾休闲旅游度假区2个项目达成了在合浦县投资的意向。经过对接跟踪服务,浙江温岭商人在合浦工业园区投资2800万元的合浦三得利工贸有限公司已开工建设;合浦县鑫鹏橡胶制品有限公司投资650万元的项目也已建设完毕、已投入生产。

【乡镇商会换届工作】 2018年,为了推进全县乡镇商会的换届工作,县工商联根据县委和县委统战部的要求,安排人员专门为乡镇商会换届工作编写了操作手册和换届流程图,用于指导乡镇商会换届工作。同时派出人员加强对乡镇商会换届工作的督导,较好地推进了全县乡镇商会的换届工作。年末,全县已有石康、乌家、沙岗、西场4个乡镇顺利完成了商会换届工作,沙田、山口、白沙、闸口、党江、星岛湖、石湾等其他的乡镇商会换届工作正在抓紧推进。

【机关作风建设】 2018年,县工商联以落实全面从严治党为总抓手,以深化扶贫领域腐败和作风问题专项治理工作以及严格落实中央八项规定精神工作为契机,开展“扫除‘庸懒散’、打通‘中梗阻’”作风建设专项整治活动,加强新形势下县工商联全体党员干部职工的作风建设,转变工作作风,增强党员干部队伍的思想道德素质、服务意识和业务工作能力,严格按照内务管理各项制度办事,提高工作效率,夯实组织基础,推动工作再上新台阶。

(杨升霞　郑如皎　陈　斌)

群众团体

合浦县总工会

【概况】 2018年，合浦县总工会（简称县总工会）下设人事秘书股（挂财务和资产管理部、基层工会经费核算中心）、组织宣教部（挂网络工作部）、权益保障部（挂劳动经济法律部、女职工办）和经审办等4个内设机构，下辖工人文化宫、职工学校、职工技术协作交流站3个自收自支事业单位和一个独立核算企业——华天贸易公司。年底，全县有基层工会组织1273个，其中乡镇总工会2个、乡镇工会联合会13个，园区、系统工会联合会（工作委员会）6个（合浦工业园区工会工作委员会、县教育工会、县卫计系统工会工作委员会、县直属机关工会工作委员会、县金融工会联合会、县粮食系统工会工作委员会）；工会会员99416人，其中农民工会员66505人。

【组织建设】 2018年，县总工会着力强化固本强基工作，努力拓展工会组织和工会工作覆盖面。组织开展“货车司机入会集中行动”“两新”组织建设百日攻坚行动、基层工会建设“落实年”活动，依托党建带工建，采取属地管理与行业管理、单独建会和联合建会相结合等办法推动基层工会组建工作，扩大工会组织对新产业、新业态和小微企业的有效覆盖。全年全县组建工会组织21个（其中；25人以上单独基层工会11个），发展会员1799人（其中：女会员473人），单位数增长2%，会员数增长2%。截至2018年度，《全国工会管理系统》建会率99.83%，职工入会率达98.40%。深入推进“会、站、家”一体化建设，拓展职工服务中心和站点功能。建立工会“爱心驿站”3个，全国级职工书屋示范点3家、自治区级职工书屋2家、市级职工书屋2家。

【劳模评选】 2018年，县总工会积极做好各级“五一劳动奖章”、工人先锋号和工匠推选服务工作。年内，全县获评全国工人先锋号1个、广西“五一劳动奖章”1名、广西工人先锋号1个、北海“五一劳动奖状”2个、“五一劳动奖章”3名、工人先锋号2个、北海工匠2名。关心劳模的生活，按时发放劳模特殊津贴，慰问困难劳模，组织劳模体检、疗养。组织16名一线职工参加疗养活动。春节慰问劳模51人慰问金51000元，组织劳模到合浦县人民医院体检31人。创建劳模创新工作室3家。

【劳动竞赛】 2018年，县总工会根据不同行业和工种的技术要求，结合行业、系统实际，立足企业，面向社会，组织技术培训、技术咨询、技术攻关、技术服务，组织开展各类岗位练兵和技术比武活动，不断提高职工的职业技能。与县人社局联合承办广西第五届农民工技能大赛合浦选拔赛，建立一个展示农民工才华和风采的良好平台，推进农民工技能交流。广泛开展多种形式的劳动和技能竞赛和职工技术创新活动。年内，县总工会深入推进“安康杯”竞赛活动，维护职工生命安全和健康权益。全面推进安全生产管理、安全文化建设、职工安全培训教育，提高广大职工的安全生产意识；协助县安监部门开展企业安全生产检查，参与安全生产事故的调查处理，组织职工参加全县安全生产月活动；加强企业安全生产管理、安全文化建设和班组安全建设。

【维权工作】

集体合同和工资集体协商 2018年，县总工会扎实推进集体合同和工资集体协商工作，保障职工经济权益。将工资集体协商工作列入县本级绩效考评科目，为工会运用党政资源开展工作提供了坚实的保障。年内，全县已建工会覆盖企业有2490家，集体合同签订已完成签订2266家，签订率91.1%，覆盖职工46242人；25人以上建会企业单独签订工资专项集体合同，年末全县共有25人以上建会企业142家，已完成签订133家，签订率达93.6%，覆盖职工13990人。

工会法律服务 2018年，县总工会加强工会法律服务工作，建立了法律工作站，为职工会员提供法律援助服务；举办全县工会主席培训班，开设工资协商业务培训课程。选树工资协商典型。聘请3名律师为全县职工和各级工会组织提供法律服务，打造“一小时法律服务圈”。聘请2名专职工资集体协商指导员，加强工资集体协商工作。县总工会与县法院、人社、司法和工商联等部门建立职工法律服务五方协调联动机制，建立劳动者维权岗，开通劳动者重点是农民工维权绿色通道。积极参与开展“七五”普法活动和“12·4”广场法治宣传日等活动，加强法治宣传教育，弘扬法治精神，形成自觉学法守法用法的社会氛围。

【帮扶工作】 2018年，县总工会贯彻执行《广西工会困难职工管理暂行办法》《广西工会困难职工帮扶资金使用管理实施细则》，建立健全帮扶管理各项规章制度，明确主体责任，把相关规定落到实处。对困难职工的情况全面进行重审复核，全面准确摸清和掌握困难职工基本情况、困难原因和自身需求，规范建档和帮扶程序，做到情况精准、措施精准、程序精准、效果精准，实现精准建档、精准帮扶、精准管理目标。全年实现困难职工脱困229户，实现解困脱困85%（按2016年10月31日前建档困难职工267户计算）。加强县困难职工帮扶中心建设，落实工作人员、场地、经费。在广西骏马货运有限公司建立工会爱心驿站。同年6月，配合南宁工人疗养院开展送健康活动，为合浦工业园250名农民工（一线职工）提供免费体检。深入推进职工医疗互助保障工作。年内，全县共有职工医疗互助保障参保单位174个，参保份数共13850份；患病职工申请补助485人次，补助金额114万多元。大力开展“送温暖”“金秋助学”“就业援助”等活动，“送温暖”慰问困难职工88人、发放慰问金13.4万元，金秋助学37人、发放助学金18.3万元，开展困难职工日常生活和医疗救助38人，金额17万多元。开展“女职工关爱行动”，为困难女职工进行“两癌”检查和心理关怀。

【职工队伍建设】

思想道德建设 2018年，县总工会围绕实施“四大战略”、打赢“四大攻坚战”，做实叫响“劳模创新工作室”和“工人先锋号”等品牌，积极培育选树“广西工匠”“北海工匠”，加大对劳模精神、劳动精神的宣传力度，发挥劳模和先进人物的示范带动作用，引导广大职工立足本职、爱岗敬业。拓展“中国梦·劳动美”主题教育，在全县广大职工中开展“中国梦·劳动美”主题宣传教育活动。与县委党校联合举办全县基层工会主席“不忘初心·牢记使命”综合素质提升培训班和学习宣传贯彻中共中央总书记习近平重要讲话和中国工会十七大精神培训班；选派工会干部参加自治区总工会、北海市总工会组织举办的各类业务工作培训班，引导职工群众践行社会主义核心价值观，深化职工职业道德建设，不断提升职工文明素质。

“职工之家”及“职工书屋”建设 2018年，组织各级工会深入开展创建合格职工之家建设活动，重点在非公企业中结合“双爱双评”“工会组织亮牌子、工会主席亮身份、职工之家亮品牌”活动开展创建合格职工之家建设活动，并在此基础上深入开展评家活动。全县1273家基层工会中，共有1168家基层工会经考核验收为“合格职工之家”和“合格会员之家”，达标率均为91.75%。年底，全县已建工会组织非公有制企业567家，其中522家开展“工会组织亮牌子、工会主席亮身份、职工之家亮品牌”活动，覆盖面达92%。全县已建立渔船工会联合会示范点3个、乡镇总工会（工会联合会）15个。同时，加强“职工书屋”建设，引导全县广大职工树立终身学习理念，更好地投身推动合浦县科学发展的主战场。年末，合浦县已建全国级职工书屋3家，自治区级职工书屋3家，市级职工书屋3家，县级职工书屋2家。

职工文化活动 2018年，县总工会精心组织开展大型职工文化活动，先后牵头组织举办合浦县2018年迎新春“国民村镇银行杯”气排球赛、“中国梦·劳动美”2018年合浦县庆祝“五一”国际劳动节文艺晚会、先后承办合浦县庆祝中国改革开放40周年和自治区成立60周年“唱响北海”合唱比赛活动，积极组织人员参加北海市第21届职工运动会暨2018年市直机关运动会等，丰富广大职工文化生活。

【厂务公开】 2018年，县总工会加强以职代会为基本形式的企事业单位民主管理。制订相关工作方案，召开工作会议和示范单位经验交流会，学习宣传《广西企业民主管理条例》。加强对改制企业的职代会的指导以及加强对教育、卫生等事业单位民主管理工作的培训，提升工作水平。国有企事业单位厂务公开建制率保持100%，已建工会的非公企业厂务公开建制率达92%。培育合浦供电公司工会委员会、合浦县廉州中学工会委员会和合浦县迪科水电机械有限公司工会委员会等厂务公开民主管理工作示范点。

【工会经费收缴】 2018年，县总工会严格执行全国总工会和自治区总工会关于加强基层工会收支管理相关规定，举办培训班组织专题培训，组成检查组深入基层工会（主要是机关事业单位工会）检查指导，成立基层工会会计核算服务中心，未开设独立账户的基层工会的工会经费由中心统一管理，从严加强对基层工会经费收支管理。加强与地税、财政等部门的联系协调，超额完成地税代收工会经费和财政统拨工会经费任务。

【精准扶贫】 2018年，县总工会将定点扶贫工作纳入年度重点工作内容，每周县总工会领导班子扩大会议都将精准扶贫工作作为一项必议内容，领导班子成员经常到村调研指导，选派工作人员长期驻村开展工作。紧盯贫困村脱贫摘帽“十一有一低于”标准和贫困户脱贫“八有一超”指标，制定一户一策扶贫方案开展定点扶贫工作。先后支持挂点村扶贫工作经费3万多元，给予贫困户鸡苗饲料等折合金额10110元，支持贫困户发展生产。牵头联合县教育局、县扶贫办等部门持续组织开展“看一场电影·献一份爱心”扶贫助学活动，每个季度组织一次扶贫助学金发放，从2017年8月活动至2018年底，发动热心观众资助贫困学生112人、金额11.2万元。

年内，县总工会充分以产业扶贫为切入点，以乡村旅游项目基地“小村故事”为示范点，实践“工会＋农业龙头企业＋基地＋农户”扶贫新模式，发挥农业产业链上工会组织作用，把贫困户组织起来，把企业引导起来，带动贫困户脱贫致富。针对合浦县农业产业链的龙头企业、合作组织总量较大但个体规模偏小、带动能力还不够强的现状，挑选条件相对成熟的合浦佳永金花茶开发有限公司和合浦东园家酒厂与关联度较大的主要从事禽畜养殖、金花茶种植的农民专业合作社结对帮带，示范带动全县“双带”活动的开展，打造合浦县发挥工会组织助推扶贫攻坚的工作品牌。

（叶长天　吴　弘　张　艳）

共青团合浦县委员会

【概况】 2018年，共青团合浦县委员会（简称团县委）领导全县共青团、少先队工作，内设事务部、学少部、青年发展部，有在职干部5人，工勤人员1人。下属单位有合浦县青少年宫，有在职干部职工5人，团属协会合浦县青年企业家协会现有会员80名，合浦县青年志愿者协会（筹）有会员60名。下设基层团委、少先队总队，基层团委下设团总支或团支部，少先队总队下设少先队大队与中队。年末，全县共有基层团委26个，基层团工委3个，团总支38个，团支部665个，团员10001名，团干部1803名（其中专职团干部29名，兼职团干部1771名，挂职3名）；全县共有少先队大队301个，2386个中队，全县配有总辅导员1名，大队辅导员301名，中队辅导员2386名；全县共有少先队员87899人，其中小学少先队员75147人，初中少先队员12752人。年内，团县委全面贯彻落实中共中央总书记习近平系列重要讲话特别是关于青少年和共青团工作的重要指示精神，坚持中国特色社会主义群团发展道路，扎实推进改革攻坚、从严治团各项工作，团结带领全县广大青年敢于有

2018年9月28日，共青团合浦县第十六次代表大会在还珠宾馆开幕

（团县委　供）

梦、勇于追梦、勤于圆梦，为青年成长成才搭建广阔舞台，为合浦县的蓬勃发展凝聚青春力量。

【服务党政中心工作】 2018年，团县委坚持用新思想武装青少年，牢牢把握广大青少年的成长脉搏，通过理论学习、宣讲交流、主题团日、典型宣传等多种形式，结合“学雷锋”“五四”等节庆日、纪念日，深入开展“研读十九大报告　合浦青年话使命”“青年大学习”系列主题活动，始终凝聚、团结青年听党话、跟党走。4月3日，举办“研读十九大报告　合浦青年话使命”为主题的合浦青少年学习宣传贯彻中共十九大精神演讲比赛；5月3日，由县委、县政府主办，县委组织部、县委宣传部、团县委承办，县文体局、县教育局协办的《不忘初心跟党走，青春建功新时代》专场晚会在还珠戏院举办；6月19日，在合浦第四中学开展合浦县“青年大学习”主题团日活动；7月12日，组织全县村(社区)团支部书记共180人到合浦县廉政教育基地开展廉政教育专题活动。9月18日，中共十二届合浦县委常委会第63次会议专题学习中共中央总书记习近平“7·2”重要讲话精神和共青团十八大精神。廉州镇、沙岗镇、沙田镇等团委开展学习习近平“7·2”重要讲话精神暨团十八大精神宣讲会。团县委机关团干部多次深入团支部传达习近平“7·2”重要讲话精神和共青团十八大精神。引导青少年践行社会主义核心价值观，“扣好人生的第一粒扣子”。深化“向上向善好青年”“两红两优”等榜样选树活动，用他们的先进事迹激励青少年，选树全国优秀共青团干部陈铭武等一批青少年可敬、可亲、可信、可学的楷模。

【基层组织建设】 2018年，团县委深入贯彻落实中共中央关于群团改革的决策部署和重要要求，围绕保持和增强政治性、先进性、群众性，坚定不移推进共青团改革，注重共青团工作实效，将共青团工作纳入对各级党组织党建绩效考评工作，“党建带团建”列入考评项目，将预防青少年违法犯罪工作纳入对各乡镇绩效考评工作，共计17分，以绩效考评为抓手，确保共青团工作落到实处。年内，由县直接管理的基层团委，除沙田镇团委未换届外，其余全部完成换届。同年，团县委增加2个全额事业单位编制，配备兼职、挂职副书记。抓好青年之家建设，全县17个青年之家入驻云平台，县一级打造出一个600多平方米全自治区一流水准的青年之家。少先队及中学共青团改革持续深入，成立合浦县教育团工委，《中学共青团改革实施方案》《广西中学共青团改革实施方案》《关于进一步加强全区中学团校建设的实施意见》《广西少先队改革实施方案》《北海市少先队改革实施方案》《关于在全市小学校全面建立少先队工作委员会的通知》等文件已下发并在跟踪贯彻落实，中小学成立学校少工委工作顺利推进，基层团组织活力明显增强。

【青年志愿者工作】 2018年，团县委坚持组织化推动与激发团员内在动力相结合，把志愿服务作为入团教育和团员日常教育的重要内容，把参与志愿服务作为团组织生活的重要内容，引导团员青年积极参与志愿服务实践。积极承担全县大型节庆活动的志愿服务工作，为“美丽广西”“智慧马拉松”“创特”“创建文明县城”“环广西自行车赛”等活动提供志愿服务。1月，组织志愿者实施以“青春志愿行，温暖回家路”为主题的青年志愿者服务春运“暖冬行动”。3月，举办了“学雷锋”系列活动。5月24日，团县委与县青企协到山口镇北界小学开展“一个阅览室　一支小牙刷”合浦县乡村振兴青年行动北界小学助学游园活动。6月1日，由县总工会、县教育局、县扶贫办、团县委、县妇联、县工商联等部门和单位共同主办，合浦中影UL城市影院承办的“看一场电影·献一份爱心”扶贫助学活动第三次发放助学金仪式在曲樟乡曲木村委会举行，该乡21名建档立卡的贫困学生每人获得1000元助学金。六一儿童节，由北海民间志愿者协会、北海益众社会工作服务中心、光合作用乐队、团县委、县青企协联合在曲樟中心小学举办了一场音乐会等。自2018年3月5日起，合浦县乡村振兴青年行动项目“送课进村小”支教活动正式启动，已在曲樟乡中心小学、井山小学、邠赖小学、山一小学和璋加小学开展了支教活动，推动志愿服务常态化。

【开展“希望工程”活动】 2018年，团县委持续开展“真情陪伴、爱心传递”等形式多样的帮扶活动。5月18日，团县委联合县关工委在合浦县第五中学举办“合浦县乡村振兴青年行动”助学活动，为17名品学兼优的学子每人提供助学金500元。5月24日，在山口镇北界小学举行“一个阅览室　一支小牙刷”合浦县乡村振兴青年游园活动，给学生们带去专用卫生套装、数千册图书、文体课器械、文具、小玩具等礼物，为孩子们送上来自社会各界的关心和问候。8月31日,在合浦县利添公司乌家基地举行2018年希望工程利添助学金发放仪式,15名贫困大学生每人领到1万元助学金。11月9日,在合浦廉州中学举行合浦县“党旗领航　扶贫扶智”希望工程助学金发放仪式,由合浦县青年企业家协会公益基金进行资助,为15名在2018年中考中以总分A+成绩考进廉州中学的建档立卡贫困生提供助学金共4万元。年内,合浦县“希望工程”收到捐助250多万元,资助超过1000名贫困学生。

【乡村振兴青年行动】 合浦县乡村振兴青年行动是合浦县共青团的创新工作。2018年,建设2家“青企书屋”,组建了15支“乡村振兴青年服务队”,出资15万元在曲樟乡5所村小开展持续1年的支教活动,覆盖学生600人,筹集30万元建设合浦县乡村振兴青年行动指挥部,成立合浦县青年企业家协会创业投资公司,确保200万元的创业资金池,组建100名成员创业导师团。

【少先队工作】 2018年,按照团县委、县教育局、县少工委联合印发的《关于在全县中小学成立少先队工作委员会的实施方案》要求,县少工委直辖15个乡镇少工委、8个高完中少工委、县实验小学少工委,各乡镇少工委下辖本乡镇学校少工委。团县委利用县实验小学少工委成立大会,组织全县100多名少先队辅导员进行观摩。年内,全县各乡镇、各中小学组建成立了少工委。

【维护青少年权益工作】 2018年,团县委从解决青少年最关心、最直接、最现实的问题入手,不断拓展服务渠道,创新服务方式,引导青少年成长成才。成立县预防青少年违法犯罪工作领导小组,实施“维护青少年权益—预防青少年违法犯罪行动”重点项目,设立合浦县“青少年维权岗”,加强和改进未成年人思想道德和法制建设,协助县综治委积极做好校园及周边地区治安秩序整治工作,积极配合相关部门在学校、工地开展重点青少年群体服务管理和预防犯罪、《中华人民共和国未成年人保护法》宣传讲座及活动,举办各类活动讲座5场,开展节能减排、禁毒、青少年网络安全等宣传活动,发放宣传资料20000多份。4月16日,北海市中心血站、合浦团县委联合举办青年联谊活动。5月16日,团县委联合县人民法院、县司法局到石康中学开展“与法同行　呵护成长”法制宣传活动。国际禁毒日,团县委组织志愿者参加了合浦县禁毒宣传游行宣传活动。年内,团县委预防青少年违法犯罪工作经验在全市预防青少年违法犯罪工作会议上作典型发言。

【组织宣传工作】 2018年,团县委及时更新合浦县共青团微信公众平台工作动态,以“合浦青年之声”“合浦青年之家”云平台等网络平台建设为重点,运用互联网手段直接联系青年、服务青年、融入青年,打造工作网、联系网、服务网“三网合一”互联网工作体系;用清朗网络陶冶青年。互联网是共青团思想引领工作没有硝烟的战场,必须筑牢网上思想引领主阵地,继续实施“青年好声音”“清朗网络”等系列行动,引导广大团员青年把先进性和担当精神延伸到互联网上。年内,团县委先后在《中国青年报》、中国共青团网、《北海日报》《北海晚报》等新闻媒体共报道40多篇(次)信息,通过活动进行有效宣传覆盖超过10万人。　(何秉霖　庞晓莹)

合浦县妇女联合会

【概况】 2018年,合浦县妇女联合会(简称县妇联)在县委的坚强领导和市妇联的正确指导下,带领全县各级妇联以习近平新时代中国特色社会主义思想为指导,全面贯彻中共十九大精神和县委决策部署,以群团改革为契机,牢牢把握增强政治性、先进性、群众性的根本要求,团结动员广大妇女不忘初心、牢记使命、积极作为,按照“妇女所急、党政所需、妇联所能”的工作要求,切实维护妇女儿童合法权益,促进男女平等,扎扎实实开展了一系列工作,圆满完成了各项目标任务,推动全县妇女儿童工作取得了新业绩,实现了新发展。合浦县妇女两癌保险工作超额完成,获得自治区妇联及北海市妇联通报表扬。

【主题宣传教育活动】 2018年,县妇联以庆祝改革开放40周年、自治区成立60周年和学习贯彻中国妇女十二大精神为主线,深入开展“巾帼心向党　建功新时代”主题宣传教育活动。各级妇联以妇女群众喜闻乐见的方式向妇女群众宣讲中共十九大、中国妇女十二大精神及合浦县近年来发展的巨大成就等,推动学习宣传贯彻习近平新时代中国特色社会主义思想不断往深里走,往实里走,往妇女群众心里走,引导广大妇女增进政治认同、思想认同、情感认同,更加紧密团结在以习近平为核心的党中央周围。举办“新时代女性”专题讲座暨“树立良好家风　弘扬廉洁齐家”主题活动。通过组织参会人员齐声朗诵诗歌《游子吟》、“廉洁齐家　我做表率”签名仪式、参观学习“最美家庭”家风宣传教育展板、“新时代女性”专题讲座等丰富的形式，引导广大妇女做习近平新时代中国特色社会主义思想的践行者，做伟大事业的建设者，做文明风尚的倡导者，做敢于追梦的奋斗者。以表演“音乐快板”的形式开展“相约母亲节，传递感恩心”主题活动，让社区群众加深对社会主义核心价值观的理解，把中共十九大精神以生动活泼的方式传达到基层。

2018年11月10日，合浦县妇女第十三次代表大会在还珠宾馆召开，图为合浦县委副书记罗鹏（左十一）与当选的新一届合浦县妇联执委合影　（县妇联　供）

【巾帼脱贫行动】 2018年，县妇联坚持贯彻落实县委、县政府扶贫攻坚工作部署，深化做实“产业到家·牵手妈妈”巾帼脱贫行动。与县扶贫办、县旅游局等部门密切合作，培育创建2个“金绣球”农家乐示范点，2个北海市巾帼脱贫示范基地，辐射带动妇女互助脱贫。年内，县妇联举办各类脱贫技能培训班2期，培训妇女180人，有效提升妇女群众脱贫致富能力。与中国人寿保险合浦县分公司开展“两癌”保险工作，全县关爱女性健康“两癌”保险年内共出单3.12万份，受益妇女2.07万人，有效遏制妇女因病返贫。廉州镇妇联“两癌”保险工作措施有力，参保人数居全县之首。县妇联联合县人社局等单位在还珠广场举行“春风行动”现场招聘会，搭建妇女创业就业平台，为妇女群众提供各类就业岗位2000多个，促进全县贫困妇女就业。召开“说经济　促发展”农村女能人座谈会，举办合浦县巾帼电商培训会助推脱贫攻坚，深化“巾帼家政服务到家”工作，全年开展家政培训“大篷车”进村（社区）活动6场，培训妇女420人。

【实施“乡村振兴　巾帼行动”】 2018年，县妇联坚持实施“农村妇女素质提升计划”，举办“乡村振兴　巾帼行动”培训班，培育一批爱农村、懂技术、会经营的乡村振兴巾帼带头人，加强女能人队伍建设，引导女能人在乡村振兴中贡献巾帼力量。积极参与“美丽广西”建设，开展“美丽广西·我在行动”户外清洁活动，引导农村妇女带动家庭成员参与农村人居环境整治行动，践行绿色生活方式，共建共享生态宜居环境。涵育文明乡风，石湾镇开展美丽家园评选活动，年内共评选80户。

【推进“家庭文明创建巾帼行动”】 2018年，县妇联深入推进“家庭文明创建巾帼行动”以三八国际妇女节、六一儿童节、中秋节、母亲节等特殊节日为契机，开展各具特色的寻找“最美家庭”系列活动。年内，共寻找出合浦县“最美家庭”19户，北海市“最美家庭”3户，北海市“五好家庭”2户，自治区“五好家庭”1户，全国“五好家庭”1户。开展家庭教育讲座15场，培训家长850人。组织“爱心护蕾队”等志愿者队伍走进村、社区“儿童之家”开展家庭教育指导服务，开展“树立良好家风，弘扬廉洁齐家”主题活动，引导广大女性廉洁修身，廉洁齐家。

【维护妇女儿童合法权益】

主题宣传活动　2018年，县妇联持续开展“与法同行·呵护成长”进校园，以“建设法治中国·巾帼在行动”为主题的宣传活动。年内，共开展主题宣传活动8场，受益妇女儿童2150人，深受公众好评。

服务妇女群众工作　年内，县妇联充分发挥妇联服务妇女群众的“窗口”作用，实行领导接访、全天接访等工作制度，努力确保每件诉求都能得到妥善解决。全年共接待来信来访30余件，接待妇女群众46人次，处理率达100%。

“平安家庭”建设　年内，县妇联切实深化“平安家庭”建设，进一步加强婚姻家庭纠纷预防化解工作，构建多层面、立体化的化解婚姻家庭纠纷组织网络。县妇联与县综治办、县公安局及县法

院等相关单位联合印发《关于做好婚姻家庭纠纷预防工作，设立婚姻家庭纠纷人民调解委员会的工作方案》，成立了以县委常委、县委政法委书记为组长，县政府副县长、县公安局局长、县法院院长担任副组长，相关单位领导为成员的婚姻家庭纠纷人民调解委员会领导小组，并下设办公室在县人民法院，15个乡镇均成立婚姻调解委员会，进一步发挥调解处理疑难家庭纠纷作用，有效遏制婚姻家庭纠纷多发态势，为构建和谐婚姻家庭关系、创建“平安家庭”、促进社会稳定起到良好作用。

【妇女儿童活动中心项目建设】 2018年，县妇联紧紧围绕“两纲”目标任务，推动合浦县妇女儿童活动中心项目建设，项目建设进展顺利。全县建设“儿童之家”45个，累计建设175个，受益儿童达95800人。通过政府购买服务方式，在全县42所“儿童之家”创新开展志愿服务活动90场，受益儿童3000多人。持续开展“春蕾计划”“一元爱心扶贫助学”、贫困母亲“两癌”救助等暖心活动。年内，全县落实春蕾助学金37.5万元，资助310名困难学生；落实“一元爱心”助学金11.2万元，资助112名家庭贫困学生；落实“两癌”救助金21万元，救助“两癌”贫困母亲21人。

【基层妇联组织建设】

工作经费得到保障　2018年，县妇联积极协调相关部门，落实每个乡镇妇联经费1万元，从制度设计层面为解决乡镇妇联经费短缺问题予以有力保障。

基层妇联换届工作　年内，县妇联把基层妇联组织建设纳入全县的基层组织建设同步规划、同步部署、同步实施，依章换届，选优配强乡镇妇联执委会，织密织牢基层组织网。全县15个乡镇妇联完成了换届，完成率达100%，选举出乡镇（街道）妇联执委225名，主席15名，副主席61名。273个村（社区）完成“会改联”工作，选举产生妇联执委3003名，妇联主席273名，兼职副主席819名。

落实妇联工作制度　年内，县妇联认真贯彻落实妇联工作制度，组织各级妇联开展中共十九大精神宣讲、妇女儿童工作调研、关爱贫困留守儿童等“下基层、访妇情、办实事”系列活动。县妇联联合县委组织部、县民政局开展争当2018年北海市“最美娘家人”活动，号召妇女干部争当政治引领、妇女发展、家庭文明建设、妇女儿童维权和清正廉洁表率，掀起基层妇女干部干事创业的热潮。

【履行意识形态主体责任】 2018年，县妇联党组始终把意识形态工作放在全局工作中去思考谋划，为做好妇女儿童意识引领提供强有力的保证。党组带头贯彻落实意识形态工作。县妇联党组书记履行第一责任人职责，带头抓意识形态工作，领导班子成员履行分管领域意识形态责任，制订合浦县妇联党组理论学习计划，召开两次以上专题会议研究意识形态工作，并把意识形态工作纳入党组及班子成员民主生活会和述职报告重要内容。抓好网宣队伍建设。定期举办妇联系统宣传工作培训，加强妇女儿童舆情监测和研判处置工作，把握网上工作主动权，在网络新媒体上旗帜鲜明地发出妇联的声音。强化“互联网+”思维，整合妇联系统新媒体资源，形成各类网络新媒体平台互联互通、覆盖广泛的妇联网群，积极开展网络主题宣传教育。年内，建有合浦妇联微信公众号，合浦网上妇女之家等微信群，打造网上网下相互促进、有机融合的妇联工作新格局。

（黄秀娟　莫小河　潘能伟）

合浦县科学技术协会

【概况】 合浦县科学技术协会（简称县科协），是全县科学技术工作者的群众组织，是县委领导下的人民团体。县科协立足“四服务”工作定位，团结依靠广大科技者组织开展各项科普活动，全面贯彻落实《全民科学素质行动计划纲要》，努力提高全民科学文化素质。2018年，县科协联系乡镇科协15个，自然科学类学会（协会）24个，个人会员6033人，村（社区）科普联络员273人，建立县、市、自治区三级各类农村科普示范基地25个，市级和自治区级科普示范社区4个，国家级和自治区级科普教育基地4个。

【科协代表大会】 根据《中国科学技术协会章程》规定，经县委批准，县科协第二次代表大会2018年12月在县城召开，来自全县各战线的科技工作代表103人，代表全县广大科技工作者出席大会。会议选举产生新一届委员21人，常务委员11人，主席1人、副主席4人（其中兼职副主席3人），推进“三长”（医院院长、学校校长、农技站站长）进入县科协领导班子，全面加强科协组织建设。

【科普宣传活动】 2018年，县科协按照“大联合、大协作”工作方针和科协工作社会化要求，联合协调全县科学素质工作成员单位、基层科普组织及其他社会力量共同开展各项科普宣传活动20次。参加活动科技工作者、科普志愿者203人次，印发各种科技宣传资料20000多份，接待群众咨询5200人次。

【八桂科普大行动】 2018年，县科协围绕“创新引领时代，智慧点亮生活”活动主题，按照北海市组委会印发的活动方案，联合各主办单位及其他社会力量在10月—12月活动期间，共同组织开展基层科普联合行动、青少年科学节、校园科普行动、海洋生态保护、科普惠农成果展示等各项特色科普活动，营造爱科学、学科学氛围，推进全民科学素质跨越提升。年内，党江对虾养殖协会被评为2018年广西八桂科普大行动先进单位。

【科技助力精准扶贫培训】 2018年，县科协联合基层科普行动计划项目建设单位及各基层科普组织共同开展科技助力精准扶贫培训，自治区科协联合市县科协在党江镇举办科技服务乡村振兴助力精准扶贫农村生态养殖培训班。全年举办各类农村适用技术培训班19期，培训农技协会员、周边农户、贫困户及社区居民1260人次。

【基层科普行动计划】 2018年，县科协按照自治区科协、自治区财政厅关于实施2018年“基层科普行动计划”的工作部署，以提升基层科普服务能力和推动科技助力精准扶贫为重点，通过建设完善一批基层科普组织和科技示范村、示范学校等基层科普设施，组织开展科技培训，有效提升基层科普服务能力，为确保实施科技助力精准扶贫和公民科学素质目标打下坚实基础。同年，选送推荐新建农技协2个，提升农技协、产业扶贫科普示范基地、科普示范社区、乡村学校青少年科学工作室各1个为基层科普行动计划项目建设单位，共获得上级科普项目建设补助资金42万元。

【科普惠农成果展示】 2018年11月，县科协选送合浦县香蕉协会、常乐农副产品流通协会、石湾农副产品流通协会、党江对虾养殖协会、党江海鸭蛋生产协会、廉州大蚝协会、西场弹涂鱼养殖协会等7个基层科普组织优质产品香蕉、无公害蔬菜系列产品、对虾、海鸭蛋、大蚝、弹涂鱼产品等10个科普惠农成果参加自治区在南宁举办的2018年科普惠农成果展示交流活动，促进合浦县基层农技协与社会各界的交流与合作，展示科普惠农兴村工作新风采。

【青少年科普活动】 2018年5月，中国科协“大手拉小手——科普报告希望行”校园科普报告巡讲活动走进合浦县，报告团一行6名资深院士专家分别走进合浦一中、廉州中学、廉州中心校等6所中小学为2500多名师生举办精彩科普报告会，专家们分别为青少年学生讲授航空航天的秘密、无人机、探秘北极、科学与想象力等6个专题科普报告，并与学生互动，让学生与科学家零距离接触，领略科学家们的优秀品质，感受科学的魅力和力量。

联合北海市科协组织开展科普大篷车进校园活动分别走进曲樟中心校、常乐中心校、山口中学等6所中小学校，充分利用科普大篷车流动科技馆科普资源优势，为3000多名中小学生开展科学体验、机器人搭建、科普知识问答等科普宣传活动，弥补地方科普资源匮乏不足，让边远地区孩子共享科普成果，为孩子们参与科普、学习科技、体验科学搭建平台，推动科普工作全面创新，实现科普服务精准推送。

在2018年广西“快乐科普校园行”活动中，合浦县海门实验学校、常乐中心小学、山口中学、公馆中心小学分别被确认为2018年广西和全国青少年科学调查体验活动特色学校。

（林兴东　朱倩莹）

合浦县文学艺术界联合会

【概况】 合浦县文学艺术界联合会（简称县文联）下辖7个协会，3个研究会，2个艺术团体。全县共有会员1700多名，其中市级会员200多名，省级会员近百人，国家级会员10多人。县文联属党群人民团体，单位编制人员5人。

2018年，县文联认真学习全面贯彻中共十九大及十九届二中、三中全会和中共中央总书记习近平系列重要讲话精神，在合浦县委、县政府的正确领导下，紧紧围绕“出精品，出人才”的文艺创作宗旨，坚持“二为”方向和“双百”方针，团结和带领全县广大文艺工作者，较好地完成了预定的各项工作目标。

【文艺活动】 2018年1月下旬至2月中旬，县文联开展送春联下乡文艺惠民活动，共组织书法家40多人深入各乡镇、广场义务挥春，送去春联近5000副。4月26日至29日，县文联积极配合县委、县政府邀请全国各地60名书画名家及本土书画家到合浦县，成功举办了“中华文化八桂行—走进合浦”书画展和书画笔会交流活动。书画展共展出书画精品150多幅。6月20日，县文联组织县书协、美协7名书画艺术家，深入到党江镇中心小学，与该校300多名师生共同举办了“翰墨飘香　多彩合浦”书画进校园活动，深受广大师生的喜爱和欢迎。9月28日，县文联举办了喜迎改革开放40周年和自治区成立60周年“历代名人咏合浦”书法作品展及“中国梦。汉郡情”主题书画笔会活动。由21名合浦籍书画家共同创作一幅60米书画长卷，庆祝自治区成立60周年，祝福壮美广西60华诞。县文联配合县委宣传部等相关职能部门，组织县音舞协会、金牡丹艺术团等艺术演出团体到石康社区、还珠广场等基层一线开展“珠乡百姓大舞台”“到人民中去”文艺下乡演出活动，艺术家们精湛表演赢得当地群众的赞扬和欢迎。年内，合浦县作家协会会员发表作品200多篇，其中国家级刊物发表8篇，省级刊物发表65篇。（吴宗宏）

合浦县残疾人联合会

【概况】 2018年，合浦县残疾人联合会（简称县残联）配置理事长1名，副理事长1名，内设人秘股、综合股。年末实有在职干部3人，工勤人员2人。下属单位有合浦县残疾人就业服务管理所，有在职干部1人，工勤人员2人。年内，县残联以邓小平理论、“三个代表”重要思想、科学发展观、习近平新时代中国特色社会主义思想为指导，认真贯彻落实中共十九大精神及党中央国务院《关于加快推进残疾人小康进程的意见》，以学习贯彻中共十九大精神为动力，围绕推进残疾人小康进程这个主题，努力夯实基础，切实转变作风，扎实工作，圆满完成了全县残疾人事业发展各项目标任务，进一步推进了合浦县残疾人社会保障体系和服务体系建设，加快了全县残疾人小康进程。

【残疾人基础信息管理】 2018年，县残联深入调查、核对、更新信息持证的残疾人29274人，及时准确更新了残疾人基础信息数据库。共审核发放残疾人证2628本，其中围绕脱贫攻坚工作，组织人员下乡上门为建档立卡未办残疾人证的残疾人和出行困难的智力、精神和肢体重度贫困残疾人办理残疾人证643本。新增为全县1702名重度残疾人发放了护理补贴、1132名贫困残疾人发放了生活补贴。

【残疾人扶助】 2018年，县残联实施“党员扶残温暖同行”项目，扶持贫困残疾人户230户，发放扶持资金34.5万元，其中建档立卡贫困残疾人户230户；实施“阳光家园计划”残疾人托养项目，确定829人为居家托养对象，实现资金补贴675人，发放补贴资金101.25万元；通过购买服务形式托养残疾人154人，投入资金23.1万元；精准实施无障碍改造，完成无障碍设施改造317户；规范开展了公馆良发生猪养殖场和石康七里四季果园两个基地的建设工作，督促落实基地自身发展和辐射带动扶持贫困残疾人脱贫工作；开展贫困精神病患者医疗救助工作，已完成住院治疗40人，救助资金16万元，门诊服药200人，救助资金20万元；完成康复资金投入828590元，享受康复服务残疾人4361人；通过筛查完成1427件的辅具发放任务；完成了24户个体工商户的资助创业补贴审核和发放工作，完成补贴发放12万元；完成资助残疾人及残疾人子女大中专学生331名，平均每人受助助学金2000元，完成资助资金66.2万元；向特殊教育学校捐赠沙盘心理咨询室1间，价值2万元，进一步提升特殊学校的基础教育设施水平；分两批为10829名重度残疾人代购了城乡居民医疗保险。

【残疾人精神文明建设】 2018年“三八”国际妇女节当天，县残联协助市残联组织开展残健共融、共庆“三八”基层联谊活动，妇女扶残助残志愿者及合浦县星岛湖镇残疾妇女代表约100人参加了此次活动；县残联联合廉州镇残联在县城中山公园内举办合浦县廉州镇残疾人春季综合才艺展示大赛，全镇共有残疾人选手70多人参赛，分别组织歌舞、乒乓球、羽毛球、象棋、飞镖、棋牌7个参赛队参加了比赛。开展助残日宣传活动和助残日文艺晚会；组织残疾人参加自治区第九届残疾人运动会，共获得奖牌25枚，其中金牌8枚，银牌10枚，铜牌7枚。

【合浦县残联第六次代表大会】 在县委、县政府的关怀、重视下，在社会各界的大力支持下，1月12日召开合浦县残联第六次代表大会并取得了圆满成功。大会通过民主选举，选举产生了新一届执行理事会主席、理事长和出席北海市残联第七次代表大会代表，产生了新一届残联领导班子，为合浦县残疾人事业的健康、持续发展提供了有力的组织保障。

【慰问活动】 2018年，县残联各项工作得到了县委、县政府的高度重视和大力支持，助残日前夕，县委书记杨斌，县委副书记、县长李安洪，县委常委、副县长何立云分别走访慰问了部分贫困残疾人，为残疾人送上了慰问品和慰问金；春节期间，县残联多次深入残疾人家庭、社会福利院、儿童福利院走访慰问贫困残疾人和孤寡老人，送上慰问品。

【实用技术培训】 2018年，县残联开展农村实用技术培训农村贫困残疾人527人，开展扫盲培训完成培训8人。

【爱心捐赠活动】 2018年12月，县残联联合广东省中山市欧派快乐厨房有限公司开展了“共享健康 饮水工程”爱心捐赠活动，活动中，该公司为合浦县各级残联组织及贫困残疾人捐赠净水器318台，捐赠金额达190万余元。

（卢香初 包远霞 刘宗梅 蔡丽艳 方贵东 包熊辉）

合浦县社会科学界联合会

【概况】 合浦县社会科学界联合会（简称县社科联）是县委领导下的正科级学术性人民团体，归口县委宣传部领导。主要职责是开展社会科学宣传普及和研究工作，指导和联系辖区各类社会科学学术团体工作。2018年，在县委、县政府及县委宣传部的正确领导和市社科联的支持指导下，县社科联以习近平新时代中国特色社会主义思想为指导，深入学习中共十九大精神、全国和自治区宣传思想工作会议精神以及中共中央总书记习近平在哲学社会科学座谈会上的讲话精神，认真抓好《广西壮族自治区社会科学普及条例》的学习宣传贯彻，全县的社科工作取得了新的成绩，为合浦县高质量发展做出了应有的贡献。合浦县社科联在同年6月召开的全区社科联工作交流会上作书面交流；在2018年10月底召开的自治区社科联第八次代表大会五年来全区社科联重点工作成果展示汇编中，合浦县社科联有2个活动图片入选，是入选图片较多的市县社科联之一。

【社会科学普及活动】

社科“三下乡”活动 1月19日上午，县社科联会同县委宣传部、县文体广电局、县卫计局、县文联、县科协等单位，在星岛湖镇洋江村委举办2018年合浦县文化、科技、卫生“三下乡”活动，县委宣传部、县社科联领导面对面向群众解读中共十九大精神、宣传社会科学知识，开展中共十九大精神和社科知识有奖竞答，免费赠送社会科学图书、资料400多册（份），并通过书法家现场为群众书写春联、志愿者义诊以及文艺表演等丰富多彩的活动吸引群众参与社科普及活动。

社科知识进农村活动 2月9日，县社科联会同县委宣传部、县文联，深入沙岗镇西启村委会，开展社科知识进农村活动，县社科联主席面对面向群众讲解中共十九大精神，普及社会科学知识，发放社科宣传资料200多份，社科图书近100本，《广西壮族自治区社会科学普及条例》40多本，为群众义务写春联300余对。

习近平新时代中国特色社会主义思想宣讲 4月16日至4月30日，合浦县社科联会同县委宣传部、县委党校，以贯彻落实中共十九大精神、十九届三中全会精神以及中共中央总书记习近平视察广西及北海合浦重要讲话精神为主题，制作“画说式”展板28块，先后深入县城还珠广场、合浦一中、县老干局、县老年人活动中心、南方电网合浦供电局、非公企业合浦惠利机械制造有限公司、廉州镇平田社区、廉州镇烟楼村，开展对象化、分从化、互动化的“展览+宣讲9”活动，参加宣讲和观看板报的干部群众约1.2万人。

广西首届社会科学普及周系列活动 5月15至16日，合浦县委宣传部、县社科联等部门在

2018年2月9日，县社科联会同县委宣传部、县文联到沙岗镇西启村委开展社科知识进农村活动

（县社科联 供）

2018年4月，县社科联制作的“习近平新时代中国特色社会主义思想宣讲”展板深受干部群众欢迎　　（县社科联　供）

县城还珠广场举办广西首届社会科学普及周社科普及咨询服务活动，通过设立宣传咨询台、摆放展板、悬挂宣传横幅等方式开展宣传。现场出版社科板报30板，发放社科普及宣传材料200多份、《广西壮族自治区社会科学普及条例》90多本；通过社科知识竞答、中共十九大精神解读等形式，接受群众咨询30余人次，两天来观看板报超过5000人。

社科普及周专题讲座　5月21日下午，县社科联会同市社科联、县委宣传部在合浦县第二中学举办举办“广西首届社科普及周——合浦历史文化专题讲座”，师生共300多人参加了讲座。合浦知名社科专家、北海市社科联特聘专家范翔宇就合浦历史文化专题授课。他以“一江通中原、一珠聚商贸、一港连四海、三汉证史迹”为脉络，重点讲解了汉代海上丝绸之路始发港——合浦古港的形成、发展。

以文体活动为平台普及社科知识　2018年，县社科联积极主动参与各项文体活动，用文化育人、文化塑形、文化铸魂，以此平台普及社会科学知识，提升社科联影响力。2月11日晚，县社科联会同县委宣传部、县文明办、县文联，在县还珠戏院举办少儿诗文诵读暨迎新春文艺晚会。2月16日（大年初一），县社科联会同县委宣传部、县文体广电局、县文联开展贺新春系列文化活动，传承弘扬中华优秀传统文化，特别是合浦县地方特色文化。2月28日晚，县社科联会同县委宣传部、县文体广电局、县文联承办了由县委、县政府主办的“牢记嘱托·聚力合浦”2018年合浦元宵节文艺晚会。3月26日晚，县社科联会同县委宣传部、县文体育广电局、县文联在县城还珠戏院承办“中国梦·汉郡情”文艺创作比赛晚会，挖掘传承发展地方特色文化。4月16日，县社科联会同县民族宗教事务局、县台办、县文联、县摄影家协会，在县城还珠广场举办合浦县“民族团结·和谐合浦”摄影展。4月17日晚，县社科联会同县委宣传部、县委统战部、县文体广电局、县民宗局、县文联在县城还珠广场举办“三月三”民族团结文艺晚会行。9月28日晚，县社科联会同县委宣传部、县文体广电局、县文联承办合浦县举办的庆祝2018年国庆暨喜迎改革开放40周年和自治区成立60周年文艺晚会。12月3日至5日，县社科联会同县委宣传部、县委网信办在公馆、白沙、西场等镇举办“庆祝改革开放40周年·自治区成立60周年”合浦县2018年网络安全宣传晚会巡演活动。

【社会科学书籍】 12月5日，由合浦县委宣传部主编、县社科联参与编撰的合浦历史文化科普书籍《古郡印迹》由漓江出版社出版发行。该书以合浦历史文化“印迹”

2018年5月21日，县社科联会同市社科联、县委宣传部在县第二中学举办“广西首届社科普及周——合浦历史文化专题讲座”　　（县社科联　供）

为脉络，由《大汉名郡，丝路始港》《珠还合浦，长川再媚》《崇廉尚廉，名臣遗踪》《江山迹，人文风流》《文物流芳，民俗荟萃》五辑组成，通过一系列美文佳作，阐述合浦古代海上丝绸之路的形成与发展过程，讲述合浦汉代文化、海丝路文化、南珠文化、廉政文化、民俗文化、饮食文化等地方特色文化和孟尝、费贻、马援、苏轼等在合浦历史上有较大影响的廉吏名臣以及近代有重大影响的人物，描述在国内外享有盛名的大士阁、合浦汉墓群、大浪古城遗址、草鞋村遗址、惠爱桥等全国重点文物古迹和合浦出土的铜凤灯、波斯陶壶、罗马玻璃碗等珍贵文物及合浦特色景观风貌，内容贯穿合浦建郡以来2100多年的历史，在尊重史实的同时，着重于发掘历史人文的价值与社会影响，推动文化合浦建设，凝聚合浦高质量发展的人文力量。

【社科信息工作】 2018年，合浦县社科联共撰写社科工作经验做法和工作动态信息17篇，其中被中国社会科学网、中国网、搜狐网、新浪网各采用1篇，广西社科联网站14篇，《广西社科通讯》5篇，经验信息《合浦县社科联联字着手广借外力破解难题推动社科联工作上台阶上水平》6月29日被中国社会科学网要闻版全文登载，引起广泛反响，《头条》及山东社科联网站、广西社科联网站等多个省级社科联网站转载。

合浦县归国华侨联合会

【概况】 合浦县归国华侨联合会（简称县侨联），是中国共产党领导的由归侨、侨眷组成的人民团体，是党和政府联系广大归侨、侨眷和海外侨胞的桥梁和纽带。2018年，县侨联在县委、县政府的正确领导下，在北海市侨联和县委统战部的指导下，坚持以习近平新时代中国特色社会主义思想统领侨联各项工作，深入学习贯彻中共十九大精神和十九届二中、三中全会精神、自治区第十一次党代会、北海市第十一次党代会精神，围绕中心、服务大局，发挥优势、主动作为，不忘初心、砥砺前行，全面履行服务经济发展、拓展海外联谊、弘扬中华文化、依法维护侨益、积极参政议政、开展群众工作、推进侨联改革、加强自身建设，为合浦经济社会发展做出了独特贡献，不断开创侨联工作新局面。

【为侨服务凝侨心】 2018年，县侨联牢记工作宗旨，始终把为侨服务放在工作首位，全心全意为侨服务。春节前夕，县委常委、统战部部长余新能、在侨联全体干部职工的陪同下，深入到钦廉林场乌家分场归侨安置点慰问归侨、侨眷困难户，给他们送上大米、食用油等慰问品。年内，县侨联深入到县工贸华侨炮筒厂、钦廉林场、公馆化肥厂、公馆水泥厂等归侨安置点共慰问归侨、侨眷困难户40户，送去价值10000元的慰问品，把关怀和温暖送到归侨、侨眷的心坎上；六一儿童节前，县侨联组织侨界力量捐资助学，和县外侨办、致公党合浦总支一起前往合浦县常乐镇天堂小学开展了“情系归侨，爱心助学”活动，共筹集了3200元助学金及书包、文具16套，给归侨子弟送去节日的问候。

【海外联谊聚侨力】 2018年，县侨联充分发挥侨联联系归侨、侨眷和海外侨胞桥梁和纽带作用，加强海内外联谊工作，为合浦县经济建设服务。用“以侨联侨、以侨联外、以侨引侨”的方式，借海外侨胞回国探亲、扫墓、旅游等机会，向他们介绍和宣传合浦县的区位优势、资源优势、政策优势，开展与海外侨胞经济、政治、文化的交流，鼓励和引导他们回家乡投资，共谋发展，为合浦县经济社会发展服务。

【宣传侨法护侨益】 2018年，县侨联认真宣传学习、宣传、贯彻《中华人民共和国归侨侨眷权益保护法》及其实施办法和各项侨务政策，采取各种形式进行宣传贯彻《中华人民共和国归侨侨眷权益保护法》和《归侨侨眷权益保护法实施办法》。5月25日，县侨联和县外侨办联合举办2018年合浦县侨法宣传暨侨爱医疗义诊活动，在合浦县廉州镇平田社区（侨法宣传角）进行侨法宣传和开展咨询工作，为安置点的归侨侨眷提供免费涉侨法律法规咨询、健康咨询服务，用实际行动关爱社区归侨侨眷。12月4日国家宪法日，合浦县侨联与县外侨办、致公党合浦县总支到县城还珠广场参与合浦县举办主题为“尊崇宪法、学习宪法、遵守宪法、维护宪法、运用宪法”的第五个国家宪法日集中宣传活动，同时开展侨法宣传活动。活动现场，侨联工作人员热情地向群众发放侨法宣传资料，耐心解答群众咨询，通过设置宣传咨询台、悬挂宣传横幅、摆放宣传展板等形式宣传侨务知识、《中华人民共和国归侨侨眷权益保护法》，提升群众对侨务工作、侨联工作知晓率。此次活动共发放宣传资料200多份，解答群众咨询20余人次，取得了良好的社会效果。

【调查研究】 2018年，县侨联认真履行参政议政、政治协商的职责，紧紧围绕县委县政府的中心任务，深入到归侨安置点开展调查研究，通过加强与侨界人大代表和政协委员的沟通和联系，构建服务平台，发挥代言作用和监督作用。针对归侨侨眷的生产、生活、住房困难及权益保障等情况进行调研，认真听取他们的意见和建议，抓住侨界群众普遍关心的热点和难点问题，向人大和政协会议以提案和建议的方式反映侨界群众的心声。年内，侨界人大代表和政协委员共撰写提案2件，大会发言2篇，并得到人大、政协的高度重视。

【换届工作】 2018年，县侨联认真筹备第八次合浦县归侨侨眷代表大会工作，推选优秀归侨侨眷代表参加第八次归侨侨眷代表大会，于12月28日在县城召开了第八次合浦县归侨侨眷代表大会，选举产生了新一届侨联领导班子。

【加强自身建设】 2018年，县侨联认真抓好理论学习，将加强自身建设作为做好侨联工作的重要保证。深入学习贯彻落实中共十九大会议精神和十九届二中、三中全会精神、第十次全国归侨侨眷代表大会、第十次广西壮族自治区归侨侨眷代表大会精神，把党中央的路线方针政策、自治区党委、市委、县委、县政府的重大决策及相关法律法规作为县侨联政治理论学习工作的重要任务抓紧、抓好，进一步增强侨联干部的学习能力、服务能力、凝聚能力和创新能力。（秦　东　黄敏宗）

合浦县红十字会

【概况】 2018年，县红十字会围绕党和政府的各项中心工作，认真贯彻中共十九大精神和《中华人民共和国红十字会法》，围绕中心、服务大局，扎实奋斗、拼搏创新，发扬人道、博爱、奉献的红十字精神，用科学发展观统领红十字各项工作，依法履行职责，在服务经济和社会发展的工作中充分发挥政府人道领域助手的作用，红十字各项工作取得了显著成绩。

【社会救助和社会服务】

“红十字博爱送万家”活动 2018年，县红十字会为弘扬“人道、博爱、奉献”的红十字会精神，帮助困难群众欢度春节。1月17日，自治区红十字会、北海市红十字会、合浦县红十字会到白沙镇虎塘村、东风村举行2018年“红十字博爱送万家”慰问物资发放活动，开展“送温暖”志愿服务，到部分困难群众家中慰问。自治区红十字会党组成员、专职副会长潘雪红，北海市副市长、市委宣传部部长、市红十字会会长黄江，自治区红十字会救助救护部部长黄云，市委宣传部副部长刘蒙平，北海市红十字会专职副会长冯向红，县委常委、宣传部部长、副县长、县红十字会会长韩德金及市、县相关部门、白沙镇等单位的相关负责人参加了当天活动，这次活动给建档立卡的贫困家庭发放241个温暖箱，总价值8万多元，在社会各界与困难群体之间架起一座沟通爱的桥梁，得到了社会各界的好评。

配合政府开展各种救助活动 同年，县红十字会配合中国红十字会、广西红十字会开展“救心行动”“天使计划”等各种救助项目，使这些先天性心脏病患儿、白血病患儿，成功完成了手术治疗，患儿恢复健康，能够像健康儿童一样正常生活学习。4月28日，由广西红十字会、广西中医药大学附属瑞康医院主办，县红十字会承办的2018年度彩票公益项目金“天使阳光”基金儿童先天性心脏病筛查及义诊活动在合浦县人民医院举行，邀请广西中医药大学附属瑞康医院心胸外科副主任范悦给乡村医生及县、区医务人员进行先天性心脏病知识培训，通过病因、病机、案例分析，为学员上了生动的一课。还组织专家组耐心细致为参加筛查的儿童进行检查。县红十字会组织志愿者为符合进行手术的儿童家长介绍“天使阳光”基金的具体申请办法，进行现场填报。当天来合浦县进行先天性心脏病筛查总人数91人，需要手术治疗41人，需要进一步检查5人，定期复查21人，术后复查4人，无异常19人。医师培训35人。

【应急救护培训和无偿献血宣传】

无偿献血宣传 2018年5月8日，为了更好地开展合浦县无偿献血宣传工作，结合2018年“世界红十字日”宣传日，县红十字会联合县卫生与计划生育局在县城还珠广场献血屋组织开展了主题为“人道、博爱、奉献”的无偿献血宣传活动。活动现场，工作人员通过张贴宣传板报、发放宣传资料、设立咨询台，向广大群众普及无偿献血安全无害的科学知识，介绍无偿献血和临床用血的有关政策，宣传参与无偿献血的重要意义，取得了良好效果。

应急救护培训 同年6月20日，县红十字会走进合浦县公馆镇中学，开展红十字应急救护知识培训，对教师和学生普及应急救护技能，让他们能够在短期内掌握自救互救技术，提高自救互救能力。

法 治

政法委及综治

【概况】 2018年，县委政法委内设人秘科、执法监督室，核配编制16个，其中工勤编2个，实有人员15人，其中工勤人员2人。县综治办、县维稳办、县防范办在县委政法委合署办公。

【综治及平安建设】

“平安合浦”建设　2018年，县委书记、县长担任平安建设领导小组组长，负总责；党政分管领导担任副组长，具体抓，全年召开6次常委会、1次县委书记专题会研究部署平安建设工作。完善平安建设工作奖惩机制，全年共表彰先进单位39个，人民满意政法干警（平安建设标兵）45人，通报批评乡镇4批次，召开集体约谈会7次，其中县委书记主持约谈1次，党政分管领导主持约谈6次。年内投入2000多万元建设“天网”五期工程，增加400多万元加强全县各级综治中心规范化、信息化和社区戒毒网格化建设，全县15个乡镇配备副科长级乡镇综治办副主任15人，通过政府购买服务形式招聘引进人才150人充实到基层调解维稳一线。

县镇村三级综治中心规范化建设　2018年，全县15个乡镇、273个村（社区）、40个县直单位接入信息平台系统，年内共划分网格340个，招聘网格员152人，网格长273人，全县录入网格事件6173起，事件及时调处率97.8%。县综治中心可调配监控探头5822个，其中天网4078个，自建86个，社会面1658个，从治安复杂路段到重要交通枢纽，从党政机关到公众聚集场所密织大型治安监控网。全县15个乡镇、4个村（社区）安装视频联网会议系统。完善治安防控体系建设，构建县村镇三级警干群联合巡防体系，加大社会面巡逻防控力度，平安建设科技化、信息化、智能化水平进一步提升。

社会治安整治　2018年，合浦县坚持问题导向，开展“神剑”系列行动，禁毒重点整治、扫黑除恶专项斗争等活动，重拳整治突出社会治安问题，全年立刑事案件1269起，破案855起，逮捕895人，查处治安案件2465起。全县警情数、刑事案件发案数均呈现了“三降”局面，与2017年同期相比，2018年抢劫警情下降21%，抢夺警情下降45%，盗窃警情下降26.16%，实现全年58天刑事警情零报警，摘掉广西涉枪重点整治地区“帽子”。

禁毒重点整治　2018年，全

2018年4月16日上午，合浦县平安建设“双提升”工作推进会在还珠宾馆综合会议室召开　（林启波　摄）

县破获涉毒案220起，逮捕毒品犯罪嫌疑人223人，查处吸毒人员1113人，强制隔离戒毒658人，起诉221人，涉毒人员参与“两抢一盗”111起。摘掉“全国禁毒重点整治地区”的帽子，合浦县禁毒办、常乐镇、廉州镇分别被自治区禁毒委评为“2018年全区禁毒严打整治专项行动先进集体”“全区社区戒毒社区康复工作示范点”“全区社区戒毒社区康复工作积极创建单位”。人民群众安全感持续提升，2018第四季度提升至96.67分，全自治区排名第42名。

【落实维稳工作机制】 2018年，县委常委会、县政府常务会定期研究维稳工作，准确研判维稳形势，压实维稳责任。狠抓《关于进一步健全社会稳定风险评估机制的意见》的落实，从源头上管控风险。组织各乡镇开展每月不稳定因素排查和敏感时期专项排查。全年共排查出敏感人员160人，敏感群体9个，敏感案(事)件19件，均已全部落实领导包案化解，并做好稳控工作。做好4个重大项目社会稳定风险评估。及时妥善化解21起群体性事(案)件、5起涉军人员赴邕(南宁)进京集访事件。加强“三敏感”人员的稳控，强化信息研判，及时预警化解赴邕进京非访问题。年内，圆满完成自治区“两会”、全国“两会”、中国—东盟博览会与投资峰会、2018年环广西公路自行车世界巡回赛、自治区成立60周年大庆等重大会议、重大任务的安保维稳工作，全年实现重大敏感时期零非访。社会稳定动态八项工作稳步上升，合浦县在全自治区排名提升至第26名。

【防范和处理邪教】

开展反邪教警示教育宣传 2018年，合浦县组织开展“广西文明家庭拒绝邪教网络签名”活动。年末，全县已完成网络签名120055名(统计至12月26日)，完成任务数的120%，超额完成了网络签名任务，“一墙一窗”阵地村(社区)全覆盖。利用微信公众号和微博发布反邪教宣传报道文章，全年转发反邪教专业文章82篇。8月26日，合浦县配合自治区防范办及桂风网举办反邪教宣传进企业“我为反邪教代言——月饼金花在合浦”直播宣传活动。制作反邪教快板《反邪教从小做》微视频，已推送到中国反邪教网。县委政法委组织协调指导对各种邪教及有害气功违法犯罪活动实施精准惩治强化防控。

无邪教创建活动 2018年，县委政法委积极组织开展无邪教创建活动，在全县树立2个“无邪教创建”示范乡镇，27个“无邪教创建”示范村(社区)，并通过了自治区和北海市的检查验收。

【执法监督】 2018年，县委政法委开展涉法涉诉案件检查，全年共对5起重大案(事)件进行督查调查。加强国家司法救助工作的调研和检查，全年共纠正国家司法救助案件3件，审批国家司法救助46件、68人，发放司法救助金36.5万元。认真办理群众来信来访事项，全年共转办或督办来访件、信访件12件，办理率100%，办结率100%。年内，县委政法委共办理举报、控告、申诉案件8件，建议立案1件，处分2人。

【扫黑除恶专项斗争】

组织及经费保障 2018年，合浦县积极组织开展扫黑除恶专项斗争工作，成立由县委书记、县长担任总指挥，县委政法委、县纪委、县委组织部主要领导和县政府分管领导担任指挥长的扫黑除恶专项斗争领导小组，县委召开2次专题会议、2次常委会，县委政法委召开2次全委会，2次扫黑除恶专项斗争会商会，多次政法部门联席会议部署推进全县扫黑除恶专项斗争工作，县政府专项划拨扫黑除恶专项斗争经费80万

2018年9月26日，合浦县扫黑除恶专项斗争业务知识培训会在县委党校一楼会议室举办
(刘振娟　摄)

元，确保专项斗争行动顺利开展。加强督导。县委成立4个督促检查组开展巡回督查；实行“每季度一督查一通报”制度，全面掌握和研究解决扫黑除恶专项斗争中存在的问题。

部门协作　制定合浦县开展扫黑除恶专项斗争线索排查惩治工作机制、惩治“保护伞”、基层组织建设会商机制和政法部门联席会议制度、侦捕诉衔接工作机制。年内，召开扫黑除恶专项斗争会商会4次，研究分析涉黑涉恶线索4起，提高扫黑除恶专项斗争工作合力。

宣传发动　通过官网、微信公众号、微博等新媒体和传统方式宣传工作动态，年内，全县设立扫黑除恶专项斗争大型宣传牌5块，悬挂横幅250条，制作永久性标语350条，LED显示屏滚动播放宣传标语200多条，发放宣传资料60万份，发布公众号信息58条，网站信息88条，新闻稿件96条，手机短信70万条，播放电视专栏12期，开展村级巡回演出100多场。

重拳惩治　2018年，全县共精准排查涉黑涉恶线索74条，办结29条，全县公安机关共立涉黑恶九类罪案件122起，破95起，刑拘212人，逮捕218人，破获九类犯罪团伙45个，抓获团伙成员145人；检察机关共受理审查起诉涉恶案件6件、12人（含未成年人分案），经审查认定为涉恶案件2件、5人（含未成年人分案）；县纪委监委查处扫黑除恶专项斗争“保护伞”案件2起、2人，取得扫黑除恶专项斗争工作初步成效。

【司法体制改革】　司法体制改革顺利推进，司法资源配置进一步优化，办案质量和效率不断提高，司法公信力明显提高。县人民法院积极推进民事的案件繁简分流机制，组建3个速裁团队，按照1∶1∶1模式配齐法官助理和书记员，实现了审判资源的高效运转。加大“拒执”惩治力度，“基本解决执行难”攻坚战成效显著，各项执行质效核心指标数据均达到最高人民法院预设要求。县人民检察院完成第二批员额检察官遴选和监察体制改革编制划转工作，逐步适应改革发展新常态；深入推行诉访分离涉法涉诉信访改革，引导群众依规有序信访。县公安局情报行动一体化的合成作战模式成效显著，大部分街面盗抢案件实现“朝发夕破”或“夕发朝破”，破案率达70%以上。深化“放管服”改革，“互联网+公安政务服务”更便捷高效。县公安局出入境管理大队荣获“2017—2018年度北海市文明窗口行业”荣誉称号。

【政法队伍建设】　2018年，县委政法委始终把加强政治建设摆在政法队伍建设的首位，坚持以全面从严治党引领全面从严治警，牢牢把握中共中央总书记习近平“五个过硬”总要求，大力增强政法队伍思想政治、业务能力、纪律作风建设。持续深入开展全面从严治警“五查五整顿”专项行动，强化整顿政法队伍中存在的群众反映强烈的突出问题，全县政法队伍的整体形象得到进一步提升。群众对政法队伍的满意度从2017年的96.13分跃升至2018年的96.68分，提升了0.55个百分点，合浦县政法队伍满意度自治区排名继续保持在全区第一方阵。

（潘彪远　陈锦榻　李国曼）

法治政府建设

【概况】　2018年，县法制办为县政府办的挂牌单位，内设法律事务股、监督指导股。核定编制6名，其中行政编制5名，工勤人员1名。年内，县法制办立足新起点，紧扣中共中央、国务院《法治政府建设实施纲要（2015—2020年）》和自治区、北海市相关要求，以“深入推进依法行政，加快建设法治政府”为总目标，积极探索运用法治思维和法治方式组织推进各项工作，深化行政审批制度改革，加快政府职能转变步伐，进一步提高依法、科学、民主决策水平，加强政府法制机构自身建设，健全行政复议、行政诉讼、行政执法监督机制，强化行政执法机关法治意识并规范行政执法行为，提升政府涉法事务服务保障水平，全力推进依法行政和法治政府建设。9月3日，广西壮族自治区法制办公室、广西壮族自治区人力资源和社会保障厅作出《关于表彰全区政府法制系统记二等功集体和个人的决定》，对全区政府法制系统涌现出的一批优秀先进集体和先进个人进行表彰。合浦县法制办公室获记二等功先进集体殊荣。

【“三大纠纷”审查】　2018年，县法制办派员参与处理白沙镇草江、山口镇河面村委与新东、新南村民小组林地、土地纠纷，廉州镇乾江村委盐坡村民小组与插龙村委庞屋、郭屋、陈屋沙儿4个村民小组的土地权属纠纷，山口镇丹兜村委北窑村第二十一、三十、三十一村小组与第十六、十七、十八、二十九村小组土地权属纠纷等案件。年内,县法制办共审查了“三大纠纷”案件6件,牵头办理县政府交办的案件3件,审查后代县政府拟定处理决定待县政府讨论通过后作出裁决的案件2件。

【行政复议】 县法制办作为县政府行政复议办案机关和负责县政府行政应诉工作的主要承办机关,把化解行政争议作为工作的重要内容,有效运用行政调解机制,组织双方当事人进行调解,依法和平有效地化解行政争议。同时,积极履行法定职能,将保护公民、法人的合法权益,保障和监督行政机关依法行使职权作为复议工作的使命,较好地完成了行政复议工作。2018年,行政复议办公室共收到行政复议案件20件,受理13件。其中,已依法作出行政复议决定的11件,达成行政复议调解的1件。在办理行政复议答复案件时,县法制办严格要求办案人员根据《中华人民共和国行政复议法》规定的时限和要求,按时提交行政复议答复书和证据材料。年内,县法制办共收到市政府受理的由县政府作为被申请人的行政复议案件9件,这些案件全部根据复议机关要求,按时提交了书面答复并提交了相关证据材料。

【行政诉讼应诉】 2018年,县法制办共收到县政府作为被告的一审行政诉讼案件16件,由县法制办负责答辩出庭应诉工作6件,出庭应诉10次,指导配合其他部门应诉工作的案件10件。对重大疑难或涉及人数较多的案件,县法制办主要领导与业务骨干一起出庭,积极应诉和答辩。为贯彻落实行政机关负责人出庭应诉机制,县法制办多次亲自协调县政府负责人出庭。年内,县政府负责人出庭次数3次,较好完成合浦县2018年度的法治政府建设考评工作任务。

【规范性文件审查及清理】 2018年,县法制办根据《合浦县法治政府建设具体实施方案(2016—2020年)》要求,贯彻落实《广西壮族自治区规范性文件监督管理办法》,建立健全规范性文件事前管理制度,凡县政府和各部门制定上报的规范性文件,不经县法制办合法性审查不上会;县政府制定的规范性文件未经听取意见、合法性审查、集体讨论决定的,不得发布施行;未经公布的规范性文件,不得作为行政管理的依据。同时严格执行规范性文件制定程序,加强规范性文件事前审查、事后备案、清理汇编等工作。年内,县法制办审查的县政府制定的规范性文件共21件,县政府出台并公布施行的规范性文件共7件,全部经县法制办合法性审查,并按照发文的先后顺序编号和制定目录及时报北海市政府及县人大备案。此外,县法制办根据上级文件要求,对全县范围内涉及产权保护的规范性文件进行全面清理,并开展了行政规范性文件自查自纠和证明事项清理工作,做到全覆盖、不遗漏,确保行政规范性文件的有关规定应改尽改、应废尽废,并及时将清理结果报送市法制办。

2018年3月29日,自治区法制办到合浦县开展法治政府建设情况集中调研活动座谈会现场
(县法制办 供)

【信访案件处理和复查审核】 县法制办不直接受理信访人的信访申请,主要是对县政府转来的信访事项,提供相关法律意见,出具审核意见书。2018年,县法制办出具信访审核意见书共21份。对县政府信访复查事项,代拟及修改信访事项复查意见书,由县政府出具信访事项复查意见书并答复信访人。积极配合县领导开展接访下访工作,解决信访热点、难点问题,提供法律意见和建议。年内,县法制办配合县领导接访10余次,参加信访事项协调会议12次。

【县政府行政事项审查】 县法制办围绕县委和政府的中心工作,充分发挥参谋助手和法律顾问作用,积极参与政府制定重大行政决策、开展重大经济活动、解决重大社会矛盾纠纷等涉法性事务，提高优质高效的法律服务。2018年，县法制办共审查县政府涉法行政事务315件，其中，审查县政府重大合同50份，对县政府重大行政决策事项进行合法性审查60余项。出具有价值的书面法律意见290份，县政府的采纳率达100%，为县政府决策前提供专业优质的法律意见和建议。

【行政审批制度改革】 2018年，县法制办按照国务院、自治区、北海市和县委县政府关于深化行政审批制度改革的总体部署，根据《合浦县法治政府建设具体实施方案(2016—2020年)》要求，积极与县审改办、县政务办、县工商局等各有关部门密切配合，持续推进简政放权、放管结合、优化服务改革，深化“互联网＋政务服务”，提高行政审批效率，不断推进行政审批制度改革落地见效。年内，县法制办审核县政府拟决定取消、调整、新增、保留的行政许可事项2次，共603项，并提出法核意见2份。

【行政执法监督】

行政执法考试 县法制办按照《广西壮族自治区法制办公室关于做好2018年全区行政执法人员资格(续职)培训考试工作的通知》及《广西壮族自治区法制办公室关于做好2018年第二次全区行政执法人员资格(续职)培训考试工作的通知》的要求，负责对全县报名单位在执法考试报名系统中填写的报名信息进行初审，2018年合浦县共有23个单位159人通过终审并缴费成功。县法制办积极督促和指导各单位按时完成网上报名和网络培训工作，认真完成审核工作，圆满地完成全县行政执法人员资格(续职)培训考试工作。

行政执法案件评查 2018年11月，县法制办通过各执法单位自查自评、案卷评查小组综合评查、重点抽查等方式，分阶段对全县49个行政执法单位2017年9月1日至2018年10月31日的行政执法情况进行全面评查，将在评查案卷时发现的问题反馈给有关执法单位，并提出改进的意见和建议，最后向全县各行政执法单位通报评查结果，督促各行政执法单位切实落实行政执法责任制，进一步提高行政执法水平，提高行政执法案卷的质量。

公 安

【概况】 2018年，全县公安机关以习近平新时代中国特色社会主义思想为指导，以提升群众安全感满意度为主攻方向，以公安工作“争第一，创一流”为目标，以“10个方面能力提升”为抓手，忠诚履职，敢于担当，主动作为，全力为合浦县经济发展和社会进步保驾护航。重点整治成效得到各级领导充分肯定，群众安全感满意度不断提升。7月，自治区公安厅对包括合浦县在内的全自治区9个2017年“神剑·打黑除恶”挂牌重点整治地区予以摘牌。12月，合浦县被国家禁毒委取消全国禁毒重点整治关注地区。

【机构设置】 合浦县公安局(简称县公安局)机构设置包括内设机构(执法勤务和综合管理机构)、关押场所、公安行政派出所。含有武警边防、消防、刑警、巡警、交警、110报警台等多警种，全县公安系统共有人员编制624名(公安行政编制581名，事业编制43名)，实有民警541人，其中大专以上学历495人。2018年，有局领导8名，其中局长、政委各1名，副局长4名、县纪委驻县公安局纪检组长1名。设副处级职位2个，正科级职位49个，副科级职位118个。

执法勤务机构有指挥中心(加挂办公室、行政审批办公室牌子)，指挥中心下设综合中队、机要通信中队共2个中队；国内安全保卫大队；刑事侦查大队(下设综合中队、技术中队、一中队、二中队、三中队、四中队、五中队、缉枪中队共8个中队)；交通管理大队(加挂公路巡逻民警大队牌子，下设综合中队、秩序管理中队、交通事故处理中队、车辆管理所、特勤中队5个直属中队和县城、星岛湖、山口、公馆、闸口、常乐、白沙、西场8个责任区中队)；治安管理大队(加挂爆炸危险物品监管大队牌子，下设综合中队、食品药品犯罪侦查中队)；禁毒大队；巡逻防控大队；经济犯罪侦查大队；法制大队；巡逻警察大队(下设综合中队、一中队、二中队共3个中队)；出入境管理大队；户政管理大队；网络安全保卫大队；技侦技术情报大队；警务督察大队。

综合管理机构有政工室、警务保障室。

监管场所有合浦县看守所、合浦县拘留所、合浦县强制隔离戒毒所。

基层公安派出所有廉州派出所、还珠派出所、风门岭派出所、洋塘派出所、清江派出所、星岛湖派出所、乌家派出所、十字路派出所、石康派出所、常乐派出所、扫管派出所、曲樟派出所、石湾派出所、富海派出所、洪潮江派出所。

武警部队编制边防派出所9个：山口边防派出所、沙田边防派出所、公馆边防派出所、闸口边防派出所、西场边防派出所、沙岗边防派出所、党江边防派出所、乾江边防派出所、白沙边防派出所；合浦县消防大队为武警部队现役编制。

【维护稳定】 2018年，县公安局以“五个严防”“三个不发生”为目标，全警动员全力以赴维护稳定，圆满完成安保维稳工作任务。

反恐维稳 年内，县公安局严格落实“五个严防”“三个不发生”，坚守全县不发生暴恐事件的底线。加强社会面管控，切实做好车站、广场、商业场所、医院学校等人员密集场所及重点单位、部位防控工作。强化风险评估和预警防范，完善相关安保方案和应急处置预案，不断提高队伍处突能力和水平。6月，县公安局组建60人的应急特勤队伍，为应急处突和反恐维稳提供更坚实的保障。

矛盾纠纷排查化解和重点群体及重点人员稳控 年内，县公安局按照“两级分流、三级调处”工作机制，组织警力深入村委、社区开展矛盾纠纷排查化解工作。加强对涉军、涉访涉诉及其他利益诉求群体的教育引导和动态管控，强化情报线索收集研判，提高预警预知预防能力。全年共排查上报各类涉稳线索96条，通过平台核查反馈上级交办的涉稳线索382条。全国“两会”期间，县公安局组织各部门核查涉稳线索56条稳控65人次，排查重点群体8个，敏感案事件3起，重点人员43人，对重点群体、重点人员逐一落实管控责任单位、领导和民警，坚决防止发生漏管失控和重点人员赴邕进京非访，确保“北京不去人、南宁不聚集、网上不炒作、合浦不出事”。

完成各项安保任务 年内，县公安局完成了清明节、国庆节、全国“两会”及“一带一路”国际合作高峰论坛期间全县安保维稳工作任务，完成环桂自行车世界巡回赛北海赛段等重大活动安保工作任务。自11月20日起，全县公安机关启动自治区成立60周年大庆安保等级勤务，全面落实各项安保措施，圆满完成自治区成立60周年大庆安保任务。

【惩治刑事犯罪】 2018年，县公安局围绕平安合浦建设的总体目标，标，开展以扫黑除恶、严打涉枪涉爆涉毒涉赌及“两抢一盗”等违法犯罪活动为主的攻坚行动，严厉惩治刑事犯罪。全县刑事案件立1248起破903起（含积案145起），现案破案率为60.73%。刑事拘留802人，执行逮捕838人；抓获上网逃犯205人，其中自治区公安厅千名督捕逃犯20人，破获各类犯罪团伙62个。立命案6起破6起，破案率100%，刑事拘留涉案犯罪嫌疑人9人，执行逮捕3人。侦破乾江辖区1998年命案积案1起。

加大宣传力度 2018年，县公安机关在各乡镇、村委（社区）主要出入口、街道、人流车流较多的位置张贴宣传标语横幅、设置固定宣传牌，充分利用电视、电台、报纸、网站等媒体广泛开展扫黑除恶、缉枪治爆和禁毒宣传，积极营造严打整治的浓厚氛围。全年共张贴宣传标语、通告6万余份，宣传单10万余份。开展禁毒进校园、进社区村委活动，切实提高全社会识毒、拒毒、防毒意识。年内，县公安局的稿件登上中央级媒体（《人民公安报》、人民网、中国新闻网、人民法治网等）26篇，自治区级媒体（《广西日报》《广西法治日报》、平安广西网、广西新闻网）28篇，市级媒体（《北海日报》《北海晚报》、北海人民广播电台）30篇，县级媒体100余篇。

8月6日，《广西法治日报》和平安广西网以《所队的苦乐年华——记合浦县公安局十字路派出所》，对十字路派出所领导率领全体民警在工作中与辖区群众建立和谐警民关系的事迹进行了报道。16日，中国法制网以《我的所队我的家“刀尖上的舞者”讲述现实版的“猎毒人”——合浦县公安局禁毒大队》报道合浦县公安局禁毒大队的事迹。9月20日，《广西法治日报》和平安广西网以《刑事警情降下来群众安全感升上去》，对县公安局不回避问题和矛盾，攻坚克难，开展以扫黑除恶、严惩涉枪涉爆涉毒涉赌及“两抢一盗”等违法犯罪活动为主的攻坚行动，让人民群众感受到更多的获得感、幸福感和安全感进行了报道。同年，合浦县公安局还珠派出所紧紧围绕平安合浦建设的总目标，结合辖区的实际情况，积极摸索开创以党建为引领的平安小区建设工作模式，以城南春天小区为试点，积极打造平安小区成效显著。9月29日，中国新闻网以《广西合浦平安小区建设新局面》一文予以报道。

开展扫黑除恶 2018年，县公安局深入贯彻落实中央关于扫黑除恶工作总体要求和上级公安机关统一部署，建立涉黑涉恶滚动排查机制，深入辖区易滋生黑恶犯罪的领域、行业、场所开展排查，尤其对南流江资源开发、海滩涂养殖、娱乐场所和生产经营、农副产品收购业等领域深挖摸排，

广泛发动群众，广辟线索来源。至年末共排查收集线索58条，核查反馈30条。开展专案侦查、破案攻坚。全县公安机关先后开展“神剑·扫黑除恶”集中收网1号、2号、3号、4号行动，破获一批涉黑恶团伙。县公安局“6·27”专案组通过集中收网行动破获一个涉嫌以霸占南流江沙场开采为目的，多次实施寻衅滋事、故意伤害、敲诈勒索、妨害公务等犯罪的涉黑恶团伙，抓获主要团伙成员在内的13名成员。全年共立涉黑恶九类罪案件122起，破案95起，破案率为77.87%。刑事拘留涉黑恶九罪案人员212人，执行逮捕218人。立案与2017年同比上升43.47%；破案同比上升21.79%；刑拘同比上升45.76%；执行逮捕同比上升37.11%。破获涉恶团伙45个、成员145人，其中涉黑恶犯罪集团4个(恶势力犯罪集团3个，黑社会性质组织1个)。

打击涉枪涉爆犯罪　2018年，县公安机关强化阵地控制和重点人员管控。每周在全县范围内开展1次缉枪路查和场所清查行动，提高缉枪震慑力。加大对有犯罪前科人员、劣迹人员、重点人员管控力度，从源头上预防和减少案件发生。全年共约谈涉危人员80人次，通过阵地防控和重点人员管控，共破获涉枪爆案件20起，抓获犯罪嫌疑人36人。快速破案，精确惩治。以持枪犯罪“零发案”为打防管控最终目标，对涉枪案件合成作战，专案侦破，破案率100%。10月19日21时，合浦县公馆镇乘马村委会发生一起寻衅滋事案，村民李某福被人持枪打伤右手胳膊，专案组通过合成作战，于21日凌晨6时抓获犯罪嫌疑人李某洋，缴获仿六四式自制手枪1支，子弹2发。查堵枪源，源头打击。深入分析涉枪爆案件的规律特点，加大对非法持有、私藏、制造、贩卖枪支弹药案件的查处力度，深化整治效果。年内共破获非法制造枪支案2起，破获非法持有枪支案件16起，抓获犯罪嫌疑人18人，破获非法制造枪支窝点2个，缴获制枪工具、半成品枪支和弹药一批。加大对网络贩枪线索的核查和惩治。年内核查网络贩枪线索25条，收缴气枪2支、仿真枪5支及制枪配件12件。县公安机关全年共破涉枪涉爆案件20起(其中非法持有枪支案16起、非法制造枪支案1起、非法制造爆炸物案1起、寻衅滋事案2起)，破案率100%；刑拘27人，执行逮捕31人，缴获涉案枪支19支。缴获仿制式子弹9发、猎枪弹14发、射钉弹95发、汽枪弹85颗；黑火药1490千克、高氯酸钾450千克、碳粉1665千克、还原剂250千克，抓获涉枪逃犯10人，收缴各类非法枪支275支。

禁毒专项整治　县公安机关深入开展全国“禁毒2018两打两控”专项行动和全区禁毒严惩整治专项行动，不断提升禁毒整治成效。强化吸毒人员收戒。针对吸毒人员涉盗抢案件比例较大，严重影响群众安全满意度的问题，县公安局加大收戒力度，至年末共强戒647人，与2017年同比多80人，偷盗扒窃警情与2017年同比下降49.7%。强化侦查惩治。围绕“断通道、砍链条、捣网络、挖毒枭、打零包”目标，综合运用人力、技术及网络情报手段，强化情报线索研判，提高对毒品犯罪发现和全链条深层次打击能力。4月14日，县公安局打掉一个横跨云南、广西、广东的跨省贩毒网络犯罪团伙，抓获毒贩6人，缴获毒品海洛因2464.97克。对吸毒人员排查分类分级管控。对在册吸毒人员逐人排查，分类分级建档，以“管得住、零失控”为目标，确保吸毒人员肇事肇祸案件事件“零”发生。全力推进社区戒毒康复“8·31”工程。全县15个乡镇全部挂牌设立社区戒毒社区康复办公室，将吸毒人员100%纳入网格化管理，对戒毒期满或提前解除戒毒的戒毒人员实行社区康复。全年破获毒品刑事案件214起(其中千克以上毒品案件3起)，破案数与2017年同比上升10.11%；执行逮捕毒品犯罪嫌疑人213人，同比多13人，起诉192人；强制隔离戒毒647人，同比多80人；查处吸毒人员971人；缴获毒品海洛因5099.73克。3月16日，北海市推进禁毒办实体化建设暨合浦县社区戒毒社区康复工作经验交流会在合浦县召开；3月29日，合浦县公安局在平乐县召开的全自治区社区戒毒社区康复“831”工程推进会议上作经验介绍。

惩治盗抢诈骗犯罪　年内，县公安机关以两抢、盗窃电动车摩托车、诈骗等多发性侵财犯罪为惩治重点，结合市公安局整治“五害”(偷盗扒窃、抢劫抢夺、打架斗殴、吸毒贩毒、电信诈骗)专项行动，开展多警种合成作战。8月，合浦县公馆、白沙、山口等乡镇连续发生盗抢案件，专案组经过近一个月侦查，成功破获这一流窜本地和北海、博白作案的盗抢团伙，抓获犯罪嫌疑人4人，破系列盗抢案件19起。专案组辗转5000多千米将被盗抢财物全部追回并返还群众，为群众挽回经济损失70565元。加大对电信诈骗的宣传和惩治力度，年内破电信诈骗案件27起，抓获犯罪嫌疑人7人，紧急止付冻结涉案账户365个、资金3000余万元。年内，仅县公安局合成作战中心就抓获涉盗抢骗犯罪嫌疑人96人，追缴被盗抢汽车4辆、摩托车和电动车38辆、手机、现金以及其他赃物和作案工具一批。全年破盗抢骗案件247起，刑事拘留涉盗抢骗案人员140人，与2017年同比上升14.91%；执行逮捕144人，与2017年同比上升8.87%。起诉盗、抢、骗“四罪”犯罪嫌疑人122人。

2018年2月11日，北海市副市长、市公安局局长李伟章（前排左二）到合浦县调研指导推进平安合浦建设工作（县公安局　供）

【治安防控建设】 2018年，县公安局全面加强人防、技防建设，强化路面和“天网”巡逻防控，从源头上预防和减少案件的发生。

公安信息化建设　年内，县公安局全力推进科技信息化建设。平安合浦项目建设覆盖了全县15个乡镇以及110个村委（社区），同时完成了警务指挥“一张图”、县级情报平台和综合作战平台等系统建设。依托公安信息化建设，县公安机关打防管控的能力和水平得到了显著提高。

合成作战　年内，县公安局以公安信息化为基础，依托“平安合浦”天网工程和公安DQB平台开展多警种情报指挥行动一体化合成作战，“精、准、快”打击效能得到最大体现，有效实现了街面大部分盗抢案件“朝发夕破”或“夕发朝破”，破案率70%以上。合成作战工作模式在6月25日全自治区公安机关合成作战工作培训班上作为先进经验专题推介。9月10日在公安部召开的情报协作工作座谈会上，合浦县公安局作为广西唯一受邀代表作了经验介绍。

2018年5月3日，县公安局开展惩治传销收网行动，图为公安干警在清理交货的传销物品（县公安局　供）

强化巡逻　2018年，县公安局坚持警务前移，以县城还珠广场、廉州广场警务站为治安巡逻防控的支撑点，以主要交通干线为巡逻重点，采用武装巡逻车、警用电瓶车、摩托车巡逻和步巡相结合，最大限度屯警街面，构建点、线、面结合的街面治安巡逻防控网络，进一步提高街面“见警率”和“管事率”，有效压制街面违法犯罪活动。年内，县公安局组织各乡镇治安联防队开展常态化的治安巡逻防范工作，积极推进创建平安社区（村屯）、平安单位（企业）、平安校园等活动。

社区（村委）警务　年内，县公安机关实行村警挂任社区（村委）领导班子制度，全县共有272名民警挂职任副支书或主任助理。在部分小区建立“基层党建+社区警务+N”工作模式。其中还珠派出所与城南春天小区共建“共治共建共享”智慧小区，派出所民警联合小区物业、小区党员开展联防联治，警民合力打造平安小区。年内，小区刑事案件零发案，与2017年同比治安警情下降80.6%，盗窃、打架斗殴、抢夺抢劫、吸毒等警情为零。

【治安管理】 2018年，县公安局开展治安重点地区整治。对刑事案件和治安案件明显高发的乡镇、村，及时组织警力开展重点整治。部分乡镇治安突出问题得到迅速有效的整治。坚持巡逻防范、重点惩治、群防群治相结合，切实扭转当地治安突出问题。治安类警情下降29.67%，其中涉赌警情下降32.58%。以按摩、足浴、桑拿、发廊、KTV等行业场所作为涉黄清查惩治重点部位；以城乡接合部、市场周边赌摊及农村地区搭棚聚众赌博窝点、电子游戏机赌博为惩治重点。县公安局组织各警种各派出所定期开展清查行动，结合设卡路查和重点部位巡查，加强对各娱乐场所、旅馆、网吧、出租屋等的清查，坚持查处涉黄赌毒工作常态化，净化社会风气。全年破黄赌刑事案件35起，刑事拘留71人，逮捕、直诉57人；查处黄赌行政案件544起，行政拘留328人，收缴赌博电子游戏机230台。继续在全县部署开展“私炮”排查和惩治行动，无“私炮”事故发生。年内，破获非法储存爆炸物品刑事案件1起，执行逮捕3人；查处非法制造、运输、储存危险物质案(治安案件)29起，行政拘留31人，捣毁“私炮”窝点12个，查获“私炮”成品、半成品、引线机等一批。

【交通秩序整治】 2018年，县公安局结合创建“特色旅游名县”和“城乡环境综合整治提升年”活动，县公安局交管大队以警力巡逻+科技管控为手段，持续开展交通秩序专项整治，确保道路交通安全、有序、畅通。年内，共查处交通违法252411起(现场执法54251起、非现场执法198160起)，其中酒后驾驶181起，无证驾驶155起，行政拘留13人。

【消防管理】 2018年，合浦县消防大队强化消防安全隐患排查，加强对大型超市、KTV、宾馆等人员密集单位(场所)开展消防安全大检查，全面清剿火灾隐患，落实整改措施，确保公共安全。

【全面深化公安改革】

“放管服”改革 2018年，县公安局以民意为导向，聚焦民生，从严打整治、优化审批服务、规范涉企执法、提升亲企服务等方面入手，全力推动治安、户政、出入境、交管等部门行政审批和公共事项网上办理，优化电子政务，积极推进“一次办”“网上办”“提速办”“一站办”“自助办”及“网上支付”“减证便民”等，建立“容缺受理”机制。开展警企对接重点服务，年末已联系对接全县8家重点纳税企业及重大建设项目。出入境部门用好、用活出入境优惠政策，积极为涉外企业受邀或者工作的境外人员提供便利，开通加急办证服务“绿色通道”，得到社会广泛好评，获“2017—2018年度北海市文明窗口行业”称号。

执法勤务警员职务序列和警务技术职务序列改革 2018年，县公安局确定列入执法勤务警员职务序列改革编制490人、列入警务技术职务序列改革编制91人。

【公安宣传和警民关系】 2018年，县公安局继续组织民警结合“一村一警”、扶贫等开展安全感满意度入户走访宣传，还通过警情通报会、开展警察公共关系基层行、警营开放日等活动进行广泛宣传。通过公安微信公众平台，强化对公安业务、惩治成效和安全感满意度的宣传，推动和促进公安机关与广大群众、社会各界的互动交流。

【执法规范化建设】 2018年，县公安局以执法考评为载体，狠抓执法质量。每季度在警综平台随机抽取办案单位当季度办结的刑

2018年12月23日，县公安局开展清查行动，整治社会治安秩序。图为公安干警在进行夜查
(县公安局 供)

事案件和治安行政案件各15起进行执法质量考评，每月对录入平台的案件进行网上巡查，发现问题立即整改，严把办案质量关。建章立制规范执法行为。年内出台了《合浦县公安局关于执行受案立案期限有关问题的意见》《合浦县公安局执法办案区安全管理制度》等多个符合执法办案实际和操作性强的规范、指导性文件。抓好行政执法案卷评查，组织开展五优五劣案件的评定工作。加强业务培训。年内共举办业务培训班两期培训民警共502人(次)，县公安局法制部门先后到11个基层派出所开展业务培训辅导，进一步提高了基层民警的执法水平。

【公安队伍管理】 2018年，全县公安机关深入学习贯彻中共十九大精神，认真践行中共中央总书记习近平“四句话、十六字”(政治建警、改革强警、科技兴警、从严治警)要求，紧紧围绕政治过硬、业务过硬、责任过硬、纪律过硬、作风过硬“五个过硬”的总要求，以队伍建设为主线，以开展“五查五整顿”专项行动为抓手，认真落实“两个责任”，加强队伍管理和党风廉政建设，不断提高队伍思想政治素质和履职能力，坚决杜绝队伍违法违纪和损害群众利益问题发生。 (徐 艳)

检 察

【概况】 2018年，合浦县人民检察院(简称县检察院)内设办公室、政工科、侦查监督科、公诉科、监所检察科、控告申诉检察科、民事行政检察科、检察技术科、司法警察大队、案件管理中心、人民监督员办公室等11个科、室，派驻合浦县看守所检察室1个，设立山口、石康、星岛湖3个派驻乡镇检察室。全院在职检察人员65人，其中研究生9人，在读法学研究生3人，大学本科以上学历56人。年内，县检察院认真贯彻落实中共十八大、十九大精神和中共中央总书记习近平视察广西时重要讲话精神以及县委十二次党代会会议精神，牢牢把握维护社会大局稳定、促进社会公平正义、保障人民安居乐业的总任务，加强检察监督，深化司法改革，建设过硬的检察队伍，更好发挥检察职能作用，各项检察工作取得新进展。全院共有28名(次)个人、9个(次)集体受到上级的表彰和奖励，县检察院被自治区检察院评为“全区先进基层检察院”。

2018年9月20日，县公安局举办警营开放日，建立和谐的警民关系

(县公安局 供)

【惩治各类刑事犯罪】 2018年，县检察院积极投入平安合浦建设，认真履行批捕、起诉等职责，依法从快批捕起诉严重暴力犯罪，维护社会和谐稳定。全年共受理公安机关提请审查逮捕案件656件、992人，经审查批准逮捕616件、906人，不批准逮捕40件、88人；受理审查起诉案件804件、1144人，经审查提起公诉673件、980人，不起诉66件、83人。依法严厉惩治影响人民群众安全感的多发性侵财案件和群众关注的“黄赌毒”违法犯罪活动，批准逮捕“两抢一盗”案件119件、147人，提起公诉136件、159人；批准逮捕“黄赌毒”案件227件、285人，提起公诉240件、303人。

【扫黑除恶专项斗争】 2018年，县检察院坚持有黑必打、有恶必除。聚焦党中央和高检院的工作部署，强化使命担当，深入开展扫黑除恶专项斗争。县检察院和县公安局联合建立侦捕诉衔接工作机制，通过案件会商协调、联席会议等多种形式，加强配合，强化监督，增强扫黑除恶专项斗争工作合力，严厉惩治涉黑涉恶势力及深挖背后“保护伞”。年内，批准逮捕涉恶案件3件、14人，起诉涉恶案件2件、5人。在办理韩某等人涉恶团伙案件中，承办检察官提前介入，与县公安机关紧密配合，引导公安机关调查取证，从快从严打击了该犯罪团伙，除批准逮捕公安机关提请逮捕的2件、10人外，还主动发挥监督检察职能，纠正漏捕4名涉恶犯罪嫌疑人，立案监督2件4人。

【预防和化解社会矛盾机制建设】 2018年，县检察院利用"12309"检察服务中心功能，深入推进和完善窗口服务，不断加大接访工作力度，着力畅通群众涉检涉诉信访渠道。受理群众来信来访50件，其中首次控告信访事项22件，首次申诉信访事项24件，其他信访事项2件，民事行政监督信访事项2件。受理刑事申诉案件8件。办理国家司法救助案件5件，发放司法救助金2.6万元。在办理司法救助案件时，和北海市检察院开展联合救助，实现救助效果最大化。其中刑事被害人曾某因家庭琐事与同居多年的劳某发生口角，劳某一气之下持菜刀砍伤曾某，导致其四肢瘫痪，卧床在家。唯一的女儿只能辞工在家照顾曾某，全家无稳定收入来源。案发后县法院判决劳某赔偿曾某各项损失人民币496504.49元，但因劳某无财产可供执行，曾某无法通过诉讼获得法院判决的赔偿，生活十分困难。县检察院了解到曾某因案致残及家庭情况后，主动上门联系曾某并告知其可以申请司法救助，之后和北海市人民检察院联合，共为其申请5万元的司法救助金，缓解其家庭困境。年内，县人民检察院诉讼监督部被自治区人民检察院授予"全区检察业务优秀集体"称号。

【社会治安综合治理】 2018年，县检察院充分发挥妇女儿童维权岗的作用，保护未成年人及妇女合法权益。积极开展法治进校园活动，加强检校合作，完善检察官担任法治副校长制度，选派包括检察长在内的13名检察官担任13所学校的法治副校长。结合办案加强法制宣传，开展好年内举办的妇女维权宣传、禁毒宣传日、国家宪法日宣传等各项活动，增强公民法制管理，预防和减少违法犯罪，夯实社会治安综合治理的基础。年内，县检察院共开展法制宣传活动16次，到学校上法治课2次。

2018年9月30日，合浦县检察院举行"12309"检察服务中心揭牌仪式，院党组书记、检察长许齐（二排左五），县委政法委副书记潘彪远（二排左四），院党组全体成员以及部分受邀县人大代表、政协委员出席仪式。 （县人民检察院 供）

【法律监督】

刑事诉讼监督 2018年，县检察院监督公安机关立案9件12人，监督撤案2件2人，纠正漏捕犯罪嫌疑人23人，纠正遗漏罪行9人。办理的夏某旺强迫卖淫案荣获2018年全自治区检察机关侦查监督业务优秀纠正漏捕案件称号。对法院的判决、裁定认真研究，对认为确有错误的刑事裁判提出抗诉5件，其中抗诉成功3件，办理的李某才等8人组织领导传销活动案获评2018年全区精品刑事抗诉案件。加强对公安机关侦查活动的监督，向侦查机关提出侦查程序方面的检察建议1件，纠正违法通知5件，提出口头监督12次。

刑罚执行和监管活动监督 2018年，县检察院书面纠正监督合浦县看守所和合浦县法院违法活动情形16件。依法对全县15个乡镇的社区服刑人员进行2次全面检察，书面监督纠正监外执行履行职责不当8人。办结羁押必要性审查案件31件，采纳释放或变更强制措施建议24人；核查财产刑案件221件，建立财产刑执行档案221份。办理的石某建羁押必要性审查案被评为2018年度全自治区检察机关羁押必要性审查优秀案件，罪犯杨某燕判处实刑未执行刑罚监督案被评为2018年度全自治区检察机关刑罚执行监督精品案件。

民事行政诉讼监督 2018年，县检察院为深入贯彻中共十九大精神，进一步加强民事和行政执行监督工作，回应社会公众对"执行难""执行乱"问题的关切，着力维护人民群众合法权益，以全国检察机关开展民事和行政非诉执行监督专项活动为契机，依法受理了民事非诉执行监督案件2件，发出的检察建议均获县法院采纳。年内，共审查诉讼活动监督案件5件，其中审判程序违法监督1件，执行活动监督案件4件（含民事非诉执行监督2件），提出检察建议4件，采纳3件。

【为“三大攻坚战”保驾护航】

营造法治化营商环境　2018年，县检察院依法严惩非法吸收公众存款、信用卡诈骗、合同诈骗等涉众型经济犯罪，着力防范和化解经济发展领域中的重大风险，为全县经济发展营造良好的法治环境。全年共依法批准逮捕扰乱市场经济秩序犯罪案件10件、55人、起诉14件、108人，其中批准逮捕组织、领导传销活动案件5件、49人，起诉组织、领导传销活动案件6件、100人，有力维护市场正常经济秩序。在办理“925—1”姜某海等50人组织、领导传销案中，县检察院检察官办案组加班加点奋战，经过认真审查案件相关材料，7天内对犯罪嫌疑人姜某海等49人作出批准逮捕决定。

服务乡村发展促进精准脱贫　2018年，县检察院在完成常规帮扶工作的基础上，充分发挥单位资源优势，创新帮扶方式，改善基础设施条件、发展特色农业产业、搭建增收政企平台，全方位实施精准扶贫。帮助乌家镇西大村建设沼气池80座，硬底化道路30千米，改厨73户，改厕73户；西场镇谢屋村通过铺设农田灌溉水管，农田灌溉难问题得到全面解决。积极落实教育脱贫政策，对乌家镇谢屋村、西场镇黄金村共5户贫困户5名在校生造册跟踪，开展“雨露计划”资助，帮助他们落实各项助学补助。4月，合浦县检察院被自治区党委组织部授予“全区‘美丽广西’乡村建设（扶贫）工作先进后盾单位”称号。

开展公益诉讼守护绿水青山　年内，县检察院充分坚持把生态环境和食品药品安全摆在突出位置，先后走访县国土局、县执法监察大队、县食品药品监督管理局、县人防办等部门，摸查案件线索。收集和发现案件线索15条，立案审查3件，提出检察建议3件，相关行政机关已整改或基本整改（回复）的3件。通过开展公益诉讼工作，成功追回人防易地建设费130.06万元、国有土地出让金1032万元及309.6万元滞纳金。4月，县委书记杨斌对县检察院开展公益诉讼作出批示和肯定。同年11月，县委、县政府联合发文，支持县检察院依法开展公益诉讼工作。

2018年12月29日，合浦廉州中学、合浦县第一中学、合浦县中等职业技术学校等13所学校校长为县检察院13名领导颁发法治副校长聘书。

（县人民检察院　供）

【司法体制改革和监察体制改革】

司法责任制改革　2018年，县检察院认真做好第二批员额检察官遴选考核工作，经过综合考核，第二批没有检察官进入员额队伍。县检察院共有入额检察官22名，占全院总编制数的31.88%。严格落实入额院领导带头办案制度，使入额检察官带头办案成为新常态，全年共办理案件148件。依法落实检察长列席同级法院审委会制度，年内县检察院检察长列席县法院审委会1次。

配合国家监察体制改革　年内，县检察院坚决贯彻落实中央关于推进监察体制改革重大决策部署，全面完成反贪、反渎和职务犯罪预防部门职能、机构、编制划转和人员转隶工作。向县监察委和派驻纪检组划转政法专项编制22个，划转办案车辆3辆。经编制划转后，合浦县检察院核定政法编制60名、后勤服务编制9名。主动适应县监察委办案工作新模式，受理县监察委移送审查起诉的职务犯罪案件2件、4人，批准逮捕4人。

【检察队伍建设】

思想建设　2018年，县检察院自觉把党的政治领导、思想领导和组织领导贯穿到检察工作的各方面。健全个人自学、集中学习、研讨交流等多元学习机制，深入学习贯彻党章党规、中共十九大、十九届二中、三中全会精神、全国“两会”精神，引导干警增强政治意识、大局意识、核心意识和看齐意识。坚决贯彻党的决策部署，严格执行政法机关党组织向党委请示报告重大事项等制度，自觉在党委领导下履行法律监督职责。

作风建设　年内，县检察院在巩固2017年“五查五整顿”专项行动成果的基础上，继续深入推进全面从严治警“五查五整顿”专项行动，规范司法行为。通过再动员再部署、检察课堂等学习领会自治区党委常委、政法委书记黄世勇的重要讲话精神和提出的新要求，全院上下持续深入推进专项行动。按照方案有计划、有步骤地推进实施，坚持问题导向，深挖细查在思想、纪律、作风、担当、管理等方面存在的问题，一一列出问题清单，坚持问题排查到位，原因分析到位，整改落实到位。

业务培训　年内，县检察院坚持把提高队伍整体素质放在重要位置，积极组织人员参加各项业务培训、岗位技能培训、党务培训170人次，检察教育网络培训65人次。组织参加各项技能竞赛、案件评比等实战练兵活动，在第二届广西检察机关刑事执行检察业务竞赛中，县检察院有1名干警获“业务能手”称号；在全自治区检察业务优秀集体优秀个人评选表彰活动中，县检察院有1名干警获“全区检察业务能手”称号。继续采取开办“检察课堂”的形式，由侦监、公诉等业务科室负责人或业务骨干轮流上台给全体干警授课，增强培训的针对性、参与性和实效性。

2018年11月13日，县人大常委会副主任梁世安（左排四）一行6人到县人民检察院开展公益诉讼工作调研，并邀请县国土、工商、食药监、环保、人防等相关部门领导参加座谈会　（县人民检察院　供）

【强化自身监督】

自觉接受监督　2018年，县检察院自觉接受人大、政协及社会各界监督。主动向县人大及其常委会报告工作，积极配合县人大常委会组织开展公益诉讼工作情况专题调研，参与县人大常委会组织赴外地学习考察公益诉讼工作。主动向县政协通报工作，邀请参加座谈、视察，听取意见。积极开展检察开放日活动，让人民群众更好地参与和监督检察工作。利用人民检察院案件信息公开网发布案件程序性信息1124件，重要案件信息25件，法律文书671份，保障人民群众的知情权。积极借助检察门户网站、官方微博、微信和今日头条新闻客户端，发布信息1815条。

检察内部监督　年内，县检察院规范案件管理工作，运用统一业务系统和案件信息管理平台，规范案件信息录入，开展网上案件受理分流、办案流程动态管理、办案流程实时监控、案件超期预警监控等案件管理工作，促进规范化办案。共送案审核2024件，同比上升10.24%；流程监控提示纠正98件，同比上升22.5%；严格审核把关涉案财物的移送、接收、保管、处理等环节，保管涉案物品257件、150元。做好案件信息公开系统阅卷查询预约接待工作，共受理辩护人申请要求155件次，同比上升51.96%。

自身反腐倡廉和纪律作风建设　年内，县检察院认真落实“两个责任”，强化廉政教育和监督检查。党组成员与党组书记、各部门主要负责人与分管院领导之间层层签订责任状，明确党风廉政建设责任划分。严格执行检察人员8小时外行为禁令和廉洁从检10项纪律，单位与干警签订责任状，每季度向干警家属发放廉政监督卡，加强对禁令执行情况的督查。

（苏远军　冯祖宏　廖均婷）

法　院

【概况】　2018年，合浦县人民法院（简称县法院）内设办公室、政工科、纪检组、监察科、政策研究室、审判监督庭、审判管理办公室、刑事审判庭、立案庭、民事审判第一庭、民事审判第二庭、行政审判庭、执行局(内设执行一庭、执行二庭、执行综合管理科、执行中队)、执裁庭、法警队18个部门,下辖星岛湖、石康、山口、公馆4个人民法庭。全院在职在编121人,其中研究生12人,本科学历102人,大专学历5人。年内,县法院以“努力让人民群众在每一个司法案件中感受到公平正义”为目标,忠实履行宪法与法律赋予的职责,坚定不移推进司法体制改革,促进新时代人民法院工作实现新发展。全年共收到各类案件7025件,结案6345件,整体结案率90.32%,结案率位列全市基层法院第一,同比分别上升23.68%、25.72%、1.45%,审判执行质效再创新高。

【刑事审判】 2018年,县法院共受理各类刑事案件787件,审结745件,结案率94.66%。对涉毒、涉枪及“两抢一盗”等严重危害社会治安的案件保持高压态势,审结该类案件404件,有力维护辖区安全稳定。积极开展扫黑除恶专项行动,加强与其他政法机关的密切配合,依法有力惩处各类黑恶势力犯罪,切实增强人民群众的获得感、幸福感和安全感。年内,依法审结74人组织领导传销罪2案,坚决铲除传销这一社会毒瘤。依法审理环境资源类案件24件,切实保护合浦县绿水青山。坚持惩罚与教育相结合的原则,审结未成年人犯罪案件42件,对符合判处缓刑的未成年人依法适用缓刑,并通过联合县人民检察院、县司法局、县妇联、团县委等部门积极开展回访帮教活动,进一步做好未成年人的保护工作。

【民事审判】 2018年,县人民法院共受理各类民商事案件3285件,审结3050件,结案率92.85%。坚持以人民为中心的发展思想,妥善解决涉农纠纷、劳动争议、交通事故损害赔偿等与民生关系密切的案件1063件,其中,一次性成功调解28件劳动争议系列案,用人单位当场支付40余万元赔偿款,充分保障劳动者的合法权益。积极探索适合家事审判的工作机制,成立家事审判专业团队,运用柔性司法有效地化解婚姻家庭纠纷759件。依法审理涉及民营企业的各类民事案件159件,平等保护民营企业合法权益,为民营企业发展营造良好的法治环境。成立涉军维权工作领导小组,设立专业合议庭,依法保障和维护军人军属合法权益。

【行政审判】 2018年,县人民法院共受理各类行政案件630件(包含非诉审查案件569件),审结622件,结案率98.73%。利用“车载法庭”开展首次行政巡回审判,在行政纠纷所在地有效化解官民矛盾。重视和发挥司法建议作用,针对审理中发现的行政机关在政府信息公开工作存在的问题,及时向相关部门发出司法建议,助推法治政府建设。与县食品药品监督局共同开展食品安全法治宣传专题活动,有效促进行政审判与行政执法的良性互动。联合县住建局组织城乡规划行政处罚及行政应诉理论与实务培训活动,不断提高行政机关的依法行政意识及应诉水平。

【案件执行】 2018年,县人民法院共受理执行案件2258件,结案1863件,结案率82.51%,结案标的金额4.40亿多元。紧紧依托党委总揽全局、协调各方的作用,清零涉党政机关执行积案。推进网络查控体系建设,借助县公安、国土、房产、工商、公积金管理中心以及银行等有关部门力量,开展“查人找物”“点对点”信息查询工作,提高执行效率。强化对逃避执行行为信用惩戒,发布失信被执行人名单1030人次,限制高消费3198人,司法拘留109人。加大“拒执”惩治力度,开庭审理首例拒不执行判决、裁

2018年3月9日,合浦县人民法院石康人民法庭到常乐镇低坡村巡回审理一起排除妨害纠纷案件
(县人民法院 供)

2018年10月24日，人民法院新闻传媒总社主办、合浦县人民法院承办的“带着两微说执行”全国大型执行普法活动合浦站的活动现场　（县人民法院　供）

定罪案件，依法判处被告人有期徒刑一年，沉重惩治失信被执行人的嚣张气焰。推进网络司法拍卖常态化，全年共组织司法网拍126次，成交金额7155.27万元，实现双方当事人权益的最大化。在县委政法委的协调下，在县公安、武警、交警、卫生等部门及西场镇党委、政府的大力支持和配合下，顺利完成对西场镇黄金村村民侵占集体土地建设房屋案件的腾退。在顺利腾退的同时，成功承办了由人民法院新闻传媒总社主办的全国大型执行普法活动“带着两微说执行”，活动当天，最高人民法院、《人民法院报》官方微博进行全程直播，得到了当地百姓的连连点赞以及社会各界的一致好评。

【服务县域经济发展】 2018年，县法院始终把工作放在县委、县政府工作大局中进行谋划，围绕县委、县政府工作部署，组建旅游审判专业合议庭，全力为全县创建文明城市和特色旅游城市提供优质的司法服务。充分发挥工业园区巡回法庭审判作用，联合工业园区管理委员会开展“送法进企业”活动，现场发放《企业防范经营法律风险提示三十六条》宣传手册1000余册，认真总结涉及企业案件审理过程中发现的问题并提出《司法建议书》，服务辖区企业健康发展。切实把扶贫工作作为一项重要政治任务和第一民生工程，千方百计创造条件，积极协调争取各方支持，帮助贫困户解决实际困难，并为贫困户拍摄制作全家福，让每一个帮扶对象在帮扶中感受到党的温暖和关怀。

【巡回审判】 2018年，县法院充分利用“车载法庭”灵活性将法庭开到当事人家门口及田间地头，就地立案、现场勘查、当场审理、当场判决、当场送达法律文书，为群众提供高效、便捷的司法服务。将巡回审判工作与普法宣传相结合，提前与村（社区）沟通联系，组织当地群众到现场旁听案件审理，以案释法，达到“审理一案，教育一片”的社会效果。同年，“车载法庭”足迹已实现合浦县各个乡镇全覆盖，巡回办案31件，接受宣传教育的群众达20000余人。《人民法院报》头版，《中国审判》《广西法治日报》等多家媒体对“车载法庭”工作进行了全面深入的报道，“车载法庭”约时定点办案、普法，形成合浦县法院一张流动的法治名片。

【法治宣传教育】 2018年，县法院以“校园青少年法治教育基地”

2018年7月11日，合浦县人民法院石康人民法庭法官陈芸芸（中）运用“车载法庭”到石湾镇沙朗村，在当事人家门口同时也是纠纷发生现场，公开开庭审理一起相邻采光、日照纠纷案件　（县人民法院　供）

为依托，与县教育局、司法局、妇联、团县委以及法学会联合开展“送法进校园”巡回法治宣传活动，通过模拟法庭、知识互动、法治讲座等多种形式，广泛宣传《中华人民共和国未成年人保护法》等与青少年密切相关的法律法规。2018年，共开展“送法进校园”巡回法治宣传活动10场次，定期派出法官深入单位、企业、社区、农村开办专题法律知识讲座20余场次，发放相关的法律法规宣传单10000余份，利用官方微博、微信，及时发布法院工作信息600余条，注重新媒体环境下的法院宣传与舆论引导工作。自治区“七五”普法中期督查考核组对合浦县人民法院创新的普法宣传模式给予高度评价。

2018年9月20日，合浦县人民法院院长董新永（主席台讲课者）带领团队来到烟楼村委，开设“证据的重要性”法治小课堂　　（县人民法院　供）

【化解涉诉信访难题】 2018年，县法院完善信访制度建设，在诉讼服务中心设立信访接待室，专人处理群众涉诉信访问题。坚持开展“院长接待日”、下乡接访、远程接访等活动，认真倾听群众呼声，切实解决群众合法诉求，及时化解信访案件。落实司法救助措施，积极争取党委、政府的支持，全年为确有困难的13件案件当事人依法减缓免诉讼费40898元，对66名经济困难的申请人开展司法救助，共发放救助金额34.69万元。

【司法人员实现分类管理】 2018年，县法院完成第二轮员额法官遴选，实现了审判力量向审判一线集中，审判资源配置更趋合理，法官人均结案141件，同比增长25.71%。按照以员额法官为核心，法官助理、书记员相对固定的专业化审判团队模式，组建7个专业审判团队，最大限度地提高案件的审判质量和效率。进一步完善专业法官会议制度，促进法官自我约束、自我管理，推动审判质量实现新提升。

2018年10月23日，县法院将车载法庭开进县工业园区，与合浦县工业园区管理委员会联合开展以“法润企业促发展”为主题的送法进企业活动。图为县法院副院长顾能凤（前排左一）向企业代表发放法律宣传册　　（县人民法院　供）

【院庭领导办案形成常态】 2018年，县法院、庭领导以身作则，逐级压实责任，带头办理重大、复杂、疑难、新类型及具有指导意义的案件，充分发挥示范效应作用。年内，院、庭领导共承办案件4225件，占全院受理案件总量的60.14%。

【案件繁简分流】 2018年，县法院进一步推进民事案件的繁简分流，在立案庭组建3个速裁团队，按照1∶1∶1模式配齐法官助理和书记员，专门负责快速审结简单民事案件。年内，3名速裁团队法官共结案837件，人均结案279件，实现了审判资源的高效运转。

【理想信念教育】 2018年，县法院掀起学习中共十九大精神热潮，通过领导带头学习研讨，支部集体学习、个人撰写心得体会等多种方式学习贯彻宣传中共十九大精神，不断推进法院工作创新发展。组织干警参加廉政知识学习测试，提高党性修养，筑牢防腐底线。

【严明政治纪律和政治规矩】 2018年，县法院全面落实党风廉政建设责任制，通过签订党风廉政建设责任状，形成一级抓一级，层层传导压力。针对“四风”新动向、新特点，开展常态化监督检查。扎实开展扶贫领域、司法作风、扫黑除恶专项斗争监督执纪工作，深入推进“五查五整顿”专项行动，集中开展整顿工作作风优化营商环境活动，为实现法院创新科学发展提供坚强的纪律保证。

【创先争优树典型】 2018年，县法院大力培育“创先争优”工作意识，加强队伍建设，县法院副院长黄振才获得“广西五一劳动奖”，是广西法院系统唯一获此殊荣的个人。廖滢获评全自治区法院“司法警察教练员教学技能优秀个人”称号。多名干警分别获评全自治区法院“荣誉天平奖章”、全市“勤廉榜样”、合浦县“人民满意政法干警”等荣誉。努力提升庭审水平，县法院组织开展“优秀示范庭审”评选活动，2个庭审被评为全市“优秀示范庭审”。司法理论研究和调查研究工作取得了良好的成绩，1篇论文获自治区第二十八届学术论文优秀奖，1篇学术论文被最高人民法院主办的《人民司法》应用版采用，1篇调研报告获全区优秀调研成果三等奖。

【接受监督】 2018年，县法院严格落实县人大对法院工作的各项决议，积极配合县人大做好基本解决执行难、人民法院基层法庭建设情况专题调研。加强与县人大常委会及人大代表的工作联系，及时向县人大常委会专项报告法院基本解决执行难工作。在人民法庭设立人大代表、政协委员联络办公室，不断拓展与人大代表联络工作的途径。邀请全国、自治区、市、县四级部分人大代表视察法院巡回审判工作，获得一致好评。全年办结县人大督办案件11件，确保人大监督渠道畅通。同时，县法院主动向县政协通报重点工作，重要事项和重大案件信息，积极邀请人大代表、政协委员旁听庭审、评议案件、现场监督执行20人次。重视检察意见，支持、配合检察机关履行法律监督职责，依法审理检察机关提起抗诉的案件，共同维护司法公正。畅通民意沟通渠道，对群众反映的问题，认真调查核实，确有问题的坚决查办和纠正。组织开展“法院开放日”“公众开放日”等活动，邀请特约监督员、民主党派人士和社会各界代表参观法院，召开座谈会，认真听取意见建议，加强和改进工作。

（顾能凤　叶晓玲）

2018年5月24日，县人民法院与县妇联联合到星岛湖镇珊瑚小学开展“与法同行，呵护成长”送法进校园活动。图为小学生们举手答题

（县人民法院　供）

司法行政

【概况】 2018年，合浦县司法局（简称县司法局）内设秘书股、政工股、法制宣传股、基层工作管理股、公证律师管理股、公证处、法律援助中心、社区矫正股8个股、处、中心，下辖15个乡镇司法所，指导1个农场司法所及广西壮族自治区合浦县公证处工作。县司法局设局长、党组书记1名，副局长3名，派驻纪检组长1名，股室领导13人。全县司法行政系统政法专项编制69个，其中局机关编制30个，15个乡镇司法所编制39个。整个司法行政系统学历层次结构：硕士研究生2人，本科37

人(其中法律专业20人,其他专业17人),大专21人(其中法律专业11人,其他专业10人),中专及以下3人。年内,县司法局荣获"七五"普法中期先进集体称号。

【法治宣传教育】 2018年,县司法局围绕全县经济社会发展和社会稳定大局,大力加强法治宣传教育和普法依法治理工作,贯彻实施"七五"普法规划,完成"七五"普法中期各项任务,为深化改革、维护稳定,为加快法治合浦建设步伐营造良好的法治环境。通过了自治区、北海市对合浦县"七五"普法中期检查,通过北海市法治建设专项绩效考评的检查;完成对全县乡镇、单位"七五"普法中期检查抽查工作;对扶贫村发放18500本扶贫手册和农村法律知识读本工作;合浦县二中、四中法律进校园"院校合作"法治宣传教育基地启动并开展"法律知识讲座"授课活动,全县中小学生接受法治宣传教育师生达3000多人;开展"法律六进"宣传活动,以学习宣传《中华人民共和国宪法》、宣讲《中华人民共和国宪法》为重点,开展送法进乡村系列宣传咨询活动,广泛宣传与"扫黑除恶"相关的法律法规,共发放《中华人民共和国反家庭暴力法》《中华人民共和国妇女权益保障法》《农村社区法律知识读本》《青少年法律知识读本》《农民工法律知识》《居民法律知识读本》等宣传资料85种(类)、95万份;出版"扫黑除恶"相关的法律法规板报、专栏25期,印发宣传资料30000份;全年共接受(咨询)教育群众达110万人次。

【人民调解】 2018年,全县共有人民调解委员会292个,人民调解员共1639人。年内规范化乡镇调解委员会达到100%,规范化村、社区人民调解委员会达到80%。全县基层司法所和人民调解委员会共开展排查活动666次,预防纠纷766起,受理民间矛盾纠纷2248件,调解成功2174件,调解成功率97%;受理医患纠纷13件,调解成功8件,达成协议赔偿金额62.68万元,赔偿履行率100%。

2018年12月4日,合浦县在还珠广场举行主题为"尊崇宪法、学习宪法、遵守宪法、维护宪法、运用宪法"的第五个国家宪法日集中宣传活动,图为工作人员向群众宣传相关法律法规知识 (林启波 摄)

【基层法律服务】 2018年,全县共有基层法律服务机构17个,其中乡镇所15个,农场所1个,"148"法律服务所1个。全年参加年度注册年审的所有17个,年审的基层法律服务工作者43人。年内,全县43名执业法律服务工作者担任法律顾问70家,办理民事诉讼代理案件157件,非诉讼代理案件52件,见证48件,协办公证18件,建立村、社区公共法律服务工作法律顾问室38个。

【社区矫正】 2018年,合浦县社区矫正中心共接收社区服刑人员186人,解除216人,决定警告34人次,办理居住地变更5人,开展社会调查评估92件,办理撤销缓刑收监执行2人,对暂予监外执行人员收监执行2人。年内,全县社区矫正工作按照"衔接好、监管好、引导好"的工作思路,扎实有效开展社区矫正工作,确保社区矫正工作规范运行。开展合浦县司法行政系统"社区矫正信息化建设攻坚年活动",制订了社区矫正信息化建设采购方案,建设社区矫正远程视频督察系统,安装了摄像头19个,并已成功与北海市司法局、自治区司法厅完成对接,完成广西司法行政综合政务管理平台信息录入工作,同年在矫人员基本信息录入率为100%,录入已解矫服刑人员档案970条。开展社区矫正扫黑除恶专项斗争。利用集中教育时机,在社区服刑人员中广泛开展扫黑除恶宣传教育,共排查出涉恶社区服刑人员54人。加强对涉黑涉恶社区服刑人员的监管,涉黑涉恶社区服刑人员无漏管、脱管及重新犯罪现象。9月3至4日,县司法局联合北海市司法局及北海市人民检察院到合浦县各乡镇

2018 年,县司法局组织举办严管类社区服刑人员集中教育学习班
（县司法局 供）

司法所进行扫黑除恶专项联合执法检查,合浦县社区矫正扫黑除恶工作得到了上级肯定。开展矫正安全稳定“百日”专项行动,在“百日”专项行动期间加强对社区服刑人员的监管,对社区服刑人员的外出请假申请、居住地变更等事项严格审批。此外,县司法局在“百日”专项行动期间不定期到各乡镇司法所进行社区矫正安全稳定检查,及时发现各司法所社区矫正安全稳定工作中存在的问题并及时进行纠正。

【法律援助】 2018 年,合浦县法律援助中心不断拓宽宣传渠道,进一步加大宣传力度,加强对法律援助服务形式、内容、流程、申请及监督反馈等群众需求内容的宣传,定期、不定期深入乡村、社区、工地、企业、学校等地区开展各类宣传活动,提高法律援助知晓率,使群众足不出户、不出村(社区)就能了解法律援助工作,就能寻求到法律帮助的途径。全年共解答法律咨询 373 次,接待来访人员 350 人,接听法律服务热线 100 次,发放法律援助指南和各类宣传资料 500 余份。积极践行“贫者必援、弱者必帮、残者必助”的服务承诺,建立法律援助服务网络,完善法律援助服务体系,大力推进法律援助向社区、乡村延伸,进一步健全法律援助中心和乡镇法律援助工作站,将法律援助中心的工作覆盖到整个辖区,打造“一小时法律援助服务圈”,逐步推行点援制,使群众可以便捷地寻求法律援助。扩大法律援助受援面,不断完善办案质量监控体系,开展多项便民服务活动,坚持首问责任制、服务承诺制、一次性告知制和限时办结制,开辟“无障碍”法律援助绿色通道,对条件符合人员做到应援尽援,努力为受援群众提供便捷、高效、优质的法律援助。全年共办理法律援助案件 323 件,受援人数 323 人,其中民事案件 244 件,刑事案件 75 件,行政案件 4 件。

【律师工作】 在巩固 2015 年、2016 年、2017 年示范点的基础上,2018 年新增加的 87 个法律顾问点的法律顾问工作有序开展,实现了合浦县一村(社区)一法律顾问全覆盖。不断提高相关业务办理质量。2018 年,全县共有执业律师 47 名,全年办理诉讼案件 255 件,其中:办理刑事辩护及代理 30 件,民事诉讼代理 224 件,行政诉讼代理 1 件。非诉讼法律事务 3 件,免费提供法律咨询 741 人次,办理法律援助案件 198 件。律师在违法违纪方面实现零发案、零投诉。

【公证工作】 为积极稳妥地推进合浦县公证机构体制改革及公证事业的健康发展,充分发挥公证的服务、沟通、公证、监督的职能作用,激发公证机构活力,提升公证服务能力,2018 年 9 月,撤销合浦县司法局内设机构公证处,成立广西壮族自治区合浦县公证处。年内办证业务量和收入方面取得了大幅度发展,办证件数稳步增长,县公证处全年共办结各类公证事项 1965 件,其中国内民事、经济公证 1595 件,涉港澳台公证 160 件,涉外公证 210 件,接待来访人数 13100 人次,收费突破百万元(117.4676 万元),创历史新高。在办理的证件中没有出现错、假证,公证文书中也没有出现瑕疵等现象。积极参与政府的中心工作,为政府的拆迁工作,提供全方位的公证法律服务。完成公证处改制,2018 年 10 月根据上级文件要求把县公证处改制为差额拨款的事业单位。并积极推行办理公证“最多跑一次”的便民措施,为当事人提供通畅便捷的公证法律服务。

军　事

合浦县人民武装部

【概况】 2018年，合浦县人民武装部（简称县人武部）坚持以中共十九大精神为指导，以强军目标为引领，以民兵力量和规模结构调整为主线，认真贯彻落实上级决策部署，按照“铸魂固本、聚焦主业、任务引领、确保稳定”的工作思路，圆满完成年度各项任务，全面建设稳步协调发展。年内派出1名职工长驻扶贫村，解决驻村人员食宿保障硬件设施，投入近10万元帮扶西场镇欧屋小学，引进1家社会企业对辖区贫困户进行结对帮扶。县人武部配合合浦县创建自治区双拥模范城，积极组织和参加双拥共建活动，承包县城道路卫生责任区。为白沙镇1名军属解决矛盾纠纷，为5名军队干部职工小孩解决入学入园问题。年内，县人武部被广西军区评为全面建设先进单位，1人荣立三等功，4人次被军级以上单位表彰为先进个人。

【思想政治建设】 2018年，县人武部认真学习贯彻上级党委全会精神，始终坚持把各级党委全会精神的学习贯彻作为一项重要的政治任务来抓，组织领导班子成员反复学习各级党委扩大会议精神，深入领会上级党委首长决策意图，理清工作思路，科学制定年度工作规划并抓好落实。抓好党委中心组带机关理论学习。严格按照上级专题理论要求，周密制订本级学习计划，采取电视电话会议、同步参与的形式，落实动员部署、授课辅导、个人自学、研讨发言等步骤，重点抓好“十九大精神”“传承红色基因、担当强军重任”“贯彻军委主席负责制”“军委、军委国防动员部党的建设会议精神”等系列理论的学习。抓好经常性的思想教育。认真按照年度政治教育计划，着重抓好爱国主义教育、保密教育、预防犯罪教育、“四反”教育、战备形势教育、爱装管装教育等，增强所属人员的政治素质和思想修养。扎实开展党风党纪教育。县人武部党委坚持把反腐倡廉教育和筑牢党员干部思想道德防线作为党风廉政建设的一项基础性、经常性工作抓紧抓实。认真学习《中国共产党纪律处分条例》《中国共产党党内监督条例》《军队党员领导干部廉洁从政若干规定》以及上级有关典型案例通报等，集中观看《铁纪强军》警示教育片，剖析典型案例，深入查找和反思党性党风方面存在的问题，不断增强党员干部的法纪观念和党性意识，切实把对中央决定的拥护转化为做好当前工作的自觉行动，为抓好党风廉政建设打下了坚实的思想基础。

【战备训练】 2018年，县人武部紧贴民兵调整改革实际，常态化抓好战备方案修订、节日战备工作落实和战备形势教育。修订完善各类战备方案，组织机关值班业务技能培训，规范值班秩序，做好应对突发事件准备。围绕防范暴恐袭击，开展专题教育、研究具体措施、依案组织演练，提高防范能力。完善战备和训练设施。依据军区民兵建设试点成果和规范化建设要求，投入20余万元对所属部分民兵分队进行规范化建设，集中设置各类库室，配齐战备训练器材。积极探索新的组训模式，年内先后组织9个分队进行了训练，按照民兵军事训练大纲，落实教学分工、备课示教，组训经验得到上级肯定。

【后备力量建设】 2018年，县人武部落实“议军会”“现场办公”“党管武装工作汇报会”“党管武装绩效考评”等制度，强化党管武装工作力度。扎实开展动员潜力调查和兵役登记工作，采取会议推动、宣传造势、走村串户等形式，军地配合，通力协作，较好完成兵员动员潜力调查，民兵组织整顿，兵役登记等工作，各项工作均走在全市前列。根据自治区政府办公厅、广西军区战备建设局《关于深化学生军事训练改革的实施意见》文件精神，规范辖区学生军训工作，对辖区9所高中、高职学校共7400多名学生进行军训。从6月份开始进行征兵工作，经过宣传发动、体检政审、复查定兵、新兵起运4个阶段，至9月15日，征兵工作顺利完成。

【安全稳定】 2018年，县人武部党委始终把安全稳定工作作为头等大事、政治任务抓紧抓好。常态化落实查库、演练、安全训练、安全教育、形势分析、安全检查等制度，促进安全工作有序运行，保证了安全稳定。抓好每季度组织一次综合安全工作检查，对存在问题挂单列表，及时组织整改，对一时难以整改的能够明确责任人和整改时限。坚持每季度召开一次安全形势分析会，及时学习上级有关安全管理指示精神，研究安全管理举措和整改措施。以"两个经常"为载体，利用交班、集合站队、学习文件、交心谈心等时机，对所属人员进行安全理念灌输和安全注意事项提醒，强化干部职工安全意识；采取查铺查哨、点名、电话跟踪、点验等手段，加强人员的经常性管理，保证人员行为不失范、失控。突出重点管控。下大力气抓好民兵仓库安全管理，严格落实各项制度，加强检验督查，年内除上级检查外，县人武部先后组织4次自查自纠，逐步完善安全设施设备，加强仓库警卫人员的管理教育和应急处突演练。年底，县人武部在军区组织的安全检查排名中，取得第一名的好成绩。

【后勤保障】 2018年，县人武部坚持以保障国防动员准备为中心，以从严从紧落实财经制度为重点，确保保障工作提质增效。重点强化财务管理、公务接待、物资采购、工程建设、车辆维修等法规制度落实，常态化组织后装管理工作检查督查。全力抓好审计问题整改，严格按照上级规定要求和整改意见书全面、彻底、深入地抓好整改。逐项问题拉单列表，制定整改方案措施，明确整改时限、标准和责任人。6月，配合上级抓好民兵训练基地改造，完善民兵训练基地相关配套设施设备。10月，协助北海军分区完成民兵报废弹药调运销毁任务。

武警合浦中队

【概况】 在上级党委关怀领导下，武警合浦中队全面建设基础不断牢固，连续42年实现执勤目标安全无事故。武警合浦中队先后12次被总队评为"基层建设先进中队"，1次被评为"基层建设标兵中队"，荣立集体三等功2次。2018年，在全体官兵的共同努力下，连续3年被武警总队评为"基层建设先进中队"。

【党支部建设】 2018年，武警合浦中队党支部按照"坚强有力、奋发有为、以点带面"的要求，不断提高组织建设科学化水平。建队伍，聚力发展不松劲。同年5月，武警合浦中队新领导班子调整后，班子之间坚持做到勤提袖、常交流、善补台。以学习贯彻上级党建会议精神为契机，严实抓好党员和干部队伍的教育管理，严格落实组织生活制度，推进"两学一做"活动常态化制度化开展。通过开展学习党章、承诺践诺、参观见学、重温誓词、设立先锋模范岗等活动，着力提高党员队伍宗旨意识和责任意识。抓学习，求知强能不懈怠。利用理论学习、党日活动等时机，组织"一班人"深入研读《习近平论强军兴军》《党支部工作条例》等教材法规文件和上级党建会等会议精神，不断提高理论武装质量，持续打牢看齐追随的思想根基。以学习纲要、新条令和新大纲为依托，组织领导班子成员原原本本学规定、学制度，不断提高按纲建队能力。守规矩，正风肃纪不止步。武警合浦中队党支部"一班人"始终对照"六个必须"要求剖析自己，坚决全面彻底肃清郭徐流毒，坚持公平、公正、公开处理官兵入党、送学培训、选改士官等敏感问题，充分发挥基层风气监督员作用，让基层"微腐败"无处藏身。年内研究骨干配备12人，推选技术学兵9人、预备特战队员2人、预提指挥士官集训4人、发展党员1人、推荐士兵考学3人，均能做到公平公正公开，官兵信服满意。

【政治教育】 2018年，武警合浦中队坚持把政治教育作为提升政治站位，增强"四个意识"的铸魂工作抓紧抓实抓好。抓实政治教育，守牢主阵地。年内，武警合浦中队始终把学习中央军委主席习近平系列重要讲话精神作为首要任务，在图书阅览室设立学"习"专栏，在每名官兵衣柜张贴学"习"金句，坚持用中央军委主席习近平的讲话建队育人。同年中队先后有15名战士报考了地方的函授，大家想学愿学的氛围更加浓厚；每月开展知识竞赛、演讲比赛、强军故事会等活动，做到人人有故事、周周有体会、月月有演讲。通过开展每月"讲家乡故事　育战斗精神"活动，先后有18名官兵踊跃登上讲台，学"习"氛围更加浓厚；适时设置开放性课堂，将当下时兴的平"语"近人、"朗读者"等官兵喜闻乐见的节目引进中队，进一步增加了课堂教育的新鲜性和趣味性。抓细经常性思想工作，把准活思想。武警合浦中队利用“思想骨干汇报会”“三互”“双四一”等有效载体，开展“与兵交友、为兵服务、对兵负责”大谈心活动，用诚心对待战士、用爱心温暖战士、用形象感召战士，营造团结和谐氛围。武警合浦中队针对有思想包袱的战士采取“三帮一”措施，同年成功转化重点关注对象1名，确保了部队内部安全稳定。创新方法手段，打好主动仗。面对90后、95后战士在结构成分、成长经历、价值取向等方面的新特点，主动抢占新阵地，设置微课堂，充分利用好手机、内部网、多媒体数字教学系统、触摸式阅读机等载体，以武警总队微信公众号为平台，大力学习宣传中共十九大精神。充分利用好“三个半小时”，广泛开展“警营之声”小广播、读书读报、新闻点评等活动。利用驻地红色资源优势，与合浦县廉州镇政府共建讲习所，弘扬“大廉山”革命精神，拓宽学“习”途径；以军事职业教育试点为契机，开通“网络+教育”的路子，大力开展岗位知识学习，培养“三位一体”新型军事人才。

【军事训练】 2018年，武警合浦中队深入贯彻中央军委主席习近平训词训令精神，着眼使命任务需要出发，从难从严抓好实战化训练。紧贴任务搞战备。严格落实“以车代库”要求，建立明确了力量编成、主要任务、编携配装、出动时限、人员装备“五条”硬性指标，强化“一句话命令加补充指示”快捷指挥法训练，部队“两个不经、一个保持”战备水平不断提高。聚焦使命抓执勤。年内，武警合浦中队进一步规范“三员一兵一组”组勤模式，严格落实“四全”和干部“一站二带四查”要求，积极开展专勤专训和执勤教育整顿活动，及时修订完善各类方案20余次；坚持与目标单位开展“三共八联”活动，协调目标单位解决了AB门通道不封闭、监区达不到白昼化等隐患，特别是辽宁“10·4”、黑龙江“10·18”两起在押犯脱逃事件后，武警合浦中队严格落实“四个一”要求，进一步正规出入监门秩序，协调目标单位按照要求加固提审室物理隔离设施，加快推进“智慧磐石”工程建设，进一步提高安全系数；针对中队临时勤务压力大、风险难把控等特点，武警合浦中队周密制订押解方案，严密押解部署，开展专勤训练，年内共圆满完成武装押解勤务46起，武警合浦中队实现了连续42年无执勤事故。实战训练砺精兵。组织官兵认真学习领会中央军委主席习近平训令、训词，落实每周议训研训，充分发扬军事民主，集思广益；结合学习“新大纲”“岗位大练兵、比武砺精兵”等活动，选优士官骨干，充实教练员队伍，严格落实军事训练“八落实”相关要求，提升训练质量水平；严格训练奖惩，把个人军事训练成绩作为每月“双争”评比、立功受奖、入党考学、选晋士官的重要依据，实施军事训练成绩“一票否决”，不断树牢官兵“训练有为，训练有位”的思想意识。

【正规化管理】 2018年，武警合浦中队深入贯彻中央军委主席习近平依法治军重大战略思想，狠抓部队正规化建设。

管严队伍　年内，武警合浦中队教育引导“两官队伍”做好“四种人”（按纲建队的明白人、贯彻条令的带头人、上下情况的知情人、组织落实的监督人），真正做到集合列队形象好于普通战士，训练场上严于普通战士，工作标准高于普通战士；严格落实“五同”，坚持查铺查哨。

严抓养成　年内，武警合浦中队注重在“五治”（“零散人员管理治散、八小时以外管理治乱、经常性管理治松、工作小结讲评治粗、干部检查跟踪问效治虚”）上下功夫抓管理，进一步正规了部队“五个秩序”，有效结合条令学习活动，通过采取“管好‘三个库室’（学习室、棋牌室、班宿舍），堵住一个漏洞（人员外出请销假）”的管理措施，进一步促进了部队官兵的日常养成。

抓实安全　年内，武警合浦中队认真落实安全隐患排查治理实施细则，严密组织“安全大检查”“执勤隐患大排查”和“百日安全大竞赛”等专项整治活动，教育引导官兵树牢“我的安全我负责、他人安全我有责、单位安全我尽责”意识，积极营造人人讲安全、事事防安全、处处抓安全的浓厚氛围，安全基础进一步夯实；认真吸取武警总队兄弟单位安全事故教训，广泛开展安全工作大讨论，严密组织安全隐患“地毯式”排查，整治隐患37处，有效确保部队安全。

【后勤建设】 2018年，武警合浦中队坚持以服务中心为牵引，进一步规范为兵服务，不断提高官兵生活质量。

严格执行规章　年内，武警合浦中队结合财务大清查活动加强经费管理，坚持党支部当家理财，严格落实财经管理制度，防止乱开支问题。坚持执行伙食管理五项制度，每周征集伙食意见建议，科学合理搭配食谱，落实标准，同时加强队伍建设，依托武警支队帮助培养提高炊事员业务技能，官兵对伙食满意度不断提高。

农副业生产　年内，武警合浦中队利用好中队猪圈和大棚，立足现有条件，发挥好中队种养殖员作用，为中队后勤保障助力。年内，蔬菜长势较好，并形成梯次，确保官兵每月都能吃上自己种植的放心菜。

营区武化绿化正规化建设　年内，武警合浦中队坚决落实上级提出的武化绿化正规化要求，并完成整治不符合要求的项目，有效推动营区建设由“美化”向“武化”转变。

2018 年 10 月 26 日，油罐车侧翻，合浦县消防救援大队合浦中队救援现场

合浦县消防救援大队

【消防救援队伍改革】 2018 年，合浦县根据《深化党和国家机构改革方案》，公安消防部队全部退出现役，成建制划归应急管理部，承担灭火救援和其他应急救援工作，充分发挥应急救援主力军和国家队的作用，现役编制全部转为行政编制。12 月 29 日下午，县政府举行“合浦县消防救援大队授衔和换装仪式”，标志着合浦县消防救援队伍完成改革转制。

【消防救援工作】 2018 年，全县共发生火灾 25 起，无人员伤亡，直接财产损失 29 万余元；同比 2017 年，火灾起数下降了 10.7%，直接财产损失下降了 40.83%。年内，合浦县消防救援大队共处置灭火、抢险救援 57 起，出动消防车 116 辆次、警力 694 人次，抢救、疏散被困人员 67 人次，抢救财产价值 4397 万余元，成功处置“3·18”“10·26”山口交通事故、“3·26”十字路液化气槽罐车泄漏等事故。圆满完成“中华文化八桂行——走进合浦”“首届合浦海上丝绸之路（始发港）文化节”“环广西公路自行车巡回赛”北海赛段、“5·18”国际博物馆日广西主会场等消防安保任务。

【消防救援基础设施建设】 2018 年，全年到位消防经费 814 万元，同比增长 20.95%。县政府划拨 2 公顷土地建设东环消防站。

2018 年 12 月 29 日，合浦县消防救援大队授衔和换装仪式在合浦消防大队举行

（县消防救援大队　供）

人民防空

【规范行政审批】 2018 年，县人防办严格执行国家有关法律法规和技术标准，落实国家及自治区等上级部门决定下放、调整、取消的行政审批事项及加强事中事后监管。全部审批事项进驻县政务服务中心规范办理，认真落实“首问负责、限时办结、过错追究和服务承诺”等制度，杜绝脸难看、话难听、事难办等衙门作风，树立机关良好形象。

【专项人防工程建设管理】 按照自治区人防办工作部署,全力推进合浦县人防工程项目建设。县地下人防指挥所及县人防地面应急指挥中心工程。2017年如期完成了建筑主体结构建设任务,2018年继续全力推进,主要对建筑内部进行装修、外墙面贴砖装饰;通信铁塔采购、安装;地面、地下两套信息系统和配套装饰工程预算造价编制、报批、招标;信息系统工程监理招标等工作。县文体中心一号路南广场人防工程。2018年主要完成建设工程规划许可证、建设工程施工许可证申报工作;工程预算造价编制及报批、定额工作;工程各方(基坑支护单位、土建施工单位、监理单位、人防防护设备单位、设备检测单位)招标工作;场地"三通一平"、开工申请报批等开工前准备工作。12月17日,开工申请获自治区人防和边海防办批复,该项目于12月19日正式开工建设。至此,3项专项人防工程项目,年底均圆满完成年度目标建设任务。

【防空地下室平时使用与维护管理】 为加强人防工程的建设与维护管理,保持人防工程防护能力,确保人民的生命财产安全,根据《中华人民共和国人民防空法》《广西壮族自治区实施〈中华人民共和国人民防空法〉办法》《广西壮族自治区人民防空工程建设与维护管理办法》,4月1日至6月30日,县人防办与市人防办联合开展对合浦县人防工程安全使用与维护管理情况进行执法检查,检查县城范围内已竣工验收备案的结建防空地下室,6个项目,出动人员16人次,使用车辆4台次;下达整改通知书4份,约谈1个单位相关责任人,出色地完成此次执法检查工作,切实履行事中事后监管责任。

【防空警报试鸣】 2018年,在"9·18"防空警报试鸣工作中,县人防办高度重视,加强组织领导,积极做好各项准备工作,强化警报器维护管理。对在县城安装的防空警报器加强日常维护,执行长效管理机制,做到每月一次检查,每季一次维护。同时进一步明确了各警报器安装所在单位的管理责任,确定了具体管理人员,做到问题早发现早处理,确保警报器的正常使用。抓住"9·18"全区防空警报统一试鸣时机,深入开展人防宣传教育,提前通过多种方式发布试鸣通告。"9·18"上午10时30分至10时45分按时进行统一试鸣,警报试鸣时间准确、全部警报器运行正常、鸣响率达100%,警报鸣放期间秩序正常,警报试鸣获得圆满成功。

【人防知识宣传教育】

"人防宣传教育"进社区 2018年,县人防办结合人防疏散地域建设,在村委积极开展人防宣传,通过向村委宣传室配送人防知识手册、设立人防宣传栏等,提升村民对人防工作的知晓度、防空防灾知识的掌握度和防空防灾技能的熟练度。同时利用到结建防空地下室检查之机,向社区居民发放人防知识手册,使居民明确人防观念的重要意义。增强各社区参与的积极主动性,以促进活动的顺利开展。

"人防宣传教育"进机关 年内,县人防办利用办公室空间墙面,挂上人防宣传展板,对来单位办事的县内各部门领导干部和群众发放人防宣传单、册进行人防宣传,将人防知识送到群众身边,方便机关干部群众办事和学习了解人防知识。

"人防宣传教育"进企业 同年5月10日—31日,县人防办利用县政府开展合浦县第六届政务公开日活动之机到合浦工业园区开展政务服务进企业活动,为正在办理人防手续的企业讲解与工程审批相关的法律法规知识和工业厂房建设的优惠政策,现场为企业服务。

"人防宣传教育"进学校 2018年,县人防办以人防宣传教育进学校为重点,在学校开展各类人防知识宣传活动的同时,强调学生回到家庭进行宣传的重要性,致力于"校园家庭齐步走",努力营造人人了解人防、重视人防的良好氛围。年内,在县城校园内共发放宣传画、册共3200余份。

【人防疏散地域建设】 2018年,根据北海市人防办《关于开展2018年人防疏散地域建设的通知》要求,县人防办需完成新建4个人防疏散地域点(安置点)建设任务。上半年,县人防办结合实际,在统筹考虑合浦县现有疏散地域布局情况的基础上,开展疏散地域建设选址工作。经充分调研及实地考察后,完成4个新建人防疏散地域点的选址工作。第三季度投入经费20万元(每个点5万元),装修各安置点办公室(安装防盗窗、防盗门,修缮及翻新室内外墙面),落实办公室设施(配置会议桌、办公桌、文件柜、办公电脑、打印机等办公用品),按标准制作牌匾、职责制度牌、防空袭方案牌并上墙。第四季度协助市人防办做好安置点的《防空袭人口疏散接收安置方案》。至12月上旬已通过自治区人防办检查组合格验收,顺利完成4个新建人防疏散安置点的建设任务。

(彭 帅 苏家章)

工　业

综　述

【工业经济运行情况】 2018年，面对新时代新要求，合浦县认真贯彻落实自治区、北海市决策部署，克难攻坚、狠抓落实，按照“强龙头、补链条、聚集群”产业发展要求，着力改善营商环境，加强项目建设和协调服务，促进工业经济实现高质量发展。

年内，全县完成工业总产值160.02亿元，同比增长5.27%，其中规模以上完成工业产值129.41亿元，同比增长4.73%；全年全县完成工业增加值45.96亿元，规模以上完成工业增加值33.96亿元，同比增长19.1%；全县工业投资完成17.5亿元，比增69.32%，其中技改投资完成11.36亿元，比增170.24%；培育企业上规入统：共16家，新增入统5家，规下升规上11家；全年全县工业用电量累计4.06亿千瓦时，比增62.87%；优势产业支撑作用明显。其中健康食品饮料产业完成33.43亿元，能源产业完成产值11.24亿元，制造业完成产值22.38亿元，农副产品加工业完成产值48.66亿元。累计完成产值115.71亿元，占规模以上工业产值的78.3%。

【工业项目建设】 2018年，全县新签约工业项目21个，合同总投资额317.38亿元，代表性项目有投资100亿元的合浦—浙江现代嘉善产业园；投资62亿元的广西新福兴硅科技产业园项目；投资32亿元的万华农作物秸秆综合利用生态产业园项目；投资10亿元的信义玻璃集团物流与供应链管理中心项目；投资2个亿的鑫勋烘焙食品生产项目及多个投资过亿的林产品加工项目。

【工业园区建设】

铁山东港产业园　2018年，完成征地117.07公顷，拆迁15宗，为园区项目建设提供用地保障。突出“港”这个核心，榄根作业区建设加快，进港支航道工程已取得海洋部门用海前期同意；抓住“路”这个关键，全面铺开配套路网建设，加快龙腾路、榄根路等5条路网的建设，这些路网不仅连接码头作业区，而且也是贯通整个启动区的主要干道。成功签约新福兴硅科技产业园、川港合作园、新兴纺织工业园、500万吨精品钢材新材料产业园等大项目，总投资约800亿元。

合浦工业园区　年内，“月饼小镇”初具规模，核心区内“五通一平”一期工程等基础设施已基本完工部分投入使用；第一批入驻的10家企业已全部建筑主体封顶，有3家企业已投产，3家企业计划于2019年2月投产，4家企业正在装修。产业转移园建设取得新进展，7栋厂房封顶。海拓华擎有限公司使用的3号厂房企业已于2018年3月入场装修，年末筹备设备进场，计划2019年投产；盛大触控公司使用2号厂房，厂房于2019年1月6日交付企业装修。年内，合浦工业园区成功引进福建食品园项目、大地公司烘焙食品、即食类食品、宏泰八方水产等项目入驻。2018年，合浦工业园区实现工业产值100.17亿元(新的统计口径)，比增15.2%；税收1.6亿元，比增18%；工业增加值增速13%。

合浦林产循环经济产业园　2018年，征收土地约55.33公顷。基础设施稳步推进，纵四路已实现通车，供水(一期)工程基本完成厂区主体工程和供水管网的施工，横三路已完成路基工程建设，正开展排水管道和污水管道的开发施工。成功引进万华农作物秸秆综合利用生态产业园、鑫翰森家具、鞋撑相框等家居用品等15个项目，投资额约50亿元。理昂发电、细木工、中电光伏已投产，广林木业已试产。

【工业运营管理】

主导产业发展　2018年，健康食品饮料、农林产品、加工制造业三大百亿元产业和清洁能源、矿产加工业、建材三大五十亿元产业分别同比增长11.68%、48.79%，三大百亿元产业和三大五十亿元产业累计完成产值141.46亿元，占规模以上工业产值的95.73%，拉动规模以上工业产值增长18.66个百分点。

工业企业提质升级　2018年，合浦县传统产业、现有企业提质升级，全年完成工业技改项目投资11.36亿元，增长170.24%。其中广西中粮生物质能源有限公司、合浦果香园食品有限公司、广西合浦县惠来宝机械制造有限公司等一批传统重点企业不断发展壮大，华润水泥、合浦理昂农林废弃物热电等新投产企业逐渐发挥贡献。全县质量品牌创优成效明显，广西合浦县惠来宝机械制造有限公司、合浦县果香园食品有限公司、黄记食品有限公司等企业5个产品上榜“广西名牌产品”，广西北海精一电力器材有限公司获“市长质量奖”。

入统企业　2018年，县工信局通过资金奖励、政策扶持等方式持续促进一批大企业入统上规模。全年培育入统规模以上企业16家，其中当年新增入统企业5家（华润、理昂、星洋、旺海、丰源木业），累计实现新增产值10.24亿元，对规模以上工业产值贡献率达42.3%，拉动规模以上工业产值增长8.3个百分点；规模以下升规模以上11家（麦王、合和兴水泥、南珠水泥、恒峰木业、涂林森木业、中海兴、南国乳业、新东阳麻纺、斗鸡砖厂、宏鑫木业、宏方水产）。

制造业

【制糖和酒精工业】

制糖工业　合浦县制糖业历史悠久，是县的支柱产业。甘蔗种植已经成为全县广大农村的主要经济来源。2018年，县内有糖厂2间，其中合浦西场永鑫糖业有限公司，由原合浦西场糖厂（国有企业）2000年改制而成。合浦西场永鑫糖业有限公司为广西北海大型制糖企业之一，该公司共拥有8个乡镇蔗区，生产能力为日榨甘蔗8000吨，年产糖10万吨。合浦白沙伟恒糖业有限公司，由原合浦县白沙糖厂（国有企业）2003年改制而成。2017/2018年榨季，合浦西场永鑫糖业有限公司、合浦白沙伟恒糖业有限公司两家糖厂共榨蔗90多万吨。

酒精工业　2018年，县内酒精工业企业主要有广西中粮生物质能源有限公司，由中粮集团和中石化集团共同投资兴建（均为世界500强企业），隶属于中粮集团生物能源事业部。广西中粮生物质能源有限公司厂址位于北海市合浦工业园区，占地53万平方米，年生产燃料乙醇20万吨。作为世界首家以木薯为原料的非粮生物质能源企业，广西中粮生物质能源有限公司的投产运营，使广西壮族自治区成为国内第10个推广使用车用燃料乙醇的省区，进一步强化了中粮集团在生物质能源领域研发、生产、推广的国内领先地位。利用中粮集团自身强大的技术研发和工程设计优势，与知名科研机构合作应用了多项国际先进技术，成效显著。木薯干片和鲜木薯粉碎工艺、双酶法中温喷射液化、同步糖化浓醪发酵技术及超大型生物反应器、多效热耦合差压蒸馏技术、废糟液隔膜压滤分离工艺、直燃式滚筒干燥工艺方案达到国内先进水平。其中，木薯燃料乙醇整体技术成果荣获2009年度广西科学技术进步一等奖，2011年度国家科学技术进步二等奖。燃料乙醇是一种新型生物质液体燃料，按一定比例与汽油混配形成车用乙醇汽油，能有效降低汽车尾气中一氧化碳和碳氢化合物的含量。广西中粮生物质能源有限公司销售的燃料乙醇，相当于减少等量的石化汽油消耗。主要客户是中石化广西分公司和中石油广西分公司。公司重点针对三废处理和再利用方面的研究，利用先进技术工艺开发木薯燃料乙醇循环经济模式，从木薯种植、燃料乙醇生产到废物处理全生命周期资源利用最大化，上下游产品一体化，实现“清洁生产，循环经济”的生产模式。

【烟花爆竹】　合浦县是“全国四大烟花爆竹之乡”之一，烟花爆竹产业具有悠久的历史和精良的传统工艺。主要产品有“升空类礼花弹”“地面类喷花”“造型玩具类烟花”“手持类烟花”和各种“鞭炮”等五大类共300多个品种。合浦县产品80%以上出口，主要销往欧美、日本、东南亚等国家和地区。2018年底，全县有烟花爆竹生产企业24家。其中山口镇4家，公馆镇7家，闸口1家，石康镇3家，常乐镇2家，石湾镇1家，廉州镇2家，沙岗镇3家，西场1家。规模以上企业6家。全县烟花爆竹年产值超过4亿元，税收收入1700万元。烟花炮竹行业的发展同时带动了造纸、包装等相关产业的发展，有效解决了部分农村富余劳动力转移问题，对提升当地居民收入，促进农村经济发展、维护社会稳定起到了积极作用。

【食品饮料工业】　健康食品饮料加工业作为合浦县三大百亿元主

导产业之一,2018 年规模以上企业有 21 家,完成产值 33.4 亿元,占总产值的 22.6%。健康食品饮料加工业主要由果蔬食品加工、烘焙食品加工和其他产品加工等组成。年内,合浦县果蔬食品加工产业主要集中在合浦工业园区,园区内共有果汁饮料类生产企业 10 多家。其中利添生物科技发展(合浦)有限公司拥有 3066.67 公顷水果核心区域,仅名优柑橘就达 130 万株,按国际标准进行绿色有机种植,全程机械化耕作,规模化、现代化程度高,堪称"亚洲柑橘第一果园";果香园(亚洲果业,香港上市公司)、田野创新(新三板上市公司)是亚洲著名的两家热带水果浓缩汁生产、供应商,产品远销国内外,为娃哈哈、汇源、可口可乐、农夫等著名终端果蔬饮料快消品大型企业提供原料,拥有大量客户资源;园区内还有百果源、艾尔啤酒、蜂巢饮料、南国乳业等果蔬加工饮料生产企业,整个产业规模约 20 亿元。以合浦大月饼产业为主导的北海(合浦)烘焙食品产业生产历史悠久,独具特色,自治区内外享有很高的声誉,在东南亚国家也有一定知名度。2018 年,合浦大月饼产业快速发展,生产企业超过 100 家,全年大月饼产值近 20 亿元,比较著名的有黄记、黄家月、红林、裕华、闸利、廉州府等品牌。

【林纸与木材加工业】 林纸与木材加工业为合浦县三大百亿元主导产业之一。2018 年,全县共有规模以上林纸与木材加工业企业 28 家,全年完成产值 55.6 亿元,占总产值的 38.3%。林纸与木材加工业主要由林纸产业和木材加工业组成。

【矿产工业】 2018 年,全县共有私营高岭土生产企业 7 家。其中大型矿山企业有 6 家,分别是兖矿北海高岭土有限公司、合浦沪天高岭土有限责任公司、北海高岭科技有限公司、北海新星汇矿业有限公司、合浦县锦海高岭土有限公司和合浦盛远矿业有限公司;合浦县鸿宇矿业有限公司为小型矿山企业。7 家高岭土企业探明资源储量共 4.64 亿吨,设计总产能为年采高岭土 1200 万吨。合浦县高岭土产品用于生产陶瓷原料为主,年内有 3 家矿山企业具有深加工生产线,生产高档日用陶瓷土、其他干粉填料及海藻环保处理剂等。

电力工业

【概况】 2018 年,合浦供电局直管 15 个乡镇 29 万户用电客户,供电所 9 个;网区营业面积 2762 平方千米,服务人口 105.78 万人。合浦供电局共设 5 个职能部门、11 个车间(含 9 个供电所),另有 3 间多种经营企业。共有员工 726 人(包含支援多种经营企业 37 人),其中硕士研究生 1 人、本科 104 人、专科 233 人、专科以下 389 人。副高级职称 1 人、中级职称 69 人、初级职称 109 人,高级技师 2 人、技师 38 人、高级工 242 人、中级工 229 人,初级工 111 人。合浦网区拥有 110 千瓦变电站 1 座,35 千瓦变电站 11 座,主变总容量 21.47 万千伏安;110 千伏线路 1 回、26.699 千米;35 千伏线路 17 回、181.249 千米;10 千伏公用线路 115 回、2750.28 千米。年内,合浦网区各项主要关键经营指标总体良好,安全生产形势总体平稳,各项安全生产指标可控在控,没有发生五级及以上电力事件。网区负荷五次创新高,最高负荷达到 29.26 万千瓦,同比上升 17.76%。综合电压合格率 99.395%,同比提升 0.081 个百分点,比年目标高 0.145 个百分点。低压客户平均停电时间每户 18.45 小时,同比下降 22.54%。完成固定资产投资 2.16 亿元,年度计划完成率 103.9%。完成售电量 14.24 亿千瓦时,同比增长 20.41%,在广西电网县级供电企业排名第四。同年电费回收率 100%;陈欠电费回收率 100%,陈欠电费首次实现结零,在政府开展的公共服务行业满意度测评中合浦供电局得分 88.02 分,位列合浦县公共行业测评第一名。合浦供电局荣获广西电网公司 2016—2018 年度文明单位、西场供电所"大风江惠民"党员服务队荣获广西电网公司 2018 年"优秀党员服务队"、山口供电所获广西电网公司 2018 年抗台风保供电先进集体称号、"高空作业双螺母螺杆拆装专用电动工具"项目参加南网 7S 劳动竞赛获得合理化建议金奖。3 人获评广西电网公司 2018 年抗台风保供电先进个人、1 人荣获南网"精益杯"乡镇供电所安全生产技术比武营销专业个人二等奖等多项荣誉。

【党建工作】 2018 年,合浦供电局坚持把全面从严管党治企贯穿于合浦供电局发展的全过程,推进党的建设与中心工作深度融合。通过理论中心组、支部主题党日等多种形式深入学习习近平新时代中国特色社会主义思想和中共十九大精神等内容,实现了学习宣传贯彻全覆盖。开展"党建引领 · 先锋耀八桂"基层党支部建设年活动,优化党支部设置,实现一部门一支部、一所一支部,"消灭"了无党员班组。持续推进党建融入中心,围绕企业安全生产、优质服务、电网建设等重点工作，组建了13支党员突击队、13支青年突击队。开展党员攻关，完成20条“党员先锋线路”、18个“党员示范台区”的创建，充分发挥了党组织坚强战斗堡垒和党员先锋模范作用。强化廉洁风险严防控，推进监督执纪“四种形态”全覆盖，开展主责约谈2场次、34人，开展“扫雷”行动和“形式主义、官僚主义”等专项整治工作。通过“八个一”活动载体，推进“把纪律和监督挺在前面”主题纪律教育活动，开展“抓落实、促转型、创一流”作风建设，强化作风督查，累计发布作风建设督查通报14期。组织机构优化调整期间未收到信访举报案件，信访案件同比降低了66.7%，政治生态持续向好。坚持党建带工建、团建，开展夏日送清凉、重大节假日保供电、抗台风慰问活动，9个供电所工会分会取得了南方电网公司四星级模范职工小家称号。加强团员青年思想引导，组织参与“青年大学习”网上主题团课19期，持续深化“青年岗位”的创建，热心开展志愿帮扶活动，大力开展“青春扶贫·电亮八桂”等主题活动。持续推进脱贫攻坚，投资2942万元完成53个扶贫项目实施，投资17万元解决41户新增无电户的通电问题，向定点扶贫村贫困户捐赠6万元生产物资，9户定点帮扶贫困户按期脱贫摘帽。

2018年9月16日，合浦供电局员工抗“山竹”保供电现场

（合浦供电局　供）

2018年9月13日，合浦供电局扶贫捐赠活动现场　（合浦供电局　供）

【安全生产】

落实全员安全生产责任　2018年，合浦供电局以“纵深推进依法治安　构建本质安全型企业”为主线，分层分级落实全员安全生产责任。抓实电网风险管控，闭环管控电网防范风险重点工作2项，落实年度风险控制措施12项，消除了110千伏合浦站、35千伏西郊主变重过载带来的风险。落实设备风险管控，完成16回输电线路、1541台一次设备状态评价和风险评估，对135台注意及以上状态设备开展差异化运维。

作业风险管控　强化三级安全监督网作用，利用“大安全”监管严格开展作业风险管控，对815个施工现场进行督查，全年查处违规93起，违规扣分共134分。深入推进安全隐患排查治理，开展关键变电站安全隐患精益化排查整改、防范重大电气火灾事故专项整治。

安全隐患排查与专项治理　开展涉电公共安全隐患排查及乡镇供电所防范人身事故专项治理行动，促成县工信局现场执法25次，整治涉电公共安全隐患165项。开展“百场电影进村屯”电力安全宣传活动，提升群众用电安全意识。

供电电源风险防范　按期完成调度双电源建设工作，有效防范调度生产供电电源风险。积极

2018 年 9 月 17 日，副县长陈冬生（左三）到合浦供电局了解台风抢修复电工作　　（合浦供电局　供）

推广新技术应用，配电线路自动化覆盖率 79%，自动化开关覆盖率 51%。全年实施带电作业 144 次，同比增长 188%，有效减少客户停电时间。顺利完成各项应急及保供电任务，成功应对“百里嘉”“山竹”台风袭击，安全、快速完成抢修复电任务。顺利完成了全国“两会”一级保供电、广西壮族自治区成立 60 周年庆祝活动一级保供电工作，顺利完成二级及以下保供电任务 280 次。

【营销服务】 2018 年，合浦供电局大力优化电力营商环境，开通优化营商环境电力报装“绿色通道”，深入开展“减证便民”行动，零散居民、低压非居民新装客户实行“一证受理”，高压新装客户用电申请材料由 15 项精简到 3 项。深化“互联网 + 电力服务”建设，非现金缴费率 100%，远程业务办理率 85.69%，客户足不出户，“一次都不用跑”，就能享受“指尖上的服务”。严格执行国家降价政策，认真落实自治区深化电力体制改革系列措施，积极配合开展转供电环节收费清理，累计降低用户电力成本 2858 万元，一般工商业用户电价降幅达 10% 以上，惠及一般工商业用户 2.51 万户。大力推进电力市场化交易，交易电量 2.28 亿千瓦时，占总售电量的比例达到 16%。全面推行片区经理制，开展片区经理正向激励考核、诉求及投诉约束考核，片区经理服务质量不断提升。持续通过“日跟踪、周通报、月分析”，加强服务管控，加快客户诉求响应效率，有效减少客户投诉，发生“12398”投诉 1 起，同比减少 13 起，“95598”投诉 310 起，同比下降 50%。连续 4 年在合浦县公共行业服务满意度测评中排名第一。

【电网建设】 2018 年，合浦供电局发挥规划引领作用，滚动修编合浦县“十三五”配电网规划，储备项目 2.3 亿元，为合浦电网高质量发展奠定了基础。大力优化发展环境，电网建设环境历年最好，固定资产投资历年最多。北海市政府在合浦召开电网建设专题会议，合力解决电网建设重大问题，促成了 110 千伏廉州变重启、一批重大项目施工受阻等问题得到解决，全年完成电网建设投资 2.16 亿元。35 千伏沙田变 2 号主变、35 千伏夏曲线、110 千伏百合站配套出线等重点项目顺利投产，主网架构得到进一步加强。完成重过载、低电压改造台区 666 个，有效解决合浦农村电网发展不平衡、不充分的问题。综合分析配电线路故障，对梳理的高故障率

2018 年 3 月 21 日，合浦供电局为群众解决低电压问题受赞扬

（合浦供电局　供）

线路全面排查隐患、弱点，对应纳入综合治理项目改造，通过优化施工组织、停电计划，落实现场安全监督，确保项目实施安全、高效。年内，共完成综合治理配电线路13条，清理配网线路走廊树木11.6万多棵，配网线路故障率同比下降25.86%，配网攻坚战成效显著。

2018年5月7日，35千伏沙田变电站2号主变整体吊装施工

（合浦供电局　供）

【队伍建设】 2018年，合浦供电局选优配强干部队伍，按照好干部的标准，为想干事、能干事、会干事的干部员工搭建平台，组织选拔中层干部15名，竞争上岗择优选拔中层副职干部5名，干部队伍心齐气顺，拼搏奋进，焕发了新的活力。开展员工素质能力提升工程，继续开展一线班组生产人员全员学习培训，全年开展全员培训共48期，参培人数约2万多人次，营造全员比学赶超的学习氛围，年内取得专业技能等级资格认证47人，取得专业技术职称15人。完成4个专业共345名员工的岗位胜任能力评价考核，首次开展了专业技术人员岗位胜任能力评价，评价合格率94.64%。加大技能人才培养力度，实现了二级助理级技能专家零的突破，高技能人才占比45.11%，同比提高4.64个百分点。狠抓员工素质提升，人均素质当量0.69，同比提升0.03。

2018年5月15日，客户体验团走进合浦供电局体验供电服务情况

（合浦供电局　供）

二轻工业

【集体企业】 合浦县二轻工业联社（简称县二轻工业联社）是全县城镇集体企业主管部门、参照公务员法管理的事业单位。2018年，县二轻工业联社有所属集体所有制企业13个，非公有制企业1个，所属企业中除有5个正常生产企业（其中1个为非公企业）外，其余企业都是停产企业，5个正常生产企业分别是：合浦县橡胶厂、合浦县工艺美术有限公司、合浦县轻工机械厂，合浦县食品厂、北海东红制革有限公司（非公）。

合浦县橡胶厂　创建于1954年，厂址位于东山路96号，占地面积22515平方米。2018年，合浦县橡胶厂有在职职工50人，主要产品有橡胶三角带、输送带、平型传动带、汽车（拖拉机）轮胎更新、港口码头护舷、制糖密封圈等。由合浦县橡胶厂职工内部承包经营，是县二轻工业联社规模较大的企业。

合浦县轻工机械厂　创建于1965年，厂址位于县城西郊宋屋沟，2018年，合浦县轻工机械厂有在职职工25人，主要产品有汽车排气消声器和制糖设备，由职工内部承包经营。

合浦县工艺美术厂有限公司(合浦县工艺美术厂) 创建于1964年,是全国民族用品定点生产企业及全国旅游商品定点生产企业,位于合浦县城西华路175号,厂房建筑面积3800平方米。2018年,合浦县工艺美术厂有限公司有在职职工30人,其中北海市工艺美术大师4人,自治区级工艺美术大师2人。主要产品为南珠牌牛角雕工艺品及珍珠首饰、仿古红木家具。角雕产品取材家养牛、羊角,因材施艺,经过手工的精雕细刻而成,有仿虾蟹鱼、花鸟草虫、飞禽走兽、各种笔筒等系列共300多个品种,产品销往国内大中城市及著名旅游景点。2016年9月,角雕产品"梦谐龙门"参加广西工艺美术产品展获"八桂天工奖"金奖,合浦角雕已列为广西壮族自治区非物质文化遗产名录。

合浦县食品厂 创建于1956年,厂址位于县城东郊鸡射岭,占地面积40659平方米。2018年,合浦县食品厂有在职职工20人。由职工承包生产海藻添加剂等。

北海东红制革有限公司 是台胞独资企业。2018年,北海东红制革有限公司有职工1086人,主要产品有牛二层反毛绒皮、油榔皮、PU贴合皮。近几年,公司开发出具有市场销售竞争力的新产品初华反毛皮、蚀刻反毛、桑河反毛水性压纹代面皮、HP COCO水性双色皮、HP MERIT水性珠光变色皮、MOON LAMPER月球厚膜印刷皮,公司每年各项经济指标都以10%速度增长,是广西大型制革企业。

【私营企业】 2018年,县二轻工业联社发挥协调职能作用,在2017年对全县生产牛角雕、贝雕、根雕、木雕、南流江玉石等民族工艺品的私营企业、合伙企业、个体作坊进行全面调查了解的基础上,完成合浦县特色工艺品产业的整理工作。主要工艺品私营企业有金蝠角雕厂,汉郡古沉木文化公司、南流江玉石协会、耕贝楼等企业。

合浦金蝠角雕有限责任公司 是在原合浦金福角雕厂基础上成立,创建于1988年,由白耀华、钟文兰两夫妇创办,注册商标为金蝠。公司位于廉东社区龙城路,拥有厂房两千平方米。2018年,合浦金蝠角雕有限责任公司有员工50多人,其中授予国家级大师1人(白耀华,2018年被评为中国工艺美术大师)、省级工艺美术大师3人,市级工艺美术大师3人。公司主要生产角雕工艺品,旅游纪念品,产品材料为全国各地的牛羊角。畅销产品有水族生物虾蟹鱼,飞禽走兽,花鸟草虫,各式帆船,小饰件,角梳,角保健用品共400多个品种,产品畅销全国各大城市及著名旅游景点。公司每年都研发有新产品,参加全国各种交易会(文博会,旅交会,工艺美术展大赛)产品多次荣获国家级、省级金银奖,是北海市第二批文化产业示范基地,在北海市工艺美术博览园开设角雕博物馆,是自治区非物质文化遗产角雕技艺传承保护单位。

合浦汉郡古沉木文化开发有限公司 创办人杨峻,创建于2002年,2013年正式成立公司,该公司原来地址位于廉州镇丰门岭版纳园内,2016年底迁至乾江红泥城附近,新址占地面积近百亩,注册资金1000万元,集开发、设计、生产、销售、旅游休闲、艺术品展示、创作与交流于一体,在北海工艺美术博览园设有古沉木工艺博物馆。2018年,公司拥有10名手艺精湛的根艺雕刻大师,内设大型工艺品加工场和多个作品展厅,主营古沉木雕刻工艺品(有十八罗汉、孔子、老子等人物及珠还合浦等浮雕)、艺术茶几、天然摆件、仿古家具及旅游商品等;兼营香木工艺品及天然沉香。

合浦县耕贝楼工作室 由广西工艺美术大师曾沛贤于2000年创立,贝雕工艺是北海市的传统工艺,已被列为广西非物质文化遗产;耕贝楼工作室采用海水珍珠贝壳制作浮雕工艺,形成独有的创作风格,并开创了国内珍珠贝壳人像定制雕刻的先河。主营业务有珍珠贝壳人物肖像藏品定制、贝壳雕刻工艺摆件、文化旅游工艺品及用品开发设计等,产品销售遍及全国。近年来积极参与区内外的工艺美术展和文化旅游交流活动,作品曾荣获"百花杯"中国工艺美术大师精品奖铜奖、广西工艺美术"八桂天工"金奖、广西工艺美术大师精品创作工程金奖、广西园林园艺博览会金奖、北海市优秀旅游商品金奖等奖项。耕贝楼工作室2011年开始与北海市中等职业技术学院开展"校企共建"工作,作为校外技术实验基地,利用工作室进行贝雕技艺实训,为北海传统贝雕工艺培养传承人。

【集体企业运营管理】 2018年,县二轻工业联社在县委、县政府的直接领导下,认真学习中共十九大、十九届二中、三中全会精神,坚持以习近平新时代特色社会主义思想为指导,以经济建设为中心,以保增长、保民生、保稳定为主线,开拓进取,攻坚克难,有力地推进二轻工业稳步增长。至11月,县二轻工业联社所属企业共完成工业总产值11.5亿元,比2017年同期增长4.5%,完成销售收入10.9亿元,比2017年同期增长5.3%。其中县二轻工业联社老企业实现工业总产值328.6万元,盘活老企业资金100多万元。新的产品也给企业带来了较好的经济效益和社会效益。

发展角雕产业 2018年,县二轻工业联社始终把发展民族工艺产品作为重振合浦二轻工业新的经济增长点。主要在扩大角雕产业发展上做精、做强,使合浦民族工艺产业得到很好的发展,以市场为导向,以产品创新为依托,提高角雕产业整体效益为切入点,继续培育壮大角雕产业向产业化、规模化、高效化方向跨越发展。全县有国家级工艺美术大师1人,省级工艺美术大师6人,市级工艺美术大师10多人。县二轻工业联社利用合浦角雕品牌优势,组织企业多点参展参赛,在北海"海上丝路工艺博览园"内建立合浦角雕文化博物馆,宣传合浦角雕文化,提高合浦角雕在全国工艺品中的名气,以传统营销及网络销售的方式争取到更多的合同订单,增加产品销售。发挥企业已建有的角雕技艺实训基地场所功能,利用实训基地的教学功能进行校企互动,通过实训教学及技艺传习培养更多学生及社会人员掌握角雕技艺,鼓励年轻人在角雕技艺学成之后自主创业,增加就业,壮大角雕产业规模。合浦角雕企业先后与北海市中等职业技术学校、北海市职业学院、北京航空航天大学北海学院、北海艺术设计院结对共建校企互动,全年共实训学生200多人次。把角雕文化历史资料及各种关键技艺生产流程,以音像数字、三维数据的形式进行整理、记录。利用当今网络化、信息化发展趋势,加强角雕文化宣传。经常聘请行业专家、知名学者对角雕产业发展出谋献策,做规划、定方向、谋发展。

安全生产管理 2018年,县二轻工业联社把安全生产工作作为重要工作来抓,与所属企业签订安全生产工作责任状,明确责任,细化职责。认真贯彻"安全第一、预防为主"的方针,开展对安全生产整治、督查专项工作检查,强化安全意识,强化目标管理,组织举办二轻工业系统安全生产知识学习培训班,定期增加和更换有关安全设施及标志。全年共举办安全生产知识培训班学习5期,参加培训班学习100多人次,年内,没有发生过重大安全事故。

服务企业促发展 2018年,县二轻工业联社组织两个小组分别深入到所属企业中,征求企业和职工对县二轻工业联社在科学发展、服务基层、服务职工、维护社会稳定及改进机关工作作风等方面的意见和建议。全年在走访企业和困难职工中共收集到关于企业改制、职工安置、企业发展、社会养老统筹保障、县二轻工业联社机关工作作风等方面的意见6条,这些意见和建议大部分已得到解决或采纳。

【党风廉政建设】 2018年,县二轻工业联社结合二轻系统的实际,与各企业、各股室负责人签订了责任状,对副厂长以上干部建立廉政档案。同时,根据廉政建设工作适时调整和制定新的工作方案。以出版活动专栏、召开专题座谈会等形式对广大党员干部进行警示教育,不断提升党员领导干部防腐拒变能力,严格执行中央"八项规定",恪守操行。进一步提高对权力观、人生观的认识,增强党员干部防腐拒变能力,促进廉政建设工作的开展。

【职工社会保障和稳定工作】 二轻集体企业是老企业,历史遗留问题较多,县二轻工业联社从实际出发,着力解决涉及职工养老统筹、医疗保险、续保工龄等方面的难点,各企业根据实际情况,采取"一厂一制、一厂多制"工作方法来解决职工养老保险等问题。全年完成缴交养老保险金110多万元,为20多人办理补缴和续保养老保险金手续。此外,县二轻工业联社十分重视信访工作,热情接待职工来信来访,倾听职工呼声,对职工来信及时进行回复,特别是热点问题,能够解决的尽快解决,不能解决的及时向上级有关部门进行反映。全年共接待上访20多人次,为职工解决实际问题20多起。另外,在做好保稳定、促发展两大工作任务的同时,还积极完成县政府下达的农村基层建设、"七五普法教育"社会综合治理等工作任务。年内,县二轻工业系统企业职工稳定,没有出现大规模集体上访现象。

【扶贫工作】 2018年,县二轻工业联社负责扶贫点2个,分别是西场镇镇西村和白沙镇独山村共24户贫困户。在开展扶贫工作中,县二轻工业联社结合实际情况,坚持每月到贫困户家中不少于2次的制度,详细了解贫困户的情况,询问贫困户在生产生活上碰到什么困难,并对贫困户现实情况进行核实,认真填写《"精准扶贫"手册》,真实地反映贫困户的情况,为贫困户解决生产生活中碰到的难题,为12户贫困户捐钱1600元,捐物60多件;另外,在"中秋节"期间,县二轻工业联社领导班子带上节日慰问品对24户困难户进行了慰问。 (林 和)

农林·渔牧·水利

农业综述

【概况】 2018年末，全县总人口109.54万人，其中农业人口88.97万人。耕地面积8.17万公顷。全县人均耕地0.091公顷。同年全县农作物播种面积12.06万公顷。其中粮食作物播种面积5.49万公顷；经济作物播种面积33885公顷（其中油料作物播种面积0.98万公顷，甘蔗播种面积1.67万公顷，木薯播种面积0.71万公顷，黄红麻种植面积0.03万公顷）；其他农作物3.18万公顷（其中蔬菜播种面积3.09万公顷），水果种植面积1.06万公顷。全县主要农产品总产量：粮食26.20万吨，油料2.86万吨，甘蔗140.26万吨，蔬菜69.44万吨，水果9.56万吨。全县农业总产值136.37亿元，比2017年增长5.58%。

【农业技术推广】

农业主推品种和技术 2018年，合浦县水稻主推品种有野香优系列（野香优9号、6号、2号、野香优丝苗等）、兆丰优系列（兆丰优9958、162）、泰丰优系列（泰丰优807、097、泰丰优桂99）、中浙优8号、万金优366、博Ⅱ优系列（博Ⅱ优767、1618）、博优系列（博优938、9083、506博优云三）等。水稻主推技术有水稻小拱棚薄膜覆盖育秧技术、水稻旱育保姆隔层育秧技术、测土配方施肥技术、病虫害绿色防控技术、超级稻高产栽培技术、无公害种植技术等。

蔬菜主推品种有豇豆农丰明珠、恒丰8号、恒丰3号、源丰6号、碧丰8号、春宝1号、碧丰6号、中南10号、中南8号、桂丰6号、林忠民系列等品种；玉豆碧丰9号、双青12、双青36、北京雅丰等品种；茄子北运1号、北运666号等品种。蔬菜主推技术有小拱棚+覆膜“三避”技术、地膜+小拱棚覆膜“三避”技术、水肥一体化、测土配方施肥技术、病虫害综合防治技术、病虫害绿色防控技术、无公害蔬菜标准化种植技术、间套种技术和水旱轮作模式等。

糖料蔗主推品种有桂柳05136、桂糖42、粤糖93/159、粤糖00/236及新台糖22号健康种苗等。糖料蔗主推技术有深耕深松、蔗叶还田技术、节水灌溉（喷灌、滴灌）技术、水肥一体化、测土配方施肥技术、病虫害综合防治技术、病虫害绿色防控技术等。

水果主推品种有香山鸡嘴荔、抗病毒香蕉、金粉1号粉蕉、奥林达夏橙、沃柑等。水果主推技术有荔枝、龙眼控梢促花技术、水果标准化生产管理技术、无公害栽培技术、香蕉防风抗风技术、测土配方施肥技术、病虫害综合防治技术、水肥一体化节水技术、低产果园改造技术、低值果园高接换种技术、无伤采收技术及商品化处理技术等。

木薯主推品种有华南5号、华南8号、桂热3号、桂热4号、热选048、GR891、南植199等。木薯主推技术有深耕深松、起畦种植技术、合理密植、测土配方施肥技术、病虫害综合防治技术、木薯间套种技术等。

“种豆选种，助农增收”观摩会 2018年，县农业局联合广西农科院等单位于4月17日在石湾镇垌心村委李屋队进行60个名优豇豆新品种对比试验展示“种豆选种，助农增收”现场观摩会。广西农科院蔬菜研究所、国家食用豆产业技术体系南宁综合试验站、北海市蔬菜所、北海市农科所等单位专家到会指导，合浦县农业系统多个单位专业技术人员、各乡镇新型职业农民、豇豆种植农户和贫困户代表300多人参加观摩会。

【农民技术培训】

基层农技人员培训 2018年，合浦县继续被列为农业部“基层农技推广体系改革与建设补助项目示范县”。这是合浦县自2009年被列入全国基层农技推广体系改革与建设示范县以来连续第10年实施该项目。年内，县农业局通过项目实施，重新聘请120名农技人员，组织安排64名农技人员进行5天的脱产学习，更新基层农技人员知识，提升基层农技推广体系的公共服务能力。

核心科技示范户指导培训　2018年，县农业局通过实施全国基层农技推广体系改革与建设示范县建设，重点抓好120名科技示范户人员的培训工作，通过科技大集、一村一班、农家课堂、驻村指导员等培训带动模式，组织农技人员进村培训，通过示范户培训，提高全县农民科技生产水平。

农民培训　2018年，县农业局通过试验示范、农技培训，大力推广农业新技术和农作物新品种，提高农业生产科技含量。通过开展农业科技培训、发放技术资料、建设示范基地、发放水稻、玉米良种等方式方法，重点推广野香优9号、野香优丝苗、野香优2号等高产水稻品种，瑞特273、文单2号等高产玉米品种，全县主要农作物良种覆盖率达96%以上。推广适时早播、培育壮秧、高产优质无公害栽培、水气平衡管理、测土配方施肥、无害化防治病虫草害、机械化耕作等水稻高产综合配套生产技术，促进水稻增产。推广经济作物良种和高产栽培技术、测土配方施肥技术、农作物“三避”技术、花生无公害栽培、水果套袋等生态农业种养模式以及辣椒套种玉米、西瓜套种木薯以及木薯间种黄豆、花生等间套种技术，提高农业科技含量。全年全县共举办培训班和田间技术培训526期，培训农民5.4万人次，出版墙报68期，出动宣传车辆120次，悬挂标语8000条，印发农业技术资料15万份。

广西农业广播电视学校合浦分校工作　2018年，合浦县超额完成全区农广校体系新型职业农民中等职业教育招生任务，全年招生215人。完成农广校教学工作，2016级新型职业农民中专班184人全部顺利中专毕业。完成北海市2018年新一届村“两委”干部大培训400人任务。广西农业广播电视学校合浦分校自2006年成立以来累计完成招生总人数2909人，毕业人数2723人，2018年末有在校生256人。

【粮食生产功能区和糖料蔗生产保护区“两区”划定】 2018年，县农业局以永久基本农田为基础，坚持底线思维，统筹兼顾，配合中标技术公司做好合浦县40000公顷粮食生产功能区和糖料蔗生产保护区“两区”划定工作，稳定粮食和糖料蔗种植面积，保持种植收益在合理水平。统筹推进，基本完成“两区”划定工作，其中糖料蔗生产保护区13333.33公顷已经完成划定、公告公示和确认，粮食生产功能区26666.67公顷(其中水稻24000公顷，玉米2666.67公顷)完成底图制作和外业指界，完成2018年绩效考评目标要求任务。

【农业项目和农业生产示范基地建设】 2018年，全县累计完成农业项目和农业生产示范基地建设固定资产投资0.44亿元。

耕地地力保护补贴项目　2018年，全县实施耕地地力保护补贴项目，补贴面积34406.67公顷，补贴金额7070.24万元。其中国有三合口农场、珠光农场职工承包的耕地，按照地域管理权限和属地全县统一的补贴标准，首次在所在地合浦县办理耕地地力保护补贴，补贴面积440公顷，补贴资金91.06万元。

土壤重金属综合防控试验示范项目　2018年，合浦县建立土壤重金属综合防控核心示范片1个，示范面积66.67公顷；建立长期防控效果定点观测点5个；开展重金属综合防控试验12个。通过开展试验示范，采用“增施酸化土壤调理(改良)剂”调节土壤pH值的技术模式，有效降低农田土壤或稻米通过食物链对人体健康造成潜在的重金属危害的风险，形成农田污染土壤有效的安全利用的技术。

耕地质量提升与化肥减量增效技术示范项目　2018年，县农业局完成土壤样品采样及化验123个，蔬菜“2+x”田间试验1个、肥料利用率试验1个。推广绿肥种植面积646.67公顷；酸化土改良面积300公顷，发放土壤调理剂320吨。

耕地改良与培肥示范项目　2018年，合浦县按重点、集中、连片的原则，以地力培肥、土壤改良、养分平衡、质量修复为主要内容，重点以酸化土改良、重金属防控、提高土壤有机质含量和耕地基础地力为主要技术模式，鼓励和支持农民种植绿肥、增施有机肥、施用土壤调理剂及碱性肥料、应用耕地质量提升综合技术培肥土壤、促进秸秆等有机肥源转化利用，改善农业生态环境，增强农业综合生产能力。年内，全县酸化土改良示范推广面积366.67公顷以上。

农田土壤及农产品重金属污染定位预警监测项目　2018年，县农业局在原定位监测点上完成采集及化验农产品样品46个，通过项目的实施，建立和完善农产品产地土壤环境质量监测体系，掌握农产品及其产地土壤环境质量状况和变化趋势，提升监测预警能力和监管水平，保障农产品质量安全。

富硒农产品开发示范项目　2018年，县农业局大力推进富硒基地建设，引导和支持更多企业和专业合作社参与富硒农产品开发。年内，在闸口镇建设富硒农产品开发示范基地26.67公顷，在党江镇建设富硒农产品开发示范基地13.33公顷。

第二次全国污染源（种植业源）普查　2018年，县农业局完成187个典型地块种植源情况调查，开展普查数据核查和质量评估和系统填报。全面摸清农业污染源（种植业源）基本信息，了解和掌握不同农业污染物的区域分布和产排情况，为农业环境污染防治提供决策依据。

全国粮、油高产创建示范基地建设　2018年，县农业局在党江镇、闸口镇建立县级水稻万亩示范区，推广超级稻纺织布隔层集中育秧、超高产栽培、水稻粉垄技术、测土配方施肥、富硒稻生产技术、病虫害综合防治、水稻品比等一系列综合技术，辐射带动全县农业生产发展。

优质高产高糖糖料蔗基地建设（"双高"基地建设）　2014—2018年，合浦县"双高"糖料蔗基地建设任务4000公顷，已落实"双高"糖料蔗基地项目片区91个，面积4056.47公顷，占任务101.4%。其中2018年"双高"糖料蔗基地建设任务1000公顷，落实"双高"糖料蔗基地项目片区24个，面积1000公顷，占任务100%。全部实现甘蔗良种化种植，良种率100%；主要种植桂柳05136、桂糖42、桂糖46、新台糖22等优良品种。2018年"双高"糖料蔗基地按标准行距种植面积646.67公顷，完成任务1000公顷的64.7%。年内，县政府及时制订《合浦县2018年优质高产高糖糖料蔗基地建设实施方案》，明确了在充分吸取2014—2017年建设经验的基础上，要求进一步强化和落实乡镇政府主体责任，充分调动实施主体的积极性，逐步实现糖料蔗基地经营规模化、水利现代化、种植良种化、生产机械化，促进糖业可持续发展。县领导高度重视"双高"基地建设工作，多次组织召开基地建设工作会议，加强各部门协作，合力推进基地建设工作。同时，县"双高"办领导经常深入建设基地指导和督促"双高"基地建设工作，组织有关专家深入"双高"基地建设重点乡镇开展"双高"基地建设专题培训，共开展3期，培训村委干部、甘蔗种植大户等250多人，发放宣传和技术资料250多份。还通过广播、印发资料等多种形式大力宣讲"双高"基地建设内容、要求、标准等有关政策。年内，县农业局积极推广大中型拖拉机40台、甘蔗种植机2台、甘蔗收获机1台等，进一步加快甘蔗种植深耕深松和生产机械化。为推进"双高"基地"四化"建设，2018年县财政落实工作经费30万元，确保"双高"基地建设工作的顺利开展。同年，县农业局还结合实际情况，积极创新建设模式，采用"合作社+农户"经营模式，由资金雄厚的种植大户牵头成立合作社，与农户签订"双高"基地建设协议，负责进行"双高"基地项目建设。种植大户出资购买甘蔗种发放给广大农户种植，农户进行小块并大块，并自行种植管理，有效地推进"双高"糖料蔗基地建设。

蔬菜基地建设　2018年，全县建设特色现代农业（蔬菜）示范基地2个：石湾镇周江村冬春豇豆（蔬菜）生产基地（66.67公顷）和廉州镇廉西村冬春豇豆（蔬菜）生产基地（66.67公顷）。建立合浦县石湾镇东江村豇豆标准园示范基地1个，面积40公顷，收到可观的经济效益，起到了很好的示范带动作用。全县全年蔬菜种植面积为29080公顷，比2017年增长2.04%；蔬菜总产量为652495吨，比2017年增长5.82%。

国家木薯产业体系北海综合试验站建设　2018年，合浦县承担国家木薯产业技术体系北海综合试验站的试验、示范任务。

抓好木薯产业技术试验研究和示范。试验站5个示范县（区）建立木薯科技试验基地10个，进行8大项试验研究项目。试验情况：木薯新品种品比试验。建立木薯新品种品比试验基地1个，试验新品种有14个，试验面积0.13公顷（2亩）。建设地点位于北海市合浦县廉州镇冲口村委。通过试验，选育出适合北海地区种植的新品种2—3个。经验收测产，表现较好的品种有：N121，亩产4.32吨；N278，亩产3.40吨N279，亩产3.20吨；E28，亩产3.03吨。典型热区木薯新品系区域试验。试验品系6个，对照种2个，分别为南植199和华南205，随机区组设计，3次重复，小区面积20平方米，共24个小区，总占地面积0.07公顷（1亩）。桂热7号中试示范试验。桂热7号为国际热带农业中心引进的杂交品种，试验以繁殖种茎为主，并观察该品种在合浦地方种植的适应性，亩产量3093.2千克。建立木薯高产示范基地1个，建设地点在北海市合浦县廉州镇冲口村委，示范面积6.67公顷，示范品种是近年来在北海地区表现性状较好，产量较高，推广面积较大的南植199。通过测产验收，亩产2.92吨，淀粉含量高达31%。产量比往年高，加上收购价格比往年高，达到每吨720元。

示范县示范基地建设。分别在北海市合浦县、铁山港区，钦州市浦北县、灵山县、钦南区5个示范县(区)各建立木薯示范基地2个。木薯喷施多效唑高产试验。试验在合浦示范县清水基地实施。试验木薯在3月20日种下，分别在6月25日、8月20日两次喷施多效唑压苗。试验结果：喷施多效唑的木薯亩产量为3.12吨，不喷多效唑的木薯亩产量为2.75吨。

木薯机械化试验。配合体系岗位专家邓干然在石湾镇清水村继续开展机械化种植与收获试验。机械化种植提高了种植效率缩短了木薯的种植时间，节省了将近一半的人工成本。年内，机械化种植在合浦木薯试验站区域已经得到推广，示范基地附近部分种植户引进机械化种植技术种植木薯。地方特色食用木薯资源的收集、鉴定及评价。2018年收集并种植了华南9号、华南12号、沙田面包木薯和西场面包木薯4个食用品种，面积共0.67公顷。经测产验收，亩产量由高到低的分别为：华南12号(平均亩产为4.21吨)；沙田面包木薯(平均亩产为2.80吨)；华南9号(平均亩产为2.17吨)；西场面包(平均亩产为2.14吨)。食用口感较好的有沙田面包木薯，西场面包木薯。

承担国家木薯产业技术体系北海综合试验站合浦木薯试验站的试验、示范任务。木薯新品种推广示范试验：桂木薯6号、桂木薯7号、华南12号木薯新品种示范推广种植，试验站在石湾、廉州、石康、沙岗等乡镇进行桂木薯6号、桂木薯7号、华南12号木薯新品种示范推广种植，试验面积为20公顷。这3个品种亩产量6号较高，亩产量均达3.2吨左右，淀粉含量均达29%以上，示范推广效果较好。桂热7号中试示范试验，示范面积为6.67公顷，苗长势较高，亩产量均达3.2吨以上，抗病性也较强。品种对比试验，参试品种共7个品种，分别为P1、P2、P4、P9、P10南植199、SC12，试验分3个重复进行，每个品种每个重复25株，试验面积约0.07公顷。其中南植199亩产量1993.34千克，P1亩产量3294.81千克，P2亩产量2805.85千克，P4亩产量3978.56千克，P9亩产量1748.97千克，P10亩产量3754.19千克，SC12亩产量2773.76千克，产量最高为P4。特色食用木薯种植示范与推广，特色食用木薯“种植—加工”示范与推广，经过往年的品种筛选，2018年的示范试验品种主要有ST-1、SC9、SC12、XC-1等品种，试验面积0.67公顷。推广面积达13.33公顷。其中SC12的亩产量高达3.2吨，ST-1Y亩产量达2.9吨，XC-1亩产量达2.7吨，SC9亩产量只达2.2吨。同时对这些特色食用木薯全粉加工技术进行了研究。桂热7号与华南205对比试验，试验区中，华南205和桂热7号各占3个区，每个区占地100平方米，试验面积约为0.07公顷。通过对比试验，桂热7号的亩产量为3.32吨，而华南205的亩产量为2.85吨，比华南12号增产了16.49%。《广西区内木薯杂交育种技术体系建立及新品种选育》项目——品种(系)推广示范试验，试验材料：1201、1203、1217、1226、1289、南亚1号(食用)、SC205(对照1)、南植199(对照2)，种植规格为1x1米·每个品种种植面积约为0.09公顷，试验总面积约为0.67公顷。木薯高产高效栽培技术及病虫害综合防控技术研究。开展良种良法配套高产栽培技术研究。县农业局用优良品种华南12号作为参试品种，植物生产调节剂为含量为15%多效唑进行浓度为4.5PPM的压苗技术对产量影响的研究。零处理的为空白对照区。压苗分两次进行，60—80厘米高压第一次，100—120厘米高压第二次苗。开展木薯病虫害综合防控技术研究，及时掌握病虫害发生情况，并进行综合防治。在每年7月、8月雨水多的季节易发生细菌性枯萎病，对于抗病性差的品种，在感病初期，用春雷王铜等细菌性药进行药物防治。近年来蛴螬、蝼蛄对木薯危害较大，在种植时放入毒死蜱颗粒剂进行防治。进行木薯机械化种植，在石湾镇清水村进行6.67公顷的机械化种植示范试验，试验品种为南植199，与常规种植相比，具有出苗整齐、长势好、亩产量高、节省人工、降低种植成本、抗台风等优点。毛薯富硒试验，利用本县山口特色火山灰土质，在常规种植的基础上进行富硒栽培试验，试验面积为1.33公顷。亩产量达2150千克，商品薯达80%。

（玉米）合浦综合试验站试验示范基地建设　2018年，合浦县承担国家现代农业产业技术体系广西创新团队(玉米)合浦综合试验站试验示范任务。玉米新品种鉴定筛选、展示。优良粮饲兼用品种鉴定筛选展示试验：用太平洋891、桂单166、正大808、青青700、恒玉821、万川973、万川1306、正大719、油玉909、邑单737、隆瑞888、桂单162(CK)共12个玉米新品种,参与对比试验展示,每个品种的展示面积0.01公顷,种植密度每亩3900株。经测产验收,隆瑞888(1924.6KG)、邑单737(1911.3KG)、恒玉821(1881.4KG),这几个品种的鲜物质生物产量较高,比桂单162(CK)分别增产23.03%、22.18%、20.27%。高产稳产、广适、抗病、抗逆粒用玉米新品种鉴定筛选试验:收集佳福399、三北907、川桂1586、金燕005、禾睦玉918、庆玉813、桂单1125、油玉009、佳福399、迪卡008、先达901、先达907、桂单602、桂单0810、桂单1625(CK),共15个品种,每个品种的展示面积0.01公顷,种植密度每亩3400株,开展田间测产和抗性综合评价。经测产验收产量较高的是佳福399(597.5千克)。玉米新品种高产栽培配套技术研究。研究调节剂使用最佳时间和最佳剂量试验:试验裂区设计,主处理为调节剂喷施浓度,设0(CK)、200ppm、300ppm、400ppm、3个浓度梯度,副处理为调节剂使用时间,设播前浸种(12小时)、10叶期、大喇叭期(13叶)喷施,亩喷施量为50千克药液。试验玉米品种为桂0810,种植密度每亩3500株,3次重复,4行区,行长4.5米,相同水肥管理。研究最佳喷施时间和最佳剂量。试验调节剂采用“不倒丰”抗病加锌型。通过测产验收CK亩产量为477.75千克,300ppm10叶期处理效果最佳,亩产量达551.25千克,比CK增产15.38%而400ppm播前浸种(12小时)处理效果最差,亩产量只达456.75千克,比CK减产4.40%。研究调节剂增加密度机理试验:试验裂区设计,主处理为3个品种,分别是桂单0810、油玉909、桂单1125,副处理为种植密度,每亩株数分别为3000、3500、4000、4500。3次重复,4行区,行长4.5米,试验统一在玉米10叶期喷施“不倒丰”抗病加锌型调节剂,相同水肥管理。研究调节剂对玉米生长平衡、抗倒茎秆形态和产量形成机理,合理增加密度,提高产量。新组合鉴定试验。早造新组合试验:用桂253、HC755、NP1808、NP1802、NP1803、NP1804、NP1805等99个新品种与CK进行新组合试验。通过测产验收桂253、HC755、NP1808、NP1803、NP1802生长性状表现较好,产量较高。其中桂253(580.07千克)、HC755(553.11千克)亩产量最高,比CK(516.31千克)分别增产12.35%、7.13%。晚造玉米新组合鉴定试验:2018年(晚造)玉米新组合鉴定试验,供试组合数88个,以区内科研单位选育的苗头组合为主,以桂单162为对照种。试验点位于廉州镇龙门江村合浦县农业科学研究所试验地。经测产验收,共选出综合表现优于该区对照桂单162的苗头新组45个,增产0.3%—22.6%之间,增产排名前十位的分别是S18B010、NP1818、18下HP13、NP1816、18下HP20、YZ18B-48、S18B010、S18B010、NP1814、18下HP19,增产最多为S18B010,比对照增产22.6%。鲜食玉米水肥一体化示范试验:参试品种为天桂糯932,亩产量为1381.25千克,单价为每千克2.6元,亩产值为3591.3元。

(薯类)合浦综合试验站建设 2018年,合浦县承担国家现代农业产业技术体系广西创新团队(薯类)合浦综合试验站试验示范任务:甘薯和凉薯新品种引进、示范与推广。2018年,合浦县引进板栗薯甘薯新品种一个,经测产验收,亩产量为1103.3千克。在北海地区推广种植经薯8号品种面积达66.67公顷、钦州市2公顷、玉林市博白县1公顷、河池市宜州县3.33公顷、河南省永州市6.67公顷,广东省湛江市6.67公顷;推广西瓜红品种种植面积达86.67公顷。在石康镇耀康村推广凉薯一枝花品种示范种植0.13公顷,于3月20日种植,亩产4000多千克。绿色高效种植关键技术集成和示范推广。开展海鲜红薯提质增效关键技术研究与示范,为进一步规范红薯的种植模式,加快红薯种植的产业化,提高红薯的经济效益与生态效益。合浦综合试验站协助北海正想农业科技有限公司,研究一套绿色高效种植红薯关键技术,主要是利用海洋虾肽有机肥种植红薯,实现红薯的零农药、零化肥的绿色生态种植,提高红薯的品质与产量,提高红薯种植的经济效益。开展甘薯主要病虫害的发生调查研究,确定主要防控和防治对象。2018年开展甘薯虫害发生调查研究,确定主要防控和防治对象是甘薯小象甲,利用性药剂来捕捉小象甲雄虫来研究其发生规律。建立基地2—4个,推广新品种、关键的栽培技术。在合浦县廉州镇禁山村早、晚两造建立了甘薯试验、示范基地1.33公顷,试验、推广育苗品种有桂薯10号、桂经薯8号、一点红等6个品种。继续做好2017年底在合浦县乌家镇建立的百亩高产示范基地的技术指导工作,4月中旬测产验收,亩产为1451千克。继续做好2017年底在沙岗镇双文贫困村建立的桂薯10号、桂紫微薯1号品种冬繁苗基地约3.33公顷,2018年3月至5月向柳州市融水县贫困村提供了大量薯苗，加大贫困村薯类产业扶持。3月在北海市银海区福成镇星星农场指导推广甘薯品种西瓜红13.33公顷的高产示范基地，经测产亩产2000多千克；8月在西场镇指导推广甘薯品种桂经薯8号6.67公顷高产示范基地，经测产验收，亩产量1500多千克。6月，在合浦县廉州镇杨家山村委推广种植示范试验品种桂紫薇薯1号，示范面积0.67公顷，经专家测产验收，亩产1503千克。开展富硒薯类种植技术的研究：在合浦县廉州镇禁山村，于3月建立了田间喷硒时期试验0.1公顷，试验品种桂薯10号和桂经薯8号。通过检测报告得出桂薯10号在栽后30天或50天喷硒1次硒的含量最高；桂经薯8号在栽后30天喷硒1次硒含量最高。

（水稻）合浦综合试验站试验示范建设　2018年，合浦县承担国家现代农业产业技术体系广西创新团队（水稻）合浦综合试验站试验示范任务。建立水稻新品种展示点，地点位于合浦县党江镇九坡村。早造展示品种为那优5722、万丰优3158等9个，面积为0.4公顷。那优5722、252A/桂515、万丰优3158等综合表现较好，测产验收亩产量分别为585.4千克、570.9千克、541.3千克。晚造展示品种为A1/R5722、思丰优663等12个，面积为0.67公顷。通过展示试验，A1/R5722、思丰优663、高丰优689等综合表现较好，经测产验收亩产量分别为574.5千克、552.7千克、544.6千克。开展水稻高产栽培试验示范。示范片位于合浦县常乐镇象古村。试验站根据品种特性和示范田块的肥力水平，推广应用水稻测土配方施肥技术、高产栽培技术和病虫害综合防控技术等综合配套技术措施，切实加强田间管理，示范效果显著。晚造高产示范品种为野香优丝苗，示范面积为2公顷。经测产验收平均亩产量为532.4千克。开展“双减”栽培模式研究试验。为了更好地发展绿色农业，试验站继续开展稻田养鸭研究试验。试验面积0.67公顷，利用鸭子在稻田里吃虫子以及鸭粪作为肥料的优势，来减少农药和化肥的使用，实现“双减”的栽培模式。早晚造品种均为粤油丝苗，经测产验收亩产量分别为410.6千克和427.5千克。抓好隆平高科公司早晚籼生产试验、华南稻区联合体感光晚籼区试等试验。严格按照试验方案开展各项试验工作，较好地完成了试验任务。

【“一事一议”财政奖补项目】 2018年，一事一议财政奖补项目覆盖全县15个乡镇132个行政村，全年审批实施建设项目205个（共批复84个村内水泥硬化道路项目长65.7千米，村内公共活动场所5个774.5平方米，太阳能路灯95个共4343盏，排水沟1条长700米，公共厕所1个，篮球场16个，晒场3个。同年聘请专业监理单位及第三方验收公司对一事一议项目全程跟踪检查及项目完工验收。至年末项目总投资3780万元，其中：财政奖补3167万元，村民自筹413万元，社会捐赠200万元。

【新型职业农民培训项目】 2018年，县农业局分别在石康镇、石湾镇开展200名农民生产经营型（蔬菜产业）培训（累计培训15天）、400名农民专业技能型（蔬菜园艺工）培训（累计培训7天）培训工作，完成了2018年合浦县600名新型职业农民培育培训任务。

【现代农业示范区（园）建设】 2018年，合浦县创建的107个现代特色农业示范区（园）均获得认定。其中：获得自治区人民政府认定为第七批广西现代特色农业核心示范区1个——合浦县凤翔肉鸡产业核心示范区。获得北海市人民政府认定为北海市现代特色县级示范区4个，分别是：北海市合浦县生态水稻产业示范区、北海市合浦县发财树产业示范

2018年11月2日，合浦县现代特色农业示范区（园、点）考评工作部署暨业务培训会在县农业局一楼会议室召开 （周伟谋　摄）

区、北海市吉'吉肉牛现代特色农业示范区、北海市合浦县闲云休闲农业示范区。获得合浦县人民政府认定为广西现代特色农业乡级示范园13个,分别是:合浦县公馆镇红霸王花产业示范园、合浦县沙岗镇糖料蔗产业示范园、合浦县星岛湖镇珍稀林果产业示范园、合浦县山口镇火山果蔬产业示范园、合浦县山口镇浩成畜禽产业示范园、合浦县白沙镇胜意生猪养殖示范园、合浦县公馆镇山肚鸡嘴荔枝产业示范园、合浦县闸口镇光辉对虾养殖示范园、合浦县常乐镇江湾休闲农业示范园、合浦县石康镇德顺金花茶生态种植示范园、合浦县石湾镇红锦水果产业示范园、合浦县石湾镇源锋种养产业示范园、合浦县星岛湖镇和润肉鸽养殖示范园。获得合浦县人民政府认定为广西现代特色农业村级示范点89个,分别是:合浦县沙田镇淡水新盛种植示范点、合浦县沙田镇淡水灰斑鸠养殖示范点、合浦县山口镇新圩水果种植示范点、合浦县山口镇英罗新海果蔬产业示范点、合浦县山口镇新圩果蔬种植示范点、合浦县山口镇英罗盛大果蔬种植示范点、合浦县山口镇河面石子岭休闲农业示范点、合浦县山口镇陆态对虾养殖示范点、合浦县白沙镇那江源泉种养产业示范点、合浦县白沙镇宏德糖料蔗种植示范点、合浦县白沙镇虎塘辣椒产业示范点、合浦县白沙镇五星水果种植示范点、合浦县白沙镇东风勋耀休闲农业示范点、合浦县白沙镇良港桦达水产养殖示范点、合浦县白沙镇新村博海肉牛养殖示范点、合浦县公馆镇香山鸡嘴荔枝产业示范点、合浦县公馆镇新秀洪福粮食产业示范点、合浦县公馆镇廖屋锦丰双高甘蔗产业示范点、合浦县公馆镇六甘水稻产业示范点、合浦县公馆镇乘马水稻产业示范点、合浦县公馆镇陈屋粮经产业示范点、合浦县公馆镇上联绿润吉水果产业示范点、合浦县公馆镇石湖客家果蔬产业示范点、合浦县公馆镇浪坡仙人泉养殖示范点、合浦县公馆镇南山星源养殖示范点、合浦县公馆镇创村龙之湾种养产业示范点、合浦县公馆镇廖屋鑫民辣椒种植示范点、合浦县闸口镇庆丰农兴邦蔬菜产业示范点、合浦县闸口镇佛子绿吉水果产业示范点、合浦县闸口镇虾公埇裕新甘蔗种植示范点、合浦县闸口镇独竹新新休闲农业示范点、合浦县闸口镇茅山胜达水产养殖示范点、合浦县闸口镇大路山君祥对虾养殖示范点、合浦县闸口镇珠岭海博生猪养殖示范点、合浦县曲樟乡早禾群联香蕉产业示范点、合浦县曲樟乡山心生态养殖示范点、合浦县曲樟乡亚山生猪养殖示范点、合浦县常乐镇北城生猪养殖示范点、合浦县常乐镇西城勤则富生猪养殖示范点、合浦县常乐镇京竹生猪养殖示范点、合浦县常乐镇车板生猪养殖示范点、合浦县常乐镇李家生猪养殖示范点、合浦县常乐镇莲南生猪养殖示范点、合浦县石康镇细廉陂华丰水果产业示范点、合浦县石康镇水车太极蔬菜产业示范点、合浦县石康镇白沙江富民蔬菜产业示范点、合浦县石康镇沙芹宁宏火龙果种植示范点、合浦县石康镇耀康诚和水果产业示范点、合浦县石康镇沙芹泓凯火龙果种植示范点、合浦县石康镇顺塔振林金花茶产业示范点、合浦县石康镇东冲恒鑫金花茶产业示范点、合浦县石康镇豹狸蒲盛紫荆花种植示范点、合浦县石康镇康顺金花茶种植示范点、合浦县石湾镇大田花果种植示范点、合浦县石湾镇清水易智淡水养殖示范点、合浦县石湾镇张屋顺宇生猪养殖示范点、合浦县石湾镇大田畜牧养殖示范点、合浦县廉州镇廉北高新科蔬果种植示范点、合浦县廉州镇廉北九叔果蔬种植示范点、合浦县廉州镇青山香蕉种植示范点、合浦县党江镇亚桥祥合粮经产业示范点、合浦县党江镇南域水产养殖示范点、合浦县党江镇沙冲大弹涂鱼养殖示范点、合浦县星岛湖镇采木丰裕生态果业示范点、合浦县星岛湖镇洪潮荣卓春竹产业示范点、合浦县星岛湖镇珊瑚果汇水果产业示范点、合浦县星岛湖镇采木锐腾水果产业示范点、合浦县星岛湖镇柯江和兴畜禽养殖示范点、合浦县星岛湖镇采木油茶产业示范点、合浦县沙岗镇沙岗子华水产养殖示范点、合浦县沙岗镇大山海智肉鸡养殖示范点、合浦县沙岗镇双孖华发生猪养殖示范点、合浦县沙岗镇太平岭日大生猪养殖示范点、合浦县沙岗镇沙岗福星生猪养殖示范点、合浦县西场镇西坡沃柑产业示范点、合浦县西场镇老温华生现代农业示范点、合浦县西场镇五浪江香蕉产业示范点、合浦县西场镇镇东水稻产业示范点、合浦县西场镇五浪江七玄堂百香果产业示范点、合浦县西场镇西坡甘蔗双高种植示范点、合浦县西场镇碧桂海水产养殖示范点、合浦县西场镇官井征信水产养殖示范点、合浦县西场镇大坡粤桂水产养殖示范点、合浦县西场镇蚬港云翔肉牛养殖示范点、合浦县西场镇民丰肉猪产业示范点、合浦县乌家镇瓦联村大田角甘蔗产业示范点、合浦县乌家镇西大裕西生猪养殖示范点、合浦县乌家镇丹田英军生猪养殖示范点、合浦县乌家镇瓦联大田角发财树产业示范点。

【休闲农业旅游】 2018年，合浦县已向北海市申报了3家自治区休闲农业与乡村旅游示范点，分别为合浦闲云生态园、合浦荔龙山庄、合浦县常乐江湾庄园，超额完成了自治区下达的任务，其中合浦闲云生态园通过专家评审，成功入选自治区农业厅、广西旅游发展委员会共同发文评选的2018年“广西休闲农业与乡村旅游示范点”，成为合浦县2018年“广西休闲农业与乡村旅游示范点”。通过组织休闲农业旅游企业申报2018年自治区休闲农业与旅游示范点活动，将对合浦县探索休闲农业与乡村旅游发展规律、引领休闲农业与乡村旅游发展、提升合浦县休闲农业和乡村旅游业发展档次，增加就业岗位、增加农民收入发挥重要作用。

【农作物病虫害防治与植保体系】 2018年，合浦县大力推广公共植保技术和绿色植保技术，先后在廉州、党江、乌家、闸口、常乐、石康、星岛湖等乡镇建立高标准“万家灯火”示范点，核心示范面积约666.67公顷，加强安装标准，强化管理，取得了很好的示范效应。在全县新安装频振式杀虫灯100多盏，覆盖了全县蔬菜、水稻、果树等主要作物。推广斜纹夜蛾、柑橘小实蝇性诱技术、黄板物理诱控技术、释放赤眼蜂防治害虫技术、稻鸭共育治虫防病控草技术等绿色防控技术，其中，悬挂卵螟黄赤眼蜂蜂卡40000多张，面积333.33多公顷次，张挂螟虫诱瓶1000多只，小菜蛾诱瓶500只，柑橘小实蝇诱瓶3000多只，黄板20000多块，蓝板20000多块，稻田养鸭1500只。此外，县农业局还开展了稻纵卷叶螟、稻飞虱及蔬菜、果树病虫害用药等药效试验工作，通过示范推广一批重大病虫防治应急需用药剂、替代高毒高残留农药和生产无公害农产品推荐使用农药品种，为确保粮食安全和农产品质量安全提供了科学依据。年内，县农业局承担并顺利实施上级部门下达的《农作物重大病虫观测场建设》《农业生产救灾水稻重大农作物病虫防控补助资金》《蔬菜病虫害绿色防控集成示范》《柑橘黄龙病疫情调查监测》《植物检疫阻截带监测点能力提升》《农户实际用药调查》《中越水稻迁飞性害虫防治合作》等多个项目。

【农业产业化经营】 2018年，合浦县在水果、茶叶、水产加工业、畜禽等产业上累计发展市级以上农业产业化重点龙头企业16个，其中：国家级农业产业化重点龙头企业1家、自治区级6家，市级农业产业化重点龙头企业9家。新发展农业专业合作社69家，累计登记成立各类农业专业合作社647家；全年在工商部门登记成立的家庭农场57家，累计在县工商部门登记成立的家庭农场229家。

【农业行政执法与农产品质量安全监管】

农业综合执法 2018年，县农业局加强日常监管，将农业投入品管理纳入规范化、制度化，坚持不懈开展农资打假护农行动，依法查处无登记证或假冒（伪造）登记证生产农药、非法添加（或搭售）隐性农药成分、生产经营假劣农药产品等违法行为，对违法违规行为形成震慑和高压态势；采取“检打联动、打防结合”形式，主动联合工商和质监、公安等监管部门，形成执法合力，集中力量抓源头，对重点品种、重点市场，开展拉网式排查，排查非法生产、销售、贮存和使用高毒高残留禁用农药行为，特别是对剧毒、高毒限用农药在蔬菜、瓜果、茶叶等农作物上使用和在低毒农药中非法添加高毒农药等未登记成分等行为进行排查治理，从源头上排查高毒农药隐患，防止侵权假冒伪劣农资产品流入市场。全年累计出动执法车辆235台次，出动执法人员1175人次，检查生产、经营单位1840个次，查获涉案农资数量2043.61千克，货值金额9710元，立案11起，结案11起，整顿市场180个，处理纠纷案件7起，挽回经济损失9710元，印发宣传资料3.65万份。随机抽检农药15个，化肥产品14个，合格率分别为93.3%、92.9%。

农药经营许可证核发 8月，县农业局正式开展农药经营许可证核发工作，同时开展农药经营许可实地核查工作，严格经营资格审查准入条件，加强对农药经营单位的管理，对经营人员进行法规和农药知识的培训，做到持证上岗，坚决取缔无证经营者。全年已实地核查店面530间，发证527本。

“三品一标”生产基地监管 2018年，县农业局与“三品一标”责任单位签订《合浦县农产品质量安全监管责任书》，明确监管的共同责任，并作出承诺；同时不定期对“三品一标”基地进行巡查，主要查看田间生产记录台账，检查农品是否按照农产品质量安全标准要求进行生产和经营。全年全县“三品一标”认证主体23个，

认证产品个数30个，其中无公害农产品认证个数25个(新增10个)，产地认定面积1084.31公顷，产品认证面积1084.31公顷；绿色食品认证个数3个(含非种植业包装饮用水1个)，产地认定面积310公顷，产品认证面积310公顷；有机产品认证个数1个，产地认定面积1616.4公顷，产品认证面积1466.7公顷；地理标志认证个数1个，产地认定面积4000公顷，产品认证面积4000公顷。

县级农产品例行监测　2018年，县农业局以农产品质量安全为核心，以全年监测任务为目标，坚持日常抽查和重点抽查相结合，重点对生产基地进行抽样检测，对检测不合格的产品，及时责令整改，延期采收。同时定期或不定期对县城还珠市场、中心市场等经营场所蔬菜进行抽检，进一步地掌握农产品安全信息动态，及时与县食药监部门沟通查处。

乡镇农产品流动监测　2018年，县农业局按自治区、市下达的监测任务，经常督促乡镇农产品质量安全监管服务站加大对本辖区蔬菜质量安全检测工作力度，尤其是加强节假日和上级重大活动期间的安全检测工作，及时跟踪乡镇抽检结果数据，并录入广西农产品质量安全监管与追溯信息平台，让自治区农业厅能及时分析汇总通报。全年全县(含乡镇)累计快速检测农产品样品14908个，合格样品数14898个，合格率99.94%；其中县级例行检测2149个，合格率100%，乡镇快速检测12759个，合格率99.92%，专项抽检豇豆、草莓、蔬菜130批次，有效保障人民群众餐桌安全。

【农业信息进村入户工程】2018年，县农业局按照自治区农业厅《关于印发2018年广西信息进村入户整省推进工作实施方案的通知》精神，以及自治区农业厅、市农业局工作部署，合浦县第一时间成立项目工作领导小组，制定《合浦县国家信息进村入户工程项目实施方案》，召开全县乡镇农业技术推广站主任、种养大户、合作社负责人等有关项目工作部署会，全面推进全县信息进村入户工程项目建设工作。并在全县各级领导关怀、各级干部的支持、广西桂果果农业科技有限公司的组织实施下，到12月底，全部完成了项目建设目标任务，共建成县级运营中心1个，标准站245个，专业站245个，简易站245个，共736个，选聘了736名信息员，完成目标的100%。12月26日，整个项目通过北海市农业局的复核验收。信息进村入户工程合浦县项目建设总投资300万元，主要用于项目运营中心建设、门头、授权牌和证书的制作安装、信息制度上墙、设备配置、人员培训等方面。

【农村经营管理与减轻农民负担】

检查监督落实党的支农惠农政策　2018年，合浦县各种惠农补贴全部落实到位，并通过“一卡通”足额发放到农民手中。其中耕地地力保护补贴13.97万户、面积为34406.67公顷，补贴标准每亩137元，共发放补贴资金7070.24万元。

农村集体“三资”管理　2018年，全县15个乡镇全部开展农村集体“三资”管理工作，成立代理中心，有固定的办公场所、人员、设施，并把此项工作经费纳入财政预算(全县每年10万元)，村会计委托代理工作在全县全面铺开并走上正轨。

农村集体土地承包管理　2018年，合浦县认真做好农村集体土地承包管理工作，合浦县仲裁委全年受理申请调处的农村集体土地承包案件共21起，其中乡村级调解15起，县级调解3起，仲裁3起。

农村土地承包经营权确权登记颁证　2018年，县农业局根据《合浦县人民政府办公室关于全面开展农村土地承包经营权确权登记颁证工作的意见》精神，坚持质量为上，基本完成全县农村土地确权工作。至11月22日，全县土地确权登记颁证数据已通过农业农村部验收初审。全县159851户农户《土地登记证书》已全部打印完毕，到12月12日，共颁证153255户，颁证率达95.87%。全县土地确权登记颁证工作已完成确权成果的乡镇自查、县级验收、市级验收、自治区级验收等阶段性工作，并进行自治区级验收“回头看”，整项工作已进入档案数字化处理阶段。

农业产业化经营管理指导　2018年，县农业局指导培育农业产业化重点龙头企业申报市级龙头企业1家；指导成立农民专业合作社69家，家庭农场57家。

减轻农民负担执法检查　2018年，北海市、合浦县联合开展农民负担执法检查，先后检查了沙岗镇、乌家镇，每个镇抽查2个村委和1所小学，主要检查支农惠民政策资金是否落实到户、农村九年义务教育是否存在乱收费现象，并在涉农单位开展2018年减轻农民负担执法自查自纠工作。经检查，全县没有发现乱收费乱摊派现象。

农村土地制度和集体产权制度改革　根据《中共北海市委员会、北海市人民政府关于稳步推进农村集体产权制度改革的实施方案》精神，中共合浦县委员会、合浦县人民政府联合印发《关于稳步推进农村集体产权制度改革的实施方案》（以下简称《实施方案》）。《实施方案》明确：全县农村集体产权制度改革工作由县农村工作领导小组统筹推进，县农业局、县农办牵头组织实施。县农业、国土资源、财政、林业、水利等有关部门，要按照职能分工，制定具体措施，保证改革任务落地见效。为落实自治区全面负责、县级组织实施的领导体制和工作机制，各级党委书记特别是县乡党委书记要亲自挂帅、履行领导责任。各级要层层分解任务，落实工作措施，明确任务承担单位。

县农业局、县教育局、县财政局、县国土资源局、县水利局、县林业局、县文体广电局、县卫计局8个成员单位联合行文印发《合浦县全面开展农村集体资产清产核资工作实施方案的通知》，同时县农办印发了《关于成立合浦县农村集体资产清产核资办公室的通知》，要求对全县辖区内乡镇、行政村（社区）、村民小组集体经济组织及所属企业，包括未建立村、组集体经济组织或者村、组集体经济组织不健全，代行其集体资产管理职能的村民委员会、村民小组或其他单位，撤村建居后代行原集体经济组织职能的社区居民委员会，以及农村集体经济组织所属企业等为清产核资对象，对农民集体所有的土地、森林、山岭、草原、荒地、滩涂等资源性资产；用于经营的房屋、建筑物、机器设备、工具器具、农业基础设施（包括小型水利工程）、集体投资兴办的企业及其所持有的其他经济组织的资产份额、无形资产等经营性资产；用于公共服务的教育、科技、文化、卫生、体育等方面的非经营性资产进行全面清查，2017年12月31日为资产清查登记时点。县级农业部门会同国土资源等相关部门负责组织做好清产核资数据审核，确认无误后于2018年11月20日前汇总报北海市农业局。

建立农村产权流转交易中心 2018年，县农业局根据合浦县人民政府办公室《关于印发合浦县农村产权流转交易市场建设实施方案的通知》精神，按照县人民政府《关于成立合浦县农村产权流转交易中心的批复》文件要求，12月在县农业局挂牌成立了"合浦县农村产权流转交易中心"，并购置了相应的办公设备和相关制度上墙，完成了自治区下达的绩效任务。石湾镇已于4月底率先挂牌成立了"合浦县石湾镇土地流转服务中心"，其他乡镇和县级还没有相应成立机构。

【"美丽广西 · 清洁乡村"建设】 2018年，县农业局全面开展"美丽广西 · 清洁乡村"建设活动。以"清洁田园"活动为突破口，通过加快清洁田园示范区建设，重点整治沿边、沿路、沿江以及田间农用废弃物，全面推广应用清洁田园十大技术，促进"美丽广西 · 生态乡村"取得突破，取得了明显的成效。顺利举办了环广西公路自行车世界巡回赛合浦县赛道的比赛，展示合浦县比赛赛道沿线公路农业特色产业和赛道沿线公路农田环境，突出合浦县对洁净优美的比赛赛道公路沿线农田环境的重视。至2018年11月止，在清洁乡村活动中，县农业局共投入活动资金39.6万元，举行清洁田园十大技术培训5000人次，发放技术资料6000多份；清捡田园面积13333.33公顷，清捡田园废弃物13万吨；累计开展铁路沿线农田环境综合治理38.1千米，打造典型示范村屯123个，发动群众投工投劳3万人次，有效地促进了生态乡村建设发展。年内，全县农村环卫保洁、村规民约覆盖率达100%；乡村群众清洁意识较强，参与意识较浓，生态乡村活动正常推进，农业生产田间无陈年积存废弃物，乡村沿边、沿路、

2018年9月19日，自治区"美丽广西"乡村建设活动第三抽查组到合浦县抽查"美丽广西"乡村建设工作 （林启波 摄）

沿江田园生产环境清洁,"美丽广西·生态乡村"建设活动已步入常态化轨道。

【"产业富民"工程】 2018年,县农业局抓好"产业富民"工程,促进乡村振兴战略走向深入。加大产业资金扶持力度,引导农民特别是贫困户参与产业开发,发展适合地方特色的农业产业,通过抓好种植业、养殖业等为重点的"产业富民"工程,推进全县"产业扶贫"工作向纵深发展。围绕"五个一"工作目标,切实推进十大进村行动计划,全县245个行政村全部制定了经济发展计划,100%的行政村有村级集体经济发展项目。全县70个贫困村均建立农民专业合作社,15个乡镇成立镇级农民专业合作社14家。县级建立农村淘宝服务中心,乡镇设立农村淘宝村级服务站,245个行政村共设电商服务点827个(含245个农事网通),电子商务平台实现行政村全覆盖。全县15个镇乡已建立具有规模特色优势的家禽、对虾、家畜养殖,豇豆、辣椒、香蕉、沃柑种植等村级现代农业示范基地253个,县级"5+2"村级"3+1"特色产业覆盖率达100%,促进了全县乡村振兴战略健康发展。

【乡村振兴】 2018年,中共合浦县委员会下发《中共合浦县委员会关于印发〈中共合浦县委员会关于推进乡村振兴战略的实施意见〉的通知》,按照中央提出的乡村振兴三个阶段目标和自治区党委、市委关于实施乡村振兴战略的决策部署,实施乡村振兴战略。目标任务是:到2020年,乡村振兴取得重要进展,制度框架和政策体系基本形成。农业综合生产能力稳步提升,高标准农田和"双高"糖料蔗基地建设任务全面完成,农业供给侧结构性改革取得积极进展,现代特色农业示范区建设增点扩面提质升级目标全面实现,主要农产品初加工转化率力争达到全国平均水平,农村一、二、三产业融合发展水平进一步提升,县域经济加快发展;每个村根据地方特色培育1个以上特色主导产业,村级集体经济"空壳"问题全面消除;城乡居民生活水平差距持续缩小,农村居民人均可支配收入比2010年翻1.5番以上,现行标准下农村贫困人口实现脱贫,贫困村全部摘帽,与全市同步在广西率先全面建成小康社会;农村基础设施水平明显改善,基本实现乡乡通二级(或三级)公路,农村集中供水、宽带网络覆盖面、供电可靠性和质量显著提高;城乡融合发展体制机制初步建立,城乡基本公共服务均等化水平进一步提高,全面实现义务教育均衡发展,合作医疗保险、基本养老保险参保基本实现全覆盖,人民群众获得感、幸福感持续增强;"美丽广西"乡村建设四个阶段目标任务全面完成,农村生活垃圾处理率、无害化卫生厕所普及率、农村生活污水治理率明显提高,农村生态系统治理进一步加强,村庄规划管理实现全覆盖,农村人居环境明显改善;农村发展环境进一步优化,农村对人才吸引力逐步增强;乡村精神文明建设水平进一步提升,优秀传统文化得到传承发展,农民精神文化需求基本得到满足;以党组织为核心的农村基层组织建设进一步加强,乡村治理体系进一步完善,成功创建广西人口大县平安建设示范县;党的农村工作领导体制机制进一步健全,农村基层党组织战斗堡垒作用和农村党员先锋模范作用得到充分发挥;各乡镇各部门推进乡村振兴的思路举措得以确立。到2035年,乡村振兴取得决定性进展,农业农村现代化基本实现。农业结构得到根本性改善,农民就业质量显著提高,共同富裕迈出坚实步伐;城乡基本公共服务均等化基本实现,城乡融合发展体制机制更加完善;乡风文明达到新高度,乡村治理体系更加完善;农村生态环境根本好转,美丽宜居乡村基本实现。到2050年,乡村全面振兴,与全区全市同步实现农业强、农村美、农民富。

种 植 业

【粮油生产】 2018年,全县粮食作物播种面积54931公顷,每公顷产量4770千克,总产量26.2033万吨,比上年分别减少14.78%、4.89%、18.94%,其中水稻播种面积33075公顷,每公顷产量5735千克,总产量18.97万吨,比上年分别减少18.37%、增长1.67%、减少17.00%;玉米播种面积7177公顷,每公顷产量5463千克,总产量3.92万吨,比上年分别减少2.45%、增长3.02%、0.49%,豆类播种面积1077公顷,每公顷产量1969千克,总产量2121万吨,比上年分别减少13.15%、增长8.13%、减少6.07%,薯类播种面积13421公顷,每公顷产量2283千克,总产量3.06万吨,比上年分别减少12.22%、34.57%、42.57%。油料播种面积9831公顷,每公顷产2911千克,总产量2.8619万吨,比上年分别减少10.15%、增长3.52%、减少6.98%。

【糖料蔗生产】 2018年,全县糖料蔗种植面积17980公顷,总产量151.13万吨，分别比上年增长2.53%、5.22%。全县糖料蔗种植品种主要有：桂柳05136、桂糖42、桂糖46、桂糖49、粤糖93/159、粤糖00-236、新台糖22号、柳城03-182、柳城03/1137、福农39等高产高糖新品种。

【蔬菜生产】 合浦县是南菜北运基地，生产的蔬菜85%销售外地，主要销往河南、河北、湖南、湖北、安徽、上海、武汉等省市。蔬菜生产作为合浦县一大经济支柱产业，是合浦县农业增效、农民增收的重要途径。2018年，全县蔬菜种植面积29080公顷，单产每公顷22438千克，总产量652495吨，比上年分别增长2.04%、3.71%、5.82%。其中特色优势品种：豇豆11012公顷、玉豆种植面积352公顷，两种蔬菜占全年蔬菜种植面积39.1%。全年全县豇豆平均亩产2.28吨，总产量37.66万吨，每千克价格4.1元，亩产值9348元，总产值15.44亿元；玉豆平均亩产2.12吨，总产5724吨，每千克价格3.7元，亩产值7844元，总产值414.16万元。

全县蔬菜生产主推小拱棚+覆膜“三避”技术、地膜+小拱棚覆膜“三避”技术、水肥一体化、测土配方施肥技术、病虫害综合防治技术、病虫害绿色防控技术、无公害蔬菜标准化种植技术、间套种技术和水旱轮作模式等；主要种植豇豆、玉豆、茄瓜、辣椒、番茄、萝卜和大白菜、小白菜、芥菜等叶菜类蔬菜。全县共有蔬菜专业合作协会35个，分布在石湾、石康、廉州等乡镇较大规模的蔬菜批发市场3个。

【水果蚕桑生产】 2018年，全县水果种植面积1.06万公顷，总产量9.55万吨，其中蕉类面积0.21万公顷，总产量3.33万吨，柑橙面积0.31万公顷，总产量3.21万吨. 龙眼面积1350公顷，总产量0.90万吨，荔枝面积0.19万公顷，总产量0.77万吨。水果（林果）总产值3.21亿元。年内，全县水果生产扎实推进特色果业提升行动，引导品种结构调整，逐步实现从低产低值龙眼生产向高产高值的柑橘、火龙果、大青枣等特色品种生产转型，在荔枝栽培方面，推广高接换种技术，从以黑叶荔为主向香山鸡嘴荔为主转移。推广标准化、集约化生产技术，提升果品品质，推行无公害生产技术，全力打造“香山鸡嘴荔枝”品牌，创新品牌优势，提升产业综合素质。同年，合浦县“香山鸡嘴荔枝”入选广西壮族自治区农产品公用区域品牌目录、合浦县公馆镇生态美香山鸡嘴荔枝种养农民专业合作社的香山鸡嘴荔枝参加“广西好食材”评选获得2018年“广西好食材”第一名；组织选送样品参加2018年“全国优质荔枝擂台赛”，其中合浦县公馆镇生态美香山鸡嘴荔枝种养农民专业合作社、广西合浦县恒丰生态水果种植场、合浦县公馆镇山肚村鸡嘴荔种植农民专业合作社的鸡嘴荔枝分别获得“特色品种组”金、银、铜奖；合浦县闸口镇山子贝马祥均果场的妃子笑获得“早熟优质品种组”铜奖。蚕桑生产萎缩，全县桑园面积60公顷，桑叶产量4640吨。

【木薯生产】 2018年全县木薯种植面积8052公顷，单产每亩1861.2千克，总产量224798吨，比上年分别增长1.47%、2.58%、4.09%。合浦县主要种植木薯品种有：华南5号、华南8号、桂热3号、桂热4号、热选048、GR891、南植199、新选048等品种。合浦县共有木薯加工厂5个（淀粉厂3个、酒精厂2个），年产淀粉800吨，酒精20000吨。

【农村能源建设】 2018年，合浦县获得自治区财政林业资金农村能源项目11个，获得项目资金347.5万元。其中：有机垃圾户用处理沼气池建设项目500户；太阳能路灯项目3个：白沙镇新村村委太阳能路灯项目、山口镇山北村委上新圩村太阳能路灯项目、合浦县星岛湖镇闲云生态园太阳能路灯项目；光伏发电项目2个：合浦县山口镇石子岭乡村旅游有限公司光伏发电项目、合浦县白沙镇新村村委上塘村光伏发电项目；小型沼气工程项目5个：合浦县和润鸽业养殖粪污集中处理项目、合浦县白沙镇群兴种养农民专业合作社沼气沼肥管道化集中供肥项目、合浦新东方粪污集中处理项目、合浦宇兴农牧有限公司粪污集中处理项目、合浦振恒农牧有限公司养殖粪污集中处理项目。上述项目按时按质完成并通过了上级部门的验收，产生了良好的示范带动效果和社会经济生态效益。12月14日，《广西日报》刊发《合浦沼气综合利用实现物尽其用》，介绍合浦县农村能源建设成效。

扶贫开发

【概况】 2018年，合浦县辖15个乡镇273个村（社区），总人口109.54万人，其中农业人口88.97万人。2015年底建档立卡时，有贫困村70个，建档卡贫困户

7300户31363人，贫困户呈零星分散、插花式分布，贫困发生率3.54%。按照自治区的统一部署，经过动态管理和动态调整后，同年共有建档立卡贫困户7946户、33631人（另有退出户1548户、7100人）。年末，认定21个贫困村和贫困户1040户、4685人脱贫摘帽。

【项目安排】

基础设施项目　2018年，合浦县加强贫困村自然村交通基础设施建设，全年共投入各类资金1.4亿元，建设农村硬化道路194千米、新建和危改主要桥梁4座，不断改善了群众交通条件。落实投入资金2151万元，建设农村饮水、农田水利等一批民生水利工程，涉及41个贫困村。其中建成农村饮水项目11宗，改善或解决了2.5万人的饮水条件；新增或恢复农田灌溉排涝面积3600公顷。完善贫困村的公共服务设施。继续投入资金200万元，为4个贫困村建设文化综合楼、标准篮球场、戏台和宣传栏等公共服务设施项目。落实危房改造资金3490.6万元，扶持1126户建档立卡贫困户危房改造，需要危改的贫困户全部落实指标。其中涉及2018年脱贫户150户，已全面建成入住。

产业扶贫项目　2018年，合浦县以市场为导向，创新扶贫产业发展模式，已形成5个以上具有规模的特色优势产业，打造了豇豆、水果、水产“3个万亩产业基地”，100%覆盖全部有劳动能力的贫困户。全面推广“三种模式”，确保产业扶贫全覆盖。充分发挥农业龙头企业多、种养能人多的特点，全面推广“龙头企业+合作社+贫困户”“党支部+合作社+基地+贫困户”“合作社+贫困户”3种产业模式。重点发挥党建促扶贫的作用，以党支部为核心，突出合作社、龙头企业带动，在现有合作社的基础上，成立镇一级合作社，将“散户”纳入其中，实行集中生产管理，按保底固定或产业利润分红，推动发展产业，促进贫困户增加收入。全面建立合作社带动贫困户，全县70个贫困村全部成立农民专业合作社，成立镇级合作社13个，发展产业项目70多个，覆盖所有贫困户。合理安排到户产业项目，全年共落实各级扶贫专项资金2961.4万元，累计户均达10000元，根据贫困户意愿，因地制宜，扶持贫困户发展产业增加收入。

【扶贫资金使用】 2018年，合浦县扶贫资金使用遵循精准扶贫、精准脱贫，聚焦贫困村，瞄准贫困户的原则，全年共落实专项扶贫资金2.33亿元。其中上级安排1.5亿元、县级0.83亿元。扶贫资金主要用于产业扶贫2961.4万元，用于基础设施建设14443.6万元，用于集体经济发展1100万元，其余用于小额信贷贴息、“雨露计划”、落实各项扶贫政策等方面。

【扶贫措施】

因户因人施策　2018年，合浦县扶贫采取因户因人施策的措施。对有劳动力，自身有种养经验的贫困户家庭，扶持他们做大种养业，增加收入；对劳动力欠缺的，采取加入农民专业合作社的办法，抱团经营。利用财政专项扶贫资金入股合作社取得分红，实现增收；对有富余劳动力的，积极发挥政策导向，实施《合浦县“脱贫攻坚”贫困户转移就业交通补贴实施方案》，鼓励富余劳力外出务工创收，实施转移就业或是自主创业。年内，全县所有贫困户都纳入产业扶贫或农民专业合作社分红，另外，全县共有贫困人口12200人转移就业，有14321人次共获得交通补贴224.423万元。

建设“扶贫车间”　2018年，白沙镇、山口镇、常乐镇等乡镇共发展“扶贫车间”12间，当地群众800多人、建档立卡贫困人口150

2018年3月30日，县委书记杨斌（左三）到和润鸽业农民专业合作社调研产业扶贫情况
（县扶贫办　供）

人实现在家门口就业增收，每人月均收入2500元以上，最高的达到5500元。实现了成本最低、见效最快地脱贫致富。另外，还涌现出扶贫市场、扶贫作坊、扶贫渔场等形式多样的扶贫模式。

小额信贷帮扶　2018年，全县已放贷3050户，占总贫困户数的38.39%，贷款总额14046.83万元用于自我发展产业或入股分红；2573户贫困户共分红1592万元。

社会力量帮扶　2018年，合浦县大力实施“百企扶百村”活动，着力构建社会各界推进大扶贫工作格局。全县直接参与脱贫帮扶的企业70家，实施帮扶项目566个，投入帮扶资金16938万元，帮扶贫困村208个，帮扶贫困人口11217人。

落实各种政策措施　2018年，全县教育资助贫困生共11539人次、1044.32万元，“雨露计划”补助2912人次、506.8万元，在校中小学生全部享受“两免一补”政策，建档立卡贫困户义务教育阶段辍学学生123人已全部劝返；全县所有贫困人口均参加医疗保险，医疗有保障，落实资金860万元实行贫困户就医兜底补助。同年1—11月，对县域内住院的建档立卡贫困户兜底补助4242人次，兜底资金348.95万元，实际报销比例93.13%；29种特殊门诊慢性病门诊兜底补助1323人次，兜底资金39.61万元，实际报销比例84.22%。贫困人口纳入农村低保2675户7986人，低保对象与扶贫对象的重合率31.5%，实现“应扶尽扶、应保尽保”。合浦县年内将原来的农村最低生活保障标准每年每人3420元提高到每年每人4000元。月人均补助水平从每人每月170元提高到每人每月190元。扶持1126户贫困农户实施建新房或危房改造，补助资金3490.6万元。

【脱贫成效】

提升“三保障”水平　2018年，合浦县脱贫成效大幅度提升，国家的各项保障措施在合浦县落地生根。教育、医疗、住房、低保等政策保障受益10万多人次。

提升基础设施　年内，全县新建了一批乡村道路、水利、公共服务等基础设施。

提升贫困户的“造血”功能　2018年，合浦县通过抓产业发展和转移就业，变“输血”为“造血”，提升了贫困户自我发展的能力。2018年1月—9月，全县农民人均可支配收入10574元，增加了961元，增长率为10%。

提升退出准确率　年内，合浦县对照“两不愁三保障”的脱贫标准，注重脱贫质量，做到严计划、严标准、严程序、严销号。每个指标都可计量、可考评。对贫困户脱贫，实行“双认定”，要求户主、验收工作队员及帮扶人共同签字确认，群众要认可和满意。

农业机械化

【概况】 2018年，县农机局以习近平新时代中国特色社会主义思想为指导，紧紧围绕实施乡村振兴战略，以推进农业供给侧改革、促进农业机械化全程全面高效发展为要求，在县委、县政府的领导下，全面贯彻中共十九大和十九届二中、三中全会精神，对照全面建成小康社会总任务，解放思想，实事求是，通过抓重点、补短板、强基础，求真务实，切实履行职责，全面完成全年农业机械化工作任务。年末，全县农机总动力77.35万千瓦；全年农机化生产作业服务经营总值13.2亿元；完成农业机耕面积任务119680公顷；耕种收机械化综合水平达到55.65%，比上年增长2.50%；其中水稻机械化综合水平达到78.50%，比上年增长1.38%。全县拖拉机检审、入户任务数700台，完成拖拉机检审、入户703台。农机安全事故率为零，死亡率为零。农机技术推广培训完成培训225人。农机具购置补贴第一批资金实际完成审批407.66万元，结算资金326.64万元，受益农户673户，购买各类机具681台。召开水稻机械化种植、水稻机械化收获、水稻机械化烘干技术现场演示会各1次；组织召开甘蔗机械化种植、甘蔗机械化中耕培土、甘蔗机械化收获现场演示会各1次。

【安全生产】 2018年，县农机局把农机安全生产放在一切工作的首位，深化全国“平安农机”示范县建设成果，夯实农机安全基础，多措并举确保农机安全生产。加强监督管理，确保农机安全事故防患未然。首先层层成立安全生产领导机构和监督检查组织，落实人员分工；级级签订目标管理责任状，责任到人。落实隐患排查制度，实行专项治理。抓住农机生产特点，针对农机“黑车非驾”和违章装载等重要隐患，开展了各种专项突击重点整治行动，全年共开展安全生产执法检查138次，检查拖拉机1585台次，查处一般违章242台次，发现的安全隐患均已全部完成排除和整改。加大农机安全生产宣传，普及农机安全知识。5月25日、6月25日，县农机安全监理站到常乐镇火星小学、皇后小学开展“农机安全进校园活动”。6月15日，县农机安全监理站在县城还珠广场举办了以“生命至上安全发展”为主题的农机安全生产宣传日活动。全年检审农机703台。通过多方努力，全县没有发生农机安全事故。

【农机技术推广和培训】

农机技术培训　2018年，县农机局按照全县农机发展规划的要求，瞄准农机化发展“瓶颈”，注力突破。县农机局先后在闸口镇惠东农机合作社联合召开了水稻生产全程机械化夏收夏种现场演示会、水稻机械化烘干技术现场和无人机植保技术培训会。在沙岗镇“双高”糖料蔗基地先后举办甘蔗机械化种植、中耕培土、收获现场培训会。县农机局依托示范基地和县农机校开展新机具、新技术的示范和培训工作，全年共举办项目示范培训6期100多人次，实用技术培训4期，培训农机手102人。

农机技术推广和农机产品质量检查　2018年，县农机局派出农机技术推广人员下基层开展新技术示范推广、提供技术指导和咨询等活动，全年检修各类机械6000多台套，发动6000多台套农业机械投入农业生产，机耕面积119680公顷。3月9日，县农机质量投诉监督站以3·15国际消费者权益保护日为契机，联合工商部门在全县范围内积极开展农机产品质量检查。3月15日，开展以“加强农机质量监督、维护农民合法权益”为主题的活动。

【农机购置补贴发放】　2018年，县农机局严格按照农业机械购置补贴实施方案，立足工作实际，精心组织安排，落实工作责任，积极宣传发动，严格操作程序，强化服务措施。全县申请使用农机购置补贴资金共407.655万元，已结算发放补贴资金326.64万元，拉动全县投入购置新机具资金1900多万元，受益农户673户，购买各类机具681台。农机购置补贴促进了全县农机装备水平提升，切实让农民得到政策实惠的获得感。

（李小三　吴志谦）

2018年3月27日上午，北海市与合浦县农机部门在闸口镇惠东农机农民专业合作社联合召开水稻生产全程机械化和无人机植保技术现场培训会

（陈　琥　摄）

林　业

【概况】　2018年，合浦县林业工作在县委、县政府的坚强领导和上级林业主管部门大力支持指导下，以生态文明建设为主题，以林业增绿增效为基本要求，以巩固“两学一做”学习教育常态化成果和加强作风建设工作为抓手，认真贯彻落实中共十九大以及中共中央总书记习近平视察广西（合浦）的重要讲话精神，切实履行部门职责，积极开展林业生态经济建设、林业精准扶贫等工作，全力抓好国有林场改革、集体林权证发放查缺补漏纠错和产业结构调整，全面实施科教兴林、依法治林、改革活林，有效提高了林业产量、质量、效益，达到促进林业经济新增长和林农增收的效果。年内，全县共完成植树造林2728.41公顷；实施村屯绿化质量提升工程，完成示范村屯绿化质量提升工程2个，竣工率100%，累计种植绿化苗木700株；实施道路绿化7200米，累计种植绿化苗木（含灌木）8000多株，新增绿化面积7公顷；采伐林木5673.21公顷，林木蓄积量41.79万立方米；全县林业生产总值达50亿元，同比增长5亿元；森林覆盖率达40.85%。

【植树造林】

山上造林　2018年，合浦县植树造林围绕生态文明建设工程为重点，认真组织实施“金山银山”造林绿化工程，扎实开展山上造林和沿海防护林绿化建设，细化造林任务分解下达到乡镇，并落实到山头地块和村屯，并安排专业技术人员分片、分点包干指导。全年完成植树造林2728.41公顷,其中人工促进更新造林2078.3公顷,迹地更新造林650.11公顷;完成道路沿线绿化7200米,累计种植绿化树(含灌木)8000多株;育苗14公顷,生产合格桉树苗木松树苗木700万株,为植树造林提供优质种苗保障。同年9月,县林业局全力以赴,精心策划,认真组织做好环广西公路自行车世界巡回赛合浦路段绿化工作,实施道路绿化2000多米。

义务植树　2018年植树节期间,县委、县政府组织全县机关、各乡镇、厂场、学校等单位开展义务植树活动,全面启动以“兴水利、种好树、优生态、惠民生”为主题的植树造林活动。县四家班子领导身体力行,带头参加义务植树活动,起到表率作用。同时,以报刊、广播、电视、简报、板报、标语、横幅等形式,大力宣传开展义务植树活动,提高全县广大群众造林绿化意识,激发群众造林绿化热情,掀起全县植树造林高潮,完成义务植树270万株。

村屯绿化质量提升工程建设　2018年,合浦县继续开展“美丽广西·生态乡村”村屯绿化后续管护工作,全面巩固村屯绿化成果。根据自治区、北海市的安排,扎实开展示范村屯绿化提升工程,组织作业设计和招投标工作,抓住雨季实施造林。全年完成示范村屯绿化提升工程2个,占任务100%,种植绿化苗木700株。

【生态公益林管理】 2018年,合浦县实施自治区级以上森林生态效益(红树林、沿海防护林)补偿管理面积2760公顷,由县林业局与相关乡镇签订管护合同并履行合同管护职责。中央投资生态公益林补偿基金41.4万元,全部兑付到相关乡镇村委及管护单位,有效地保障生态公益林管护的稳定,促进公益林的健康发展。

2018年3月12日,北海市委书记、市人大常委会主任王乃学(前排右二),市长蔡锦军(前排右一),合浦县委书记杨斌(前排左左一)在合浦县参加义务植树活动

(林启波　摄)

【林政资源管理】

森林采伐限额管理　2018年,县林业局按照上级林业部门下达采伐限额,严格执行伐前设计、伐中检查、伐后监督的管理机制,不断推进依法采伐。全年审核批准林木采伐面积5673.21公顷,林木蓄积量41.79万立方米,生产原木材32.11万立方米,林木采伐量占采伐限额的39.8%,合理控制了采伐量,既保护了森林资源和森林生态环境,又促进林业生产和经济的发展,为林产加工企业提供充足的原材料,稳定了林产工业的发展,增加林区就业率,促进区域社会经济的发展,实现了青山常在,永续利用。全年全县森林覆盖率达40.85%。

林地资源管理　2018年,县林业局加强林地资源保护管理,坚决打击和制止毁林开垦、乱征、乱占林地的违法现象,切实维护合浦县林地管理的正常秩序。按照国家林业局、自治区、北海市组织的非法占用林地清理专项行动的部署,县林业局组织开展清理专项行动,排查立案非法侵占林地案件69起(其中立刑事案件9起),查处22起,刑拘1人,处罚人员21人,罚没款24.2万元,复绿23.33公顷。抓好国家林业局对合浦县森林资源管理检查存在问题的整改落实工作。县林业局联合公安、国土、环保等部门和当地乡镇,全力抓好整改落实,得到国家林业局的充分肯定,并在自治区作经验介绍。同时,按国家林业局《征占用林地审核审批管理办法》的规定办理,做好服务大项目建设用地工作,严格审查、审核手续,依法行政。

依法治林　2018年,县林业

局依照《中华人民共和国森林法》《中华人民共和国野生动物保护法》《中华人民共和国野生植物保护法》《森林防火条例》,结合上级林业主管部门和县委、县政府部署,坚持依法治林,充分发展森林公安主力军作用,整合执法力量,全方位开展综合执法,严厉打击乱砍滥伐、盗伐林木、整治林区治安和开展木材加工厂的治理,切实抓好林业案件查处,创建“平安合浦、平安林区”。年内,县森林公安机关共受理和查处涉林案件200起,其中林业刑事案件42起,查破26起,刑拘20人,逮捕24人,取保候审5人,起诉25人;林业行政案件158起,结案125起;罚没款24.2万元。

野生动物管护 2018年,县林业局加强巡护巡查,严厉惩治破坏野生动植物资源的违法犯罪活动,制止偷捕盗猎野生候鸟违法行为,依法管理湿地资源。年内,全县共立野生动物刑事案件2起,破案2起,抓获犯罪嫌疑人2人,清理捕鸟围网3000米,收缴野生动物一批,全部活体放生或上交野生动物救护中心。加大野生动物保护和救助宣传力度,组织开展3场次宣传活动,印制散发宣传册、宣传单等资料1000多份。

【森林防火】 2018年,县林业局把森林防火工作作为工作重中之重来抓,加强宣传力度,坚持“预防为主,积极消灭”的森林防火工作方针,认真贯彻落实国务院、自治区、北海市春秋冬季森林防火工作的电视电话会议精神。同时,县委、县政府结合全国、自治区电视电话会议精神,召开了合浦县春秋冬季森林防火工作会议,全面部署森林防火工作,并组织签订责任状,明确职责,层层落实责任,及时转发上级森林防火指挥部的有关文件,并下发有关森林防火的通知。进一步规范、完善森林防火应急预案和扑火预案,认真抓好森林防火扑救演练,把森林防火工作启动到临战态势。年内,县林业局组织20多名扑火人员参加北海市组织的森林防火综合演练,并组织全县森林防火演练1次。切实做好清明、“三月三”、中秋、国庆节、重阳节、防火期森林防火工作和防火期间24小时值班工作,防火期内组织督查组进乡入村开展宣传和检查工作。同时,充分利用各种宣传媒体、电视、广播、报刊、手机短信、微信等进行宣传,出动防火宣传车辆250次,张贴标语口号8000多条,印发《森林防火宣传手册》《致全民的一封公开信》等宣传资料10万份(册),横幅480条,建立或刷新永久性宣传碑120个,在县电视台黄金时段内滚动播出森林防火宣传警示语。年内共发生火警40起,过火面积33.35公顷,受害面积25.2公顷,受害林木蓄积980立方米,受害率为0.3‰,在受灾率0.8‰的控制范围内,无重大的森林火灾和伤亡事故发生。

【森林病虫害防治】 2018年,合浦县建立县乡村三级森林病虫害防治监测机制,配备专职测报员,进一步加大对森林监测和防治力度,及时做好监测预测预报及防治工作,并且分解任务到镇村,做到目标任务明确。全县实施监测森林面积73174.87公顷,实现100%监测覆盖。同时,加强对木材及其产品调运的检疫,共检疫调运木材28.65万立方米、苗木检疫561.89万株,检疫率为100%;年内林业有害生物成灾率为零。通过监测、防治、检疫等工作,有效地控制森林病虫害发生发展和蔓延,有效地防控有害生物的入侵,保护森林生态环境安全。

【山林纠纷调处】 2018年,县林业局坚持以事实为依据、以法律为准绳、公开公正的调解原则,积极调处山林纠纷,年内共排查调处林业纠纷案件9起,已办结了5起,主动配合县政府和北海市林业局做好山林纠纷的调处工作3起,林区内没有发生因山林权属纠纷引起的群体性上访事件。同时,指导和协助乡镇做好村组林地纠纷调处工作,消除林区社会的不稳定因素,确保林区安全和谐。

【林产工业】 2018年,县林业局牢固树立“产业建设生态化,生态建设产业化”理念,坚持以市场为导向,认真抓好以双银木业、洪森胶合板厂为龙头的纤维板、胶合板等深加工、高附加值产品的综合利用产业,带动其他木材加工生产不断发展壮大,做大做强林产工业,积极主动为各林业企业做好扶持、信息提供和流通服务等工作,保证生产的正常运行。积极配合做好北部湾(合浦)林产循环经济产业园的招商工作,引进木材加工项目3个。全年林业工业生产总产值达17.2亿元,完成任务的101.2%。

【林业生产总值】 2018年,县林业局重点抓好山上造林、林产工业生产、林下特色经济、森林旅游、现代林业特色示范区建设等,林产工业不断增大、林业经济不断增长,实现资源增值、林农增收、产业增效的发展理念。全年林业生产总产值达50亿元,占任务的100%,与2017年同比增长5亿元。

【林业固定资产投资】 2018年,合浦县林业固定资产投资按县委、县政府的要求,将投资和项目建设任务定人、定责、定时间、定进度,使目标任务有人管、有人抓、不缺项、不漏项,全县完成固定资产投资任务1.55亿元。

【集体林权制度改革】 2018年,县林业局继续推进深化集体林权制度主体改革和配套改革工作。继续高标准、高质量完善林改资料档案整理、归档工作,采取“试点先行”的方式在常乐、石湾、星岛湖、乌家等乡镇开展集体林地林权证发放查缺补漏纠错工作,以试点带全面的工作机制,稳步有序开展纠错工作。全年共完成林权证发放查缺补漏纠错核查任务10200公顷,试点任务2000公顷。继续开展林改配套改革的各项工作,改善林业社会化服务体系。积极开展政策性森林保险补贴工作,申报办理88公顷,继续开展林权抵押贷款登记业务,解决林农发展资金需求问题,聚能蓄势发展林业。

【林下经济】 2018年,林下经济成为合浦县新兴的绿色产业,探索出林果、林草、林茶(花卉)、林蜂、林禽等多种发展模式,已形成立体林业、循环林业、集约林业发展格局。年内,县林业局继续引导和组织林农开展林下养鸡、养鸭、养珍禽、养羊、牛、养蜂及林下种植金花茶、牛大力、牧草间种农作物等,畅通农民林下经济发展致富门路。实施“美丽广西、宜居乡村”产业富民林下经济建设,继续抓好林下种植白芨(沙岗镇)和林下旅游项目(星岛湖镇)两个林业产业富民项目示范带动作用。全县发展林下经济面积达29533.33公顷,参与农户数达6.7万户,涉及林农人数28万人,林下经济总产值达到21.01亿元,占任务的100%,与2017年同比增长1.81亿元。

【国有林场改革】 2018年,合浦县山口林场、公馆林场改革顺利通过了自治区的检查验收,由原自收自支事业单位改为公益二类事业单位,干部职工的社会保险得到了保障。

【林业机构及职工队伍】

机构　根据《中共合浦县委员会、合浦县人民政府关于印发〈合浦县人民政府机构改革实施意见〉的通知》精神,设立合浦县林业局为合浦县人民政府工作部门。编制9名,其中行政编制8名,后勤编1名。领导职数3名(1正3副),股级领导5名。内设人事秘书股、财务股、林政资源管理股(行政审批办公室)、营林股(县绿化委员会办公室)、林业改革发展股。合浦县森林公安局实行双重管理体制,党务、行政工作以林业部门管理为主,公安业务工作以县公安部门管理为主。编制24名,其中森警22名,工勤编2名,为副科级建制。设有综合股、刑侦治安股和山口、常乐两个派出所。森林公安局设局长、教导员各1名(副科级),副局长2名(股级),综合股、刑侦治安股长各1名,山口、常乐派出所设所长、指导员各1名(副科级),副所长各1名(股级)。下属事业单位有森林防火指挥部办公室编制7名,属财政全额拨款性质事业单位;森林病虫害防治检疫站,编制3名,属参照公务员法管理单位;县林业技术推广站编制17名,属财政全额拨款性质事业单位;合浦山口木材检查站编制8名;县林业调查规划设计队,编制12名(其中2014年合浦县机构编制委员会下文增编9名),属自收自支性质事业单位。国营山口林场,设有党委,属正科级建制的差额拨款事业单位,林地面积2400公顷,职工人数305名,其中在职58名,退休247名,所经营的林地(除小部分留作自营经济外)已纳入林浆纸原料林基地,经济来源是靠单一的林地租金,用于解决日常运转和上缴职工养老保险金。国营公馆林场属副科级建制的差额拨款事业单位,林地面积2153.3公顷,职工人数139名,其中在职43名,退休96名,经营性质与山口林场相同。县林业科学研究所属副科级建制,财政全额拨款的事业单位,全所职工人数69名,其中在职38名,退休31名,有林地面积133公顷,除征用建设外,其余林地纳入林浆纸项目建设,由县政府收回管理。木材公司属企业性质,职工全员下岗自谋职业。

职工队伍　全县林业系统共有在职职工217人,其中专业技术干部和管理干部103人,本科学历28人,大专学历51人,中专(含高中)24人,高级职称2人,中级职称37人,初级职称42人;工人114人,大专学历7人,中专(含高中)107人;高级工8人,中级工36人,初级工49人,普工21人;15个林业工作站人、财、物仍隶属乡镇政府管理,业务上由县林业局管理。

(刘智聪)

渔牧业综述

【概况】 县水产畜牧兽医局内设人事秘书股(行政审批办公室)、计划财务股、渔业生产管理股等6个职能股,下辖合浦县渔政站、中华人民共和国广西合浦渔港监督站、合浦县水产技术推广站等16个单位及15个乡镇水产畜牧兽医站(增挂“水产畜牧产品质量安全监管站”牌子),共有在编干部职工186人。

2018年,县水产畜牧兽医局在县委县政府正确领导和上级业务部门支持帮助下,以“农业增效、农民增收、农村增绿、脱贫攻坚”为目标,认真学习贯彻落实中共十九大精神和中共中央总书记习近平系列重要讲话精神,沉着应对严峻形势,结合实际落实“两个责任”,恪尽职守,积极工作,促进全县水产畜牧业持续稳定发展,工作大局运转稳定,干部队伍稳定,全系统呈现良好的发展态势。2018年,全县完成渔牧总产量59.38万吨,完成渔牧业总产值110.02亿元,同比增长5%。畜牧业方面,完成肉类产量9.38万吨,同比增长3.04%。全年全县完成渔牧业总产值110.48亿元,同比增长6.3%。其中渔业产值85.81亿元,同比增长6.3%,畜牧业产值24.67亿元,同比增长4.1%。顺利完成或协助完成“三农”工作、养殖污染整治、扶贫工作、社会治安综合治理、社会保险、水资源管理、拆迁、双拥、应急、招商引资、财政管理、创特等绩效工作。

【南流江沿岸畜禽养殖场清拆项目】 2018年9月,合浦县财政局下达地方政府新增一般债券需求项目——南流江沿岸畜禽养殖场清拆项目,总投资2950万元。其中南流江沿岸畜禽养殖场清拆项目资金2470万元,南流江干流规模养殖场高架床升级改造项目资金480万元。南流江沿岸畜禽养殖场清拆项目:通过委托第三方评估机构对南流江沿岸200米范围的11个有固定栏舍的养殖户(常乐2户,石康6户,星岛湖1户,党江2户)进行评估,总评估价为390万元。南流江廉州段禁养区(汉闾文化园周边的规模养殖场)需要搬迁的畜禽养殖场也已经第三方评估完成,争取在2019年清拆完成廉州段禁养区的规模养殖场;南流江干流规模养殖场高架床升级改造项目资金480万元,主要用于南流江干流200米范围外的规模养殖场高架床升级改造,对24000平方米的栏舍改造成“高架床”,每平方米补助200元。实施方案经县政府批复后,县水产畜牧兽医局组织人员对符合条件的养殖场进行评分,争取在2019年组织规模养殖场实施该项目。

【产业扶贫】 2018年,县水产畜牧兽医局坚持责任担当,持续做好产业扶贫工作。协助监督各级下拨的产业扶贫资金使用安全。同年全县投入水产畜牧养殖项目资金2651.87万元,占全县产业扶贫资金5833.94万元的45.45%。作为产业扶贫成员单位,县水产畜牧兽医局强化责任担当,对于养殖扶贫资金的安排使用,坚持慎重严肃的态度:由各乡镇组织申报,派出技术员到现场检查审核,提出指导意见,再由县财政局核实把关。在工作中,协助县纪检监察部门做好检查监督工作,一旦发现问题苗头,马上协同有关部门调查处理。扎实开展技术培训。把技术培训作为水产和畜牧部门扶贫的主要工作。同年,县水产畜牧兽医局举办水产畜牧产业扶贫养殖技术培训班9期,培训453人次。派出技术人员125人次分别到31个产业扶贫村做好产业栏舍建设、技术指导、生产管理以及防疫免疫、消毒灭源等工作。针对部分农民专业合作社负责人、管理人员对养殖的防疫、消毒、隔离等重要技术环节的技术知识知之不多、风险意识淡薄的实际情况,县水产畜牧兽医局实施水产畜牧科技入村计划,利用贫困农户农闲时间,协调村委,通过多媒体培训、集中培训、面对面培训、发放技术资料和现场技术指导等方式,积极开展技术指导培训。要求各乡镇兽医站技术人员在及时给贫困农户发放消毒药物、疫苗的同时,每月到点到场为养殖户提供配种、难产、免疫等方面的技术指导,现场解决养殖难题,每周在微信工作群内汇报当周的产业扶贫督查工作。年初,县水产畜牧兽医局在广西率先制订下发《关于加强扶贫领域畜禽疫病防控的通知》,要求各股站所、各乡镇水产畜牧兽医站明确任务、突出重点、认真履职,切实抓好扶贫领域的畜禽防疫、检疫和养殖技术指导,这一做法得到了自治区农业厅的充分肯定和好评。同年,合浦县畜禽养殖经济效益预期良好,大部分挂靠各农民专业合作社的贫困户领到分红。

【养殖污染整治】 水产畜禽养殖污染整治是合浦县水产畜牧发展的历史难题。2018年,县水产畜牧兽医局依靠县委县政府大力支持和各有关部门鼎力帮助,着力解决这一历史难题。依法行政,结合养殖污染整治在全县实施畜禽禁养区、宜养区规定,使依法养殖逐步成为广大畜禽养殖户养殖遵循。全县水产养殖规划修编紧紧跟进,规划初稿已出台,可望2019年初通过实施,为水产畜牧养殖污染整治首次提供地方法规依据。迎难而上,多次开展洪潮江水库养鸭污染综合整治。9月20日,县水产畜牧兽医局联合县公安局、北海市水利局、洪潮江水库工程管理局等多个部门单位,历时6天,每天出动冲锋舟、执法船,共拆除箦网359张、鸭棚69个、养鸭养鱼栏网115张、拆除小型养猪养牛场各1个,洪潮江水源地养鸭屡禁不止行为得到有效遏制。接着一鼓作气,完成了牛尾岭水库水源地养殖场(户)关闭清拆工作任务。县水产畜牧兽医局按照中央督查组反馈意见要求,下大决心、扎实做好调查摸底,宣传发动和养殖户面对面的思想教育以及拆迁补偿工作,完成牛尾岭水库水源地全部养猪场(25户)以及周边养鸭棚、养鱼塘和蚯蚓养殖场等全部养殖设施的关闭拆迁工作,逐步恢复牛尾岭水库昔日的“青山绿水”。提前发力,努力完成南流江干支流重点养殖户养殖污染整治任务。7月,在争取到中央财政资金后,南流江流域养殖污染整治工作进入了实质性阶段。为突破被动工作局面,县水产畜牧兽医局派出得力干部,积极与各有关部门对接,协调相关单位工作队员先行做好部分养殖户的思想工作。12月上旬,相关文件正式下达后,紧锣密鼓落实养殖户签订拆迁协议并重点攻克“钉子户”,使本来滞后的工作迈上“快车道”。至月底,33户重点养殖户全部签订了关闭清拆协议。

【脱贫攻坚】 2018年,县水产畜牧兽医局与沙田镇、山口镇、西场镇等3个镇的8个村结对帮扶。为抓好帮扶工作,继续督促帮扶人,切实做好帮扶133户贫困户工作。不断创新扶贫工作思路,积极探索精准脱贫方式,协调贫困户通过种养、入股经营、打工等方式进行脱贫。落实《合浦县水产畜牧兽医局干部帮扶到户责任制》,促使帮扶到位到户。主要是落实领导班子成员定点帮扶3户、股站长帮扶2户、干部帮扶1户贫困户的帮扶制度。组织人员进行抽查、检查,发现存在问题的,及时约谈帮扶人,督促帮扶人进行整改。筹资帮助县水产畜牧兽医局驻点村建设驻村公寓。按照《关于做好全市驻村干部公寓标准化建设的通知》要求,县水产畜牧兽医局和北海市工信委、北海产业园区共同筹资2.5万元,将沙田镇山寮村级服务活动中心简单改装,重新布局、厨房改建、添加购买所需生活设施和完善驻村公寓建设,及时缓解了驻村干部的食宿问题,给山寮村脱贫攻坚工作提供强有力的基础保障。

【农业示范区建设】 2018年,县水产畜牧兽医局加大创建农业示范区工作力度,全力以赴做好创建服务推动工作。在2017年创建东园现代农业四星级产业示范区、吉吉农牧公司乡级示范区、闸口桂台现代渔业示范区基础上,进一步推进创建工作,已创建各级示范区(点)44个。其中凤翔肉鸡产业核心示范区作为自治区级农业示范区申报,通过了自治区考核验收,获得四星级肉鸡现代产业(核心)示范区;吉吉农牧公司乡级示范区转型升级获得县级肉牛现代特色产业示范区;乡级示范区通过增点扩面,提质增效,其中石湾源锋、山口浩成、白沙盛意、星岛湖和润等获得乡级现代特色农业示范区;村级示范园、点累计37个也通过考核验收,开创了合浦县现代特色农业产业示范区建设新局面。

【基础便民——畜圈改造项目】 在“美丽广西·宜居乡村”的专项活动中,县水产畜牧兽医局通过引进“基础便民——畜圈改造项目”总投资60万元,分别在廉州、石康、石湾、白沙、山口等乡镇,每个乡镇选择1个自然村实施,每个村补助12万元。每个村选择30个养殖户作为建设对象,每个养殖户补助4000元(养殖户的建设总投资必须超过4000元,超出的部分由养殖户自筹解决)。12月26日,县水产畜牧兽医局、县财政局、县住建局联合组织石湾、石康、廉州、白沙、山口等分管领导及乡镇站长召开合浦县“基础便民——畜圈改造”专项活动项目推进会。1月24日—3月6日,县水产畜牧兽医局先后组织人员对实施畜圈改造项目的5个乡镇村委150养殖户进行施工现场监督、项目实施工作指导。同年5月30日,5个乡镇村150户养殖户已按照畜圈改造实施方案内建设内容及规模规格建设完成,9月完成项目验收工作,年末完成资金拨付。

【“产业富民”活动】 在“美丽广西·宜居乡村”的专项活动中,县水产畜牧兽医局引进“产业富民——生态养殖进村行动”,项目总投资210万元,每个生态养殖示范场3万元,共70个获得自治区级认证的生态养殖场(示范合作社、示范村),其中水产畜牧生态养殖示范场60个(畜牧51个,水产9个),生态养殖助农增收示范社8个(畜牧7个,水产1个),生态养殖助农增收示范村2个(畜牧1个,水产1个)。2018年1月19日,县水产畜牧兽医局、合浦县财政局联合组织70个生态养殖场负责人召开合浦县"产业富民——生态养殖"专项活动项目推进会。4月,70个生态养殖场(合作社、示范村)已按照产业富民实施方案内建设内容及规模规格建设完成,同年7月完成"美丽北海·宜居乡村"——"产业富民"专项活动项目验收工作,8月完成项目资金拨付。

【渔牧业安全生产】 2018年,全县没有发生渔牧业重大生产安全事故和重大动物疫情。通过落实多种措施,全县非洲猪瘟等重大动物防控工作有成效,重大动物疫病免疫密度、动物免疫抗体和水产畜牧产品质量安全监测均达到上级要求;渔港渔船安全生产,休渔期安全渡过。

【兽医实验室检测】 2018年,县水产畜牧兽医局根据自治区、市动物疫病检测方案和要求,采取集中监测与日常监测相结合,完成了各项监测任务。年内,全县15个乡镇集中抽检、送检鸡血清检测H7共757份,鸡血清检测H5共181份,鸡新城疫150份;鸭血清检测H7共615份,鸭血清检测H5共182份,猪血清猪口蹄疫抗体检测95份,其中禽流感H5抗体合格率为80%以上,禽流感H7抗体合格率为85%以上,鸡新城疫抗合格率为80%以上,猪瘟抗体合格率为70%,猪牛口蹄疫抗体合格率为84%。由于近年来国内发生了布鲁氏菌人畜共患事件,按上级主管部门指示,县水产畜牧兽医局开展监测工作,全年共完成监测种猪布鲁氏病230份,牛检测布鲁氏病2100份,羊血清检测布鲁氏病1435份,所有种猪、种牛、种羊、奶畜(包括奶牛、奶水牛、奶山羊)进行了100%监测。牛检测结核病2000份。通过对动物疫病跟踪监测,及时地了解和掌握动物疫病分布规律和流行趋势,较好地发挥预警作用。

【县畜牧良种场丰门岭分场搬迁】 根据环保整改要求,在县水产畜牧兽医局的指导下,县畜牧良种场丰门岭分场逐步向七里种猪场搬迁,共转移生猪428头至七里种猪场,其中:仔猪125头,肉猪53头;后备种猪115头,种猪135头。在搬迁期间,防止污水外排,清理沼气池,运输沼气液给农户用于农林灌溉。

【落实强农惠农政策】 2018年,县水产畜牧兽医局完成了2015年度的渔业作业用油财政补贴(以下简称油补)工作,符合规定的1183艘渔船享受油补资金10222.66万多元;完成了2016年度的渔业作业用油财政补贴(以下简称油补)工作,符合规定的1244艘渔船享受油补资金9507.05万元。实施2017年生猪调出大县奖励项目,发放生猪调出大县奖励资金369万元,有17个规模养猪场实施"高架床+益生菌"生态养殖项目建设。积极协调开展政策性养殖业保险工作,积极配合保险公司完成了2.5万头能繁母猪和生猪的保险工作。受理申报病死猪无害化处理资金补助的养殖场40个,按照政策规定无害化处理补贴资金170万多元。

【落实"两个责任"】 2018年,县水产畜牧兽医局在县委县政府坚强领导下,深入学习贯彻习近平新时代中国特色社会主义思想、中共十九大和十九届一中、二中全会精神,积极推进"两学一做"学习教育常态化、制度化,切实加强政治建设,加大从严治党力度,认真落实"两个责任",常年"五坚持"。坚持无禁区、全覆盖、零容忍,结合实际开展党风廉政建设和反腐败斗争,努力营造风清气正的行政环境。坚持强化宣传动员。为贯彻落实中共中央、自治区、北海市和县委关于深化扶贫领域腐败和作风问题专项治理的工作部署,通过召开会议、出宣传板报、电子屏幕宣传、发放宣传资料等方面,大力宣传合浦县深化领域腐败和作风专项治理工作,把上级关于深化领域腐败和作风问题专项治理的工作部署传达给每一位干部职工,使人人知晓,做到全覆盖。坚持重遏制、长震慑,用本系统发生的案例教育干部职工。3月30日,县纪委监委领导到县水产畜牧兽医局机关召开案件通报剖析警示教育会,县水产畜牧兽医局领导班子成员、中层干部40多人参加。县纪委有关部门负责人通报原水产畜牧局庞某等4人违纪案情,时任县委常委、纪委书记、县监委主任李钢作讲话,县水产畜牧兽医局10名干部在会上谈心得体会、作表态发言。通过活动,让干部职工警钟长鸣,知晓利害,严格要求自己,力保队伍稳定。坚持进行集体约谈。召开股站长或帮扶干部职工参加的会议12次,提高各有关人员提高深化领域腐败和作风问题专项治理工作的认识，切实贯彻落实上级部署。坚持标本兼治，既加强面上的政治思想教育，及时召开案件通报会、集体约谈会、个别约谈会，教育提醒，纠正偏差，防止小缺点酿成大错误；又组织力量疏理部门权力风险点，修改完善规章制度，理清和规避干部职工违纪违法犯错误工作节点中的风险点。年内，县水产畜牧兽医局没有新发现干部职工违纪违法行为，在工作任务重、业务压力大、中心工作多的形势下，能较顺利完成各项工作任务，保持工作大局稳定、干部队伍稳定。

渔　业

【概况】

水面滩涂资源　合浦县地处广西南部沿海，水、陆、空交通便捷，南濒北部湾渔场，海岸线长308千米，占广西海岸线总长1595千米的20%，有10米等深线内浅海滩涂面积56666.67公顷，滩涂平坦，其中浅海29333.33公顷，滩涂27333.34公顷。

饵料及渔业资源　合浦县海区海水比重范围1.005—1.020，水质优良，符合国家一类海水水质标准，沿海工业少，无“三废”污染，优良的海水水质在中国沿海地区是罕见的，浮游生物丰富，天然饵料充足，是各种经济鱼类、贝类、虾蟹类、藻类的良好栖息和繁殖场所。全县水产生物资源丰富，海洋经济鱼类品种有500多种，出产有驰名中外的合浦珍珠，还盛产对虾、青蟹、文蛤、近江牡蛎、方格星虫（沙虫）、竹蛏、栉江珧、大獭蛤、藻类和多种经济鱼类。沙田镇海域还栖息有国家一级保护海洋珍稀动物儒艮（俗称为海牛、美人鱼）和海豚。淡水经济鱼类有100多种，主要有罗非鱼、淡水白鲳、斑点叉尾鮰、四大家鱼、鲤、鲫、乌鳢、胡子鲶、合浦毛蟹等品种。这些资源优势为合浦县渔业发展创造了得天独厚的条件。

【海水养殖】　2018年，全县海水养殖面积14226.66公顷，海水养殖总产量446805吨，海水养殖总产值48.89亿元。其中：对虾养殖面积6726.67公顷，产量10.01万吨，产值28.58亿元；对虾养殖着重推广水质调控及病害综合防控技术，提高增氧机等设施的使用程度，生产无公害对虾产品。青蟹养殖393.33公顷，产量0.90万吨，产值2.78亿元；文蛤养殖2300公顷，产量8.51万吨，产值8.68亿元；大蚝养殖1800公顷，产量7.66万吨，产值12.05亿元；大弹涂鱼养殖553.33公顷，产量0.02万吨，产值0.26亿元；牛耳螺、象鼻螺养殖2300公顷，产量1.67万吨，产值1.31亿元；沙虫养殖153.33公顷，产量0.02万吨，产值0.14亿元。海水养殖主要分布在沙田、山口、白沙、公馆、闸口、廉州、党江、沙岗、西场9个沿海镇。

【淡水养殖】

鱼类养殖　全县淡水养殖面积3873.33公顷，产量6.27万吨，产值6.70亿元，分别比上年增长1.44%、9%、10.2%。其中罗非鱼养殖面积3053.33公顷，精养面积2600公顷，产量3.12万吨，产值3.62亿元；罗非鱼养殖着力推广吉富、奥尼、佳吉等优良品种，提高良种覆盖率，推广池塘集约化健康养殖方式，生产优质罗非鱼产品。淡水捕捞产量0.33万吨，产值0.34亿元。淡水养殖分布在全县15个乡镇。

龟鳖养殖　合浦县充分利用本地气候、水域、饲料、交通等优势条件，积极鼓励养殖户发展龟鳖养殖。养殖品种有黄喉水龟、三线闭壳龟、鳄龟、山瑞、巴西龟、黄沙鳖、美国水鱼等优质龟鳖。2018年，全县龟鳖养殖户共有300多户，养殖面积约153215平方米，龟鳖产品产量63854千克。但由于市场价格急剧下跌影响，龟鳖养殖再次跌入低谷。

【海洋捕捞】

渔场　合浦县位于广西区南部北部湾畔，地处粤桂琼三省区的交汇点，是粤西、广西东部地区通往海南乃至整个东南亚的海上“窗口”。合浦县境内大小河流纵横交错，山塘、水库星罗棋布，水域面积宽广，饲料丰富，全县拥有8万公顷的浅海域和4.3万公顷的海滩涂。

北部湾海洋生物资源丰富，是鱼虾贝类的良好繁殖场所，是我国著名四大渔场之一，丰富的海洋生物资源历来都是当地传统渔民赖以生存的源泉和沿岸地区经济发展的支柱。北海至涠洲岛间东西两侧5—20米水深海域是北部湾近海游泳场密集区，其中铁山港附近（364区）和大风江口附近（3621区及以北）是鱼类重点产繁殖区，大部分均在合浦县近岸海域。合浦县浅海常见鱼虾类有362种，持续资源量约70万吨。主要虾场有3个：沙田海面虾场，水深1—20米，主产大虾；大风江口虾场，水深2—7.2米，主产花虾、红虾、大虾、新对虾；铁山港与原合浦县辖地营盘海面，水深1—20米，主产红虾及大虾。

渔船、渔具及海洋捕捞产量　2018年，全县拥有海洋捕捞渔船

1250艘，总功率13.55万千瓦，其中渔船572艘(44.1千瓦以上渔船522艘，44.1千瓦以下渔船50艘)，竹排筏678艘。渔船(竹排筏)数量有所变动，主要原因是：部分渔船船主申报减船转产，部分渔船(钦州、防城港、北海)转户回原户籍地。

合浦县渔船(竹排筏)主要集中在北部湾近海作业，还有少部分到广东沿海、海南沿海、南沙等海区作业。2018年，合浦县没有远洋作业生产的渔船。渔船以底拖网、灯光围网、刺网、潜捕作业为主。竹(排)筏几乎以刺网生产为主，钓鱼生产为辅。

海洋捕捞的主要鱼类有：金线鱼、康氏马鲛、短尾大眼鲷、蓝圆参、黄鱼、多鳞喜、青鳞鱼、蛇鲻、海鳗、鲻鱼、小公鱼、石斑鱼、枪乌贼、乌贼等；虾类有：长毛对虾、墨吉对虾、日本对虾、近缘新对虾、宽沟对虾、赤须虾；蟹类有：梭子蟹、锯缘青蟹；贝类有：马氏珍珠贝、解氏珍珠贝、日月贝、牡蛎、文蛤、毛蚶；其他还有：马尾藻、江蓠等。全年全县实现海洋捕捞产量70270吨，与2017年同比减少8.50%。

【水产行业管理】

水产苗种管理 2018年，合浦县共有水产苗种场59个，其中对虾苗种场28个，育苗水体11420立方米；培育生产虾苗48.6亿尾，每万尾销售价格从100至250元不等，总产值4986万元，利润2239万元；罗非鱼苗种场有31个，育苗水体39公顷。有7个苗种场获得水产苗种生产许可证。县水产畜牧兽医局根据《中华人民共和国渔业法》《中华人民共和国农产品质量安全法》《兽药管理条例》《水产苗种管理办法》等有关法律法规，深入苗种场检查，并在听取业主汇报的基础上，重点查看养殖企业的苗种生产许可证持证情况、苗种场和养殖场是否存放或使用违禁药物和有毒有害物质情况、技术条件、产地环境和设施配套情况、质量管理和记录档案情况；投入品使用和管理情况等。严格监管投入品。积极开展水产畜牧业“三品一标”品牌提升行动，严格生产管理、产品认证和证后监管，强化退出机制，加强品牌宣传，并深入养殖场、养殖户，通过检查仓库及相关记录，检查饲料、饲料添加剂、兽药是否使用违禁品，用药、休药是否符合相关规定。发现用违禁物品情况的，对相关人员提出整改意见，并及时处理。开展水产品质量安全检测，为水产执法提供依据。完成2018年北海市下达给合浦县的监测抽检任务58个，其中虾苗8个，成品50个。县水产畜牧兽医局配合北海市做好合浦县贝类风险监测。下达任务数大蚝5个，珠母贝2个，同年完成大蚝5个抽样。抓好无公害养殖生产，提高产品质量。通过举办技术培训班和下乡技术咨询服务，积极宣传无公害养殖技术知识，转变群众传统养殖观念，促进无公害养殖生产。做好廉州湾海域大蚝贝类监测工作。年内，自治区渔业处继续把合浦县作为海水贝类划型区，划型养殖品种为大蚝，监测区为廉州湾海域大蚝贝类划型海区，面积620公顷。县水产部门全年抽样3次，抽样任务108个。

水产病害防治服务 水产病害一直是影响合浦县水产养殖业健康发展的主要瓶颈，近年来县水产畜牧兽医局把预防水产病害工作作为一项重要工作来抓。建立测报点，实行病害精准监测。2018年，根据农业部和自治区的要求，合浦县设置水产病害测报点10个，测报面积104.94公顷，主要测报品种为对虾和罗非鱼。其中测报对虾5个、面积63.87公顷；测报罗非鱼5个、面积41.07公顷。测报范围涉及公馆、常乐、石康、山口、廉州、党江、白沙7个乡镇。每月按照自治区的要求进行病害监测情况统计上报，以便做好全自治区养殖病害监测，并分析病害发生情况指导面上生产。做好全县面上养殖生产病害调查了解。平时积极主动深入各乡镇各养殖村走访养殖户、饲料经营店、养殖服务店等对象，了解各养殖品种遇到的问题和病害，并分析发生病害的主要原因。通过监测和了解，年内对虾养殖发病率较高，第一造对虾发病率达到80%以上，对虾养殖形势依然不好。罗非鱼病害主要以链球菌病、车轮虫病较多。利用实验室为广大养殖户做好病害诊断或技术咨询服务。同年，县水产畜牧兽医局实验室为养殖户检测鱼虾病样34个，检测池塘水质45次，指导养殖户153人次，采取病样送总站检测8个。继续实施“水产苗种产地检疫试点”项目。同年，自治区继续下达“水产苗种产地检疫试点”项目给合浦县承担实施，项目经费5万元。经过一年的项目实施，100%完成了项目的检疫任务数。共对党江、星岛湖、沙岗、西场等乡镇的27个虾苗场，抽取虾苗6批次，虾苗样品40个，检疫虾苗2个亿尾。检测品种为对虾，根据检测对虾品种确定了检测项目为对虾白斑综合征病毒(WSSV)、传染性皮下及造血组织坏死症病毒(IHHNV)、急性肝胰腺坏死病(AHPND/EMS)、对

虾肝肠胞虫。抽检结果情况:40个样品检测中,白斑综合征病毒阳性2个,检出率占5%;传染性皮下及造血组织坏死症病毒阳性0个;急性肝胰腺坏死病阳性2个,占5%;肝肠胞虫2个,占5%。通过实验室检测,掌握了合浦县部分虾苗场虾苗携带疫病情况,为今后对虾苗种产地检疫实施打下了基础。

【招商引资项目建设】 2018年,合浦县通过招商引资,引进广西北海市鲔丰鑫坚水产有限公司(台商企业)。桂台农渔业合作双创园一期工程是2018年自治区层面统筹推进重大项目,项目一期规划建设水产育苗场、标准化水产养殖场66.67公顷,配合完成养殖场道路、路灯、路缘、进排水沟建设,池塘规模化、护坡硬底化、养殖技术化、智慧化。同年开始进行鱼苗培育工作。投产七星鲈鱼约50万尾、泥鯭鱼约16.8万尾。10月3日从中国台湾空运引进8万尾红头金雕鱼苗加入投产。道路主要有两种类型:道路宽4.6米,长4700米,已完成52%;道路宽1米,长10176米,已完成47%。规划鱼塘56池划分为B、C、D、E4个区,每池6667平方米至10000平方米;其鱼塘改建施工最后收尾工程为护坡已完成20%(12个鱼塘),尾水处理池2个,每个63.2平方米,安全池54个,已完成。年内埋管完成60%,管制室4个,完成2座,其他2座主体结构以在施工。完工水库供水阀门建设,可以正常进行淡水供水。经与闸口镇政府沟通,县国土资源局已经制订具体方案,在邻村的虾塘改造区、茅山村的虾塘取土方,以满足二程需要。

【水产品加工与销售】

服务水产品加工企业 县水产畜牧兽医局结合实际,继续服务好水产品加工企业。把建立水产品养殖出口备案基地建设作为全县水产养殖工作的一项重要内容,注重在水产加工企业与养殖户之间发挥纽带作用,协助企业与养殖场申报办理水产品养殖出口备案基地手续。2018年,全县继续建设20个出口备案基地,主要养殖对虾、罗非鱼,养殖面积665.73公顷。组织养殖户"加盟"龙头企业。形成"公司+基地+农户"模式经营,带动水产养殖业、加工出口业的蓬勃发展,加快了全县渔业产业化发展的步伐。县内的北联、恒兴、雁鸿、宇田、卫宏、洪恩、中颐7家水产品加工企业,在一定程度上缓解了合浦县水产品销售难问题,提高了水产品附加值,增加了农民收入,拓宽了就业渠道,推动了全县水产养殖业的发展。

2018年9月5日下午,桂台(北海)渔业合作示范区发展规划调研座谈会在县政府三楼会议室召开 (林启波 摄)

【渔政监督管理】

渔业法规宣传 2018年,县渔政部门采取多形式、多渠道的宣传方式,深入各沿海镇、村、渔港码头,利用分发宣传资料、悬挂张贴横幅标语等,继续开展以《中华人民共和国渔业法》《广西壮族自治区实施〈中华人民共和国渔业法〉办法》《中华人民共和国野生动物保护法》《中华人民共和国水生野生动物保护实施条例》《农业部关于实施海洋捕捞准用渔具和过渡渔具最小网目尺寸制度的通告》《农业部关于禁止使用双船单片多囊拖网等13种渔具的通告》《合浦县人民政府关于严禁非法电、炸、毒鱼的通告》及《关于开展清理取缔海洋涉外渔业"三无"船舶专项行动的通告》等为主要内容的渔业法律、法规宣传,使渔民群众更多的了解和认识《中华人民共和国渔业法》《广西壮族自治区实施〈中华人民共和国渔业法〉办法》等有关渔业法律、法规,提高全民海洋环保意识和资源忧患意识,增强保护渔业资源的自觉性和主动性。县渔政站在县城和各沿海乡镇悬挂惩治电、炸、毒鱼及清理整治浅海滩涂非法养殖行为过街宣传横额150条,印发宣传资料8000份，制作渔业保护宣传牌6块，出动宣传车辆90辆次，出版宣传板报2期。广泛宣传保护渔业资源和生态环境、维护守法渔民合法权益及开展专项整治行动的重大意义；宣传电、炸、毒鱼及清理整治浅海滩涂禁用渔具和非法养殖场等非法行为的危害性和惩治的必要性，提高广大渔民的守法意识；同时鼓励渔民群众积极参与护渔，为整治行动营造良好的氛围。

水产品质量安全监管 2018年，为确保水产品质量安全生产，县水产畜牧兽医局重点将《水产品养殖用药指南》等张贴到每个养殖场、渔区、港口、码头，分发到每位养殖户和渔船户手中，使广大从事养殖生产的养殖户和渔船户掌握安全用药知识。对种苗场的水产种苗生产许可证审核、发放，严格管理。种苗场生产必须先提供相关证明材料申请办理水产种苗生产许可证，经严格审核后，符合条件的才准予发放水产种苗生产许可证。开展水产品质量安全抽检工作。全年开展水产品质量抽样4批，抽样58个，其中水产苗种8个，成品50个，已按时按质100%完成抽样任务。

【渔业资源保护】

惩治海洋非法捕捞 为进一步加强惩治海上电捕鱼等非法捕捞行为，保护和合理利用渔业资源，维护渔业生产秩序，保护广大渔民的根本利益，县渔政部门高度重视，迅速行动，认真贯彻落实合浦县委县政府的工作部署，紧紧围绕维持北部湾渔业生产秩序总体目标，结合实际，认真谋划，全力推进惩治非法捕捞行动有效深入开展。2018年，县渔政站出动渔政船艇502艘（次），出动车辆60辆（次），渔政船艇航程5606海里，出动渔政人员4390人（次），检查港口渔船（排筏）500艘（次），检查海上渔船（排筏）292艘（次），查扣违规渔船60艘，违规网具一批。

清除浅海滩涂禁用渔具及非法养殖场 为了严厉惩治利用浅海滩涂进行非法养殖、禁用渔具进行捕捞的行为，有效遏制非法养殖、禁用渔具进行捕捞的趋势，保护海洋渔业资源，促进合浦县渔业生产可持续健康发展。2018年，由沙田镇政府、白沙镇政府牵头，组织当地派出所，联合县水产畜牧兽医局、县海洋局、合浦儒艮生态自然保护区管理站等有关单位，出动305人依法对沙田海域、白沙海域非法圈占海域、非法养殖及禁用渔具进行捕捞的行为进行整治。全年清理非法养殖场的面积233.33公顷，锯掉木桩2200多根，锯密网线1500多米、约2300平方米。通过整治，有力地遏制了渔民非法养殖的行为，对违法业主也起到一定的震慑作用，恢复了浅海滩涂的生机。

伏季休渔 2018年，是合浦县实施伏季休渔制度的第20年，为确保合浦县伏季休渔工作的顺利进行，县水产畜牧兽医局和沿海镇按照县委县政府的工作部署，全县应休渔船1204艘（含竹排筏）渔船全部按规定进行伏季休渔，各项管理工作始终做到有安排、有目标、有措施、有落实，确保了休渔期间无重大安全事故发生。

提前做好休渔前期工作。领导重视，周密部署。及时召开休渔工作会议，制订《合浦县2018年伏季休渔实施方案》，县政府与各沿海镇签订责任状，按属地管理原则由各沿海镇政府履行安全监管责任，做到责任到船、责任到人，一级对一级负责。县水产部门作为休渔工作“排头兵”，认真履行职责，提前谋划，积极做好休渔前的各项准备工作。制定休渔期间渔港渔船安全监管方案。督促各渔业公司与渔船船主签订休渔期间安全责任书1204份。宣传到位，责任到人。根据合浦县渔港功能设施不完善、渔船较多、锚泊分散等特点，重点抓好北海内港合浦县停泊渔船防火工作、沙田渔港防风工作、党江沙冲江渔船防洪工作，工作有序推进。制订《合浦县2018年伏季休渔实施方案》《合浦县2018年伏季休渔期间防火抢险应急预案》《2018年伏季休渔合浦责任区火灾预案》，严格推行《休渔工作人员值班制度》《2018年合浦县伏季休渔渔船安全管理规定》等，明确目标任务，提出工作要求，责任到人，全面落实休渔工作责任制。加强宣传，营造良好的休渔氛围。多次出动宣传车辆和船艇，深入渔村渔港悬挂过街横额126条，发放休渔资料到渔船3000多份，在渔港置放休渔告示牌15块，利用广播电视等宣传媒体广而告之，使休渔工作做到家喻户晓，船船皆知。核准休渔对象，登记造册，张榜公布全县应休渔船1204艘。疏通港内巷道，指导渔船有序锚泊。合浦县从渔政渔监部门抽调出8名得力人员，配合北海市对非本市籍渔船进行清理管制，及时疏通港内巷道，引导渔船有序锚泊，对停泊在北海内港合浦籍渔船实行准泊证制，对非本市籍渔船进行清理出港，并动员党江籍渔船回党江沿江进行停泊。

扎实做好休渔有关工作。首先，设立值班哨，全天候24小时值班。为了加强瞭望监控管理，县水产部门和各沿海镇在沙田渔港、北海内港、党江休渔点等设立值班哨，实行休渔期间每天24小时值班制，设立值班专用电话，对北海内港合浦停泊渔船实行全天候24小时瞭望监控，同时成立巡查组机动巡逻检查，发现有违反休渔规定及有关安全隐患的立即进行整改和消除。其次，严格检查，消除隐患。在休渔期间，组织渔监渔政人员进行多次针对性强的拉网式检查，共检查渔船850艘，发整改通知150份，排除安全隐患80起，补充灭火器80只，清理煤气瓶45个。再次，购置装备，加强演练。筹集资金5万元，租用消防水艇1艘，维修快艇2艘，购置消防水带、备用灭火器等。并组织休渔人员、渔民进行多次消防演练，做到能够快速沉着应付突发火灾事故，从而确保休渔渔船的安全。最后，编写手机信息，将“六个严禁”内容发至各渔船船主。要求按时驶船回港休渔，停泊好渔船，封存网具，切断蓄电池电源，搬离煤气瓶上岸，打开舱口盖通风，摆放灭火器在船尾，不使用燃点低的遮阳布，严禁明火作业，确保安全。

加强监管，严格执法。县渔政部门充分发挥中国渔政45918号船作用，陆上休渔值班点和海上渔政船密切配合，加强东片海域、西片海域和廉州湾海域监管。根据天气、海况良好状况，日晚在沙田、山口、大风江等海域巡逻，严厉打击违反休渔规定行为。休渔期间县渔政站出动渔政船艇286艘次、渔政船17艘次、执法人员2489人次，航时712小时，航程3898海里，共查扣违规渔船（排筏）18艘，网具一批，有效打击了违反休渔规定的行为。

设立举报电话，全民参与。在张贴通告中设立了举报电话，动员群众发现有偷捕或其他违反休渔规定行为的积极举报，共同维护伏季休渔期间渔区社会和谐稳定，休渔期间共接到群众举报电话20多起，通过举报线索对违规渔船进行了严厉打击。

【渔业安全生产】

渔船检验　继续对检验渔船实施“渔船电子标签”。为规范合浦县的渔船检验工作，防止渔船出现“套牌”等违规行为，县渔政站在检验合格的渔船上逐步实施“渔船电子标签”。杜绝“套牌船”等情况，有效规范渔船检验工作。继续采取有力措施，规范渔业船舶检验。2018年，全县共检验四等渔船358艘，检验率达95%，确保了渔船具备安全航行和作业条件。

渔船档案管理　渔船档案管理是船检、渔船安全监督工作的一个重要组成部分。2018年，县渔监部门重视渔船监督检验档案管理工作。在认真贯彻落实国家渔业船舶检验局《渔业船舶档案管理规定》的同时，从档案室专人管理、物资配备、完善档案制度，档案分类、归档程序等方面下手，切实加强对渔船检验档案管理，从而促进船检、渔船安全监督工作全面开展，也提高工作效率，方便了渔民群众办事，受到渔民群众的好评。

涉渔执法与“三无”船舶整治　2018年，县渔监部门制订《2018年“三无”船舶整治工作方案》，组织人员对涉渔“三无”船舶进行整治工作，全年共出动执法人员480多人次，船艇80多艘次。年内，县水产部门联合县公安、安监、边防大队、消防大队等部门组成执法检查小组，对渔船进行安全检查。开展平安渔业生产宣传教育专项行动、“海上百日执法”行动、“打非治违”活动、“安全生产活动月”等一系列活动，收到良好效果。

平安渔业项目建设　2018年，县水产畜牧兽医局开展渔船通导、救生筏补贴项目，提高渔船海上作业安全保障。开展海洋渔船减船转产工作，有效保护近海渔业资源。年内分两批次上报海洋渔船减船。第一批组织上报23艘，上级批复18艘，主机功率1452.9千瓦，应发补贴资金1162.08万元。18艘渔船已完成了拆解等相关工作，并办理了补贴款项的申请手续。第二批组织上报21艘，等待上级批复。开展渔船更新改造项目工作。通过组织木质渔船升级改造钢质、小型老旧木船改玻璃钢渔船申报工作，逐步实施渔船的更新换代，进一步改善渔船的安全生产性能。同年，合浦县上报23艘更新改造渔船，等待上级批复实施。开展海洋渔业船员培训项目，共实施培训渔民3014人，全面提高渔民的安全生产技能。开展党江镇新阳村委小苏江避风塘的初步选址、项目上报、意见征求工作，着力改善合浦县渔船避风难的问题。

渔船生产安全隐患专项整治　2018年，县水产畜牧兽医局抓好渔船安全生产日常工作及专项整治行动，排除各类生产安全隐患。通过坚持常规检查与专项行动相结合的检查方式，切实加强安全监督检查，从源头上做到早防控，达到对渔船生产隐患做到早预防、早处置的目的。在常规坚持每月对渔船的“三证”、消防、救生、灯号、职务船员配置等进行一般性常规执法检查的基础上，组织开展安全生产联合执法专项行动，及时排除隐患。开展渔船海上稽查工作。为了促进渔船海

上生产安全措施的落实，有效维护渔业生产秩序，县渔监部门在执法快艇配套到位后，迅速制定方案，开展海上稽查工作，对各类违规行为进行教育整改，达到良好的效果。全年检查渔船820艘次，纠正不按规定配备安全设施的渔船61艘，责令渔船配备救生衣180件，配备灭火器280个，更换信号灯25个，渔船新悬挂、刷写船名号35艘，责令渔船救生筏（浮）送检88艘。县水产畜牧兽医局与有关渔业公司、有证渔船（竹排筏）的业主层层签订了《渔船安全生产管理责任书》，对责任目标完成好的渔船给予通报表彰；对违反伏季休渔安全管理规定的，台风期间不及时回港避风的，使用电、炸、毒等捕捞方式的，不服从监管，导致出现安全责任事故或违规的渔船，按有关规定处置。

防台风减灾工作　2018年，县水产畜牧兽医局在台风来临之前，按《2018年防台风工作预案》要求，每位责任人分别用电话通知，短信告知等方式负责通知17艘渔船回港避风，组织人员到渔港、渔村对渔船、渔民防台措施进行检查落实，并对隐患进行排查整治，成功防御台风袭击，取得全年台风期间人员零伤亡的好成绩。组织渔业电台人员通过渔船北斗监控系统及时跟踪、掌握渔船动态，做好防台风及抵御台风工作。推行领导带班24小时值班制度。台风到来之前，县水产畜牧兽医局领导带班值班，渔业电台对渔船进行监控，把在不同海区生产的渔船进行划片监控，对海上渔船发生的涉外、求救、求援、应急等事件分级处理，并建立健全相应的应急预案，以应对突发事件，能在第一时间内把信息反馈给有关单位和主管部门，使受灾渔船或遇险渔民得到及时的救助，把损失降至最低。年内，合浦渔业电台向渔船提供海上恶劣气象信息、伏季休渔制度、预警通报、渔船越界生产提醒等讯息共9000余条，接到渔船报警8起并及时采取了应急措施，做好渔船和各应急救援部门的协调沟通，有效地避免了事故发生或者财产的损失，最大限度地保证了渔民群众的生命财产安全。

畜牧业

【概况】 2018年，合浦县按照上级党委政府的要求，认真贯彻落实中央一号文件精神，结合实际，以发展生猪生产为抓手，加快推进全县畜牧业现代化，连续12年（2007—2018）获国家生猪调出大县奖，是广西畜牧业十强县。同年，全县畜牧业产值21.98亿元，同比增长3.4%；全县完成肉类产量9.38万吨，同比增长3.04%。其中牛出栏14742头，牛肉产量0.15万吨，同比增3.1%；羊出栏0.86万头，羊肉产量0.01万吨，同比增7.64%；猪出栏65.24万头，产量5.05万吨，同比增3.28%；禽出栏2354.23万羽，产量4.14万吨，同比增3.8%；其他畜禽产量280吨。

【养殖污染整治】

实施畜禽禁养区、宜养区规定　2018年，县水产畜牧兽医局结合养殖污染整治大力实施畜禽禁养区、宜养区规定，使依法养殖逐步成为广大畜禽养殖户养殖遵循。全县水产养殖规划修编紧紧跟进，规划初稿已出台，可望2019年初通过实施，为水产畜牧养殖污染整治首次提供地方法律依据。

洪潮江水库养鸭污染综合整治　9月20日，县水产畜牧兽医局联合星岛湖镇、石湾镇、乌家镇、县公安局、市县水利局，洪潮江水库工程管理局等多个单位，历时6天，每天出动冲锋舟、执法船，共拆除箐网359张、鸭棚69个、养鸭养鱼栏网115张、拆除小型养猪养牛场各1个，洪潮江水源地养鸭屡禁不止行为得到有效遏制。

牛尾岭水库水源地养殖场（户）关闭清拆　2018年，县水产

2018年9月21日，洪潮江水库畜禽养殖、网箱养殖、拦网养殖、非法捕捞综合清理整治工作继续推进　（林启波　摄）

畜牧兽医局切实按照中央督查组反馈意见要求，下大决心、扎实做好调查摸底，宣传发动和养殖户的面对面的思想教育以及拆迁补偿工作，县水产畜牧兽医局联合廉州镇等单位完成牛尾岭水库水源地全部养猪场(25户)以及周边养鸭棚、养鱼塘和蚯蚓养殖场等全部养殖设施的关闭拆迁工作，逐步恢复牛尾岭水库昔日的“青山绿水”。

南流江干支流重点养殖户养殖污染整治 7月，在争取到中央财政资金后，南流江流域养殖污染整治工作进入了实质性的阶段。为突破被动工作局面，县水产畜牧兽医局派出得力干部，积极与各有关部门对接，协调相关单位工作队员先行做好部分养殖户的思想工作。12月上旬相关文件正式下达后，县水产畜牧兽医局紧锣密鼓落实养殖户签订拆迁协议并重点攻克“钉子户”，使本来滞后的工作迈上“快车道”，12月下旬33户重点养殖户全部签订了关闭清拆协议。

【生态养殖】 2018年，县水产畜牧兽医局认真落实“产业富民、基础便民”要求，突出抓好“生态养殖”和“畜圈改造”两项重点工作，以生态循环理念引领优势特色养殖业发展，加强农村基础设施建设，努力打造科学、绿色、健康、和谐的社会环境。以生猪、牛、羊养殖为载体，利用龙头企业、合作社、家庭农场等组织带动农户为形式，大力推广“新型经营主体+基地+农户”“微生物+全封闭高架网床”“微生物+饲草料”生态养殖模式，实施生态养殖。将微生物贯穿养殖业发展全过程，生产无公害、绿色、有机畜禽产品。年内，全县有46个规模养殖场(示范社)申报自治区农业厅生态养殖认证，其中有31个规模养殖场(示范社)已通过自治区农业厅生态养殖认证(23个养殖场获四星级“生态养殖”认证，8个养殖场获三星级“生态养殖”认证)。合浦县累计完成103个生态养殖场建设认证，超额完成自治区农业厅下达的76个养殖场认证指标，畜禽养殖场生态养殖比率达81.7%，走在全自治区前列。实施畜圈改造工程。以持续改善农村人居环境为目标，以“三改工程”(牲畜栏舍改造工程)为重点，投入60万元资金，以5个自然村为试点，每村30户，持续进行栏舍改造、雨污分离、沼气池、化粪池、集粪棚、购买益生菌等，引导农民群众增强农村基础设施便利性便捷性，既持续进行畜禽养殖模式改革，又改善生态环境，方便农村居民生产生活。

【生猪生产】 2018年，合浦县继续实施生猪调出大县奖励，推出能繁母猪保险、育肥猪保险、生猪监测等项目，推行生猪标准化规模养殖，促进生猪生产的持续健康发展。

生猪扶持政策落实 2018年，县水产畜牧兽医局以规模养殖场为重点，积极协调开展政策性养殖业保险工作，积极配合保险公司做好2.5万头能繁母猪和生猪的保险工作。

生猪监测项目 2018年，县水产畜牧兽医局继续开展生猪监测项目的实施，监测全县10个生猪养殖固定监测村，固定监测户数20户，对全县的生猪生产进行全面、科学、系统的监测分析和撰写上报生猪生产形势及价格分析报告，及时向社会发布有关生产、价格等方面的市场信息，真实反映了客观实际，为各级领导及社会各界决策提供确实可靠的依据，为养殖业主提供了及时的市场信息和生产指导，提醒养殖业主规避市场风险，推动全县养猪业的持续健康发展。

【牛品种改良利用】

牛品种改良网点建设 2018年，县水产畜牧兽医局利用全县的牛改网点，不断完善乡镇配种站建设，培育新的规模养牛场配种点，扶持新的村级配种员，年内合浦县开展牛改工作的配种点有15个，采取本交和人工授精两种办法加大牛品种改良的步伐。

牛品种改良 2018年，全县牛存栏9.77万头，其中能繁母牛37520头，全年出栏肉牛1.2万头，存栏杂交牛4.6万头，其中奶水牛存栏1.9万头，杂交黄牛2.7万头，挤奶牛2300头，年产牛奶1100多吨，发展存栏500头以上的杂交牛示范场5个。牛品种改良取得成效，全年累计配种母牛14800头，全县推广牛人工授精技术比率达39.45%。通过集中培训、分散分片培训、面对面培训、产业扶贫培训等模式进行技术培训班5期，发放宣传资料400份，培训人员377人次，受益补贴农户9500户，良补牛品种改良深入人心，得到广大养牛户大力支持，大大调动农户养牛的积极性。

奶业发展 2018年，全县产奶699吨，同比增6.5%。合浦南国乳品厂和东园公司以工厂(公司)+基地+农户的模式发展奶业生产，同时兼做奶水牛、黑白花、山羊奶多品种共同发展、具有南方特色的乳品经济。

【家禽饲养】 2018年，全县家禽存栏933.80万羽，其中存栏鸡

588.11万羽，存栏鸭328.83万羽，存栏鹅16.86万羽；全县家禽出栏2354.23万羽，其中出栏鸡1370.04万羽，出栏鸭748.16万羽，出栏鹅236.03万羽。经过多方努力，合浦县基本形成了“公司＋合作社＋种禽＋孵化＋禽蛋＋销售”的多种经营服务的“产供销”一体化的服务格局。

【动物防疫】

重大动物疫病免疫 2018年，合浦县继续坚持“政府保密度，部门保质量”的机制，认真组织开展高致病性禽流感、口蹄疫等重大动物疫病的免疫注射工作，采取“加强领导、密切配合、依靠科学、依法防治、群防群控、果断处置”的方针，坚持重大动物免疫月活动和常年补针、市场补针相结合，因地因时制宜，积极推广动物免疫试点村的好经验、好做法，促使全县动物防疫工作取得了新的进展。建章立制，明确责任。同年，年初县政府分管领导分别与各乡镇政府、各规模养殖场、各屠宰场签订了《合浦县2018年重大动物疫病防疫目标管理责任状》，落实动物防疫工作责任制，严格实行“政府保免疫密度、业务部门保免疫质量”。对不履行职责，防疫措施不落实，导致疫情发生和扩散蔓延的，要依法追究有关责任人的责任。层层签订责任状。县水产畜牧兽医局与县动物疫病预防控制中心、县动物卫生监督所和15个乡镇水产畜牧兽医站签订了《2018年动物防疫责任状》，各乡镇水产畜牧兽医站分别与辖区的防治员签订《合浦县2018年动物防疫工作责任书》，切实做到责任到村，责任到各相关单位，责任到人，形成协调联动的工作机制。抓好动物防疫宣传教育和培训。为了保证动物防疫工作顺利开展，采用广播、悬挂横额、张贴通告、标语、办培训班等形式广泛宣传动物防疫工作的重要性和必要性，以营造良好的动物防疫工作氛围。同时，组织疫控中心人员到区县或市县培训学习，组织乡镇兽医站的人员、防治员和规模养殖场的人员到市县培训学习。利用春秋防开动员会时举办防治员培训班等形式提高系统人员和防治员的专业技术水平。年内，县水产畜牧兽医局举办重大动物疫病防控知识培训班2期，培训防治人员485人。印发《H7N9禽流感防控宣传资料》3000份，《布病防控宣传资料》1500份，加大对畜禽饲养、屠宰、储藏、运输、经营等人员对H7N9、布病防控知识宣传，同时提醒从业人员如有头痛、流涕等感冒症状，要第一时间前往医院治疗，并第一时间向医疗机构说明家禽接触史，强化自我防护意识，营造群防群控良好氛围。对重大动物疫病免疫工作常抓不懈。按照自治区、北海市两级业务部门的要求，认真组织开展高致病性禽流感、口蹄疫等重大动物疫病的免疫注射工作，采取“加强领导、密切配合、依靠科学、依法防治、群防群控、果断处置”的方针，坚持重大动物免疫月活动和常年补针、市场补针相结合，因地因时制宜，积极推广动物免疫试点村的好经验、好做法，促使全县家畜家禽均做到应免尽免，免疫密度100%，其他动物疫病的免疫密度也达到了上级业务部门的要求。进一步加强动物防疫物资管理。安排专人负责全县重大动物防疫物资的订购、领取，并设有专人专账进行管理，做到日清月结，有效杜绝防疫物资的浪费，提高动物防疫物资的利用率。县水产畜牧兽医局对县、乡镇两级动物冷链设备进行定期检查，严格确保疫苗质量。至12月3日，县水产畜牧兽医局组织禽流感疫苗1676万毫升，猪口蹄疫疫苗257万毫升，猪瘟疫苗253.94万头份，牛羊口蹄疫疫苗46.5万毫升，猪蓝耳病疫苗47.2万头份，狂犬病疫苗2.62万头份，小反刍兽疫苗2.00万头份，山羊痘疫苗4.5万头份。发放禽流感疫苗1462.5万毫升，猪口蹄疫疫苗203万毫升，猪瘟疫苗178.94万头份，牛羊口蹄疫疫苗45万毫升，猪蓝耳病疫苗68.24万头份，狂犬病疫苗1.9万头份，小反刍兽疫2万头份，山羊痘疫苗0.4万头份。

动物疫病监测和流行病学调查 2018年，县水产畜牧兽医局严格执行动物疫情报告制度。全县所有的村委、规模养殖场都落实了1名疫情报告员，县动物疫病预防控制中心、乡镇水产畜牧兽医站也分别指派了1名疫情报告员，严格执行疫情报告制度。开展疫情普查。同年，在全县范围内进行多次口蹄疫、高致病性禽流感、小反刍兽疫等重大动物疫病的大普查，全县共普查牛7.8万头次，猪65万头次、家禽470万羽次，均未发现重大动物疫病疫情。按要求对禽流感、鸡新城疫、口蹄疫、猪瘟等重大动物疫病的监测，全年采集送检动物血清400份，其中猪血清120份，牛羊血清40份，家禽血清240份，合格率达70%以上。县疫控中心实验室检测家禽血清933份，H5禽流感抗体合格率达88%以上，H7禽流感抗体合格率达86%以上；检测猪血清220头份，猪口蹄疫抗体合格率达81.5%以上；检测牛血清150头份，牛口蹄疫抗体合格率达83.5%以上。

重大动物疫病防控 2018年，县畜牧兽医部门采取有效措

施，确保按时按质完成春秋季重大动物疫病防控工作。针对境外疫情形势，遵照自治区的指示精神，采取有力措施，做好疫情的防堵工作。精心组织，周密布置，确保按时按质完成春秋季重大动物疫病防控工作，切实做到应免尽免。经自治区同意，设置山口公路动物卫生监督检查站，推行领导带头值班和24小时值班制度，对动物及其产品运输实施监管，严防自治区外疫情传入、传播。切实做好非洲猪瘟的防控工作：开展全县非洲猪瘟疫情大排查。县水产畜牧兽医局积极组织全县畜牧兽医系统工作人员开展对本县所有养殖场（户）、生猪交易市场、生猪屠宰场等进行非洲猪瘟疫情排查工作。全县共排查养猪场537个次、生猪屠宰场1554个次、生猪散养户26.67万户次，共排查137.46万头生猪，从排查的情况来看，合浦县尚未发现非洲猪瘟疫情。强化生猪调运监管。及时转发农业农村部和自治区农业厅关于发生疫情省份及相邻省份的生猪调运规定，做好合浦县的生猪及其产品的检疫工作，防止疫情传入合浦县。建立健全应急处置机制。建立健全了紧急应急值守、日报告制度，发现可疑情况快报，并储备了应急储备物资，年末消毒剂库存3吨，已紧急发放消毒剂1.7吨。加强技术培训。县乡两级共举办52期非洲猪瘟防控知识培训班，共培训1500人员人次，主要培训畜牧兽医技术人员、执法人员、养殖场负责人、生猪调运经纪人，食品公司负责人等人员。强化科普宣传。向养殖场（户）业主、屠宰场、各动物经纪人等发放“非洲猪瘟防堵的告知书”“非洲猪瘟防控明白纸”“非洲猪瘟防控知识挂图”、宣传标语等宣传资料共11000余份，提高从业人员对非洲猪瘟的认识，积极营造群防群控的良好局面。

人畜共患病防控　积极做好家畜布氏病、结核病、狂犬病等人畜共患病防控工作。为了做好布氏病的防控工作，县水产畜牧兽医局出台了《关于印发2018年合浦县家畜布鲁氏菌病监测计划的通知》，全县进行布氏病检测牛血清2000份、羊血清1300份、种猪血清220份，经自治区动物疫病预防控制中心复核，其中有3头奶牛检测为阳性，其他为阴性。检测结核病2000头，全部为阴性。全县家犬存栏2.041万头，免疫1.9万头，免疫密度达93.09%。

动物防疫经费使用和管理　为做好落实动物防疫经费的使用和管理，强化村级防疫员的建设和管理，县水产畜牧兽医局出台了《合浦县村级防治员管理办法》《合浦县村级动物防疫员考核办法》《合浦基层动物防疫工作补助经费实施方案》，并严格按要求发放经费。县财政在资金十分困难的情况下拨付防疫经费18万元，2018年中央、自治区财政落实合浦县基层动物防疫补助经费分别为93万元和58万元，主要用于购买有关防疫物资和用于防疫员防疫补助。全年全县共有防治员345人，人均3000元。

【动物检疫】

动物产地检疫管理　2018年，全县各乡镇动物检疫申报点已全面实施电子出证工作。每个申报点均能按照动物检疫申报点建设要求，配置了相关检疫设施和设备，统一制定安装了申报点牌匾和相关管理制度、检疫程序、检疫对象，并上墙公示。加强动物产地检疫申报点检疫监督工作，检查申报点在岗官方兽医上岗、执行申报点管理制度、检疫流程、检疫工作记录填写等情况，对现场发现的个别存在问题，及时指出并指导纠正。

屠宰检疫管理　全县16个生猪定点屠宰场（点）已全部安装了生猪屠宰环节检疫电子出证系统，电子出证工作已全面得到顺利实施。同时还加强了屠宰环节电子出证指导与监管，督查驻场官方兽医，是否到位在岗查证验物，是否依照检疫程序、按照检疫规程要求检疫出证，出具检疫证明是否及时上传数据信息，是否出现不检疫就出证等违反农业部“六条禁令”的行为。结合自治区动物卫生监督部门的屠宰环节检疫证明信息倒查工作，县水产畜牧兽医局加大了屠宰环节检疫证明索取倒查工作力度，实施票证倒查、跟踪查验，查处票证不规范填写或证物不符的行为。

牲畜产品质量快速检测　2018年，北海市农业局分配合浦县牲畜产品质量安全监测任务共180份，其中猪尿150份，肉30份。全年完成猪尿150份，肉30份，检测结果全部为阴性。样品来源于辖区内生猪养殖场、定点生猪屠宰企业，样品抽取覆盖了辖区所有无公害养殖基地、生猪定点储备场、标准化示范养殖场、定点生猪屠宰企业。

打击生猪私屠滥宰违法行为　县水产畜牧兽医局加强对私屠滥宰高发时段和地域的执法力度，加大城乡结合部、交通要道周边，私屠滥宰专业村（户）和肉食品加工集中地等屠宰违法行为易发多发地区的风险隐患排查，采取“全面铺开、集中惩治、查遗补漏”和“先教育、后处罚”的方法对镇村私屠滥宰行为进行整治，通过依法惩治生猪私屠滥宰，实现了“人进村，猪进点”和“打击一个，教育一批”的良好效果。争取屠宰企业参与，开展惩治生猪私屠滥宰工作。保障肉类食品安全，维护生猪定点屠宰企业的正常生产秩序。合浦县伟恒食品有限公司，根据县水产畜牧兽医局的要求，派出思想素质较好、有专业知识的人员协助执法工作人员开展惩治私屠滥宰工作。企业的积极配合，给惩治生猪私屠滥宰行为注入了社会力量。通过对生猪定点屠宰的监管和开展惩治生猪私屠滥宰工作，进一步规范了合浦县生猪定点屠宰秩序，私宰现象明显减少，定点屠宰场规范化管理再上新台阶。2018年，县水产畜牧兽医局进行生猪执法检查163次，出动执法人员378人，没收私宰猪肉769千克，检查生猪定点屠宰场87次，生猪屠宰量206375头，比2017年同期减少25.39%，全县生猪屠宰进点率达99%。

【养殖投入品监管】

法律法规宣传及培训 2018年，县动物卫生监督部门抓好法律法规宣传工作，充分利用合浦县开展食品安全、“3·15”国际消费者权益日、法制等宣传日时机，进驻广场上街道开展法律法规宣讲活动12次，接待咨询群众965余人次，发放法律法规宣传资料4570多份。

落实管理相对人责任 年初，县水产畜牧兽医局组织拟定、印发了《2018年合浦县规模动物养殖场防疫和产品质量安全承诺书》《养殖环节法律法规责任告知书》《生猪定点屠宰场(点)防疫责任承诺书》《兽药经营企业产品质量保证承诺书》《饲料生产企业安全生产和产品质量安全承诺书》合计3526份，分别与各管理相对人签订，明确管理相对人是动物防疫、安全生产和产品质量安全的第一责任人，告知管理相对人应负的法律法规责任，提升管理相对人对法律法规认知度和自律意识。

养殖环节监管 2018年，县水产畜牧兽医局除了制定印发养殖环节承诺书外，还结合法律法规、规程规定制定了《合浦县规模养殖场免疫督查记录》，对每个规模养殖场和养殖大户严格按照免疫督查记录内容逐项检查，重点检查规模养殖场是否按照免疫程序开展免疫工作，是否执行《中华人民共和国动物防疫法》规定的强制免疫疫病记录，检查免疫用苗来源渠道是否具有资质企业生产产品，查免疫用苗是否在有效期内。全年出动督查人员120余人次，检查了动物产地检疫申报点70余个次，制作动物检疫申报点督查记录35份，同时现场指导、纠正工作不规范行为4个次，提出整改意见13条，清理过期免疫疫苗80多瓶。组织全县各乡镇水产畜牧兽医站人员检疫畜禽2000多万头(羽)，其中，检疫猪72.31万头，检疫牛2.57万头，检疫禽2211.11万羽。同时还按计划分阶段地开展“瘦肉精”和肉磺胺类残留快速检测抽样检验工作。至11月，全县共抽取猪尿液检样品252份，猪肉样品30份，现场实施快检猪尿液252份，猪肉30份，检验结果全部样品均呈阴性(合格)。抓好日常监管工作。做好兽药、饲料和生鲜乳收购等环节的法律法规培训宣传工作。年内，县水产畜牧兽医局举办了兽药、饲料、官方兽医、生鲜乳环节培训班6期，受训人员达210多人次。检查兽药饲料生产、经营企业和生鲜乳收购站152个次，出动执法人员250余人次，制作现场检查记录135多份，发出责令整改通知书5份。查出兽药经营环节经营假劣兽药5个品种，共93盒。配合上级业务部门开展生鲜乳质量安全监测抽样4批次。

药政行政处罚 县动物卫生监督所严厉打击逃检避检、不按规定报告动物防疫条件制度执行情况、违反《兽药管理条例》等违法违规行为。2018年，县动物卫生监督所坚决贯彻执行《中华人民共和国动物防疫法》《广西动物防疫条例》和《兽药管理条例》，严厉打击违法违规行为。全年立案13起，结案13起，没收违法所得1228元，行政罚款20241元。

水　利

【概况】 2018年，合浦县水利局(简称县水利局)内设人事秘书股、水利股、水政股、计划财务股、河长股5个职能股和合浦县防汛抗旱办公室，下辖合浦县水利工程管理站、合浦县水政水资源管理站、合浦县水政监察大队、合浦县水土保持监督执法站、合浦县水土保持站、合浦县水电科技推广服务站、合浦县海河堤工程管理站、合浦县合浦水库灌区工程管理处、合浦县南流江综合管理处、合浦县西沙联围标准海堤工程管理所、合浦县西场海堤工程管理所、合浦县廉州水利工程管理所、合浦县石康水库工程管理所、合浦县闸口水库工程管理所、合浦县水利水电工程设计室、合浦县水利供水有限责任公司、合浦县玻璃纤维布厂等17个企事业单位，共有干部职工248人。年内，县水利局紧紧围绕中共十九大对水利工作提出的新任务新要求，认真贯彻落实上级水利部门的部署要求，结合县委、县政府的中心工作，创新举措，克难攻坚，扎实推进水利经济工作，取得了较好成效。全年累计落实投资计划2.23亿元，共完成水利固定资产投资1.05亿元（仅统计投资计划500万元以上项目）。

2018年5月25日，北海市市长蔡锦军带队到合浦县开展总河长巡河、防汛安全、水环境综合治理检查工作 （林启波 摄）

【防汛抗旱】

防汛 合浦县地处北部湾畔，位于南流江下游，台风多，水灾频繁，水、旱灾害交替出现。县辖内有大、中小型水库32座，海河堤围112个，大中型水闸14座，防汛任务艰巨。

2018年，合浦县主要遭受第22号台风“山竹”台风影响，带来了较严重的风雨。全年受灾人口5614人，转移人口5339人；农作物受灾面积1437.33公顷，成灾面积282公顷；损坏堤防27处，堤防决口10处，损坏护岸5处，损坏水闸5座，冲毁塘坝3座，损坏灌溉设施13处。全县直接经济总损失7390万元，其中水利设施直接经济损失2380万元。全县累计出动抢险人员2990人次，抢险设备870班次、投入抢险物资沙包1.25万只、彩条布1000平方米、救生衣100件、砂石1.06万立方米，紧急投入抗洪抢险资金510多万元。组织抢险队伍及时控制了党江十八沥水闸闸顶路面发生的塌方险情、廉州镇乾江围大沙坝水闸险情等，确保了人民群众生命财产安全。

抗旱 2018年，全县累计平均降雨1473毫米，比历年同期减少244毫米，比2017年同期减少494毫米。江河水情较为平稳，常乐水文站、西门江合浦站没有超警戒水位；总江口水文站超警戒水位1次。全年县内雨水多，没有出现旱情。

2018年，县长李安洪（右三）陪同北海市副市长李伦兵（右二）、市水利局局长陈学军（右一）在南流江巡河 （县水利局 供）

【水政水资源管理】 2018年，县水利局坚持依法行政，为水利高质量发展营造良好的法制环境。大力宣传水法律法规，增强群众的水资源忧患意识和水环境保护意识。加强水资源管理，县水利局牵头开展最严格水资源管理制度考核工作，积极抓好县城水资源超采区监管工作，配合抓好牛尾岭、洪潮水库等水源地整治。依法开展水行政工作，依法办理行政许可事项67件，全年征收水资源费43.16万元、水土保持费100.33万元。完成15个项目水土保持方案审批，配合开展生产建设项目水土保持验收，抓实水土保持“天地一体化”录入工作。

【水行政综合执法】 2018年,县水利局不断加强河道采砂监管,全年立案查处非法采砂案件26起,涉水案件罚没款209.1万元,申请法院强制执行5起,移交公安处理1起,结案26起,组织对新规划后的南流江可采区开采权拍卖出让。

2018年基本完成的闸口海塘海堤新平堤段 （县水利局 供）

【重点水利工程建设】

水闸除险加固工程 2018年,洪潮江水闸除险加固工程完工验收并投入使用;总江水闸除险加固工程基本完成水下部分主体工程建设,累计完成投资5980万元,至年末完成建设任务的54.8%。

海堤标准化建设 百曲围海堤整治工程(B段堤围:B0+000—B10+070)累计完成投资4260万元,完成建设任务的80%;闸口镇海塘海堤新平堤段整治工程累计完成投资1600万元,完成建设任务的90%以上。

主要支流和中小河流治理 南流江防洪治理工程,2017年投资的续建部分全部完工,新建或加固防洪堤5.08千米、护岸7.67千米,新建排水涵2座及附属设施;2018年下达续建投资5000万元,完成建设任务54%,白沙河山口镇新朱塘堤段防洪治理工程完成建设任务45%。

农村饮水项目建设 2018年,合浦县农村饮水安全巩固提升工程投资计划172万元,建设的沙田镇山寮村供水扩网改造、山口镇中堂村供水扩网改造、白沙镇那郊村供水扩网、山口镇新圩村供水扩网改造4宗工程全部完工并验收投入使用,改善了1.83万人的饮水条件。

“双高”水利化和节水项目建设 2018年,县水利局完成2017年度666.67公顷“双高”基地水利化项目建设任务,完成投资1446万元;2018年1000公顷的水利化建设项目下达投资计划1500万元,已完成初步设计并送审。动工建设投资1450万元的高效节水灌溉等农田水利建设项目。

水利扶贫项目建设 2018年,市本级资金“五小”水利项目等43宗已全部完工,累计完成投资3326.4万元,改善1931人的饮水条件,受益灌溉排涝面积2333.33公顷。另外,水利工程维修养护项目、河长制项目、水资源管理及保护工程建设项目、水库进库道路等一批面上水利工程按计划推进。

2018年建设中的党江水闸 （县水利局 供）

【水利改革】

全面推行河长制 2018年,县水利局全面完成河长公示牌设立,畅通群众监督、举报渠道。探索建立健全相关配套制度办法。组织完成“一河一策”方案编制审定实施。县委、县政府印发《关于调整合浦县总河长及主要江河湖库河长的通知》，督促提醒各级河长巡河履职；协调县级河长专题研究推进河流重点难点问题。督导乡、村两级河长巡河、清河，坚持做到有巡河、有记录、有整改、见河长、见行动、见成效。努力实现河长制从“有名”到“有实”，从“见河长”到“见行动、见成效”转变。

有序推进农业水价综合改革　2018年，县水利局选择高效节水灌溉项目区先行开展农业水价综合改革，切实做到“五到位”。成立以县长为组长、分管副县长为副组长、各相关部门和乡镇主要领导为成员的改革工作领导小组，建立了联席会议制度。加强宣传培训，引导企业和群众树立节水观念、增强节水意识，营造支持、关心、参与改革的良好氛围。加强制度建设，探索设立节水奖励和精准补贴基金。按照企业“自用、自管、自决”的管理模式抓实试点区项目建设，按“谁受益、谁管理、谁负责”原则，落实工程管护主体和管护责任，实现工程“有人建、有人用、有人管”，灌溉用水效益明显。改革工作得到了市一级的肯定，全市农业水价综合改革推进现场会于12月在合浦县召开。

水库移民工作

【概况】 2018年，合浦县水库移民工作管理局（简称县水库移民局）内设人秘股、后期扶持股、财务股、法规股4个股室，共有干部职工16人。年内，县水库移民局深入学习贯彻习近平新时代中国特色社会主义思想和中共十九大精神，紧紧围绕县委、县政府的决策部署，全面推进“富裕、美丽、和谐”库区建设。全年完成水库移民项目资金投入2903.2万元。其中，投资426万元，新建移民新村9个，续建新村项目2个；落实项目资金2477.2万元，实施水库库区和移民安置区基础设施建设、水库移民居住环境改善、村屯道路建设项目。完成村屯道路及生产道路硬化18.71千米，完成6个移民村环境整治项目等基础设施项目。进一步改善水库移民基础设施条件和居住环境条件。

【水库移民新村建设工程】 2018年，自治区和北海市继续将水库移民新村建设工程列入为民办10件实事之一。年内，县水库移民局完成水库移民新村项目投资426万元，新建水库移民新村9个，续建新村项目2个。硬化屯内主要道路2328米，次要道路1628米，修建排水沟1427米，建文化活动室3幢，修建合浦水库建设历史纪念馆1座。有效改善移民居住条件和生活环境。

【“美丽广西·乡村建设”活动】 2018年，县水库移民局落实自治区、北海市、合浦县关于“美丽广西·乡村建设”的部署要求，实施水库库区和移民安置区基础设施建设、水库移民居住环境改善、村屯道路建设项目。年内，合浦县落实水库库区和移民安置区基础设施项目资金2477.2万元，开工建设5批次基础设施项目，完成村屯道路及生产道路硬化18.71千米，完成6个移民村环境整治项目等基础设施项目。

【大中型水库移民后期扶持政策落实】 2018年，县水库移民局继续加强大中型水库农村移民后期扶持人口信息管理工作。按时间节点开展2017年度后期扶持人口自然减员核定登记，核定登记2017年度自然减员358人，并及时更新后期扶持人口信息录入。积极抓好大中型水库移民后期扶持直补资金发放工作，完成发放2018年4个季度水库移民后期扶持直补资金3045.63万元。及时足额拨付水库移民后期扶持直补资金，保障移民基本生活。

2018年11月2日，召开水利部对合浦县水库移民后期扶持政策实施监测评估工作座谈会

（县水库移民局　供）

交通运输业

公路运输

【概况】 合浦县交通运输系统有合浦县交通运输局、合浦公路管理局、合浦海事处等3个行政部门。合浦县交通运输局(简称县交通运输局)于2011年组建成立,为合浦县人民政府组成部门,内设人事秘书股、综合运输股、规划建设股、法规股(行政审批办公室)等4个股室,下辖县运输管理所、县公路管理所、县航务管理所、县地方公路路政执法大队、县货运服务站等5个自收自支事业单位和县公共汽车公司、县汽车修理厂和县水上运输公司等3个运输企业。全局有在职干部、职工共335人。

【交通基础设施建设】 2018年,县交通运输局持续推进交通基础设施建设,续建一批农村交通基础设施项目、规划建设一批重大公路工程项目以及开工一批项目的前期工作。

农村交通基础设施项目 2018年,合浦县续建2017年在全县范围内贫困户相对集中的村屯建设115个"为民办实事"项目共133.9千米村屯道路硬化项目,年内已全部完工,完成投资8159万元。续建常乐大桥工程项目,常乐大桥桥长396米,投入建设资金2852万元,至2018年末,常乐大桥基础、下构、上构和桥面铺装、栏杆安装等已全部完成。公馆经曲樟至常乐公路工程,项目全长27千米,预算总投资19737万元;3个标段已于2017年9月28日进场施工,累计完成路基清表9.5千米,土石方开挖85000立方米,完成预制93座圆管涵管节共1062米,全线112座涵洞已完成23座;完成2座桥梁(荷树坪桥、曲樟中桥)的下构桥台及基础工程、高沙垌小桥完成桥台基础、开挖石龙小桥基坑和全线共36片桥梁空心梁板的预制,累计完成投资7068万元(含前期工作及征地拆迁费用,其中施工建安费及备料等完成2050万元)。加快建设合浦县常乐镇绕城公路工程,项目全长5065米,总投资4024万元,施工合同总价3323.4244万元,已完成投资2122万元。续建完成白沙至榄子根公路路面改造工程,项目全长3.5千米,完成总投资727万元。抓紧建设石康至豹狸公路改造工程,项目全长9113米,总投资1543万元,已完成投资700万元。续建2017年合浦县危桥改造工程项目,共20座681延米,项目总投资3269.5万元,已全部开工建设,建成15座,完成投资2445.5万元。续建

2018年6月底,常乐大桥——预制箱梁安装就位 (县交通运输局 供)

2017年农村公路生命安全防护工程项目共11个93千米，至11月底已全部完工，完成投资967万元。

重大公路工程项目规划　2018年，县交通运输局按照广西县域经济发展“三年行动计划”和“乡村振兴战略”工作要求，规划贫困村和面上村20户以上自然村硬化公路。年内，农村公路建设重点是解决面上村20户以上自然村通村公路的问题，按照轻重缓急，重点对贫困村、空壳村及其他面上村规划建设67.37千米面上村20户以上自然村硬化公路，预算总投资5127万元，全部完成招标和合同签订工作。完成建设党江至金滩新城公路安防工程(二期)，项目全长10.4千米，总投资319万元。完成山口圩至G325国道3千米公路的施工招标工作，项目路线全长3千米，总投资960万元，已签订施工合同，施工单位已进场开工建设。年内，县交通运输局主动配合上级交通主管部门开展石康镇豹狸村田园综合体交通基础设施项目的前期工作，项目预算总投资16671.95万元，已完成工程可行性研究报告批复工作，正在开展设计施工总承包(EPC)的招标工作。配合上级交通主管部门开展柳北高速常乐互通立交出入口及连接线工程项目的前期工作，项目预算总投资16826万元，已完成项目建议书批复工作和工程可行性研究等报告的审查工作。为实现全区各县城与乡镇之间通三级及以上公路目标任务，开展合浦经党江至渔江公路工程项目的前期工作，项目预算总投资8750万元，已开展项目建议书、工程可行性研究报告、勘察设计等前期工作，年末已完成项目建议书批复和工程可行性研究报告的编制工作。

其他正在开展前期工作的项目　公馆镇红砂港石场专用公路项目，项目全长2.3千米，按三级公路标准建设，预算总投资2000万元，正在进行工程可行性研究报告、勘察设计等前期工作。配合县城规划和创特工作开展的泮塘至平阳塘一级公路(G325线K633.9—K635.9段和G209线K3333.9—K3339.8段）工程，项目全长7.9千米，按一级公路标准建设，路基宽25.5米，预算总投资13035万元(受占用基本农田的客观原因影响，进度缓慢)。曲樟城北公路工程，项目全长2.5千米，路基宽12米，路面宽9米，预算总投资3000万元，已完成项目建议书编制工作。合浦县曲樟火车站至浦北县泉水镇公路(合浦段)工程，项目全长5千米，按二级公路标准建设，预算总投资5000万元(受占用基本农田影响，进度缓慢)。闸口镇G325国道至水产养殖基地公路工程，该项目全长2.1千米，按二级公路标准建设，预算总投资2200万元(受占用基本农田影响，进度缓慢)。开展农村公路生命安全防护工程项目74个总里程318.8千米，处理整治安全隐患里程147.8千米，预算总投资2280万元，完成部分施工图设计工作。合浦县西场镇车路弯至大坡公路路面大修工程，项目全长5千米，预算总投资440万元；党江西山大桥维修加固工程，项目全长309米，预算总投资593万元；上述两个项目已完成招投标工作，进入开工建设阶段。

【公路养护】 2018年，合浦县共管养农村公路570条总里程1659.37千米，管养桥梁134座6151延米。其中县道16条共170.55千米，乡道292条共1083.99千米，村道262条共404.84千米，列养率为100%。县乡村道优良率分别为45.1%、34%、27.7%。差路率分别为5.9%、12%、17.9%。年内，县交通运输局积极做好对水毁、超限运输造成的管养公路的路基、路面、涵洞损害进行维修工作，保障公路畅通。其中完成石湾汉水小桥水毁维修工程等8条项目，共投资52.6万元；完成“创特”进入景区公路整修项目2个

2018年，合浦县认真加强县乡道路养护，图为施工人员正在进行道路维修

(县交通运输局　供)

2018 年 8 月 30 日，县交通运输局召开交通执法部署会（县交通运输局 供）

共 12.74 千米，完成投资 30 万元。年内，合浦县按照“四好农村路”养护好的工作要求，把乡村道养护管理权属下放到各乡镇人民政府，并按程序进行有关的移交工作。全县 15 个乡镇共有乡道 292 条、1083.261 千米，村道 262 条、404.836 千米，已全部移交当地乡镇政府负责管养。

【运输市场管理】 2018 年，全县公路运输完成客运量 228 万人，比 2017 年同期减少 5.11%；完成客运周转量 15158 万人千米，比上年同期减少 5.24%；完成货运量 3298 万吨，比 2017 年同期增加 9.96%；完成货运周转量 688932 万吨千米，比 2017 年同期增加 9.10%；完成客货运周转量 690470 万吨千米，比 2017 年同期增加 9.06%。水运运输方面，合浦县还没有符合营运资质条件的货船。年内，全县完成水路运输客运量 4.5 万人，比 2017 年同期增加 12.5%；客运周转量 58.5 万人千米，比 2017 年同期增加 12.5%。切实抓好元旦、春节、“五一”“十一”等重大节假日运输工作，各个节假日期间均没有出现旅客或民工滞留现象和重大安全责任事故，取得了较好的经济效益和社会效益。县交通运输局累计新增许可投放货车 2158 辆，货运公司 8 家，维修经营业户 8 户，三级驾培企业 2 家。县道路运输管理机构对辖区内的 6 家客运企业、19 家货运企业、34 家维修企业、4 家驾培企业进行质量信誉考核。全县共培训合格汽车驾驶员 7288 人，驾驶员从业资格培训 115 人。

【交通行政执法】

惩治非法营运 2018 年，县交通运输局共出动执法人员 7160 人次，出动执法车辆 2160 辆次，检查运输车辆 3866 辆次，依法查处违法运输行为 232 起，其中涉嫌非法营运车辆 98 辆，暂扣运输证件 143 本。

整顿县城运输秩序 2018 年，县交通运输局查处客运班车在县城站外上下客行为，确保旅客的合法权益。在县政府的统一协调下，按照开展“城市环境提升年”工作部署，县交通运输局联合交警、城建等部门开展“四车”整治活动，有力整顿了县城交通乱象，有效提升了县城交通环境。

超限超载综合治理 根据县委、县政府统一部署和工作安排，县交通运输局牵头会同县公安交管、国土、水利、住建等职能单位和辖区公路管理部门以及 15 个乡镇政府，继续做好超限超载综合治理工作。全县累计出动治超执法人员 41510 人次，检查货车 39865 辆次，暂扣违法运输车辆（含证件）317 辆次，已处理违法违章行为 193 起，罚没款 302.85 万元。通过综合治理，全县国省

2018 年 9 月 12 日，执法人员在依法治超 （县交通管理局 供）

干道、县乡公路运输车辆超限率在3%以下，合法运输行为日益增多，全县公路运输秩序逐步趋向正常化，群众出行的安全感和满意度得到进一步提升。

【交通安全生产及应急管理】

落实安全生产责任　2018年，县交通运输局领导班子高度重视安全生产和应急管理工作，在年初就开始部署落实。召开专项工作会议，签订安全目标责任状，层层落实责任。年内，组织县交通运输局局属各单位和运输企业召开安全生产工作会议18次，签订《安全生产目标管理责任状》65份，《春运安全管理责任状》17份，《安全度汛责任状》4份，进一步明确职责，有序推进安全生产工作的开展。在各重要时期分别设立相应的安全生产工作领导小组，制订《合浦县道路运输行业安全生产专项整治工作方案》《合浦县交通运输局水上交通运输安全专项整治工作方案》《合浦县交通运输行业平安交通百日行动方案》等工作方案，明确各单位的安全生产监管职责，将各时期安全生产工作任务、目标层层下达到各行业监管单位，狠抓落实，形成上下联动、齐抓共管的良好安全生产工作局面。

安全生产宣传教育　2018年，县交通运输局共发放宣传单5200多份，接待咨询群众3200多人次，悬挂宣传横幅90条，张贴宣传标语500多张，进行安全教育培训5次。通过这些活动的开展，增强了交通运输从业人员及广大群众的交通安全意识，形成“群防群控”的良好局面。

安全生产大检查　2018年，县交通运输局加强对道路运输企业检查，全年共出动检查人员910人次，检查客运企业7家，客运站5家，货运企业11家(其中危货运输企业3家)，驾培企业3家，发现安全隐患19起，下发整改通知书2份，当场整改17起。在水路运输企业方面，全年共进行水路交通安全生产检查156次，检查渡口96个次，船舶246艘次，发现隐患问题10起，整改完成10起。同时，更新渡口守则公示牌17块，渡船信息牌24块，发放水上交通安全教育通知书22份，船主须知22份，乘客须知370份。

2018年4月11日，石湾综合治超执勤点人员在执法　(县交通运输局　供)

【配合县中心工作】

“创特”迎检　2018年，为配合做好“创特”迎检工作，县交通运输局积极组织干部职工到点到位配合县有关部门加强交通秩序整治，配合县创特办做好清洁责任区保洁，完善整修通往各景区的道路、改善路况条件，安排客运企业和客运车辆配合迎接检查验收等各项工作。还积极配合县政法部门、县禁毒委、县防艾委、县卫计局等相关部门做好扫黑除恶、禁毒、防艾、计生、爱国卫生等相应工作。

脱贫攻坚(乡村振兴)　为贯彻落实好中央和自治区的精准脱贫等相关政策，打赢脱贫攻坚战，按照县委县政府工作部署，县交通运输局认真履行职责，加大对派驻村委的帮扶工作力度。2018年，县交通运输局新增白沙镇东风村委第一书记1人，新增白沙镇五星村委工作组长1人，调整白沙镇良港村委工作队员1人。分别向白沙镇平田、充美、良港、东风和五星5个村委派出第一书记和工作队员共6人，为打赢这场脱贫攻坚(乡村振兴)战充实了力量。努力筹措资金，支持做好驻村干部公寓楼标准化建设的工作。其中支持白沙镇平田村委建设公寓楼资金10万元，支持白沙镇东风村委建设公寓楼建设资金5万元。同时，根据有关文件精神，积极给驻村干部做好后勤保障工作，分别给驻村工作人员购买床、电风扇等生活用品累计投入6000元，为驻村干部安心做好扶贫工作提供支持。

【信访维稳】　2018年，县交通运输局继续落实以局领导值班为核心的三级信访接待制度，解决或答复群众反映的诉求。年内，县交通运输局领导共接待群众近30批次,局信访组接待来访群众70多批次,反映问题大部分得到解决,未解决的也按程序作出了解释。全年共收到信访件19件,网络舆情9件,大部分涉及交通运输业务工作(未有涉及纪检监察业务方面的问题),均已调处、答复完毕。

【党风廉政和队伍建设】 2018年,县交通运输局坚持全面从严治党,持续深入开展党风廉政教育、“两学一做”学习教育等党建工作。认真抓好党组中心组学习,利用好“党建E网通”“八桂先锋”等智慧党建手机APP,严格执行“三会一课”等各项制度,强化党员干部思想政治教育。组织学习中共中央总书记习近平系列重要讲话、《治国理政》(一、二卷)、《领导要讲政德》《中国共产党纪律处分条例》等政治学习资料。同时,按照县委2018年全县理论学习的工作安排,县交通运输局在3月就制订局党组中心组年度理论学习计划,至12月底,县交通运输局党组已完成本年度政治理论的4个专题学习。出版思想政治专题宣传板报3期,有6个党支部按时开展支部书记上党课活动,各支部共有102人登录使用“党建E网通”,126人使用“八桂先锋”,8个支部能按时将“三会一课”录入“党建E网通”;部署开展意识形态专题工作会议4次,组织学习中共中央总书记习近平系列重要讲话研讨会11次,组织各党支部党员416人次开展“两学一做”专题学习4次。加强党员后备力量培养,为党组织注入新鲜血液。有1人递交了入党申请书,发展党员1名,按期转为正式党员3名。认真抓好党费收缴和工青妇工作。县交通运输局向县直属机关工委及时上缴党费31311元;组织党员干部、共青团员共360余人次集中为社区义务清洁卫生20余次。11月26日,县交通运输局领导班子带头并组织全局110名干部职工参加县委组织的庆祝改革开放40周年和自治区成立60周年的“唱响北海”歌唱比赛,并取得第9名的成绩。充分发挥工会、共青团和妇委会联系群众的桥梁纽带作用,为干部职工营造积极向上的工作氛围,促进交通运输行业健康和谐发展。着力抓好精神文明建设,营造务实高效交通运输新形象。年内,县交通运输局信息员共采写报送各类文章175篇,其中被《北海日报》采用2篇,《北海交通信息》采用26篇,《合浦组工信息》采用2篇,合浦新闻网等网站采用30篇,采用网络评论文章72篇。深化党风廉政建设,营造创先争优的良好氛围。3月29日,县交通运输局组织召开2018年交通运输工作会议,总结2017年全局纪检监察工作,对2018年纪检监察工作进行安排部署;局党组还按照上级要求,定期召开党风廉政工作会议,部署开展各个阶段的党风廉政建设工作,将工作任务明确到领导班子成员和局属各单位,确保工作的顺利开展和圆满完成;全年共组织党员干部学习违反中央八项规定精神和扶贫领域典型案件通报9次,全年进行了8次深化扶贫领域腐败和作风问题专项治理工作的廉洁谈话;加强党规党纪教育,继续抓好《中国共产党党员领导干部廉洁从政若干准则》贯彻落实,严格执行“八个禁止”和“十个不准”的规定。通过学习教育,进一步增强党员干部组织纪律意识、遵纪守法意识、廉洁自律意识,不断筑牢拒腐防变的防线。

(叶发安　林贤春　韩惠惠)

2018年7月4日上午,合浦县交通运输局在召开年中党建工作会议上

(韩惠惠　摄)

公路管理

【公路养护管理】

推进养护大中修工程　2018年,合浦公路管理局科学合理编排施工计划,细化任务、倒排工

期，加大机械人员投入，狠抓工程质量，严格执行各项安全生产措施，较好地完成了工程阶段性目标。9月底，由合浦县政府组织实施的G325线K561+600—K621+800选段水泥路面大修工程顺利通过交工验收，项目总投资8463万元，其余4个工程如G228线K6638+803段桥梁维修工程，G209线K3290+75—K3301公路绿化美化工程，G209线K3292+600—K3293+204危险路段整治项目；G209线、S207线公路标志标线工程均已在年内建设完成。

日常路面小修养护　2018年，合浦公路管理局提高修补工序工艺的规范化精细化，及时对路面存在的裂缝、坑槽、沉陷、破碎板等病害进行修复。至11月底，修补路面累计68924平方米(折算后)。全年优良路率达52.58%，超过沿海公路管理局要求优良路率52%的指标。

排水治水整治　2018年，合浦公路管理局继续对公路排水沟、道口、桥梁等进行治水整治，主要整治路段为G209线、S207线K12—K39.2示范路段、G228线(原X228)K0+000—K9+000段。修整并开挖清理水沟3600米。G325线大修工程对K611+000—K621+000选段三面光水沟修建1500余米。清理桥梁桥面积沙、泄水孔32座，清理涵洞(含道口涵洞)94座。

危桥监管监测　2018年度合浦公路管理局国省干线桥梁定期检查费用及检测费为20.34万元，桥梁小修保养费9.5万元。同年，合浦公路管理局重点对仙人桥实行交通管制、修复；对佛子桥实行交通管制；修复白沙大桥桥面裂缝坑槽；修复西井桥波形钢护栏10米；更新桥梁标志牌48套，完成总投资100%。对所管养的34座公路桥梁按照有关规定进行日常检查和养护，并对所管辖桥梁全部做了“一桥一档”归纳整理。基本上都完善了竣工图纸、检测报告、经常性检查报告、定期检查报告等相应资料收集，桥梁系统已完成桥梁数据更新。

【路政管理】

联合治超　2018年，合浦公路管理局积极配合县治超办联合开展治超工作，着重采用源头治理模式，协同安排骨干力量驻守治超执勤点，严格查处超限车辆。年内，辖区路段超限率大幅下降，源头企业规范装载行为，有效遏制了超限车辆非法行驶公路，保障了公路、桥涵的安全畅通。至12月，合浦公路管理局共整治超限运输车辆98辆，卸载货物2778.64吨，共罚款128.9万元。

维护路产路权　2018年，合浦公路管理局共清理公路两侧堆积物6处、170平方米，拆除非公路标志牌60块，疏通人为堵塞水沟1720米，查处路政案件5起，全年共收取公路赔(补)偿费2.2万元，受理路政许可项目1起，收取路产补偿款0.15万元，路政案件查处率、结案率达到100%，有效维护了路产路权。

公路法律法规宣传　2018年，合浦公路管理局在合浦县境内开展《中华人民共和国公路法》等法律法规宣传活动。全年共发放自行印制的路政管理宣传资料、超限运输宣传单800份；广泛利用各类宣传标语，在段门口、货运市场悬挂横幅标语12条。利用宣传车巡回宣传。出动宣传车18辆(次)，用广播的形式宣传《中华人民共和国公路法》及相关的法律法规，行程遍及辖区国道省道。通过宣传，全面营造了全社会爱路护路意识，使路政管理深入人心、家喻户晓，进一步开创了良好的路政执法环境。

【规范管理】

干部职工业务知识培训　2018年，合浦公路管理局根据年度重点工作目标，组织干部职工开展安全生产、法律知识、小型机械使用与维护等培训班，采取邀请资深讲师和外出向先进单位学习等方式逐步提高理论水平和业务能力。至11月25日，合浦公路管理局共有职工参加培训558人次，其中干部303人次，工人255人次。干部培训(学习)天数达370天，工人培训(学习)天数达280天。干部职工培训学习每人每年超过12天，较好地完成了职工教育培训任务。

信息宣传　2018年，结合合浦公路管理局开展政府主导的治超联合执法、路政宣传月及法制宣传活动，向《北海日报》《沿海公路》杂志，《沿海公路信息》《广西公路》《广西交通报》等新闻媒体投稿。全年共投稿120篇，其中被地市级以上新闻媒体采用111篇次。8月，合浦公路管理局接受广西电视台八桂新风采栏目组采访，对辖区内国省干线养护情况进行大力宣传。

预算支出管理　2018年，合浦公路管理局全年财务支出5024.37万元，占全年总支出5053.05万元的99.43%。积极清理及核对历年往来账款，包括北海市公路管理局自1989年成立以来及沿海公路管理局2017年1月成立以来与合浦公路管理局的往来账款。

完善国有资产管理　至2018年底，合浦公路管理局固定资产总净值总额为2034.26万元，新增资产59.5万元。按规定验收并做好入库登记手续，办理实物和财务账登记。同年，合浦公路管理局资产出租税后收入54.08万元，所取得的收入按照预算管理及事业单位财务和会计制度的有关规定纳入单位预算，统一核算、统一管理。此外，全年共完成沥青、燃煤、沙石等材料采购52.9万元。结合单位实际，在3月中旬前制定出公务用车制度改革具体实施方案上报，5月底完成5辆车封存，保留必要业务用车36辆，节支率达到6.58%。按通知要求原则上在2018年7月31日前完成本次公务用车改革取消车辆实物处置工作。但是，由于公车办的原因，合浦公路管理局封存的5辆车尚未批复。

牢抓安全生产　2018年，合浦公路管理局结合第十七个“安全生产月”“百日行动”等契机深入开展国省干线公路隐患排查，重点排查桥梁、涵洞、急弯陡坡事故多发路段、高大边坡、交安设施、改扩建路段和标志标线等设施完好状况和日常养护情况。此外，积极参与联合合浦县安监局、交通运输管理局等开展安全排查活动。在预防2018年台风“山竹”工作中，全体干部职工放弃休息日，工作在第一线。台风过后，组织专项工作小组对辖区进行全面的安全检查，对受损路况进行抢修，第一时间保障辖区内公路安全畅通。全年在辖区内开展大小安全检查共70余次，发现并整改安全隐患23处。年内没有安全生产事故发生。

【党的建设】

思想建设　2018年，合浦公路管理局党总支部每季度召开集中学习扩大会议，组织局机关副科长以上人员和路政大队中队长以上人员参加理论学习。每季度党组织书记为党员讲一堂党课。截至年底，合浦公路管理局党总支部召开党总支部委员会会议36次；召开党员大会19次；开展中心组集中学习4次；开展讲党课活动4次；开展党建工作调研2次。合浦公路管理局通过组织观看《厉害了，我的国》《骆春伟》电影，现代远程教育“必修课”第一、第二、第三期和《榜样3》专题节目；学习“八桂先锋”网；开展中共十九大精神学习竞赛；向郑德荣等7名“全国优秀共产党员”学习；重走习近平总书记在合浦考察海上丝绸之路；庆祝中国共产党建党97周年党组织结对帮扶共建和义务献血等活动增强党员凝聚力，打造优秀党员队伍。

党风廉政建设　2018年，合浦公路管理局开展廉政教育学习7次，对路政执法进行1次暗访、2次监督检查，对养护工程项目进行2次监督检查。约谈路政执法方面6次、扶贫领域方面2次。深入开展廉政警示教育活动。组织参观灵山县大芦村警示教育基地，筑牢党员干部拒腐防变思想道德防线。全年没有出现违反政治纪律和经济纪律现象，没有出现一票否决问题，没有出现以权谋私和吃、拿、卡、要现象，全局正气上升，团结稳定，廉洁自律。

【职工队伍活动】　2018年是取消职代会的第一年，为了切实掌握好职工的思想动态，合浦公路管理局加强了对基层养护职工及退休职工的走访，及早发现问题、解决问题。春节期间，合浦公路管理局支出约7.4万元购买一批慰问品，为142名职工送去春节的祝福；同时还为黄旭、黄庆财两位困难职工送上慰问金各500元。支出16.18万元为局190名退休职工送上慰问金和慰问品，把节日的问候送达到位。中秋节前夕，合浦公路管理局工会从留成经费中开支约5.4万元购买食用油和大米一批，开展中秋节慰问活动。“三八”妇女节，组织了踏青活动及各种文体项目，增强了团结协作精神。并为全局女职工办理了女性生殖健康疾病保险及计划生育关爱保险，维护了女职工的特殊利益。同年还开展“夏日送清凉”活动，筹措3000元购买清凉饮料一批送到工作在公路工程和养护一线的广大干部职工手中。重阳节期间组织离退休职工召开“九九重阳节”座谈会，局领导班子与退休老职工欢聚一堂，共话公路发展成果，共谋公路发展大计。同年5月，合浦公路管理局大庄江养护站荣获北海市“工人先锋号”荣誉称号，精神文明建设工作取得良好效果。

【精准扶贫】　2018年，合浦公路管理局继续开展精准扶贫工作。合浦公路管理局40名党员干部与西场镇葛茅山村和卸江村共48户贫困户开展“一帮一联”结对帮扶。其中领导班子成员每人落实2户结对帮扶贫困户。合浦公路管理局定点帮扶村西场镇卸江村经过村委、驻村扶贫工作队员和帮扶人积极开展扶贫工作，按照“八有一超”脱贫指标开展脱贫攻坚战，与贫困户共同探索脱贫新路子，铆足干劲，用足用好政策，找准抓实致富产业，实现脱贫。6月，合浦公路管理局定点帮扶村西场镇卸江村经中共北海市委员会、北海市人民政府核验，达到2017年脱贫摘帽标准，获中共北海市委员会、北海市人民政府颁发的“卸江村2017年脱贫摘帽”认定。

高速公路管理

【概况】 2018年，沿海高速公路北海管理处坚决贯彻落实广西北部湾投资集团有限公司及沿海高速公路分公司职代会精神，统筹推进收费、养护、安全、党建等各项工作，稳步提升运营管理和服务质量，圆满完成了全年工作任务目标。合浦收费站荣获全国“工人先锋号”称号。

【优化收费服务】

文明服务检查　2018年，沿海高速公路北海管理处通过现场检查、视频回放的形式加大对服务真诚度、主动性等存在问题的查找纠正。其中桂海收费站建立站长到班组的两级“服务找茬”制度，让员工照镜子、红脸出汗，纠正不良服务习惯，提高员工服务自觉性。

开展收费业务培训和业务技能竞赛　2018年，沿海高速公路北海管理处出台收费人员内部调动交流方案，调动收费员工积极性；组织183名收费人员开展为期十天的封闭式收费业务综合培训；举办“青春建功在沿海，业务比拼展风采”收费业务竞赛，对业务能力和业务知识进行检验；安排业务熟悉的收费班长现场指导新收费员操作特殊车辆业务，有效降低业务差错率。

开展便民服务活动　2018年，沿海高速公路北海管理处联合交警、路政等部门开展情满旅途、安全行车、防洪防汛等主题活动，提供便民物品、政策讲解、路线指导等服务，丰富收费品牌内涵，提升司乘满意度。年内，合浦收费站荣获全国“工人先锋号”称号，星岛湖收费站获自治区“巾帼文明岗”称号。

【稽查打逃】

加大打逃力度　2018年，沿海高速公路北海管理处将非当次打逃任务分解到各收费站，层层组织打逃业务培训，调动全处打逃力量积极参与。开展业务稽查，处理轻微违纪行为，及时纠正收费员工存在问题；开展惩治假冒鲜活农产品车辆、非法集装箱等专项打逃活动。同年，沿海高速公路北海管理处与高支九大队、高管一大队签订《联合打逃协议》，建立“资源共享、信息互通、优势互补、联合整治”的联合打逃机制，形成“一车逃费多方治理”的治逃新局面。年内，沿海高速公路北海管理处与广东粤西区域联网中心开展稽查业务经验交流座谈会，与粤西站开展两广高速鲜活车业务现场交流会，深入探讨治理车辆逃费的疑点、难点问题，交流双方的检查方法和工作经验，提高堵漏增收队伍专业化能力。

【道路管养】 2018年，沿海高速公路北海管理处以整治路面病害、修复交安设施为重点，修补路面裂缝、路面坑洞，更换破碎板，沥青罩面，冷补沥青路面坑槽等，保障行车路面安全。年内，沿海高速公路北海管理处对灌浆补强等3项专项工程进行验收，工程计量初验准确率达100%。加强“美丽高速路”建设。加强汛期前高速公路水沟、边沟清淤工作，加大沿线绿化养护力度，以迎2018年国检、自治区60大庆为契机，美化高速公路路容路貌，开展“绿化环境　美化站区”“两广共建先锋林”主题活动，种植杧果树等树苗，持续打造“美丽高速路”，营造了“畅、舒、美”的交通运营环境。

【安全防控】

安全宣传警示教育　2018年，沿海高速公路北海管理处举办消防知识专题讲座，邀请合浦县公安消防大队官兵对职工进行消防安全知识及技能培训，提高员工安全意识和自我保护能力；制作安装固定宣传栏，发放宣传资料，悬挂、更新安全横幅，在车流量大的服务区、收费站设置便民服务点，多形式提高广大司乘人员的安全驾驶意识。

安全生产检查　2018年，沿海高速公路北海管理处加强对事故多发路段、地质灾害易发点、服务区、管理区等重大危险源的管控；深入开展安全隐患大检查大排查，对管辖路段的沿线桥梁、急弯边坡、事故易发路段等重点部位进行隐患排查。

管控易散落物　2018年，沿海高速公路北海管理处各收费站在入口进行管控，劝退、整改、教育易散落物车辆；加强与交警、路政等部门的沟通，发挥应急联动群作用，加强巡查，清除影响交通安全的散落物，组织排障队路上巡查，有力保障了高速公路行车安全。

【部门联动协同配合保畅】

合理疏通车流　2018年，沿海高速公路北海管理处各收费站根据重大节假日的车流增长情况，及时增开收费亭、复式亭，启动应急保畅方案，增加人手引导车辆快速通行。其中合浦收费站采取周一至周五“12+4”、周末“12+10”的暑期上班模式，保障人员充足。8月19日，合浦收费站车流量达3.15万辆，创下收费站自建站以来非免费节假日单日车流量的历史新高。

应急联动平台建设　2018年，沿海高速公路北海管理处与交警、路政部门签订《应急联动协议》，常态化召开节前保畅协调会，与交警、路政部门达成信息共享、联合巡查、交通管制等多方协作共识；联合交警、路政、B标项目部等部门开展高速公路交通阻断事故应急演练等应急演练，增强各部门之间的协调合作能力。

应急值守与信息上报　2018年节日期间，沿海高速公路北海管理处继续落实路上无施工点制度，应急值守和信息报送制度，做好小型客车免费通行安全服务保畅通工作，全年无有理投诉，无重特大事故及安全责任事故发生。

【党建工作】

政治建设　2018年，沿海高速公路北海管理处持续开展“两学一做”学习教育，加强“八桂先锋”网络课堂学习，组织学习中共十九大精神专题、系列重要讲话精神，开展“不忘初心、牢记使命”主题教育和“两广青年”联合学习，提高党员干部职工的政治素养。

落实党风廉政建设责任　2018年，沿海高速公路北海管理处加强谋划部署，层层签订责任书，压实责任；加强和细化绩效考核管理，实现党建与经营管理工作同部署、同检查、同考核；加强廉政教育，开展廉政约谈、廉政学习教育；强化监督检查，开展党风廉政建设责任制落实情况专项检查、重大节假日明察暗访，持之以恒正风肃纪。

党工团“一体化”共建　2018年，沿海高速公路北海管理处加强文化阵地建设，装修布置党员活动室、职工之家、健身房，创造舒适的文化活动场所。搭建“三个一”活动平台，开展“我们的节日”庆元宵游园活动、重阳节登山等活动，营造和谐融洽的集体氛围。关心关怀职工群众，看望慰问生育生病职工，送去慰问品，增强职工归属感。积极参加沿海高速公路分公司“佳乐美”主题系列活动，荣获气排球比赛第一名、大合唱比赛第二名等，提升集体凝聚力。

【脱贫攻坚】　2018年，沿海高速公路北海管理处与合浦县东冲小学4名贫困学生、大化县镇西村22个贫困户结对子，走访调研慰问3次，开展爱心捐款2次、扶贫产品认购3次，为贫困户送去油、米等慰问品，为贫困学子送去书籍、文具、体育用品等，做好扶贫、扶志工作。年内，沿海高速公路北海管理处党支部获自治区国资委、广西北部湾投资集团有限公司和沿海高速公路分公司“先进基层党组织”称号，树立了良好的精神文明面貌。

海　事

【概况】　2018年，合浦海事处围绕水上交通安全监督管理中心工作，抓住“春运”、全国“两会”、“五一”、“国庆”等重大节日和敏感时期的安全工作特点，有针对性地采取措施开展工作，较好的完成各项工作任务，确保了辖区水上安全形势持续稳定，保障了辖区民众水上安全便捷出行。年内，全县水上出行群众（旅客）约41.6万人次；合浦海事处全年累计出动执法人员406人次、检查渡口182道次、旅游景区36次；排查各类安全隐患223项、消除220项、责令限期整改3项；实施行政处罚案件一起；对非法采砂公司开列责令船舶停航（整改）通知书21份，对非法载客船舶发放停航通知书6份；组织船员集中培训教育3次、开展“下渡口、上船头”现场教育活动11次；深入星岛湖、沙岗等涉水乡镇的中小学校开展安全知识普及教育3次，受教育群众累计约1200人次；组织开展渡船防台防汛、消防救生等应急演练3次、组织星岛湖水上搜救应急演练2次；在渡口树立安全警示牌4块，拉宣传横幅9条，发放各类宣传资料800份。

【安全监管】

季节性安全防范　2018年，合浦海事处强化现场监管，提前部署春运等重要时段的水上交通安全工作，落实各项防范措施，避免、减少险情事故的发生。联合多部门开展客船安全检查，重点对船舶航行、消防、救生等设备和船舶、船员证书有效情况进行检查。针对发现的隐患，提出整改意见和建议，及时反馈船主、渡工和乡镇政府，要求限期整改。加强宣传教育工作，增强防范意识，通过下渡口、上船头等形式多样的方式开展各类型的宣传教育活动。结合“4·21”桂林桃花江重大事故教训的惨痛案例开展安全警示教育活动。督促辖区各渡口、景区做好寒潮大风、大雾等恶劣天气的防范工作,及时向船舶、船员发送相关天气和水文信息,提醒做好安全防范工作。在大风大雾能见度差和其他影响安全航行的情况下及时采取禁航措施,确保安全。充分发挥CCTV电子巡查功能,对七星渡、官井渡、星岛湖景区等重点区域进行不定时抽查,对发现的超载等违法行为按照相关规定进行处理。

开展专项活动 2018年,合浦海事处把船舶进出港报告、船员履职专项检查、平安交通“百日行动”等专项行动以及合浦县安全生产大检查、南流江采砂整治等行动紧密结合,持续开展隐患排查和治理工作,特点是以问题为导向,有重点、分步骤、按计划整治消除辖区船舶安全隐患。协调人员工作分工,对重点、难点问题隐患整改实行专人专项,持续跟进,统筹辖区隐患全面排查;以安检复查为抓手,全力推进船舶安检工作实现“闭环管理”,对辖区船舶存在的安全缺陷及时复查验收,促进县、乡镇、村委三级相关领导的共同关注,确保辖区船舶缺陷整改率达到100%;合浦海事处联合县、乡镇政府及相关部门,开展南流江上游河道障碍物清理工作,对发现的废置船舶进行上岸处理,消除了其汛期可能发生漂移而对下游桥梁产生安全威胁;针对七星渡口时有超载、人货混装现象,加强现场巡查、电子监控和渡工安全教育,积极联合当地乡镇、村委,推行“渡口巡视”联动工作机制,合力提升渡口安全管理实效。

查处渡船超载及非法载客行为 3月11日,合浦海事处执法人员通过CCTV监控发现“合浦小机062”渡船超载航行,立即联系当班渡工,制止其违法行为,并把情况通报地方政府。通过进一步调查取证,对渡船违法行为处以3000元的行政处罚。5月初,根据群众举报和调查核实,西场镇官井渡口附近、曲樟乡六湖水库周边等地,时有当地村民利用自造船舶兜客渡运、非法牟利。5月7日,合浦海事处联合西场镇人民政府和公安、交通部门共同约谈西场镇官井村民杨某伟等4人,对其违法载客渡运行为提出严肃批评,并对4艘无牌无证木质小艇的船主签发了“停航通知书”。5月17日,合浦海事处联合曲樟乡人民政府和旅游、交通部门在六湖水库分别约谈了当地村民陈某棠等2人,对其利用未经检验合格的自用船违法载客游湖观光行为提出了严肃批评,并对相关船主签发了“停航通知书”。至年末,没有发现上述6艘船舶再发生违法行为。

2018年5月30日,合浦县委常委、常务副县长郭彦江到沙岗镇七星渡口督查渡口渡船安全工作 (周伟谋 摄)

组织开展应急演练 5月15日,合浦海事处联合北海市游泳协会在沙岗镇七星渡口开展渡船防台风应急演练。演练模拟1艘客渡船在航行过程中因突发大风失控与1艘渔船发生碰撞,造成渡船破损进水,船上3名乘客落水遇险。重点练习落水人员救助、乘客转移、救生衣穿着等科目,检验渡船船员在处置人员落水、人员转移等方面的应急能力。共有4艘船舶、180余人参加演练,较好完成了演练任务。6月25日,在星岛湖组织举办旅游船遇险应急演练。演练模拟1艘旅游船在演习当天上午8时50分载客15人离开星岛湖旅游码头游玩,航行约半小时后搁浅,导致船体进水,船上游客看到该情况后情绪慌乱,船舶人员进行处置。演练以景区公司和船舶驾驶员、工作人员实际操作为主,海事人员全程跟踪并在演练后进行讲评。

【内河治砂工作】 根据中央环保督察工作要求和合浦县委、县政府的统一部署,合浦海事处于6月上旬组织执法人员积极参与合浦县矿业秩序集中整治行动。南流江130多千米的合浦河段共有采砂场62个,各类采砂船(采砂机具)398艘(座),其中373艘

（座）属于无牌无证。为确保精准履职，合浦海事处加强与地方政府、相关部门的沟通联系并形成共识，为推进整治工作顺利开展、规范采砂船舶管理奠定了良好的基础。申请上级部门调派人员增援合浦海事处参与联合整治行动，充分发挥海事青年干部“特别能吃苦、特别能战斗、服从命令听指挥”的优良作风，全力配合整治工作。密切配合，团结协作。在进行拆除处理采砂场的过程中，遇到不配合甚至上前阻挠的群众，与地方政府、水利、公安、环保等部门一起耐心细致做好群众的思想教育工作，宣传贯彻此次整治工作的意义，保障整治行动顺利推进。根据整治水域和船舶的实际情况，在保证安全的前提下，合浦海事处海事人员指挥吊车将非法船舶吊起上岸等候处理；对确实不能起吊的船舶，责令船主采取拖拉抢滩的方式，将非法采砂船全部搁岸固定，并拆除相关采砂和动力设备；对持证合法采砂船，要求整齐有序排列靠岸，加强系固，确保汛期安全。此次联合行动，共取缔、清理南流江及其支流沿岸采砂场53个、非法采砂船344艘（另外9个采砂场、29艘非法采砂船已在政府“通告”的限期内自行处理，不在本次行动之列）。号称“史上最彻底”的南流江矿业秩序集中整治行动取得了圆满成功。

2018年6月8日，合浦县组织开展南流江（石湾段）采砂堆场清理行动，图为县委书记杨斌（右四）到现场指挥清理行动 （林启波　摄）

【水上安全知识进校园活动】 2018年，合浦海事处关心学生儿童的健康成长，对如何开展水上安全知识进校园活动进行深入研究，不断创新思维，根据参加活动学生的年纪、特点等定制教学内容和授课方式，力求在有限的时间内，提高学生的学习兴趣和效果。年内，合浦海事处分别到沙岗镇七星小学、星岛湖镇采木小学等开展活动，多途径、全方位普及渡运安全知识和安全技能，通过现场学、现场问、现场教的方式，向小学生宣传渡运安全知识、乘船注意事项、水上交通事故逃生安全常识、溺水急救知识等。活动中，结合辖区内外发生的学生溺水的惨痛案例，开展警示教育。授课人员还创新设置教学环节，教学生利用身边随处可见的泡沫、饮料瓶等材料快速制作救生浮具，组织学生和家长开展自助、互助穿救生衣比赛等生动有趣的环节，学生、家长全程兴趣饱满听授课人员讲解。

【水上交通安全共建】 2018年6月6日，合浦海事处组织支部党员到合浦县沙岗镇七星村，与该村党支部就全面贯彻落实中共十九大精神和“两学一做”学习教育常态化制度化，构建社会主义新农村安全、有序、和谐的水上交通环境等工作进行了深入交流，并签订了支部共建协议。近年来，由于农村群众安全出行意识淡薄，乡镇、村委、渡工的管理水平有限，七星渡口渡船多次出现超载现象，受到了上级部门的严厉批评。经过慎重考虑，合浦海事处选择七星渡口所在地——七星村作为支部结对共建对象，旨在帮扶该村党员干部提高安全管理意识，努力形成“优势互补、资源共享、共同发展”的基层党建工作新格局，为辖区水上交通安全形势稳定奠定良好的基础。共建协议签订后，合浦海事处结合防台风和防汛工作，与在场的沙岗镇、七星村委负责人联合开展渡口渡运安全检查，提醒渡工、渡口管理员密切关注气象变化，切实做好各项安全防范准备。另外，检查人员还对一起农用船涉嫌冒险航行行为依法予以制止，对相关人员进行了批评教育。 （龙光俊）

城乡建设与管理

城乡建设

【城乡规划】 2018年，县住建局坚持以城市、城乡规划为导向，以建设美丽珠乡为载体，以改善人居环境为目标，以民生建设为根本，以“创建广西特色旅游名县”和“创建广西园林城市”为契机，切实做好城乡规划工作。先后完成了《广西合浦县城总体规划(2010—2025)》编制；完成城东新区、城南片区、文昌片区、文体中心、烟楼片区、廉州片区、廉西和还珠片区、珠城片区控制性详细规划；完成县城市场、停车场、医疗卫生3个专项规划编制工作；完成《合浦县龙门江公园修建性详细规划》和《合浦县行政中心修建性详细规划》；完成合浦县总体规划评估报告和修编论证报告，并通过自治区人民政府审批同意修编合浦县总体规划工作；完成廉州古城总体策划及概念规划方案以及编辑廉州古城保护规划；完成合浦县迎宾大道东段城市设计和合浦县城“城中村”整治规划；完成北海市合浦县移动通信基站布局规划(2017—2030)。年内，县住建局指导沙岗镇、乌家镇、星岛湖镇3个乡镇总体规划编制工作。西场镇总体规划编制专家已评审通过，文本正在修编当中。

【规划执法】

集中开展“五乱整治” 2018年，县住建局重点对县城市容市貌容易反弹的区域进行集中整治，结合常规性日常管理措施，有效地控制了市容市貌反弹的现象。全年清理小广告2400多处；处罚和教育临街商铺占道经营700多次；取缔沿街叫卖流动摊点1200多摊(处)；取缔夜市烧烤摊点34摊；处理工地乱象118处，发出限期整改通知书159份；处理转办投诉85件；会同交警部门联合执法，规范车辆乱停放1300多辆次。

整治违法建设 2018年，县住建局按照《广西壮族自治区城市建成区违法建设专项治理工作五年行动方案》要求，实施对第一批次主次干道的违法建设依法拆除共185间(处)，总面积10013平方米，其中立案上报处罚单位(住户)违法违章建设20起，处理在建邻里纠纷34起。有效地制止了县城规划区的各类违章建设行为。

【行政审批】 2018年，县住建局严格依法依规进行行政审批，不断优化行政审批流程，实行“容缺”办理制度。全年办理事项

2018年5月4日，2018年合浦县创建文明城市暨城乡环境提升年活动动员大会在县还珠宾馆会议室召开
（林启波 摄）

41项，已有33项开通网上申请，网上申请办理事项比例达80%，政务窗口共受理2470件，办结2414件，办结率97.7%；共办理建设项目选址意见书17项，建设用地规划许可851项，建设工程规划许可616项，建设工程施工许可195项。

2018年8月3日建成的合浦县西片乡镇乡土特色示范带——西场镇新铺村
（县住建局　供）

【城镇化建设】

重点项目建设　2018年，昌和长者疗养服务中心项目基本建成，总投资1.2亿元。实施廉州古城担水巷、阜民路东侧5段横街巷、阜民路和横街的道路、管线改造工程等项目建设，计划投资2600万元，年末完成可研编制等前期工作。政务综合服务业务用房项目总投资6500万元，年末完成设计方案的调整，正编制初步设计。全力配合“创特”工作，完成动车站站前广场汉船景观改造工程项目建设，完成投资170万元。实施2018年度环广西自行车世界巡回赛沿线环境整治项目建设，完成投资900万元。实施合浦县西片乡镇乡土特色示范带工程，完成投资1080万元，已竣工。

“美丽广西·宜居乡村”村屯公共照明试点项目　2018年，全县共有22个自然村实施“美丽广西·宜居乡村”村屯公共照明试点项目，每个自然村安装太阳能路灯8盏，共安装176盏，总投资93.5万元，已全部竣工。

贫困地区和革命老区市政设施建设项目　2018年，完成曲樟乡井山村委井村村内道路建设，混凝土路面长500米、宽3.5米、厚0.18米。项目估算投资30万元，已竣工。

2018年12月3日建成的合浦县西片乡镇乡土特色示范带——星岛湖镇洞口村
（县住建局　供）

村屯道路硬化项目　2018年，完成了石湾镇大田村委大田坪村、沙岗镇贤子山村委沙江岭村、闸口镇新寮村委山贝村，项目估算投资60万元。已全部竣工。

绿色村屯建设项目　2018年，完成绿色村屯建设项目共8个，涉及全县7个乡镇、8个自然村，共安装太阳能路灯80盏，总投资40万元。已全部竣工。

【危房改造】　2018年，上级下达合浦县农村危房改造任务1776户，完成1776户。落实各级下达危改补助资金4390.23万元，完成4266户农村危房改造工作任务，改造面积10.81万平方米，总投资10811万元。

【改厨改厕】　2018年，上级下达合浦县农村改厨改厕任务4万户，其中厨房改造2万户，厕所改造2万户。完成4万户改造任务。落实上级补助资金7600万元，总投资7600万元。

【建筑市场监管】

抓好工程质量和安全生产工作　2018年，县住建局为确保工程质量和安全生产，年初与各建筑施工企业签订了2018年质量安全责任状。监督全县在建工程154项，建筑面积236.65万平方米，其中新增工程67项，建筑面积148.43万平方米。竣工工程23项，建筑面积36.08万平方米，竣工验收合格率100%。加大安全生产宣传力度，全年制作安全生产知识墙报65版，拉横幅323条，发放建筑施工安全生产宣传资料6000多份。认真抓好安全生产检查工作，开展综合执法检查4次，共检查工地154个，对施工企业发放《建筑工程质量安全隐患限期整改通知书》159份、《建筑工程质量安全停工整改通知书》37份，对监理企业发放《要求履职通知书》13份。整顿工地乱象，对全县在建工程进行拉网式检查，切实抓好工地扬尘管理，消除工地乱象，促使全县建筑工地保持整洁、美观，切实维护人民群众的生命财产安全，全年无发生重大工程质量和建筑施工安全事故。

规范工程交易行为　2018年，全县所有应招标项目（公开招标、邀请招标）均进入建设工程交易中心进行招标。全年招投标项目46项，其中公开招标46项，邀请招标0项，中标价5.32亿元。应招标的项目招标率达100%，应公开招标的招标率也达100%。全部使用自治区施工招标文件范本并配套使用(GF—2013—0201)施工合同范本，使招标投标行为更加规范，施工合同进一步完善，全年无违反《中华人民共和国招投标法》的违法违规行为。

农民工工资保障　2018年，县住建局共核退农民工工资保障金42项，总金额935.94万元。处理农民工工资纠纷17起，涉及金额1600多万元。办理48个工程项目的竣工验收备案。

【房地产业】2018年，合浦县房地产在建项目37项，建筑面积232.47万平方米，合同总造价35.20亿元。新建项目15项，建筑面积102.08万平方米，合同总造价16.66亿元，与2017年同期持平，建筑面积同比增加62.98%。全年房地产固定资产投资完成8.7亿元。

【墙改节能】

落后产能关停和监管　2018年，县住建局联合县国土、环保、工信、安监、税务等部门和乡镇开展落后产能监管检查和整改验收检查工作30次；出动车辆30台次，派员参与90人次，有效遏制关停落后企业死灰复燃现象，下发停产整改通知110份，并将落后产能关停和监管情况及时上报县政府；拟出初步落后烧结砖生产企业整治和拆除方案。年内，全县共投入专项资金46.5万元拆除属国家淘汰类砖厂17家；对28家属2020年前淘汰的轮窑砖厂依法断电停产，并查封制砖设备；对12家属国家鼓励发展类的隧道窑砖厂责令整改。

工艺设备登记备案　2018年，在实施登记备案工作中，县住建局做到对企业实地查看，完成16家企业工艺设备登记备案，对不符合备案的坚决不予备案。

墙改基金核退缴库　全年核退墙改专项基金206.62万元，缴库结转墙改基金93.23万元，对促进使用新墙材，杜绝使用黏土实心砖的调控作用得到进一步加强。

新墙材认定管理及推广应用　在新墙材认定管理上，县住建局积极协助办理新墙材认定及年审工作，已协助华洪、盛利、雄心、闽辉等10家生产企业办理年审。投入1.44万元委托自治区建材产品质量检验站对合浦县5家新墙材企业产品质量进行抽检，严把产品质量关。积极推动社会资金投入8000多万元，正在改建年生产规模6000万块以上标砖页岩多孔砖企业4家，使新型墙体材料占总量比例达75%以上，保证了全县对新型墙体材料使用的需要。

墙改政策宣传　2018年，县住建局开展墙改政策宣传投入7万多元，制作8幅墙板专栏，拉挂“限粘禁实”和政策法规等宣传横幅160条，印发3000份政策文件，出动宣传车30车次到15个乡镇宣传，效果明显。

【物业管理】2018年，县住建局加强物业服务企业和物业小区管理，受理前期物业管理服务合同备案20项、前期物业管理项目招标备案13项、前期物业管理招标中标备案13项、业主委员会备案4项，妥善解决88份物业投诉。指导美丽港湾、远辰·龙湾名郡、鑫鑫花园和皇珠花园等4个小区成立业主委员会，7个小区正在筹备成立业主委员会。全面实行物业专项维修资金的归集管理和使用，共归集2044.06万元公共维修资金，使用2.98万元公共维修资金。开展小区电动车消防专项检查，加大宣传力度，提高小区业主的消防安全意识。开展小区违法搭建大检查，并记录档案，上报县政府组织拆除。联合廉州镇政府组织全县物业服务企业召开“门前三包”宣传部署工作会议，签订责任状，完成率达98%。

市政管理

【概况】 2018年，合浦县市政管理局（简称县市政管理局）内设综合股、经济管理股、市政工程管理股、公用事业股、市容环境管理股、园林绿化管理股6个职能股室和项目办、污垃办2个专项机构。下辖合浦县市政工程管理站、合浦县园林管理所、合浦县环境卫生管理站、合浦县路灯管理所、合浦县燃气管理所和合浦县公共设施服务中心、合浦廉兴市政建设投资有限公司等7个企事业单位。行业监管合浦华泽水务经营有限公司、北京环卫集团合浦项目公司、川中燃气、煜龙燃气和合浦县城污水处理厂等企业。年内，县市政管理局紧紧围绕县委、县政府中心工作大局，以“创建广西特色旅游名县”和“创建广西园林城市”为契机，持续推进“城乡环境综合整治提升年”行动，强化市政行业生产管理，大力推进以民生路网、城市排污排水排涝、主干道为重点的城市基础工程建设，狠抓城市绿化、美化、亮化环境整治，有效改善城市面貌，城市品位和宜居水平进一步提升。

【城市建设】 2018年，县市政管理局负责实施建设的城市市政基础设施建设项目和乡镇污垃工程项目共完成投资15503万元，占年度计划14700万元的105.46%。其中：重点城建项目完成投资4648万元，包括外东环路北段投资1430万元、龙门江公园投资508万元、北河水系整治工程投资2840万元；其他市政基础设施建设项目完成投资3332万元，主要包括廉州镇水环境整治一期工程完成投资1896万元和合浦县廉州镇改善农村人居环境建设工程完成投资1436万元；城镇污垃项目建设完成投资6423万元，包括合浦县乡镇垃圾及污水整治工程完成投资568万元，合浦县城污水处理厂（一期）提标改造工程完成投资4865万元，合浦工业园区污水管网和泵站建设工程完成投资1960万元。

北河水系整治工程　工程由北河水道（含北河塘）和城东水道两大工程构成。其中：北河水道工程起点廉州大道（盛泰苑小区），终点北河塘，全长1542米；城东水道工程起点廉州大道（大田坡），终点东山一路，全长1807米。北河水系整治工程建设内容包括沿北河水道两侧、城东水道两侧及北河塘周边建设挡土墙共7800米，铺设排污管道8000米，硬化北河水道和城东水道沿线沟底、覆盖城东水道（廉东垃圾站旁）长46米和沿北河塘周边铺设植草砖景观辅道长1630米。工程2016年4月开工建设，总投资约1亿元，2018年完成工程量2840万元，截至12月，累计完成工程量九成以上，工程项目接近完工。

外东环路北段工程　工程位于合浦县城东部，起点与325国道相交，终点与新迎宾大道交叉口路面交接，道路全长3180米（不含龙门江大桥），主车道宽32米，按城市道路主干路Ⅰ级设计标准建设，设计速度每小时60千米，建设内容包括道路、桥涵、排水、绿化、照明和交通设施工程，路面采用改性沥青混凝土路面结构，项目总投资5.148亿元（含龙门江大桥工程投资）。外东环路北段工程于2014年9月开工建设，2018年完成工程量1430万元，截至2018年12月，累计完成工程量3.393亿元，占总投资的65.9%。

打通“断头路”工程　2018年，合浦县市政管理局加快打通一批城市“卡脖路”和“断头路”建设，使县城市政路网得到较大完善，秩序井然、出行通畅的城市交通环境正在一步步形成。同年，县城打通断头路2处，分别是西门江一号路、科园路南段，文体中心二号路（福融国际段）“断头路”正在抓紧改造修建中。

龙门江公园工程　项目总投

2018年12月25日，西门江一号路全线贯通　（县市政管理局　供）

资1亿元(其中工程费用8573.63万元),项目建设面积为83.16公顷(其中陆地面积30.49公顷,水面52.67公顷),建设内容包括建筑、道路、绿化、景观等工程,道路总长约3770米,总建筑占地面积为7581.56平方米。2018年,建设公园北侧道路850米,完成投资508万元。

廉州镇水环境整治一期工程 工程项目包括龙门江公园、北河水系整治工程、县公安局新址排水暗沟工程和2016年市政民生工程项目,总投资约2.5亿元。2018年,廉州镇水环境整治一期工程共完成投资约4450万元,其中:龙门江公园1200米道路及排水管道完成投资约350万元,北河水系施工挡土墙、排污管道及北河塘清淤完成投资2000万元,县公安局新址排水暗沟施工100米完成投资约100万元,2016年市政民生项目完成投资约2000万元。

廉州镇改善农村人居环境建设工程 项目包括养老院配套道路工程、廉阳大道(内东环路)路灯照明工程及市政道路混凝土和沥青路面维修、公厕新(改)建工程、消火栓一期工程、垃圾收集站改造工程、中山公园大门改造、西门江拆迁安置地老人活动场等工程,总投资约1.6亿元,2018年完成投资约2000万元。

廉州镇水环境整治二期项目 项目主要包括对北河水道、城东水道、北插江水道、廉南大水沟、南京水道、大戏院旁水沟、岭脚村水沟、爱卫街水沟、中山公园鱼塘等县城九大水道综合整治,建设内容包含道路及排污排水修建、路灯安装、绿化改造等工程,项目估算总投资约5.4亿元。2018年,项目全面启动,7月完成立项批复,9月完成环境影响报告和建设用地预审及可行性研究报告批复,10月完成初步设计批复,11月完成水土保持方案批复。

市政基础设施(民生)项目 2018年,县城一批小巷小街道路包括廉田路西二巷道路排污排水及路面修建工程、县城定海南路(县爆竹厂至博物馆)路灯安装工程、爱卫水沟(定海北路至延安路段)景观改造二期工程等共40项民生项目实施建设并完成。

表4 2018年民生项目建设情况表

序号	项目名称	建设内容与规模	总投资(万元)	开工时间	竣工时间
1	廉田路西二巷道路排污排水及路面修建工程	建设道路总长71米,宽5米,铺设长71米排污、排水管道及修建混凝土路面厚20厘米等	27	2018年10月	2018年11月
2	龙门西路北侧二巷及支路排污排水及路面修建工程	1.建设道路总长67米,宽5米,铺设长67米排污、排水管道及修建混凝土路面厚20厘米等;2.建设道路总长74米,宽5米,铺设长74米排污、排水管道及修建混凝土路面厚20厘米等	53	2018年11月	2018年12月
3	还珠东路南侧路道路排污排水及路面修建工程	建设道路总长18米,宽3米,铺设长18米排污、排水管道及修建混凝土路面厚20厘米等	4	2018年10月	2018年11月
4	龙门西路北侧四巷道路排污排水及路面修建工程	建设道路总长62米,宽4米,铺设长62米排污、排水管道及修建混凝土路面厚20厘米等	19	2018年10月	2018年11月
5	广东路六巷东侧路道路排污排水及路面修建工程	建设道路总长60米,宽6米,铺设长60米排污、排水管道及修建混凝土路面厚20厘米等	27	2018年10月	2018年11月
6	兴南街五巷道路排污排水及路面修建工程	建设道路总长53米,宽5米,铺设长53米排污、排水管道及修建混凝土路面厚20厘米等	20	2018年10月	2018年11月
7	廉南街二巷道路排污排水及路面修建工程	建设道路总长35米,宽4米,铺设长35米排污、排水管道及修建混凝土路面厚20厘米等	11	2018年10月	2018年11月

续表

序号	项目名称	建设内容与规模	总投资（万元）	开工时间	竣工时间
8	爱卫水沟（定海北路至延安路段）景观改造二期工程	人行道地板及步阶花岗岩铺设、风景圆球64个、路灯21盏、庭院灯24盏、花池绿化及花池自动喷淋等	130	2018年11月	2018年12月
9	廉州镇平田小学北侧路（二期）道路排污排水及路面修建工程	建设道路总长160米，宽4米，铺设长160米排污、排水管道及修建混凝土路面厚20厘米等	48	2018年11月	在建
10	龙城路五巷道路排污排水及路面修建工程	建设道路总长250米，宽5米，铺设长250米排污、排水管道及修建混凝土路面厚20厘米等	94	2018年11月	在建
11	杏园路二巷、三巷道路排污排水及路面修建工程	1. 县城杏园路二巷建设道路长94米，宽5米，铺设长94米排污、排水管道及修建混凝土路面厚20厘米等； 2. 县城杏园路三巷建设道路总长97米，宽5米，铺设长97米排污、排水管道及修建混凝土路面厚20厘米等	72	2018年10月	在建
12	富民路四巷道路排污排水及路面修建工程	建设道路总长70米，宽5米，铺设长70米排污、排水管道及修建混凝土路面厚20厘米等	26	2018年11月	2018年12月
13	金湾路七巷道路排污排水及路面修建工程	建设道路总长100米，宽8米，铺设长100米排污、排水管道及修建混凝土路面厚20厘米等	60	2018年11月	在建
14	廉风南路南侧路道路排污排水及路面修建工程	建设道路总长244米，宽3米，铺设长244米排污、排水管道及修建混凝土路面厚20厘米等	56	2018年10月	2018年12月
15	还珠南路北一巷道路排污排水及路面修建工程	建设道路总长244米（其中1. 长165米，宽3米；2. 长79米，宽4米），铺设长244米排污、排水管道及修建混凝土路面厚20厘米等	61	2018年11月	2018年12月
16	银川路十三巷等道路排污排水及路面修建工程	1. 银川路十三巷，建设道路总长136.5米，宽5米，铺设长136.5米排污、排水管道及修建混凝土路面厚20厘米等；2. 银川北路及廉阳大道一巷，建设道路总长247.3米，宽7米，铺设长247.3米排污、排水管道及修建混凝土路面厚20厘米等	181	2018年11月	在建
17	广东北路一巷道路排污排水及路面修建工程	建设道路总长139米，宽6米，铺设长139米排污、排水管道及修建混凝土路面厚20厘米等	63	2018年11月	在建
18	廉景花园C区二、三、四巷道路排污排水及路面修建工程	1. 廉景花园C区二巷，建设道路总长43.5米，宽6米，铺设长244米排污、排水管道及修建混凝土路面厚20厘米； 2. 廉景花园C区三巷，建设道路总长62.3米，宽4米，铺设长62.3米排污、排水管道及修建混凝土路面厚20厘米等； 3. 廉景花园C区四巷支路，建设道路总长39.2米，宽6米，铺设长39.2米排污、排水管道及修建混凝土路面厚20厘米等	56	2018年11月	2018年12月

续表

序号	项目名称	建设内容与规模	总投资（万元）	开工时间	竣工时间
19	东方国际西侧道路排污排水及路面修建工程	建设道路总长100米，宽6米，铺设长100米排污、排水管道及修建混凝土路面厚20厘米等	45	2018年10月	2018年12月
20	红旗就业小区3号、4号路道路排污排水及路面修建工程	1. 红旗就业小区3号路，建设道路总长105米，宽6米，铺设长105米排污、排水管道及修建混凝土路面厚20厘米等； 2. 红旗就业小区4号路，建设道路总长225米，宽5米，铺设长225米排污、排水管道及修建混凝土路面厚20厘米等	132	2018年11月	2018年12月
21	红旗小区5号路道路排污排水及路面修建工程	建设道路总长109米，宽6米，铺设长109米排污、排水管道及修建混凝土路面厚20厘米等	49	2018年11月	在建
22	广东南路十二巷道路排污排水及路面修建工程	建设道路总长151米，宽6米，铺设长151米排污、排水管道及修建混凝土路面厚20厘米等	68	2018年11月	2018年12月
23	车路塘拆迁安置地排污排水及路面修建工程	1. 建设道路总长228米，宽5米，铺设长228米排污、排水管道及修建混凝土路面厚20厘米； 2. 建设道路总长130米，宽7米，铺设长130米排污、排水管道及修建混凝土路面厚20厘米； 3. 建设道路总长24米，宽3米，铺设长24米排污、排水管道及修建混凝土路面厚20厘米等； 4. 铺设排污管D30080米； 5. 排水（雨）管D60080米	170	2018年11月	在建
24	广东北路八巷道路排污排水及路面修建工程	建设道路总长168米，宽6米，铺设长244米排污、排水管道及修建混凝土路面厚20厘米等	76	2018年12月	在建
25	田园路一巷道路排污排水及路面修建工程	建设道路总长154米，宽6米，铺设长154米排污、排水管道及修建混凝土路面厚20厘米等破除20厘米厚混凝土路面	70	2018年11月	2018年12月
26	鑫港丽园北侧路道路排污排水及路面修建工程	建设道路总长188.2米，宽12米，铺设长188.2米排污、排水管道及修建混凝土路面厚20厘米等	170	2018年11月	在建
27	苏屋小区至廉东大道路段道路排污排水及路面修建工程	建设道路总长105米，宽5米，铺设长105米排污、排水管道及修建混凝土路面厚20厘米等	39	2018年12月	在建
28	兴南街四巷道路排污排水及路面修建工程	建设道路总长126米，宽4米，铺设长126米排污、排水管道及修建混凝土路面厚20厘米等	38	2018年12月	在建
29	廉海路道路排污排水及路面修建工程	建设道路总长200米，宽12米，铺设长200米排污、排水管道及修建混凝土路面厚20厘米等	90	2018年12月	在建

续表

序号	项目名称	建设内容与规模	总投资（万元）	开工时间	竣工时间
30	县城定海南路（县爆竹厂至博物馆）路灯安装工程	单侧间隔25米一杆10米高太阳能路灯，总长1150米	35	2018年11月	2018年11月
31	龙门东路路灯工程（廉州大道至廉阳大道）	道路长615米，单侧间隔35米一杆（其中13米高路灯2杆，10米高路灯17杆	26	2018年10月	2018年12月
32	龙门东路南侧路道路排污排水及路面修建工程	建设道路总长87米，宽7米，铺设长87米排污、排水管道及修建混凝土路面厚20厘米等	46	2018年12月	在建
33	廉州镇兴南街二巷道路排污排水及路面修建工程	建设道路总长115米，宽3.5米，铺设长115米排污、排水管道及修建混凝土路面厚20厘米	30	2018年11月	2018年12月
34	广东南路三巷道路排污排水及路面修建工程	建设道路总长183米，宽7米，铺设长183米排污、排水管道及修建混凝土路面厚20厘米等	96	2018年11月	在建
35	合浦县福利院门前路道路排污排水及路面修建工程	建设沥青道路总长160米，宽34米，铺设长160米排污、排水管道	19	2018年10月	2018年11月
36	廉中西侧拆迁安置用地3号路（廉州镇金湾路六巷南侧）道路排污排水及路面修建工程	建设道路总长99米，宽5米，铺设长99米排污、排水管道及修建混凝土路面厚20厘米等	37	2018年11月	在建
37	廉平路道路排污排水及路面修建工程	建设道路总长70米，宽5米，铺设长70米排污、排水管道及修建混凝土路面厚20厘米等	26	2018年10月	2018年12月
38	北河东路北侧三巷四巷道路排污排水及路面修建工程	建设道路总长113.6米，宽5米，铺设长113.6米排污、排水管道及修建混凝土路面厚20厘米等	43	2018年11月	2018年12月
39	广东南路十九巷道路排污排水及路面修建工程	建设道路总长157米，宽5米，铺设长157米排污、排水管道及修建混凝土路面厚20厘米等	59	2018年11月	2018年12月
40	广东南路二十一巷道路排污排水及路面修建工程	建设道路总长193米，宽6米，铺设长193米排污、排水管道及修建混凝土路面厚20厘米等	86	2018年11月	2018年12月

【城市管理】

落实安全生产责任制　2018年，县市政管理局认真贯彻落实合浦县2018年安全生产目标管理责任制，强化行业安全生产监管，确保行业安全生产和各项应急管理目标的实现。年初，制定《2018年安全生产目标管理责任书》，与全县市政行业12个企事业单位签订年度安全生产责任状，层层分解落实责任，并制定和组织实施《合浦县市政管理局2018年防汛防风抢险应急预案》《2018年城市燃气事故应急预案》《2018年合浦县城市供水管网抢修应急预案》等，加强安全生产巡查和监督检查，及时采取措施排除安全隐患，确保行业生产安全。县市政管理局组织部署5月防汛和防御2018年第22号台风“山竹”工作，做到早准备、早安排、早行动，全力投入城市市政防汛防涝防风工作，防汛、防台风期间，县市政管理局组织开展安全生产隐患排查和市政道路巡查及城市排涝抢险救灾、路灯抢修，共修复市政道路2000平方米，修复补缺井盖130余套，抢修路灯12处，确保县城市政设施正常运作和交通安全。台风“山竹”过后，县市政管理局及时组织开展市容环境卫生大清洁行动，加紧恢复县城区容貌环境秩序。其中，县园林所出动120人次，出动车辆10辆，清理折断树木4棵，扶正加固倒伏园林树木6棵，清运垃圾92车（约100吨）；县环卫站出动1000人次，手扶拖拉机60多车次，250多辆电动三轮车及51辆环卫作业汽车参与环境清扫保洁，清理转运垃圾约220吨。

预防非职业性一氧化碳中毒　2018年，根据县委、县政府关于切实做好全县预防非职业性一氧化碳中毒工作决策部署，县市政管理局积极协调，加强配合，建立健全全县预防一氧化碳中毒工作联席会议制度，建立和完善长效管理机制，广泛深入开展预防非职业性一氧化碳中毒工作的社会宣传活动。入冬前及春节期间，县市政管理局协调和联合有关部门及乡镇在县城开展预防一氧化碳中毒集中宣传活动，通过宣讲、大型电子显示屏、悬挂横幅、张贴标语、发放宣传单、微信公众平台等多种方式进行广泛社会宣传，并呼吁全县机关、学校、企业干部职工，以及社会各界群众人人当好安全防范工作义务宣传员。同时，加强督促县城燃气经营企业持续开展安全用气知识宣传，利用送气、入户检查等机会，向广大用户普及安全使用燃气知识，发放燃气安全使用知识宣传单，对检查中发现存在用气安全隐患的用户（如燃气器具安装在浴室、卫生间等狭小密闭空间）告知并记录在案，及时督促整改，避免不必要的生命伤害，使预防一氧化碳中毒宣传工作家喻户晓，筑牢群众安全防线。年内，全县发放预防一氧化碳中毒宣传资料约40万份，悬挂宣传横幅360多条，全县无非职业性一氧化碳中毒人员死亡事故发生。

城市环境卫生管理　2018年，合浦县城区环境卫生清扫保洁面积320万平方米，其中机械化清扫保洁面积192万平方米，机械化清扫率60%以上。年内，合浦县环境卫生管理站对县城区域实行环境卫生清扫保洁全覆盖，对主要道路开展常态化保洁，对主次干道和其他重点区域实行20小时清扫保洁，每天定时定频对县城迎宾大道、合浦大道、廉阳大道、还珠南路、廉州大道、定海中路、公园路、还珠大道、文体中心2号路、东环大道（南段）、廉东大道、金鸡路、泮塘路段、定海南路、还珠中路等15条主要道路进行机械化清扫保洁、洒水降尘，冲洗里程320千米，道路扬尘整治面积112万平方米，全年共出动环卫清扫作业车辆5760多车次，冲洗、洒水面积40320万平方米。同时，组织开展县城建成区环境卫生集中整治行动，对县城40多条道路人行道和锦绣豪庭小区、华润水泥公司宿舍区等30多处住宅区及其周边环境卫生死角进行综合整治，清运垃圾杂物586车。

至2018年底，县城区拥有市政公共厕所35座，其中一类公厕7座，二类公厕2座，其余为水冲式三类公厕，全部实行专人管护，公厕设施完好，室内外干净整洁；县城建成区拥有5座垃圾转运站，全年清运生活垃圾6.68万吨，无害化处理率100%。

农村生活垃圾治理　2018年，合浦县全面开启农村生活垃圾收运及处理市场化运作模式，全县农村生活垃圾处理实行两种处理模式，一部分生活垃圾经压缩后转运到北海市垃圾填埋场进行无害化填埋，另外一部分则清运到垃圾热解处理设施进行无害化处理，其中：党江镇、沙岗镇、星岛湖镇、石湾镇和石康镇5座乡镇垃圾转运站，每天约有100吨垃圾转运到北海市白水塘垃圾处理厂作无害化处理；其余9个乡镇垃圾片区处理中心和20个村级垃圾处理设施，每天焚烧热解生活垃圾约200吨；全县乡镇垃圾处理设施和垃圾转运站尚未覆盖到的生活垃圾经压缩后转运到北海市白水塘垃圾处理厂作无害化处理。县有关部门及各乡镇政府由组织开展农村垃圾治理工作

2018年10月，廉州镇组织干部群众开展市容环境集中整治　（王　健　摄）

转向监督第三方北京环卫集团合浦项目公司经营全县15个乡镇、245个行政村、3158条自然村(不含县城)生活垃圾收集、转运、处理。年内,全县农村配置各式车辆129辆,累计投放垃圾桶3万余个、垃圾箱体3000余个,工作范围覆盖全县城乡,实现“户有桶、屯有箱、村有点、镇有站”目标,全年累计清运和处理农村生活垃圾约15万吨。随着全县农村生活垃圾收运处理市场化的全面启动和正常运营,农村生活垃圾全面实行日产日清,实现农村生活垃圾清运处理率100%和农村垃圾标准化规范化清运处理体系覆盖面100%目标。

2018年12月26日,合浦县创建广西园林城市实地考察座谈反馈会在县政府会议室召开 (林启波 摄)

【园林绿化】 2018年,合浦县大力践行“绿色发展”理念,全力推进生态文明建设,启动了一系列生态环境美化提升工程,着力城市园林绿地建设和造林绿化工作,不断提升城市承载力和宜居度,努力实现“百姓富”与“生态美”的有机统一,持续为合浦县产业转型、城市转型、社会转型夯实生态基础。同年,合浦县城绿化覆盖面积为1346.35公顷,绿化覆盖率为39.97%,人均绿地面积为10.19平方米。

创建广西园林城市 2018年,合浦县委、县政府作出创建广西园林城市决定,成立由县委书记、县长担任组长的高规格创建广西园林城市工作领导小组,下设办公室在合浦县市政管理局负责“创城”日常工作,制定印发和组织实施《合浦县创建广西园林城市实施方案》。“创城”启动后,全县上下各行各业认真贯彻落实县委、县政府“创城”决策部署,各部门、乡镇、社区积极配合、形成合力,宣传、文化(广播、电视)、教育、市政、住建、财政、环保、林业、水利、交通等部门切实从统一思想、提高认识入手,从大局出发,落实责任,加强协调,密切配合,充分运用广播、电视、报刊、电子屏幕、百姓大舞台、文艺晚会、板报专栏及公交车流动宣传、发放宣传倡议书等形式,在全县广泛开展“创城”宣传工作,迅速掀起全县“创城”工作热潮。

提升城市绿化质量 2018年,县市政管理局按照广西园林城市标准,结合合浦县特点,加快实施《合浦县城市绿地系统专项规划(2012—2025)》《合浦县城绿线管理规定》,确定县城城市建成区“一江、两楔、多带、多点”的绿化水系布局,加大城市基础设施建设投入,在加快完善县城迎宾大道、廉州大道、廉阳大道、合浦大道、东环大道(南段)和金鸡路口、还珠路口、廉州路口、泮塘路口等县城主干道路交通设施的同时,新建和改造完成科园路、公园路东延线及东山路等工程项目,加快推进西门江(县城)排污工程和北河水系城东水道、北河水道整治工程及县城污水处理厂一期提标改造工程等城市排涝、排水、排污基础设施建设,全面实施市容街景改造、违法建筑拆除、市政设施完善、道路亮化和夜景工程升级、环境卫生整治、交通秩序整顿、户外广告规范管理等工程,进一步改善了城市环境面貌,提升城市功能。加快完成中山公园、廉州广场、还珠广场及合浦动车站前广场的改造升级,使城市公共活动场所功能日臻完善,分别具有主题广场、活动中心、休闲绿地等功能区,充分展现了合浦县庄重大气的城市形象,又满足了广大市民休闲活动需求。同年,县城建成区道路绿化普及率91.8%,城市污水处理率95.32%,城市生活垃圾无害化处理率98%,城市亮灯率98%。

打造园林绿地精品 2018年,合浦县因地制宜发展城市园林绿化事业,加快发展本地特色鲜明的乡土树种,县城规划区内拥有各类花卉苗木生产基地12处,主要繁育生产品种有秋枫、杧果、胭脂树、竹柏等本土树种,生产绿地面积73.55公顷，占建成区面积2.2%，其中县城建成区新建、改建居住区绿地达标率为96.5%。“创城”期间，加快实施园林绿化项目改造升级，先后完成西门江绿地广场及园林长廊和平阳塘绿地广场、爱卫街道休闲园林景观工程等一批城市园林绿地精品，加快推进龙门江湿地保护公园和丰门岭休闲公园规划建设；严格执行城市居住绿地率指标，建立和完善新、扩、改建项目实施绿化设计、施工审查备案制度，做到绿化工程与主体工程同步设计、同步建设、同步验收，保证绿地率不低于30%，改(扩)建单位(小区)绿地率不低于25%，有效改善城市人居环境，合浦师范、廉州中学、金源华府、碧桂园、东园家酒厂等成为城市庭院绿化典型样板。丰门盛世、城南春天、中泰名园、蓝湾国际、龙湾名都等一大批优秀园林名苑小区先后建成投入商住市场，成为广大市民心向神往的理想生活之地。

古树名木及古迹古建筑保护　2018年，合浦县完善和出台《合浦县古树名木保护管理暂行规定》《北海市合浦汉墓群保护条例》和《廉州古城阜民路、中山路历史文化街区保护规划》等规章制度，加快推进合浦县海上丝绸之路申遗和列入自治区重大项目的合浦汉文化遗址国家公园工程建设，县域古树名木保护率达到100%，合浦汉墓群与汉城考古遗址公园列入国家第三批立项名单，新增自治区级文物保护单位10处。

创建广西园林城市工作通过自治区考评　2018年，合浦县市政管理局组织完成收集整理创建广西园林城市资料并制作成书和制作城市园林绿化画册，监制完成10分钟创建园林城市技术报告片(录像)，以及完成创建广西园林城市其他相关辅佐材料。对照《广西园林城市标准(修订)》，合浦县创建广西园林城市各项指标均已达到或超过了广西园林城市标准，9月，合浦县申报2018年“园林城市系列”的市县(第二批)——创建广西园林城市工作通过自治区住房和城乡建设厅初审，12月，顺利通过自治区住房和城乡建设厅专家考评组考评验收。

2018年12月29日，完成景观改造的爱卫水沟定海北路至延安路段

(县市政管理局　供)

城市绿化美化　2018年，合浦县加大城市园林绿化建设投入，以增加城市绿化总量、提高绿化覆盖率、改善生态环境、建设绿色家园为重点，全面铺开城市园林绿化建设，着力打造绿色生态、宜居宜业的现代化园林城市。年内，合浦县园林管理所管辖的城市公园、广场、道路等市政绿地面积达76万平方米，全年累计投入城市园林绿化美化及景观管护资金60余万元。2018年元旦、春节期间，合浦县园林管理所在廉州广场、还珠广场、合浦火车站站前广场、平阳塘绿地广场和中山公园等5处主要园林景点摆设身影花41000袋；在迎宾大道、还珠南路、还珠大道、车沟底、解放路、定海路、公园路、廉州大道、廉东大道、车路塘、还珠中路、城基东路、文蔚坊路、廉州南路、淀海南路和廉州广场、还珠广场等挂饰红灯笼45000串，美化了城市环境，营造节日气氛。

园林绿地养护　2018年，县城区园林绿化工作紧紧围绕城市园林绿化建设，打造绿化亮点，为全县“双创”工作增色添彩。开展“两创”活动(即创建“广西园林城市”“广西特色旅游名县”)和“环广西公路自行车世界巡回赛”合浦县赛道环境整治行动期间，合浦县园林管理所加大投入，加强园林绿化管护，先后对辖区园林绿化乔木低枝、灌木进行修整造型管护，对两大广场、廉州大道、迎宾大道等城区主要干道灌木绿地进行精细修剪造型，全年修剪造型乔木10600株，修剪灌木12.58万平方米；对县城还珠广场、外东环路、平阳塘绿化岛进行草坪补种，全年共补种面积4000平方米；主要道路沿线节点路段铺种马尼拉草100平方米，拼接和补种莳花4000盆，还投入10多万元购买植物用肥固（液）态肥和农药，加强绿化植物病虫防治及进行肥水管理。“双创”期间，合浦县园林管理所担负各受检点厕所美化净化和对还珠广场、美人鱼雕塑喷泉进行检修、清洗任务，以及对合浦师范、廉州中学、县博物馆等单位进行园林绿化指导工作，组织人力支援四方岭公园、梦唤滨海、县博物馆园林绿化景观环境进行整治，整治面积46.67万平方米。

爱卫水沟景观改造二期工程 爱卫水沟（定海北路至延安路段）景观改造二期工程，项目道路总长约507米，绿化设施改造主要为道路中间段，爱卫路水沟盖板上方进行绿化带改造，建设内容主要有：铺设步阶花岗岩人行道地板约650平方米，风景圆球64个，改造安装高杆带有小铜风灯路灯21盏，中杆庭院灯24盏，改造安装设置花池绿化及花池自动喷淋等设施，工程总投资130万元。2018年11月实施改造建设，12月竣工。

【城市路灯】 2018年，全县（县城和13个建制镇及合浦工业园区）拥有公共路灯15367盏（2018年度全县新增923盏，其中：县城753盏，乡镇170盏），路灯专变18台，路灯控箱400多个，输电导线、电缆420多千米。合浦县路灯管理所坚持动态性管护路灯亮化设施，确保全县路灯设施全年完好率96%以上，日常亮灯率98%以上。

路灯建设 2018年1月，合浦县路灯管理所建设完成西场镇36米大道路灯工程，共安装LED路灯120杆240盏，中杆灯25杆75盏，铺设电缆1800米，总投资120万元；5月，建设完成廉阳大道路灯工程，共安装LED路灯163杆326盏，中杆灯18杆51盏，敷设电缆3900米，安装箱变4台，总投资430万元；同年5月，建设完成山口镇山北村路灯工程，共安装LED路灯68杆（盏），总投资34万元；6月，建设完成合浦工业园区（中站片区）路灯工程，共安装LED路灯135杆（盏），中杆灯4杆8盏，总投资190万元；9月，建设完成县城城南片区横二路路灯工程，共安装LED路灯25杆（盏），中杆灯5杆15盏，总投资60万元；11月，建设完成田径场路灯工程，共安装LED路灯28杆（盏），总投资45万元；12月，建设完成龙门东路（廉州大道—廉阳大道）路灯工程，共安装LED路灯24杆（盏），总投资24万元。以上共装灯995盏，总投资903万元。

路灯管护 全县全年投入资金50.2万元，维修更换路灯各类灯泡3627个、镇流器473只、智能时间控制器52个、触发器341只、灯头284个、灯具76套、路灯表箱17只，修复路灯故障电缆12处共612米，维修路灯专变3台，最大限度地保证了路灯设施的完好率和亮灯率。

廉阳大道路灯工程 合浦县城廉阳大道（内东环路）起点国道G325线，终点还珠南路，全长约5200米，规划红线60米，按城市双行6车道标准建设，是贯通合浦县城南北的交通主干道和重要景观大道。2011年10月道路工程开工建设，2015年底道路工程竣工并实现全线通车。2016年，廉阳大道中间段（迎宾大道至还珠东路段）长约2140米率先亮灯。2018年11月，廉阳大道南段（还珠南路至还珠东路段）及北段（迎宾大道至国道G325线）总长3060多米路灯照明工程安装完成，廉阳大道实现全线亮灯。

【燃气供应】 2018年，合浦县域燃气生产供应市场分为瓶装液化石油气供应和管道天然气供应。

瓶装液化石油气供应 2018年，全县瓶装液化石油气供应市

2018年11月9日，廉阳大道南段（还珠南路至还珠东路段）及北段（迎宾大道至国道G325线）总长3060多米路灯照明工程安装完成，廉阳大道全线亮灯
（县市政管理局　供）

场，严格按照《合浦县液化石油气储配站布点规划(修编)》(2005—2020年)布设站点，全县有液化石油气供应企业(液化石油气储配站)6个，分别是：县城2个(五里亭和宝塔脚液化石油气储配站)，西场镇、公馆镇、山口镇、沙田镇各1个，液化石油气储存容积775立方米，全年供应瓶装液化石油气13800吨。

管道天然气供应　2018年，合浦县辖区主要由负责合浦工业园区供气的合浦煜龙管道燃气有限公司和负责合浦工业园区以外的合浦县行政区域内的合浦川中石油天然气有限公司2家管道天然气企业生产供应天然气。年内，合浦煜龙管道燃气有限公司在合浦工业园区特许经营范围铺设市政天然气管网约7千米，年供应天然气145万立方米；合浦川中石油天然气有限公司在特许经营范围开通县城区城南春天、金晖国际、碧桂园、龙湾名郡、凤凰城等居民小区和十万山野菜馆、昌和大酒店、好友缘酒店等商业用户天然气供应，相继完成中压燃气市政管网建设5.6千米和小区管网建设10.5千米。年内，合浦川中石油天然气有限公司新增通气用户约800户，年供应管道天然气54万立方米。

【城市供水】　2018年，合浦县城城市供水由广西合浦华泽水务经营有限公司投资经营。合浦县城自来水在册用水户约4万户(因房屋空置、使用自备井等原因，实际用水户约2.5万户)，平均售水量每日约2.4万吨。年内，广西合浦华泽水务经营有限公司投资650万余元，完成供水管网改造约1.5千米，新建直径65厘米以上供水管网约19千米。年内，广西合浦华泽水务经营有限公司严格执行国家有关城市供水水质检测制度，采用化验室自检和委托相应资质机构检测相结合的方式检测水质。年内，广西合浦华泽水务经营有限公司化验室自检23项，委托国家城市供水水质检测网南宁检测站检测42项及106项，全年水质检测5800项次，综合合格率99%以上。

【城市污水处理】　合浦县污水处理厂一期提标改造工程。工程包含新建中途提升泵房、反硝化滤池及反冲洗设备间、新建碳源车间各一座，以及对一期曝气氧化沟进行改造，项目总投资4865万元。项目由广西北部湾水务集团有限公司采用EPC模式建设，设计污水处理规模为每日5万吨，污水深度处理工艺采用反硝化滤池，提标改造完成，出水水质将由《城镇污水处理厂污染物排放标准》(GB18918—2002)一级B标准提升至一级A标准质。2017年10月，项目启动建设，2018年6月30日，完成设备安装并通水试运行，合浦县市政管理局、广西北部湾水务集团、合浦县城污水处理厂及项目负责人现场观摩指导一期提标改造通水试运行实验。2018年底经检测，合浦县污水处理厂各项出水指标全部达到一级A标。

乡镇污水处理设施　2018年，合浦县建成并投入运行的乡镇级污水处理设施13个，其中12个实现全年正常运营，处理污水运行负荷率和COD平均进水浓度分别为：山口镇污水处理厂51.58%和每日104.47吨；西场镇污水处理厂54.51%和每日93.63吨；石康镇污水处理厂50.80%和每日75.26吨；常乐镇污水处理厂52.78%和每日84.02吨；石湾镇污水处理厂51.54%和每日153.94吨；沙岗镇污水处理厂61.35%和每日99.05吨；党江镇污水处理厂46.90%和每日76.75吨；沙田镇污水处理厂48.83%和每日91.66吨；白沙镇污水处理厂39.67%和每日139.90吨；闸口镇污水处理厂37.50%和每日59.57吨；公馆镇污水处理厂31.36%和每日96.11吨；乌家镇污水处理厂44.20%和每日101.55吨。星岛湖镇污水处理厂属于合浦县“十三五”第二批建设项目，2018年1月开工建设，建设内容为设计日处理规模500吨，配套污水管网1.56千米，采用ACM生物反应器处理工艺，共投资1371.44万元。9月建成并进水试运行。

新增配套管网项目建设　2018年，根据自治区和北海市统一部署和要求，合浦县加快实施常乐镇、石湾镇、石康镇、党江镇、沙岗镇等5个南流江沿岸乡镇的污水处理厂新增配套管网项目建设，新增配套管网总长为18.4千米，项目总投资4203万元。2018年10月开工建设，12月底完成管网铺设并投入使用。

合浦工业园区污水管网和泵站建设工程　工程主要包括新建合浦工业园区污水提升泵站一座、占地16666.67米，规模每日5万吨，配套建设DN800压力管道2.7千米，DN600压力管道4.8千米，项目建设估算总投资7500万元。污水管网途经合浦工业园区创业大道、海景大道、合浦大道、合浦工业园区规划3号路及“月饼小镇”等片区并穿过钦北铁路线，终点合浦县城污水处理厂。2018年，合浦工业园区污水管网和泵站建设工程项目完成招投标并全面启动建设，全年完成投资

1960万元。

【市政公厕建设】 2018年，县市政管理局完成北河街、观音巷、湖边路、文明路保子庵、新街、文明路、沙路沟、下柴栏、体育场垃圾站、海门垃圾站、延安路垃圾站、廉州大道垃圾站、水洞口31号公厕等13座县城市政公厕改建工程，并统一按规范市政公厕内外标识标牌，主要有导向牌、男女厕标、卫生公约牌、设施使用提示语等。

【"环广西"公路自行车世界巡回赛赛道环境整治】 2018年"环广西"公路自行车世界巡回赛赛道途经合浦县境内城市道路及公路约40千米。县市政管理局负责巡回赛合浦县境内赛道道路及绿化环境整治和维护任务，按标准整治道路约7.2千米，修复坏烂砼路面840平方米，更换整治井盖30套，路缘石修整120米，修补大于5毫米路面纵缝共长24千米，砼路面整治500平方米；绿化环境整治和维护面积共52500平方米，其中对合浦县城合浦大道、还珠南路、209国道（平阳塘大转盘处）、泮塘路段赛道沿线路树枯枝进行修剪整治，消除枯枝脱落安全隐患。赛程期间(2018年10月10日至17日)，合浦大道到平阳塘路口每天组织出动3台洗扫车进行路面洗扫作业；赛道沿线设置4个移动公厕，每个公厕安排2名工作人员专门保洁，并配备一辆吸污车和一辆运水车保障移动公厕的卫生保洁；合浦大道至乌家镇合浦县界赛道全程40千米道路各个沿线园林景点各摆放三角梅30株，共摆设花箱1000盆。

（吴海滨　陈家培）

2018年2月2日建成的平阳塘绿地特色公厕　（县市政管理局　供）

房产管理

【概况】 2018年，合浦县房产管理局（简称县房产局）内设办公室、财会股、综合股、房产监管股、法制室、房改室、项目办、住房保障办、工会和安保室，下辖房产交易所、直管公房管理所、房屋鉴定站、白蚁防治所，年末有在职干部职工155人。主要负责全县房产权属登记、保障性住房建设管理、廉租租赁补贴发放、棚户区改造、住房制度改革、直管公产房管理、房屋鉴定和白蚁防治等工作。年内，县房产管理局加快房产登记个人信息系统建设进程，加强部门间协同合作，简化办事程序，提速增效，窗口服务水平进一步提升。保障性安居工程建设按照时间节点稳步推进。加强危旧公房的维修力度。规范公共租赁住房的后续管理。清退不符合条件的公租房住户，并安排轮候家庭入住。住房租赁补贴实行动态管理，精准发放。定点扶贫工作深入开展，增加扶贫资金。关注网络舆情，积极回应社会关切。较好地完成全年各项工作任务。

【房产权属登记】 2018年，县房产局认真贯彻落实"放管服"改革的要求，加强与不动产登记局等部门协同合作，简化办事程序，缩短办证时间，提高办事质量，房产权属登记工作成效显著。全年批准预售楼盘32个，全县商品房销售6579套，销售面积76.66万平方米，同比增加17.56%和14.29%；销售均价每平方米3842元，同比增加13.50%。商品住房销售5878套，销售面积70.22万平方米；同比增加16.99%和13.34%；销售均价每平方米3699元，同比增加16.22%。商品房消化周期18.22个月，同比增加2.41个月；商品住宅消化周期12.55个月，同比增加2.05个月；非商品住宅消化周期79.35个月，同比增加21.39个月。办理房屋初始登记（含商品房总证）6972宗；同比增加26.35%；交易登记7093宗，同比增加99.46%;抵押登记5461宗,同比增加20.81%;白蚁防治355宗,同比减少38.67%。

【保障性安居工程】

公租房项目建设 2018年,县房产局完成铁山东港产业园180套公租房项目建设,项目概算总投资2179.77万元,总建筑面积8924平方米。已完成投资2179.77万元,全部分配入住。

棚户区改造 2018年,县房产局完成全县棚户区改造任务项目共6个777户,总计划投资2.864亿元,其中国家下达合浦县城市棚户区住房改造开工目标任务536户,共4个项目,分别是:县水产畜牧兽医局棚户区改造26户;县城市危房棚户区改造(廉明小区公租房)414户;县科学技术局棚户区改造20户;县橡胶厂(一期)棚户区改造76户。自治区新增目标任务241户,共2个项目,分别是合浦县机关事务管理局廉州镇青云南路2号棚户区改造48户和合浦县工信局罐头厂棚户区改造193户。年底已全部开工建设。

租赁补贴发放 2018年,县房产局对全县住房保障家庭租赁补贴实行动态管理,精准发放补贴。第一、二季度补贴803户,补贴金额761232元;第三季度补贴786户,补贴金额370905元;第四季度补贴777户,补贴金额365802元。全年累计发放补贴金额1497939元。

【直管公房管理】 2018年,县房产局为确保人民群众生命财产安全,加强危旧公房的维修力度,共投入125.4万元维修、改建危旧公房219间,处理转租、闲置公房15间,依法收回被占用的公房8间,规范公共租赁住房的后续管理。首先利用县房产局房屋电子系统对公租房住户进行查询,然后组织工作人员分别到廉怡小区、廉丰小区、廉园小区等全部公租房小区逐户入室调查,全年共清退不符合条件的公租房住户88户,并陆续安排轮候家庭入住。

2018年12月,位于廉州镇五里亭附近在建的廉明小区公租房

(县房产局 供)

【扶贫工作】 2018年,县房产局根据县委县政府工作部署,组织工作人员深入石康镇新塘村、耀康村,按时间节点推进脱贫攻坚工作,了解贫困户的生活需要,与贫困户商定生产计划,详细了解贫困户的生产收支情况。截至年底,县房产局工作人员直接到贫困村上门服务120多人次,做好宣传政策、协助生产、落实补贴等工作。结合贫困户的实际困难,向贫困户捐赠钱物共5415元,切实地为贫困户办好事、办实事。支持3个村委的扶贫、计生、清洁卫生等新农村建设资金27000元,其中支持新塘村委9000元,耀康村委9000元,东冲村委7000元,瓜山村委2000元。根据《关于做好新一轮"美丽广西"乡村建设(扶贫)工作队员派驻工作的通知》要求,县房产局原挂点瓜山村的驻村工作队员被选派到石康镇东冲村工作,并支持新塘村委驻村干部公寓建设资金16000元,耀康村委驻村干部公寓建设资金16000元,东冲村委驻村干部公寓建设资金3800元,大力支持贫困村的扶贫工作。

【维稳工作】 2018年,县房产局切实抓好社会稳定、群众安全感满意度工作。积极参加县领导大接访活动,及时了解并解决群众的迫切需求,密切关注、发现、消除不稳定因素,维护社会的稳定;关注网络舆情,积极回应社会关切。年内共受理各种信访件30件,做到有访必接,有接必复,答复率100%,深受群众好评。(关强生)

环境保护

【概况】2018年,合浦县环境保护局(简称县环保局)内设人事秘书股、环境影响评价管理股(行政审批办公室)、污染防治控制股和环境保护宣传教育股,下辖合浦县环境监测站、合浦县环境监察大队和合浦县环境信息中心3个事业单位,共有工作人员39人。年内,县环保局围绕全县环境保护中心工作,以水污染防治、气污染防治等为重点,以环境安全、群众满意为落脚点,落实环境保护统一监督管理职责,严格环保执法,严格执行国家环保法律法规规定,把好建设项目环保审批关,从严控制审批高能耗、高排放等两高项目,预防污染源产生;强化环境监察执法,保障辖区环境安全;加强企业日常环境执法检查,督促企业落实环保责任;加强对涉危企业进行重点排查整治,防范环境安全隐患问题产生;及时公正处理各类环境投诉问题,化解纠纷矛盾,维护群众合法环境权益;加强饮用水水源地、重点流域环境问题排查整治,保障饮用水水源、地表水水环境水质安全;积极整改中央环保督察组“回头看”反馈交办的涉及合浦县有关群众投诉反映的涉及采砂场、噪声、粉尘污染等各类生态环境问题,扎实推进合浦县南流江西门江环境综合整治PPP项目的实施;积极开展2017—2018年秋冬大气污染综合治理攻坚行动。牵头抓好合浦县第二次全国污染源普查工作;牵头组织编制《合浦县畜禽养殖污染防治规划》及《合浦县饮用水水源地环境保护规划》;抓好环境监测和农村环境整治项目等各项工作。年内,辖区城市空气环境质量、城市功能区噪声等均达到国家规定的相关标准。

(陈祖全)

2018年6月30日上午,合浦县环保整改工作推进会在县政府四楼会议室召开　　(王　健　摄)

【环境质量】2018年,辖区内地表水环境质量除南流江南域断面、总江口饮用水水源地不能稳定达到国家规定的标准外,其他断面均达到国家规定的标准;城市空气环境质量达到相应的功能区标准;城市功能区噪声符合相应功能区标准。

水环境质量状况　2018年,县环境监测站按每季度一次的监测频次对合浦县城集中式饮用水水源地水质进行监测。根据监测结果,洪潮江水库4次监测结果均达到相应的水质标准要求,总江口饮用水水源地前三季度3次水质均超过地表水Ⅲ类标准,第四季度水质达到地表水Ⅲ类标准。全年共对南流江(南域、亚桥)、白沙河(高速路桥)、西门江(老哥渡)、洪潮江水库及合浦水库辖区主要江河开展地表水水质常规监测,全年共监测53次,其中达地表水Ⅲ类标准为25次。

城市环境空气质量状况　县城空气自动监测站设在县环保局，2018年二氧化硫平均浓度为每立方米16毫克，二氧化氮平均浓度为每立方米14毫克，PM10平均浓度为每立方米52毫克，PM2.5平均浓度为每立方米29毫克。根据监测结果，2018年县城二氧化硫、二氧化氮、PM10和PM2.5平均浓度均优于《环境空气质量标准》（GB3095—2012）二级标准，达到相应的功能区标准。

声环境质量状况　合浦县城市噪声常规监测包括道路交通噪声监测、功能区噪声监测。监测点位为：还珠大道、工人文化宫、老人村、东坡步行街、合浦二中等5个点位。根据监测结果，2018年各监测点噪声昼间值、夜间值均符合相应功能区标准。

（何德祚）

【环境管理】 2018年，合浦县环保局认真贯彻落实环保部、自治区环保厅、北海市环保局三级环保部门的指示精神，积极响应合浦县委、县政府的工作部署。坚持“以人为本，生态优先”的原则，树立和践行中共中央总书记习近平“绿水青山就是金山银山”的理念，加大对环境违法行为的惩治力度。坚定不移地执行《中华人民共和国环境保护法》规定，严格建设项目环境准入条件，从严控制高能耗、高排放等两高项目的审批，坚持走低能耗、低污染，技术含量高的产业发展路子，积极推行清洁生产；严格执行建设项目环保“三同时”制度，落实先审批后建设，先达标后使用，对未批先建和久拖不验建设项目的严格进行处罚，对不履行行政处罚的建设项目一律不予受理其行政许可申请。

建设项目审批　同年，县环保局严格执行环境影响评价制度，对未批先建建设项目严格实行先处罚后审批，在源头上控制新污染。积极引导建设单位采用先进的清洁生产工艺，对改扩建项目执行“以新带老”的制度，努力做到增产不增污。在严格把关的同时，对符合国家产业政策和审批条件的项目，简化审批前置条件和审批程序，特别是对一些民生工程项目、基础设施项目、自治区市县重大项目及有利于生态环境保护的项目，开辟绿色通道，从快从简完成审批流程。年内，县环保局已执行建设项目环境影响评价审批制度的项目共91个，其中执行环境影响报告书的0个，执行环境影响报告表的91个，91个项目全部审批通过，并已在法定的工作日内下达了审批文件。执行环境影响登记表备案的项目108个。

执行建设项目“三同时”管理制度　年内，县环保局加强建设项目环境保护设施的跟踪检查力度，准确掌握新建项目的工程进展情况和配套建设的污染防治措施的落实情况，及时组织专业技术人员对已竣工项目进行环境保护验收，2018年度，执行项目竣工环境保护验收的项目共7个，项目验收监测指标基本达标，7个项目均符合环境保护验收条件，经验收组评议全部验收合格。

加大对污染防治投入　年内，合浦县落实环境影响评价审批制度的项目91个，计划总投资393707.59万元；其中用于污染防治的环保投资19705.71万元；全县已完成建设投入使用的建设项目总投资43045.9万元，其中用于污染防治的环保投资1219.14万元。污染治理投入比例科学合理，有力保证全县污染物排放总量控制指标任务的顺利完成。

提高政务服务效能　年内，县环保局在优化营商环境工作方面，充分发挥主观能动性，改进行政管理模式，创新管理办法，由传统的门槛式管理变为跟进式服务。细化审批流程及材料清单，做到一次性告知服务；进一步依法简化审批流程，加强部门内部股室协调，优化办文流转程序，环评文件审批大幅度提速，环境影响报告书由法定的60个工作日提速至15个工作日，整体提速75%，环境影响报告表由法定的30个工作日提速至10个工作日，整体提速67%，最大程度为群众办理各项手续提速提效。

（陈俊海）

【环境污染治理】 2018年，县环保局围绕合浦年度环境污染防治工作任务，认真牵头落实上级污染防治部署要求，以水污染防治、大气污染防治为重点，切实抓好环境污染防治各项工作。

制定编制全县环境保护工作相关工作方案　年内，为切实加强合浦县环境保护防治，逐步改善环境质量，根据上级工作要求，结合合浦县实际情况，县环保局起草《合浦县进一步加强工业污染源全面达标排放工作实施方案》《合浦县集中式饮用水水源地环境保护专项实施行动方案》《洪潮江水库饮用水水源地整治方案》《南流江总江口县级饮用水水源地整治方案》《合浦县土壤环境保护和综合治理实施方案》《合浦县水污染防治行动2018年度工作计划》《合浦县大气污染防治2018年度实施计划》

和《合浦县大气污染防治“百日攻坚”行动方案(2018年)》等环境保护相关工作方案报县人民政府审定印发实施,为下一步开展合浦县环境污染防治工作提供了行动纲领。

组织编制《合浦县畜禽养殖污染防治规划》及《合浦县饮用水水源地环境保护规划》 年内,根据《关于印发〈南流江环境综合整治工作方案〉的通知》及《合浦县人民政府办公室关于印发〈北海市城市供水水源综合整治合浦县辖区工作方案〉的通知》要求,县环保局牵头组织开展《合浦县畜禽养殖污染防治规划》及《合浦县饮用水水源地环境保护规划》的编制,完成《合浦县畜禽养殖污染防治规划》和《合浦县饮用水水源地环境保护规划》初稿,并征求各相关职能部门意见进行修改完善。

完成合浦县南流江总江口饮用水源地保护工程 2017年12月,自治区环境保护厅安排合浦县饮用水水源整治资金100万元。2018年1月,县财政局以《关于下达上级专项补助资金预算的通知》下达给县环保局。为将合浦县饮用水水源整治资金落到实处,县环保局组织编制了《合浦县南流江总江口饮用水源地保护工程实施方案》,确定对南流江总江口饮用水源地采取物理隔离防护措施;设立一级保护区界标、二级保护区界标、交通警示牌、宣传牌和简介牌;对区域内污染源进行污染源排查。2018年年底该项目已经完成工程建设,污染源排查也已经通过专家评审。

组织山水林田湖项目申报 根据《自治区环境保护厅关于开展申报北部湾山水林田湖草生态保护修复工程试点工作的函》精神,县环保局积极牵头组织北部湾山水林田湖草生态保护修复工程项目申报工作,形成合浦县《北部湾山水林田湖草生态保护修复工程项目申报汇总表》,共上报山水林田湖草生态保护修复项目44项(其中矿山环境治理恢复工程2项、流域水环境保护治理工程22项、生物多样性保护工程11项、土地整治与污染修复工程7项、全方位系统综合治理修复2项),项目资金合计24.73亿元。

推进合浦县南流江西门江环境综合整治PPP项目实施 为有效改善水环境质量,县环保局积极开展南流江西门江水环境综合整治PPP项目建设前期工作。南流江西门江环境综合整治项目于2017年10月立项。2017年11月,合浦县决定采用PPP模式开展合浦县南流江西门江环境综合整治项目投资建设。2017年12月,该PPP项目两报告一方案通过评审。2018年2月,该PPP项目顺利通过自治区财政厅审核,成功在政府和社会资本合作(PPP)综合信息平台项目库中发布。3月,县政府对南流江西门江环境综合整治PPP项目实施方案作出批复,并于12月29日完成公开招标。

牵头抓好合浦县第二次全国污染源普查 2017年9月,合浦县印发《合浦县人民政府办公室关于做好第二次全国污染源普查工作的通知》,成立领导小组,负责领导和协调全县污普工作;同年10月,印发《合浦县环境保护局关于成立合浦县第二次全国污染源普查工作办公室的通知》,正式成立普查办,负责全县普查日常工作。2018年2月,合浦县污染源普查进入清查建库阶段,对北海市污普办下发的普查单位基本名录(工业企业3039家,生活源锅炉53台,集中式污染处理设施44个)进行清查。7月,合浦县完成清查建库工作,基本明确纳入入户普查范围的工业企业466家、生活源锅炉2台,集中式污染处理设施44个。10月,污染源普查进入到全面普查阶段,县污普办委托的第三方(广西南宁市邕检科技有限公司)开展入户调查工作。按照国家普查办《关于企业纳入普查范围的判定细

2018年5月29日,合浦县副书记、县长李安洪(右三)带领县环保、水产畜牧、水利、国土等部门单位负责人到牛尾岭水库水源保护区现场办公 (王 健 摄)

则》继续补充增纳漏查单位，做到“应查尽查，不重不漏”，全县实际入户普查的工业企业476家（经普查，其中存在停产企业131家、未投产企业27家、为非工业源企业5家、纯销售型企业8家）、生活源锅炉2台，集中式污染处理设施44个、移动源77家、产业园2家、入河（海）排污口33个、行政村247个。12月，入户调查工作已全部完成，并且相关普查数据也已上报至指导员处进行审核。在后续工作中，合浦县将进一步落实国家相关要求，推进污普工作稳步开展。

农村环境综合整治项目建设　根据自治区安排，合浦县在星岛湖镇总江村委实施2018年农村环境综合整治项目，共建设4套生活污水处理设施及配套管网。自治区环保厅批复项目建设内容为：1.在八一村建设1套生活污水处理设施及配套管网，处理规模每日40吨，配套主管网0.19千米；2.在江边村建设1套生活污水处理设施及配套管网，处理规模每日40吨，配套主管网0.17千米；3.在高马村建设1套生活污水处理设施及配套管网，处理规模每日100吨，配套主管网0.18千米；4.在接龙村建设1套生活污水处理设施及配套管网，处理规模每日40吨，配套主管网0.23千米。该项目于2018年5月上旬完成项目初步选址及勘设工作；同年5月中旬完成项目建设实施方案的编制，5月31日由县人民政府函报市环保局；同年6月14日，自治区环保厅组织召开2018年中央和自治区农村环境综合整治资金项目实施方案审查会，合浦县根据专家组意见，对项目实施方案进行了修改完善并报送自治区环保厅。8月7日，自治区环保厅印发2018年广西第一批农村环境综合整治项目实施方案，要求各县区政府把实施方案报送本辖区内市环保局、市财政局审核批复。8月24日，北海市环保局、市财政局联合批复合浦县2018年农村环境综合整治项目实施方案，接到项目实施方案批复后，县财政局组织对2018年农村环境整治项目进行资金评审；11月12日进行工程建设开标；11月23日项目进入开工建设期。

（王　艳　何德祚）

2018年5月31日，合浦县县委常委、副县长何立云（右四）带领县工商和质监局、环保局、国土局、住建局、林业局等相关部门负责同志到公馆镇检查环境问题整改工作

（林启波　摄）

【环境监测】　2018年，合浦县环境监测站认真落实环境质量监测及各类污染源监测等任务，做好常规性环境质量监测工作。按每季度一次的监测频次完成辖区江河水、县城大气和噪声环境质量常规性监测工作。抓好辖区排污单位监督性监测、排污申报监测和污染纠纷监测工作。做好合浦县旅游景区的环境质量监测工作，配合做好创特工作。配合做好全县农村环境质量监测工作。按照自治区《环境保护厅办公室关于印发2018年全区农村环境质量试点监测方案的通知》和《北海市环境保护局关于印发2018年北海市农村环境质量试点监测方案的通知》的要求，完成合浦县全年共4次的农村环境质量监测工作，按时按质上报相关监测数据，编制年度农村环境质量监测报告报市环保局。年内，合浦县环境监测站组织人员实地察看洪潮江水库、合浦水库两个拟建湖库水质自动站是否具备建站条件，为下一步建成水质自动监测站提供基础资料。根据《环境保护厅办公室关于开展城市声环境功能区划分和确定城市声环境监测点位工作的通知》要求，全自治区县级以上城市要开展城市声环境功能区划分和确定城市声环境监测点位工作。完成《合浦县城声环境功能区划定方案》的编制并由县政府审定批复实施。　（何德祚）

商贸业

综述

【概况】 2018年,合浦县商务工作以促进全县经济又快又好发展为前提,以搞活城乡商贸流通、扩大社会消费为主线,加强内贸工作,积极应对复杂严峻的国际市场形势和国内经济下行压力,主动谋划,突出重点,紧盯目标,加强经济数据监测,力促商贸经济平稳较快增长,推动内外贸融合。大力推进电子商务进农村,促进电商扶贫。加强安全生产监管,确保商贸领域全年未发生较大安全生产事故,实现商务运行持续向好发展。制定并实行奖励办法,鼓励企业不断做大做优做强,不断壮大商贸限额以上统计单位队伍。年内,零售行业受到网络销售冲击、同行增多等影响,市场竞争激烈,部分企业销售额有所减少。外贸进出口下滑局面明显,进出口指标呈下降趋势。受国际市场影响,企业调整经营策略,个别企业不再开展进出口业务,个别企业减少出口,开始转向内销,导致全县进出口额减少。全年全县社会消费品零售总额完成94.11亿元,同比增长10.3%;批发业商品销售额37.36亿元,同比增长40.2%;零售业商品销售额96.95亿元,同比增长11.2%;住宿业营业额2.03亿元,同比增长16.5%;餐饮业营业额16.76亿元,同比增长19.3%。年内,新增入统目标4家,实际完成入统9家。外贸进出口额12.22亿元人民币,同比下降14.82%。

【申报"中国大月饼美食之乡称号"】 2018年9月,邀请中国饭店协会专家组到合浦县进行申报"中国大月饼美食之乡"称号评审验收。9月19日,中国饭店协会专家组到合浦县专家组先后考察了合浦县月饼小镇美食街区、月饼美食企业、月饼美食原料供应基地等并召开汇报会,通过听取汇报、实地查看、交流座谈等形式,对合浦大月饼进行了全方位的考察和评审。在充分了解合浦县大月饼美食的历史与文化、市场体系建设与发展、人才教育与培训、品牌建设与管理、发展规划等情况并对照中国饭店协会相关评定标准后,专家组一致认为,合浦县基本符合"中国大月饼美食之乡"的认定条件,建议中国饭店协会授予相应称号。同年12月,中国饭店协会授予合浦县"中国大月饼美食之乡"荣誉称号,并于12月31日在合浦县政府举行授牌仪式,县委书记杨斌代表合浦

2018年9月19日,县政协主席韩传福(中),县人民政府副县长陈冬生(右一)参加合浦县申报"中国大月饼美食之乡"汇报会,图为县工信局局长庞兴云(前排左一)向中国饭店协会专家组介绍情况 (王 健 摄)

县受牌。

【参加促销活动】 2018年,县工信局组织县内的3家超市、5家汽车销售企业、1家酒店、1家电器零售企业在县城举行北海市“2018年冬游北海·万人嗨购节”分会场大型促销活动,拉动消费增长。

【商贸流通行业监管】

整治成品油市场 2018年,认真开展成品油经营企业报年审工作,督促加油站严格按照要求进行改造建设及做好地下油罐改造工作,县内36家社会加油站已有35家完成油罐改造。同时,全县开展多次惩治私油专项行动,在11月14日、12月6日的清查行动中,共取缔非法成品油窝点9个,约查扣汽油3.79吨,柴油10.76吨,严厉惩治了非法加油点,维护社会稳定。

再生资源回收点整治 年内,县工信局派出工作人员多次到县城再生资源回收点,通知经营者及时整改占道经营、环境卫生脏乱差等问题,助力全县城乡清洁工程稳步推进。

安全生产检查 2018年,开展对全县超市、加油站等经营场所安全生产检查工作。共检查商场超市40余次、加油站70余次,累计出动车辆100余车次,出动检查人员200余人次。共发现安全隐患10余处,督促企业逐一落实整改到位,确保全县商贸流通领域安全生产无事故。

【推动电子商务进农村】 2018年,县内共有电子商务服务点575个,覆盖全县15个乡镇,其中70个贫困村有64个已建成电商服务点。全县农村淘宝平台成交额、收入在全区开通该平台的县区中名列第二,全年成交额约5900万元。乐村淘平台2018年电商扶贫收购红薯金额约190万元。北部湾商城全年销售总额约390万元,开展电商扶贫销售荔枝5万公斤、红薯1.5万公斤。开展形式多样的电商活动,组织企业参加“电商年货节”“三月三电商节”、举行“党旗领航·电商扶贫”首届香山鸡嘴荔枝文化旅游节等,宣传推介合浦农特优产品。加强电商培训,全县有30人参加合浦县农产品上行运营技巧及电商扶贫专题培训,到横县、灵山县进行现场教学。 (欧文斌)

粮食商业

【概况】 2018年,县粮食部门认真分析研究粮食工作面临的新形势,紧扣“改革与发展”两大主题深入推进依法治粮建设,粮食供给保障,仓储管理,粮食收购、粮食企业改革、确保县域粮食安全等各项工作取得预期的成果。全县年末库存粮食24.66万吨,其中:国有粮食经营企业2.51万吨、非国有粮食经营企业18.22万吨、转化用粮企业1.84万吨、农户存粮1.97万吨、城镇居民存粮0.113万吨。年内,全县粮食总供给164.28万吨,其中:县内自产供给粮食38.32万吨(其中商品量5.52万吨),区外购进87.94万吨,区内县外购进38.01万吨;全县粮食需求总量147.36万吨,其中:县内消费粮食140.20万吨,销往县外3.61万吨。

【粮食安全保障】 2018年,县粮食部门加强指导国有粮食经营企业、非国有粮食经营企业和转化用粮企业开展粮食经营活动,实现全县粮食总量、购销、品种供求平衡,100%保障粮食安全。

粮食供给保障 县粮食部门加强推进“粮安工程”“优质粮食工程”建设,督促相关企业,落实年度粮食采购、加工、供应、储备计划,认真落实上级下达的储备、应急储备、轮换任务。全年承储各级储备粮(包括县本级应急储备大米800吨)共20280吨,年储备花生油60吨。确保政府粮食

坐落在星岛湖中心粮库的新建粮食化验楼 (县粮食局 供)

调控和应对县域突发状况下成品粮市场供应的保障能力。

军粮供应服务　2018年，县粮食局下属单位廉州粮所（廉州军供配送中心点）按照“服务优质、供应及时、坚持标准、确保质量、保障有力、操作规范”要求，抓军粮质量、财务、保密工作，加强服务，提升功能，多次组织深入驻县部队开展送优质粮油到军营服务和慰问活动，全年配送军粮60多次无质量和安全事故发生，受到部队官兵好评。

粮食供需调查　2018年1月—3月，县粮食局组织开展2017年度全县社会粮食供需平衡调查，深入党江、星岛湖、石康、廉州等乡镇的农户、城镇居民和粮食经营企业、转化用粮企业及食用油经营者进行调查，全面了解县域粮油供需情况和粮油购销市场，以及粮油生产、流通和消费的特点，较好完成了调查任务，为粮食调控工作提供可靠依据。

【粮食仓储管理】　按国家粮食仓储管理办法的要求，加快推进仓储管理制度化、规范化、标准化建设。

粮库建设　2018年，通过验收的合浦县星岛湖中心粮库7幢仓3万吨仓容及化验楼全部投入使用，同时开展产后服务建设项目和智能化升级项目。第二期工程项目星岛湖粮库9-16号仓智能化升级项目投资90万元，正在建设中。粮食质检体系建设项目已完成总投资300万元并投入使用。

储粮管理　2018年，合浦县承储管理国家各级储备粮25186吨，严格执行国家各项仓储管理制度，落实各项科学保粮措施，先后接受了自治区、北海市、合浦县组织开展的粮食库存普查和抽查鉴定，储粮油达到账实相符、账账相符、三员对口和实现“四无”（无虫、无霉、无鼠雀、无事故）粮仓率达100%，储粮安全无事故。

【订单粮食收购】　2018年自治区下达合浦县直补订单粮食收购任务4000吨。县委、县政府制定下发合浦县2018年粮食直补实施方案，各有关乡镇严格按照文件要求及时把任务落实到村委，村委根据种粮情况落实到农户，县财政、粮食、物价、农发行等部门密切配合，各负其责，粮食收储企业严格执行直补订单粮食收购品种、价格、直补标准等粮食收购政策，合理布设收储网点，方便售粮群众，提升服务水平，抓好入库质量，及时兑付粮款，确保早稻直补订单粮收购入库又快又好。全县6个乡镇38个行政村1790户售粮农户领到粮食直补款共80万元。补贴资金按自治区的统一要求由财政部门通过农补网“一折通”直接兑付给售粮农户。没有“打白条”和“压级、压价”现象，得到农户的好评。

【粮食企业改革】

资产处置　2018年，全县粮食企业改革及改制人员安置工作基本落实。1—9月先后处置了万田饲料厂、沙田粮油经营公司、石康粮食管理所、石康粮油经营公司的资产，拍卖收入1102万元。

职工安置　2018年，共改制安置职工1400余人。1—9月，拨付资金702万元安置了合浦县粮油贸易公司、廉州粮油经营公司、沙岗粮食管理所、沙岗粮油经营公司、合浦县南宝花生制品厂、沙田粮油经营公司等6单位的职工182人；拨付资金338万元补缴合浦万田饲料厂职工养老金。

【安全生产】　2018年，按照安全生产相关法律法规及政策规定，进一步加强安全生产制度建设，使安全生产工作步入制度化、规范化的轨道。从机关到基层企业做到定期召开安全生产会议，经常性地开展安全生产检查，并对企业执行制度的情况进行督查，推进企业安全生产规范化建设，定期开展安全生产演练工作，同时在粮食储备企业建立和完善安全生产管理制度，加强粮食监督

2018年11月，星岛湖中心粮库收购订单粮现场　（县粮食局　供）

检查工作。积极协同县农业局等部门加强对重金属粮的出库和加工饲料全过程监管,尤其加强饲料粮的管理,防止重金属粮源流入口粮市场,同时认真加强组织抽样送检工作,认真把好食品安全关,做到安全生产警钟长鸣,全系统年内无安全生产事故发生。

(刘 刚)

供销合作商业

【概况】 合浦县供销合作社联合社(简称"合浦县供销社")是参照公务员管理的事业单位,核定事业编制11人。2018年有在编人员14人,设理事会主任1人,副主任2人;监事会主任1人,副主任1人;副主任科员4人。下设办公室、人事教育股和综合业务股。下辖直属公司10个,基层社15个。年内,全系统企业及基层社实现销售总额10.12亿元,同比增长8.5%;购进总额8.38亿元,同比增长8.1%;农副产品购进额1.73亿元,同比增长8.2%;日用消费品零售额3.14亿元,同比增长6.0%;农业生产资料销售额4.43亿元,同比增长7.2%。

【综合改革】

托管服务 2018年,全系统新增土地托管总面积300.15公顷,其中石湾社完成托管面积66.67公顷,西场社完成托管面积35公顷,廉州社完成托管面积36.87公顷,党江社完成托管面积34.47公顷,乌家社完成托管面积33.73公顷,山口社完成托管面积60公顷,公馆社完成土地托管面积33.41公顷。通过开展合作式、托管式、订单式等多种形式社会化服务,满足不同地区不同品种的农业生产服务需求。准确把握家庭农场、专业大户、农民合作社等规模经营主体的实际需要,不断创新服务方式,有针对性地提供个性化、定制化服务,促进农村现代农业产业的健康发展。

电子商务建设 2018年,积极指导社有企业合浦县亿富电子商务有限公司及基层社进一步完善提高电子商务服务基础设施,完善网上交易配套服务设备,积极搭建县域电子商务经营服务平台,开拓网上经营业务,通过"供销e家电商平台+乡镇综合服务站+村级综合服务社"联合发展的方式,推动县、乡、村三级商品物流服务体系建设创新发展,着力做好地方特色农副产品包装及网上宣传营销工作,逐步提升公司影响力和知名度。有6家综合服务站和9家农村综合服务社组建了电商服务项目。同时加强与总社及商务、工信部门汇报沟通联系,整合阿里巴巴、供销e家平台等资源,积极推进合浦县供销电子商务孵化产业园区建设,推动县域电商产业的整体发展和业务开展,取得很好的效果。年内,系统在线交易额达5172万元。

组建农民专业合作社及联合社 2018年,合浦县供销社系统充分利用供销社人才、网络、信息和设施等有利条件,通过领办创办农民专业合作社及农民专业合作社联合社,引导龙头企业、种养大户、家庭农场等通过共同出资、共担风险、共享利益等方式加入农民专业合作社,将供销合作社组织向村级延伸,为农民提供规模化、专业化、标准化、低成本、便捷化、全方位综合服务。年内,发展领办农民专业合作社8家,其中党江供销社领办1家,西场供销社领办1家,廉州供销社领办1家,乌家供销社领办1家,山口供销社领办1家,石康供销社领办1家;联合社2家,分别是合浦县众添农产品购销农民专业合作社联合社和众兴农产品购销农民专业合作社联合社。

【解决历史遗留问题】 合浦县供

2018年1月10日,党江供销社领办的广良合作社试运行植保无人机

(县供销社 供)

销社地方政策性亏损挂账资金共152.6万元，根据2003年自治区财政厅等八部门联合印发的《关于核复供销合作社财务挂账及其财务处理问题的通知》等文件精神，市社与合浦县政府共同协商，决定由合浦县财政负责解决其中的52.6万元，剩余的100万元由市社协调上级解决，合浦县财政已拨款解决落实52.6万元，余下的100万元，县供销社打报告请求北海市供销社加快协调，解决这一历史遗留问题。

【扶贫攻坚】 2018年，合浦县供销社立足自身为农服务的职能，履行供销合作社职责，积极培育发展农业企业和新型农业经营主体，围绕乡镇优势特色产业，加强与贫困户有效对接，在种养殖技术、农产品销售渠道等方面开展针对性帮扶。大力发展农民专业合作社，吸纳贫困户的土地承包经营权、集体资产产权等入股入社，形成紧密连接的利益共同体。通过“农业企业+专合社+基地+贫困户”的产业化发展模式，带动贫困户发展适度规模经营，实现脱贫增收，坚决打赢精准扶贫攻坚战。（关国平　何　亮）

烟草专卖

【概况】 2018年，合浦县烟草专卖局主动适应新时代经济发展的新变化，坚持“11336”工作方针，明确“以新理念新状态新作为推动高质量发展”的工作思路，稳扎稳打，积极作为，各项经营管理工作协调推进，开创了持续健康发展新局面。全年累计销售卷烟21416.5箱，实现单箱销售额每箱29270.2元，实现真龙总量7583.7箱，一二类真龙销售2724.2箱。获得市局（公司）2018年度“先进单位”称号；获得2018年度劳动竞赛安全单位奖。

【卷烟营销】 2018年，紧盯市场需求，着力在稳销量、提结构、保状态上下功夫，加强中小户提升指导，通过抓好高价位卷烟图突破，开展各项真龙活动，进行卖点宣传等，有度、有序地发挥消费引导作用，不断促进质量和效益稳步提升。开展终端打造工作。持续改造经营设施、改善经营环境、塑造店面形象。通过对口帮扶、现场培训、回访跟踪三个层面督促客户养成“一包一扫”“一客一结”的良好经营习惯，大力推广终端信息系统；增强终端信息采集和利用，加强客户扫码销售及销售数据分析能力，提升终端信息化水平。

【专卖管理】

管控结合　2018年，合浦县烟草专卖局不断完善和深化烟草市场长效机制，加强与工商、公安等部门的协作，拓宽市场监管手段。深入开展卷烟市场整治活动，严厉打击乡镇及县城夜市、副食批发户、农村集贸市场等“假、非、私”涉烟违法行为，保持辖区打假打私高压态势。加强对卷烟零售大户的监管。按照“摸、建、控、管”四步走的组合拳，紧盯辖区市场，通过强化无证经营卷烟的追根溯源，利用自律互助小组平台加强宣传，开展坐摊写实等措施，持续巩固大户管控效果，销售大户的销量占比由2016年的11.96%下降至4.62%。加强对无证户打击力度，引导符合办证条件的经营户办证，对于不具备经营资格的会同工商部门予以查处。至年底辖区内无证户71户，比年初下降42.74%。加强真烟非法流通治理力度。加大对物流、货运、汽车客运的监管，严防卷烟非法流出。全面推进APCD系统的运行。通过反复模拟测算，科学设置有效预警，逐步实现专卖市场监管的精准化。8—12月共建立模型73个，模型识别1358户，随机抽查1432户，并对抽查情况及检查结果及时向社会公开。

深化自律小组建设　2018年，合浦县烟草专卖局已组建205个自律互助小组，其中乡镇以上小组130组，纳入客户1924户，占比100%；农村小组75个，纳入客户1000户，占比40.18%，建成小组之家15个。积极探索构建“党建工作强引领、党员客户树标杆”的“党建+”自律互助小组建设模式，充分发挥自律互助小组长“传帮带”作用。同时，组织64组普通小组向示范小组学习，使客户提高自主管理的积极性和主动性，发挥维护卷烟市场的同盟军的作用。充分发挥小组平台共管的作用。通过市管员、小组长日常走访及小组会议宣传引导，将“卷烟零售的利益属于持证户”的理念导入小组建设中，培养零售客户自律意识，引导零售客户担当市场监督员，积极举报无证户、维护零售价格、抵制假非私烟。根据对标提质工作办法对小组定级，现定二级小组6个，三级小组61个，四级小组58个，五级小组19个，新建小组51个。根据分级处置办法要求对各等级小组进行不同的类型进行监管。

查处涉烟违法案件　2018年，合浦县烟草专卖局整合执法资源，发挥“1+7”联合工作机制的作用，扎实开展卷烟打私工作。加大对高速公路、国道、省道、物流公司、货运站非法运输、储存烟草专卖品等行为的查处力度;绘制辖区内海上走私防控图,为精准打击奠定基础;通过对各物流、货运站解释、警示、告诫、教育等手段,把涉烟违法经营行为遏制在萌芽状态。年内共查处各类涉烟违法案件195起,涉案金额约610万元。其中查获走私烟案件14起,同比增长27.27%。万元以上案件28起,5万元以上案件12起,超百万元案件2起。查获各类违法卷烟共计839.01万支,同比增长76.54%;其中走私烟525.34万支,同比增长27.39%;假烟285.178万支,同比增长7128%;烟丝0.6吨。刑拘3人,逮捕1人,判刑1人。

【综合管理】

深化基础管理　2018年,合浦县烟草专卖局严把现场勘查关和审批关,依法许可,规范办理,做到事实清楚、程序合法、处理得当,年内共新办证323户,延续证件1344户,注销证件193户,停业142户,歇业90户。着重加大后续监管力度,根据实际情况对系统预警超6个月等“休眠”户进行分类处理。其次是积极适应政府简政放权、深化行政审批制度改革的大趋势,修订完善合理布局规划,于7月举行了《合理布局规划》听证会,进一步优化卷烟销售网络布局,提高网络覆盖面。加强对中小学周围零售户治理力度,向客户宣传相关法律法规,在各中小学周边文具店、食杂店、便利店、市场监管机构办公场地等区域张贴通告,在持证户经营场所内张贴宣传警示牌,落实国家局保护未成年人免受电子烟侵害的监管工作。2018年共治理中小学周边零售户20户。

强化规范管理　2018年,合浦县烟草专卖局以推动“企业管理年”工作为契机,全面加强规范管理,推进依法依规经营。通过案例警示、内管、专卖、营销部门加强协同核查等方式,有效预防真烟非法外流,不断提升卷烟经营规范性。通过明指标、强考核,推进降本增效。细化定额预算管理、开展“管理诊断基层行”活动,推进企业标准化工作,加强QC精益改善研究,统筹推进绩效考核工作等多项措施,不断加强精益管理,努力促进企业提质增效,全面夯实企业发展基础。强化红线意识,牢固树立安全发展理念,营造和谐稳定的企业环境。

食盐专营

【概况】 2018年,广西盐业完成公司制改制工作,广西壮族自治区盐业公司合浦支公司更名为广西盐业集团有限公司合浦支公司,内设综合办公室、财务股、市场经营股3个科室,年末在职人员9人。在集团公司指导下制定、完善《食盐安全事故应急处理预案》《食盐储备管理制度》《食盐质量监督管理规定》等16个规章制度,把监督落实到经营、财务、行政、人事、资产管理中,保障企业平稳运行。年内,购进盐品3869吨,销售盐品4009吨,营业收入611万元。

【销售管理】 2018年,外省盐不断涌入合浦市场,合浦支公司根据市场形势和需求不断调整销售策略,抢占食盐市场份额,提高市场把控能力。制定《网络维护考核办法》,推动销售经理的网络维护工作。直接食用盐销售网点累计508个,超额完成年度经营目标任务。

【市场管理】 2018年,合浦盐务局参与过渡期的食盐市场管理,联合公安、食药监等部门,对盐业市场进行管控。3月,对经营不规范的78家个体批发商、零售点下发《责令整改通知书》。同月30日,将盐业主管职能移交北海市工业和信息化委员会实施。5月中旬,由食药监局牵头,下发《关于开展打击制售假盐和规范食盐经营行为的通告》,对市内各食盐批发、零售点、食品加工用盐点、餐饮服务行业和工业盐批发零售点进行执法检查。9月30日,对食药监局执法人员进行为期1天的培训,完成职能移交工作。与食药监部门开展1个月联合执法行动。

（蔡世波　庞丽雅）

邮政·信息传输

邮　政

【概况】 2018年，合浦县邮政分公司内设综合办公室（安全保卫部）、市场营销部、金融业务部、集邮与文化传媒部、渠道平台部，年内，整合县级邮政分公司包裹快递相关机构和职能，与同级速递物流机构整合，组建县寄递事业部。下辖邮政营业网点15个，邮政储蓄网点8个，邮政代办点4个，全公司员工205人。共有委办汽车邮运邮路4条，投递汽车邮路2条（其中商投大户段1条），全县投递邮路54条（乡镇投递邮路43条，县城市内投递8条，县城乡邮邮路3条），其中，使用三轮电动车投递32条、二轮电动车投递13条、使用摩托车投递9条。邮路总长2766公里，覆盖全县所有乡镇和居民区。业务范围包括函件、包裹、报刊、集邮、速递物流、农资分销配送和金融业务等，承担保障机要通信和普遍服务职责。

【市场经营】 2018年，县邮政分公司践行“人民邮政为人民”的服务宗旨，贯彻落实广西壮族自治区邮政公司“融合出击，量质并重，效益优先”十二字方针，以提升客户体验为目标，以提质增效为核心，深入实施“一体两翼”经营发展战略，真抓实干，奋力拼搏，各项业务保持持续稳步发展。全县累计完成邮政业务总量5058.77万元，同比增长35%；邮政业务收入完成5323.48万元，同比增长13.67%；累计完成利润1371万元，在全区同规模县分公司中，利润贡献率名列前茅，同比增长21.03%，实现收入规模与效益同步增长。

【客户服务】 2018年，合浦县邮政分公司组织开展服务质量提升专项活动、开展全面提升平信报刊投递服务质量“三大歼灭战”、普遍服务邮件时限和作业质量“双达标”活动。组织开展邮件寄递测试工作，通过加强检查考核，有效确保普遍服务到位。加强邮政公共服务平台的建设，新增人工自提点126个，累计建设386个；加大投入，将合浦县原3条乡邮路增至5条，加快邮件传递速度。年内，与合浦税务局协作，在合浦县城邮政营业点开办代征税服务点，为广大办税群众提供便利。

（林绍海　钟显红）

中国电信合浦分公司

【概况】 2018年，中国电信股份有限公司合浦分公司（简称中国电信合浦分公司）下设办公室、客户销售服务部、网络运营部、政企客户中心、东片营销部、渠道中心6个部门，山口、白沙、公馆、常乐、石康、石湾、党江、西场8个乡镇支局，城东、城西2个城市支局，东区、西区2个维护支局。主要经营固定电话、移动通信、互联网接入及应用等综合信息服务。在教育、司法、综治、供电、渔政、卫生、安监等行业开展信息化合作，成为“智慧城市”建设的推动者、先行者。

【市场经营】 2018年，中国电信合浦分公司坚持以用户为中心，以市场为导向，不断提升综合实力和核心竞争力。大力构建覆盖广、大容量、立体化综合智能通信网络，持续改进产品和改善窗口服务工作。推出流量达量限速不断网套餐，让消费者放心使用手机上网；率先推出了“当日装、当日修、慢必赔”服务承诺，提高服务响应速度；全面推广全网通手机，便于消费者对运营商的自主选择。新增“广西电信”微信公众号、电信营业厅客户端等客户服务渠道，便于用户在线充值交费、办理业务以及咨询和投诉建议；在电信营业厅普及微信预约排队、手机支付等互联网化服务应用，方便消费者办理电信业务。天翼手机、光纤宽带、天翼光纤高清电视等电信业务快速发展。

12月7日，与合浦县工业和信息化局共同签订《千兆网络建设合作意向书》，对千兆宽带的建设及推广应用进行深层次的合作，共同推进合浦县千兆网络建设，加快“数字合浦”“智慧县城”建设，大力发展互联网新经济，提升合浦县经济社会各领域互联网应用水平。当天开通合浦县第一个千兆宽带小区，合浦首个千兆光纤宽带网络正式开通运营。

根据合浦县人民政府办公室《关于印发合浦县2018年“党旗领航·信息致富”实施方案的通知》精神，联合合浦县工业和信息化局开展“党旗领航·信息致富”活动，为用户免费送光猫、送机顶盒安装宽带电视，通过中国电信的宽带电视，解决农村群众了解党和国家的方针政策及新闻信息难、致富信息难的问题。

【网络建设】 2018年，中国电信合浦分公司持续推进光网建设，高起点优化宽带接入网、无线网络、4G网络的建设，快速提升网络质量，打造质量一流、客户信赖的通信网络。完成农村光缆网加厚补盲项目，提供端口满足广大用户安装宽带的需求。当天装当天修、2天装机，修机及时率、修机平均时长，装机平均时长五项指标均达标。6月，开通沙岗镇七星岛中国电信光网宽带，结束七星岛不通光网宽带的历史。合浦县273个行政村（居）委全部实现全光网覆盖。7月，做好“奔跑吧·广西”生态马拉松系列赛暨智慧马拉松（合浦站）通信保障工作，在汉代文化博物馆、廉州广场增加2个4G微基站，在廉州广场、时代名苑、浦金大厦、汉代文化博物馆4个直播点布放光缆各开通100M传输电路，并提供一条100M的数据专线，满足广西电视台直播的需要。

【综合管理】 2018年，该公司加强企业党建工作，加强党员的学习，加强重点岗位人员反腐倡廉教育及员工廉洁从业教育。加强安全生产及消防安全管理，组织安全生产及消防安全培训，强化消防和安全意识，预防安全事故发生。积极响应扶贫脱贫攻坚战，积极筹措资金，加快对贫困村光网建设和无线网络覆盖，有效解决贫困村上网及看电视难的“最后一公里”问题，推进扶贫攻坚工作开展，塑造企业良好形象。加强公司与部队在信息化、智能化方面合作，把双拥工作推上一个新台阶，共同促进合浦经济发展和社会和谐稳定。 （陈贞贵　莫云峰）

中国移动合浦分公司

【概况】 中国移动广西公司合浦分公司（简称合浦移动分公司）成立于1999年7月，是中国移动广西公司北海分公司下属的县分公司，2018年，合浦分公司内设综合部、销售部、集客中心、工程维护中心4个部门和6个营销网格。有员工126名，平均年龄34岁；女员工占比59.10%；大专以上（含大专）学历员工占比95.36%。办公地址：合浦迎宾大道。主要经营移动语音、数据、宽带、IP电话和多媒。年内，分公司秉承“以天下之至诚而尽已之性、尽人之性、尽物之性”的企业责任观，积极以人民为中心的发展思想，努力以负责任经营实现与相关方共同可持续发展。坚持党建领导，履行央企责任，主动服务政府及民生需要，推动城市信息化进程，以政府在公共管理、社会管理、信息化推进等领域的目标诉求为导向，充分发挥在信息化规划方面的专业化资源和能力，助力合浦相关行业信息化规划和实施，提升合浦综合竞争力。

【市场经营】 2018年，合浦分公司参与公安、城管、旅游、教育、工业园区等单位（部门）信息化建设。通过广西移动云平台为工业园区及中小企业提供低门槛、高效率办公、营销、生产信息化应用。配合自治区、市公司建立广西第一套扶贫业务视频培训平台（云视讯），助力县辖辖区乡镇扶贫培训工作。保障客户自主选择权，推出自由选套餐资费，满足客户需求；开展工信部短信账单推送工作，让客户透明消费；对网络、业务、服务中影响客户体验关键环节，以10086工单形式进行派发、跟进、解决。

【网络建设】 2018年，合浦分公司构建覆盖城乡、服务便捷、高速畅通、技术先进宽带基础设施，加大4G网络建设力度，截至年底，4G网络基本实现县城覆盖，合浦县城和各大乡镇覆盖率98%，农村区域覆盖率97%。为合浦县偏远乡镇学校提供教学用网络线路。结合推出提速降费、拓展家庭宽带业务等措施，整体家庭宽带覆盖率93%。（周炅）

中国联通合浦县分公司

【概况】 中国联合网络通信有限公司合浦县分公司（以下简称合浦联通）是中国联通总部在合浦县域的分支机构，隶属中国联通北海市分公司管辖；合浦联通下辖3个专业分公司，共12个部门，共有员工100多人；业务遍布15个乡镇，营业网点将近260个。年内，合浦联通坚持以市场为导向，以客户为中心，进一步加大发展力度，拓宽发展领域，提升服务水平，全面增强综合竞争力和可持续发展能力，为合浦的信息化建设提供强有力的支撑。

【打造合浦电商平台】 2018年，合浦联通坚持“模式制胜，创新发展”的理念，以技术革新带动市场发展，以商业模式革新推动业务增长。继续推出基于O2O模式的“沃创富”计划，这是合浦联通在电子商务领域从B2B向B2C、O2O的全面延伸。通过“零门槛、零成本、零投入”的创业模式，为青年创业提供一个涵盖资本、营销、管理、技术等全资源的对接扶持平台，为青年创业提供更有利的条件，搭建更广阔的舞台，用实际行动支持青年创业。“沃创富”O2O电商平台正式商用，通过内部系统流程的创新及商业模式演进，成为业内首个践行CPS互联网引流、实现通信运营商产品O2O闭环营销的平台。

【流量免费服务平台】 2018年，合浦联通继续以“无线城市”及“便民服务”理念为基础，对接大数据分析系统，通过不断聚合各类社交媒体资源，有效引入异业商家资源推出“沃合浦”本地生活服务平台。“沃合浦”是首款流量免费的信息港，汇聚“千家万店”“阳光政务”“合浦新闻”“公共服务”等服务信息，与市民生活密切相关的政务、民生应用聚合，经过有序的组织，通过统一的门户呈现给用户，为合浦人民提供一站式本地生活信息服务，并为政府及企业用户提供城市管理和行业应用服务。在模式创新的同时帮助政府改善基础民生，提升合浦联通的品牌，也为合浦便民服务做出突出的共享。

【网络提速降费】 2018年，合浦联通加大建设投资力度，大幅度提高网络带宽速率，大幅度降低产品资费价格，让广大消费者在通信消费方面具有获得感。固定宽带平均资费水平持续下降，较2017年底降幅超过26%；在移动宽带方面，流量平均资费水平降至新低，比2017年底降幅超过32%。固网宽带实现“宽上加宽”。在全县有高带宽业务需求的区域，将原来100兆接入能力提高到200兆及以上，实现带宽翻番。积极开展千兆业务试点，打造千兆示范区，以更加宽广的信息高速公路支撑“大众创业、万众创新”。普及全网通终端让利情况。积极推进全网通终端行业标准，促进实现“一部手机、三网通用”。

【互联网化客服体系建设】 2018年，合浦联通丰富微服务功能。进一步丰富“合浦联通”微信服务内容，完善热点信息查询功能，增加营业厅排队情况查询、预约服务、宽带装移维进度查询等需求较高的服务内容，增加维系入口，完善业务办理功能，实现客户积分查询、合约查询、续约办理、网龄计划等维系政策的在线办理。拓展服务形式。以客户体验为中心，开展宽带二维码服务等新型服务模式，有效提升服务效率。关注客户期望值，提升NPS评价口碑；固化NPS分析方法和模型，建立NPS弱项、服务短板拆解方法和模型、NPS与客户投诉关联分析方法和模型，通过大数据深入挖掘贬损者特征，构建定位方法模型和预警机制。将结果追责转向过程参与，推出“客服介入机制”规范营销行为，在制定营销政策、割接方案时提前参与，做到“事前介入，事中监督，事后评估”。

【提升网络效能】

提升网络支撑能力 2018年，合浦联通继续打造移动宽带一体化精品网络，提升移动网覆盖率，以4G解决3G流量溢出，兼顾品牌覆盖，推进4G县城及重点乡镇建设；利用3G-U900技术特性，在行政村采用SDR共模设备，实现U900和G900共同覆盖，整体提升移动网覆盖率。

提升网络竞争能力 2018年，新建与改造并重，强化固移协同，打造全光宽带接入网络，提升宽带端口覆盖率和高速端口占比。以投资增收比为标准，按照“光点全覆盖，端口薄覆盖”建设原则，选取入住率、收益率高的重点小区及商务楼宇优先连片覆盖，以社会合作为基础，适度推进重点乡镇宽带建设；细分场景，按照“统一规划，共享资源，同步实施”的原则，实现室内分布系统和小区建设的固移协同覆盖；加大现网改造力度，聚焦原LAN小区光进铜退的改造，加快OLT部署和双路由改造，加快IP城域网和小区出口的深度扩容，为合浦人民提供更加稳定高速的宽带服务。

提升网络结构 2018年，围绕目标用户、重点业务再聚焦，提升网络竞争力，打造视频体验领先、局部优势明显的4G匠心网络。完善4G网络站点规划，实现城区、县城、乡镇、校园网、AAA以上景区的网络深度覆盖完善，实现国道、高速、高铁连片覆盖，满足村屯高流量区域覆盖。完成规划汇聚机房的建设，持续推进基础架构完善，实现传送网网络结构稳定。完善综合业务接入点与主干光缆的衔接，充分发挥综合业务接入点作用，提升投资效率。完善支路管道覆盖，提高支路管道的覆盖率。解决合浦县汇聚区、山口汇聚区、铁山港汇聚区双路由回核心机房的汇聚层光缆。 （李保华）

财政·税务

财　政

【概况】 2018年，合浦县财政局设人事秘书股、预算股、国库股、法规股(行政审批办公室)、行政政法教科文股、经济建设债务管理股、社会保障股、农业股、农村财政财务管理股(县农村综合改革工作领导小组办公室)、农业综合开发办公室、企业股、国有资产管理股、会计管理股、财政监督检查室、政府采购监督管理股15个股室。下设合浦县国库支付中心、合浦县财政信息办公室、合浦县财政投资评审中心、合浦县民族经济发展资金管理所、合浦县财政稽查分局、合浦县非税收入管理所6个局属单位，以及廉州镇财政所等15个乡镇财政所；有在职干部职工140人，其中，县局机关78人，财政所62人；中共党员81人，占57.86%；大学专科以上124人，占88.57%；具有专业技术职称53人，占37.86%。

【财政收入】 2018年，全县一般公共预算总收入53.59亿元，其中：地方一般公共预算收入7.76亿元，上级补助收入38.51亿元，调入资金4.74亿元，上年结余收入0.39亿元，地方政府一般债券转贷收入2.18亿元。全县组织财政收入14.61亿元，完成预算的107.03%，同比增加2.20亿元，增长17.74%。其中：税收收入11.85亿元，增加2.12亿元，增长21.78%；非税收入2.77亿元，增加0.083亿元，增长3.09%。地方一般公共预算收入7.76亿元，完成预算的101.39%，增加0.9亿元，增长13.12%。2018年财政收入增幅、增速及质量均有明显提升。

政府性基金　2018年，全县政府性基金预算总收入10.33亿元。其中：基金收入6.90亿元(其中土地出让金收入6.72亿元)，上级补助收入0.72亿元；专项债券转贷收入1.78亿元；上年结余收入0.94亿元。

社会保险基金　2018年，由县级统筹管理的社会保险基金预算收入13.74亿元，完成预算的111.45%，其中：机关事业单位基本养老保险基金收入5.40亿元；城乡居民基本养老保险基金收入2.17亿元；城乡居民基本医疗保险基金收入6.17亿元。

【财政支出】

一般公共预算支出　2018年全县一般公共预算支出526131万元，其中：一般公共预算支出526131万元、上解上级支出2879万元、地方政府债券还本支出4400万元。完成预算的95.36%，增长8.72%。主要支出情况如下：一般公共服务支出48579万元，增长4.68%；公共安全支出23466万元，增长12.16%；教育支出122542万元，增长5.30%；文化体育与传媒支出5211万元，增长37.68%；社会保障和就业支出70666万元，增长14.18%；医疗卫生与计划生育支出76544万元，增长10.66%；节能环保支出14325万元，增长198.87%；城乡社区支出52443万元，增长2.63%；农林水支出71987万元，增长11.69%；国土海洋气象等支出17222万元，增长39.66%；住房保障支出6446万元，增长39.61%。收支相抵，年终结余为2469万元，扣减结转下年使用2469万元，净结余为0。

总预备费执行情况　2018年年初预算安排总预备费1000万元，预备费动用248.53万元。

“三公”经费　2018年，全县“三公”经费支出1322万元，较2017年下降16.2%。

政府性基金　政府性基金预算总支出97398万元。其中：基金支出49963万元，调出资金47435万元。收支相抵，年终结余5939万元。

社会保险基金　县级统筹管理的社会保险基金支出116137万元，完成预算的109.01%。其中：机关事业单位基本养老保险基金支出46962万元；城乡居民基本养老保险基金支出18082万元；城乡居民基本医疗保险基金支出51093万元。收支相抵，全县社会保险基金预算当年收支结余21254万元，累计滚存净结余87189万元。

其他重要领域支出情况

城乡居民养老保险　2018年全县基础养老金补贴收入20461万元，其中：中央16285万元，自治区3357万元，县级819万元；对个人缴费补贴收入445万元，其中自治区362.72万元，县级82.58万元；丧葬补助金自治区承担26万元；其他财政补贴收入86万元（此项补贴为清退老农保保费缺口补助）；投资运营收益为1017万元(16950万元 ×6%=1017万元)。共投入城乡居民养老保险资金22035万元，所有资金均全部到位，保障13万多名60周岁以上城乡居保对象的养老金按时足额发放，切实解决城乡居民老有所养问题；县级财政对离任村〈社区〉干部养老金补助775万元，待遇发放1588678人次。

低保金发放　2018年全县共发放城乡低保资金8270万元，其中城市低保金发放41847人次、1501万元，人均358.69元，比上年提高5.4元；农村低保发放342612人次、6769万元，人均197.57元，比上年提高19.83元。确保全县低保对象人月均补助水平不低于全区标准。城乡低保全部实行银行代发，以便资金足额、及时地发放到低保对象账户，确保低保资金安全运行。

城乡救助　2018年，稳步提高困难群众基本生活救助水平，年内，上级下达合浦县困难群众基本生活共拨付资金11961万元，其中：城乡最低生活保障资金8215万元，特困人员救助供养资金3615万元，临时救助资金131万元，所有资金均全部到位。此外，全县共拨付城乡医疗救助基金1853万元，使更多的贫困人员就医难的问题得以缓解。

健康扶贫工作　2018年，全县财政共投入建档立卡贫困人口城乡居民基本医疗保险个人缴费补助、特殊慢性病治疗兜底保障经费1372.2万元，其中自治区补助资金512.2万元，县级补助资金860万元，保障健康扶贫资金全额拨付到位。

农民工应急周转金　2018年县财政投入50万元作为农民工工资应急周转金，建立农民工工资应急周转金制度，进一步保障农民工合法权益，确保农民工工资及时、足额发放。

财政专项扶贫资金　2018年，全县财政扶贫资金共安排23331.89万元，按资金来源分：中央资金3077万元；自治区资金2547万元；市级资金9415.89万元；县级资金6056万元；债券资金2236万元。按资金使用用途分：基础设施建设14443.55万元；产业扶贫资金共4061.39万元；社会发展资金共2875.37万元；贴息资金共681.5万元；其他扶贫资金共1270.1万元。全年共支出21918.34万元，支出进度为93.94%。

2018年县级预算安排专项扶贫资金6056万元，比2017年预算安排增量1010万元，增幅20.02%。

农发项目　2018年，上级财政支持合浦县农业综合开发资金1203.5万元，其中：土地治理项目1个，投资825万元；产业化财政补助项目1个，补助218.5万元；财政贴息补助项目1个，补助160万元。2018年完成的项目有：投资1350万元的2017年度廉州镇高标准农田建设项目、贷款贴息额为160万元的合浦县年产20万吨水产饲料流动资金贷款贴息项目。

【政府债务】

政府债券使用情况　2018年，自治区核定合浦县政府债务限额为17.19亿元。年内，县政府负有偿还责任债务余额为16.5亿元，其中：2015年以来自治区自主发行政府债券15.97万元；2014年审计认定存量政府债务0.53亿元。政府债务率为31.13%（当年综合财力53亿元）。年内，合浦县获得自治区新增债券39600万元(一般债券21800万元，棚户区改造专项债券2800万元，土地储备专项债券15000万元)。全年实际支出34710.27万元，结余4889.73万元，支出进度为87.65%，未能达到自治区进度100%要求。主要是一些项目承担单位对项目建设实施比较缓慢，对项目的前期工作比如项目报批、政府采购、投资评审、招投标等环节不及时，在项目实施过程中对项目推进不抓紧，加上竣工结算滞后等因素。

政府隐性债务化解　2018年，县政府隐性债务余额96457万元。其中：政府购买服务形成的债务69747万元，粮食政策性挂账12065万元，供销社政策性挂账153万元，其他应付工程款债务14492万元。根据上级部门要求，制定了《合浦县关于化解政府隐性债务风险实施方案》。按照“谁举债、谁负责、谁偿还”的原则，划清举债主体责任，明确偿债资金来源，确保今后政府隐性债务只减不增,采取逐年化解模式,在2027年前政府隐性债务全部化解完毕。

根据财政部隐性债务监测平台统计,2018年需化解隐性债务2167万元,共8个项目。按照合浦县化解隐性债务实施方案,2018年安排财政资金3000万元进行化解。年内,已化解隐性债务2668万元、9个项目,其中有1168万元属于系统化解计划项目,占比43.78%。

【财税体制改革】

财政管理体制改革　2018年,合浦县根据自治区财政厅《广西壮族自治区人民政府办公厅关于印发〈自治区以下财政事权和支出责任划分改革工作方案〉的通知》、北海市财政局《关于印发〈北海市级财政管理体制改革方案〉的通知》的要求,财政由自治区直管变更为划归市管。同年是合浦县财政在财政体制改革后划归市管的第一年,合浦县加强财政管理,优化支出结构、科学合理编制预算,推进财政管理体制改革工作的开展。

年内,北海市财政局始终坚持按照财政厅《关于印发改革完善自治区对县财政体制促进县域经济发展有关具体实施办法的通知》的精神,对自治区财政厅核定合浦县体制补助(上解)基数、税收返还、定额补助(上解)、其他补助(上解)等维持不变,并在年终结算时下达到合浦县;对自治区下达的转移性支付资金按照文件要求的额度及时下达到合浦县,并由相对应的业务科室进行对接,不存在截留的情况。

资金调度及时解决　2018年,市管县后,市财政在按自治区财政厅核定的留解比例计算与合浦县的资金往来并进行调度之外,每月还要求合浦县按照预算执行进度,做出支出计划,针对库款余额和地方财力收入,测算资金缺口情况,由市财政局优先调度资金解决。年内,市财政局及时安排调度资金给合浦县,解决库款紧张的问题,避免支付风险,保障预算的顺利执行。

财力上给予支持　2018年,北海市财政补助合浦县各类专项资金约3.6亿元,涉及扶贫、党建、农业水利、乡村建设、交通、环境整治、工业园区发展等基础设施建设事项,这些补助资金弥补了县财力的不足,保障合浦县多项基层事务的顺利推进。

【财政管理】

城乡居民基本医疗管理　2018年,城乡居民基本医疗筹资标准提高到每人每年670元。全县实际参合人数为879836人,参合率96.5%。年内,全县共筹基金44988.69万元,其中:中央补助资金32734万元,自治区补助资金9797.89万元,市级补助资金17.01万元,县级补助资金2439.79万元,所有资金均全部到位。

基本公共卫生管理　2018年,共投入资金4578.2万元,其中中央补助3560万元,自治区补助610.9万元,县级安排407.3万元。加大对基本公共卫生资金的投入,有力地支持全县基本公共卫生服务工作的顺利推进。

公立医院综合改革　2018年,县财政局和县卫生局、县人力资源和社会保障局共同制订《合浦县县级公立医院综合改革补偿方案》,健全科学补偿机制。财政部门投入县级公立医院综合改革补助资金为632.52万元,其中中央财政补助资金280万元,自治区财政补助资金197.52万元,县级财政补助资金155万元。

国家基本药物管理　2018年,国家基本药物制度覆盖面不断扩大,财政部门投入对村卫生室的基本药物补助共338.98元,其中县级安排29.4万元;对卫生院的基本药物补助共863.08万元,其中:中央补助474.5万元,自治区补助388.58万元;县级对四大公立医院的基本药物补助共155万元。

政府采购监督管理　2018年,按照县财政工作的总体部署和财政改革的总体要求,监管工作取得良好的经济效益和社会效益,全县政府采购规模同比大幅增长。年内,全县政府采购额为17.16亿元,采购项目785个。其中:工程类项目263个,采购额9.69亿元;货物类项目301个,采购额2.29亿元;服务类项目221个,采购额5.18亿元。占全县财政支出50%以上,计算节约资金1.11亿元,节约率为7.1%。政府采购范围和规模不断扩大,取得较好的成效。

"政采云"平台建设　2018年,根据《北海市财政局关于将合浦县及涠洲岛旅游区政府采购业务纳入"政采云"平台的通知》的文件精神,合浦县不断深化协议供货制度改革,减少采购环节,提高采购效率。县内"政采云"平台已开通电子卖场三大采购功能模块:网上超市、反向竞价和在线询价,已入驻的采购单位共有366个,网上超市供应商72家,已上架商品57637种,商品类目涵盖办公设备、办公用品、计算机设备、办公耗材、生活电器、家具用具等。

政府采购备案管理　2018年,合浦县以《中华人民共和国政府采购法》《中华人民共和国政府采购法实施条例》和《广西壮族自治区财政厅关于公布2018—2019年广西政府集中目录及限额标准的通知》相关规定为依据，进一步加强对采购人的政府采购备案监督管理，要求采购人根据集中采购目录、采购限额标准和已批复的部门预算编制政府采购计划，报县财政局政府采购监督管理股备案。

政府采购信息公开 2018年，县财政局按照《中华人民共和国政府采购法》和相关法律法规的要求，将经政府采购监督管理股批复的采购业务的采购信息、采购文书、成交信息及代理机构情况主动在财政部和自治区财政厅的政府采购信息网上予以公示，广泛接受社会各界的监督。

【财政监督】

扶贫专项资金监管 2018年，按照专项扶贫资金管理办法要求，县主管部门会同财政部门在收到上级资金文件或县预算批复文件20日内落实分配方案报政府审批；县财政在5个工作日内按照国库集中支付管理规定拨付扶贫资金；各主管部门按要求落实政府采购手续；每月进行扶贫资金支出通报；开展扶贫资金专项检查及资金使用督查；组织开展财务知识培训等相关工作。实行扶贫资金通报制度，从4月份起按月对扶贫资金支出进度情况进行通报，落实扶贫支出主体责任，加快扶贫项目实施，提高扶贫资金使用效益。

专项扶贫资金自查自纠 2018年，合浦县按照《广西壮族自治区财政厅关于印发强化扶贫资金监督检查三年行动方案(2018—2020)的通知》和《北海市2018年财政扶贫资金专项检查工作方案》的要求以及相关会议精神，全县各有关单位从5月份起开展了扶贫资金使用管理自查自纠工作。

配合北海市开展扶贫资金检查 2018年，合浦县财政局配合并参与北海市财政局、北海市扶贫开发和水库移民工作局开展年财政扶贫资金专项检查工作，重点对合浦县2017年度各级财政(含地方债券安排)安排用于产业扶贫、贫困村和贫困户较多的非贫困村基础设施建设方面的资金开展检查，查找反映财政扶贫资金管理使用中存在的突出问题，加强财政扶贫资金监管，促进脱贫攻坚政策的全面落实。从5月4日开始进行外勤检查。对合浦县财政局、合浦县扶贫开发办公室、合浦住房和城乡建设局、合浦县交通运输局四个单位的2017年度财政扶贫资金的使用和管理情况进行检查。

县本级组织扶贫资金检查 2018年，县本级由县扶贫资金政策专责小组组织2次扶贫资金检查，于3月9日组织委托第三方开展2017年全县财政专项扶贫资金专项检查；10月组织扶贫资金政策专责小组成员单位到各乡镇及各部门进度督查，两次检查涉及全县15个乡镇及扶贫资金使用各县直部门。

配合并参与北海市开展会计信息质量检查 2018年，合浦县财政局与北海市财政局派出的检查组一起，自9月6日起，对广西合浦西场永鑫糖业有限公司2017年中小企业会计信息质量情况以及2016—2017年中小企业发展专项资金和中小企业节能专项资金使用管理情况进行检查。

政策制定 2018年，为加强扶贫资金监管，规范扶贫资金使用，根据上级文件要求，制定《合浦县财政专项扶贫资金管理办法》《合浦县扶贫小额信贷风险补偿资金管理办法》《合浦县“十三五”精准脱贫攻坚财政资金筹措任务分工方案》《合浦县财政专项扶贫资金监督检查制度》及《合浦县财政扶贫项目资金公示公告制度》等多项制度政策，保证扶贫资金的使用规范、安全。

税务

【概况】 2018年，是国税地税征管体制改革之年，7月20日，原合浦县国家税务局，原合浦县地方税务局合并，挂牌成立新的国家税务总局合浦县税务局，同日挂牌成立的还有下属税务分局，10月25日完成“三定”工作。改革后合浦县税务局内设14个机关股室、9个派出机构(税务分局)。其中，第一税务分局(办税服务厅)主要负责税收、社会保险费和有关非税收入的征收和服务工作；第二税务分局主要负责本县重点税(费)的集中管理、风险应对和服务工作；其他7个分局负责所属区域一般税(费)的管理、风险应对和服务工作，分别是：廉州税务分局，办公地点设在廉州镇，管辖廉州镇、党江镇；石康税务分局，设在石康镇，管辖石康镇、石湾镇；常乐税务分局，设在常乐镇，管辖常乐镇、曲樟乡；山口税务分局，设在山口镇，管辖山口镇、沙田镇、白沙镇；公馆税务分局，设在公馆镇，管辖公馆镇、闸口镇；星岛湖税务分局：设在星岛湖镇，管辖星岛湖镇、乌家镇；西场税务分局，设在西场镇，管辖西场镇、沙岗镇。全系统共有336人，其中在编人员280人，助征员、劳务派遣人员等编外人员56人。年内，全县税务系统认真按照总局、区局、市局和县委县政府工作要求，深入推进税务系统党的建设和全面从严治党，全面打赢国税地税征管体制改革攻坚战，圆满完成税收收入任务和减税目标，进一步优化税收营商环境，不断优化税收执法方式，努力建设一支税务铁军，推进合浦新税务做出积极贡献。

2018年7月20日，广西壮族自治区税务局副局长周国彪(右二)、合浦县委书记杨斌(左二)为新成立的国家税务总局合浦县税务局揭牌　(县税务局　供)

【征管体制改革】 2018年，县税务局严格按照总局、自治区局、市局关于开展“国地税征管体制改革”的部署，扎实推进国地税征管体制改革。7月20日，国家税务总局合浦县税务局、国家税务总局合浦县税务局迎宾大道办公区、各乡镇税务分局顺利完成挂牌仪式。10月25日，完成“三定”工作，宣布内设机构、派出机构和事业单位负责人任命及相关工作人员安排；重点加强直接面对纳税人、缴费人的征管和服务力量，配置177名人员到基层一线；实现同一股(室)同址办公，完成股(室)职责划转、工作交接、人员到岗、公文系统人员信息配置等工作。各项改革任务都按要求圆满完成。改革期间完成8大类100多项业务测试，新增、修改23个部门、349人次、涉及120个岗位的系统参数设置；完成14个内设机构、9个派出机构的设置。县局于挂牌前一周实现办公室、人事、党办、纳服4部门合署办公；县税务局完成征管系统配置和系统参数的调整；配合市局率先在全区完成县税务局联合党委改设党委工作；配合市局率先在全区完成社保费征管子系统数据清洗工作。做好环保税开征、深化增值税改革、个税改革等工作，进一步推动完善税制体系。国家税务总局广西壮族自治区税务局局长吴云、副局长周国彪、副局长陈素文、副局长蒙启华，国家税务总局北海市税务局局长高则馨、副局长梁仲通及其他局领导，合浦县委书记杨斌，县长李安洪，常务副县长谭奇志等先后到合浦县税务局指导改革工作。改革后合浦县税务系统职能职责得到进一步优化，初步构建起优化高效统一的税收征管体系。

【组织收入】 2018年，县税务局严格按照组织收入原则和国地税征管体制改革期间提出的“两不误、两促进”要求，认真履职积极组织收入，全年共完成各项收入15.82亿元，组织税收收入11.63亿元，同比增收2.48亿元，增长27.10%，创历史新高，组织其他收入4.19亿元。税收收入增速在北海市税务系统一县四区(海城区、银海区、铁山港区和北海工业园区)中排名第1，高于全市(12.2%)14.9个百分点，高于全区(9.7%)17.4个百分点；税收收入占全县财政收入的81.07%，同比提高2.7个百分点。其中，国内增值税累计入库6.00亿元，同比增收1.43亿元，增长31.29%。占税收总量的51.59%。全年全县197户缴纳税额超50万元的重点税源企业税收收入8.07亿元，占全年全县税收收入69.39%；企业所得税全年入库1.46亿元，同比增收6681万元，增长84.33%。

【办税服务】 2018年，县税务局积极推行办税提速增效、改善“线上”“线下”服务、推动税收协同共治，全力打造高效、智能、便利、公平、贴心的税收营商大环境。

整合办税资源　2018年，实施“一网通办”“一厅通办”“一窗通办”。将二手房交易税收业务搬迁至合浦县政务中心，与县不动产登记局和县房产局联合启动不动产交易、办税、办证“一窗受理、并联办理、内部传递”的集成服务。推广“网上”+“自助”+“移动”办税，以“办税便利通软件”实现“网上办税全覆盖”，形成“网上办税为主，自助办税为辅，实体厅办税兜底”办税格局。年内，有2.2万多户(次)通过终端领用发票,自助领用发票累计65.57万份,自助代开发票1.34万份。

互联网技术运用　率先在全自治区实现自助办税终端“同一IP、同一机器、办所有事”。全面推广使用电子税务局,76项业务“全程网上办”,80%以上的业务实现网上办理。

优化办税流程　2018年,全县9个办税服务厅全部窗口均实行“一窗通办”,办税时间平均提速35%以上,递交资料减少40%;简化纳税人设立、迁移、注销手续,设置“注销清税专窗”,在排队叫号机增设“注销清税”功能,清税注销业务提速40%;实施房地产税费证“一站办”模式,群众办理不动产转移类登记时间大幅提速。增量房业务每件平均办理时间约为10分钟,提速55%以上;存量房业务每件平均办理时间由5个工作日提升为25分钟,解决多年房地产交易涉税业务存在的堵点、痛点;建立容缺受理机制,进一步提升办税服务的灵活性,确保“最多跑一次”落地。

培训服务　2018年,县税务局举办优化营商环境大辅导、税收政策宣传等9期培训班,培训纳税人1639户次,通过短信平台发送税收政策30000多条。联合博白县税务部门举办“优化税收营商环境,助力‘龙港’企业腾飞”跨区域税法学堂,辅导22户已入驻龙港产业园区的企业代表学习“双创”税收优惠政策,解决企业涉税业务难题。在新个人所得税改革过渡期,共举办4场纳税人培训,充分利用“纳税人学堂活动日”,共培训纳税人367人次。开展“大走访、大调研”活动等,切实帮扶企业解决生产经营中遇到的问题,助推企业健康良好发展。

【减税降负】　县税务局落实2018年5月1日国家出台的增值税改革三项措施,让更多工业企业享受较低征收率计税的优惠;认真落实放宽享受减半征收企业所得税优惠的小型微利企业标准,落实扩大固定资产一次性扣除优惠政策范围以及鼓励企业科技创新等一系列优惠政策,为促进大众创业、万众创新,推动实体经济转型升级和增强社会创造力营造良好环境。全年累计减免各类税费4.05亿元。全年共办理出口退(免)税109户次,共5638万元,与上年办理出口退(免)税持平;按照个人所得税制改革“一次立法、两步实施”的安排,切实做好2018年10月1日起提高基本减除费用标准并适用新税率表和2019年1月1日起全面实施综合与分类税制的各项准备工作,个税改革过渡期首月个税入库同期减幅达10.71%,改革“政策红利”切实转化为“真金白银”。

2018年4月2日上午,合浦县国税局开展“纳税服务开放日”活动,邀请15户纳税人代表走进纳税服务大厅,“零距离”体验办税服务　(谢小珍　摄)

【优化税收执法】

征管风险管理　2018年,县税务局努力控制新欠风险发生,降低后续环节虚开虚抵等风险,促进纳税遵从、确保税款及时足额入库;做好逾期申报处罚工作,年内二次逾期申报处罚率为100%;积极应对风险管理,年内接收上级下发18批次63户纳税人风险任务,发起3批次24户纳税人风险任务,完成风险任务反馈;做好非正常户及时公告和后续管理工作,全年发布非正常户公告8批,涉及320户纳税人,有针对性开展风险排查,及时调整票量供应。

税收征管整治　2018年,县税务局召开合浦县“月饼小镇”企业发展税收新政辅导会,做好月饼行业的征收管理及补充申报缴税工作;组织开展船厂税收调查,召开造船行业税收政策座谈,走访12户造船业纳税人,督促8户及时办理税务登记,减少涉税风险;联合相关部门对全县62家砖厂进行走访,开展糕点行业纳税人清理,落实规范影视行业税收工作,对下发的13户影视行业企业和个人,组成13个工作小组深入企业做好

2018年4月23日，县税务局党委书记、局长林受海（左二），党委成员、副局长陈澍兴（右二）带领税务骨干到公馆华润水泥厂宣传税法　（县税务局　供）

告知和辅导自查，有2户企业分别自查补缴税款34940.16元和8717.75元。

纳税信用管理　2018年，县税务局对信用良好的M级新办企业，为其提供取消增值税专用发票认证，税收政策和管理规定辅导等服务举措；对最高等级的A级纳税人，为其落实好发票领用、出口退税、办税绿色通道等多方面的便利；对信用等级为D级的纳税人，列为纳税评估和税务稽查的重点对象，实施重点监控。并向社会公布其不良纳税记录，使其在投融资、注册新公司、资质审核、获得荣誉等方面受到限制或禁止；将守信企业纳入"银税互动"受惠范围，以"信"换"贷"，助力企业获得银行贷款，让纳税信用变成"真金白银"，及时解决"融资难"。

【队伍建设】 2018年，县税务局严格落实"三定"规定，积极推进队伍融合，力促队伍从"形合"走向"神合"。结合改革后工作需求，加强干部职工业务培训。共举办各类培训班12期。累计组织干部职工到区外高校培训80人次；共组织干部职工参加总局、自治区局、市局举办的培训35期1150人次；精心组织开展网络知识竞赛活动，其中2人进入自治区100强。充分发挥"传帮带"和导师制，帮助原国地税干部、新生力量迅速转变角色、提升业务技能，使全局干部业务素质得到全面提升。积极筹措资金，优化支出结构，确保干部职工利益按时兑现。充分发挥工青妇作用，组织人员参加气排球、文艺晚会、迎春联欢活动等多种群众喜闻乐见文体活动。大力倡导"中国税务精神"，举办道德讲堂、演讲比赛，开展各类公益活动、精准扶贫活动，在系统营造"忠诚担当、崇法守纪、兴税强国"的浓厚氛围，努力抓好数字人事工作，营造浓厚的争先创优良好导向。通过开展正能量活动，进一步提升干部职工的思想境界和精神面貌。

【党风廉政建设】 2018年，县税务局党委以习近平新时代中国特色社会主义思想为指导，坚持把加强党的领导贯穿国税地税征管体制改革全过程。加强党的政治建设。县局党委成立改革工作小组牵头，下设10个专项组，编制涵盖215个具体改革事项的总台账，挂图作战，对表推进，确保改革平稳有序开展。加强党的基层建设。成立机关党委、8个党支部及工青妇组织。广泛开展"党建带群建　合力助改革"主题活动，组建党员先锋队，建立"党员先锋岗""党员示范窗口"，深入开展"党员亮身份""新机构新服务新形象""勇担当敢作为，投身改革当先锋"党员承诺践诺等创先争优活动。加强党的思想建设，县局开设各层次内部微信群，200多名干部代表入群，实现沟通"零距离"；层层开展5轮约1078人次的谈心谈话，实现沟通"全覆盖"。加强党的纪律建设。根据总局提出"全面从严治党"的工作要求以及"六个严禁""约法三章""六要六不要"的纪律要求，层层落实"六项纪律""六个严禁"及24小时在岗值班和"零报告"制度，进一步健全管党治党制度体系。强化监督落实纪律要求。开展"作风大整顿、纪律大检查"专项整治和"以案促改"、警示教育大会、亲情助廉、通报典型案例等活动，重点抓好国地税征管体制改革期间政治纪律、组织纪律、财经纪律、保密纪律等八项纪律贯彻执行的监督检查，确保征管体制改革顺利有序进行。先后开展14次各类纪律检查并对存在问题进行通报，严禁"四风"问题的发生，有力促进作风转变，优化营商环境。

（符家昌）

金融业

综　述

【机构】 2018年，合浦县辖内共有金融机构30家，其中金融管理机构有中国人民银行合浦县支行，政策性银行分支机构有中国农业发展银行合浦县支行，国有商业银行分支机构有中国工商银行股份有限公司合浦县支行、中国农业银行股份有限公司合浦县支行、中国银行股份有限公司合浦支行、中国建设银行股份有限公司合浦支行、中国邮政储蓄银行股份有限公司合浦县支行，城市商业银行有桂林银行股份有限公司北海合浦支行，地方法人金融机构有合浦县农村信用合作联社和合浦国民村镇银行有限责任公司，保险业金融机构有中国太平洋财产保险股份有限公司合浦支公司、中国人寿保险股份有限公司合浦支公司、都邦财产保险股份有限公司北海中心支公司合浦县营销服务部、中国人民财产保险股份有限公司合浦支公司、阳光财产保险股份有限公司合浦支公司、华安财产保险股份有限公司合浦支公司、中国平安财产保险股份有限公司合浦支公司、中国太平洋人寿保险股份有限公司合浦支公司、中国人寿财产保险股份有限公司合浦支公司、中国大地财产保险股份有限公司北海中心支公司合浦营销服务部、中国平安人寿保险股份有限公司合浦支公司、广西中通保险代理有限公司北海市合浦县营业部、广西明明白白保险销售服务有限公司合浦营业部、太平人寿保险有限公司合浦支公司、富德生命人寿保险股份有限公司合浦支公司、北海国保保险代理有限公司合浦营业部、安邦财产保险股份有限公司北海中心支公司合浦县营销服务部、泰康人寿保险有限责任公司广西北海合浦支公司、北部湾财产保险股份有限公司合浦支公司，证券业金融机构有国海证券合浦营业部。2018年年末，合浦县辖内共有银行业金融机构9家，营业网点79个，百分百覆盖乡镇级行政区，银行业从业人员978人。

【存款业务】 2018年，合浦县本外币各项存款余额272.07亿元，增长11.51%，增速高于全自治区4.74个百分点；全年新增存款28.09亿元，比上年多增2.35亿元，新增存款占北海市新增存款的16.90%。从存款结构看，住户存款保持平稳增长，广义政府存款增长进一步加快，非金融企业存款增速放缓明显。2018年年末，全县金融机构住户存款余额

2018年8月21日，合浦县运用仲裁机制化解金融风险座谈会在县城召开
（卢美戈　摄）

228.64亿元，同比增加22.32亿元，增长10.83%；非金融企业存款余额18.27亿元，同比增加0.21亿元，增长1.16%；广义政府存款（财政性及机构团体存款）余额25.11亿元，同比增加6.35亿元，增长33.85%。

【贷款业务】 2018年，合浦县各项贷款余额150.41亿元，同比增长15.61%，增速高于全自治区0.79个百分点，与北海市基本持平；全年新增本外币贷款20.31亿元，贷款增量、增速均创近几年新高。从贷款结构看，住户贷款增量、增速快速提升，非金融企业及机关团体贷款增长有所放缓。全县住户贷款余额98.49亿元，增长18.22%，增速同比提高5.50个百分点，新增住户贷款15.18亿元，同比多增5.78亿元；非金融企业及机关团体贷款余额51.92亿元，同比增长10.96%，增速同比下降1.87个百分点，新增非金融企业及机关团体贷款余额5.13亿元，同比减少0.19亿元。

普惠金融　2018年，合浦县金融机构积极加大涉农信贷投放力度，并持续加大金融扶贫力度，充分发挥金融服务“三农”主力军作用。年末，全县涉农贷款余额99.11亿元，同比增长12.72%；扶贫贷款余额1.66亿元，其中精准扶贫小额信贷余额1.43亿元。

金融供给　2018年，合浦县金融机构积极服务供给侧结构性改革，助推合浦经济高质量发展。积极加大支持地方基础设施和重点行业项目，年末，全县风力、热力、燃气及水生产和供应业贷款余额4.95亿元，同比增加3.59亿元；水利、环境和公共设施管理业贷款余额6.70亿元，同比增加0.69亿元；交通运输、仓储邮政业贷款余额5.24亿元，与上年基本持平。落实差别化住房信贷政策，支持居民合理购房需求，并积极拓展个人住房贷款资产证券化业务，拓宽资金供给渠道，年末，全县购房贷款余额44.43亿元，同比增加11.22亿元；证券化个人住房贷款余额1.99亿元。

【中间业务】 2018年，合浦县银行业金融机构中间业务种类有结算业务、公司业务、投资理财、国际业务、个人金融业务、银行卡业务、代理业务、托管及委托业务、电子银行、资信评级、投融资顾问、现金管理、债券、代理押运等90多种。各银行业金融机构高度重视中间业务的拓展，通过加大业务营销、考核力度和拓展中间业务品种、拓宽收入渠道等措施增加中间业务收入，年内，合浦县银行业金融机构中间业务总收入5546.23万元，比2017年增加433.16万元，增长8.47%。

【保险业务】 2018年，合浦县辖内保险业务种类有人寿保险、财产保险、车辆保险、农业保险、安康保险、意外保险、责任保险、信用保险、再保险等十几大类。全年保费收入6.57亿元，其中产险业务1.96亿元，寿险业务4.61亿元；共赔付1.89亿元，其中产险业务赔付0.75亿元，寿险业务赔付1.14亿元。

中国人民银行合浦县支行

【概况】 中国人民银行合浦县支行是中国人民银行的派出机构，依照《中华人民共和国中国人民银行法》在合浦县辖内履行经理国库、支付结算、人民币管理、金融稳定、调查统计、征信管理等中央银行职能，积极贯彻执行货币政策，提供金融服务，防范和化解金融风险，依法维护辖区金融稳定，内设办公室、会计国库股、综合业务股3个股室，有在职职工21人。

【货币政策传导】 2018年，人民银行合浦县支行继续落实稳健

2018年12月5日，人民银行合浦县支行征信查询大厅正式对外营业

（县人民银行　供）

中性的货币政策。按季度召开合浦县货币信贷“窗口指导”暨金融形势分析会议，充分发挥人民银行窗口指导作用。充分运用合意贷款规模和支农再贷款，引导辖区信贷投放合理适度增长，年内，累计向辖区两家法人金融机构下达8.27亿元合意贷款规模，对合浦国民村镇银行发放支农再贷款余额500万元，指导合浦国民村镇银行挂牌创建支农再贷款扶持项目示范点22个。开展小微企业、涉农信贷政策效果导向评估，督促辖区各金融机构加大涉农、小微等重点领域和薄弱环节的信贷扶持。引导辖区金融机构加大扶贫信贷投放，扎实开展金融扶贫领域作风问题专项治理工作，切实推动金融精准扶贫。加强利率和准备金监测及管理，深入推进利率市场化改革，开展法定存款准备金业务检查，认真执行差别化存款准备金率政策。

2018年9月19日，人民银行合浦县支行深入合浦县沙岗镇大山小学开展2018年“金融知识普及月 金融知识进万家”暨“提升金融素养 争做金融好网民”活动

（县人民银行 供）

【金融风险防控】 2018年，人民银行合浦县支行继续加强金融风险防控，切实维护辖区金融稳定。推进存款保险工作，组织辖区两家投保机构完成存款保险系统运行测试工作，完成2次存款保险保费核收工作。切实加强金融风险防范，认真梳理辖区金融风险情况，加强对辖区金融机构特别是高风险法人金融机构的日常监测和评估，强化辖区法人机构的经营风险和流动性分析，引导法人机构强化风险防控和处置，守住不发生系统性金融风险的底线。严格落实重大事项报告制度，做好可能影响辖区金融风险安全事件的跟踪和管理，年内，共收到辖区金融机构报来重大事项21项，没有发生重大危及辖区金融安全的金融风险事件。加强对银行业新设机构的管理与服务，组织对合浦国民村镇银行有限责任公司滨江路支行、党江支行申请加入人民银行服务与管理体系有关事项进行审核，做好相关准入事宜。依法开展督查考核工作，对辖区8家银行业金融机构开展综合评价，对合浦县农村信用合作联社开展综合执法检查，先后开展无证经营支付业务、支付结算工作、金融消费权益保护、征信业务、支农再贷款、法定存款准备金等进行专项执法检查，提高金融机构依法合规经营能力，促进辖区金融和谐稳定。

【金融服务】

征信业务管理和服务 2018年，人民银行合浦县支行不断优化征信查询岗位设置，启用征信查询大厅，安装征信自助查询机，实现征信查询服务工作时间常态化，共查询个人征信18329笔，同比增长93.69%；查询企业征信265笔，发放机构信用代码1179户。大力推进信用体系建设，联合县金融办加强对各乡镇农户信用信息档案系统数据采集工作的指导和督促。2018年入户采集农户信用信息约4.1万户，联合县金融办在县公安局、县社保局、县农业局、县林业局、县农机局、县国土局等部门完成采集190897户农户信息，基本建成内容丰富、信息完善、涵盖全县所有农户的信用信息管理系统。通过系统测评，完成评定信用户118263户、信用村139个、信用镇8个，信用户、信用村、信用镇占比分别达到61.95%、56.73%、53.33%。

国库业务 2018年，人民银行合浦县支行顺利完成国库业务系统应急演练，提高应对国库业务系统突发事件的应急处置能力。加快推进国库信息化建设，实现国库集中支付电子化业务覆盖合浦县所有集中支付业务相关预算单位及代理银行。积极配合税务体制改革，处理好改革中涉及国库业务的相关工作，顺利完

2018年11月26日晚上,合浦县金融系统124人成立合唱团参加"合浦县庆祝中国改革开放40周年和自治区成立60周年'唱响北海'合唱比赛"荣获二等奖

（县人民银行 供）

成业务过渡。定期开展国债发行巡查,加强国债市场的管理。

支付结算 2018年,人民银行合浦县支行共完成支付结算业务833笔,其中发出业务657笔,接收业务176笔。大力推进农村支付体系建设,加强"两点一站"的管理,严控支付服务风险,合浦县辖内共建成助农取款点368个、惠农支付服务点368个、农村金融综合服务站65个,实现惠农支付服务点全覆盖。积极推进移动支付便民示范工程,努力开拓云闪付商圈,年内共拓展云闪付商户1141个。积极开展优化企业开户服务管理工作,加强人民币结算账户管理,成功上线账户预审核系统,全年共办理账户审核2919个。

金融消费者权益保护 2018年,人民银行合浦县支行开展消费者金融素养问卷调查;完成《合浦县2018年普惠金融指标体系分析报告》。大力推进金融知识普及教育,开展金融知识进校园、进农村、进社区、进企业等主题宣传活动,将反洗钱、国库和征信知识等专题宣传纳入金融知识普及内容中;联合合浦县政务服务中心在政务服务大厅共同开展优化企业开户服务宣传活动,在工行合浦县支行营业网点布放一台金融知识宣传服务平台机具,组织广大群众参加中国人民银行2018年反假货币小超人有奖问答和"普及金融知识,助推金融改革开放"网络竞赛活动,取得良好的宣传效果和社会效应。

【金融工会联合会】 2018年,人民银行合浦县支行充分发挥合浦县金融工会联合会的职能作用,组织县辖金融机构参加2018"奔跑吧广西"生态马拉松系列赛暨智慧马拉松(广西合浦站);组织合浦县金融系统124人成立合唱团参加"合浦县庆祝中国改革开放40周年和自治区成立60周年'唱响北海'合唱比赛",获二等奖。

【党建工作】 2018年,人民银行合浦县支行打造"春雨"党支部品牌,推进基层党建与业务工作深度融合,荣获人民银行北海市中心支行2018年度"特色党支部"荣誉称号。建立支部"主题党日"活动制度,每月固定一天为主题党日活动时间,先后开展"红心向党·歌唱祖国"、"普及金融惠农政策 助推乡村振兴"等主题党日活动。不断创新活动载体,先后与8个单位开展党支部共建联学活动,共同交流基层党建工作和特色党支部创建的主要做法和成功经验,促进支部间相互学习、相互借鉴、启发思路、共同提高。人民银行合浦县支行获人民银行广州分行文明单位表彰。

中国银行股份有限公司合浦支行

【概况】 2018年,中国银行股份有限公司合浦支行内设综合管理部、业务发展部、营业部3个职能部门,下设营业部、定海路支行、城基东路支行3个经营性网点,年末在岗员工57人。年内,紧紧围绕总行"以习近平新时代中国特色社会主义思想为指导,坚持科技引领、创新驱动、转型求实、变革图强,把中国银行建设成为新时代全球一流银行"这一发展战略,对照总行工作会议提出的"四大工程"总体要求开展工作,千方百计扩大有效客户规模,扎实推进各项工作,加强内控管理,推动各项业务不断发展。

【负债业务】 2018年,合浦支行认真贯彻存款"一把手"工程,大力发展负债业务,实行"稳中有升,稳中有进"的工作方针,把扩大规模作为首要任务,加大营销力度,采取一系列措施,狠抓负债业务发展不放松,存款业务实现新突破。年内,人民币存款余额230389.96万元,比2017年末增加34421.94万元。其中公司存款余额比2017年末增加15098.09万元，个人存款余额，比2017年末增加19323.86万元。

【授信业务】 2018年，合浦支行认真贯彻上级行的工作会议精神，坚持科学发展观，大力发展资产业务，不断优化信贷资产结构，支持地方经济建设。人民币各项贷款余额146630.68万元，比2017年末增加16201.14万元。其中对公贷款余额2330.00万元，比2017年初减少3220.00万元，个人贷款余额144300.68万元，比2017年末增加19421.14万元。

【内控管理】 2018年，合浦支行贯彻执行内控"一把手"工程，领导亲自抓。指定专人负责做好内控工作，加强内控制度、风险案件的学习并及时做好督促检查，确保相关规章制度落实到位。通过加强员工培训力度，提高员工的防控意识及能力，加强日常的检查监督力度，督促员工严格按照流程操作，派驻业务经理严格落实内控案防职责，抓好网点内控基础管理，以内控案防专项治理、"两个加强 两个遏制"回头看等专项活动为抓手，进行零贷押品、个人业务专项治理、现金尾箱管理等排查项目，夯实内控基础，守住风险底线，全年实现零案件。

【客户服务】 2018年，合浦支行始终坚持以客户为中心的服务理念，以服务促发展的原则，落实好优质高效服务。年内，在中国银行自治区分行组织的业务技能测试中，合浦支行有23人参测，能手人数23人，测试的综合能手率100%、合格率都达到100%、IT蓝图能手率100%、IT蓝图合格率100%，全面提高全行员工的业务技能水平和服务整体竞争能力。同时，建立完善的服务考核机制，不断加大优质高效服务检查力度，通过现场和非现场检查，对检查结果通报，及时督促整改落实。通过优质高效的服务不断提升服务水平，维护金融消费者权益，努力打造当地最好的商业银行，向社会展现良好的企业形象。

【安全保卫】 2018年，合浦支行在风险内控和案件防范工作方法上，突出"五个到位"，即：制度执行到位、安全检查到位、安全教育到位、安全演练到位、设施落实到位。加强安保工作，结合"人防技防并举，内防外防并重"的策略，确保机构安全、人员安全、业务安全。在工作中坚持贯彻"谁主管、谁负责"安全保卫责任制，层层落实安全责任制。各网点设有专门安全员，负责网点营业前每天的安全消防检查。坚持利用每天的晨会一刻钟，传达上级有关文件精神和安全保卫情况通报，对员工进行安全教育培训。通过积极开展突发事件应急预案演练，组织员工进行防火安全演练、防抢演练，进一步提高全行员工的安全防范意识；通过加强对网点安保的管理、加大对ATM设备的巡查力度，有效防止各种金融诈骗犯罪的发生，确保安全经营。

【企业文化】 2018年，中国银行合浦支行始终把"三支队伍建设"工作始终放在工作的重中之重，制订有针对性的干部队伍、专业队伍、厅堂服务人员三支队伍建设工作方案，采取"一对一"选拔中层后备干部、客户经理和理财经理培养、优秀员工青年成长计划、行领导"一对四"青年优秀员工培养等工作措施，取得成效。员工的被关注和认同感及归属感得到进一步提高，工作和学习的积极性也得到进一步提高。同时，把自身的发展融入服务国家的发展中，融入和谐社会的建设中。为实现"精准扶贫"的要求，安排专人到闸口镇平坡村驻点参加扶贫攻坚战，年内，全村有23户脱贫户完成脱贫认定，年人均收入达到3700元以上，超额完成年度

2018年1月19日，中国银行合浦支行召开贵金属展销会一角

（中国银行合浦支行 供）

脱贫指标。

【党建工作】 2018年，中共中国银行合浦支行党总支通过加强基层党建工作，发挥党员战斗堡垒作用。以“重要岗位有党员，关键时刻看党员，重大事件先党员，优秀员工成党员”的党建思想指导，以发展促党建，以党建促发展，引领全行18名党员全面贯彻中共十九大精神，深入学习贯彻习近平新时代中国特色社会主义思想，在工作、学习、生活中充分发挥党员干部的先锋模范作用，勇于担当，争做合格党员，打造一支业务能力强、知识面广、战斗力强的业务、营销、管理队伍。

（莫燕子）

中国工商银行股份有限公司合浦县支行

【概况】 2018年，中国工商银行股份有限公司合浦县支行下辖营业部1个，青云路、廉东、还珠南路二级支行3个，支行内设综合管理部、客户经理部2个机构，拥有自动柜员机16台，全行从业人数67人。全年坚持以服务客户为中心，积极开拓市场，强化经营管理，改善服务环境，加强员工队伍建设，促进各项业务又好又快发展，取得较好的经营业绩，实现了经营管理、内控管理的良性循环发展，为合浦县经济建设做出应有的贡献。年内，支行获“广西分行2018年度安全管理星级支行”“广西分行2018年度储蓄存款先进网点”等称号，多名员工获分行级及区行级年度先进个人称号。

【负债业务】 2018年，中国工商银行合浦县支行坚持存款兴行的发展理念，把存款作为一项基础业务来发展，实施分层管理，分阶段突破，推动存款业务登上新台阶。密切关注市场动向，拓宽思路，联动营销，多次组织营销团队深入社区、学校、医院、企业等进行职场营销，以丰富的金融产品及全方位的金融服务满足不同层次客户的需求。通过加大自助银行的投入，优化渠道建设等措施不断为客户提供便利的自助环境；不断强化服务管理，改进服务质量，以优质的服务吸引客户，提高客户的忠诚度。通过制定科学、有效的管理措施充分调动员工工作的积极性，走向市场，在全行上下形成齐抓共管、人人关心存款的良好氛围，有效促进各项存款的增长，年末，人民币各项存款时点余额224200万元，其中，储蓄存款时点余额191700万元，对公存款时点余额30600万元。

2018年11月28日，2018年工商银行合浦支行服务合浦工业企业座谈会在合浦文和大酒店会议室召开

（林启波　摄）

【信贷业务】 2018年，中国工商银行合浦县支行大力发展贷款业务，积极为地方经济建设服务，根据工总行对重点县支行信贷政策进一步倾斜，优先安排信贷资金，大力支持合浦房地产开发和文化产业等项目。大力拓展中小企业贷款、个人贷款及汽车消费信用卡分期付款业务，积极践行普惠金融政策，针对辖区中、小微企业经济活跃的特点，重点给予流动资金支持；针对快速发展的汽车消费市场，积极推动分期付款业务。在大力拓展信贷市场的同时，持续增加不良贷款的催收力度，确保贷款的质量。年末，全行各项贷款余额为79900万元，比年初增长5482万元，其中：法人贷款余额16300万元，个人贷款余额63200万元。全年没有新发生不良贷款，个人不良贷款余额38万元，不良率0.06%；法人不良贷款为0。2018年个贷客户违约率、不良率均控制在上级行下达的指标范围之内。

【中间业务】 2018年，中国工商银行合浦县支行高度重视中间业务的拓展，认真抓好重点客户、重点项目等品牌类业务发展，不断提高中间业务收入的创新能力，为中间业务收入快速增长提供强力支撑。着力提高组织效力，明确各级部门职责，让营销人员树立大局观，提高团队合作意识，主动甄别客户、营销产品，强化中间业务发展理念，加强市场营销，全力拓展中间业务收入。通过重点发展寿险、基金销售、贵金属销售等代理业务，以及灵通卡、信用卡、网上银行、手机银行、本外币理财产品销售等业务，全年实现中间业务收入1004万元，增幅10.45%。

【内控管理】 中国工商银行合浦县支行认真做好内控管理工作，确保各项经营活动的合规性。在全行开展“固本强化年”、“以案说纪　以案说规”“警钟长鸣耳边　保密牢记心间”等主题教育活动，出版主题教育活动宣传板报，切实提高员工的内控合规意识。做好员工日常行为排查工作，通过排查，堵塞漏洞，消除操作风险，规范员工业务操作，保证各项业务依法合规经营。按时召开案件防范及内控管理分析会，对存在问题，职能部门积极督促落实整改，使支行的各项经营活动依法合规地开展，提高网点风险防控能力，实现全年无重大差错事故、无案件发生的内控工作目标。

【队伍建设】 2018年，中国工商银行合浦县支行不断强化员工队伍建设，充分发挥集体智慧，全行上下齐心协力谋发展。着力提高全行员工的整体素质，充分发挥老员工在业务发展中的主力军作用，同时注重培养青年员工，安排业务骨干对青年员工进行一对一的指导，不断提高青年员工的业务水平、管理能力等，通过多岗位历练和压担子，加速青年员工成长，激发全行经营活力。积极践行提供卓越金融服务的使命，通过加强对网点各层级员工的管理，有效提高网点的整体服务水平。从网点的服务质量、客户满意度及服务管理等方面对一线员工进行考评，提升员工主动服务意识，由分管行长牵头组成服务检查小组，每月到网点开展服务管理情况检查，发现问题及时提出整改意见，限期落实整改。通过提高柜面分流率，解决客户排长队问题，提升全行服务品质、效率，促进网点全方位提高服务规范化水平，提升良好的社会形象。组织员工开展多种形式的文体活动，活跃员工气氛，增强员工体质，提高支行整体凝聚力，有效推动各项业务的发展。

中国农业银行股份有限公司合浦县支行

【概况】 中国农业银行股份有限公司合浦县支行（以下简称农业银行合浦县支行）是隶属于中国农业银行北海分行的一级支行。2018年，内设机构2个：综合管理部和客户部。对外营业机构网点为13个，其中县城5个，乡镇8个，年末在册员工150人。年内，贯彻上级行“夯实基础、提升份额、创造价值、防范风险、持续进步”经营策略，以习近平新时代中国特色社会主义思想为指引，深入贯彻党的十九大精神，全面推进从严治党、从严治行向纵深发展，积极服务实体经济和“三农”发展，全行各项工作稳步推进，业务经营持续向好，农业银行合浦县支行2018年在全区农行75个县域支行中综合考评排名第二。

【负债业务】 2018年，农业银行合浦县支行深化银企对接，主动为合浦县新招商引资客户提供一体化的金融服务，提高对公账户开户效率，提升资金体内循环力度，最大限度稳定对公存款。持续深化网点转型，围绕“提升执行力，提升金融服务品质”，以党员营销攻坚团队和青年突击队开展储蓄存款专项营销活动，通过走进各部委办局、学校、企业、商圈、工地、市场开展现场办公，充分利用春节返乡客流等机遇稳存增存，提升储蓄存款的留存力度。年末，全行各项存款余额达700937万元，比年初增47307万元。其中储蓄存款余额654725万元，比年初增54388万元；对公存款余额46212万元，比年初减少7081万元。存款存量、增量和个人存款存量、增量居当地四大行（工商银行、农业银行、中国银行、建设银行）第1位。

【资产业务】 2018年，农业银行合浦县支行积极响应合浦县政府工作部署，主动接洽招商引资企业，主动走进合浦工业园、林业产业循环经济园、铁山东港产业园开展各类金融产品推介会，助力推进“一带两港三湾四镇五组团”建设，为企业提供全方位的金融服务，以优质和快速的服务为企业进驻合浦落下“定心丸”，提高小微企业对公贷款办理效率，开发“小微企业线上快速贷款——微捷贷”，助力珠乡营造良好的“亲商”“爱商”“暖商”招商环境，积极支持向海经济特色园区建设和支柱产业发展，服务好县域经济社会发展大局，年内，为合浦在旅游、能源、农产品加工等产业的发展再次注入新动能，对公贷款增量市场占有率高达85.38%，居合浦金融同业第1位。围绕乡村振兴战略，提升服务“三农”力度，专门构建“三农”信贷产品体系，其中有“农户小额自助贷款”、“农村个人生产经营贷款”、针对渔民的“渔船贷”、针对蔗农的“甜蜜贷”等，方便农户生产经营的用款需求。年末，全行各项贷款余额311161万元，比年初增56667万元。其中，对公贷款余额160132万元，比年初增加43796万元；个人贷款余额151029万元，比年初增加12871万元。涉农贷款余额139272万元，比年初增加27036万元，增幅24.09%，高于全部贷款增幅1.82个百分点。农户贷款余额76032万元，比年初增9282万元，2018年较2017年同期比多增加5956万元。实现同业四大商业银行资产负债类六个第一，即人民币各项存款存量及增量、个人存款存量及增量、人民币贷款存量及增量等六项主体业务指标在合浦县域四大行中保持第一。在诸多贷款投放的同时，保证资产优良，全行不良贷款余额836.73万元，比年初减少81.79万元，不良率0.26%，连续3年处于双降态势。

2018年4月1日，农业银行合浦县支行联合合浦团县委与北海民间志愿者协会在合浦县第一中学举办“阳光成长·携手前行”公益助学活动，图为时任合浦县支行行长赖铭彩（右二）为贫困学子颁发助学金　　（县农业银行　供）

【中间业务】 2018年，农业银行合浦县支行继续大力发展零售业务，逐步改变过去靠单一的存贷利差作为利润主要来源，通过大力发展互联网金融，线上再造一个农业银行。抓好线上缴费业务、网捷贷、贵金属商城等方面产品营销，拓宽中间业务收入渠道。年内，农行合浦县支行为服务民生、回报社会，为百年名校合浦廉州中学上线“银校一卡通”系统，该校一卡通系统集日常消费结算、学杂费结算及后勤服务管理等系统功能为一身，为几千名师生提供现代化、数字化、便利化的金融服务，便利师生工作、生活。依据农总行现代化的系统支撑，农行合浦县支行与合浦县人社局合作研发了便利化的城乡居民医疗保险缴收系统，让合浦老百姓足不出户、动动手指就能缴纳医疗保险费，解决了民众缴费难的问题，避免村委代收保险费被挪用的情况，在确保社保基金安全的同时节省社保局在缴收保险费方面的人力物力。全年中间业务收入2009.27万元，同比增加186万元。

【“三农”业务】 2018年，农业银行合浦县支行通过不断强化服务管理，积极投身改善当地金融服务环境的工作当中，以遍布城乡的渠道、全方位贴心的服务为“三农”发展注入源源不断的活力，通过“产业＋农户”的方式不断创新融资服务方式，以农总行“一号工程”为抓手，大力推广“惠农e付”“惠农e通”“惠农e贷”产品，为产业下游的农户提供便利的各项服务，新开办的“互联网农户小额信用贷款——惠农e贷”，农户能在线上自助获取信用贷款，方便农户经营的小额用款需求。截至年末，农户贷款比年初增9282万元，惠农IC有效卡99954张，比上年增加5097张。专业大户（家庭农场）贷款余额比年初增加5574万元，对惠农通服务点进行“提质增量”工程，点均交易笔数达到42.98笔，比2017年提升9.63笔。

（姚　艺　郑　健）

中国建设银行合浦支行

【概况】 2018年,中国建设银行合浦支行内设1个综合部,有3个机构网点,在职员工40人。年内,认真贯彻执行各项方针政策,深入领会科学发展观的内涵和精神实质,坚持以人为本,加强队伍建设,狠抓内部管理,深化机制改革,加快战略转型,努力提高市场竞争能力和风险内控水平,注重发展速度、发展质量和经营效益的有机统一,统筹兼顾各方利益关系,为客户提供优质高效的金融服务,为员工搭建广阔的发展平台,较好地促进全行各项工作的顺利开展,实现主营业务的快速发展和财务效益的持续提升,为合浦县的经济建设做出应有的贡献。

【负债业务】 2018年,全行牢固树立"存款立行"的思想,加强负债业务发展规划工作的推进,早筹划,早部署,充分利用资源配置的导向作用,完善存款业绩考核和激励约束机制;调整负债类客户结构,改善账户质量;加大对重点客户的营销拓展力度,对市场状况、客户状况和同业竞争状况充分了解和研究,加强维护,深入挖潜,负债业务发展态势良好,取得较大的突破。年末,全口径存款余额26.64亿元,比年初新增2.87亿元,其中企业存款余额8.75亿,比年初新增1.51亿元;储蓄存款余额15.86亿元,比年初新增1.38亿元。

【资产业务】 2018年,全行从改善经营质量、提高经营效益的角度,着力调整优化资产结构,提高价值创造能力。积极拓展公司类资产业务,努力做好优质重点客户的信贷营销,促进资产业务平稳发展;做大做强个人住房贷款业务。年末,各项贷款余额12.37亿元,比年初新增2.85亿元。其中个人类贷款余额8.44亿元,比年初新增0.92亿元。

【中间业务】 2018年,全行高度重视中间业务的拓展,按照广西分行的要求,切实抓好营销工作。全面梳理中间业务产品,认真抓好结算、卡类、电子银行等中间业务收入营销,充分挖掘收费潜力;以网点转型为契机,做好产品营销系统应用的推广工作,提高网点产品"精准"营销的能力。全年全行实现中间业务收入575万元。

【合规文化建设】 2018年,全行不断强化基础管理,加大自查自纠和风险排查力度,同时充分利用内外部审计和监管成果,对存在的问题及时整改,逐步健全合规管理组织体系,完善合规工作机制,强化合规风险管理,推进合规文化建设,逐步构建成以合规为导向的内控管理体系,为全行战略目标和发展规划的实现奠定了坚实的基础。

【队伍建设】 2018年,全行完善员工职业生涯规划,进一步拓宽多元化的职业发展通道;坚持"注重实效,形式多样"原则,持续加大全员教育培训力度;重视青年员工的成长培养;加强工会和共青团工作,通过主题教育、岗位练兵、组建青年营销突击队等形式,引导青年员工爱岗敬业,努力提高业务技能,为全行改革发展做贡献。深入开展"两学一做"活动,切实抓好群众评议、"结对子"、评选表彰等工作;扎实开展党风廉政建设,抓好领导人员廉洁从业工作。 (陈伟锋)

中国农业发展银行合浦县支行

【概况】 2018年,中国农业发展银行合浦县支行(简称农发行合浦县支行)内设办公室、信贷业务部、会计结算部3个部门。下辖营业网点1个,有员工20人。截至年底,各项存款余额2.76亿元,各类贷款余额6.21亿元,不良率0%。

【业务发展】 2018年,农发行合浦县支行以服务乡村振兴战略为总抓手,在维护国家粮食安全、助推城乡融合发展、支持农业农村现代化、助力脱贫攻坚等关键领域保持信贷投放力度,全年累计投放贷款1.03亿元。为地方粮食收购、储备、轮换提供全额信贷资金支持0.18亿元;在城乡一体化、改善农村人居环境、农村交通建设、水利建设等领域投放项目贷款0.38亿元;向地方水产品加工、饲料生产等产业化龙头企业投放0.47亿元流动资金贷款,满足其生产经营融资需求,通过"公司+基地+农民"的模式支持当地产业发展,增加农村人口就业机会,促进农村农民创收增收。年内获批贷款3.5亿元用于合浦月饼小镇农民工返乡创业园项目建设。

【客户服务】 2018年,优化企业开户服务。开通电话预约渠道,提示企业开户须知及所需资料清单,确保企业一次性完成开户业务；整合开户服务协议，减少客户填单时间；畅通投诉咨询渠道，向社会公众广泛告知企业开户服务投诉咨询方式，发挥社会公众的监督作用，促进开户服务提升。同年，农发行合浦县支行为企业办理开户的平均用时缩短至2个工作日，比2017年平均缩短了1个工作日。开展女职工文明示范岗、青年文明号创建活动，优化服务方式，规范员工行为礼仪，提升窗口服务水平，实现全年客户零投诉。汇兑收费、外汇结算继续实现减免优惠政策，降低企业经营成本。

【风险防控】 2018年，落实风险分析例会和贷后管理例会制度，加强贷款客户动态风险监测分析，查找客户信贷资金使用和经营管理中存在的各种潜在风险，明确风险预警信息跟踪检查责任，提升信贷风险管控能力；深化市场乱象专项治理工作，规范业务合规经营；严格执行反洗钱工作各项规章制度，加强客户身份识别审查及大额可疑交易分析审核力度，积极参与反洗钱宣传，确保不发生洗钱风险。落实监管部门及上级行案防工作要求，认真开展案防各项工作，实现全年零案件、零事故。

【脱贫攻坚】 2018年，农发行合浦县支行充分发挥政策性金融扶贫的优势，积极为年内实现23个贫困村摘帽、1493户6180人脱贫销号的目标贡献力量。年末，全行扶贫贷款余额3168.02万元，在提供信贷支持的基础上，扎实开展好驻村帮扶工作，选派一名驻村工作队员，自2016年开始长期驻扎合浦县曲樟镇旱禾村开展帮扶工作。3年来，农发行合浦县支行累计向定点帮扶村捐资约1.8万元，并捐赠桌椅、货运三轮车等物品，用于支持定点帮扶村产业发展。 （颜素娥 梁 帆）

合浦县农村信用合作联社

【概况】 2018年，合浦县农村信用合作联社（以下简称合浦联社）内设办公室、人力资源部、计划信贷部、资产风险管理部、市场开发部、财务会计部、监察室、法律合规部、稽核审计部、安全保卫部、党群工作部、工会办公室等13个职能部门。下辖1个营业部、13个信用社、21个分社，35个营业网点，共441名在职员工。年内，紧紧围绕自治区联社和北海办事处工作部署，尽职履职，牢固树立"普惠珠乡、信达于民"的工作理念，坚持以不良贷款压降为重中之重的工作总基调，把握提质增效的工作总要求，依靠全体干部职工，针对工作短板，突出工作重点，统筹推进各项工作，整体经营呈现总体平稳、稳中有升的良好态势。

【负债业务】 2018年，合浦联社把资金组织工作作为年度工作的基础工程，切实做到"夯实农村市场、占领城郊市场、拓展城区市场"，促进资金稳步增长。年末，各项存款余额为94.37亿元，比年初增加11.03亿元，增长13.23%，增量同比增长1.27亿元。存款总量占全县存款总量的34.76%。

【资产业务】 2018年，合浦联社始终坚持服务三农和县域经济发展的宗旨不变，充分发挥"珠乡人民的银行"金融主力军作用，积极推动合浦经济发展，主动担当，主动作为，支持地方小微企业发展，以全面提高信贷管理为导向，全力拓宽贷款营销渠道。年末，全辖各项贷款余额67.25亿元，比年初增加7.5亿元，增长12.56%，其中涉农贷款余额62.57亿元，占比93.04%，小微企业贷款余额26.21亿元，比年初增加8492万元，增长3.35%。累放贷款37.58亿元，其中对公贷款投放108038万元，主要投向在农林牧渔业、制造业、

2018年5月24日，合浦县农村信用合作联社开展"三进三送"小微企业专项宣传活动
（县农村信用社 供）

批发与零售等行业;个人贷款投放267783万元,主要投向在农林牧渔业、个人经营性贷款和个人消费贷款等。

【精准扶贫】 2018年,合浦联社按照自治区党委的安排及自治区联社的工作要求,把开展金融精准扶贫工作作为一项重大政治任务抓好抓实,切实履行社会责任,勇当助力脱贫攻坚的主力军。全年合浦联社发放小额扶贫贷款共2895户,贷款余额13917.15万元,其中实施"信用社+贫困户"模式的小额扶贫贷款468户,贷款余额998.78万元;采用"信用社+合作社+贫困户"的发展模式的小额扶贫贷款178户,贷款余额682.77万元;采用"信用社+企业+贫困户"发展模式的小额扶贫贷款2249户,贷款余额12235.6万元。

【普惠金融】 2018年,合浦联社围绕便民、惠民的核心,自觉履行社会责任,深入农村金融阵地,大力推进业务转型和农村金融服务体系建设,加快打造合浦农信金融服务站,新型电子业务实现较快发展,业务结构逐步多元化。年内共有便民服务点269个,(含193个惠农支付服务点、63个农村金融综合服务站和22个社保缴费点),遍布全县245个行政村。投入并使用的在行式自助银行服务区33个,离行式自助银行服务区4个,有取款机(ATM)9台、存取款一体机(CRS)66台、银行自助终端22台、自助发卡机1台。交易金额50760.3万元,桂盛借记卡,总量达517122张。

【党建工作】 2018年,合浦联社不断改善行业作风,持续推进党风廉政建设。设立党群工作部,扎实推进"两学一做"常态化学习教育,做好巡视自查整改工作,进一步增强干部员工转作风、强服务的意识,工作作风明显改善,服务水平明显提高,初步体现全行风清气正的良好风貌。(陈宗恺)

中国邮政储蓄银行合浦县支行

【概况】 2018年,中国邮政储蓄银行合浦县支行内设综合管理部、三农金融部,下辖支行营业室、公馆镇支行、解放路支行3个银行自营网点和还珠大道营业所、山口镇营业所、白沙镇营业所、闸口镇营业所、常乐镇邮政储蓄营业所、廉州南路邮政储蓄营业所、西场镇邮政储蓄营业所、廉东大道邮政储蓄营业所8个邮政企业代理网点。年末全支行在册员工49人。中国邮政储蓄银行合浦县支行始终保持与国家政策和监管要求协同内化、同频互促的发展态势,通过开展"争先锋　比贡献"等活动,全面实施"强支行"战略,加快发展,严控风险,提质增效,总体保持稳健良好的发展,获得广西区分行"2018年度优秀县支行"、广西区分行2018年度"模范职工小家"称号。

【负债业务】 2018年,中国邮政储蓄银行合浦县支行坚持"存款立行"的发展理念,通过落实系列营销活动,拓宽营销渠道,加大自助设备投入,改进服务质量,切实打好存款业务的地基。年末各项存款余额28.03亿元,较年初增3.25亿元。其中储蓄存款余额25.34亿元,较年初增2.02亿元;公司存款余额2.68亿元,较年初增1.23亿元。

【资产业务】 2018年,中国邮政储蓄银行合浦县支行深化推进小微金融服务,落实"两增两控"目标。年内累计投放贷款3.51亿元,主要投向地方小微企业、个体工商户、农户等经济实体,贷款占比超过90%,贷款结余5.39亿元,较年初新增1.43亿元;信贷资产质量良好,全支行不良率为0.65%,较年初下降0.26个百分点。

【普惠金融】 2018年,中国邮政储蓄银行合浦县支行不断对银行网点进行优化布局,拓展线上线下服务网络,依托全辖11个邮政金融营业网点、41台自助机具,打造了网上银行、手机银行、微信银行等在内的多样化电子金融服务渠道。积极落实监管部门和上级行的发展战略,加强对"两增两控"数据的监控和分析,借助平台大力发展创业贷等业务。加大小微企业贷款投放力度。全年"三农"贷款结余5.02亿元,净增1.44亿元。依托自身网点多、网络覆盖广的优势,将支付结算渠道建设与金融知识普及有效衔接,通过开展"普及金融知识万里行"等宣传活动,提高广大群众的金融风险防范意识,提升金融运用技能,落实普惠金融的发展理念,积极助推农村金融生态环境优化。以实际行动落实金融扶贫工作。中后台部门协同联动,积极做好扶贫贷款的支撑服务,确保深入基层、主动工作、服务业务;积极做好与辖区政府、扶贫主管部门、监管部门的沟通对接,及时汇报扶贫工作开展情况,确保扶贫工作沟通到位。

(郑燕燕)

合浦国民村镇银行

【概况】 合浦国民村镇银行是经中国银行业监督管理委员会批准、由宁波鄞州银行(于2016年11月18日改制更名为“宁波鄞州农村商业银行股份有限公司”)发起并吸纳多地具有雄厚资金实力的股东共同注资成立的新型农村金融机构,于2011年4月26日正式对外挂牌营业,总部位于合浦县廉州镇民生路3号明园新城一、二层,是首家在北海市设立的村镇银行。拥有发起行控股下的国有资本、民营资本等多种资本作为坚强后盾,可保障储户资金安全,是一家立足珠乡、服务珠乡、合法合规的地方商业银行。2018年末,全行内设机构有综合管理部、风险管理部、计划财务部、科技安保部、信贷管理部;对外营业网点有总行营业部、廉州大道支行、石湾支行、定海中路支行、山口支行、滨江路支行、党江支行;全行员工72人。

【存贷款业务】 2018年,合浦国民村镇银行在县政府、银监局、人民银行和发起行宁波鄞州农村商业银行股份有限公司的大力支持和指导下,各项业务顺利开展,主要业务有吸收公众存款,发放短期、中期和长期贷款,办理国内结算,办理票据承兑与贴现,代理发行、代理兑付、承销政府债券,从事同业拆借,代理收付款项及代理保险业务,从事银行借记卡业务,经银行业监督管理机构批准的其他业务。年末,全行总资产56360万元;总负债52080万元;所有者权益4280万元。存款余额为50249万元,同比增长25.34%;贷款余额43481万元,同比增长24.34%,其中涉农贷款38228万元,占贷款总额的87.92%,有效地服务“三农”和中小企业,支持地方经济的发展。

(付丽洁)

中国人民财产保险股份有限公司合浦支公司

【概况】 2018年,中国人民财产保险股份有限公司合浦支公司按照可持续发展的原则,审慎、合理地进行机构网点布局。公司设置一室八部:经理室、综合部、直销一部、车商部、直销二部、银保部、个代部、农险部以及西场、白沙、山口等3个营销服务部。员工共40人,其中总版合同6人,地方版22人,营销员15人。2018年2月,合浦支公司更换新的经理,由新班子成员全面负责合浦支公司工作。年内,公司认真贯彻集团“3411工程”和自治区分公司的工作部署,积极抢抓市场机遇,在市分公司的正确领导和大力支持下,坚持科学发展观,加强基础管理,优化资源配置,全年始终如一地抓领悟、抓落实、抓重点、抓达成,扎实全面推进各项工作稳步发展。新班子面对国家经济下行、商车三次费改带来的市场冲击,以及保险主体增加,竞争更加复杂激烈的形势,以“稳车险,保农险,上非车非农险”的工作思路开展工作,坚持走合浦特色的县域保险之路,在全体员工的共同努力下,各项工作都取得较好的成绩。

【保险产品】 2018年,公司建立的保险产品有财产损失保险、责任保险、信用保险、农业保险等。上述保险业务的再保险业务,意外伤害保险、短期健康保险。

【保险业务】 2018年,是中国财保司合浦支公司深化“以客户为中心全面转型”升级之年,面对复杂多变和竞争激烈的市场,全体干部员工攻坚克难,齐心协力谋发展,以“七抓七促”为统领,全面贯彻落实市分公司年初工作会议提出的“三领先一跨越”的发展思路和区分公司提出的“双超”目标要求,进一步解放思想,更新观念,开拓进取,公司业务稳步发展,效益明显增强,市场份额逐月回升,各项工作扎实推进。截至12月底,公司整体保费收入5302.92万元,增长9.61%,增量保费464.98万元,市场份额27%,全区县域排名44位,赔款2830.56万元,利润429.27万元。其中:

车险保费收入3328万元,负增长2.87%,减少保费98.41万元,赔款1540.27万元,市场份额22.06%,全自治区县域排名47位。非车非农险保费收入1188.95万元,增长69.73%,增量保费488.44万元,赔款193.44万元,市场份额39%,全自治区县域排名15位,其中:财产险545.52万元,增长187.28%、责任险453.19万元,增长24.26%、船货险20.49万元,负增18.37%、意外健康险148.19万元,增长22.86%。农险保费收入785.95万元,增长10.54%,增加保费74.95万元,赔款1096.85万元,其中:种植险236.05万元,增长152.54%、养殖险549.84万元,负增9.77%、林木0.11万元,负增98.66%。

农网非农产能保费收入1209.36万元,增速26.99%,完成责任状目标。

中国人寿保险股份有限公司合浦支公司

【概况】 中国人寿保险股份有限公司合浦支公司(下称中国人寿合浦支公司),位于合浦县廉州镇还珠南路10号,2018年,合浦支公司下设综合部、客户服务中心、教育培训部、个险销售部、团体业务部、银行保险部6个部室。县城设置营销服务部,分营销部和收展部2个营销职场,在廉州镇、山口镇、白沙镇、公馆镇、闸口镇、常乐镇、石康镇、西场镇、党江镇9个乡镇设立营销服务部。年末,在职员工28人(含经理室4人),其中大专及以上学历16人,本科学历10人,有中共党员5人。专职销售人员共932人。全年保费收入2.51亿元,同比增长5%。全年接案3006宗,立案3006宗,结案3006宗,结案率100%。

2018年,合浦支公司获得中共中国人寿保险(集团)公司委员会颁发"中国人寿2017—2018年先进基层党组织",中共中国人寿保险股份有限公司广西分公司委员会颁发"中国人寿保险股份有限公司广西分公司2017—2018年先进基层党组织",广西壮族自治区妇女联合会、中国人寿保险股份有限公司广西分公司联合颁发"2018年关爱女性健康'两癌'保险工作优秀基层单位",中国人寿保险股份有限公司广西分公司颁发"2018年度团险销售管理先进单位二等奖",中国人寿保险股份有限公司北海分公司颁发"2018年团险渠道优秀单位";合浦支公司团体业务部获得广西分公司颁发:"2018年团险渠道二季度妇女'两癌'保险达标奖"、"2018年团险渠道二季度妇女'两癌'保险争先奖"。

【主要险种】 2018年,中国人寿合浦支公司主要经营长期寿险、分红型保险、健康保障保险、人身意外伤害保险、学生幼儿平安保险、农村小额保险、扶贫保险、关爱女性健康"两癌"保险等险种。其中个险渠道主要销售:国寿鑫账户年金保险(万能型)(卓越版)、国寿鑫账户两全保险(万能型)(钻石版)、盛世御享年金保险、鑫享鸿福+鑫尊宝万能型(A款)、国寿鸿福至尊年金保险(分红型)、国寿附加豁免保险费意外保障定期寿险、国寿瑞鑫两全保险(分红型)(典藏版)、国寿附加瑞鑫提前给付重大疾病保险(典藏版)、国寿福终身寿险(臻享版)、国寿个人税收优惠型健康保险全(万能型)A款、国寿附加防癌两全保险、国寿百万如意行两全保险、国寿如意随行两全保险、国寿如意随行长期意外保障定期寿险、国寿附加如意随行意外伤害住院定额给付医疗保险、国寿关爱一生终身寿险、国寿附加瑞鑫提前给付重大疾病保险、国寿瑞鑫两全保险(分红型)、国寿附加关爱一生长期医疗保险、国寿康宁终身保险(2012版)、国寿附加长期意外保障定期寿险、国寿附加康宁长期意外保障定期寿险等险种。团险渠道主要销售:国寿附加绿洲意外费用补偿团体医疗保险、国寿附加绿洲住院定额给付团体医疗保险、国寿附加绿洲意外住院定额给付团体医疗保险、国寿绿洲团体定期寿险、国寿附加绿舟意外费用补偿医疗保险、国寿附加绿舟意外住院定额给付医疗保险、国寿农村小额团体定期寿险(A型)、国寿附加农村小额意外费用补偿团体医疗保险、国寿学生儿童定期寿险(A款)、国寿附加学生儿童住院费用补偿医疗保险(A款)、国寿附加学生儿童意外伤害费用补偿医疗保险(A款)、国寿附加通泰交通意外费用补偿医疗保险、国寿通泰交通团体意外伤害保险(A款)、国寿病员安康团体意外伤害保险、国寿指定场所团体意外伤害保险;"365"系列产品吉祥八保。银保渠道主要销售:国寿福终身寿险、国寿鑫福宝年金保险、国寿鑫丰两全保险(A)款等险种。

【经营措施】 2018年,中国人寿合浦支公司深入贯彻落实党的十九大和全区系统工作会议精神,坚持以队伍建设驱动业务发展为核心,强化责任意识,勇于创新突破,坚定不移推进转型升级,持续强化市场对标,走重价值、强队伍、创效益、防风险的高质量发展道路,努力开创公司转型发展新局面。继续坚持"两个高于",持续推进"两个提升",抓住"五个坚持",按照总公司"优化品质、创新方式,助推销售"的思路,加快服务升级,提升运营管理和客户服务水平,保障和助推业务发展。

年内,深入开展关爱女性健康"两癌"保险工作,全县承保人数2.07万人,共推行3.12万份,累计保费156万元,完成计划承保人数的276%,在全区进度排名第一位,得到自治区、北海市妇联的高度赞扬。"两癌"保险共赔出45万元保险金,解决患病群众"因病返贫,因病致贫"等问题。

【客户服务】 2018年,中国人寿合浦支公司始终坚持"急客户之所急,想客户之所想"和快速、及时、准确的优质服务理念,对客户投保、理赔事宜，全程跟踪进行登门或电话拜访。“95519”热线电话24小时为客户提供咨询服务。积极推进服务创新，进一步提升客户感知，以互联网服务为切入点，推进服务升级，提升客户服务品质；推进智能理赔项目，着力打造理赔服务平台。适时举办各种保险产品知识讲座，不断提高客户选购保险产品的满意度。

（卢道华　罗世仙）

中国太平洋财产保险股份有限公司合浦支公司

【概况】 2018年，中国太平洋财产保险股份有限公司合浦支公司位于合浦县金鸡西路，合浦支公司内设经理室、业务部、综合管理科3个部室。在职员工6人，劳务外包人员1名，营销员42人，全部具有大专以上学历，占总人数100%。

【主要险种】 2018年，主要的险种有：机动车辆保险、船舶保险、企业财产损失保险、家庭财产损失保险、国内货物运输保险、海洋货物运输保险、家庭财产综合保险、雇主责任险、公众责任险、校园方责任保险、学生险、建筑工程保险、安装工程一切险和意外伤害综合保险等。

【经营情况】 2018年，合浦支公司大力拓展保险优质业务，以客户需求为导向，加快业务结构调整，提升整体经营盈利能力。大力拓展政策性农业保险、责任险、企财险、意外险等优质保险业务，突破业务发展瓶颈。全年保费收入3294万，略高于2017年同期，其中车险2039万，非车险业务948万；农险业务307万。

【内控管理】 2018年，合浦支公司紧密围绕“利润模型管理、团队建设和风险管控”三大工作重点，支持总公司“稳健经营，以效益为中心”的经营指导思想，把规范管理加强内控防范风险作为管理规范化的重要工作，并根据公司内外部稽核检查发现的问题和潜在的风险，逐项对照稽核提出的意见进行系统的清理和整改，通过整改进一步加强业务管理、计划财务管理、理赔流程管理、单证管理、印章管理、信息系统安全性等方面的管理，提高公司管理水平。

【客户服务】 2018年，是保险公司的优质服务促转型发展年，合浦支公司秉承“客户服务至上”的服务理念。在承保方面，开展各项便民措施：上门验车、送单上门等，在每年9月的学生险办理高峰期，到各乡镇、到农村学校设置咨询参保点为客户办理业务；在理赔方面，不断深挖客户需求，优化理赔流程，缩短理赔时效，以“用户最佳体验”为出发点，推出丰富的车险、人伤理赔服务项目，为广大车主提供事故指引、快速理赔、紧急救援等便民服务。做好车险轻微财产损失交通事故快速处理，急客户所急，想客户所想，提供全程省心暖心服务。线上提供人伤在线咨询，理赔指引，在线定损及医疗服务等建议，做到人伤理赔更专业、更简单。

中国太平洋人寿保险股份有限公司合浦支公司

【概况】 2018年，中国太平洋人寿保险股份有限公司合浦支公司（简称中国太保寿险合浦支公司）设经理室、综合部2个部门，业务员145人。实现标保2257万元，寿险市场占比排名第2名。理赔系统件数1362.9件，理赔金额486.95万元，结案率100%。

【业务发展】 2018年，中国太保寿险合浦支公司经营保险险种主要有长期寿险、健康保障保险、意外伤害险、分红保险等主险及附加险。产品涵盖生存、养老、疾病、医疗、身故、残疾等多种保障范围，满足客户在人身保险领域的保险保障和投资理财需求。

【客户服务】 2018年，中国太保寿险合浦支公司以科技为导向，客户服务为先，以三大平台：“中国太保”官方微信、太平洋寿险APP、神行太保为依托，实现个人信息、贷款、还款、理赔、报案、查询保单详细状态、了解理赔案件处理进程等无纸化业务办理，移动应用推广力度逐年加强，移动应用推广动作日益固化，打造销售和服务一体化便捷服务，提升客户服务满意度。“太平洋寿险”微信服务号和“太平洋保险”APP的新技术应用成为强大中后台，支持前段销售和客户经营，实现客户资源共享，提升客户黏度和客均价值。

（苏　倩）

经济管理和监督

宏观经济管理

【概况】 合浦县发展和改革局(以下简称县发改局)内设人事秘书股、国民经济和发展规划股、固定资产投资和项目建设股、工业经济和能源交通股、农村经济和环境保护股5个职能股，人员编制16名，其中行政编制14名，后勤编制2名。下属事业单位有：合浦县投资项目评审中心，编制3名，人员2名；合浦县深化医药卫生体制改革工作办公室，编制5名，人员4名。

2018年，合浦县认真贯彻自治区、北海市各项决策部署，积极应对复杂的经济形势，主动适应经济发展新常态，坚持稳中求进工作总基调，坚定不移实施“四大战略”，加快发展向海经济，积极优化营商环境，着力打造产业支撑，全力推进稳增长、促改革、调结构、惠民生、防风险，推动经济持续健康发展和社会和谐稳定，全县经济建设和各项社会事业保持平稳协调发展的良好态势，较好完成了县十六届人民代表大会三次会议审议通过的各项经济社会发展目标。全年全县实现地区生产总值262.28亿元，同比增长8.3%，其中第一产业增加值97.81亿元，增长5.5%；第二产业增加值64.44亿元，增长12.9%；第三产业增加值100.03亿元，增长8.3%；实现财政收入14.61亿元，增长17.7%，其中税收收入完成11.85亿元，增长21.8%，税收收入占财政收入比重为81.1%；固定资产投资46.89亿元，增长18.5%；社会消费品零售总额94.12亿元，增长10.3%。城镇居民人均可支配收入33246元，增长6.5%；农村居民人均可支配收入13713元，增长9.6%。

【项目建设】

中央预算内投资项目 2018年，合浦县中央预算内投资项目包括全民健康保障工程、中小河流治理工程和重点区域排涝、保障性安居工程、农村饮水安全巩固提升工程、教育现代化推进工程及千亿斤粮食等主要农产品生产基地建设等7个专项，共9个项目。项目总投资5.31亿元，其中获得中央预算内补助资金1.81亿元。全县实现项目开工率100%，投资完成率83.34%。

县级层面重点项目 2018年合浦县统筹推进的重大项目共230个，总投资725.32亿元，年度计划完成投资48.93亿元，其中新开工项目76个，续建项目84个，前期项目70个。其中：纳入自治区层面统筹推进重大项目共9个(含第一、二批增补)，总投资30.35亿元，年度计划投资6.8亿元；纳入北海市“四定”重点项目共124个，总投资562.5亿元，年度计划投资61.1亿元(新开工项目28个，续建项目56个，前期项目40个)，全年完成投资23.9亿元。

农林水项目30个。水库移民新村建设工程、合浦县糖料蔗核心基地建设项目(2017—2018年)、合浦县洪潮江水闸除险加固工程等6个项目完工；桂台农渔业双创园、合浦县闸口镇海塘海堤新平堤段整治工程等5个项目开工建设；合浦县总江水闸除险加固工程等12个项目建设顺利推进；合浦县南域围海堤标准化建设工程、合浦县白沙河山口镇新朱塘堤段防洪治理工程等10个项目前期工作加快推进。

工业能源项目24个。合浦西场永鑫糖业有限公司锅炉系统升级改造项目、合浦月饼和肉制品生产项目等7个项目完工；年产1000万件木质工艺品及系列工艺品生产项目、触控显屏一体化模组生产及智能终端产业链项目等8个项目开工建设；微流控生物芯片在体外诊断领域的研发应用项目、万炫电子项目等6个项目建设顺利推进；合浦县沙岗超白石英砂制砂产业园等2个项目前期工作加快推进。

交通基础设施项目21个。合浦县白沙至榄子根公路路面改造工程项目完工；石康至豹狸路面改造工程、2017年合浦县农村公路（为民办实事）村屯道路硬化建设项目等3个项目开工建设；2016年合浦县城乡一体基础设施连通工程（含常乐大桥）、公馆经曲樟火车站至常乐公路等9个项目建设顺利推进；合浦县北部干线（曲樟至博白松旺）、乌家至西场公路（县道乌西线）等8个项目前期工作加快推进。

市政及园区基础设施项目76个。合浦县污水处理厂一期提标工程、铁山东港产业园公共租赁房等6个项目完工；月饼小镇给水一期工程项目等24个项目开工建设；养老院配套道路、合浦外环北段、扩园区标准厂房二期工程项目等23个项目建设顺利推进；园区规划二路中段（兴园路—规划鸿园路）、园区兴园路中段（规划三路—规划五路）等23个项目前期工作加快推进。

社会事业项目48个。合浦县中医医院门诊综合楼整体搬迁项目、第五人民医院门诊住院综合大楼等15个项目完工；合浦县乡镇卫生院基础设施建设项目、10个乡镇就业和社会保障服务中心等11个项目开工建设；合浦县人民医院住院综合楼、红十字会医院住院综合楼、县游泳馆、县体育馆等11个项目建设顺利推进；合浦县残疾人康复中心和综合服务中心、第六人民医院医疗服务综合大楼等11个项目前期工作加快推进。

旅游商贸项目31个。星岛湖水浒城维修工程、合浦县大士阁旅游景区基础设施等2个项目完工；东园家酒产业园创国家AAAA级旅游景区、璋嘉名将故里创国家AAA级景区等5个项目开工建设；广西合浦海山半岛生态旅游项目、合浦汉墓群金鸡岭保护项目等6个项目建设顺利推进；海丝首港旅游项目、合浦汉墓群与汉城国家考古遗址公园体验中心等18个项目前期工作加快推进。

【工业提质增效】 2018年，传统产业、现有企业提质升级加快，完成工业技改投资11.36亿元，增长170.24%。中粮、果香园、惠来宝等一批传统重点企业发展壮大，华润水泥、理昂热电等新投产企业逐渐发挥贡献。惠来宝、果香园、黄记食品等企业5个产品上榜“广西名牌产品”，精一公司获“市长质量奖”。全年新上规工业企业16家，总量累计达91家，企业上规入统成效明显，实现规模以上工业产值147.77亿元，增长19.6%，规模以上工业增加值33.97亿元，增长19.1%，上升趋势明显，规模以上工业产值增速和规模以上工业增加值增速均排全市第1位。全县实现工业投资17.5亿元，增长69.32%；工业用电量5.98亿千瓦时，增长59.9%。产业园区集聚效应初显，园区经济成为工业经济的主力军。合浦工业园区“一区多园”模式加快形成，园区完成规模以上工业总产值76.12亿元，增长11.4%，占全县规模以上工业总产值的51.5%。

【城乡建设治理】 2018年，龙门江公园、北河水系整治工程、廉州镇水环境整治一期工程、廉州镇改善农村人居环境建设工程等城建项目顺利推进。“厕所革命”加快实施，新建改建北河街、湖边路等处共15座市政公共厕所。西门江一号路、科园路南段、文体中心二号路等“断头路”顺利打通，43条市政民生道路相继建成。公馆镇、西场镇“百镇建设”示范工程加快推进。常乐大桥顺利建成，公馆经曲樟至常乐公路、常乐镇绕城公路、石康至豹狸公路改造、山口G325国道至三公里公路等交通项目顺利推进。配合做好松旺至铁山港东岸高速公路、广西滨海公路大风江至高德一级公路及山口经沙田至红树林支线公路、大风江跨海大桥、柳北高速常乐互通立交出入口及连接线工程、石康镇豹狸村田园综合体交通基础设施等项目前期工作，城乡交通基础设施不断完善。夯实城市绿化基础，积极创建“广西园林城市”并顺利通过验收。完成数字化城市管理平台建设初步设计方案。扎实开展城乡环境提升年活动，集中开展“五乱”整治、“四车”整治等活动，市容市貌有所改善。完成自治区下达合浦县农村改厨改厕任务4万户，农村人居环境明显改善。

（周继全　伍常云）

物价管理

【价格调控】 2018年，合浦县物价局加大市场价格监管力度。及时准确了解市场供应和价格情况，有针对性地开展价格运行情况监测，重点加强对粮油、液化气、肉蛋奶等生活必需品（57种）特别是基本蔬菜品种，以及当地居民日常消费特色食品的市场及价格信息的动态监测、跟踪分析，定期按质按量向上级物价部门及县政府上报监测报表数据。根据自治区、上级关于涉农、涉企的价格与收费的文件精神，对照专项检查重点，进一步规范市场价格秩序、清费乱治，按时完成价格调控目标任务，确保物价水平基本稳定。

【市场价格监管】 2018年，加大节日期间对市场价格的监测频次和监管力度，及时准确了解市场供应和价格变化，针对性加强对超市、车站、煤气站等企业的检查。贯彻价格政策提醒告诫制度，重点查处经营者利用捏造散布涨价信息、惜售囤积等手段哄抬价格，以及利用垄断资源、强制代理、商定同盟等手段操纵价格的行为，积极防范和妥善应对市场价格的异常波动，维护正常的市场价格秩序。严肃查处促销价高于原价、不履行价格承诺、隐瞒价格附加条件等违法行为，规范降价、打折、返券、赠送等促销行为。营造良好的消费环境，对价格违规违法的经营者进行曝光；对严格遵守价格法律法规、明码标价率高以及价格诚信的经营者通过媒体予以大力表彰。在元旦、春节、"三月三"、"五一"、"国庆"等节日期间，坚持安排领导带班、专人值守"12358"价格举报电话，认真受理、快速办理群众对于价格的咨询、投诉、举报。及时查处各种价格违法行为，积极化解价格矛盾和价格纠纷。年内，通过网络、电话、来访等方式年受理价格举报件20件（含咨询件），罚款金额2万元。

【价格执法检查】 根据《广西壮族自治区物价局转发国家发展和改革委关于加强2018年元旦、春节期间市场价格监管的通知》文件精神，结合合浦县实际，制定合浦县物价局关于2018年元旦、春节期间做好稳定市场物价工作实施方案。开展重点检查超市、车站、煤气站等相关企业，对价格违规违法的经营者进行曝光；对严格遵守价格法律法规、明码标价率高以及价格诚信的经营者的通过媒体予以大力表彰。开展市场巡查：2月12日—13日，组织以县价格检查分局人员为主的市场巡查队，到超市、集贸市场、车站等场所进行市场巡查，维护市场价格稳定。严肃查处促销价高于原价、不履行价格承诺、隐瞒价格附加条件等违法行为，规范降价、打折、返券、赠送等促销行为，营造良好的消费环境。贯彻落实自治区物价局关于开展全区涉企收费专项检查任务，根据《广西壮族自治区转发国家市场监管总局关于开展全国涉企收费专项检查的通知》精神，对照专项检查重点，县物价局认真做出专项检查方案，组织人员投入到检查中。通过检查，进一步规范全县涉企收费，增加涉企收费的透明度，基本能做到让广大企业满意。规范涉农收费和涉农价格，减轻农民负担，保障和改善民生，促进社会和谐。

【收费监管】 2018年，贯彻执行自治区有关价格收费政策：下达第六批、第七批、第八批合浦县公立医疗机构新增医疗项目价格；督促相关单位按规定做好公示收费项目，自觉接受价格、财政主管部门监督检查。贯彻落实国家发展改革委《关于加强地方天然气输配价格监管降低企业用气成本的通知》，要求县内天然气公司严格贯彻落实。为减轻实体经济用电成本，进一步减轻企业负担，贯彻落实自治区关于降低高可靠性供电费用、自备电厂有关收费等政策，全年降低电力成本减负2981万元。对已不符合现行法律法规或没有法律法规依据、试用期已过、已失效的35件文件予以公布，自通知印发之日起一律停止执行，不再作为行政管理和价格收费依据。开展清理整顿行政审批中介服务收费工作，减轻企业社会负担93万元。进一步做好全县教育收费公示工作，要求县内各幼儿园、中小学、中等职业学校严格按照国家、自治区的有关规定，在学校醒目位置设立收费公示牌（栏）实行收费公示，接受社会监督。编制并公布《合浦县政府定价经营服务收费目录清单》，编制并公布《物价局政务"一事通办"事项清单》。为保护和合理利用水资源，充分发挥阶梯水价机制的调节作用，补偿供水成本并考虑社会承受能力，调整并公示合浦县城自来水供水价格，自2018年1月1日起实施阶梯水价。审批福融国际广场物业服务收费其他收费事项；审核批复合浦县县城至工业园公共汽车票价；批复合浦恒泰机动车检测检验有限公司机动车安全技术检验收费；调整合浦县出租汽车运价，促进县内出租汽车行业健康发展。

【价格综合服务】 2018年，配合县委、县政府对国有资产处置、项目建设征地拆迁补偿、群体性突发事件等涉及财物价格认定。按照价格鉴证工作规范和价格认证中心的工作流程，遵循独立、客观、公正的原则，充分发挥价格认证工作职能作用，为公正司法服务，为公检法及行政执法部门量刑、执法提供客观的价格依据，确保执法的客观性、公正性和严肃性，促进司法、行政执法工作的顺利进行。全年完成各项价格认定工作280多件，认定金额370多万元，其中涉嫌刑事案件认定268

宗,行政案件认定12宗,受理结案率达100%,复核裁定案件为零。以及时、优质的价格认定服务有力配合全县安全生产工作,为全县社会治安综合治理、为维护社会稳定做出了积极的贡献。

【商品和服务价格监测预警】 2018年,定期做好市场和液化气价格监测、主要居民生活必需品价格监测和合浦城市居民食品价格监测,密切关注与人们群众生活密切关联的重要商品价格走势,重点做好容易诱发价格总水平较快上涨和社会不稳定因素的商品、突发事件和敏感时段价格波动的商品,加强价格运行分析,及时发现并上报市场价格运行中的新情况、新问题,为上级价格主管部门进行价格调控提出政策建议,定期按质按量向上级物价部门及县政府汇报《全区主要居民生活必需品价格监测表》、《合浦城市居民食品价格监测品种目录》(57种)和《液化石油气价格周报表》等各种监测报表数据。通过全年价格指数计算结果比较分析及全年居民食品价格监测数据显示,合浦县2018年居民价格总水平相对稳定。 (黄胜强)

国有资产管理

【国有资产】 截至2018年12月31日,合浦县国有企业(不含金融企业)、行政事业单位国有资产总额875494.26万元,其中:流动资产224199.29万元、固定资产294743.80万元、在建工程232689.49万元、无形资产69116.52万元、其他资产54745.15万元;负债总额为203520万元;净资产总额为671974.26万元。

企业国有资产(不含金融企业) 全县企业国有资产总额332903万元,其中:流动资产69593万元、固定资产30138万元、在建工程148704万元、无形资产55348万元、其他资产29120万元;负债总额为108623.35万元;净资产总额为224279.65万元。

行政事业单位国有资产 全县行政事业单位资产总额542591.26万元,其中:流动资产154606.29万元、固定资产264605.80万元、在建工程83985.50万元、无形资产13768.52万元、其他资产25625.15万元;负债总额94896.65万元;净资产总额447694.61万元。

【企业改制及资产处置】 2018年,主要为粮食企业改制、资产处置和职工安置。其中,粮食企业改制企业有:合浦县粮油贸易公司、合浦万田饲料厂、廉州粮油经营公司、沙岗粮食管理所、沙岗粮油经营公司、合浦县南宝花生制品厂及沙田粮油经营公司等7家企业。其中:合浦万田饲料厂和廉州粮油经营公司为部分职工安置。支付职工安置资金1241.96万元。安置职工225人。尚有9家粮食企业职工213人未能安置,约需安置资金1002万元。年内粮食企业资产处置收入728.42万元,上缴县国库,用于粮食企业职工的安置。

【河道采砂管理】 南流江主河道在合浦县境内长度为100.4公里,流经常乐镇、石康镇、石湾镇、星岛湖镇、廉州镇、党江镇和沙岗镇7个乡镇,河道砂石储量丰富,砂石品质较好。2018年,合浦县积极履行依法管理河道的职责,制定河道采砂规划,严格实行河道采砂许可制度,加强总量控制,统一规划采砂场,限制采砂船只数量,划定禁采区和可采区,按规划进行合理开采。为了加强管理采砂管理,8月成立合浦县浦源水利建设投资有限公司,为县国有独资有限公司,公司注册资金2000万元。公司实行自主经营、独立核算、自负盈亏。公司员工实行聘任制。

合浦县浦源水利建设投资有限公司于2018年9月11日,在合浦县河道采砂拍卖会上以6530万元竞拍下全县2018年—2020年度两年南流江河道采砂权,其中2018年缴入县国库1000万元。该公司再通过对外劳务招标6个采砂公司开展全县采砂业务,全县的采砂工作进入稳步有序的开采状态,并平稳市场砂价,保证单位各项工程和社会民生的用砂量。

工商行政和质量技术监督管理

【概况】 2018年,合浦县工商行政和质量技术监督管理系统机关内设机构有11个:秘书股、法规股、商标广告监督管理与综合执法股、消费者权益保护股、市场监督与产品质量管理股、行政审批办公室、企业与个体私营经济监督管理股、标准化与计量监督管理股、特种设备安全监察股、人事股、财务股;下设工商和质监所21个,分别为:廉州、城西、还珠、城东、城南、工业园区、城北、星岛湖、西场、乌家、沙岗、党江、山口、沙田、白沙、公馆、闸口、石湾、石康、常乐、曲樟工商和质监所;2个派出机构:“12315”和“12365”申诉举报中心、稽查大队。所属事业单位1个:合浦县计量检定测试所。全县工商和质监系统实有公务员173人,工勤人员

9人，事业单位人员18人。

【企业注册登记和管理】 2018年，“多证合一、一照一码”“先照后证”等商事登记制度改革不断深化，企业营业执照办结时间从原20个工作日缩减到1个工作日，提速95%。简化市场主体住所登记手续，推行工商注册制度便利化，截至2018年12月31日，新登记市场主体7186户，增长6.24%，各类市场主体突破3.38万户，其中，新发展个体工商户5974户，从业人员13145人，出资额73685万元，发展私营企业1030户，从业人员3222人，注册资金430049万元，发展农民专业合作社115户，从业人员389人，注册资金30671万元。年内，全县实有企业户数6561户，同比增长13.64%；注册资本285.569亿元，同比增长32.31%。个体工商户26729户，同比增长16.48%；注册资金19.4131亿元，同比增长46.70%。农民专业合作社652户，同比增长19.20%；注册资金16.0344亿元，同比增长20.30%。

【服务地方经济发展】

支持非公有制经济发展　县工商和质监局于2018年4月9日印发《全县工商和质监系统2018年服务非公有制经济发展宣传月活动方案》，并立即迅速组织实施，重点围绕“优化环境　助推发展”主题开展多种形式的宣传活动，制作宣传横幅60条，印发宣传资料3900多份，走访企业1450户。企业注册资本由实缴制改成认缴制，“先证后照”改为“先照后证”，在企业的住所登记、名称登记，以及企业退出、简易注销等方面都进行一系列改革，办理营业执照实现“四个一”的跨越，即：一个窗口受理，一张表格申请，一套材料提交，一个号码发照。年内，已为186户公告到期的企业成功办理简易注销，为企业节约公告费用7万多元。

营造便民经营环境　2018年，为营造规范便利经营环境，经县政府同意，县工商和质监局于2018年12月确定县城中心市场旧办公楼一楼（主楼西面）为县内首个无须办理证照即可经营销售农副产品、日常生活用品或利用自己的技能从事依法无须取得许可的便民劳务活动经营区域，同时协同市场管理中心将相关标识和制度上墙。

实施“双随机一公开”监管　2018年，牵头制定合浦县政府部门随机抽查事项清单、执法检查人员名录库，开展随机抽取检查对象、随机选派执法检查人员的“双随机”抽查工作，抽查情况、结果向社会公布，接受社会监督。组织各监管部门参加“双随机一公开”操作系统专题培训班，牵头组织跨部门联合抽查，对随机抽取的29户市场主体涉及的人社、食药监、烟草等部门的6个检查事项一次性完成，并对6户发现问题的市场主体进行现场责令整改，并将检查结果及时公示在国家企业信用信息公示系统。根据国家总局制定的《企业经营异常名录管理暂行办法》，健全企业经营异常名录制度工作。7月，根据市局要求，将831家企业因未按规定期限公示年度报告标记为经营异常状态。

年报工作　全县2017年度企业已年报4831户，年报率85.46%；个体工商户已年报19415户，年报率90.57%；农民专业合作社已年报517户，年报率95.74%。有序推进合浦县“双随机、一公开”工作，按照上级要求落实抽查类型、抽查事项、抽查对象、抽查期限等。此次抽查的对象是由国家市场监管总局抽取的1户和区局统一随机抽取的129户市场主体。

完成环保督办件　2018年，高度重视中央环保督察交办件的处理工作，结合工商和质监的工作职责，加强组织领导，积极履行“双告知”义务，做好涉及环评市场主体信息推送工作，配合县政府以及环保等单位开展环保联合执法行动的情况。处理中央环保督查组交办件28件，全部落实整改到位。

【市场监管】 2018年，县工商和质监局充分发挥1+1〉2的效应，全力维护市场经济秩序。

开展红盾执法行动　2018年，切实做好春节市场管理、农资抽检、流通领域商品质量抽检、公用企业限制竞争和垄断行为突出问题等专项整治行动，共出动执法人员1000多人次，检查各类市场主体1800多户次。围绕服务农业增效、农民增收、农村增绿，深入开展农资市场专项整治，启动农资生产和销售二合一专项打假监管模式，办结农资案件共10起，罚没款2.74万元；开展对县内流通领域交通工具配件类及消防产品的随机抽检共13个批次；开展流通领域燃气热水器、灶具的专项检查，查扣无产品合格证燃气灶具14台，按规定进行处理。开展电动自行车产品质量监督抽查，共检查电动自行车销售单位32家，抽取检验样品29批次，立案查处不合格案件26家次；开展烟草市场专项整治，截至11月30日，全局共办理烟草案件40件，罚没款22200元，查扣卷烟481.3条。

惩治传销和规范直销　2018年，协助县综治委做好惩治传销组织工作，做好摸底排查，加强正面宣传教育，发放各种宣传资料3000多份，制作惩治传销宣传板报多块，继续深入开展合浦县“无传销社区(村)”创建活动，加大对全县14个镇和1个乡共28个社区、245个村委的巡查力度，努力构建全县惩治传销防控体系，无传销社区(村)创建率达到90%以上，巩固“无传销县”成果，切实维护社会和谐稳定和良好经济秩序。加强对直销的监管，重点检查是否超出直销产品范围从事直销经营活动，服务网点有无欺骗、误导等宣传和推销行为，是否存在对企业产品进行夸大虚假宣传行为。在检查中没有发现直销服务网点超范围经营和欺骗、误导、虚假宣传等现象。

烟草市场专项整治　2018年，县工商和质监局与烟草局签订联合监管工作协议明确工作目标，层层落实责任，配合烟草部门开展专项行动39次，出动执法人员99人次，全年共办理烟草案件40件，罚没款22200元，查扣卷烟481.3条。

查处无照经营　2018年，县工商和质监局认真履行日常工作职责，推行无照经营常态化监管。按照国家、自治区和北海市工商部门工作部署，结合合浦县实际，制订《全县查处无证无照经营专项整治行动方案》，从7月10日起开展查处无照经营行为的专项整治工作，发放宣传资料2286份，人员1861人次；检查经营户3208户，共查处无照经营35户，没收非法所得3.87万元，罚款3.86万元。在整治行动中，加强部门间的协作配合，发挥合力，共同营造良好的营商环境。

反垄断和反不正当竞争　2018年，以查处混淆仿冒、商业贿赂、商业诋毁、虚假宣传、有奖销售等不正当竞争行为为重点，加强对互联网领域，房地产、汽车销售(4S店)、保健品销售行业的市场经营行为进行监督检查。出动38车次、178人次，检查过程中没有发现不正当竞争的违法行为。整治公用企业限制竞争和垄断行为突出问题不正当竞争和垄断行为。从7月开始至11月底在全县统一开展集中整治垄断协议、滥用市场支配地位等垄断行为专项执法行动。共出动执法人员75人次，检查企业115户次。

惩治走私贩私　2018年，组织开展“查市场、保节日”联合整治行动。县工商和质监局联合公安、边防机关，对大风江、党江、西场、石头埠、公馆、沙田、山口等沿海码头进行走访摸排，开展夜巡5次，出动执法人员30人次，对烟楼、党江、星岛湖、沙岗、西场各沿海沿江码头进行检查。在打私办的领导下，配合公安部门查获走私冻品1次，查获涉嫌走私冻品10吨。重点惩治烟、酒、应节食品、“两油”、冻品及其他应节物品等，开展反走私宣传活动8次，悬挂反走私宣传横幅8条，发放宣传资料500余份，查处走私案件2宗。

其他经济检查　2018年，县工商和质监局配合扫黄办、公安、文化、新闻出版等部门开展扫黄打非工作。配合开展整治网络淫秽色情信息的“净网”行动。共监测医疗、药品、性用品类网络广告136条次。配合开展查堵政治性非法出版物的“清源”行动，出动执法人员63人次、检查重点地区12处、印刷企业、书刊与音像经营户125户次。重点查处党江、山口、星岛湖、沙岗、西场等水路走私行为，年内开展各类打击走私执法行动21次，出动执法人员116人次，出动执法车辆60余次，检查各类经营户300余户。

【商标管理】

实施商标品牌战略　2018年，县工商和质监局以合浦特色产品品牌建设为突破口，把培育、扶持重点放在加工制造业、食品生产业、特色农业、文化旅游业、服务业等行业，建立品牌培育库，实施分类指导。切实做好“合浦大月饼”国家地理标志保护产品后续监管工作，印发《合浦大月饼地理标志产品保护管理办法》。申请“合浦南珠”和“合浦月饼”地理标志证明商标，被原国家工商和质监总局商标局受理，进入审核环节。动员指导辖区内12家企业开展2017年度广西名牌产品申报工作。辖区内凤翔、惠来宝、公馆黄记、粤海、果香园5家企业申报的产品已在区质监局网站上进行2017年度广西名牌产品公示。实施品牌战略取得新进步，广西北海精一电力器材有限责任公司获2017年度“市长质量奖”，合浦县人民政府获得北海市人民政府“质量品牌奖励”，奖励金额20万元。12月5日，北海市首个商标品牌服务指导站在合浦工业园区挂牌成立，县工商和质监局及商标代理服务机构从业人员免费从专业的角度为园区企业及各经营主体提供商标注册指导、咨询、服务，帮助小微企业解决商标品牌管理、维权和市场拓展等方面的难题，培育区域商标品牌，引导产业集群内企业开展商标品牌整合、联合，促进资源共享、优势互补，增强区域品牌效应。

商标专用权保护　2018年，开展为期3个月的商标专用权保护工作，出动执法人员142人次，加大对批发零售市场、集贸市场、商场、超市等场所的巡查力度，查处商标侵权行为和商标违法使用行为。办理商标侵权案件17起，罚款15.6万元。

【广告管理】 2018年，县工商和质监局开展为期5个月的虚假违法广告专项整治行动，重点整治医疗、药品、保健食品、医疗器械违法广告及其他虚假违法广告。出动35车次，出动75人次，检查广告220条次。办理4起广告案件，共罚没5.01万元。重点对合浦电视台、合浦网站及辉煌信息、商域信息、海门信息、雄基信息等4家固定印刷品广告公司发布的医疗、药品、保健食品、化妆品、美容服务进行监测，形成监测报告，并对监测中发现的违法广告进行及时处理。年内，完成广告监测报告12期。

【合同监管】 2018年，县工商和质监局制订《开展旅游业合同格式条款专项整治工作方案》，开展旅游合同格式条款专项检查，全面掌握旅游行业合同格式条款使用情况，重点清理、查处旅游行业不公平合同格式条款，有效遏制利用不公平合同格式条款侵害消费者权益的违法行为，共出动执法人员20人次，走访旅行社5户次，收集境内旅游合同文本5份。发现一起在合同补充协议中有加重消费者责任的不公平格式条款，口头责令其向上级公司提出修改，规范旅游市场秩序。对金融业、电信行业、二手汽车销售等行业的合同格式条款进行检查，出动执法人员32人次，检查市场主体26户，收集各类格式合同文本3种共计9份进行备案登记。

【消费者权益保护】

消费者投诉受理 2018年，县工商和质监局共受理投诉举报208件，同比增加11.28%，其中投诉160件，同比增加9%，挽回经济损失11万元；举报48件，同比增加23%，罚没款收入16.8万元。投诉举报处置率100%，调解成功率94%。对消费投诉的快速处理，得到消费者的肯定。继续将农资打假工作与“12315”和“12365”申诉平台紧密结合。通过畅通投诉渠道，让农民不出村，就能解决农资问题投诉，对农资纠纷实现早发现、早干预、早处置，确实保护农民的合法权益。

消费维权宣传活动 2018年，县工商和质监局分别在石康镇康乐社区和老年大学举办消费教育大讲堂，受教育群众达到150人次，针对农民消费者和农资经营户，着重讲授新《中华人民共和国消费者权益保护法》，解决农资消费纠纷的途径以引导诚信经营等方面知识。针对老年消费者，着重讲授在旅游消费过程中如何保护自身合法权益。3月15日，在还珠广场开展“3·15”国际消费者权益日“品质消费 美好生活”年主题大型宣传活动。县食药监局、县农业局、县物价局等12个县消委会成员单位到场参加宣传活动。参加现场宣传活动共148人，悬挂横幅25条，发放宣传资料2.3万多份，制作消费维权专题板报28块。现场接受消费者咨询100多人次，投诉1件。

开展“放心消费”创建活动 2018年，创建合浦县小龙服装店、合浦县利欧机电经营部等40家“放心消费示范店”，把县内符合条件的36户放心消费创建单位录入完毕。

【产品质量监管】

建材质量监管 2018年，开展“地条钢”违法生产和销售专项执法检查，共出动执法人员130人次，执法车辆9台次，检查销售建材经营户38户次。

流通领域商品质量监测 2018年，加强对流通领域商品质量抽检力度，配合上级部门做好流通领域商品抽检工作，对县范围内流通领域交通工具配件类及消防产品的随机抽检共13个批

2018年3月15日，国际消费者权益日纪念活动在县城举行

（县工商和质监局　供）

次，其中1个批次的汽车制动片不合格，2个批次消防器材产品不合格，并对3个批次不合格的商品进行立案，立案3件，罚没款3760元。组织查处流通领域假冒伪劣违法行为。年内，在流通领域共组织开展建筑和装饰装修材料商品质量、燃气器具的专项检查、珠宝玉石饰品商品质量3次假冒伪劣违法行为的专项整治活动，共出动人员231人次，检查经营户数199户次，接到消费者对建材的投诉和举报9件，挽回经济损失0.2万元。

质量强县　2018年，组织开展质量强市品牌亮市工作，以合浦特色产品质量提升以及品牌建设为突破口，做好质量强县工作。做好“合浦大月饼”国家地理标志保护产品后续监管工作，动员指导县内12家企业开展广西名牌产品申报工作，其中凤翔、惠来宝、公馆黄记、粤海、果香园5家企业申报的产品已在区质监局网站上进行公示。

【特种设备安全管理】　2018年，县工商和质监局坚决贯彻“安全第一，预防为主”的工作方针，全面落实特种设备安全生产责任制。开展特种设备安全监督检查。重点检查特种设备使用单位落实安全管理主体责任情况，是否做到“三落实、两有证、一检验”；是否建立应急救援预案并定期进行演练；所使用的特种设备是否存在安全隐患，隐患是否得到有效治理。开展重点监督单位、重要时期、节假日特种种设备安全大检查工作，在“元旦、春节”等重要时期，积极开展安全生产大检查工作，督促特种设备使用单位在节假日期间加强安全管理、安排人员值班值守。全年共出动车辆98台次，执法检查人员313人次，共检查特种设备使用单位115个，特种设备235台，处理特种设备投诉3起。办理特种设备案件11个。

【计量监管】

标准计量检定　2018年，共检定计量器具5298台(件)。其中检定加油机1184台，检定电子汽车衡72台、压力表2421块、天平、砝码共209台(件)、配料秤218台(件)、电子秤等其他计量器具共209台(件)，水表985块。

商品净含量计量监督抽查　2018年，对小食品、饮用水、啤酒、肉制品4个种类、22个批次的产品开展定量包装商品净含量计量监督抽查，发现不合格批次4个，合格率81.82%。

【标准化建设】　2018年，合浦果香园制订发布团体标准《甘蔗浓缩汁》，惠来宝机械有限公司制订发布团体标准《山地铰接轮式拖拉机通用技术条件》，银安淡泉公司制订发布团体标准《饮用天然泉水》，《地理标志产品　合浦大月饼》及《自走式甘蔗田间收集搬运机技术条件》获地方标准立项。《金花茶育苗技术规程》(LY/T 2751—2016)获广西2018年重要技术标准项目。精一公司获批为2018年自治区级标准化良好行为试点企业。

【队伍建设】

廉政建设　2018年，从教育、制度、监督三个方面入手，提高队伍党纪意识和拒腐防变能力，继续利用手机通信开辟“廉政课堂”。发送从政“每周一提醒”45期，向全体党员干部发送元旦、春节、端午、中秋、国庆廉政提醒5期，加强公务加油卡使用情况的监督，对现有31名在职副科级以上的干部是否存在以本人的名义或借用他人名义承包经营农村土地行为进行自查，并对自查情况进行公示。

开展“十一个一”活动　2018年，积极开展“一周一服务”，组织党员干部开展市容环境集中整治活动，组织人员到扶贫村贫困户当中开展送服务送温暖活动，上门服务企业和个体户做好网上年报工作等；并及时收集整理工作

2018年8月3日，县工商和质监局执法人员在加油站检查

（县工商和质监局　供）

中的新动态、好做法。截至11月30日，报送一周一页纸46篇，一周一服务40条，半月一沟通20篇，一月一建议12篇，两月一文章5篇，季度一建议4篇，半年一发表14篇，报送组工信息22篇。县《每周要情》采用信息46篇。

教育培训 2018年，采取上下联训、多管齐下、形式多样、重点突出的方法，有侧重、分阶段地对干部队伍进行业务更新、综合素质培训。年内，参加各类培训人次达660人次。

党建活动 2018年，局领导带头上党课，党总支党员140多人次参加听课。推行党建"E网通"下载使用工作；县局党总支与中国电信合浦分公司党总支结对开展"党建翼联"活动，共同搭建党建共建合作平台，党员们在党旗下重温入党誓词；给11月出生的17名党员过红色生日，并赠送《习近平的七年知青岁月》作为生日礼物。

"小个专"党建工作 2018年，构建"小个专"党建工作机制。年内顺利组建了3个"小个专"党支部，把非公有制经济领域中的零散、流动党员归聚到非公有制经济党组织中来。

（于　茵　龙远兰）

合浦县市场开发服务中心

【概况】 2018年，合浦县市场开发服务中心有事业编制280名，机关设人事秘书股、财会股、物业管理股、经营发展股、安全法规股5个股，下辖廉东、还珠、城西、城南、石康、常乐、石湾、十字路、闸口、公馆、白沙、沙田、沙岗、党江、西场、乌家、星岛湖共17个市场管理所。所辖集贸市场有廉东市场、还珠市场等32道。市场管理所是县市场开发服务中心内设机构，人、财、物由县市场中心统一管理。中心的职责是：搞好集贸市场的经营发展和市场维修、改造、开发与建设，协助市场监督管理机构维护市场秩序，开展为市场入场经营者提供信息等服务活动，按照物价部门核准的收费项目和标准对市场入场经营者收取市场设施租赁费和服务费。年内，深入学习贯彻中共十九大会议精神，整顿队伍工作作风，提高队伍工作积极性，积极开展"市场建设"提升行动工作，开拓市场经营发展新局面，辖属市场建设发展取得了较好的经济效益和社会效益。所辖集贸市场摊位约11000个，进场经营者约7600户，从业人员10050人。

【市场建设】 2018年，根据市场建设"标准化、规范化"的部署和要求，整合利用县政府配套扶贫资金及市委组织部扶持发展村集体资金共2345万元对城南、闸口、白沙等市场进行升级改造，促进市场服务功能的拓展和延伸，构建了设施完善、摊位整齐、环境清洁、秩序井然、文明经商、遵纪守法的市场，市场建设提升行动工作取得了阶段性成果。

【安全生产管理】 2018年，坚持"安全第一，预防为主"的方针，按照消防部门的部署和要求，元旦、春节、清明节、"五一"劳动节、国庆节期间，组织市场消防安全管理人员对辖属集贸市场开展"清火"行动，排查市场火灾隐患，补齐市场消防短板，发现安全隐患，及时整改，年内无安全责任事故发生。举办市场安全消防安全培训班3期，培训人员120人次；市场安全检查6次，出动市场安全监督人员245人次，检查市场29道，置换灭火器300多个；查出主要隐患26处，整改26处。

【"文明诚信市场"示范】 2018年，县市场中心在市场监督管理部门大力支持下，以还珠市场为示范点，深入开展文明诚信市场创建活动，按市场建设标准化、规范化、智能化的要求，完善市场硬

2018年9月16日，北海市委书记王乃学（右三）在合浦县委书记杨斌（右四）的陪同下，到县城还珠市场视察防台风和台风期间市场供应情况　（李君光　摄）

件设施、建立上市食品准入制度、建立市场个体工商户诚信档案、建立市场食品安全快速检测室、建市场电子显示屏、健全市场食用农产品追溯体系等，为群众营造整洁、安全、放心的市场经营和购物环境，提高市场文明诚信程度。同年6月，还珠市场被北海市精神文明建设委员会命名为2017—2018年度“文明诚信市场”。

【市场事务规范】 2018年，县市场中心坚持“服务至上”的宗旨，实行办事“两公开一监督”制度，即公开市场收费项目，对入场经营者收取市场租赁费和服务费，市场摊位安排公开招标；设举报箱、公开投诉电话，接受群众的监督，刹住了市场经营管理环节中出现“吃、拿、卡、要”和“人情费、人情摊”不正之风，增强了办事的透明度，在社会上树立廉洁、公正、公平的服务形象，受到社会各界的好评。 （孙传进　欧朝东）

国土资源管理

【概况】 合浦县国土资源局是主管全县土地资源、矿产资源、海洋资源等自然资源的规划、管理、保护、开发与合理利用等工作的政府职能部门。2018年，局机关设人事秘书股（党组办公室）、土地规划耕地保护股、土地利用管理股、地籍管理股、行政审批办公室、政策法规股、地质矿产管理股、海洋综合管理股8个职能科（室），下辖合浦县土地整理中心、合浦县土地储备管理中心、合浦县国土资源信息中心、合浦县地产交易所、合浦县国土资源执法监察大队、中国海监合浦大队、不动产登记中心7个事业单位。机关人员编制18名，其中行政编制14名，后勤服务编制4名，局机关实有在职人员18人，大学学历10人；全系统事业单位管理人员15人，专业技术人员58人，高级职称2人，中级职称15人，初级职称41人。

【项目建设用地】

城乡建设用地　2018年，合浦县国土资源局在用地计划下达前，安排专人负责跟办，跟踪服务，制定项目用地报批“四定”方案，并报县人民政府下发各相关单位。全年共上报17个批次建设用地，项目用地总面积175.8915公顷，涉及新增建设用地169.7346公顷，其中农用地159.4833公顷（耕地77.3028公顷），未利用地10.2513公顷。截至12月31日，合浦县获批准的建设用地共21宗（含2017年部分项目），总用地面积258.7101公顷，涉及新增建设用地232.6928公顷，其中农用地219.9219公顷（耕地105.9363公顷），未利用地12.7709公顷。全年完成龙港新区单列指标的使用，保障月饼小镇基础配套设施、林产业园、桂台北海农渔业合作双创园、龙港产业园、建工集团海山—细海建筑石料用灰岩厂区等项目用地需要。同时，完成6宗土地因不符合规划涉及调整、修改。

土地收储工作　2018年，合浦县全年依法收储北部湾（合浦）林产循环经济产业园、龙港新区北海铁山东港产业园、合浦县文体中心二号路延长线补征项目等39宗土地共计283.35公顷。全力以赴推进土地清场工作，累计完成9.77公顷土地的清场工作。严格按照《招标拍卖挂牌出让国有建设用地使用权规定》《协议出让国有土地使用权规定》《划拨用地目录》进行供地，全年以招拍挂方式公开出让土地28宗，面积44.2858公顷；划拨方式供地31宗，面积225.5257公顷。全年实现土地出让金6亿元。创建闲置土地巡查机制，建立“一地一档”制度，年内共依法处置闲置土地361宗，收取闲置土地处置费319.53万元。

【不动产登记】 2018年，组织协调县税务、房产等部门，简化审批流程，提高办事效率，方便群众服务。按照《不动产登记暂行条例实施细则》，各项不动产登记办结时限为30个工作日，合浦县经精简优化后，不动产一般登记流程办结时限共为13个工作日，房产部门移交审核告知书、税务部门推送完税证明材料的时限为10个工作日；抵押登记流程办结时限共为7个工作日，房产部门移交审核告知书的时限为5个工作日；工业企业抵押登记流程办结时限共为5个工作日，房产部门移交审核告知书的时限为3个工作日。查封登记，异议登记为即时办理。合浦县不动产登记中心全年累计发放不动产登记证明12858份，核发不动产权证书16441本，办理不动产抵押权注销登记507宗，查封登记275宗、解封登记63宗。针对老弱病残和特殊状况无法到达窗口受理签字的情况，开设“绿色通道”实行上门服务便民措施，全年上门服务数十次。

【土地整治】 2018年，全县推进土地整治重大工程实施总面积44820公顷，总投资86721万元，12月全面完成市政府验收批复，已交付项目给予项目区所在村委以发挥项目效益，惠及全县40万农业居住人口。在合浦县星岛湖镇珊瑚村成功协办全自治区耕地保护工作会议。合浦县土地开发整理中心获得全区耕地保护工作先进单位称号,2名领导干部获得先进个人称号。

【旱改水提质改造】 2018年,组织实施合浦县整县推进土地整治新增耕地旱改水提质改造补充投资项目,该项目总建设规模1014.24公顷,增加提质改造水田面积1014公顷,项目总投资3681.94万元,项目于2018年7月动工,至12月完成投资1500万元。

【增减挂钩项目】 2018年,完成北海市合浦县2016西场镇、石康镇和廉州镇城乡建设用地增减挂钩项目拆旧区项目验收工作,项目建设规模21.3126公顷,2018年9月原市国土局对项目进行验收批复,确认完成农用地复垦18.8921公顷,其中耕地7.1938公顷。完成合浦县2018年西场镇2个城乡建设用地增减挂钩项目立项批复工作,北海市于2018年11月批复西场镇裴屋村等4个村城乡建设用地增减挂钩项目及该西场镇西坡村等6个村城乡建设用地增减挂钩项目,批复2019年实施增减挂钩建设规模76.1769公顷,复垦农用地76.1769公顷,为保护耕地资源提供可持续保障。

【第三次全国土地调查】 2018年,制定印发《合浦县第三次土地调查实施方案》,按要求上报自治区三调办备案,并组织实施,落实第三次土地调查工作经费,同时编制完成技术设计方案。2018年底,完成城镇内部细化调查面积6466公顷,总图斑数为6456个,涉及地类一级类11个、二级类35个,主要地类为住宅用地、商业与服务业用地、公共管理与服务用地,并通过县级与市级审核,完成乡镇农村土地内业核查约80%,提前完成任务。

【矿山日常监管】 根据《合浦县矿产资源总体规划(2016—2020年)》,2018年合浦县共设置8个采矿权出让计划,均属于小型砂石土矿,划定的矿区范围已获得合浦县人民政府批复。完成《合浦县旺乡岭矿区石英砂详查报告》编制工作,并提交详查报告给北海市国土局。根据《矿业权人勘查开采信息公示办法(试行)》的要求,年内合浦县应进行采矿权矿业权信息公示的34个,实际参加34个,参加率为100%。完成2018年矿山储量动态监测工作,应参加储量动态监测工作的矿山10家,实际参加10家,并按时提交数据。开展绿色矿山创建工作,“绿色矿山”应建必建数为5个,已建成2座,建成率达到40%。矿山粉尘工作已转变为日常治理情况监管工作。做好合浦中硅矿业公司和合浦泓淦矿业公司两个重点矿山服务工作,积极联系林业、环保等部门,完成采矿权变更延续审批前期工作。组织签订“党政同责,一岗双责”安全生产责任书,及时向县安委办报告工作开展情况。加强与安监、环保、工商、公安等相关部门的协调,联合开展矿山安全生产检查,合浦县国土局组成49个检查组,检查矿山企业49家,通过检查及时对各安全隐患进行整改,确保全年矿山无安全生产事故发生。

【地质灾害防治】 2018年,完善地质灾害行政管理体系建设,制订并组织实施《2018年地质灾害年度防治工作方案》,做到一点一预案,进一步增强地质灾害防治力量,明确责任,完善调整群测群防三级网络和应急队伍。在门户网站上公布《合浦县国土资源局2018年度地质灾害防御及抢险工作应急预案》和防灾知识;结合5月12日“防灾减灾日”和6月10日“安全生产活动月”向群众发放地质灾害防治宣传手册1000余册,将地质灾害防治知识向群众宣传。在易发地质灾害的汛期和非汛期,加强值班安排和巡查工作,确保隐患点内汛期全部撤离,撤离率100%,撤离人数1257多人次。年内,合浦县国土资源局共安排地质灾害巡查32人次,安排专人进行汛期值班,排除隐患4处,没有发生任何地质灾害事故。

【耕地保护】 2018年,组织协调相关单位签订《耕地保护责任状》、基本农田保护责任书、基本农田保护明白卡,及时将耕地及基本农田保护目标责任任务进行分解,确保耕地保护责任制落实到位。将耕地保有量和基本农田保护目标列入政府考核的重要内容,着力构建耕地保护共同责任机制,确保全县基本农田总量不减少、用途不改变、质量不下降。合浦县实有耕地面积95411.33公顷(含可调整耕地13712.93公顷),实有基本农田面积70791.21公顷,均高于《北海市耕地保护责任状》中规定的目标。全县永久基本农田划定成果已获得原国土资源部批复,全面落实永久基本农田“落地块、明责任、设标志、建责册、入图库”五项任务。

【土地确权】 2018年,按照法律法规收件、受理、审查,并在规定时间内办理土地确权工作,全年办理各类土地确权共177宗,并及时将地籍资料整理装订归档。主动处理土地纠纷工作,及时化解群众矛盾。全年共受理土地纠纷信访件47宗,处理产权问题20多件,及时化解群众矛盾,促进社会和谐。同年,完成农垦国有土地使用权确权登记发证工作,涉及广西农垦国有珠光农场和广西农垦国有三合口农场的土地确权,完成农垦土地权籍调查1253.85公顷(包括已依法确认给非农垦单位土地面积、已登记发证面积、政府批复面积、现有争议未登记发证面积),完成比例103.05%;完成无纠纷土地确权登记发证90.62公顷,完成比例100%;完成山界林权证登记发证939.75公顷(包括政府批复面积),完成比例100.92%。同时,建立权属争议统计台账,权籍调查表及图件已随不动产权证书存入不动产档案,完善基础性资料工作。

【土地和矿产卫片图斑核查整改】2018年,县国土资源局对2017年度土地卫片核查,全县共立案374宗,下发行政处罚决定书374宗,移送法院执行361宗,移交县财政局12宗,党纪政纪处分4人,履职到位率达99.76%,查处整改到位率为59.15%。全县2017年度违法用地占用耕地面积占新增建设用地占用耕地面积比例为7.17%,远低于15%的问责红线。2017年度矿产图斑共7个,伪变化图斑1个,实地现状为堆场,已清理完成,恢复土地原状;违法矿产图斑6个,其中,已立案查处到位4个,非立案处理2个,已按照“三不留一毁闭”进行整改,平整土地、复耕复绿。

【矿业秩序集中整治】

采矿点整治 2018年,全县各乡镇共排查出非法采矿点(含历史遗留矿坑)151个、面积236.69万平方米,其中:立案查处55个,查处总面积644.88亩;截止年底,已开展“三不留一毁闭”等清理整治的139个,仍在整治的12个。同时,对151个矿坑制定生态修复治理方案,已有140个矿坑完成复绿工作,完成92.71%。排查出120个非法堆场(洗砂点)、面积38.84万平方米。其中:立案查处63个,查处总面积共295.36亩;已清理整治73个,正在整治的47个。现场证据保存车辆2台次,现场驱离人员共97人。排查出共69个非法矿产品加工点,面积21.36万平方米。依法查处43个,查处总面积共133.84亩;已清理整治9个,正在整治的60个。

砖厂用地整治 2018年,根据县政府制定的《合浦县集中查处烧结砖企业(砖厂)违法用地工作实施方案》,全县开展为期一个月的砖厂用地违法行为集中查处专项行动,对25家砖厂进行立案查处,查处面积274468.67平方米;配合依法拆除砖厂17家。严厉抓好有证矿山的监管。依法加强对合法矿山的监督检查,发现4宗越界开采违法行为,已进行立案查处。

【海域管理】2018年,全县办理确权登记、年审海域使用权证书共190宗,面积共1591.66公顷,征收海域使用金共1252649元。开展惩治非法抽沙行动6次,立案9宗,移送公安部门2宗,现场制止拉沙车158辆次,抽沙管道缆绳1300米,有效惩治违法采海沙行为。并在沿海各乡镇醒目位置张贴《关于清理、取缔非法开采、运输海沙“三无”船舶的通告》。惩治和查处违法采沙的违法行为,完善和落实长效管理机制,遏制非法采沙、毁坏红树林反弹势头。合浦县国土局会同山口红树林保护区管理处、儒艮保护区管理站以及山口镇政府、沙田镇政府等有关部门开展25次联合执法,对保护区内的英罗、乌坭、中堂林区的滩涂进行清理。共出动执法车138辆,人员392人,电锯机151台,共清理滩涂约18600亩,清理各种木桩18000多根。经持续两年来对非法螺桩的高压打击,儒艮保护区范围内的非法螺桩已基本清理完毕,绿盾行动及自查问题发现的锚地侵占、苏志蚝排、山寮渔箔及中堂渔箔、耙棚养鸭、青口螺养殖也已全部拆除完毕。

审计

【概况】2018年,合浦县审计局内设人事秘书股、财政金融审计股、行政事业审计股、企业审计股、固定资产投资审计股、法规股共6个股室,下辖合浦县领导干部任期经济责任审计中心、合浦县政府投资审计中心两个事业单位。人员编制23名(含下属事业编制11名),在编人员22人。年内,县审计局全力推进重点领域特别是防范化解重大风险、精准脱贫、污染防治等项重点审计工作,助力打赢打好“三大攻坚战”,完成审计计划项目28个,审计查出管理不规范资金8270.55万元,查出违规资金224.50万元,已上缴财政金额41.09万元。审减政府投资工程项目金额节约政府投资成本2917万元。提交审计结果报告、信息32篇,提交审计建议96条。向相关部门移送案件线索11条,其中向纪委、监委移送案件线索1条。已处理处罚5名相关责任人。

【财政审计】 2018年，完成合浦县2017年县本级预算执行情况审计项目，查出管理不规范金额4427万元。

【行政事业审计】 2018年，共完成行政事业单位财政财务收支审计项目3个，查出管理不规范金额567万元。

【固定资产投资审计】 2018年，共完成固定资产投资审计项目8个，查出管理不规范金额76万元；接受委托完成政府投资项目审计372个，核减投资金额2917万元。

【经济责任审计】 2018年，共完成经济责任审计项目12个，查出管理不规范问题金额2829万元。

【专项资金审计】 2018年，共完成融资平台资金审计、扶贫资金专项审计、自然资源资产和生态环境保护责任审计等专项资金审计项目4个，查出管理不规范问题金额355万元。

【队伍建设】 2018年，深入推进"两学一做"学习教育常态化、制度化。组织党员干部认真学习中共十九大精神和习近平新时代中国特色社会主义思想。开展深化"十一个一""在职党员进社区服务"等活动，组织党员积极参与乡村(社区)建设，有针对性地开展服务企业、服务基层、服务群众主体活动。深入开展形式主义、官僚主义的十种新表现及其他新表现自查自纠和"扫除'庸懒散'、打通'中梗阻'"等作风建设专项整治活动，努力转变干部作风，营造审计机关风清气正、干事创业的良好环境。深入开展"党建质量提升年"活动，结合开展党员"五个日"活动，大力推进机关党组织标准化建设，全面推动党建工作高质量发展。加强审计业务培训，派出审计干部积极参加上级审计机关举办的各类审计业务培训班，全年共有50多人次参加审计专业培训。

【扶贫工作】 2018年为脱贫攻坚作风建设年，局领导班子不定期到结对帮扶村公馆镇南山村开展工作指导，带领帮扶干部每月1—2次深入到南山村入户走访，宣传扶贫政策，不断修正和完善贫困户"一户一档"材料和"双认定"工作材料，协助制定脱贫方案和具体脱贫措施；支持2.2万元帮助南山村委建好驻村公寓，支持5000元帮助南山村委、康乐社区开展扶贫、党建工作。南山村完成脱贫3户9人，整村基础设施建设得到很大改善。 (张焯樑)

2018年12月4日，县审计局审计人员勘察西场镇幼儿园附属设施项目现场
(县审计局 供)

统　计

【统计与服务】 2018年年初，局长与各股、中心、站负责人签订《工作目标责任书》，使干部职工明确工作目标，各工作环节运行更顺畅更科学。年内，各专业年报、季报如期优质上报，各专业及时做出数据分析；做好迎接市级、县级绩效考评检查工作，及时提供经济指标数据，按质全面完成目标任务。统计部门始终坚持把统计服务与全县经济发展融为一体，服务于基层，服务于县委、县政府。找好定位，深入调研，提供经济运行有关数据，撰写分析报告，为各级领导科学决策提供可靠依据；通过采取激励措施、创新工作手段，统计服务和监测工作取得新的成绩。局规定每季度向县里提供一篇以上的《经济运行情况分析》，每个专业出报表后，写一篇相应的分析报告、指标变化情况说明等。全局各专业共写分析文章310多篇。接待前来查询统计数据3500多人次。

【基层统计建设】 2018年1月，县机构编制委员会下发《关于进一步加强乡镇统计工作的通知》，在每个乡镇农业服务中心增加1名事业编制(共计15名)，专供负责乡镇统计工作的人员使用。建立健全关于统计方面的奖励性政策,积极调动企业参与统计工作的积极性。同年,建立基层单位统计名录库和台账制度,分专业对基层单位进行业务指导;每季在局内开展统计基础工作交叉检查,对数据质量进行评估,力求各种报表填报完整、指标齐全、上报及时、数据准确。大力推进统计工作深化改革制度,全面部署完成网上直报,统计数据更科学、更准确。通过政府采购,县统计局出资给每个乡镇新购置一台联想品牌电脑。为提高统计人员统计知识、法规知识水平,夯实统计基础,组织动员197人报名参加统计专业技术资格考试,其中初级32人、中级148人、高级17人。根据中央两办通知,做好各级统计普法骨干的强化培训工作。通过专门会议、培训班、年报会议等多种形式进行统计普法培训学习,年内全县共培训人数1600多人次。

【统计宣传和执法】

统计宣传　2018年,采取多种形式,大力宣传《中华人民共和国统计法》及其实施细则等法律法规,采取拉横幅、贴标语、发宣传资料等方式加强统计法规宣传,充分发挥典型违法案例的警示宣传作用,扩大统计法律法规的社会影响力,推动社会各界人士增强统计法制观念,学法用法,依法统计。12月8日,组织局全体人员参加北海统计局举办的"第四次经济普查暨统计法颁布纪念日宣传活动"。

统计执法　为贯彻执行统计法律法规,推进广西新时代基层统计工作规范化,11月8日、9日,合浦县人大常委会分别对公馆镇政府、乌家镇政府,华润水泥(合浦)有限公司、北海冠华人造板有限公司4个单位进行统计法制法规督促检查。主要检查统计岗位设置情况,统计人员配备情况,依法报送统计资料情况,是否按规定设置原始记录,统计台账,是否建立健全统计资料的审核、签署、交接、归档等管理制度,有无伪造、篡改统计资料的情况,有无要求统计人员提供不真实的统计资料的情况,加强统计监督检查力度,促进机关、企事业单位统计工作制度化、规范化,严格执法,保障统计数据的真实性。开展全县统计双随机抽查工作,检查机关、企事业单位。年内,检查机关、企事业单位55家,核实统计资料15家,统计工作整改5家,促进依法统计工作。

【第四次全国经济普查】

机构和经费　2018年,贯彻落实上级有关第四次经济普查文件、会议精神,全县各级落实经济普查领导机构,加强组织领导。成立合浦县第四次全国经济普查领导小组。领导小组下设办公室在合浦县统计局。全县15个乡镇全部成立"四经普"领导小组及其办公室,各乡镇的行政村、社区也相应成立普查工作小组。全县选聘普查指导员和普查员共776人。根据《全国经济普查条例》等相关文件精神,科学制定经济普查经费预算,落实本级负担的普查工作经费、"两员"劳动报酬和补贴,按时拨付到位。为第四次经济普查工作顺利开展提供经费保障。

普查基础工作　2018年,对15个乡镇经普办业务骨干进行普查区划分与普查区电子绘图培训。普查人员实地踏查边界,核实复杂地域的变化,顺利完成276个普查区、399个普查小区的区域划分及绘图工作。普查员根据普查对象的工作性质科学调整作息时间,普查进度稳步推进。县经普办专业人员深入各乡镇、街道园区进行清查工作业务指导。指导人员深入普查小区,与"两员"一起入户,现场指导清查,及时解决遇到的重难点问题,确保依法、有序、全面、真实、准确地进行清查。采用手持移动终端(PAD)和电子地图,实现数据采集、报送、处理等。对所有普查对象(包括个体经营户)都进行现场GPS定位,并采集基本信息,查看核对新版"多证合一"证照;未办理"多证合一"证照的,还要查看老版本登记注册证照。清查摸底工作按时全面完成。

审核验收　2018年,针对全县已登记的单位名单与各部门反馈名录名单比对,将差异单位进行再核实,再查找,所有单位不重不漏。紧紧围绕单位名称、单位类型、登记注册类型及行业代码等指标认真核实修改,确保每一个指标填报真实准确。做到"三把关"即严把全面关、严把准确关、严把质量关,保证清查工作全面审核验收。顺利完成单位和个体户的上报、审核、编码、纠错、验收工作,为正式普查登记奠定坚实的基础。　(张治肖)

安全生产监管

【概况】　合浦县安全生产监督管理局(简称合浦县安监局)内设人秘股、综合业务股、危险化学品监督管理股、工矿商贸企业监督管理股、烟花爆竹安全监督管理股和职业健康监督管理股6个股室，行政编制15名，后勤编制2名，实有14人。下辖合浦县安全生产执法监察大队，事业编制11名，其中工勤编制1名，实有7人。2018年，县安监局认真贯彻落实党的十九大精神和习近平新时代中国特色社会主义思想，牢固树立红线意识和底线思维，全力实施安全生产执法监督检查计划，层层夯实安全生产责任、改革创新安全监管方式方法、健全完善安全生产责任体系、深入开展隐患排查治理、着力提高安全生产水平，实现全县安全生产形势持续稳定，为合浦县经济和社会事业发展提供了良好的安全生产环境。年内，全县共发生各类安全事故87起，死亡45人，受伤109人。其中，道路交通事故80起，死亡39人，受伤107人；渔业船舶2起，死亡2人；建筑施工1起，死亡1人，受伤1人；其他行业领域3起，死亡3人。全县没有发生重特大安全事故。合浦县安监局获得全区安全生产监管系统“集体二等功”的荣誉。

【落实责任制】 2018年初，县政府按照“一岗双责”的要求制定全县安全生产责任书，分别和15个乡镇签订安全生产目标管理责任书，明确第一责任人和主要负责人，坚决执行安全生产考核制度和安全生产“一票否决”制度，将安全生产工作纳入年度绩效考评体系，严格落实安全生产“一票否决”，将安全生产工作作为提拔使用干部、各种评优评先的审查内容。

【强化监管】 2018年，合浦县安监局年初分析研判全年的安全生产形势，根据国家安监总局《安全生产监管年度执法工作计划编制办法》，结合实际情况制定出全局的执法计划，再严格按照执法计划、“双随机一公开”等执法方式开展执法检查，通过严格执法来强化烟花爆竹、危险化学品、非煤矿山、涉氨制冷、有限空间及粉尘防爆和职业健康等行业领域的安全监管。共检查企业145家(次)，排查整治隐患470项。

【重点行业专项整治】 2018年，组织开展元旦春节、全国“两会”、高温汛期和中秋国庆期间的安全生产大检查，进一步加强对非煤矿山、危险化学品、烟花爆竹等重点行业领域的安全检查和隐患排查，尤其是加大对非法违法生产售卖烟花爆竹行为的惩治、查处力度。全县检查企业2319家次，排查整治隐患2104处，惩治违法违规行为122起，责令停产整顿企业9家次；查处交通违法行为28679起，查扣非法营运车辆73车次，暂扣违法运输车辆257车次；查处非法生产、储存、运输烟花爆竹治安案件27起，行政拘留29人，刑事案件1起，逮捕3人，依法收缴一大批涉案的烟花爆竹制造工具、成品和半成品、原材料等；惩治取缔非法采砂场(船)67个，惩治取缔非法砖厂25家。一批违法违规的生产经营单位受到相应处罚。

【行政审批改革】 2018年，县安监局进一步优化安全生产行政审批服务，在“最多跑一次”审批改革工作中，坚持容缺受理、网上申请、一次性办结等措施外，持续缩减行政审批办理时间。年内，共办理危险化学品许可证41件，烟花爆竹零售证217件，安全设计审查6件，其他审批备案类17件，所有事项100%提前办结。

【事故调查】 2018年，切实做好安全生产事故调查处理工作。县政府成立事故调查组，按照“四不放过”原则，对四起生产安全事故进行立案调查，共处罚人民币67.7万元，以事故教训促企业主体责任的落实。

【宣传和培训】 2018年，在“安全生产月”活动期间，县安委办充分利用广告LED显示屏、微信、电视媒体等方式加强安全生产宣传工作；向广大群众安全发放宣传资料5万余份，张贴宣传画2000多张，设置宣传专栏300多个；督促企业开展培训、应急演练。6月，县安监局在合浦供电局举办全县安全生产监管工作培训班，县安委会成员单位、各乡镇政府分管安全生产的领导及各乡镇安监站全体人员共120人参加培训。年内，加强对安全管理人员培训，共举办5期企业负责人和安全管理人员培训班，共培训510人。

食品药品监督管理

【概况】 2018年，合浦县食品药品监督管理局内设人事秘书股、综合协调股(应急管理股)、政策法规股(稽查股)、食品生产监管股、食品流通监管股、食品餐饮监管股、药品监管股、保健食品化妆品监管股、行政审批办公室，有行政编制人员20人、后勤服务编制人员2人；下属单位有县食品药品稽查大队和15个乡镇食品药品监督管理所(食品药品稽查中队)及县食品药品检验检测中心，有参照公务员法管理的事业编制人员77人、后勤服务编制3人，事业编制15人。年内，认真贯彻落实习近平总书记“四个最严”的指示和各级食品药品监督管理工作会议的精神，持续深化“放管服”改革，有效加强事中事后监管和食品药品安全风险隐患排查防控，整体上以构建“横向到边，纵向到底”的食品药品网络为总体目标，实行稽查监管的纵向管理和横向监督的双线模式，全年没有发生较大以上级别食品安全事故，人民群众饮食用药安全得到有效保障。工作得到上级肯定，先后在全自治区提升质量安全推动地方特色食品产业发展现场会和全自治区案件查处工作年中推进暨基层执法现场会做了经验交流。

【全面落实食品安全工作责任】

创建广西食品安全示范县　2018年，制发《合浦县创建广西食品安全示范县具体工作方案》，与各乡镇、各部门层层签订食品安全工作责任书；印发《合浦县创建广西食品安全示范县督查考核工作方案》，监督检查有关单位和部门落实创建工作领导责任和属地责任；制发《合浦县食品安全风险会商联席会议制度》和《2018年合浦县食品安全监测工作计划》，有效落实防控工作，最大程度地降低和防范食品安全风险，保障公众食品安全。

应急处置工作机制　2018年，合浦县建立包括食品安全事故预警、食品安全事故应急指挥部、专家咨询委员会和应急救援队伍的县食品安全事故应急处置体系，强化食品药品监管环节、部门间、区域间处置突发事件的协调联运和工作衔接；加强应急培训，提高应急队伍快速反应能力。成立合浦县食品安全事故应急处置专家咨询委员会，印发《合浦县食品安全事故应急预案操作手册》，11月29日上午，在县还珠广场举行2018年合浦县Ⅳ级食品安全事故应急演练。

【深化行政审批制度改革】　2018年，认真规范行政审批流程，积极推进审批工作改革，创新审批方式，精简许可行为。做到部分行政审批事项授权下放各乡镇受理签批，行政许可工作在县政务服务中心一站式受理，实现全部审批业务在区局电子政务办公平台受理，提高了行政许可工作的效率。食品药品共有行政许可6项，全部进驻合浦县政务服务中心的行政审批，共受理行政审批事项1200项，办结率100%，其中，食品销售经营者879家，餐饮服务经营者259家，食品生产企业40家，小餐饮77家，小作坊33家。

【食品安全监管】

生产加工环节整治　2018年，县食品药品监督管理局建立企业安全风险管控档案，形成“一企一册”，全县共有206家食品生产企业建立“一企一册”。开展食糖专项检查，共出动执法人员195人次，检查食糖生产经营单位65家次，责令整改3家，1家企业未按照要求储存食品，并立案查处。开展元旦、春节期间食品生产质量安全专项监督检查工作，共检查生产企业总数143家次，小作坊82家。积极开展监督抽检工作，完成自治区级、市级食品监督抽检356个批次，同时积极配合相关检验机构完成国家级监督抽检任务21个批次，并开展后处置处理工作。开展全县食品生产企业食品安全追溯体系建设工作，辖区内风险等级为A级和B级的食品生产企业共206家，全部完成追溯体系建设，同时，完成电子追溯体系建设13家。实施食品生产企业负责人约谈制度，对2018年度国家、省级监督抽查不合格的企业及实验室检测能力验证不符合要求的23家食品生产企业负责人进行集中约谈、告诫，要求企业全面落实食品安全主体责任。

流通环节整治　2018年，全县共核发流通环节食品销售设立许可875户，注销39户。制定下发各种专项整治方案18个，组织开展元旦春节、春、秋季开学期间校园周边食品安全、惩治走私冻肉、河豚及含河豚毒素、水产品、冷冻库食品、非洲瘟猪防控等专项检查23次，出动执法检查人员1516人次，检查食品经营户1116户次，指导立案查处无照食品经营案4起，查处不符合食品安全标准案件29起。组织开展保障食用农产品安全为主题监督抽检工作，共抽检455批次，合格率为98.5%，指导开展快检1080批次，合格率为100%。加强对基层食品监管工作的督查，共抽查大型超市38户次，食品经营户115户次，集贸市场11个，对于在督查中发现的问题，均提出整改意见。推进指导农贸市场认真实施《食用农产品市场销售质量安全监督管理办法》，引导督促市场开办者、经营者履行法定义务，辖区农贸市场全部建立市场主体准入、食品进销货台账登记管理、供应商资质备案、经营者进货检查验收、不合格食品及风险性食品退市、食品安全管理员等制度，并予以公示。

餐饮消费环节整治　2018年，县食品药品监督管理局开展日常监管，共出动人数1283人次，检查餐饮经营单位783家次，下达监督意见书，责令限期改正32起。开展“安心食堂”创建工作，共创建公办学校“安心食堂”18家。加强农村集体聚餐的管理，制发《关于印发合浦县农村集体聚餐厨师培训工作方案的通知》，对全县各乡镇农村已备案登记的1409名农村集体聚餐厨师进行食品安全培训。年内圆满完成“两会”、“5·18”国际博物馆日广西主会场城市活动、中高考等大型活动的食品安全保障工作。开展餐饮行业对标行动，对辖区内1100持有食品经营许可证且符合年度等级评定条件的餐饮服务提供者（应评定家数）进行评定，同时实施色标管理的有46家，实施明厨亮灶的有118家。开展“文明餐桌”行动，印发实施方案，制作“文明餐桌”宣传标语3000张、提示牌1000个，围裙10000条、手提袋10000个、餐纸5000盒。抓好网络食品安全监管，开展对“美团”外卖、“饿了么”等电商平台以及微商等网络食品餐饮经营销售的专项检查，对发现“美团”外卖、“饿了么”等网络平台存在的问题按要求进行处置。

【药品医疗器械保化品安全监管】

药械环节监管　2018年，认真做好药械专项整治工作，春节和“两会”期间共检查药品经营零售企业138家，医疗机构55家（间）。持续做好药品流通环节日常监管整治工作，制定2018年合浦县药品流通环节日常监管工作方案、合浦县药品零售企业处方药销售专项整治工作方案，共检查药品经营企业227家、药品使用单位97间，责令整改12家。开展医疗器械专项整治工作，共检查避孕套经营企业21家，检查经营装饰性彩色平光隐形眼镜企业10家，检查使用无菌和植入性医疗器械的医疗机构5家。做好推进实施“阳光药房”工程行动，推荐30家药品零售企业参加“阳光药房”工程行动。开展全县药品质量监督抽验工作，完成上级下达任务指标15批次，开展对全县疫苗配送和接种单位全覆盖检查工作。开展药品不良反应和医疗器械不良事件监测工作。开展对互联网药品信息发布和销售药品的行为进行监测，定期对辖区内互联网药品信息服务和交易服务网站进行检查。

保化环节监管　2018年，组织开展春节期间保健食品化妆品质量安全检查，检查辖区保健食品经营户31家，化妆品经营户138家，超市12家。开展保健食品欺诈和虚假宣传整治工作，排查保健食品生产单位5家次，保健食品经营单位146家次。开展化妆品不良反应监测。开展保健食品、化妆品抽检工作。开展防范保健食品欺诈和虚假宣传“五进”科普宣传活动，以播放视屏、讲课等形式在居民、老人集中的地区、社区开展科普宣传活动。

【食品药品安全社会共治建设】

投诉受理　2018年，做好投诉举报的受理、查处工作，及时解决群众关心的热点问题，并迅速查处各种违法行为，全面维护和保障广大公众的身体健康和合法权益，受理“四品一械”投诉举报94件，上级转办21件，共115件。

宣传工作　2018年3月，在县城还珠广场举办“2018年合浦县食品药品投诉‘12331’主题宣传暨创建广西食品安全示范县文艺晚会”；6月，开展食品安全宣传周、食品安全法律法规及食品安全知识和“全国安全用药月”等宣传活动；利用电视、网络、报纸和集中宣传活动等形式开展创建广西食品安全示范县宣传，投放宣传横幅664条，喷绘786张，海报4137张，标语23352张；累计向市一级以上媒体投放宣传工作稿件80多篇次，其中《中国医药报》《中国食品报》《中国食品安全报》等中央媒体采用36篇次，《广西日报》、广西新闻网等自治区媒体采用19篇次。（叶杨军）

2018年9月5日，副县长梁建维（中）带队对“合浦大月饼”生产厂家进行监管检查
（县食品药品监督管理局　供）

科学技术

综　述

【概况】 2018年，合浦县科学技术局在县工业和信息化局挂牌。内设人事秘书股、业务股(行政审批办公室)2个股室，下辖合浦县生产力促进中心、合浦县科学技术信息研究所2个事业单位。增挂合浦县知识产权局牌子，不增加编制人员。局编制8名，其中行政编制7名，后勤服务编制1名，事业编制6名。年内，合浦县科学技术局贯彻国家“大众创业、万众创新”的方针，以推动自治区创新驱动战略和开展“科技精准扶贫”为主旋律，以科学技术普及为基础，以实施全市发明专利双倍增计划和科技成果转化大行动为契机，以选派科技特派员服务为推手，全力服务全县社会经济发展大局，为全县经济和社会发展提供科技支撑。

【专利申请】 2018年，合浦县科学技术局将发明专利申请任务列为全县绩效考核指标，通过县政府绩效考评部门分解任务下达到全县相关单位及乡镇；组织召开专题会议和引入知识产权工作服务机构进行培训及服务，请专家专门培训发明专利的申请知识，落实兑现《合浦县发明专利资助暂行办法》的政策；组织实施广西知识产权试点示范县建设，健全合浦县的知识产权管理职能，完善和提升知识产权培训、办公管理、材料收集整理等方面的基础设施条件及能力；全面宣传和发动，大力推动科技创新。全年全县发明专利申请量172件，有效期发明专利101件，按时完成上级下达的绩效考评任务指标，落实兑现《合浦县发明专利资助暂行办法》的政策，奖励13.8万元。

2018年12月28日，合浦县科学技术协会第二次代表大会在城召开

（王　健　摄）

【科技扶贫】 2018年，合浦县科学技术局注重与组织部门联系，推荐县有专业特长的35名科技人员列为自治区科技特派员，同时争取自治区和北海选派18名科技特派员，统一由自治区党委组织部和科技厅选派到全县70个贫困村开展科技服务。广泛开展科技咨询培训和指导活动，年内，指导和支持建立6个贫困村产业科技示范基地、6个贫困村科技服务站，举办各类实用技术培训班11班次，培训980多人次，引进推广优新品种新技术62个(项)、解决关键技术56项、指导产业示范基地232亩、辐射带动1500多亩，取得良好的服务效应。

【科技成果转化与应用】 2018年，合浦县科学技术局深入企业，广泛宣传和指导,促进科技成果的转化,促进科技与经济的有效结合,上级下达合浦县科技成果转化绩效任务2件,此项工作绩效任务已通过自治区审核。科技成果正在转化为现实生产力。

【申报和实施科技项目】 2018年,合浦县科学技术局积极发动,深挖资源,共组织7个科技项目,其中4个产业富民项目已落实经费80万元。这批项目正在实施中,进一步推动全县的科研创新。同时,着力组织一批延续项目的实施,将全县的科研开发推向全面发展。

【培育和搭建"双创"服务平台】 2018年,合浦县科学技术局继续着力推动和支持民营资本投资广西合浦冠创科技企业孵化器和星创天地建设,着力建设科技特派员创新创业示范基地,申报一家国家级星创天地。为广大初创型企业和科技人员提供良好的"双创"服务平台。

【科学技术宣传普及】 2018年,合浦县科学技术局组织相关人员参加广西科技活动周等宣传展示活动,全县所有科普教育基地、科普示范基地等场所全部免费对外开放,共接待参观学习人员达2000多人次。引进科普视频材料在电视台进行播放,让广大民众在娱乐的同时学到科学知识,形造了良好的科学氛围。为宣传艾滋病预防与防治知识,提高全民素质,县科技局在"科技周活动"期间,在石湾镇、沙岗镇和石康镇等地方展示防艾滋病图片、悬挂防艾滋病宣传标语和发放《艾滋病预防须知》《预防艾滋、珍爱生命》等宣传资料,宣传活动形式多种多样、深入浅出、通俗生动,提高社会公众支持参与艾滋病防治的意识。

【培育高新技术企业和专利密集型企业】 2018年,合浦县科学技术局新申请认定2家高新企业,培育1家专利密集型企业,引进10项有效发明专利,增加了县的发明有效量。 (庞庆功)

防震减灾

【概况】 合浦县行使防震减灾行政管理职能的部门是合浦县地震局,是县直属正科级事业单位,共有编制4名,在编人员4人,内设2个职能股室,分别是综合管理股和震害防御股,在县政务服务中心设立地震服务窗口。合浦县地震局2018年在全区县级防震减灾工作先进单位评比中获三等奖。

【地震监测】 2018年,合浦县地震局牢固树立"震情第一"观念,认真做好震情的监测和跟踪工作。进一步加强以"三网一员"为主的全县防震减灾监测网络的建设工作,完成全县10个动物宏观观测点观测协议签订,做好县辖区内14个台站运维工作,确保无事故数据传输,夯实县域地震监测预报的监测基础,健全完善地震监测预报工作体系。

【震害防御】 2018年,抗震设防要求管理工作进一步加强。县地震局作为县规委会成员单位,积极参与建设项目的规划、可行性报告和设计方案的评审,进一步加大抗震设防工作力度,确保县内新建、扩建、改建项目抗震设防要求的实施。加强地震服务窗口的管理,对工程建设项目抗震设防要求申请进行认真审核,严格贯彻执行新修订的《中华人民共和国防震减灾法》,对所有新建、扩建、改建建设工程进行抗震设防审核,提出抗震设防意见,要求按照抗震设防要求进行抗震设防。年内,受理建设工程抗震设防要求审核项目267宗,办结267宗,全部在承诺期内办结,办结率100%。

【地震应急演练】 2018年,合浦县地震局在县教育局的协助下,将合浦第一中学创建成自治区级防震减灾示范学校;合浦县沙岗中学、合浦县石康中学、合浦县石康镇大龙小学、合浦县公馆镇中心小学、合浦县白沙镇中心小学5所中小学创建成北海市防震减灾示范学校。全县300多所中小学每学期都实地举行1次以上学校地震应急演练,提高全县师生应急救援的意识和能力。当地震来临时,能冷静、有效、迅速、安全撤退,做到"平时训练、震时不惊"。5月11日,在合浦县沙岗中学成功举办地震应急综合示范演练。演练过后,举办合浦县防震减灾师资第三期培训班,课程涵盖消防、应急医疗、防震减灾基础知识等课程,课件放县教育区域网进行共享,由参加培训的分管领导回各自学校对全县的教师进行授课,再通过班级老师对班级学生进行讲解,开展"小手牵大手"活动,防震减灾宣传面不断扩大。

【防震减灾宣传】 2018年,合浦县"防震减灾日"宣传活动在县城廉州广场举行。活动内容有:广场咨询、青年志愿者发放宣传资料、县地震应急救援大队展示应急救援装备、医疗专家现场讲解救护知识，群众参与应急设备和救护操作等，使群众真正掌握应急避险技能。全县52个单位组织开展宣传活动。共拉挂宣传横幅410条，出版墙报板报412块。在廉州广场、还珠广场的LED大屏幕滚动播放防震减灾宣传公益片1个月；合浦电视台播放地震知识录像5晚。全县参与宣传活动人数及受众人数达到13.1万人次。与县教育局合作，要求全县中小学把防震减灾教育纳入年度计划。要求各中小学制定地震应急预案，在每年5月份的防震减灾宣传周举办一次防震减灾知识讲座，每学期开展不少于一次的地震应急演练。同年，将广西防震减灾月月行合浦站活动与防震减灾宣传周相结合，大力推进防震减灾科普宣传“进机关、进学校、进企业、进乡镇、进社区、进农村”的六进活动。

【地震舆情处置】 2018年7月18日下午，合浦县地震局接到北海市地震局转来的合浦县党江镇亚桥村十二队10号潘润娟反映其住宅楼墙体下沉、开裂情况，当即安排人员到现场检查，经现场情况分析，初步判断地基下沉是因为沙土流失造成的，排除地震前兆，安抚群众的恐慌情绪。10月19日，合浦县公馆镇居民家中水井井水异常发热。接到通知后，县地震局派出工作人员前往居民家中进行调查。水位并无突然上升或下降，水质清澈，经分析，排除可能因漏电引起发热，认为是沼气引起的。井水发热情况只发生在一户人家，是孤立的现象，不是地震前兆。工作人员就此现象向居民进行了解释，得到理解，消除居民的恐慌。

（陈波海　宁广金）

气象测报服务

【概况】 2018年，县气象局下设办公室、业务股、防雷中心、人影办。在职气象人员17人，其中工程师3人，助理工程师7人。主要业务包括气象行政管理、天气预技、地面测报、生态农业气象、气象服务、气象资料管理、防雷检测、人工影响天气。年内，继续以落实中共十九大精神为主线，坚持按照上级和地方党委政府的工作部署，全力抓好气象事业改革、气象现代化建设、气象为地方经济社会发展服务等工作，取得一定的成效。

【气象服务】

汛期气象服务　2018年，认真做好灾害性天气的预警工作。坚持做好灾害性天气和气象突发事件的监测工作，坚持全时值守和连续监测，提前做出科学预测，及时向社会公众和有关部门发布气象灾害性天气预警。做到暴雨、雷电、大雾、大风等天气预警不漏发，全年共发布各类预警160多条，各种气象服务材料90期。做好前汛期和决策服务工作。认真按照防大汛、抗大灾和为地方党委政府当好气象参谋的要求，及时向党委政府和防汛部门报送气象信息服务材料。汛期天气气象服务和重大节日、活动等的气象服务均做到及时、准确、到位。充分利用大喇叭的便利优势，在报送气象信息之外，积极为各级党委政府的各项工作开展通过大喇叭及时向基层群众宣传，全年共播报相关信息300次。弥补了县里基层宣传渠道缺乏的短板，得到有关部门和群众的充分肯定。

气象为农服务　县气象局坚持协调推进气象防灾减灾、气象为农服务工作。在“3·23”世界气象日、防灾减灾日等节点，进行农业农村防灾减灾信息宣传、普及农村气象灾害防御知识，提高农民气象灾害防御能力，最大限度地减少气象灾害带来的经济损失；在春耕春播、夏收夏种、秋收秋种等农业生产关键期制作气象服务专报；在精准扶贫、精准脱贫方面，因地施策，分类扶持；对气象服务精准提出“气象观测精准到乡镇、气象预报精准到村、气象灾害预报预警精准到户、气象服务精准到产业”等新要求。

人工影响天气　针对县内春旱的用水问题，县气象局及时组织人力，于3月成功进行一次人工增雨作业，有效缓解农业用水不足的矛盾，取得显著的社会效益。

【防雷安全生产大检查】 2018年，县气象局认真履行防雷安全监管职能，组织专业人员对危化品企业、加油加气站等重点企业开展防雷安全生产大检查。检查人员通过查看台账、现场勘查等方式，重点对企业防雷安全生产责任落实、学习培训及防雷防静电装置年检等情况进行全面检查。针对存在的问题，要求相关企业在规定期限内整改到位，消除安全隐患。同时，检查人员也向企业有关工作人员进行防雷安全知识及相关法律法规的宣讲，对保证生产安全起到积极促进作用。　（高镇春　冼懿端）

教　育

综　述

【概况】 2018年，合浦县有幼儿园125所（公办及已取得办学许可证的民办园，不含无办学许可证的民办园及小学附属园），在校生0.9431万人；小学230所，教学点70个，在校生7.82万人；普通初中24所，在校生3.77万人（其中2018年招生12934人）；普通高中8所，在校生2万人（其中2018年招生7000人）；中等职业技术学校2所，在校生0.2214万人；特殊教育学校1所，在校生80人。在校生总数14.7625万人。全县专任教师8432人，其中幼儿园354人，小学4500人，普通初中2253人，普通高中1089人，中等职业技术学校131人，特殊教育学校16人。学前教育三年毛入园率85%，九年义务教育巩固率94.7%，高中阶段教育毛入学率89.8%。

师生比例：幼儿园1∶26.6，小学1∶19，普通初中1∶13.5，普通高中1∶12.5，中等职业技术学校1∶16.9，特殊教育学校1∶5。

【基本办学条件】 2018年，全县学校占地面积与生均情况：小学311.9994万平方米、40平方米，普通初中110.734万平方米、30平方米，普通高中64.5346万平方米、32平方米。校舍面积与生均情况：小学73.4806万平方米、9平方米，普通初中36.1193万平方米、9平方米，普通高中32.3901万平方米、16平方米。

【教育经费】

收入　2018年合浦县教育经费总收入137861万元，比2017年多收入12057万元，增长9.58%。其中财政拨款收入125500万元，比2017年多收入11307万元，增长9.9%；预算外资金收入12361万元，比2017年多收入750万元，增长6.5%。

支出　教育经费总支出133766万元，比2017年多支出9609万元，增长7.74%。其中财政拨款支出121666万元，比2017年多支出8542万元，增长7.55%；预算外资金支出12100万元，比2017年多支出1067万元，增长9.6%。总支出中，人员经费支出9422万元，公用经费支出27947万元，基建支出11591万元。

【项目建设】 2018年，实施2017年度下达的全面改薄项目105个，总投资16580万元；实施2018年下达的全面改薄项目65个，总投资8975万元；启动并推进一批新建迁建学校项目，主要有：新建廉州镇第五幼儿园保育综合楼一栋及附属设施，投资1100万元；新建公馆镇第五幼儿园建设保育综合楼一栋及附属设施，投资810万元；新建廉州镇第五小学教学楼一栋，投资600万元；迁建廉州镇中心小学教学楼及附属配套工程建设，资金1260万元；启动迁建合浦县第一中学项目，总投资25000万元；实施普通高中基础能力建设项目2个，资金1800万元；实施2018年中央预算投资、乡村振兴教育发展三年行动计划等项目，总投资3900多万元。

【学生资助】 2018年共资助学生45937人次，资助金额3167.12万元，贫困户建档立卡户资助11735人次，资助金额1062.26万元。其中：学前免保教费补助资金150.83万元，减免2011人次；城乡义务教育阶段学校经济困难寄宿生生活费补助1486.93万元，资助寄宿生23831人次；普通高中国家助学金补助8969人次，资助金额732.83万元；普通高中库区移民子女免学费补助2114人次，减免金额94.98万元；普通高中免学杂费补助2383人次，减免金额183.79万元；中等职业学校免学费下达资金3761人次，减免286.28万元；中等职业学校国家助学金补助1126人次，补助金额112.6万元；自治区人民政府中等职业教育奖学金奖励名额37人，奖励资金7.4万元；发放家庭经济困难大学生入学补助项目1389人，79.9万元；发放本级财政专项扶贫教育差异化补助资金补助316人，31.6万元。同年为8513名贫困大学生办理生源地信用助学贷款6054.8万元；办理广西毕业大学生学费和国家助学贷款补偿184人，125.4万元。年内，社会资助资金总额为55.96万元，其中资助学生1444人，资助51.76万元，资助学校4所，资助4.2万元。

【防控传染病】 2018年下拨6.3万元经费给各中学、中职校作为艾滋病防控经费，配合北海市相关部门在合浦县三所中学开展“北海市乡村中学青少年预防艾滋病宣教项目”活动。举办全县春夏季重点传染病防控暨预防接种培训班，积极配合县疾控中心对部分学校学生所出现的结核病例进行隔离，并对密切接触者进行结核菌素皮试筛查。对部分幼儿园所出现的手足口病病例构成突发公共卫生事件的相关班级进行停课10天处理，在学校举办手足口病专题巡回讲座，指导学校做好防控工作。

【党风廉政建设】 2018年4月召开全县教育系统扶贫领域腐败和作风问题自查自纠动员部署会议暨集体约谈会，对所有参会人员进行集体约谈。在局机关和各学校张贴“扶贫领域腐败和作风问题专项治理工作”等3种宣传单1000多份，各学校党员干部、师生140000多人阅读宣传单。局纪检室成立督查小组，围绕是否存在扶贫领域的腐败和作风问题，深入全县40多所学校、5个二层单位进行专项检查，共受理信访举报件6件，立案3件，结案1件，给予政纪处分1人。

基础教育

【义务教育均衡发展】 2018年，县政府高度重视合浦县义务教育均衡发展国家级评估验收工作，明确各乡镇各部门职责，组织各部门及部门领导对乡村薄弱学校进行挂点帮扶，做好迎国检工作。3月，县长、分管副县长带领相关部门负责人到县教育局进行义务教育均衡发展迎国检专题调研，就资金缺口、项目建设推进、队伍建设等方面工作进行讨论研究，提出义务教育均衡发展工作指导意见。教育系统在县相关部门的支持和配合下加快实施学校建设项目，对县城义务教育学校进行布局调整，搬迁合浦一中，新建廉州镇第五小学，进一步扩大城区办学规模，缓解县城大班额问题，补充408名义务教育学校教师，解决乡村教师缺额问题，狠抓“控辍保学”工作，抓好学校办学水平和管理水平提升工作，规范学校办学，营造良好的教育环境。年底，合浦县义务教育均衡发展顺利通过国家督导评估。

【学前教育“开放周”活动】 2018年4月26日，北海市学前教育“开放周”活动在合浦县举办，合浦县实验幼儿园、合浦县廉州镇第一幼儿园两所自治区示范幼儿园分别开放给全市幼教教师参观学习。

【制定实施第三期学前教育行动计划】 2018年，县教育局制定第三期学前教育行动计划，组织开展学前教育宣传月活动，开展2018年新申报自治区普惠幼儿园摸底调查工作，制订普惠资金下达方案。

【主题教育实践活动】 2018年，各校开展“学雷锋月”活动，组织学生寻找雷锋的足迹，体验雷锋的精神，成立雷锋小组分批在校

2018年11月29日，合浦县委常委、宣传部部长、副县长韩德金（左二），县教育局局长张均作（左一）到合浦县第五中学检查指导义务教育均衡发展工作

（周伟谋　摄）

园内外做好事，深入敬老院或孤寡老人家里开展慰问活动，开展“情递贫困留守儿童，传递爱心”义务活动。组织开展“传承红色基因”清明祭英烈活动，师生到烈士墓祭扫，或在网上祭英烈。组织开展“传承红色基因”为内容的主题班会活动，在班会上观看革命烈士的影片，追忆革命历史、缅怀革命先烈。六所中小学校5月举办“大手拉小手——科普报告希望行”活动，宣传科普，宣传“节约能源资源，保护生态环境，保障安全健康”的理念。

【教师队伍建设】 2018年，合浦县计划面向社会公开招聘教师506名，实际开考招聘教师363名。招聘时提高准入门槛，将初中教师招聘学历要求提高到普通高等学校本科以上，将笔试成绩计入总成绩，更加注重应聘对象的文化基础与教学能力结合。同时，县教育局加强优秀人才引进工作，上半年组织招聘工作组赴高校宣传发动，举办专场招聘会，有23名高层次人才签订就业协议，其中研究生学历3名，免费师范生2名。

【文体活动】 2018年5月，举办北海市第三届“千里杯”校园足球合浦西场赛区比赛；举办全县中小学音乐、美术优质课评比活动；举办2018年合浦县中小学校园啦啦操比赛，38所中小学分获一、二、三等奖。6月，参加北海市第三届校园啦啦操比赛，实验小学等8所学校分别荣获一、二、三等奖。7月，闸口镇中心小学被命名为自治区级（游泳）体育传统项目学校，为全区培养游泳后备人才。9月，在合浦县教师进修学校召开戏曲进校园工作会议。10月，举办全县中小学戏曲进校园展示课评比活动。11月，举办合浦县戏曲进校园现场推进会。另外，组队参加北海市教育系统园丁杯体育比赛，羽毛球队和气排球获冠军；青少年活动中心举办合浦县中小学生书画展，800多件学生软硬笔书法和绘画作品参展，推荐20多幅书法作品参加全国中小学师生书法篆刻展示交流大赛；选派合浦二中队参加北海市汉字听写大赛选拔赛。

【高考和中考】

高考成绩 2018年，全县6080人报考（含社会考生51人），一本上线546人，一本上线率为8.98%，本科以上上线3176人，上线率为52.24%，专科以上上线5714人，上线率93.98%。600分以上62人，比上年增加53人，增幅58.89%。其中，理科最高分690分（廉州中学王瀚文），居全区20名（卷面分11名），北海市第一名，超过清华大学录取分数线；文科最高分638分。总体成绩比2017年略有提升。

中考成绩 2018年全县参加中考人数为10788人，A+人数为1170，占10.85%，A人数为1751，占16.23%，两项合计共2921人，占27.08%。

教学管理

【专项培训】 2018年，县教育局政工股和县教师进修学校举办多项教师专项培训，主要有中小学职业学校（幼儿园）教师师德培训、中小学转岗教师培训、中小学幼儿园新入职教师岗前培训、控辍保学专干及学籍管理员培训、中小学均衡发展图书管理培训、幼儿教师手工公益培训、高中课程标准网络直播集中培训等，共培训教师7266人。县教研室组织各类教学培训共29个项目，培训7000多人次。局教育股组织24名科技教师参加北海市及北京的科技教师专业培训，电教站举办5期中小学图书管理人员图书管理培训班，举办多媒体教学设备使用与维护培训。

【教研活动】 2018年，县教研室组织县级教研活动80多科次，参加教师7000人次，培养39名骨干教师上县级公开课；中学、小学、幼教骨干教师的送教下乡活动32

3月23日，星岛湖镇在镇中心小学本部举行“蓝天工程”之“三学三导”课堂流程专题研讨会
（县教育局 供）

人次；组织特级教师工作坊、名师工作室等开展送教活动，组织各学科教学同课异构教研活动；分别在合浦廉州中学、合浦二中举行高一、高二语文教学研讨活动，在合浦四中举行八年级教学能手教学研讨活动；小学开展教研员蹲点活动，各教研员蹲点一所农村小学，到各蹲点学校听课调研，指导开展教研及教材培训。

【参加教学比赛】 2018年，合浦县选送石康中心小学邓赟燕、廉州中心校唐忠娟、公馆镇中心校曾永银3位教师参加自治区青年教师优质课比赛均获一等奖；组织教师参加自治区生物优质课评比活动，合浦廉州中学詹远珊获得全区二等奖；组织七年级语文教师参加北海市珠乡村教师优质课竞赛活动，1人获一等奖，1人获二等奖；组织高中数学青年教师参加北海市青年数学教师优质课竞赛，3人获一等奖，3人获二等奖；组织高中英语教师参加北海市高中英语教师优质课评比，2人获一等奖，2人获二等奖；选送教师参加北海市小学品德与社会、道德与法治教师技能大赛，教师徐晓霞荣获一等奖并代表北海市继续参加广西中小学幼儿园教师技能大赛；选送5位教师参加北海市幼儿园教师教学技能比赛，教师花婷被选派参加自治区幼儿园教师教学技能比赛获一等奖；选送两位教师参加2018年北海市中小学音乐教师五项技能大赛，廉州中学教师陈游获一等奖，常乐镇中教师王丹丽获二等奖；选派石康镇中心小学教师邓赟燕代表合浦县参加北海市选拔赛获一等奖。

【举办全县性教学比赛】 2018年，县教研室举办全县小学语数学科的优质课评比活动，历时近1个月，全县共有96节课参加评比，观摩活动教师达2000多人次，活动共评出一等奖25节，二等奖33节，三等奖38节。6月21日，合浦县幼儿教师教学技能比赛在合浦县实验幼儿园举行，全县学前教育骨干教师200名老师观摩。

【学生参加全国竞赛】 2018年，合浦县高中学生参加全国高中数学联赛和全国高中学生化学竞赛（广西赛区），获全国二等奖4人，全国三等奖26人；参加全国高中学生化学竞赛（广西赛区），高一组获全区一等奖17人，二等奖5人，三等奖5人；高二组获一等奖9人，二等奖8人，三等奖5人；组织学生参加“全国青少年科技创新大赛”，合浦县1件作品获得广西区一等奖，6件作品获二等奖，2件作品获三等奖，山口中学作品《岿然不动安如山——山口永安大士阁不倒之谜》获得代表广西参加全国赛资格。

【教学科研课题研究】 2018年，合浦县申报立项的课题有市级A类3项，B类13项；县级27项。结题县级课题39项。

职业教育

【概况】 2018年，合浦县直属中等职业技术学校有2所：合浦县中等职业技术学校、石康职业技术学校，异地办学的职校有钦州合浦师范学校，以职业培训为主的有教师进修学校、劳动就业培训中心。

合浦县全日制中等职业技术教育主要采取两种办学模式：“2+1”工学结合办学模式，即在校学习2年，第三学年到企业顶岗实习。“2+3”或“3+2”模式：“2+3”模式即在校学习2年，第三学年到合作办学高校就读，“3+2”模式即毕业后参加对口考试直升专、本科院校或直接免试进入与职校合作办学的高职院校继续深造。在职校就读的学生，可免学费，享受国家助学金，贫困学生可享受困难补助。毕业生获得国家承认中专毕业学历，可考取技术等级证书。

【职业学校简介】

合浦县中等职业技术学校 2004年9月成立，位于县城东较场路，占地总面积389亩，建筑面积4.6万平方米，是县属重点职业技术学校、北海市贫困村劳动力转移就业培训基地。2018年，学校在校学生1785人，有专任教师87人，其中专业教师72人，“双师型”教师35人，拥有自治区级中职名师1人，本科学历以上教师占88.5%，高级讲师27人，外聘10多位有丰富经验的工程师为实习指导教师。学校设有汽车运用与维修、计算机与数码产品维修、模具制造技术、电子技术应用、旅游服务与管理、果蔬花卉生产技术、会计、音乐（粤剧）、民族食品加工与制作专业等九大专业，汽车运用与维修专业被评为自治区示范专业。学校建有两幢实训楼，实习基地20多个，各专业实训室近70间，拥有各类实训设备，电子技术应用实训基地为自治区立项建设实训基地。

石康职业技术学校 位于合浦县石康镇康乐区康乐大街41号，前身是合浦县石康职业高中，创建于1962年，占地面积130亩。2012年起根据办学需要，经县教

为响应“广西中等职业技术学校‘防艾之星’选拔赛”，合浦职校于2018年12月20日晚在校园跑道上举行“荧光跑”夜跑活动　　（合浦职校　供）

育局批准，与钦州技工学校联合办学，现办学场所在合浦县廉州镇龙城路72号。学校拥有东西两个校园，占地面积90776平方米，生均211.5平方米，学校建筑面积总14056平方米，西校园作为学校的实训基地。学校为全日制职业技术学校，学制为三年。学校开设有观光农业经营，畜牧兽医和农业机械使用与维护三个专业，是北海市独特的涉农专业。有全日制在校生429人。2018年招生人数突破200人，其中农村学生占98%，城镇学生占2%。现有教师25人。其中专任教师24人，“双师型”教师10人，兼职教师3人。2018年该校42人参加全区对口中职高考，38人上线，上线率为90%。

【建设特色专业】 2018年，县中职校成立由行业企业专家和骨干教师组成的专业建设指导委员会，根据市场需求调研及时调整专业设置，对接北海市区域电子制造、沿海旅游、交通运输、IT信息等产业需求，在重点建设电子技术应用、汽车运用与维修、旅游服务与管理、计算机及数码产品维修4个专业的基础上，增设民族食品加工与制作专业。从2018年起面向全县招收80多名学生。从合浦县著名的大酒店聘请兼职大厨师，教授学生制作中餐、西餐、面点及合浦当地传统特色菜肴制作技巧。

【职校与高校联合办学】 2018年与县中职校合作的高职院校有：桂林理工大学、广西农业职业技术学院、广西理工职业技术学院、广西现代职业技术学院、北海职业学院等近十所高等院校。石康职校与广西农业职业技术学院联合办学，每学期学院都安排教授到校上课，学校定期安排学生到学院实习。

【职校与企业合作办学】 2018年，县中职校合作企业达20多家，校内建有以生产电子产品为主的学生就业实践基地，开办有汽车维修厂、家电维修中心，校企一体化，在校生不出校门能实训，到基地与维修厂参加实训还可获得一定的经济补助。石康职校与合浦宜安畜牧有限公司、合浦容大兽药、合浦七里香等企业合作办学，经常组织学生到相关专业实训实习，顶岗实习，参加技能比赛，提高学生专业水平，增加学生就业经验，提高学生的实际操作能力和就业竞争力。

【毕业生就业率】 石康职校每年举行毕业生现场招聘会，观光农业、畜牧兽医专业毕业生当年就业率均在90%以上，毕业生当年专业对口率稳定在60%以上。经跟踪调查，大部分毕业生对工资等福利待遇感到满意，一年以上就业稳定率高于50%。用人单位对毕业生感觉满意和基本满意的超过80%。超过85%的毕业生对学校感觉满意或基本满意。

高等教育

2018年，合浦县高等教育主要是在职教育，有两种模式：一是学生参加成人高考后进入高等院校函授学习，二是学生被招入高等院校学习，通过自学考试取得毕业证。2018年全县1468人参加全国成人高考考试，其中专科792人，本科676人，报考专业共7个。

特殊教育

2018年，合浦县有特殊教育学校一所，校园面积10亩，教学楼一栋，总面积2222平方米，设置有感统室、手工室、语训室、多媒体室等。学校根据学生情况设有培智班5个，聋哑班一个；学校有教职员工共21人，专任教师16人，学生80人。2018年普及残疾学生入学，入学率提升12%。

（莫永平　陈相君）

文化·体育

综　述

【概况】 合浦县文化体育和广播电视局编制10名(其中行政编9名,后勤编1名),实有人数11人。设人事秘书股、文化事业股、体育股、文化市场管理股、行政审批办公室,下属单位有县文化馆、图书馆、文化市场综合执法大队、体育运动学校、传统戏曲研究中心、还珠戏院、游泳场、广播电视发展中心8个事业单位。其中,县传统戏曲研究中心为差额拨款单位,还珠戏院、游泳场为自收自支单位,其余的为全额拨款单位。至2018年底,共有职工干部124人(其中公务员9人,参公人员6人)。年内,文化市场执法案件获2017—2018年度自治区级优秀案件奖,星岛湖镇获"扫黄打非"基层工作全国示范点称号,县广播电视发展中心被评为2018年全区县级播出机构播出秩序先进单位。

【项目建设】

村级公共服务中心建设 2018年,合浦县建设21个村级公共文化服务中心,分别是山口镇山南村、新圩村,沙田镇淡水村、白沙镇草江村、宏德村,闸口镇独竹村,常乐镇京竹村、阳月村、平心村,石康镇白沙江村、天堂村、大崇村、十字村,星岛湖镇坭江村,廉州镇马江村、马安村、禁山村,石湾镇石湾村、垌心村,乌家镇岭顶村,其中白沙镇草江村、闸口镇独竹村、曲樟乡中城村、常乐京竹村这4个为贫困村。每个村级公共服务中心包括建设1栋文化综合楼、1个篮球场、1个戏台和1个宣传栏,组建1支篮球队和1支文化队。项目总投资1050万元,其中自治区补助525万元,县配套资金525万元,于2018年9月份开工,年内全部完成主体施工建设。

石湾镇文化站综合楼项目 2018年,在石湾镇文化站旧址新建一栋建筑面积为500平方米的文化综合楼、1个篮球场、1个文艺舞台,内设多媒体教室、图书室、培训室等功能房。项目总投资为150万元,年内基本完工。

【农家书屋】 2018年,补充更新165家农家书屋出版物,配送工作从10月15日开始,由合浦县新华书店工作人员进行配送,并指导村委会对出版物进行规范、严格、完备的分类、编目、上架等工作。同时,对全县244家农家书屋每家追加配送2册《习近平新时代中国特色社会主义思想三十讲》读本,于10月下旬配送上架完毕。

年内,由县文化体育和广播电视局及县教育局联合组织选送优秀作品参加自治区举办的"我的书屋·我的梦"为主题的农村少年儿童阅读实践活动,全县共选送小学组15篇作品,中学组18篇作品参加评奖。其中小学组获得二等奖的有两篇,分别是党江镇九坡小学冯思彤《我的书屋·我的梦》、沙岗镇中心小学莫倩颖《乡村的一方阵地——农家书屋》;中学组获得一等奖的有两篇,分别是廉州中学陈巍元《我的书屋,我的梦》、廉州中学陈文慧《农家书屋点亮人生》;中学组获得二等奖的有两篇,分别是廉州中学沈李莲《书香绕梁》、廉州中学郭春晓《一路书香一路风光》;中学组获得三等奖的有三篇,分别是廉州中学黄予棋《不能忘却的记忆》、廉州中学陈雪群《馨香书屋,圆我梦》、合浦县第二中学张宏滢《我的书屋,我的梦》。

【文化志愿者服务】 2018年,合浦县贯彻落实国家对边远贫苦地区、边疆民族地区、革命老区开展的涉及教育、文化科技等5个方面的人才支持计划。年内,选派周继兰、马祥云、叶小平、刘文芳、王德军、周庆宁、周文娟、张冬梅、王美华、江源滨、梁传凤、苏少玲12名优秀文化志愿者分别到山口镇、星岛湖镇、沙岗镇、闸口镇、公馆镇、白沙镇、常乐镇、石康镇、石湾镇、西场镇、党江镇、廉州镇等12个乡镇文化站提供相关文化服务。文化志愿者协助村委共开展舞蹈培训730余次、文艺演出96余场。

【珠乡英才】 2018年,合浦县组织实施“珠乡文化领域优秀人才”和“珠乡名家”遴选活动,评选出5名“珠乡文化领域优秀人才”,分别是吴莉、余居贤、韩鹏初、刘春、廖烈莲;遴选出7名“珠乡名家”,分别是3名艺术家:陈中华、邓敦伟、张绍城,2名运动员:劳义、潘卫新,2名企业家:陈耀龙、周建章。

【非物质文化遗产保护与利用】 2018年,合浦县文化馆认真做好非物质文化遗产保护与利用工作。组织有关人员到党江、曲樟、闸口、石湾、石康、西场、公馆、白沙、常乐、廉州等乡镇调研、普查、收集整理非物质文化遗产资料,经整理申报列入县级保护项目18个,由陈蕴绪指导申报的“合浦上刀梯过火海”入选自治区级保护名录。做好非物质文化遗产宣传展示。在汉闾文化园的“合浦县非物质文化遗产展览馆”开设“角雕艺术馆”常年开放展示。组织指导“公馆木鱼”“木偶戏”“珠还合浦”“合浦角雕技艺”“合浦关圣大刀”等项目常年开展培训传承,其中“合浦角雕技艺”开设生产性保护示范基地,培训学员1000多人次;“合浦关圣大刀”培训学员2000多人次;6—8月,“李家拳及南蛇过垌”在文化馆传承基地组织举办传承班二期,培训学员300多人次。为协助合浦县委、县政府做好创建特色旅游名县检查评估验收,把历年来整理的非遗项目《老杨公》《公馆木鱼》《南蛇出垌》《木偶戏》《珠还合浦》用文艺形式分别在东园家酒厂产业园、槐园、山口石子岭乡村旅游区、古海角亭、汉闾文化园、星岛湖等景区展演。

【安全生产检查】

营业场所检查 2018春节前,县文化市场综合执法大队重点检查网吧、歌舞娱乐场所是否违规接纳未成年人进入,是否存在“黄、赌、毒”违法违规现象;封堵和查缴政治性有害出版物。加强对网吧、娱乐场所消防安全检查,对消防制度是否健全、落实,员工对灭火设备的了解和使用及四个能力掌握情况进行详细检查。共出动执法人员50多人次,执法车辆4台次,检查网吧43家,歌舞娱乐场所14家,书店16家。9月19日,县文化市场综合执法大队联合县公安网安大队集中对县城的网吧、娱乐场所等人员密集场所开展“中秋、国庆”两节前安全生产专项检查。12月24日—28日,联合相关部门进行元旦节前安全生产随机抽查。重点是全县网吧、娱乐场所、出版物市场和印刷厂等经营场所,切实消除经营场所的安全隐患。共出动执法人员60多人次;检查网吧、娱乐、印刷厂等经营场所42家次,立案调查22家,其中网吧16家、出版物4家、印刷企业1家、娱乐场所1家,对存在安全隐患的文化经营场所下达《责令改正通知书》7家。

消防安全培训 4月26日上午,举办全县文化市场消防安全培训讲座,特邀请广西消安防火咨询服务中心专家进行授课。消防专家结合文化市场行业的特点,通过消防知识讲座、图片、实物和案例分析相结合的方式,对火灾的形成与发展、火灾的危害、火灾的预防、灭火的原理等进行深入浅出的讲解,并穿插一些典型的火灾案例视频,以真实火灾反面案例现身说法;授课中还现场讲解消防器材的使用、维护保养方法,部分经营场所业主进行现场演练。

【世界知识产权宣传周宣传活动】 2018年4月28日上午,县“扫黄打非”办及星岛湖镇联合学校开展主题为“拒绝侵权盗版　远离和抵制有害信息”的版权宣传活动,组织学生进行拒绝盗版从我做起绿书签活动,现场发放“扫黄打非”宣传资料,并进行有奖抢答,进一步提升广大学生的版权保护意识。参加活动的领导及学生们在“拒绝侵权盗版　远离和抵制有害信息”的横幅上郑重地写上自己的名字,承诺为保护版权尽自己的一份力量。

社会文化

【合浦县文化馆】 2018年,县文化馆有人员编制22名,实有人员20人,专业技术人员副研究馆员(副高)1人,馆员(中级)10人,助理馆员及管理员(初级)7人,工人1人。县财政下达办公经费1万元(不含人员工资),上级下达免费开放经费20万元(其中:中央补助16万元,自治区补助3.2万元,县配套0.8万元)。

举办培训班 4月—5月,合浦文化馆组织业务老师分别到石湾镇沙朗村、党江镇和当地文化站一起举办“乡镇文艺骨干舞蹈培训班”；在县文化馆举办合浦县业余文艺骨干文艺创作培训班，参加培训的文艺骨干近30人。

9月，北海市群众艺术馆、合浦县文化馆在合浦县文化馆举办北海市“全民艺术普及”——合浦县业余文艺骨干声乐基础培训班，有近40名业余骨干和部分文化馆业务干部参加培训；协助县文化体育和广播电视局举办乡镇文化体育和广播电视站长培训班。11月3日，合浦县文化馆、合浦县美协、合浦县书协共同主办“美院的延伸——合浦县古法山水画公益研修班”，邀请北京人文大学特聘教授梁永明来授课，研修班为期1个月，30多名书画爱好者参加研修班。19—22日，合浦县文化馆和北海市群众艺术馆在合浦县体育练习馆一起举办“合浦县乡村文艺能人舞蹈培训班”，合浦县各文艺团队骨干及爱好者近80人参加培训。

举办协办文艺活动　2018年，县文化馆承办或协办在县城举行的群众文艺演出活动，其中在还珠戏院举行的有：2月28日，由中共合浦县委员会、合浦县人民政府主办，县委宣传部、县文化体育和广播电视局、县文学艺术界联合会承办的“牢记嘱托　聚力合浦”2018年合浦元宵节文艺晚会，晚会荟萃合浦县近几年来文化艺术界创作的优秀作品、歌曲、舞蹈、戏曲、朗诵等艺术形式，集聚老中青以及少儿不同年龄段的艺术表演人才的精彩表演。4月24日，由广西壮族自治区人民政府参事室（文史研究馆）、自治区文化厅、自治区旅游发展委员会、广西电视台和合浦县委、县人民政府共同主办的“中华文化八桂行——走进合浦”文化联谊晚会，给群众奉献一场格调高雅、形式生动、富有经典文化品格和地方特色的晚会。国务院参事室副主任赵冰，自治区政协副主席刘慕仁，北海市副市长黄江和来自全国21个省市参政室领导、参事及合浦县县长李安洪等县四家班子领导和干部群众共600多人观看晚会。

【广场文艺活动】

“文艺轻骑兵”走基层文艺晚会　3月1日晚，由县委宣传部、县文化体育和广播电视局、县文学艺术界联合会主办、合浦县文化馆承办的我们的中国梦——文化进万家活动“文艺轻骑兵”走基层文艺演出在县城还珠广场举行。

六一国际儿童节文艺晚会　5月29日，由县委宣传部、县文体广电局、县文联主办，县文化馆承办的“珠乡有爱护未来”2018年合浦县庆祝六一国际儿童节文艺晚会在还珠广场举行，晚会节目精彩纷呈，近2000群众观看演出。

庆祝建党97周年文艺晚会　6月26日，由县委宣传部、合浦县文化体育和广播电视局、合浦县文学艺术界联合会主办，合浦县文化馆承办的2018年合浦县庆祝建党97周年文艺晚会在还珠广场举行，1000多名群众观看演出。

中国人民解放军建军91周年文艺晚会　7月30日，合浦县委宣传部、合浦县文化体育和广播电视局、合浦县文学艺术界联合、合浦县文化馆在还珠广场举办庆祝中国人民解放军建军91周年文艺晚会。演出以服务军民融合发展为主题。演出受到现场2000多名观众的热烈欢迎。

庆中秋文艺晚会　9月20日，由县委宣传部、县文化体育和广播电视局、县文学艺术界联合会主办，县文化馆承办的“珠乡月·团圆情”合浦县庆中秋文艺晚会在县城还珠广场举行，2000多名干部群众观看了晚会。

体育舞蹈专场晚会　9月29日，合浦县文化体育和广播电视局、合浦县文化馆与合浦县体育舞蹈协会共同举办“庆祝广西壮

2018年6月26日晚在还珠广场举行合浦县庆祝建党97周年文艺晚会

（县文体和广电局　供）

族自治区成立60周年第十届广西体育节—合浦县体育舞蹈专场晚会”。晚会有拉丁舞、国标舞、广场舞、国际舞等轮番上演。

庆祝“九九”老年节文艺晚会　10月15日,由合浦县委宣传部、合浦县文体广电局、合浦县文联主办,合浦县文化馆承办的“弘扬传统文化　感受戏曲魅力”暨合浦县庆祝“九九”老年节6周年文艺晚会在还珠广场百姓大舞台演出,演出节目有乐器合奏、独唱、表演唱、折子戏、舞蹈等,1000多名群众观看。

全民艺术普及成果展演　10月30日,由合浦县委宣传部、合浦县文体广电局、合浦县文联主办,合浦县文化馆承办的“合浦县全民艺术普及成果展演”在还珠广场台举行,演出节目多是文化馆老师指导各培训班、文艺队的节目。

合唱比赛合浦分赛　11月26日,为庆祝改革开放40周年和自治区成立60周年,由合浦县委宣传部和县文化体育和广播电视局举办的“迎大庆　颂党恩　赞北海——唱响北海合唱比赛合浦分赛区”在合浦县廉州广场开赛。经过激烈的角逐,评出特等奖1名,一、二、三等奖若干名,5000多名群众观看比赛。

预防艾滋病宣传　11月29日,由合浦县文化馆承办的“合浦县预防艾滋病宣传文艺晚会”在还珠广场举行,通过喜闻乐见的节目和有奖知识问答帮助人民群众了解艾滋病的由来、传播途径、艾滋病的危害以及预防措施,呼吁全社会关心与关爱艾滋病患者。

改革开放40周年和自治区成立60周年文艺晚会　12月7日,在合浦县还珠广场举行。县委宣传部、县文体广电局、县文联领导和1000多名群众观看。

12月28日,由合浦县委宣传部、合浦县文化体育和广播电视局主办,文化馆承办的“弘扬健康文化　倡导健康行为”文艺晚会在还珠广场举行,1000多名群众观看了晚会。

【文化惠民下乡活动】

文化科技卫生“三下乡”　1月19日,合浦县委宣传部、县文化体育和广播电视局、县卫计局、县文联、县科协、县社科联、县图书馆、县文化馆组织人员到星岛湖镇洋江村举行合浦县深入学习贯彻中共十九大精神暨文化科技卫生“三下乡”活动,为当地村民免费义诊、免费书写春联,开展农村科技服务和科学普及活动。送书下乡,送戏上门,紧密结合农业、农村和农民实际,把十九大精神讲清楚、讲明白,让广大农民听得懂、能领会、可落实。10月,先后在闸口镇大路山村委、闸口镇贝山、石康水车村委、石康镇瓜山村、西场镇御江村委、乌家镇乌家村、廉州镇大岭村委举办预防艾滋病宣传文艺晚会,利用文艺的形式宣传预防艾滋病知识。

文艺演出下乡　年内,县文化体育和广播电视局和乡镇人民政府主办,合浦县文化馆和乡镇广播电视站承办的文化惠民下乡演出活动经常开展,其中到石湾镇红锦村、沙田镇山寮村、曲樟乡亚山村、常乐镇平洋村、山口镇中堂村委西场镇滘头村委、乌家镇镇饭包塘村委等地举行,当地村民热情观看演出。

【文艺比赛】　2018年,合浦县组队参加庆祝自治区成立60周年暨第六届全区基层群众文艺会演,刘春独唱的《舟水谣》《北部湾的风》获声乐类三等奖,苏坤坤演唱的《疍家美酒斟满杯》《大藤峡放歌》获声乐类优秀奖,舞蹈《丝路情缘》获舞蹈类优秀奖。表演唱《天女散花献珠乡》获曲艺类三等奖。参加北海市第三届“珠城群星奖”基层群众文艺评奖活动,钟丽娟演唱的《合浦我的家》获声乐类金奖,舞台剧《孟尝审珠》获曲艺类金奖,刘春演唱的《舟水谣》,莫君善演唱的《丝路明珠》获声乐类银奖、舞蹈《丝路情缘》获舞蹈类银奖,陈游演唱的《中国梦珠乡情》获声乐类铜奖,苏坤坤演唱的《疍家美酒斟满杯》获优秀奖,钟丽娟、刘春、李世奇、吴云香获优秀演员奖,《合浦我的家》《舟水谣》《孟尝审珠》获优秀文艺创作奖。邝蒿菁的美术作品《老人与狗》荣获美术类优秀奖。韩兆业的水彩作品《平凡的日子》入选庆祝广西壮族自治区成立60周年艺术作品展;水彩作品《开海的日子》获“珠城群星”文艺汇展美术金奖。

公共图书馆

【合浦县图书馆概况】　2018年,合浦县图书馆馆舍面积为1502平方米,编制15人,实有人员10人。总藏书205434册,其中古籍共6585册。年内,县图书馆接待读者108856人次,其中:接待外借读者41590人次,借出书刊60380册次,接待阅览读者51942人次,借阅书刊101834册次,电子阅览室接待读者上机9893人次,政府信息公开查阅点接待查阅读者412人次。

【图书馆举办活动】　2018年,县图书馆充分发挥图书馆职能优势，全年不定期举办各类讲座、展览、培训班、基层培训辅导等各种馆内外服务活动。在倡导阅读、指导阅读、推动全民阅读方面开展一系列宣传活动，接待人数5000多人次。

文化惠民　1月11日—2月13日春节期间，分别在合浦县中山公园和各乡镇范围广泛开展“迎新春、送春联、送祝福”文化惠民活动，累计开展送春联活动14次，服务群众3000多人次。7—9月，开展残疾人文化惠民活动。深入特殊学校、老人福利院等残疾人服务机构服务，努力营造有利于提高残疾人文化生活的浓厚氛围，300人次弱势特殊群体参加学习。9月25日，参加西场镇老温村18队文化广场庆典暨开展送书活动，赠送书籍200多册，吸引到此参加看书、读书的群众2000多人次。

阅读活动　2月5日—2月28日，先后开展中共十九大精神和习近平新时代中国特色社会主义思想的宣传和阅读活动；开展“共筑中国梦　共度书香年”读书活动，活动紧紧围绕加强“中国梦”宣传教育、培育和践行社会主义核心价值观等主题，共展出图板45块，展出时间为21天，读者、群众共3000多人参与、观看。4月22日—28日，开展“4·23世界读书日”活动，服务干部职工、退休人员、军人、老人、儿童、学生等3000多人。5月25日开展2018年未成年人思想道德建设读书活动，倡导“富强、民主、文明、和谐、自由、平等、公正、法治、爱国、敬业、诚信、友善”，营造浓厚宣传氛围，未成年人1000多人次参与。8—12月，开展《习近平新闻思想讲义(2018年版)》阅读推广活动，3000多人次参与学习宣传活动。

培训活动　5月15日，聘请专家在县图书馆对合浦县文化馆、合浦县综合执法大队、合浦县还珠戏院、合浦县业余体校及读者共40多个代表进行一次全面系统的安全生产宣传教育知识讲座培训活动。7月16日—7月30日和8月5日—8月19日举办合浦县图书馆书法培训班两期，聘请具有丰富教学经验的书法教师进行教学，50多人次参加培训。7月9日—7月24日和8月6日—8月21日，举办自治区级非物质文化遗产代表性项目李家拳及蝴蝶双刀武术培训班和讲座两期，60人次参加培训，营造全社会参与文化遗产保护的良好氛围。

文化市场

【合浦县还珠戏院】 2018年，县还珠戏院占地面积3343平方米，建筑面积5250平方米，自2017年维修改造后，有座位660个，楼座没有改造，不能使用。有人员编制12名，实有人数9人，属自收自支事业单位。年内，接待县里各种会议、公益性演出及电影放映共52场，总收入26.76万元。

【合浦县文化市场综合执法大队】 县文化市场综合执法大队为参照公务员管理的副科级事业单位。有人员编制7名(其中参公编6名，后勤编1名)，实有人员7人，负责全县文化市场(包括新闻出版、音像、互联网上网服务、电子游戏、歌舞娱乐、复印打字、卫星电视广播地面接收等经营服务项目)执法工作。2018年获评全区文化系统优秀案件制作单位、全国“扫黄打非”进基层先进示范点。大队长杨明获全区文化系统个人二等功。

2018年，对文化执法队员进行多渠道、多层次、多类型的培训，主要包括线上、线下两种形式。线上培训依托全国文化市场技术监管与服务平台在线培训考试系统对大队全体执法人员进行培训。大队全体在职人员参加平台培训，平均成绩达到80分以上。线下培训，参加北海市与抚顺市文化市场综合执法能力提升交流协作活动，安排业务骨干参加抚顺市文化市场综合执法大队举办的文化市场培训班，考察文化市场和企业转型升级工作、共同办案；参加抚顺市文化市场综合执法大队领导和业务骨干到北海市文化市场综合执法支队授课，通过座谈、考察文化市场和企业转型升级工作、共同办案等形式进行学习和交流，提升综合执法能力。

【文化市场执法】 2018年，全县共有登记在册的文化经营场所41家，其中新闻出版经营共21家(音像制品零售3家)，印刷出版类20家(属市级审批)；营业中的互联网上网服务营业场所共有43家(县城20家，乡镇23家)，电子游戏室2家，歌舞娱乐场所2家，复印打字32家(已取消审批手续)。

县文化市场综合执法大队坚持日常监管和专项治理、严格执法和强化服务相结合的原则，严厉惩治文化市场各种违法违规行为。全年对各类违规文化经营点共立案59起，办结案件39起，其中刑事案件一起。会同公安、工商等相关部门共同开展了联合执法行动10多次，共出动执法人员3000多人次，检查文化经营单位2000多家次，依法取缔无证经营网吧2家；销售非法出版物流动摊点20多摊，查缴各类非法出版物（六合彩资料）共计20000份（册），查扣卫星接收天线500多面，高频头40多个，相关配件一批。

电视小片网专项整治　2018年，县文化市场综合执法大队联合沙田、山口、白沙镇政府于3月6日分别对沙田、山口、白沙镇小片网信号传输站进行联合检查。先到用户查看电视节目频道播放内容情况，检查是否存在境外电视节目和自办节目播出的问题，再到农村电视小片网经营点进行核查。通过走访调查用户和现场检查相结合方式，未发现有违规插播境外电视节目的违法行为。共出动执法人员180人次，检查小片网传输前端站6个，分支网站4个，走访、调查用户20户次。

卫地设施专项整治　2018年，县文化市场综合执法大队联合县工商局、县公安局等单位组成联合执法组，在县城范围内开展多次惩治非法销售、安装和使用卫星电视地面接收设施专项联合执法行动。其中，4月2日，对城区的美华小区、还珠广场小区等住宅小区以及中心市场、中山路、城基东路、家电维修店等违法安装使用、销售卫星电视地面接收设施行为进行整治。共出动执法人员20余人次，检查各类经营门店15家，住宅小区4个，依法拆除收缴接收天线50面，高频头20个。10月30日，出动执法人员16人次、执法车辆4车次，检查五金店6家、家电商店10家、家电维修店5家，缴获非法销售卫星电视地面接收器55面、接收机6台、解码器5个、接收配件一批。11月21日，对还珠广场公寓2、3号区，美华广场、碧桂园公寓等小区进行突击检查。执法人员向群众分发相关宣传资料并详细讲解关于卫星电视地面接收设施的相关政策，一些擅自安装有卫地设施的群众配合执法人员工作，主动自行拆除。整治行动共出动30多人次，拆除收缴50多面地面卫星接收设施，张贴通告50多张，拉挂宣传广告10条，发放宣传资料200多份，分别与广场公寓2号区、碧桂园公寓签订“三无”社区目标责任书。

网吧专项整治　2018年7月7日，组织全县网吧经营业主召开暑期专项整治会议，通过签订《网吧经营管理安全责任书》、发放《致全县网吧业主的公开信》和微信、QQ平台向网吧经营业主发布加强暑期监管预警等方式，提高经营者自律和守法经营意识。暑假期间，县文化市场综合执法大队联合县公安局网监大队对全县网吧开展专项整治行动，每天到网吧市场巡查，对网吧实名制登记、接纳未成年人上网及消防安全进行突击检查，严防接纳未成年人现象反弹，违规经营行为一经发现，依法取证、迅速查办。共检查网吧43家，现场核查上网人数200余人次，消除安全隐患8处，对1间涉嫌接纳未成年人进入网吧场所的网吧进行立案调查处理。

“扫黄打非”专项整治　2018年，县“扫黄打非办”组织文化、公安、工商等部门开展出版物市场“扫黄打非”专项整治行动10多次。重点对文具店、校园周边商店、游商地摊等出版物市场进行大检查。对销售的图书、音像制品、智能点读机、印刷品（出版物）等进行全面检查整治，并向商户进行宣传教育，要求商户遵守相关规定，坚决抵制出售非法出版物、盗版影音制品等。其中，4月4日，共出动执法人员30人次，检查出版物经营场所20余家、校园周边文具店20余家。查处无证经营图书的文具店2家、取缔游商地摊5家、收缴各类非法出版物（含香港六合彩码报）3000余册盘，其中涉嫌淫秽色情音像制品50余张。10月30日，开展第11次联合执法检查专项行动。共出动执法人次16人次，车辆4台次，

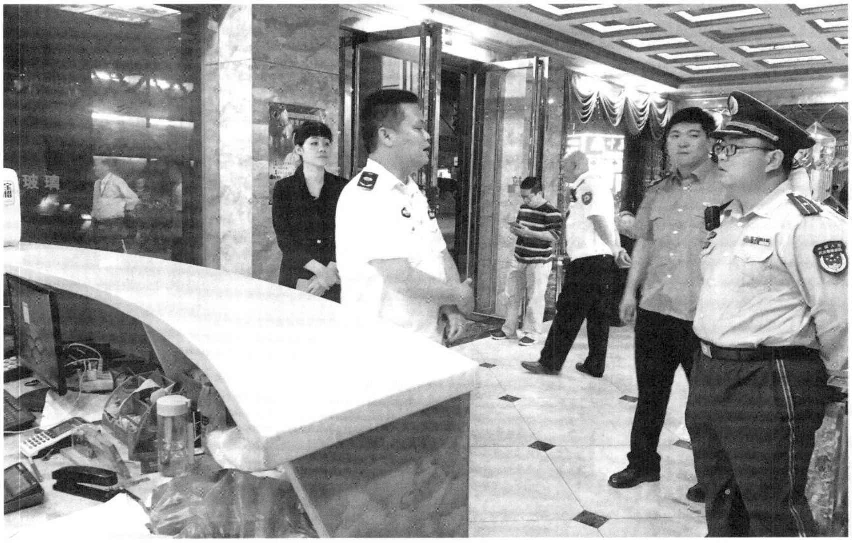

2018年4月10日，县文化市场综合执法大队联合多部门检查县城廉田路某娱乐场所

（县文体和广电局　供）

分别检查书店、报亭、印刷企业，门户网站等经营点20多家，共查缴非法出版物2000多张(册)，音像制品600多张(盒)，立案调查6间店。12月3日—7日，对县城的网吧、歌舞、游艺娱乐场所、印刷企业、门户网站、书店等文化经营场所进行庆祝自治区成立60周年期间“扫黄打非”暨文化市场安全大检查。检查人员随机抽取县城的网吧、歌舞娱乐场所和书店进行重点检查。清查书店政治性非法出版物以及是否有销售盗版教辅教材的行为；歌舞娱乐场所点歌系统是否有违禁歌曲等，并检查消防安全情况。共出动人员50人次，检查各类文化经营场所60多家，下达《责令整改通知书》共5份，收缴各类非法出版物(六合彩)500多份(册)，对12家涉嫌违规经营场所立案调查。

出版物专项整治 2018年，县文化市场综合执法大队联合县公安局、县工商局在县城范围内开展惩治非法销售“六合彩”码报专项整治行动。执法人员先后检查惠爱桥头、还珠广场、金鸡大道某居民住宅内等非法销售“六合彩”码报摊点。共查处“六合彩”码报摊点10多家(摊)，查缴非法出版物(六合彩码报)10000多册(张)。

艺术考级培训专项整治 8月中旬，县文化市场综合执法大队对合浦县少年宫(舞彩蝶培训中心)、悦艺街舞等艺术考级培训单位开展艺术考级专项整治工作。共出动执法人员20人次，检查艺术培训中心、考点10余家次，重点核查社会艺术水平考级承办单位法人资格、主要负责人、考官的资质、考级点的招生简章以及备案证明等材料，重点要求各艺术考级承办单位、承办点要认真做好所属考场考点的安全预防工作，确保考生、家长、老师和从业人员在所属考点的人身安全，杜绝各种安全事故的发生。

（苏亮洁）

文学艺术　工艺美术

【文学创作】 2018年1月，合浦县作家协会选举产生新一届领导班子。至年底，有会员86人。

创作成果 2018年，合浦县作协会员发表作品200多篇，其中国家级刊物发表8篇，省级刊物发表65篇。多人作品入选各种选本和获奖。发表作品方面：葛全璋的《安详》发表于《人民文学》，并入选2018中国年度精短散文选；徐翠华的《酒鬼》发表于《散文选刊》，《在广州的那些日子》发表于《广州文艺》；刘忠焕《春联辉映大地》发表于《人民日报》“大地”副刊。《黱社》被《光明日报》“留住乡愁”公众号推送，《菲者，萝卜也》《盐田说盐》发表于《中国社会科学报》“后海”副刊，《荔枝花不肯眠》发表于《羊城晚报》“花地”副刊；韩鹏初的《一枝别样的牡丹花》发表于《广西日报》“花山”副刊。王丽玲的《南流河畔鱼米乡》发表于《中国海洋报》，《写连贯完整的故事》《细观察，明特征，写喜欢的小动物》发表于《中国儿童画报》“特级教师讲作文”特刊。《北部湾文学》2018年第一期推出“合浦作家专号”，发表葛全璋等16名会员作品。5月，作家出版社出版的《赏读北海》收录县作协会员葛全璋、韩鹏初、严广云、王丽玲、刘忠焕、徐翠华、裴小红、张莉萍等多名会员作品。入选选本方面：严广云的《河边》入选《2017年中国年度最佳散文诗选》(2018年出版)；李家法的《牵挂你的人是我》入选“学优网辞典阅读题”，《哑佬三》选入教育网“2019高三课标练习题”。陈丽虹童话《吹萨克斯的紫貂》入选《小画眉的歌—广西壮族自治区六十年儿童文学精品》。陈丽虹13篇、刘忠焕6篇作品入选华樾教育1—6年级教材《课外同步阅读》。年内，将作协会员创作的在《北海日报》等报刊发表的28篇反映合浦广大公安民警工作的文学作品，编辑出版作品集《此心安处是吾乡》。编纂出版《合浦作家》一书。

作品获奖 2018年，李家法小小说《哑佬三》，谭维斯小小说《1980年的木头》上榜“广西改革开放40年最具影响力小小说40篇”，姚泽桐小小说《沉重的一巴掌》入围“广西改革开放40周年最具影响力小小说40篇”。在合浦县举办的“中国梦，汉郡情”文艺创作大赛活动中，韩鹏初的散文《古郡乡愁》获得一等奖，王立世、严广云、刘忠焕获二等奖，李法家获三等奖，徐翠华、张莉萍获优秀奖。韩鹏初、余居贤共同创作的歌曲《汉郡合浦我的家》获一等奖，姚泽桐的原创舞台朗诵诗获三等奖。郭建美的6部微电影获奖。

（严广云）

【美术创作】 2018年，合浦县美术家协会有会员56人，其中有北海市美术家协会会员18人、自治区美术家协会会员7人。4月，县美协会员吴莉、韩兆业、包其明、黎发业、吴世荣等8人创作的美术作品参加“中华文化八桂行——走进合浦书画展。”9月，组织合浦籍书画家黄道鸿、张兴动、卢伟、张国权、蔡群徽、吴明珠、黎发业、包其明、吴世荣、裴仲良10

位画家参加“中国梦·汉郡情”庆祝2018年国庆暨喜迎改革开放40周年和自治区成立60周年书画笔会活动。10月,吴莉水彩作品《伴》和《岸》入选自治区美协在南宁市群众艺术馆举办的《沿着习总书记到广西走过的地方采风写生画展》。11月,韩兆业的水彩作品《开海的日子》获“珠城群星奖”文艺汇展美术金奖,邝蒿菁油画作品《老人与狗》获优秀奖;韩兆业水彩作品《平凡的日子》入选庆祝广西壮族自治区成立60周年艺术作品展。12月,吴莉有两幅作品入选在越南河内举办的中越民族文化交流活动艺术作品展,吴莉作为此次活动的参展嘉宾应邀到越南进行交流活动。

(吴　莉)

【书法创作】 2018年,合浦县书法家协会有会员100人(其中有10人为当年加入)。

书法创作展示和获奖　年内,县书协会员参加各级各种形式的书法展览。其中:2月,在合浦县还珠广场举办2017迎春春联书法展,县书协会员展出春联书法作品80件。由中国书法家协会主办的全国第二届行书作品展在海南三亚举行,县书协会员余方慧作品入展。9月,在合浦县还珠广场举办历代名人咏合浦书法作品展,县书协展出书法作品90件。10月,由自治区人民政府主办,自治区党委宣传部、自治区文联、自治区文化厅承办的2018广西书法(篆刻)艺术作品展在南宁广西美术馆展出,余方慧的参展作品获奖,叶祖胜,陈蕴绪的作品入展。11月,县书协组织会员参加北海市第十三届“珠城群星奖”书法展,选送作品有11件入展,其中余方慧的作品获铜奖;包百金、郑贵丽,朱小东,刘朝本获优秀奖。12月,县书协组织会员参加北海市第十三届书法临摹作品展,选送作品有29件入展,其中许德贤、余方慧、包百金、岑仁霞、黎石莲的作品获优秀奖。12月,县书协组织会员参加庆祝改革开放40周年、自治区成立60周年第一届北海市书法篆刻作品展,选送作品有16件入展,其中余方慧、叶祖胜的作品获奖。同月,在首届君子风·中国竹·流杯雅韵诗书画创作大赛中,余方慧的作品获优秀奖(全国共30名)。

书法创作惠民　2018年春节前,县书法家协会组织书法家30多人次,先后在西场镇、石康镇、常乐镇、农业银行、工业园区、闸口镇、白沙镇等举行义写春联活动,为群众和相关单位书写2500余幅春联和书法作品,年内,县书法家协会组织书法家先后到合浦县廉州小学、党江中心校等学校,与师生们进行近距离面对面的书法传承、交流活动,现场创作书法作品数百幅。

书法创作交流　4月24日—26日,纪念习近平总书记到广西视察一周年,合浦县举办“中华文化八桂行——走进合浦”大型系列文化活动,县书协10人创作书法作品参加展出和交流。

(余方慧)

【旗袍艺术】 合浦县旗袍文化研究会是中国文化管理协会非物质文化遗产推广工作委员会会员单位。2018年,县旗袍文化研究会有单位会员15个,个人会员148人。年内,参加中共合浦县委、县政府、县宣传部、县文联、县文化体育和广播电视局等部门组织的大型演出、各项文艺交流及旗袍沙龙活动20次,其中,2月28日由县委宣传部、县文化体育和广播电视局、县文联主办、在还珠广场举行的“我们的中国梦”——文化进万家活动文艺晚会上,县旗袍文化研究会20人演出古典舞;4月24日,组织部分会员参加“中华文化八桂行——走进合浦”文化交流活动。9月20日参加在还珠广场举行的“珠乡月·团圆情”2018年合浦县庆中秋文艺晚会,演出旗袍秀舞《幸福来敲门》。10月7日,组织部分会员参加合浦县人民政府主办的“广西体育节合浦分会场开幕式,全民健身

2018年9月20日,县旗袍文化研究会在还珠广场举行的“珠乡月·团圆情”2018年合浦县庆中秋文艺晚会上演出旗袍秀舞《幸福来敲门》

(县旗袍文化研究会　供)

展示活动”。10月18日，为协助曲樟乡璋嘉村农家乐星级评审，组织部分会员到璋嘉村演出。11月30日，在“主动检测、知艾防艾、共享健康”——合浦县防艾宣传文艺晚会上，16人演出旗袍秀《梦入桃花源》；12月28日，参加“合浦县弘扬健康文化·倡导健康行为文艺晚会”演出。（莫逢娟）

【角雕工艺】 2018年，县内生产角雕的企业有合浦金蝠角雕有限责任公司、合浦县工艺美术有限公司2家。角雕工艺品取材于国内家养的牛羊角，产品利用牛羊角的天然色泽及形态特点因材施艺，产品题材主要有仿虾蟹鱼、奔马、老鹰、仙鹤、各式笔插、帆船以及角梳、刮板等生活用品。产品规格多样，品种丰富。角雕整套外观造型有所创新，较大型角雕增设方形或园形的外框基座，双面通透屏风格局，产品显得更大气典丽。4月，合浦金蝠角雕有限责任公司创作的角雕《财富之首》参加第13届中国（义乌）文化产品交易会，获工艺美术特别荣誉金奖。9月，角雕《花好月圆》参加在南宁举行的广西工艺美术大师精品展，获广西工艺美术大师精品工程金奖。10月，参加第十九届中工艺美术大师精品展，获百花杯金奖。作品《春潮》送北京国家博物馆参加2018年中国工艺美术双年展，作品被中国工艺美术馆收藏，实现角雕被国家美术馆收藏零的突破。

【木雕工艺】 2018年，合浦县的艺术木雕主要以古沉木（也称乌木）、树头根及花梨木、紫檀木、檀香、崖柏、金丝楠、白木香、沉香等贵木材为原料；产品题材主要有龙凤、马牛羊等动物、花鸟、山水及人物等，有立体雕和浮雕；作品构思精巧、内涵丰富，有独创性，讲究精雕细琢；生产厂家有合浦汉郡古沉木文化开发有限公司、李泽贵工作室、四海乌木艺术馆等多家，均为私营企业。其中，合浦汉郡古沉木文化开发有限公司规模较大，公司在合浦县乾江设立广西乌木文化园。

年内，四海乌木艺术馆主要承接来料加工制作。李泽贵工作室创作木雕《追潮》参加自治区工艺美术展获优秀奖。合浦汉郡古沉木文化开发有限公司完成大型古沉木雕刻作品《不忘初心》。产品长395厘米、宽250厘米、高280厘米，作品以千年古沉楠木根部作为创作母材，根材轮廓酷似中国地图版型，寓意江山永固，基业鼎盛。运用多种艺术手法重点刻画毛泽东、周恩来、十大元帅等人的形象。在根材局部塑造出：南湖建党会议、南昌起义、井冈山会师、长征、百色起义等中国革命历史上具有重大意义的10个事件，作品主题丰满，层次丰富，极富故事性。此外，还有木雕作品《山里人家》及木雕旅游工艺品《金丝楠文房三宝》参加2018年广西工艺美术展分别获银奖和铜奖。

2018年12月8日，在合浦县乾江举行广西乌木文化园开园活动暨大型乌木雕刻品《不忘初心》揭幕仪式，县委常委、宣传部部长、副县长韩德金致辞

（合浦汉郡古沉木文化开发有限公司 供）

【南流江宝玉石工艺】 合浦县南流江宝玉石文化研究会，地址位于县城还珠中路1号（县委党校内）。会所租用1幢6层楼，有42间房，是会员的个人收藏馆和实体店，另设有南流江宝玉石博物馆。2018年，有会员71人。南流江宝玉石工艺品取材于合浦县境内的南流江。利用南流江玉石的特有玉质、天然形态及色泽因材施艺。年内，主要产品有龙系列，有螳螂捕蝉、龟鱼（河豚）贵妃出浴、风生水起、莲韵等；8月，组织多件产品参加“第十届柳州国际奇石节·赏石文化艺术节”，其中，茶马古道、明月鸟等作品获奖。南流江宝玉石博物馆成为海丝路文化教学示范点。（詹德有）

文物管理

【文物保护单位】 2018年年末，

合浦县有文物保护单位共108处(古遗址18处,古建筑52处,古墓葬5处,近现代史迹及代表性建筑32处,其他1处;其中有20处为2018年新增),已公布的文物保护单位共105处,其中全国重点文物保护单位有5处,自治区级文物保护单位15处,县级文物保护单位85处;待公布保护级别的文物单位3处。

2018年2月3日,合浦县汉墓群及汉城遗址保护管理委员会在合浦县申遗中心揭牌成立

(县申遗中心　供)

【文物保护】

合浦汉墓群保护条例　2018年4月13日,北海市第十五届人民代表大会常务委员会第十三次会议审议通过《北海市合浦汉墓群保护条例》。7月27日,广西壮族自治区第十三届人民代表大会常务委员会第四次会议批准,该条例于2018年9月1日起施行。合浦汉墓群保护管理工作走上规范化、法治化与常态化轨道。

文物保护工程建设　金鸡岭重点保护区和四方岭密集区墓葬保护及环境整治工程项目总投资已达16800万元。四方岭项目一期工程即将建成并投入使用;金鸡岭项目已基本完成墓堆补土及种草皮绿化等部分工程。合浦汉墓群文昌塔墓区、草鞋村遗址、大浪古城遗址项目已于2017年8月获国家文物局审批立项,前两个项目已完成初步方案设计,并于2018年6月报国家文物局审批,已获得国家补助资金1740万元。合浦汉墓群与汉城考古遗址公园体验中心经调整后的设计方案在2018年5月自治区文化厅已组织专家评审通过,修改完善后于2018年10月上报国家文物局待审批。

文物防控网络建设　建立文物安全保护网络。2018年,总投资近300万元,建立健全以县、镇、村为单位的文物安全保护三级网络,同县公安局编制重点文物天网监控点67个,建设人脸抓拍识别设备3套,建设重点文物区高空监控1套,建设网安信息采集点20个等重点文物天网设备,切实落实文物保护安全责任。组织建设合浦县文化遗产信息系统。总投资约390万元,该项目列入2018年政府工作报告,已上报县政府解决项目所需经费。

【文物利用】2018年初与中央电视台合作拍摄4集《国宝档案》已于4月上旬习近平总书记视察合浦一周年之际在央视国际频道播出。成功承办2018年“5·18”国际博物馆日广西主会场城市活动,其间在合浦汉代文化博物馆开展了“心仪广西·六十国宝——广西壮族自治区成立60周年文物博物馆事业成果展图片展览”。大力宣传合浦县海上丝绸之路文化,扩大海丝文化影响力。1月—11月,合浦汉代文化博物馆接待参观人数为190003人。

(庞华强　莫　燕)

海上丝绸之路世界文化遗产申报

【概况】2017年5月3日,合浦县申报海上丝绸之路世界文化遗产中心挂牌成立。属县政府管辖的正科级全额拨款事业单位,中心内设综合股、申报遗产股、宣传教育股,编制10名。2018年实有人数15人,其中事业单位公开招聘2人,编内引进人才2人,编外引进人才3人,借调1人。同年2月3日,合浦县汉墓群及汉城遗址保护管理委员会在合浦县申遗中心举行揭牌仪式。实行“一个机构两块牌子”的管理模式。

【“海上丝绸之路”申遗】2018年,县申遗中心积极贯彻落实习近平总书记2017年4月19日视察合浦的讲话精神以及关于文化遗产保护的系列讲话精神,认真做好海上丝绸之路文化遗产保护与申遗的各项基础工作。

开展申遗相关课题研究　2017年县申遗中心委托相关高校及科研机构开展《合浦汉墓综合研究》等8个课题研究，2018年4月顺利出版《合浦汉墓汉城址综合研究》等5本研究专著(内部交流本)；7月，申遗中心争取区文化厅50万专项资金，继续开展《北海海上丝绸之路文化与民族繁荣发展的关系研究》《北海海上丝绸之路文化旅游发展战略研究》等5个课题研究，进一步夯实合浦海丝文化研究基础。11月，将《合浦汉墓》《广西古代海上丝绸之路》《文化交流视野下的汉代合浦港》《历代文献中的合浦汉唐史料汇编》4个比较成熟的研究专著付梓出版。

举办海丝文化国际学术研讨会　4月16日，县申遗中心组织召开“跨地区跨国界的多维对话：汉代海上丝绸之路学术研讨会(中国·合浦)”，凝聚国内外专家、学者深入开展“海上丝绸之路·北海史迹”遗产价值基础研究，来自各地的专家学者和本地的文博工作者参加研讨会。

联合申遗取得新进展　4月3日，北海市与上海、广州、宁波、南京等城市共同签署《海上丝绸之路保护和联合申遗城市联盟章程》，正式加入海上丝绸之路保护和联合申报世界文化遗产城市联盟。

参与遗产点立法　7月27日，自治区人大常委会通过《北海市合浦汉墓群保护条例》。9月1日，《北海市合浦汉墓群保护条例》正式施行，合浦申遗中心负责人作为项目组成员全程参与市人大此次立法工作。

【遗产点项目建设】

编制实施文物保护规划　2018年，推动《大浪古城遗址保护规划》《草鞋村遗址保护规划》等项目规划，组织按程序上报国家文物局审批；积极配合县文物局编制实施《合浦汉墓群与汉城国家考古遗址公园总体规划》；参与《广西合浦汉墓群与汉城城址及相关遗存考古工作计划》编制，并已通过国家文物局审批。

争取保护项目资金　2018年，推动由申遗中心负责的《合浦汉墓群文昌塔区墓葬保护展示、环境整治工程》《草鞋村遗址手工作坊保护展示工程》等项目，以上两个项目已完成初步方案设计并于2018年6月报国家文物局审批，其中《合浦汉墓群文昌塔区墓葬保护展示、环境整治工程》已争取到2018年国家文物专项补助资金1040万元，完成施工设计方案以及招投标控制价的编制，《草鞋村遗址手工作坊保护展示工程》正在调整预算。

海丝遗产点安防工作　2018年，县申遗中心采购文物巡查摩托车，加强海丝遗产点安防工作。面向部队(含武警、公安现役部队)退役士兵公开招聘专职文物安保人员，加强三大遗产点安防工作。

【遗产展示宣传】　2018年，县申遗中心继续通过多种渠道和形式广泛宣传“海上丝绸之路·北海史迹”。配合区市县文物部门成功承办2018年“5·18”国际博物馆日广西主场城市活动；6月，参加中国“文化和自然遗产日”主场城市活动，联合其他申遗城市共同举办“海上丝绸之路·中国史迹”图片展；在《北海日报》刊登合浦海丝申遗工作专题文章。8—11月，编印《合浦海上丝绸之路史迹简介》《合浦出土文物精粹》《广西出土的唐宋瓷器》等申遗宣传手册。11月21日，合浦县申遗中心向合浦青年之家捐赠海丝相关图书155册。12月9日，央视新闻频道播出“代言新广西：海丝文化　让历史告诉今天”。12月23、24日，大型电视专题片《丝路广西》之《海上丝绸之路始发港——合浦》在广西电视台科教频道分别播出，进一步扩大宣传合浦海丝文化。

举办海丝文化节　2018年4月24日—26日，合浦申遗中心牵头配合旅游等相关部门围绕“传

2018年4月16日，在合浦举办“跨地区跨国界的多维对话：汉代海上丝绸之路学术研讨会(中国·合浦)”
(县申遗中心　供)

2018年5月16日至18日，中国文化遗产研究院专家组沈阳(左二)一行到合浦开展海上丝绸之路申遗项目现场考察调研　　(县申遗中心　供)

承中华文化精髓，再创合浦丝路新辉煌”这一主题，组织举办“中华文化八桂行——走进合浦”大型系列活动及合浦海上丝绸之路(始发港)文化节。提升合浦海丝文化的影响力，扩大合浦在国内外的知名度和美誉度。

“广西合浦县申遗中心”微信公众号　2017年开通“广西合浦县申遗中心”微信公众号，分专栏不定期推送文章，至2018年，推文62篇，阅读总数达9521人/17441次。7月25日，申遗中心与合浦世纪网络公司签订宣传合同，在“合浦123网”推广微信公众号文章，进一步加大宣传力度。

【海丝申遗学习交流】 2018年5月8日—11日，市、县申遗办组织人员赴崇左市考察学习左江花山岩画文化景观保护管理和申报世界文化遗产成功经验；7月2日—7日，市、县申遗办组织人员赴西安、厦门考察学习陆上丝绸之路、鼓浪屿文化遗产保护管理以及申报世界文化遗产成功经验；8月28日—30日，广西古代海上丝绸之路研究中心及合浦县申遗中心工作人员赴防城港、钦州考察调研；11月2日—13日，县申遗中心负责人参加海上丝绸之路沿线国家考察团组，以自治区文化厅副厅长谢日万为团长，一行6人赴印度、斯里兰卡、马来西亚开展海上丝绸之路显现国家文化遗产保护利用文化交流活动；11月19日—23日，县申遗中心派员参加由中国文化遗产研究院、联合国教科文组织驻华代表处主办，重庆市合川区人民政府承办的“第二期UNESCO-CACH中国世界文化遗产能力建设培训班”；12月12日—15日，市县申遗团队赴浙江省良渚遗址进行申遗学习调研。

【海丝文化大讲坛】 2018年，县申遗中心联系海丝研究院学术顾问及区内外相关研究机构和高校专家学者，开展合浦海丝文化专题讲座，大力宣传和弘扬合浦海丝文化。3—12月，邀请自治区博物馆副馆长熊昭明，自治区党校“一带一路”研究院院长、教授、博士张家寿，中共广西区委党校文史教研部副教授庄严，中国科学院上海光学精密机械研究所研究员李青会等区内外知名专家学者开展4场专题讲座，收到良好效果。

(叶吉旺　莫雪涛)

广播电视电影

【概况】 合浦县广播电视发展中心为县文体局下属全额拨款的正科级事业单位，中心下设人秘股、社管股、总编室、广播部、电视部、广告部、新媒体部、外宣部、发射中心，协管电影公司业务，对外保留合浦电视台、合浦人民广播电台的呼号。2018年，合浦县广播电视发展中心共有从业人员60人，其中，在职在编45人，引进人才1人，招聘14人，中共党员12人，中级职称9人，初级及以下职称人员51人。2018年，合浦县广电中心牢固树立“四个意识”，紧紧围绕县委、县政府中心工作，坚持把握正确的舆论导向，进一步弘扬主旋律，打好主动仗，坚持团结、稳定、鼓劲和正面宣传为主的指导方针，自主创办《合浦新闻》等一批群众喜闻乐见的特色栏目，增强广播电视宣传工作的吸引力、感染力，努力做到贴近生活、贴近群众、贴近实际，广播电视宣传工作成果丰硕。两台共播出稿件2600多篇次，其中，上送中央台播出稿件5篇、广西台播出稿件52篇、北海台播出150篇，实现了在中央台、自治区台发稿质量和数量的双提升。

【对内宣传报道】

重大会议宣传报道　2018年，全程跟踪报道市委十一届五次全会、市人大十五届三次会议和县委十二届九次全会。精心策划、精心采访报道、精心编辑制作,全面报道宣传会议的过程、盛况和精神。通过现场报道、专题报道、新闻特写等形式,全方位、多角度的宣传报道北海市和合浦县一年来经济、文化、工业、基础设施建设和扶贫等领域取得的成绩。为加快推进全县的各项工作提供强有力的舆论保障。

工业和项目建设宣传　2018年,继续关注铁山港东岸、"工业园区扩园"、"月饼小镇"、"嘉善现代产业园"等重大项目建设,组织记者深入企业和项目现场采访报道,抓好优化投资软环境的宣传。全年,两台播出相关内容稿件120多篇、播出360多次。

专题宣传　2018年,配合县委、县政府做好"提升社会治安群众满意度""精准扶贫""招商引资""珠乡讲坛""珠乡纵横"和"平安合浦"等专题宣传,制作播出相关专题片45部,播出250多条次;配合各职能部门做好"环保""禁毒""中华文化八桂行""安全生产""月饼小镇""农事网通"等专题汇报和展示片18个,得到上级部门的高度赞扬。抓好"可可小爱"社会主义核心价值观等系列公益专题宣传,两台全年共计播出各类公益广告180条,播出12600条次,时长8930分钟。

廉政文化宣传　2018年,拓宽传播途径,充分发挥广播、电视、微信公众号等现代传媒载体的作用,制作播出《廉州廉风千古传》和6期《勤廉榜样》专题节目,弘扬全县各行各业涌现出来的勤廉模范人物的先进事迹。

重大赛事的宣传　7月15日和10月17日,"奔跑吧·广西"生态马拉松系列赛暨智慧马拉松(广西合浦站)和"2018环广西公路自行车世界巡回赛"分别在合浦县举行。县广电中心全力以赴做好两大赛事的宣传报道工作。派出志愿者15人和记者15人,全程跟踪报道比赛盛况。合浦电台、合浦电视台和合浦电视台微信公众号共报道和推送赛事相关新闻28条,制作赛事宣传片两个,共播放60次,为赛事营造浓厚的舆论氛围。

扶贫工作宣传　2018年,合浦电视台新闻栏目中开设"脱贫攻坚　决胜小康"专栏,多角度、全方位报道全县精准扶贫的工作部署、进展动态和惠民成效,内容有县领导走村入户推进扶贫工作,有各帮扶单位扶贫侧记等。突出项目报道、脱贫致富典型宣传,将更多镜头投向帮扶干部和受益群众。其中:党江镇南域村贫困户潘时远自力更生发展对虾养殖脱贫致富的新闻被广西台新闻频道采用播出。全年,合浦电台、电视台共采编制作扶贫类新闻142条,播出852条次。

2018年5月23日,组织技术人员到乡村为农户安装卫星电视

(县广电发展中心　供)

【对外宣传报道】　2018年,策划、拍摄《重温关怀,感受变化——习近平总书记视察合浦一周年》《合浦汉代文化博物馆的这一年》《珠乡名胜古迹》等15期系列报道;制作习近平总书记视察合浦重要讲话宣传,在重要时段滚动播出300多条次。密切配合县委宣传部做好"中华文化八桂行——走进合浦""海丝文化研讨会""海丝文化节"和"习近平总书记视察一周年,喜看合浦新变化"媒体采访报道活动的宣传工作。传承和弘扬合浦深厚的文化底蕴,提升合浦汉文化在国内外的影响力。其中,合浦电视台上送的《东园家酒厂老板黄炳权养牛1头年净赚6万元》《鱼虾作伴海鸭的双重财富》两条消息被中央台采用播出。

【安全播出】

重要会议播出　2018年,全力做好全国"两会"和自治区成立60周年安全保障工作。全国政协、人大"两会"分别于3月3日和3月5日在北京召开,12月10日自治区成立60周年,县广电中心全力以赴做好"两会"期间节目安全播出工作。组织技术人员对发射

2018年3月30日,北海市直播卫星户户通工程建设业务培训班在合浦县召开
（县广电发展中心　供）

机进行一次全面检查维护,对供配电系统、天馈系统、前端音频系统中可能存在的隐患及时排除,确保机器、设备处于良好运行状态。全面启动安全播出预案。要求技术人员、机房值班人员要全面熟知预案流程和操作方法,发现问题能第一时予以科学处置。其间,落实带班、值班制度。强化监听监看制度,认真做好巡检记录,确保各项工作万无一失。

节目审查　2018年,组织全体干部职工学习广播电视相关法律法规,切实增强政治意识、责任意识、大局意识,牢牢把握正确舆论导向。坚持团结、稳定、鼓劲和正面宣传为主;坚持先审后播、重播重审的节目三审制度和重大问题请示汇报制度,确保节目审查工作不出差错。

【乡镇广电发射台站建设】 2018年,自治区新闻出版广电局决定在合浦县曲樟乡和乌家镇各建设一座乡镇广播电视无线发射台,共投资40万元,并将该项目列入自治区绩效考评项目。经过县广电中心的努力,年底,曲樟和乌家两个乡无线覆盖发射台工程竣工并通过市级验收,投入使用。曲樟和乌家两个发射台站,通过无线发射方式转播中央及地方6套广播节目、10套电视节目,有效地解决县城周边地区部分乡镇及农村群众25万多人收听收看广播电视节目难的问题。

【卫星直播户户通工程】 2018年,合浦县需要发放1340套广播电视直播卫星“户户通”设备,项目列入自治区为民办实事工程和区、市、县绩效考评项目。县广电中心从非税收入经费中安排13.4万元,支付户户通工程应由受益贫困户承担的部分资金。7月,通过各成员单位和14个乡镇的密切配合,完成1340套广播电视直播卫星户户通设备的发放、安装任务。满足全县贫困人口对广播电视基本公共服务个性化和多样化的需求,解决边远、分散居住的群众听广播看电视问题,受益贫困户收听收看广播电视节目效果良好,达到预期的目标。

【公益电影放映】 2018年,县广电中心承担自治区绩效考评项目农村公益电影放映工程。全县共245个村委,按每村每月一场电影的目标要求,年内要完成2940场的公益电影放映任务。广电中心制订年度工作计划,整合放映资源,普及数字化放映,抓好电影队伍建设。县电影公司共组织放映公益电影2940场,完成全年任务,观众人数10多万人次。同时,在公益电影放映中,附加宣传提升治安群众满意度、精准扶贫、禁毒、人口与计生、惩治抢建抢种、艾滋病防治等中心工作和种养知识,得到县委、县政府、上级广电部门的充分肯定和群众的欢迎。

【融媒体建设】 2018年,县广电中心推进融媒体中心建设工作。及时向干部职工传达上级对于全区县级融媒体中心建设的有关精神,统一思想,并制定相关实施方案,确保融媒体建设按时间节点有序推进。组织人员到广西横县、靖西等先进县取经学习。11月中,县广电中心申请开通新华社现场云和广西日报社广西云等新媒体平台发布账号,并安排技术骨干到广西日报社培训学习,提升从业人员的业务素质,为融媒体工作的开展提供坚实的保障。

【扶贫工作】 2018年,县广电中心按照“党建带扶贫、扶贫促党建”的要求,力促精准扶贫与党建实现“双推进”,强力推进抓党建促脱贫攻坚工作的开展。认真做好挂点村福禄村委和22户帮扶对象的脱贫摘帽工作。定期组织全体帮扶干部了解贫困户收入情况，帮助他们解决生产生活中遇到的问题。帮助贫困户办理低保、新农合和发展特色种植养殖业，帮助贫困户办理子女入学和解决转移就业中遇到的困难。全年，共资助挂点村扶贫工作经费2.1万元，通过帮扶共有10户贫困户已经脱贫。

【队伍建设】 2018年，组织干部职工深入开展十九大精神、十九届二中全会精神、习近平总书记系列重要讲话和"两学一做"等专题学习教育活动，切实提高队伍思想政治水平和政策水平，思想统一到县委、县政府的新要求上来，统一到加快广播电视事业发展上来，增强科学发展意识，提高科学发展水平，确立工作责任感。同时，还大力加强广播电视业务知识和数字技术方面的学习培训，加快知识更新步伐，提高队伍的业务水平。（李　洁）

广电网络产业

【概况】 2018年，广西广播电视信息网络股份有限公司合浦分公司内设合浦城网网格、农村网络部、规划建设部、运行维护部、集团客户部5个部门，在册员工26名，大学专科以上学历14名，初级职称10名，中级职称2名，助理工程师2名。年内，分公司对全县的广播电视传输网络进行统一规划、统一建设、统一管理、统一运营，确保中央、自治区、市、县广播电视节目安全畅通地传送到千家万户。坚持将社会效益放在首位，实现社会效益与经济效益相统一、双提升。全年共建设工程75个，竣工验收项目14个，完成建设工程竣工验收82个，审核118个工程规划设计，建设项目16个，涉及金额222万元，较好地支撑公司的业务发展。

【技能培训】 2018年，合浦分公司加强业务培训和营销培训。全年组织员工学习培训施工规范和施工技能学习6次，参加北海分公司组织的《北海片区网络建设施工安全及急救常识培训》《HFC网络上行噪音干扰分析及抑制措施》《基于I—PON技术光纤到户技术体系及设计原则》等培训学习5次。在营销培训方面，合浦城网网格每天举行早会，反复给网格人员进行培训，从套餐内容到套餐价格、话术及上门的安全、礼仪、避免投诉的技巧都进行详尽的培训。从营维人员不敢开口到主动向客户推介公司的产品，特别是5月公司推出的"乐维宝"业务，合浦城网网格占比达96%以上。

【客户服务】 2018年，合浦分公司秉持"有线沟通、无限服务"的服务宗旨，不断提升客服质量，按照公司总部2018年客户服务新体系，对线上线下用户工单进行高质量的处理和回访，包括营业厅资费、服务的投诉，同时，100%对新装和报修用户进行回访，每一个营维员、营业员都熟悉单兵作战系统的应用，让营业厅、路演现场和上门工作人员能安全有序地进行营销推广工作。在网络传输保障方面，城网和农网及时出击，抢修和排除光、电缆等各种故障，全年共抢修光电缆15公里，熔接光纤2000多芯次，及时排除县城和农村网络等线路隐患20起，有效地消除安全隐患，保护传输线路和设备及人身安全，保证广播电视信号的正常传输。

【"广电云"村村通和户户用工程】 2018年，根据自治区人民政府关于《数字广西"广电云"村村通、户户用工程三年攻坚会战实施方案(2018—2020年)》，合浦分公司积极建设和升级改造数字广西"广电云"村村通，户户用工程基础网络，推进广西"广电云"用户在合浦县的全覆盖，使全县的城乡有线广播电视入户率达到国家全面建成小康社会统计监测指标。大力推进广播电视网络的基础设施村村通建设，创新和完善合浦县城乡广播电视公共服务产品和服务供给，充分发挥宣传载体和先进文化传播载体的作用。为合浦县委、县政府、社会、群众和种类企业提供多形式、多内容、多层次、多业态的政用+民用+商用服务。把广电网络建成服务合浦县数字经济、数字政府、数字社会和民生建设的信息网络平台。

【综合信息运营】 2018年，合浦分公司充分挖掘有线数字电视网络潜能，整合应用公司视频资源、媒体资源和网络资源优势，深入推进媒体融合发展，积极拓展集团数据专网、视频监控、互联网接入、远程医疗等信息化服务市场，为各级党政机关、企事业单位、行业集团客户提供高质量的大数据计算、虚拟化计算、分布式数据库、云盾安全防护、存储与CDN、虚拟网络及云集中监控管理在内的多种综合信息产品和服务，提升企业价值，实现由单一节目传输向多业务的综合信息运营商的转变。同时，公司以三网融盒智能机顶盒为载体，融合智慧社区、智慧家庭、智慧旅游和智慧校园等智慧应用，构建新一代智慧广电生活娱乐生态圈，实现有线数字电视从“看电视”到“用电视”，从“被动收视”到“智慧应用”的重大变革。

【安全播出】 2018年，合浦分公司在重点播出时段、重要播出保障期均实现“传输零差错、零事故、零停播”，圆满完成上级党委和政府下达的安全播出保障任务。认真执行公司的安全生产管理制度和安全施工规范，根据公司总部工程管理要求，每月组织工程巡检及施工现场的安全生产情况，及时发现安全隐患并进行整改，安排专人每天进行监控，记录每个施工队和监理进场报到的有关信息。每月对正在施工的工程至少安排巡查1次施工现场，以杜绝安全事故的发生，全年共巡查232次。（傅秉彬）

体　育

【合浦县体育运动学校】 合浦县体育运动学校为全额拨款事业单位，人员编制11名，在职在编10人。2018年有学生120人，训练项目有田径、男、女篮、射箭3个项目。

【项目建设】

体育馆建设 项目总投资9700万元，工程于2017年7月开工建设，截至2018年12月完成主体工程，进入全面装修，完成项目投资5500万元。

游泳馆建设 项目总投资3700万元，工程于2017年8月开工，截至2018年12月完成主体工程，进入全面装修，完成项目投资2500万元。

田径场塑胶跑道建设 项目建设地点为合浦县体育场内，塑胶跑道规格为400米周长、6米环形跑道和110米跑道。项目总投资430万元，其中，自治区“乡村振兴”资金300万元，自筹资金130万元。项目于2018年8月22日开工，12月26日完工投入使用。

体育产业扶持项目 2018年，完成体育产业固定投资额5400万元，其中，完成体育馆项目投资3600万元，完成游泳馆项目投资1800万元。

村级篮球场建设 2018年，完成村级篮球场项目建设57个，总投资306万元，每个篮球场建设面积560平方米，共计新增体育场地面积31920平方米。其中，自治区级指标10个，北海市级指标24个，村级公共服务中心项目6个，县自筹资金建设17个。

【群众体育】

气排球赛 1月24日—28日，由合浦县文化体育和广播电视局、合浦县总工会、合浦县红十字会主办，合浦县气排球协会承办，合浦县国民村镇银行协办的2018年合浦县迎新春“国民村镇银行杯”气排球赛在合浦建林球馆举行，来自全县各行业的18支队伍216名运动员参赛，共进行43场次比赛。

羽毛球赛 2月11日—13日，由合浦县文化体育和广播电视局主办，合浦县羽毛球协会承办，合浦羽众体育俱乐部、合浦建林球馆协办的“中极星·羽众体育杯”2018年首届合浦县青少年羽毛球公开赛在建林球馆举行，全县共有128名运动员参赛，参赛队员年龄最大21岁，最小的只有8岁。

广场舞比赛 4月18日，由合浦县文化体育和广播电视局主办、合浦县文化馆、合浦县老年人体育协会、广西瀚春之化传媒有限公司承办的2018年合浦县“壮族三月三”广场舞比赛在县城还珠广场举行，共有10支队伍参赛，观众4000多人次。

象棋大赛 4月18日—19日，由合浦县文化体育和广播电视局主办，合浦县象棋协会承办的2018年“壮族三月三”合浦县象棋大赛在县城中山公园举行，全县共有106名运动员参赛，比赛分为成年组和少年组两个级别，其中，成年组参赛运动员46名，少年组参赛运动员60名，参赛运动员年龄最大的72岁，最小的7岁。

南狮争霸赛 4月18日，由北海市体育局主办，合浦县文化体育和广播电视局承办、合浦旺和房地产有限公司协办的“壮族三月三”合浦县第二届传统南狮争霸赛在县还珠绿地广场（车沟底）举行，参赛队伍有：北海西塘龙狮队、西场镇社区振宝狮团、西场镇洪代醒狮团、沙岗镇田寮村凌屋狮队、北海市《狮仁堂》醒狮团、廉州镇武术狮队，约100名运动员同场竞技，为3000多名珠乡群众献上了一场精彩的狮艺表演。最终，西场镇洪氏醒狮团获本次比赛第一名，沙岗镇田寮村凌屋狮队获第二名，北海市《狮仁堂》醒狮团获第三名。

足球联赛 5月10日—8月25日，由合浦县文化体育和广播电视局主办、合浦春胜足球俱乐部承办的合浦县第三届8人制足球联赛在县城体育场举行，全县13支队伍、208名运动员参加比赛，比赛分为成年组及青少年组。其中成年组8支队伍。青少年组

5支队伍。

马拉松系列赛　2018年“奔跑吧·广西”生态马拉松系列赛暨智慧马拉松(合浦首发站)于7月15日在合浦县举行。比赛项目设半马拉松(21.0975公里)、10公里、快乐健康跑(4公里,分个人组与家庭亲子组)。赛事规模:半程马拉松300人,10公里项目1200人,欢乐健康跑项目个人组5500人,家庭亲子组300组,共计8000人。比赛配套开展体育嘉年华活动,在比赛起终点设置习近平新时代中国特色社会主义思想和中共十九大精神宣传展览、自治区成立60周年成就展,旅游推介及扶贫互助等活动。活动现场人山人海,观众络绎不绝。合浦县获自治区“奔跑吧·广西”生态马拉松系列赛最具特色奖。

2018年8月8日,第十届广西体育节合浦分会场开幕式及全民健身展示活动在合浦县县城还珠广场举行,图为县政协副主席林德海致辞　（周伟谋　摄）

环广西公路自行车世界巡回赛　比赛途径廉州镇、星岛湖镇、乌家镇3个乡镇,赛段总长41.1千米。合浦县精心组织抓好赛段建设、环境整治、风貌改造、安保措施、医疗保障、志愿者招募、宣传气氛营造等各项筹备工作,投入资金1000多万元做好赛事保障,确保比赛安全有序举行。比赛当天,全县共出动警力、志愿者共8000人,共同织密赛段沿线区域空间,为比赛创造全封闭、安全、干净的赛道。同时,分别在月饼小镇、汉代文化博物馆、泮塘路口、星岛湖西瓜路设置4个文体活动加油站为运动员加油鼓劲,营造热烈喜庆气氛。10月17日,2018年环广西公路自行车世界巡回赛顺利通过合浦县赛段,宣告“环广西”北海赛段比赛圆满成功。合浦赛段“零差错”“零事故”,得到自治区重大项目办公室的通报表扬。

2018年10月17日,环广西公路自行车世界巡回赛经过合浦汉代文化博物馆　（县文体和广电局　供）

【竞技体育】　2018年7月—8月,合浦县体育运动学校组织教练员、运动员共140人参加广西青少年锦标赛,参赛项目有田径、女子篮球、射箭、跆拳道和男子篮球等5个,共取得金牌19枚、银牌4枚、铜牌6枚的好成绩,其中射箭获得6枚金牌、3枚银牌、5枚铜牌,突破了合浦县2010年在广西区青少年锦标赛上创建的“12金9银4铜”全区最好的成绩,创历史新高,为合浦争取了荣誉。

（苏亮洁）

卫生·计生

综述

【概况】 2018年,合浦县卫生和计划生育局下辖卫生计生事业单位共31家,其中县级医院6家,乡镇卫生院16家;政府举办的村卫生室244个;街道卫生室65个;个体诊所128所(含厂场卫生所);民营医院4家;乡镇人口和计划生育服务所15家。全县卫生计生系统共有干部职工(含临时工)3694人,正式职工2201人,其中公务员和参公人员80人,管理人员34人,专业技术人员1895人,工人288人。专业技术人员中:正高职称5人,副高职称170人,中级职称718人,初级职称1089人,本科以上学历558人,大专975人,中专及以下学历398人。

【医政管理】 2018年,实地年审和校验医疗机构121家,医疗机构各项变更事项共10项;麻醉药品采购印鉴卡更换5本;执业医师注册75人次,执业变更159人次,注销执业医师注册26人次,执业医师备案注册36人次;继续开展医疗废物集中处理工作,全年推进合浦县城个体诊所(中医诊所除外)全部、县城街道卫生室32间继续与北海隆中环保有限公司签订医疗废物集中处理协议,规范医疗机构的医疗废物处理程序。年内,合浦县医疗废物处置总量461465公斤(其中损伤性医疗废物55792公斤;感染性医疗废物405673公斤)。配合开展医疗救护组医疗保健工作,全年安排医疗保健组为169组次,共安排865人次、156车次。全面推进家庭医生签约服务工作,全年全县家庭医生签约服务覆盖率达40.02%,重点人群签约服务覆盖率达70.50%,建档立卡贫困户签约覆盖率达100%。

2018年11月30日,合浦县防艾办组织成员单位在县城还珠广场开展防治艾滋病知识宣传和咨询服务活动,图为宣传活动现场 (县卫计局 供)

【项目建设】 2018年,贯彻落实《广西基层医疗卫生机构能力建设行动计划(2016—2020年)》精神,不断健全完善全县医疗卫生服务体系,加快推进合浦县红十字会医院手术医技综合楼等9个项目建设以及合浦县乡镇卫生院基础设施建设项目、合浦县红十字会医院住院综合楼、山口镇中心卫生院公共卫生服务楼项目、石康镇中心卫生院公共卫生服务楼项目等8个项目。

【卫生应急管理】 2018年,县卫计局认真贯彻"预防为主、常备不懈"的方针,认真贯彻落实2018年全国卫生应急工作会议要求,以自治区卫生计生委、北海市卫生计生委2018年卫生计生工作要点及县政府2018年应急管理工作要点为工作思路，做好卫生应急日常工作，落实各项应急措施，加强卫生应急准备，提高突发公共卫生事件应急处置能力，做好突发公共事件医疗救援工作。医疗卫生单位开展针对突发公共事件相关处置应急演练14次；做好大型活动卫生应急保障工作，派出医疗保健组133次，派出医务人员866人，派出救护车156车次，保障县委、县政府有关工作顺利进行；卫生应急反应迅速及时，妥善防范和有效处置各类突发公共卫生事件，有序有效完成突发事件医学救援工作，全年处置9起突发公共事件，其中事故灾难3起、公共卫生事件3起。

【艾滋病防治】 2018年，全县坚持依法防治、科学防治、预防为主、防治结合的原则，全面压实牵头部门防艾工作责任。按照“重点抓，抓重点”的工作部署，以“深入开展入户宣传、扩大高危人群干预面”为抓手，依托检测与治疗、关怀与救助两个“一站式”服务，促进防艾工作制度化、常态化，推进艾滋病防治各项工作措施的落实，较好地完成2018年艾滋病防治的各项工作任务。“关口前移，重心下沉”的工作策略得到自治区相关专家的肯定，并在7月自治区的艾滋病防控工作会议上作推广。艾滋病新发感染数、病死率分别下降3.53%、5.93%，连续7年保持下降趋势；艾滋病患者治疗与救助覆盖面逐年提高，基本实现艾滋病“两降一升”的总体目标，合浦县的艾滋病疫情仍处于低流行状态，防控成效显著。

【安全生产】 2018年，全县卫生计生系统的安全生产工作，严格履行安全生产“一岗双责、党政同责、失职追责”，县卫生计生局与各医疗卫生单位签订安全生产工作、消防安全工作目标责任书。各单位按照上级部门有关要求建立安全生产隐患排查系统，建立重大事故隐患排查整治制度、健全重大危险源登记建档制度、隐患排查整治三级管理制度。强化安全生产宣传教育，通过法制宣传月、“安全生产月”活动和各种卫生计生宣传日活动，张贴标语34条，悬挂横幅15条，在《职业病防治法》宣传周活动期间，发放职业病防治资料1200多份，接受咨询224多人次。组织开展安全生产大检查3次、出动检查人员32人次、出动车辆22车次，检查单位34个。全年卫生计生系统排查安全生产隐患215处，整改213处。

【中医药工作】 2018年，全县共有9个乡镇卫生院设立中医诊疗区（中医馆），继续抓好县妇幼保健院中医儿科及中医妇科业务，开展儿科中药颗粒配方、妇科中药灌肠、儿童中药保健及乳腺科中药熏蒸及口服等业务工作。开展中医药健康服务，推进中医药参与预防保健工作。县中医医院、县人民医院、县红十字会医院、山口、常乐、党江、公馆等乡镇卫生院积极开展“三九贴”、“三伏贴”等中医“治未病”项目，深受群众喜爱。中医药健康管理项目有序开展。全年，65岁老年人中医药健康管理覆盖人数为36877，覆盖率为49.21%；0—36月龄儿童中医药健康管理覆盖人数为24332，覆盖率为48.23%。

卫生改革

【县级公立医院综合改革】 2018年，县委、县政府及时调整和充实合浦县公立医院管理委员会等工作机构，并多次研究和部署全县医改工作，重点加强全县医疗卫生人才培养和能力建设、建立远程医疗会诊中心系统、医院现代化管理、信息化管理和家庭医生签约服务及县级医共体建设等工作，全县人事薪酬分配制度改革、

2018年9月6日，合浦县全国基层中医药工作先进单位复审汇报会在县城召开
（刘振娟 摄）

分级诊疗体系建设、县级公立医院绩效考评体系和医疗费用控制等工作按要求开展和实施。县人民医院、中医医院、妇幼保健院和红十字会医院等4家县级公立医院全面深入推进公立医院综合改革工作,国家基本药物制度、药品零差率销售及医疗服务价格调整工作不断巩固和完善。4家公立医院全年实行药品零差价销售共减少收入1456.5万元,通过调整医疗服务价格补偿收入1214.36万元,财政补偿投入352.52万元,补偿率达107.58%,全年实行药品零差价销售后药品让利1546.5万元,药品成本比改革前有所下降,有效降低患者的医药费用负担。医院收费系统还与医保支付系统衔接到位,医保支付制度改革工作顺利进行,医疗诊查费均能当场补助给患者,结算便捷。4家医院均开展临床路径试点管理、重点专科建设、人才招聘和培训、优质护理工程和卫生健康信息化建设等工作,技术水平不断提高,服务质量和服务能力得到明显提升。基本药物配备率达68.5%;基本药物使用率达78.5%,比改革前有效降低药品成本,减轻病人负担。规范药品采购,控制药品购进的商业贿赂,基本改变以药养医的状况,4家公立医院2018年药品招标采购让利共1854.5万元;基本药物销售金额3868.5万元;基本药物占药品总收入比为45.5%;药占比为24.5%;门急诊人次65.5万人次,住院人次5.6万人次。

【医疗卫生服务体系建设】 2018年,合浦县医疗卫生服务体系建设成效显著,卫生资源不断增长。至年底,全县开放病床数达3856张。全县共有卫生人员3875人,比2010年改革前增加1069人,增长率为38.5%。全县医疗服务能力不断提升,基本满足群众医疗服务需求。全县门诊人数283.62万人次,住院人数15.27万人次,比2017年同期增长15.5%、11.5%,全县县域就诊率达90.55%,全县医疗费用增长幅度控制在10%的目标以内,取得较好的社会效益。年内,合浦县在重点学科建设方面取得了较大的成绩:县人民医院年内在重症医学科、血液透析室、新生儿科、病理科、急救中心建设等学科的建设方面均按计划和要求投入开展和建设使用,极大地缓和和填补了全县医疗卫生的学科空白,并在2018年1月顺利通过了自治区的三级医院评审,填补了合浦县没有三级医院的空白,5月经自治区卫生计生委根据《广西助理全科医生培训基地认定标准》相关要求组织评审认定县人民医院为广西第二批助理全科医生培训基地,为全县助理全科医生的培养和发展实现了质的飞跃;县中医医院的中医骨伤科是广西中医重点专科,充分弘扬了骨伤科的中医特色,并吸纳现代骨科技术,运用中西医结合技术治疗各种骨伤和骨病,尤其是人工髋关节置换术疗效显著;该院肛肠科创建30多年,久负盛名,是合浦县采用中西医结合治疗肛肠疾病唯一特色专科,是自治区中医重点专科。年内,各县级公立医院在医院信息化建设和管理方面有着不同程度的发展,全县在卫生健康信息化体系建设方面的投入达600多万元,全县各医院信息化建设资金不断投入,建成了预约、诊断、治疗、康复以及收费、检验报告、用药等一体化信息服务平台以及人民医院的检验和影像诊断报告的自助打印系统,切实提高全县的整体诊疗水平,大大提高医务人员的工作效率和医院的综合管理能力,在信息服务和数据报送方面也有很大的帮助和提高,全县医疗卫生服务体系建设得到快速发展。

疾病预防控制

【传染病报告】 2018年,全县共报告法定传染病18种、5696例,死亡42例,年报告发病率、死亡率和病死率分别为608.74/10万、4.49/10万、0.74%。全年无甲类传染病报告;乙类传染病报告11种、2253例,死亡42例;丙类传染病报告7种、3443例,死亡0例。全年无重大公共卫生事件发生。疫情监测、管理体系敏感性、准确性不断提高,全年疫情漏报率为0.16%。11月7日,自治区督查组一行到合浦县开展《中华人民共和国传染病防治法》等法规实施情况进行督查,肯定了合浦县在传染病防治工作所取得的成绩。

【免疫规划】 2018年,全县适龄儿童建证12627人,建证率100%。卡介苗接种率96.81%;脊灰疫苗全程接种率98.97%;百白破全程接种率93.47%;麻疹(麻风二联)接种率89.07%(全国供应不足,缺苗);乙肝疫苗全程接种率98.62%,乙肝疫苗首针及时接种率为97.11%。乙脑接种率为99.39%;A群流脑疫苗接种率为99.14%;A+C群流脑疫苗接种率为98.69%;甲肝疫苗接种率为99.18%。2017年10月起全县统一开展脊灰疫苗强化免疫,第一轮接种率96.42%,第二轮接种率

96.65%。免疫规划针对性疾病发病率控制在标准以内，相关传染病二类疫苗的群体接种质量不断提高，有效控制传染病的发生和流行。

【重大疫情防控】 2018年，县疾控中心采取综合措施，全力防控全县重大传染病疫情。鼠疫、霍乱、禽流感实现零的控制。手足口病报告病例1954例，重症4例，死亡0例。在周边地区登革热疫情的严重威胁下，及时有效地处置1例输入性病例，防止疫情的扩散蔓延。全年狂犬病发病情况0例。个别学校局部水痘、流感疫情流行，也得到迅速有效的控制。

【结核病防治】 2018年，不断完善结核病分级诊疗和综合防治服务模式试点工作，扎实开展结核病全程督导疗法，覆盖率100%、归口管理率100%。全年全县大疫情报告肺结核患者2165例，报告发病率为78.02/10万，比去年同期下降了5.32%。报告涂阳肺结核227例，涂阳报告发病率为24.26/10万，报告死亡10例，死亡率1.07/10万。

【精神病防控】 2018年，对精神病患者进行常态化管理，大大减少严重精神障碍患者肇事肇祸事件的发生。年内，全县在册患者人数4674人，报告患病率5.05‰，管理率98%，面访率85.13%，服药率88.34%，规律服药率86.09%，精神分裂症服药率93.37%。

【消除疟疾】 合浦县2015年4月16日顺利通过消除疟疾的考核评审后，2018年全县继续加强监测，落实各项防治措施，进一步巩固和发展灭疟成果。疟疾"三热"病人监测常住人口累计血检数1036人，流动人口血检数70人，发现输入性疟疾病例0例。在石康镇大庄江村大冲屯和廉州镇廉西村大江屯两个监测点开展疟疾蚊媒监测，每月10日、11日和20日、21日晚监测两次，收集的蚊子鉴别为按蚊及中华按蚊后寄往自治区疾控中心进一步核实。

【慢性病防控】 2018年，县疾控中心不断扩展全县非传染性慢性疾病和地方性疾病的监测、分析和防控工作。全年完成死因登记5516例，肿瘤登记3962例，碘盐监测300份，水碘监测14份。2018年获得国家癌症中心颁发的肿瘤登记优秀奖和自治区肿瘤防办颁发的肿瘤登记优秀奖表彰。

【公共卫生监测】 2018年，县疾控中心系统地对全县各类食品、饮水、公用餐饮具、职业危害因素、职业健康和从业人员开展卫生学监测和监护，其中检测评价食品221份，饮用水248份，从业人员体检、评价1482人次。

卫生监督

【概况】 2018年，合浦县卫生计生局依据《中华人民共和国传染病防治法》《中华人民共和国职业病防治法》《公共场所卫生管理条例》《生活饮用水卫生监督管理办法》《学校卫生工作条例》《中华人民共和国执业医师法》等国家卫生法律法规规章赋予的卫生监督职责，加强对全县公共场所卫生、劳动卫生、学校卫生、消毒产品卫生、医疗机构、传染病防治等监督执法工作，确保全县公共卫生安全。

【公共场所和生活饮用水卫生监督执法】 2018年，开展公共场所、生活饮用水卫生监督工作，共出动监督人员800人次，执法车辆200车次，监督户数250户次。

公共场所监督工作 对全县公共场所进行经常性卫生监督和现场卫生审查，依法办理公共场所卫生许可证。全年办理公共场所卫生许可证78户，发放从业

2018年9月20日，合浦县卫生计生监督执法和协管工作能力培训班在县城举办 （陈 聪 供）

人员健康证78人，监督公共场所110户次。对公共场所空气质量、用品用具进行检测，共检测235户。完成双随机监督监测任务58间，合格率100%。开展夏季公共场所集中空调通风系统和游泳场所卫生监督执法专项行动，对9间集中空调通风系统单位和5间游泳场所进行监督抽检。完成国家双随机监测任务20间，完结率100%。对公共场所艾滋病防治工作进行卫生监督检查，配合主管部门对经营单位进行防艾培训，积极开展艾滋病防治宣传。上半年，张贴公共场所宣传画报、标语150条，发放宣传资料8000多份，发放安全套10000多盒。

生活饮用水监督工作　主要对县自来水公司、县水利局管辖的国债项目的集中式供水、学校集中式供水以及涉水产品进行经常性现场卫生监督，发现问题及时提出整改意见，对符合要求的集中式供水单位依法审查发放卫生许可证。全年办理供水卫生许可证5户，年审6户，从业人员健康证5人，对集中式供水单位生活饮用水监督6户次，监督覆盖率100%。

生活饮用水监督监测　对红林大酒店、昌和大酒店等20家有自建设施供水的单位进行水质抽检，对其中6家水质检测结果汞超标的单位进行立案处罚，并责令这些单位及时安装使用自来水，均已完成整改。年内，公共场所和生活饮用水立案查办案件11件，罚款2.05万元。

【职业与放射卫生监督】　2018年，对辖区内21家医疗卫生机构放射诊疗管理规范化建设进行核验，引导医疗机构落实放射防护主体责任，提高放射防护管理水平，改善放射工作人员和受检者的放射防护条件。对20家医疗卫生机构放射诊疗许可证进行集中校验；新办理放射诊疗许可证3本，变更放射诊疗许可证4本。年内，职业与放射卫生立案处罚2件，罚款0.5万元。

【学校卫生监督执法】　2018年，监督检查中小学校、幼儿园76间次，出动监督员168人次，车辆60车次。对在监督检查中发现存在问题的单位，提出整改意见，要求及时改正。

【消毒产品卫生监督执法】　2018年，出动监督员68人次，车辆17车次，监督检查医疗机构17家，抽检消毒产品73份，下发监督意见书12份。

【非法行医及非法医疗美容监督执法】　2018年，县卫生监督所把惩治无医疗机构执业许可证行医和无任何行医资格擅自开展诊疗活动作为工作重点，在日常监督及惩治非法行医方面共出动180车次、执法人员900人次，监督检查医疗机构266户次。配合县卫生计生行政部门对全县各医疗机构依法执业、合理用药、合理治疗、合理检查、医院感染管理等进行监督执法检查。年内，按照上级的部署开展专项行动，整治医疗美容市场乱象，维护全县医疗美容服务市场和消费者合法权益，共出动执法人员50人次，车辆15辆次，检查辖区内医疗机构25间次，生活美容机构7间次，均未发现有开展医疗美容服务的行为。

【传染病监督执法】　2018年，依据《中华人民共和国传染病防治法》《医疗废物管理条例》等法律法规和上级文件要求，对25家医疗机构、33家个体诊所和卫生室的传染病防治工作、消毒隔离工作、医疗废物管理处置情况进行监督检查，对存在问题下达卫生监督意见书。

【专项监督检查】

餐饮具消毒检查　2018年“3·15”期间，在全县范围内开展查处集中式餐具消毒单位违法行为，派出监督车辆3次，卫生监督员9人次，对6家集中式餐饮具消毒企业进行卫生监督并提出整改意见。7月，开展集中式消毒餐饮具的卫生监督抽检工作，监督抽检内容分为现场监督检查和随机抽样检测，检测辖区6家餐饮具消毒服务单位6个批次的餐饮具，所检项目检验结果均符合GB14934-2016《食品安全国家标准消毒餐（饮）具》的规定。

打击非法行医　2018年，出动卫生监督员48人次，出动车辆12车次，检查生活美容机构6家、中医医疗机构5家、中医保健机构3家。检查中发现1家中医保健机构涉嫌开展诊疗活动，执法人员进行调查取证，下达监督意见书责令当事人不得开展诊疗活动，并对涉嫌行医的医疗器械予以没收处理。

“两非”监督执法　2018年，认真贯彻落实《关于进一步开展关爱女孩行动综合治理出生人口性别比偏高问题的实施方案（试行）》文件精神，加强惩治非医学需要的胎儿性别鉴定及选择性别人工终止妊娠行为，综合治理出生人口性别比偏高问题。对3条孕情消失情况进行逆行排查并认真做好调查取证工作。对辖区内8家县直医疗卫生单位、16家乡级卫生院、3家民营医院、126家个体医疗机构、310家村级卫生室进行全面清理、清查、整顿，通过深挖案源线索，强化执法监管，严查“两非”行为。成功查处1例“两非”案件，罚款0.1万元。

妇幼保健

【增补叶酸预防出生缺陷项目】 2018年，全县育龄妇女应服用叶酸人数为11354人，服用率为100%；依从人数量11960人，依从率为98.64%；调查12125人，知晓12123人，知晓率99.98%。

【预防艾滋病和梅毒及乙肝母婴传播项目】 2018年，全县免费婚检13397人，HIV阳性者5人(其中3例为既往病例)，阳性率为0.04%。孕产妇接受艾滋病抗体检测12087人，检测率为99.88%；接受梅毒检测12087人，检测率为99.88%，其中阳性27人，阳性率为0.22%；接受乙肝表面抗原检测12087人，检测率为99.88%，其中阳性1153人，乙肝表面抗原阳性率为9.54%。母婴传播方面，艾滋病抗体、梅毒检测和乙肝咨询率和检测率均为100%。艾滋病、梅毒母婴阻断成功率均为100%。

【地中海贫血防治项目】 2018年，全县建册孕妇12701人，进行地贫筛查12615人，筛查率为99.33%，孕妇地贫阳性2558人，地贫阳性孕妇丈夫筛查人数2455人，丈夫筛查率为95.97%。基因诊断情况：全县发现孕期地贫筛查双阳夫妇488对，进行基因诊断459对，基因诊断率为94.06%。符合补助对象243对，基因诊断补助率为100%。对婚检中发现的未孕地贫双阳夫妇进行基因诊断126对，均给予免费检测。2018年基因诊断共使用资金36.9万元，其中中央资金支出3.96万元，自治区资金21.84万元，北海资金11.1万元。全县产前诊断查出高风险地贫胎儿50例，高风险重症地贫胎儿产前诊断率为100%。重型地贫医学干预数14例，重型地贫胎儿医学干预率为100%。

【产前筛查和新生儿疾病筛查补助项目】 2018年，全县辖区应筛产妇数10624人，已行产前筛查8893人，产前筛查率为83.71%，比2017年同期上升3.31个百分点，发放产前筛查补助8127人，发放补助金934605元。全县辖区内有活产数13668人，新生儿疾病筛查13300人，新生儿疾病筛查率为97.31%，发放免费资金共67.176万元；新生儿听力免费筛查人数11196人，发放免费资金共67.176万元，均完成绩效考核指标。

【免费婚前医学检查项目】 2018年，全县登记结婚12108人，参加免费婚检11774人，婚检率为97.24%，比2017年同期96.36%上升0.88个百分点。共检出疾病人数1589人，疾病检出率为13.50%。对婚检中查出的各种疾病，及时给予治疗和医学指导意见，为有效降低出生缺陷儿发生率把好第一道预防关口。

【孕产妇系统管理】 2018年，全县有活产数13668人，住院分娩活产数13668人，住院分娩率100%；新生儿破伤风发生率连续10年为0。辖区孕产妇13611人，早孕建卡并进行第一次产检13534人，早检建卡率为93.53%；孕产妇系统管理人数12827人，孕产妇系统管理率为93.85%；产检人数13564人，产检5次及以上人数12467人，孕妇健康管理率为91.21%；早检12731人，产后访视13136人，产后访视率为96.1%。

【儿童系统管理】 2018年，全县7岁以下儿童有105458人，健康管理人数为98336，7岁以下儿童健康管理率为93.25%，比2017年

2018年9月12日，服务百姓健康行义诊活动中的合浦县妇幼保健院专家解答健康咨询 (县卫计局 供)

同期上升0.04个百分点;3岁以下儿童有45933人,系统管理人数为42171人,3岁以下儿童系统管理率为91.81%,比2017年同期上升0.03个百分点。

【农村妇女宫颈癌和乳腺癌免费检查项目】 2018年,全县完成宫颈癌筛查18543例,查出癌前病变45例,宫颈癌10例;生殖道感染3239例。完成乳腺癌筛查11584例,发现乳腺良性病变2743例,乳腺癌12例。宫颈癌、乳腺癌及癌前病变随访率、治疗率均为100%。

【妇幼卫生监测项目】 2018年,每季度对全县各医疗卫生单位进行督导和监测质控,通过督导与培训,进一步规范全县妇幼卫生信息及"三网"监测质控工作,提高监测质量,及时分析反馈妇幼卫生信息,做好干预措施。

【出生医学证明管理】 2018年,全县共发放出生医学证明15785本,其中机构内当年出生首次签发11510本、历年出生首次签发1211本,换发88本、补发198本、家庭接生员接生的签发数123本;废证数39本(另因证件改用新版作废2616本),废证率0.30%,住院分娩活产数为12324人,当年出生发证率93.40%,比2017年同期上升1.51个百分点。

【全县幼托机构卫生保健管理】 2018年,全县幼托机构有301间,在园儿童有41913人(年内新入园儿童8812人),均进行体检,集体儿童保健率为100%。均按照办园卫生保健要求,建立健全各项卫生保健制度,坚持做好晨间检查及儿童入园前健康检查,检查合格后方可入园。集体儿童预防接种率为100%,年内无传染病发生流行。

农村卫生

【农村家庭医生签约】 2018年,农村家庭医生累计签约服务人数373053人,占全县乡村常住人口比例52.13%。全县100%贫困户参加签约服务。

【村卫生室管理】 2018年,全县村卫生室共299间,其中政府举办的村卫生室244间,民办55间。全年对村卫生室医疗机构执业许可证校验共299间。全县在岗乡村医生574人,其中政府举办的村卫生室乡村医生509人,民办乡村医生65人;在岗乡村医生具有执业医师资格11人、具有执业助理医师资格126人,持有乡村医生执业证书437人。年内,对行政村的乡村医生进行绩效考核,考核合格的按时发放绩效考核补助。

【农村卫生技术人员培训】

定向招生 2018年,根据自治区的有关文件要求,组织开展村卫生室订单定向医学生培养工作。共推荐27名农村生源到北海市合浦卫校参加全日制3年的农村医学专业学习。

乡村医生培训 2018年,委托各乡镇卫生院采取集中培训与分散自学、专题培训与以会代训、课堂教学与现场教学结合的形式开展乡村医生培训工作,全县共举办培训班44期,培训乡村医生共367名,培训共投入33950元,发放资料共2297份。年内,举荐2名乡村医生免费参加中国人口福利基金会举办的优秀乡村医生进京为期两周的研修学习。

健康扶贫工作 2018年,配合中国人口福利基金会在合浦县开展"中恒乡村医学院"乡村医生培训项目、为群众义诊、科普讲座、慰问贫困户等活动。活动中共有160名乡村医生参加培训;医学专家为200多人进行义诊,向群众发放健康知识宣传资料500多份。开展科普讲座一期,共

2018年5月15日,合浦县卫计局组织医务人员深入农村为群众义诊并解答健康咨询 (县卫计局 供)

有100多名社区干部和群众参加；走访一户因病致贫的贫困户，并送上3000慰问金和一箱常见药品，给贫困户送去党的温暖。

【乡村医生补助】 2018年，配合县社保部门做好乡村医生养老生活补助工作，对2018年底满60周岁及以上乡村医生423人发放养老生活补助。确保乡村医生待遇得到保障。开展60周岁及以上乡村医生养老生活补助人员认证工作，及时向县社保部门注销已死亡人员的名单，停止向其发放养老生活补助，2018年注销死亡乡村医生共15人。

爱国卫生

【爱国卫生运动】 2018年，县爱卫办根据合浦县委，县政府《关于印发〈合浦县开展"美丽广西·清洁乡村"活动实施方案〉的通知》要求，以全国第30个爱国卫生月为契机，在全县范围内开展一系列爱国卫生运动。共组织群众22.6万人次清扫街道、清除非法小广告1万余处、清理垃圾8.2万立方米，整治清理居民小区、大院820个，清除垃圾滋生地1200多处，城乡环境卫生得到基本治理，全县环境卫生面貌焕然一新。4月和10月的第二周，在全县范围内组织开展春秋季除"四害"活动，要求各乡镇、各单位、各部门做好本辖区、本单位及下属单位的除"四害"工作，成立灭鼠专业队，用10天时间，对城区公共场所进行除"四害"工作，分别在还珠、廉州广场、爱卫街水沟、垃圾中转站、学校周边，市场、县城主干道绿化带等处投放鼠药。在全县范围内共投放鼠药5000多公斤，灭蚊、蝇、蟑药2000多公斤，有效预防相应病媒传染病的发生和流行。

【创卫工作】 2018年，完成合浦县常乐镇；沙田镇淡水村委海脚村、山口镇山南村委包子袋村、白沙镇良港村委洋墩村、石湾镇张屋村委上下张村、党江镇亚桥村、西场镇林屋村委黄茅氹村、闸口镇庆丰村委岭脚、廉州镇烟楼村；县党校、县交通局、县第三人民医院、县第二中学、县廉州中学、县廉州镇小学、县红十字会医院等16个单位的自治区级卫生镇、卫生村、卫生先进单位的复审工作。为卫生城镇创建起到典型示范作用。

人口和计划生育

【概况】 2018年，合浦县人口计生工作以贯彻落实《中共中央　国务院关于实施全面两孩政策改革完善计划生育服务管理的决定》精神为主线，以巩固提高全国新一轮计划生育优质服务先进单位为契机，以创建广西计划生育优质服务先进县为抓手，进一步创新工作机制，改革完善服务管理，精准施策，开拓进取，圆满完成自治区、北海市下达的年度指标任务。全县出生人口14758人，人口自然增长率为8.11‰，出生人口性别比为114.21∶100(100为女性)，免费孕前优生健康检查覆盖率达96%以上。

【全面实施两孩政策】 2018年，县人口计生领导小组将实施全面两孩政策纳入计划生育目标管理责任制，出台统筹卫生计生、教育、劳动和社会保障等政策措施。强化部门沟通配合，在孕产期保健、住院分娩、出生医学证明、儿童预防接种等个案登记信息及时交换与共享。坚持实行全面两孩生育登记报告制度，及时掌握全面两孩政策实施情况，全面把握出生人口动态，综合分析评估人口变动趋势，确保全县政策实施过程风险可控，生育水平不出现大幅波动。

【生育服务证制度改革】 2018

2018年1月27日，县计生协会工作人员为农民工讲解健康知识

（县卫计局　供）

年，全县各级计生服务窗口严格落实“五个统一”，规范生育服务证办理工作。即：统一“一个窗口对外”和“一站式”服务模式；统一落实好首接责任制和责任追究制；统一生育服务登记花名册、再生育审批表和花名册；统一在办事场所公布办理依据、条件、程序、时限、需要提交的证明材料目录、申请表样、是否收费、服务承诺等信息；统一制定并公布审批流程和办事指南。

【出生人口性别比综合治理】 2018年，全县不断完善出生人口性别比的联动查处机制，通过卫计、公安、食药监、卫生监督等多部门配合，扎实开展明察暗访、有奖举报、远程视频监控、强化孕情跟踪服务等有效措施，形成“两非”案件查处灵活机动、反应迅速、第一时间集结有效的执法机制，严厉打击“两非”行为。开展惩治“两非”专项行动6次，查处“两非”案件1起。建立完善卫生计生与教育、公安、民政、人社等部门间的经常性联系和信息会商机制，人口信息互通共享得到有效落实。

【计划生育奖励扶助】 2018年，全县符合全国农村部分计划生育家庭奖励扶助1197人，发放1197人，发放资金1723.680万元；符合国家计划生育家庭特别扶助104人，发放104人，发放资金1162.440万元；符合广西农村部分计划生育家庭扩面扶助251人，发放251人，发放资金18.072万元；符合城镇居民独生子女父母年老奖励304人，发放304人，发放奖金33.75万元，全部兑现到位，兑现率达到100%。提升开展计划生育特殊家庭服务质量，抓好计划生育家庭“双岗”联系人制度。各乡镇建立以村居专干、乡镇干部帮扶队伍与计划生育特殊家庭联系，定期访视、了解情况、解决困难，并在重要传统节假日登门开展慰问和关怀工作。全县各医疗卫生单位开设计划生育特殊家庭就医绿色通道。向计划生育特殊家庭成员发放“广西壮族自治区计划生育特殊家庭成员就诊服务卡”，享受挂号、咨询、诊疗、住院、取药、结算支付等各种优先医疗服务，家庭医生签约服务率达100%。

【宣传教育】 2018年，大力开展卫生计生主题宣传活动，围绕推进健康中国战略、健康合浦建设、以义诊、咨询、讲座、慰问和文化活动等形式，主动策划开展宣传活动，加大便民、利民、惠民措施的宣传力度，增强群众获得感。

【流动人口服务管理】 2018年，将流动人口服务管理工作纳入相关部门的目标管理，县卫生计生、综治、人社、民政、财政等部门进一步建立完善“政策互商、服务互补、管理互动、信息互通”的流动人口计划生育综合服务管理协作机制，落实流动人口计划生育综合治理工作。深入开展以“流动人口（农民工）卫生计生关怀关爱宣传服务活动”“送政策、送健康、送温暖”为主题的系列宣传服务活动。

【协会工作】 2018年，将小额贴息贷款和爱心保险项目纳入创建幸福家庭创建活动当中，同推进、同落实，为计生家庭带来保障和福利，增强广大计生家庭抵御风险的能力。小额贴息贷款已完成贷款83户，贷款金额142.2万元，当年贷款期满户数122户，贴息任务数91户，已完成92户，贴息金额5.12191万元，贴息率达101%。年内，爱心保险计划891户，已落实爱心保险891户，完成率100%，其中独生子女817户，双女结扎户74户，爱心保险卡已应发尽发，发放率达100%。

2018年7月11日，县卫计局组织多家医疗机构在县城还珠广场开展以“共建生育文明·共享美好生活”为主题的“7·11”世界人口日活动　（卢美戈　摄）

社会事务

残疾人事务

【残疾人证审核发放】 2018年，全县更新信息持证的残疾人29274人，及时准确更新了残疾人基础信息数据库。共审核发放残疾人证2628本，其中围绕脱贫攻坚工作，组织人员下乡上门为建档立卡未办残疾人证的残疾人和出行困难的智力、精神和肢体重度贫困残疾人办理残疾人证643本。为全县新增的1702名重度残疾人发放护理补贴，为1132名贫困残疾人发放生活补贴。

【残疾人事业补助】 2018年，实施“党员扶残温暖同行”项目，扶持贫困残疾人户230户，发放扶持资金34.5万元，其中建档立卡贫困残疾人户230户。实施“阳光家园计划”残疾人托养项目，确定829人为居家托养对象，实现资金补贴675人，发放补贴资金101.25万元，通过购买服务形式托养残疾人154人，投入资金23.1万元。精准实施无障碍改造，完成无障碍设施改造317户。规范开展公馆良发生猪养殖场和石康七里四季果园两个基地的建设工作，督促落实基地自身发展和辐射带动扶持贫困残疾人脱贫工作。开展贫困精神病患者医疗救助工作，已完成住院治疗40人，救助资金16万元，门诊服药200人，救助资金20万元；完成康复资金投入82.859万元，享受康复服务残疾人4361人；通过筛查完成1427件的辅具发放任务。完成24户个体工商户的资助创业补贴审核和发放工作，完成补贴发放12万元；资助残疾人及残疾人子女大中专学生331名，平均每人受助助学金2000元，共资助资金66.2万元；向特殊教育学校捐赠沙盘心理咨询室1间，价值2万元；分两批为10829名重度残疾人代购城乡居民医疗保险。开展农村实用技术培训农村贫困残疾人527人，开展扫盲培训完成培训8人。

【残疾人文体活动】 2018年三八国际妇女节当天，协助市残联组织开展残健共融、共庆“三八”基层联谊活动，妇女扶残助残志愿者及合浦县星岛湖镇残疾妇女代表约100人参加此次活动。联合廉州镇残联在中山公园内举办合浦县廉州镇残疾人春季综合才艺展示大赛，全镇残疾人选手70多人，分别参加歌舞、乒乓球、羽毛球、象棋、飞镖、棋牌等7个项目的比赛。开展助残日宣传活动和助残日文艺晚会。组织残疾人参加区第九届残疾人运动会，共获得奖牌25枚，其中金牌8枚、银牌10枚、铜牌7枚。

民族事务

【民族团结进步创建活动】 2018年，扎实推动民族团结进步创建活动进机关、进乡镇、进社区、进学校、进企业、进宗教场所。在“壮族三月三”期间，在全县各乡镇悬挂民族团结宣传横幅80多条；4月16日至19在合浦县还珠广场举办“民族团结和谐合浦”摄影展活动、广场舞比赛、象棋比赛、传统南狮争霸赛；发放民族政策相关知识宣传资料1万多份；每天活动观看群众达1000多人次。利用村（社区）民族资源优势，不断完善软硬件设施，促进各民族间友爱互助，营造民族团结进步良好氛围，成立乌家镇丹田村委会“少数民族之家”，向“少数民族之家”赠送书籍、电视、桌子等物品，所赠书籍涉及文学艺术、种养、民族法律法规等方面知识，共80余册。进一步加大与市、县新闻媒体的合作力度，播放民族政策法规理论宣传，加强县民族宗教局微信平台建设，认真做好民族宗教信息调研撰写工作，加强网络建设，广泛收集全县民族宗教方面的有益信息，年内共撰写民族工作信息10多条，被自治区民委采用4条。

【民族扶贫项目建设】 2018年，县民族宗教局在中央财政扶贫专项资金（少数民族发展支出）项目上，合理使用，严格管理。科学合理地安排项目，坚持项目布局与精准扶贫相结合，坚持项目设计与监督管理相结合，使项目发挥应有效益。多次深入到扶贫点，与镇、村组干部群众座谈，访问党员致富带头人，充分掌握联系点的镇情、村情、民情。同时充分发挥组织协调作用，积极帮助联系点加强基层基础设施建设，帮助加快经济结构调整和改善民生。全年到位扶贫、少数民族发展资金合计140多万，在扶贫村建成2500多米混凝土道路，新修建两座桥，建成130多米三面光水利设施，合计约400多户2000多人受惠，助推脱贫攻坚步伐；建立2019年扶贫项目库，为争取资金扶持及政策性项目奠定基础。

【维稳工作】 2018年，县民族宗教局坚持底线思维，坚持依法行政，经常对全县民族团结创建活动进行督导，培养典型、推广经验，加强对全县民族宗教领域安全不稳定因素排查，及时清除隐患。坚持在“平时”“交心”“谈心”上下功夫，从组织领导、工作原则、工作机制等方面安排部署，努力把工作做深、做细、做实，赢得各族群众、广大信众的理解、支持和拥护。各乡镇、各部门完善应急处突领导机制和工作预案，妥善处理涉及民族因素的矛盾纠纷，全力维护民族团结、社会稳定。全县一年来未发生较大规模涉及民族因素的群体性事件及境外渗透事件。

宗教事务

【落实宗教工作责任】 2018年，根据《县民族宗教工作联席会议制度》，年内共召开民族宗教联席会议3次，县民宗局、县公安局等27个县直部门和15个乡镇为成员单位，协调解决宗教工作权责不清、力量不足的问题，形成内外合力、上下联动的工作机制；全面落实宗教工作属地责任制，完善县、镇、村三级宗教工作网络和乡（镇）、村两级责任制，层层签订宗教责任书，做到层层有人抓、事事有人管，实现全县村（社区）宗教工作的全覆盖。

【规范宗教管理】 2018年，学习贯彻新修订《宗教事务条例》，举办两期宗教政策法规知识培训班，参加人数300多人次，发放1万多份《宗教法规知识问答》宣传资料。通过这些培训及活动，积极引导宗教界人士参与公益事业活动2次，捐款捐物累计1.3万元；引导东山寺举办一年一度的少林功夫免费培训班；引导宗教场所开展爱国主义教育活动，年内，升国旗活动已在全县主要宗教活动场所开展。加强信息监管，及时依法管理处置宗教相关问题。利用“县民宗宗教事务微信群”为平台，方便全县宗教事务工作学习交流、政策咨询。年内发布宗教工作政策信息100多条（不涉密）。利用“宗教工作数据库”为平台，方便查询宗教三支队伍人员、宗教场所信息以及宗教工作机构等信息，每个季度对宗教工作的信息进行一次汇总研判，找出工作问题，形成信息上报。

【维护宗教和谐稳定】 2018年，依照新修订《宗教事务条例》等有关宗教方面的法规，完成22处宗教场所的换证工作，同时对全县宗教场所开展全面排查，严格执行中央关于各宗教领域工作的部署，全县没有发现佛道教商业化问题，没有发现伊斯兰教极端思想渗透，没有发现天主教地下势力的发生。

镇乡概况

廉州镇

【概况】 廉州镇位于北海市北郊，是合浦县人民政府所在地，是合浦政治、经济、文化和贸易中心。209国道、325国道，南北二级公路和桂海高速公路过境。钦北高铁在镇南郊设站，距北海机场16千米，离北海港30千米，交通便捷，区位优势明显突出。全镇总面积176平方千米，下辖16个村委、15个社区。2018年末，全镇总人口23.2万，其中城镇人口16.3万，农业人口6.9万，耕地面积42.62公顷，海滩涂面积1788公顷。境内清江高岭土矿区为国内目前探明高岭土储藏量最大的矿床，储藏量约1.4亿吨。有全国重点保护文物汉墓群，自治区重点保护文物海角亭、东坡亭、惠爱桥，县重点保护文物文昌塔、魁星楼等名胜古迹。2018年，居民人均可支配收入36080元，农民人均可支配收入13794元，比增5%。

【工业】 廉州镇是合浦县工业基地，有镇属及个体民营企业200多家，工业产品主要有酿酒、烟花爆竹、机械、矿产、建材、五金、皮具、纸箱、羽绒等50多类100多个品种，其中20多类50多个品种进入国际市场，远销美国、日本等10多个国家和地区，有城乡商贸市场10个，超市7家。

【农业】 主要农作物有水稻、甘蔗、花生、玉米、蔬菜等，青山村委现代农业糖料蔗项目基地在推广新品种等方面发挥较好示范作用。2018年全镇粮食总产3.26万吨。畜牧业主要有生猪、奶牛、肉牛、山羊、家禽等，年内，全镇出栏家畜208万头，出栏家禽420万羽，肉类总产量1.62万吨。渔业主要品种有大蚝、文蛤、对虾及各类淡水鱼，水产品养殖面积1538公顷，水产品总产量4.12万吨。

【文化教育】 廉州镇历史悠久，文化教育源远流长，2018年，辖区内有公办幼儿园5所，小学26所，中学8所，中等专业学校3所，医院7家。设有文化站1个，文体场馆2处，有影院，戏院，歌舞厅，老体协活动中心及各种网络平台，有村级文化活动中心12处，各类图书室18个，藏书2.5万册。镇内有舞狮队，管弦乐队，传统文艺表演队，粤剧团，部分村社区建有文艺宣传队，以夜跑、太极拳、健身操等为主的全民健身活动普遍开展。

【项目建设】 2018年，一批重大

2018年10月19日，合浦县廉州镇人民政府和合浦伏波文化旅游发展有限公司乡村旅游项目投资合作框架协议及土地流转签约仪式在廉州镇政府五楼会议室举行

（林启波　摄）

项目落户廉州，新增项目和在建项目13个，举全镇之力攻坚克难，全力推动项目建设，全年累计完成土地征收2380亩、和谐搬迁72宗，其中，10月，项目征迁“百日攻坚”活动完成征地2000亩。工业园扩园、月饼小镇、汉文化公园、海丝首港、昌和养老中心、廉州水系、城南片区等项目征迁和建设工作取得重大突破。大力开展招商引资工作，引进项目4个，到位资金1.5亿元，超额完成年度任务。

【乡村建设】 2018年，环境整治力度进一步加大、成效渐显，全面开展铁路、公路、村道沿线及庭院周边环境整治活动，拆除乱搭乱建、残墙断壁200多处，整治不规范禽畜场所60处；针对中央环境巡视组反馈问题，全力开展南流江、西门江水环境治理，共拆除猪场19间，鸭棚12个，鱼塘设施5个，关闭砂场4个；合力推进农村垃圾治理工作，建成青山村级垃圾处理设施，在全县率先开展农村生活垃圾收运处理市场化运作，实现农村生活垃圾清运处理全覆盖；全力打造中站李屋、乾江大井等8个示范村，廉西村荣获为自治区级生态村称号。

【扶贫攻坚】 2018年，全面推行“党支部＋合作社＋基地＋贫困户”模式，紧紧围绕贫困户“两不愁、三保障”要求，实行“参股合作，本金保底、固定分红、利润分配、流转佣工”利益联结机制，鼓励贫困户以贴息贷款入股、土地流转、劳务造业等方式参与合作发展，增加经济收入。年内，全镇22户、100人脱贫销号，清江村脱贫摘帽，圆满完成年度脱贫任务。

【民生工程】 2018年，为11.05万名居民办理参加城乡居民医疗保险。争取资金80万元，改造危房34间，争取资金235.6万元改厨改厕1240户。争取资金500万元修建村级道路12千米，解决1.2万人出行难题。筹资17万元修建水毁工程一批，恢复灌溉面积2500亩。落实农民良种补贴650万元，落实购置农机补贴70万元。举办“春风行动”脱贫攻坚、就业帮扶等招聘会，促进新增就业1200人。解决征地遗留问题22个，妥善处理项目征迁引发的纠纷23件，办理好就业地安置等实事16件。

【安全维稳】 2018年，扎实推进平安廉州建设，深入开展扫黑除恶专项斗争及涉枪涉爆、毒品犯罪、盗窃诈骗等专项整治，两抢一盗、涉赌、涉枪等警情大幅度下降，全镇社会治安明显好转。组建治安巡防大队配合辖区派出所加强街面路面巡防，不断创新社会管理，实现全年进京赴邕“零”非访记录。充分发挥群众来访信访服务站作用，全力调处化解各类民间纠纷。2018年共调处化解各种矛盾纠纷474起，成功调解450起，调解率达95%；受理各类信访来访件68宗，办结64宗。重点加强禁毒工作，抓获吸毒人员291人，行政拘留吸毒人员193人，收缴枪支70支，捣毁犯罪团伙16个。全面落实“党政同责、一岗双责”安全生产责任，始终保持惩治私炮高压态势，严查私炮窝点，查处私炮窝点12个，拘留3人，全镇社会大局和谐稳定。

（岑仁德）

党江镇

【概况】 党江镇位于合浦县城西南部，距离县城8千米，地处廉州湾的顶端，距离北海市区仅6海里，与北海市区隔海相望。南流江分支出海口，三面环江，一面临海，地势平坦、土地肥沃、水源阳光充足、交通便利，素有“稻蛋基地、鱼米之乡”的美称。辖区钦北高铁、南流江过境。区域面积81.5平方千米，耕地面积63495亩，其中种植水稻24045亩，养殖对虾39450亩，浅海滩涂面积3万多亩。全镇由百曲围、南域围、更螺围3个万亩大围组成，海河堤围长102.5千米，其中迎海挡浪海堤41.5千米，涵闸水门188座。已建设标准化海河堤31千米，在建4千米。辖1个社区居委会17个村委会314个村民小组、5个居民小组。2018年末，全镇总人口53860人，其中农业人口51235人，方言以廉州话为主。辖区内有党江中学和党江初级中学两间初级中学，中心小学1间，农村小学16间，幼儿园41间，其中公立幼儿园1间，卫生院1间，村级卫生所17间，集镇有5条主要街道，集镇常住人口6000人左右，集镇地域面积2.5平方千米。镇内有篮球场、排球场、文艺（曲艺）团、舞蹈队，文体设施齐全，群众文体活动比较活跃，被上级命名为“气排球之乡”。辖区内有工业、企业16家，规模以上企业1家，支柱产业是船舶修造业。主要工业产品有钢质船舶、木质渔船等；主要农产品有水稻、马蹄，品牌产品有莲藕、韭菜、豇豆；主要水产品有南美白对虾、文蛤、大蚝、鱼类等。2018年农业生产总值20.71亿元，增长

8%；工业总产值2.94亿元，增长10%；社会固定资产投资7300万元；农民人均纯收入12465元，增长10%。

【经济建设】

工业　以船舶修造、水产品加工为主。2018年工业生产总值2.94亿元，增长10%，规模以上企业产值2.7亿元，增长10%。

农业　全镇农业以水稻种植和对虾养殖为主，耕地面积63495亩，其中种植水稻24045亩，对虾养殖面积39450亩。2018年实现粮食总产量9280吨；经济作物以种植蔬菜为主，种植面积278亩，产量6054吨，主要品种有马蹄、韭菜、莲藕等。

水产畜牧业　以养对虾、大蚝、文蛤、猪、牛和家禽为主，2018年生猪出栏量2.22万头，家禽出栏量89万羽，其中鸡出栏量38.94万只，鸭出栏量49.93万只，鹅出栏量0.13万只。全镇对虾养殖面积47775亩，浅海滩涂养殖文蛤、大蚝面积12950亩。拥有渔业捕捞船1200多艘，其中400HP（马力）以上525艘。全年水产总量468390吨，其中对虾产量122308吨，文蛤、大蚝产量207663吨，渔业捕捞产量68469吨。

【文教卫体】　2018年，全镇有幼儿园39所，在学儿童2096人，专任教师201人；有17所小学，在校学生3569人，专任教师216人，入学率100%；有初级中学2间，在校学生1553人，专任教师108人。有卫生院1所，村级卫生所17个，有床位79张，每万人拥有病床15张，专业卫生人员42名，其中执业医师2人，执业助理医师7人，护士22人。医疗机构（门诊部以上）完成诊疗44052人次。全镇参加新农合47363人，参合率97%；参加城乡居民养老保险参保人数17740人，参保率达94%。镇文化广播电视站大楼1幢，建筑面积404.6平方米，村级文化活动中心15处，各类图书馆32个，藏书20余万册，音乐、美术、书法、摄影及文学类创作队伍65人。全镇共有篮球场25个，45%村委安装健身器材。旅游发展开创新局面，中央电视台《沧海丝路》大型电视剧在党江取景拍摄，已引进武当山旅游集团对渔江、木案村进行旅游开发，计划投资3亿元。引进北京军科新源集团在更螺围开发北部湾康养度假岛，计划投资百亿元。

【维稳工作】　2018年，共立刑事案件34起，破20起；抓获各类违法犯罪人员127人，行政拘留32人，刑事拘留11人，逮捕12人；查处吸毒案件30起，强制戒毒25人。调处各种矛盾纠纷215件，调处率100%，调结率95%，群众安全感和满意度得到提升，从全县排名后6位上升到前6位。

【民生工程】　2018年建设村级硬底化道路27千米；集资80万元安装兴江大道太阳能路灯建设，投入800万元对圩镇街道排污设施进行维修。投入60万元对木案小燕子等病险水利设施进行整改加固，消除水患。

（莫肇能）

西场镇

【概况】　西场镇位于合浦县城西北部30千米，东邻沙岗镇，南邻北部湾，与北海市区隔海相望，西至大风江，与钦州市钦南区犀牛脚镇隔江相望。辖区北部为丘陵、台地，南部从耄港江至官井为海积平原。总面积175平方千米，海岸线57.35千米，沿海潮滩面积6136公顷。矿产资源有钛铁矿，储量98.6万吨，矿床主要分布于官井、老温、裴屋一带。2018年末耕地面积8938公顷，其中旱地面积7560公顷，水田1375公顷。下辖25个村委和2个社区，设723个村民小组、282个自然村。辖区总户数20750户，总人口101002人。西场镇是自治区重点镇，集镇有36米大道、绕城大道、白沙头大道、城西大道、解放路、中山路等主要街道，集镇常住人口3.5万人。方言以廉州话为主。主要历史遗迹有建于清朝康熙五十六年（1717年）在官井大观港的东炮台。工业支柱产业是制糖业，规模以上企业有合浦湘桂糖业有限公司，主要工业产品有蔗糖、烟花炮竹等。主要海产品有牡蛎、对虾、弹涂鱼等。农作物主要有甘蔗、水稻、木薯、花生等。特色经济作物有杨梅、台湾青枣、百香果等。年内，全镇有27个村民合作社，农林牧渔总产值201513万元，其中农业总产值36186万元，渔业总产值133784万元。完成财政收入2560万元，固定资产投资8650万元。

【农牧渔业】　2018年，全镇水产品总量90313吨，同比增长7.24%，其中海产品总产量85898吨，同比增长2%。海水养殖面积3194公顷，产量74043吨（其中贝类53053吨、虾蟹类19929吨、鱼类1061吨），海水捕捞产量11855吨（其中鱼类6054吨、贝类1582吨、虾蟹类3592吨）。全镇糖料蔗种植面积3431公顷，总产量

2018 年 3 月,西场大风江大蚝浮筏养殖　　（西场镇政府　供）

288035 吨。

【文化教育卫生】 2018 年,全镇 18 个村设有村级群众文化活动中心。集镇有文化站新楼、灯光球场暨群众文化健身小广场等文体设施。设老年人体育协会、戏曲协会、山歌协会、舞狮协会等文艺团体,传统文艺主要有方言山歌对唱、老杨公、耍花楼等。教育事业稳步发展,辖区内有完全中学 1 所,教师 134 人,在校学生 2510 人,初级中学 3 所,教师 168 人,在校学生 2381 人。小学 23 所,教师 362 人,在校学生 5646 人。公办幼儿园 1 所,教师 13 人,民办幼儿园 21 所(其中有办学许可证幼儿园 5 所),小学附设幼儿园 21 所,幼儿教师 210 人,在园幼儿总人数 3603 人。西场镇中心卫生院是一级甲等医院,设村级(社区)卫生所 27 所。

【扶贫工作】 2018 年,严格按照程序开展精准识别和建档立卡工作,并实行动态管理,全镇共建档立卡贫困户 967 户、3798 人。全年新增贫困户 10 户、30 人,老人并户 4 户、18 人,退出户返贫 4 户、20 人,剔除 3 户、19 人。年内通过“双认定”实现 2 个贫困村脱贫摘帽(安乐村和欧屋村)、130 户贫困户 561 人脱贫销号,全面完成年度减贫任务。

【民生工程】 2018 年,投资总额为 1899.64 万元的西场镇商贸综合群众文化活动中心项目主体工程竣工,正在进行室内装修,该中心广场总建设占地面积为 9994.3 平方米,群体活动用房建筑占地面积为 733.58 平方米,群体活动用房总建筑面积为 2890.20 平方米,集文化、娱乐、体育、健身于一体,是西场镇群众综合运动场所。总投资 2000 多万元的“百镇建设”示范工程项目基本竣工,项目内容有 36 米大道、城西大道、绕城大道、白沙头大道、水渠旁道路、政府内道路、老城区道路、综合市场小区道路等道路改造工程,包括道路硬化、照明、排水沟、绿化、人行道铺设工程等;两个公厕改造工程;一个镇东村级文化活动广场建设工程;接入污水管网 500 米工程。建设高标准农田项目,主要建设田间灌溉水沟、混凝土或泥结石田耕路,其中田耕路的建设比例不超过 40%,通过项目建设,稳定提高农业综合生产能力。

【维稳工作】 2018 年,按照镇、村、组“三级联动”矛盾纠纷调处机制,共排查矛盾纠纷 139 起,调处 139 起,化解结案 135 起。2017 年至 2018 年 12 月,共破获涉黑团伙 6 个,破获涉黑涉恶案件 15 起,查处一批涉黑涉恶人员。年内,在公路沿线、城镇主要街道和各村社区的主要出入口张贴宣传标语 1600 多条、设立固定立式广告宣传牌 150 多块、大型永久性宣传牌 5 块、横幅 68 条,喷绘永久性宣传标语 58 条,出版宣传板报 33 期次。在 2018 年第二季度北海市群众安全感民意调查中取得北海市第一名,合浦县 2018 年第三季度群众安全感和满意度双提升工作现场会在西场镇召开。年内全镇社会大局稳定,没有发生重特大群体性事件、刑事案件、治安灾害事故和安全生产事故,治安形势、安全生产形势持续保持良好,群众安全感和政法队伍满意度综合排位稳步提升。

【荣誉】 2018 年,西场镇获得“第三次全国农业普查先进集体”称号。老温村荣获“‘美丽广西’乡村建设示范村”称号。西场镇武装部获得“先进基层武装部”称号。教师莫芹钦、陈国光、胡桂荣、黄光强、裴小卫荣获 2018 年度合浦县中小学“德育先进工作者”称号,教师宁其旺、陈伟庆、裴巨文荣获 2018 年度北海市“德育先进工作者”称号,教师蒋传燕被评为合浦县初中教育教学先进个人。

镇武装部部长徐鸿昌被评为2018年度合浦县“优秀专武干部”。农户裴桂义被评为“北海市星级文明户”。（裴家亮　熊诗林）

沙岗镇

【概况】沙岗镇位于合浦县城西部，距县城20千米，地处北部湾畔南流江出海口。地势北高南低，北面为丘陵坡地，南面为平坦良田，一面临海，海岸线长15.7千米。南北二级公路及高速公路从镇东北10千米处经过，合（浦）西（场）公路横贯东西，大西南通道主动脉的钦北铁路从镇境内穿过。2018年，辖区内总户数10281户、41762人，方言以廉州话为主。耕地面积5975.67公顷，林地面积600公顷（含红树林），海滩涂面积1066公顷。辖区内有合浦县唯一岛屿——七星岛，面积4.2平方千米。沙岗镇物产丰富，人们称之为“稻蛋基地、鱼米之乡、甜蜜乡镇”。主要粮食作物有水稻、木薯、红薯等，特色经济作物有豇豆、甘蔗等，水产品主要有对虾、文蛤、大蚝、贝类、跳跳鱼等，畜牧业主要以养殖鹅、鸭、鸡、猪为主，其中“七星岛海鸭蛋”、“太平岭红薯”已注册商标，产销两旺。主要工业产品有烟花爆竹等。农业总产值11.75亿元，同比增长5.53%；工业投资同比增长178.98%；财政收入618万元，同比增长51.84%；实现社会固定资产投资7300万元，同比增长20.66%；镇村居民收入水平稳定增长，社会各项事业同步协调发展，综合实力进一步增强。

【农业】2018年，继续推动农业示范区建设，因地制宜组建甘蔗、水稻、海养、畜牧等示范生产基地，不断优化农业发展布局，建设豇豆种植产业及千亩连片“双高”糖料蔗示范基地；创建众兴种养农民专业合作社，采取“党支部+合作社+基地+贫困户”模式，年总产值350万元，受益贫困户367户1388人。特色农业的产业带不断延伸，七星岛海鸭蛋和沙岗村生猪规模化养殖效益不断提高，农民收益显著增多；创建糖料蔗示范基地和豇豆种植基地共五个产业富民基地，培育壮大持续稳定增收产业。

【项目建设】2018年，积极推动高纯砂制矿项目。配合县政府做好项目征地等工作，已完成项目的第一期17.45公顷征地任务，第二期14公顷征地工作按计划顺利开展，为高纯砂制矿项目的落户、顺利开工建设奠定基础。积极推进信义产业园项目建设，顺利完成厂区4公顷的征地任务，争取早日投产。

【脱贫攻坚】

落实政策帮扶　2018年，做好“一户一册一卡”工作，将更新的脱贫户帮扶联系卡175、2017年应纳尽纳、返贫户74张帮扶联系卡全部装订至贫困户家；2018年动态调整共有“应纳尽纳”户8户、30人，退出返贫户1户、1人，“老人户”中与非贫困子女重新识别后作人员减少4户、8人，因病因灾销户贫困户3户、3人；

产业扶贫　2018年，大力扶持贫困户发展到户产业开发项目。全镇安排专项财政资金到户产业项目资金98.0019万元，为贫困户发放肉猪、母猪、母鸡、养殖饲料等一批生产资料。组织贫困户入股合作社发展产业项目。年内，引导135户贫困户加入合浦县沙岗镇众兴种养农民合作社，每年按入股资金的12%收取分红。年底，共有369户贫困户和109户退出户通过入股合浦县沙岗镇众兴种养农民合作社获得稳定性收入。积极争取市本级财政资金，每个贫困村39.6万元，入股镇级合作社扩建养猪场发展资产性收益项目。

危房改造　2018年，根据危房改造相关政策，该镇将危房改造作为脱贫帮扶措施重点工作来抓，全镇52户建档立卡贫困户的危房改造已经竣工，为贫困户提供住房保障。

年内，共有贫困户51户206人达到“八有一超”“两不愁三保障”脱贫摘帽标准，完成2018年度脱贫摘帽任务。

【城乡建设】2018，投入291.92万元建设沙岗镇发展村集体经济商贸街，年内，全镇各村实现分红3万元以上，41户政策兜底户可获得收入5.6万元/年，为贫困户提供可持续稳定的收入保障和发展壮大村集体经济；加大村屯绿化力度，2018年度贤子山村、亚头丁村获得自治区党委、政府授予的“绿色村屯”称号。

【民生工作】2018年，开展“服务惠民”主题活动。投入39.91万元完成贤子山村委亚头丁村的道路和篮球场及排水沟的建设，为群众生活出行和健身运动提供方便；投入20万元对裴屋寮村、贤子山村、下屯村、太平岭村立项改造、安装路灯，亮化美化各村；大力推进“危改”“两改”工程，加大资金对102户危旧房进行维修加固和正立面改造；通过“撤高留低”模式优化学校布局，提高该镇义务教育均衡水平,改善办教育条件。建设农事网通、阳光红页,让村民办事不出村,方便群众办事。

【社会维稳】 2018年,全镇坚持“安全第一、预防为主、综合治理”的方针,重部署、抓落实,不断深化平安创建。年内,群众安全感满意度季度排名均名列前茅;6月,被评为北海市文明镇;11月,双孖村人民调解委员会获自治区司法厅通报表扬。

【政府自身建设】 2018年,深入推进依法行政,加快建设法治政府,向着建成“职能科学、权责法定、执法严明、公开公正、廉洁高效、守法诚信”的法治政府目标前进;抓实党风廉政建设,筑牢拒腐防变意识,强化责任意识,落实“一岗双责”;通过“四个强化”、实现“两新”党组织全覆盖。

（肖大龙）

乌家镇

【概况】 乌家镇位于合浦县西北部,东与星岛湖镇交界,南与沙岗镇、西场镇相临,西与钦州市那丽镇接壤,北与钦州市那思镇相连,距合浦县城23千米。325国道、钦北铁路、南北高速公路呈平行线横贯境内,主要河流有丹竹江,为合浦与钦州分界河。镇属低丘陵地区,地势四周高、中部稍平缓,最高峰马鞍岭海拔87.9米。镇内矿产资源有高岭土、石膏、花岗岩等,其中石膏矿系大型矿床。2018年,全镇辖区面积196平方千米,耕地面积3830公顷,其中水田947公顷,旱地2883公顷。辖6个村民委员会和1个社区居民委员会,村(居)民小组92个,年末总人口1.6267万人。有初级中学1所,小学6所,卫生院1所。农业经营品主要有甘蔗、水稻、薯类、玉米、辣椒等,其中甘蔗种植面积和产量均居各类作物之首。北部湾林产经济循环产业园位于境内,辖区内有工业企业20家,规模以上工业企业5家。利添生物科技发展(合浦)有限公司乌家生产基地、钦廉林场纤维板厂、北海冠华人造板厂、双银木业等一批企业成为全镇经济发展的先锋。全镇完成农业总产值2.66亿元,工业总产值10.92亿元,规模以上工业产值7.6亿元,第三产业总产值1.88亿元,完成固定资产投资1.55亿元,招商引资完成1.5亿元。

【农林牧业】 2018年,完成营造林任务5500亩,森林覆盖率61.5%,全民义务植树2100株。大力发展种草养牛、养羊、种菌等林下经济项目。林下养鸡105户,年出栏放坡鸡70多万羽;养鸭58户,年出栏肉鸭40多万羽;养羊20户,存栏700头;养牛50户,存栏300头;全镇完成“双高”项目蔗料片区500亩,甘蔗种植面积2500公顷,甘蔗总产量20万吨。全镇农作物播种面积5343公顷,种植花生、油菜等经济作物3317公顷,年产量25万吨,农业基础不断夯实,农民人均增收幅度明显。

【项目建设】 2018年,着力打造农业产业化田园综合、推进乡村旅游建设、林下经济走廊示范点建设,发展立体生态养殖,发展村集体经济项目稳步推进。全镇投入资金266万元建成西大村裕西肉猪养殖场,通过采取“党支部+合作社+企业+基地”的模式发展,项目占地30亩,分为两个养殖片区,并建成涵盖养殖、转运、沼气、晒粪等生猪产业系统,年可出栏肉猪8000头,每年增加西大村集体收入15万元,贫困户每户增加收入约2000元。充分整合资源建设“新九有”农村,西大村已完成农家乐、小市场、小花园等建设;年底承接北部湾(合浦)林产循环经济产业园的部分项目建设,加快北海市生活垃圾焚烧发电PPP项目选址建设,主动服务好园区内的冠华人造板、钦廉纤维板、广西双银、理昂生物质发电等企业,项目建设持续推进中。

【民生工作】 2018年,全镇建成7个村(社区)综合服务中心并实现就业服务全覆盖,新增转移就业109人。参加新农保6069人,居民养老保险参保率达85%,60岁以上参保老人100%享受养老待遇。参加新型农村合作医疗13790人,参保率达100%;农村最低生活保障居民救助336人,发放资金87万元;“五保户”救助93人,共发放资金54万元;办理临时救助45人,发放救助资金1.25万元。不断改善农村人居环境,全镇完成260户改厨改厕工程,镇、村两级垃圾处理设施项目已完成建设并正常运转,村庄生活垃圾得到有效治理;污水处理厂投入使用;危房改造工程改善了13户农村群众的居住条件;通过“一事一议”项目新建村级硬底化道路3.5千米,大大方便群众的出行。开展春秋季暖心助学活动资助建档立卡贫困户小学生、大学生共计47人,发放助学资金3.76万元;实施“雨露计划”资助贫困青年14人,发放资金2.25万元;积极实施“阳光家园”“党员扶残温暖同行”等助残活动,发放补助资金4.8万元。年内，全镇6个行政村组织文艺演出23场，丰富乡村精神文化生活；农村居民公共法律服务体系建设持续推进，覆盖率达到67%。

【维稳工作】 2018年，全镇共破各类刑事案件14起，逮捕各类刑事犯罪嫌疑人14人，收缴非法枪支8支，破获贩毒案5起，涉黑赌博案件1起，强制戒毒10人，惩治传销案件1起，收缴假币1万元；调处各类纠纷66件，调处成功65件，调解成功率98%，较好地把矛盾化解于基层；同时加强治安巡逻，认真做好“禁毒宣传”、扫黑除恶和交通安全整治等专项工作，群众安全感满意度不断提升，社会和谐稳定发展。

【宜居乡村建设】 2018年，按照自治区、市、县的工作部署，在全镇范围内开展“美丽广西·宜居乡村”活动。组织全镇干部职工进村入户，宣传发动全民参与宜居乡村行动，抓好示范带动，突出亮点打造，西大村委西辽坑村获得“2018年广西绿色村屯”荣誉称号。全年，开展集中清理整治行动150余次，累计清运、处理垃圾1300吨，取得良好成效，以2018年环广西公路自行车世界巡回赛北海站的比赛经过乌家路段为契机，全镇投入大量人力、物力、财力进行沿线环境卫生整治，共进行沿线大清洁30余次，对乱搭乱建的设施进行彻底整改，全镇环境风貌进一步提升。

星岛湖镇

【概况】 星岛湖镇地处南流江畔，地势北高南低，北部多为海拔100米以上的半丘陵荒山、荒坡，中部是低矮丘陵和台地混合带，南部是南流江冲积平原。辖区内矿产资源和水资源丰富，其中高岭土和石膏矿储量大、品质高，南流江水域环流全镇。被称为“南国星岛湖”的旅游度假区位于本镇北部的洪潮江水库，是集自然景观和古典建筑于一体的综合性旅游度假区。全镇总面积154.48平方千米，辖1个社区居委会和8个村委会，111个自然村，182个村民小组，2018年末总人口2.88万。辖区内有中学1所，小学9所，卫生院1所，镇村卫生所12所。全镇财政收入1103万元，社会固定资产投资1.86亿元，规模以上工业总产值7.03亿，招商引资1.56亿元。

【基础设施建设】 2018年，完善农村基础设施，积极争取有利于农村发展的各种项目资金，不断加大基础设施建设投入：建设完成上洋大桥并实现通车，铺设325国道总江至上洋段沥青路面，极大缓解上洋圩镇周边容易堵车这一难题；建设完成日处理能力500立方米的上洋污水处理厂并进行试运行，提高城镇污水处理能力；按照“简洁、实用”原则，在总江、垌江、洋江、上洋、珊瑚、采木等村安装太阳能路灯共211盏，扩大农村夜间公共照明区域。

【脱贫攻坚】 2018年，以脱贫致富为主目标，以整合资源为主手段，以扶持生产为主措施，主抓责任落实、政策落实和工作落实，全年实现脱贫销号19户、78人，圆满完成上级下达的年度脱贫任务。

【乡村振兴】 2018年，有序开展农村土地确权工作，9月，北海市农村土地承包经营权颁证仪式在总江村委举行。做好耕地地力保护工作，严守耕地保护红线，加大土地整治项目建设力度，珊瑚村作为2018年全区耕地保护工作会议暨土地整治现场会的现场参观示范点。以创建现代特色农业示范区为抓手，大力发展立体高效、种养结合、生态循环农业发展模式，提高农业综合效益，年内创建1个县级示范区、1个乡级示范园、6个村级示范点。探索农村集体经济发展新路子，着力推进“资源变资产、资金变股金、农民变股东”的农村“三变”改革。总江村委上苏村以集体资源调动政府资源、政府资源撬动社会资源的“双轮驱动”，利用村集体土地，由村民集资投资建成总江西岸市场并投入运营。提高居民养老参保率，年度城乡居民养老保险任务数9900人，实际参保人数10040人，完成率104.41%。

【发展旅游】 2018年，加大对星岛湖旅游景区景点的配套设施建设投入，重点修补通往景区的115乡道的坏烂路段，完善景区功能指示标牌，增加景区垃圾桶等基础设施，年内，星岛湖景区成功创建为自治区首批生态旅游示范区。大力支持辖区内的“闲云生态园”加大投入，高标准建设完善园内基础设施建设并打造亮点，“闲云生态园”成功入选2018年广西休闲农业与乡村旅游示范点，是北海市唯一上榜示范点。

【环境保护】 2018年，积极开展南流江、洪潮江水库环境和辖区矿业秩序集中整治活动，重点惩治非法禽畜养殖和非法偷矿行为。通过持续性整治，共清除南流江、洪潮江水域非法禽畜养殖点64处,关停违法砂场4个,动员撤走临时修船点6处,对19个非法砖厂和59个非法复粉厂断电关停,建立起全镇生态环境长效保护机制。

【文化事业】 2018年,成功协办环广西公路自行车世界巡回赛。星岛湖镇作为2018年环广西公路自行车世界巡回赛北海赛段组成部分之一,承担约15千米长赛段的赛事保障工作。赛事筹备期间共拆除违章铁棚160多处,清理路边广告牌120多块,对沿线进行彻底的环境整治及绿化风貌改造,在集镇显要位置绘制欢迎标语和特色图案,充分展示星岛湖镇的优美风貌。推动农村文化体育活动。利用"服务惠民"经费开展丰富多彩的文体活动。鼓励村民自发组织歌唱、舞蹈、表演等文艺队伍,年内各村共开展各种文艺演出20余场,全镇排球联赛1场,以乡村特色文化为载体,推进"扫黄打非"工作进乡村、进景区、进企业、进学校,该镇入围第二批全国"扫黄打非"进基层示范点名单。 (李 斌)

石湾镇

【概况】 石湾镇地处南流江下游,位于合浦县城正北12千米,东与石康、常乐两镇相连,南与廉州镇交界,西与星岛湖镇毗邻,北与浦北、灵山两县接壤,南流江横穿全境,镇境北部为低丘陵,南部为南流江冲积平原。地势平坦,土地肥沃,水电充足,拥有丰富的河沙、卵石等自然资源。南北高速公路、贵合高速公路、合(浦)灵(山)公路贯穿全境。2018年区域面积245平方千米,耕地面积4069.3公顷,山地面积6324.4公顷。辖1个社区、16个村委会、182条自然村、326个村小组,总人口5.28万人,城镇人口0.40万人,乡村人口4.89万人。方言以廉州话为主。拥有初级中学1所,小学17所,卫生院1所,乡村卫生所17所。完善文化体育设施,有影剧场、灯光球场、文化广播电视站、图书室等,民间曲艺队、舞蹈队等群众性活动活跃。全镇有全国重点保护文物大浪古城遗址(海上丝绸之路始发港)。有清水古海水温泉、大白水库、射马岭观音庙、古代校马场等具有开发价值的旅游景点。镇内较大企业有石湾炮竹厂、页岩砖厂、众利农产品物流中心,烟花爆竹畅销区内外。2018年,实现工业总产值25837.73万元,同比增长6.9%;农林牧渔业总产值80850.06万元,增长4.8%;全社会固定资产投资完成1.02亿元,超额完成县下达的任务;农民人均可支配现金收入13278.06元,增长10.1%。

【农业】 2018年,全镇不断优化农业结构,推动产业转型升级,积极扶持发展农业龙头企业和农村合作社,新增农民专业合作社6家,家庭农场3个,成功打造东江豇豆、大田三角梅等一批现代特色农业示范基地,众利农产品物流中心项目已竣工投入使用,形成豇豆等产业的产业链,有效带动和促进了一、二、三产业融合发展。土地确权外业调查涉及17个村(社区)、324个村小组、农户数10680户,12月底完成签订合同17个村(社区)、319个村小组、农户10424户,确权面积79554.38亩。

【工业】 2018年,重点改造升级瑞丰炮竹厂、闽辉页岩砖厂、众利农产品物流中心等企业的技术基础设施建设,提升企业的科技含量。提升服务平台建设。积极帮助企业解决用地、招工难,改善供电、供水等问题,大力营造良好的投资环境,促进全镇招商引资工作,完成投资5000万元,提升融资能力和发展能力。稳固发展第三产业。商贸、物流、金融、信息、交通运输、餐饮、农村淘宝等产业持续发展。

【项目建设】 2018年,镇内贵合高速公路、中湾大桥、兵岳交通渡槽桥等一批重大交通项目如期竣工并投入使用,完成东江、垌心、红锦等一批中小学校校舍改造以及乡村道路、村屯绿化、南流江清水、兵岳的河段护岸工程等一批民生项目建设,完成投资1.12亿元;石湾污水处理厂已竣工投入使用;209国道石湾至县城公路开工建设;石湾镇政府搬迁新址工作取得进展。

【脱贫攻坚】 按照国家"两不愁、三保障"和自治区"十一有一低于、八有一超"脱贫摘帽要求,紧盯贫困村,瞄准贫困人口,精准施策,狠抓落实。

贫困村基础设施建设 2018年,投入资金1628.063万元,主要用于道路硬化、桥梁修建、太阳能路灯及贫困村产业基地设施建设等方面。

特色产业扶贫 2018年,大力发展"短、平、快"项目,全面推广"龙头企业+合作社+贫困户""党支部+合作社+基地+贫困户"的模式,助推豇豆、三角梅、生猪、生态鸡等产业发展，大田村三角梅农业示范基地、红锦村荔龙山庄成为石湾镇标志性的扶贫产业项目。6月21日，首届合浦县石湾镇"荔龙"荔枝旅游节在石湾红锦荔龙山庄盛大开幕，推动石湾荔枝产业的蓬勃发展，年内新成立的镇级合作社——星光农民专业合作社首期养殖牛蛙项目盈利8万元，顺利通过国家、自治区、北海市考核验收，全面完成2016、2017年度兵岳、红锦两个贫困村和161户、632人脱贫摘帽任务。进一步加大招商引资力度，2018年12月河南海法姆农业科技有限公司计划投资1.8亿元项目完成选址并达成初步投资意向。

【城镇建设和管理】 2018年，修编完善城镇总体规划以及调整修编完善16个行政村的建设用地，圩镇三街硬底化工程如期完成，打通圩镇水泥路面覆盖"最后一公里"。圩镇入口道路改造一期工程建设完成，美化绿化主干道，群众出行更加方便。开展城乡环境综合整治，对城镇街道乱搭乱建、乱摆乱卖、乱停乱放等不文明、不卫生现象进行全面整治，落实门前"三包"责任制，城乡环境卫生和道路交通秩序明显改善。完善农村基础设施建设，全面打造宜居乡村环境，年内组织各村（社区）积极开展村屯清洁大整治12次。镇党委、政府成立镇乡村建设督察组，每月不定期到各村（社区）开展督查工作。

【民生事业】

文化卫生体育　2018年，大力实施"民生惠镇"战略，改造中小学校校舍；卫生院门诊综合楼已竣工投入使用，制定实施《"健康石湾2023"规划》，加快推进全镇卫生与健康发展各项工作，全力推进乡村卫生基础设施建设；新建村级活动场所3个，篮球场2个，举办文艺晚会42场次，举办篮球赛、拔河赛等群众性体育运动；抓好防治艾滋病攻坚工程、基本公共卫生服务和计生综合治理，加强食品药品安全监督管理体系建设，保障食品药品安全；妇幼惠民项目深入实施，积极落实"儿童之家"相关工作，关工委工作取得新成效，在全县率先全面成立村级关工委，被县里推荐为市关心下一代工作先进单位。

2018年建成的合浦至石湾路的石湾路段　　（石湾镇政府　供）

社会保障　2018年，实现城镇新增就业75人，农村劳动力转移就业240人。城乡居民基本养老保险参保人数22140人，征缴养老保险金146.2万元，城乡居民低保、五保，实现应保尽保，离任村干部、复退军人、残疾人等惠民政策全面落实，提前超额完成年度企业养老保险金征缴任务。完成农村危房改造41户，受益人口104人。完成农村厨房改造1100户，厕所改造1100户，受益群众8675人。抢险救灾、地质灾害与应急管理工作进一步加强，防震减灾的各项制度全面落实。国防教育、"双拥"工作扎实开展。

【环境保护】 2018年，建立完善石湾镇保护生态环境责任机制，深入开展保护水源、土地、森林等生态资源，全面排查整治群众反映强烈的养殖污染问题，配合市、县惩治非法采砂场7个，惩治非法开采矿山2个，问责相关责任人；年内，开展南流江流域整治活动15次，清理沿岸漂浮垃圾12吨，清理沿岸养鸭场7个，投入资金12万元加强污水处理厂的管道周边的改造及环境卫生综合整治，避免污水渗漏到南流江污染河流。积极抓好节能降耗减排和河长制工作，全面推进减污治排和水环境监管体系建设，建成镇污水处理厂、垃圾处理站，2个村级垃圾处理设施，实施全镇农村生活垃圾清运处理全覆盖。

【宜居乡村建设】 2018年扎实推进生态乡村、宜居乡村、幸福乡村建设，完成示范村屯绿化2个，一般村屯绿化82个，规划申报张屋上下张村为美丽乡村建设示范试点村、生态农业乡村，新安村被评为北海市“绿色村屯”。通过印发“致石湾镇人民的一封信”，发放日历牌、“条例”资料、张贴横幅标语、出板报等大力宣传广西乡村清洁条例，各村（社区）积极开展宜居乡村建设动员大会，镇、村两级举办宣传文艺晚会8场次，动员村民积极参与到建设活动中来。7月，开展石湾镇第二届“美丽家庭”“美丽村屯”评选活动，表彰获奖的家庭和村屯。对圩镇中心主干道进行美化、亮化建设，高标准将其打造成为圩镇最美的街道。

【维稳工作】 2018年，深入开展平安石湾建设和法治建设，依法推进社会治安综合治理，实行矛盾纠纷镇、村（社区）调处机制，加大矛盾纠纷调处力度，不断完善镇一级信访工作制度，认真排查化解各种矛盾纠纷和处置信访问题。加强禁毒、扫黑除恶、反邪教、安全感满意度、预防艾滋病等宣传，累计发放各类宣传资料4万余份；深入开展“严打整治”，严厉惩治“两抢一盗”“私炮”等违法犯罪行为，年内共立刑事案件34起，破案19起，群众反映强烈的一批突出问题得到有效解决，群众安全感满意度不断提升。严格落实安全生产“党政同责、一岗双责”责任制，强化监管，保障全年没有发生安全生产事故和环保责任事故，确保两会、自治区成立60周年庆期间没有人到邕进京上访。

【党建工作】 2018年，镇党委坚持把党建工作与中心工作同谋划、同部署，强化大局意识，对党政领导班子成员实行党建工作“一岗双责”分清责任清单，压实党建工作责任，全面提高镇党委的执政能力。政府信息公开，政务服务工作不断完善提高。整顿转化2个软弱涣散村，解决基层党组织“无钱办事”的问题。党风廉政建设有新成效。大力支持纪检监察工作。切实开展深化扶贫领域腐败和作风问题专项治理工作，坚决查处党员干部以权谋私、虚报冒领、截留挪用、贪污私分等群众身边的腐败问题。年内，在扶贫领域腐败和作风问题专项治理工作方面，镇纪委共立案5起，处分5人。（廖玙璠）

石康镇

【概况】 位于合浦县城东北部，距县城19千米，是全国文明镇、全区和谐乡镇，地处南流江下游冲积平原，地势平坦，土壤肥沃，气候温暖湿润，拥有丰富的高岭土和河沙、卵石等自然资源。合山高速、325国道、209省道和南流江过境，交通便利，水电充足。2018年，全镇区域面积195平方千米，耕地5660公顷，辖26个村（社区）委员会，总人口8万人，集镇常住人口约2万人。辖区内有工业企业33家，规模以上企业9家，支柱产业是高岭土、陶瓷、烟花爆竹、农副产品加工。品牌产品有浦康花生油、利康陶瓷、荣声烟花、高岭土系列产品。农业方面重点打造佳永金花茶种植、大庄江发财树规模种植、细廉陂葡萄种植、豹狸黄瓜种植、水车果蔬种植等示范基地，带动种养业发展。旅游产业以“七里香”、耀康“小村故事”等示范点，带动新型农业、观光农业的发展。2018年，全镇完成财政收入2018万元，规模以上工业总产值8.9亿元，农业总产值9.16亿元。

【扶贫攻坚】 2018年，石康镇大力推行产业扶贫新模式，认真做好落实扶贫资金等工作。精准扶贫，动态调整新增5户、25人，重新配备帮扶责任人；完善465户建档立卡贫困户的“一户一册一卡”工作；严格交通费补贴扶贫政策，全年核实发放交通补贴898人、123560元；全面落实“雨露计划”，积极帮助贫困户学生187人申请“雨露计划”补助，共补资金31.2万元。年度脱贫任务如期完成，实现2个贫困村脱贫摘帽、59户贫困户237人脱贫销号，100%完成年度减贫任务。

专项扶贫资金　2018年，该镇投入中央财政补助资金共45.1万元、投入市本级财政专项扶贫资金44.4万元扶持贫困户发展种养业，投入市本级财政专项资金56万元扶持112户贫困户入股“小村故事”。危改资金101.65万元，完成危房改造57户。

推行产业扶贫新模式　2018年，全镇5个具有规模的特色优势产业，分别推行“党支部+合作社+基地+贫困户”的产业扶贫模式，100%覆盖有劳动能力的贫困户。其中水车村建立的采摘果蔬园，通过销售哈密瓜、白菜、豇豆等农产品，获得总收入34万元；豹狸村示范基地种植的黄瓜、紫薯、芋头等农产品收成良好；瓜山村合作社养猪场生猪出栏量达98头，获得总收入16.4万元。

【城乡建设】 2018年，推进乡村示范改造，改厨改厕（全镇有24个村委2200户通过改厨改厕验收）；实行河长制，城乡环境综合整治等工作，大大改善农村人居环境。

乡村示范改造　2018年,老水车整村示范改造项目已建成,包括农业主题广场、活动扩展区、烧烤乐园(含水景)、牌坊、凉亭、立面改造、太阳能路灯安装及其他附属配套设施一批,水车村人居环境焕然一新。

河长制全面落实　建立镇、村(居)两级河长体系,实施"一河一策",结合环保工作,加强日常巡查,全面掌握所管河道周边的污染源,并及时采取措施治理。通过巡查、组织清理拆除违规养鸭棚、清理猪舍等,确保南流江沿江水域的生态环境。

城乡环境综合整治　全镇重点对陈年垃圾堆积、乱停乱放、乱摆乱卖等现象进行整治,做到全面覆盖,不留死角。实行垃圾村收镇运模式,彻底消除垃圾堆积现象,环境整治效果大大提升。

土地卫片执法　2018年,共查处违法违规用地40宗,共13351.29平方米,有效遏制土地违法行为,规范土地管理秩序。

【民生保障】

社会保险　2018年,全镇城乡居民参加养老保险24167人,占任务100%。企业职工养老保险征缴360万元,占任务100%。新农合参合率达100%。

民政救助　全年累计发放农村低保17232人次,低保金361.4万元,发放城镇低保1500人次,低保金54.8万元。

农机和农耕补贴　核验补贴农用新机具233台,补贴额46.892万元;为13224名农户发放农耕补贴930.68万元,直接减轻农民的务农压力和经济负担。

土地承包确权　全镇共确权14156户,面积108647.87亩(不含集体土地),已颁发确权证书12632户。

【维稳工作】

明确责任抓整改　2018年,推行"党政同责、一岗双责"制,并与相关单位签订责任书。全年共检查出安全隐患109处,切实整改109处,查处私炮窝点4起,行政拘留4人,安全生产形势良好。

公众安全感满意度　2018年,通过入户宣传、悬挂横幅、制作固定宣传牌和运用网络平台等宣传方式,积极开展平安建设"双提升"工作。全面开展矛盾纠纷大调处,实现集体上访和非正常上访总量明显下降,群体性事件和突发性事件明显降低,公众安全感和群众满意度排在全县前列。

治安联防　在重要节假日、全国"两会"期间对辖区重点区域、路段进行巡逻;积极配合执法部门开展砂场、矿区、市场整治和交通疏导行动,认真排查涉黑涉恶线索,严厉惩治,确保全镇社会大局稳定,群众安居乐业。

(陈昌艺　张晓东　梁玉凤)

常乐镇

【概况】常乐镇位于合浦县北部,北与浦北县接壤,距合浦县城30千米。209省道纵贯全镇,南流江自北向南流经境内。全镇辖区面积256平方千米,境内地势平坦,土地肥沃,耕地面积5521公顷,山地面积10000多公顷。矿产资源丰富,其中高岭土矿藏量为3.2亿吨,金矿分布面积达27平方千米,黄金矿藏量约为6吨。2018年,辖2个社区居委会和22个村委会,集镇有6条主要街道和南北两个新区,城区常住人口约1.36万人,城区面积3平方千米。有自然村289个,村小组532个,总人口8.91万,农业人口7.98万。辖区有2所中学,25所小学,2家医院。全镇财政收入1076万元,同比增长13.5%。全部村均实现了3万元以上的集体经济收入。

【基层组织建设】2018年,全镇共有党组织118个。其中党委1个,党总支12个,党支部105个,共有党员1861名。24个行政村全部完成"农事村办"服务站建设,实现标准化村级活动场所全覆盖。24个行政村成立村民合作社,镇级农民专业合作社1个,村级农民专业合作社9个。

【工业　农业】2018年,有工业企业31家,规模以上企业4家,其中北海高岭科技有限公司、洪森木业有限公司及木材加工企业是全镇工业经济的主力军。全年工业总产值5.17亿元,同比增长36.8%。农村土地承包经营权确权登记颁证工作完成16386户、面积95143亩,已完成合同签订。农业主要经营品种有水稻、蔬菜、木薯、甘蔗、花生等,其中蔬菜产业闻名区内外。农林牧渔业总产值7.24亿元,同比增长5.5%。完成固定资产投资7100万元。

【项目建设】2018年,常乐大桥建设完成。常乐镇绕城公路、公馆经曲樟至常乐二级公路建设平稳推进;临江特色小镇正在稳步推进;常乐污水处理厂、片区垃圾处理中心和村级垃圾处理厂已运行,完成南流江4.5千米防洪河堤建设。

【脱贫攻坚】2018年,完善551

户建档立卡贫困户的“一户一册一卡”工作。实现贫困户转移就业452人,发放交通补贴336人次共50570元,发放“雨露计划”补助25.2万元,受益贫困学生140人次,组织贫困人员70名参加培训农村种植技术,发放补助0.35万元,发放贫困户小额信贷委托企业经营分红51.28万元,受益贫困户139户。落实2018年中央财政补助资金共39.9万元,投入市本级财政专项资金39.8万元,大力发展特色产业。全年共投入157多万元扶持贫困户发展到户产业,受益贫困户399户、1604人。投入财政资金30多万元资助全部贫困人员参加医保。年内,顺利完成平洋、西城2个村摘帽和48户、197人脱贫,扶贫成效得到上级认可。

【乡村振兴战略】 2018,有序推进乡村振兴战略实施,对全镇乡村振兴战略进行总体规划,印发《关于推进乡村振兴战略的实施意见》,制订打造田园综合体、发展村集体经济、实施品牌战略、打造生态旅游产业等内容在内的近期行动方案,把常乐绕城路、莲南江湾休闲农庄、大冲微小田园综合体及中直、平洋、西城3个贫困村集体经济试点项目作为近期乡村振兴策划项目。以乡村振兴为主题,拍摄常乐招商引资宣传片。完成镇、村两级“新时代乡村振兴讲习所”创建工作。

宜居乡村建设 22个村制定村级经济发展计划,24个村级综合服务中心建成,22个行政村都配备有村医,建有村卫生室19个,24个村(社区)均配备有法律顾问,大力推进“三改七提三增”工程,2017年村级公益建设“一事一议”财政奖补5个项目均在2018年上半年通过竣工验收;2018年“一事一议”项目道路硬化5千米、安装太阳能路灯600盏已完成上报。完成改厨改厕任务各1830户。

环境卫生整治 进一步细化农村环境卫生村规民约,完善保洁费收缴制度,形成“村收镇运片区处理”的农村垃圾治理模式。继续推进“城乡环境综合整治提升年”活动,开展全镇环境卫生大整治共32次,乡村环境不断改善,城乡环境得到全面提升。

【维稳工作】 2018年,镇综治中心受理群众来信来访135件,成功调解116件,调处率达100%,调解成功率达86%。镇应急联防队坚持定期开展夜间治安巡逻,提高见警率,积极参与森林火灾扑救16次;常乐街社区、皇后等村(社区)成立治安巡防队,群防群治工作有效开展。常乐派出所严厉惩治“两抢一盗”、涉枪涉爆涉毒违法犯罪行为,查处行政案件60起,破刑事案件33起,禁毒重点整治工作取得突出效果。加大安全生产监管力度。认真贯彻落实《地方党政领导干部安全生产责任制规定》,组织安全生产大检查12次,及时排查消除安全隐患96处,惩治私炮、私油工作常抓不懈。

(孙耀轩　李　胜)

曲樟乡

【概况】 曲樟乡位于合浦县城东北部,大廉山腹地,为合浦水库旺盛江(六湖)水库库区。地处合浦、浦北、博白三县交界处。东到东南面与公馆镇接壤,南与闸口、石康两镇交界,西到西北面与常乐镇和浦北县泉水镇相连,北到东北面与浦北县石冲镇和博白县菱角、松旺镇毗邻。历史上称为“六湖垌”。距县城51千米。2018年,辖区面积137平方千米。山地面积10666.67公顷。辖11个行政村,178个村民小组,总人口28630人。全乡完成农业生产总值1.4亿元,财政收入103万元,人均纯收入7520元,固定资产投资完成0.53亿元。

【基础设施】 2018年,争取交通、水库移民、扶贫等部门资金800多万元,建设通自然村水泥路20千米,全乡通自然村道路硬底化率突破98%;新建南城村菠萝围桥和井山村新屋桥各1座;公馆经曲樟至常乐二级公路项目完成征地13.33公顷,迁坟58座。重建李家水、亚山2个村级办公楼,新建樟木、山心等3个村级文化活动中心,建成曲木、璋嘉、樟木3个村级垃圾处理中心投入使用。投资59万元建设樟木村枫树林山塘和书院山塘各1座;投资300.5万元,对中城村蜈蚣垌山塘、曲木村高山窝山塘、李家水村田头塘山塘、璋嘉村鸡麻陂坝、山心村高屋场陂坝、早禾村凉水陂坝和羊耳岭陂坝进行加固以及渠道整治,改善农田灌溉面积333.33多公顷。

【脱贫攻坚】 2018年,按照“两不愁三保障”“八有一超”和“十一有一低于”标准,落实“三员九有”,推进樟木、山心、井山3个贫困村摘帽36户、164人脱贫。认真做好贫困人口动态管理工作,入户识别农户25户、103人,新纳入贫困户6户、21人,返贫贫困户2户、6人,剔除贫困户1户、4人。

2018年3月22日，北海市政协主席李蔚（右三），县政协主席韩传福（右一）到合浦县曲樟乡调研养蜂扶贫产业 （曲樟乡政府 供）

共办理25个未落户建档立卡人员入户手续，为20个残疾人办理残疾证。全乡共投入产业扶贫资金共158.8万元，投入用于发展集体经济资金共168.8万元，初步形成曲木、山心、李家水和亚山等牛羊养殖基地。落实教育医疗扶贫。通过实施“雨露计划”，帮扶补助在校学生83名，共15.25万元。落实基本医疗和大病医疗救助政策，山心、井山、樟木等8个已脱贫和计划脱贫村城乡居民医疗保险参保率都达到98%以上。完成贫困户危旧房重建30户。对扶贫资金的使用，扶贫项目的实施和管理，扶贫物资的发放等方面督查检查，对相关人员进行集体约谈或个别约谈。

【旅游产业】 2018年，通过曲樟乡旅游集散中心的规划；开发中国传统村落璋嘉老屋村和广西传统村落山心村委黄泥秀村，投入100多万元新建黄泥秀村游客接待中心、停车场、旅游厕所等旅游配套设施。成功举办亚山荔枝文化旅游节。继续推动农家乐的建设发展，新福楼农家乐被评定为五星级农家乐。

【环境保护】 2018年，全面推行河长制工作。制定《曲樟乡全面推行河长制工作方案》和《河长制会议制度》等7项制度，建立乡、村两级河长体系，落实巡河责任。切实抓好中央环保督察“回头看”反馈问题整改。抓好南流江和旺盛江流域（曲樟段）水环境综合整治，拆除非法砂场1个，清理拦江网163张、围网木桩1250多条，拆除非法网箱10个，搬迁沿江畜禽养殖户5户。加强非法采矿的综合整治。全面推进矿山回填、绿化等修复工作。

【乡村振兴】 2018年，制订推进乡村振兴战略实施工作方案。抓好农村土地承包经营权确权登记颁证工作，全乡颁证率达99.6%，并通过市级成果验收。投资592万元，新建中学学生宿舍楼和中心校教学楼，教育基础设施不断改善。宜居乡村建设有序推进。深入开展“产业富民”“服务惠民”“基础便民”专项活动，打造产业示范基地2个，发展村集体经济项目23个，登记家庭农场6个。农村劳动力转移新增152人。农村改厨改厕项目完工600户，危房改造开工31户，完工25户。

【维稳工作】 2018年，全乡11个行政村“农事网通”和“阳光红页”信息平台全部投入运行，实现全乡服务群众信息平台全覆盖。农事网通办件量490件。《北海日报》等新闻媒体多次对曲樟乡经验做法进行报道。大力开展社会治理专项行动。按照中央统一部署，开展扫黑除恶大行动，严厉惩治违法犯罪活动，全乡群众安全感和政法队伍满意度持续提高。上半年，禁毒执法工作全县排名第一，“双提升”第二、三次民意调查分别排全县第二和第三名，社会大局平安稳定。立刑事案件2起，破案8起，查处、调解各类治安案件6起，逮捕5人，抓捕网上逃犯1人，强戒吸毒人员5人，收缴非法枪支1支。严格落实安全生产“党政同责、一岗双责”责任制，不断加强安全监管和安全隐患排查整治。开展道路交通安全、水上交通安全、食品安全及私炮等检查21次。

【政府自身建设】 深化行政体制改革，认真查找并解决群众办事堵点，梳理落实“最多跑一趟”和“一趟不用跑”事项，明确乡政府权责事项211项，“减证便民”工作持续推进，共清理乡级证明事项15项，村级证明事项14项。加快法治政府、创新政府、廉洁政府和服务型政府建设，促进经济社会持续健康发展。接受人大代表和社会监督，定期主动在政府门户网站以及公开栏更新工作动态，在网站专栏、政府宣传栏公开政务信息。更新工作动态以及政务信息60多条次，公共权力运行更加阳光透明。认真履行全面从严治党责任，扎实推进扶贫领域和作风问题专项整治活动。对全乡扶贫项目实施、扶贫资金使用和管理、扶贫物资发放及相关扶贫政策的落实进行巡查。持之以恒改进干部作风，让真抓实干成为新风尚。（郭松武 陈青春）

闸口镇

【概况】 闸口镇位于合浦县城东32千米，东与白沙镇隔海相望，东北与公馆镇接壤，北与曲樟乡、常乐镇为邻，西与石康镇相连，南与铁山港南康镇毗邻。闸口镇地处广西沿海金三角，是通往广东和桂东南的必经之地。325国道从东向西直贯全境，钦北高速公路过境。有被国家交通部列为全国商港的闸口港，距北海国际机场36千米。全镇辖区面积116.6平方千米，耕地面积2350公顷，林地面积5595公顷，海滩涂面积1700公顷。全镇矿产资源丰富，重要矿产资源有石灰石、石英砂、高岭土等。石灰石储量丰富、品位高、质量好、易开采。全镇辖17个行政村和1个社区，2018年末人口4.5万，其中农业人口4.3万人，方言以客家话为主。辖区内有初级中学1所，小学19所。集镇有9条主要街道和1个新区。有文化服务中心14个，篮球场54个，农家书屋17个，业余文艺队18个。每逢节日都开展文体活动，不定期的举办小型多样的文体娱乐活动，丰富群众的文化娱乐生活。闸口镇历史悠久，旅游资源丰富。主要农产品有水稻、甘蔗、花生、玉米、木薯等；特色经济作物有荔枝、龙眼、杧果、香蕉、柑橘、沃柑、菠萝等亚热带水果；主要水产品有虾、青蟹、大蚝、贝类等。

【项目建设】 2018年，稳步推进重大项目建设，其中，桂台农渔业合作双创园项目已完成68.07亩建设规划用地手续的申报，并进行池塘标准化改造。观音山生态旅游休闲景区建设已显成效，已完善客房、餐厅等景区基础配套设施建设，开始实现运营。重建综合市场年底投入使用。闸口镇惠乡农机农民专业合作社通过土地流转，承包1000亩撂荒土地，打造榕树坡和仙人桥优质水稻示范区、粮油产业休闲旅游区等特色核心示范区；实现水稻生产加工全程机械化。扩建1家年产3600吨的大米加工厂，年底完成工程70%。建成两个村级垃圾处理设施、1个垃圾片区处理中心和1个污水处理设施项目并投入使用；完善保洁员配备及保洁机制；配备清运拖拉机19辆，清运电动车21辆，落实自然村保洁人员185名，各自然村实现保洁员覆盖率100%。

2018年10月12日，北海市委书记、市人大常委会主任王乃学到闸口镇走访看望贫困户（闸口镇政府 供）

【工业】 2018年，闸口镇政府认真做好服务工作，竭尽全力帮助企业解决各种问题。水泥、烟花爆竹、月饼业蓬勃发展，实现新跨越。年末，全镇共有民营企业120多家，个体805家，个体、民营企业已成为闸口镇经济发展的中坚力量。水泥、烟花爆竹、月饼行业累计总产值3350万元。

【农业】 2018年，全镇粮食播种面积4.14万亩，粮食平均亩产达331.4公斤，粮食总产量达到1.37万吨。其中，水稻种植面积11856亩，杂交稻8464亩，大力推广高产优质杂交稻，平均单产为472公斤，同比增加70公斤，获得历史最高单产。全镇经济作物种植面积3250亩，其中，豆角1056亩，玉豆150亩，大白菜、芥菜等叶菜类1860亩。水果种植面积9570亩，总产3504吨；蔬菜种植面积17670亩，总产25499吨，花生种植面积12165亩，总产2370吨。大力培育特色水果、特禽、野生菌等种养基地，全镇特色水果

2018年8月16日，合浦县委书记杨斌(左二)到闸口镇调研乡村振兴建设情况　（闸口镇政府　供）

龙眼3555亩1581吨，荔枝4785亩1208吨；生猪出栏3.05万余头，家禽出栏56.86万羽。

【扶贫工作】 2018年，建档立卡贫困人口611户、2812人。年内脱贫人数91户、422人，脱贫摘帽村为山贝村委和群珠村委。共利用扶贫资金101万元累计扶持1010户共4685人发展产业；投资入股238.8万元，确保贫困户收入逐年增长。共为贫困户危房改造50间，126人次申请"雨露计划"补贴，869人享受"两残补贴"（困难残疾人补贴410人、16.3万元，重度残疾人补贴459人、25.4万元），947户、2162人享受低保补贴，共发放农村低保金441.384万元，城镇低保金5.883万元。全年为贫困户发放交通补贴1353人次，共计185790元。

【民生工作】 2018年，做好各类救助补贴发放工作，解决群众实际困难。全年发放1276名80周岁以上老人的高龄津贴共计47.13万元。为94户城乡困难居民申请临时救助金29.21万元，发放防寒保暖内衣300套，毛巾被300床，棉大衣65件，棉被65床；为109户因灾困难家庭发放救助金13.81万元。全面落实全民参加城乡居民基本养老保险，城乡居民参保12200人，企业养老保险征缴110万元，完成100%。多渠道帮助和鼓励适龄人员就业，组织职业培训20次，农村劳动力转移就业318人，城镇转移输出61人。抓好食品药品安全工作。全年累计出动执法人员275人次，"四品一械"日常检查332家次，食品监督抽验29批次，食品快速检测132批次，下发责令整改通知书13份，确保闸口镇食品药品安全。

【社会维稳】 2018年，组织镇巡防大队、边防派出所、交警等有关部门加强治安巡逻，累计出动600余人次，群众见警率和安全感显著提高。严厉惩治各类违法犯罪，加强禁毒、打黑除恶、反邪教、安全感满意度、防艾等宣传，累计发放各宣传资料共5万余份，到各村(社区)委宣传晚会30余次。加强台风、森林火灾等防灾减灾救灾工作，健全分级负责、相互协同的应急机制，尽最大限度降低灾害损失。持续保持对安全生产、消防安全、惩治私炮等工作的高压态势，为全镇人民营造和谐稳定的社会环境。

（欧盛秋　罗　林）

公馆镇

【概况】 公馆镇位于合浦县城东51千米的大廉垌，东接博白，北邻浦北，南眺北部湾，依山傍海，地势平坦，土地肥沃。镇内矿产资源有石灰石、重晶石、硫铁矿、金矿等，其中石灰石可采量超过3亿吨；水资源主要有铁山河、璋嘉水库、南山水库及十几座小型水利设施。区域面积178.5平方千米，辖22个村委会和2个社区居委会，有326个自然村，695个村小组，2018年末总人口142493人，城镇面积17平方千米，常住人口3.6万人。方言为客家方言。有耕地面积3627公顷，林地面积6280公顷，海滩涂213公顷；海上航运有盐田、宏冠两个码头，共32个泊位，可通航北海、湛江、海南、钦州、防城和越南；有1个汽车客运站，325国道横穿东西，玉铁高速公路纵贯南北，镇内基本实现硬底化乡村公路。公馆镇历史悠久，有县级文物保护单位关帝庙、鳌鱼寺、公馆中学文治书院及盐田红树林，县爱国主义教育基地"南山革命老区红色根据地"。工农业的特色产品有烟花爆竹、华润水泥、香山鸡嘴荔枝、南山芒果、石湖大青枣、创村茶叶等，其中，烟花爆竹是公馆镇的支柱产业之一，产品驰名中外，口碑良好，出口量一度居全区烟花企业首位。产于公馆镇香山村的鸡嘴荔是合浦县著名而独有的特产，畅销全国各地，种植基地规模逐年扩大。全镇实现生产总值26.12亿元，增长7.5%，其中第一产业总产值5.11亿元，第二产业总产值13.15亿元，第三产业7.86亿元。固定资产投资2.31亿元，同比增长26.23%，工业投资同比增长20%。

【工业】 支柱产业是烟花爆竹，年产126万箱，出口115万箱，产品驰名中外，远销美国、英国、德国、意大利、加拿大、芬兰等28个国家和中国香港等地区，出口量居全自治区第一。加快发展建材预制、皮革、电子、食品加工等新兴产业，积极支持和协调东方小区及荣昌超市等服务行业建设，加快发展安全、环保产业，实现产业“转型”，打造工业发展新优势。

【农业】 农产品有水稻、玉米、红薯、木薯、豆类、甘蔗、水果、蔬菜等，特色农产品有香山鸡嘴荔枝、南山芒果、陂塍草席、创村茶叶，香山鸡嘴荔枝远近闻名，种植基地规模逐年扩大。2018年，全镇全年种植水稻3507公顷，总产20630吨；种植玉米593公顷，总产3296吨；大豆38公顷，总产73吨；水果1487公顷，总产5771吨；牲畜存栏量54800头，家禽养殖量1321500羽；水产养殖6142吨。

【项目建设】 华润水泥(合浦)项目已于2017年11月28日点火投产。2018年生产总值6.5亿元，实现税收5800万元。扎实推进公馆途经曲樟至常乐二级路公馆段项目，基本完成项目征地工作，上乘马路段开工建设。马子岭风力发电二期、海山半岛休闲生态旅游园区各项工作稳步推进。积极推进“百镇建设”示范工程项目建设，二期文体休闲广场处于征地阶段。

【脱贫攻坚】 全镇有贫困户1254户5365人，2018年实现3个贫困村(石岭、六甘、南山)和贫困户166户695人脱贫摘帽。贫困村六甘村建立了一个“扶贫车间”，并实施具体可行的产业扶持方案，落实产业扶持计划。完善贫困户“一户一册一卡”建档工作。帮助172户贫困户实施危房改造，帮助符合条件的贫困户在校生办理“雨露计划”，贫困户增加了收入。圆满完成贫困人口动态调整“应纳尽纳”、“回头看”工作任务。2018年共新增贫困户15户、64人，返贫户5户、21人，老人并户4户、16人，剔除错评户8户、45人。完善精准扶贫档案资料管理工作，顺利通过国家扶贫大督查、自治区“四合一”检查。

【人居环境整治】 2018年，加强农村人居环境问题综合整治。全面实施常态化的工作机制，健全乡村环境保洁机制，开展乡村环境卫生整治、保洁活动；加强农村饮用水水源保护，加强水环境治理，全面实施“河长制”，统筹山水林田草系统治理；对辖区排污的企业、个人进行全面摸排，坚决惩治各类破坏生态环境的行为。建设生态示范村。在长坡村完成“党支部＋村民议事会＋关工委”建设、办公场所建设(实现挂牌和相关的章程制度上墙)。

【民生事业】 2018年，大力推动各项基础设施建设，改变村容村貌，提高农村公共服务水平。年内村级道路硬底化8285米，危房改造竣工95户，改厨改厕2400户，9个行政村实施亮化工程，修建村内文体活动中心4个，文化室1个，篮球场2个，水毁修复工程4个，清淤工程1个，养护山塘水库7个。多方争取资源完善教学设施，开展“一校一品”校园文化特色建设，提升学校内涵。提升医疗卫生水平。协调建成公馆中心卫生院住院综合大楼；充分做好购买城乡居民医保的宣传发动工作，实现全镇参保率保持在98%以上。扎实推进土地确权工作。截止同年12月31日，全镇各村委累计领回证书17447本，累计发放证书15840本，发放率为91%。

【社会维稳】 2018年，强化社会治安防控体系建设，以“神剑”系列专项行动为引领，深入开展“扫黑除恶”、禁毒专项整治和涉枪违法犯罪“三大战役”攻坚行动，刑事案件、“两抢一盗”发案率下降。综治E通上报纠纷650件，成功调处646件，成功调处率达到99.4%以上。镇治安巡逻队利用晚上及节假日时间，会同辖区公安部门每周开展2—3次的治安巡逻执勤，通过联合执法，集中整治圩镇中心街道及周边的治安问题，群众安全感满意度明显提高。

白沙镇

【概况】 白沙镇位于合浦县城东面，因靠近白沙河得名，距县城64千米。东与博白县龙潭镇相邻，南临北部湾，西隔铁山港与南康、闸口两镇相望，北与公馆镇相连。地势北高南低，地貌类型多样，临海靠山，有山地、丘陵台地和海滩涂。境内矿产资源主要有高岭土、石英砂、石灰石、玻璃砂等，全镇面积224.9平方千米，下辖1个社区、23个村委会、322条自然村，583个村民小组，2018年末全镇总人口121747人，共24951户，其中农业人口114695人，非农人口7052人；耕地面积5782公顷，其中水田3460公顷，旱坡地2322公顷；有林地8666.67公顷。境内主要水利工程有山窑水库，有效库容量841万立方米，可灌溉草江、龙江、五星、文明、石达5个村委733.34公顷农田。农业以水稻、木薯、玉米、甘蔗和热带水果为主，有生蚝、青蟹、对虾和海猪等特色农产品。工业有烟花爆竹、塑料、泡沫、制糖等行业。2018年，农业总产值12.31亿元；规模工业总产值3.8亿元；财政收入1088万元；社会固定资产投入3.02亿元；农民人均纯收入11958元，城镇居民人均纯收入18180元。

2018年10月，白沙镇被列入自治区首批经济发达镇行政管理体制改革，成为北海市唯一享受此项政策的乡镇。

【农业】 主要农副产品有水稻、木薯、玉米、甘蔗和热带水果等，特色农产品有生蚝、青蟹、对虾、海猪、肉牛等。2018年，全镇水产品总产量30377吨，粮食总产量23436吨，肉类总产量6240吨；谷物种植面积3501公顷，玉米种植面积509公顷，糖料蔗种植面积3099公顷，红薯种植面积1328公顷，蔬菜种植面积1310公顷。年内，全镇建设农民专业合作社23个，实现体制、机制创新，促进农业发展规模化、规范化和产业化。通过引进商家投资，吸纳外部资金助推农业产业发展，解决农业发展资金匮乏和技术落后的瓶颈问题，建设特色农业龙头企业博海肉牛养殖场、广西胜意生态有限公司和益众养鸡场等，发展肉牛、生猪、鸡、生蚝等养殖，引领特色农业规模化进程。

【工业】 工业以烟花、炮竹、塑料、泡沫、制糖和制衣等行业为主，2018年，主要厂家有：合浦伟恒糖业有限公司、白沙镇建丰制衣厂、白沙炮竹一厂、炮竹二厂、塑纸包装厂、诺森皮具厂、白沙镇万豪制衣厂等。致力于优化营商环境，提高服务质量和办事效率。注重营造村企和谐的发展氛围，在工业发展与村民受益上找准结合点，在不断促进企业发展建设的同时，积极协调由企业反哺农民。

【项目建设】 2018年，着力围绕“一路、一港、一航道”，积极做好重大项目征地拆迁工作，确保重点项目建设顺利推进。全年完成龙腾路北段应征地451亩，回建地350亩，回葬地73亩，“四合一”项目300亩，回收清理收储土地1200亩。推进玉港合作园、硅产业园及松旺至铁山港东岸高速公路等项目建设的征地工作，完成征地1300多亩（含丈量土地）。

【脱贫攻坚】 2018年，全镇“双认定”脱贫201户、981人，东风、平田2条贫困村顺利脱贫摘帽。注重发挥龙头企业助力扶贫的引领作用，以白沙镇建丰制衣厂、广西胜意生态有限公司等企业为引领，积极探索出“民企扶贫”的模式。全力打赢脱贫攻坚战，做到五个100%：符合条件的贫困户100%享受民政低保、残疾人的补贴政策；建档立卡贫困户100%获得医疗保障；贫困户的适龄学生100%有学上，确保无一人因贫辍学；贫困户100%有安全的饮用水、家里有电用；3年来贫困户危改项目完成量接近100%。

【乡村振兴】 2018年，通过土地确权和土地流转的方式，把零散特别是长期撂荒的耕地整合起来，引进龙头企业，以土地入股合作经营，农民按土地股份分红，促进农业高效发展，增加农民收入。坚持发挥龙头企业经营、管理等优势，强化村企合作，带动村级组织建设“乡村车间”，将生产车间建到乡村，以“工带农”，助力乡村振兴。

【民生事业】 2018年，坚持优先发展教育文化科技事业，认真落实“两免一补”政策，发动社会力量捐资助学5万元，受助学子25名，有效解决贫困生读书难的问题；小学适龄儿童入学率、小学升学率达100%。不断提高医疗卫生和社会保障水平，城乡基本医疗保险（新农合）参保率达98%以上，全镇贫困人员100%参保。城乡基础设施不断完善，着力推进白沙镇农贸综合市场建设，完成征地和土地平整，并办理土地用地报批手续。积极筹措资金，建设白沙高速引道和一批乡村道路、桥梁等基础设施，村屯道路硬底化建设10多千米。年内，完成农户危房改造340户，扶持群众改厨改厕4400多座。建设修复山塘水毁等水利设施2座，建设投入使用城镇污水处理厂和白沙镇垃圾片区处理中心、白沙镇虎塘村级垃圾处理设施。开展砖厂排查整治专项行动40余次，投入人力约

460 人次，立案查处 11 家，依法拆除 4 家。

【社会维稳】 2018 年，加强社会治安综合治理。开展大接访和下访活动，主动接访群众 250 多人次，解决群众诉求 52 件；建立“白+黑”巡逻长效机制，提高见警率，提升群众安全感和满意度；加强对烟花爆竹等重点行业和重点领域的隐患排查和专项整治；持续高压惩治“私炮”“私油”和非法采矿行为；认真做好森林防火、防汛度汛、道路交通安全和食品药品安全等各项工作。

山口镇

【概况】 山口镇位于合浦县东南部，距县城 77 千米，合湛高速、合湛高铁、325 国道、龙潭至山口一级公路在镇内交接，是全国重点镇、自治区小康示范镇、广西北部湾经济区四级建制镇和铁山港（龙潭）组团中心镇，辖 1 个社区、5 个村委会，2018 年常住人口 86245 人，流动人口约 2 万人。区域面积 123.6 平方千米，耕地面积 2701.6 公顷，林地面积 4742.42 公顷（不含山口林场林地面积），海滩涂面积 733 公顷。矿产资源有高岭土、火山灰、石英砂、花岗岩、石灰石、玄武岩等，有国家级自然生态保护区山口红树林、国家一级保护动物儒艮（美人鱼）自然保护区、全国重点文物保护单位永安大仕阁等。有完全中学 1 所，初中 1 所、小学 27 所，中心卫生院 1 所、乡村卫生所 40 所；镇上有灯光篮球场、排球场、文化舞台等文体设施，有镇文艺团和木偶戏班、曲艺团、粤剧团、舞龙队、舞狮队、自由舞队等群众文艺团体，其中山口木偶戏被列入自治区级非物质文化遗产。

【项目建设】 2018 年，规划建设的工业集中区（一期）成功引进投资总额 10 亿元的手机 FPC 天线及配套产品生产项目；有机农业示范园试种的 40 亩海水稻取得试验成果；规划建设占地 1076 亩的北海路港物流园项目一期 450 亩的土地招拍挂和相关控规等手续正在办理；滨海山沙一级和沙田至红树林二级公路、石油管道、还珠—荔枝 110 千伏电网线路项目、山西朱塘标准化海堤等一批项目建设顺利推进；北海恒辉伟业生态旅游投资发展有限公司入驻永安大士阁景区建设工作启动；投资 1000 多万的“又一村”休闲农庄建成投入使用。

【农业农村】 2018 年，创建现代特色农业示范区，完成 2 个镇级示范园、6 个村级示范点创建工作；发展农民专业种养合作社，形成以种植辣椒、百香果、南瓜及养殖龟鳖等为主的家禽家畜养殖产业；利用沿海滩涂有利条件发展对虾、蟹、鱼、沙虫等现代海养产业，全面推动特色海养和水产发展。全镇行政村（社区）100% 建成“农事网通”“阳光网页”平台。稳步推进农业普查和农村土地确权工作，土地确权发证率 93.35%，农村各项事业取得新发展。

【脱贫攻坚】 2018 年，完成山西和中堂两个贫困村、贫困户 128 户、666 人脱贫摘帽目标；完成贫困村硬底化道路建设 30.23 千米，完成 3 个村级公共服务设施项目，建设农村饮水、标准海河堤、水井、排水沟等一批民生水利工程；全镇 5 个贫困村形成“3+1”特色产业，100% 覆盖贫困户；引进合浦建丰制衣有限公司作为扶贫产业基地，以保本、保底分红方式，按入股资金比例的 10% 分给贫困户。

【生态环境治理】 2018 年，开展综合排查整治城乡环境活动，依法取缔拆除 3 间违法砖厂，技改提升符合政策的砖瓦企业，排查治理“小散乱污”企业；加强对红树林和儒艮两个保护区生态保护，两个保护区单位联合组织专门队伍开展巡查和违法惩治工作；投入 50 多万元对辖区内的 16 个矿坑进行修复、复绿；惩治各种破坏生态违法行为，对山角、山东、中堂、高坡等 7 个洗砂（矿）场进行依法取缔，捣毁拆除简易铁棚 3 个、洗砂设备 6 个及工具一批，清理海滩非法霸海围海养殖行动 8 次等。

【民生事业】 2018 年，完成镇东大道三、四横巷排水排污和道路硬底化建设，以及山口两广加油站至镇中门口、镇污水厂至镇中门口等太阳能路灯亮化工程等；贫困户合作医疗补偿报销累计达 2842 人次，报销金额 284.73 万元；发放低保金 6178932 元，发放重度残疾人护理补贴 568200 元，困难残疾人生活补贴 298800 元，发放“雨露计划”、助学金、寄住补贴等共 132.75 万元，发放农业耕地地力保护补贴金额 4106387.31 元，发放农机购置补贴 35430 元；实施山西朱塘海堤标准化建设工程，修复北界墩仔村等水毁工程 4 处。卫生、文体、城建、生态、困难职工救助、计生、妇女儿童等惠民工程也取得明显成效。

【社会维稳】 2018 年，发挥山口

镇维稳综治中心作用，实行领导值班接访调处、下访夜访、带班巡逻以及矛盾纠纷镇村分级调处机制。共排查调处纠纷190件，破获刑事案件41起，查处治安案件132起，抓获违法犯罪人员244人。查获非法入境越南籍人员28名，查处赌博案件32起。查处吸毒案件55起，强戒43人，收缴枪支15支，缴获毒品海洛因、“冰毒”、“K粉”等各类毒品33.04克。严厉惩治非法生产、储存、运输、经营烟花爆竹行为，捣毁私炮窝点1个，整治非法销售烟花爆竹摊点13个。坚持全面落实“党政同责、一岗双责”安全生产责任制，深化重点领域专项整治，食品药品监管工作提质升级，食品安全形势良好。

（傅仁静　严　婷　黄冰冰）

沙田镇

【概况】 沙田镇位于合浦县东南部，素有“美人鱼”之乡之称，距离县城92千米，西南紧靠广东、海南，海陆交通便利，距离兰海高速山口出入口仅15千米。全镇辖区面积36平方千米，辖1个社区居委会5个村委会39个自然村66个村小组，总人口20466人，4468户。镇内有初级中学1所，小学7所，卫生院1所。集镇有3条街道，全镇耕地面积535.6公顷，其中水田91.6公顷，海岸线长16.8千米，可开发利用的滩涂和海域6万多亩，辖区内有山口国家级红树林生态自然保护区和广西壮族自治区合浦儒艮国家级自然保护区，是典型的半渔半农乡镇。2018年全镇财政收入381万元，社会固定资产投资1.22亿元。农民人均纯收入达14641.44元。

【脱贫攻坚】 2018年，按照“两不愁三保障”和“八有一超”标准，采取发展产业、危房改造、转移就业、教育补助、医疗补助、完善农村基础设施建设等措施，全力推进脱贫攻坚工作。经过全镇上下的共同努力，顺利通过自治区、北海市和合浦县2018年度扶贫成效检查核验，圆满完成10户、70人年度脱贫目标任务。

【乡村振兴】 2018年，按照“产业兴旺、生态宜居、乡风文明、治理有效、生活富裕”总要求，坚持把“产业兴旺”放在突出位置。上新村扶贫产业——“沙田海”冬瓜种植面积达180亩，全年产量达2565吨，产值437.94万元，“沙田海”已成为北海市首个农业地方标准。淡水村灰斑鸠产业基地填补了国内灰斑鸠规模驯养培育的空白，灰斑鸠存栏量达8万多羽，产值24万元。山寮村扶贫产业基地种植红皮香蕉和中药材面积100多亩，产值12万元。以上产业基地共吸纳157户贫困户入股合作经营，贫困户平均每年可增收700余元。全镇6个村委集体经济收入均达3万元以上，基本解决了集体经济“空壳村”问题。

【社会治理】 2018年，深入开展扫黑除恶、涉枪涉爆、毒品犯罪、盗抢骗等专项整治活动。不断加大矛盾纠纷调处力度，依法加强创新社会管理，实现全年进京“零”非访记录。对水上交通、道路安全、森林防火、一氧化碳中毒、食品安全以及惩治私炮等领域进行专项治理，全镇辖区没有发生任何重特大安全生产事故。

【环境保护】 2018年，牢固树立“绿水青山就是金山银山”的工作理念，不断改善生态环境，积极与县海洋局、儒艮国家级自然保护区管护站联合开展红树林生态自然保护区和国家级儒艮自然保护区环境整治行动。不断强化矿产资源保护，联合县国土安监、水利、林业等部门对非法抽砂、盗挖白泥等违法行为进行惩治，环保监管巡查工作常态化开展。加大农村生活垃圾治理工作力度，积极对接北京环境服务有限公司，实现农村生活垃圾清运处理全覆盖，规范农村生活垃圾收运市场化运作。

【民生建设】 2018年，坚持以人为本，注重保障和改善民生，推动卫生教育事业发展。兴建1幢住院大楼，义务教育均衡发展工作顺利通过国家级验收。致力打造防灾减灾示范点，不断加大对防灾减灾工作宣传力度，积极组织中小学生开展防震减灾安全演练5起，召开安全类知识讲座4场，上新村和对达村分别获评国家级减灾示范区和自治区级减灾示范区。（何　健　杨博文）

附　录

文件目录

表 5　　合浦县委及其办公室部分文件目录

发文时间	文件号	文件名称
2018 年 1 月 19 日	合发〔2018〕1 号	关于授予合浦县第八批优秀专家第六批优秀青年科技人才称号的决定
2018 年 3 月 9 日	合发〔2018〕5 号	关于表彰 2017 年度人民满意政法干警和平安建设标兵的决定
2018 年 2 月 28 日	合发〔2018〕6 号	关于发展壮大村级集体经济进一步增强贫困村可持续发展和经济实力的实施意见
2018 年 2 月 28 日	合发〔2018〕7 号	关于进一步增强贫困户“造血功能”实现持续稳定脱贫的实施意见
2018 年 4 月 23 日	合发〔2018〕9 号	关于推进安全生产领域改革发展的实施意见
2018 年 5 月 14 日	合发〔2018〕10 号	关于给予县公安局法制大队等 2 个单位和陈蒋华等 13 名同志记功的决定
2018 年 5 月 25 日	合发〔2018〕11 号	关于印发《合浦县贯彻落实国家海洋督察专项督察反馈意见的整改方案》的通知
2018 年 7 月 3 日	合发〔2018〕12 号	关于印发《中共合浦县委员会常委会 2018 年工作要点》的通知
2018 年 7 月 16 日	合发〔2018〕13 号	关于印发《中共合浦县委员会履行全面从严治党主体责任清单》的通知
2018 年 7 月 24 日	合发〔2018〕15 号	关于印发《中共合浦县委员会关于推进乡村振兴战略的实施意见》的通知
2018 年 8 月 23 日	合发〔2018〕17 号	关于印发《合浦县国有林场改革实施方案(修订稿)》的通知
2018 年 9 月 3 日	合发〔2018〕18 号	印发《关于稳步推进农村集体产权制度改革的实施方案》的通知
2018 年 9 月 7 日	合发〔2018〕19 号	印发《关于进一步深化改革创新优化营商环境的若干意见》的通知
2018 年 11 月 1 日	合发〔2018〕21 号	关于进一步促进县域经济加快发展的实施意见
2018 年 12 月 29 日	合发〔2018〕22 号	关于学习贯彻全国全区全市组织工作会议精神的实施意见
2018 年 12 月 29 日	合发〔2018〕23 号	关于印发《合浦县推进生态文明体制改革和生态文明建设实施方案》的通知

续表

发文时间	文件号	文件名称
2018年1月3日	合委〔2018〕1号	关于庞兴业等同志任免职的通知
2018年1月15日	合委〔2018〕5号	关于顾能凤同志任职的通知
2018年1月18日	合委〔2018〕6号	关于廖作周等同志任职的通知
2018年2月1日	合委〔2018〕9号	关于陈叔渫同志任职的通知
2018年2月24日	合委〔2018〕12号	中共合浦县委员会转发北海市委关于杨斌等同志任免职的通知
2018年2月26日	合委〔2018〕13号	关于县委书记、副书记、常委工作分工调整的通知
2018年3月1日	合委〔2018〕16号	关于洪坚善等同志任免职的通知
2018年3月9日	合委〔2018〕17号	关于调整县委全面深化改革领导小组成员的通知
2018年4月13日	合委〔2018〕20号	转发北海市委关于何立云同志挂职的通知
2018年5月31日	合委〔2018〕22号	关于陈雪松等同志任免职的通知
2018年5月31日	合委〔2018〕23号	关于彭前平等同志挂职的通知
2018年5月31日	合委〔2018〕24号	关于潘彪远同志试用期满正式任用的通知
2018年6月8日	合委〔2018〕31号	关于秦普寿等同志任免职的通知
2018年5月10日	合委〔2018〕32号	关于县委书记、副书记、常委工作分工调整的通知
2018年7月9日	合委〔2018〕33号	关于林文辉等同志免职的通知
2018年7月11日	合委〔2018〕37号	关于庞启钦等同志免职的通知
2018年7月11日	合委〔2018〕39号	关于李维娉等同志试用期满正式任用的通知
2018年7月16日	合委〔2018〕42号	关于成立合浦县机构改革领导小组的通知
2018年7月25日	合委〔2018〕43号	关于王添慧等同志任免职的通知
2018年7月25日	合委〔2018〕45号	关于朱小英同志任免职的通知
2018年8月29日	合委〔2018〕48号	关于吴华等同志任免职的通知
2018年9月7日	合委〔2018〕50号	关于李建龙等同志挂职的通知
2018年11月21日	合委〔2018〕51号	关于吴宇华等同志任免职的通知
2018年11月21日	合委〔2018〕52号	关于于明同志挂任职的通知
2018年11月21日	合委〔2018〕53号	关于冯基文等同志试用期满正式任用的通知
2018年11月28日	合委〔2018〕60号	关于陆霞森同志任免职的通知
2018年11月29日	合委〔2018〕63号	中共合浦县委员会转发北海市委关于郑成富等同志任免职的通知
2018年1月9日	合办发〔2018〕1号	关于印发《合浦县禁毒工作领导责任追究办法(试行)》的通知
2018年1月9日	合办发〔2018〕2号	关于印发《合浦县2018年禁毒严打整治工作方案》的通知
2018年2月24日	合办发〔2018〕3号	关于印发《合浦县"反腐正风、扫黑除恶"专项工作方案》的通知
2018年3月19日	合办发〔2018〕5号	印发《关于落实市委巡察发现党建工作存在的共性问题整改方案》的通知
2018年3月20日	合办发〔2018〕6号	关于印发《合浦县群众信访服务中心标准化规范化建设暨打造百万人口大县信访工作创新县行动方案》的通知

续表

发文时间	文件号	文件名称
2018 年 4 月 12 日	合办发〔2018〕8 号	关于印发《合浦县进一步加快开展“三员新九有”创建活动实施方案》的通知
2018 年 4 月 16 日	合办发〔2018〕9 号	印发《关于进一步推广深化医药卫生体制改革经验的工作计划》的通知
2018 年 4 月 17 日	合办发〔2018〕10 号	关于印发《合浦县创建广西食品安全示范县工作方案》的通知
2018 年 4 月 23 日	合办发〔2018〕12 号	关于印发《2018 年合浦县统筹推进重大项目建设实施方案》的通知
2018 年 5 月 3 日	合办发〔2018〕13 号	关于印发《合浦县开展“城乡环境提升年”活动 2018 年行动方案》的通知
2018 年 3 月 20 日	合办发〔2018〕14 号	关于修订印发《中共合浦县委中心组学习制度》的通知
2018 年 5 月 4 日	合办发〔2018〕15 号	关于修订印发《合浦县领导干部外出报告及请销假管理办法》的通知
2018 年 5 月 11 日	合办发〔2018〕16 号	关于印发《合浦县人口和计划生育目标管理责任制考核实施办法》的通知
2018 年 5 月 28 日	合办发〔2018〕17 号	关于印发《合浦县优化营商环境大行动工作方案》的通知
2018 年 6 月 6 日	合办发〔2018〕18 号	关于印发《合浦县非公有制经济组织和社会组织党建工作责任制实施细则(试行)》的通知
2018 年 6 月 6 日	合办发〔2018〕19 号	关于印发《合浦月饼小镇一期产业项目入园规定》的通知
2018 年 5 月 28 日	合办发〔2018〕21 号	关于印发《合浦县 2018 年度南流江流域水环境综合治理攻坚方案》的通知
2018 年 6 月 13 日	合办发〔2018〕22 号	关于印发《合浦县迎接中央环境保护督察“回头看”迎检工作总体方案》的通知
2018 年 6 月 13 日	合办发〔2018〕23 号	关于成立合浦县环境保护督察工作领导小组的通知
2018 年 6 月 14 日	合办发〔2018〕24 号	关于《中共合浦县委常委班子民主生活会实施细则》的通知
2018 年 6 月 21 日	合办发〔2018〕25 号	关于印发《合浦县科级非领导职务干部统一管理使用工作方案》的通知
2018 年 7 月 25 日	合办发〔2018〕26 号	关于印发《合浦县贯彻落实中央环境保护督察“回头看”涉及问题整改工作方案》的通知
2018 年 8 月 1 日	合办发〔2018〕27 号	关于印发《合浦县“党建质量建设年”活动实施方案》的通知
2018 年 7 月 30 日	合办发〔2018〕28 号	关于印发《合浦县科学技术协会机关主要职责内设机构和人员编制规定》的通知
2018 年 7 月 30 日	合办发〔2018〕29 号	关于印发《合浦县归国华侨联合会机关主要职责内设机构和人员编制规定》的通知
2018 年 7 月 30 日	合办发〔2018〕30 号	关于印发《合浦县总工会机关主要职责内设机构和人员编制规定》的通知
2018 年 7 月 30 日	合办发〔2018〕31 号	关于印发《合浦县妇女联合会机关主要职责内设机构和人员编制规定》的通知
2018 年 7 月 30 日	合办发〔2018〕32 号	关于印发《共青团合浦县委员会机关主要职责内设机构和人员编制规定》的通知

续表

发文时间	文件号	文件名称
2018年8月16日	合办发〔2018〕33号	关于印发《中共合浦县委党的建设工作领导小组2018年工作要点》的通知
2018年9月3日	合办发〔2018〕35号	印发《关于进一步把社会主义核心价值观融入合浦法治建设的实施方案》的通知
2018年9月3日	合办发〔2018〕36号	印发《关于完善农村土地所有权承包权经营权分置办法的实施方案》的通知
2018年9月12日	合办发〔2018〕37号	关于印发《合浦县现代特色农业示范区建设增点扩面提质升级(2018—2020年)三年行动实施方案》的通知
2018年9月12日	合办发〔2018〕38号	印发《关于加快构建政策体系培育新型农业经营主体的实施方案》的通知
2018年9月21日	合办发〔2018〕39号	关于印发《合浦县贯彻〈党政主要负责人履行推进法治建设第一责任人职责规定〉实施办法》的通知
2018年9月28日	合办发〔2018〕40号	关于印发《合浦县争创2018年度广西科学发展先进县实施方案》的通知
2018年11月2日	合办发〔2018〕41号	关于印发《合浦县营商环境监督员制度(试行)》的通知
2018年10月23日	合办发〔2018〕42号	关于印发《激活乡镇发展活力调动乡镇干部积极性九条措施(试行)》的通知
2018年11月13日	合办发〔2018〕43号	印发《关于进一步落实党的政治建设重点任务的工作方案》的通知
2018年11月16日	合办发〔2018〕44号	印发《关于构建新型政商关系做好亲商安商工作的实施意见》的通知
2018年11月21日	合办发〔2018〕45号	关于印发《合浦县生产经营类事业单位改革实施方案》的通知
2018年12月13日	合办发〔2018〕46号	关于印发《合浦县落实食品安全党政同责的实施意见》的通知
2018年12月14日	合办发〔2018〕47号	关于印发《合浦县政治生态建设科学考核评价办法(试行)》《合浦县政治生态建设科学考核评价指标体系(试行)》的通知
2018年12月18日	合办发〔2018〕48号	关于印发《合浦县高层次卫生人才直接引进与柔性引进实施细则(试行)》的通知
2018年12月30日	合办发〔2018〕49号	关于建立合浦县党内法规工作联席会议制度的通知
2018年12月29日	合办发〔2018〕50号	关于印发《合浦县党建引领乡村振兴实施方案》的通知
2018年2月26日	合委通〔2018〕1号	关于调整中共合浦县委党的建设工作领导小组成员的通知
2018年3月5日	合委通〔2018〕2号	关于调整合浦县扶贫开发领导小组成员的通知
2018年3月9日	合委通〔2018〕3号	关于调整县委人才工作领导小组成员的通知
2018年3月12日	合委通〔2018〕4号	关于调整中共合浦县委宣传工作领导小组成员的通知
2018年3月12日	合委通〔2018〕5号	关于调整合浦县双拥工作领导小组成员的通知
2018年3月12日	合委通〔2018〕6号	关于调整合浦县精神文明建设委员会成员的通知

续表

发文时间	文件号	文件名称
2018 年 3 月 26 日	合委通〔2018〕7 号	关于调整桂台(合浦)农渔业双创园项目建设推进领导小组成员的通知
2018 年 3 月 26 日	合委通〔2018〕8 号	关于调整县防汛抗旱指挥部成员的通知
2018 年 4 月 2 日	合委通〔2018〕9 号	关于调整合浦县密码工作领导小组成员的通知
2018 年 4 月 16 日	合委通〔2018〕11 号	关于调整合浦县国防教育委员会成员的通知
2018 年 4 月 17 日	合委通〔2018〕12 号	关于调整合浦县申报“中国观赏石之乡”工作领导小组成员的通知
2018 年 4 月 17 日	合委通〔2018〕13 号	关于调整合浦县创建广西特色旅游名县工作领导小组成员的通知
2018 年 4 月 17 日	合委通〔2018〕14 号	关于调整合浦县创建文明城市工作指挥部成员的通知
2018 年 4 月 17 日	合委通〔2018〕15 号	关于调整合浦县法治建设工作领导小组成员的通知
2018 年 4 月 17 日	合委通〔2018〕16 号	关于调整合浦海上丝绸之路始发港遗产保护与申遗工作领导小组成员的通知
2018 年 4 月 23 日	合委通〔2018〕17 号	关于调整合浦县旅游产业发展工作领导小组成员的通知
2018 年 5 月 3 日	合委通〔2018〕19 号	关于调整合浦县电子商务发展工作领导小组成员的通知
2018 年 5 月 17 日	合委通〔2018〕20 号	关于合浦县落实自治区党委第七巡视组反馈意见整改情况的通报
2018 年 6 月 6 日	合委通〔2018〕21 号	关于成立合浦县石康镇豹狸村田园综合体建设领导小组的通知
2018 年 6 月 6 日	合委通〔2018〕22 号	关于成立嘉善现代产业园建设工作领导小组的通知
2018 年 6 月 18 日	合委通〔2018〕23 号	关于成立合浦县创建广西特色旅游名县和自治区全域旅游示范区工作领导小组的通知
2018 年 8 月 21 日	合委通〔2018〕24 号	关于成立合浦县创建广西园林城市工作领导小组的通知
2018 年 8 月 27 日	合委通〔2018〕25 号	关于成立合浦县现代特色农业示范区建设增点扩面提质升级行动工作领导小组的通知
2018 年 11 月 19 日	合委通〔2018〕27 号	关于成立中央环境保护督察“回头看”反馈意见合浦县整改工作领导小组的通知
2018 年 12 月 12 日	合委通〔2018〕28 号	关于成立合浦县退役军人服务管理工作领导小组的通知

表 6 **合浦县人民政府及其办公室部分文件目录**

发文时间	文件号	文件名称
2018 年 1 月 18 日	合政发〔2018〕1 号	关于印发《合浦县 2018 年优质高产高糖糖料蔗基地建设实施方案》的通知
2018 年 2 月 1 日	合政发〔2018〕2 号	关于印发《合浦县第三轮矿产资源总体规划(2016—2020 年)》的通知
2018 年 2 月 13 日	合政发〔2018〕3 号	关于进一步做好县人大代表建议办理工作的通知
2018 年 2 月 12 日	合政发〔2018〕4 号	关于成立国家海洋督察组督察广西反馈意见涉及合浦县问题整改工作领导小组的通知
2018 年 2 月 28 日	合政发〔2018〕5 号	关于成立公馆镇细海—海山建筑石料用灰岩矿区建设项目工作推进领导小组的通知
2018 年 3 月 3 日	合政发〔2018〕6 号	关于认真做好我县第四次全国经济普查工作的通知
2018 年 3 月 17 日	合政发〔2018〕7 号	关于成立合浦县中石化管道工程项目建设协调领导小组的通知

续表

发文时间	文件号	文件名称
2018年3月20日	合政发〔2018〕8号	关于调整县知识产权工作领导小组的通知
2018年2月26日	合政发〔2018〕9号	关于印发合浦县保留为行政审批必要条件的中介服务事项目录的通知
2018年3月31日	合政发〔2018〕10号	关于成立2018年民兵组织整顿工作领导小组的通知
2018年4月4日	合政发〔2018〕11号	关于成立合浦县矿产审批委员会的通知
2018年4月8日	合政发〔2018〕13号	关于调整县政府领导工作分工的通知
2018年4月23日	合政发〔2018〕14号	关于印发《合浦县商贸限额以上统计单位奖励办法》的通知
2018年4月28日	合政发〔2018〕16号	关于印发《合浦县2018年伏季休渔实施方案》的通知
2018年3月27日	合政发〔2018〕18号	关于取消和调整一批行政许可事项的通知
2018年5月10日	合政发〔2018〕19号	关于调整合浦县优质高产高糖糖料蔗基地建设工作领导小组成员的通知
2018年5月29日	合政发〔2018〕20号	关于调整合浦县应对气候变化及节能减排工作领导小组成员的通知
2018年5月28日	合政发〔2018〕21号	关于成立合浦县国有土地确权登记事项审批领导小组的通知
2018年5月28日	合政发〔2018〕22号	关于印发《合浦县土地(海洋)审批委员会会议工作规则》的通知
2018年5月29日	合政发〔2018〕23号	关于调整合浦县绿化委员会成员的通知
2018年5月30日	合政发〔2018〕24号	关于调整松旺至铁山港东岸高速公路征地搬迁工作合浦段指挥部组成人员的通知
2018年5月22日	合政发〔2018〕25号	关于印发《合浦县地市级集中式饮用水水源地查摆问题整治工作方案》的通知
2018年5月30日	合政发〔2018〕26号	关于印发《合浦县迅速开展生态环境部饮用水水源地环境保护专项督查组交办问题整改工作方案》的通知
2018年6月7日	合政发〔2018〕27号	关于公布第六批县级文物保护单位的通知
2018年6月12日	合政发〔2018〕30号	关于修订印发《合浦县财政专项扶贫资金管理办法》的通知
2018年6月17日	合政发〔2018〕32号	关于印发《合浦县紧急开展危险废物专项排查整治工作实施方案》的通知
2018年6月25日	合政发〔2018〕34号	关于成立合浦县国有资产管理工作领导小组的通知
2018年6月27日	合政发〔2018〕35号	关于印发《合浦县工程项目取土暂行规定》的通知
2018年7月11日	合政发〔2018〕37号	关于印发《合浦县2018年对种粮农民实行直接补贴与储备粮订单粮食收购挂钩实施方案》的通知
2018年7月13日	合政发〔2018〕38号	关于印发《合浦县土壤环境保护和综合治理实施方案》的通知
2018年7月14日	合政发〔2018〕39号	关于印发《合浦大月饼地理标志产品保护管理办法》的通知
2018年7月23日	合政发〔2018〕43号	关于印发《合浦县2018年国民经济和社会发展计划》的通知
2018年7月27日	合政发〔2018〕44号	关于进一步加强文物工作的实施意见
2018年8月1日	合政发〔2018〕46号	关于调整合浦县征兵工作领导小组的通知
2018年8月9日	合政发〔2018〕47号	关于印发《合浦县矿产审批委员会会议工作规则》的通知
2018年8月15日	合政发〔2018〕48号	关于印发《合浦县推进“一事通办”改革若干措施》的通知
2018年8月22日	合政发〔2018〕50号	关于印发《合浦县水污染防治行动2018年度工作计划》的通知

续表

发文时间	文件号	文件名称
2018年7月27日	合政发〔2018〕51号	关于取消和调整一批行政许可事项的通知
2018年8月28日	合政发〔2018〕53号	关于成立合浦县2018年河道采砂开采权拍卖和管理工作领导小组的通知
2018年8月30日	合政发〔2018〕54号	关于印发《合浦县防范和化解政府性债务风险的实施方案》的通知
2018年8月30日	合政发〔2018〕56号	关于建立合浦县车用乙醇汽油推广使用工作联席会议制度的通知
2018年9月6日	合政发〔2018〕57号	关于印发《合浦县盐业监管体制改革实施方案》的通知
2018年9月13日	合政发〔2018〕58号	关于认定2018年合浦县第一批广西现代特色农业乡级示范园的决定
2018年9月15日	合政发〔2018〕60号	关于进一步规范矿业权评估工作的通知
2018年9月25日	合政发〔2018〕61号	关于进一步规范国有土地使用权价格评估工作的通知
2018年9月27日	合政发〔2018〕62号	关于调整县政府领导工作分工的补充通知
2018年10月8日	合政发〔2018〕63号	关于调整合浦县公务用车制度改革领导小组的通知
2018年10月23日	合政发〔2018〕65号	关于调整合浦县安全生产委员会成员的通知
2018年10月29日	合政发〔2018〕66号	关于印发《合浦县“三重一大”事项决策办法(试行)》的通知
2018年11月8日	合政发〔2018〕68号	关于调整合浦县城乡规划委员会成员的通知
2018年11月23日	合政发〔2018〕71号	关于调整合浦县农业水价综合改革工作领导小组成员的通知
2018年11月23日	合政发〔2018〕72号	关于下达2018年全县主要经济目标的通知
2018年12月9日	合政发〔2018〕73号	关于调整县政府领导工作分工的通知
2018年12月14日	合政发〔2018〕74号	关于印发《合浦县建档立卡贫困人口参加城乡居民养老、医疗保险财政补助方案》的通知
2018年12月19日	合政发〔2018〕75号	关于认定2018年合浦县第二批广西现代特色农业乡级示范园、村级示范点的决定
2018年12月19日	合政发〔2018〕76号	关于印发《合浦县扶贫资金监管工作联席会议制度(试行)》的通知
2018年12月14日	合政发〔2018〕77号	关于成立合浦县糖蔗榨季工作领导小组的通知
2018年1月4日	合政办〔2018〕1号	关于印发《合浦县市场流通领域打击走私专项行动方案》的通知
2018年1月8日	合政办〔2018〕2号	关于合浦县2018年部门预算编制方案的补充通知
2018年1月10日	合政办〔2018〕3号	关于《合浦县培训费管理办法》的补充通知
2018年1月12日	合政办〔2018〕4号	关于印发《合浦县职业病防治规划(2016—2020年)》的通知
2018年1月16日	合政办〔2018〕5号	关于调整合浦县项目建设土地房屋征收补偿确权领导小组的通知
2018年1月26日	合政办〔2018〕6号	关于印发《合浦县教育系统教职工调配办法(试行)》的通知
2018年1月29日	合政办〔2018〕7号	关于开展合浦县第三次土地调查的通知
2018年1月25日	合政办〔2018〕8号	关于清理“奇葩证明”提升政务服务水平的通知

续表

发文时间	文件号	文件名称
2018年2月1日	合政办〔2018〕9号	关于印发《合浦县打击危险废物违法行为专项行动方案》的通知
2018年1月24日	合政办〔2018〕10号	关于印发《合浦县2017年度土地矿产卫片执法监督检查工作实施方案》的通知
2018年2月5日	合政办〔2018〕11号	关于印发《合浦县粮食生产功能区和糖料蔗生产保护区划定工作方案》的通知
2018年2月12日	合政办〔2018〕13号	关于印发《合浦县2018年春节前渔港渔船安全大检查实施方案》的通知
2018年2月14日	合政办〔2018〕14号	关于印发《合浦县2018年春节期间预防重污染天气、加强烟花爆竹燃放管理工作方案》的通知
2018年2月14日	合政办〔2018〕15号	关于印发《合浦县2018年春运工作方案》的通知
2018年2月26日	合政办〔2018〕17号	转发广西壮族自治区人民政府办公厅关于加强公文公开属性源头认定工作的通知
2018年3月8日	合政办〔2018〕18号	关于印发《合浦县进一步加强工业污染源全面达标排放工作实施方案》的通知
2018年3月18日	合政办〔2018〕20号	关于印发《合浦县2018年内陆水域禁渔期制度实施方案》的通知
2018年3月20日	合政办〔2018〕21号	关于贯彻落实北海市人民政府重大工作(重要事项)督办督查实施办法(试行)的通知
2018年3月20日	合政办〔2018〕22号	关于调整合浦县行政审批制度改革工作领导小组成员的通知
2018年3月22日	合政办〔2018〕23号	关于成立合浦碧桂园·玖珑湾一期工程物件坠落致人死亡事故调查组的通知
2018年3月28日	合政办〔2018〕26号	关于印发2018年合浦县耕地地力保护补贴工作实施方案的通知
2018年4月11日	合政办〔2018〕28号	关于做好2018年县级重点督办的重大安全事故隐患整改工作的通知
2018年4月16日	合政办〔2018〕29号	关于印发《合浦县创建健康促进县试点工作实施方案》的通知
2018年4月16日	合政办〔2018〕30号	关于调整县政府办公室及其内设机构领导工作分工的通知
2018年4月16日	合政办〔2018〕31号	关于建立合浦县全民健身工作联席会议制度的通知
2018年4月22日	合政办〔2018〕33号	关于印发《合浦县东片乡镇治砂专项行动工作方案》的通知
2018年4月23日	合政办〔2018〕34号	关于印发《合浦县充分运用仲裁方式化解社会矛盾实施方案》的通知
2018年4月25日	合政办〔2018〕35号	关于认真做好市、县人大代表建议和市、县政协提案办理工作的通知
2018年4月23日	合政办〔2018〕36号	关于印发《合浦县农村产权流转交易市场建设实施方案》的通知
2018年5月2日	合政办〔2018〕37号	关于组织开展“测一测,2018政府工作报告知多少”活动的通知
2018年5月3日	合政办〔2018〕38号	关于印发《合浦县第二次全国污染源普查实施总体方案》的通知
2018年5月4日	合政办〔2018〕40号	关于印发《合浦县优化营商环境协调工作组方案》的通知
2018年5月7日	合政办〔2018〕41号	关于印发《合浦县第六届政务公开日活动工作方案》的通知
2018年5月3日	合政办〔2018〕42号	关于印发《合浦县第十九届防震减灾宣传周活动方案》的通知

续表

发文时间	文件号	文件名称
2018 年 5 月 8 日	合政办〔2018〕43 号	关于印发《合浦县 2018 年自治区层面统筹推进重大项目实施方案》的通知
2018 年 5 月 9 日	合政办〔2018〕44 号	关于进一步做好困难职工解困脱困工作的实施意见
2018 年 5 月 9 日	合政办〔2018〕45 号	关于调整县优质高产高糖糖料蔗基地建设工作领导小组办公室及内设机构组成人员的通知
2018 年 5 月 9 日	合政办〔2018〕46 号	关于调整合浦县全民科学素质工作领导小组成员的通知
2018 年 5 月 15 日	合政办〔2018〕47 号	关于印发《2018 年第二十八次“全国助残日”活动工作方案》的通知
2018 年 5 月 17 日	合政办〔2018〕49 号	关于建立合浦县农业水价综合改革联席会议制度的通知
2018 年 5 月 22 日	合政办〔2018〕52 号	关于建立合浦县 80 周岁以上高龄老年人生活津贴核查制度的通知
2018 年 5 月 25 日	合政办〔2018〕53 号	关于印发《2018 年南海伏季休渔期全县渔港渔船安全大检查行动实施方案》的通知
2018 年 5 月 28 日	合政办〔2018〕55 号	关于成立合浦县协调劳动关系三方委员会的通知
2018 年 5 月 30 日	合政办〔2018〕56 号	关于调整合浦县打击侵犯知识产权和制售假冒伪劣商品工作领导小组的通知
2018 年 6 月 2 日	合政办〔2018〕57 号	关于印发《合浦县 2018 年度地质灾害防治工作方案》的通知
2018 年 6 月 1 日	合政办〔2018〕58 号	关于分解 2018 年度全县招商引资目标任务的通知
2018 年 6 月 1 日	合政办〔2018〕59 号	关于印发《合浦县深化乡镇“四所合一”改革实施方案》的通知
2018 年 6 月 1 日	合政办〔2018〕60 号	关于调整合浦县地名委员会成员的通知
2018 年 5 月 30 日	合政办〔2018〕61 号	关于成立合浦县新能源汽车分时租赁一体化运营项目工作领导小组的通知
2018 年 6 月 1 日	合政办〔2018〕62 号	关于印发《合浦县扶持村级集体经济发展资金入股合浦县城市建设投资发展有限公司合作经营果蔬综合批发市场实施方案》的通知
2018 年 6 月 4 日	合政办〔2018〕63 号	关于印发《合浦县 2018 年雨露计划扶贫培训工作实施方案》的通知
2018 年 6 月 6 日	合政办〔2018〕65 号	关于调整合浦县林业生态保护和管理目标责任制工作领导小组的通知
2018 年 6 月 9 日	合政办〔2018〕67 号	关于印发《合浦县 2018 年政务服务和公共资源交易工作要点》的通知
2018 年 6 月 10 日	合政办〔2018〕68 号	关于印发《合浦县联合打击烟草走私工作协作机制》的通知
2018 年 6 月 9 日	合政办〔2018〕69 号	关于印发《合浦县优化营商环境自查自纠工作实施方案》的通知
2018 年 6 月 12 日	合政办〔2018〕70 号	关于成立合浦县万达广场项目专项工作领导小组的通知
2018 年 6 月 11 日	合政办〔2018〕72 号	关于成立合浦县凤翔现代特色农业示范区建设工作领导小组的通知
2018 年 6 月 21 日	合政办〔2018〕76 号	关于成立合浦县公立医院薪酬制度改革试点工作领导小组的通知
2018 年 6 月 21 日	合政办〔2018〕78 号	关于成立合浦县征地统一年产值标准更新工作领导小组的通知
2018 年 6 月 27 日	合政办〔2018〕79 号	关于成立合浦县海丝首港征地指挥部的通知
2018 年 6 月 29 日	合政办〔2018〕81 号	关于下达合浦县 2018 年上半年固定资产投资目标任务的通知

续表

发文时间	文件号	文件名称
2018 年 6 月 24 日	合政办〔2018〕84 号	关于印发《合浦县 2017 年生猪调出大县奖励资金使用方案》的通知
2018 年 7 月 4 日	合政办〔2018〕85 号	关于印发《合浦县推进医疗卫生与养老服务相结合工作实施方案》的通知
2018 年 7 月 10 日	合政办〔2018〕89 号	关于印发《合浦县“减证便民”专项行动工作方案》的通知
2018 年 7 月 12 日	合政办〔2018〕91 号	关于印发《合浦县第二次全国污染源普查 2018 年度工作计划》的通知
2018 年 7 月 13 日	合政办〔2018〕93 号	关于印发《合浦县集中整治矿坑工作实施方案》的通知
2018 年 7 月 19 日	合政办〔2018〕95 号	关于加快推进松旺至铁山港东岸高速公路项目（合浦段）征地搬迁工作的通知
2018 年 7 月 25 日	合政办〔2018〕96 号	关于印发《合浦县集中式饮用水水源地环境保护专项行动实施方案》的通知
2018 年 7 月 27 日	合政办〔2018〕98 号	关于切实做好当前矿业秩序集中整治相关工作的紧急通知
2018 年 7 月 27 日	合政办〔2018〕99 号	关于印发《合浦县 2018 年集中清理整治违法建设行动实施方案》的通知
2018 年 7 月 27 日	合政办〔2018〕100 号	关于成立合浦县海绵城市建设工作领导小组的通知
2018 年 7 月 27 日	合政办〔2018〕101 号	关于成立合浦县城区建设项目工作领导小组的通知
2018 年 7 月 27 日	合政办〔2018〕102 号	关于调整合浦县创建农村中医工作先进单位领导小组成员的通知
2018 年 7 月 30 日	合政办〔2018〕104 号	关于进一步加强控辍保学提高义务教育巩固水平的通知
2018 年 7 月 31 日	合政办〔2018〕105 号	关于成立县城外东环路北段项目工作领导小组的通知
2018 年 8 月 1 日	合政办〔2018〕106 号	关于印发《合浦县非法堆矿（砂）场整治工作方案》的通知
2018 年 8 月 2 日	合政办〔2018〕107 号	关于成立合浦县农业农村信息进村入户工程领导小组的通知
2018 年 8 月 2 日	合政办〔2018〕108 号	关于印发《合浦县 2018 年信息进村入户整县推进工作实施方案》的通知
2018 年 8 月 9 日	合政办〔2018〕111 号	关于印发《合浦县 2018 年政务公开工作分工方案》的通知
2018 年 8 月 15 日	合政办〔2018〕113 号	关于印发《2018 年合浦县“珠乡百姓大舞台”文艺演出活动实施方案》的通知
2018 年 8 月 15 日	合政办〔2018〕114 号	关于印发《合浦县推行“354560”改革提升服务企业效能若干措施》的通知
2018 年 8 月 20 日	合政办〔2018〕115 号	关于印发《2018 年国务院大督查合浦县自查工作实施方案》的通知
2018 年 8 月 22 日	合政办〔2018〕116 号	关于成立广西凤翔集团股份有限公司星岛湖种鸡场“8·8”高空坠落事故调查组的通知
2018 年 9 月 5 日	合政办〔2018〕117 号	关于印发《合浦县人员密集场所消防安全专项整治工作方案》的通知
2018 年 8 月 29 日	合政办〔2018〕118 号	关于调整合浦县地名委员会成员的通知
2018 年 9 月 6 日	合政办〔2018〕119 号	关于印发《合浦县行政许可事项容缺办理推进工作方案》的通知
2018 年 9 月 5 日	合政办〔2018〕120 号	关于印发《完善和落实支持政策促进农民持续增收的实施方案》的通知
2018 年 8 月 21 日	合政办〔2018〕122 号	关于印发《合浦县殡葬领域突出问题专项整治行动方案》的通知

续表

发文时间	文件号	文件名称
2018年9月12日	合政办〔2018〕123号	关于成立合浦县筹建数字化城市管理平台工作领导小组的通知
2018年9月14日	合政办〔2018〕124号	关于印发《合浦县房地产市场专项整治工作方案》的通知
2018年9月17日	合政办〔2018〕125号	关于印发《合浦县大气污染防治2018年度实施计划》的通知
2018年9月17日	合政办〔2018〕126号	关于印发《2018年合浦县扩大生物燃料乙醇生产和推广使用车用乙醇汽油工作实施方案》的通知
2018年9月18日	合政办〔2018〕127号	关于印发《合浦县2018年度南流江流域面源磷污染综合整治实施方案》的通知
2018年9月21日	合政办〔2018〕128号	关于印发《合浦县金融扶贫工作联席会议制度》的通知
2018年9月27日	合政办〔2018〕129号	关于公布合浦县各乡镇国土规建环保安监站权责清单和服务清单的通知
2018年10月10日	合政办〔2018〕131号	关于印发《合浦县2018年农村改厕改厨工程实施方案》的通知
2018年9月12日	合政办〔2018〕134号	关于印发《合浦县食品药品安全"十三五"规划》的通知
2018年10月19日	合政办〔2018〕139号	关于印发《2018年合浦县建档立卡贫困户等4类重点对象危房改造实施方案》的通知
2018年10月24日	合政办〔2018〕141号	关于成立合浦县社会保险费和非税收入征管职责划转工作领导小组的通知
2018年10月24日	合政办〔2018〕143号	关于印发《合浦县实行优化简化项目建设投资审批程序若干措施》的通知
2018年10月20日	合政办〔2018〕144号	关于调整县重大动物疫病防治指挥部成员的通知
2018年10月24日	合政办〔2018〕145号	关于印发《合浦县2018年工业企业上规入统培育工作方案》的通知
2018年10月25日	合政办〔2018〕146号	关于印发《合浦县全面开展收费自查自纠工作方案》的通知
2018年8月3日	合政办〔2018〕147号	关于印发《2018年合浦县法治政府建设工作任务(要点)》的通知
2018年11月1日	合政办〔2018〕148号	转发《广西壮族自治区人民政府办公厅关于切实做好社会公益事业建设领域政府信息公开工作的通知》的通知
2018年11月6日	合政办〔2018〕150号	关于印发《合浦县国有林场被侵占林地综合整治工作方案》的通知
2018年11月11日	合政办〔2018〕151号	关于印发《合浦县大气污染防治"百日攻坚"行动方案(2018年)》的通知
2018年11月9日	合政办〔2018〕152号	关于成立合浦县迎建页岩砖厂"11·4"窑车坠落致人死亡事故调查组的通知
2018年11月18日	合政办〔2018〕154号	关于印发《合浦县公务用车综合服务保障中心建设运行方案》的通知
2018年10月30日	合政办〔2018〕155号	关于印发《合浦县2018年集体林地林权证发放查缺补漏纠错工作行动方案》的通知
2018年11月22日	合政办〔2018〕156号	关于成立合浦县"十三五"地方病防治领导小组的通知
2018年11月27日	合政办〔2018〕159号	关于加强公共资源配置领域政府信息公开工作的通知

续表

发文时间	文件号	文件名称
2018年11月27日	合政办〔2018〕160号	关于印发《合浦县优化市场环境若干措施》的通知
2018年11月30日	合政办〔2018〕161号	关于调整合浦县政务服务中心进驻单位和依申请行政权力事项目录的通知
2018年11月30日	合政办〔2018〕163号	关于印发《合浦县开展“大棚房”问题专项清理整治行动工作方案》的通知
2018年12月4日	合政办〔2018〕164号	关于印发《合浦县全面推进义务教育学区制管理改革实施方案》的通知
2018年12月6日	合政办〔2018〕165号	关于印发《推进办税便利化的若干措施》的通知
2018年12月7日	合政办〔2018〕167号	关于印发《合浦县进一步减轻企业税费负担若干措施》的通知
2018年12月8日	合政办〔2018〕168号	关于成立合浦县涉农资金统筹整合领导小组的通知
2018年12月6日	合政办〔2018〕169号	关于调整集体林地林权证发放查缺补漏纠错工作任务的通知
2018年12月12日	合政办〔2018〕170号	关于印发《合浦县2018年建档立卡贫困人口生态护林员选聘实施方案》的通知
2018年12月12日	合政办〔2018〕172号	关于调整县政府办公室及其内设机构领导工作分工的通知
2018年12月14日	合政办〔2018〕175号	关于成立合浦县糖蔗榨季工作领导小组的通知
2018年12月15日	合政办〔2018〕176号	关于切实做好社会公益事业建设领域政府信息公开工作的通知
2018年12月18日	合政办〔2018〕177号	关于印发《合浦县2018年稻谷目标价格补贴实施方案》的通知
2018年12月15日	合政办〔2018〕178号	关于印发《合浦县环境保护税征管协作机制》的通知
2018年12月24日	合政办〔2018〕179号	关于印发《合浦县湿地保护修复制度实施工作方案》的通知
2018年12月22日	合政办〔2018〕180号	关于做好新版政府门户网站信息内容保障工作的通知
2018年12月24日	合政办〔2018〕182号	关于印发《合浦县加大金融支持实体经济发展的若干措施》的通知
2018年12月27日	合政办〔2018〕183号	关于印发《合浦县畜禽养殖废弃物资源化利用工作方案(2017—2020年)》的通知
2018年12月25日	合政办〔2018〕184号	关于印发《合浦县治理车辆超限超载工作常态化制度化实施方案》的通知
2018年12月27日	合政办〔2018〕185号	关于印发《2018年合浦县乡镇政务服务容缺受理事项清单》的通知
2018年12月24日	合政办〔2018〕187号	关于印发《合浦县优化土地要素供给若干措施》的通知
2018年12月27日	合政办〔2018〕188号	关于印发《合浦县项目审批帮办中心工作方案》的通知
2018年12月27日	合政办〔2018〕190号	关于公布2018年合浦县“减证便民”清理规范证明事项的通知
2018年12月27日	合政办〔2018〕189号	关于印发《合浦县开展园区政务服务大提升活动工作方案》的通知
2018年12月29日	合政办〔2018〕191号	关于印发《合浦县行政许可事项容缺办理目录(第二批)》的通知
2018年12月29日	合政办〔2018〕192号	关于印发《合浦县本级国有企业公务用车制度改革实施方案》的通知
2018年12月29日	合政办〔2018〕193号	关于印发《合浦县事业单位公务用车制度改革实施方案》的通知

文 件 选 录

中共合浦县委员会
关于印发《中共合浦县委员会关于推进乡村振兴战略的实施意见》的通知

合发〔2018〕15号

各乡镇党委，县委各部门，县级国家机关各委办局、各人民团体党组（党委、党工委、党总支、党支部），县人武部党委，各有关单位党组织：

《中共合浦县委员会关于推进乡村振兴战略的实施意见》已于2018年7月20日经中国共产党合浦县第十二届委员会第十次全体会议通过，现印发给你们，请认真抓好贯彻落实。

中共合浦县委员会
2018年7月24日

中共合浦县委员会
关于推进乡村振兴战略的实施意见

（2018年7月20日中国共产党合浦县
第十二届委员会第十次全体会议通过）

为贯彻落实《中共中央、国务院关于实施乡村振兴战略的意见》（中发〔2018〕1号）、《中共广西壮族自治区委员会关于实施乡村振兴战略的决定》（桂发〔2018〕7号）和《中共北海市委员会关于实施乡村振兴战略的决定》（北发〔2018〕7号）精神，结合合浦实际，现就推进实施乡村振兴战略作出如下实施意见。

一、深刻认识新时代实施乡村振兴战略的重大意义

实施乡村振兴战略，是党的十九大作出的重大决策部署，是决胜全面建成小康社会、全面建设社会主义现代化国家的重大历史任务，是新时代“三农”工作的总抓手，为做好新时代“三农”工作指明了前进方向、提供了根本遵循。

合浦是传统的农业大县，农业占比高，农村人口多，乡村的份量大，打赢脱贫攻坚战、决胜全面小康，建设美丽宜居富裕和谐新合浦的希望在农村，短板也在农村。首先，我们要看到，合浦实施乡村振兴战略有基础、有条件，大有可为。党的十八大以来，在上级党委、政府的坚强领导下，我县坚持把解决好“三农”问题作为重中之重，深入推进农业供给侧结构性改革，大力创建现代农业示范区，持续开展生态环境整治、“美丽广西”乡村建设、“百镇”建设，推进乡村旅游、全域旅游，全力打好脱贫攻坚战等，着力统筹城乡发展，现代特色农业发展迈上新台阶，脱贫攻坚战取得重要进展，农村获得感明显提升，农村社会和谐稳定，为实施乡村振兴战略奠定了良好基础。此外，合浦具有突出的资源优势。合浦海洋资源丰富，拥有308公里海岸线，海洋经济发展优势明显。土地资源丰富，地势平坦，有利于综合开发利用，新型工业化、城镇化、信息化、农业现代化和绿色化发展空间广阔。矿产资源丰富，矿产加工业发展潜力巨大。旅游资源丰富，文化底蕴深厚，江海风景独特，文化旅游产业发展条件优越。但我们也应看到，我县是后发展欠发达地区，三次产业结构不合理，农业大而不强、大而不优；农村人居环境亟待改善，农村基础设施和民生领域欠账较多，农村环境和生态问题比较突出，乡村发展整体水平亟待提升；农村基层党建存在薄弱环节，乡村治理体系和治理能力亟待强化等等。农业农村农民问题是关系国计民生的根本性问题。实施乡村振兴战略，是打赢脱贫攻坚战、决胜全面建成小康社会，建设美丽宜居富裕和谐新合浦的必然要求；是解决我县不平衡不充分发展问题，不断满足人民日益增长的美好生活需要的必然要求；是加快农业农村现代化，改善农村人居环境，促进农民增收致富，提高合浦广大农民获得感和幸福感的必然要求。必须牢牢把握历史契机，立足县情农情，充分认识实施乡村振兴战略重大意义，把思想和行动统一到中央重大决策部署上来，顺势而为，乘势而上，举全县之力，推动农业全面升级、农村全面进步、农民全面发展，使合浦的农业更强、农村更美、农民更富。

二、全面把握实施乡村振兴战略的总体要求

（一）指导思想。以习近平新时代中国特色社会主义思想为指导，全面贯彻落实党的十九大精神，深入贯彻习近平总书记视察广西重要讲话精神，加强党对“三农”工作的领导，坚持稳中求进工作总基调，牢固树立新发展理念，落实高质量发展要求，紧紧围绕统筹推进“五位一体”总体布局和协调推进“四个全面”战略布局，坚持把解决好“三农”问题作为重中之重，坚持走中国特色社会主义乡村振兴道路，坚持农业农村优先发展，按照产业兴旺、生态宜居、乡风文明、治理有效、生活富裕的总要求，建立健全城乡融合发展体制机制和政策体系，统筹推进农村经济建设、政治建设、文化建设、社会建设、生态文明建设和党的建设。

（二）目标任务。按照中央提出的乡村振兴三个阶段目标和自治区党委、市委关于实施乡村振兴战略的决策部署，合浦实施乡村振兴战略的目标任务是：

到2020年，乡村振兴取得重要进展，制度框架和政策体系基本形成。农业综合生产能力稳步提升，高标准农田和“双高”糖料蔗基地建设任务全面完成，农业供给侧结构性改革取得积极进展，现代特色农业示范区建设增点扩面提质升级目标全面实现，主要农产品初加工转化率力争达到全国平均水平，农村一二三产业融合发展水平进一步提升，县域经济加快发展；每个村根据地方特色培育1个以上特色主导产业，村级集体经济“空壳”问题全面消除；城乡居民生活水平差距持续缩小，农村居民人均可支配收入比2010年翻1.5番以上，现行标准下农村贫困人口实现脱贫，贫困村全部摘帽，与全市同步在广西率先全面建成小康社会；农村基础设施水平明显改善，基本实现乡乡通二级（或三级）公路，农村集中供水、宽带网络覆盖面、供电可靠性和质量显著提高；城乡融合发展体制机制初步建立，城乡基本公共服务均等化水平进一步提高，全面实现义务教育均衡发展，合作医疗保险、基本养老保险参保基本实现全覆盖，人民群众获得感、幸福感持续增强；“美丽广西”乡村建设四个阶段目标任务全面完成，农村生活垃圾处理率、无害化卫生厕所普及率、农村生活污水治理率明显提高，农村生态系统治理进一步加强，村庄规划管理实现全覆盖，农村人居环境明显改善；农村发展环境进一步优化，农村对人才吸引力逐步增强；乡村精神文明建设水平进一步提升，优秀传统文化得到传承发展，农民精神文化需求基本得到满足；以党组织为核心的农村基层组织建设进一步加强，乡村治理体系进一步完善，成功创建广西人口大县平安建设示范县；党的农村工作领导体制机制进一步健全，农村基层党组织战斗堡垒作用和农村党员先锋模范作用得到充分发挥；各乡镇各部门推进乡村振兴的思路举措得以确立。

到2035年，乡村振兴取得决定性进展，农业农村现代化基本实现。农业结构得到根本性改善，农民就业质量显著提高，共同富裕迈出坚实步伐；城乡基本公共服务均等化基本实现，城乡融合发展体制机制更加完善；乡风文明达到新高度，乡村治理体系更加完善；农村生态环境根本好转，美丽宜居乡村基本实现。到2050年，乡村全面振兴，与全区全市同步实现农业强、农村美、农民富。

（三）基本原则

——坚持党管农村、全面振兴。始终把解决好“三农”问题作为党的工作重中之重，毫不动摇地坚持和加强党对农村工作的领导，确保党在农村工作中始终总揽全局、协调各方。统筹谋划农村经济建设、政治建设、文化建设、社会建设、生态文明建设和党的建设，推动农业全面升级、农村全面进步、农民全面发展。

——坚持规划先行、以点带面。强化规划引领作用，彰显地方特色和乡村特点，科学编制村庄建设、产业发展、公共服务和生态环境等规划，做到先规划后建设。按照统一规划、集中投入、办点示范、分批实施、提档升级的思路，串点成线，联线成面，全面提升乡村振兴整体水平。树立推动乡村振兴先进典型，加大宣传推广力度，以典型示范、重点突破，带动乡村振兴全面深入推进。

——坚持责任明晰，协调联动。按照“县主导、镇负责、村实施”的要求，坚持县、乡、村三级联动，强化县级整体谋划、部门专业服务功能，发挥乡镇引导实施功能，增强村级组织实施和自我管理功能，突出重点，统筹推进，形成合力。

——坚持政府统筹、农民主体。充分发挥政府在规划引领、组织发动、政策支持、要素投入、强化服务等方面的作用，确保乡村振兴持续深入推进。以满足农村居民对美好生活向往，把维护农民群众的根本利益、促进农民共同富裕作为出发点和落脚点，充分发挥农民主体作用，真正让农民成为乡村振兴的建设者和受益者。坚持群众主体地位,尊重群众意愿和首创精神,发动群众广泛参与、协同推进。

——坚持优先发展、城乡融合。切实把农业农村摆在优先发展位置,在干部配备上优先考虑,在要素配置上优先满足,在资金投入上优先保障,在公共服务上优先安排。坚决破除体制机制弊端,使市场在资源配置中起决定性作用,更好发挥政府作用,推动城乡要素自由流动、平等交换,推动新型工业化、信息化、城镇化、农业现代化同步发展,加快形成工农互促、城乡互补、全面融合、共同繁荣的新型工农城乡关系。

——坚持绿色发展、和谐共生。以绿色发展引领乡村振兴,实现经济效益、生态效益、社会效益有机统一。统筹山水林田湖草系统治理,严守生态保护红线,营造山清水秀的自然生态,构建人与自然和谐共生的乡村发展新格局。遵循乡村自身发展规律,不搞大拆大建,保留乡村风貌,留住田园乡愁。

三、扎实推进乡村振兴战略的重点工作

综合考虑合浦当前的农村农业发展基础、发展趋势、有利条件及制约因素,重点实施“123456”工作思路:“1”就是围绕乡村振兴这个主题,推动乡村产业振兴、人才振兴、文化振兴、生态振兴、组织振兴;“2”就是做好“海”“陆”两篇文章,着力挖掘海的潜力、释放土地的活力,推动水产养殖业和特色种植业规模化、标准化;“3”就是贯彻落实乡村振兴战略的总体要求,实现农业更强、农村更美、农民更富三大目标;“4”就是大力推进现代化农场、林场、渔场和牧场“四场”建设;“5”就是大力推进果、菜、茶、花、鱼标准园“五园”创建;“6”就是着力打造水果、粮经、海养、休闲农业、林产、糖料蔗六大特色产业带(即:打造以曲樟、公馆、闸口及石湾、星岛湖等乡镇为重点区域的沿六万山余脉香山鸡嘴荔枝等名优水果产业带,以常乐、石康、石湾、廉州为重点区域的沿南流江流域北运菜和优质谷粮经产业带,以台湾渔业小镇为核心的沿海乡镇的水产养殖产业带,以七里香茶庄园、常乐镇的江湾农庄为代表的沿207省道休闲农业产业带,以乌家、星岛湖等乡镇林下经济、林产加工为主的沿325国道林业经济产业带,以西场、沙岗、乌家、白沙等乡镇为重点区域的“双高”糖料蔗产业带)。加快推进农业农村现代化,让农业成为有奔头的产业,让农民成为有吸引力的职业,让农村成为安居乐业的美丽家园,书写好新时代合浦“三农”发展新篇章。

根据以上工作思路,我们要重点推进以下工作:

(一)实施特色农业强优工程,推动乡村产业兴旺

围绕优化农业产能、增加农民收入目标,立足资源禀赋,突出农业绿色化、优质化、特色化、品牌化,坚持特色发展、全链发展、融合发展,推进农业供给侧结构性改革,构建现代农业产业体系、生产体系、经营体系,结合发展向海经济、壮大县域经济,推进特色优势强农、品牌质量强农、三产融合强农、科技创新强农、开放搞活强农,推动农业由增产导向转向提质导向,做大做强特色优势农业产业,加快实现由广西农业大县向广西农业强县转变。

加快推进农业供给侧结构性改革和绿色转型。深入实施沿海沿江沿线“三沿”推进战略,着力打造“四场五园六带”(农、林、牧、渔场,果、菜、茶、花、鱼园,水果、粮经、海养、休闲农业、林产、糖料蔗带)优势特色产业集群,推动优势产业、特色产业提质升级。深化国有珠光农场、三合口农场、钦廉林场等改革,升级改造凤翔鸡、东园奶水牛、闸口桂台渔业等牧渔场,推进农林牧渔场转型升级和产业提升。扎实开展农业标准化生产,积极开展以利添柑橘,石湾豇豆、佳永金花茶、石康发财树、桂台农渔业合作双创园为代表的果、菜、茶、花、鱼标准园创建。突出合浦依山傍水的优势,建设以曲樟、公馆、闸口及石湾、星岛湖等乡镇为重点区域的沿六万山余脉香山鸡嘴荔枝等名优水果产业带,以常乐、石康、石湾、廉州为重点区域的沿南流江流域北运菜和优质谷粮经产业带,以台湾渔业小镇为核心的沿海乡镇的水产养殖产业带,以石康七里香茶庄园、常乐江湾农庄为代表的沿207省道休闲农业产业带,以乌家、星岛湖等乡镇林下经济、林产加工为主的沿325国道林业经济产业带,以西场、沙岗、乌家、白沙等乡镇为重点区域的“双高”糖料蔗产业带。努力打造水果、粮经、海养、休闲农业、林产、糖料蔗六大特色产业带。

坚持底线思维,落实农业功能区制度,以永久基本农田为基础,划定和建设粮食生产功能区40万亩(其中水稻36万亩,玉米4万亩)、糖料蔗生产保护区20万亩;稳定粮食和糖料蔗种植面积,保持种植收益在合理水平。全面落实粮食安全责任制,做好农业支持保护补贴政策实施落地工作,支持粮食适度规模经营,提高耕地粮食产出能力,大力发展优质粮食产业。着力抓好“菜篮子”工程,巩固“双高”糖料蔗基地建设成果并充分发挥辐射带动作用。推行农业绿色生产方式,深入实施化肥农药零增长行动、水资源消耗总量和强度“双控”行动,大力推广“微生物+”等生态养殖模式,支持党江、闸口等乡镇发展稻鱼共

生、稻鸭共育等生态综合种养，推动畜禽粪污、农作物秸秆等农业废弃物资源化利用，加强植物病虫害、动物疫病绿色防控体系建设，开展农业面源污染，以及南流江流域、洪潮江水库和牛尾岭水库农业污染源综合治理。

大力推进科技强农。加快实施新型职业农民培训；培育一批专业人才、经营人才，以及能人型、“永久牌”乡村干部；建立事业单位岗位动态管理和人才激励机制，打造由高职称技术人员领军的高素质产业兴旺人才方阵。建设农业科技示范基地，加速农业科技成果转化；理顺基层农技推广体系，加强良种和农业新技术创新推广；加大优势特色农产品机械化新技术、新机具推广力度，推进优势特色作物生产机械化。制定实施农业科技创新专项计划，加强农业关键技术攻关。健全科技特派员选派制度，实现科技特派员进村科技服务行动全覆盖，提高服务质量。深入开展农业科技培训指导，提高农业防灾抗灾减损能力和农产品综合生产能力。

发展高附加值优质农产品。实施品牌战略，推进无公害农产品、绿色食品、有机农产品和农产品地理标志“三品一标”建设及区域优势农产品商标注册认证工作。以当地资源优势为基础，以提质增值为目标，发展壮大公馆香山鸡嘴荔枝，常乐莲南萝卜干，石康豹狸黄瓜皮，乌家利添有机柑橘，石湾豇豆，星岛湖总江胭脂红番桃，廉州湾文蛤，山口红薯果脯和党江、沙岗海鸭蛋等地方特产，形成产业规模打响区域特色品牌，并做好品牌宣传推介。鼓励企业争创驰名商标、培育知名品牌。

提升农产品加工水平。完善农产品加工业政策扶持体系，推动农产品加工企业向园区聚集，因地制宜形成县、镇(乡)、村有加工企业，优势特色产业有加工龙头企业带动的发展格局；充分利用海洋和港口优势发展，引导农产品加工企业向精深加工发展，推动农产品加工产业转型升级；加快豇豆、蔗糖等特色农产品精深加工及综合利用，创新发展具有地方特色的功能性食品。围绕特色优势产业链发展，通过招商引资引进一批农产品加工流通企业，大力发展农产品产地初加工，加强粮食、果蔬、水产品、畜禽等商品化处理，不断创新和推广从生产、加工、储藏、运输、营销的冷链物流模式。

打造现代特色农业示范区升级版。全面实施现代特色农业示范区建设增点扩面提质升级行动，不断扩大示范区创建数量，确保到2020年，自治区级示范区数量达6个以上，县级示范区12个以上，乡级示范园41个以上，村级示范点268个以上，推动示范区由核心区向拓展区、辐射区延伸，全覆盖种植业、养殖业、林业和休闲农业、富硒农业、有机循环农业等各产业，推进示范区产业升级、技术升级、改革升级，促进主导产业产加销、农工贸一体化发展。建设一批集循环农业、创意农业、农事体验于一体的田园综合体。

推动农村产业融合发展。支持农业龙头企业等新型经营主体做大做强，大力开发农业多种功能，延长产业链、提升价值链、拓宽增收链、完善利益链，通过保底分红、股份合作、利润返还等多种形式，让农民合理分享全产业链增值收益。聚集整合生产、加工、仓储、运输等各元素，加强农产品专业市场建设、农产品加工和冷链物流建设，发展保鲜、贮藏、分级、包装等采后处理、冷链物流，支持主产区农产品就地加工转化增值。发展“农业+”、“互联网+”等新产业、新业态。

大力发展休闲农业和乡村旅游。在水果、蔬菜等优势产区，因地制宜发展农事体验、菜果园观光、水果采摘等休闲农业和乡村旅游，引导和支持群众发展独具特色的农家乐和民宿等产业，推进农业与旅游、健康、教育、文化产业的深度融合，让更多的群众力所能及地参与；着力推进农村电商发展；加快发展乡村共享经济、创意农业，挖掘乡村产业外部增收潜力。

实施农业龙头企业成长计划。鼓励引导农村能人、大户独资或联户合资兴办农产品生产、加工、储藏、保鲜及营销等产业企业，实行全产业链经营。以现代特色农业示范区为平台，优化招商引资和营商环境，把发展农产品加工龙头企业作为招商引资的重点，引进外资兴办加工龙头企业。以“创一个龙头，牵一群产业，活一方水土，富一方百姓”为目标，新建、改造和嫁接加工龙头企业，培优扶强优质粮油、蔬菜、亚热带水果、优质畜禽、水产品精深加工和木材加工等重点领域市场前景好，辐射带动能力强的农业龙头企业。

提升农户组织化程度。巩固和充分利用农村土地承包经营权确权登记颁证成果，推动农村土地“小块并大块”和合理流转，发展适度规模经营。大力培育发展农业企业、农民专业合作社、家庭农场等新型农业经营主体和农业产业化联合体，提高农户组织化程度，加大对小农户扶持力度，把小农生产引入现代农业发展轨道。鼓励发展生产、供销、信用“三位一体”的农民专业合作社联合社。培育发展社会化服务组织，支持粮食、供销、邮政、农机等系统发挥为农服务综合平台作用,开展面向小农户的土地托管、联耕联种、代耕代种、统防统治等农业生产性服务。

强化农业发展基础。全面落实永久基本农田特殊保护制度,严守耕地红线。巩固“双高”糖料蔗基地建设成果,整合资金大规模推进农村土地整治和高标准农田建设。加快水利基础设施配套完善建设与现代化更新改造,提高农业生产防灾抗灾减损能力。加强农业用地宜机化改造,加快农机装备产业转型升级,推进水稻、甘蔗、花生等主要农作物生产全程机械化。加强农业信息化建设,强化农产品信息服务,重点解决农产品销售突出问题。大力发展数字农业,实施智慧农业、林业、水利工程,推进物联网试验示范和遥感技术应用。

扩大农业开放合作。深入实施农业开放合作战略,扩大对台合作交流,引进一批技术能力强、示范效应大、带动作用明显的台资企业,支持桂台合浦农渔业合作双创园建设发展,大力推进桂台农渔业合作,推动农渔业结构调整和产业升级。主动对接和融入“一带一路”,采取多种有效途径,推进农业和农产品“走出去”;大力开展涉农招商引资,着力引进生产、加工、流通等领域一批涉农大企业、大项目、好项目。支持农产品生产经营主体参与会展、展销、节会等活动,扩大特色优势和高附加值农产品品牌知名度,增加农产品外运销售量,提高产业效益。

(二)实施生态环境优化工程,建设美丽幸福乡村

乡村振兴,生态宜居是关键。必须牢固树立绿水青山就是金山银山的理念,深入推进生态立县,统筹山水林田湖草系统治理,加强生态系统保护与修复,加快建立健全源头保护和末端治理机制,持续改善农村人居环境,推动乡村生态振兴。

提升“美丽合浦”乡村建设。持续推进“美丽合浦”乡村建设活动,巩固以清洁家园、清洁水源、清洁田园和村屯绿化、饮水净化、道路硬化为主要内容的“清洁乡村”“生态乡村”建设成果,严防环境卫生问题反弹,扎实推进产业富民、服务惠民、基础便民“宜居乡村”活动,启动实施环境秀美、生活甜美、乡村和美“幸福乡村”活动。加强农村人居环境整治,全面推进农村生活垃圾收运及处理市场化,加强农村生活垃圾治理,坚持不懈推进农村“厕所革命”,大力提升村容村貌,完善建设管护机制,实现村屯“硬化、净化、绿化、亮化、美化”。

推动林业发展质量提升。坚持生态优先,加快调整优化树种结构,按规划逐步调减速丰桉等人工纯林种植规模,大力营造乡土树种、珍贵树种、名优经济林和混交林。加大封山育林力度,加强自然保护区建设管理和生态公益林保护,完善天然林保护制度,全面停止天然林商业性采伐。探索推行林长制。积极发展多种形式的林下经济,推广珍贵树种林下种植金花茶的“双珍”模式、林下养鸡鸭、林下种植牧草养牛等合浦特色的林下经济发展模式。加强红树林巡查保护,强化对候鸟越冬地、繁殖地、迁飞停歇地、集中活动区域的野外巡护。

推进水生态净化。强化源头控制、水陆统筹、河海兼顾,系统推进水污染防治、水生态保护和水资源管理,不断改善水环境质量。全面实施《合浦县“两江、两区、两库”环境提升攻坚行动计划》,集中力量加快开展“两江、两区、两库”(西门江、南流江,红树林保护区、儒艮保护区,洪潮江水库、牛尾岭水库)的治理,加强南流江流域水环境综合治理,千方百计确保南流江水质达标。全面推行河长制,落实好《合浦县河长会议制度》《合浦县河长制工作督察制度》《合浦县河长巡河制度》《合浦县河道保洁制度》等十一项主要制度。科学划定江河湖海限捕、禁捕区域以及水产畜禽禁养区、限养区和养殖区,确保南流江沿岸 200 米禁养区范围内无规模化畜禽养殖场。加强入河排污口管理。强化湿地保护和修复。实施农村生态清洁小流域建设,强化农村饮用水水源保护。推进河湖水系连通、水土流失综合治理、河道渠道整治及沟渠疏浚,实施近岸海域环境治理,开展池塘生态化、鱼塘标准化改造。

开展农村生态环境突出问题整治。制定实施农业面源污染综合防治方案,强化规模化畜禽养殖场污染防治和环境管理,推进散养密集区畜禽粪便污水综合治理和利用,严控甘蔗等农作物秸秆及生活垃圾露天焚烧。梯次推进农村生活污水治理,基本实现镇镇建成生活污水处理设施并有效运营,农村生活污水处理能力逐年提高。深入实施土壤污染防治行动计划,推进重金属污染耕地修复。妥善处置冶炼、化工等历史遗留废渣、废料、废水,消除环境隐患。加大环境监测和执法力度,强化“散乱污”企业综合整治,严厉打击非法转移、倾倒和处置固体废物行为,严禁工业和城镇污染向农业农村转移。

建立健全生态环境保护机制。健全耕地草地河湖休养生息制度。落实最严格水资源管理制度、河湖水域岸线用途管制制度。探索建立地区间、流域间、流域上下游生态保护补偿机制,完善森林、湿地生态效益补偿机制,探索在重点生态区位推行商品林赎买制度。推行生态建设和保护以工代赈做法,

提供更多生态公益岗位。全面落实生态环境保护责任制，将环境安全和环境质量列入乡镇领导班子和党政正职政绩考核，实行重大环境污染事件一票否决制，开展领导干部自然资源资产离任审计。

（三）实施文化繁荣兴盛工程，树立乡村文明新风

乡村振兴，乡风文明是保障。必须坚持物质文明和精神文明一起抓，培育和弘扬文明乡风、良好家风、淳朴民风，提升农民精神风貌，激发乡村文明创新创造活力，凝聚实现乡村振兴的强大精神力量。

培育和践行社会主义核心价值观。大力推动社会主义核心价值观在农村落地生根，涵养农村群众现代文明素质，增强乡村振兴软实力。充分发挥新时代乡村振兴讲习所的作用，广泛开展基层理论宣讲活动，推动农村党员干部群众深入学习党的十九大精神和习近平新时代中国特色社会主义思想，持续深入开展中国特色社会主义、中国梦和社会主义核心价值观宣传教育，加强爱国主义、集体主义、社会主义教育和民族团结进步教育。建立社会主义核心价值观宣传展示阵地，运用基层群众喜闻乐见的形式传播社会主义核心价值观，组织开展形式多样的实践活动。

开展乡村文明创建行动。以“百村千屯”文明创建为抓手，加大文明村镇创建力度。实施公民道德建设工程，开展社会公德、职业道德、家庭美德、个人品德教育，评选一批道德模范、身边好人和好公婆、好媳妇、好妯娌等，让讲道德、尊道德、守道德成为农民群众自觉追求。广泛开展星级文明户、文明家庭、最美家庭等创建活动，传承和弘扬优秀家风家训，以良好家风引领农村社会风尚。深入开展文明校园创建，加强农村未成年人思想道德建设。积极发挥新乡贤作用，推进农村诚信建设和志愿服务制度化，广泛开展农村志愿服务活动，大力弘扬助人为乐、见义勇为、诚实守信、敬业奉献、勤劳节俭、孝老爱亲的传统美德。

传承发展提升农村优秀传统文化。切实保护好优秀农耕文化遗产，推动优秀农耕文化遗产合理适度利用。深入挖掘农耕文化蕴含的优秀思想观念、人文精神、道德规范，充分发挥其在凝聚人心、教化群众、淳化民风中的重要作用。加强乡村文化遗产保护，划定乡村建设的历史文化保护线，保护好文物古迹、传统村落、传统建筑、农业遗迹、灌溉工程遗产。实施乡村非物质文化遗产传承发展工程，完善非遗传承人扶持政策，支持老杨公、公馆木鱼、耍花楼等农村特色优秀历史文化等传承发展。

加快农村公共文化事业发展。统筹城乡公共文化设施布局、服务提供、队伍建设、资金保障，推动公共文化资源重点向乡村倾斜。健全乡村公共文化服务体系，完善公共文化基础设施，推进县级图书馆和文化馆、乡镇综合文化站标准化建设以及村级综合性文化服务中心建设，加强乡村公共数字文化建设，实现乡村两级公共文化服务全覆盖。深入实施乡村文化惠民工程，开展送文化下基层活动，组织引导群众性文体活动。培育挖掘乡土文化本土人才，开展文化结对帮扶，引导社会各界人士投身到乡村文化建设。活跃繁荣农村文化市场，丰富农村文化业态，加强农村文化市场监管。

发展乡村特色文化产业。深入挖掘合浦乡村特色文化，充分利用海上丝绸之路·北海史迹等文化遗产价值，建设文化遗产旅游景区。挖掘南珠文化、海疆文化、客家民俗风情文化等民族文化资源，大力发展文化旅游业。依托丰富的民族传统节庆活动，做大做强特色文化旅游消费品牌。深度开发演艺资源，打造一批文化演艺精品。推动特色文化产业发展，培育合浦月饼小镇等特色文化小镇。实施农村地区传承工艺项目振兴计划，依托特色木雕、角雕、贝雕等特色资源，推进传统工艺与文化创意产业融合发展，壮大传统工艺产业。

开展移风易俗弘扬时代新风行动。坚持正面引导与专项整治相结合，常态长效整治不良习俗，重点遏制大操大办、厚葬薄养、人情攀比等陈规陋习。加强无神论宣传教育，丰富农民群众精神文化生活，抵制封建迷信活动。深化农村殡葬改革。加强农村科普工作，提高农民科学文化素养，传播科学健康生活方式。发挥村民议事会等群众组织积极作用，广泛开展乡风评议，褒扬乡村新风。

（四）实施治理能力提升工程，促进乡村和谐稳定

乡村振兴，治理有效是基础。必须推动乡村组织振兴，建立健全党委领导、政府负责、社会协同、公众参与、法治保障的现代乡村社会治理体制，坚持自治、法治、德治相结合，确保乡村社会充满活力、和谐稳定、安定有序。

强化农村基层党组织组织力。依托合浦党建“E网通”，扎实推进抓党建促乡村振兴，突出政治功能，提升组织力，抓乡促村，把农村基层党组织建成乡村振兴的坚强战斗堡垒，提高其统筹协调各方、领导乡村治理、发展农村经济的能力，增强农村基层党组织管理乡村事务的权威。健全新型农村基层党组织体

系,持续整顿软弱涣散村党组织,提升“星级化”管理水平。实施农村带头人队伍整体优化提升行动,选优配强村党组织书记,全面向贫困村、软弱涣散村和集体经济薄弱村党组织派出第一书记,加大在优秀青年农民中发展党员力度,落实农村党员定期培训制度,稳妥有序开展不合格党员处置工作。全面落实村级组织运转经费保障政策。健全从优秀村党组织书记中选拔乡镇领导干部、考录乡镇机关公务员、招聘乡镇事业编制人员制度。推行村级小微权力清单制度,严厉整治侵害农民利益的不正之风和腐败问题。深入开展“三员九有”创建活动,引导全县贫困村党组织第一书记、驻村工作队员、乡镇和村“两委”干部做好“三员九有”工作,当好资源调查员、项目包装员、招商引资员,推动村村有特色产品、有加工厂、有种养基地、有小市场、有电商、有农家乐、有升级版合作社、有村庄规划、有村庄小花园。

突出加强乡村法治建设。坚持法治为本,强化法律在维护农民权益、规范市场运行、农业支持保护、生态环境治理、化解农村社会矛盾等方面的权威地位。增强基层干部法治观念、法治为民意识,将政府涉农各项工作纳入法治化轨道,提高基层政府依法行政水平。推进综合行政执法改革向基层延伸,建立健全乡村调解、县级仲裁、司法保障的农村土地承包经营纠纷调处机制。加大农村普法力度,提高农民法治素养,引导广大农民增强尊法学法守法用法意识。健全农村公共法律服务体系,加强对农民的法律援助和司法救助。

提高乡村自治德治水平。加强农村群众性自治组织建设,健全和创新村党组织领导的充满活力的村民自治机制。健全村务监督委员会运行机制。推行“四议两公开”(四议:党支部会提议、“两委”会商议、党员大会审议、村民代表会议或村民会议决议;两公开:决议公开、实施结果公开)工作法和推广“一组两会”(党小组、户主会、理事会)协商自治模式,依托村民会议、村民代表会议、村民议事会、村民理事会、村民监事会等,形成民事民议、民事民办、民事民管的多层次基层协商格局。继续开展以村民小组或自然村为基本单元的村民自治试点工作。提高村规民约的针对性实用性,充分发挥其在乡村治理中的积极作用。强化道德教化作用,建立道德激励约束机制,引导农民自我管理、自我教育、自我服务、自我提高,实现家庭和睦、邻里和谐、干群融洽。

健全乡村便民服务体系。整合优化资源,统筹推进村级综合服务中心规范化、标准化建设,深化“农事网通”政务审批平台和“阳光红页”信息平台建设应用,提高“互联网+政务服务”水平,普遍建立面向农村基层的服务平台,实现涉及农村的行政审批事项全部在网上办理,变“农民跑腿”为“信息跑路”,打造“一门式办理”“一站式服务”的综合服务平台,形成完善的乡村便民服务体系,实现农村基本公共服务全覆盖、农民群众办事不出村、最多跑一次。大力培育服务性、公益性、互助性农村社会组织,积极发展农村社会工作和志愿服务。

加强平安乡村建设。落实社会治安综合治理领导责任制,健全农村治安防控体系,推动社会治安防控力量下沉。大力推进县乡村三级综治中心建设,健全运行机制,完善综治信息系统,加强农村“雪亮工程”建设,全面实施网格化服务管理,形成全县“一网统筹、事事入格”的大网格系统。大力加强农村警务工作,落实一村一警务助理。深入开展扫黑除恶专项斗争,严厉打击农村黑恶势力、宗族恶势力以及两抢一盗、黄赌毒、传销、非法采矿、诈骗、拐卖妇女儿童等违法犯罪行为。依法加大对农村非法宗教活动和境外渗透活动打击力度,依法制止利用宗教干预农村公共事务,继续整治农村乱建庙宇、滥塑宗教造像。加强农村安全隐患排查和治理,做好农村安全生产、食品药品安全工作。开展农村矛盾纠纷精准排查精细化解。

(五)实施脱贫惠民富民工程,增强农民群众获得感幸福感

乡村振兴,摆脱贫困是前提,生活富裕是根本。推动公共资源向农村倾斜,加快补齐农村民生短板,缩小城乡差距,在发展中保障和改善民生。

打赢精准脱贫攻坚战。按照“核心是精准、关键在落实、确保可持续”的要求,把提高脱贫质量放在首位,加快脱贫致富步伐,力争与全市同步在全区率先完成脱贫攻坚目标任务。加大产业扶贫力度,坚持巩固和拓展产业扶贫的工作模式。抓好后续扶持工作,因户施策落实帮扶政策及增收项目。加强就业扶持,拓宽就业渠道,深化技工院校结对帮扶贫困家庭“两后生”职业培训专项计划。激发贫困人口内生动力,把扶贫同扶志、扶智相结合,改进帮扶方式方法,采用生产奖补、劳务补助、以工代赈等机制,推动贫困群众通过自己的辛勤劳动脱贫致富。瞄准特定贫困群众,通过保障性扶贫,解决学有所教、病有所医、住有所居等最基本的需求落实脱贫后续扶持政策,建立稳定脱贫长效机制。加强扶贫考核监督,深入开展脱贫攻坚作风建设年、扶贫领域腐败和

作风问题专项治理。制定激励政策,关心爱护扶贫一线基层干部。

推动农村创业创新和农民就业增收。加强公共就业服务设施建设,健全覆盖城乡的公共就业服务体系,大规模开展职业技能培训,促进农民工多渠道转移就业。实施乡村就业创业促进行动,鼓励在乡村地区兴办环境友好型和劳动密集型企业,培育一批家庭工场、手工作坊、乡村车间,促进农民就地就近就业。加快推进创新创业孵化基地、农民工创业园等平台建设,支持农民工返乡创业。实施农村致富带头人培育工程。拓宽农民增收渠道,增加农村低收入者收入,扩大农村中等收入群体,保持农村居民收入增速快于城镇居民。

发展壮大村级集体经济。制定实施发展壮大村级集体经济若干政策措施,因地制宜探索农村集体经济有效实现形式。支持集体经济组织统筹利用集体资源,集中开发或引进社会资本合作开发,每个村发展1个以上乡村特色产业。支持集体经济组织以自主开发、出租、合作等方式,盘活利用闲置的各类房产设施和集体建设用地,到2020年全部行政村集体经济收入达5万元以上。鼓励支持集体经济组织创办农村服务实体,发展农村服务业。培养一批懂经营、善管理的村级集体经济带头人。发挥村党组织对集体经济组织的领导作用,建立健全集体经济组织管理制度。

开展农村基础设施提升行动。加强"四好农村路"建设,抓好建制村通达路线窄路面公路拓宽改造,逐步加强农村公路生命安全防护工程建设和危桥改造,全面完善20户以上自然村道路硬底化建设,统筹推进县乡联网公路、村际联网公路建设及城乡交通运输一体化。加快自然村内道路和农业林业生产道路建设。实施农村饮水安全巩固提升工程。实施新一轮农村电网改造升级工程,加强农村通动力电设施建设,加快小康用电示范县建设。加快推进天然气进乡入村,合理引导新能源开发利用。加快农村信息网络升级改造,推进数字乡村建设。提升气象为农服务能力。加强农村防灾减灾救灾能力建设。健全农村公路、水利等公共基础设施管护机制。

优先发展农村教育事业。加大教育资源向农村配置力度,改善农村办学条件,提高农村教育质量。优化农村学校规划布局,全面改善薄弱学校基本办学条件,加强乡村小规模学校和乡镇寄宿制学校建设,实施农村义务教育学生营养改善计划,推动建立以城带乡、整体推进、城乡一体、均衡发展的义务教育发展机制,顺利通过国家义务教育均衡发展验收。发展农村普惠性学前教育,通过民办公助、公建民管、公私合营等多种方式改扩建、新建一批幼儿园,扩大学前教育规模。实施普及高中阶段教育攻坚计划,完善自治区示范性高中建设,支持乡镇薄弱普通高中建设。大力加快现代职业教育发展。办好特殊教育。以县为单位,推动优质学校辐射农村薄弱学校常态化。健全学生资助制度。实施乡村教师支持计划,完善中小学教师待遇保障机制,实行义务教育教师"县管校聘",建好建强乡村教师队伍。

健全农村社会保障体系。完善统一的城乡居民基本医疗保险制度和大病保险制度,做好农民重特大疾病救助工作。推进全区统一的城乡居民基本养老保险制度建设,建立城乡居民基本养老保险待遇确定和基础养老金标准正常调整机制,逐步提高参保缴费档次和基础养老金水平。统筹城乡社会救助体系,完善最低生活保障制度。构建多层次农村养老保障体系,创新多元化照料服务模式,推动城乡社会养老服务均等化。健全农村留守儿童和妇女、老年人以及困境儿童关爱服务体系。加强和改善农村残疾人服务。加强服务农村老弱病残的公共设施建设。

推进健康乡村建设。推动优质医疗资源下沉,提升乡村医疗卫生服务能力。实施基层医疗卫生机构能力建设行动计划,加强乡镇卫生院建设,推进乡镇卫生院中医馆建设,加大对承担公共卫生任务的农村医疗机构财政经费保障力度。加强农村医疗卫生队伍建设,大力培养全科医生,推动医疗卫生队伍"县聘乡用",加大村医培训力度,完善村医养老补助政策。全面建立分级诊疗制度,构建县域医共体。发展"互联网+远程医疗"。加强慢性病综合防控,大力推进农村地区精神卫生、职业病和重大传染病防治。完善基本公共卫生服务项目补助政策。开展和规范家庭医生签约服务。促进妇幼健康。深入开展乡村爱国卫生运动,积极创建卫生村镇。完善农村公共体育基础设施。

(六)实施体制机制创新工程,激发乡村振兴活力

实施乡村振兴战略,必须把制度建设贯穿其中,深化重点领域、关键环节改革,疏通要素流通渠道,激活农村资源要素,优化农村发展外部环境,为乡村振兴注入新动能。

创新城乡融合发展体制机制。深化城乡规划体制改革,推进多规合一、城乡融合。建立健全城乡产业融合发展的政策体系,优化城乡产业分工与布局。

全面深化城乡综合配套改革，逐步建立城乡统一的医疗、就业创业、社会保障制度。深化农村“放管服”改革和投融资机制改革，引导工商资本和金融资金投向农村。完善城乡基础设施建设机制，推动城乡基础设施同步建设、互联互通，加强中心城镇建设。深化户籍制度改革，促进有能力稳定就业和生活的农业转移人口有序实现市民化。以百镇建设示范工程为抓手，大力实施村镇规划建设行动，全面整治农村人居环境，改造提升乡镇风貌。推进新型城镇化示范县建设，加快合浦工业园、铁山东港产业园产城一体化发展，推动廉州湾新区规划建设，促进城乡融合发展。

深化农村土地制度改革。巩固和完善农村基本经营制度，落实好第二轮土地承包到期后再延长30年的政策。全面完成农村土地承包经营权确权登记颁证工作，构建农村产权流转交易体系，健全流转交易、登记办证各项制度。完善农村承包地“三权分置”制度，落实集体所有权，稳定农户承包权，放活土地经营权。扎实推进房地一体的农村集体建设用地和宅基地使用权确权登记颁证。落实农民闲置宅基地和闲置农房政策，探索宅基地所有权、资格权、使用权“三权分置”，明确村中空地属集体所有。严格实行土地用途管制，不得违规违法买卖宅基地，加大查处、打击力度，严格禁止下乡利用农村宅基地建设别墅大院和私人会馆。

深化农村集体产权制度改革。全面开展农村集体资产清产核资、集体成员身份确认，加快推进集体经营性资产股份合作制改革，科学制定农村集体经济组织成员身份确认办法，组建不同层级的农村新型集体经济组织，将农村集体经营性资产以股份或者份额形式量化到本集体成员。推动资源变资产、资金变股金、农民变股东，增强集体经济发展活力。坚持农村集体产权制度改革正确方向，防止内部少数人控制和外部资本侵占集体资产。

深化供销林业农垦水利等改革。拓展供销合作社经营服务领域，加快供销社基层社改造，推进社有企业改造升级，创新供销合作社联合社治理机制，打造综合性、规模化、可持续的为农服务体系。深化集体林权制度改革，完善集体林地“三权分置”，加快推进国有林场改革，推动项目使用林地审核审批改革，理顺自然保护区管理体制机制。以垦区集团化、农场企业化改革为主线，把农垦土地开发利用纳入乡村振兴的盘子，推进农场办社会职能改革，创新农垦土地管理办法，加大企业优化重组，建立现代企业制度。开展农村水利工程产权制度与管理体制改革，深化小型水利工程管理体制改革，推进农业水价综合改革。

四、坚持和加强党对实施乡村振兴战略的领导

办好农村的事情、实现乡村振兴，关键在党。合浦实施乡村振兴战略，必须毫不动摇地坚持和加强党的领导，不折不扣地贯彻落实中央要求，进一步健全党委统一领导、政府负责、党委农村工作部门统筹协调的农村工作领导体制，确保党在农村工作中始终总揽全局、协调各方。

（一）建立实施乡村振兴战略领导责任制。健全党委统一领导、政府负责、农业农村工作部门统筹协调的农村工作领导体制，形成党政一把手是第一责任人、三级书记抓乡村振兴的工作格局。成立由县委书记任组长、县长任第一副组长、县委专职副书记任常务副组长、其他相关县级领导任副组长，相关部门主要负责人为成员的乡村振兴工作领导小组，负责全县乡村振兴工作的统筹协调、整体推进和督促落实。各乡镇要成立相应领导机构和专项工作组，切实加强对乡村振兴工作的组织领导；村“两委”要切实担当主体责任，做好实施乡村振兴战略的宣传发动、组织实施和管理服务等工作。各乡镇各部门要按照职责，加强工作指导，强化资源要素支持和制度供给，做好协同配合，形成乡村振兴工作合力。乡镇党委、政府和县直各有关部门每年要向县委、县政府报告推进实施乡村振兴战略进展情况。

（二）加强“三农”工作队伍建设。加强“三农”工作干部队伍培养、配备、管理、使用。把到农村一线工作锻炼作为培养干部的重要途径，注重提拔使用实绩优秀的干部，形成人才向农村基层一线流动的用人导向，培养造就一支懂农业、爱农村、爱农民的干部队伍。在现有“美丽广西”乡村建设（扶贫）工作队的基础上，组建乡村振兴工作队，实行领导挂点、单位包村、干部驻村制度。创新乡村人才发掘培育引进使用机制，进一步加强农村专业人才队伍建设，大力培育新型农民，发挥科技人才支撑作用，造就更多更优秀的乡土人才，为乡村振兴战略的顺利实施提供人才支撑。发挥工会、共青团、妇联、科协、残联等群团组织的优势和力量，发挥各民主党派、工商联、无党派人士等积极作用，支持农村产业发展、生态环境保护、乡风文明建设、农村弱势群体关爱等。切实加强村“两委”班子建设，尤其要着力抓好农村党组织书记队伍建设，发挥基层党组织的战斗堡垒作用和农村党员的先锋模范作用,通过"党支部+"的模式,积极探索和健全自治、法治、德治相结合的乡村治理体系,积极发展壮大村级集体经济,不断提高农村民生保障水平,带动广大农民群众把乡村振兴战略落实到位,努力把乡村建设成为生活富裕、幸福美丽的新家园,让农民群众对美好生活的向往变成现实。

(三)强化乡村振兴规划引领。制定合浦县乡村振兴规划及其配套文件,明确目标任务、时间节点,细化实化工作重点和政策措施。各乡镇要编制实施乡村振兴战略实施方案,各职能部门要编制实施乡村振兴战略专项规划。科学制定县域乡村空间规划,针对不同发展水平、不同类型的村庄,分类推进规划实施。实施村庄规划管理全覆盖工程,因地制宜,突出地域特色、乡土风情和民族元素,加快村庄建设规划和土地利用规划编制;加强村庄现状调查,科学论证,提高村庄规划的适用性;加强村庄规划建设管理,实行乡村建设规划许可制度,严禁违法建房,建立健全违法用地和建设查处机制。

(四)强化乡村振兴政策支持。建立健全实施乡村振兴战略财政投入保障制度,公共财政更大力度向"三农"倾斜,确保财政支出优先支持农业农村发展,确保预算内固定资产投资优先投向农业基础设施和农村民生工程,确保土地出让收益优先用于农业土地开发和农村基础设施建设。加大财政涉农资金统筹整合力度,加快建立涉农资金统筹整合长效机制。积极申请自治区代理发行政府债券用于支持乡村振兴、脱贫攻坚领域的公益性项目。深化农村金融体系改革,推进农村金融服务体系建设,加快培育新型农村金融机构。研究制定金融服务乡村振兴的有关实施意见。加快完善农业信贷担保体系,扩大农业保险险种和覆盖面。探索设立乡村振兴基金,引导金融机构加大对乡村振兴中长期信贷支持。要拓宽资金筹集渠道。调整完善土地出让收入使用范围,进一步提高农业农村使用比例。鼓励、引导农民和社会力量投资农业农村。继续开展农村"两权"抵押贷款试点工作。支持符合条件的涉农企业上市(挂牌)融资,支持在境内外债券市场发行非金融企业债务融资工具及资产证券化产品。

(五)强化乡村振兴法治保障。发挥县人大及其常委会监督等职能作用,推动实施乡村振兴战略。加强乡村清洁条例、古树名木保护条例等地方性法规的宣传,完善执法体系,加大执法力度,推动贯彻落实。加强乡村振兴扶持资金项目监督检查,防止虚报项目套取扶持资金或侵害村集体经济利益的行为。

(六)强化乡村振兴督查考核。建立完善县直部门和乡镇党政领导班子,以及领导干部推进实施乡村振兴战略的实绩考核制度,考核结果作为选拔任用领导干部的重要依据。建立督查、考核、通报制度,开展经常性督导检查,充分发挥督查考核的导向、评价、激励、约束作用。全县各级党组织、广大党员干部要紧密团结在以习近平同志为核心的党中央周围,以习近平新时代中国特色社会主义思想为指导,凝心聚力,驰而不息,久久为功,全面实施乡村振兴战略,为奋力谱写新时代合浦发展新篇章作出新的更大贡献!

中共合浦县委办公室
2018 年 7 月 24 日印发

合浦县人民政府
关于印发《合浦大月饼地理标志产品保护管理办法》的通知

合政发〔2018〕39 号

各乡镇人民政府,县直各委、办、局:

《合浦大月饼地理标志产品保护管理办法》已经县十六届人民政府第 40 次常务会议审议通过,现印发给你们,请认真贯彻落实。

2018 年 7 月 14 日

合浦大月饼地理标志产品保护管理办法

第一章 总 则

第一条 为有效保护合浦大月饼地理标志产

品，规范合浦大月饼地理标志产品专用标志（以下简称专用标志）的申请、使用和管理，保证合浦大月饼的质量和特色，保护合浦大月饼的声誉和经营者、消费者的合法权益，根据《中华人民共和国食品安全法》《中华人民共和国产品质量法》《中华人民共和国标准化法》《中华人民共和国商标法》《中华人民共和国广告法》《地理标志产品保护规定》《地理标志产品保护实施细则》和《关于批准对合浦大月饼实施地理标志产品保护的公告》（国家质检总局公告 2017 年第 117 号）等法律法规规章和文件规定，结合合浦县实际，制定本办法。

第二条　本办法所称“合浦大月饼”是指在国家质量监督检验检疫行政主管部门批准保护的范围内，以“合浦”地名命名，采用符合《合浦大月饼质量技术要求》（以下简称技术要求）的原辅料、生产工艺生产并且产品感官理化指标符合技术要求的大月饼。

第三条　县人民政府统一领导合浦大月饼地理标志产品保护工作，合浦大月饼地理标志产品专用标志的使用单位必须向县工商和质监局提出书面申请，初审后报区质监局审核，并经国家质检总局批准登记并公告，生产者即可在其产品上使用地理标志产品专用标志，获得地理标志产品保护。

第四条　在本县行政区域内任何从事合浦大月饼生产、经营及其他相关活动的单位和个人，任何委托本县行政区域内获得生产许可证企业生产、经营合浦大月饼的单位和个人以及合浦大月饼地理标志产品保护管理机构，应当遵守本办法。

第五条　合浦大月饼地理标志产品保护范围为廉州镇、党江镇、西场镇、沙岗镇、乌家镇、闸口镇、公馆镇、白沙镇、山口镇、沙田镇、石湾镇、石康镇、常乐镇、星岛湖镇、曲樟乡，共 14 个镇、1 个乡的现辖行政区域。

合浦大月饼地理标志产品保护的生产、加工应当在保护范围内进行。

第六条　专用标志使用遵循自愿申请的原则，县政府鼓励和支持地理标志产品保护范围内从事生产、经营合浦大月饼的单位，借助互联网开展溯源防伪。

第二章　组织机构和职能

第七条　县政府成立合浦大月饼地理标志产品保护管理领导小组（下称领导小组），负责全县的地理标志产品保护日常管理工作并履行下列职责：

（一）贯彻执行国家地理标志产品保护的方针、政策和法律、法规；制订和实施与地理标志产品保护相关的地方性政策措施，经县政府批准后实施。

（二）对合浦大月饼的信息进行数据采集、汇总和综合分析，修订标准，为制定产业政策提供基础数据和有关建议。

（三）组织开展地理标志产品合浦大月饼专项整治，规范合浦大月饼生产经营行为。

（四）负责对地理标志产品合浦大月饼的产地范围，产品名称，原材料，生产技术工艺，质量特色，数量、包装、标识，产品专用标志的印刷、发放、数量、使用情况，产品生产环境、生产设备，产品的标准符合性等方面进行日常监督管理。

（五）对企业间委托生产加工行为进行监督管理。

（六）建立保护范围内合浦大月饼生产加工企业的动态档案，规范管理获得核准使用合浦大月饼地理标志产品专用标识的单位网络电商平台的销售、宣传等。

（七）监督以地标为主要内容的溯源防伪标识的印制和使用。

（八）受理保护范围内生产、加工企业提出的地理标志保护产品专用标志使用申请和初审，报请区质监局审核。

（九）为域内月饼生产、销售企业和其他组织提供法律咨询、技术支持等服务。

领导小组下设办公室在合浦县工商行政和质量技术监督管理局（以下简称合浦县工商和质监局），会同县食药监局、县工信局、县统计局、县住建局、县国税局、工业园管委会等单位负责合浦大月饼地理标志产品保护管理工作，相关部门在各自职责范围内协助做好相关工作。

第八条　合浦大月饼地理标志产品专门管理机构及获得合浦大月饼地理标志产品专用标志核准的单位，要做好本区域、本单位合浦大月饼生产的统计和汇总工作。

第三章　专用标志和产品产地证明管理

第九条　合浦大月饼生产、加工企业使用合浦大月饼地理标志产品专用标志前，应当向地理标志产品专门管理机构提出申请，经自治区质监局审核，报请国家质检总局核准、注册登记、公告后方可使用。

第十条　合浦大月饼生产单位申请使用地理标志产品专用标志，应当符合下列条件：

（一）已获得食品生产许可证；

（二）生产所用原料、生产工艺、产品感官理化指标符合《合浦大月饼质量技术要求》（见附件1）的规定；

（三）产品经检验符合合浦大月饼地理标志保护产品地方标准要求；

（四）经过行政主管部门及行业协会推荐。

第十一条　合浦大月饼生产单位申请使用专用标志，应当提交以下材料：

（一）《地理标志产品专用标志使用申请书》（见附件2）；

（二）食品生产许可证副本复印件并出示原件；

（三）营业执照副本复印件并出示原件；

（四）法人身份证复印件并出示原件；

（五）企业及产品简介；

（六）法定检验机构出具的产品质量检验合格报告。

第十二条　申请单位必须保证所提供申请材料真实有效，凡提供虚假申请材料的单位，3年内不得申请使用合浦大月饼专用标志。

第十三条　合浦大月饼地理标志产品专门管理机构在受理地理标志产品专用标志的使用申请后，应当按照本办法第八条、第九条、第十条的要求，在10个工作日内对申请人的申请材料和具备条件进行初审，必要时可进行实地查验；初审合格的，在5个工作日内按规定将申报材料上报自治区质监局审核。

第四章　专用标志的管理

第十四条　企业申请使用地理标志产品专用标志，经国家质量监督检验检疫总局审查合格注册登记后、发布公告，核发《地理标志保护产品专用标志使用证书》。

第十五条　合浦大月饼专用标志由地理标志产品专用标志图案和“合浦大月饼”文字组成，专用标志可直接印刷在包装物上或者印制成防伪专用标志粘贴在包装物上。

第十六条　专用标志使用单位在产品包装物上自行印制专用标志的，承担专用标志印制任务的单位应经县工商行政和质量技术监督主管部门备案；专用标志使用单位禁止自行印制防伪专用标志，可按年度向合浦大月饼地理标志产品专门管理机构申报核定印制专用标志数量，由合浦大月饼地理标志产品专门管理机构统一组织印制。

第十七条　企业获得合浦大月饼地理标志产品专用标志核准后，有权在其生产的合浦大月饼产品标签、包装、广告、说明书和相关经营、展销场所及其他合法商业活动中使用合浦大月饼地理标志产品专用标志。

第十八条　禁止使用与专用标志相似相近、易产生误解的名称或标志、标识内容可能误导消费者的文字或图案标志。

第十九条　生产者获得地理标志使用核准后，不得随意扩大使用范围，不得将证书或标志的使用权转让给他人，不得将证书或标志出租、出借或者转卖给他人。

第二十条　合浦大月饼地理标志产品专用标志使用单位应在每年1月31日前，向县工商和质监局申报本年度专用标志使用计划和报告上年度专用标志使用情况，在专用标志使用期满前6个月向合浦大月饼地理标志产品专门管理机构重新提出申请。

第二十一条　专用标志使用单位应当建立合浦大月饼生产、销售台账、原材料收购台账，台账保存期不少于2年。

第五章　生产和销售管理

第二十二条　合浦大月饼生产加工单位采购原辅料时，应建立相应原料收购统计台账，严格按《合浦大月饼质量技术要求》规定的加工工艺生产，同时必须具备与生产能力相符合的车间、仓库、场地，并具有规范的管理制度和检验设施。

第二十三条　合浦大月饼地理标志产品生产加工企业，应定期向地理标志保护管理机构报告生产经营情况。

第二十四条　合浦大月饼地理标志产品包装的标识标注必须符合《中华人民共和国商标法》《预包装食品标签通则》(GB7718)和《预包装食品营养标签通则》(GB28050)等规定。

第二十五条　引导、鼓励生产加工地理标志产品合浦大月饼的企业进行HACCP认证，提高产品附加值、促进产业升级。

第二十六条　由符合资质要求的质量检验机构，对使用合浦大月饼地理标志产品专用标志企业所生产的月饼质量进行监督检验。

第二十七条　县工商和质监局对合浦大月饼生产、销售过程实施监督检查。有下列情形之一的，按法定程序注销其合浦大月饼地理标志产品专用标志使用资格：

（一）未按相应国家标准和管理规范组织生产的；

（二）2年内未在受保护的地理标志产品上使用专用标志的；

（三）存在制假售假等重大违法行为的；

（四）采购保护区域范围外的月饼加贴合浦大月饼地理标志保护产品专用标志的；

（五）严重影响地理标志保护产品合浦大月饼声誉的其他行为。

（六）其他须依法应停止使用专用标志的等。

第二十八条　未取得地理标志产品专用标志核准的企业，不得伪造和冒用地理标志产品专用标志，不得使用与地理标志产品专用标志相近的、易产生误解的产品名称或者产品标识。

第二十九条　销售者应建立并执行进货检查验收制度，验明合浦大月饼地理标志产品专用标志使用证书、产品质量合格证明。

第三十条　违反本办法相关规定的，由县工商和质监局依据《中华人民共和国产品质量法》《中华人民共和国标准化法》《中华人民共和国商标法》《中华人民共和国广告法》《地理标志产品保护规定》等法律、法规和规章予以行政处罚，构成犯罪的，将依法追究刑事责任。

第三十一条　从事地理标志产品保护管理工作的人员要忠于职守，秉公办事；严禁弄虚作假；不得滥用职权，以权谋私；不得泄露企业的技术和商业秘密。违者将予以行政纪律处分；构成犯罪的，将依法追究刑事责任。

第六章　附　　则

第三十二条　本办法由合浦县工商和质监局负责解释。

第三十三条　地理标志产品专用标志使用的有效期为五年，有效期满前6个月，使用者可向合浦县工商和质监局提出申请，经区质监局报国家质检总局审核备案；审核不合格的，取消专用标志使用资格；到期不申请的，有效期至届满为止。

第三十四条　本办法自发布之日起实施。

附件1

合浦大月饼质量技术要求

一、产品名称

合浦大月饼

二、产品类别

食品加工品：月饼（广式月饼类）。

三、质量技术要求

（一）原辅料要求

1. 月饼专用面粉：选用一级小麦面粉，按比例参合本地优质糯米粉调配而成。

2. 花生油：本地红衣花生纯物理压榨一级花生油。

3. 五仁：瓜子仁、杏仁、橄榄仁（产自当地）、核桃仁、芝麻仁。

4. 猪肉：取材当地黑毛土猪、海猪的梅头瘦、后腿瘦，必须符合水产畜牧部门检验检疫证明。

5. 糖肉：取当地黑毛土猪、海猪取厚度≥3cm的脊膘肉，去皮，经切粒后用白砂糖、酱油、酒、香辛料腌制成。

6. 冬瓜糖：产自当地的冬瓜去皮、切条，用流动地下井水或泉水冲洗2h（除青臭味，同时保持瓜条水分和硬度），后沥干水分以1∶1比例添加白糖腌制而成。

7. 蛋黄：红树林海鸭蛋蛋黄，海鸭除喂养玉米、麦麸、米糠等之外，捕食红树林内的鱼虾螺等。

8. 新鲜水果：新鲜的菠萝、柠檬切片，熬制糖浆时加入代替柠檬酸促进蔗糖转化，能使糖浆绵柔且增加糖浆水果芳香气味。

9. 白砂糖：选用合浦当地糖厂最近榨季的一级白砂糖。

10. 蜂蜜：产自当地的鸡头荔枝蜜。

11. 其他食品调味料：香辛料、酱油盐等符合食品安全相关规定要求。

12. 食品加工用水：经过净水设备处理达到食品生产用水标准的当地优质地下泉水。

（二）生产工艺及技术要求

1. 工艺流程：糖浆、月饼皮专用粉→搅拌和面→分割称量→赶压饼皮

↓

包馅←称量←搅拌均匀←馅料

↓

成型→一次烘烤→涂刷蛋液→二次烘烤→冷却→成品→包装

2. 技术要点

(1) 拌馅：将所需馅料中的伍仁原料、冬瓜糖、糖肉等按实际配比情况确定用量，进行精确计量后，按先后顺序放入搅拌器内搅拌均匀，搓成饼馅。

(2) 制饼皮：月饼专用粉加入糖浆和花生油，揉搓成呈白色状的软性面团，置于常温下放置1个小时后，准确称量分割，后赶压成厚薄大小均匀饼皮待用，饼皮厚度不能超过3毫升。

(3) 包馅：以叉烧在内、伍仁馅料在中，外层为饼皮的形式逐层包裹，把包好的饼坯收口处向下装入特制的饼模印内制饼。

(4) 烘烤、刷蛋液：取新鲜海鸭蛋去壳及蛋清，将蛋黄充分搅拌待用。烤箱预热，设置面火220℃、底火200℃。托盘底部刷上薄薄的一层食用油，放入大月饼，烘烤20分钟，涂刷蛋液一次，再同样火力烘烤约18分钟。（具体根据设备类型和当时环境灵活掌握烘烤时间和火力，确保合浦大月饼中心馅料既能够熟透，又保持最佳外观。）

(5) 冷却：在清洁卫生的环境下以自然摊凉方式将饼面温度降到35℃至40℃范围内。

(6) 包装：采用真空包装机真空包装，自动封口打码。

(7) 成品存放：常温避光保存，离地离墙放置，做好三防设施。

四、产品质量特色

1. 感官特色

感官要求

项　目	要　　求
形　态	单个饼净含量≥500g，有该品种典型特征，外形饱满，表面微凸，轮廓分明，品名花纹清晰，无明显凹缩、爆裂、塌斜、坍塌和漏馅现象
色泽气味	饼面棕黄或金黄略带泛红，色泽均匀，腰部呈乳黄或黄色，底部棕黄不焦，具有正常的月饼香味。
组　织	饼皮厚薄均匀，断面皮心分明，果仁大小适中均匀，叉烧大小适中，无夹生、糖块。
滋味与口感	饼皮松软绵柔不粘牙，果仁香脆可口，叉烧咸甜适度、肉质紧密易嚼，具有该品种应有的风味，无异味。
杂　质	正常视力无可见外来杂质。

2. 理化指标

项　　目		指　标
干燥失重 / (%)	≤	25
蛋白质 / (%)	≥	6.5
脂肪 / (%)	≤	30
总糖 / (%)	≤	45
馅料含量 / (%)	≥	70

3. 安全及其他质量技术要求：产品安全及其他质量技术要求必须符合国家相关规定。

附件2

地理标志产品专用标志使用申请书

填表单位:(印章)合浦县××有限公司

日期:20××年×月×日

项目	内容	
产品名称	合浦大月饼	
企业信息	企业名称	合浦县××有限公司
	地　址	合浦县××镇(乡)××村
	法人代表	
	注册商标	
	联系人	
	电　话	
	传　真	
	电子邮件	
质检机构信息	单位名称	×××检验所
	地　址	
	联系人	
	电　话	
	传　真	
	电子邮件	
企业及产品情况简介	可用A4纸另行打印。	

随附：

1. 由产地地理标志产品管理机构出具申请人产品产自特定地域的证明；

2. 有关产品质检机构出具的检验报告

填报说明

1. 企业申请使用地理标志保护产品专用标志，需填写《地理标志产品专用标志使用申请书》，并提供由产品所在地地理标志产品管理机构出具申请人产品产自特定地域的证明和有关产品质检机构出具的检验报告。

2. 产品管理机构填写《申请使用专用标志企业汇总表》。

3. 地理标志产品管理机构将《地理标志产品专用标志使用申请书》及有关材料、《申请使用专用标志企业汇总表》，报省级质检机构审核。

4. 省级质检机构向国家质检总局管理机构出具审核意见，将《地理标志产品专用标志使用申请书》及有关材料、《申请使用专用标志企业汇总表》报总局管理机构。

合浦县人民政府
关于进一步加强文物工作的实施意见

合政发〔2018〕44 号

各乡镇人民政府，县直各委、办、局：

为认真贯彻落实《国务院关于进一步加强文物工作的指导意见》（国发〔2016〕17 号）、《广西壮族自治区人民政府关于进一步加强文物工作的实施意见》（桂政发〔2016〕68 号）、《北海市人民政府关于进一步加强文物工作的实施意见》（北政发〔2017〕38 号）和全国全区文化（文物）工作会议精神，以及习近平总书记视察合浦汉代文化博物馆重要讲话精神，进一步推动我县文物事业持续健康快速发展，结合我县实际，现提出以下意见。

一、总体要求

（一）指导思想

全面贯彻党的十九大精神，深入贯彻习近平总书记关于文物保护的重要论述和对文物工作作出的系列重要指示精神，按照党中央、国务院决策部署，紧紧围绕“五位一体”总体布局和“四个全面”战略布局，贯彻落实创新、协调、绿色、开放、共享发展理念，依托合浦县海上丝绸之路文化遗产资源优势，坚持“保护为主、抢救第一、合理利用、加强管理”的文物工作方针，勇于改革，开拓创新，大力推动文物事业发展，加强文旅融合，弘扬优秀民族文化，深入挖掘海丝路始发港和汉代文化内涵，为文化合浦建设作出应有贡献。

（二）主要目标

全面摸清全县文物资源状况，建立文物信息系统，完善县、乡、村及村小组参与的文物保护管理机制。到 2020 年，具有合浦文化特色的、科学合理有效的文物保护利用体系基本形成，文物资源促进经济社会发展的作用进一步增强，保护成果更多惠及人民群众。文物保护力度进一步加大，博物馆展陈管理得到加强，免费开放工作水平进一步提高，文博创意产业持续发展。基本建设中的考古和文物保护进一步规范和加强。文物安全执法督察体系基本建立，执法力量得到加强，安全形势明显好转。社会力量广泛参与文物保护利用格局基本形成。文物行业人才队伍结构不断优化，专业水平明显提升。

二、加强文物保护管理

（一）夯实文物保护利用工作基础。积极配合自治区及北海市实施文物强基固本工程。逐步推进我县文物资源信息化、动态化管理，全面掌握文物保存现状和需求，推进文物信息资源社会共享。申报公布一批国家级、省级文物保护单位。加强文物保护单位“四有”（有保护范围和建设控制地带、有标志说明、有记录档案、有专门机构或人员负责管理）工作。做好基本建设中的考古调查、勘探、发掘和文物保护工作，并及时开展文物价值研究。

（二）落实属地管理主体责任。要进一步提高对文物保护重要性的认识，牢固树立保护文物也是政绩的科学理念，敬重祖先留下来的珍贵遗产，统筹做好文物的有效保护和合理利用。依法履行管理和监督责任，切实履行文物保护主体责任，把文物工作列入各乡镇政府重要议事日程，作为领导班子和领导干部综合考核评价的重要参考。建立健全文物保护责任评估机制，每年对本行政区域的文物保存状况、文物保护法定职责履行、文物保护法律法规执行等情况进行一次检查评估，发现问题及时整改；进一步建立健全管理体系，强化规划编制实施，支持文物行政部门依法履行职责，加强文物行政机构建设，优化职能配置。进一步明确文物保护机构和职责，完善文物保护员制度，推行政府购买文物保护服务，逐处落实文物安全责任单位或责任人。

（三）加强考古和文物保护。依法做好基本建设中的考古调查、勘探、发掘和文物保护工作，搞好配合，提高时效。涉及文物保护单位建设控制地带及地下文物埋藏区的建设项目，应当严格按照文物保护法律法规的规定办理建设工程文物保护和考古许可相关手续。不得擅自迁移、拆除不可移动文物，因建设工程确需迁移、拆除的，应当严格按照文物保护法律法规的规定办理相关手续。高度重视城市改造和新农村建设中的文物保护，加强历史文化名城、村镇、街区和传统村落整体格局、历史风貌和文物建筑保护，防止拆真建假、拆旧建新等建设性破坏行为。落实国家对文物资源密集区文物保护补偿政策，使文物所有者和使用者更好地履行保护义务。

（四）推进海上丝绸之路文化遗产保护。加强我县海上丝绸之路申遗点的保护管理，提升保护利用效益，加强与考古研究单位合作，联合其他科研单位，进一步深入调查，做好申遗工作的基础研究，夯实合浦作为海上丝绸之路早期始发港的重要历史地位。

（五）加大重点文物保护工程建设力度。组织实施一批具有重大影响和示范意义的文物保护重点工程。推进合浦汉墓群与汉城考古遗址公园项目规划建设，推动大浪古城、草鞋村等大遗址的保护和展示。组织专家进一步开展汉代海上丝绸之路合浦港的发掘、研究和保护利用等工作；开展合浦汉墓群及汉城城址考古工作；实施合浦汉墓群环境整治及安防工程项目；编制大浪古城遗址和草鞋村遗址保护计划并组织实施；对冲口墓葬保护区开展考古勘查工作；实施博物馆藏珍贵文物保护修复计划，重点开展合浦汉墓青铜器等易损文物抢救性保护修复工作。

（六）加强文物安全防护。实施全县文物平安工程，完善博物馆、文物建筑防火防盗和古遗址古墓葬防盗防破坏设施。完善文物安全制度和安全防范应急预案，落实国家文物局、公安部《关于印发〈文物建筑消防安全管理十项规定〉的通知》（文物督发〔2015〕11号）精神，实施文物建筑消防安全标准化管理。开展经常性文物安全检查和自查，做好安全隐患排查整改，重要文博单位和文物资源密集的地方可设专门警务室，切实降低文博单位和各级文物保护单位的安全风险，切实保障文物安全。各乡镇政府要组织实施好本区域内文物平安工程，把文物安全纳入当地社会治安综合管理，严厉打击盗掘、盗窃、走私文物等各类违法犯罪活动。全面落实文物管理单位安全主体责任。加强基层文物安全管理，健全县、乡、村三级文物安全管理网络，逐级落实文物安全责任。

（七）加强文物保护园区建设。以合浦汉墓群与汉城考古遗址公园规划建设为重点，以文物本体保护为核心，按照文物本体保护好、周边风貌格局和生态环境整治好、文物内涵展示好、服务功能完善好、当地民生改善好的标准，大力推进合浦汉墓群与汉城考古遗址公园建设，贯穿“城市建设与遗址遗产保护融合发展”的理念，以保护、阐释、展示、传承合浦文化价值为核心，以汉代文化展示及海丝文化阐释为手段，逐步引导合浦县的整体文化氛围，塑造出遗址公园中的现代文化城市。把公园建设成为具备文物保护、生态涵养、科研教育、休闲游憩、文化娱乐等多功能的综合性城市公园。进一步把合浦规划建设成为国家首个考古遗址公园城市，让城市活在公园里，提升合浦县历史文化形象，带动合浦县经济社会发展。

（八）加快建立全县文化遗产信息系统。收集整理合浦丰富的文化遗产资源，深入挖掘合浦文化遗产内涵，综合应用大数据、云计算、无人机航拍、720° 全景、三维激光扫描等数字化技术手段，构建基于统一时空的多源异构文化遗产数据库，实现合浦文化遗产资源的统一存储和交换共享。全面提升合浦文化遗产保护管理的信息化水平，打造合浦文化遗产信息综合管理公众服务门户，主动融入“一带一路”建设，推动合浦经济、社会、文化协同发展。

三、推动文物合理利用

（一）促进文化旅游融合。发挥文物资源在优秀民族文化传承中的作用，丰富城乡文化内涵，彰显地方文化特色。依托历史文物古迹和博物馆资源，开发建设文化遗产旅游、边关旅游、红色旅游、体验旅游、研学旅行和传统村落休闲旅游精品线路，增加地方收入，扩大居民就业。发展文物旅游业要坚持文物资源的公益属性，国有不可移动文物不得转让、抵押，不得作为企业资产经营，规范参观游览场所的国有文物保护单位及其管理机构管理。在合理确定游客承载量的前提下，鼓励文物景区参与旅游景区升级评比，打造文物旅游品牌。设计生产较高文化品位的旅游纪念品，促进文物与旅游融合发展。加强对贫困地区不可移动文物的维修保护与利用，结合旅游产业，助推精准扶贫，带动群众致富。

（二）提高公共服务水平。进一步完善博物馆公共文化服务功能，扩大服务覆盖面，完善服务标准，推动公共服务标准化。适当增加举办专题陈列和临时展览的数量和频次，逐步提高基本陈列水平和展陈质量，丰富人民群众的精神文化生活。支持博物馆陈列展览和宣传教育进学校、进社区、进农村、进企业、进军营。推动建立中小学生定期参观博物馆的长效机制，鼓励学校结合课程设置和教学计划，组织学生志愿者到博物馆开展学习实践活动。

（三）打造文博创意品牌。完善企事业单位、博物馆开发文化创意产品的优惠政策和激励机制，进一步调动博物馆利用馆藏资源开发文博创意产品的积极性，扩大引导文化消费。深入挖掘文物资源的价值内涵和文化元素，延伸文博衍生产品链条。打造具有历史记忆、地域特色、民族特点的文博创意品牌。鼓励众创、众筹，为社会资本广泛参与研发、经营等活动提供指导和便利条件，鼓励文博单位与企业、高校等社会力量开展多种形式的合作，研发一批具有示范意义的文博创意产品。严格按照政策规定，将文博创意产品开发与公益服务分开；加强县文博投资平台公司管理，提升公益文化服务、藏品收集、创意产品开发水平。

（四）加强对外交流合作。发挥地缘和区位优势，配合合浦汉墓群与汉城考古遗址公园的规划建设，推进与周边市县在文物保护领域的实质性合作，加强与各地文博单位的学术交流和经验共享。加大与新闻媒体合作力度，从媒体层面向全世界展示合浦文物保护单位，文博部门要积极主动配合宣传部门做好宣传，以实际行动落实习近平总书记“让文物说话，让历史说话，让文化说话”的重要讲话精神。

四、筑牢文物安全底线

（一）完善文物保护制度。在相关部门支持下，及时出台与文物保护法律法规相配套，实用有效、便于操作的文物行业管理规范、技术标准，进一步提升文物工作的标准化、科学化、规范化水平。

（二）实施文物平安工程。坚持分类指导、精准管理、突出重点、兼顾全面的原则，扎实推进文物平安工程，确保文物安全。加强文物日常养护巡查和监测保护，提高文物安全日常管理水平。以文物保护单位和博物馆为重点，按照防护分类要求，分别实施安防、消防、防雷工程，切实降低文物安全风险。文物保护单位由非专门文物保护机构管理和使用的，使用单位要建立完善的保护管理制度，接受文物行政主管部门业务指导和监督管理。

（三）加强文物督察执法。加强文物执法督察力量，强化层级监督，建立案件督办约谈制度，依法对地方履行文物保护职责情况进行督察，对重大文物违法案件和文物安全事故进行调查督办，对影响恶劣的案件发生地乡镇政府负责人进行约谈。严格执行案件报告制度。要结合综合行政执法改革，进一步理顺执法体制，明确文物执法机构，落实执法责任，规范执法程序和行为。强化文物执法职能，治安环境复杂的地方可根据实际需要，与辖区派出所建立治安联防机制，加强对治安环境复杂区域的巡逻防范。落实好文物经营企业的准入、监管工作。切实加强文物市场和社会文物鉴定的规范管理，积极促进文物市场的繁荣发展。

（四）依法追究责任。各乡镇政府要加大文物违法案件特别是法人违法案件的追责力度。以文物保护单位为重点，逐处明确安全责任单位及责任人，建立文物安全责任人社会公告公示制度。落实文物保护责任终身追究制，对负有责任的领导干部，不论是否已调离、提拔或者退休，都必须严肃追责。建立健全文物保护工程勘察设计、施工、监理、技术审核质量负责制，依法实行确保文物保护工程质量的招投标方式和预算编制规范，对违反法律法规和相关技术标准，造成文物和国家财产遭受重大损失的，依法追究相关单位和人员的责任。

五、强化保障措施

（一）落实政府主体责任。将文物保护工作纳入经济和社会发展规划、城乡建设规划、财政预算、体制改革和各级领导责任制，夯实文物保护的体制基础。要切实履行文物保护主体责任，把文物工作列入政府重要议事日程，各乡镇政府主要领导要对本行政区域文物工作负总责，解决文物保护的突出问题，亲自过问重大文物违法案件查处情况。

（二）加强部门沟通协调。建立由主要负责同志牵头的文物工作协调机制，相关部门和单位，要认真履行依法承担的保护文物职责。对于有关行政许可和行政审批项目，发展改革、财政、住房城乡建设、国土资源、文物等部门要加强协调配合。建立文物、文化、公安、住房城乡建设、国土资源、环境保护、旅游、宗教、海洋等部门和单位参加的行政执法联动机制，开展联合检查和整治行动。由文物行政主管部门牵头，统筹安排对参与联合执法行动的单位和成员开展文物保护知识的普及培训，普及识别和保护文物的基本常识，并提高鉴别能力。公安、工商、文物等部门和单位要保持对盗窃、盗掘、盗捞、倒卖、走私等文物违法犯罪活动的高压态势，完善严防、严管、严打、严治的长效机制，结案后应及时向文物行政主管部门移交涉案文物。加强文物行政执法和刑事司法衔接，健全文物行政主管部门和公安、司法机关案情通报、案件移送制度。

（三）加大专用资金投入。加大投入，把文物保护经费纳入本级财政预算管理。财政部门要统筹安排文物保护资金和政府购买服务经费。将国有尚未核定公布为文物保护单位的不可移动文物保护纳入基本公共文化服务范畴，落实保护资金的投入。利用国有文物保护单位开展经营性活动所取得的收入应当用于文物事业发展，任何机构或者个人不得侵占、挪用。加强经费绩效管理和监督审计，提高资金使用效益。

（四）加强文博队伍建设。解放思想，创新机制，探索多元用人方式，壮大文博人才队伍力量。加快文博领军人才、科技人才、技能人才、复合型管理人才培养，形成结构优化、布局合理、基本适应文物事业发展需要的人才队伍。加强与高等学校、科研院所联系沟通，强化保护项目与人才培养，逐步培养一批文物保护修复、文物考古、展览策划、政策研究等紧缺人才。重视民间匠人传统技艺的挖掘、保护与传承。加强文物行政执法、保护修复等急需人才培训。加大非国有博物馆管理人员、专业人员培训力度，完善文物保护专业技术人员评价制度。

（五）加强科技数据支撑。发挥科技创新的引领作用，充分运用云计算、大数据、"互联网+"等现代信息技术，推动文物信息化建设，推动文物保护与现代科技融合创新。根据我县文物管理实际，推进跨部门跨乡镇协同创新，重点建立文物保护利用管理系统数据库。

（六）抓好法治宣传教育。加强文化法治宣传教育，充分发挥传播效力。要将有关文物保护法律法规的学习宣传作为法治宣传的重要内容，充分发挥新闻媒体舆论导向和监督功能，大力宣传报道文物保护方面的先进事迹，及时揭露破坏文物古迹的违法犯罪行为。重点在国际博物馆日、中国文化遗产日和“壮族三月三”等节日开展形式多样的宣传活动，形成全社会共同关心、支持文物事业的良好舆论氛围和社会环境。

（七）鼓励社会公众参与。支持、指导城乡群众组织和文物保护志愿者参与文物保护活动，鼓励向文物事业捐献文物或捐赠资金，鼓励社会资本依法依规投资修缮市、县级文物保护单位和尚未核定公布为文物保护单位的不可移动文物，在不改变文物所有权的前提下，给予投资人一定期限的使用权，努力形成政府主导、社会参与的文物保护新格局。

2018年7月27日

合浦县人民政府
关于印发合浦县推进“一事通办”改革若干措施的通知

合政发〔2018〕48号

各乡镇人民政府，县直各委、办、局：

现将《合浦县推进“一事通办”改革的若干措施》印发给你们，请认真贯彻执行。

2018年8月15日

合浦县推进“一事通办”改革的若干措施

根据《广西壮族自治区人民政府关于印发广西推进“一事通办”改革若干措施的通知》（桂政发〔2018〕28号），结合我县工作实际，制定如下措施。

一、优化再造流程，创新服务模式

（一）优化行政权力运行流程。以企业和群众办好“一件事”为标准，按照“最多跑一次”要求，优化再造行政权力运行流程，进一步精简申请材料，简化办事程序，减少办事环节，压缩办理时限。

（二）实行“一窗受理、集成服务”。推行“前台综合受理、后台分类审批、综合窗口出件”审批模式。完善部门间协调机制，严格执行首问负责制，实行牵头部门首办负责制，明确联合审批事项的首办部门即为牵头部门，强化牵头部门的协调作用，实现部门协同办理、集成服务。按照线上线下融合的要求，依托全区政务服务“一窗受理”信息平台，实现“一窗受理”“一事通办”。

（三）统一编制发布“一事通办”事项清单。编制县、乡镇二级“一次性告知”“最多跑一次”“一次不用跑”3张清单，在此基础上全面推行审批服务“马上办、网上办、就近办、一次办”，进一步提升审批服务效能。合法合规的事项“马上办”，减少企业和群众现场办理等候时间。积极推行“网上办”，凡与企业生产经营、群众生产生活密切相关的审批服务事项“应上尽上、全程在线”，切实提高网上办理比例，2018年年底前县级80%以上审批服务事项实现网上能办。已在实体大厅办理的事项，不得要求企业和群众补填网上办理流程。面向个人的事项“就近办”，完善基层综合便民服务平台功能，将审批服务延伸到乡镇、村（社区），实现就近能办、多点可办、少跑快办。推动一般事项“不见面审批”、复杂事项“一次办”，符合法定受理条件、申报材料齐全的原则上一次办结；需要现场踏勘、技术审查、听证论证的，实行马上响应、联合办理和限时办结。编制发布市场准入负面清单、行政事业性收费清单、行政权力中介服务清单。

（四）建立健全配套制度。参照自治区、北海市做法，建立完善统筹协调、监督考核、容缺受理、统一收费、全程代理、邮寄送达、评价反馈、业务培训、人员管理、责任追究等工作制度，加快形成健全的制度保障体系。

二、建立完善“一事通办”审批服务标准规范

（五）推行“一次性告知、一张表受理”。聚焦不动产登记、市场准入、企业投资、建设工程、民生事务等办理量大、企业和群众关注度高的重点领域、重点事项，按照“减环节、减材料、减时限、减费用、减跑动次数”和“八统一”（事项名称统一、事项编码统一、适用依据统一、申请材料统一、办事流程统一、业务经办流程统一、办理时限统一、表单内容统一）要求，逐项编制标准化工作流程和办事指南，推行一次性告知、一张表受理。消除审批服务中的模糊条款，对“其他材料”“有关材料”“相关证明”等逐一予以明确。不能明确的，不得要求申请人提供。对上一个审批服务环节已收取的申报材料，不得要求申请人重复提交。

（六）推进同一事项无差别受理、同标准办理。围绕“一事项一标准、一流程一规范”目标，按照自治区“一事通办”工作规范，统一行政许可标准、电子文档存档数据规范、数据库建设规范、事中事后监管标准等。

三、加快推进政务服务“一张网”

（七）加快推进网上办事互联互通。按照“联网通办是原则、孤网是例外，政务服务上网是原则、不上网是例外”推进网上办事。依托全区网上政务服务平台，除法律规定或涉密等外，政务服务事项均应纳入平台办理，切实提高网上办理比例。2018年，80%以上依申请办理的行政审批和公共服务事项实现“最多跑一次”；2019年，90%以上依申请办理的行政审批和公共服务事项实现“最多跑一次”；2020年，力争80%以上依申请办理的行政审批和公共服务事项实现“一次不用跑”。推动更多便民服务事项通过互联网移动端办理，提高网上办事精细化水平，让办事更快捷、服务更优质。

（八）加快推进信息共享。按照“无条件归集、有条件利用”原则，应用自治区数据共享交换平台，完善政务信息资源目录体系，加快推进信息共享和业务协同，凡是可以通过信息共享的，一律不得要求申请人重复提交。

（九）创新行政审批监管模式。大力推行以智能手机“APP”为主要监管手段、以电子证照和现场影像为监管依据的“互联网＋监管”信息化体系。

四、健全完善政务服务体系

（十）推动园区政务服务大提升。推动政务服务“入园进企”，完善政务服务体系。建立健全园区政务服务常态化机制，推动建立部门联系辖区企业机制，开展常态化、点对点的精准服务，强化和提升园区政务服务能力，力争实现“园区事园区办，园区办事不出园区”，吸引更多企业落户园区。

（十一）优化办事网点布局。优化提升各级政务服务大厅“一站式”功能，进一步推动审批服务事项进驻大厅统一办理。县政府部门的政务服务事项除了车辆管理等特殊事项外，都要进驻政务服务中心集中办理。综合考虑地理位置、交通线路、可办事项等方面因素，合理布局政务服务办事网点。

（十二）创新基层政务服务模式。加强乡镇、村（社区）政务服务中心基础设施建设，建立“乡镇、村（社区）前台综合受理，县级后台分类办理，乡镇、村（社区）统一窗口出件”的服务流程，逐步实现县、乡镇政务服务事项的一窗办理、一平台共享、全县域通办和全流程效能监督。

五、推进重点领域“一事通办”改革

（十三）深化投资项目审批和商事登记改革。全面推动建设工程领域实行联合勘验、联合审图、联合测绘、联合验收。实行企业投资项目“多评合一”、并联审批。对国家鼓励类企业投资项目探索不再审批。对不新增用地的“零土地”技改项目推行承诺备案制。在实行“多规合一”基础上,探索“规划同评”。推行外资商务备案与工商登记“一套表格、一口办理”,做到“无纸化”“零见面”“零收费”。整合外商投资企业商务备案受理、再生资源回收经营者备案、国际货运代理企业备案等与企业主体资格相关的证照,大力推进“多证合一”改革。探索推进企业登记注册便利化改革,全面实施企业简易注销登记改革。加强政府部门涉企信息归集工作。

(十四)深化民生服务便利化改革。针对住房、教育、卫生、民政、社保、就业、公安、水电气等审批服务事项,尤其是不动产登记、住房公积金提取和贷款申请等事项,在精简办事材料、推进数据共享的基础上,推动以身份证为主要标识办理。

六、完善政务服务“容缺办理”机制

(十五)推行行政审批容缺办理承诺制。严格落实《广西政务服务容缺受理制度》,对申请人提出的申请,行政审批部门一次告知其审批条件和需要提交的材料,申请人在基本条件具备、主要申报材料齐全且符合法定条件,但次要条件或手续有欠缺的情况下,以书面形式承诺其符合办理条件,并能够按照要求在规定期限内提交允许容缺的材料,行政审批部门也予以受理并作出审批决定。

(十六)完善行政审批容缺办理机制。明确可容缺办理的行政许可事项目录清单,逐项厘清行政审批事项主要申报材料和容缺材料,明确每个行政许可事项可容缺的材料清单,扩大“容缺后补”事项范围,切实减轻企业和群众负担、降低办事成本。

七、全面开展“减证便民”行动

(十七)加快清除各类无谓证明。大力清理烦扰企业和群众的“奇葩”证明、循环证明、重复证明等各类无谓证明,减少盖章、审核、备案、确认、告知等各种繁琐环节和手续。凡没有法律法规依据的一律取消,能通过个人现有证照来证明的一律取消,能采取申请人书面承诺方式解决的一律取消,能被其他材料涵盖或替代的一律取消,能通过网络核验的一律取消。

(十八)建立全县统一规范的证明事项清单。按照自治区统一部署,推进上下纵向、职能部门横向的政务信息共享,从源头上避免“奇葩”证明等现象。2018年12月底前,建立统一规范的县、乡镇、村(社区)三级保留和取消的证明事项清单,从根本上解决困扰企业和群众“办证难、办事难”等问题。

八、加强中介服务事项和中介服务机构管理

(十九)对中介服务事项实行清单管理和动态管理。除依照法律法规保留为行政审批必要条件的中介服务事项外,全县各部门不得以任何名义擅自新增或变相新增行政审批中介服务事项;确需新增的,必须进行必要性、合理性、合法性审查论证,依照法定程序设定并纳入清单管理。全县各部门要根据国务院、自治区、北海市的决定及时调整本部门行政审批中介服务事项目录,及时向社会公开,主动接受社会监督。

(二十)加强中介服务市场管理。放宽中介服务市场准入,鼓励支持各类资本进入中介服务行业和领域,破除中介服务垄断,营造服务高效、公平竞争、监督有力的中介服务市场环境。依托政务服务“一张网”规范和管理中介服务机构。政府部门在审批过程中委托开展的技术性服务活动,服务费用一律由部门支付并纳入部门预算。强化中介服务监管,全面开展中介服务信用评价,建立健全中介服务机构退出机制。

九、着力深化政务公开

(二十一)推进政务服务全过程公开。凡是与政务服务改革有关的决策、措施都应依法纳入主动公开范畴,及时在政府网站公开。“一事通办”事项清单、服务指南、办理流程、服务标准、保障措施等应及时、全面向社会公开并动态调整,向公众作出明白无误的承诺,让公众全程明晰“一事”如何“通办”。

(二十二)加强政策培训和解读。通过新闻发布会、在线访谈、印发宣传资料等方式,深入解读重大政策和改革措施,及时准确传递权威信息和政策意图。围绕国民经济发展计划、重大专项规划、财政预决算、公共资源配置、社会公益事业建设等重点领域政府信息公开,制定完善相关的主动公开目录,细化公开事项、内容、时限、载体、责任主体、监督渠道等。

十、推进统一政务咨询投诉举报平台建设

(二十三)整合各类政务热线电话。2018年12月底前,全面开展清理、整合各类政务热线电话工作。除110、120、119等紧急类和个别因专业性强、集成度高、咨询服务量大确需保留的热线外,将工商、质监、食品药品、价格、医疗卫生等其他领域的政务热线整合到统一的12345热线平台(以下简称“统一平台”)进行管理,并与全区政务服务“一张网”对接,实现“一号对外”“一站式服务”。整合之后,原有的政府部门热线不再直接接收咨询和投诉举报,实行统一的投诉、举报、咨询、建议服务。

(二十四)建立健全工作运行机制。建立集中管理、统一受理、按责转办、限时办结、统一督办、评价反馈、行政问责的运行机制。“统一平台”按照自治区建设标准、服务标准和评价标准进行建设，充分利用现有人员队伍和网络资源，通过整合原有各类平台涉及的机构编制和人、财、物资源，统筹建立日常运行机构。热线接听、接线员招聘培训、信息系统维护等通过政府购买服务方式解决。

十一、进一步加强事中事后监管

（二十五）建立健全监管体制机制。按照权责对等、权责一致和“谁主管谁监管”原则，厘清审批和监管权责边界，健全和完善工作会商、联合核验、业务协同和信息互通的审管衔接机制。构建“部门专业执法+综合行政执法”的行政执法体系，科学划转综合执法事项，合理配置行政执法力量，推进跨部门综合执法。

（二十六）全面实施“双随机、一公开”监管。按照企业、群众到政府办“一件事”“最多跑一次”要求，建立以信用承诺、信息公示为特点的新型监管机制；建立健全失信联合惩戒机制，实现“事前管标准、事中管检查、事后管处罚、信用管终身”。梳理行政处罚、行政强制、行政征收、行政检查等执法类职权事项，规范程序、行为和自由裁量权，推进严格公正规范文明执法。推行跨部门双随机抽查监管，构建“部门联合、随机抽查、按标监管”的一次到位机制，提高监管效能。完善行政执法公示制度，涉及公共利益、公众普遍关注、需要社会广泛知晓的行政执法信息，应依法及时向社会公开。

（二十七）健全“一事通办”信用联合奖惩机制。推进诚信典型“红名单”和严重失信主体“黑名单”制度建设。完善企业信用信息公示工作，加强市场主体信用信息归集、存储和应用，并与政府部门许可、处罚和监管工作有效衔接。

十二、强化机制保障，确保各项措施落地生效

（二十八）加强组织领导。各乡镇各部门要高度重视，深入推进“一事通办”改革，把这项工作列入重要议事日程。要严格落实责任制，主要领导亲自抓，分管领导具体抓。要结合实际，制定本部门工作方案，细化分解任务，明确时间节点，将改革任务清单化、项目化，明确时间表、责任链，确保政务服务改革措施落地生效。

（二十九）加强监督考核。将“一事通办”改革纳入各乡镇各部门绩效考评指标，明确目标任务，明确考评对象，明确考评时限，加强督促指导，加强监督检查，加强考核结果运用。

附件：合浦县推进“一事通办”改革责任清单总公司。

合浦县人民政府办公室
2018 年 8 月 15 日

合浦县推进“一事通办”改革责任清单

序号	工作任务	主要内容	牵头部门	配合单位	完成时限	备注
1	优化再造流程，创新服务模式	优化行政权力运行流程。以企业和群众办好“一件事”为标准，按照“最多跑一次”要求，优化再造行政权力运行流程，进一步精简申请材料，简化办事程序，减少办事环节，压缩办理时限。	县政务办、县编办（审改办）	县各有关部门	持续推进	
		实行“一窗受理、集成服务”。推行“前台综合受理、后台分类审批、综合窗口出件”审批模式。完善部门间协调机制，严格执行首问负责制，实行牵头部门首办负责制，明确联合审批事项的首办部门即为牵头部门，强化牵头部门的协调作用，实现部门协同办理、集成服务。按照线上线下融合的要求，依托全区政务服务“一窗受理”信息平台，实现“一窗受理”“一事通办”。	县政务办	县各有关部门	2018 年底前	

续表

序号	工作任务	主要内容	牵头部门	配合单位	完成时限	备注
1	优化再造流程，创新服务模式	统一编制县、乡二级的“一次性告知”“最多跑一次”“一次不用跑”3张清单，在此基础上全面推行审批服务“马上办、网上办、就近办、一次办”。	县政务办	县各有关部门	按计划推进	
		按照国家、自治区和北海市的统一部署，梳理研究提出市场准入负面清单，按程序审核上报北海市。	县发改局	县各有关部门	按照国家和自治区要求进度编制	
		编制公布行政事业性收费清单。	县财政局、县物价局	县各有关部门	持续推进，动态调整	
		编制公布行政权力中介服务清单。	县编办	县各有关部门	2018年底前	
		建立完善统筹协调、监督考核、容缺受理、统一收费、全程代理、邮寄送达、评价反馈、业务培训、人员管理、责任追究等工作制度。	县政务办	县各有关部门	2018年底前	
2	加快推进政务服务“一张网”	加快推进网上办事互联互通，应用自治区网上政务服务平台，除法律规定或涉密等外，政务服务均应纳入平台办理。	县政务办	县各有关部门	2018年底前	
		应用自治区数据共享交换平台，完善政务信息资源目录体系，加快推进信息共享和业务协同。	县政务办	县各有关部门	2018年底前	
		配合自治区推进审批和监管信息系统一体化建设。	县政务办	县各有关部门	2018年底前	
3	健全完善政务服务体系	推动政务服务“入园进企”，强化和提升园区政务服务能力。	县政务办	县各有关部门	2018年底前	
		优化办事网点布局，推动审批服务事项进驻大厅统一办理。	县政务办	县各有关部门	2018年底前	
		创新基层政务服务模式。	县政务办	县各有关部门，各乡镇人民政府	2018年底前	
4	推进重点领域“一事通办”改革	深化投资项目审批改革。	县发改局、县工信局	县编办、国土局、住建局、环境局、政务办等有关部门	2018年底前	
		深化商事登记改革。	县工商和质监局	商事制度改革其他相关单位	2018年底前	
		深化住房领域尤其是不动产登记“一事通办”改革。	县国土局	公安局、民政局、税务局、工商和质监局	2019年底前	
		深化教育领域“一事通办”改革。	县教育局	各有关部门	2018年底前	
		深化卫生领域“一事通办”改革。	县卫计局	各有关部门	2018年底前	
		深化民政领域“一事通办”改革。	县民政局	各有关部门	2018年底前	
		深化社保领域“一事通办”改革。	县人社局	各有关部门	2018年底前	
		深化公安领域“一事通办”改革。	县公安局	各有关部门	2018年底前	
		深化水电气服务利企便民改革。	县工信局、市政局、合浦供电局	各有关部门、各乡镇人民政府	2018年底前	
		住房公积金提取和申请贷款利企便民改革	县住建局、北海市住房公积金管理中心合浦分部		2018年底前	

续表

序号	工作任务	主要内容	牵头部门	配合单位	完成时限	备注
5	完善行政审批容缺办理机制	明确可容缺办理的行政许可事项目录清单，明确每个行政许可事项可容缺的材料清单。	县政务办	县各有关部门，各乡镇人民政府	2018年底前	
6	全面开展“减证便民”行动	加快清除各类“奇葩”证明，建立统一规范的县、乡、村三级保留和取消的证明事项清单。	县政务办、县编办	县各有关部门，各乡镇人民政府	2018年底前	
7	加强中介服务事项和中介服务机构管理	加快改革中介服务市场准入。	县发改局	县各有关部门	2018年底前	
		打破中介服务地区封锁和行业垄断。	县发改局、财政局		2018年底前	
		强化中介服务监管，完善中介服务市场退出机制。	各相关市场监管部门按职责分工负责	县各有关部门	2018年底前	
8	着力深化政务公开	推进政务服务全过程公开。	县政务办	县各有关部门	2018年底前	
		加强政策培训和解读，深化重点领域政府信息公开。				
9	推进统一政务咨询投诉举报平台建设	整合咨询投诉举报热线，将工商、质监、食品药品、价格、医疗卫生等其他领域的政务热线整合到统一的热线平台进行管理。	县政府办公室	县信访局、工商和质监局、食药监局、物价局、卫计局，各乡镇人民政府	2019年底前	
		建立健全工作运行机制。				
10	进一步加强事中事后监管	建立健全监管体制机制。	各行业行政主管部门		2019年6月底前	
		全面实施“双随机、一公开”监管。	县工商和质监局	商事制度改革其他相关单位	2018年底前	
		完善行政执法公示制度。	县法制办、政务办	具有行政审批权限的部门	2018年底前	
		加快建设社会信用监管体系，健全“一事通办”信用联合奖惩机制	县发改局、人民银行合浦支行	县工商和质监局	2018年底前	
11	加强考核，确保各项措施落地生效	将“一事通办”改革纳入各级各部门绩效考评指标，加强考核结果运用	各项工作任务牵头单位	县绩效办，县各有关部门，各乡镇人民政府	2018年底前	

索　引

说　明

一、本索引采用主题分析索引方法。正文(包括条码、文献、资料、图片和表格)中凡具有独立检索意义的完整资料,均可通过本索引进行检索。少数条目名因语言环境需要,在名称前或者名称后酌加修饰词;有的条目名称动词置后;有的条目名称重复的动词作省略;有的条目名称作简化。为突出图片主题,有的图片文字说明作简略处理。

二、索引按汉语拼音字母(同声字按声调)升序排列。类目、分目、次分目作索引款目用黑体字排印,其余均用宋体字排印。表格、图片在其款目后分别注明"表""图"。

三、索引款目后的阿拉伯数字和拉丁字母(a, b, c)分别表示内容所在的页码和栏别(即左、中、右栏)。

四、索引空两字位起排的款目为上一主题的"附见"。同一主题的"参见"只标页码。为便于读者检索,内容有交叉的款目,在本索引中重复出现。

五、"编辑说明""大事记"等栏目不作索引,阿拉伯数字开头的款目排在索引的前面。

A

B

C

D

E

F

G

H

K

L

M

N

T

W

X

Y

Z